銀河乞食軍団 合本版1

発動！タンポポ村救出作戦

NODA Masahiro
野田昌宏

早川書房

銀河乞食軍団合本版 1

発動！タンポポ村救出作戦

野田昌宏

目次

登場人物

●星海企業（銀河乞食軍団）

ジェリコ・ムックホッファ…… 頭目。もと東銀河連邦宇宙軍中将
熊倉松五郎（ロケ松）………… 副頭目。先任機関士。もと東銀河連邦宇宙軍少佐
山本又八（キザ又）…………… パイロット。軍団きってのシャレ男
正覚坊珍念（和尚）…………… 軍団の重鎮、知恵袋
ピーター……………………… 機関士。和尚の連れてきた孤児
間甚七………………………… 商売全体をとりしきる宿老。もと骨董商
コン…………………………… 珍動物を自在に操る航法・通信士
雲助…………………………… 白沙基地の電子整備部職長
椋十
ジミー ………………… 同整備工
虎造
お富…………………………… 金平糖錨地をとりしきる年齢不詳の美女
エラ
ローズ
青井お七 ………………… 同整備工
花野ネンネ
柳家貞吉……………………… 惑星・星涯出張所長
美沙子………………………… 同出張所の所長秘書

●惑星・星涯

パム…………………………… 行方不明の両親をさがす少女
モク…………………………… タンポポ村に住んでいた老人
ミゲル・ド・ロペス………… 〈ロペス〉財閥の総帥
ドロレス……………………… ミゲルの娘
ゴンザレス老道士…………… 孤児院〈光の家〉の経営者
カーペンター………………… 〈星涯重工〉の社長
北畠弾正……………………… 中将。星涯星系軍参謀総長
玉坂精巧……………………… 星涯星系軍技術大佐
吊柿…………………………… 同技術中尉
服部竜之進…………………… 星涯星系警察本部長官

●惑星・炎陽

芋俵清十郎…………………… 運送代理店・芋俵清十郎商会の社長
井上喜樹郎…………………… 船宿・和楽荘主人
井上伸介……………………… 喜樹郎の孫
シャーリラ…………………… 僧院の老祖師付き看護師

●惑星・冥土河原

ルウ…………………………… 宇宙船の部品商
飛天王………………………… 飛天族の首領
咬龍…………………………… 飛天王の側近
高嶺丸………………………… 飛天王の甥
夕顔…………………………… 高嶺丸の恋人
禿烏…………………………… 盗賊の首領
ブチ猫………………………… 蒸気機関車が趣味の商人

装画　鶴田謙二
装幀　岩郷重力+wonder workz。

銀河乞食軍団

1

謎の故郷《ふるさと》消失事件

伊藤典夫へ。
……ありがとう……。

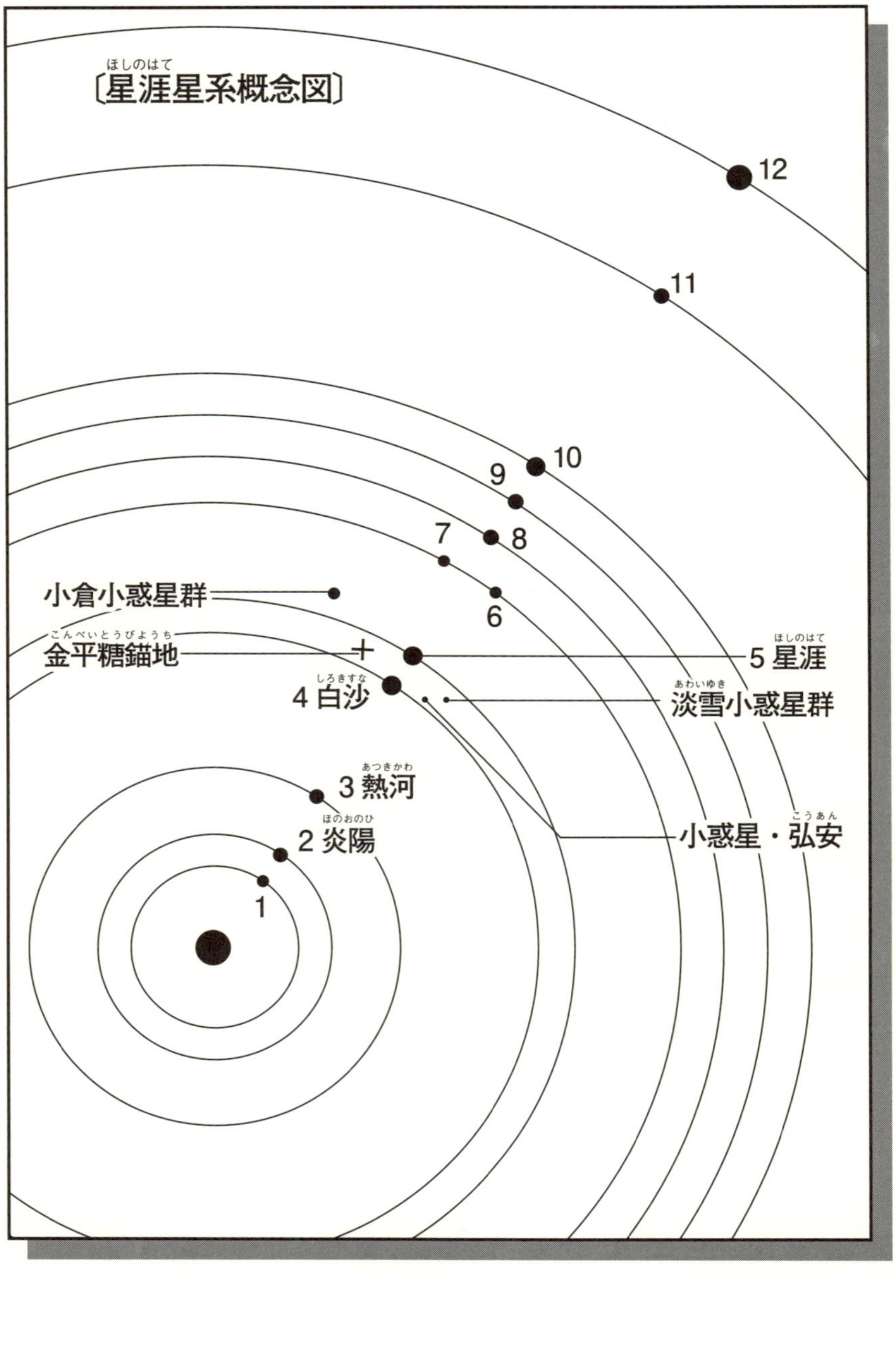
〔星涯《ほしのはて》星系概念図〕
12
11
10
9
8
7
6
小倉小惑星群
金平糖錨地《こんぺいとうびょうち》
5 星涯《ほしのはて》
4 白沙《しろきすな》
淡雪《あわいゆき》小惑星群
3 熱河《あつきかわ》
2 炎陽《ほのおのひ》
小惑星・弘安《こうあん》
1

1

東銀河系の西北部――

かつて王政期の首星系であった〈星古都《ほしのふるみやこ》〉、こんにち東銀河連邦の政府が置かれている〈星京《ほしのみやこ》〉、そして〈星湖《ほしのうみ》〉、〈星河原《ほしのかわら》〉など、連邦のおもな大星系をつなぐ主要ルートからはるかにはなれた、へんぴな自治星系のひとつである。

人呼んで〈星涯《ほしのはて》〉。

この時代、星系の首都の置かれている惑星はその星系名で呼称するならわしになっていたが、この星系は、典型的なTERRA型惑星であるその星涯《ほしのはて》を主惑星として都合一二個の惑星からなっていた。人間が住んでいるのは他にもうひとつ、主惑星・星涯《ほしのはて》のすぐ内側に軌道をもつ比較的小さな白沙《しろきすな》があったが、主惑星のほうが豊富な資源に恵まれ、連邦の基準で考えても中の上といったレベルの工業社会を形成しているのに対して、惑星・白沙《しろきすな》のほうは、赤道地方の気温が高すぎるせいもあってか、鉱物資源や森林資源に恵まれているのに人口はごく少なく、どう見ても僻地のイメージを拭うことができない……。

その惑星・白沙《しろきすな》の西半球、そんな木材や鉱石の集散地であるいくつかの町、そのどれからも一〇〇キロは確実に離れた、山すそにかかる平野の端の一本道。

少女がひとり歩いていた。

もう、すぐそこに山が迫り、そのずっと奥には雪をいただいた二〇〇〇メートル級の岩峰が陽光に輝いている。木材の搬出路か、道は、山ひだにわけいるような峡谷に沿って深くつづいていた。

みすぼらしい身なり。一四、五歳というところだろうか、あどけなさの残るそばかすだらけの浅黒い顔、小柄《こがら》な体に大きな麦わら帽子。田舎臭い大きなバスケットをさげ、いいかげんくたびれた靴をひきずるようにして川上へと歩いていく。

人っ子ひとり通らない。

あたりはただ、したたるような緑。

空だけが抜けるみたいに青く、白カラスモドキが、乾いた鳴き声をあげて高く飛んだ。

ふと、そんな空を見上げた少女はしばらく考えていたが、やがて、ポコポコ靴を鳴らすように踏み跡をたどって沢におりた。

凍りつきそうな水である。

娘は身をかがめ、両手で水をすくうと、ほこりまみれの顔を洗って口をすすいだ。

そして手頃な岩に腰をおろすと、バスケットの中からとり出したお弁当を膝の上にひろげ、粗末なその昼食をいかにもうまそうに食べはじめた。

古めかしく編みあげた髪を風がなぶった。

かなり水量のある清冽《せいれつ》な流れが、まぶしい陽光を受けてキラキラとまぶしい。

やがて食事を終えた娘は、また流れの傍に歩み寄って口をすすいだ。

そして、

顔をあげたとたん――

彼女はぎょっ！　と身をすくませた。

すぐ眼の前に、大きな男が一人つッ立っていて、じっと自分を見おろしていたのである。

保安官か、ラフな身なりの頑丈な男である。腰にぶちこんだ小ぶりの熱線《ブラスター》ピストルだけがやたらと凄《すご》い。意地の悪そうな眼つき、とにかく人相はよくなかった。

「ねえちゃん、どこへ行く？」

しばらく少女の顔をさぐるように見つめていた男は、低い声で聞いた。

「え……？」

薄ら笑いを浮かべている相手の顔を、彼女はまじまじと見上げた。

「どこへ行くんだ――って聞いてるんだよ」

有無を言わさぬ底意地の悪い口調である。

「……」

「ええ？　ねえちゃん？」

「あの……ちょっと……お父さんのことで……」

「お父さんのことで――？」

「ハイ」

「おまえの親父《おやじ》はここに住んでいるのか？」

「……いえ……あの……いいえ」

彼女は男の顔を見上げながら、ぎごちなく首を振った。

「ちゃんと返事をしな！　なんの用事でここにやって来た？　もとはどこだ？」

「もとは……」

「どこの生まれだ――って聞いてるんだよ！」男は語気を強めた。

「……星涯《ほしのはて》……」

男の表情がかすかに動いた。

「星涯《ほしのはて》から、旅客宇宙便で来たのか？」

「いえ……あの……貨物船に便乗して……」

「船の名は――」

「〈ライ麦のサリンジャー〉……」

「白沙《しろきすな》市の宇宙港だな？」

「ハイ――」

「おまえの親父の用事――ってなんだ？」

「……」娘はつらそうな眼をした。

「え……!?　返事しねェか！」

「……あの……言わないでくれって……たのまれてるから……」

「誰に!?」

「お父さんの……友達に──」

「名前は──!?」

「……」

「言えねェのか!?」

「……え……はい……」

「言ってもらうぜ、ねえちゃん。おめェ、お訊《たず》ね者だな……？」

「……」

「星系警察から手配がきてる。ちょいと訊《き》きてぇことがある。ついて来な！」

男はごついあごをしゃくった。

いま歩いてきた道に、いつの間にかおんぼろの地表艇《ホバ・ヴィ》が一台、低い唸りを立てて浮いている。

「あの」娘は上眼遣いにごくりと唾をのんだ。「行かせていただけないでしょうか？」

彼女は両手を前にそろえて、じっとその保安官のいかつい顔を見上げた。そして、必死に大人っぽく付け加えた。「一生のお願いですから」

「馬鹿野郎！」だしぬけに、男はがらりと態度を変えた。「小娘だと思ってやさしくしてやりゃ、つけあがりやがって！　ここをどこだと思ってやがるんだ！　てめェみたいな小娘の一人や二人、今すぐここでブチ殺したって差《さ》し障《さわ》りはねェんだが、ちょいと聞きてェことがあるんだ。素直に来りゃよし！　さもないと痛い目にあわされて泣きわめくことになるぞ！　いいのか！」

「……いや……」少女はかぼそい声を洩らした。「お父さんのことで……」

「なにいッ！」男はおそろしい声で咆《ほ》えた。「おれに逆らう気か！」

娘は小さくなって、それでもおずおずと男の顔を見上げている。

「わりと強情な餓鬼《がき》だな」と、男はとつぜん無気味に口調をやわらげた。その眼だけが残忍な光を帯びた。

「それじゃ、ここで殺してやろうか？」

男は、少女の表情をおもしろげにさぐった。

「これまでおれにつッぱらかって生き延びたやつなんぞただの一匹もいやしねェんだ。おとなしくついてくりゃあよし、さもなきゃ、今、ここで殺す」

男の眼は魚みたいな冷たさに変わった。

「……」

「よし、殺されてェと見えるな。ゆっくりと殺してやろう……。その素っ首をやんわりむしり取ってやるぞ」

男は、丸太ん棒ほどもある腕を、少女の首許めがけてぐい！　と伸ばしてきた。

そのとたん──だった。

まずしげなその少女が、まったく信じられないような行動を起こしたのである。

彼女はまるでイタチみたいにワンピースのすそをひるがえし、ぱッ！　と跳ね上がったかと思うと、いつの間にひッつかんでいたのか、両手の砂を相手の顔めがけてもろにたたきつけたのだ……！

「あッ！　ぷッ！　ぱふッ！　くそッ！」

真正面から砂の目つぶしを喰らった男は、そいつをかわそうとした拍子に河原の砂利に足をとられ、「うおッ！」とひと声叫ぶなりそのまま、河原へどん！　と尻餅《しりもち》をついた。

少女はその顔めがけてもう二、三回、猛烈な勢いでたてつづけに砂をぶっかけると、そのまま道のほうへと走り出した。そこでバスケットを忘れたことに気がついて引き返すと、それをひッつかみ、ころがるように河原をすッ飛んで道へ駈け上がって、地表艇《ホバ・ヴィ》に跳び乗るなり、そのままいっきに艇を発進させた。

地表艇《ホバ・ヴィ》は、どこにでもころがっている軍払い下げかなにかのⅣ型《ドン亀》だったが、浮上系がよほど癖の悪いやつだったらしく、少女がレバーをいっきに前進へぶちこんだとたん、その艇はバランスを外し、凄まじい土埃を立てながら、まるで性悪の馬が跳ね上がりでもするように、艇首が四五度ほどにおッ立ってしまった。すぐにサーボが作動してエンジンは自動的に絞られ、姿勢は水平に戻ったが、はずみで谷側へ半分ほど突き出てしまった艇体は、路肩の繁みへ頭から突っこんだ。

あわてた娘は後進《リバース》をかけて、艇首をその繁みからひっこ抜こうとするが、なにしろ枝葉にひっかかって地表からかなり浮いてるから、音だけやたらに高くてうまくいかない。凄まじい土埃だけがまき起こる。

不整地仕様のやつだと、こんなときに備えて可変のラム・ノズルがついているのだが、なみのモデルではそうもいかない。

なにかのはずみで三メートルもない灌木のてっぺんにひっかかった艇をおろすのに、反重力《アングラ》クレーン一基出動させなきゃならなかったという、よくある、あれである。

後進《リバース》がだめだと見た娘は、こんどは首上下《ピッチング》首左右《ヨーイング》でなんとか抜こうと試み、やがてバリバリバリッと大きな音と共に繁みから艇体が外れたのはいいが、後進《リバース》を切ってあったもので艇体はぐらり！　と前にかしぎ、そのままいっきに河原まで滑り落ちると、はずみを食らってあっというまに横倒しとなった。

ベルトを締める間もなかった少女の体は、まりのように河原へ放り出された。

「うおゥッ！」河原で待ち受けていた男が、娘をめがけて突進してきた。「おのれ！　このスベタ娘が!!　なぶり殺しにしてくれるぞ！」

放り出されたはずみにしたたか腰をぶっつけたらしく、娘はよろよろといったん立ち上がりかけて、また、ぺたんと尻餅をついた。

「うおウッ！」

ものすごい声をあげて迫ってきた男は、バケット・クラウみたいな両手を高々とさしあげ、立ち上がれないでいる娘をめがけていっきにつかみかかった。

いっきにつかみかかって――

ゴリラみたいなその腕は、宙でぴたりと止まった。

大男の全身が恐怖に凍りついた。

ぺたんと河原にすわりこんだ娘の小さな手に熱線ピストル《ブラスター》がにぎられており、その銃口がぴたりと男の顔に向いているのだ。

それも、たったさっきまで、男が得意気に腰へブチこんでいたやつである。

カチリ！

腰を片手で押さえてゆっくりと立ち上がりながら、娘は安全ロック《セーフティ》を外した。

初夏の強い陽射しのなかで、さすがに銃口の後光《ハロウ》は見えないが、そのあたりにメラメラと対流がもう起きはじめているのは、はっきりと見てとれる。

「ウ、ウッ！」男は喉をつまらせた。「ま、待った！」

なんせ、これまで町で散々ひけらかし、自分にたてついたやつやら、癇《かん》に障《さわ》ったやつやらを何人も虫けらみたいに灼殺《しゃくさつ》した、自慢の・02／可変ビームの熱線ピストル《ブラスター》である。そいつをもろに食らったときのひどいさまは、自分がいちばんよく知っている。大男はふるえあがった。

とにかく相手が悪い。まったく想像を絶した山猫みたいな小娘なのである。熱線ピストル《ブラスター》のトリガーくらいケロリと引きかねないやつなのだ。

「おじさん、あっち向きな」

さっきの、どこにでもいそうな小娘とはとうてい思えぬ、ドスのきいた声である。

「聞こえないの？」

ボシュッ！

「ウ、ウウッ!!」

足許からまき起こった火花と共に、男ははじかれたように跳び上がった。

「よ、よせ！　よさ……よさねェか！」

「あっち向きな――ったら」

ちょっとけだるげに娘はくりかえした。

ボシュッ！

ふたたびまきおこる凄まじい火花……。

「わ……わかった、よ、よしてくれ！」

男はもう恐怖に足をガクつかせながら、言われたとおりに背中を向けた。

そのとたん、娘は熱線ピストル《ブラスター》を片手に構えたまま、ぱッと男のところへ駈け寄り、背伸びするようにぱッぱッぱッとその体をたたいて、これ以上飛び道具を持っていないことをたしかめ、男が胸につけていたシーバーをひきむしって地上へ投げ出した。

ボシュッ！

「ゲッ！」悲鳴と共に、男が背中を向けたまま、跳ね上がった。

「大丈夫よ、おじさん、シーバー灼いただけだから。あたい、無用の殺しはしないの」

「……？……」

おずおずと男は振りかえった。

「き……きさま……い……いったい……」

「なに？」少女は見上げるように答えた。

「な……な……何者だ？」

「どうだっていいじゃん？　あたいはただ、父ちゃんや母ちゃんのことで用事があるだけなんだから」

「……」

「おじさん、すまないけど、この地表艇《ホバ・ヴィ》をもとに戻してちょうだい」

「ウ、ウン」男はガクガクとうなずいた。

「も、戻してやるから、そ、そいつを仕舞ってくれ」

「そうはいくもんか」さらりと少女はきりかえした。

「すきを狙って、ウォウッ！　なンてかかられたら、あたい、死ンじゃうわ」

「……」

「さあ、はやく……おっと、その前に」彼女は、男がひっくりかえってる地表艇《ホバ・ヴィ》のほうへ歩きはじめたとたんに言った。「裸におなりよ」

「？……？」

「着ているものを全部お脱ぎ――って言ってるの」少女はつづけた。「ポッケのなかに、なンの仕掛けがしてあるのかわかったもンじゃないわ。さあ、お脱ぎ」

「……」

「てれるとしじゃないだろ!?」

「くそッ……」思わずなにか言いかけ、ぐい！　と上がった熱線ピストル《ブラスター》の銃口に男はあわてて声を呑《の》んだ。

「お脱ぎッたら！」

どうなとなれ！　といった表情で、男は、着ていた上着を脱ぎ捨てた。つづいてシャツ、肌着……。

そして娘の顔を見た。

「そうよ、ズボンも……靴もよ」

男はモソモソとズボンを脱いだ。つづいて靴……。

「そう、パンツも」

「そ、そいつァ、お、おめえ……」男は口ごもった。

「てれる柄《がら》かよ！　わかんないのかい!?　あたいの言ってることが！」

少女の口調が凄味をおびた。

そばかすだらけのあどけないその顔からはとうてい想像もつかない凄さである。

否も応もない。男はしぶしぶパンツを脱ぎ捨てた。

「きッたない○○ポコ……」

男はやりかえす気力もない。

「まとめな、脱いだものを」

大男は言われたとおりにした。

「すこし退って――おッと、首にかけてる認識票《I・D》も外すのよ」

大男は、認識票《I・D》を脱ぎ捨てた服の上に放り出した。

「お退り」

男は退った。

ボシュッ！

娘は地上にまとめられた服をめがけて引金をひいた。

一瞬で服は燃え上がったが、五秒ほどたったとき、パァーン！　と鋭い音を立てて認識票《I・D》が破裂した。つづいて靴のかかとから、ぼッ！　と緑色のガスが噴き出す。

「ほーら、言わないことじゃないわ」

娘はガスを吸いこまぬよう用心しながら言った。

「おじさん、これを仕掛けるつもりだったのね」

「……」

男は、少女が手にした銃口の向いた先にぎょッ！　となり、思わず〇〇ポコへ手をやった。

「さあ、さっさとやんな！」


一五分後——

真っ裸の大男は、もう、やぶの中を押したり引いたり、体じゅうひっかき傷だらけになって、やっとのことで地表艇《ホバ・ヴィ》を道に戻した。

「ごくろうさん、わるかったわね、おじさん」

少女は相変わらず熱線ピストルを向けたまま言った。

「帰っていいわよ。地表艇《ホバ・ヴィ》は貸してね」

「お、おめえ、まさか……」

「なにさ？」

「ま、まさか、この格好でおめえ、歩いて帰れったって……」

「それじゃ、今ここで死ぬ？」

ケロリとした顔で、娘は銃口をさし上げながら言った。

「うッ！　グッ！」男は身をちぢめた。

ゴリラみたいなごッつい体も、熱線ピストル《ブラスター》ともろの向かい合いでは、からきし格好がつかない。

「いい？」と少女は言った。「あたい、五分後にあっちへ向けてトリガー引くわよ」

彼女は、ふもとのほうを銃口で示した。

「あんた、これ連邦軍の将校用じゃない？　これでビーム絞って射ったら、一〇〇メートル先でも命中したらやけどじゃすまないわよ。せんに、酔っ払った星系軍の中佐が、型は古いけどラインメタルの旧マークⅠをぶっ放したの見たことあるけど、一〇〇メートル先の憲兵の頭がハジけたんだから……」

男は寒々と首をすくめた。

「さあ！」娘は熱線ピストル《ブラスター》を構えなおした。「ぐずぐずしてると今すぐ射つよ、ほれ、あたい、気まぐれなんだから」

ボシュッ！

ビームが大男の頭をかすめた。

「よ、よせ！　あ、危ない！　め、命中したら……」

「命中したら真ッ黒けさ、このゴリラ野郎が！　へんな邪魔だてしやがって！」少女は語尾を強めた。

ボシュッ！

「ギエーッ！」真ッ裸の大男は、蹴飛ばされたような勢いで走りだした。

「ばかァ！」娘は眼を輝かせて叫んだ。「お尻に一発嚙《か》ましてやろうか！」

かん高い声を立てながら、娘はトリガーを引きまくった。

ボシュッ！

ボシュッ！

ころがるように素っ裸で逃げていく大男の周囲には、まばゆい閃光《せんこう》がたてつづけに起こった。男は自分の体に命中したと勘違いしたのか、なさけない悲鳴とともにいっぺん派手なとんぼを打ち、そのまま、あっという間に姿をくらませてしまった。

「ばか！」

しばらく見送っていた少女は吐き出すように言い捨てると、地表艇《ホバ・ヴィ》のほうへ戻ろうとした。

そして——

彼女ははっと顔をこわばらせた。

地表艇《ホバ・ヴィ》のすぐ傍に、若い男がひとりつッ立っていて、おもしろそうな笑いを浮かべているのである……。

2

そんな河原から一〇〇キロも離れたあたり……。

遠くに雪をいただく山岳地帯を控えた荒野のただなかに、地表を削りとって作られたささやかな離着床と滑走路。それでもいちおうは正規の届出がなされているものらしく、連邦の規格でいえば地表第五種C離着場（宇宙艇・大気圏内航空機の混用が認められている基地としてはもっとも小規模なものである）にあたり、〈星海企業〉という管理者標示や進入標識も規定どおり地面に大きく描かれ、誘導システムや通信用のアンテナがいくつか立っている。

その一角には粗末な格納庫《ハンガー》が数棟、正面の繫留床《けいりゆうしよう》には中型・小型の大気圏内航空機や弾道艇、いずれもかなりくたびれたやつばかりだが、それでも合わせて十数機、そして宇宙艇のほうは軍の払い下げとおぼしい〈鷺《さぎ》〉クラスなど、スクラップ寸前のていたらくながら五、六隻……。

位置から言えば管理事務所というところだが、実質は掘っ立て小屋も同然の建物。

かつて中型輸送機の操縦席にでも使われていたのか、色気抜きの軽金属製だが体にはぴったりとフィットする大きな椅子を軒先まで持ち出して、ロケ松は、白々した〈星涯《ほしのはて》〉の太陽の下で、なんとはなく考えにふけっていた。

輻射温度《ふくしゃ》はかるく四〇度を超えているはずだが、さほど暑いとも感じないでいられるのは海のほうから吹いてくるカラリとした季節風のためである。

浅黒く宇宙線《CR》灼けした不敵な面構《つらがま》え、柄《がら》はさほど大きくないが、おそろしくごッつい体つき。だが、歳《とし》は争えない。当年とって五二歳とはいわないが、老いは、すでにたしかな足取りで彼の周囲に忍び寄りつつあった。

まあ、無理もない……。自分でもときおり考えることがある。

よくまあ……この歳《とし》まで……。

五体満足で生きてこられたものよ……。

絶対真空と絶対〇度の暗黒に飛び交う眼もくらむようなビーム、一瞬で白熱したガス塊と化してしまう宇宙艦、ふらりふらりと漂う宇宙服の断片、フェース・プレートの奥には、一瞬の減圧で眼がとび出し、噴き出した血は次の瞬間に干上がってしまい、黒い骸骨のような姿に変わった戦友の顔、顔、顔。そしてその背後にぞっとするほどあざやかに浮いていた惑星や衛星の巨大な球体……。いったい、なんどそんな状況に出会《でくわ》したことか……。

それにくらべれば……。

この十数年のケチな出入りのごときは……。

しかしまあ……おれも……このあたりがいいところか……。

二〇年近くも昔、わけあって連邦宇宙軍少佐・オデッセウス級巡航宇宙艦の機関長の地位をなげうち、〈星《ほし》湖《のうみ》〉星系基地司令官であったジェリコ・ムックホッファ中将に従い、他の何人かと共にここで〈星海企業〉という宇宙・航空機類の改体修理屋を開いた。

なにしろ資本家と星系軍と星系警察ばかりが威張《いば》り返り、不正と無法がさりげなくまかり通るド田舎の小さな自治星系。一方では自動化と高性能化ばかりが先行し、安全のための安全、確実のための確実だけがまかり通る当節である。だから、なりもふりも構わず、安全規準もくそも無視して褌《ふんどし》ひとつ、堅気《かたぎ》の大手を尻目にオンボロの貨物宇宙船をぶッとばす彼らが、まず、仕事に困ることはなかった。

惑星・星涯《ほしのはて》と惑星・白沙《しろきすな》の軌道の間にひろがる小惑星帯にも彼らは専用埠頭を確保しており、いってみればこっちは地上の出店みたいなものなのである。

はじめは〝頭目《かしら》〟のムックホッファ、それに彼、そして、昔は坊主をしていたという〝和尚〟、和尚の連れてきた孤児のピーター、おかしな動物ばかり飼ってるのだが、こいつがまんざら役に立たぬこともないコン、それに帳面つけと金のやりくりを一手にひき受けてる甚七老人など一〇人もいなかったのだが、いつの間にやら、気がついてみれば錨地《うえ》と基地《した》で一〇〇人にも近い集団になっている。

まあ、いくら仕事に事欠かぬとはいっても、商売などからきし下手《へた》くそだからロクな稼ぎにもならず、ひどい身なりでいつもボロ船ばかり乗りまわしている彼らだが、法の網すれすれを潜《くぐ》って、腐りきった星系政府や弱い者いじめを当然と心得る大手相手にいつも突ッぱらかってる仕事ぶりが人気を呼び、世間の人々は彼らのことを、名づけて〈銀河乞食軍団〉。

〈星海企業〉なんぞという名前は、ボロ船のどてッ腹に識別ナンバーと一緒に記入されてはいるが、船のおんぼろさかげんだけで船主は誰だかすぐわかってしまい、そんな正式名称などろくすっぽ知られてはいない――というのが現状である。

しかし……まぁ……およそ世間の間尺《ましやく》には合わないが、とにかくいいきのよい若僧どもをどなりつけながら、地表用航空機や宇宙艇をわがもの顔に乗りまわしているその日々は、おれにとって、まさにぴったしの人生に間違いはないようだな……。

ロケ松は、若い連中が忙しそうに立ち働いている格納庫のほうへ眼を向けた。

そして、ふと腰を浮かせた。

抜けるほど青い空にぽつんと黒い点がひとつ、かなりの高度からいっきに進入してくる。

宇宙艇用離着床と平行して格納庫の前に延びている、航空機用五〇〇〇フィート滑走路の端を狙っているらしいのだが、はるかに高い。

それが凄《すご》い沈下率で高度をさげてくるのである。

みるみるその黒点は大きくなってきた。

彼は、今日、錨地《うえ》からここへ戻《おり》ってくる予定になっている頭目・ムックホッファの宇宙艇かな――と一瞬思った。

しかし次の瞬間、彼は、接近してくるその黒点が、つい一時間ほど前に離陸していったF410戦闘爆撃機二機のうちの一機であることに気がついた。その気になれば衛星軌道にまで上がれる新鋭機である。見ているうちにその機体は脚をおろした。

馬鹿が！　なにをやっていやがるのか……。

垂直着陸《V・L》でなく、水平進入着陸をやろうというのはいいが、場周経路を守らず、あんな高度からいっきに突っこんでくるとは、まかり間違えば命取りだ。この基地にはまったく不似合いの貴重な新機が大破するのはまず避けられない。

機速はまだ三〇〇キロを超えているだろう。このまま滑走路を航過《フライパス》するつもりなのだろうかとロケ松は思った。それにしても危険な……。なんで垂直着陸をやらんのか？

ところが、滑走路端に接近してくるそのF410は、あろうことか、そんな機速でいきなり制動傘《ドラグシュート》をおッ放しているようだが……。スピードブレーキはおッ立てたのだ。許容速度の二倍はあるだろう。小さな補助傘につづいて主傘がぱッと開き、たしかに機速は眼に見えておちた。グオウンッ！　爆音が一瞬おかしな変わり方をして、次の瞬間、傘はボロ切れみたいに吹きちぎれてしまった。

そのとたんロケ松は、はじめてそのF410がなにか非常事態に追いこまれていることに気づいたのである。

彼は管理棟へとびこむと非常サイレン《フーター》のスイッチを入れた。

ぶおーッ! という野太い音があたりに響きわたり、繋留してある飛行機にとりついていたやつらがなにごとかと振り向いたとき、もう、そのF410は滑走路端へ進入していた。

このまま接地《タッチダウン》したら車輪が破裂するぞ!

さすがのロケ松も手に汗を握った。

三機あるF410のうちの二番機を示すマークが、ピカピカの機体にはっきり見える。

鼻唄まじりでさっき離陸《あがっ》ていったジミーとかいう小僧ッ子の顔を彼はちらりと思い浮かべた。腕は悪くない子《やっ》なのだが……。

われもわれもと乗りたがる若いやつらをどなりつけ、腕を見て彼が操縦を許可した五、六人のうちのひとりである。

ジミーはかなりあせっているようだが、それでも、そんな速度で接地すればいっぺんに車輪がけし飛び、次の瞬間には機体が木ッ端みじんになることがわかっているらしく、なんとか沈下を食いとめながら機速を殺そうと、必死になっているのがありありと見てとれる。なんでこうもあせっているのか?

だが、もう余裕はない、降りるのなら早く接地しなければ滑走路内で止まりきれない。

ジミーはぎりぎりのところで決断を下したようだった。

星系軍現役最新の戦闘爆撃機ならではの堅牢さに、彼は賭けたのだろう。ジミーは安全着陸速度よりもかなり高いところで思いきって引き起こしをかけた。

どしんッ! ダブルの車輪から、ぱッ! と猛烈な白煙があがった。さすが、WH社のサーボ電磁緩衝バネは、脚にかかった限界をかなり上まわる猛烈なショックを見事に吸収した。

機体はブレーキをきしませながら滑走路をつッ走り、路端ぎりぎりいっぱいでなんとか止まるかに見えたが、そのままあっさりと柵をつき破り、予備路を走り切ってやっと止まりかけたが、そのとたんにぐらり! と溝のなかに機首をつッこみ、もろにつンのめる形になって、なんとかぴたりと停止した。

その一瞬後、はじけるように天蓋《キャノピー》が開くのももどかしくコックピットから這い出た若い男は、自動で出てくるタラップも待ちきれず、いつも〝踏むな〟ときびしく言われている極薄の主翼に足をかけてそのまま地上へ降り立とうとして踏み外し、みっともなく頭から地上へもろにコロゲ落ちた。

いったいなにをそんなにあわてていやがるのか、耐g《gス》搭乗服《ーツ》のうしろに外しわすれた通信ケーブルをひっぱり、ご丁寧《ていねい》にもその先には無線機の管制函までひきずったジミーは、地上に立ち上がるなり狂人みたいに走り出した。そしてすぐそのケーブルに足をからませて派手なとんぼを打ち、また走り出したとたんにこんどは管制函をひっかけ、それでやっと気がついて、ヘルメットごと通信ケーブルをひっぱずすと、あろうことか、そいつを地上へ放り出し、やっと身軽になって弾丸のような勢いでこっちへ走ってくる。

「や……や……やられたアッ!」彼は息も絶え絶えにそう叫んだ。

あまりの異様さに、機体のほうへ駈けつけようとしていた連中も呆ッ気にとられて立ちどまった。

「タ……タ……大変……大変です……」

そんなことを叫びながら、ジミーは立ちどまっている仲間といっきにすれちがい、ころがるようにロケ松のところへ走ってきた。

「どうしたんだ、いったい?」ロケ松は言った。「しっかりせんか……おい!……どうした!」

はげしく喘《あえ》いでしばらく口もきけないでいたジミーがやっとおちつき、不得要領《ふとくようりょう》にはじめた説明によれば——

二時間ほど前に、操縦訓練という名目で離陸許可をとり、後席はあけたまま一人ずつで離陸したF410二機は、いっきに一万メートルまで昇った。

そこで練習をやっていると、ずっと低いところに、星系軍のものらしい単座のT330練習機が通りかかるのを発見したというのである。

こっちの機体は最新だし、とにかく血の気が多すぎてなにかやりたくて仕様のない手合いである。たちまち二人は、よせばよいのにその練習機へちょっかいを出した。

しばらくの間、その練習機は相手にもしない風に飛び続けていたが、二人が入れかわり立ちかわり、あまりしつっこく迫るものでついに向かッ腹を立てたのか、いきなりフルスロットルでポップアップして反転をかけたかと思うと、正面からもろすれ違いざま、機関砲を撃ってきたというのである。

すっかりナメきってた二人、回避する間などあるわけがない。

三番機はもろに垂直尾翼《スタビライザー》を二枚とも吹きとばされ、あっという間にスピンへ入ってしまった。そしてそのまま二〇〇〇メートルほどいっきに降下したところでやっとスピンからは脱出したが、そのまま見失ったという……。

もちろん、ジミーのほうは腰も抜かさんばかりに仰天し、命からがら逃げてきたというのである……。

「一番機を出せ!」

それだけ言うとロケ松は、搭乗服を着《つ》けに管理棟の中へと入った。

ピーターのやつは町へ買い物に出ている。肝心《かんじん》のときにはいつも間に合わねェ野郎だ。

あいつがいれば後席の火器管制員をつとめさせるのだ

が――。

そこまで考えて、ロケ松は、その練習機を生け捕りにしてくれるぞと思った。

3

「エネルギーは倹約しとくもんだぜ、お嬢《じょう》ちゃん」

まだ少年のような顔つきの若い男は娘に向かってのんびりと言った。

「あの最中にエネルギーなくなったら、今ごろどうなってたと思う?」

とっさに少女は熱線ピストル《ブラスター》を構えようとしたのだが、すでに相手の手許の銃口がぴたりとこっちを向いている。

しかし彼女は、相手がわるでないことを本能的に感じとり、すぐに警戒を解いた。それは相手にもすぐ通じたらしく、その若い男も熱線ピストル《ブラスター》をあっさりと腰へ戻した。

「こっちは気が気じゃなかったぞ。なんか危なくなったら手を貸してやろうと思って、そこにかくれて見ていたんだ」

彼は、道端のやぶに眼をやった。

「……」

「ところがおめェ、助鉄砲《すけでっぽう》もくそもあったもんじゃない……眼もさめるばかりだぜ」

「……」

「あの保安官は、町じゅうの嫌われもんなんだ。そいつをまぁ、あそこまでとッちめるたぁ、まったくもって……」

「あんた、誰?」少女は相手を見上げるようにして聞いた。

「おれか? ピーターっていうんだ。おまえは?」

「パム」

「ふーん、パムっていう名か? どこに行くんだ? よけりゃ、話を聞かせろよ、力になろうじゃないか」

「いいわ、一人で行くから」ぽつりと少女は言った。

「よしな――って。このあたりは剣呑《けんのん》なとこなんだ。なにが起きるかわかったもんじゃねェ。女の子ひとりで、よくもここまで無事だったもんだぜ」

パムと名乗った少女は、じっと相手の青年を見上げた。歳《とし》の頃、一七、八。すらりとした体つき、浅黒い整った顔つきである。

「あんた、ここでなにしてたの?」

「いやァ、町へ買い物に行った帰りに、ひょいと下を見たら派手に熱線《ビーム》が飛んでるじゃないか。どこのやつらの出入りかと思って、そこに降りたのさ」

ピーターがあごで示した支谷のやぶから、小型ヘリのローターがのぞいている。

「近くに住んでるの?」

「うん、いずれ話してやるよ」

「いずれって、あたい、すぐ行っちゃうわよ」

「よしなよ。どこに行くつもりか知らねェが、ひとりじゃとても行きつけないよ。おれがつれてってやるよ」

「でも、行く」

「突ッぱるなァ。それで、わかってるのか、場所は?」

「地図を書いてもらったわ」

「誰に?」

「言えないの」

「……」

パムはすたすたと地表艇《ホバ・ヴィ》へ歩み寄り、そのまま中へ乗りこんだ。

「さよなら」

彼女はピーターに向かってそれだけ言うと、地表艇《ホバ・ヴィ》のエンジンを起動した。

グーンと低い唸りが起こった。

少女が浮上レバーを入れると、あたりに土埃が起こった。こんども艇はひどく跳ねようとしたが、彼女は慎重にフロント・ダクトを絞ってバランスをとりながら浮かしたので、なんとか艇体は水平を保持した。

パムは、道路につっ立つピーターのほうへちらりと眼をやると、そのまま左手で前進レバーを進めた。

グーン……!

土埃を立てながら地表艇《ホバ・ヴィ》は動き出した。

右舷側にオフセットしてある操縦席の、少女の小さな背中がひどく大人びて見えた。

それでも、なみの大人なら腰から上が艇体からつき出るⅣ型《ロング・パンケーキ》地表艇だが、その娘だと背中が半分ほど見えるだけである。

ピーターは、遠ざかっていく艇をじっと見送った。

ところが、川上へ向かって小さくなっていったその地表艇《ホバ・ヴィ》は、ものの二〇〇メートルとは行かぬうちに、とつぜんエンジンがおかしな音を立てはじめ、たちまち大きく尻を振って山側の崖にはなをこすりつけたかとおもうと、まるでスリッパでもひっくりかえすみたいにくるり! と横転してしまったのである。

ピーターははじかれたようにつっ走った。そして、ものにひっくりかえっている艇体に駆け寄ると下をのぞきこんだ。

雨天用天蓋《キャノピー》の支持枠がアンチ・ロール・バーの役を果たして、パムはぺしゃんこにはならずにすみ、補助席側の床の隅へむりやり詰めこまれたみたいな格好になっていた。

「おい! しっかりしろ!」

言いながらピーターは、すんなり伸びた脚をつかんでパムの体を外へひきずり出した。

「いたい……」

少女の眼から涙がポロポロこぼれ落ちた。

「ちょいと腕をあげてみな」

ピーターは、骨折したんではあるまいかと彼女の白い腕を片方ずつさしあげてみた。

なんともない。

「足は？」

「大丈夫……」パムがかぼそい声を出した。「すねをぶっつけただけ」

「ベルトをちゃんと締めないからだ」

足を伸ばしてぺたんと道へすわりこんだパムに向かってピーターが言った。

彼は、片側が崖によりかかった形になっている艇体のところへ戻った。そして下から手をつっこみ、ツールボックスからウインチをとり出すと、手際よくそいつを手頃な樹に固定して、ワイヤを艇体にひっかけた。

よほどあつかい馴れているのか、それともこつがあるのか、ひっくり返った艇体がこんどはあっけないほど簡単にもとへ戻った。

パムはすわりこんだままそれを見守った。

「一日《いちんち》に二回も地表艇《ホバ・ヴィ》ひっくり返しゃ、こりゃいいかげんこたえもするぜ」

損傷を調べながら、ピーターは道にすわりこんだままのパムに向かって言った。

「……」

「それに——おッ！」なにか言いかけて、ピーターはあわてて計器盤の下へ手を伸ばした。キナ臭い煙がうッすらと昇りはじめている。彼はあわてて回路遮断器《ブレーカー》を切った。

煙は、電源回路の接続箱《ジャンクション》から洩れている。

「ほれ、見なよ」

ピーターがケーブル・コネクターの間からとりあげたのは指輪である。

「あの野郎が、艇をもとへ戻しながら、こっそり指輪で回路をショートさせてたんだ」

「……」

「な、わかるだろ？　このあたりにゃ、あんなのがうようよしてるんだ。だから、突ッ張らかるのはやめな、おれが手を貸してやるからさ」

「……ウン……」パムは、意外とすなおにうなずいた。

「と、なれば、すぐにくるぞ、追っ手は——」

ピーターは言いながら座席の下をのぞきこみ、黒い箱のケーブルを一本ひっこ抜いた。

「ほら、おまえ、自動応信装置《トランスポンダー》を殺すのも忘れてる。最初にひっくりかえったショックで緊急《エマジェンシー》リレーが働いて救難信号は出っぱなしだ。こうなりゃ、すっ飛んでくるパトロール艇が、途中でまる裸の保安官を拾ってくるって寸法だ。今の今まで、位置通報信号は出っぱなしだったんだぜ」

「……」

そのとき、川下のほうから、かすかに飛行機の爆音らしい音が伝わってきた。

二人は、思わず抜けるように青い空を見上げた。

4

ロケ松は、はげしい怒りに駆りたてられていた。

そもそも、あの——というのは、このということでもあるわけだが——およそオンボロ機ぞろいの乞食軍団には似つかわしくない、東銀河連邦航空軍でも第一線機として通用するF410ジェット戦闘爆撃機を三機もまとめて彼らが手に入れるについてはちょっとしたわけがある。

二年ほど前のこと、〈星涯《ほしのはて》〉星系が、昔からいざこざをくりかえしている隣の〈天　宝《てんのたから》〉自治星系とまたもや国境紛争をひきおこした。

もとはといえば、連邦の政界もとっくに見放すほど、ローカル資本家のヒモ付きになり果てている〈星涯《ほしのはて》〉星系政府が、彼らにあおられてひきおこした至極《しごく》ケチな出入りにすぎなかったのだが、たまたま向こうの政情ががたついていたのが幸いして、〈星涯《ほしのはて》〉星系軍は〈天　宝《てんのたから》〉星系に侵攻し、こともあろうにその主惑星・天　宝《てんのたから》へ橋頭堡《きょうとうほ》をつくるのに成功してしまったのである。

そこでわっとばかりに〈星涯《ほしのはて》〉星系軍は地表兵力を送りこんだわけだが、その輸送船団のひとつが、星系境界近くの跳躍中継点で待ち伏せた〈天　宝《てんのたから》〉星系側の宇宙艦隊に奇襲をくらった。

あらかじめそんな情報を手に入れていた乞食軍団は近くの小惑星帯にひそみ、船団が全滅寸前にまで追いこまれて遁走《とんそう》したあとに進入して、おびただしい漂流物をたっぷり揚収《ようしゅう》したというわけである。大部分は多少とも損傷した兵器類で、他に流しても大した金にはならぬものばかりだったが、たまたま無傷のコンテナが一〇個ほどあって、あとでそいつを開けてみたところが、なんと〈星　京《ほしのみやこ》〉星系の日産航空機工場をロールアウトしたばかりの、組み立てて燃料を入れればすぐに飛ぶピカピカのF410戦闘爆撃機が都合六機、補給部品から訓練機材、整備工具、兵器まで含めてそっくり入っていたというわけである。

戦時とはいえ、連邦の漂遊貨物回収条約に加盟している〈星涯《ほしのはて》〉星系のこと、その所有権はそっくり乞食軍団に移ったわけだが、新品の、それも衛星軌道までいっきにあがることもできるという最新鋭機となれば、〈星涯《ほしのはて》〉星系軍としても一機だってよけいに欲しいし、とはいえ機密兵装をたてに正面きって腕ずくで接収するわけにもいかず、ひそかにかなりの額の揚収報償金《サルベージ・マネー》を提示して引き取りを申し入れてきた。

それに対しておなじ乞食軍団のメンバーでも、台所のやりくりでいつも苦労している甚七老人などは、ロケ松に向かって倒産寸前の帳面をつきつけ、この際すなおに〈星涯《ほしのはて》〉星系軍の申し入れをOKしないと遠からず夜逃げするしかないぞと迫ったものである。

　しかしロケ松のほうにしてみれば、こんな凄《すご》い、それもまっさらの戦闘爆撃機が、補給部品から各種兵装まで含めてそっくり六機も手に入るなんぞということは、まずこれから一生かかったってありっこない。ひよっこどもをこれで訓練すれば、なんかの折には星系航空軍どころか連邦航空軍とでもやり合えるまで育つかもしれねェ。第一、宇宙艇のなんのといったって、大気圏内《なか》でちゃんと飛べねェやつが宇宙空間《そと》に出てなにができる。食いざかりの山猿たちの飯代・小遣いつめてでも赤字埋めには協力する。もっと仕事もとってくれ、文句は言わねェ、頼む！　爺《じい》さん！　と、当然のことながらロケ松は泣きを入れた。

　ところがよほどせっぱつまっていたのか、それとも虫の居所がわるかったのか、なにを言いやがる、赤字はそんな桁じゃねェんだ、この小僧めが！——と、こともあろうに、まるで枯木も同然の七〇歳近い甚七が、小ぶりなゴリラほどもあるロケ松をもろに張り倒し、あやうくつかみ合いの喧嘩《けんか》……というか、その気でロケ松がやりかえせば甚七の骨の五、六本は折れること必定《ひつじょう》の騒ぎになりかけたとき、頭目《かしら》のムックホッファが間に入った。

　そして、機密兵器である電子兵装をおろした三機をのこし、あとの三機そっくりとその電子兵装とを、向こうの提示してきた六機分の報償金の額で——という条件で星系航空軍と話をつけ、やっとこの一件をおさめたのが半年前……。

　あろうことか、そんないきさつがからむ三機のうちの一機を、かけ出しのひよッ子がロケ松の見ている前でオーバーランさせてあっさりぶッこわし、もう一機のほうに至っては、すでに撃墜されてバラバラになっているかもしれないというのだ……。

　しかしロケ松の心で煮えたぎっている怒りはそれだけではなかった。

　てめェたちのほうから二人がかりでちょッかい出しておいて、ちょいと反撃をくらったからと命からがら逃げてきた腑甲斐《ふがい》のない洟《はな》たれ小僧のみっともないざまも腹立たしいには違いないが、なによりもロケ松にとって我慢がならず、反射的にこうして離陸してきた原因は、攻撃してきたその練習機が、もはや星系航空軍でもろくに使われていないT330だったという事実だった。

　こっちが虎だとすればあっちは老いぼれた猫だ。その虎が二匹で猫一匹をからかい、逆にやられて逃げてくるたァなんてざまだ。

　あの、ジミーとかいう小僧が、通信機の管制函ガラガラひきずったみっともねェ姿で走ってきたとき、よくもおれはあいつをブチ殺さなかったものだわ……。

　おれも歳《とし》をとったのかなぁ……。

　しかし、とにかく、豚に真珠のなんのとさんざ悪態つきやがった甚七の爺《じじ》いにどう言いわけすればいいのか？まさに、としよりの言うとおりになってしまったのだ。この機体使ってうちの小猿どもを連邦航空軍の戦闘機乗りなみに育ててみせる……なんぞと大口たたいておいて、まったくおれって男は……。

　こうとなれば、どこのどいつだか知らねェがそのT330のパイロットをひッ捕え、甚七の前にひき据えて、さァ！　煮るなり焼くなりそっちできめてくれイ、と啖《たん》呵《か》を切るしか他にみちはないのだ。

　棺桶にもう片足突っこんでるくせに眼ばかりがやたら鋭いあの老いぼれは、ロケ松にとってどうにも苦手なのである……。

　ジミーたちがそのT330に遭遇したという空域はもうとっくに索敵圏内に入っているのだが、ディスプレイにはなんのプリップも現われない。

　彼らが会敵した推定時間とT330の推定速度を戦闘諸元計算儀にインプットして、その範囲を丹念にさがしてみるがなんの気配もない。

　眼の下は山岳地帯。

　北西にある万寿《まんじゅ》市というそこそこの町と、そのはるか南東にあたる彼らの基地の間に横たわる二〇〇〇メートル級の山脈の端を形成している山塊である。

　ロケ松は、そんな山塊の山ひだに重なって索敵警戒機の波がブランケットされているのではないかと、U波に切り換えたりしてみたがまったく手がかりはない。

　だからといって目視索敵で見えるわけはねェが……など心中でつぶやきながら何気なく山塊の北東、つまり万《まん》寿《じゅ》市との間にひろがる荒野のほうへ眼をやったとたん、彼は、はっとなった。

　ゆるやかな起伏がつづく丘陵の一角で、なにかがキラリと陽光を反射したのである。

　信号灯やレーザーの輻射光ではなく、さりとて反射光といってもガラスや水面の反射ではない。まぎれもなくチタン＝アルクミン系の金属板が照りかえすあの冴えた光である。このあたりが玄人《くろうと》の勘というやつ。ロケ松は、ぐいと機首《ノーズ》をめぐらすといっきに高度をさげていった。

　その光が地表のものであることはすぐ明らかになった。

　万寿《まんじゅ》市から山越えで基地のほうへと続く一本道が、荒野のただなかを、まるで白い蛇のようにうねうねと続いている。その道が、山すそへと入りこんでいく川と出合うあたり、道からさほど離れていないちょっとした平地、まぎれもなくT330練習機が一機、胴着をやらかした長い尾を地面に残してへんな形で止まっているのである。故障でも起こしたのか、垂直着陸《V・L》をする余裕もなかったと見える。もろに腹をこすっている。

　ロケ松は、その上をすれすれの高度で二度航過《フライパス》してみた。

　天蓋《キャノピー》は開いたまま、周囲に人の気配はない。しかし念のため、彼はあたりの丘陵の蔭を丹念に上から捜索してみた。しかし、なにひとつ人間のひそんでいそうな様子はない。

ロケ松はもう一度だけ大きく旋回してから、いっきにF410をそのT330の傍へ垂直着地させた。

まぎれもなく星系軍のT330練習機である。

ここから一〇〇キロほど離れた白沙《しろきすな》市に駐屯している〈星涯《ほしのはて》〉星系航空軍白沙《しろきすな》分遣隊の識別マークが入っている。航法訓練をやっていたにしても、すこしばかり遠くに来すぎている。なんかの連絡飛行中だったのか？

だとすればちょっと面倒なことになりそうな気配だが、それにしてもまた、なんでT330ごときを飛ばしたのか。100型の司令部偵察機とかF410とは言わずとも、T380とかF210とかいろいろあるではないか……？

ロケ松はコックピット内をのぞきこんで計器類に眼を走らせた。スロットルは進めたまま、電源も入れッぱなしで、電圧計はちゃんとまだ24Vを示している。そして燃料系統の状況が眼にとまったとたん、彼はニヤリと笑った。

こいつを飛ばしていたやつは素人《しろうと》だな——彼は心の中でつぶやいた。計器類からしてこのT330は燃料切れで胴体着陸に追いこまれたわけだが、その原因は燃料タンクの切り換え忘れ——なのだ。二番と四番タンクのコックが締めたままになっている……。こんなど素人みたいなことやらかすやつは、いくらバカぞろいの星系航空軍でもやることではない……。

となると……。

誰かがT330を乗り逃げしやがったか……？

第一、星系航空軍のやつなら、着地と同時に電源を切り、正規の遭難信号を出して救出を待ち、仮になんらかの理由で機体の傍を離れることになれば天蓋《キャノピー》を閉じて施錠しなければならない。

さもなくば——つまり、こんな状態で機体を置き去りにすれば、その所有権は放棄したという意思の表示と見なされるのだ……。

そうだ。さしずめこのT330はこっちへいただきというわけだ。あとで星系航空軍ともめることになるかもしれんが、ぶッ壊されたF410の代替機として手を打っておこう。ひょっとすると、虎の子のF410三機のうちの一機は完全に喪失しているかもしれないのだ。

ロケ松は自分の機に戻り、基地の若いのに無線で回収の手配をした。

それにしても……。

ロケ松はまたT330のほうへ戻りながら考えた。

乗っていたやつはどこへ行きやがったのか？

命からがらジミーのやつが基地へ逃げ戻ってきた時間から考えて、まだ、さほど遠くへ行ってはいないはずだ。通りがかりの車に便乗しようとしても、車そのものがほとんど通りがかったりはしないのがこの惑星なのである……。

ちくしょう……町のほうへ行きやがったか……？

それとも山のほうへ向かったか……？

そのとき、突然、ひどくなさけない声がはるか遠くから風にのって伝わってきたのである。

「おうイ……！」

はっとして声のほうへ眼をやったロケ松は、突然、自分がひどくみじめに思えてきた。いいかげん耄碌《もうろく》しはじめてることは自分でもちゃんとわきまえている。眼もおかしくなりはじめている。とはいうものの、いくら幻覚を見るにしたって見ようがあるではないか……。荒野のただなかを通っている道のほうから裸の人間がやってくる。

それが、裸の男なのである！

幻覚ぐらいは若い女だってよさそうなものに……。

「おうイ……！」

素っ裸の男が手を振っている。

これは幻覚ではない。

幻覚ではないが、いったい、こんな荒野のただなかで素ッ裸の男がなにをやっていやがるんだか……。

ロケ松は、いとも哀れな格好でこちらへ近づいてくるその男が、町一番の嫌われ者の兇暴な保安官であることに気がついて二度びっくりした。

若いのが町へ行くたびになにかと言いがかりをつけられ、いずれは——と考えていたその当人である……。

「ま……町まで……連れていってくれ！……」

素ッ裸の保安官はかぼそい声をあげた。

5

狭い谷間を押しひろげるような勢いで、下流のほうからまぎれもないF410が一機接近してきたとき、ピーターは、とっさにパムへおおいかぶさるように地上へ伏せた。

どだい保安官がボロ地表艇《ホバ・ヴィ》ひとつ奪われたくらいのことで、星系航空軍が追跡してくるわけもないのだが、そんなことを考える余裕はない。

とにかく、今にもミサイルか機関砲が襲ってくるかとこわばる体の上を、まるでこすらんばかりの高度でドッ！　と熱風をのこし、F410は航過《フライパス》した。

そしてこわごわ頭をあげたとき、上流の小さな山頂をかすめて旋回に入ったその機体の、胴体に描かれているマークが、ちらり！　とピーターの眼に入った。

大時代な虎の絵である……！

うちの機じゃねェか！

それもロケ松が大切にしていて、あんまり他のやつには乗せたがらぬ一番機である……。

びっくりさせやがって……。

わるさにもほどがあらあ……。誰だ、いったい？

ピーターは、大きく旋回を終わってまたこちらへ向かってくるF410を見ながら立ち上がろうとした。

ところがそのとたん、突っこんでくるF410の翼付根からパッ！　と赤い閃光《せんこう》がほとばしったのである。ピーターは反射的に身をすくめ、パムをかばった。

バシッ！　凄《すご》い音がして、すぐ傍の樹の枝が吹っとんだ。

狙われればひとたまりもない距離である。あきらかに照準を外してはいる。しかし、どこの何者であれ、わるさにしては度がすぎている。わるがそろってる基地《うち》の連中でも、こんな真似するやつはいないはずだ。まかり間違ってロケ松に見つかれば半殺し、頭目《かしら》に知れても搭乗禁止くらいではすまないはずだ。

F410は反航して、また下流側から突入しようとしている。

「じっと伏せていろ！　動くな！」

とっさにピーターはパムに向かってそう言うと、谷筋の目立たぬところへ置いたままのヘリコプターへ向かって走り出した。

VHFで連絡とるのだ。誰が乗ってやがるのか、なんの勘違いだか知らねェが、早くやめさせないと……。

ふたたびガアーッ！　と迫る爆音にふり向いたとたん、ピーターはぎょッ！　となった。パムが弾《はじ》かれたように立ち上がったのだ。

「伏せろ！」ピーターは叫んだ。

しかし、爆音にかき消されてその声は届かない。

パムは、熱線ピストル《ブラスター》を構えてF410に向きなおった。

しかし一方、突っこんできたF410も見事なものだった。

地上から射ってくる気配に気づいたとたん、なみのパイロットなら間違いなく山肌にドテッ腹をこすること必定としか思えぬ、おそろしくきわどい転針をやって下からのビームをやりすごし、そのままいっきに垂直上昇に入ってあざやかな反転をかけたかと思うと、こんどは大きく旋回をくりかえして下の様子をさぐっている様子。

しかしそれもほんの二、三回、F410はぐいと決断したように、ふたたびパムをめがけて突っこんできた。

こんどは比較的高度をとっている。

「パム！　伏せろ！」ピーターはもう一度叫んだ。

こんどはたしかにその声が伝わっているはずだが、パムは振りかえりもしない。熱線ピストル《ブラスター》を構えたまま、F410を待ち構えている。

そこへもろにF410は進入してきた。

ピーッ！　と糸のような赤いビームがいっきにパムの手許から伸び、それが扇形にひろがって機体を追ったのはピーターの眼の残像だろうが、とにかくビームの散乱を見越す高度をぴたりととっているF410は見事だった。

F410をこれだけ飛ばせるのはロケ松しかいない……。ありゃロケ松だ！　ピーターは心の中でつぶやいた。なにか勘違いをしている。

そのときである。

F410は、パムの頭の真上をかすめた瞬間、黒い球をひとつ投下した。ピーターがはっとなる間もなく、その球はバッ！　とものすごい黒煙の塊と化してそのまま地表へ落ちてきた。あっという間にパムの体はその煙のただなかへ包みこまれてしまった。

麻酔弾を投下しやがった！

ヘリコプターに駈けこんだピーターは送話機をとりあげるなり叫んだ。

「F410！　F410！　こちらピーター！　F410！　F410！　攻撃をやめろ！」

しかし、応答はない。

ぐおうンッ！

F410の爆音が変化した。

見上げるとその機体は宙空でほとんど停止しており、見る間にゆっくりと垂直に降下しはじめた。さっと降着脚が外に伸びる。

散乱しはじめた黒煙を避けるように、F410は上流側の河原にぴたりと垂直着地した。

ピーターは機尾のほうから走り寄り様子をうかがった。

パタン！　と天蓋《キャノピー》が開き、ラッタルが胴体の側面に現われた。

そして、ずんぐりした小柄な男が、ピーターに背を向けるようにしてラッタルへ手をかけた。それがロケ松であることにピーターはもう驚きはしなかった。F410という最新鋭機をあんな見事に飛ばせる男が彼以外にいるわけがないのだ。

「野郎ッ！」

駈け寄ったピーターは、ちょうど地上へ降りたったロケ松をあらんかぎりの力で張り倒した。

「なんて真似しやがるんだ！　女の子だぞ！　麻酔弾なんぞ嚙《か》ませやがって！」

「女の子……か？」

張り倒されたロケ松は、ちょっと不思議そうに唸るようなつぶやきを洩らしながら、ゆっくりと砂を払って立ち上がった。

「おまえはなにやっとるんだ？　こんなところで？　え？」

バシッ！

その手の早さたるや……気づいたとき、ピーターは地面にぶッ飛ばされたあと……。

「この洟《はな》たれ小僧めが！」

ロケ松は、地上に腰を抜かしたピーターに向かってゆっくりと歩み寄った。

「てめェがこんなとこで道草喰ってやがる間に、410が二機も撃ちおとされたんだ！」

「ええッ！」ピーターが息を吞《の》んだ。「ほ、ほんとかい

!?」

「馬鹿！」ロケ松がどなりつけた。「こちとらはな、そんなシャレをさえずってるひまはねェんだ！」

……三番機のあんなみっともねえ着地も撃墜のうちだ……ロケ松は心の中で帳尻を合わせた。

「だ……誰が――？」

「きさまがそこでイチャついてた、その、女の子とかってやつの仕業だ！」

そのとたん、はじけるようにピーターの体が跳ねた。

バシッ！

砂埃をあげて盛大に張り倒されたのはこんどはロケ松……。

「イチャついてるたァなンだ！ このくそ爺《じじ》いめが！」

ピーターが血相を変えてやりかえした。

「弱い者がいじめられているときゃ、てめェの命張ってもそいつを見逃しちゃならねェっ――て、餓鬼《がき》の時分からおれにたたきこんだのはどこの老いぼれだ！」

砂を払いながら、ロケ松はゆっくりと立ち上がった。

「弱いモンだとォ……？」

彼はぬッと近づくなり、こんどは、ものの見事にピーターの体を河原に投げとばした。

「時代もんのＴ３３０で、４１０をまとめて二機撃ち落とすやつが、弱い者か!?」

言うなりこんどはロケ松の体が宙をとび、砂の上に投げとばされたピーターへ襲いかかった。

「野郎！ 折檻《せっかん》してくれるぞ！ 覚悟しやがれ！」

凄い勢いですッとんでくるロケ松の体をすばやくかわしかけたピーターだが、なにしろ相手は怒り狂った熊蜂《くまんばち》も同然の勢い、きわどいところでえりもとをつかまれ、たちまちもみ合いとなった二人は、あらためて砂上にころげ、猛烈な組み打ちになった。ロケ松が馬乗りになって強烈なやつを一発噛ませたとたんすぐピーターにはじき返され、ふたたび押さえこんだがまたもやひっくりかえされ、それでも、年に似合わぬ鋼《はがね》のような筋肉に物を言わせてついにピーターをなんとか組み敷いたはいいが、もうはげしく喘《あえ》いでこれ以上ぶん撲《なぐ》る気力はなくなりかけている。そこをまたピーターにひっくり返されかけたが、ピーターのほうもいいかげんボロボロになっていて、それ以上やりかえしもできない。

「おッさん！」砂上に組み敷かれたままのピーターが、相変わらずつっかかるような口調で言った。

「麻酔弾の回復剤はもってるんだろうな！」

「……」

思わずピーターを押さえこむロケ松の腕の力がゆるんだ。回復剤は……？

「持ってないのか!?」ロケ松の下でピーターが血相を変えた。眼のまわりに大きくまがでている。

「バカ！」

あらんかぎりの力でピーターがロケ松をはじきかえした。そして、砂上にひっくりかえった相手には見向きもせず、彼は道のほうへ駈け出した。

もう黒煙は散ってしまったあとの路上に、パムがぶっ倒れたまま身動きもしない。

ピーターは、ぐったりとなったパムの体を抱き上げた。

「パム！ おい！ パム！」

ロケ松が歩み寄った。

「回復剤を載せてもいねェのに麻酔弾はおっことす、飛行中にもＶＨＦのスイッチは切ったまま……。それが乞食軍団・副頭目《ふくとうもく》のやることか!? 老いさらばえやがって！」

ピーターはパムを抱えて立ち上がりながら、やってきたロケ松をぐい！ とにらみつけた。

「おれの４１０で行け」

ロケ松はぼそりと言った。

ピーターが憤然とうなずいた。

「それじゃヘリを持ってきてくンねェ」

ピーターが歩き出そうとしたとき――

ゴーッ……。

かなり高い高度を飛ぶジェット機の爆音が伝わってきた。

思わずロケ松は空を見上げた。

谷間にのぞく抜けるほど青い空をＴ３３０が一機、基地のほうへとゆっくり飛んでいく。その傍を基地のＵ２０がやっとのことで危なっかしく併航していくのがひどく滑稽である。

「あれだ」ロケ松がつぶやいた。

「あれ？」ピーターは空を見上げたまま言った。「あれがどうしたんだ。Ｕ２０はうちのだろ？」

「あのＴ３３０よ、その小娘が操縦してたのは――」

「この娘《こ》が!?」

「そうよ。ジミーと三郎が飛ばしてた４１０を攻撃したあとで、万寿《まんじゅ》のはずれの草ッ原に胴着しやがった……。燃欠よ……しまらねェ……。コックの開け忘れだ」

「どうしてこの娘《こ》だってことが――？」

ロケ松は黙ってポケットから花柄のハンケチをとり出すと、ピーターの鼻先へつきつけた。

「てめェ、いま、この小娘のことをパムと呼んだな？」

「うん」

「これを読んで見ねェ」彼は端の縫いとりを指さした。

「パ……ム……」

「これがあのＴ３３０のコックピットに落ちてた。おまけに、この小娘は盗ッ人だぞ。川で水浴びしてる保安官の着てるものをそっくり猿股まで掻ッ払いやがった――」

とたんにピーターがはじけるような笑い声をあげ、あやうく腕に抱いたパムの体をおっことしそうになった。

「そいつァ真っ赤な嘘だぜ、とッつァん！ あの野郎、この娘に言いがかりつけて、絞め殺そうとしてあべこべにやられたんだ。おれは見てたんだ。みっともねェっちゃありゃしねェ。この娘に・02射ちかけられてよ、素っ裸で逃げていきやがったんだぜ……。

しかし……、そうとなると……。

この娘はT330でどこかへ行くつもりで燃欠やって、胴着して、仕方なくて歩いてたってわけか……」

「そりゃいいが」とロケ松が言った。「早くその小娘を基地《うち》へ運べ。ほっといても自然回復するとは思うが、念のためよ」

「じゃ、おれのヘリ、持ってきてね、とッつァん。そこにある、ほれ、そのバスケットを忘れないでくれよ。この娘《こ》の持ち物なんだから……」

眠りこけるパムを後席にのせたF410がピーターの手で垂直上昇していくのを見送ったあと、ロケ松はピーターの乗ってきたヘリコプターで離陸した。

6

ロケ松が基地に戻ってみると、撃墜されたかもしれないと言われていた三番機も無事に帰投しており、撃たれたという二枚の垂直尾翼《スタビライザー》も上のほうがほんのすこしちぎれているだけで、さっき、つんのめって機首《ノーズ》をこすった二番機のほうが被害は大きいくらいのもの。その二番機もすでに格納庫《ハンガー》前に戻っている。

回航してきた例のT330もそのとなりに止まっていた。

F410の一番機でピーターが運んできた、パムというその娘は、すぐ傍の地上に置かれた担架に横たえられており、ピーターをはじめ、何人かの男たちがとりまいていた。

「そっとしておけ、すぐ回復する」

担架の傍にひざまずいていたたくましい大男が注射筒《シレット》を手にしたまま立ち上がった。低いがよく透る声である。

「お頭目《かしら》!」おもわずロケ松は言った。

「おう!」その大男は振りかえった。五〇なかば、彫りの深い顔、鋭いがやさしい眼である。

もと連邦宇宙軍中将・ジェリコ・ムックホッファ。

「いつお帰りで――?」

「おまえが離陸《テークオフ》した直後らしい」

「なんか、わけのわからねェ騒ぎで――」

「けが人が出なくてよかった」

「何者でしょうな、この小娘」ロケ松は担架の上の少女を見下ろしながら言った。あどけない表情である。ロケ松ははじめてその少女の顔をしみじみと見つめた。

「いずれ、回復すれば事情もわかるだろう」ムックホッファは言った。「持ち物はそれか?」

ロケ松は、自分が大きなバスケットを抱えているのを思い出した。

「え、えェ」

言いながらバスケットを差し出そうとしたとたん、はずみで掛金が外れ、パタン! と蓋が開いた。ぱッと地上にこぼれ落ちたのは、着替えの下着やなにか、いかにも娘らしいはなやいだ身のまわりの品々……。

そのなかに、いとも不似合いな黒いものがゴロリとひとつころげ出した。径が三寸、長さが一尺ほどの黒い円筒である。

「耐爆容器だな、なにか入っとるか?」言いながらムックは、受け取ったその円筒を軽く振ってみた。かすかにカラカラと軽い音がする。「鍵がないな……まあ、この娘の意識が戻ってからのことだ」

と、彼が言い終わったときである……。

ゴオーッ!

だしぬけに雷鳴のような轟音《ごうおん》が彼らを襲った。

みんなはいっせいに音のほうへ振りかえった。

大型パトロール宇宙艇が一隻、いつの間にアプローチしてきたのか、滑走路延長の草ッ原へすでに着地しており、降着ソリで凄まじい砂煙をまきあげながら彼らのほうへ突進してくるところ。制動用の逆噴射の熱風がどッと襲ってきた。

さすがに見事なタイミングで、パトロール宇宙艇は滑走路端すれすれ、彼らから数十メートルのところでぴたりと停止した。宇宙軍でいえば〈かみきり虫《ロンジコーン》〉級哨戒艇ほどの大きさ、乗員一〇名くらいだろうか……?

ぱたり! と側面のハッチが開くと同時に、Ⅳ型レーザー・ライフルに戦闘服姿の星系機動警察隊の隊員が、ばらばらと五人ほど地上に降り立ち、こちらへ向かって走ってきた。

「おとなしくしていろよ」ムックホッファが低い声でみんなに命じた。

「手をあげろ!」先頭をきって走ってきた若いのが、ライフルを構えながら大声で言った。

みんなはきょとんとしている。

「こらァ! 手をあげんか!」ばらばらと走ってきた他の隊員たちもどなった。「抵抗する気か!?」

何人かは気の進まぬ様子で半分ほど手をさしあげた。

いちばんあとからやってきたずんぐりで野卑な顔つきの男が指揮官らしく、あたりをいわくありげに見まわしてから言った。

「責任者、前に出ろ」

「責任者、前に出んか!」尻馬にのっかった若いのがどなった。

「責任者はわたしだが……」低いが、思わずはッとなるほどよく透る声である。

一瞬、あたりはしーんとなった。

「どういうことなのかね、これは?」

「なにいッ!」若いのが眼を吊り上げた。

ムックホッファは、指揮官の顔を正面からじっと見すえたままで言った。

「われわれにはさっぱりわけがわからんのだ。訓練飛行中だったうちの練習機が、正体不明のT330に無警告の攻撃を受け、追跡中に、胴着して放棄されたその機体を発見して揚収《ようしゅう》したら、あなたがたのご入来だ――」

「とぼけるな」指揮官がにべもなく言った。「きさまたちの仕事であることはもう読めとる。星系航空軍の練習機を盗み出して他へ売るつもりだったな」

「こんな古めかしいおんぼろ機でも商品になるのかよ、え？」と、一人。「なァ、乞食軍団の隊長さんとやら」

ムックホッファの表情がかすかに動いた。しかし、その口調は冷静そのものである。

「そんなことはない。今、わたしが言ったとおりだ。このT330を操縦していたのが何者なのかも知らないのだ」

ムックホッファの、底知れぬ深さをたたえた眼がじーっと指揮官の顔を見つめた。世が世ならば東銀河連邦宇宙軍全軍の二割かたをそっくりその掌中におさめる将官である。ケチな場末の三流星系でいばりくさる機動警察隊の下ッ端指揮官風情とは、どだい格が違うのだ。

べつに突っ張るでもなく、挑戦するでもなく、ただ、じっと心の底の底までを見すかすようなムックの視線に、相手はあわてて眼を逸《そ》らし、すぐに態度を変えた。

「ふむ……まあ、きさまの言うことをいちおう信じるとしよう。われわれは〈星涯《ほしのはて》〉星系警察の機動警察隊だ」

相手は言わでもがなのことを言った。

「三時間ほど前に」と指揮官はつづけた。「星系航空軍の白沙《しろきすな》基地からT330練習機を乗り逃げしたものがおり、当方にその逮捕を要請してきた。そこでわれわれが出動し、おそらくここだろうとあたりをつけて乗りこんできたわけだ。犯人をすぐこちらへ引き渡せ！　それが乗っ取り犯人だな？」

指揮官はT330の脇の地上に眼をやった。

「なに？」彼はちょっとおどろいた。「犯人は小娘か？」

つられてムックが担架のほうを見ると、いつの間にかパムは担架の上に半身をおこし、おびえたようにこちらをうかがっている。きれいな顔立ちの娘だとムックホッファは思った。

指揮官は下卑《げび》た薄ら笑いを浮かべてムックの表情をじっとうかがった。しかし、ムックはにこりともしない。

「所持品はないのか？」かなりたってから指揮官は聞いた。

ムックは黙りこくっている。

「所持品はなかったのか――と聞いとるんだよ、あァン？」いささか顔にしまりをなくした指揮官は、担架の上でおびえたような眼をしている娘と、眼の前に立っているムックとを交互に見くらべた。

「なんだ、そりゃ？」指揮官はムックが手にした黒い円筒に眼を向けた。「この娘が持っていたのか？　耐爆容器だな？」

ムックは答えない。

「おい、逆らうなよ、〈乞食軍団〉の隊長さん」いちばんごついのが、レーザー・ライフルを彼の胸許へつきつけた。「てめェらのひとりやふたりぶッ殺すのはわけねェんだぜ！」

機動隊員独得の、無教養で兇暴な面構《つらがま》えの男である。こいつが副長らしい。

「こっちへよこせ」

指揮官はムックの手からその黒い耐爆容器をむしりとった。

「なにが入っとるのか」と彼は容器のキャップを開こうとした。「鍵は？」

「……」

「鍵はどうした？」

「知らん」

「知らんだとォ？」横のひとりが眼を吊りあげ、ライフルの銃口をぐいとムックの胸に押しつけた。「きさまァ、誰に向かって――」

「やめんか」図にのってイキがる若僧を指揮官が制した。「鍵なんぞなくともかまわない」

彼は腰から熱線ピストル《ブラスター》を抜き出すと、出力を絞ってから銃口を錠の部分へはすに当てた。

ビッ！　一瞬まぶしい光が来る。

指揮官はピストルをおさめてから、ねじこみになっている容器の蓋をまわしはじめた。

「爆発物じゃ――？」とひとりが不安そうに口をはさんだ。

「大丈夫だ。カラカラ音がしとる」指揮官はそのまま蓋をとった。

そのとたん――

ざらざらッと中からこぼれ出たのは、なんと、眼のくらむような宝石……。

「おおッ……」機動警察隊員もムックたちも、おもわずおどろきの声を洩らした。

「これはこれは……」ふたたび口を開いたのは指揮官である。「これも盗品だな……」

指揮官は腰をかがめ、地上にこぼれ落ちた宝石をひとつひとつ丹念に拾いあつめながら、なにか考えている様子だった。

彼はそのままの姿勢で、脇につッ立っている、いちばんごつい、副長らしいその男のほうをちらりと見上げた。相手はなにか意思表示をしたらしい。

指揮官はそのまま宝石を拾いおわると、蓋を締めこみながら立ち上がった。

「よし、これは証拠品として押収するぞ。異存はあるまいな？」

「……」

「その代わり……その代わり……本件は、なかったことにしてやる」指揮官は、ひどくぎごちない口調で言った。

「本来なら、きさまたちも逮捕されるところだぞ、な」

「……」

「それを見逃してやる」相手はひどく恩着せがましく言った。しかし、ムックはなんの表情も見せない。指揮官はちょっとたじろいだ。そしてあわててつけ加えた。

「そのＴ３３０はくれてやる。適当にやれ。売りたければ売れ」

「おい」指揮官が居合わす隊員たちへあごをしゃくった。

「その娘を連行しろ」

待ち構えていたように、薄笑いを浮かべながら隊員が二人、担架のところへ歩み寄ると、娘の肩を捉えて立たせようとした。

「いや！　いや！　いやだったら！　助けて！」パムははげしく抵抗した。

「あばれるんじゃねェよ、ねえちゃんよォ」

「かわいがってやるぜ、あとでよォ」

隊員たちは楽しげにその娘をいたぶりながら、腕ずくでひったてようとした。

「いや、いや、やめてったら！」彼女は泣き声をあげた。

「やめろ！」とっさに大声でわめきながらその機動隊員へとびかかったのはピーターである。

しかし次の瞬間、傍でヘラヘラ笑っていたそのいちばんごっついやつが手もなくライフルを振りかぶり、その銃床であっさりとピーターを張り倒した。

「野郎！」

立ち上がりざま、ピーターが腰の熱線ピストル《ブラスター》へ手をかけたとたん、彼の胸許にはぐい！　と、レーザー・ライフルの銃口がつきつけられていた。

「この餓鬼《がき》めが！　ブッ殺されてェのかァ！」

ガッ！　次の瞬間、ピーターはパトロールのブーツにあごを蹴上げられてぶッ倒れた。

「およしなせェ！」

そこへぬッと割って入ったのはロケ松。つづいてムックも身をのり出した。

「お頭目《かしら》、ここはおいらにまかせて――」ロケ松は小声でムックを押し戻した。

「だんながた！　いくらなんでも、こりゃ、あんまりですぜ！　犯人をしょッぴこうってのに令状を提示するわけでもなし、第一、その小娘がＴ３３０を乗り逃げした証拠でもあるんですかい？」

「被疑者として連行するんだ」指揮官が言った。「なにか文句があるのか？　抵抗するつもりならただじゃおかんぞ」

「抵抗なんかしやしませんって……」ロケ松がニヤニヤ笑いながら言った。「泣く子も黙る機動警察に、あっしらがたてついてかなうわけがァねェ……」

ロケ松はニヤニヤ笑いつづけながら相手の顔をじっとのぞきこんだ。

「……なんだ？　なんだというんだ！」

そんなロケ松に指揮官はぎょッとなり、それを表に出すまいとして必死で突ッ張った。権力をかさに着ての弱い者いじめには馴れているが、こんな、いかにも海千山千風の男から、正面きって薄気味わるい笑いかたをされると、もう、どう扱っていいのかわからぬ、典型的な小役人タイプである。それに対して、こっちは、世が世ならば連邦宇宙軍の少佐である。どだい格が違う。

「わかってるんですぜ、隊長さん」

かなりたってからロケ松が低い声で言った。やわらかだが有無を言わさぬ調子である。

「な、なにが!?」相手は顔色を変えた。「なにがわかってる――というんだ!?」

「あたしにそいつを言わそうっていうわけですかい？」

ロケ松は相手の顔をのぞきこむように身をのり出した。

指揮官は思わず後へ一歩退った。「ええ？」

あたりはシーンとなった。

「い、言ってみろ、なんだというんだ!?」

「なんだ――というんじゃありませんや。あなた……」

ロケ松はそこで言葉を切った。そして、おもむろに続けた。

「あなた、その宝石をそっくりいただいちまおうッてんでしょ？」

「な、なにィ!?」相手はあきらかに肚《はら》の中を見すかされ、取り乱した。「な、なにを言うか!?　この乞食軍団風情が！　この宝石は証拠物件として押収するんだ！　これは――」

「するとＴ３３０のほうはどうなるんで？　その練習機は？――」ロケ松がたたみこんだ。「あなた、その練習機を乗り逃げされたからってンで、その娘をしょッぴこうってンでしょ？　それがあろうことか、それをおれたちにくれてやるって――

隊長さん、あなたはさっき、たしかにそうおっしゃいましたぜ。なんであたしたちにくれてやらなきゃならないんです？」

「ウッ！　ウッ！　そ……それは……」

「それはもこれはもありゃしませんぜ。え？　もう、けつァ割れちまった」

こうなるともう、年の功に加えて人間の格の違いである。相手は完全に食われていた。

ロケ松はつづけた。

「その代わりに、Ｔ３３０はくれてやる……？　そんな取引きをしておいて、あとで離陸して上から機関砲かミサイルあびせて、おれたちを皆殺しにしようッてンでしょ？」

「ウッ！」相手は、いまにも眼玉がとび出しそうな顔をした。

「犯人一味は抵抗したから皆殺し、Ｔ３３０もやむなく破壊したと報告して、宝石はこっそり山分け、このねえちゃんは散々なぐさみものにしてから売り飛ばすったって、そりゃありませんぜ、だんながた」

いちばんごっつい、例の副長がすーっと指揮官のところへ寄っていって、かすかになにかささやいた。いつの間にか、彼のⅣ型短レーザー銃の安全装置は解除されており、強い陽射しの中でさすがに光は見えないが、銃口の周囲にもう強い熱対流がメラメラと起きているのがわかる。

切羽《せっぱ》つまった指揮官がほんのかすかにうなずきかえした。

しかし、そのとたんにロケ松は言った。

「おやめなさいよ、へんな真似は」

ごっついのはぎょっとなった。

「今ここでおれたちを皆殺しにしたって、もう手遅れですぜ。もう証拠の湮滅《いんめつ》はできっこねェんだから」

「……」

毒気を抜かれた態《てい》で、隊員たちは、ただ、ロケ松の顔を呆然と見守るばかり。

「あそこをごらんなせェ」ロケ松は滑走路の中ほどに面した格納庫群の屋根を指さした。「あそこにゃ、高性能カメラとレコーダーが仕掛けてあるんですぜ」

「そんなものは砲の一発で片がつく」釣られて指揮官が本音を吐いた。

「そうはいかねェッて」

ロケ松はおちつき払っている。

「そんなこともあろうかッてンで、画はマイクロ回線で秘密の場所まで中継して録画してるんです。それも一個所だけじゃねェ……」

「むッ……」

「だんながたがそのまま基地へ引き揚げて、飛行機泥棒一味は抵抗したんで、自衛のため、やむなくT330を破壊し、全員を射殺した――なんて報告したってだめでさァ。こちとらの仲間が、おおそれながら――と差し出したそのディスクを再生して見りゃ、抵抗もしねェおれたちを皆殺しにする前に、ピンピンしたきれいなねえちゃんはパトロール艇ン中へ連れこむわ、耐爆容器いっぱいの宝石はいただいちまうわ――が、すべて一目瞭然になっちまう。

ついでにあんたたちのものでもねェ星系航空軍のT330をくれてやる――と言ったのも、ね。

いくら〈星涯《ほしのはて》〉星系警察が腐りきってるからったって、こりゃひどすぎますぜ。ただじゃすまないね。本部長だの監察官だのにがっぽり宝石の上前はねられるだけですみゃ、おンの字だ。まかり間違ャ死刑ですよ、これは」

「……」

指揮官は、もうすっかりピンチへ追いこまれていた。

「今の今だって、レコーダーはまわってるんですぜ。もちろん声もね」

「むむ……」

ロケ松はそこで相手の出方をじっと待った。

欲は深いが小心者らしい指揮官は、ちょいと考えてみりゃ、切り抜けようがいくらもありそうなものなのに、もうそれどころではないらしい。ただ、必死で動揺を押さえようとつとめている。

「どうしろというんだ?」かなりたってから、やっと指揮官がけつを割った。「手を打とうじゃないか」

「さすが、さすが、さばけてらっしゃる」ロケ松が言った。「よござんす。手打ちといきやしょう。宝石はそっくりあげますよ」

ケロリとしたその言葉を耳にしたとたん、指揮官の顔にはほっと安堵の表情が浮かんだ。

隊員にひっ立てられたままの娘がなにか言おうとしたが、そっとムックが目くばせをした。

「ただね」とロケ松はつづけた。「こちとらの基地にゃ、女ッ気がなくて、不便で困ってるんですよ。だから、このねえちゃんを飯炊きに使いてェんで――」

「よし、わかった。はなしてやれ!」

指揮官はちょっと考えてから、娘を捉えている部下に指示した。二人は残念そうにパムの体から手をはなした。

「女のほうがいいってわけだ」

さっきピーターを痛めつけたごついのが、これは本格的に図太いやつらしく、ヘラヘラ笑いながら割って入って来た。そして、後始末にのりだした。

「調書はこっちで作る。練習機奪取犯は着陸事故で死亡し、機体は大破」

「念のために墓を作っておいてくれ」いくぶんほッとした表情で指揮官が言った。「その機体に関しちゃ、おまえたちが再生したことにしてもいいし、エンジンのシリアル消すなりなんなり、適当にやんな。馴れてるだろ。もし、なんか問題になったら、機動警察第23小隊の隊長へ照会しろと言え」

「そんなときゃ、おれたちも口をきいてやっからよ」横にいる隊員たちもしたり顔で言った。

「わかりました、これで一件落着と。宝石の素姓はわからねェから、へたなさばきかたはしなさんなよ」

「わかった」指揮官は言った。「それでは、引き揚げるぞ。すまんな」

こともあろうに、彼はちょっとロケ松へ頭を下げると、その耐爆容器を大事に抱え、まだ不安から完全にはぬけきれぬ表情ながら、それでもいそいそとパトロール宇宙艇のほうへ戻っていった。他の連中も足早につづいた。例のごっついのが、大丈夫だ、うまくいった――とかなんとか指揮官をはげましているらしい。

「ちくしょうッ!」青く顔を腫《は》れあがらせたピーターがロケ松にくってかかった。「なんであんな手の打ちかたしやがったんだよ! この、この、くそったれのボケ松が!」

しかし、ロケ松は相手にもならずにじっとパトロール宇宙艇のほうを見守っているだけ。

なおもわめきたてるピーターを、ムックが静かに押しとどめた。

ごォッ！

パトロール宇宙艇がロケット・エンジンを始動した。

そのまま衛星軌道へ上がり、惑星・星涯《ほしのはて》へまっすぐ帰るらしい。燃料の経済性などとんと考えぬお上《かみ》のやりかたである。艇首の左端にオフセットしてある操縦席の天蓋《キャノピー》が一部分だけ上に開き、さきほどの指揮官とおぼしき男が上半身をのり出すと、伏せろ——という手真似を送ってきた。

「けッ！　気をお遣いくださって！　こちとら、ありがたくって涙が出らァ！」誰かが叫んだ。

「このままロケットで上《あ》昇《が》するつもりなんだろう」ムックがみんなのほうを振りかえった。「吹き倒されんように用心しろよ」

砂埃をまきあげながら、ゆっくりと艇首を転じたパトロール宇宙艇の噴射音がいちだんと高まった。

胴体の後尾につき出ている太い二本のノズルが、突然、ボッ！　と赤い火を噴き、激しい熱風が彼らのほうを襲った。あたりに止まっているエアカーや、T330の機体までが激しく揺れた。

パトロール宇宙艇はそのままちょっと滑走したかと思うと、四五度もありそうな角度で急上昇を開始した。

「く、くそオッ！」ピーターが地団駄を踏んでくやしがった。「おぼえていやがれ！　この仇《かたき》はいつかとってくれるぞ！　きっと一人残らずぶッ殺して——」

ピーターがそこまでわめいたときである。

上昇していくパトロール宇宙艇がとつぜん気でも変わったように、ぐーっと大きく旋回しはじめ、一八〇度転針したかと思うと、こちらに向かってまた急降下をかけてきたのである。

「伏せろッ！」ロケ松が大声をあげたのは、パトロール宇宙艇の上部砲塔がピカリ！　と閃光《せんこう》を放つのと同時だった。

あッという間に格納庫の屋根の小さなやぐらが吹っとんだ。さっきロケ松がカメラを据えつけてあると言った場所である。

パトロール艇は彼らの頭上をかすめて航過《フライパス》すると、ふたたび旋回してこちらへ向かってきた。

パトロール宇宙艇の指揮官は、地上の彼らを狙ったらしいが、その射線はT330すれすれの地上に火柱を立てた。

そしてぐーッと彼らの真上をかぶさるように航過して、滑走路外の荒地へかかったときである……。

まったくだしぬけに、そのパトロール宇宙艇が、パッ！　と眼もくらむような白い焰に包まれたのである。

そして数秒後、どどオンッ！

大地を揺るがすようなものすごい爆発音がここまで伝わってきたとき、そのパトロール艇はすでに木ッ端みじんの破片と化して、バラバラ淡い煙の尾を引きながら地上へ舞い落ちはじめていた。

とっさに地上へ伏せた彼らも次々と立ち上がった。

「こんなこともあろうかと……」とロケ松。

「自業自得というやつだな」ムックが低い声でつぶやきながら、墜落地点に遠い眼を送った。

ロケ松の指示で、基地の男たちの大半がエアカーで墜落現場に向かい、死体を収容して墓を作り、例の耐爆容器を回収して引き揚げてきたのは、もう午後もかなりおそくなっていた。

彼らのエアカーが管理棟の前に着き、ムックホッファたちが地上へ降り立つと、夕涼み——といった風情で例の軽金属椅子にくつろいでいた白髪、赤ら顔の老人がニコニコ笑いながら彼らを迎えた。

「いつものこととは言いながら、この星系のお巡りたちは欲の皮を突っ張らせすぎるのう」

「ご苦労」

ムックホッファはニヤリと笑いをかえしながら言った。

「なァ、松や」老人がロケ松に声をかけた。

「え？」

「送信機の整備も手をお抜きでないよ」

「？　？」

「お土産《みやげ》はくっつけたものの、無線信管がちゃんと働いてくれるかどうか、わしは気が気じゃなかったよ」

ロケ松はニヤリと老人の顔を見返した。

老人も笑いをかえした。

「血に飢えた老いぼれ——ってェのはおめェのことだぜ、和尚！」

二人は大声で笑った。

みんなも笑った。

7

「あの、乞食……乞食軍団の団長の……ムックホッファさん……って、あなたのことですか？」

ムックの部屋におちついたとたん、パムと名乗るその娘はいきなりそう切り出した。

「ムックホッファはわたしだが……」ちょっと苦笑しながら彼は答えた。

「まあ、いろいろと行き違いもあったらしいが、うちの若いのがじゃれたりして申しわけなかった。あんたにしてみれば正当防衛だったのだろう。こっちも勘違いしてしまって麻酔弾を投下したりして本当に悪かった。もう、見ていたからおわかりだろうが、どんな理由があるにしろ、われわれは、あんたを星系警察へ引き渡したりする気はない。それは安心していいよ。

それで、パム——っていったっけ？

なにか、よほど入り組んだ事情があるようだね。よかったら、話してくれないか？

あのT330でどこへ行くつもりだったんだ？」

「あの……あたい……」はじかれたようにパムは答えた。ムックホッファさんのところへ来るつもりだったんです。

「わたしのところへ？」

「そうです。乞食軍団のムックホッファさんのところへ。町の人たちが、こうなったら、もう、乞食軍団の人たちに助けてもらうしかない……って言うもんだから」

「？……？」

「それで――」

「もとはどこなんだ、ねえちゃん？」とロケ松。

「？」

「どこに住んでるんだ？」

「……星涯《ほしのはて》市です」

「星涯《ほしのはて》から…？　白沙《しろきすな》まで旅客宇宙便で来たのか？」

「いえ、貨物宇宙船に便乗して――」

「それで、白沙《しろきすな》市でT330を掻ッ払ったってェわけだな？」

「掻ッ払ったんじゃありません！　買ったんです！」憤然としてパムが答えた。

「誰から？」

「宇宙港のロビーにウロついてたチンピラから……。そいつが言うには、てっとり早く乞食軍団の基地まで行くにはこれしかないからって……」

「……」

「T330なら、あたい、ちっちゃいころ飛物展園のシミュレーター・ゲームでいいじり馴れてたし、なんとかなると思って……T330を注文したの……」

ロケ松がニヤリと笑ってうなずいた。ムックホッファもおもしろそうな表情を浮かべている。

「そしたら途中で、二機が追っかけてきたんで星系軍だと思って、仕方ないから一発嚙《か》まして追ッ払ったのはいいんだけど、燃料が切れちゃって――」

ロケ松がゲラゲラ笑い出した。

「飛物展園のシミュレーターは、燃料タンクが一系統だったらしいな……」

「え？」

「いや、いい、いい、それで？」

「それで――仕方ないから山越えしようと思って歩きはじめたら、お腹がすいたもんで、お弁当たべてたらこんどは保安官に見つかって、殺されそうになって逃げ出したとき、地表艇《ホバ・ヴィ》掻ッ払って、ひっくりかえしちゃったりしたんだけど、そこでピーター――に会って、そしたらまたF410が一機やってきて、ブラスターで射ち落としてやろうとしたらなんか黒い煙《けむ》の塊をおとされて――」

「気がついたら、基地の担架の上で、パトロールが追っかけてきてて、連れて行かれそうになったけど」とロケ松がおもしろそうにつけ加えた。「この、すてきなロケ松おじさんが体《てい》よくパトロールを片づけてくれて、そして、ここにいる――っちゅうわけだな？」

「えッ……えェ……」パムはこくりとうなずいた。

「それで」とムックホッファはパイプに火を点《つ》けながら言った。「あんたはどんな用事でここにやってきたのかね？」

「あの！　まず、命を助けて欲しいんです！」はじかれたようにパムは言った。「なぜだかわからないけど、このごろあたい、追っかけられてるんです」

「誰に？」

「警察に――」

「そりゃおめェ、T330掻ッ払ったりするからよ」とロケ松。

「掻ッ払ったンじゃないったら！」

「街のチンピラから買ったって、警察のほうはそうは見ねェさ」

「その前からだもん……」

「でも」ムックホッファが言った。「ここに来たのは別にわけがあるんだろう？」

「ええ。連れてって欲しいんです」せきを切ったようにパムが言った。「あたいを、冥土河原《めいどのかわら》へ連れてって欲しいんです」

「冥土河原《めいどのかわら》へ？」

「冥土河原《めいどのかわら》？」

二人は思わず一緒にそうつぶやいた。

「あんなところへなにしに行こうというんだ？」

「あの……」パムはちょっと詰まり、ごくりと唾をのみこんだ。そして思い切って言った。「あの……幽霊を捜しに……」

「ユ、幽霊？」

「ユーレイを捜しに――？」

「え、え、そうです」パムはきっぱりと言い切った。

「どういうことだ、おい？　なにがなんだかさっぱりわからねェ。とにかく、くわしく話してみな」

パムの話とはこうである――

〈星涯《ほしのはて》〉星系の主惑星・星涯《ほしのはて》。

つまり、いま彼らがいる惑星・白沙《しろきすな》のすぐ隣の惑星である。

その首都である星涯《ほしのはて》市から一〇〇キロほど離れたタンポポ村という山中の小さな村でパムは生まれた。両親と三人暮らし。二年前、一二歳になった彼女は、つてを頼って星涯《ほしのはて》市の金持ちの家に一年の約束でメイド見習いに出された。

そしてちょうど一年前のことである。

年季の明けたパムが、山ほどおみやげをかかえてタンポポ村の入口の峠にかかったとたん、一群の役人たちに行手を阻《はば》まれた。そして言うには、タンポポ村には危険な伝染病が流行して、村の全員が死んでしまった。名前はなんという？　パム・ヘンシェル？　ああ。気の毒に、おまえのお父《と》ッつぁんもおッ母《か》さんも死んでしまったよ……。村にはまだ病原菌が残っているから、入ってはいけない。入れるようになったら墓参りも許可される……。

そしてどういうわけだか、星涯《ほしのはて》市のお役所としては信じられぬ手際のよさで福祉奉行所がこまごました面倒を見てくれ、場末ではあるが星涯《ほしのはて》市の南はずれにあるペパーミント居住区の中に小さな一区画を世話してくれた。

あまりにも信じられぬ話だし、なんとか村にしのびこみ、せめてこの眼で両親の墓標なりともたしかめようと、それから数ヵ月、彼女はあらゆる方角から潜入を試みたのだがだめ。とにかく、タンポポ村の周囲、それも、村の縁から一〇キロも手前から、ありの這いこむすきもないほど、得体の知れぬ男たちが張りこんでいるのだ。それに星系警察などもからんでいるらしい。

どうにも納得はできぬながら、さりとてこれ以上どうするわけにもいかず、やむなく彼女は、福祉奉行所が手配してくれたそのペパーミント居住区のささやかな区画に住み、近所の店で働きながら、タンポポ村に入る許可がくるのをひたすら待っていた。

ところがついひと月ほど前のことである。

ある夜おそく、ひとりのみすぼらしい老人がこっそりと訪ねてきた。暗がりでよくよく見ると、タンポポ村で地表艇《ホバ・ヴィ》の修理屋をやってたモクと呼ばれる爺《じい》さんである。

両親からのことづけをもって来たという……。

おどろいたパムはすぐさま彼を家に入れ、なにが起きたのか、くわしく聞こうとしたのだが、老人はよほどひどいショックを受けたらしく完全にぼけてしまっていて、なにがどうなったのやら、当人にもよくわからぬらしい……。パムの矢継早《やつぎばや》の質問にも満足な答はかえってこない。

やっとわかったのは、タンポポ村に伝染病が襲ったなどという事実はなく、モク老人を含めて村人たちは、一夜にしてどこかへ連れ去られたらしいということだけ。

しかしそれがいったいどこなのか、なぜなのか、そして、彼らがいまどうしているのか、なによりも、モク爺さんはどこからどうやって帰ってきたのか……となると、まったく要領を得ない。とにかく老人はなにかにひどくおびえていて、見つけられたら殺される……を連発するだけなのである。

父親からことづかってきた――といって宝石を渡されたのはいいが、手紙もなにもついておらず、父親からの伝言もあったらしいがどうにも思い出せない様子……。とにかくなにがなんだかわからないのである……。

そんなわけで、このモク老人の面倒をみる破目となったパムだが、それから二、三日してたまたますこし余分の金が入ったので酒を買ってきて老人に飲ませてやったところが、モク老人はたちまち酔っ払い、なにやらわけのわからぬことをつぶやくうちに、ふと、〝冥土河原《めいどのかわら》に行けば父ちゃんや母ちゃんの幽霊に会えるかもしれねェ……〟とひとこと洩らしたのである。

しらふになってからパムが問いつめると、モク老人は腰が抜けんばかりに仰天し、死にもの狂いでそれを否定しようとかかったが、ついに抜きさしならなくなってその事実を認めはしたものの、〝そんな気がしただけだ〟と逃げを打つばかり。

幽霊というからには、父ちゃんと母ちゃんはもう死んじまったのね――と聞けば、まあ、そんなものだといい、それじゃ、生きてるの？　と食い下がれば、よくわからねェ、それ以上は忘れてしまった。聞かねェでくれと哀願する。そして老人はもう酒にはいっさい手を触れなくなった。

パムは、隣家の女の子に手伝ってもらって枯木みたいにやせこけたその老人を腕ずくで押さえつけ、無理やり酒を口ん中へ流しこもうとまでしてみたのだが、モク爺さんはそれこそ狂人のように暴れ狂って、計画はうまくいかなかったという。

そのうちにお巡りがあたりをウロウロしはじめ、老人は床下に隠したが、どうも気味の悪い気配なのである。

思いあまって隣のおかみさんに相談したら、〝昨日、眼つきの悪いやつがあんたのことを聞きこみにきたわよ〟という話。

〝とにかく星系警察ににらまれたら、おもしろ半分に拷問されて、もう体が滅茶滅茶になっちまうくらいがおちだから、しばらく逃げていなさい〟――と、田舎の親類を教えてくれたりしたが、モク爺さんの言葉がどうにも気になって、冥土河原《めいどのかわら》のことを打ち開けたら、おかみさんもびっくりして、〝とてもあたしじゃわからないから、乞食軍団にでも相談してみたら〟――と言われ、とりあえず老人のことを頼んで家を出てきたのだというわけである。

ロケ松とムックホッファは思わず顔を見合わせた。

なにしろ、途方もなさすぎる話なのである。

そもそも冥土河原《めいどのかわら》というのは、〈星涯《ほしのはて》〉星系よりもずっと辺境へ寄ったかなり広い星域の総称なのだが、およそ人の寄りつくような場所ではない。いってみればそのあたりは星の墓場。すでにエネルギーを放出しつくした恒星の燃え殻が無数に浮かび、氷に覆われた惑星・衛星が暗黒のなかにひしめき合っている――という、想像するだけでぞっとするような星域なのである。そのただなかにいくつか、まだ、わずかの余燼《よじん》をかき立て、暗赤色の弱々しい光を放っている太陽もないわけではなく、そのひとつが〈冥土河原《めいどのかわら》〉星系と呼ばれ、主惑星の冥土河原《めいどのかわら》にはわずかばかりの植民地がつくられてはいる。

しかし、なにしろ巨大なその燃え殻がひしめきあっている星域である。東銀河系随一とされる凄まじい重力波の相互干渉は、おいそれと他からの宇宙船を寄せつけるような場所ではないのだ……。

パムと名乗るこの一四、五歳の少女が、こともあろうに両親の幽霊を捜しにいきたい——というのは、そんなところなのである。

「パム」ムックホッファが言った。

「あんたのお父さんやお母さんは、その、冥土河原《めいどのかわら》へ強制移住させられているんじゃないのかね？」

「いえ」とパムは言った。

「あたいもそう思ったんです。でも、あのモクっていう爺さんは、神様に誓ってそんなとこじゃない、べつのところだって——」

「それじゃいったい——」

「それが、モクも、どこだかよくおぼえてないらしいんです」

「でも、そのモク——とかいう爺さんのほうは、冥土河《めいどのか》原《わら》にいたことがあるんだな？」

「そうらしいんだけど……これ以上しゃべったら殺される……って。とにかくボケちゃってるんです」

「……」

　しばらく沈黙が流れた。

「よォ、ねえちゃんよ」

　いきなりロケ松が低い声でつぶやくように言った。

「おまえ、ひとりっきりだ——って言ったな？」

「ええ」

「親類もいねェのか」

「ええ、あたいひとり……」

「むう……」ロケ松はじっとパムの顔を見つめた。「……そうか……」

「？　？」パムは不思議そうな顔をした。

「その爺《じじ》いは、いまも家にいるって言ったな？」

「ええ、留守番を頼んできました」

「むう……」ロケ松はまたうなずいた。

「？　？」

「ねえちゃんの家は大きいのか？」

「大きくはないけど、新市民情報システム入ってるから、まあ……」

「おまえの名義か？」

「福祉保険の災害特約でそうなってます」

「売ればかなりの金になるわけだな？」

「なぜですか？」さすがに少女は不審そうな顔をした。

「なあ、ねえちゃん」ロケ松は肚《はら》をきめたように言った。「わるいこたぁ言わねェから、今すぐ家へ帰んな」

「？　？　？」パムは呆れたようにロケ松の顔を見つめた。「なぜ……」

「おめェ、だまされてるぞ」

「だまされてる？」彼女はおうむ返しに言った。

「そう、おれの勘じゃ、モクっていう爺《じじ》いも、その時、村にいなかったんだぜ。おまえはだまされてるんだ」

「……？」

「よくある手なんだ。近所で聞きあつめたネタをもとにして、でたらめの話をでっちあげて家ん中に入りこみ、おいしい話をして住んでるやつを追い出したすきに、家財道具いっさいをのっとろう——って寸法だ」

「むふウ……」ムックホッファが唸った。

「幽霊たァまた、手のこんだ話をでっちあげたもんよ、それも、冥土河原《めいどのかわら》とはなあ——。まともにゃ行きつけねェ場所なんだから。まず、普通じゃ引き受け手のないところだ」

「だけど、そりゃ手がこみすぎてるじゃねェか！」

　いつの間に入ってきたのか、ピーターが反論した。

「家から外に出したいなら冥土河原《めいどのかわら》で両親が病気になってる——とか、他にもっとあっさり納得させられる話はあるだろう……」

「だから、てめェはいつまでたっても小僧ッ子だとおれは言いてェわけだ」ロケ松は一発でやりこめた。「いいか、よく聞け、もしも両親が生きてる——って話をこの娘《こ》に嚙ませてみねェ。なにもこの娘《こ》は、そんなところまではるばる危険を冒《おか》して行くこたァないんだよ。郡代に申告すりゃそれですむ。福祉奉行所経由の照会電報一発ですむじゃねェか。いくら星涯《ほしのはて》の政府が腐敗してても、そのくらいの機能は残ってる」

「だって、自治星系から辺境星区へそんな住民の安否照会なんか……」ピーターはくいさがる。

「いくらこの〈星涯《ほしのはて》〉が自治星系だって、おめェ、連邦の駐在弁務官なんていうカカシが役に立つのは、そんなときくらいしかあるまいぜ」

「……」ピーターは黙りこんだ。

「誰だか知らねェが、これを仕組んだやつァかなりのワルだぜ」ロケ松はつづけた。「父ちゃんと母ちゃんの墓があるから墓詣りにいってきな——でもだめなんだ。遺骨の転葬願いを出しゃそれきりだもんな。そうだろ。ところが、親父やおふくろの幽霊に会えるかもしれねェ——ときてみな、まず、他人にゃ言えないよ。狂人扱いされるだけだもんな。

　でも、そう教えられりゃ、ひとりぼっちの若い娘だ、当人はなにがなんでも行くわな、これは——」

「おれだってよォ」

　ピーターが突然ロケ松の声色を使った。

「死んだかかァに会えるなら、たとえ冥土河原《めいどのかわら》でも——」

「うるせェ！」ロケ松が恐ろしい声で吠えた。

「むふう……」

　ムックホッファが深い溜息をついた。

「しかし、松の言うとおりかもしれんなあ……。おい、ピーターなにか用か？」

「あッ」ピーターがあわてて言った。「さっきのパトロール艇の件ですが、いちおう、星系警察本部へ事故発生通報をしておいたほうがいいんじゃないか——と、甚七さんが——」

「よかろう、やっておけ」ムックがうなずいた。

「へたに尻尾出さねェよう、電文に気をつけろよ」出ていくピーターの背中に向かってロケ松が言った。「終わったら、もういちどここへ戻って来い」

ムックホッファは、じっと、そのパムと名乗る少女の顔を見つめた。

パムも彼を見返した。

老人——と呼ぶにはまだすこし間のある浅黒く宇宙線《CR》灼けしたその顔は、決してこわくない。

むしろ、やさしい感じだ。ただ、その眼の色の深さ。嘘なんかついたらすぐに見破られちゃう——とパムは心の中でつぶやいた。

「こりゃ、お頭目《かしら》間違いありませんぜ」ロケ松はムックに向かって言った。「よくある手です」

「……ううむ……」

「な、ねえちゃん、わかっただろ?」ロケ松が言った。「おめェはだまされてるんだよ。世の中にゃ、ほんとに、手のつけられねェわるがうようよしてるんだ……」

「うそです!」

だしぬけにパムが叫んだ。「モク爺さんはそんな人じゃありません、もう滅茶滅茶なんです!」

「まあ、まあ」苦々しげにロケ松が言った。「世の中にゃ、善人づらしたわるがうようよしてるんだ。悪いこたァ言わねェから早く帰《けえ》んな、身のためだ。父ちゃん恋しさにつけこまれて、おめェは一杯はめられてるんだよ」

「うそだ……」

パムは、ロケ松をにらみつけたまま、つぶやいた。

「うそじゃねェって……」ロケ松はもうそれ以上は言わなかった。

気まずい沈黙がつづいた。

突然、パムがさっと立ち上がった。

「それじゃ、あたい、ひとりで行きます! さようなら」

吐き出すようにそう言い捨てると、パムは部屋から出ていこうとした。そして、ちょうど戻ってきたピーターとぶつかった。

「どうした?」ピーターが言った。

「うそつき!」

パムは眼に涙をいっぱいためていた。

「乞食軍団の人たちなら頼りになるなんてみんな言うから、あたい、やって来たのに……あの爺《じじ》い……あたいがはめられてる……なんて……言い……やがって……バカ!」

パムはロケ松に向かってイー! をした。

「いいから、気にすんなよ、こんな野郎の言うこと。な、な」ピーターは懸命になって彼女をなだめた。「おれは力になってやるから」

「なにさ! あんただって、あたいの言うこと信じてないくせに!」パムはピーターの手を振り払った。「さよなら! あたい、ひとりで行くわ!」

「待てよ、そんな無茶を言ったって」

身をひるがえして部屋から出ようとするパムの小柄な体をピーターが後ろから抱きとめた。

「やめてッたら!」

彼女はピーターの手をいっきに払いながらさっとふりかえった。

手許には熱線ピストル《ブラスター》。

「これ以上じゃまだてするつもりかい!? 射つよ!」

さすがのピーターもたじろいだ。

彼女はくるりと振りかえると、大またに二、三歩、廊下に出た。

そのとき——

「パム」

ムックホッファの声である。

大きくはないのだが、心の底にずしんとひびく声である。きびしい声ではない。やさしい声だ。彼女は反射的にぴくり! と立ちどまった。

「ここへおいで」

その声へさからうように、彼女は、一歩前に踏み出そうとしたが足は動かなかった。そしてゆっくりと振りかえった。

ソファから立ち上がったその頭目が、じっと彼女を見つめていた。あの眼には突ッ張れないわ……。思わず彼女は心の中でつぶやいた。

「ここへおいで」頭目がもう一度言った。

パムはすなおに戻った。

「ここへおすわり」頭目は自分のとなりを指さした。

「お聞き、パム」

彼女がすわると、頭目は、やさしくその手をとらえながら言った。

「いいかい? わたしも、ここにいる松の言うとおりじゃないかと心配なんだ。星涯《ほしのはて》市へ帰ってみたら、家もなにもみんな売られたあとだった……なんてことになっているんじゃないか——とね。

それに、ね、パム。

仮にだよ、仮の話として、きみのお父さんとお母さんが死んでしまっているとしても、二人はきみのことを見守っていてくれると思うよ。そして、きみの幸せを祈っていると思う。しかしね、それは、そんな幽霊なんていうおかしな形でのことじゃないんだ。きみも、もうすこし大きくなったらわかるよ……。

でもね、パム……」

ムックは、涙と埃でブチになっている少女の顔をじっと見つめながら、やさしくその肩に手をかけた。

「きみの気持はよくわかる。わたしだって、きみの立場だったらきっとそうすると思うよ。ここにいるロケ松だって……ほら、さっきピーターが言っただろ? ロケ松だって、死んだよめさんに会えるんなら……って」

「むふう」ロケ松が苦笑した。

「だから、行ってきなさい。なんとか考えてあげよう。

きみは知らんだろうが、冥土河原《めいどのかわら》はおそろしく危険な場所なのだ。でも、なんとかなると思う。ここにいるロケ松という男は、おそらく、この東銀河系で最高の宇宙船乗りだ。彼に行ってもらうようにしよう」

　ロケ松は憮然《ぶぜん》とした表情で天井を見上げた。

「そしてたしかめておいで。幽霊なんてものがこの世にないことを。そしたらきみも、すべてに踏ん切りがつくだろう。まだ若いんだ。そこから先のことを考えたがいい。それにひょっとして、なにかお父さんやお母さんの手がかりがつかめるかもしれん。

　なあ、松。連れていってやれ」

「へ、へェ」ロケ松はうなずいた。

「それにピーターも一緒に行け。あとの編成はまかせる。この娘《こ》にはそれが必要だ。わかるだろう？」

　ピーターもうなずいた。

「ありがとうございます」パムがムックの顔を見上げ、涙をボロボロこぼしながら言った。そして、例の耐爆容器を前にさし出した。

「これが、その、モク爺さんの持ってきた宝石なんです。父ちゃんからだ──って……」

「甚七の御隠居を呼んできな」ロケ松が言った。「どっちにしても、どのくらいの値打ちのものか、はっきりさせておいたほうがいい」

　ムックもうなずいた。


　昔、古道具屋をやったことでもあるのか、甚七老人は宝石や貴金属に眼がきく。ロケ松に言わせれば、あの爺いめ、どこかで故買屋でもやってたに違いないということになるのだが、とにかく彼の鑑識眼はみんなに一目おかれていた。

　耐爆容器からとり出された宝石の前に小型のX線屈折計や電子ルーペを並べて、老人はスコープ面をしばらくのぞきこんでいたが、やがて顔をあげるとにべもなく言った。

「これは、硝子《ガラス》細工だわ。値打ちなんざあるもんじゃない……」

「ええッ」ピーターが息を呑《の》んだ。

「ほれ見ろ、言わんこっちゃない」とロケ松。

「これは子供だましのおもちゃだの」まるで枯木みたいな老人は、鶴のような細い首をふりながら言った。「気の毒だが、お嬢《じょう》ちゃん──」

「ごめんなさい」いきなりパムが言った。「それじゃないんです。それは、悪いやつにつかまった時のために、わざわざ、あたいが入れといたんです。本当は……」

　言いながら彼女は、耐爆容器の蓋の裏側をまわしはじめた。二重ネジになっているらしい。やがて娘はその裏側の小さな隠し蓋をとりはずすと、指先でなにか小さなものをとり出した。

　彼女の指先がピカリと光った。

「おッ！」

　居合わせたみんなが思わず声を洩らした。

　それほど、その光は異様な輝きに満ちていたのである……。

「貸してみなせェ」

　みんなを押し包んだ驚きを破るように甚七老人が言った。

　パムは、黙ってその宝石をさし出した。

　それは、水でつくった完全な球体……。

　といって、氷──というわけではない。

氷など比較にならぬほど透き通った、まさに、なにもないようにさえ思える、親指の先ほどの珠である。

　それが灯火を反射するのか、キラリ！　と眼を刺すような鋭い光を放つのである……。

「わしゃあ、このとしまで、こんな石は見たことがねェ……」

　スコープをのぞきこんだまま、老人はつぶやいた。

「なッ、なんにも見えねェ……」

「なんにも？」ロケ松が聞いた。「どういう意味だよ？」

「屈折率一・〇〇〇……透過率一〇〇……。こんなささやかな道具じゃ、精度が低いから、これ以上のこたぁわからねェ……。

　とにかく、完全に透きとおってるんだ……」

「合成宝石《シンセ》か？」ロケ松が聞いた。

「天然宝石なんぞというものは、いまや、大した値打ちはねェ。大きいったって、先は知れとるからのう。核弾食らって、熔けたり変色したりしねェ天然ものはすくない。

　そこへいくと合成ものは、もう、あちこちの星系の宝《い》石《し》屋の智恵くらべよ。いつ、どんな宝石《やつ》が現われてくるかもわからねェ。しかも、天然と違って、あとからもっとでッかいやつが出るおそれもねェ。ひとつだけ合成《つく》してその処方《ノウハウ》を消去すりゃそれっきり。広い銀河にただひとつ──っちゅうわけだわ。世の中にただひとつしかねェとなれば、コレクターどもは血眼《ちまなこ》になるわけよ。金に糸目なんぞつけてられるわけがねェ……」

「これも、そのひとつか？」とムックが聞いた。

「いいやァ……」老人が首を振りながらつぶやいた。

「違いますな」

「違う？　そんなら──」とロケ松。

「わからねェ……」甚七老人が言った。「わしゃァ、こんなもの、生まれてこのかた見たことがねェ。こんなもんが、作れるわけはねェんだが……」

　ドアをノックする音がした。

「入れ」ムックホッファが答えた。

　入ってきたのは、ひょろ長い骸骨みたいな若い男である。どういうわけか、肩に紫色したインコみたいな鳥がとまっている。

「白沙市《しろきすな》の警察に事故発生通報入れました。〝星系航空軍の練習機奪取犯を逮捕して離陸《テークオフ》した星系警察パトロール艇が、原因不明の空中爆発をおこして墜落、全員の死亡確認――〟と」

「ご苦労」とムックホッファが言った。

「ところがお頭目《かしら》」と、コンが不安そうな声になった。

「そしたらあなた、いきなり星涯市《ほしのはて》の星系警察本部が無線でじかに緊急電を打ちこんできて、奪取犯のパム・ヘンシェルの死亡は確実なりや？　というんです。もし逃亡せる可能性あらば徹底的に追跡して逮捕せよ。第一カテゴリーの報奨金を支払う――ときましたよ。おまけに、遺留品を厳重に保管せよ――って」

「第一カテゴリー？　この娘は政府転覆犯か――？」とロケ松。

「それもですよ。緊急電の発信人は長官官房長。以後、本件に関する通信は機密扱いとし、Y電報と呼称す――ですと」

「むふう……」ムックホッファが唸った。

「たかがあなた、白沙《しろきすな》のはずれの分遣隊のオンボロ練習機を一機盗んだ小娘のことで――」

「この娘《こ》が盗んだんじゃないんだ！　コン！」すかさずピーターが言った。「宇宙港でよたってたチンピラから買ったんだぞ」

　だしぬけにやられて、そのコンと呼ばれた骸骨みたいな男はちょっと面喰らったが、べつに逆らいもせずにつづけた。気のいい男らしい。

「それじゃなおさらだよ。本星ならまだしも、白沙《しろきすな》の分遣隊のたかが練習機一機でよ、星系航空軍たァ犬と猿みてェに仲の悪い星系警察本部の長官が、なんでおそれ多くも機密の緊急電なんか打ちこんでおいでなさるんだろ？　それも犯人……いや、その犯人と思いこんでる野郎……じゃねェ、その娘っ子の名前をご指名でですよ」

「ふうむ……」ムックホッファが考えこんだ。

「こりゃ、なんかありますよ。ただごとじゃねェ気配だなァ……」言いながらコンは、甚七の手にした宝石に気がついた。

「きれいだなァ……なんですか、それは」コンは手を伸ばした。

　そのときである。

「おい、コンよ」

　ロケ松が手を伸ばし、無言のままコンの肩にとまっているインコみたいなその鳥を指で示した。

「見ねェ」

「へえ？」

　なんの気なしにコンは自分の肩に眼をやった。そのとたん――

「ギエエッ！」

　コンがとんでもない声をたてた。そして、肩にとまっていた鳥を両手で抱きとり、まじまじと見つめた。

　そしてご丁寧《ていねい》にもう一度おかしな声をあげなおした。

「ギエエッ！」

　彼は眼を皿のように見開いた。

「パ、パ、パ、パロの、い、いいい、色が、か、かわった！」

　言われてみんなはじめて気がついたのだが、コンが入ってきたときはたしかに美しい紫色をしていたその鳥の羽が、いつの間にやら透き通るような白に変わっているのである……。

「ギエエッ！」

　コンはもう一度へんな声を立てた。

「た、ただごとじゃありませんよ、こ、こりゃ」

「あわてるこたァあるめェ」ロケ松が軽くいなした。

「おめェの飼ってる動物にゃ、いつもびっくりさせられっぱなしだわ。これも、なんかの指標《インディケータ》じゃねェのか？」

「そ、そりゃ、そうだけど……。なんだろ、いったい？」

「指標でなけりゃ、悪い虫食ったか、サカリがついたか……」ロケ松は胸のポケットから太い煙管《キセル》をとり出して口にくわえた。

「いやァ……」コンは度胆を抜かれたまま……。「なんだろ……？　なんかの場《フィールド》だろうか……？」

「御隠居」煙管《キセル》をうまそうにくゆらしながら、ロケ松はこともなげに言った。「その石をな、すまねェが、容れものに入れてみてくんねェ」

　甚七は言われたとおり、その奇怪な石を耐爆容器へ戻し、隠し蓋を締めこんだ。

「ほれ」ロケ松は素っ気なく言った。

「ギエエッ！」

　もう一度コンが絶叫した。

　両手で抱いている鳥の羽が、みるみるまたもとの紫色に変わっていく……。

「むふウ」ムックホッファが唸った。

「なんか出てるぜ、その石からは……」ロケ松が煙管《キセル》に葉をつめかえながらあっさりと言った。

「……」コンはまだ息を呑んだまま……。

「お頭目《かしら》」ロケ松が言った。

「ウム」とムックホッファがうなずいた。

「こりゃ、とにかくその、宝石を持って来たっていうモク――か、パム？　そのモクとかいう爺さんとなんとか連絡とって、くわしい話をすっかり聞く必要がありますぜ。星系警察の動きといい、その宝石といい、どうもただごとじゃねェ気配だ……」

「モクを助けてあげて――」パムが言った。

「星涯市《ほしのはて》からここへ連れて来たほうが安全だな」とムックホッファ。

「早くしねェと……」ピーターが腰を浮かした。

「いいことがある」とつぜん甚七が言った。「いま、星《ほし》涯《のはて》市には又八が行ってます。あいつにやらせましょう」

　コンは、パムからペパーミント居住区の住所を聞きとると、例の鳥をもう一度よく見つめてから肩にとまらせ、部屋を出ていった。

外はもう、とっぷりと暮れている。

8

又八は、そんな白沙《しろきすな》からの連絡を、星涯《ほしのはて》市の自泊舎《きちん》の一室で受けた……。


彼は数日前からここに滞在していた。

スクラップ寸前だが、乞食軍団流にやればまだまだ使える公社規格のⅢB級（ペイロード50t・中距離星間航行用）貨物船の買取り交渉がまとまり、その契約や登録書替え、そしてその船を金平糖錨地《こんぺいとうびょうち》へ回航するためである。

その日の朝、すべての手続きが完了し、本当なら契約調印と同時にそのまま錨地に《うえ》あがるつもりだった。

単一集中管制方式への操船モード転換が可能な公社規格標準船だから、腕さえちゃんとしていりゃ小惑星帯の錨地ぐらいまでひとりで持っていけぬこともない。又八は当然そのつもりだった。

ところが契約調印前の、いわばセレモニーみたいな最終立会いチェックでちょっとばかしケチがついた。

船橋下部の点検孔から管制信号系のラインをまとめておさめてある電路へなんの気なしに首をつっこんでみたところが、なんと、下からあがってきたケーブルを受けとめる分岐函《ジャンクション・ボックス》に拳骨ほどもある隕石がひとつブチ当っていて、なるほど当座の修理はやったらしいのだが、主操縦席の制御コンソールで操船をすべてやってのけようという集中管制モードの切換え回路はケーブルがブチ切れたまま、被覆も破れた幾万本ものファイバーが、まるで婆《ばば》ァの髪の毛みたいに白々と、暗い電路の底へ向かって垂れ下がっていたのである。


この船は五年ほど前に隕石流の中へ突っこんだことがあるといい、船橋備え付けが義務づけられている本船の宇宙船舶運用履歴簿によれば、そのとき、船殻に五インチのボテ穴をあけられたとあったが、そいつをふさいだときに業者が手抜き工事をやったらしい。めったに開けない信号系電路だし、いくらやれるといったって、こんな宇宙船《ふね》を一人で動かすことなんかあまりないから、今日まで発見されなかったらしい。その後の船舶局の定期検査をいつもパスしていたというのが、検査のイカサマぶりを物語っている。

まぁ、どこにでもころがっている公社標準規格の船だから、すぐに部品の手配がつき、7φ《ファイ》の8号ファイバー・ケーブルを一〇メートルほど、接続子《ジャンクション》ごとそっくり交換すればいいことがわかり、すぐにその工事にかからせ、あらためて大幅に買い値をたたいて契約を終わり、五時までには工事が完了するというので、昼すぎにひとまず自泊舎《きちん》へひきあげてきたのである。

工事の完工検査は、星涯《ほしのはて》市にある〈星海企業〉の出張所がやるというから、まあ、ゆっくり晩飯をくって、七時か八時に宇宙港へ行けばそのまま離昇《あがれ》できると彼は考えていた。

ところがさっき、宇宙港を出しなに、事務所で何気なく港湾情報《ノータム》をのぞいてみたら、今夜は軍用通信衛星の移動工事が行なわれるため、星涯《ほしのはて》市第二宇宙港からの昇り・逆《さかさ》つむじ軌道にかぎり、二〇〇〇から二三五九までθ《シータ》≒ο《オミクロン》からRまでが三六〇度全面閉鎖になるという。

もちろん、順つむじか、逆《さか》さチョイ時計で離昇《あが》することもできぬわけではないが、そこから、金平糖《こんぺいとう》小惑星群錨地へのボーマン1 4《イッチヨンチヨン》4軌道へ船をもっていくには、えらく無駄な燃料を食うことになる。

といってなにかと高い深夜料金を加算されてまでぜひとも今夜離昇《あが》することもないわけだ。


となれば……。

よし——と又八は腹をきめた。

今夜はひとつ、星涯《ほしのはて》で羽を伸ばすか……！

連日、宇宙港まわりの安っぽい店でばかり飲んでたわけだが、ひとつ今晩は都心へくり出して、豪華に星涯《ほしのはて》の女どもを泣かすとしよう！

〝シャレ又〟とか〝キザ八〟とか呼ばれている又八だが、着ているものをすべて星涯《ほしのはて》市で作らせるのは彼ぐらいのもの、歳《とし》はやっと二〇《はたち》なかばをすぎたところだが、浅黒くひきしまった長身の体と相俟《あいま》ってそのスタイルは、身なり構わぬ、文字どおりの乞食みたいなやつがそろっている基地では異彩を放っていた。

となれば、暗くなるまでひと寝入りするか——とまで考えたところに、とつぜんベッドサイドのコム・パックの呼び出しチャイムがピンコロン！　と澄んだ音を立てたのである。

〝白沙《しろきすな》から長距離通話です〟と、星系通信公社の合成声《メカ・ボイ》が告げた。〝タイムラグ往復60秒です〟

やがて、コンの声が伝わってきた。

連絡することがあるから、そっちからポッケで呼んでおくれよ——という。

そりゃ、ここからも白沙《しろきすな》は大きな皿みたいに浮かんじゃいるが、このポケット通信機じゃ無理だぜ——と又八がつっぱると、六〇秒後、いいから、スペアのエネ・セルを四つばかり直列《シリ》につないでブチこみゃ大丈夫だよ。こっちゃめいっぱい感度あげて待ってる。たのむよ——で通話は切れた。

なにかよほど秘密を要する連絡らしい。

又八は言われたとおり、エネ・セルを四つほどまとめてそのポケット型通信機に背負わせると、そいつを持って外へ出た。

そしてすぐ隣にある公園の展望台にあがってやってみ

たがだめ。そこでよく考えてみれば、あたりはレーザー・放射線防護ガラスにばっちり包まれてるわけで、電波の減衰《げんすい》も激しいわけである。

そこで又八は年甲斐もなくジェットホイルで悪餓鬼《わるがき》どもにもまれながらタワーのてっぺんへ上がり、抜けるような青い空の地平近く、白々と大きく皿みたいに浮かんでいる白沙《しろきすな》へ送信素子をぴたり向けてやってみた。定格の四倍もエネルギーをブチこまれた通信機は、向こうの波が返ってくるまでの往復六〇秒間はスイッチを切らなければならないほどあつくなった。

しかしさすがにプロはプロというわけか、こんなおもちゃみたいなポケット通信機に、ちゃんとコンの声が伝わってきたのである。

向こうは、格納庫《ハンガー》のてっぺんに据えてあるパラボラアンテナ四基を並列《パラ》につないで、指向性をめいっぱい絞りこみ、もろに一メガキロワットもブチこんでるはずだからかなり明瞭に入ってくるが、よくも、こんなささやかなこっちの波があそこまで届くもんだ。むこうはさぞ苦労してることだろう……などと、双方向波六〇秒のタイムラグの間にそんなことを考えながら、とにかく受けた指令というのは――

〝今すぐ、市内のペパーミント居住区画28区D層230番に急行し、パムからの迎えだと言って、そこにひそんでいるモクという老人をひそかに連れ出し、船に便乗させて基地へ連れてこい――〟それだけ。

いったいなんのことやらさっぱりわけがわからねェ……。

しかし、わざわざこんなやりかたで指示してくるくらいだからよっぽどのことだろう。どっちにしたって、ロケ松さんや頭目《かしら》の指示に逆らうわけにゃいかねェ。おれにとってあの二人は、神様みたいなもんだから……。

又八は自泊舎《きちん》へ戻り、万一のためにラインメタルの01熱線ピストル《ブラスター》を内懐におさめ、通信機をポケットに入れると外に出た。

彼が滞在している自泊舎《きちん》は巨大なピラミッド状になった積層街区の四〇層ほどにあって、ドアを出ると、海を見下ろす鼻の先の崖みたいな縁を自走軌道車《CVS》が通っている。

又八は呼びよせた箱に乗りこむと、すぐに行先をインプットした。走り出したCVSはすぐにトンネルみたいな積層街区の間を出たり入ったりしながら市の南西部へ向かって走り出した。

又八は、もともとこの惑星の生まれだがずっと田舎の出だし、ロケ松やピーターと共に星涯《ほしのはて》市に来たことが前になんどもあるとはいえ、いつも宇宙船の引き取りや引き渡しなど、半島のように星涯《ほしのはて》湾に突き出ている市部のなかの西北にあたる第二宇宙港周辺しかつき合いはない。

もちろん市の全貌は、進入や離昇のときに船橋のスコープやシャトル便の窓から見なれてはいるのだが、こうやって地表を走るとなれば、やはり、はじめての街というやつは、なにか胸をわくつかせてくれるものだ。

美しく近代化された大都市である。

星系首都・星涯《ほしのはて》市。人口三〇〇万。

周辺十数個の自治星系に対し、宇宙関連産業やエレクトロニクス、輸送機器など、軽・重工業製品の生産や輸出で圧倒的な強味を持つ〈星涯《ほしのはて》〉星系。

東銀河系の西北端、たしかに〈星京《ほしのみやこ》〉星系など連邦の中心部から見れば〝星海の涯《はて》〟みたいな場所には違いないが、自治星系として東銀河連邦にそれなりの発言力を持っていることもうなずける規模の大都市である。

もちろんこの星系の経済社会は、ごく少数の支配階級に対してだけ、否応なしに桁違《けたちが》いの富をもたらす構造になっていることは言うまでもない。

そして星系政府と星系軍と星系警察だけが理不尽に威《い》張《ば》りくさっている社会であることもたしかなのである。

なんの地位もない、宇宙船工場の工員や町のはじけ豆売りの小娘なんぞは、なにがあってもそれこそ虫けら同然の扱いしか受けない社会……。

それはたしかにそうなのだが、それでも景気のよい惑星の通例として、窓外の町々にあふれるこの、小気味よいほどの活気は、そんなこの社会の歪みをすこしも感じさせはしないのだ。

二〇〇層、三〇〇層にもゴタゴタと積み重なり、東西南北何キロにもわたりちょっとした山ほどもある、いわば貧民居住区が広い市内の西北端から南部に点在しているのだが、いくら貧民居住区とはいっても、わずかばかりの金を払えばこうして誰でも乗れる自走軌道車《CVS》は縦横に走るわ、ステージⅢの新市民情報システム（全自動・双方向通信及びコンピューター・システム）は各戸に入っているわ、丘全体は四季に合わせた地域気候環境制御が施されているわ、近々、貧民用低価生鮮食品自給販システムが入るわ……で、要するにこの都市は貧民も豊かなのである……。

自走軌道車《CVS》に乗っている又八の座席前面の制御パネルには、市街全図が精緻な光電表示で示されており、彼が目的地として指定した市の南西部、ペパーミント居住区画に向かって、車輛の現在位置を示すスポットがゆっくりと南へ向かって移動していく。

そのとき彼は、そのパネルに急行指示ボタンがあるのに気づき、あわてて二〇ミリクレジットを〈特急〉と赤で描かれたスリットへおとした。とたんに車輛は走行スピードがぐんと上昇し、次々と待避側線へ入っていく先行の車輛を抜きはじめた。

ほとんど全面ガラス張りに近い天井を透して、そそり立つような集合住宅群の間に凄《すご》いほど澄んだ空が青々とのぞき、ひと抱えもありそうな月が、その谷間から白くのぞいたりする。

やがて車輛は、そのおそろしくごちゃごちゃした丘みたいな住宅区の間を下って平地へ出た。

この都市で地面にべたりと住居やオフィスを構えていられるのは権力者や金持ちだけである。もしも地面でなければ集合居住区のてっぺんだが、こっちのほうは、小金をためたケチな成金程度の連中で、やはりナマの地面をべたりと占拠できるのが本当の支配階級なのである。

又八を乗せた自走軌道車《CVS》は、そんな平地の豪勢な邸宅の区画を海側へ避けるように走り、やがて二〇階ほどのビルがあつまった行政区の間を抜け、商業・歓楽区を抜け、またもやゴチャゴチャした丘のような集合居住区がいくつも行く手に見えてきた。

又八は表示モードの変更ボタンを押し、走行車輌中心のディスプレイに切り換えた。めざすペパーミント居住区は四つほど先に見えている丘らしい。そこで彼はモードを問い合わせに換え、ペパーミント居住区28区D層230番への最適下車地点を請求した。

パネルはいったんこちらのアクセスを受けたのだが、すぐにディスプレイ面が点滅しはじめ、〝ペパーミント28区は進入禁止〟の文字があらわれた。

なんだって!?

彼はアクセスを音声に切り換えた。

〝一〇分前にペパーミント居住区28区画は封鎖されました。進入できません。26区画で止まりです〟

色気もくそもない合成声《メカ・ボイ》の答である。

「封鎖はどれくらい続く？　目的は？」

〝封鎖は三時間で解除の予定。封鎖目的は犯罪捜査です。引き返しますか？

料金はお返しします〟

「行けるところまで行ってくれ」又八は指示した。

こいつはひょっとして……。

間もなくその四つ目の集合住宅が山のように迫ってきた。さんさんと陽をあびて、おそろしくゴタゴタしたその丘全体が、不思議な彫刻のように輝いている。

光電パネルでたしかめると、間違いなくそれがペパーミント居住区らしい。

やがてそのコンクリートの深い谷間に入って、ものの五分とたたぬうちに、車輌はとあるポイントにぴたりと止まった。

ディスプレイに〝28区は封鎖中、ここまでしか行けません〟の文字が赤く点滅した。

彼はプラットホームへ降り立った。地上から三〇層ほどの高さである。

両側は首が痛くなるほどそそり立つ居住区の窓やベランダがはり出した凸凹《でこぼこ》の壁だが、陽当りはよく計算されていて、貧しげではあるが、道行く人々の顔には活気にあふれた営みが感じられる。

階段や橋や切り通しや自動昇降路《モトウエイ》などがごたごた組みこまれた道を、又八は何食わぬ顔をして歩いていった。

シャレ又のぴたりきまったいでたちは、あたりのゴミゴミしたたたずまいにおよそ不似合いだが、それでも不敵なその面構《つらがま》えがきいているのか、べつにおかしな素振りを見せる者もいない。

彼は街区標示板の前へ立ちどまり、わざと28区を避けて27区をアクセスしてみた。

案の定、27区のディスプレイは現われたが、隣接する28区はブランクになっていて、〈封鎖中〉の文字だけがチカチカしている。しかし、街区ナンバーからして、パムの家は27区との境界にさほど遠くないところらしい。彼は行けるところまで行ってみようと歩き出した。

アンダーパスをひとつ抜けると、突然、前に視界が開け、いま抜けてきた市の中心部からその西側にひらける海が見えてきた。

いわば山の中腹に沿ってつづく道の先が、大きくまわりこんでいるあたりから28区になるらしく、一〇〇メートルほど先にパトロールの中型磁撥艇が道をふさいでおり、警官が二人立っている。緋の出動服……。

機動警察部隊だ！

こいつはただごとじゃねえ……。又八は心の中でつぶやいた。

市警や分署のお巡りじゃない。星系警察本部がじきじきに出張ってきている……！

——と、又八は、どこか28区のほうを見下ろせる場所がないかすばやく上のほうへ眼をやった。

派手な看板をぶら下げたテラス・ハウス風の張り出しがいくつか見える。

又八はすぐ近くの自動昇降路《モトウエイ》にとびのって上へ昇りながら手頃な店をさがした。自給店のほうがいいのだが、場末は人があまっているもので面倒見がよすぎてこんな時にはかえって困るのだ。

それでも又八は、とある一角に海を見下ろす手頃なチェーンの自給店を見つけ、テラスの端のテーブルに腰をおろした。

すぐ下に道路が見え、お巡りの動きもよく見てとれる。時間が飯時を外れているから、店内はがらんとしていた。

又八はテーブルの注文板《タッチ・ア・メニュ》に眼を走らせ、はじめて自分がまだ昼飯を食っていなかったのを思い出した。ねばるにはいい按配《あんばい》だ。

さて……と。

スープは、ささみ蝦《エビ》のビスクといくか。ささみ蝦《エビ》は星《ほし》涯湾《のはて》でもとれるから、天然でもさほど高くない。よし、きめた——と。

そこで、メイン・ディッシュは、ステーキといきてぇもんだな。牛肉風味・フィレ・11オンス……と。これにするか。焼きの指定は、いつものとおりだ。440°／3min。

サラダは——と。セロリ風味とチキン風味・マヨネーズ……か？　セロリ風味がおもしろくねぇが、天然のどどみ・セロリのサラダが一クレジットとくるんじゃ、仕方がねぇ。風味のほうがよっぽど気がきいてら。

ワインは……と、〈シャトー・ノワール〉の赤。中パック。4C。

コーヒーはいつものとおり、キリマンジャロ。フェーズはⅢ。すこし濃いやつでしゃっきりしねェと……。

代金の合計がディスプレイに現われたので又八は金を入れた。

アクセスがかえってくる。

〝順次サーブ・OR・同時サーブ？〟

もちろん順次だ。

〝タイム・OR・指示待ち？〟

もちろん指示待ちだ。ゆっくり順々にやって時間をかせがなけりゃならねェ。

〝スープが出るまで三分お待ちください〟

又八は、いかにも田舎ッペの観光客風に映像《ヴィズ》レコーダーをとり出し、その傍に例の通信機《ポッケ》をさりげなく、なみの通話機《コミュニケータ》風に置いた。そしてイアホンで恋人からのラブ・コールでもスタンバイしてる風に、そーっとダイアルをまわしていった。

やがて、案の定――

ガツン！　と耳ざわりな音がして、かなり強力な波が入ってきた。

〝……分現在、28区D層230番、パム・ヘンシェル方に寄留《きりゆう》の老人、通称モクは〟

やっぱりそうだ！　又八は体がこわばるのを感じていた。

〝…発見されていない〟捜索隊を指揮している司令艇の発射する波がつづく。〝当方の手入れを事前に察知して、直前に脱出した可能性もある。各家屋の徹底的な捜索を続行せよ。くり返す。一四三〇現在、28区D層……〟

そうか……。

又八は心の中でつぶやいた。

おれよりひと足早く星系警察がのり出してきたわけか……。

その、モクとかいう老人が何者なのかはまだわからねェが、白沙《しろきすな》にいる頭目がこんな方法で救出の指示をしてくるくらいだから、よほどの代物には違いあるまい。

とにかく白沙《しろきすな》に連絡を入れておくか……。

又八はスイッチを切り換え、水平線に近いところへ白々と浮かんでいる白沙《しろきすな》を狙って送信素子を向けると、送信ボタンを押してしゃべりはじめた。エネ・セルを四つもよけいに背負わされている通信機《ポッケ》はたちまち熱くなってきた。

さっきの連絡から一時間あまりのうちに、向こうは指向ビームをさらに絞りこんだらしい。コンの声はいちだんとよく聞こえた。

又八はゆっくりとスープを飲み、景色をたのしんでいる風を装いながら、とりあえずの状況を基地へ報告した。白沙《しろきすな》はこのまま水平線に沿って東へ動くはずだが、向こうの自転のため、基地は白沙《しろきすな》の地平の向こうへ間もなくかくれてしまう。コンは、〝いまロケ松さんが中継機を発進させたので、あとはそいつの中継で受けるから、緯度・北四〇の日没線へ向けて波を出せ――〟と言ってきた。

了解の返事をして、とりあえず通信を切ると、通信機《ポッケ》のケースはもう手がつけられぬほど熱くなっていた。

9

星涯《ほしのはて》市に出張していた又八との連絡がとれ、コンの指示で行動を起こした彼がパムの家の近辺から呼んできたとき、白沙《しろきすな》基地のみんなは夕食をすませ、とりあえずくつろいでいた。

彼らは、居住棟の地下にある通信室へとおりた。

高性能の通信機器がひしめく薄くらがりのなかに、雑音まじりのひどく歪《ひず》んだ又八の声がきれぎれに伝わってくる。

「もっとなんとかならんのか？」ロケ松が言った。

「いやァ、向こうの送信機が小せェから……これでめいっぱいです。通常空間波としちゃ、これでぎりぎり……」

基地のあるこの白沙《しろきすな》と、又八のいる星涯《ほしのはて》とはいま、比較的近い時期だったが、それでも電波が到達するには三〇秒ほどかかった。

事実上、とても双方向通話といえる状況ではない。

「……ったいま……ペパーミント居住区……けど……一時間……に……強制捜索《ガサ》が……かかって……」

パムが顔色を変えた。

ムックホッファとロケ松が顔を見合わせた。

「……とても……きない……かった……系……察……が踏みこんで……その……ってるパムの家……とても……ただ……モクとか……は……まだ……くられちゃ……ない！　ようだ……」

そのとき、

「お頭目《かしら》」

隣のスコープをワッチしていた若いのが、顔をこわばらせて報告した。

「衛星軌道に宇宙艇の編隊が進入しました。パトロールのようです！」

ムックホッファは唇を噛《か》んだ。

パトロールがパムを狙っているのは明らかである。すぐ錨地《うえ》に逃がすか？

それにしても、その、モクという老人の抱く秘密とは……いったい……？

なんとか、又八がうまくやってくれるといいのだが……。

10

又八は、まだスープをちびちびなめるようにして時間をかせぎながら、通信機《ポッケ》のダイアルをパトロール艇の司令波へ戻した。受信なら電力を食わないから、ケースはすぐに冷えてくる。

モクという爺《じい》さんはまだつかまってはいないらしい。そいつはいいとして、こっちはどう出るかだが……。

彼はパトロール艇のほうをさりげなく見下ろした。封鎖線のお巡り二人は退屈しきっていた。ひとりが通りがかった娘をからかっている。もうひとりは、艇によりかかって、こともあろうにハジケ豆を食っているらしい。まったくたるんだ手合いだ……。

しかしそれにしてもなあ。

商用でやってきてるおれをだしぬけにつかまえて、お訊《たず》ね者をひとり、必死で追っかけてる星系警察の鼻先からかッさらって来い――たァまったく乱暴きわまる話だが、考えてみりゃ、これでこそ天下の乞食軍団というわけで、こちとらとしてもうかうかしちゃいられねェわけか。

まあ、あわてることたァない。今んとこ、まだ勝負はさしだ。

〈星海企業〉は、星涯《ほしのはて》市にささやかな支店をもっており、職員を二、三人置いてはいるのだが、これはもうどこをどうたたいても融通のきかぬ堅気の衆ばかり、この際なんの頼りにもなる手合いではない。まあ、そんな連中だからこそ、取引き先にも信用されて商売もうまくいってるわけで、むやみに彼らを利用しておかしなことにしてしまうなと、甚七老人にもきつく言われている。

それにしても――

そのモクとかいう爺さんは、本当にまだこの区画内にひそんでいるのだろうか？　なんとかこのまま、捜索をやりすごして欲しいものだ。このあたりの住民は、どうせ機動警察隊なんかに好感をもってるわけはないから、封鎖が解ければ、なんとか連絡のつけようもあるだろうし……。

さっきから、テーブルの上のサービス・ダクトの標示板は、次の料理が待っているというスタンバイ・ランプを点滅させッぱなしである……。スープ一皿で小一時間ねばった寸法だ……。あとどれくらいねばることになるのやら……。

それにしても、あんまりスタンバイさせッぱなしもおかしいし、そろそろ、メイン・ディッシュにとりかかろうかと、又八が指示ボタンを押そうとした時である。

「お客さん！」

ひどく突ッ張らかった声がして、彼は思わず振りかえった。

店の親父《おやじ》らしい五〇がらみの、いやな眼つきをした男が彼を見下ろしている。

「ン？」とっさに又八は得意のポーズをとった。「なァに？」

親父ははずされてちょっとあわてたが、それでもあらンかぎりの渋面をつくって言った。

「ビスク一杯で一時間もねばられちゃ困るんですよ」

しびれを切らして料理場から上がってきたらしい。

「いやァ、失敬、失敬」にッこりと笑いながら又八は答えた。「ビスクがあんまりおいしいもんでねェ……景色もいいし……」

「ビスクってなァ、〈プロメテ・ワイン〉じゃねェんだ。ちびちびやらなきゃ舌をやけどするってもンじゃありませんぜ、え、〈プロメテ・ワイン〉じゃねェんだ。〈プロメテ・ワイン〉じゃ……」

親父は、しげしげと又八の表情をさぐるように見つめた。

「まァ、いいじゃないのさ、きみィ」

なだめるように言いながら、又八の右手が伸びて、親父の手に幾許《いくばく》かのクレジット札が渡った。

「……」

そして又八はわざと押し殺した低い声で言った。

「しばらくねばらせてもらうぜ、おやじ」そしてとっさに思いついて付け加えた。「こっちは特捜だ。なにか不服があるか？」

「と、特捜!?」

親父はわざとらしく表情を変えた。

「金は払ってるんだ」又八はきめつけた。「妨害するとブチこむぞ！」

今にもガクリ！　と膝をつくんではあるまいかと思うような足取りでそそくさ行ってしまう親父を見送り、又八がテーブルのほうへ向きなおろうとしたとき、だしぬけにイアホンへ声がとびこんできた。

〝17小隊から指揮官！　容疑者をヘンシェル宅の床下で逮捕しました！〟

しまった！　やられた！

そこに別の声がとびこんできた。

〝よくやったぞ！　すぐ、本部へ連行しろ！〟

〝わかりました。3号艇で連行します！〟

3号艇……!?

すぐ眼の下にいるパトロール艇の側面に大きな3の文字が見える。あれだ！　間違いない。艇首の17は17小隊を示しているに違いない。あそこへモクと呼ばれるその老人が間もなく連行されてくる！

特捜！

たった今、店の親父をおどかした二字が頭の中にひらめいた。

次の瞬間、又八はイアホンを外し、通信機のスイッチを切り換えていた。

ガーッ！　という凄まじい音が、テーブルの上に放り出したイアホンを通して伝わってくる。彼はあわててプラグを抜いた。妨害波《ジャミング》である。司令部とパトロールの間で使っている波長帯全域にかかるはずだ。

又八はあわててその通信機をポケットにおさめると店をとび出し、さっきの自動昇降路《モトウエイ》にのって先ほどの道へおりた。そしてそのままつかつかとパトロール艇のほうへ向かって歩いていった。

容疑者逮捕の連絡にすっかりしゃんとなった警官は、いそぎ足でやってくる又八に向かってレーザー銃を向けた。

「止まれ！」

「特捜だ！」又八は相手を無視しておっかぶせた。「逮捕したな!?」

「ハッ？……あの……」警官はそれでも言った。「身分証明書を提示願います」

「本庁に問い合わせろ！　コードはエメラルド23だ」又八はでたらめを言った。

「では認識票《I・D》を」

「そんなものあるか。見ろ！　変装しとるのがわからんのか？　はやく、本庁と連絡とれ！」

つられて警官が無線機のスイッチを入れたとたん、ガーッ！　という凄まじい音がとび出して、警官は思わず耳をおおった。

「通信妨害だ！」又八はわざと叫んだ。

「地下組織ですか……？」

その妨害波が相手のポケットの中から出ているとも知らず、二人の警官は顔を見合わせた。

「だからおれたちはもう二日もここに張りこんどるんだ」

言いながらも又八は気が気ではなかった。いつ見破られるか、わかったものではない。当然ながら星系警察の司令通信系は、こんな妨害がかかった時のためにいくつかの波を用意している。このパトロール艇の通信系は、なにしろ鼻の先で強力な妨害波を食わされているから全帯域が使えないだろうが、すこし離れた所ならべつの波も使えるはずだ。万一、気のきいたやつが街頭の公衆テレ・ボイかヴィズを使って本部に身許照会をやったら……。

レーザー変調波の通信系も運用されているはずだし……。

それでも又八は、そんな余裕を相手に与えまいとして高飛車にかました。

「何大隊だ、きさまらは？」

「はッ、第2大隊であります」

「隊長はミラノフか？」又八はでたらめを言った。

「い、いいえ、チトフ隊長であります」

「あ、そうか」又八は、わざとあわててみせた。

「ところで、おい、きさま」と又八は一人をつかまえて言った。「きさま、さっき立哨中になにか、食ッとったな、あァん？」

「はッ！」若いその警官はどぎまぎして又八の顔を見つめた。

「きさまもきさまで――」とべつの一人に向かってつけ加える。「通りがかりのブスどもをからかうとはなんのざまだ！」

「はッ！」

「たるんでおるぞ！　二人とも！」又八は声を荒立てた。

「はッ！」二人は不動の姿勢をとった。

自分と大して変わらぬ年格好の二人である。

「まあ、よい」又八は話のわかるふりをしてみせた。

「休め」

二人はホッとした表情を浮かべた。

「それにしても、おそいなあ」又八は道の奥へ眼をやった。「もう来ても――」

「あッ、来ました」一人が言った。

なるほど、小隊長らしい男を先頭に警官が二人、ガリガリにやせこけた貧相な老人を両側から軽々とぶらさげるようにしてこちらへやってくる……。

あたりの窓という窓からは住民たちがなにごとかと首を出し、つめたい敵意を見せながらじっと見守っている。

又八は足早に歩み寄った。

「本庁の特捜だ。ご苦労！　容疑者はすぐ第二宇宙港へ連行しろ。おれも同行する」

「はッ？　宇宙港へ？　そんな指示は――」

「無理もない。司令部との通信波には猛烈な通信妨害が入っとる。地下分子の仕業だ」

むッとしたように、その、小隊長らしい男は待っていた部下に目顔で指示した。

彼は黙って通信機のスイッチを入れてみせた。

ガーッ！　凄まじいノイズ……。

「わかったろう？」又八は間髪を入れずに言った。「すぐに向かってくれ。引き取りの宇宙艇はもう第二宇宙港へ待機している」

「どこへ連行され――」

「そんなことはきさまの関知することではない！」

小隊長は、それでも疑わしげに又八の顔をじっと見つめた。そして部下に向かって言った。

「認識票は確認したのか？」

「はッ、お持ちではないようで――」

隊長は、まだじっと又八の顔をうかがっている。

「よし！　わかった！」又八は相手の機先を制した。

「それほど信用せんのなら、すぐ、本庁の特捜へ行け！　そして特捜部長におれの首実検をしてもらえ！」

「い、いや」小隊長はあわてて言った。「そんなことを言っているわけではありませんが、なにしろ、この容疑者は本庁じきじきの――」

小隊長は、二人の警官にぶらさげられたような姿勢の老人へ、ちょっと眼を向けた。激しい恐怖に、皿みたいに見開かれた眼は、ただ、ぼんやりとあらぬ方向を見つめたまま。口許をワナワナと震わせたまま、声も出せないでいる。

「おれもさっきから本庁へ連絡とろうとしとるんだが、

うまくいかんのだ」

「波を変えてみたか？」と隊長。

「全帯域とも使用できません」

「とにかく行こうじゃないか、早く」又八が言った。

「この区域から出れば妨害波も弱まるかもしれん。光通信も、すこし先なら使えるだろう？」

「それもそうですな」急に小隊長はすなおになった。

「わかりました」

小隊長があごをしゃくって部下に指示を出すと、警官は放心状態のモク老人をパトロール艇内へあっさりと放りこみ、つづいて全員が乗りこんだ。三人がけ三列、九人乗りの磁撥艇である。又八は中央の列に、まだ痴呆のようなモクと並んですわった。

やがてパトロール艇は、低い唸りと共に磁力で一フィートほど浮上すると、そのまま都心のほうへ向かって滑るように走り出した。

又八は気が気ではなかった。

もう、ポケットの中で妨害波を出しつづけている通信機は手がつけられないくらい熱くなっている。定格の四倍もの電流が流れているのだ。通信機が火を噴くか、エネ・セルが消耗するか、どっちが先にしろ、その時が勝負だ。

何気なく操縦席へ眼をやると、3号式と呼ばれるレーザービーム変調電話機もちゃんと搭載されている。ペパーミント居住区を下りクローバ居住区へまわりこめば、間もなく星系警察本部の通信タワーが見えはじめ、じかに連絡をとられてしまうだろう……。

となれば――。早いとこ……。

彼は内ポケットにそっと手を伸ばした。

ところがそのとたんであった。

つめたいものが、首許にぐいと押しつけられたのである。

「動くなよ」低い声。

それと同時に、前の席の警官がさっとふりかえった。全員のレーザー・ライフルがぴたりと又八を狙っている。

思わずそっと首を後ろへまわした又八はぎょッとなった。

「馬鹿めが！」

薄笑いを浮かべて熱線ピストル《ブラスター》をホルスターへ戻しているのは、なんと！ いつの間に乗りこんでいやがったのか、あの、自給レストランの親父！

「馬鹿めが！」相手はさも憎々しげにもう一度言った。

「特捜に向かって〝おれは特捜だ！〟などと抜かしおって……。〈プロメテ・ワイン〉が合言葉だとも知らんくせに……」

あっという間に彼は後部座席へ移された。両側から警官二人にはさまれた形である。内ポケットのラインメタルの0・01ミリはあっさりとりあげられたが、なにしろ狭苦しい艇内である。それ以上の検査はされなかった。

やられた！

さすがは星系警察……。

「何者だか知らんが、たっぷりと痛めつけて泥を吐かせてくれるぞ！」前席に移った本物の特捜はちらりと振り向きながら言った。

「せっかく逮捕した老いぼれがこの調子じゃ」と、小隊長は前を向いたまま言った。「大したことも聞き出せまい。その分、わざわざ網に入ってきたこいつが役に立つわけか……」

ちょっとした今の騒動がわかってるのかいないのか、モクと呼ばれる当の老人は、ぼんやり焦点のさだまらぬ眼を窓外に向け、釣られた魚みたいに口をパクつかせているだけ……。

パトロール艇はペパーミント居住区を抜け、都心のほうへ延びる地表車専用走路に入ると、ぐんぐん加速していった。

すでに走路管制システムが緊急車優先コンディションを発動したらしく、走路上の地表艇《ホバ・ヴィ》や車輛が次々と待避車線へ入っていく。

さて……どうするか……？

又八は心の中でつぶやいた。

星系警察のなかでも機動警察隊といえばかなり手強い存在として知られており、治安維持と称する弱い者いじめの数々で悪名高いのだが、ロボットじゃあるまいし、すきだらけの手合いがいくらもいるのは又八もよく知っている。

それに金さえ積めばもらい下げできるルートもあるし、かなり必死で追いかけてるらしいこのモクという老人の身柄だってまんざら買えぬことはない――というのが現実。それはそうだが、もらい下げの金を持ってやってくる甚七老人のしぶいツラを想像すると、なんとか、他の手を考えなけりゃ……と思ってしまう。

こいつは、本部に着く前になんとか手を打たねェと……。

ふと気がつくと、ポケットの中でまだ妨害波を出しっぱなしの通信機がもうひどく発熱していて、服を通して肌まで伝わりはじめている。

スイッチを切るか？ このままだと、やけどするぞ……。

そのとたんだった。

ボッ！

鈍い音を立てて、ポケットの中からキナ臭い白煙が噴き出した。ついにエネ・セルが破壊したのだ。

「おッ！」全員が何かわけのわからぬ声をあげて総立ちになり、又八を左右から捉えていた二人がとび退《すさ》った。

「ば、爆弾だ！」ひとりが叫んだ。

「艇を止めろ！」とっさに又八がわめいた。「止めんと、きさまらをまきぞえにして、おれは自爆するぞ！ さァ、手をあげろ！ その爺いと武器をそっくり置いて艇から下りろ！」

やけどしそうになるのもかまわず、又八は、煙を立てる通信機をポケットからとり出すと、そのまま座席の上に放り出した。

「艇を止めんか！ こっちゃ命なんざ惜しかねェ！ てめェら道連れに今すぐドン！ といくぞ！」

パトロール艇は待避車線に入り、ズシンと軽くバウンドして停止した。艇内はもう煙が充満しはじめている。

こんな時の訓練が行き届いているのか、都合六人の機動警察隊員と特捜は、おとなしく武器を放り出し、両手をさしあげたまま一人ずつ地上に降りはじめた。

又八はすばやく手を伸ばし、たったいま没収された自分の0・01ミリをとり戻した。

老人だけが相変わらず痴呆のように、ポカンと座席にすわったまま……。

最後の一人が降りると同時に、又八ははじかれたようにハッチへとびつき、すばやくロックすると、そのまま横っ跳びに操縦席へとびこんだ。そして浮上レバーをいっきに入れながら加速ペダルを踏みこんだ。

あの手合いがおとなしく降りたままでいるわけはない。なにか仕掛けをされる前に逃げなければ……。

又八は走り出したパトロール艇を北向きの走行車線へ持っていくと、いっきに加速した。噴射浮上式と違って磁撥式は静かだし、滑るような加速ぶりである。

時間の勝負だ。

このまま都心を抜けて、第二宇宙港まで滑りこめるかどうか……。

まだ、都心までもかなりの距離がある。

走行路は居住区の西側斜面を大きくまわりこみ、商業区の南端にかかるところである。左は海。

「爺さん！ 爺さん！」

又八は前を向いたまま、大声で後席の老人へ呼びかけた。

「もう大丈夫だぜ！ なにがどうなったって星系警察にひき渡すこたァねェ、安心しな！」

返事はない。

「？」

又八が振りかえってみると、老人はまだ、ぼんやりと前を見つめているだけである。

「おい！ モク爺さんよ！」又八はいちだんと声を高めた。「白沙《しろきすな》にゃ、パム——とかってやつが待ってるぜ！」

「……パム……」

相変わらず焦点のさだまらぬ眼のまま、老人はぼそりとつぶやくだけ……。

まあ、しかたがねェ。とにかく、なんとか宇宙港へ——

——

そのとたん、又八はぎょッ！ と身をすくませた。いままで待避車線に入ってパトロール艇をやりすごしていた一般車艇が、いっせいに車線を変えて又八の前方に出てきたのだ！

パトロール艇の優先走行コンディションが解除されたのだ。下ろされた連中の差し金だ。

ガーンッ！

減速する余裕もなしに、又八は横に入った巨大な貨物艇に側面をひっかけてしまった。あわてて避けようと大きくバーを引いたとたん、ガーンッともう一発。こんどは運行標識灯の柱につっかけた。

そのとたん、パトロール艇はまるで横転しそうなほど左にかしぎ、修正する間もなしに専用走路からそのまま外にとび出し、路に平行する緑地帯の植えこみの上一メートルほどを、狂ったように走りだしたのである。

みるみる迫ってくる標識柱や照明灯をやっとのことで避けながら、又八は、なんとか艇体をもとへ戻そうと試みた。しかしだめ。横転しそうになるのを食い止めるのがやっとである。衝突したとき、左の浮上コイルが破壊されたか、浮上系の自動平衡《オート・バランス》がやられたかだ……。くそッ！

もうすぐ手がまわる！ こうなったら思い切って走路をはずし、市の東寄りにそびえている小高い山をいっきに越えるのだ！ これでかなりかせげるはずだ。それにしても——

そのとたん、とつぜんパトロール艇がすーっと水平に戻った！ 思わず脇を見ると、いつの間に移ってきたのか、老人のモクが制御コンソールに手をつっこみ、反撥コイルの個別磁場制御レバーを両手でこまかく操作しているのである。見事な手つき……。

ひどくよたつき、おかしな音を立てながらも、パトロール艇はなんとか水平に走りつづけている。

「やるじゃねェか、爺さん！」又八は言った。

しかし、老人の眼は相変わらず焦点がさだまらず、ただ、その指先だけがおどろくほど確実に動き、左右の平衡《バランス》をとりつづけている。彼はいっきに東側の山すそへ乗り入れた。

「さあ！ なんとか第二宇宙港まで逃げこもうぜ。船は待ってるんだ！」

しかし、老人は相変わらずぼんやりと前を見つめているだけ。

「だめだよォ」

突然、老人はかぼそい声をあげた。歌うような調子である。老人はつづけた。

「もう、磁界強度が4メガ・ガウスまでおちてるよォ。あと五分でだめだよォ」

「ほんとか!?」

「ほんとだよう……また、つかまッちまうよう……。拷問されて、殺されるよう……」

「おい、爺さん、なんとかしろ！ なんとかもたせろ！ 宇宙港まで！」

ここでこの老人にめげられてしまったらおしまいである。

磁撥艇は、茂みをかすめるように山の斜面を登りはじめた。まばらに豪華な邸宅があるだけで、こんもりとした緑におおわれている。この山を越えれば、半分は来たことになるが……さて……。

「もう……もう……もう……だめだよ……だめだよ……」

とつぜんエンジンがおかしな音を立てはじめ、いかん！　非常降着輪を――と思う間もなしにパトロール艇はガーッ！　と腹をこすり、凄まじい砂煙をまきあげて灌木をなぎ倒しながら一〇〇メートルもつっ走ったあげく、立木にぶつかってぴたりと止まった。山の中腹、さいわい、あたりに人の気配はない。

「行くぞ！」

とっさに又八は、パトロールの置いていったレーザー銃二挺をかぼそいモクの背にしょわせ、自分は三挺をひっかつぐと、老人をひきずりおろすように地上へ立った。

「頂上のほうへ逃げろ！　すぐ行く！」

又八はレーザー銃のエネ・パックを三挺ともひっこ抜き、ちょっと考えてから舷側のカバーを外すと電源の母《バス》線《・バー》にひっかけ、ポケットから取り出した熱線ピストル《ブラスター》をそこに向けて引金を引いた。たちまちケーブルというケーブルに大電流が流れ、みるみる被覆が煙を上げはじめた。

又八は、ヨタヨタ登っていく老人に追いつくとレーザー銃をとりあげ、それを自分でかついだまま先に立った。

ドドーンッ！

下のほうで大爆発が起きた。

パトロールのサイレン、パト・ヘリの爆音……。

11

それから三時間後――

どこをどう逃げまくったかろくにおぼえてもいないのだが、とにかく、又八と老人はなんとか追っ手を振りきって、とある宏壮な屋敷の中に逃げこみ、物置きのなかへひそんでいた。

「さて、ひと息入れな、爺《じい》さん」

「……」

老人は相変わらずうつろな眼である。

「心配することたあないぜ、爺さん。銀河乞食軍団の又八がついてらあ」

老人の眼がちょっと動いた。

「パムとかって娘を知ってるか、え、爺さん？」

「パムがあんたをよこしてくれたんですか？」かぼそい声である。

「そうらしいな。おれもよくわからねェ。とにかく、パムが待ってるから連れて来い――って話よ」

「どこへ――？」

「白沙《しろきすな》に――だよ。第二宇宙港におれの船が待ってるんだ」

「行けっこないよ」ぽつんと、つぶやくように老人は言った。

「なんで？」

「もう、袋のねずみだ。すぐ、つかまえに来ます。逃げられない。すぐ殺される」

「そうかねェ、爺さん」

又八はちょっとおもしろそうな表情を浮かべた。

「そうですよ」モクは言った。「あんたは、星涯《ほしのはて》の警察のこわさを知らないんだ。一軒、一軒、床から天井からはがして調べてきますよ。逃げられっこない」

「ここなら大丈夫よ」又八はケロリと言った。

「だめですよ」

老人はうつろな眼をしたまま、つぶやくように言った。

「爺さん、おめェ、この邸《やしき》に誰が住んでるか知ってるのか」

「……」

「ここはな、おそれ多くも〈星涯《ほしのはて》〉星系警察本部長官の官邸なんだぜ。いつもなら逃げこめるとこじゃねェ。たまたま、パトロール艇の爆発騒ぎで手薄になったから、なんとか入れたわけよ。ほかんとこならいざ知らず、ここだけはガサなどくらう危険はねェ」

老人は別に関心を示す気配もない。

「外には出られませんよ」

「門からは出られねェよ、そりゃあ」又八は言った。「それより、暗くなったら、長官のお部屋へ行こうよ」

老人はぼんやりと納屋の天井を見上げたまま。

「それより爺さん、おめェ市警どころか、泣く子も黙る天下の星系警察本部に追っかけられてるたァ、なにやらかしたのか知らないが、ちょいとした大物だと見えるな。なにしろ、うちの頭目《かしら》やらロケ松やらが、なにがなんでもかっさらってこいってんだからなあ」

「〈乞食軍団〉なら……。でも……だめだァ……」老人は溜息をついた。「パム……」

やがて夜はとっぷりと暮れた。しかしそれもつかのまで、納屋の戸のすき間からは白々とした光が射しこんできた。三つもある星涯《ほしのはて》の月かと思ったら、白沙《しろきすな》である。なにしろ、また水平線の向こうに姿をあらわしたらしい。なにしろ、この惑星の空に浮かぶ天体の動きはめまぐるしいのである。

又八は思わずポケットに手をつっこみ、たったさっき、通信機《ポッケ》はパトロール艇と共に木っ端みじんにしてしまったのを思い出した。

基地じゃみんな心配してるに違ェねェ……。

老人の手前、ちょっと格好をつけてはみているものの、まったくきわどいところだったのである……。

ロケ松は中継機を上げてこっちの波を待っているはずだが、これじゃ連絡のつけようもない。

そう思ったとたん、彼はうまいことを思いついた。そして立ち上がった。

「行くぞ、爺さん」彼は、暗闇の中で身じろぎもせずにうずくまっているモクに向かって声をかけた。「すこし早いが、用事ができた」

又八は持ってきたレーザー銃の一挺からエネルギー・パックをとり外すと、導線の一部をとり出し、安定抵抗の芯線を使って出力端を短絡させた。

これなら発熱にはすこし時間がかかる。

そして二人は納屋の中から暗がりへ這い出した。

〈星涯《ほしのはて》〉星系の場合、金持ちや政府高官の邸宅の警戒は、門や塀までがおそろしく厳重なわりに、内部の手薄なことは又八もちゃんと知っている。ご乱行とか裏取引きとか、邸の中では、警備にも知られるとまずいことがあまりにも多すぎるのである。

二人は官邸の建物の一角にとりつき、用心しながらプラスウォールの壁をよじのぼって長官の書斎とおぼしき部屋の外にたどりついた。老人は危なっかしい足取りながら、なんとか又八のうしろへくっついてくる。

室内は真っ暗。

「窓をあけると非常ベルが鳴りますよ」老人は又八の耳許にささやいた。

「大丈夫だって。そのうちに、窓あけなくたってベルが鳴らァ」

やがて納屋の方向の暗がりから、ぱっと赤い火の手があがった。それと同時にけたたましく鳴り出す警報ベル。

又八はいっきにアクリ窓を熱線ピストル《ブラスター》で灼き切ると室内へとびこみ、老人をひきずりこむと、じっと物陰にひそんだ。

窓越しに燃え上がる納屋の反映が室内まで射しこみ、使用人たちの立ち騒ぐ声が伝わってくる。消火艇もやってきたらしいが、ボヤはすぐにおさまった。

書斎のなかは真っ暗。射しこむ月の光だか白沙《しろきすな》の光だかで、おぼろげに家具の配置が見てとれる。


又八は豪華なデスクの傍へ近づき、その上の通信機器盤《コム・パック》をさぐった。

警察本部直通回線、政府秘話回線、電送端末機、邸内連絡電話《インタ・ヴィジホン》……そして、これだ！　又八は、星系通信公社の一般加入電話機をさぐりあてた。

こっそりと開始ボタンを押し、惑星・白沙《しろきすな》の北地区局のコード024をアクセスする。やがて回線が接続されたことを示す青いランプが点灯した。3587＝1410。すばやくキイを押す。

〝到達遅延時間《タイム・ラグ》・往復六二秒〟光電表示が現われ、青い円形の目盛を赤い針がゆっくりと0に向かって移動しはじめた。

又八は頭の中で通信文を考えた。いつもながら惑星間通信のわずらわしさ。それは昼間のポケット通信機だって同じことだが、あの場合はその待ち時間の間になんとかすこしでも感度をあげようとか、クリアネスを高めようとかするからさほど気にもならないが、加入電話の、この、ただ待ちっぱなしというのはどうにも我慢ならない。

やっと赤い針が、青い0の標示にかさなった。

呼び出し音が二つほどして、プツンと音がした。

〝こちら星海企業・白沙《しろきすな》基地。どうぞ〟甚七の声である。

「こちら又八。モクを救出。今日じゅうに脱出の予定。小惑星・弘安にて会合したい。手配たのむ。以上」

さらに六二秒……。こっちが星系警察本部長官官邸から呼んでることとは、向こうの通話装置のディスプレイに出ているはずだ。さぞびっくりしていることだろう……。

〝白沙《しろきすな》基地了解、通話終了〟甚七の声は切れた。

又八は熱線ピストル《ブラスター》のビームで通信機の底を灼き切ると、手さぐりで通話先・通話回数記録モジュールをさがしあてて破壊した。

「よし――と」又八は暗がりのほうへ声をかけた。モク老人は身動きもしないでうずくまっている。


「あとは、な。長官のお帰りをお待ちするだけよ。な、爺さん、白沙《しろきすな》へ帰ろうな！」

又八はモクの傍に腰をおろした。

「一服つけてェところだが――まあ、やめておくか……」

そのとたんだった。

ぱっと室内が明るくなり、ドアの開くカチャリという音につづいて、つかつかと男が一人入ってきた。

二人のひそんでいるところからは、下半身が見えるだけ。

男はデスクの前の通話装置を操作している。

又八は、こわした加入電話機をデスクの下にかくしておいてよかった――と思った。

「社長か？　わたしだ」男は言った。貫禄のある太い声。長官に違いない。「まずいぞ。何者かが介入しとる。連邦政府かもしれん。脱走者を横取りされた。そう、その、モクという名の年寄りだ。しっかりしてくれんと困るじゃないか……。星系警察がこの件について捜査するのは限界があるぞ。

娘――？　ああ、あのパムとかいう娘は今日の午後、白沙《しろきすな》で焼死した」

ピクリ！　又八のとなりでモクの体がひきつった。

「航空軍の練習機を盗み出して逃亡し、いったん逮捕したが、パトロール宇宙艇が墜落事故を起こして――そう、あとの――」

「パ……パム……！」

声を震わせてとつぜん老人が立ち上がった。

やむなく又八も、レーザー銃の安全装置を外しながら立ち上がった。

非常手配はまたたくうちに全市へとんだ。

あろうことか、あるまいことか、星系警察本部長官が官邸で人質にされ、侵入犯人二名と共に専用エアカーで中央宇宙港へ向かっているというのである。

こうとなったら、もはや星系警察の面子《メンツ》のなんのと言ってはいられない。長官の指示によって呼ばれたエアカーが官邸を離昇したのとほとんど同時に、星系航空軍にも急報がとび、星涯《ほしのはて》市防空警戒管制網は、宇宙港へと向かうそのエアカーをすぐに標定して追尾しはじめた。

そしてその誘導によって、攻撃ヘリやパトロール・ヘリが次々と接近していった。

しかし、人質は長官である。

エアカーの操縦員はまだしも、長官に万一のことがあれば星系全体が手のつけられぬ事態に発展することも予想される。

緊急指揮所は、一キロ以内には接近するな、犯人を刺激するなと狂ったようにわめきつづけた。

そして、その長官専用エアカーが無灯火のまま超低空で市の北東端にある中央宇宙港へ進入していったとき、はやその周辺は、星系機動警察隊や星系軍による非常線が二重三重に張られていた。

中央宇宙港に進入したエアカーは、大きく旋回をはじめ、それと同時に無線で地上にいる指揮官を呼んできた。長官の声である。

〝長官専用宇宙艇を離着床に移動の上、離昇準備を行なえ。完了次第、全作業員は離着床外へ退避せよ。航空宇宙管制は、平時のコンディションで運用せよ。いっさいの敵対行動はやめてくれ……〟

エアカーは大きく旋回をつづけた。

やがて準備完了を示す発光信号が地上から打ち上がった。

エアカーは、地上に用意された専用宇宙艇へ向かって降下を開始した。

〝こちら長官。灯火をすべて消灯せよ。いっさいの攻撃行動はやめよ。全員、離着床外へ移動せよ……〟

まぎれもない長官の声とて、やむなく指揮官はひしひしと周囲をかためている突撃隊、狙撃隊をはじめ、全員を離着床の縁まで後退させた。

そしてパトロール艇やバリケードの陰から、暗視鏡《ノクト》を使って様子をうかがった。

〝犯人が宇宙艇へ搭乗し、離昇するのを妨害する行動はいっさいとるな〟ふたたび長官の声。

エアカーはいっきに専用宇宙艇の側に着地した。

男が二人降りた。

「犯人だな！」指揮官は低い声でつぶやいた。

しゃれた身なりの若い男とみすぼらしい老人とおぼしき二人は、振り向きもせずいっきにタラップを駆け上がり、艇内へとびこむとエアロックを閉じてしまった。

エアカーは、ぐっといっきに離昇しはじめた。

そしてその窓からまばゆいビームが走り、あっという間に専用宇宙艇の通信アンテナを吹きとばした。

エアカーはそのまま、待機している警察隊員たちの上に接近してきた。

操縦士だか、長官だか、窓から顔を出してなにかわめいているが、爆音でなにも聞こえない。指揮官は必死で無線を使って呼びかけるが、なぜか、応答はない。

やがてそのエアカーは、指揮官の頭へひっかかりそうな高さまで降りてくると、黒い小さな筒を投下した。通信筒である。

隊員が駆け寄って拾いあげると、通信文をとりだした。


エアロックを外部から密封せよ。犯人を外へ出すな。内部とはいっさい接触するな。そのまま、次の指示を待て……。


突撃隊員が二、三人、専用宇宙艇のエアロック下に駆けよると、なにか黒いものをパッ！と投げつけた。それは、エアロック扉の縁にぴたりはりついたかと思うと、眼のくらむような閃光《せんこう》をあげはじめた。熔接弾である。

これをやられたら、もうエアロックは破壊せぬかぎり絶対に開かない。

三カ所の非常脱出口、それに上部エアロックとさすがに手際よく、突撃隊は犯人のひそむ長官専用宇宙艇の出入口をすべて密封した。

こうなればもう、袋のねずみである。

べつの突撃隊員たちがワイヤロープを持って駆けつけ、艇体を地上へ繋留《けいりゅう》し、つづいてトラックに乗った作業員が接近して噴射ノズルに防炎キャップを固定してしまった。

そんな騒動の間に、長官専用エアカーは中央宇宙港からいなくなっていた。

しかし、待てどくらせど、長官からの次の指示は届かず、隊員たちがいらだちはじめた。

そして、アンテナを吹きとばされた長官専用宇宙艇の舷外灯が、とつぜん不規則に点滅をはじめ、それが灯光信号であることに指揮官が気づいたのは、エアカーが行ってしまってからもう一時間もたったあとのこと。

〝アケロ！　コチラ長官ダ！　ハヤクアケロ！　コチラ長官ダ！〟

ただちに工作車が呼ばれ、半信半疑の突撃隊員たちがレーザー銃を構えるなかでやっとエアロックを破壊し、まるで田舎芝居みたいないでたちでヘトヘトになってる長官とエアカーのパイロットを救出したのは、それからさらに一時間後のこと……。

その間に第二宇宙港から、一隻の古ぼけた貨物宇宙船が離昇したのを不審に思ったものは誰もいなかった。

ちなみに、その貨物宇宙船が繋留されていた離着床に、離昇のブラストをもろにくってバラバラになったエアカーの残骸が発見されたのは次の日の朝。そして、わずかに残った機関部の刻印ナンバーから、そのエアカーが、昨夜の騒動の主役を演じた星系警察本部長官専用機とわかったのは、その日も夕方になってからのことであった。

……まったく危ねェところだったが……。

又八は、そのオンボロ貨物船の操縦席で遠ざかっていく惑星・星涯《ほしのはて》を見つめながら心の中でつぶやいた。

……どんな用事があったのか知らねェが、もう、この、モクとかいう爺さんはなんの役にも立つまい……。

パトロール艇からさらい出した当初から、もうかなりおかしくなってた爺さんは、その後、ちょっと正気に戻りかけたのだが、官邸で、〝パムがパトロール宇宙艇の墜落事故で焼死した〟と聞いたとたん、もう完全にだめになったのである。

こんなやつは前になんども見たことがあるが、ここまでくるとまず、二度と回復するこたァないとされている。

もう死人も同然だ……。

副操縦席にベルトで縛りつけられているモク老人は、ぼんやりと眼をあけたまま、身動きひとつしない……。

12

又八が、モク老人と共に、星涯《ほしのはて》市第二宇宙港から無事脱出に成功した――という連絡を白沙《しろきすな》の基地へ入れてきたのとほぼ同じ頃、白沙《しろきすな》の衛星軌道で待機していたパトロール宇宙艇の編隊はいっせいに行動を起こし、降下軌道へ進入した。

乞食軍団の計算儀の外挿軌道は、あきらかに彼らがこの基地へ向かっていることを示している。

理由はまだわからぬが、パムが本当に事故死したのかどうかをたしかめ、遺留品を求めているのに違いない。

その遺留品とは、当然、あの宝石のことだろう……。

はじめは、又八がそのモク老人を白沙《しろきすな》へ連れてきて、なんとかくわしい手がかりのかけらだけでも入手してから――とムックホッファは考えていたのだが、状況がここまで緊迫してきたとなるとそうも言ってはいられない。

彼は、ピーター、ロケ松、コンの三人に向かって、パトロール艇が着地する前にパムを脱出させて錨地に上《うえ》がり、とにかく〈クロパン大王〉で〈冥土河原《めいどのかわら》〉星系へ向かえと命じた。

モクの口から、なにか役に立つ情報が得られたら、高次空間通信系を使って送るから――と彼はつけ加えた。

そんなわけで、彼らをのせた連絡宇宙艇が金平糖錨地《こんぺいとうびょうち》へ上がってきたとき、錨地ではすでに緊急出港の準備作業が大車輪で進められていた。煌々《こうこう》とした灯火の下で、彼らを乗せた連絡宇宙艇はぴたりと接岸した。

13

乞食軍団が専用埠頭をもっている金平糖錨地《こんぺいとうびょうち》は白沙《しろきすな》の軌道よりすこし外側にある同名の小惑星群にあり、ラグランジュ点ではないが、星系内諸天体の引力が微妙にからんで形成されるよどみ点にあり、事実上、白沙《しろきすな》、星涯《ほしのはて》双方の惑星との位置関係が不変なので、淡雪《あわいゆき》、小倉に次ぐ第三錨地として星涯《ほしのはて》船籍の船も利用していた。

この金平糖《こんぺいとう》錨地は、二〇〇メートル前後の細長い小惑星塊を一〇個ほどU字形に並べ、移動気密路や電力・通信ケーブル、空気・水・蒸気パイプなどをまとめて通した共同管、さらに貨物車輛用レール等々でつなぎ合わせた、ごくささやかなものである。このU字形の根元から下へさらに四つほどの小惑星が伸びてY字を形成していて、そこは星系軍や連邦宇宙軍専用ということになっているが、この部分はほとんど使われていない。

内湾ともいうべきU字の内側には、五つほど小さな小惑星塊がたてに浮いており、これを境標として錨地内における船舶の航進を時計まわりに規制していた。

〈星海企業〉の専用埠頭は、左2番と呼ばれる二二〇メートルの細長い小惑星を割り当てられている。

埠頭――とはいっても、その巨大な細長い岩塊の中には快適な気密構造区画がいくつも作られ、事務所、整備工場、倉庫、ポンド、居住区画などとして機能しており、船も横づけが可能で、事実上はすべての港湾機能を備えている。

連邦運輸公社の規格等級でいえばⅡB級(ペイロード一〇〇トン級中距離星間貨物宇宙船)、全長一〇〇メートル、地表発進型の中型貨物宇宙船〈クロパン大王〉(ヴィクトル・ユーゴーの『ノートルダム・ド・パリ』に登場する乞食の王様の名)は、船齢こそ古いが、〈銀河乞食軍団〉の旗艦《フラッグ・シップ》である。乾《ドライ》重量一〇〇〇トン、ペイロード九〇トン、氷I《アイス・ワン》を噴射材とする反動推進エンジン、高次空間航行は消去機関《バニシング・エンジン》とタイム・エーテル推進方式を使っている。地表発進だけに限定すればこれでよいのだが、乞食軍団の場合、おもに惑星・星涯《ほしのはて》や他星系からの貨物を衛星軌道上の泊地や小惑星群の錨地で積みおろしたりすることが多く、こうした地表外港湾では、高温・低温双方の噴射推進方式が、他船や港湾施設に損傷を与える――という理由で規制される場合もあり、現にこの金平糖《こんぺいとう》錨地もそうなので、彼らがこの船を入手してから、港内操船用の補助機関として小出力の慣性駆動エンジンを搭載している。

錨地は、埠頭へ横づけになっている〈クロパン大王〉を中心にして、沸きかえるような活気にあふれていた。

反動推進材として使われる微粒子状の氷I《アイス・ワン》は、なにしろ急な話で満タン《フルタンク》二〇〇〇トンの手配はつかず、とりあえず五〇〇トンを搭載し終わったところ。

補給品のほうは、生鮮食料・飲料水など、〈外洋サービス〉をさっきからせっつきッぱなしにせッついて、間もなくはしけがやってくる段取りになっていた。人工蛋白生成槽や水耕タンクは稼動度七五パーセントで、まあ、乗員もすくないし、我慢しなければなるまい。

　気になるのは機関部だが、主機はよいとして四基ある核融合炉のほうは、例のごとくすべて快調であるわけもなく、三番機の出力が五〇パーセント減、一番機もピーク値がすこしフラついて不安だというが、今回はペイロードもゼロに近いし、ロケ松ッつァんが行くんなら大丈夫、ま、なんとかだましだまし跳んでちょうだいな――と〈星海企業〉専用錨地のいっさいをとりしきってるお富は、事務所の長火鉢で煙管《キセル》の刻みを詰め替えながらケロリと言ってのけた。

　ロケ松たちとのつき合いの古さ、核融合エンジン整備の腕前からいけば、ほんとに五〇すぎてても不思議はないんだが、その肌のなめらかさ、おっぱいの膨らみぐあいからいくと、これはもうとうてい二五より上には見えねェというのが錨地《うえ》でも基地《した》でも定説になっている。

「それにしても婆《ばば》ァ、転移系統《バニシング》のほうも、鏡効果《ミラー》がポイント5で臨界たァひどいや、へたすると高次空間《あっち》から帰ってこれねェぞ」とロケ松は渡されたチェックリストに眼を通しながら言った。

「そんなこと言ったってすぐには無理よ。もう寿命が来かかってるんだから」と、お富はあっさりいなす。「だって、ついさっき、お頭目《かしら》が白沙《した》へ降りたと思ったら、〝ロケ松たちがあがるから、出港準備しろォ〟でしょ。ちょうど、うちの子たちと三番炉の火をいったんおとしてオーバーホールしようかって言ってたとこだったのよ。火おとしちゃってたら、身動きならないとこだったわ。臨界指数コンマ3割ったら、テンソル系にモロひびくから骨《ほね》よね……」

「骨《ほね》――ですむかよォ！」ピーターは露骨にいやな顔をした。「頼むよ、おっかさん」

「でも、ウェスティングハウスの炉は弱いわねェ」と、彼女はケロリとしている。「VANか紀ノ国屋に替えようかって話してるとこなのよ」

「スペックは合うのか？」

「うん、やっぱし改装工事はかなり大がかりになるわ。まず甚七のお爺《じい》ちゃんをOKさせるのが大仕事だしねェ……。

　それで、さ、いったいなにが起きたのよ？」

「まだわからねェ」

「〈星　京《ほしのみやこ》〉行きで出港通報をしとけ――って基地《した》から言ってきたからやっといたけど、ねェ、ちょいとシズコ！」

　お富は、さっきから端末の前で出港の諸手続きをやっている若い娘に声をかけた。「出港通報はしたのね」

「はァい」そのシズコと呼ばれた娘が振りかえり、きれいな声で答えた。「もう完了してまァす。目　的　地《デスティネーション》は〈星　京《ほしのみやこ》〉、目的《パーポス》は商用」

「ご苦労さん」お富はロケ松のほうへ向きなおった。「それでさ、いったい、どこへ行くの、星系出入事務所に内緒となりゃ、ただごとじゃなさそうね」

「ただごとじゃない――どこの話じゃねェんだよ、こっちゃ、〈冥土河原《めいどのかわら》〉に――」

　そのとき、磁気靴の音がして、事務所のドアが開いた。

「外洋サービスのはしけ、着岸しましたァ！」

　はずんだ声でそう言いながら、水玉模様の派手な作業衣を着た大柄な娘が入ってきた。黒い髪が肩まで伸びている。

「ピーター！　いらっしゃい！」娘は眼を輝かせて声をかけた。

「よォ、エラ、元気そうだね」

「冗談じゃないわよ！　緊急出港だなんて」娘は磁気シート伝票をシズコへ渡しながら言った。

「今日は、港湾事務所でパーティがあったのに――」

「すまねェなあ」ロケ松が本当にすまなそうな顔をした。

「どうせ、ろくな男はいないんだろ？」とピーター。

「そりゃ、いっこないわよォ」エラが威勢よく答えた。「でもさァ、うちの連中が行かなきゃ格好がつかないじゃない。だから、みんな――。あら！」

　エラと呼ばれたその娘は、ピーターへ寄りそうようにしてじっと自分を見つめているパムにはじめて気がついた。そのとたん、彼女の眉はグイと吊り上がった。

「なァに!?　その娘《こ》？」彼女はピーターに噛《か》みついた。

「どこの娘《こ》よ!?」

「きつい言いかたすんなよ、エラ」とピーターがあわててとりなした。

　やっと二〇《はたち》をすぎたところか、きれいな顔立ちだが、なかなかの鼻っ柱とみえる。彼女はぐい！　とパムをにらみつけた。

　パムのほうもすっこんではいない。たちまちグッ！　とにらみかえす。

「白沙《しろきすな》の娘《こ》なの？　ブスねェ……！　なにさ！」

「よしなよ、バカ。子供じゃないか」

　ピーターがうんざりしたような表情を浮かべた。そのとたん、パムはピーターをにらみあげた。ロケ松は肚《はら》の中でニヤニヤしながら、成り行きを見守っている。

「ピーター、あんた、この娘と――」

「やめなさい、エラ！」すかさずお富がどやしつけた。「やきもちなんか焼くのはよして、早くはしけを指図しなさい！」

「はァい！」

　意外なほどあッけらかんとエラは答え、インプットの終わった磁気伝票をシズコから受けとると、外に行きかけ、そこでくるりと振りかえった。そしてパムに向かって言った。

「あんた！　手伝いな！　こっちはあんたの乗る船の準備をしているんだよ！」

「やれ、やれ」コンがうんざりしたような声をあげた。

「行こうよ、ピーター」

「行くか」ピーターもにやにやしながら立ち上がった。「さもないと、船がまっぷたつになりかねねェや」

「あたりまえだわ！」

　先に立って外へ出かけたエラが、ふとコンのほうへ振りかえって、気味のわるそうな顔をした。

「あんた、また、へんな鳥だの蛙だの持ちこんでるの？」

「へんな――はかわいそうだよ、おねえちゃん、あれこそはおいらの命だもの」

「あんた、おかしいんじゃないの？」

「きつい言いかただなァ……。こっちは、あのパロを夜な夜な抱いて寝てるのに」

「いやらしいったらありゃしない。事務所ん中で蛙逃がしたりしないでね！」

「まったく気の強い娘っ子だなあ……」

　やり合いながら出ていく四人の磁気靴の靴音が遠ざかるのと入れ違いに、もうひとりの靴音が近づいてきて、

「おかァさん」と、こんどは別の娘がひとり、なにかパイプのぶら下がったごたごたの仕掛けを持って入ってきた。

「水耕槽の予備回路のポンプがうまくまわらないんです。予備もないんですけど……。〈マックヒース〉（J・ゲイの《乞食オペラ》の主人公。乞食軍団のもう一隻の船名）のを外してつけましょうか？　同じ08だから――」

「貸してごらん」

　いいながらお富はバナジン縁の眼鏡をかけた。

「ああ……こりゃ、だめだわ」

「バイパスのパイプをつないどいてくんねェ。よほど無理しねェかぎり大丈夫だろう。四人だから収穫量はたかが知れてる。大丈夫だ」

「すみません」娘は言った。「それじゃそうします」

「ちゃんともとに戻しときなさいよ、動かなくとも」お富が言った。「液が洩《リークす》ると臭いからね」

「はい……」

　娘はそう答えたかと思うと、とつぜん、ポロポロ涙をこぼしはじめた。涙滴が二つばかり漂い出た。

「どうしたのよ？」

「……クスン……サリーが……クスン……このポンプ……あたしがこわしたんだって……みんなも一緒になって……いじめるんです」

「なに言ってるのよォ、バカだねェ！　見てごらん、このベアリング。自然磨耗《まもう》はすぐわかるじゃないの。こわそうたってこわしようがないよ……」

「なのに……クスン……みんなが――」

「やめなさい！　バカ」お富が嚙《か》ました。「星涯《ほしのはて》を出てくるとき、お母《かぁ》ァちゃんになんて言われてきたの？」

「……クスン……」

「帰《おろ》しちまうよ！　え？　いいの？　いいのかい!?」

「ごめんなさい、おかァさん」

　娘は涙をふくと、逃げるように出ていった。

「いい娘《こ》じゃないか」

　お富のほうへ眼を戻しながらロケ松がつぶやいた。

「素直な娘《こ》なんだけどねェ」お富が溜息をついた。「ここにゃ向かないって言ったんだけど……」

「星涯《ほしのはて》から来てるのか？」

「うん　遠い親類の知り合いなんだけど、ここだと虫がつかないから、なんとか、行儀見習いをさせてくれって母親に泣きつかれてねェ」

「行儀見習い……？　乞食軍団で行儀見習いかよ!?」

「アラ、どうして……？」

「い……いや……」ロケ松はあわてて打ち消した。

「それで、〈冥土河原《めいどのかわら》〉なんかに、何しに行くのよ？　なんか仕事？　鴨でも網に入って？」

「うん」ロケ松は浮かぬ顔で答えた。「まだ、なんともわけがわからねェんだが、なにか、とんでもない大がかりな騒動になりそうな気配があってな……」

「……」

「とりあえず、〈冥土河原《めいどのかわら》〉まで、幽霊に会いに出かけるんだよ」

「ゆ……幽霊……」

「うん」

「誰のよ？」

「あの娘《こ》の両親のよ」

「どこの娘なのよ、あの娘《こ》？」

　ロケ松は手みじかに一件を説明した。

「……それで、とにかくその爺さんからくわしいことを聞き出さなきゃならねェというわけでよ、ちょうど星涯《ほしのはて》市に行ってた又八に連絡をとらせようとしたら、もう大捕物の真ッ最中なんだってよ……。それも、市警ならまだしも、星系警察の機動部隊なんだぜ。それをまた、おめェ……」ロケ松は、たのしそうな笑い声をたてた。

「それをまた、あんた、その爺《じじ》いを取り戻すのに、こともあろうに又八は、星系警察本部の長官を人質にとっちまったらしいんだよ」

「ふウッ！」お富がおかしな声をあげた。「まったく、なんて人たちなんだろう！」

「星涯《ほしのはて》市じゃ、もう、ひっくりかえるような大騒動よ。それでさ、お、忘れてた。今ごろ、基地《した》にゃ星系警察のパトロール宇宙艇が降りて強制捜索《ガサ》の最中だぜ」

「そいつはもう終わったって。さっき、基地《した》から言ってきたわ」

「大丈夫だったんだろうなぁ？」

「頭目と和尚と甚七さんじゃないのよ、なにがきたって平気よ。

　それよか、なんで、強制捜索《ガサ》をくらう破目になったの？」

「いや、昨日さァ、あの娘《こ》を追っかけて星系警察のパトロール宇宙艇がやってきたわけ。そしたらそいつらが、

和尚にお土産《みやげ》嚙まされてるのも知らねェで、娘が持ってきたその宝石を取りあげたうえに、おれたちを皆殺しにしようとかかるから、ドン！ よ。木ッ端みじんさ」

「もうォ……どォォなってンのォ？ 下界はさァ……。あたしゃ、こわくなってきたわよ」

言葉とは裏腹に、お富はひどくおもしろそうな顔をした。

「どうもなァ、忙しくて仕様がねェ」

ロケ松はうまそうに煙管《キセル》の煙を吐き出した。

「F410は二機まとめてぶッこわしやがるしよ」

「あらァ、あれ、もうこわれたんですかァ？」シズコがふりかえって、きれいな声をあげた。「あたし、のりたかったのにィ……」

「大したこたァねェ、すぐなおる。いっぺん、ここまであがらせよう」

「それじゃ、ジミーに操縦させてェ」彼女は眼を輝かせた。「あたし、あの人の飛ばせかた、とンじゃうの……」

「ねェ、ちょいと……」お富がだしぬけに言った。「タンポポ村って言やァ……あたし、へんなこと聞いたわ」

14

それから一時間後——

〈クロパン大王〉の尖《とが》った先端部の船橋には、ロケ松、ピーター、コン、そしてパムが座席についていた。

宇宙船もⅡB級一〇〇〇トン（乾量《ドライ》）クラスともなれば、操船・機関・航法・通信・補機と、それぞれ正副二名の操作席が用意されているかなり広い船橋だが、多元管制方式になっているので、多少の無理を承知ならばわずか三人だけでの操船も可能なのである。

すでに炉の出力も定格まで上がって、埠頭からの電力供給ケーブルの切り離しも完了したところである。タラップ格納、エアロック密閉、船内気密チェック、補機最終チェックと、出港準備は手順どおりに進められた。

〝それじゃ、気をつけてね……カチッ！〟

船橋のスピーカーからとび出してくるお富の声と共に、管制所の中で切り火を切る彼女の姿がガラス窓を通して見えている。

〝VHF回線をオンにしてください〟

べつの若い娘のキビキビした声が割って入ってきた。

コンが手を伸ばしてカチリ！ とスイッチを入れた。

「VHF、オン」

スピーカーから出てくる音にサーッというVHF独得のノイズが加わった。プツンと音がして、〝舷外通話《インカム》ケーブル切り離しました。異状ありませんね〟

「ああ、OKだ、ありがとう、サナエ」

〝いいえ〟

〝あァ、それからピーター〟とお富の声。〝言うのを忘れてたけど、その船の慣性駆動系ねェ、ひどい片ききになってるから用心してちょうだいね〟

ピーターが口をとんがらせ、舌打ちをしながら言った。

「ちゃんとやっといてくれよなァ、おッかさんよォ！」

あきらかにその声はお富の耳に伝わってるはずなのに、彼女はケロリとしてつづけた。

〝そのまんまドライブをかけると、鼻が左に振れて埠頭にぶつかるわよ。もう、自動バランスじゃ追いきれないところまできてるんで回路切ってあるから〟

「オイ！ おどかすなよ！ 管制卓の標示《パイロット》ランプは緑《グリーン》じゃねェか！」

〝ランプを抜いてちょうだい。表示リレー回路だけ生きてるんだから〟とお富の声は動じる風もない。〝それで、マニュアルで右左一対五くらいかしら。慎重にドライブかけてよ〟

ピーターがぶつくさ言いながら、慣性駆動系のレバーに両手をかけた。通常なら二本が一緒に動く構造である。

ピーターは、おっかなびっくりで計器盤に眼を走らせながら小声でつぶやいた。

「他は大丈夫なんだろうなァ……」

副操縦席のロケ松が吠えるような笑い声をたてた。

「おびえたか？ 小僧！」

「うるせえ！」前を向いたままピーターがやりかえした。

「もやい綱とりこみ！」ロケ松がマイクに向かって言った。

〝とりこみ完了。舷外クリア！〟と、埠頭にいるサナエの声。

「行くぜ」ピーターはちょっとロケ松のほうへ眼をやった。

〝気をつけてね、ピーター〟エラの声が割って入ってきた。

「あいよ！ あいよォ！」コンが間の抜けた声をあげた。

「どうしてピーちゃんばっかりが——」

ピーターのほうはそれどころではなく、身をのり出して両手で慣性駆動系のレバーを左右別々に握りしめ、慎重に操作しはじめた。やがて船体はゆっくりと埠頭から離れた。

慣性駆動系でゆっくりと航進を開始した〈クロパン大王〉は、金平糖《こんぺいとう》錨地《びょうち》の中央を縦に仕切っている小惑星塊・大化、朱雀《すざく》、大宝の境標を右に見ながら港口へと向かい、〈コバルト天狗岩〉で東へ転針すると、間もなく〈沖の帆掛岩〉にさしかかった。

直径五〇〇メートルほどあるこの小惑星が錨地の出口にあたり、錨地の電波発射制限区域の境界にもなっているのだが、どこの衛星軌道宇宙港や小惑星錨地にも、入口近くにこの、〈帆掛岩〉とかそれに類した名前の小天体がひとつ必ずある。

これは港内が狭いため、たたみこむことを義務づけられている各種の宇宙通信用アンテナや、センサー類をおさめた張り出し《スポンソン》などを、ここではじめて展張してチェックを開始するため、こんな名前がつけられているのである。

コンは、星間・高次空間通信を扱っている〈天応通信所〉、船間通信及び各種航法用センサーをチェックするための試験信号を出している〈帆掛岩航法支援施設〉と連絡をとりながら間もなくすべてのチェックを完了した。

「ピーちゃん、いいよ」コンは通信卓から声をかけた。

ピーターはマイクをとりあげ、モードを管制通信波に切り替えると、星系出入管理所を呼び出してクリアランスを請求した。

〈クロパン大王〉は、〈沖の帆掛岩〉と、はるか沖にある〈第3天武岩礁〉とを一線に見通す地点に達した。

出港モードで、錨地とその周辺の地形と航路がこまかく浮かんでいる航宙計算儀《カシオ》のディスプレイに、噴射航進制限区域から出たことを示すグリーンの表示が現われ、

〝噴射航進可〟の文字が点滅した。

噴射推進系の操作部は正・副操縦席の間のコンソールにまとめられている。

ピーターは、隣の副操縦席のロケ松へちらりと眼をやった。一見してぐうぐう眠ってるみたいだが、ピーターはそんな手にひッかかりはしない。いつものことである。

「いくぜ」

ピーターがひと声かけると、案の定、ロケ松はこくんとひとつうなずいた。

「行けィ！」

ピーターは融合炉の周囲についている熱交換機の温度を示す計器をたしかめてから、〈氷〉と枠どりしてあるパネルの端の赤いボタンをちょっと押した。タンク内の氷の微粒子がすこしばかり交換機へ送りこまれると同時に、グン！　とかなり乱暴なショックが起こり、蒸気圧力計の針が急上昇していく。

彼は、交換機の温度変化と蒸気圧上昇のぐあいを慎重に見きわめていたが、左手でぐい！　と氷圧送レバーを二分の一ほどすすめ、交換機の温度がさほど下がらぬのをたしかめると、蒸気圧が危険域へ入る寸前、右手のレバーをぐっと入れた。

ぐォーんッ！

体が座席にめりこみ、手足がおそろしく重くなった。

核融合炉の炉心近いところにある熱交換機へ送りこまれた氷の微粒子が、一瞬のうちに高温高圧の蒸気となり、これがさらに噴射エンジン部でレーザーによりガス化され、船尾噴射管から噴出されはじめたのだ。

船体がきしみ、揺れ、いやというほど上と下の感覚を押しつけられる感じである。

しばらくの間、みんなは座席へ沈みこんだまま……。

「氷《アイス》の圧送量が多すぎる！」

凄まじい咆哮《ほうこう》の中でロケ松の声がした。

「レバーを開いたとき、温度が下がったろうが！　ガス化率が一〇〇パーセントになるまで二秒かかったぞ。蒸気圧が一〇分もたたねェうちにレーザー浴びせるからよ！」

「炉温の戻りかたが鈍いんだ！」ピーターは座席へ沈みこんだままでやりかえした。「あの婆《ばば》ァ……」

「馬鹿！」

猛烈な噴射音のなかで、なぜかロケ松の声がよく通るのである。

「氷《アイス》は五〇〇トンしか載っとらん、全備で二〇〇〇トンを割っとるのになにが炉温の戻りかただ！　この小僧が！　レーザー浴びせる《ふかす》のを一秒待て。そうすりゃ——」

「こんなボロ船でそんな真似したら、圧力もちきれなくなってまっぷたつだい！」

「お富婆ァはな、補機の整備をおッぱなしても主機のほうはめいっぱいまわせるようにしてあるんだ、ほれ！」

「あッ！」

手を伸ばしたロケ松が、無造作に氷圧送レバーをぐいといっぱいまですすめた。

蒸気圧がいっきに危険域《レッドゾーン》まではね上がり、ドップラー速度計がみるみる上がっていく。

手と足がさらに重くなった。

「あ……あぶない！」

ロケ松はゆっくりとレバーを戻した。蒸気圧がすーっと下がった。

「見ろィ！　びくともするか！」

「乱暴はよしなよ、おッさん」ピーターが弱気になった。

「てめェが整備のせいにするからだ。いいか？　婆ァの仕こみで、錨地にいるスベタ娘どもの整備の腕前はちょいとしたものなんだぞ！　エラなんざ、てめェごときにゃもったいねェ職工なんだ……」

ロケ松はふと後ろの予備席に眼をやり、蒼白になって座席へ沈みこんでいるパムに気がついた。

「加速を絞れ、女客が乗ってるのを忘れてた」

ピーターがレバーを戻した。

一瞬、体が浮き上がるような感覚がおそった。

宇宙船〈クロパン大王〉は一・五gの加速で惑星・白《しろ》沙《きすな》から離れていった

15

東銀河系内の諸星系を結ぶ航路は、連邦政府の運輸省宇宙航路統制局によって設定され、その通航頻度による等級に応じてしかるべき保安管理が実施されていた。

星系から星系へ——

つまり、光年レベルでの航行には、当然なんらかの高

次空間航法が使われるわけで、方式によってはひとっ跳び、それも、理論上とはいえ瞬間的な移動も可能なのだが、三次空間換算で跳躍距離が二倍になれば運航経費が一〇倍になるというのは常識とされており、従って金に糸目をつけぬ軍・官・公・金持以外は、星系と星系の間を五回とか一〇回とかにわけて跳躍するのが常である。

連邦政府によってさだめられた〈星系間航行法〉やその運用細則により、星間宇宙船の跳躍する地点や降りる地点は、すべて星図《スター・チャート》に指定されており、航路標識《ビーコン》や天象情報サービスなどの航法支援施設が完備し、万一の際の応急修理・救援・補給が可能な小惑星ステーションも、それぞれの地点からほど遠からぬところにちゃんと配置されている。

ところが、そんな至れりつくせりの結構な宇宙航路も、やっと〈星涯《ほしのはて》〉あたりのへんぴな星系までで、それよりも北側、つまり銀河系の辺境星域方向に対しては〈星涯《ほしのはて》〉から三跳躍点でぶっつり、あとはもう自力航法で行くしかない。

そこで——

その〈星涯《ほしのはて》〉星系から〈冥土河原《めいどのかわら》〉星系までの道のりは、かつての王都〈星古都《ほしのふるみやこ》〉と連邦の首星系〈星京《ほしのみやこ》〉を結ぶ主要航路1号線、東銀河連邦目抜き通りの約三倍にあたる距離である。

時が時だし、ことがことだから、ムックホッファがこうと肚《はら》をくくりさえすれば、運航経費に眼をつぶって、そのまま いっきに跳べないこともない距離ではある。

しかし、これがその、冥土河原などという不吉な名前がくっついてる理由でもあるのだが、この星域には、東銀河の中心部ではとうてい考えられぬほどの密度で巨大な星の燃え殻が無数に浮かんでいるのである。

それだけではない。

これらの暗黒——ないしはそれに近い——天体の重力波が微妙にからみあってつくるよどみ点の発生も桁違いに多く、ここに大小無数の小惑星があつまって無気味な諸島をつくっている。そしてこれらの形成する質量がまた、重力波として跳躍航行の航法計算に大きな影響を与えるわけである。

この重力波というやつがまた、東銀河の中心部ならば、きわめて精密な質量点分布マップや重力波チャートが作成されているから、このソフトをアクセスすることによって、ほとんど自動的に航法計算へ組み入れが可能である。

ところが辺境星域となればそうはいかない。

おまけにその相互干渉の複雑さは桁違いときている。

そのうえ、航路統制保安部の定期掃海がされているわけでもなし、航路情報が出ているでもなし、天象庁が発表する天象情報も、ごく大ざっぱなカテゴリーIIのサービスだけだから、いつ、どこが、どんなことになっているかもろくにわからない……という始末である。

そんなわけで、〈星京《ほしのみやこ》〉から延びる4号線の支線の支線472号線がぶっつりと途切れる〈天智〉星系から先は、こまかく跳躍をくりかえし、軌道修正をこまめにやりながら進むしかないのである。

さいわい、この〈冥土河原《めいどのかわら》〉星系から稀有《きゆう》元素の積み出しをやっている小さな運輸会社が、この472号線沿いにある〈考護《こうご》〉星系という小さな星系の中にあることがわかり、高次空間通信(高次空間を経由させることにより、数百光年はなれたところとでも時間的な通信が可能となる)でなんとか連絡をとり、比較的らくな筋を知ることだけはできたのだった。

金平糖錨地《こんぺいとうびょうち》をはなれた〈クロパン大王〉が〈星涯《ほしのはて》〉星系の第5惑星と第6惑星の間にある最寄りの法定跳躍点へ接近したのは三日後のことである。

ここから銀河系の北辺へ向かって三跳躍は472号線が延びているので、高次空間航法になんの支障もない。

相変わらず狸寝入りをきめこんでる副操縦席のロケ松へちらりと眼をやると、ピーターはおもむろに消去機関《バニシング・エンジン》を起動した。やがて船体の周囲にフィールドが形成されると、窓外は闇に包まれた。闇——といっても、宇宙空間である。いってみれば、星が見えなくなっただけにすぎないはずなのだが、とてもそんなものではない。なにもない——という暗さには、まったく筆舌《ひつぜつ》につくせぬような凄《すご》さがあった。

やがてタイム・エーテル推進機が始動し、ピーターがそのエネルギー・レベルを上げていくにつれ、それがいかすかな光点として星がふたたび見えはじめ、赤味の強徐々に輝度を増していったが、よく見ると船尾方向が赤っぽく、船首方向が紫味を帯びはじめている。

それと同時に、背後にひろがる星野がぐんぐん航進方向へと移動しはじめた。光行差現象である。エネルギー・レベルが上がるにつれてその現象はますます強まり、やがて満天の星空は航進方向を中心とする円盤状になり、それがますます小さくなって、間もなく、小さな虹色の一点になってしまった。

こうして、カーニバル・4小惑星群から三跳躍、虚空のただなかに浮かぶ〈天智〉管制ステーションで東銀河連邦政府の設定した三級宇宙空間航行路472号はぶっつりと途切れた。

そこから銀河の辺境方向に向かっては、10MkW《メガ・キロワット》の航法支援ビームを出す無人ステーションがいくつか浮かんでいるだけとなり、辺境星区へと向かう宇宙船はなんとかこのビームを頼りに航法計算をくりかえしながら進むしかない。

そこで〈クロパン大王〉は、コンの計算をもとにして小刻みな跳躍を開始し、四跳躍までは予定どおりに跳んだ。しかし、次の、五跳躍目から降りようとしたときである。

ピーターがタイム・エーテル推進系のレベルをおとし

ていくと、船首方向の中心部に見えるか見えないかの針で突いたような光点がみるみる円盤状にふくらみ、中心から周辺に向かって紫・青……と赤に至る美しい虹のような光が延びはじめた。

そしてその虹が、ほぼ全天いっぱいにひろがったかひろがらないか――という一瞬、だしぬけにその虹が無気味にメラメラと揺らぎ、それに合わせたように船体が無気味なきしみを立てた。船体が、首尾線を軸にしてねじれかけている！

ロケ松がわけのわからぬわめき声をあげ、はじかれたようにピーターがレバーを戻してその虹を半球形の四分の一ほどの大きさへまでちぢめた。

冷汗をたらしながら、ピーターは航宙計算儀のディスプレイをのぞきこんだ。

「重力波干渉だ」とロケ松が言った。

もう、狸寝入りどころではない緊迫した表情である。

「そろそろ来たぞ。おれがやる」

ロケ松は副操縦席と連動になっているレバーに手を伸ばした。ピーターは素直に手をひいた。

「《考護《こうご》海運》から聞いた筋は外れてないから……」

ロケ松はディスプレイをのぞきこみながら、ふたたびタイム・エーテル推進系のエネルギー・レベルをおとしていった。

半球形に虹がふくらんでいく。

ロケ松はコンソールの航宙計算儀のディスプレイへときどき、ちらり！　と鋭い眼を投げかけながら、高次空間航法計器類の指示を見つめている。

「ピー公！」

ディスプレイをにらみながらロケ松が言った。

「レンジをあげろ！　Ⅱ象限中心へ！」

ピーターがすばやくつまみを操作した。

ディスプレイのパターンが大きくなり、その色とりどりの立体表示のゆらめきがいちだんと大きくなった。

虹はほぼ全天いっぱいまで――

「おッ！」

虹が激しく揺れはじめ、船体がみしり！　と音を立てた。

ロケ松は、ぞッ！　と恐怖に身をすくめながらまたレバーをもとへ戻した。

虹がぐーっと船首方向へちぢんでいく。

ロケ松は、ちょうど頭上にかかった虹の縁にちらりと眼をやりながら、ふたたびレバーを進めはじめた。

凄い眼つき。

さしものロケ松も必死である。

しかしだめだった。

タイム・エーテル推進系のエネルギー・レベルをおとして通常空間へ戻ろうとするたびに強力な重力波の干渉が発生するのだ。

無理もない。

すでに船は〈冥土河原《めいどのかわら》〉の星域の端に進入しており、あたりには無数の冷えた太陽が浮かんでいるのだ。銀河系のなかでも他とは桁違いの密度で浮かんでいる、この死の天体の質量によってつくられる重力波は複雑に干渉し合って、とくにタイム・エーテル推進方式で航行する超光速宇宙船にはいちばん苦手のバリヤーを形成しているのだ。

「重力波チャートができてねェからなァ……このあたりは……」ロケ松が冷汗をたらしながらつぶやいた。「へたに間違えてバリヤーに突っこんだひにゃ……」

予想していたとはいえ、おそらくロケ松としても生まれてはじめてぶつかった事態である。

銀河辺境星区へ無数に浮かぶ巨大な暗星の密度の高さは、海千山千のロケ松の想像をさえ絶するものだったのである……。

こうとなったらもういちど引き返し、跳躍幅をつめてまめに進むしかないか……。

六回目にこころみて危うく船体がねじ切れそうになったあと、ロケ松は冷汗を拭いながら心の中でつぶやいた。

そのときである。

「おッさん、おッさん」

なにごとかとロケ松が見上げると、そこにコンがケロリとした顔で立っている。船には1g加速がかかっているとはいえ、高次空間ではいつ、どんな突発事故が発生するかもわからないのである。

そんなロケ松の、腹立たしいみたいな、呆れかえったみたいな表情とはおよそ無縁ののんきな顔で、コンはケロリと言った。

「もういっぺんやってみなさい」

「？　？」

「ひょっとするとうまくいくかもしれないから」

「なにを言ってやがるんだ、てめェ？」ロケ松はぶすりと言った。この変わりもんが……。「なんのことだ、いったい？」

「いいから、こいつをちょいと働かせたらうまくいくかもしれない」

言いながら、その骸骨みたいにやせこけた航法・通信士は、なにか小さな籠をさし出した。

「なんだ、そりゃ？」ロケ松は顔をしかめながら言った。

「〝天秤コオロギ〟」

「どっから持ってきやがった、そんなもんを？」

またくだらねェものを……。ロケ松は腹ん中がムカついてくるのを感じながら言った。

しかし、コンのほうはてんでそんなことに気づいてる気配もない。

「ほれ、白沙《しろきすな》の秋祭りん時に、弱い者いじめやってた星系軍の兵隊を五人ばかし、みんなで盛大に袋だたき食わして逃げたことあったでしょ。あの日によ、夜店で買ったんだ。こいつはね、重いもんと軽いもんを比較して、その差をちゃんと見分けるんだ……」

「……」

「ほれ」

「だから、それがどうなるッてんだよ!?」

ロケ松は中ッ腹になって言った。

「やってみなさい、もういっぺん」ケロリとコンは言う。

「なにをやってみろってんだ!?」

ロケ松は、言わずもがなのせりふで自分の気分を相手にぶっつけたつもりなのだが、とんと相手に通じる気配はない。

「タイム・エーテル推進系のエネルギー・レベルをおとしてみなさい」コンはすなおに言った。「ひょっとして、この虫が重力波の谷を見分けるかもしれない……」

ロケ松はつねづね、このコンという得体のしれない青年がへんな動物をいろいろ飼っていて、そいつを船橋に持ちこんだりするのを苦々しく思っていた。

いつぞやなどは、籠から逃げ出したハサミアオゴキブリがロケ松のズボンの先から中に這いこんで、あやうく○○ぽこをはさまれるところだったくらいである。

その時だってこの野郎は、〃危ねェとこでしたぜ、ロケ松おッさん、切りとられるとこだった!〃のひとことでケロリとしていやがって、〃あぁ踏みつぶされなくてよかったなァ〃と、その凄いはさみをもったブルーのゴキブリを掌《てのひら》の上にのせて、頬ずりをしたものである……。

しかし、そんなへんな動物類が役に立たないというわけではなく、現に、こんなへんぴな星域へ乗りこんでくることになったのも、コンが飼ってるぱあぷる・おうむの美しい紫色の羽が白へと変わったのがきっかけみたいなものである。

だから、なおさらむかッ腹も立てたくなるわけなのだが、この際、しゃくだがやむを得ない。これ以上強行して、船体をねじり飴みたいにねじ切られたくないのなら、一跳躍ほど引き返していったん三次空間へ戻り、うんと小きざみに跳びなおすしかないのだ……。

「いきゃいいんだな?」コンを見上げるようにしてロケ松は、いささか捨鉢な口調で言った。

「そう、そう、レベルを下げていきなせェ。ただし、おいらの言うとおりにするんだよ。

ピーちゃんの力を借りなきゃならねェ。

おいらが声をかけたら、そのほうへテンソル系の位相《フェース》をずらしてみておくれ。こいつが、重力波干渉でできる定常面をみつけるんじゃないかと思うわけさ。重さをくらべて、よ」

コンは手にした虫籠を振ってみせた。

ピーターはうなずいた。

「ほれィ、おっさん、行こうぜ」

ロケ松は仏頂面でそこにつっ立ってるコンをにらみあげた。

「座席について体を固定しねェか! 三次空間へ帰りたくねェのか?」

16

星涯《ほしのはて》市から南へ約一〇〇キロ。

鳥ノ木村……。

パムの故郷であるタンポポ村から、星涯《ほしのはて》市側に峠ひとつ越えた平野の端にある小さな農村である。

澱粉《でんぷん》ペレットやモチの原料となる米／麦、蛋白ピルや肉／魚風味材になる豆類を小規模に栽培している。

農村といっても、これが〈星河原《ほしのかわら》〉星系みたいな先進の大星系になれば完全自動化の無人農場が幾百町歩もつづき、ヤンマーの〈あぐりか〉とか、資生堂農機の〈お百姓さん〉など、それこそ小山のようなロボット農耕システムが働いているだけなのだが、星涯《ほしのはて》クラスとなればそうもいかず、さらにこんな小さい村ともなれば、加工段階にくらべ栽培段階はまだまだ人力に頼っている部分が多い。

しかし、そんな村であればあるだけに、〃生き馬の眼を抜く〃という形容がふさわしい星涯《ほしのはて》市からは想像もつかぬのんびりした気分が村のすみずみにまで流れていた。

星涯《ほしのはて》市と雲取市を結ぶ星涯《ほしのはて》南本線からも外れているので、一日に四、五本のささやかなローカルの磁撥鉄道が星涯《ほしのはて》市との間をつないでいるだけである。

そんな鳥ノ木村の中央広場に面した鳥ノ木駅。

昼前の陽がまぶしい。

ローカルの磁撥鉄道とはいえ、いちおう完全なCTC管制になっているのだが、そこはそれ、なにしろのんびりした村々をつなぐ列車である。いつ、田吾作のおッさんが筒にとび乗りを試みたり、隣村まで天然乳のタンクをステップにのっけてただ送りしようとする婆《ばば》ァが現われるかもわからない。そんな危険防止のためか、無人でよいはずのホームにも駅長さんがぽつねんと立っていた。星涯《ほしのはて》市を朝一番に出た列車が入ってくる刻限なのである。

「やァ! いいお天気ですなァ、ホッホウ!」

だしぬけに大きな声がしたので駅長がふりかえってみると、ギンギラの寄席《よせ》芸人みたいな身なりをした白ひげに赤ら顔の老人がニコニコ笑っていた。

「やあ……」とかなんとか、駅長はあいまいな挨拶をかえした。この村の住人ではない。たしか三、四日前にここへ着いて、駅前の自泊舎《はたご》に滞在している老人である。いったい何者なのか、さっぱり見当がつかない。手荷物は何も持っていないようだが、べつに言うことも思いつかず、駅長は老人に向かってお座なりに言った。

「お発ちで?」

「いえいえ、相棒が着きますもんでな、ホッホウ! 迎えにやってきました」

「こんどの上《のぼ》りですな」

「左様、左様、ホッホウ！　しかし、この空の青さ！　星涯《ほしのはて》というのは結構な惑星《ほし》ですなあ」

「ご商売で——？」

「ええ、まあ、商売と申しますかな」老人は陽気に言った。「曲馬団をやっとりましてな」

「曲馬団？」駅長はけげんな顔をした。

「左様、わたしはハインケル東銀河曲馬団の支配人でして……ホッホウ！」

「はァ……」

「まァ、まァ、おたのしみ、そのうちにいいものを見せて進ぜますよ」老人はオーバーに片目をつむって見せた。「その節は、特別にご招待いたしましょう」

「こんな小さな村でやるんですか？」駅長は狐につままれたような顔をした。

「興行を打つ——と申しますと、いささか誤解が生じますが、この鳥ノ木村の静かな環境をお借りして、団員の訓練をやらせていただこうかと考えましてね。村長さんも大いにのってくださいましてね」

「なるほど」

駅長は、これでこのへんな老人の正体がわかった——という顔をした。

「訓練風景はもちろん村の皆さんに見ていただきますよ」

「それはたのしみですな」

駅長は本当にたのしみだな——と心の中でつぶやいた。

やがて上り列車が進入してきた。

銀色に塗装された円筒形に近い二〇輛編成の客車は自動的に扉を開いたが、降りたのはほんの五、六人。

小さなスーツケースをさげた又八の姿はすぐにわかった。

「ハインツ！」和尚はとんでもない声をあげた。「待ったぞ、ホッホウ！」

ハインツと呼ばれて又八はちょっととまどったようだったが、すぐにギンギラないでたちの和尚に気がつき、ニヤリと笑いながら大股で近づいてきた。

和尚はオーバーに又八と握手をかわし、駅長に向かって銀色のシルクハットをちょいとさしあげ、にっこり挨拶してから改札口のほうへ歩きだした。

「ひといき入れる間もなしに、ご苦労だのう」

「まったくだぜ」又八はくすぐったそうな顔をした。

つい先日、完全な痴呆状態となってしまった謎の老人モクともども、星涯《ほしのはて》市の第二宇宙港からあざやかな脱出をやってのけた又八は、打ち合わせどおりに小惑星・弘安で迎えにきたエラと会合《ランデヴー》し、乗ってきた買いとったばかりのボロ宇宙船はそこに乗り捨てて、エラの連絡宇宙艇に乗り替えて無事に惑星・白沙《しろきすな》の基地へ帰投したのだった。

もちろんその前から、星涯《ほしのはて》市の〈星海企業〉出張所は、甚七の指図によって、買取り契約が終わったばかりの貨物宇宙船を何者かに乗り逃げされた——と警察相手にけたたましく騒ぎ立てており、さらにタイミングを見計って甚七が、星系救難庁や航路統制保安局に対し、小惑星・弘安に正体不明の貨物宇宙船が漂流していると匿名で通報を入れたので、それから三日とたたぬうちに星系警察と救難庁から連絡がきて、盗難被害船が回収されたので還付の希望あらば回航要員を弘安まで派遣せよ——ということになり、彼らは又八とモクの足跡をくらませたうえで、船のほうも無事とり戻すことに成功したのだった。

二人はそのままガランとした広場をつっきり、噴水に面した小さなカフェテラスの隅に腰をおちつけた。

和尚のちんどん屋スタイルとは違って、キザはキザながらぴたりときめてる又八の姿に、ウェイトレスの娘は眼を輝かせて注文をとりにきた。

「軽いワインをおくれでないか、トミちゃんや！」

爺《じじ》いめ！　もうこの小娘を手なずけてやがる——又八は心の中でつぶやいた。

「それよりも、和《オ》——いや、支配人、おれ、朝飯をまだ食ってないんだ」

「ホッホウ、それはそれは……。それじゃ、トミちゃんや、ひとつこの、銀河系きっての猛獣遣いハインツに、鳥ノ木村のすばらしい朝飯をたのむよ。ここはな、ハインツ、みんな天然ものじゃよ。風味ものじゃない本物のハム、本物の殻つきタマゴ……」

ウェイトレスはワインと朝飯を運んでくると、未練ありげに行ってしまった。

「ご苦労、ご苦労」和尚は片目をつぶり、おもしろくてたまらぬ——と言いたげな表情を浮かべた。

「検問を心配しとったんだよ」

「なんの真似だよ、和尚さん？」心中はそれほどでもないんだが、いちおうは建前上——といった感じで又八は口をとんがらせた。「なにがなにやら、さっぱりわからねェじゃないか」

「すまん、すまん、いますぐ話してあげるよ」

「だしぬけにサーカスをひと組つれて来いったって——」

「むこうはのったろ？」和尚はケロリとしている。

「そりゃ、のったよ」毒気を抜かれた態《てい》で又八は言った。「だって、和尚さん、団長のハインケルとは親友だっていうじゃないか。手紙渡したら大よろこびだったぜ」

「さもありなん」和尚はうれしそうな顔をした。

「おまけに、あご・あし・まくらが前払いのこっち持ちだ——ってんだもの、のらないわけがないや」

「うむ、うむ」

「だけど、どうしようってんだよ、サーカスなんかここに連れてきて。ハインケルはおれが知ってると思って、手紙の中味についちゃなんにも言わないんだ」

「いま話すよ、いま話す」

「それよりもさ、そのタンポポ村とやらには、もぐりこめたのかい？」

「そのこと、そのこと」和尚はワインを口に含みながら言った。「そっちから話すとしような。

ほれ、タンポポ村はあの山の向こうになる」

和尚は、陽光を受けて青々と輝いている南のほうの、四、五〇〇メートルの山なみを指さした。

「あの山に囲まれた盆地がタンポポ村だ。ここから五キロほどある。こっちからあのタンポポ峠を越えて村に入る道があり、それがそのまま村を縦貫して南の若葉峠から向こうへ抜けているわけだ。

もちろんその道はタンポポ峠の下で行きどまり、崖くずれのためと称しているが、とにかくあの山を大きく東に迂回したバイパスが作られていて、むしろ交通はらくになっている」

「……」

「わしはタンポポ峠を登っていったのだが、すぐに得体の知れぬ男たちが出てきて止められた。タンポポ村に行きたいと言ったら、なんの用だとしつこく聞かれ、村人は疫病で全員死亡したのでタンポポ村は廃村になったというわけよ。まだ菌が残っているので立入禁止だ——と、どうしても通してくれなかった」

「この村の連中はどう考えてるんだ？」

「疫病だというんで納得しとるようだね」

「本当だったんだろうか……？」

「いくら伝染が危険だと言っても、政府の検疫奉行でもない、何者とも知れん連中が山の周囲をぐるりと二重、三重の暗視カメラと据え銃で警戒する必要があると思うかね？」

「……」

「連中は身許をいっさいあきらかにしようとしないんだ」

「ふうむ……」

「たまたま、ロケ松たちが錨地《うえ》から〈冥土河原《めいどのかわら》〉へ出るとき、お富の姐御《あねご》に一件の話をしたらしいんだな。そうしたら、他でも噂を聞いたから——と言って、わざわざ、エラ、な。知っとるだろ？」

「ピーターに惚《ほ》れてる娘《こ》だろ？　あのブスの整備員」

「そう言いなさんな。きれいな娘《こ》だよ。それでお富は、その噂を確認するためエラに言いつけて、星涯《ほしのはて》の衛星軌道からタンポポ村一帯を電磁波センサーで走査《スキャン》させた。それがこれだ」

和尚は一枚のプラシートを差し出した。

又八はじっとそのシートに見入った。

「なんだろ。この四角いものは？　ちょうど村の中心部じゃないか？」

「そう」と和尚。「これと比較してごらん。こっちはタンポポ村の地形情報図よ。すこし古いものだ。今じゃな、又八、おかしなことに、この規格の低高度航法用のE4ホログラムは、この地域だけが何者かにいつも買い占められていて、みんな仕方がないから東寄りのコースをとっているんだよ。低空域航空機に関しちゃ、なぜか、この地区の上を飛ぶと病気にかかるという噂が根強く流れているんだ。だから、飛ぶやつなど一人もいないそうだ。まあ、この空域はただでも飛ぶものは少ないがな。とにかく、盆地の中をのぞかれたくないらしい」

「なるほど」二枚のプラシートを見くらべていた又八が言った。「要するに、和尚さん、昔、タンポポ村の家が建ってたあたりに、なにか、大きな四角い建物みたいなものがそっくり建ってる——ってわけか」

「そういうこと」

「なんだい、これは？」

「センサーのレスポンス解析によれば、それは金属ではない。木材やプラクリル材でもない。薄いものだ」和尚は言った。「そして、この村の連中から聞き出したのだが、大量のプラシートが一年ほど前、タンポポ村へ搬入されている」

「シートが？　すると、テントか？」

「おそらくな。かつてタンポポ村の住民の家があった約三キロ四方をプラシートのテントでそっくりおおってる——ということらしい」

「なんのために？」

「それをつきとめようってわけよ」

「のぞけないのか、テントの下を？」

「のぞけないから、めくって見ようというわけだよ、又八」

「め、めくる？」

「そのとおり」

和尚はうまそうにワインを口に含んだ。

17

〈ハインケル東銀河曲馬団〉の一行が鳥ノ木村へのりこんできたのは、それから一〇日ほどあとのことである。

けばけばしく塗りたてた専用宇宙船で星涯《ほしのはて》市中央宇宙港に到着した一行は、港内にひきこまれている星涯《ほしのはて》鉄道公社の大型無蓋台車三〇輛編成特別列車に色とりどりのワゴンごと乗り替え、そのまま鳥ノ木村へ向かったのだった。

村のほうはもうひっくりかえるような騒ぎである。

駅前の広場には朝っぱらから村じゅうの老若男女がつめかけ、花火は上がるわ、村娘は踊るわ、春秋二回のお祭りなどそこのけのにぎわいである。

昼すぎ、広場の一角でそんな光景を得意満面で見守っていた駅長は、首からブラ下げた運行パラメーター・ディスプレイにちらりと眼をやった。駅舎の管制卓にあらわれる運行状況表示は全部そのディスプレイまで中継されている。

「ちょいとおくれとりますな」駅長は、もううれしくって仕様がないという顔で言った。なにしろ、曲馬団一行は鉄道でやってくるのだ。「宇宙港の引込線で、積みこみにすこし手間どったようで……。しかし、もうおッつけ着きましょう」

村長もうれしそうにうなずいた。

「まあ、村の連中がこんなによろこんでくれるのは、まさに村制施行以来空前のことでしょう」

「いやいや、ホッホウ！」和尚がたのしそうに答えた。「村長のご理解を得て、当曲馬団といたしましても欣快《きんかい》の極みです、ホッホウ！　なにしろ団員の訓練というものは、どこでもやれるというものではありませンでな。山紫水明、それに村民の皆さんの温かいご協力があってはじめて……ホッホウ！」

「いま、列車はスミレ坂駅を通過しました。あと五分ほどです」

広場の歓声がいちだんと高くなった。

やがて北のほう、ぐーっと大きくカーブしているちょっとした丘のトンネルの出口に、特別列車の先頭が姿を現わした。

自動運転区間なのに、わざわざ運転室付きのクシキ8000型車輌を先頭に連結しているのも、この大がかりな特別列車に対する鉄道公社の気の遣いようか、それにつづいて、公社最大のシキ8200型長物貨車が次々と、色とりどりの塗装をほどこされた曲馬団の移動用ワゴンを乗せて現われると、群衆はどッとどよめき、われがちに線路ぎわへと殺到した。

特別列車はわざとスピードをおとし、ゆっくりと近づいてくる。先頭車にとりつけられた指向性スピーカーが、ワルツ《銀河の姫君》をけたたましくがなり立てはじめた。

やがて三〇輌全部がトンネルから姿を現わした。

そのとたんであった。

車輌全体から、バッ！　と虹色の煙が噴き出したかとおもうと、あーら不思議！　車輌のひとつひとつが色とりどりの美しい花の形に変化した。

ポリテトロアリナミン酸ナトリウムガスに多色系クリプトン・レーザーを浴びせ、車輌の走行安全限界ギリギリの大きさに花の幻像をつくりあげるのは、ハインケル曲馬団乗りこみの際に使われるショーアップの序の口。しかも、接近してくるその美しいバラや百合やチューリップの花弁の中では肌もあらわな美しい娘たちが、待ち受ける群衆に向かって手を振り投げキッスをやってるというんだから、これで素朴な村人たちが熱狂しなければそっちのほうがおかしいというもの……。

やがて、割れ返るような歓声に包まれ、鳥ノ木駅の引込線へひきこまれた貨車の上から、次々とまだその花の形をしたままのワゴンが地上へ降ろされはじめた。

まず最初のワゴンのドアが開き、現われたのは体長一〇メートル、背丈が二メートルは軽くありそうなクビナガチンチンワニである。首のまわりの鈴を鳴らし、首許にまたがった美しいワニ遣いの手のまま、踊るような足取りで広場の中央にノコノコ歩み出たそいつは、ひしめく群衆に向かって派手なチンチンをひょい！　とやってのけた。

客の昂奮はもう最高潮である。

つづいて現われたのは空中玉乗りの一団。ごく小型の反重力《アングラ》装置を仕組んだ玉を宙に浮かべ、肌もあらわな娘たち五人がくりひろげるはなやかな空中ダンス……。

つづいて……。

つづいて……。

次から次へと現われる珍しい動物の珍芸や、眼もあやな娘たちの曲芸の数々に、もう、鳥ノ木村の人々は完全に魅了されつくしていた。

しかし、駅長をはじめ、今日のためにスミレ坂駅から派遣されてきた作業員たちは、曲馬団の団員たちと力を合わせて、ワゴンをおろす作業に大童《おおわらわ》である。

一段高いところにつッ立ち、てきぱきと指揮をとっているのが団長のクルト・フォン・ハインケル。赤と金モールの軍服スタイルに、サウル星系産の八ツ足ヘビで作ったブーツという派手ないでたち。たくましい体つきで鷹のように鋭い眼をしている。

和尚はノコノコとその男のところへ歩いていった。

「ご苦労、ご苦労、ホッホウ！」和尚がうれしそうに声をかけた。

「やあ、ひさしぶりだなあ」団長はにこりともしないが、その声には親しみがあふれていた。

「すまんのう、面倒な頼みごとで」

「なあに、おもしろそうじゃないか」団長は作業現場から片時も眼をはなさぬまま答えた。「こんな話は大好きだ。早速だが、最後の車輌だぜ」

「わかった」と和尚。「わしはここにいてよいのかな」

「ああ、かまわんよ」そッけなくハインケルは答えた。

華やかな色に飾り立てられたワゴンが次々とおろされていき、やがて作業員は最後の車輌にとりかかった。

そしてしばらくたったとき、割れ返るような広場の騒ぎとは別に、その最後尾車輌のあたりでなにやら作業員たちの叫びがおこり、作業にかかっていた二、三〇人がどッ！　ととび退ったのである。

電磁浮揚だから、停止している車輌はレールの上にがっちりと降着輪を介して全重量をかけており、それにブレーキもかかっている。

ところがなんのトラブルが発生したのか、とつぜんその最後尾車輌の連結が外れ、ゆっくり後退をはじめたと思う間もなくたちまち引込線から本線に入り、そのまま、やってきた鳥ノ木トンネルのほうへ向かって走りはじめたのだ。

青くなった駅長は緊急停止のチョックをかけるため操

作所へすッ飛んでいった。

あわてたのは車輌にのっかってた作業員たちも同様である。

大部分の連中はとび降りて逃げ出したが、とっさに団員らしいひとりの男が車上から線路わきの標識ポールに向かってロープの輪を投げかけた。宇宙空間で、なにかのはずみをくらって動き出した貨物をこんな手でつかまえることがあるが、おそらくそいつを思い出したのだろう。

ロープはたちまちいっぱいに伸びきり、標識柱がぐーッとたわんだ。そのテンションが、よくはわからぬが、なにかワゴンに付属したフックか他のロープをいくつかひっかけたらしい。

それが原因だろう、なんとか制動がかかりかけた台車の上のバラ色に塗装されたワゴン上部の蓋が、まるでビックリ箱みたいにパタン！ と開いたのだ。

パタン！ と開いたとたん、モクモクッ！ ときれいな色をした、なにか大きな袋みたいなものが現われ、みるみるあたりの木立ちを払ってふくらみはじめた。おーッ！ と作業員たちが驚きの声をあげた。気球である。

あッという間にちょっとしたビルほどの大きさにふくれ上がったケバケバしく七色に塗り立てられた気球は、そのままゆっくりと浮き上がっていった。

下につるされた小さな家ほどもあるゴンドラから、団員だろうか、男がひとり、必死で手を振ってなにかわめいている。

はじめはまた大がかりな次の仕掛けだろうと思いこんで大よろこびだった群衆も、作業員たちのただならぬ騒ぎかたに、なにか事故が発生したとすぐ気づいた。

気球はもう地上一〇〇メートルほどにまで昇り、風にあおられみるみる南のほうに——タンポポ峠のほうへ——流されはじめた。

「大変だ！」和尚が村長のところへ走ってきた。銀色のシルクハットはどこかへ吹き飛ばしてしまっている。

「地表艇《ホバ・ヴィ》を出してください、村長さん！ 早くつかまえんと、大変なことになる！」

村長の指示を待つまでもなく、横にいた助役が、地表《ホバ・》艇《ヴィ》を持ってこい！ とどなった。

「大したことはありません。すぐにつかまります。どうぞ村の皆さんと一緒に曲技をたのしんでいてください」

村長へそう言いながら和尚とハインケルはやってきた地表艇《ホバ・ヴィ》へ乗りこんだ。

走り出した地表艇《ホバ・ヴィ》の後席から、ハインケルが大きく合図をしたので、バンドはふたたび《星海の恋》を演奏しはじめた。

地表艇《ホバ・ヴィ》はすぐ町並を抜け、気球を追ってタンポポ峠のほうへ豆畑の一本道を疾走しはじめた。

広場のほうから伝わってくるにぎやかな音楽はみるみる遠ざかっていったが、時たまどっとあがる歓声は、曲馬団がふたたび派手な曲技をはじめたらしい。

地表艇《ホバ・ヴィ》の後席にすわる和尚とハインケルは、おもむろに顔を見合わせた。

気球はかなり先をフラリフラリと、風にあおられながら徐々に高度をとっていく。

行く手のタンポポ村の盆地をかこむ山々は高さ四、五〇〇メートル、鳥ノ木村からの道が通じるタンポポ峠で二〇〇メートルもあろうか……。

「団長さん！」地表艇《ホバ・ヴィ》を操縦している村の若いのが前をにらんだまま、二人に向かって大声で叫んだ。「この先は行きどまりです！ タンポポ峠は通行禁止です！」

「なんとかその前に着陸して欲しいのう！」和尚が真にせまった声をあげた。

「しかしあの高さじゃ、とても無理だ！」とこれはハインケル。

「とにかくね！ 団長さん！ 峠の途中に見張りがいて、入れてくれませんよ！ バイパスができてますから、向こうにまわって待ちますか!?」

「だめだ！」団長が叫んだ。「あの気球は観覧用だからそんな遠くまでは飛べない！」

「とにかく行けるところまで行ってくれ！ 兄《あ》んちゃん！」和尚は青年の肩をたたきながら言った。

気球はいとものんびりと、まるでわざわざタンポポ峠をめざすみたいに飛んでいく。

やがて地表艇《ホバ・ヴィ》は一面の豆畑を抜け、道は登りにかかった。木立ちにかくれて気球は見えなくなったが、間違いなく峠のほうへ向かっている。地表艇《ホバ・ヴィ》はぐんぐん登っていった。

操縦している若者は、もうすぐ先がたしか検問所だとかなんとかわめきながら、やけのやんぱちの勢いで走らせていく。

峠まで半道ほど来たかと思う頃、とつぜん道の先に頑丈な遮断機があらわれ、すでに作業衣姿の男たちが何人か立ちふさがっている。

「大変だ！ 気球が暴走した！」相手になにか言うすきも与えず団長がわめいた。

「だめだ！ これから先は立入禁止だ」先頭に立つ男がにべもなく言った。「何人《なんぴと》と言えども立入禁止だ」

「きさまは警察か!?」ハインケルがおっかぶせた。

「……」ちょっと相手はひるんだ。「まあそんなものだ」

「それなら話は簡単だ。こちらはその筋のものだ！ あの気球がこのまま着地すると大変なことになるぞ」

その筋と聞いて相手はちょっと口ごもったが、それでもハインケルのけばけばしい衣裳が軍服でないくらいは、いくら星涯《ほしのはて》の田舎ッペでもわかる。

「とにかく立入禁止だ」相手は気をとりなおすように言った。

「大変なことになるぞ、よいのか!?」ハインケルが頭ごなしにきめつけた。「気球が爆発したらどうする!?」

「とにかく立ち入りは禁止だ」

そのとき、和尚が叫んだ。

「テントが吹き飛んでもいいのだな!?」

「テ、テント！」

相手はたちまちとり乱した。

「ど、どうしてそれを――」

「わしはその筋の諜報員だ！　あとで困るのはきみたちだぞ」

「じ、事務所にたしかめる。待ってくれ」

「待てん！」

「待て――と言ったら！」

「テントが破壊してもいいのだな？　責任はわしが持つ。さもないとおまえは大変な目にあうぞ。おまえは本件について何も知らされておらんのだ」

男は目を白黒させた。

「責任はわたしが持つ」ハインケルはもう一度言うと、呆ッ気にとられている若者に向かって命じた。

「行ってくれ！」

若者は男たちの様子をうかがったが、べつに腕ずくで制止する気配もない。

「開けろ！」

ハインケルの鋭い声が響くと、遮断機を操作している男はハッとした風にあわてて腕木をあげた。地表艇《ホバ・ヴィ》は走り出した。

もう峠も近いと思われる頃、あたりの木立ちがまばらになって、また気球の姿が見えてきた。

もう、タンポポ村のある盆地の上空に入っている。

地表艇《ホバ・ヴィ》はかなりきつい登りをぐんぐんあがっていった。

そしてついに峠に達し、さっと眼の前の視界が開けた。

「おォッ！」

異様な眼下の光景にへんな声をあげたのは若者。彼は地表艇《ホバ・ヴィ》を停止させてしまった。

一望に見下ろせるその盆地の中へ、この峠道はまっすぐ白々と続いているのだが、その中心部、かつて村があったと思われるあたり数キロ四方に、灰色をした巨大なひらべったい建物――屋根？　掩《おお》い？　テント？――がひろがっているのである。

「な！　なんです!?　あれは！」

大声でわめき、返事がないので若者は振りかえった。するど後席の二人は、いつの間にやらいかにも高性能らしい双眼の望遠スコープをとり出し、ぴったりと眼を当てたまま、返事もしない。

峠を越えた気球はやっとコントロールをとり戻したらしく、かなり高度を下げ、ちょうどその巨大な建物だかなんだかのほうへと向かっていく。

下のほうではすでに気づいたのか、何人もの男が四方からその建物へ向かって、狂ったように走っていくのがアリのように見える。

気球はその建物だかなんだかをぴたり狙ったみたいに高度を下げながら接近していったが、やがてゴンドラの中から一人の男が身をのり出した。そしてスルスルと一本のロープを下ろしはじめた。繋留索《けいりゅうさく》を地上で捉えてもらおうというつもりらしい。気球を追っかけるみたいに走っている男たちもすぐそれに気づき、ロープの端をつかもうとした。

ところがうまくいかないもので、地上の男がそのロープを捉えかけた！　というところで、気球はすーッと風にあおられて上昇してしまい、どうにもつかまらない。しくじった男たちが何人も足をからまれてでんぐりかえった。

そのうちにも気球は、みるみるその灰色の建造物へと接近していく。

あきらかに地上の連中は、気球をそこへ接近させまいとしているらしい。なにか必死で手を振りわめき立てて、コースを変えろと指示している。

しかし、そんなことはお構いなしに、気球はその建物へ、ぐんぐん接近していった。そして、屋根の縁にかかった。ゴンドラからブラ下がったロープの端が、屋根の縁にがっちりとひっかかった。

よく見るとロープの先には頑丈なフックがくッついている。それが屋根の縁にがっちりとひっかかった。

そのとたん、ガツン！　と気球が揺れて止まり、さしわたし数キロもある巨大なその屋根全体がじわじわとたわみ、しわが寄った。

あきらかにその屋根はテント用のシートである。

その巨大なテント全体が、気球の浮力によっていまにもひんめくれそうになった。

ところがどうしたことか、皮肉にも気球はそこでまた浮力がついたらしく、ふたたび上昇しようとしていて、ロープはピンといっぱいに張り、今にもテント全体を吊りあげてしまいそう……。

そのときだった。

地上の一角から、あきらかに超小型ミサイル《ミシリット》とおぼしき発射煙がぱッと起こったかと思うと白い射線が空へ伸び、ケバケバしく塗りたくった巨大な気球の表面にポッ！　と煙があがった。

ぷッしューッ！　ぷぅぅ！

途方もない間の抜けた音がしたかと思うと気球はたちまちしぼみはじめ、それと共にロープがゆるんで屋根の端のフックが外れ、みるみる横風に流された気球はその屋根からかなり離れた荒れ地のただなかに、ぐンにゃり！　と、着地した。

はずみでゴンドラのドアが開いた。と、なにやら大きな犬ほどもある動物がどっと次から次に一〇〇頭ほどもとび出し、山のほうへ向かっていっせいに走り出した。

駈けつける男たちはぎょっとそこに立ちすくんだ。

うおーッ！

凄まじい咆哮《ほうこう》が峠まで伝わってきた。

「ひでェもんだ、ミサイルなんぞ射ちかけやがって！」

又八がわめきたてた。

「いったいどういうことですかな、これは？　この建造物の管理者は星涯《ほしのはて》市ですか、星系政府ですか？」

ぺしゃんこになった気球の傍で、ハインケルは責任者と称する頑丈な中年の男にくいついた。

「それとも〈星涯《ほしのはて》〉星系軍ですか？　われわれはすぐその筋に抗議します」

「政府や星系軍にはいっさい関係がない」男は無表情に答えた。

「では、民間企業ですな？」和尚が言った。「ますますおもしろい。どこですかな」

「その件については申しあげられん」男は拒絶した。

「申しあげられんだと？　なんじゃ、その言い草は？　きみはここでなにをやっとる？　あの建物はいったいなんだ？」

　和尚は、数百メートル先に見える灰色の建物を指さした。側面もぐるりとテントが張られていて内部はまったく見ることができない。

「われわれはその筋のものだ」ハインケルがきめつけた。「曲馬団の形で極秘の作戦を展開中だ」

　相手はひやりとした顔をした。

「超小型ミサイル《ミシリット》で気球を撃墜しおって……」

「屋根の崩壊する危険があったからだ。補償はする」

「補償はいずれしかるべき筋から公式に請求する」

「それは――」

「なにが、それは――だ？　それよりも気球の墜落によって、作戦用の危険なホネシャブリ狼が一〇〇匹ほど野放しになった。どうしてくれる？」

「心配ない。われわれで捕獲する」

「ホッホウ！」和尚がけたたましい声を放った。「素人《しろうと》のあんたがたが、ホネシャブリ狼を一匹でも生捕りにできたら、わしは首を進ぜよう」

「それなら射殺する！」

「補償要求には応ずるだろうな。あの軍用犬一頭いくらかご存知か？　サーカスを隠れみのとして、ひそかに一つの筋が展開しとる作戦だぞ」

「どこの筋が――」

「そんなことを言う必要はない」ここぞとハインケルがきめつけた。

「とにかくどうしてくれる？」

「どうすればいいんだ？」相手が折れた。

「そちらもだいぶ機密の事業らしいし、早いところけりをつけよう。いま、鳥ノ木村に来ている団員の一部を呼んで、今夜じゅうに全部捕獲させよう。さもないと、きみ自身の生命だって保証はできんぞ。襲われたら、一〇分で白い骨だけになってしまうからなあ」

18

　その日の夕方、鳥ノ木村で貨車からおろされたハインケル東銀河曲馬団のワゴンのうち五台がタンポポ峠に到着した。

　何者とも知れぬその責任者となのる男は、やっとのことでワゴンが峠まで進入することを認めはしたものの、それ以上は頑として拒否した。

　そして、テントの周囲一〇〇〇メートル以内に接近せぬことを条件にホネシャブリ狼の捕獲をOKした。

　男は、やってきたワゴンの後に背丈が五メートル、体長一〇メートルもある巨大なバカヂカラ大トカゲが五頭も現われたのにひどくたじろいだが、なにしろ狼遣いはこれにのっかって逃げたやつを捕獲するというんだから仕方がない。とにかく、建物の一〇〇〇メートル以内に接近したら即座に射殺する――と、男はくりかえし確認してから、心配そうに峠を盆地のほうへと戻っていった。


　夜半近く――

　タンポポ村一帯をおおうその巨大なテントを警備している男たちは、近くの居住棟の中で、凄まじい狼の咆哮《ほうこう》に眼をさました。

　なにごとかと窓外をのぞいてみれば、おびただしいホネシャブリ狼がひしひしとこの居住棟のまわりをとり囲んでいる。

　徹夜でテントの周囲を警戒しているチームはとっくに食われたか、逃げてしまったか……。

　責任者の男は、すぐさま曲馬団との連絡用に設置された無線電話機をとりあげた。狼の習性上、捕獲は夜半すぎから始めるとのことだったが……。

　ところが応答してきた峠の曲馬団のほうも大騒ぎの最中だった。火事だという。あわてて峠のほうに眼をやると、なるほど赤い火が夜空を焦がしている。ワゴンから出火して、動物が騒ぎ出し手がつけられぬという。なにが起きるかしれないので、とにかく外へは絶対に出ないでくれ……。

　出ようとしたって……。

　男は唇を噛《か》んだ。

　気がかりなのはテントである。

　なんとかしなければ――と気は焦るが、窓のすぐ下にまでせまっているものすごいホネシャブリ狼の姿を見れば身もすくんでしまう。

　狼どもは、居住棟をびっしりと囲んだまま動く気配もない。

　どれくらいたったときだろうか。

　峠の曲馬団に通じる電話機のブザーが鳴った。相手は団長をなのるあの眼つきの鋭い男らしい。

　バカヂカラ大トカゲが炎で狂い出し、五匹とも綱を切って脱走したというのだ。居住棟にでもぶつかればひとたまりもない。とにかくフトンをかぶってじっとしていてくれ。なんとかつかまえるから……。

電話を切る間もなく、居住棟全体が揺れるような地ひびきが伝わってきた。男たちはみんなフトンをかぶって小さくなった。小屋がつぶれて大トカゲに踏んづけられるか、それとも狼に骨までしゃぶられるか……。

それでも責任者の男だけは、立場上、必死の思いで窓からテントのほうを見守った。

そして、地震のような地ひびきと共に、バカヂカラ大トカゲが姿をあらわした時、彼は、はじめて自分たちが一杯はめられたことに気づいたのである……。

見張り用に点々とついている街灯に浮かび上がった、まるで小山のようなその大トカゲの背には、それぞれトカゲ遣いの娘がひとりずつまたがっていて、その首許には太いロープがつけられているのだ……。

目的はあきらかだ!

思わずレーザー・ライフルをとりあげ、窓を開けようとした彼は、身の毛のよだつような恐怖に凍りついた。

窓越しにホネシャブリ狼が一頭、凄《すご》い眼をギラギラさせて中をのぞきこんでいるのだ。口許には血のしたたる男の片腕が……。その背後にひしめく数十頭……。

だが、そんな狼の大群のうしろには、鞭を鳴らしてやつらをけしかけている何人かの男の黒い影がちらちら……。

そして、やってきた五頭の大トカゲが彼の予想どおりテントの端に到達すると、背中のトカゲ遣いたちがすばやくテントの支柱にロープを縛りつけた。

応力構造になっているテントである。柱が一本倒れたら、たちまちバランスがくずれてテントはいっきに倒壊してしまう。

それがわかっていたからこそ、昼間、ああして気球を撃ち落としたのだ。

彼は思わず眼をおおった。もうおしまいだ。

ロープをかけ終わったのか、ふたたび無気味な地響きが起こった。

おそるおそる眼をあけてみると、五頭のバカヂカラ大トカゲのひっぱるロープによって、巨大なテントはもうゆさゆさと揺れはじめており、トカゲ遣いが必死で鞭をふるっている。

だがさすがの馬鹿力も、さしわたし三キロという大テントを支える支柱ともなればそうあっさりとはいかなかった。

男は祈る思いで見守るしかない。

しかしその祈りもむなしく、ついにその支柱の一本は、五頭の大トカゲの怪力に耐えきれず、ゆっくりとへし曲がるように倒れた。

それと同時に、張力の釣り合いで支えられていたテント全体はバランスを失い、いともあっけなくペシャンコになった。

その直後である。

彼は、自分の頭がおかしくなったのかと思うような現象を眼にしたのである。

信じられぬことに、ひと抱えほどもある白い玉にのっかった娘が五人、なにか筒状のものを手にして、すーッと宙をとんで接近してきたのだ。そして、そのまま、いっきにつぶれたテントの真上に進入したとたん、いったいどういうことなのか、その五人が五人とも、のっかっている白い玉もろともまっさかさま、テントの上にころげ落ちたのである……。

「いかん! 反重力玉《アングラ》が故障だ!」

タンポポ峠の上から暗視《ノクト》スコープをのぞいていたハインケルが叫んだ。

「玉遣いが五人とも墜落した!」

「ジミー!」とっさに又八が通信機に向かって叫んだ。「すぐ降りてこい! 緊急だ! テントの上に玉遣いの娘が五人ともおっこちた! 収容しろ!」

〝わかった!〟ノイズの奥でジミーの声が答えたと思う間もなく、星空のほうから耳なれたF410の爆音が伝わってきた。

「よし! そのまま入ってこい!」又八が叫んだ。

進入してきたF410はテントの真上に入るとそのまま静止《ホバリング》し、やがて垂直降下に入った。

「ゆっくり降ろせ、ゆっくり」

〝又八ッつァん! あかり点《つ》けていいですか?〟ジミーの声である。

「いいぞ、ミサイル・ランチャーに配置されていたやつはもう狼に食われて骨ばかりだろうて」和尚が叫んだ。

又八がOKを出すと、F410の底部にぱッと照明灯が点灯した。真下には広大な平地のような灰色のテント。その上に娘が五人、上を見上げている。

「肝心《かんじん》のときにしくじりおって」憮然《ぶぜん》としてハインケルが言った。「五人が五人ともとはなんたることだ。尻に鞭を当ててくれるぞ」

「いやいや、これはひとつの手がかりかもしれん」和尚が言った。「あの娘《こ》たちのせいではない。あそこには重力場そのものがないのかもしれん」

「なんだって!?」ハインケルは思わずスコープのアイピースから眼をはなして和尚を見上げた。

「よし、ジミー、そのまま!」又八はそんなやりとりにも気づかずに指示をつづけている。「そのまま! 綱ばしごおろせ!」

テントの真上一〇メートルほどに静止したF410の弾倉から、するすると綱ばしごがおりてきた。娘がすばやくはしごにとりつき、一人一人、手早く上にのぼっていく。

「ほら、見ろ!」和尚が叫んだ。「やっぱりだ! 玉だけじゃない、反重力揚昇機《アングラリフター》も働かん!」

五人目の娘が、持っていた筒状の仕掛けを必死で操作しているが、うまくいかないらしい。ついにあきらめた彼女は、決心したように綱ばしごに足をかけ、そしてまたテントに降りた。

「やった！　でかした！」和尚が叫んだ。「よくぞ気がついた！」

　テントの上に戻った娘は、その表面をなにかさぐっていたが、すばやく綱ばしごの下端のフックをテントの一角にひっかけたのである。

「しくじるなよ、ジミー！」又八が叫んだ。「推力《スラスト》いっぱいであがれ！　テントをそっくりひきずってるからな！　かなり重いぞ！」

　ブオーッ！　F410のエンジン音が変化した。そしてそのままフーッと機体は上昇をはじめたが、綱ばしごが伸びきったとたん、地上からひきとめられるようにそこへ静止した。

「バランスくずすな！　推力《スラスト》！　推力《スラスト》！」

　ブオーッ！　爆音がいちだんと大きくなった。ジミーが推力をあげたのだ。

　F410はゆっくりと、ひどく苦しげにそのテントの一角を上に吊り上げはじめた。

「よし、上がりはじめた！」又八が叫んだ。「横へ振れ、ジミー！　水平推力《ホリゾント》かけろ。横にひっぱれ！」

「はしごはもつのか、和尚？」ハインケルが心配そうに言った。

　いま、テントの重みに耐えきれずはしごが切れたら、もう、五人の娘の命はないのだ。

「大丈夫、シリコンスチール・ハイだ」和尚はスコープのアイピースから眼を外さぬまま言った。「切れる前に機体がひきずりおろされる」

「いいぞ！　いいぞ！　そのまんま、ゆっくり横へひきずれ、そう、そう、そのまま」又八が通信機に向かってわめきつづける。「よしよし、その調子……」

　F410の凄まじい推力に、ペシャンコになっている巨大なテントはそのままズルズルと地すべりでも起きたように横にひきずられていった。


　しかし、その下になにがあるのか、F410の照明灯くらいでは何も見えない。

　スコープのアイピースから眼を離した和尚が、ふと手許の時計《クロノ》に眼をやってから満天の星空を見上げた。

　まさに、そのとたんであった。

　だしぬけにあたりが昼間のような明るさに包まれたのである。一瞬、みんなは太陽が急に現われたのかと錯覚した……。

　いや、それは太陽が現われたも同然だった。

　海上や山中で遭難者が出たときその地点を照射して救助を支援する、救難庁の〈アフラ・マズダ2号〉衛星に緊急照射要請があり、直径五キロの巨大な放物反射鏡は太陽光を反射させて指示の座標を照射したのだが、その要請がどこから来たのかさっぱりわからずちょっとした問題になったのは、あとになってのことだが、それはまあ、それとして……。

　F410がわきへひきずっていった三キロ四方のテントの下には、なにもなかったのである……。

銀河乞食軍団

2

宇宙《あま》翔《か》ける鳥を追え！

伊藤典夫へ。

あの電話がなかったら、
おれはこれを書けなかっただろう……。

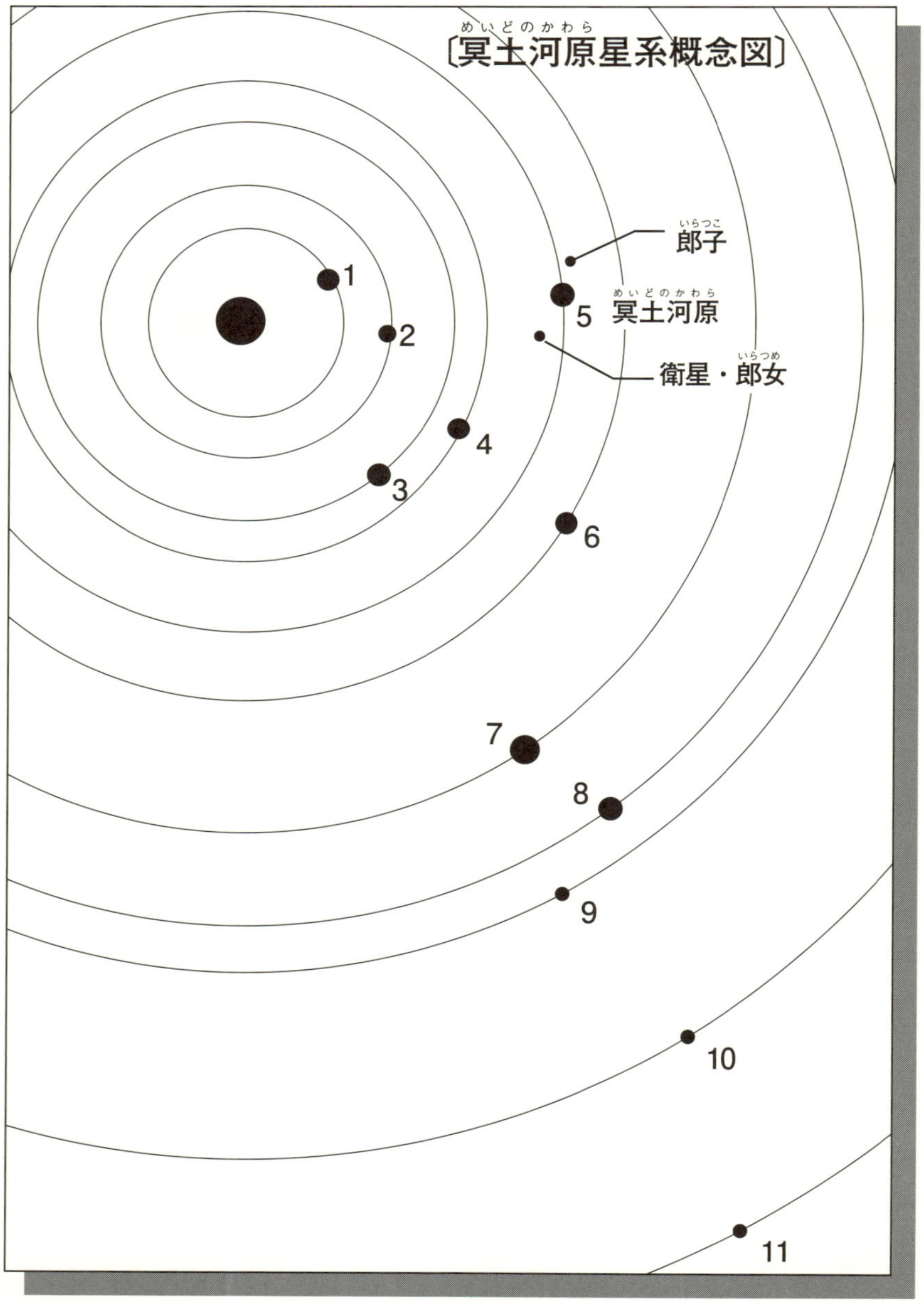

1

犬というやつの嗅覚はもともとかなりのものだというが、いくらその犬だとて、地上から衛星軌道上にある人間の屍臭《ししゅう》が嗅ぎわけられるものだろうか……？

しかしとにかく、惑星・星涯《ほしのはて》、星涯《ほしのはて》市の外れ、旧港と呼ばれる場末の古い宇宙港の進入管制所へその宇宙艇が着地の管制承認《クリアランス》を求めてきたのは、周囲の草ッ原に巣食って、通りがかりの人間でも食いかねないという兇暴な野良犬どもが空に向かってけたたましく騒ぎはじめてから、たっぷり数時間もたった夕方近い刻限になってからのことだったのである……。

快晴の一日が終わり、西の地平線に〈星涯《ほしのはて》〉の太陽が沈むと、沖天《ちゅうてん》に浮かんでいる利鎌《とがま》のような惑星・白沙《しろきすな》が、濃紺の星空を背景にしていちだんと白々した光を放ちはじめた。

三つある月はまだ昇ってこない。

一日に何回か、不定期の貨物船やジャンクにされるボロ宇宙船が降りてきたりするだけの、本当に忘れ去られたような旧港である。そんな宇宙港のそのまた外れに、星系宇宙軍分遣隊のささやかな格納庫《ハンガー》や離着床があるのはほとんど知られていないが、今日はクリプトン灯がポツンと点灯され、その刺すような白い光に何台か、青灰色に塗装された軍用車輛がなぜかひどく遠慮がちに浮かび上がっている。

水平進入方式で予定時刻に入ってきたその小型宇宙艇はひっそりと着地し、制動ロケットを吹かすのも控え目にかなり走ってからタキシーウェイにまわりこみ、ゆっくりとその軍用離着床へ接近してきた。機体は真ッ黒に塗装され、機首の白い百合の花が、離着床を照らす主脚前照灯の照りかえしにぼんやりと浮かび上がる。

三段デッキ。ペイロードは三〇トンというところか、100型シリーズと呼ばれるこの機体は、貨物仕様の場合、乗員三名のはずである。すでに機首上部にあるコックピット内は室内灯が点灯されていて、地上滑走を操作する副操縦員の背後で、到着作業手順を実行している黒い人影が窓の向こうにちらちらしている。

小型とはいえ、近くにくるとそびえるようなその貨物宇宙艇は、待機する青灰色の軍用車輛を押しわけるように繋留床《けいりゆうしよう》へと入ってきた。機首の横窓が開き、黒い身づくろいの上半身をつき出すように地上誘導員のサインを確認しながら、パイロットは機体を定位置へぴたりとつけた。

微速で吹いていたロケットが停止した。

あたりはシーンと静まりかえる。

聞こえるのは犬の遠吠え、ラッパ虫の鳴き声、そして時たま遠くで轟《とどろ》くのは中央宇宙港の惑星間定期便か……。

ぱたり！　と機首底部が開いて三段に折れ曲がっていたラッタルが伸び、離着床にぴたりと先端がついた。間髪を入れず、たッたッたッと黒い人影が三つ、地上に降り立つ。すらりとした黒いタイツにぴたりと上半身にはりつくような黒い長袖の上衣。首許のカラーだけが白い。

三人とも若い娘。

すばらしいプロポーションである。髪を黒布で包んでいる。

彼女らは、つかつかと車輛の横に待機する士官のところへやってくると、さっと敬礼した。

「特設第137部隊・輸送艇3号。219セクターで収容した戦死者遺体を……」

「いい女だなあ……ええ？」

すこし離れた格納庫の前に立っている歩哨が言った。

「もったいないじゃないかよ、なァ」

「うむ」相棒の兵隊が言った。「カピの女はとびきり美人ぞろいよ」

「あんないい女どもが、なんでまた」

「だから星系軍のやつらはよ、おめェだっておれだって、どんな女にももてねェ哀れな野郎でも、一生にいっぺんはあんなきれいな娘に抱いてもらえるわけよ」

「死んでからじゃあな」

「それでもごッつい野郎に面倒見てもらうよりゃましだろうッて。腹ん中からはらわた引きずり出したり、黒焦げの死体に死に化粧してくれるんだって、どうせならあんなねえちゃんにやってもらいてェや」

「なんとか、こちとらが生きてるうちにお世話になれねェもんかねェ」

「だめ、だめ。カピの女の身持ちの堅さといったら、これはもう東銀河でいちばんだと言うからなあ」

「でも、なんでまた、あんなとびきりの女どもが、人もいやがる死体の後始末をせっせとひき受けるんだろ？」

「カピ族の女どもはな、一人前の娘になったら二年か三年、心をこめて死人の面倒を見てやらねェといい男にはめぐり会えない——という信仰をもっているんだよ」

「いい男はここにいるじゃねェかよ、なァ」

「ばァか！」

「だけどまァ、ほんとに、あの装束はファッション・リールにうつりそうなスタイルだねェ！　清いなァ！　おいそれとはお眼にかかれねェ装束だぜ！」

「そうよ、惑星・カピと言ゃ、田舎惑星ん中でも田舎の田舎ってことになってるけどよ、あの装束だけはわざわざ〈星京《ほしのみやこ》〉からとりよせるんだと——」

「ほ、〈星京《ほしのみやこ》〉から!?　いったい、何百クレジットするんだろうなァ……道理でなァ……」

「あの化粧にしてもよく見ねェ。眼をでッかく見せてよ……。星涯市《ほしのはて》のヴィジ・スターにだってあれだけのやつァ……」

「見ろよ、着陸脚《オレオ》をチェックしてる女のおっぱいを……。え？　たまらねェなァ……インピーダンス高そう！」

「ううむ、よだれが出るねェ……」

「死人船が入ってくるのを公表しねェのは、住民が嫌がるからよりも、あの女どもを追っかけまわすイロ気違いが出るからだ――ってのは本当だなあ。おれもその気になってきた……」

彼らの背後をすッと黒い影が二つ走った。

格納庫の前の警備兵たちはすっかりそんな光景に眼を奪われてしまい、それには全然気づかなかった……。

2

その前日の真夜中すぎ――

星涯市《ほしのはて》から一〇〇キロほど離れたタンポポ村。盆地であるその村を見下ろすタンポポ峠の上では、ハインケル東銀河曲馬団が暗がりの中で、手早く撤収作業をすすめていた。

いつの間に待機していたのか、大型貨物用地表艇五台にワゴン五輛を積みおわると、作業を指揮していたハインケルは、傍らでじっと見守っていた和尚と又八のところへつかつかとやってきた。惑星・白沙《しろきすな》は沈み、三つある星涯《ほしのはて》の月のうち二つが地平線近くにかかっている。

「いや、かたじけない、ほんとにお世話になった」和尚はハインケルの手を固く握りしめた。

「お役にたててうれしいよ、これでいいのかね？」

「おう、充分だとも。いったい、なにがなんだか、ますますわけはわからなくなってきたが、とにかくお世話になった。さあ、早く行ったがいい。手がまわらんうちに」

「うむ」ハインケルの彫りの深い顔が薄暗がりの中でニヤリと笑ったようだった。

「鳥ノ木村に残ってた連中も、星涯市《ほしのはて》にいたあんたの宇宙船も、もう雲取《くもとり》市の宇宙港に着いた頃だ。あそこはローカル港だから問題ないと思うが、なにか言われたら、興行師にだまされたと言ってくれ」

「途中まで乗っていかんか？」

「いや、わしはまだしも、この又八はな、つい先日わけあって、ここの星系警察本部長を人質にとってな――」

「よせよ、和尚！」暗がりの中で又八が吐き出すように言った。

「まあまあ、この又八はそんなわけで指名手配の身の上じゃ。おまけにこの男前だろ、よく目立つ。どこでおまえさんがたに迷惑がかかるかもしれん。逆に、星涯市《ほしのはて》へ出て中央宇宙港から定期便で白沙《しろきすな》へ戻るほうが安全だわ」

「あの410で引き揚げるのかと思っていた」

「いや、あれでケチがつくと〈星海企業〉へじかにつながってしまう。しばらく、ローカル空港へかくしておく」

「くれぐれも用心してくれよ」

「ああ、ありがとう」

「おもしろかったぞ」暗がりの中でハインケルの微笑する気配が伝わってきた。「また、声をかけてくれ。いつでも行くぞ、正覚坊珍念《しょうかくぼうちんねん》、またの名ウォルフガング・フォン・バックハウス。元気でな」

「……ウム」握りかえす和尚の眼に涙が浮かんだ気配。

「おまえも気をつけてな、クルト・ハインケル」

やがて黒々とした貨物地表艇は低い唸りを立てて、次々と峠を下っていった。

夜が明けた頃、二人は星涯市《ほしのはて》の外れの自供ショップでひといき入れていた。

あれから二時間ほどかかって間道を抜け、国道筋で天然野菜を満載して通りかかった磁撥トラックをつかまえ便乗してきたのである。いつの間にやら二人は地味な商人親子風に変装している。

「和尚、いったいありゃなんだ？」

又八は、テーブルの上の〝コーヒー〟とあるスリットにミリ・クレジット貨幣をおとし、お替りボタンを押しながら言った。

あたりに客はいない。

「うむ」ちょうど口に入れた銀舎利風味をのみくだしてから和尚は言った。「わからん、さっぱりわからん」

「ジミーがF410であのテントをむしりとったあの下はなんだったんだ？　穴かね？」

シュッ！　と音がして下から現われたコーヒー・カップを、又八は口に持っていきながら和尚の表情を見守った。この老人が昨夜の騒ぎをひどくおもしろがっているのはたしかである。

「井戸か？」又八は言った。

「そう……かもな……」

「あんなでっかい井戸か？」又八はたたみこむ。「さもなけりゃ落盤かね？　村ごとそっくり抜けた――ってのはあり得るぜ……」

「うむ、そうかもしれんなぁ」

「しかしな、おれがどうにも不思議なのはよ、甚七の爺《じい》さまが仕掛けをして、〈アフラ・マズダ〉衛星にあそこを照射させたろ？　ありゃ、太陽の光を反射させるわけだ。そのとき、あそこはさ、タンポポ村のあったところはさ、何色に見えた？」

「そう、青い灰色というか、なんというか、なんとも言えん色だったのう……」

「そうだろ？　おまけによ、どうしてもわからねェのは、真ッ昼間の光だってのに、あそこがちっとも反射してなかった。みんな吸いこまれるようにしか見えなかったろ

?」

「ううむ」

「そう思わねェか」

「ううむ……そうさなあ」

「手応えがねェなあ！　だからおれは老いぼれが嫌いなんだよ」又八が口をとんがらせた。

「まあまあ」和尚はお替りボタンを押しながら言った。

「はて？」

「二ミリだよ、グリーンは！」言いながら又八は手を伸ばして、和尚の前のスリットにミリ・クレジット貨幣をもう一枚入れた。「書いてあるじゃないか、ここに！」

「おう」

ジュッと音がして出てきた緑茶のカップをとりあげると、和尚はうまそうにすすった。白いひげが邪魔になりそうだ……。

「まあ、とにかくお頭目《かしら》に報告してからのことだが……それより、そのひげは大丈夫か？」又八はポケットから小さな通信機をとり出しながら言った。

「大丈夫じゃろう。ここへ来るときはプラ皮を貼りつけてきたから」和尚はカップをテーブルの上に置いた。

「とにかく、一刻も早くこの惑星を脱出しなけりゃな。なにがなんだか、わけはさっぱりわからねェが、あのモク爺さんの追ッかけぐあいといい、タンポポ村の警備ぶりといい、政府筋《おかみ》の身の入れかたはただごとじゃねェものなあ」

「タンポポ村を警備しとったのは、ありゃ、軍かね？」

「いや、軍だったら、おれたちャもう殺《や》られてるね。こっちがあそこまでやれば、軍なら手かげんはしないよ」

「ふうむ……」

「和尚！　ちょッと！」

テーブルに置いた通信機のダイアルをさぐっていた又八が息を呑《の》んだ。

「!?」カップを口へ持っていきかけた和尚の手がちょっと止まった。

「宇宙港に張りこみがかかった！」又八がイアホンに注意を集中させたまま小声で言った。

和尚は通りがかった客に気取られまいと、何食わぬ顔を装いながら緑茶を飲み干した。明るくなった外は、通りをへだててすぐ自走軌道車《CVS》の始発駅である。そろそろ人が出はじめた。もちろん自走軌道システムは終夜運転だが、午前中の白沙《しろきすな》向け惑星旅客便をつかまえるのに、暗いうちから宇宙港のターミナルをうろつくのも目立つからここでひまをつぶしていたわけで、もうそろそろよかろう……。

そんな思いが通じたように、又八はイアホンと通信機をポケットにおさめて立ち上がった。和尚もそれにつづく。

外はもう早出の勤め人やなにかでにぎわいはじめている。今日もよい天気だ。ハインケルたちはもう離昇《あが》する頃だのう――と和尚は考えたりした。空が抜けるほど青い。

二人は何も言わずに自走軌道駅のベースに立った。客は彼らだけである。呼んだ車《はこ》はすぐに来た。二人は乗りこみ、座席正面についている精緻な路線図の光電表示盤に行先をインプットした。

「なんだって？」車が走り出すと、和尚が待ちかねたように言った。

「聞いてみな」又八が、ポケットからとり出した通信機を和尚にさし出した。

「星系警察の指令放送系だ。全チャンネルに出てる」

和尚がチャンネルをアクセスすると、イアホンから固い合成音が伝わってきた。

〝星系警察本部長官邸侵入事件の犯人とおぼしき男が、白沙《しろきすな》経由で星涯《ほしのはて》市内へ潜入せる模様。本日、中央宇宙港より出国の可能性あるため、コンディションⅢの非常配備。ただし、中央宇宙港のCターミナルのみ、VIP出国のため、IDチェックのみにてオープンとせよ。くりかえす。

星系警察本部長官邸侵入事件の犯人……〟

「Cターミナルだな」和尚は通信機を返しながら言った。

「ちょうどよい」

「うむ」と又八はつぶやいた。

「しかし、どこで嗅ぎつけおったのかのう」和尚が窓外へ目をやりながらつぶやいた。

軌道と平行して走る磁撥路や高速車路にはみるみる車が増えていく。東銀河連邦の首星系〈星京《ほしのみやこ》〉や、帝政時代の首都があった〈星古都《ほしのふるみやこ》〉、それに〈星河原《ほしのかわら》〉、〈星湖《ほしのうみ》〉など、東銀河系の主要な大星系からは遠く離れたへんぴな星系だが、それでもこの自治星系〈星涯《ほしのはて》〉の主惑星（主惑星はその星系の名で呼ばれることになっていた）は、豊富な資源に恵まれ、そんな大星系の基準で考えてみても中の上といったレベルの工業社会を形成している。

「そりゃ和尚さん、タンポポ村の昨夜の騒ぎよ」又八が言った。「だって、ついひと月前におれがモク爺さんをパトロールの鼻先からかッさらったとき、ちょっとケチがついて、星系警察の本部長を人質にとったろ？　もともと警察がモクを狙ってたのは、タンポポ村生まれのパムと一緒に、なにかの秘密にからんでるからだ。

そうとなりゃ、昨夜みたいな騒動が起きれば星系警察もばかじゃねェ。モクがなにか口を割った――と読むさ……」

「ふうむ。それより、面は割れとるのかな？」

「さあてなァ、あのときは公社のⅢB級宇宙船を買い取りに来てたときだからね、ぱりッとしてたぜ。今回はあなた、こともあろうに猛獣使いなんぞという道化役者のいでたちだ。どっちにしろ、こんな田舎まわりの小間物商人じゃねェ。モクをさらったときに面をとられてるにしても、これならばれっこないと思うがね」

「大丈夫じゃろう」

星涯《ほしのはて》市内には〈星海企業〉の出張所があり、かたぎの人間を何人も置いてはあるが、これはあくまで乞食軍団表向きの顔で、商用・業務以外はなにかあってもいっさい接触しないことになっている。

軌道車は小山のようにそびえる大規模集合住宅塊《ダンチ》の間を縫い、内部を抜け、谷川の底みたいな専用溝を通ったりしながら、市の北部へと向かう。

やがて、切り通しのような住宅塊と住宅塊の間の狭い登り坂をあがりきると、その向こうに朝陽を浴びる星涯《ほしのはて》湾が眼下にひらけてきた。そしてその岸辺の埋立地一帯にひしめく大小の尖塔はもちろん宇宙船……。星涯《ほしのはて》中央宇宙港である。そのすこし右、つまり東のほうの、ずっと小さい尖塔群は星系宇宙軍基地。反対に、西北の角近くにかなり大きな宇宙船がひしめいているあたりは貨物専用の星涯《ほしのはて》第二宇宙港。東のはるか端のほうに、ちょうど一隻の小型宇宙船が垂直離昇していくあたりが旧港――と呼ばれる、いちばん古い宇宙港だろう……。

「白沙《しろきすな》行きは何時だい？」

「たしか一〇〇〇があるはずだ」又八はつぶやくように言った。

星涯《ほしのはて》中央港は活気にあふれていた。

この中央宇宙港は、〈星涯《ほしのはて》〉星系の都合一二個の惑星相互や、数十にのぼる衛星を結ぶ第一宇宙港だが、この惑星各地からの乗り継ぎ客のための弾道便や飛行便もここに着くし、また、他星系へ向かう星間便の起点となる衛星軌道上の泊地向けシャトル便もここから発着する。

星涯《ほしのはて》市内や近郊から入ってくるおびただしい自走軌道や磁撥道路は、ひどく複雑に入りくみ上下左右にからみ合い、合流したり分岐したりしながら宇宙港内部へと入っていく。それは、まるで巨大な無機質の怪物の内臓を思わせたりする。

やがて二人を乗せた自走車《ハコ》は指示どおりに星涯《ほしのはて》中央宇宙港のCターミナル駅へ停止した。彼らは小さな旅ケースを手にベースへ降り立った。

仲間でも捜すように何喰わぬ表情であたりをさっと見まわす。べつに怪しい気配はない。彼らは広大なCターミナル各ゲートへと客をさばく十数本もある自走路の一本に乗りこんだ。

数百メートルあるその自走路を降りたところが〈星間運輸公社〉の白沙行《しろきすな》・惑星急行便のロビーである。

二人が発券カウンターのほうへ歩きはじめたとたん、つッつーと男が二人、両側から近づいてきた。はじめに気づいたのは和尚である。はっとして振りかえると後ろからも二人……。

彼はだしぬけに又八の腕を捉えると、その男たちのほうへ向かって大声をあげた。

「特捜さン！　あなたがた、特捜さンでしょ？」

「？」「？」

いきなり大声で呼びかけられて面くらったのはその男たちである。しかし、和尚はお構いなしに騒ぎたてた。

「この男です、この男です！」和尚はつかまえた又八の腕をさしあげた。「この男が犯人ですよ！　こいつが警察本部長官のお邸《やしき》へ押しこんで――」

「しっ！」二人をとり囲む形をとった特捜らしい四人のひとりがあわてて和尚をさえぎった。「静かにせんか！」

抜き打ちのこととて、おどろいたのは又八も同様である。思わず反射的に和尚の手を振り払おうとして、相手の眼と合った。そのとたんに、又八はわざとのようなわめき声をはりあげた。

「野郎！　何をぬかしやがるんだ、このくそ爺《じじ》いめが！　はなさねえか、その手を！」

そしてぱっと和尚の手をふり払い、身をひるがえして逃げようと二、三歩走りだしたとたんになぜか足を滑らせ、又八は派手にロビーの床へひっくりかえった。

飛鳥のように特捜が二人その上にとびかかり、あッという間に又八を逮捕してしまった。

彼はあらんかぎりの声でわけのわからぬことをわめき散らす。たちまちあたりは黒山の人だかり……。

和尚は弥次馬をかきわけ、又八を左右から捉えている特捜に向かって言った。

「この男が警察長官のお邸に押し入ったんだよ」

「しッ！　黙らんか！」べつの二人が和尚をわきから黙らせた。

「この大ボケ爺いめが！」又八がわめきかえす。

「だれが大ボケじゃ！　わしゃ、おまえの正体をちゃんと知っとるぞ！」和尚はカン高い声をはりあげた。

背後から二人の特捜が和尚の体をおさえた。

「何者だ、きさまは？」

「わしゃ、花咲村の百姓じゃ。タンポポ村で――」

「黙れッ！」タンポポ――と聞いたとたんに捜査員たちは顔をこわばらせた。「とにかくこっちへ来い！」

たちまち彼らはゲートの脇道から外へ連れ出され、建物と建物のすき間みたいな狭い区画に止めてあったパトロール艇で臨港警察の本部へ連行された。

「ボケてるんだよ、このくそ爺いは！」調べ室で又八はわめきつづける。

「わしゃ知ッとるぞ！　おまえは警察長官を――」

「静かにせんか！」すこし偉そうなのが和尚をさえぎった。「おまえはどうしてこの男が手配中の犯人だというんだ？」

「さっき、ロビーで通りがかりの男がそう言ってたから」

「――？――」

居合わす捜査員は呆ッ気にとられた。

「な、なんだって？」

和尚はケロリとして言った。

「さっき、ロビーで搭乗手続きをしに行こうとしたとき、すれ違った男がそう言ってたから間違いないよ」

「間違いない？」

「ほら見ろ！」

得たりとばかりに又八が警官たちをどやしつけた。

「さァ、どうしてくれる。おれは白沙《しろきすな》のれっきとした市民だ。さァ、これを見ろ！」

又八はＩＤカードをつきつけた。もちろんそれ風に作られたカードである。

……市民人権委員……

そのとたん相手は苦い顔をした。

治安の名を借り弱い者いじめに精出す警察にとって、いちばん始末のわるい民間団体である。

「こんなボケ爺いの言い分を信じて、おれを不当に拘束したな！」

「ボケてないよ、あたしは」

和尚はケロリとしている。

「本当なんだから。ゲートのところで人が言ってたんだ」

「誰が？」

「客がさ」

「どんな客だ？　いくつぐらいのやつだ？　男か女か？」

「一五、六かなァ、わしの孫ぐらいの年格好だね。子供は勘がいいから、間違いはないと思うよ。子供は嘘をつかないもんだ」

捜査員たちはもう、すっかりダレていた。面倒なやつとかかりあってしまった……。

「さあ、早く釈放してもらいたい、いずれ、人権委員会から警察本部長へ正式に抗議する」

「それで、どこへ行くんだ、あなたは？」相手の口調が変わった。

「白沙《しろきすな》だ」

「あんたは、爺《じい》さん？」

「白沙《しろきすな》だよ」

「用件は？」

「なんでもいいだろ？　白沙《しろきすな》へ行っちゃいけないのかェ!?」老いぼれのほうもおかしなつっぱりかたをしはじめた。

「大変失礼した」責任者らしい男は又八に向かって頭をさげた。「なにしろ重要犯人を張りこみ中だったもんで。先日、長官邸乱入事件のとき犯人に奪取され、破壊されたパトロール艇の残骸から、ポッケ型通信機の断片が発見された。だから、わざとＣターミナルだけがオープンだと放送して、おびき寄せようと網を張ったら、そこへあんたがやってきて、そこへこの爺さんが大声をあげるものでこんなことになった。事情を了解して欲しい」

「くだらん！　おれが重要犯人だなどと！」

言いながらも又八はゾッとした。見ん事、向こうの手にはまるところだった……。和尚の気転がなければやられているところだ。いまもポケットの中には通信機が……。

「とにかく、白沙《しろきすな》行きの便に早く乗りたいんだ」

「わかった。パトロール艇ですぐお送りする」

「あたりまえだ」吐き出すように又八は言った。

「さあ、爺さんあんたもだ」

「ほんとだよ、ほんとだよ、この男は犯人だよ！」

「わかった、わかった、犯人だよ、犯人だよ」

うんざりした表情で、警察はなおも騒ぎ立てる和尚の手をとり、又八ともどもさきほどのＣターミナルに連れ戻して釈放した。

なんとも白けきった表情をこわすまいとつとめながら、二人は口もきかず、ボタンとディスプレイのならぶ受付卓で搭乗手続きを終わりゲートを抜ける。

その向こうは座席の並ぶ小ぢんまりした待合室。客がいっぱいになったところでその部屋はそっくり動き出し、はじめての客はこれが移動車だったことに気がつく。長い地下の通路を通り、やがてぴたり停止したかと思うと、こんどは真上にぐーっと持ち上げられていく。さっとまぶしい外光が射しこみ、ガントリーで上にもっていかれる待合室の外には、そびえるような宇宙船。全長一〇〇メートルあまり、なんの変哲もない公社のⅡＣ（ペイロード一〇〇トン、中距離惑星間航行用）中型客船である。

やがて箱は船橋直下の上部エアロックにぴたりと接続し、客たちはいっせいに立ち上がる……。

又八と和尚の座席は四層になっている客席区画のいちばん下である。

いったん席におちついた又八はさりげなく立ち上がり手洗いに入ったが、やがて出てくると、中央軸路ホールの螺旋階段の立入禁止ロープをあたり前みたいにのり越して下へおりた。すぐ下の層は管制回路盤区画である。公社のⅡＣといえば〈星海企業〉にもあるから勝手はわかっている。下部にあるエンジン部の管制系を、船橋の制御機器と接続するジャンクションがここにあつめられている。離昇一五分前、客が乗りこんでくるフェーズになれば、なにかトラブルでもないかぎりここに作業員がやってくることはまずない。

いつの間にやら和尚もついてきていた。

又八は管制盤の裏にある中央電路の点検孔のドアを開いた。機関部から立ち上がってくる無数の電線やファイバー・ケーブル類をおさめた、いってみれば船底に通じる井戸である。二人は中へもぐりこんでドアを閉じた。内照灯は自動的に消えてあたりは真ッ暗。すばやく又八が手持ちのライトをつける。そして内壁についている鉄ばしごを伝って二人は暗い円筒の中を途中の張り出しまでおりた。中継函や点検用工具棚のあるこのレベルは、主機管制部のはずだ。

「離昇まであとどれくらいある？」和尚がささやいた。

「ここは与圧区画じゃが、このまま離昇《あが》るのは骨だぞ」

「離昇は延期だ」

「ほう？」

「便所に入ってこれで聞いてみた。案の定だ。やつらは空港署でおれのパターン・テープをとって、いま、照合している」

「照合？」

「そうよ、見事なもんだ。あのモクの爺さんをおれがさらったときに、やつらはちゃんとパターンをとってた」

「なるほどやるのう、星系警察も」

「白沙《しろきすな》に行くと言ったからやつらはおれたちをおッぱなしたものの、ずっと監視してたわけよ。いまごろはもう動き出してるんじゃないか？」

「見ねェ」又八は手持ちライトを壁面の表示盤に向けた。

「主機の予熱標示はグリーンだが、炉温のほうはまだ赤だ。一五分前なのにだぜ」

「ふむ。まだ離昇フェーズに入っとらんのか」

「とにかくここに潜《ひそ》んでいようぜ。炉温のランプがグリーンになったら抜け出すんだ。離昇フェーズに入りゃ、離着床は人払いだ、なんとかならぁ」

「それより、そのへんに通話回線も通っとるじゃろう。そこから聴けんものかい？」

「やってみよう」

又八は壁についている点検用工具棚からイアホンをとり出すと、馴れた手つきでジャック盤をさぐった。

「案の定だ」しばらくして又八が小声で言った。「もう客は全員おろされた。船内を捜索してる」

「ここまでくるかな？」

「その上の凹みにもぐりこんでいようぜ。あそこなら点検孔を開けられても、入ってこないかぎりわかりゃこない」

「向こうが入ってくれば入ってきたで、やりようはあるしのう」

それから間もなく点検孔は二度ばかり開かれ、照明灯がさッと彼らの鼻先をかすめたが、それ以上、人は入ってこなかった。

3

「あぶないのう……」和尚はおもしろそうな声を洩らした。

あれから三時間後、GALカーゴの貨物地表艇にしのびこんでやっと中央宇宙港を抜け出した二人は、自走軌《CV》道車《S》でいま市外へ向かっていた。

「こうとなれば、ほとぼりがさめるまでじっとしているかのう……」

「まだまだ」がらんとした車内で又八は窓外へ眼をやった。あたりは荒涼とした草ッ原、朽ちかけた宇宙船のジャンクがぽつり……。

「向こうはどう出てくるかのう……」

「さァて――」

ちょうどそこまで言ったとき、ぐーッと軌道車が急停止した。

〝非常検問順番待ちのための臨時停車です。危険ですから乗客は中でお待ちください。もよりの駅で捜査員が検問をおこないます〟

「来たな……」

「となれば――じゃな」

和尚は立ち上がると、ドアの上部についている非常用扉制御部のカバーを外しはじめた。

「手荷物はさっき反対行きの車《はこ》にのせたじゃろ」和尚は呆れるほど器用な指先で、非常ベルと脱出用センサーの接点を殺している。「だから、あれがひっかかったとすりゃ、非常線は向こうじゃよ」

「しかし執念だなァ……」又八はそんな和尚を見上げながら言った。「ええ？　よほどの兇悪犯たってこれだけの非常配備はなかなかやらんもんだぜ……」

「さあ、いいよ」和尚は場違いな声を出した。

前後、見えるところに他の車がないのをたしかめると、又八がドアを開いて地上にとび降り、つづいて身をのり出す和尚をうけとめた。ドアをもとに戻すと、二人はそのまま軌道敷から草ッ原へ出た。

「あそこで昼寝でもしようじゃねェか」又八は先に立って歩きながら言った。「考えてみりゃ、昨夜は全然寝ちゃいないわけだ」

又八は、立ち腐れになっているフェロ・アロイの小屋の蔭に腰をおろした。

陽射しがうららかで風が快い。

陽なたぼっこをしながら、資材を積んだ地表艇《ホバ・ヴィ》の到着でも待っている手配師二人という風情である。

「どうしてこうも野良犬が騒ぎやがるんだろうなあ」又八が苦々しげに言った。

このあたりに野犬が群をなしているのはいつものことだが、今日はなにか異様にたけりたち、空に向かって遠吠えをくりかえしている。

「射ったりしなさんなよ」和尚は顔の上にハンカチをのせたまま、眠そうな声で言った。「また、騒ぎのもとだ」

青空に、白沙《しろきすな》が白々と浮いている。

くそッ！　遠いなあ……。

又八が身を起こしたのは、陽が傾きはじめた頃であった。

「和尚」

又八はイアホンをつけたまま、すっかり眠りこんでいる和尚をゆすり起こした。

「え？」和尚は眼を開いた。

「星系軍の130番代の部隊は〝死人《しびと》運び〟じゃなかったっけ？」

「うむ、そうだよ。130番代の部隊は死体収容部隊だよ、なぜだえ？　いきなり」

「137部隊の船が入ってくるらしい」又八が通信機の

イアホンをつけたまま言った。「旧港の進入管制所と交信してる」

「なるほど」和尚がおもしろそうに身を起こした。「あの船ならみんなも寄りつかんし、しのびこめるかもしれんのう」

「そうよ。それに死体搭載部は与圧区画だ、死体が干上がるからな。温度もたしか〇度程度だ。凍るといかんらしい。すこし我慢すりゃ……」

又八はイアホンに注意を戻した。

しばらくして彼はうなずいた。

「……よし、管制所はクリアランスを出した。一九〇〇に旧港の星系軍ハンガー前に入る。〈天　宝《てんのたから》〉星系の国《い》境紛《ざこざ》争の戦死者の死体を一五体運んでくる」

「ふむ」

「夜中に離昇《あが》する」

「よしよし」

「なんとかしのびこんで泣きを入れてみようじゃないか。四の五の抜かしゃ乗ッ取るまでよ。乗ってるのは女ばかりだ」

その夜遺体輸送艇3号は旧港管制所のクリアランスをとり、定刻どおり、真夜中に離昇した。

戦友——といえば聞こえはいいが、死んでしまえばただの肉塊である。それも、近接戦闘といえばレーザー砲や核爆雷のぶつけ合いだから、死体とはいえ蒸発し残り、焼け残った肉片や臓腑のかけらにすぎない。明日はわが身とはいえ、御免蒙《ごめんこうむ》りたい仕事であることに変わりはない。

奇怪ともいえる信仰に支えられたとびきりの美女たちが面倒をみているとはいっても、いやらしい眼をして見守る男たちには見向きもしないとなれば、ひと晩でも屍《し》臭《しゅう》が漂うその黒塗りの不吉な100型宇宙艇を基地に繫《けい》留《りゅう》するのはどうもゾッとしない。屍臭を嗅ぎつけた野犬の遠吠えもうるさくてしかたがない。

だが、そんな事情は先方もちゃんとわきまえていて、尼僧のような女たちで運用されるその3号艇は、屍体コンテナをおろし、諸手続きを終わり、補給を完了すると、まるで無気味な怪鳥のようにさっさと離昇していった。

宇宙港は運用時間外だが、こればかりは、一刻も早く愛国者たちを故郷へ——などと見えすいた理由をつけて管制塔もクリアランスを出すのだ……。

真夜中でもいっこうに暗くなる気配のない星涯《ほしのはて》市の上をかすめるように、その100型宇宙艇の赤い標識灯はたちまち夜闇のなかに消えていった。

又八が、屍体収容区画から機首の操縦席へ入っていくと、正規の航行配置についている娘たちは、はッ！　と振りかえった。

「頼みがある！」又八は間髪を入れずに言った。「折り入って話があるんだ」

「誰ですか、あなたは！」機長席の娘が鋭い声をかけてきた。「どこに乗っていたんですか!?」

「屍体収容区画だ。旧港の離着床でしのびこませてもらった。怪しい者じゃない」

「怪しい者じゃない人がどうしてそんなことをするんですか？」

「話を聞いてくれ、これには深いわけがあるんだ」

「——」相手がなにか言おうとした。

そのとたんだった。

後席の航法・通信卓についていたいちばん若い娘が、まるで弾《はじ》かれるように立ち上がったのだ。

「又八様！」

彼女は又八のところへ駈け寄った。

黒い頭巾に包まれた白い顔が紅潮している。大きな眼、広い額、厚めの唇が赤い……。

「お忘れですか！　第二七期看護学生のアシュリでございます！」彼女は息をはずませている。「東銀河連邦宇宙軍兵学校三六期生の山本又八様でございましょう！　あなた様が、教官殴打のかどで兵学校を放校処分におなりになって以来、わたくしはおさがし申しておりました、又八様！」

「アシュリ！」又八はひどくバツの悪そうな声を洩らした。

「おぼえていてくださいましたか！」尼僧のような頭巾に包まれたきれいな顔が輝いた。「又八様！」

「う……うむ……うむ」

「又八様、あァ、やはり母親や祖母たちの言葉は本当でございました。アシュリはこれで丸三年、カピの女のしきたりに従って、死者の冥福のためのお手伝いをいたして参りました。

〈星　京《ほしのみやこ》〉の兵学校を卒業してから、任官を辞退してカピへ戻り、ふさぎこんでおりましたとき、〝すばらしい殿方に巡り合い、幸せになるためには〟——と母親や祖母に言われたのでございます。風の便りに又八様は〈星《ほし》涯《のはて》〉星系においでになるとうかがい、わたくしは志願して〈星涯《ほしのはて》〉星系宇宙軍に入りました……。

ああ、母親や祖母の言葉は間違っておりませんでした……又八様！」

アシュリとなのるそのきれいな娘は、ひしと又八の手をとった。

凄《すご》むつもりがこんなはめになり、又八としてはどうしていいかもわからず、ひどくきまりわるげにもぞつくばかり……。

「又八様！」彼女は感激の涙にむせびながら、すっかり困りきっている又八の顔を見上げた。「カピへ参りましょう！」

「カピへ？」又八は場違いな声をあげた。「なんのために？」

「婿《むこ》入りの祝言《しゅうげん》でございます！」

「ム、ムコ入り!?」又八が息を呑《の》んだ。

「お姉様がた！　よろこんでくださいまし！　アシュリは願いつづけていたおかたとめぐり合いました……！」

あとの二人は操縦席についたまま、呆ッ気にとられている。機長席についているのはアシュリよりはすこし年上だが、きれいな顔立ち、肉づきのよい体つきである。

「アシュリ……」

困りきった又八がやっとのことで沈黙を破った。

「ハイ！　又八様」アシュリはもう甲板へひざまずかんばかり。

「アシュリ……おれは――」

「ハイ！　又八様」アシュリは期待をこめた眼で又八の顔を見上げた。

「おれは……きみの婿になるわけにはいかないんだ」

いつの間にか又八の口調が折目正しくなりはじめている……。

「又八様！」アシュリは気が遠くなりそうな声をあげた。

「おれは今、とんでもない事件にまきこまれてる。それに、〈星涯《ほしのはて》〉星系のお訊《たず》ね者だ」

「逃げましょう！」アシュリは顔色を変えた。「又八様。カピへ逃げましょう！　わたくしが命をかけてお護りいたします。カピなら大丈夫でございます。絶対に見つかりません」

彼女は操縦席からこちらを見守っている二人に向かって言った。

「お姉ェ様がた、お願いです、一刻も早くカピへ、わたくしどもを……」

機長席についた娘はパチリと操縦系を自動に入れてから立ち上がり、二人のところへやってきた。

「又八さんとやら」その娘は言った。「カピのシュマリと申します。話は全部うかがいました。あなた、このアシュリの婿になってくださいますか？　カピの姉妹の仁義として、もしなってくださるのなら、なにがなんでもあなたをカピへ送り届けます。どうなんですか？」

「と、とんでもない。おれは――」又八はあわてて言った。「いきなりそんなこと言われても、こっちが困る。おれはいま、婿入りどころの騒ぎじゃないんだ」

「ことわるんですね」

「……ことわる！」

「又八様！」わッ！　とアシュリが甲板に泣き伏した。

又八は困りきってそんなアシュリを見下ろした。

「気は変わりませんね？」

「変わらん！」

「シュリラ」とシュマリは副操縦席についている娘に声をかけた。「アシュリを連れておゆき」

シュリラと呼ばれたそのほっそりとした娘はさっと立ち上がってやってくると、泣きじゃくるアシュリを抱きおこした。

「アシュリ、すまん……勘弁してくれ」

又八は、仲間に抱きかかえられるように歩いていくアシュリの泣きじゃくる背中に向かって、消え入るような声をかけた。通路のドアが閉まる。

「さて、又八さん」シュマリはひらきなおった。「こうとなれば、わたくしはもう容赦しませんよ」

「どうしようというんだ？」

「星系宇宙軍の犯罪捜査局へすぐ通報します」

「そうか、そしてどうする……？」

「当然、身柄をひきわたします」

「となれば」もう又八の手にはラインメタルの0・01熱線《ブラスター》ピストルが鈍い光を放っている。「やりたかねェが、こっちとしてはこうするほかはねェ」

「どうして欲しいんですか？」相手の娘は顔色ひとつ変えない。

「白沙《しろきすな》へ連れていって欲しい。惑星本体までとは言わん。近くの小惑星地帯の金平糖錨地《こんぺいとうびょうち》まで送ってくれ」

「いやだといったら――？」

「つらいことはさせねェでくれ、え、おれたちゃべつに悪いことをしたわけじゃねェ。なにか、とんでもないことに――」

「送らないと言ったら」

「やりたくはないが、今、殺す」

そのとたんであった。

ラインメタルをつきつけた又八は、だしぬけにガーンッ！と猛烈な打撃を後頭部に食らってよろめいた。次の瞬間、正面に立つシュマリの手許から閃光《せんこう》がほとばしるのが眼に入り、全身がしびれた又八は甲板の上にぶっ倒れてしまった。薄れていく意識のなかで、女と甘く見たのが間違いのもとだった……とぼんやり考えた。それにしてもアシュリは……。

「ばか……」

「ふふふ……」

たったいまアシュリを居住区画へ連れ去ったシュリラがスパナを持って立っていた。

「熱放射のレベルが高すぎると思ったら、屍体室にもう一人いたわ。こっちは爺《じい》さんよ」

彼女は背後のドアを開き、伸びている和尚の足をつかんでひきずってきた……。

「どうしましょう、お姉様？」

「そうねェ……」機長のシュマリは考えこんだ。「アシュリはどうしてる？」

「泣いてます……」

シュマリは甲板の上に倒れている又八にもういちど眼をおとした。

4

泊地の長い廊下に磁石靴をバタバタ言わせて、シズコがお富の個室へ駈けこんできた。「おかァさん！」彼女は暗がりで室内灯をさぐりながら言った。「大変です、星系軍の宇宙艇が入港のクリアランスを請求してます！」

「なんだって？」むくりとお富はベッドから身を起こし、浮きそうになる体を壁の把手《とって》でおさえた。当節、みんな眠るときは壁掛け型の寝袋を使っているのに、〝蓑虫《ミノムシ》じゃァあるまいし〟と、彼女だけは、わざわざ白沙《しろきすな》基地の甚七老に捜してもらって送らせた古い磁撥列車の寝台である。

ここは惑星・白沙《しろきすな》に近い小惑星群にある金平糖錨地《こんぺいとうびょうち》。〈星海企業〉——乞食軍団——に割り当てられている専用埠頭である。

「寝呆《ねぼ》けたんじゃないの？　あんた」

「いいえ！」心外だと言いたげにシズコは答えた。「当直配置についてたら、向こうが言ってきたんです」

「あとは誰が当直なの？」

「サリーです。総員起こしをかけますか？」

「いや」ちょっと考えてから彼女は言った。「向こうはどんな船なの？」

「第１３７部隊の輸送艇だとか——」

「１３７部隊？　おおいやだこと」

「？？……どうしてですか？」

それに答えずにお富は言った。

「それで用件は？」

「なにか届けるものがあるとか……」

「届けもの……」

ふッとお富は不吉な予感が走るのを感じた。

ひょっとして……。

「進入方位信号を出しておやり。錨地の進入パターンはわかってるのかしら……。すぐ行くわ」

「はァい」シズコは出ていった。

「あ、αビームの送信機はなおったの？」

「なおりましたけど基準方位の較正はまだだから——」シズコは戸口のところで言った。

「それ言ってやらないと、ぶっつけちまうわよ、向こうさんは」

「はァい」

お富が手早く脱ぎ捨てたピンクのネグリジェは、フラフラと漂い出て、天井近い戸棚のブラケットにひっかかった。

金平糖《こんぺいとう》錨地は、惑星・白沙《しろきすな》の軌道よりすこし外側にある小惑星群のなかにあって、ラグランジュ点ではないが星系内諸天体の引力が微妙にからんで形成されるよどみ点にあり、事実上、白沙《しろきすな》、星涯《ほしのはて》などの惑星と相対関係が不変なので、淡雪《あわいゆき》、小倉につぐ第三の錨地として星涯《ほしのはて》船籍の船も利用している。

錨地は二〇〇メートル前後の細長い小惑星塊を一〇個ほどU字形にならべ、連絡用気密通路や電力・通信ケーブル、空気・水・オイル・蒸気パイプなどをまとめて通した共同管、さらに貨物車輛用レールなどでつなぎ合わせたごくささやかなものである。

〈星海企業〉に割り当てられているのは左2番と呼ばれる二二〇メートルほどの細長い小惑星で、その内部を掘り抜いて快適な気密区画がつくられ、事務所、居住区、ブンカー、整備工場、倉庫、管制所、通信所などに使われている。

内湾ともいうべきU字形の内側には五つほど小さな小惑星が並べてあり、これを境標として錨地内における船舶の航進を時計まわりに規制している。

黒塗りの１００型宇宙艇は、〈星海企業〉の出す進入方位信号を頼りに音もなく錨地に入ってきた。

埠頭の６番ブンカーのエアロックがぱッくりと口を開き、誘導フレームの先端が外につき出している。微速で接近してきたその宇宙艇はいったん埠頭に平行して停止するとゆっくり直角に艇首を振った。そこへエアロックの中から誘導フレームがすーっと伸びて艇体を下から捉えると、そのまま艇体をエアロック内へひきこんだ。エアロックの外扉が密閉される。

ブンカーの内部につき出た円筒状のエアロック内には１００型宇宙艇がそっくり入っているが、〈クロパン大王〉級の船だとてもこうはいかない。この場合、整備は埠頭に横づけの形で行なわれる。

やがてエアロック内の与圧が終わり、ランプがグリーンに変わった。グーンッ！　と電動機の唸りが起こり、まるで刀のサヤでも抜くように円筒状エアロック・チャンバーの外殻だけが後退すると、そこには無気味に黒く塗装された宇宙艇が姿をあらわした。

総員起こしをかけるまでもなく、この泊地にいる〈星海企業〉のほとんど全員がブンカーにつめかけて、当直の作業員がきびきび作業をすすめていくのを見守っている。

作業員の一人が舷側のポケットの蓋を押しあけ、手にした通話ケーブルのプラグを挿しこみ、艦内と打ち合わせをはじめた。べつに問題はないらしく、コックピットと舷窓に向かって大きくサインを送ると、舷側のエアロック扉がゆっくりと外に開きはじめた。つづいてラッタルが伸びてきて、その先端がぴたりとフロアに届いた。

待ちかねたように黒ずくめの若い娘が一人つかつかと降りてきた。そのとたんに〝オーッ！〟と、ちょうど惑《し》星・白沙《た》から上がってきていた男の作業員の間からあこがれの溜息が洩れ、その溜息に反発する腹立たしげなざわめきが娘たちの間から起こった。

相手を迎えるように一歩踏み出したお富に向かって、降りてきた黒ずくめの娘はさッと小粋に敬礼した。

「星系宇宙軍特設任務第１３７部隊・輸送艇３号艇長のシュマリ大尉であります。お届けするものがあって寄港しました」

「お役目ご苦労さんでござんす」

お富が、相手を頭のてッぺんから足の先まで、ゆっくりと品定めしたうえで答えた。

「それで、届け物とは——なんでござんしょう?」

相手もじぃーッとお富を観察してからニヤリと笑った。

「おわかりのものですわ」とシュマリは静かな口調である。

「なんにもわかっちゃおりませんよ」とたんにお富はつッぱらかった。

「アラ?」とシュマリは嫣然《えんぜん》たる笑いを浮かべる。「おわかりじゃございませんこと?」

「わかるはずないじゃありませんか!」

「それじゃお教えいたしましょ。屍体《したい》ですわ」

あたりはシーンとなった。

「誰のですか?」お富はへこまない。「ちょっと、あなた、へんなもの持ちこまないでちょうだいよ、縁起でもない……」

「そうですか?」シュマリはケロリとやりかえす。「山本又八さんと正覚坊珍念《しょうかくぼうちんねん》さんの屍体《したい》を、へんなものとおっしゃいますの……?」

あたりがふたたびシーンとなった。

しょ、正覚坊?

山本又八という名前にもちょっと面喰らったが、正覚坊珍念が、あの〝和尚〟のことであるのに気づくにはすこし時間がかかった。

「ほォお……? あのロクでなしどもが野たれ死にでもしてたのを拾ってくれましたか?」お富はつとめて平静を装う。

「野たれ死に……ねェ」かすかな笑いを浮かべて、シュマリはなにか強烈な言葉を考えている感じである。

「まさか、あんたが殺したんじゃありますまい?」

お富がたたみこんだ。

「わたくしが殺したと申しましたらどうなさいます?」

シュマリがうけ流す。

「ただじゃおきませんね。あなたを殺します。ここにいるがッついた連中に散々強姦《やら》させてから……」

「まァ、怖ァイ!」

おもしろそうにシュマリは言った。

「なんなのよ、いったい! あんたはここに喧嘩を売りに来たんですか? それならそうとはっきりおっしゃい! 相手になッたげますから」お富がいきまいた。

「あァら、別に」相手はひらりとかわす。「わたくしはただ、おふたかたの頼みを入れて——」

「ッてこたァ、あんた、生きてる二人を殺したんだね、え!? ただじゃおかないよ! どういうことなんです? はっきりしなさい!」

「とんがらないで、おばさま!」

「お、おばさま!?」

「二人とも死んじゃいませんよ。わたくし、ちょっとからかってみただけ……! 二人とも棺桶ん中で寝てますよ」

「なんて女だい! いったい!」お富はカンカンになった、「あんたたちが運ぶのは死人のカケラだけじゃないの!?」

それには構わず、シュマリが艇のほうを振りかえって風防窓へちょっと合図を送ると、貨物区画の大きなドアがゆっくりと開き、中から金属製の屍体コンテナが二つせり出してきた。

そして——

「又八様!」という絶え入るような泣き声が伝わってきたのだった……。

5

惑星・星涯《ほしのはて》——一夜にして住民、村ぐるみそっくりいずこかへ連れ去られたタンポポ村。

たまたま星涯市《ほしのはて》へメイド見習いに出ていたため難を逃れ——というか、とり残された形となり、奇妙なほど手まわしよく福祉奉行に与えられた星涯市《ほしのはて》内の集合住宅に住みつきはしたものの、星系警察の無気味な動きに同市を逃れ、惑星・白沙《しろきすな》の乞食軍団に救いを求めてきたパム……。

どこからともなくパムの家に現われた、むかし、タンポポ村に住んでいた老人モクの〝〈冥土河原《めいどのかわら》〉星系に行けば両親の幽霊に会えるかもしれない——〟という言葉を信じる彼女の願いをかなえてやるべく、頭目《かしら》ムックホッファの指示によって、中型貨物宇宙船〈クロパン大王〉が〈星海企業〉の金平糖錨地《こんぺいとうびょうち》から〈冥土河原《めいどのかわら》〉星系に向かって出港したのはもう一カ月も前のことである……。

乗り組んだのは副頭目《ふくとうもく》の松五郎、通称〝ロケ松〟、子供の頃からこのロケ松に養われてきたピーター、それに得体の知れぬ動物ばかり大切にしている航法・通信士のコン、そしてパム……。

東銀河系内にある無数に近い諸星系を結ぶ航路は、東銀河連邦政府の運輸省宇宙航路統制局によって設定され、その通航頻度による等級に応じてしかるべき保安管理が実施されている。

星系から星系への旅、つまり、光年レベルの宇宙航行は、言うまでもなく、すべてなんらかの高次空間航法が使用されるわけで、方式によってはひとッ跳び、理論上のことではあるが、瞬間的な移動も不可能というわけでもないのだが、三次空間換算で跳躍距離が二倍になれば運航経費が一〇倍になるというのが常識となっており、従って、一般には星系と星系の間を五回とか一〇回とかにわけて跳躍するのが常である。これら星間宇宙船の跳躍開始点や到達点《おりる》はすべて星図に指定されていて、航路標識や天象情報サービスなどの航法支援施設、万一の場合の応急修理・救援・補給が可能な小惑星ステーションなども配置されている。

しかし、そんな行き届いた宇宙航路も、東銀河連邦の首星系〈星　京《ほしのみやこ》〉を中心にして、西北方向にはやっと〈星涯《ほしのはて》〉の外れまで。従ってそれよりも銀河辺境側にある〈冥土河原《めいどのかわら》〉星系に向かうとすれば、三跳躍点ほど先でぷっつりとぎれた宇宙航路を自力航法で行くしかない。

時が時だし、ことがことだから、ムックホッファがこう肚《はら》をくくりさえすれば、運航経費に眼をつぶって、そのまいっきに跳べないこともない距離ではある。

しかし、これがその、冥土河原などという不吉な名前がくっついてる理由でもあるのだが、この星域には、東銀河の中心部ではとうてい考えられぬほどの密度で巨大な星の燃え殻が無数に浮かんでいるのである。

これらの暗黒——ないしはそれに近い——天体の重力波が微妙にからみあってつくるよどみ点の発生も桁違いに多く、ここに大小無数の小惑星があつまって無気味な諸島をつくっている。そしてこれらの形成する質量がまた、重力波として跳躍航行の航法計算に大きな影響を与えるわけである。東銀河の中心部ならば、きわめて精密な質量点分布マップや重力波チャートが作成されているから、このデータをアクセスすることによって、ほとんど自動的に航法計算へ組み入れが可能である。

ところが辺境星域となればそうはいかない。

おまけにその相互干渉の複雑さは桁違いときている。

そのうえ、航路統制保安部の定期掃海がされているわけでもなし、航路情報が出ているでもなし、天象庁が発表する天象情報も、ごく大ざっぱなカテゴリーⅡのサービスだけだから、いつ、どこが、どんなことになっているかもろくにわからない……という始末である。

さいわい、この〈冥土河原《めいどのかわら》〉星系から稀《き》有《ゆう》元素の積み出しをやっている小さな運輸会社が、この472号線沿いにある〈考護《こうご》〉星系という小さな星系の中にあることがわかり、高次空間通信（高次空間を経由させることにより、数百光年はなれたところとでも時間的な通信が可能となる）でなんとか連絡をとり、比較的らくな筋を知ることだけはできたのだった。

しかし、らくな筋——といっても、それは、東銀河連邦政府の設定した三級宇宙空間航行路が〈天智〉管制ステーションによってぶッつり途切れてから、コンの計算による小刻みな跳躍を四回くりかえすまでのことであった。

五跳躍目からおりようとしたとき、光行差によって生じる美しい虹がだしぬけにメラメラと揺れ動き、〈クロパン大王〉の船体がみしり！　と無気味な音をたてた。

船体がねじれかけているのだ。

すでに船は〈冥土河原《めいどのかわら》〉の星域の端に進入しており、あたりには無数の冷えた太陽が浮かんでいる。銀河系のなかでも他とは桁違いの密度である、この死の天体の質量によってつくられる重力波は複雑に干渉し合って、とくにタイム・エーテル推進方式で航行する超光速宇宙船にはいちばん苦手のバリヤーを形成しているのだ。

宇宙船がタイム・エーテル推進系のエネルギー・レベルをおとして通常空間へ戻ろうとするたびに強力な重力波の干渉が発生するのである。

宇宙船の扱いにかけては——自動化ばかりの当節にボロ船をぶっとばすことにかけては——彼にかなうものがいないと言われるロケ松だが、その彼が冷汗をダラダラ流しながらなんとか降りようと試みても、そのたびに船体はミシリ！　と無気味な音を立てる……。

そのとき、航法・通信士のコンがさし出したのは、彼のお大事のペットのひとつ〝天秤コオロギ〟である。この奇妙な虫に餌を二つ与えたりすると、そいつは餌の間に入りこみ、触角を左右につき出して重さをくらべ、軽いほうへノコノコ近寄ってそっちから食べはじめる習性があるという。これは、この虫が重力波を感知して比較する能力をもっているからだとコンは主張する。

だからいま、こいつを船の軸線にぴしりと置いてやれば、あたりへ渦を巻いて入り組んでいる重力波の、複雑な干渉でできる定常面をみつけ出すに違いないというのだ。

いつものロケ松ならそんな言い分は一蹴《いっしゅう》し、自分の腕だけをたよりになんとか問題を解決しようとするのだが、今回ばかりはその彼も動きがとれない。

まったく業腹《ごうはら》なことながら、やむなくこの天秤コオロギの触手を頼りにして高次空間から降りようとやってみると、これが見事にうまくいって、なんとかかんとか、船をだましだまし、やっとのことで〈冥土河原《めいどのかわら》〉星系への進入に成功したのだった……。

目的地である〈冥土河原《めいどのかわら》〉星系に進入したとはいえ、その、モクとかいう老人の言う幽霊とやらに出会うにはどこへ行けばいいのか……もちろん、わかるわけがない。

第一、その〈冥土河原《めいどのかわら》〉星系そのものに関しても、航路統制局の航路誌ファイルをアクセスしてみると、ソル型の赤い太陽の周囲に十数個の惑星があり、そのうちの五番目が星系の首星、つまり慣例から冥土河原《めいどのかわら》という名で呼ばれている……くらいのことしか入ってはいない。

他に、小惑星群が非常に多いという……。

いま〈クロパン大王〉の船橋正面には、その惑星・冥土河原《めいどのかわら》が大きく迫りつつあったが、この辺境惑星の産業といえば、ささやかな稀有金属鉱山があってその積み出しが行なわれるくらいのもので、宇宙港も赤道よりやや北寄り、冥土河原《めいどのかわら》市に第三種という最小規模のものがあるだけだという……。

「あれだな」ピーターは地上捜索スコープの闇のなかに、ぽつんとかすかに浮かぶ赤い灯火を指さした。今、冥土《めいど》河原《かわら》市は真夜中である。

「……のようだな」ロケ松がつぶやいた。「コン、宇宙港の管制所を呼んでみろ。あれが冥土河原《めいどのかわら》市なら通じるだろう」

「ヘイ」まるでひょろ長い骸骨みたいなコンの頭が、通信系の管制卓へかがみこんだ。

「こんなへんぴな星系だから自動進入システムはあるまい。いいとこ公社の改Bだろう、声で呼んでみろ」ロケ松が言った。

管制卓のコンがいかにも慣れた口調でしゃべりはじめた。肩には例のごとく紫色のオウムがとまっている。

「冥土河原《めいどのかわら》宇宙港進入管制所！　こちら〈星涯《ほしのはて》〉星系船籍の〈クロパン大王〉、冥土河原《めいどのかわら》宇宙港進入管制所！　着陸の管制承認および着陸誘導を願います。進入方式を指示してください……」

コンが二、三回くりかえしたとき、なにかかすかに応答する声が入ってきて、

〝〈クロパン大王〉、こちら――〟まできたとき、まるで割って入るように強力な波が入ってきた。

〝〈クロパン大王〉、こちら進入管制所、ただいま、宇宙港の進入誘導システムは故障中、地上の公社規格2号標識に従い、目視《もくし》進入方式にて着地せよ。地上進入誘導所も交信不能、地上は快晴……〟

「どうなってるんだろ？」コンが首をかしげた。

「よほどお取りこみの最中と見えるな」ロケ松が吐き出すように言った。「しかたがねえ、コン、スコープで捜索してみろ」

言われるまでもなく、コンは馴れた手つきでダイアルを調整しながらスコープ面をのぞきこんでいる。

「おッさん、あれらしいよ」しばらくしてからコンが答えた。

「見えるか？」副操縦席についているロケ松が振りかえった。「こっちへまわせ」

コンがスイッチを押すと、主・副操縦席の間の航宙計算儀のディスプレイには、もう通り過ぎようとしている冥土河原《めいどのかわら》市のライブ画像が現われ、その外れの一点から、片方に伸びた同心円がちょうど静かな水面に石を投じたときのように次々と大きくひろがっては消えていく。

「古いなぁ、いまどき、あんな標識使ってる宇宙港なんかあるのかね？」正操縦席のピーターが溜息をついた。いつもならさっそくロケ松がなんとか嚙《か》ますところだが、さすがに今日はけわしい表情である。

同心円はみるみる細長くつぶれ、ついに一本の線となり、やがて消えてしまった。宇宙港の上を通過してしまったのだ。

「よし、降下軌道に入れ」

「了解」

てきぱきとピーターがレバーを操作し、機位修正噴射が行なわれるたびに船橋の四人は座席に押さえこまれたり、浮かび上がりそうになったりした。

一時間とたたぬうちに夜は明けた。

眼の下は、はてしもなくつづくけわしい山岳地帯、やっと切れたかと思うとあとは砂漠、そして海……。

「あそこにしか人は住んでいないのかしら？」ピーターがつぶやく……。

「らしいな」ロケ松はぶすりと答える。

「幽霊もいそうにないねェ」とコン。

みるみる日が暮れはじめる。

「冥土河原《めいどのかわら》市の朝まで降りるのを待つか？」ふと、ロケ松が心配そうに聞いた。

「大丈夫、大丈夫、まかしときなって、標識さえありゃ、昼も夜もねェや」ピーターはいとも気軽に言った。「早いとこ降りて、明日は幽霊の手がかりを捜さなくっちゃな、ねェ、パム？」

ピーターは後席のパムに明るく声をかけたが、彼女は、黙ってうなずくばかり。

〈乞食軍団〉を頼ってきたパムの必死の願いに、ムックホッファは両親の幽霊に会ってきなさい――と、いちばん大きい宇宙船に一の子分たちをつけ、こうして送り出してくれはしたものの、なまなかなことでは動じないこの男たちがもろに冷汗を流すような危難の連続に、もうどうしたらいいのやら、彼女はすっかりふさぎこんでいた……。

ふたたび眼下は夜となり、地平線の彼方にぼんやりと冥土河原《めいどのかわら》市の灯火らしいものがかすかに見えてきた。惑星を一周するうちに、もう、かなり高度は下がっている。

「いいか、泊地に入るのと違って地上へ垂直進入だ、ぬかるな」

「わかってら」

すでに、軌道要素や進入標識の座標は計算儀にインプットずみだが、標識めがけて減速しながら垂直に降下する最終フェーズは、夜でもあり、かなりの技倆を要求される。

地平の彼方にふたたび現われたささやかな街の灯をめがけ、〈クロパン大王〉は放物軌道を描いて降下していく。

「コン、接線分力は大丈夫か？」

「あいよ、そのまま、いきな」

「よぉし、入ってきた」

まだ地平線に近い宇宙港からの標識は、直線からひどくひしゃげた円周となって、地上から上へと消えていく。

「あそこへ持っていけ」

ピーターはスコープ面をにらんだまま。

たてつづけに二、三度、自動的に減速噴射が行なわれ、体が座席へ沈みこむうちに、気がついてみれば〈クロパン大王〉はもう船尾のほうから下へと降下しはじめている。

ディスプレイの進入標識もかなり大きな楕円になってきた。

高度はぐんぐん下がりつづけ、間歇的《かんけつてき》に減速噴射がかく

りかえされる。

ディスプレイの中に現われてはひろがっていく円が真円になってきた。

「進入標識ホールド!」コンが、いつもの彼には似合わぬ鋭い声をあげた。

「よし、よくやった」とロケ松。

しかしピーターは答える余裕もない。

両手でこまかく修正噴射をくりかえしながら、標識をディスプレイの中心へ中心へと持っていく……。

「沈下速度、はやくねェか、おッさん?」ピーターは噴射状況を示しているディスプレイから眼を離さぬまま言った。

「いい、いい、そのまんまいけ」ロケ松がコンソールのボタンを押すと、ピーターのにらむディスプレイのなかに、めまぐるしく変化する沈下速度と高度の数値があらわれた。

「風は?」

「いま聞く」コンが背後の通信卓から答えてスイッチを入れた。

「冥土河原《めいどのかわら》宇宙港管制所、地上の気象状況願います」

とたんに、スピーカーからガーッ! と凄まじいノイズがとび出してきた。

「どうなっとるんだ、この惑星は!」ロケ松がディスプレイを見つめたまま叫んだ。

「どういうことだろ、これは」耳の破れそうなノイズのなかで、コンはそう叫ぶなりスイッチを切った。

「よし、そのまま、いけ」ロケ松が叫んだ。「替るか、ピーター」

両手でレバーを握りしめたまま、ピーターはむッとしたように首を振った。ロケ松がニヤリと笑う。

高度が下がっていくにつれて、標識のレンジは次々と大きく変化していく。「よし、そのままいけ」ロケ松はピーターに向かってアドバイスをつづけている。

「よし、一万メートル」

その声と同時に、ディスプレイ面の高度表示はキロからメートルに切り替る。

進入標識の同心円は、ぴしゃりとディスプレイの中心におさまっている。

ピーターが手動で制動噴射をかけた。高度の変化がめだっておそくなった。

そのとき、とつぜんコンがへんな声をあげた。

「おかしいよ、おかしいよ、おッさん!」

「なに?」嚙みつきそうな表情でロケ松が聞きかえした。

「おかしいよ、これは」スコープをのぞきこんだままコンがくりかえした。「へんだよ、これは――」

「進入標識がおかしいのか!?」

「いや、信号はぴったり上がってきてるけど、地形が――」

「進入標識に狂いはねェだな!?」

「狂いはねェ。だからおかしいんだ」

五〇〇〇……四〇〇〇……。

「進入標識は大丈夫なんだな?」ロケ松はくりかえした。

「進入標識は大丈夫だけど、ほら――」

「大丈夫なら黙れ!」ロケ松が一喝した。

進入標識に狂いがないンなら、四の五のと騒ぐときか……!

三〇〇〇……二〇〇〇……一〇〇〇……。

ピーターがふたたび減速噴射をかけた。ぐーっと体が緩衝座席へめりこむ。

ディスプレイの数値の変化がめっきりとおそくなった。

「おかしいよ……おかしいよ……」オウムを肩にとまらせたまま、コンはつぶやきつづけている。

船尾方向監視スクリーンの中心に、離着床で点滅しているランプが三つ、三角形に見えはじめ、見る見る大きくなっていく。

一〇〇……五〇……二〇……一〇……。接地。

「あッ!」

叫んだのはピーターとロケ松、同時であった。

そのまま船の沈下は止まり、それと同時にふわりと、船尾は宇宙港の離着床に接地するはずなのに、いったん静止した船体はふたたび下へ下へと降下しはじめたではないか……!

なんと、窓の外を赤い着地標識灯が上へ上へと通り過ぎたのだ。

とっさにロケ松が手を伸ばすより一瞬早く、ピーターが狂ったように噴射レバーを全開した。

あろうことか……。

船尾方向、つまり、地表で点滅している赤いランプの三角形の中をいっきに突き抜けて、〈クロパン大王〉はさらに降下していくのである!

ピーターが船尾噴射を全開したので体がぐーっと座席へめりこみ、それと共に〈クロパン大王〉の沈下速度はふたたび小さくなってきたのだが、そのとき船橋の彼らは、信じられぬものを見たのである。

船橋の窓の外すれすれを、けわしい岩峰の断崖がゆっくり上へと流れていくのだ!

どすン!

舷側になにかがぶつかり、船体はぐーっと大きくかしいだ。とっさにピーターが側方噴射をかけて姿勢を立てなおそうとした。ロケ松がすぐさま舷外照明灯を点灯すると、窓外に大きな樹の枝が迫ってくる。

ガーン! 猛烈なショック。

つづいてズシーン! 船尾がなにかに激しく衝突し、彼らは天井まで放りあげられそうなショックに襲われた。コンの肩のオウムがけたたましい声をあげて飛び上がった。ハーネスをかけていなければ、彼らも天井へたたきつけられているところである。

とっさにピーターは主噴射系統を切った。この状態で万一エンジンが破損したら、とり返しのつかぬ事態になってしまう。

ふたたびガーン！　とショックが襲い、船体が大きくかしいで横倒しになりかけた。狂ったようにピーターが側方噴射をかけた。だめだ！　もう船尾が着地しているからロケットはきかない！――と、瞬間的にロケ松は考えたが、それでも船体はぐーっともとに戻り、反対側にすこしかしいだところで、なにかによりかかった形で船は静止した。

船橋内はシーンとなった。口をきくものはいない……。最初に沈黙を破ったのはロケ松である。

「よくやった」

そして彼は船橋の外を指さした。

「見ろ」

傾いた座席から身をのりだすようにして、やっと窓外に眼をやったピーターはぎょっとなった。

舷外灯の強力な光に浮かび上がっているのはそそり立つような断崖絶壁……いま〈クロパン大王〉は狭い谷底にいるのだ。それも、いってみれば片側の岩壁によりかかった形になっており、もし、ピーターが姿勢を立てなおしていなければ、船体はもろに横倒し、まかり間違えばさらに深い谷へさかさまに墜落しているところである……。

「航法系統が狂ったのか……」ピーターが呆然とつぶやいた。

「いいや」やはりひどく度胆をぬかれてはいるが、それでもなにかクールな口調でコンは言った。「ぴったしよ、あれをごらんよ」

船橋の窓越し、向こうの崖の頂上にポカリ、ポカリと赤い標識灯が点滅している。

「見事な進入だよ。ピン・ポイントだもン」

「とッつぁん！　これはいったい……！」ピーターはロケ松に向かって言った。「これはいったい……!?」

「はめられたな」ロケ松は静かに言った。

「ハ、はめられた!?」ピーターがおうむ返しに言った。

「管制通信波を受けてみな、コン」

コンが、パチリとスイッチを入れた。

とたんにガアーッ！　と凄まじいノイズがとび出してきた。

「思ったとおりだ」ノイズに負けまいとしてロケ松が叫んだ。「どっちから来てる？　方向は？」

凄まじいノイズのなかでコンは通信機管制盤のダイアルをまわしていたが、やがてパチンとスイッチを切った。

「あそこから」

シーンとなった船橋にコンの素ッ気ない声がひびいた。ひょろ長い指が崖の上を示している。

「やっぱり……」ロケ松は船橋の窓越しに、その、崖の上で謎めいた赤い光を放つ標識灯を見上げた。と、まるでそれに合わせたかのように、その赤い光はぱっと消えた。

「ピー公！」ロケ松が叫んだ。「探射灯を崖のてっぺんに向けろ！」

さーっと青白いビームがけわしい断崖を走り、頂上にぴたりと止まった。岩の上に粗末な木造のやぐらみたいなものが見え、ぱッと人影が消えた。

「くそ！」ロケ松が吐き出すように言った。

「一発お見舞いするか……?」ピーターは立ち上がって、不安定な甲板を後壁の銃器ロッカーへと歩み寄った。

「やめな、はっきりするまではへたに動かねェほうがいい」

「しかし……」ピーターはレーザー・ライフルを一挺とり出して、船橋の窓越しに外をのぞいた。

「どういうことだよ、いったい?」

「とにかく朝まで待とう。救援要請を出そうにもあの妨害波じゃどうしようもねェ……」

「……」ピーターはげッそりと返事もしない。

「損傷は――」

はじめて気がついたようにピーターは計器盤へ眼を走らせてから言った。「メーターを見るところじゃ、大丈夫だな」

「そっちは？」

「こっちも大丈夫のようだねェ……」コンが溜息をついた。オウムのパロが、肩の上で低く喉を鳴らした。「外に出て点検してみようか?」

「待て、明るくなってからにしろ、いま外には出ねェほうがいい。とにかく、ピーターついて来い。エアロックから外をのぞいてみよう」

「何者だか知らねェが……」

つぶやきながら、ロケ松もロッカーからレーザー・ライフルをとりだした。

とたんに、コンの肩にとまっているオウムのパロがけたたましい鳴き声をたてた。

「おッさん、誰か下にいるよ！」

「よし、エアロック開け！」

歩きにくいというほどではないが、傾いた甲板に用心しながら二人が上部エアロックのレベルにおりたとき、どッとつめたい風が吹きこんできた。かなり気圧は高いらしい。

完全に開いたエアロックの外扉の間から非常用ラッタルは出さぬまま、ロケ松はそっと首をつき出した。

あたりはしーんと闇。

かすかに樹々のざわめき、虫の声か……。

さっとピーターのさしかける照明灯が〈クロパン大王〉の船尾を照らし出した。なにかがやぶの中で動いた。

シュッ！

ロケ松のレーザー・ライフルから閃光《せんこう》がほとばしった。

そして彼は慎重にそのあたりをうかがった。

もう何も動く気配はない。動物か……？　逃げたらしい。ビームがとびこんだあたりに小さな火がチロチロしていたが、すぐに消えた。

「逃げたな……」ピーターがつぶやいた。

「あれを見ねェ」ロケ松がぽつんと言った。

「え？」ピーターが首をつき出して船尾をのぞきこんだ。

「お！　外鈑《がいはん》がめくれとる」

「なかまでやられたかな？」

「わからん」

「いや、あそこは二次発電炉だろ、もしやられてりゃ回路遮断器《ブレーカー》がとんでるよ。電源には異常ないもの」

「……」

「リフトで下へ降りてみよう」ピーターが言った。

　二人が船橋に戻ってきたのは一〇分後のことである。

「どうかなってます？　とッつぁん？」コンが待ちかねたように聞いた。「ここで見るかぎり異常はないようだけど……」

「うん、外鈑がすこしめくれただけだ」ピーターが答えた。

「おまえの言うことを聞いときゃよかった」座席に戻ったロケ松が憮然《ぶぜん》としてつぶやいた。「レーダーの地形を信用しなかったからこのざまだ」

「いやあ、いくらなんでも、こんなところへ偽の進入標識をしかけるやつがいるなんて考えるわけないよ」コンはなぐさめるように言った。「しかし、ピーちゃんの操船は見事だったねェ」

「……」げっそりとピーターは口をきく気力もない様子である。

「とにかく寝ろ。おれが見張る」

「だめだよ、おッさん、明日は忙しいんだ。おれがやりますよ」コンがさえぎった。

「いえ、あたしやります」着地してからはじめてパムが言った。「銃貸してください。エアロックのところで、あたし、下を見張りますから」

6

「とッつぁん！　とッつぁん！」

　ピーターのけたたましい声にロケ松は、はッと眼をさました。

　ぎらぎらするような陽射しが船橋にさしこんでおり、ロケ松はあわてて眼をこすった。

「なんだって？」ロケ松は、はッ！　と身を起こした。もうすっかり夜は明け、崖と崖の間には澄んだ青空がのぞいている。

「大変だ、とッつぁん！　反動推進系の制御ユニットをやられた！」

「なに？」はじかれたようにロケ松は起き上がった。

「やられた!?」

「盗まれた！」ピーターが息をきらせている。「これでわかった。仕掛けやがったのは本格的な盗ッ人だ。明るくなって外を見たら、あたりに宇宙船の残骸が四、五隻もころがってる……！」

　ロケ松は座席から踏み出したとたん、かしいだ甲板に足をとられてあやうくころびそうになり、あわてて体勢をととのえ、船橋から外に出た。

　開け放したエアロックのところに、パムがレーザー・ライフルを抱えたまま眠りこけている。

　二人は顔を見合わせた。

　そしてそのまま、船底へと通じるエレベーターにとびこんだ。傾斜ぎりぎり、これ以上傾けばエレベーターは動かなくなるリミットである。

「いつ気がついた？」動きはじめたケージの中でロケ松は言った。

「さっき、制御卓のランプが消えてるのにコンが気づいた」

「……」

「それで気になってエアロックに行ってみたら、パムはあの始末でしょ、下に降りてみたら、ユニットがそっくり外されてる。外鈑《がいはん》のめくれた部分から入りやがった」

「……む……プロだな？」

「プロだよ、考えてみりゃ、この宇宙船が飛べねェようにするいちばん手軽な方法だもん。あのユニットはプラグインだからね、外すのに手はかからねェ」

「売るにしたって、あれなら、中型以上の宇宙船のどれにも使えるからなぁ……」

「外を見てごらんよ、宇宙船の残骸がごろごろしてる。みんなひっかかったんだな、あの手に」

　エレベーターのケージが止まり、ドアが開くと、ぎっしりつまったエンジンのすき間に、めくれた外鈑のすき間から日光が射しこみ、コンががッくりとした表情で振り向いた。


　東銀河連邦に属しているとはいえ、辺境星域のさらに辺境、たまたま消え残ったように赤っぽい光を放つ恒星がひとつあったから、そのまわりのテラ型の惑星に人がたどりつき、風土が温和なので人が住みつき、山中に稀《き》有《ゆう》金属がわずかばかり産出するので鉱山が開かれ、ささやかな町がひとつ。それでも東銀河連邦のしきたりからいえば、この惑星が〈冥土河原《めいどのかわら》〉の首惑星。そして唯一のこの町は星系首都ということになる。

　住民数万。要するに鉱山町である。

　鉱山用簡易住宅がひしめく住宅街に囲まれて、広場の周囲に二、三階建ての役所の建物がすこしばかり。すこし離れたところに寺院の尖塔がひときわめだつ。

　あれから三日目、〈クロパン大王〉からおろした連絡用小型地表艇で町にたどりついたピーターとコンに、道行く人々はつめたく胡散《うさん》臭げな眼を向けるだけである。粗末な店や市場のひしめくほこりっぽい通りを抜けて、二人はやっとのことで行政事務所をつきとめた。

まずわかったのは、東銀河連邦政府の駐在弁務官は数年前に帰国したが、後任はまだ着任していないまま……。

山中に偽の誘導標識で不時着させられたと申告しても、弁務官事務所の事務員はなんの関心も示さぬ。やっとのことで、宇宙港へ行けばいいだろう――と、なかば厄介払いされて、二人は宇宙港へ向かった。

ところがまた、これが宇宙港とは名ばかり。惑星・白《しろ》沙《きすな》の〈星海企業〉の離着場ほどもない荒地に、粗末な管制塔と管理棟があるだけ。鉱石積み出し用の古い貨物宇宙船が数隻、置き忘れられたように午後の陽を浴びているだけである……。

月に一、二回あるかないかの出入港では、はたして昨夜、管制所がちゃんと交信体制をとっていたのかどうかさえ、わかったものではない。

港長と称する冴えない老人は、郊外の山中に中型宇宙船が不時着したといってもさほどの関心を示さず、この宇宙港にはそんな場合の救援体制はないとにべもない。もちろん、偽の誘導標識がつくられているといくら二人が主張しても、なにかの見間違いだろうととりあう気配さえない。そして、推進駆動系のユニットを盗まれたと聞いたとたん、それならパトロールの仕事だ、警察へ行ってくれと体《てい》よく追い払われてしまった。

だが、警察とて同じことである。

警察といってもほんの形ばかりで――と、まず向こうのほうから切り出してくる始末。要するにこの惑星は天下御免で無法がまかり通っているらしく、もちろん、山中の遭難事故の救援はできないし、おそらく、宇宙船のジャンクを狙う山賊たちの仕業だろう、もし、ユニットが本当に盗まれたものなら、ルウのところで手に入るだろう、行ってみたら――と、それでも人の良さそうな署長は二人にそう教えてくれた。ルウとは何者？　と聞けば、部品商だとしか言わないが、要するに故買屋らしい。

やむなく二人は警察を出て、強い陽射しと物珍しげな人々の間を縫うように、教えられたルウの店へと向かったのだった。

この町には雨が降らないのか、町外れの板囲いの中にあるルウの店は、小型の地表艇《ホバ・ヴィ》から地表車、いろいろな機械類、そして宇宙船の部品などがいちおう仕分けされて山のように戸外へ積み上げられており、精密機器や通信・航法計器類だけが事務所と称する大きな掘ッ立て小屋の中に整理されている。

「推進駆動のユニットか？」五〇がらみの、いかにもこすッからそうな、その肥った男は、二人を頭のてっぺんから足の先まで見つめてからニヤリと笑った。「早いな……」

天井まで届く棚を前にして、ルウはデスク越しにさぐるように眼を向けた。

「ユニットはあるぞ」ルウはもういちどニヤリと笑った。「IIBだろう？」

……船の型まで知ってやがる。こいつが盗ッ人だな……。

「どうしてわかる？」ピーターがすかさず言った。

「この惑星の出来事はなんでも筒抜けよ」言いながら立ち上がったルウは、背後の大きなロッカーの鍵をあけ、中から草色に塗装された箱を両手でひき出した。

「これだな？」

「それだ！」たしかめるまでもない。金平糖錨地《こんぺいとうびょうち》を出る寸前に交換した制御信号系のDINコネクターに見覚えがある。「おれたちの船の制御ユニットだ！　間違いない！　どうしてここにある？　誰が持ってきた？」ピーターはたたみかけた。

しかしルウは薄笑いを浮かべるだけ……。

「返してくれ！　金は払う！」

「……」

「これがないと、飛べねぇんだ。金は払う」

相手はニタニタとそんな二人を見守っていたが、やがてぼそりと言った。

「いくら出す？」

「いくら出せばいい？」

「……一〇万……」

ルウは二人の表情を見くらべた。

「ジュ、一〇万？……」

「ジュ、一〇万？」二人は一緒に大声をあげた。「そ、そんな……新品でも一万ってところだぜ！」

「いやならやめな、ここじゃ、二〇万でも買い手はあるんだ」ルウは相変わらず薄笑いを浮かべている。

「そんな言い草はないだろう？　もともとはおれたちの船の部品だぞ」

「そんなことは知らん」

「誰が売りに来た？」

「知らんな」相手はとりつく島もない。

「おれたちにはどうしても必要なんだ」

「だから一〇万」

「し……しかし……」

「出すのかな……出さんのかな……」

「いくらなんでも……」

「こんなところまでやってくるくらいだ、金はあるだろうが……え？」

「盗品だぞ、これは」

「警察に相談しな」

あの警察になにかできるわけでもないことを知り抜いてのせりふである。

「それよりおまえたち、何しに来た？　この惑星に――」

とりつくしまもない……。

7

その夜——

二人は町の酒場で飲んでいた。

酒などからきし飲めないコンが、泊まっている安宿から無理にピーターを連れ出したのだ。

「くそッ……！」

酒場の薄暗い灯の下でピーターは、何十回目かのその言葉を吐き散らしていっきに酒をあおった。

「そんな飲みかたしちゃだめだ、ピーちゃん、おさえて、おさえて……」コンのほうは、なにか女・子供でも飲みそうなピンク色の甘水をちびりちびりやっている。

「おさえておさえて——って、コン、おまえ、いったいどうするつもりなんだ？　おれたちゃ、あのユニットをとり戻さねェかぎり」

「わかってるって」コンはおちつき払っている。「だからいま、ターゲットを捜してるんじゃないか」

「ターゲット？」

「しッ、いいから、見ていな」

カウンターの止まり木から、コンは、その、ときたま、なにか異様な光をちらりと放つ眼で酒場の中を見まわした。

われかえるような合成楽音がひびき、金まわりのよさそうな男どもが女たちとざれあっている。

さいはての惑星ともなれば、人間があり余っているのか、それともシステム機器が高すぎるのか、楽音を除けばすべて人為サービス、それだけでもピーターやコンには物珍しいが、同時にひどくおちつかない感じでもある。なにしろ、店の人間はみんな胡散《うさん》臭げな眼を二人に向けるのだ。この町としては格式の高い店らしい。店の入口でまずピーターはぶるってしまったのだが、なぜかコンは、いやな顔をする支配人に半クレジットもつかませて、強引にこの店へ入りこんだのだ……。

そこへ新しい客が入ってきた。金はありそうだが、いかにもいわくありげな三人連れ、そのとたんにコンの眼がキラリと光った。

「あァ……」止まり木にとまっている二人の背後を通り過ぎるタイミングを狙うように、コンが素ッ頓狂な声をあげた。

「あァ……バクチがやりたいなあ！　この惑星に賭場はねェのかい？」

男たちはあきらかに反応を示したが、二人のみすぼらしい姿に呆《あき》れたのか、そのまま通りすぎてテーブルについた。

しばらくしてから下ッ端の子分らしい若いのが一人、ひやかすようにやってきた。

「兄さん、金はあるのか？」

「金はないよ。だから、バクチでかせぎたいんだけど……」

「けッ」若僧は席へ戻りかけた。

「ねェ、兄《あ》ンちゃん、ミリ・クレ玉（一ミリ・クレジット貨幣）持ってる？」

「なンだよ？」

「右か左に握っておれにあてさせて、もしあたったらおれにおくれよ」

ばかばかしい話だが、なンともあッけらかんとしたコンの言葉につられて、その若僧はミリ・クレ玉を一枚とり出した。

「やってみな、もし、しくじったら出せよ」

「大丈夫だよ。しくじったら一〇〇ミリ出す」

「けッ、いくぞ」

男はさッと貨幣を器用に放り上げ、背中にまわした両手ですばやく受けとめた。そして拳《こぶし》を前にさし出した。

「さあ、どっちだ？」

「右さ」こともなげにコンは言った。

一回くらいまぐれもあらァと言いたげに相手は右の拳を開いた。

「ありがと」コンは左手でその貨幣をとりあげた。「もういっぺんやるかい」

コンの右手はポケットに入れたまま。

「よし」若僧はまた貨幣を放りあげた。「こんどは？」

「右さ」

しまったと言いたげに、子分は右の掌をさし出した。

「よしもういちど」男は意地になった。

「こんどは左だ」

「くそッ」

「ありがと」

「さあ、どうだ？」

「右さ」……。

あッという間に、男が、一ミリ・クレジットを二〇枚もまきあげられてしまったとき、店の中はシーンと静まりかえり、遠まきにした客たちは、なんとなく視線のさだまらぬコンの眼をまじまじと見守るばかり……。これはピーターも同様である。

「これ、返すよ、兄《あ》ンちゃん」

コンは、まきあげた貨幣をざらりと男に返した。

「ちょっとあそばせてもらっただけさ。どっか、大きな賭場を知らないか？」

相手は、いつの間にかやってきて勝負を見守っていた恰幅のよい連れのほうへ、ちらりと眼をやった。男は黙ってかすかにうなずいた。

「よし、連れていってやろう。ただし、話がある」

「こっちにも話があるんだけれど……」

「聞こうじゃないか」親分らしい、いかにも胡散臭げな男がはじめて口を開いた。「ついてこい」

「おれの仲間をつれてっていいかい？」

「おまえも勝負するのか？」

止まり木のピーターは首を振った。

「それじゃ、おまえだけだ」

「ピーちゃん、宿で待っておくれよ」コンは言った。

「大丈夫だから」

「名前はなんという？」

「コン」ケロリとしてコンは答えた。

「いい腕だな」赤ら顔のその男はじっとコンを見つめた。

「えェ、まァ……」

「いつからやってる？」

「子供のころから」

「どこから来た？」

「まあ、それはちょっと……」

「金が欲しいのか？」

「えェ、欲しいんです」

「いくら？」

「一〇万クレジットばかり」

ケロリと言ってのけるコンの言葉に、相手の男たちはちょっと白けた顔をした。

「なんに使う？」

「まあ、それはちょっと……」

「仲間に入らんか？」

「ええ、一〇万かせがせてもらえるんなら」

「よかろう」

「ただ、条件があるんです。おれ、どんな勝負も強いってわけじゃなくて……」


そしてその日の夜半すぎ――

コンが賭場を出たとき、粗末な彼の上着のポケットは、一〇万クレジットの札束でハチ切れそうになっていた。

コンの何十倍もかせいだ例の男たちに自給宿舎《きちん》の近くまで送ってもらった彼は、薄暗く無気味に静まりかえった横丁を宿のほうへと歩いていった。

だが、いちばん暗いあたりにさしかかったとき、ぬっと黒い人影がコンの行く手をふさいだ。

はッと振りかえると、そこにも二人……。

「兄さんよ、やってくれたな」

ドスのきいた声。さっき、すッてンてンにやられた男だ。

「……」

「え？ どんな手を使った？」

「……」

「まあいい、右のポケットになんか入ってるのは見通しだ。おまえは勝負の間、ずーっと右手をポケットに入れてたな」

「……」

「まあ、いい、明日はおれたちにつきあってもらいてェ、分け前はたっぷり出す」

「……」

「なんとかいったらどうだ、え？」

黒い人影はコンの横腹をこづいた。レーザー・ピストルである。

「……やめてください！ ポケットをつッつくのは！」

コンが、闇の中でおよそ場違いな声をだした。

「明日は用事があるんです」

「あさっては？」

「あさっては――もう、いないと思います」

「そうか、それじゃ仕方がねェな、そのイカサマの仕掛けをこっちへよこしな」

「……」

「かせいだ金も返してもらおうじゃねェか」

「それは困るんです」

コンが大真面目な声で答えた。

「困る？」

「どうしても一〇万クレジットいるんですから」

「ほう、一〇万……な」相手はちょっとおどろいた様子だった。「しかし、おまえが死にゃ、一〇万はいらなくなるだろう、な？」

「いえ、あたしが死んでも仲間が困りますから……」

「素ッ頓狂な野郎だなあ。え、もういっぺん聞かせてもらうぞ。仕掛けと一〇万クレジット、素直に出すのか、出さねェのか？」

「あの、それは困りますから……」

「よし、それじゃ困らねェようにしてやるぜ、恨むなよ」

言葉と共に、ポッ！ と闇の中を閃光《せんこう》が走った。

一瞬おくれて、ボコッ！ 鈍い音と共に頭がはじけ、煮え上がった脳漿《のうしょう》をあたりにまき散らし、ドサリと倒れた首なしの死体は、たった今までコンにレーザー・ガンをつきつけていた男のほう……。

「ねェ、帰しておくれよ……お願いだから……」血を凍らせて立ちすくむあとの二人に向かって、コンの場違いな声がした。「こっちは一〇万クレジットなけりゃ困るんであそこへ連れてってもらっただけなんだから……」

だが、ふたたびコンの手許から閃光が走り、ギエエッ！ と異様な声と共にレーザー・ガンを構えた男の腹がはじけ、蒸気と血煙をあげて切り離された上半身がどさりと路上にころがった。

灼け残りの腸の切れ端がチリチリと音を立てて闇の中に小さな炎をあげたが、すぐに消えた。

「だめだよォ、こっちには見えるんだもの。やめておくれよ、おれ、こんなことしたくないんだから」と、ふたたび薄暗がりの中にコンの迷惑そうな声がした。

「たッ！ たッ！ 助けてくれェ！」

最後の一人は、喉から絞り出すようにやっとそうささやくと、狂ったように逃げていった。

しばらくそのほうを見送っていたコンは、ふたたびトコトコと歩きはじめた。宿まであといくらもない。しかし、そこでコンは突然ぴたりと立ちどまり、じっと耳を澄ませた。そしてそっと振りかえった。

ぱッ！ と閃光が走った。

しかし、こんどのレーザー・ピストルはコンが射ったのではない。五〇メートルほど離れた家の屋根の上。どさり！　となにかがとびおりる音がして、つかつかと足音がこちらへ近づいてきた。

「用心しろよ、コン、こっちが後をつけててよかった」ピーターの声。「もう一人いたんだから」

「そっちが早かったんだよ」コンはぽそりと言った。「行こう！　人が起き出してくると面倒だ」

コンは黙ってピーターにつづいた。

「全部、片づけたからもう大丈夫だねェ」コンが早足で歩きながら言った。「やりたくないのに。でも、あんな近い距離で射つと臭いねェ、人間のはらわたって……いやだなあ……射ちたくないのに、あんなことをするんだもの……」

「襲われたとなると、一〇万はかせいだんだな？」

「ああ、ピーちゃんに渡しておくよ、なくすと大変だから」

早足で歩きながら、コンは内ポケットから札束をひきずり出した。

「いいからしまっとけよ」ピーターはあわてて押しとどめた。「でも、いったいどうやってかせいだんだ？」

「あれかい、〝天秤コオロギ〟さ」

「なに？　あのコオロギか？」

「そうだよ」コンはケロリと答えた。「向こうがミリ・クレ玉を片ッ方の手につかむだろ、そうするとそっちの質量が大きくなるからね、コオロギのひげがそっちへピクリと振れるわけ」

「ふうむ……」

「ひどいもんだよ、全部イカサマだよ。賭場のルーレットにもウエイトが仕掛けてあるんだ。コオロギはそれを読むのさ。イカサマの裏をかいたまでさ。おれを連れてった、あの三人は五〇〇万もかせいだよ」

「なるほどオ……コオロギ様々ってわけだ」

「うン、餌のキュウリ代もこみで、一〇万と五クレジットもらってきたんだ……あッ！」

コンは息を呑《の》んで立ちどまった。

「どうした!?」

「コ……コオロギが……シ……死んでる！」

コンはポケットの中から、つぶれたコオロギの死骸をつまみ出した。

「さっき、あいつにピストルでこづかれた時だ……」

がっくりとコンはそこへしゃがみこんだ。

「しっかりしろよ、とにかく一〇万クレジットはかせいでくれたじゃないか。また、白沙《しろきすな》に戻りゃつかまえられるよ。みんなで捜しにいこうよ……」

「……よく馴れていたのになあ……」

コンは溜息をついた。

8

次の日、さっそく訪れた二人に向かって、ルウは、まるで待っていたようにニヤニヤしながら言った。

「一〇万クレジット持ってきたな」

「持ってきた」ピーターは札束をテーブルの上に置いた。

「制御ユニットをかえしてくれ」

「……」ルウはニタニタと笑いつづける。

「数えてくれ、ちゃんと一〇万クレジットある」ピーターがせきたてた。「さあ」

「まあ、あせるな」ルウは椅子に沈みこんだまま、なにか意味ありげな笑いを浮かべつづける……。

「どうしたんだ、いったい」ピーターは気色ばんだ。

「いまさら、値をあげるつもりじゃないだろうな？」

「まあ、騒ぐな」ルウが言った。「制御ユニットはかえしてやる。そこのロッカーに入ってる」

「出してくれ！」ピーターは言った。「こっちは急いでいるんだ」

「すぐ出してやる。金はいらん」そう言ってルウは、じいっと二人の顔を見くらべた。

「金はいらん？」ピーターはきょとんとなった。

「どういうことだ？」

「どうだ、おれと組まんか？」

「組む……？」

「そうよ」ルウはおちつき払っている。「昨夜はたいそうな稼ぎだったそうじゃねェか、え？」

ルウはコンのほうを指で示した。

「贅沢は言わねェ、ひと晩だけおれと賭場につきあってくれ。そうすりゃ、金はいらねェ、もちろん、そっちにも稼がす。制御ユニットはうちのエアカーではこばせる。職人もつけてやる。あの谷から離昇《あが》するのは慎重にやったがいい……うまく降りたのはおまえたちがはじめてだ」

「……」

「……」

「え、どうだ？　それのほうが得だろうが」ルウはコンに向かって言った。「な！」

「それがその……」コンが困りきった声をあげた。「つまり、その――」

「もし、断わったらどうするつもりだ」あわててピーターが割って入った。

「断わったら――か」ルウはニヤリと笑ってピーターを見上げた。「断われるわけはねェと思うがな……」

「……？……」

「断わったら――？」

「断われるわきゃァねェ……なんせおまえたちゃ、昨夜、強盗をやったわけだからなァ、三人も殺しやがって、一〇万クレジットを強奪した……」

「な、なんてことを――！」

「警察は信じるよ、目撃者もいる」

「も、目撃者？」

「そうよ、おれんとこの若いもんだ……」

「そんな――」

「こうなりゃ、警察も容赦はしねェ、おまえたちが一〇万クレジットの札束を死体のポケットからひきずり出すところを――おッと、おかしな真似はやめなよ、もう、この家のまわりはお巡りたちがとり囲んでる。いつもはだらしのねェ警察だが、おれが一声かけりゃ……」

「くそッ……」

ルウはおもしろげに薄笑いを浮かべながら二人の顔をじっと見くらべている。

「……」

「……」

「よし、明日までよく考えろ。もしも逃げるのなら今日のうちだぞ。明日の昼までにおれのところへ来なかったら、おれは警察へ知らせる。あの谷のこともな」

「……」

「今日一日の口どめ料にこの一〇万クレジットはもらっておくぜ……」


その日、疲れきった二人が場末の自給宿舎《きちん》へ帰りついたのは夜もかなり更けていた。

冥土河原《めいどのかわら》の草ッ原には、コオロギがまったく棲息していないらしい……。

9

次の日の昼さがり……。冥土河原《めいどのかわら》市の中心街は荒々しい活気にあふれていた。

ちょうどこの惑星で信仰をあつめている寺院の、女神を祭る縁日で市が立ち、いつもは市内に出てこない老人や女たちの姿も多い……。

そのにぎやかな人ごみの中で、突然、よく透る娘の声が響いた。

「待てッ！　そこに行くのは〈盲射ちのマフ〉！」

それと同時に、「おッ！」と声をあげて、はじかれたように一人の男が振りかえった。

声をかけたのは若い娘。

レーザー・ガンを構えてすッくと立っている。

「〈盲射ちのマフ〉！　そこ動くな！　兄の仇《かたき》、思い知れ！」

「ま、待ってくれッ！」やせた男が顔をこわばらせた。

「なにを、この期に及んで卑怯者めが！　さァ！　おとなしくついて来い！　ここでガンを発射すればみなさんにご迷惑がかかる！　広場で勝負だ！」

たちまちあたりは黒山の人だかり。

すばらしくきれいな娘は声こそ低いが二〇《はたち》そこそこ、粗末な男ッぽい身なりだが、手にしているのは鈍い光沢を放つラインメタルの0・01ミリ。

「た、頼む！　待ってくれいッ！」しぼり出すようなしゃがれ声で哀願するのは、やせこけた骸骨みたいな浮浪者風の男。「は、はなしを、き、聞いてくれい」

「エエイ、くどい！　この卑怯者めが！　身動きならぬ兄をなぶり殺しにした〈盲射ちのマフ〉、この期に及んでまだ逃げまどうか！　見苦しいぞ！」

凛《りん》とした娘の声があたりに響く。

「この世にただ一人の兄をなぶり殺されてから二年と三《み》月《つき》、この冥土河原《めいどのかわら》でマフを見たとの風の便りに、すべてを投げ出して追ってきた」

娘は、シーンとなった群衆に言い聞かせるように、仇討ちのしきたりどおりに口上を結んだ。

「これもまた、女神様のおひき合わせ、さァ！　尋常《じんじょう》に勝負！」

それに比べて男のほうはひどくみっともなかった。

「ま、待ってくれ！　おれは逃げもかくれもしねェ！　ただ、おちぶれ果てたこのおれにも、う、浮世のしがらみ。か、借りたはした金も返さなきゃならねェし、女房子供とも別れをしたい。逃げもかくれもしねェ。逃げようたって金がねェ。頼む！　後生だ、ちゃんと後顧の始末をつけてから討たれてくれるわ！」

「よし！　わかった！　日時は!?　場所は!?」

「おれのガンさばきも昔はちったあ知られたもの、まあ、一発くらいはお返しをしてから討たれてェ……」

「うるさい！　日時と場所を言え！」

「明日の正午。町外れ、女神像のある丘の上だ。あそこなら、流れビームや外《はず》れ射線で見物の衆にご迷惑をかける心配はねェ」

「しかと聞いたぞ、〈盲射ちのマフ〉！　明日になっておびえるなよ！」りりしく娘がきめつけた。

「おびえてたまるか！　女神のお慈悲がありゃ返り討ちだ……」

「ガンはあるのか？」娘が聞いた。

そのとたんにみすぼらしい相手の男は、おどおどとあたりを見まわした。

「す、すまねェ、だ、誰か、ご、後生と思って一挺、おれにガンを貸しちゃあくれめェか？」

「ほれ！」娘は手にした鈍い白銀色のラインメタルを放り出した。「明日までに腕をみがいて来いよ、〈盲射ちのマフ〉！」

「か、かたじけねェ！」

地上を這いずるように男がラインメタルの0・01レーザー・ピストルをとりあげたとき、娘の姿はもう人ごみの中へ消えていた。

次の日、冥土河原《めいどのかわら》全体がもうひっくりかえるような騒ぎになっていた。意趣返しの射ち合いは、しきたりどおりに行なわれるかぎり警察も黙認だし、誰かがへんな助太刀を出すと見物人にリンチを喰らっても文句は言えない。現にそんな騒ぎはこの冥土河原《めいどのかわら》市で年に一、二回あるのだが今日は特別である。

ちょっと男ッぽいが、ふるいつきたいほどきれいな若い娘が、兄の仇を追って三年目、ついに、この冥土河原《めいどのかわら》市の縁日の雑踏のただ中で、浮浪者も同然の風体におちぶれた〈盲射ちのマフ〉と巡り合った……。まぁ、その娘の口上の歯切れがいいこと、ほんとに胸のすくような見事さ。みすぼらしい身なりの男ッぽさがまた、なンともいえねェ色っぽさでねェ……。

とっつかまった浮浪者みたいな〈盲射ちのマフ〉とかいうやつも、はじめのうちは待ってくれとかなんとか、意気地のない泣き言をならべていやがったが、こともあろうにその娘は、ポン！ とラインメタルの0・01ミリを投げてよこしたもんだ。ピカピカの得物だ。そしたら、そいつもやっぱり、〝綽名《ふたつな》〟がつくほどのガンマンだねェ……。女房子供に別れを告げるまで待ってくれなんぞとヒィヒィ言ってたやつが、女神のご加護がありゃ返り討ちだ……なんぞとほざきはじめた。こいつは大勝負だ。なにがあっても見逃すわけにはいかねェよ……。

なにしろ、娯楽などろくにないさいはての町の住民たちである……。

もう夜があける前から、市内はもちろん近郷近在の住民たちは仕事もなにもほったらかして、町外れの草ッ原にある、その女神の丘の周囲へと押し寄せた。

すでに、前日の夕方から町の盛り場ではあちこちで賭けがおこなわれ、札束が乱れとんでいた。若い娘が絶対有利とみるやつ、おちぶれたとはいえプロの殺し屋らしい〈盲射ちのマフ〉にはとうていかなうまいと主張するやつ、安酒のミニ・コンテナとカップを両手にわめき合って、夜を明かした連中もたくさんいた。

陽が昇ったころには、もう、町じゅうの人間がひとりのこらず仇討ちの現場にあつまり身動きもできないほど。その中にめざとく地表艇《ホバ・ヴィ》を乗り入れてハジケ豆を売るやつ、糖結晶を売るやつ、こっそりだがC_2H_5罐をさし出すやつまで現われ、退屈した子供たちは泣きわめき、はぐれた子供を捜して女たちは金切り声をあげ、もうあたりはひっくり返るような騒ぎである。

約束の正午は刻々と迫ってきた。人々の期待はいやが上にも高まっていく……。

太陽が天頂にさしかかった頃、もう、人々の昂奮は極限までに達していた。

しかし、二人とも約束の場所に現われる気配はない。

ふと、人々は、なにか仕組まれたのではないかという思いがふっと心をかすめた。

だが、ちょうどそのとき、だしぬけにどっと群衆の一角がどよめいた。

来たか!? 人々は叫んだ。

しかし、そうではなかった。坊主らしい男が一人、息せき切ってなにごとかを知らせにきたらしい。

その男からなにか聞いた大人たちはなにやら叫ぶと、子供もなにもかもほッたらかして町のほうへと走り出した。つられてみんなも走り出した。走っているうちにニュースが伝わってきた。

なんでも、町の真ん中で仇討ちがはじまったという……。

どーっと全員が走り出した。

そんなあたりからほど遠からぬルウの例の店——

コンは、おかしなほど器用な指先でマグネット針を操り、例の噴射制御ユニットが入っているロッカーの錠前を開こうとしている。

「まだか？」ピーターがささやいた。

「あとすこし」コンは、真剣な表情で錠の中をさぐっている。

「早くしねェと、はめられた連中が戻ってくるぞ」ピーターはちょっと手首のクロノへ眼をやった。「もうすぐ昼だ」

「まだ大丈夫だよ、ルウッて男は仇討ち騒ぎが大好きだって飯屋のおやじが言ってたろ？」

「うン」とピーターはそれでも不安げに、たった今こじ開けた事務所の扉へ眼をやった。

「でもピーちゃん」コンは仕事の手を休めぬまま言った。「おまえ、娘に化けるときれいだね」

「ぷッ！ よせよ」ピーターは噴き出した。「あんな手でも使わなけりゃ、ここまで忍びこめねェからやったまでよ」

「でもほんとにきれいだったよ」

「やめて——」

ピーターが言いかけたとき、ピン！ と音を立ててロッカーの錠が外れた。コンがぱッとロッカーの扉を開いた。

「ある！」ピーターがユニットを両手で外へひきずり出した。「よし！ ロッカーをロックするんだ。勘づかれると追ッ手がかかる」

ロッカーのドアを閉じ、あたりの痕跡を消して、ユニットをかかえたピーターとコンは外へ出ようとした。

そのとたんにドアが開いた。

入ってきたのはルウ。

手にはレーザー・ピストルが鈍く光っている。

「やっぱりな……」ルウはまた、薄笑いを洩らした。「約束の昨日ここにはやってこないし、さりとて逃げ出した気配もない。仇討ちと聞けば眼のないおれだが、ふッと気になって戻ってきたらこの始末だ。さあ、ここにすわれ。仇討ちのすきを狙うとは太いやつだ！ これは現行犯だからな、もう逃げられんぞ。若いのが帰ってきたら警察につき出してやる。来週の縁日は公開処刑だ」

「……」

「ところでな」ルウはちょっと口調を変えた。「きさまはこの〈冥土河原《めいどのかわら》〉星系へなにしにやってきやがった……？」

「どうして聞きたいんだ、そんなこと？」ピーターが言った。

相手はちょっと面喰らった様子だった。

「ちょっと気になっただけだ……。船は〈星涯《ほしのはて》〉船籍だな……？　いったい、なにしに来た？」

「幽霊に会いにきたんだよ」

ピーターは思いきってカマをかけた。

「ゆ、幽霊？　や、やっぱり……」ルウはぎょッとなった。「やっぱりそうか」

「だったらどうする？」

何喰わぬ表情をくずすまいと、ピーターはたたみこんだ。

幽霊の手がかりをつかんだ……！

「べつに……」ルウはつとめて冷静を装っている。

「そうかい？」ピーターはわざと落ちつき払って言った。「それじゃ、早いとこ警察にひきわたしてもらおうじゃないか」

「ちょっと待て」ルウはなにか考えている。

しばらくしてから、彼は思い切ったように言った。

「ということは、きさまたちは河原の筋のチャートを持っているんだな？　え」

「さあ、どうかねェ」ピーターはとぼけた。

「ということは、もうチャートはできているんだな!?」

「さあねェ……」

「おい、取引きをしようじゃないか、え」ルウは切り出してきた。「チャートを見せろ、そうしたら、そのユニットは返してやる。そうだ、礼金は一〇万クレジットだ。そっくり返す。これでどうだ？」

「殺してくれよ」ピーターはわざとおちついて言った。

「え!?」ルウは言った。「なんだって？」

「殺してくれ」ピーターは暗い声をだした。「殺してもらったほうがいいや」

「なぜだ、いったい？」

「あのチャートを見せれば、おれたちはどうせ殺されるんだ」

「誰に——？」

「知ってるじゃないか」

「え？　あァ、〈星涯《ほしのはて》〉の政府筋《おかみ》か？」

「……」

「そこまで動いとるのか……向こうは？　え？」

「さあ……」

「頼む、見せてくれ」ルウは必死の表情である。「どんな条件でものむ」

「チャートを見てどうするんだよ、あんたも幽霊に会いてェのか？」ピーターはカマをかけた。

「いや」ルウは真顔で答えた。「ちょっと考えとることがある。とんでもねェ儲け話だ。一丁でも二丁でもかましてやる。おまえはまだ、河原の話をくわしくは知らんのだろう？」

「知ってら」

「本当か？」

「知らなきゃくるもんか……」

「教えてくれ、どういうことなんだ……？」

「だから言ってるだろ、口を割ったら殺される——って」

「おい」ルウはもうピーターの手をとらんばかり。「とにかく、ひと目チャートを見せてくれたら、ユニットも返す、金も返す、ちゃんと幽霊を見にいけるようにしてやる。汐のぐあいを知ってるやつは、小惑星の三途《さんず》にひとりいるだけだぞ、あいつに話してやる」

「……」

「な」

「わかったよ」ピーターは、さも大決心をしたように深い溜息をついてみせた。「そのかわり、ちゃんと幽霊を見にいけるようにしてくれるんだね」

「もちろんだ！」

「それじゃ、チャートをとってくるよ」

ピーターとコンは立ち上がった。

「待て」とたんにルウはまた、あの、煮ても焼いても食えない声をだした。「おまえひとりで行ってきな。こいつは人質だ」

「それじゃよすよ。ここで殺してくれ」

「……」しばらくルウは考えていた。「よし、それなら、そうしてやろう。きさまたちの宿はわかってる。殺したあとで持ち物を調べりゃすぐわかる……」

「……」

「どうする？」

「わかったよ」ピーターは降参したといった口調でわざと投げやりに言った。「コン、ちょっと待ってな、チャートをとってくる」

「よし、おかしな真似はしねェほうが身のためだぞ。三〇分で帰ってこなかったらこいつを殺す」ルウはほっとしたように言った。「外に停めてある地表艇《ホバ・ヴィ》を使え」


まだ町はシーンと静まりかえっている。

クロノを見ると正午すこしすぎ。

がらんとしてほとんど人もいない通りを、ピーターは地表艇《ホバ・ヴィ》で宿へといそいだ。二日前にコンと二人でわるを片づけた横丁の入口で地表艇《ホバ・ヴィ》をとめ、彼は小走りに宿の玄関のほうへ向かった。

早くやらねェと……。だが、うまくいくかどうか……。

と、そのときである。

人っ子ひとりいないその横丁に、ぬっと、小屋の蔭からボロをまとった大男がピーターの前に立ちふさがったのだ……。

ぷン！　とひどい垢《あか》の臭気が鼻をつく……。

「待て」

相手はひどく弱々しい声をあげた。

毛虫のような眉毛に団栗《ドングリ》みたいな目玉。この街で何人か見かけた放浪僧である。汚れ果てた僧衣をまとったその風体《ふうてい》はひどいものだが、住民には一目おかれているらしい。

「待ってくれ」

見かけにも似合わず、放浪僧はもういちど、弱々しい声をあげた。

「……」

どぎもを抜かれてピーターはそこに立ちつくした。

「昨日、縁日でなんじのけなげな姿を見そめ、拙僧は、うら若い娘の兄思う気持ちの深さに心を打たれ、大いに力づけて進ぜよう、そして、あわよくばひと夜の情《なさけ》を交わしても、もらおうかと――」

そこまで言って、ボロ布をまとったその大男は、まるで赤猫みたいに真ッ赤になって口ごもった。そして、やっと気をとりなおすようにつづけた。

「拙僧はなんじのあとをつけて宿をつきとめ、夜半、寝所に忍び入ろうと窓からのぞけばこはいかに、美少女は若い男に姿かたちを変えておる。

なんの謎かとまんじりともせずに宿の前で一夜を明かし、そのままなんじと共に仇討ちの場にのぞもうかと思ったが、それではいい場所にありつけぬ。いたしかたなく――」

「お願いでございまする！」

とっさにピーターはあらんかぎりの弱々しい女の声色をはりあげた。

「ぬウ！　なんじはやっぱり娘……！」

「お願いでございます、お坊さま。わけはあとでお話しいたします。お助けくださいまし。すぐ、女神の丘においでの皆様を、ルウの店の前へご案内くださいまし。卑怯者の〈盲射ちのマフ〉は、ルウの店にひそんでおりますのをつきとめました。あたしは、娘らしくちゃんと身仕度をととのえましてから、すぐ、ルウの店へのりこみます！」

「わかった！」放浪僧は生き返ったようなわめき声をあげた。「理由はきかぬ。すぐに知らせてくるぞ！　安心めされい！」

垢じみた袈裟《けさ》をなびかせどたどた足音を立てて、大男は町外れへ向かって走り出した。


それから間もなく、急に騒々しくなった外の気配にいったいなにごとかと、ルウは事務所の外をのぞいてみた。

なんと！　店の前の広場はもう町じゅうの人間であふれんばかり……。これはいったい――と考える間もなく、突然、鈴のようなよくとおる声がひびいた。

門前に立っている若い娘である。

「やァ！　やァ！　〈盲射ちのマフ〉！　おびえたか？　この卑怯者！　故買屋のルウの店に逃げこむとは、あさましいにもほどがあるぞ！」

ルウがもっとびっくりしたのは、そのとたん、人質にとっておいた若い男が、傍からとんでもない金切り声をあげたことである。

「ち、違うぞ！　お、おれァ卑怯者じゃねェ！　ルウの親分が殺し屋に使ってやる――って言って、おれをはなしてくれねェんだ！」

ルウが押しとどめるひまもない。

門前にひしめく群衆から、どッ！　と怒りの声があがった。ジャンク置場を囲むフェロ・アロイの板壁がみしみしと音を立てはじめた。中が見えない連中が塀を倒しはじめたのだ。

若い娘はレーザー・ピストルを手にしてつかつかと入ってきた。

そのとたん、ルウはすべてをさとった。

しかし、もうおそかった……。

「さァ、〈盲射ちのマフ〉！　尋常に勝負！」

娘は、もろにルウの前に立ちふさがった。

見事に化けやがった……。ルウは心の中で思わずそうつぶやいた。

そして彼はわれにかえった。

「よく聞け、町の衆！」店の戸口から、ルウはあらんかぎりの声でわめいた。「こいつは男だ！　たったさっき、おれの店でつかまえたコソ泥だ！　素ッ裸にしてみろ！　すぐにわかるぞ！」

そのとたん――

「黙れ！」破れ鐘のような声が轟《とどろ》いた。

はっと見れば、雲つくような乞食坊主が立っている……！

「兄思いの娘に向かってなんたるみだらな言い草！」大男はどなった。「この娘は、男に変装してきさまがこの〈盲射ちのマフ〉をかくまっておるのをつきとめたのだ！」

どッ！　と群衆の間からふたたび怒りの声があがった。

「ま、待て！　おれの言うことを聞け！」ルウは必死で叫んだ。「こいつはグルだ！　こいつらはおとといの夜、人殺しをやりやがった。バクチ打ち三人がレーザーでやられただろ！　あれはこいつらが下手人だ！」

しかし、群衆はもう納得しない。

「下手人はおまえじゃねェのか！」

「そうそう！」口々に人々はわめき立てた。

「ち、違うぞ！」ルウは必死で弁明した。「こいつらは――」

そのときである。

だしぬけに、そこへ駐機してあったエアカーのローターが音もなくまわりはじめた。

すきを狙って〈盲射ちのマフ〉が、エアカーにとびこんでモーターを始動したのだ！

あッという間にエアカーは浮き上がった。

人々は息を呑《の》んだ。

〈盲射ちのマフ〉が逃げ出す！　ところがそのエアカーはいっきに逃げようとはせず、ルウの頭すれすれのところにやってきたかと思うと、そのやせた若い男がルウに向かって絶叫したのである。ひざになにか草色の箱をのせている。

「かたじけねェ！　ルウの親分！　ほとぼりがさめたら戻ってきて、殺し屋をつとめますぜ！」

群衆が口々に怒りの声をあげた。

ところがそのとたん……。

「待て！」

よくとおる娘の声があたりに響きわたり、なんと！　その美少女は身をひるがえすと、上昇をはじめたエアカーの脚へとびついた。

「卑怯者！　逃がしてなるものか！」

群衆は息を呑んだ。

エアカーは、娘を脚にぶらさげたままぐんぐん高度をとっていく。

人々は声援を送るのも忘れてじっと見守るばかり……。はじめにわれにかえったのはルウである。

「おのれ！　逃げやがったな！」

激怒したルウは、駐機してあるもう一機のエアカーへ駆けより、さッととび乗ると、モーターを始動していっきに離昇した。

いっきに離昇したまではよかったのだが、三メートルほど浮いたところでなぜかその機体は大きくかしいでバランスを外し、あッという間にそのエアカーは地上へおっこちてしまった。いったい誰の仕業か、いつの間にやら左の着陸脚にはワイヤロープがつながれていて、その先が野積みにされた古いロケットの舷材にがっちり縛りつけられていたというお粗末……。

毬《まり》みたいに地上へおッぽり出されたルウは、腰でも打ったのか地面で目を白黒させるばかり……。

群衆はもうよろこぶまいことか……！　手を打って笑いころげる……。

そのとたん、メリメリッと音を立て塀が倒壊した。中を見ようとする群衆の圧力に支柱がもちきれなかったのだ。

ぽつんと、黒点のように小さくなっていくエアカーにぶらさがった娘は、どうやら機内にのりこんだ気配である……。

いずれあの娘は〈盲射ちのマフ〉を討ちとって、エアカーを返しにここへ戻ってくるに違いないと、かなりの数の住民はそこを動こうとしなかったが、大部分の連中は時ならぬ今の悲喜劇にすっかり満足して、急に仕事や家のことが気になりはじめてそそくさと帰っていった。

ピーターとコンが、ルウのエアカーで〈クロパン大王〉に帰りついたのはその日の夕方近い刻限だった。

しかし、船内にロケ松とパムの姿はなかった……。

10

「くそッ……おれとしたことが……」

後ろ手に縛られ、物置きに放りこまれたロケ松はぼやいた。

まったくみっともない話である。ピーターのやつに知れたらどれほどコケにされることやら……。

ピーターとコンが救援を求めて山を降りてから五日目。あれ以来、コソ泥の寄りつく気配もなく、ピーターやコンが帰ってくる様子もない。地表艇《ホバ・ヴィ》に無線機は載っているが、こっちがいつ受信機のスイッチを入れてみても相変わらずガーッという凄まじい妨害電波がとび出してくるだけで、これでは仮に向こうが呼んできたとしても連絡のとれるわけがない。

明けはなした上部のエアロックのところで、パムのつくった昼飯を二人で食べながら、ロケ松は午後の陽を浴びる山肌をなんとなく見つめていた。からりと晴れた山あいの空気はさわやかだし、陽射しはうららかと言いたいほど快い。こんなさいはての惑星に人が町をつくって住みつくからには、きっと一年じゅうこんなぐあいなのだろう……。

いかさまの進入標識にひっかかってあやうく命を落とすところだったとか、何者とも知れぬやつに〈クロパン大王〉の噴射制御ユニットを盗まれて身動きもならぬ——とかいったことがまったく嘘だとしか思えない。

ロケ松はもういちど、エアロック扉の横にある無線機の遠隔管制函に手を伸ばした。スイッチを受に入れてみる。相変わらずガーッという妨害電波……。彼はスイッチを切ってから、陽を浴びて黒々と輝いている断崖のほうに眼をやった。あの断崖の頂上の偽標識のあたりに発信源があることは、ここに着地した夜、コンが探知機でたしかめている。

よし……。ロケ松はとつぜん思いついた。

ひとつ、あそこまで、沢を登って妨害波の発信機をブチこわしてくれようか。なにか手がかりがつかめるかもしれねェ。なぜ今まで気がつかなかったんだろう。レーザー・ライフルを一挺持っていけばたいていの役には立つ。それに下部エアロックを閉めておけば、パム一人船に残しても危険はない。

そう考えたとたんに、もうロケ松は矢も楯もたまらなくなってきたのだった。

パムは、〈クロパン大王〉の心臓を奪われたのが自分の居眠りのせいだということにひどく責任を感じていて、もうすっかり無口になっているが、下部エアロックの外扉を密閉しておれが帰ってくるまで開けるな、ノイズがうるさくとも、トランシーバーのスイッチは受にしておけ、と指示されると、黙ってうなずいた。

レーザー・ライフルを持って船外に出ると、エレベーター出口のエアロック扉が密閉されるのをたしかめ、ロケ松は沢を登りはじめた。低い灌木や露頭を手がかりにして彼はじわじわと登りながら、いつ何時《なんどき》でもライフルが射てるよう油断はしなかった。

沢をつめたあの尾根筋の向こうはどうなっているのか――はじめて彼はそんなことを考えた。ひょっとしてあそこにユニットを掻ッ払いやがった山賊の巣窟があるのかもしれねェ……。用心しないと……。

ふりかえってみると、沢のあちこちに宇宙船の残骸とおぼしきものが散乱し、〈クロパン大王〉の鈍い灰色の船体ももうかなり低く、谷の片側にかしいで擱坐《かくざ》しているのが見てとれる。しかしきわどいところだったなぁ……。よく無事に降りたもんだ。

だいぶ色が剝げたぞ、泊地へ戻ったら塗装しなけりゃならんな……。

呑気《のんき》だな、おれも。やっと〈冥土河原《めいどのかわら》〉にたどりついたとたんにこの始末、はたしてここからいつ離昇できるか、そいつもさだかではないというのに……。まして、これから幽霊とやらを捜しに行かなきゃならねェ身の上だ。いったいいつ、泊地へ帰りつけることやら……。

ところで頭目《かしら》や又八や和尚は大丈夫だろうか……。あれから事態はどう進展しているんだろう。せめて、例のモクとかいう爺《じい》さんから話を聞いて出発できてりゃ、こっちもだいぶ事情は変わったんだろうが……。

又八のやつは、うまくその爺さんを白沙《しろきすな》に連れ出せたかなあ……。

ここまで来る途中、そしてこの二、三日うちにも、なんどか高次空間通信系で白沙《しろきすな》の基地を呼んでみたのだが、テンソル指数が低いせいか、空間歪率の同期がうまくとれず、どうしても変調波がうまくのらないのである。こんどこそ、帰ったらすぐ甚七の爺《じじ》いに話して自動同期のユニットの出物を買わせよう……。

ロケ松はふたたび登りにかかった。

快い風が吹いてはいるが、もう、作業衣の下は汗でぐっしょりである。それでも彼は頑丈な体にものを言わせてぐいぐいと登っていった。

時どき彼は立ちどまって周囲の様子をうかがってみるが、怪しい気配はない。ただ、風が吹きすぎるだけ。

よし、あとひといきだ。尾根にたどりついたら、あのいまいましい妨害波の発信源をつきとめてブチこわし、ついでにあの標識もそのままにしちゃおかねェぞ……。

ポケット爆雷を持ってくればよかった……とロケ松は思った。〈クロパン大王〉の周囲には盗ッ人が近づけないよう何発かしかけてあるが……。

標識灯の丸太やぐらはもうすぐ上に迫った。彼は慎重に足場をえらびながら最後の二〇メートルほどを登りつめた。

やっとのことで、ロケ松は岩尾根の頂上へ這い上がった。向こう側は切り立った斜面、そしてその向こうは谷また谷、尾根また尾根……。

彼のところから尾根の上をほんの三〇メートルほどはなれたあたりに、粗末なあり合わせの木を組んだやぐら、そしてその上に例の標識灯。

うまく組みやがったな――とロケ松は思った。

あれはおれが若い時分、野戦発着場を設営する時に地上軍がよく使っていた鳩2号改というやつだ。それに公社規格のスキャン・ビーム送信機をくっつけたな。かなりこれも古い代物だが、とにかく、衛星軌道にいた〈クロパン大王〉のスコープにちゃんと本物らしくパターンが出るのだから見事なものだわい……。ただの鼠じゃないぞ、これは……。

彼は、あらためていま登ってきた沢のほうへ眼をやった。〈クロパン大王〉が擱坐している斜面と向き合う尾根の上にもうひとつ、さらに、眼の前にあるやつとそれを結んだ線を一辺とする三角形の頂点にあたる、山のてっぺんにもうひとつ、同じような標識灯……。

あの三角形の点滅光にひっかかったわけだ……。

抜群の反射神経をそなえたピーターがいなければ、とっくに木ッ端みじんになっているところである。

彼は眼の前の標識灯に注意を戻した。その基部のくさむらに案の定、小さなアンテナを立てた発信機とおぼしき筐体《きょうたい》が置いてある。用心深くあたりを調べてみると、かすかだが踏み跡とおぼしきものがついている。彼はそっとその筐体へ近づいた。間違いない。これがまた考えやがったものだ。なんの変哲もない船舶用電話の送信機。変調部のどこかをブチこわして帯域全体に掃引《スイープ》をかければ妨害用として大いに役立つ。そっと手を当ててみると熱い。一〇〇キロは入れとるな。筐体の下に非常用の小型電源炉。これはどこにもある野戦用だ。くそッ！　こいつのおかげで……。彼は三〇メートルほど後退して、岩蔭からレーザー・ライフルの狙いをさだめると、トリガーを絞った。ボッ！　ビームを浴びて送信機は一瞬でドロドロの塊と化し、つづいて眼のくらむような閃光《せんこう》と共にやぐら全体が小ぶりの茸《キノコ》雲に包まれた。電源炉が爆発したのだ。煙が晴れたとき、標識灯もやぐらもかき消えていた。ざまを見やがれ！

ロケ松は登ってきた沢のほうへ戻り、はるか下に見えている〈クロパン大王〉に向かってトランシーバーのスイッチを入れた。さーッという搬送波だけで、もう、あのいまいましい妨害波は消えている。

「パム、聞こえるか？」

〝聞こえます！〟パムの声がはっきり入ってきた。気のせいか、弾《はず》んだ感じだ。

「そっちにも妨害波は入っていないな？」

〝ええ、もう入っていません！〟

「よし、今から戻る。宇宙港の管制所や警察からピーターとコンが呼んでくるかもしれねェから、通信卓の受信機をスタンバイにしておけ」

〝はい！〟

ロケ松はスイッチを切った。

そしてそのとたん……。

人の気配が――と思う間もなく、後頭部にガーンッ！と猛烈な一撃をくらって彼はそこにぶッ倒れてしまったのだった。

　ロケ松は意識をとり戻したとき、自分が両手両足を縛られて狭い小屋の中へすッころがされているのに気づいた。谷間に囲まれた小さな村らしい。すき間だらけの板壁の向こうから子供たちの声や犬の吠え声が伝わってくる。

　首をひねって薄暗い小屋の中をさぐってみると、ロケットの部品やジャンクのたぐいがごろごろしている。泥棒村の物置きだな……。

　ガラリ！　と、だしぬけに戸の開く音がした。

　体をねじってそちらへ眼を向けると、厚い毛皮の上衣をはおった五〇がらみの男が立っている。兇悪な眼つき、ロケ松のレーザー・ライフルを手にしたその男は、じっとロケ松の顔を見つめた。

「気がついたかの？」男は言った。

「くそッたれめが！　いったいなんの真似だ!?」

「うまくはまったのう」男は満足げな声をあげた。「見事にはまった。それにしても、飛ばしとったのはきさまか？　いい腕だのう、え？　あの網にかかったカモはきさまで五隻目だが、みんな粉ごなよ。あそこにぴたり降ろすたァ、こりゃただの腕じゃないわ。実を言うと、魚が丸ごと網にかかって、こっちゃ、いささかもてあましとるんだわ」

「制御ユニットを掻っ払いやがったのはきさまらだな」

　相手はケロリとして言った。

「とりあえずあのユニットさえ抜きゃ、飛べねェからのう。あとは順々にばらすか、それとも丸ごと売ッ払うか、どっちにしてもいい金になるわい。ありがとよ」

「……くそ……！」ロケ松は地上にすッころがされたまま、歯ぎしりした。「ユニットはここにあるのか」

「いや、もう売った」男はあっさりと言った。

「どこに!?」

「町にな、ルウという名の阿漕《あこ》ぎな故買屋がいてな、こっちの足許みやがって……それでも一五〇クレジットで買ってくれたわ」

「……」

「しかしな、おい、きさま、よほどの大物と見えるな？　え？」男はニヤリと笑った。

「……」

「ルウに礼を言うがいいのう。やつが連絡してこなきゃ、今ごろきさまはもう黒灼きになっとるわ」

「……」

「きさまの身柄を買いたいそうでなあ……若いの二人はもうつかまえたそうじゃ」

「……」

やられたか……。ロケ松は感情を出すまいとつとめた。

「いま、あの小娘も捕えにやっとる」

「……」

「おい」男はロケ松の顔をのぞきこみながら声をおとした。「きさま、この冥土河原《めいどのかわら》まで何しに来た？　え？　〈星涯《ほしのはて》〉からはるばるやってくるようじゃ、よほどの用件と見えるのう、えぇ？」

「……」

「言いたくないわけか？　そんならわしが言ってやろうか？　え？　幽霊じゃろう？」

「……」

「とぼけるんでないぞ。いま、きさまの手首がピクリとした。きさま、幽霊とかかり合っとるな？　〈星涯《ほしのはて》〉政府のもんか？」

「……」

「返事をせんつもりかのう、よかろう、よかろう」男はニタニタと笑いだした。「いいだけ突ッ張るがえぇ……」

「……」ロケ松は必死で無関心を装った。

「おい」盗ッ人の親玉とおぼしきその男は、突然、口調を変えた。「おい、ひょっとしてきさま、三途《さんず》の汐筋のチャートを持っとるんでないか、え？」

　相手は真剣な声である。

「持っとるんじゃろう。あの、ルウのやつが殺さずに身《み》柄《がら》を一〇〇〇クレで買うなんぞ、それしかないもンのう。おい、どうじゃ、わしと取引きせんか？　なにもあのルウに大金《おおがね》かせがせることはない。汐筋をわしに教えてくれりゃ、悪いようにはせん、ユニットもとりかえしてくる。どうじゃ？」

「わかった」ロケ松ははじめてつぶやいた。

「わかったかのっ？」盗ッ人の親玉はニタニタ笑いだした。「チャートはできとるんだの？　それを持ってきとるんだの？　船の中か？」

　ロケ松がなにかつぶやいた。

「なに？」男が言った。「なんと言うた？　よく聞こえんぞ。なんじゃて？」

　ロケ松はまた何かつぶやいた。相手はそれを聞きとろうとしてロケ松の上に身をこごめようとした。

　そのとたん、まるでバネのようにロケ松の体が、ばッ！　と跳ね上がった。もちろん手足を縛られたまま。おそるべき筋力である。

「うおッ！」

　しかし、さすがに相手も盗ッ人の親玉である。顔面を狙ってもろに頭突きをかませてきたロケ松の体を、男は、きわどいところでなんとかかわした。

　手足の自由がきかぬロケ松の体は無残にもそのまま床の上へ激突した。

「ウウッ！」

〈クロパン大王〉が接地したとき、こッぴどく打った肩をふたたびぶつけてしまったロケ松はうめき声を洩らした。

「この野郎めが！」

男は、ロケ松の体をめいっぱいブーツで蹴り上げた。

手足を縛られたロケ松の体は宙に跳ね上がった。

男は右足をさっとつき出す。

「ウグ！」尖ったブーツの先でもろに胸を突き上げられる形となったロケ松はそのまま意識をなくしてしまった。


話は変わって、こちらは〈クロパン大王〉の船橋である。

パムはもうひどく心配になってきた。船橋の正面窓に顔をくっつけるように上を見上げてやっと見える尾根筋に、ロケ松がやっとのことでたどりつき、あの標識灯のあたりで核爆発らしい茸《キノコ》雲があがるのはパムも見ていた。妨害電波は止まり、標識灯のやぐらはけしとび、尾根筋のロケ松からトランシーバーでいまそっちへ戻ると言ってきた……。

あれから二時間もたつのにロケ松の姿は見えてこないし、こっちがいくらトランシーバーで呼んでも応答はない……。

尾根の向こうへ落っこちたのかも……。

行ってみようか……。

登りだって二時間はかからなかったのに、下りにこんな時間がかかるわけはない。

心をきめた彼女は船橋からリフト甲板におり、ケージに乗りこもうとして、ふと、上部エアロックの扉を開いてみた。衛星軌道ステーションなど、緊急時以外リフトやラッタルはおろせないが、上からあたりを見下ろすには絶好の位置なのである。

しかし、いくら崖の上から沢までどこを捜してみてもロケ松の姿はない。

ほんとにおかしいなあ……。

だがそのときである。彼女は、二、三〇〇メートル離れた斜面のやぶでなにか動いたのに気づいた。

なにかいる……！

彼女はじっと眼をこらした。

その傍でもうひとつ、なにかが動いた。

人間だ！　盗ッ人だ！　盗ッ人が接近してくる！

パムはなにも気づかぬふりをして、いかにも外の空気を吸いに出てきた風を装った。

やぶの中を接近してくる盗ッ人たちの動きはすばらしく巧妙である。よほど神経をとがらせていないとわからない。要するにこんな山地で動き馴れている連中なのだ。

何喰わぬ風にエアロックの縁につッ立ちながら、パムは地上の一点に眼をつけていた。向こうのひそやかな動きは、うまいことにその一点へと向かってくる。パムは、その微妙なやぶの動きが、めざす一点から数メートルほどに迫ったとき、腰のところに隠していたラインメタル0・01ミリの引金を引いた。

ピッ！　白いビームが地面へ向かって走ったとたん、ドドーンッ！　ものすごい爆発が起こった。

泥棒除けに埋めた小型地雷の一発にビームが命中したのだ。

しかし、びっくりしたのはむしろパムのほうであった！

爆発が起きたとたん、やぶの中からはじかれたように姿を現わした盗ッ人は、なんと！　二〇人あまり……。

奇襲を喰らったと勘違いしたのか、彼らは命からがら斜面のやぶを尾根のほうへと逃げていく。

あいつらにわッとかかられたらひとたまりもなかったわ……。パムはゾッとした。

あッという間に盗ッ人たちの姿は尾根の向こうに見えなくなってしまった。こうなると、ロケ松さんになにか起こったことは間違いない……。だが、こっちがのこのこ捜索に出るのも危なくなってきた……。

どうしようか？

エアロックの縁に立って、パムは暮れなずむ西の空を見上げた。そして、眼をさっきの爆発が起きた地点へおとしたとき、彼女は、はッ！　となった。

はじかれたように彼女はリフトのケージにとびこみ、いっきに船尾へ降りると、エアロックが開くのももどかしく外へとび出した。そしてそのまま走り出そうとして、あわてて立ちどまった。こっちが地雷を踏んづけたら、もともこもない。あらためてパムは用心深く、地雷をしかけたあたりを避けて進みはじめた。

さっき爆発が起こったあたりから、ボロボロになった男がひとりヨタヨタと斜面を登って逃げようとしている。爆発のあおりを食って腰を抜かしたらしい。パムはその男の前へとまわりこみながら、もう一発、埋めてある地雷のあたりへ向けてレーザー・ガンのトリガーを絞った。

ドドーンッ！

「た、助けてくれい！」

またもや爆発のあおりを喰らってそいつは腰をぬかしたが、ただでもみすぼらしいその男の服はもうズタズタ。額から血を流しているが、これは石でもはねたらしく、重傷ではないようだ。

「わ、わるかった、た、助けてくれ」

男は口許をわなかせながら哀願した。貧相なやつである。パムは背後に気を配りながらその男の前に立ちふさがった。

「なにしに来たんだい？」

「……か……かんべんしてくれ」

「どこから来たの？」

「あ、あの尾根を越えて、た、谷二つ向こう」

「なにしに来たんだい」

「……か、かんべんしてくれ、悪かった」

「なにしに来たんだって聞いてるんだよ、言わないと殺すよ！」

「た、助けてくれ……」男はそこに膝をついた。「……

助けてくれ」

「あんた、うちの仲間がどうなったのか知ってるんだろう？」

「……」

「知ってるんだろう？　どこにいるの？」

「……」

「殺したのかい？」パムはたたみかけた。「殺したのかって聞いてるのよ！　あたいは！」

「……」

パムは、カチリ！　とレーザー・ピストルの安全ロックを外した。

「ま、待ってくれ、し、死んじゃいねェ」

「どこにいるの？」

「こ、今晩は村の小屋に放りこんでおく……」男はおびえきっている。「明日、一緒に町へ連れていくつもりで……」

「一緒に——？　誰とさ？」

「……お……おまえと」

「ははあ」パムはあらためてあたりをすばやく見まわした。「おまえたちはあたいをさらいに来たわけだね……？」

「……」

「もういっぺん聞くけどね。おまえたちがさらったあたいの身内は死んじゃいないのね？」

「し、死んじゃいねェ。あいつを小屋へ放りこんでから、おまえを」

「わかったわ、それじゃおまえも殺さないでおいてやるよ」

「あ、ありがてェ……」

「おまえたち、親分がいるんだろ？　その盗ッ人の親分にお言い！　すぐあたいがとりもどしにいくからって——」

男は、地を這うように逃げだした。

「ちょいとお待ち」突然思いついてパムが声をかけると、男は、ぎょっと身をすくませた。「そこで待っておいで、お薬をつけてあげるから」

彼女は用心深くあたりに眼をくばり、安全をたしかめながらエアロックのところへ戻ると、大急ぎでいちばん近い機関部の薬品棚から薬をとり出し、男のところへ戻った。

ポカンとつっ立っているその男は、ラインメタルをかまえたパムからさし出された薬を黙って受けとった。

「早くお塗り」

はっとわれに返った男は、はねた石でやられた傷にあわててその薬をすりこんだ。

「いいかい！　あたいの身内を殺しでもしてごらん、村じゅう皆殺しだからね、そうお言いよ！」

男はガクンと一度うなずくと、そのままヨタヨタと斜面を這い登りはじめた。

それから三〇分後。

パムは、暗くなってきたやぶの中を進んでいた。

エアロックは密閉してきたから大丈夫だ。彼女の足取りは軽い。

「フフフ、バカ……トレーサーをつけられたのも知らないで……」

さっき傷口にすりこんだのが、構造材のクラックを検出するための放射能クリームとも知らず、男はヨタヨタと、それでもかなりの早さで進んでいく。どうせ半減期は二時間くらいだし、明日一日《いちんち》頭痛が止まらないくらいでそれ以上の害はないはずだ。パムは、もちろん検知機を片手に、男からすこし離れたところを尾行していく。ほんとに、これがなかったらとっくにまかれているところだ。これはとても通れないと思うやぶや沢を、男はあきれるほどたくみに回避しながら山中を歩いていく。パムのほうは、ときどき検知機のスコープ面に眼をやりながら、その指示どおりに追跡すればよい。

あの尾根の向こうかしら？……。

せっせとあとをつける彼女は、なにか固いものに蹴つまずいた。

なにかと思うとトランシーバーの小さなケース。

ロケ松が持っていたやつだ。まだ、スイッチが入ったまま。つかまった彼はここを通って連行されたらしい。

パムはそれを持ったまま歩き出した。

ひとつ大きな尾根を越えると、眼の下の谷間に小さな村がぽつんと見えた。狭い平地に二、三〇軒ほど粗末な小屋がひしめいている。

男は、その村をめがけてヨタヨタとやぶの中をおりていく……。あたりはもう暮れかけている。

彼女はやぶの中を大きくまわりこみ、こっそりと村に忍び寄った。

男たちはごろごろしていて、飛び道具は固体銃弾が主だが、ブラスターの古いのを持っているやつもいるようだ。さっきの男が捕虜は小屋の中にブチこんであると言っていたが……と、あたりをさぐるうちに、いちばん奥まったところに物置きらしい小屋があるのが目についた。どう接近しようかと考えているうちにガラリとその小屋の戸が開き、いかにも兇暴そうな大男が出てきた。手にしているのは、ロケ松が持っていたレーザー・ライフル！　ロケ松さんはあの中に放りこまれている！

暗がりにひそんだままその男をやりすごし、用心深く小屋にしのびよってすきまからのぞきこむと中は真っ暗。どうも、ロケ松らしい男がころがっているらしいのだが、いくらこっそり声をかけてみても身動きひとつしない……。まさか殺されたんじゃ……？　戸には頑丈な錠がおりているし、とても娘一人で救出できる状態ではない。

彼女はもういちど、住居らしい小屋があつまっているほうへ戻った。なにかうまい手は……。

と、そこへ小さな子供が四、五人やってきた。

近くであそんででもいたのか、暗くなったので家に帰ってきたらしい。

そのとたんにパムは行動をおこした。

さっき拾ったロヶ松のトランシーバーのスイッチを受信にして音量をいっぱいにあげてから地上におくと、まるで猫みたいに彼女はその子供たちへと忍び寄った。そして、いちばん小さな四、五歳の女の子に狙いをつけ、ぱッ！　ととびかかり、その子を横抱きにして走りだした。

「お、お母ァちゃあン……！」

はじめは何が何やらさっぱりわからず、ただ、ぼんやりとつッ立っていた子供たちは、一〇〇メートルもパムが走ったころになって騒ぎはじめた。

搔ッさらった女の子のほうも、パムの小脇にひっ抱えられたまま、とつぜん泣き声をあげはじめた。

「こわいよォ……お母ァちゃン……助けてェ！　あァーン」

「お黙り！……お黙りったら！……静かにおし！」

山猫みたいにやぶの中をつッ走りながら、彼女は抱えている子供をたしなめた。しかし、相手がそんなことで泣きやむわけはない。子供にすれば必死である。だしぬけにひッ抱えられたショックから回復すると共に、子供は盛大に手足をバタつかせ、泣きわめきはじめた。

「うるさいわね！……静かにおしッたら！」

息をきらせて走りながらパムはどやしつけた。

「ブツよ！　おとなしくしないと！」

そんな言葉などお構いなしに絶叫する子供の頭に、彼女は手加減しながらポカリ！　と一発噛《か》ました。

やっとのことで村を見下ろす尾根まであがると、パムは下の様子をうかがった。

もう、子供がさらわれたことは村じゅうに知れ渡ったらしく、灯を手にした人影が小屋のあたりにばたばた動きまわっているのが見てとれる。

パムはトランシーバーのスイッチを送信に入れた。

「お聞き！」彼女はマイクに向かって言った。

あの、村の暗がりに置いてきたロヶ松のトランシーバーからパムの声がとび出したはずだ。

「聞こえるかい？」

村の前をチカチカしている灯の動きがとつぜん変わったのをパムは見てとった。

「もし、あたいの声が聞こえるんなら、ブラスターを一発上に向けてお射ち！」

しばらくして、古いブラスター独得の赤い閃光がとっぷりと暮れた夜空に打ち上がった。ひどくためらいがちな感じである。ラインメタルみたいな新しいレーザー・ガンならいっきに白い閃光が沖天《ちゅうてん》まで伸びるのだが……。

「よし、わかったね！　子供はあたいが預かるよ！」パムは言った。「うちの身内をちゃんと無事に返してよこさなけりゃ、この子はブチ殺すからね！　あたしゃ、嘘ついてるんじゃないよ。ほれ！」

パムは、まだ小脇にひっ抱えた子供の鼻先へトランシーバーをつきつけた。

「お母ァちゃン！　って言いな」

しかし、子供は恐怖に泣きじゃくるだけ。

「言わないか！　バカ」

ピシャリ！　彼女は子供の横っ面《つら》に軽くピンタを嚙ませた。

「あァーン！　お母ァちゃン！　こわいよォ！」

ここを先途と、その小さな女の子は盛大に泣きわめきはじめた。

パムはトランシーバーをしばらく子供の口に近づけたままにしていたが、やがて自分の口許へもっていった。

「聞いたろ!?」彼女は言った。「わかったね！　すぐにうちの身内を返さなけりゃ、あたいはこの子を殺すからね。そのまんま、追ッかけてきたりしてごらん、すぐにこの子を灼き殺すよ！　こっちだってレーザー・ガン持ってるんだから……！」

彼女は沖天めがけてレーザー・ピストルの引金を二、三回ひいた。眼のくらむような白い閃光がいっきに伸びる。そのとき、天頂近くに二つ月がかかっているのに気がついた。

「さあ、返事をおし！　こっちは受信に切り換えるよ！」

〝――すけてくれ！　頼む！〟

向こうはさっきからトランシーバーにわめきつづけていたらしい。男の声はひどくとり乱している。

〝頼む。条件はのむ！　おれの娘を返してくれ！　後生だ。おれの一人娘だ！　捕虜はすぐ返す！　聞こえるか？　どうぞ！　どうぞ！〟

「一人娘だろうとなんだろうと、あたいの知ったことじゃないわよ」パムはふたたび送信に切り換えてから言った。「この盗ッ人が。どうぞ！」

〝わ、わかった！　どうぞ！〟

「わかったじゃないよ！　お聞き！」

パムはひっ抱えていた子供を地上におろすとトランシーバーを口にくわえ、マイクのところで両掌をパチッ！　となんども派手にたたきあわせた。都合よく、その音にびッくりして子供がまた泣きわめき出した。

「聞こえるかい!?　どうぞ」

〝や、やめてくれ！　たのむ！〟

一人娘が盛大にピンタを喰わされていると思いこんだ相手はもう泣かんばかり。

〝す、すぐに捕虜は返す！　どうぞ〟

「はやくしないと、子供のほッぺは腫《は》れ上がってしまうよ！　どうぞ」

〝わ、わかった。手荒らなことはしねェでくれ、おれの一人娘だ……〟

「盗ッ人のくせしやがって一人前の口をおききでないよ。いいかい!?　あたいはね、宇宙船盗ッ人のガキなんか、一人や二人絞め殺すぐらいなんでもないんだからね、ちくしょう！　あたいは、船で待ってるよ！　アウト！」

定石どおり捨台詞《すてぜりふ》を吐いてからスイッチを切ると、ふたたび彼女は娘をひッかかえ、月光を頼りにやぶの中を船のほうへと早足で歩きはじめた。

〈クロパン大王〉が見えるところまで帰りついたとき、パムはぎょッとなった。

谷間へ射しこむ月光を浴びたその宇宙船は、ちゃんとロックしたはずのエアロックが開かれており、船尾のめくれた外鈑《がいはん》のすき間から作業灯の光が洩れている。近くにエアカーが一機……。

なんてずうずうしいやつらだろ……！　エアカーにのってくるなんて、あの泥棒村とは別口かしら……？　もし同じだったら、この子の頭を丸坊主にしちまうから……。

彼女はレーザー・ガンを構えてこっそりと船尾にしのび寄った。外鈑のすき間からのぞくと、一生懸命制御ユニットを取りつけているのはピーターとコンの二人……。

話もそこそこに船橋へあがり、さらってきた子に糖結晶をやったりしているうちに、ふと船橋から外を見ると尾根筋にチカリと灯りが見えた。

次の朝、夜明けと共に〈クロパン大王〉は谷間から離昇した。

そしてそれから三日目、彼らは幽霊に遭遇したのである。

11

ブンカーに入った小型宇宙艇の機位制御ノズルを整備していた娘が、やぐらの上から又八に向かってきれいな声をかけてきた。

「又八様！　お願いでございます！　そこには高圧ケーブルが通っております！　お体に触れますと危険でございます！　あちらへおまわりくださいまし！　あなた様にもしものことがございますと、わたくし、生きてはおれません！」

「キャハハハ！」

「わたくし死にまする！」

「ヒャオォ！」

近くで作業している若い娘たちのはなやいだ笑い声がどッと起こった。

「くそッ！　おりて来やがれ！　このすべた娘どもが！」

又八は噛《か》みつきそうな顔で下からにらみあげた。

「あら！　そのような荒いお言葉、又八様らしくもない！　わたくし、とまどいまする！」とべつの娘……。

どッ！　とまた笑い声……。

金平糖錨地《こんぺいとうびょうち》――

〈星海企業〉泊地――乞食軍団の専用泊地では、あの日以来、どこにいっても〝又八様……〟というのがはやり言葉になってしまっていた。

乞食軍団きっての伊達男《だておとこ》として評判の高い又八が、こともあろうに棺桶でご帰館といういささかみっともないはめにはなったものの、それを運んできたのが星域きっての美女ぞろいで知られる惑星カピの娘たち、そのなかでもとびきりきれいな娘が、泊地で整備工をやっている三〇人近い娘たちの前で〝又八様！〟と叫んで、よよ！と床に泣き崩れたのだから、ことは重大である。

その、なんとも屈折した気持ちが、〝又八様！〟というはやり言葉をつくってしまった。

それに加えてこの又八が、〈星涯《ほしのはて》〉星系――どころか、東銀河連邦全星系きっての秀才ばかりをあつめた連邦宇宙軍兵学校の生徒だったことがあり、なにかまずいことがあって放校処分を喰らい、流れ流れて〈星涯《ほしのはて》〉星系までやってきたとびきりの超エリートだということが知れたのも、娘たちにしてみれば大きなショックであり、同時にますます彼女たちの心を騒がすもとになっていた。

〝又八様、又八様〟

「やめねェか！」

又八は凄《すご》い眼つきで天井から吊り下がっているスピーカーをにらみつけた。呼び出しまでおれをコケにしやがる……。

「ウヮァオ！　いろおとこ！」

本人がすぐ下にいるとも知らず、１００型艇の上で仕事をしていた娘がそう叫びながらエアホースをひき寄せようと体をのり出し、もろに又八からにらみあげられる形となり、キャッ！　と小さく叫んで体をひッこめた。

しかし、この〝又八様……〟は、彼をコケにしたわけではなかった。

〝又八様、又八様、事務所へすぐおいでください。社長が到着されました。すぐおいでください〟

おや、頭目《かしら》はもう到着したのか……？

頭目のムックホッファが惑星・白沙《しろきすな》にある基地から上がってくるという連絡は入っていたが……。

彼は、小型宇宙船がすっぽり入る巨大なエアロックでじかに埠頭へ通じる広い整備区画から、小惑星を掘り抜いたトンネルを通って業務区画のほうへ歩いていった。

「おう、ご苦労だったな！」

事務所の奥でムックホッファが、たくましい顔をほころばせながら声をかけてきた。

小惑星の外側へ開いたガラス窓の向こうには白沙《しろきすな》の巨大な球体が浮かんでいる。衛星軌道よりかなり離れたよどみ点（近くの天体の引力のバランスの点）のひとつにあるので、白沙《しろきすな》はもちろん、星涯《ほしのはて》とも位置関係は変わらない。

ムックホッファのとなりには和尚、そして、この泊地をとりしきっている年齢不詳の美女・お富もいる。

「ごく大ざっぱなところは今、話した」と和尚。

「おまえはどう考える、又八？」腰をおろした又八に向かってムックホッファはいつもの低く太い声で言った。

「タンポポ村ですか？」

「うむ」

「410で、村の中央部をおおってたシートみたいなものをひきずり上げたときの感じは、その、なんといったらいいかな、水が溜ってるみたいな感じでした。青いような灰色のような水がぴったり。真夜中なのに、そんな風に見えたんです。べつに光を出してる感じでもないのに……ですよ」

「うむ、まさにそんな感じだったのう」

和尚が大きくうなずいた。

「しかし、そこにほら、甚七さんが救難庁に仕掛けをして、〈アフラ・マズダ〉衛星の反射鏡が太陽光を照射してきたでしょう。

あのとき、わたしははっきり覚えているんですが、照らしてきた光がそっくりその中へ吸いこまれる感じだったんです。水なら反射するはずでしょう……」

「なにか、新手の貯液池かのう……」と和尚がつぶやくように言う。

「いやァ、液体という感じじゃなかった。それと、ほら、あのとき、ハインケルのところの踊り子の乗ってた反重力《アンチグラ》ボールがきかなくなったでしょう、あれも偶然とは思えない……」又八も頭目の前では和尚にも折目正しい口をきく……。

「それもそれだが、なによりもわからんのはあの警戒の厳重さだよ」と和尚が言った。「われわれが仕掛けて以来、いよいよあそこの警備には星系軍が配置されたそうだ。レーザー銃の警戒線がびっしり作られて、あの盆地の尾根筋に近づいたものも現場で処刑だそうだ」

「処刑……」とお富。

「若いのにさぐらせたところでは、山菜取りなどで迷いこんだ女や子供まで、本当に処刑されとるそうだ」

「ひでェなあ……」と又八。

「……」ムックホッファはなにか考えこんでいる。

「とにかく、われわれがあの夜にハインケルのサーカスを雲取の宇宙港から逃がして、星涯《ほしのはて》宇宙港へ行くまでの追ッ手のかかる手早さときたら、あれはただごとじゃないよ」和尚はムックホッファに言った。「星系政府が総がかりじゃなけりゃ、あそこまでやれるわけがない」

「よほど重大な問題がからんでいるということだな……」

「タンポポ村から働きに出ていてとり残された——のか、なんなのか、とにかく、一人になったあの娘、ほれ」

「パム」とムックホッファ。

「そう、あのパムに対する福祉奉行所の手まわしのよさなんぞは、ほんとに星涯《ほしのはて》市では考えられんことだからのう……」

「それは、おれがさらったモクにしたって同じだぜ。星系警察の機動隊があれほど必死で追っかけるなんてのは、ついぞないことだからなぁ……」

「なにか、とんでもない意味があるわね」とお富。

「それも、星系政府全体がからんどるなにかだな」

「モク爺《じい》さんの様子はどうです？」又八がムックホッファに聞いた。

「わたしがあがってくるときもひなたぼッこをしていたが、全然、だめらしい……」

「モク爺さんで思い出したことがあるんです」又八が言った。

「……？……」

三人が又八のほうに眼をやった。

「わたしがペパーミント居住区から爺さんをさらってやむなく星系警察本部長官の官邸へ逃げこんだときのことですが、あのとき書斎で長官は、こっちのつかませた〝パムが焼け死んだ〟という偽情報をどこかへ電話していました。そのときに、相手を〝社長〟と呼んでいました。そして、連邦政府が介入してきたのかもしれない……と。星系警察本部としてはこれ以上かばいきれないと……」

「星系ぐるみ、財界ぐるみでなにかたくらんどるというわけだのう……」

「〈クロパン大王〉からの連絡は入らんのか……？」ムックホッファが聞いた。

「いえ、今のところ入っていません」とお富。「かなりこまかく跳躍していくと言ってましたから時間がかかると思いますけど、もう、そろそろ着いてる頃です。でも、あのあたりは重力波干渉がいくつも重なってますから、高次空間通信系もなかなか通じないんです。

出る前に〈冥土河原《めいどのかわら》〉星系へのアプローチを聞こうと思って、途中に〈考護《こうご》〉星系っていう小さな星系があるでしょう。あそこの〈考護海運〉とコンタクトするのが精一杯でしたからねェ……。無事だといいんだけど……」

「あの連中のことだ、抜かりはあるまい……」

「大丈夫だよ」又八も言った。

「だけど、本当にあのパムっていう娘の両親が、幽霊になって出るのかしら……」

「さてのう……なにしろ、あのモクという爺さんが持ってきたという宝石にしても、ただの石ではないらしいしのう……」

しばらく四人は何も言わなかった。

「まあ、それはそれとしてだ」ムックホッファが言った。「パムに関しては松たちにまかすとして、パムが両親だか、両親の幽霊だかに会えるかどうかは松とピーターコンにまかすとしてだ……。

わたしは考えるんだが、どうやらこの一件は、単にパムという娘ひとりや、タンポポ村という村ひとつの事件ではないようだ。もっと入り組んだ、大がかりな秘密がからんでいるらしい。

そこでだ。

ひとつ、ここでみなの意志を統一しておく必要があると思う。われわれが、今後もこの一件に対して正面からとり組むかどうかについてだ……」

「どう考えてみてもこれは」すぐに又八が言った。「星系政府だか星系軍だか知らないが、どうも向こうのやり口は胡散《うさん》臭すぎますぜ」

「なにをたくらんどるのか知らんが、すくなくとも住民をしあわせにする企みでないことは間違いないようだのう」と和尚が言った。

「……」ムックホッファは黙って三人の顔を見較べている。

「もっと突っついてみようじゃないですか。なんか、ワルどもから金をせしめるおもしろい口がころがってるかもしれねェし、第一、タンポポ村でひどいめにあってる人間は他にもたくさんいるんじゃないですか？　やるべきですよ」

ムックホッファは和尚とお富へちらりと眼をやった。二人ともかすかにうなずいた。

「よし、話はきまった」

ムックホッファはうなずいた。

「となれば、〈クロパン大王〉が戻ってくるまでにわれわれがやっておくことは――」

「もう少し、この一件のまわりをはっきりさせてみることですね」又八が言った。

和尚がニヤリと笑ってうなずいた。

それから数日後――

星系の首都、星涯《ほしのはて》市。

周辺十いくつの自治星系に対して、宇宙関連産業やエレクトロニクス、輸送機器など、工業製品の生産と輸出で圧倒的な強味をもつ〈星涯《ほしのはて》〉星系。

東銀河連邦政府のある〈星京《ほしのみやこ》〉など、東銀河系の中心部から見れば、まさに名前どおり星の海の涯みたいなところにあるのだが、そんな工業力を背景としたこの〈星涯《ほしのはて》〉星系が有力な自治星系としてそれ相応の発言力をもっているのもうなずける大都市である。

言うまでもないことだが、この星系の経済構造は、ごく少数の支配階級に対してのみ桁違いの富をもたらすようにできている。

それはたしかにそのとおりなのだが、これは景気のよい惑星社会の通例として、町々にあふれる小気味のよい活気はそんな歪《ひず》みをすぐに感じさせることはない。要するにこの惑星では貧乏人のレベルまでが高く、生活もそれだけ豊かなのだ。

市街は星涯《ほしのはて》湾につき出た半島の上にあり、大ざっぱにいうと海岸に面した北側がずっと宇宙港や工場地帯になっており、西側の海岸線は港湾、商業区域、そしてその奥が行政区域となっている。半島の中央には三〇〇メートルほどの山があり、頂上は公園、そしてその南側斜面に残された深い緑の中に高級住宅が点在していて、規格住宅が何十層にも重なり、自走軌道車《CVS》のレールや磁撥走路が入り組む庶民用住宅区域とはきわだって対照をつくっている。

そんな閑静な住宅地の一角、白いプラメタル塀に囲まれた快適な屋敷は〈星涯《ほしのはて》重工〉の社長宅である。

若い娘がひとり、つかつかと門から中に入りかけて、たちまち警備員につかまってしまった。アラーム・システムでなく人間の警備員を使っているのは金持のなかでもとびきりの連中ばかり。

「御用は？」警備員が仏頂面で聞いた。

もしも重要な訪問客なら事前に執事から連絡があるはずだ。身なりは豪華だが、大した客ではあるまい……。

「社長の奥様におめにかかりたいの」

二〇《はたち》すぎか、すばらしくあか抜けした身なりの娘である。

「お約束は？」

「そんなもの、あるもんですか！」

むッと表情を歪めながらも、男は電話機をとりあげながら言った。「お名前は？」

「おめにかかってからって、お伝えしてちょうだい」

〝ふん……この小娘が……〟

それでもこの警備員が電話をとりついだのは、一にかかってこの娘がすばらしい美人だったせいである。

「奥様はお会いにならないそうです」

警備員は電話機を戻しながらにべもなく言った。

「あら、そう？」

娘はニヤリと笑った。

「それじゃ、こう伝えてよ。〈星涯《ほしのはて》重工〉社長カーペンターの妾《めかけ》が社長夫人におめにかかりたいって――」

「チョ、チョッと、それは……」警備員はたじろいだ。

「なに？　取り次いでくれないとおッしゃるの!?」

こんな場合、もういちど取り次ぐべきか、それともあっさり放り出すべきか、どうすればいいのか迷っている警備員に向かって娘は追い打ちをかけた。

「いいわよ、社長にじかにお話しすればそれですむことなんだから。あたしはただ、社長夫人とじかにお話ししたいからここにやって来たのに」

警備員はもういちど電話機をとりあげ、小声でなにかしゃべりはじめた。押し問答はかなり続いている。やがて塀の上の監視カメラがゆっくりと娘のほうへ首を振ってきた。彼女はそのユニットに向かってにっこりと笑いかけてみせた。

かなり長いやりとりのあとで、警備員が電話を置いた。

「いま、お迎えがまいります」

「あ、そう、ありがと」

やがてギスギスした中年女が一人やってきた。

「社長夫人の秘書です」女は見下した口調でおッかぶせるように言った。「御用は？　わたくしがうけたまわります！」

「アラァ？」娘は場違いな声をあげた。「あたし、奥様におめにかかりたいと申しあげたンですけど――」

「ですから奥様がわたくしにうかがってくるようにとおッしゃったんですよ！」

「よろしいのかしら？」娘は監視カメラのほうへ向かってニヤリと笑いかけてから声を高めた。「奥様がお困りになるンじゃないかしら？　あなたなんかにお話しすると……」

なんて無礼な！　女は顔色を変えた。

そこに電話の低いブザー音。とりあげた警備員はすぐに通話機を秘書のほうへ差し出した。

「ついてらっしゃい！」

通話機を戻しながら、秘書はあらんかぎりの侮蔑をこめて言った。

「ハイ、おそれいります」娘は陽気に答えた。

通されたのは、さすがに〈星涯重工《ほしのはて》〉の社長邸にふさわしい豪華なものだが、それでも間取りからして、あやうく門前払いを食い損なった程度の客をあしらう応接間らしい。

なにか奥のほうでゴタゴタしている気配だったが、やがて、ニコリともしないで入ってきた社長夫人は、じろりと娘を見下ろしてから言った。

「なんの用なの？」

もう五〇すぎ、ありとあらゆる美顔術のたぐいを応用しているのだろうが、歳《とし》ばかりはどうも争えない。

「あァラ、奥様」娘は椅子にすわったままで言った。

「はじめまして」

「それで御用は？　誰なの、あなた？」にこりともしないで社長夫人はつけつけと言った。

「あの門番は申しあげませんでした？」

「……」

「さっき申しあげといたんですけどねェ」

「ですから、あなたは誰なのよ？」夫人はいらだたしげに声をあげた。「なんの用事なのよ、いったい？」

「わたくし、カーペンター社長さんのお妾《めかけ》なんです」

「まアッ！」社長夫人は眼を吊り上げた。「な、なんて不潔な！　なにしに来たの？　嘘でしょ！　ね、嘘でしょ!?」

娘ははなやかな笑いを洩らした。

「社長がお帰りになるまであたし、待たせていただきますわ」

「な、なにしに来たのよ！　あんた！　め……妾なんて！　あの……紳士づらして……あいつ……キィーッ！」

「奥様、おちつきなさいましな」娘はかるくいなした。「いくら若くおつくりになりましても、としはとし。そのお召しもの、吉野屋の特選品でございましょ？　それに、いくらマクドナルドの美顔クリームをお使いになっても、ほれ、お肌はもう――」

「お黙んなさい！」社長夫人は金切り声をあげた。

「ごめんあそばせ」

「出ていけ！」夫人は絶叫した。

「あら、よろしゅうございまして？」娘はにっこりと笑いをかえす。「いつでも出てまいりますわ。でも、社長がお困りじゃないかしら？」

「困るもんですか！」

「そうでしょうか……」

そこへエアカーが接地する音が伝わってきた。

彼女はちらりとそちらへ眼をやった。

「社長さん、お帰りになったンじゃございませンこと？」

はじかれたように社長夫人は応接間を出ていった。

それから五分、一〇分、やがてどたどたと足音がして、夫人にひきずられるように社長が入ってきた。

「わ、わしは知らんぞ！」

社長はまじまじとその娘を見つめてから言った。

「わ、わしは知らん！　こんな女は知らん。第一、わしが妾だなんぞと、わしはおまえひとりを――」

「なにをおッしゃいますか、この期に及んで！　星系政府総務長官の娘のこのわたくしと結婚なさるとき、あなたはなんとおッしゃいましたか！　くやしい！」

「は、はなせ！」

はげしくもみ合う二人をおもしろげに見守っていた娘はにッこりと笑って立ち上がった。

「社長さん！」彼女はあッけらかんとした声で言った。

「な、何者だ、きさまは？　なんのたくらみがあってここへやってきた？」〈星涯重工《ほしのはて》〉の社長は叫んだ。

「つめたいおッしゃりかたねェ」

「な、なンてずうずうしい！」社長夫人が叫ぶ。

「知らん！　きさまの顔など見たことがない！」

「あらァ、おッしゃるわねェ」

「何者だ、きさまは!?　名をなのれ！」

さすがに相手は男。

「いいの？　ほんとにいいのね？」

「いい！」

「言いなさい！」

「よし、わかったよ」娘はがらりと態度を変えた。「そんなに聞きたきゃ教えてあげるよ、あたしの名前を。いいかい！　二人ともお耳をかッぽじってよく聞きな。あたしの名前はね――タンポポさ！」

「タ、タ、タンポポ！」

〈星涯重工《ほしのはて》〉社長のカーペンター氏は、腰の抜けそうな声をあげた。

「し……し……知らん、わしは知らん、あれは――」

「どうォ、奥様」娘は、夫のあまりのあわてぶりに呆然としている夫人に向かって言った。「この顔をご覧なさいましな、それでもこのタンポポをご存知ないとおッしゃるつもりかしら……？」

「……タ……タンポポ……」社長は椅子にどさりと沈みこんだ。「い、いったい、これは……。知らん、わしは知らんぞ」

「まだおっしゃるつもり?」

「ど、どこでおまえと」

「あアラ、タンポポと関係のあるところよ」

「〈乙女の銀河〉か、〈エズメラルダ〉か、それとも――ウッ」夫人の凄い眼つきに社長はあわてて口をつぐんだ。

「もっとお大事なとこあるでしょ。ほら、星系軍の、さあ」

「お、おまえは! 〈氷〉の女か! まさか、あそこの女は――」

「〈氷〉ってどこですの?」娘は不思議そうな顔をした。

「ほら、星系軍司令部の――」つられて社長はそこまで口をすべらせ、あわてて言いよどんだ。

「そんなとこじゃないわよォ! あたしの言ってるのは、星系軍駐屯地の裏にあるでしょ、裸踊りの小屋が――。社長さン、よく、お忍びで――」

　ガチャン! キーッ! た、助けてくれ!

　凄まじい騒ぎをあとに、娘はすッと立ち上がり、つかつかと応接間のドアへ歩み寄り、いっきに押し開いた。

　ドアの外側にはさっきの女秘書をはじめ、使用人たちがなにごとかとひしめいていて、あやうく娘と鉢合わせしそうになった。あわてて彼らはさっと左右にわかれた。

　娘は玄関を抜け、ポカンとしている警備員を尻目にさっさと門から外へ出た。

　人っ子ひとりいない昼下がり。

　海のほうへ向かってだらだら下りになっている道を一〇〇メートルほど歩くと、塀の切れ目にわざと残してある公園ともつかぬちょっとしたやぶの中へ娘はスタスタと入っていった。

　そして、さっと、着ていた豪華なオンディーヌ・シルクのドレスを脱ぎ捨てた。下から、これまたとびきり粗末な衣裳があらわれる。ボロ布みたいな、かかとまである長いスカートに、くたびれた袖無しのブラウス。力いっぱい顔をこすった汚い布でそのまま髪を包み、チンチラ・ブラウンのハイヒールを脱ぎ捨てる……。

　あッという間に、こんな高級住宅街にはおよそ不似合いな見すぼらしい乞食娘ができ上がった。顔だけは化けようもなく、すすけはしたものの図抜けてきれいな顔立ちである。

　エラ……。

　金平糖《こんぺいとう》錨地《びょうち》のロケット整備員、お富の手下のひとりである。

　きれいな素足につッかけのポコ靴をはき、ペタペタ足音を立てながら道に出たエラが海のひろがる坂道を下りはじめると、これまたそのいでたちにふさわしいおんぼろの地表艇《ホバ・ヴィ》が後からやってきて、さっとなりへ停止した。

　エラは黙ってのりこむ。

　操縦しているのはもちろん又八。安ッぽい商人風である。

「あんた、この星涯《ほしのはて》じゃお訊《たず》ね者なんだろ?」地表艇《ホバ・ヴィ》が動き出したとたんにエラは言った。「もッと化けなきゃまずいわよ」

「化けてるじゃねェか!」

　又八はバランスをオートに入れながら言った。

「くッ! それでも? ひと目で乞食軍団きってのシャレ男だってことがわかるよ。〝キザ又〟そのものじゃないの」

「それよりどうだ、収穫は?」

「あったわよ! 大ありよ」

「そうか、そいつはうめェ」

「まず、〈星涯《ほしのはて》重工〉はこの一件に深く嚙《か》んでるね。とにかく社長のカーペンターはね、〝タンポポ〟って聞いたとたんに、あなた、ほんとに腰を抜かしそうになったわよ」

「こっちの考えたとおりだったな」

「バレた――って顔ね。それと、なにかわかんないけど、タンポポって言葉は、あの爺さんに凄い負担になってるわよ。おびえてるって感じね」

「なるほど」

「それから、あの社長の出入りしてる店は〈乙女の銀河〉に〈エズメラルダ〉、そしてさ、バカだねェ、向こうからペラペラしゃべッたんだけど、星系軍司令部の連中と会うときは〈氷〉って店を使ってるわ」

「〈氷〉だな? よし、調べさせるとしよう」

「〈氷〉に張りこめばなにかつかめるね」

「おまえ、その店に住みこむか?」

「住みこんでもいいけど……。やッぱりいやだァ! あたし、地でやッちゃったから、〈氷〉にあの社長が来たら、勘づくわよ……」

「それじゃ〝金平糖《こんぺいとう》〟から誰か呼ぶか?」

「ウン、誰がいいかなァ……考えとくわ」

「それより、エラ」

「え?」

「おまえ、それのほうがきれいだぜ」

「いやだァ」エラはあわてて自分のいでたちに眼をやった。

「いや、そりゃ、あれだけめかしこみゃ、そりゃそれもいいけどよ、やっぱし、ふだんのおまえのほうがいいなァ。おまえはへたに細工しねェほうがいい。それのほうがきれいだ」

「アラ! 戯《ざ》れ言《ごと》はおよしくださいまし、又八様」

　だしぬけにエラは素ッ頓狂な声をあげた。

「わたくしがきれいだなどと、わたくし、恥ずかしゅうございます! とてもアシュリ様にはかないませぬ、お許しくださいませ。おからかいになるのはおやめくださ い、わたくし、どうすればいいのやら！　あァ、わたくし、乱れまする！」

「よさねェか、バカ」又八がいやな顔をした。

そしてふっと言った。

「おい、明日は星涯《ほしのはて》の慰霊記念日だな……」

次の日……。

星涯《ほしのはて》市の中心部。

星系議会の議事堂前から官庁街を抜けて市の中心部へ続く大通り、通称・都大路《みやこおおじ》は、いつもなら人や車、地表艇《ホバ・ヴィ》などでごッたがえしているのだが、今日は慰霊記念日、つい数年前に制定された祭日である。〈天宝《てんのたから》〉星系との国境紛争《いざこざ》がおさまったこの日は、戦死者を追悼して、毎年、星系軍によるパレードが軍墓地まではなやかに行なわれることになっている。

戦争といえばたいていの場合、星系宇宙軍だけのやることで、国境紛争はいつものことでも地上軍が大きな役割を果たすことはほとんどない。従って、宇宙軍と地上軍はあまり仲がよくない。

ところが、この天宝《てんのたから》事変と呼ばれる出入りばかりは、〈星涯《ほしのはて》〉星系の地上軍が〈天宝《てんのたから》〉星系の惑星にまで攻めこみ、さらに先方の政情不安につけこんで首惑星・天宝《てんのたから》にまで侵攻したという、〈星涯《ほしのはて》〉星系にしてみれば歴史にのこる事件なのである。停戦協議の結果、〈星涯《ほしのはて》〉側は〈天宝《てんのたから》〉星系から撤退することにはなったものの、莫大な賠償金や各種の利権を手に入れることができ、いってみれば星涯《ほしのはて》市今日の繁栄にいちだんと大きく貢献することとなった。

星系軍にしてみれば地上軍も宇宙軍もいやが応でも記念日を制定しなければひっこみのつかないところだし、星系政府としても異論のあろうわけはない。いきおい、この日は星系内の各地ではなやかな記念行事が繰りひろげられる。

なかでも星系首都において行なわれるパレードは最大のイヴェントとしてひろく知られていた。

沿道にひしめく群衆の歓呼を浴びてパレードはスタートした。

まず先頭の3型汎用軽地表艇には、星の海に金色のトビをあしらった星系旗を捧持する宙・航・地三軍儀仗兵。そのあとに儀仗艇が三列で各一〇隻。つづいて第200、201、202、203と、事変で勲功を立てた各機動師団の大型兵員輸送艇が整然とつづく。4型震天艇と呼ばれるこの大型野戦地表艇は、今年はじめて部隊配備となった新型で、そのスマートなスタイルに、わけ知りの子供たちから歓声があがる……。

つづいて特別機動師団の各種砲艇、そのあとに……そのあとに……。

延々と続く隊列がやっととぎれたところで、こんどは軍高官や招待の政府高官をのせたオープンの地上車、つづいて……つづいて……。

堂々たるはなやかなマーチがあたりを圧し、人々は歓声をあげて隊列を迎え、そして見送る。

やがて全天を揺るがすように、機動航空師団の大編隊が、都大路をはさんでそびえる建物すれすれの高度で進入してきた。

そして、そのF400戦闘爆撃機やC2410輸送機の大編隊と地上のパレードとの間にできた数十メートルの空間を埋めるように、こんどは機動騎兵師団の単座ガン・シップが、さながらウンカの大群みたいにやってくる……。

男たちが歓声をあげ、娘たちが黄色い声と共に花束を投げつける。

延々とつづく昂奮のなかを、パレードは星涯《ほしのはて》市南西のはずれにある星系戦没者墓地に到着した。

去年からの一年間に発生した小競り合いで戦死したり、あたらしく発見・収容された古い遺体など、今日、あらたに合祀《ごうし》される戦没者の棺が並ぶ前に、軍高官をのせた地上車が静かに入ってきた。やがて降り立った高官たちは純白の騎士バラの花束を手に静々と進み出ると、棺の上に捧げはじめた。

ところがちょうどそのときである。どこからまぎれこんだのか、ひとりの老いぼれた浮浪者が棺の傍へといざり出た。戦傷兵を示すくたびれたユニホームを着ている。時が時だし、ユニホームがユニホームだから、警備兵も大目に見たらしい。

ところがその浮浪者は、献花を終えた高官たちが整列していっせいに敬礼するタイミングを狙ってあらんかぎりのしゃがれ声をはりあげたのである。

「司令官閣下！　星系地上軍もと乙曹、川端金四郎であります！　お願いの件があって参上いたしました！」

綺羅星《きらぼし》のごとく並ぶ星系軍将官の前、こっちは浮浪者とはいえ戦傷兵、しかも、そいつが正規の申告をはじめたとなればいったいどう扱えばいいのか、警備兵はうかつに手出しもできぬままじっと見守った。司令官の顔には、なんの用事か？　言ってみよ――という表情が浮かんでいるのだ。

それを読みとったように老人は叫んだ。

「〈天宝《てんのたから》〉星系にて重傷を負い後送され、兵役を免除されて故郷のタンポポ村に帰ろうとしましたところ、なぜか、妨害を受けて帰ることができません！　なんとか、ご配慮ください！」

タンポポ村――という言葉が老人の口からとび出したとたん、居並ぶ高官のなかの何人かがあきらかに表情を変えた。

しかし、あとは、うるさいやつだ、誰か、早く追い払えという表情のまま。

そんな司令官のかすかな表情の変化を読みとったかのように、大あわてで行動を起こした警備兵は、それでも戦傷兵というわけで手荒な真似は控え、わめきたてる老浮浪者をとにかく、人ごみの中へと押し戻した。

　そして五分後には星系警察のパトロール艇が急行してきてあたりを封鎖し、せっかくの祭日に——とぼやきたてる群衆をかきわけかきわけ、その浮浪者をさがしまわったが、ついにその姿を発見することはできなかった……。

　それから数日間、同じようなことが、星涯《ほしのはて》市のあちこちでたてつづけに起こった。

　政府高官がよく出入りする料亭の前では、若い娘の浮浪者が悲しげな声をはりあげた。

「おねがいでございます、だんな様がた！　タンポポ村に生まれましたばッかりに、生まれもつかぬ孤児となり……」

　官用地表艇でのりこんでくる高官たちの大半はなんの関心も示さなかったが、ギョッとなった高官のいたあとには、必ず市警ではなく星系警察がじきじき急行してきて徹底的な検問を行なうのだが、いったいどこに消えるのか、ただの一度もそうした浮浪者を逮捕することはできずに終わった。

12

「ふぅむ……」

　宿の一室でイメージ・プレートを丹念に調べながら和尚はつぶやいた。

「これで大分いろいろはっきりしてきたのぅ……。見なさい、星系軍お偉がたのこの表情を……。機密が洩れた！　という顔だ。

　それからほれ、こっちは財界の大物だ。〈星涯重工《ほしのはて》〉と〈Ｇ　Ｅ　星　涯《ジェネラル・エレクトロニクス》〉、〈ダイダロス工業〉……あわてたのはみんな大手だのぅ……」

「政府は閣僚級、それに議員が何人か……だな」と又八。

「でもね」まだ、浮浪者姿のエラが言った。「タンポポっていう言葉にふるえあがったのは社長さんたちだけよ。軍の連中はあわてたといっても、秘密が洩れた——ってだけじゃないの、ところが、あのカーペンターなんか、そのまま腰を抜かすんじゃないかと思うほどのショックだったものねェ……」

「ところでタンポポ村のまわりには張りこませてあるな、又八？」

「若いのが三人張ってる。大変らしいや、とうとう、星系軍が警備についたそうだ。道に迷いこんだやつでもなんでも、捕まったやつはその場で死刑だそうだ」

「……」二人は眉をひそめた。

　そして、又八は言いにくそうにつぶやいた。

「それでよ、和尚さん……」

「？」

「あのとき、ハインケルのワゴンから気球をあげたろう。おれが乗って、風に流されたふりして……。そのあと、あんたとハインケルが地表艇《ホバ・ヴィ》でおっかけた」

「うむ……？」

「あの地表艇《ホバ・ヴィ》を運転してた鳥ノ木村の若いの」

「ああ、村役場の若い衆だろ？」

「あいつは翌日から行方不明だそうだ」

　和尚は息を呑《の》んだ。

「面倒なことになるかもしれんから逃げろと言ったのに……逃げきれなかったか！……気の毒に……申しわけのないことをしてしまった……」

「いや、よしゃァいいのに、酔ッ払って村の酒場でベラベラしゃべったらしい」

「密偵がいたんだな……」

「おそらくね……。とにかく、うちの若いのが聞きこんだところじゃ、あの、テントの周囲っていうか、タンポポ村のある盆地のまわりには、レーザー銃の火網が二重三重にびっしりだそうだ。薬草採りに山に入った鳥ノ木村の親子がひっかかって黒焦げになったり、とにかく大変らしい……」

「……」

　そこへひそやかな足音が近づいてきて、きまりどおりにドアをノックした。二回、一回、三回。

「入れ」又八が声をかけた。

　ドアが開いて入ってきたのは、まだ少年っぽさが抜けない、いかにも悪餓鬼《わるがき》風の若者である。

「なんだ、椋十《ムクジュウ》？」

「大変です、又八ッつァン！」彼は息をはずませている。

　エラと和尚はなにごとかと眼をむけたが、又八はおちつき払っている。

「また大変です、かよ？　おまえの大変ですにゃ聞き飽きてら」

「いや、ほんとに大変なンです」椋十は口をとンがらせた。「言われたとおり基地裏の酒場に網をはってたら、ぱッくり512部隊の兵隊がやってきて、明日、星系軍の参謀総長が出張するそうです。行先は機密だそうですが、酔ッ払った連中が口をすべらしたところじゃ、隠元《いんげん》岩礁《がんしょう》だそうです」

「隠元《いんげん》岩礁？　なんであんなところへ？」

「だから兵隊もそう言ってました。おかしいでしょう？」椋十が言った。「それも、〈星涯重工《ほしのはて》〉のカーペンター社長が同行するそうです。みんな不思議がっていました」

「でかした！」又八がニヤリと笑った。

「動いとるのぅ……！」和尚もうれしそうに言った。

「いつだ、出港は？」

「明日の〇九〇〇」

「よし、ついてくるか、椋十？」

「ええッ！」椋十は眼を輝かせた。「連れてってくれるんですか!?」

又八が立ち上がった。「それじゃ和尚さん、ちょっと行ってくるぜ。連中がなんのためにあんなところへ行くのか、ちょっとさぐってみよう……」

「第二宇宙港ですか？　〈ディオゲネスの樽〉でしょ？」椋十が胸をはずませている。

「その前に行くところがあらぁ」又八は言った。「おまえ、軍基地のな、司令部連絡艇の繋留《けいりゅう》位置は知ってるな？」

「知ってます、又八ッつァンが調べとけと言ったでしょ、ちゃんと調べてあります」

「明日は何号艇が出る？」

「そこまでは聞かなかったけど……」

「〇九〇〇離昇ならもうカウント・ダウンが始まってるだろう。とにかく連れてってくれ」

「ハイ！」椋十がはりきった声をあげた。

「ちょっと着替えてくるからな」やがて粗末な作業服に着替えた又八は、椋十を連れて旅泊舎《はたご》を出た。

〈星涯《ほしのはて》〉星系は東銀河系の西北端に位置しているが、そこから中心部、東銀河連邦の中核をなす〈星京《ほしのみやこ》〉や旧王都〈星古都《ほしのふるみやこ》〉など主要星系に向かって何本かの航路が設定されている。そして、そこを高次空間航法で航行するための航法援助施設や補給・救急設備などの惑星ステーションも一定の距離をおいて設定されている。

しかし、宇宙空間というものが、それらの施設を除けば何もない虚無の空間だというわけではない。光年レベルの距離で散在する無数の星系の質量による重力波が微妙にからみ合ってつくられるよどみ点には、大小無数の小惑星塊があつまって無気味な島を形成しているし、それ以外にも漂遊隕石類は無数に浮かんでいる。

そんな島のひとつ……。

〈星涯《ほしのはて》〉星系から東銀河中心部へと向かう航路をかなり外れたところに、直径一〇〇キロを超す小惑星が一個浮かんでいる。なんの変哲もない、なんの役にも立たない岩塊で、無人の航法ビーコン局と救急システムがあるだけだが、要するに巨大なものだから誰がつけたか、一般には隠元岩礁《いんげんがんしょう》と呼ばれている。

宇宙空間には風化などという現象がないから、太古、いったい、どんないきさつでこの岩塊ができたか知る由《よし》はなくとも、この小惑星が形成されたその日そのまま、鋭い刃物のように切り立った断崖に囲まれている。

その断崖に近く、崩落した大小の岩塊が浮かぶ中に一隻の宇宙艇。

宇宙軍で100型と呼ばれる、星間跳躍航行が可能な宇宙艇としては最小のモデルであるが、塗装のひどい剝げぐあい、それに航法用アンテナや動力炉の熱抜きダクトの改装作業の乱暴さからみて、あきらかに民間払い下げのものである。そういえば、なぜか船籍ナンバーや会社名などが消されている。

その100型宇宙艇はひっそりとなにかを待ち構えていた。

やがて……。

そこから三〇〇〇キロほど離れたあたりに一隻の宇宙船が高次空間から降りてきた。

その、空間のかすかな歪みというか揺らぎというか、重力波のほんの微妙な波紋をすばやく捉えると、かみそりのように切り立った岩壁のひだにひそんでいた100型宇宙艇は音もなく航進を開始した。向こうは通常航進で隠元《いんげん》岩礁のほうへと向かってくる。それに対して100型のほうは、あたりに浮かぶ大小の漂遊隕石の間をわざわざ縫うようにしながら、巧みに距離をつめていった。

やがて向こうの宇宙艇が目視《もくし》圏内に入ってきた。

星涯《ほしのはて》星系軍が司令部連絡や高官用に使っている、司偵（司令部偵察艇）の性能向上型、一般に改2艇と呼ばれている小型高速艇である。小型といっても100型よりはすこし大きい。

すでに100型のほうは小惑星塊の間を縫って大きく転針し、ゆっくりと併航しながら向こうが追い抜いていくのを待ち受けている。当然向こうは航路警戒レーダーでワッチしているのだろうが、岩塊の間を縫う100型の船影は向こうに捕捉されたかどうか……。

めざす改2型艇が100型艇とほぼ並んだときである。だしぬけにその改2型艇でおかしなことが起こった。

地表発進用スタビライザーのついた鋭い円錐状胴体の中央部から、突然、ぽッ！　と白煙が上がったのだ。その白煙は一瞬で拡散したが、次の瞬間、胴体中央部が全長の四分の一ほど、ポン！　と宙空にはじき出されたのである。機体故障など緊急事態発生時に、人命救助のためにペイロード区画が——要人輸送用の改2型艇の場合、乗客区画が——爆薬によって射出される非常システムが作動したのである。これが、司偵の操縦員にとってまったく予想外のものであったことは、射出ロケットの反動によって艇体がおかしなほど揺れたことでわかった。

おかしなことはそれだけではない。

はずみをくらった艇体がひっくり返るほど大きくかしいだとたん、こんどは機首部の操縦区画も白煙と共にポン！　とはじき出されたのだ。やはり非常脱出システムだ。

しかも、あろうことかあるまいことか、はじき出された操縦区画カプセルの下部には、〝嵐3号〟と呼ばれる汎用固体ロケットが荒ッぽく縛りつけられていて、そいつが目のくらむような噴射炎を噴きはじめたのだ……！　当然のことながら、射出された司偵の操縦区画は、とんでもない方向に向かってみるみるすッ飛んでいってしまった。

乗客区画のほうもロケットで発射されたから、やはりぐんぐん離れてはいくが、こっちはハジかれただけのことだから操縦区画ほどのことはない。

待ち構えたように100型宇宙艇はいっきに航進を開

始した。

　ものすごい転針に、体を操縦席へ押しつけられながら椋十が叫んだ。

「すばらしいッ！　又八ッつァン、凄《すげ》ェや！」

　操縦桿を握る又八はそれに答えず、鋭い眼で風防の彼方の闇をすかしている。

「どこだ？」又八が言った。

「あッ！　あそこだ！」

　闇の中に、射出されたカプセルの強力な赤い救急灯が点滅している。

「ちょっと替れ」又八は椋十に向かって言った。「カプセルに向かって距離をつめろ」

　操縦席から立ち上がった又八は、すぐ背後にあるレーザー銃座へあがった。

「もっと距離をつめろ」

　びゅッ！　と細いレーザー・ビームがせまってくるカプセルをかすめ、まぶしく点滅している救急灯を吹きとばした。つづくもう一発で救急信号自動発信用アンテナがケシ飛んだ。

　カプセルはぼんやりと白く闇の中に浮かび、窓だけが明るい。射出ロケットではじき出され、かなりのスピードで動いているはずだが、巧みに椋十がこっちのスピードを絞りながら針路を併航させていったので、すぐ相対的に静止した状態となった。

「よし」又八は闇の中をすかしながらニヤリと笑った。

「おい、操縦カプセルのほうはどうなった？」

　椋十は窓の向こうをちょっとすかして見てから、レーダー・スコープへ眼をおとした。

「スコープにはまだ入っていません。どんどん遠くなっていきます」

「しかし、はじき出されたと同時に救難信号は自動的に発信が始まってるはずだから油断はならねェ。おい椋十、大きくまわってそっちのカプセルの中から見られねェように接近しろ」

　言いながら又八はロッカーの中から宇宙服をとり出し、手早く身につけはじめた。

　椋十がカプセルへ向かって慎重に距離をつめていくうちに、宇宙服を着終わった又八はエアロックに入った。

〝又八ッつァン、これくらいにしときますか？〟

　椋十の声がヘルメットに入ってきた。

「どれくらいだ？」

〝二〇メートル〟

「よし、しっかり見張れ、つッかけるなよ。こっちはエアロックから出るぞ」

〝ヘイ、お気をつけて〟

　エアロックのドアが開くと同時に、又八は、舷側を軽く蹴ってとび出した。命綱を伸ばしながら、すぐそこに浮かんでいるカプセルへ向かって彼は後尾のほうから接近していった。

　星涯《ほしのはて》の基地で、衛兵の眼を盗んで仕掛けた無線信管と嵐3号は見事に働きやがったもんだ……。

だしぬけにポン！　と射ち出されたショックで、偉いさんたちは気絶ぐらいしたかもしれねェが、命取りにはなってないはずだ……。

　又八は円筒状カプセルの下部へとまわりこんだ。まばゆいほどの星の海では遠近感が狂ってしまって、一〇〇キロ彼方にある直径一〇〇キロの円筒なのか、すぐ眼の前にある五メートルの円筒なのか、ふと、わからなくなったりする。

　又八はヘルメットの照明灯をつけた。

　白い胴体にいろいろな文字が読みとれる。


コレハ〈星涯《ほしのはて》〉星系宇宙軍司令部連絡艇第16号・緊急射出客室カプセルナリ

非常事態発生・救援ヲ乞ウ。通話機ハ赤色ニ塗装サレタポケット内ニアリ。内部ト連絡ヲトラレタシ。

内部ヨリ応答ナキ時ハ、最寄リノ官公署ヘ緊急電乞ウ。要人乗船中ナリ。報奨金アリ。

通話用ケーブル・ジャック。省型2号コネクター及ビ連邦標準規格110番プラグ用。

DINジャックハ右舷ニアリ

ヘルメットの照明灯に浮かび上がるそんな文字のなかに、又八は捜しているものをすぐにみつけた。

外部電源接続栓。連邦軍事規格1号。（3相220V・10kV・400Hz）。GE接栓及ビ東電プラグヘノ転換栓ハコノポケット内

外部空気タンク接続栓。圧力ハ980Hgデ平衡。DIN、省型、60Φネジヘノ転換口金ハ右上ノポケット内ヘ格納シアリ

　又八は抱えてきた小さなタンクのホースを、その、とり出した転換口金を介してカプセルへ接続した。

　プスッ！　空気があればかすかな音がしたはずだが、もちろんここは宇宙空間、聞こえるわけはない。

　又八はちょっと待ってから、こっそりカプセルの窓側へまわりこみ、内部をのぞいてみた。

　案の定、乗っている男四人、みんな座席へ沈みこんだまま眠りこけている……。

　軍服が二人、民間人が二人。

　ふたたび底部へ戻った又八は、エアロック開扉レバーを引いて、内部に入った。内圧を示すランプが緑に変わったとたん、習慣でヘルメットを外そうとしかけ、大あわてでもとに戻した。

たった今、外から催眠ガスを送りこんだばかりではないか……！

豪華な客席で眠りこけている四人は、すでに例のパレードなどで見たことのある連中ばかり。又八はすばやく四人の顔写真を撮影した。しかし、書類ケースの中に手がかりになるようなものは何も入っていない。

星系宇宙軍参謀長をはじめとするお偉がたは、まったくの手ぶらで、こんなところへいったいなにしにやってきたのだろうか……？

星系軍の司令放送系がこの星域に非常捜索配備を発令した——という椋十の連絡に、又八はそそくさと帰り仕度をはじめた。

13

惑星・白沙《しろきすな》は、星涯《ほしのはて》のすぐ内側にある比較的小さな惑星である。たしかに広大な砂漠地帯がひろがっているので、星涯《ほしのはて》から見れば白々と、名前どおりの惑星に見えるのだが、深い緑におおわれた山岳地帯もあるし、草原もひろがっている。

ちょうどそんな山なみを控えた荒野のただなかに〈星海企業〉、つまり銀河乞食軍団の白沙《しろきすな》基地がある。小惑星帯にある金平糖錨地《こんぺいとうびょうち》では宇宙船の整備や惑星間の不定期運送業をやっているのに対して、この白沙《しろきすな》基地では主として中型・小型の大気圏内航空機や弾道艇、それに地表発進型の中・小型宇宙船の整備・修理・運送などをやっている……。

なにかと口やかましい、この基地での作業いっさいをとりしきっているロケ松が、目下、ピーターやコンを連れてどこかの星系へ出かけて不在なので、〈星海企業〉の整備員たちもなんとなくくつろいだ気分、おまけに仕事がすこしひまなこともあってなんとなくけだるい白沙《しろきすな》の昼さがりである。

スクラップ寸前で払い下げを受けた軍の〈鷺《さぎ》〉級の連絡宇宙艇が二隻オーバーホールが進んでいるのと、いまから試験飛行にでも出るのかC460輸送機が暖機運転の低い唸りをたてているだけ。

滑走路に平行して格納・整備棟がいくつか並び、その裏に管理棟、倉庫、そして居住棟がつづく。

どことなくあたりに漂うそんなのんびりとした空気を破るように、荒野のほうから一隻の小型地表艇が入ってきた。乗っている若い整備員らしい連中三人は、なんとなくうしろめたい感じで身をひそめるように、その、オープン・モデルの地表艇《ホバ・ヴィ》を居住棟の前にぴたりと止めた。ひとりは女の子である。

彼らは大きな袋を艇からおろし、ずらりとドアの並ぶ居住区の一室にこっそりとかつぎこんだ。艇の中には、固体弾ライフルとおぼしき飛び道具が二、三挺置きっぱなしになっている。

それから五分ほどたった頃、とつぜんその部屋のなかでなにか騒ぎが起こり、ぱッ！　とドアが開いたかと思うところげるように三人が外へとび出し、大あわてでドアを閉じた。

室内ではなにかどたばたと、とんでもない音が続いている。

たちまち昼寝をしていた非番の連中が何人か、窓やドアを開けて顔を出した。

とび出してきた三人のほうはひどく取り乱し、どうしてよいかわからぬ様子であたりをウロウロするばかり。

そのうちに部屋の中ではなにかバタンバタンいう音がしはじめ、プラウッドのドアが今にも破れそうな騒ぎになってきた。なにかが中で暴れているらしい。よほど大きなものらしい。そして、グゲェ！　グゲェ！　と、とてつもない鳴き声が起こった。

どうも鳥らしい。

どうしてよいのかわからぬ三人はその鳴き声にいちだんとり乱し、管理棟のほうへひどく気を遣いはじめた。

グゲェ！　グゲェ！　その途方もない声からして中にいるのはかなり大きなやつである。

この声を聞きつけて、いったいなにごとか？　と倉庫や格納庫《ハンガー》のほうからも人が顔を出しはじめた。

なんでもないよ、なんでもないよと、三人は必死でみんなを追い払おうとするが、とてもそんなことでおさまるような騒ぎではなくなりかけている。

やがて管理棟のほうから顔を出し、いったいなんの騒ぎだ？　とこっちを見ていた一人の小柄な男が、つかつかとこちらへ向かって歩いてきた。

若いのがおびえていたのは、まさにこの事態だったらしい。

三人はもう、そのへんに穴でもあったら入りたいといいたげに小さくなってしまった。

部屋の中では相変わらずドタバタ！　グゲェ！　グゲェ！　ともうとんでもない騒ぎで、狭い部屋の中では、大きな鳥が翼をバタつかせている気配である。

「なんじゃい？　騒々しい！」

おそろしく苦々しい渋面を浮かべ、早足でやってきたのは甚七老人。この基地はもちろんのこと、〈星海企業〉全体の帳面をあずかる故老である。

「いったいなんじゃい！　あれは？　え？」

甚七老人は、しおれきっている三人のなかでいちばんごっついのに向かって鋭く言った。

「説明せい、虎造！」

「ええ……あの……その……」

名前にも似合わず、虎造と呼ばれたまだ一八、九の少年はもうオロオロするばかり……。

「ちゃんと説明せんか！」枯木のような体にも似合わず、甚七老人の声はドスがきいている。

「その……ひまだったもので……鳥をつかまえに行って

「――」

「つかまえに行ったのか？　射ちに行ったのか!?」老人が鋭くおッかぶせた。

「え、え――その、射ちに……」

「それで――!?」

「それでその、大きな見馴れないやつをみつけたので……その……射ちおとして……」

「それで――!?」

「それで、運んで来て、その、部屋へ持ちこんだら――」

「持ちこんで、食うつもりだったのか!?」

「え、あの、その、いえ、はい……」

「はっきりせい！　食うつもりだったのか!?」

「……ハイ……」

「基地の飯《めし》では不満というわけじゃな？」

「い、いえ、そうじゃないんです」

「ただ、おもしろいから……」横から、ずんぐりしたのが言った。

「この一帯が禁猟区なのを知らんわけではあるまい？　キチ!?」

「ハ、ハイ」

「飛び道具は何を使った？　生き返るぐらいじゃから、レーザー・ライフルではあるまい、どこにある？」

「はい」陽灼けした顔に歯だけが白い小柄な娘が、地表艇《ホバ・ヴィ》のほうを指さした。

「ここへ持って来い、ひばり」老人はいちだんと苦々しげに舌打ちした。「子供のくせに飛び道具などふりまわしおって……！」

　ひばりと呼ばれたその小狸《こだぬき》みたいな娘が地表艇《ホバ・ヴィ》のほうへ行こうとしたとたん、ふたたびドタバタ、グゲェ！　グゲェ！　と部屋の中で騒ぎがおこり、ドアが本当に外へ破れそうになった。

「逃がしてやれ！」

甚七老人はどなった。

　キチと虎造はその声にはじかれたように、今にも破れそうなドアのところへ駆け寄り、そッとロックを外した。

　そのとたんにドアはバタン！　と猛烈な勢いで内側から開き、ぱッ！　と真っ白なものがとび出したかと思うとそのまま青空をめがけるように飛び上がった。

「おおッ！」居合わせた者はいっせいに叫んだ。

　まったくそれは、見たこともないほど真ッ白な鳥だった。翼のさしわたしは三メートル以上にもなるだろうか、かなり大きな胴体。このあたりではついぞ見かけぬ鳥である。

　部屋からとび出したその白い鳥は大きく翼をばたつかせながら上昇していく。

　ところが、またもや全員は息をのんだ。

　飛び上がったその巨大な鳥が、だしぬけに居住棟前の広場を大きく旋回したかと思うと、すーっといっきに急降下しはじめたのである。

　その先の地上にうずくまっているのはモク。

　パムのところに現われ、〈冥土河原《めいどのかわら》〉星系に行けば行方不明となった両親の幽霊に会えると謎のような言葉を洩らし、奇怪な宝石を渡した老人。星系警察がなぜか大捕物陣を敷いて逮捕したこのモクを、又八が機動警察隊の鼻先から掻ッさらってここへ連れてはきたものの、ショックですっかり頭がおかしくなり、終日なにやらわけのわからぬことをブツブツつぶやくばかり。

　そんなわけで、今日も、居住棟前の広場の一角にうずくまったきり、うららかな陽を浴びながら身動きひとつしようとはせずにいた老人をめがけるように、その巨大な鳥はいっきに降下していったのである。

「爺《じい》さん、危ないッ！」誰かが叫んだ。

　鳥はまさに老人をめがけて突進していく。

　突ッつかれる！

　あらためて居合わす連中は、その白い鳥の鋭い嘴《くちばし》に気がついた……。

　さすが甚七老は年の功、とっさに地表艇《ホバ・ヴィ》の中に置きッ放しになっていた虎造たちの固体弾ライフルをとりあげ、とても老人とは思えぬすばやさでカチャン！　と安全装置を外して鳥を狙ったが、もうおそい。いま射ったらモクもまき添えにしてしまう……。

　ところが居合わす連中は、もう一度仰天するはめになった。

　日がな一日、ただ、なにかブツブツつぶやき、じっと身動きもせずにうずくまっているばかりの老人が、だしぬけに、ぱッ！　と立ち上がり、高々と両手をさしあげたのだ。そして、奇妙な仕草で左右に振った。

　一瞬の出来事である。

　ところがそれに呼応するように、あわやその鋭い嘴で老人をひと突き！　かという勢いで降下していった白い鳥は、見事に減速してフワリと老人の足許へ着地すると、そのまま巨大な翼をたたみ、さも安心しきったように枯木みたいなモク老人の向こうずねに首をこすりつけはじめたではないか……。

　ほッとひと安心はしたものの、なんとも奇ッ怪なその一連の動きに、居合わせた男たちはいっせいにモク老人のところへ駆けつけた。

　ところが、たったいまの鋭い動きはどこへやら、老人はまたもやぼんやりと視線の合わぬ眼を沖天《ちゅうてん》に向けて、例のごとくなにかつぶやくばかり……。ただ、彫りの深いその顔には、今までになかったひどく嬉しそうな微笑が浮かんでいる。

「爺さん、どうした！」

　息を切らせながら甚七老がみんなの気持ちを代表するように問いかけた。

　老人はその問いに答えようとはしなかったが、ただ、こうつぶやいた。

「渡り鳥なんだよ……」

「渡り鳥――？」甚七老が聞きかえした。

「そうなんだよ」

「……」

「渡り鳥なんだよ……」

　モク老人の焦点がさだまらぬ眼は、ぼんやりとまた青空を見上げたまま……。


　それから五日目のことである。

　星涯《ほしのはて》市の中央公園の入口、真夜中……。

　一台の地表艇《ホバ・ヴィ》が坂をのぼってくると、そのまま中央公園のなかへと入っていった。すると、闇の中にひそむように止まっていたもう一台の地表艇《ホバ・ヴィ》がぱッと前照灯を点け、そのままあとに続いた。

　二台の地表艇《ホバ・ヴィ》は、公園の中の大きな建物の脇に止まった。

　星涯市天象儀館《ほしのはてしてんしょうぎかん》……。

　先についた一台から降り立ったのは虎造。大きな包みをかかえている。つづいてキチとひばりに支えられるように降りてきたのはモク老人である。

　後続の地表艇《ホバ・ヴィ》から降りた又八と椋十《ムクジュウ》がつかつかと近づいてきた。

「用心しねェか、バカ！」闇の中で挨拶抜きに椋十は噛《か》ました。「星系警察が血まなこで爺さんを捜してるのを知らねぇのか!?」

「そりゃ、そう思ったんだけどよォ」虎造が言った。

「この鳥がよ、爺さんと一緒じゃねェとじたばた騒ぎやがって、どうしようもねェンだ」

「だから、あたいんちのお祖父《じい》ちゃんのＩＤを使ったんだよ」ひばりはちょっと得意げにささやいた。「顔がそっくりなんだモン。生体パターン群は甚七ッつァんが全部細工してくれたの」

「怪しまれなかったか？」闇の中で又八が小声で聞いた。

「だいじょぶ」

　建物の裏口へ先に歩いていった椋十が合図した。裏口のドアが細目に開き、かすかに灯りが洩れている。

　一行が近づいていくと、宿直らしいいかにも偏屈そうな女がドアの向こうから胡散《うさん》臭げにこちらをのぞいている。

「そろったよ、おばさん、頼むぜ」椋十がいっぱしの調子で言った。

「いったいなんのしゃれだい！　これは？」

　さっそくその女は、声をひそめてボヤいた。

「聞きっこなしだって、おばさん」椋十がいなした。

「たっぷり酒手はやったじゃねェか」

「金はもらったけどさ……いったい、なんで昼間の公開じゃいけないの!?　あたしゃ、冷え症なんだからね！　おまえたちみたいな街のチンピラにつき合ッちゃいられないんだよ！」

「まあ、おねえさん、これであッたまってくれよ」

　又八がそっと金をさし出した。

　その金がものを言ったのか、おねえさんという呼びかたがきいたのか、彼女は黙りこんでドアを開き、そのまま先に立って歩きはじめた。みんながそのあとに続く。

　薄暗い廊下をかなり歩いたところで彼女は立ちどまり、腰にブラ下げたマグネット・キーを操作して扉を押し開けた。

「ここだよ」暗いホールである。「待っておいで」

　間もなく、ぱッ！　と周囲に灯がともった。

　巨大な球状のホール。球の中心に向かってボックス・シートがはり出している。

　彼らはそのボックスのひとつに腰をおろした。

〝いいのかい？〟

　どこかあたりに組みこまれたスピーカーからおばさんの声が出てきた。彼女はコントロール室にいるらしい。

「はいよ」椋十が言った。「話したとおりにやってくれ」

　返事のかわりにホール内の灯火がぱッと消え、あたりは真っ暗になった。いや、真っ暗ではない。ホールのほぼ上半分が星の海になった。

　それは、宇宙空間に出馴れている彼らでさえ、本当に息を呑《の》むような光景であった。

　ホログラフ星像はそれぞれの輝度をずっとあげてあり、スペクトルも肉眼で感じるより誇張してあるし、３Ｄのディスプレイだから、それこそ眼のくらむような宝石箱のただ中に置かれた感じなのである。

　視平面の高さにぐーっと盛り上がる大きな緑の曲面。

〝星涯《ほしのはて》だよ、惑星表面〟

　コントロール室にいるおばさんの声。

〝ポジションと暦要素はいるの？〟

「いや、いらない。そのまま見せといてくれ」又八が言った。そして彼は声をおとした。「どうだ、鳥のぐあいは？」

　いつの間にカゴの中から出したのか、例の巨大な鳥はモク老人のひざの上にのっかっている。

「変わりないです」虎造がささやいた。

〝動かすかい？〟

「ああ」

〝日周？　年周？〟

「年周だ」

〝レシオは？〟

「だんだんあげてみてくれ」

　返事のかわりに突然、星野がゆッくりと移動しはじめた。惑星・星涯《ほしのはて》が公転軌道上を動きだしたのだ。毎日の午前〇時のポイントをつなぐその動きは徐々に早くなってくる。

　三つある星涯《ほしのはて》の衛星が次々と地平から現われ、沖天《ちゅうてん》にかかり、おたがいに追い抜き、抜き返し、蝕をおこしたりしながらどんどんスピードをあげていく。

「全然、なんともねェや」虎造がつぶやいた。

「よし、おねえさん」又八が声をかけた。「変えてくれ」

　次々と星野は変わった。

　しかし、闇の中のモクの膝にのっている鳥はなんの反応を示す気配もない。

「ほんとに渡り鳥なのかよ……」虎造がいらだった。

「静かにしねェか！」兄貴分の椋十が嗜ました。

〝変えるよ〟

「ああ」又八が言った。

　だしぬけに、こんどは足許まで、まわりがすべて星の海になった。

　星の数はずっとまばらである。だが、そのなかにぼんやりと赤味を帯びた光点が無数に見てとれる。死に瀕した恒星である。

「おねえさんよォ」又八が言った。「ポジションを変えてみてくれ」

〝星系へ進入させるよ〟

　そのとたんに、居合わすみんなは目がくらみそうになった。

　星の海のただ中を自分が高速で進みはじめたのだ。

　すぐそこを色とりどりの星が通り過ぎる。

　超光速・跳躍航行のときは、どんな航行方式であれ、窓外に星を見ることはまったくできない。こんなぐあいに、星の海のただ中をこんなスピードで移動することなどあり得ない。それだけに新鮮なのである。

　このあたりに天象儀館《プラネタリウム》の人気の原因があった。

〈星涯《ほしのはて》〉星系の各都市にはひとつやふたつ大型天象儀があって、一般に公開されているが、星系内にかぎらず、どこの星系でも星図《チャート》を読ませればすぐに三軸三六〇度ディスプレイで出てくる、この、GAL・ZEISSの超大型機はここだけしかなく、そのリアルさは特に評判になっていた。

　いま、ディスプレイはひとつの星系の縁から中心部に向かって進みつつあった。首星はまだ、ポツンと小さな赤い光点にしか見えていない。

　相対速度にして光速の何十倍ぐらいにあたるのか、間もなく星系のいちばん外縁の惑星が近づいてきた。びっしりと氷に包まれ、寒々と白い光をかすかに反射している。

〝惑星におりるのかい？〟

「いや」又八はちらりと鳥のほうへ眼をやりながら言った。「止めずにまっすぐ行ってくれ」

　二つ目の惑星、三つ目の惑星……。

　やがて白くキラキラした帯状のものが近づいてきた。

　小惑星帯らしい。

　又八はちらりと眼をやった。すぐそこにも星の浮かぶ暗闇のなかで、モクの膝の上の白い鳥がピクリと動いた。それより、いつの間にかモク老人が眼をランランと輝かせて、食い入るように星像へ見入っている……。

「おねえさん、ちょっと止めてくれ」又八が声をはずませた。「そこいらに惑星はないか？」

〝三重惑星があるよ〟

　しばらくの間があって返事がかえってきた。

「そこだな、そこにおりてくれ」

　やがてあたりの景色は奇怪なものに変化した。

　巨大な球体が二つ。同じ軌道にある三つの惑星のひとつから空を見上げているらしい。ひとつの惑星には輪があり、それと交叉するように小惑星帯とおぼしいいくつかの白い流れがからみ合い、無気味にうごめいているのだ……。

「となりの惑星に移ってくれ」

〝三重のひとつかい？〟

「そうだ」

　画が変わったとたんだった。

　だしぬけに暗がりの中からものすごいはばたきが起こり、星の海をつき抜けるようにモク爺さんの膝から例の鳥がとび立ったのだ。

　とって押さえるすきもない。

　あれよあれよとみんなが見守るうちに、さしわたし二〇〇メートルもある球状ドームをいっきに横断した白鳥は、ドームの内壁に猛烈な勢いでぶつかり、はじきかえされてはまたぶつかり、狂ったように翼をばたつかせている。

〝なんだい！　なんの音？　どうかしたの？〟

「す、すまねェ、ねえさん、あ、あかりをつけてくれ！」さすがの又八もいささかあわてて叫んだ。

　一瞬で星の海は消え失せ、ドーム内は明るくなった。

　グゲエッ！　グゲエッ！　だしぬけに星が見えなくなってひどくとり乱した鳥は、けたたましく鳴きながら飛びまわったが、やがて呆然としている彼らのところへ戻ってくるとモク爺さんの足許へひらりと舞いおりた。

「なんの真似だい！　これは！」ホールに入ってきた宿直のおばさんは凄《すご》い剣幕でかみついてきた。「大きな荷物持ってるから何かと思や、鳥なんか持ちこみやがって！　ここは生態観察園じゃないンだよ！」

「す、すまねェ！」

「どうしてくれるんだい！」

　おばさんが指さすドームの内壁には、鳥の突き破った大きな破れ目が……。

「す、すまねェ、ちャンと弁償する、勘弁してもらいてェ！」

「あッ！　アアッ！」

　おばさんがとんでもない声をあげた。

　モク爺さんの足許で、その白い鳥は巨大な糞《フン》を垂れ終わったところ……！

「あ、あ、あんたたちゃ……いったいここを」

　あまりの怒りにおばさんはもう口もきけないほど……。

　とび出していった椋十とひばりが、どこからかバケツとモップを持って戻ってきた。

金切り声でわめきたてるおばさんをなだめながら、糞の片づけにかかろうとした彼らはぎょっとなった。

モク爺さんが床にペタンとすわりこんで、こともあろうにその湯気の立つような糞を両手でつかみあげたのだ。彼らが呆然と見守る老人の、糞だらけの指先で、なにか、小さなガラスのような透き通ったものがピカリ！と光った。

そのとたん、又八はつぶやいた。

「あの鳥は〈冥土河原《めいどのかわら》〉から飛んで来たな……」

直線距離にして一〇〇光年……。

14

星涯《ほしのはて》市内の某地区、料亭〈氷〉亭。

奥まった一室には、〈星涯《ほしのはて》〉星系政府の高官、政財界の大物、それに星系軍の首脳部などが一〇人ほど、深刻な表情で顔をつき合わせている。

「……なにかが動いとるのはたしかだ」いかにも大物政治家然とした老人が言った。

「しかし、連邦政府――ということではないようだな？」と、もうひとり、政治家らしい男。

「その筋も否定するわけにはいきませんが、当星系内の組織ではないかと考えられるふしが多いようです」

答えたのは星系警察本部長官。先日、又八におどかされた人物である。そのせいなのかどうか、なんとなく迫力がない……。

「どういうことなのかね、長官、説明してくれたまえ」

「はあ……」警察本部長官は、気乗りのしない様子で説明をはじめた。「まず、タンポポ村の残留住民で、市内に住まわせてあったパム・ヘンシェルのところへ、タンポポ村住民のモクという老人が姿をあらわしました」

「どういう経緯で星涯《ほしのはて》市に現われたのかね？」

「はあ……その手がかりをつかもうと泳がせておいたのですが。すきを狙ってパム・ヘンシェルは姿をくらませ、白沙《しろきすな》へ渡り、航空軍のＴ３３０連絡機を奪っていずこかへ向かう途中、〈星海企業〉という運送・整備業者のところへ逃げこんだところをパトロールが逮捕しましたが、運悪く離昇時にパトロール艇が事故を起こし、全員死亡したとの報告を受けています」

「モクはどうした？」

皮肉をこめて言ったのは星系軍参謀総長である。

警察本部長官はぐッとつまった。

「老人モクは」それでも長官はつとめてさりげなく言った。「強制捜索の上、逮捕しましたが、正体不明の男に奪還され――」

「長官を人質に――か、ハッハ」

長官は血相を変えて参謀総長をにらみつけた。

「つづけたまえ」素っ気なく言ったのは星系軍の将軍――国防長官である。

「現在、モクの行方は不明であります」

「大失態じゃないか」参謀総長が嘲笑した。

「よさんか」将軍がたしなめた。「それから――」

「はあ」警察本部長官は参謀総長のほうへちらりと眼をやった。

「次に、タンポポ村の例の地域の掩《おお》いをはずそうと試みたものがあります。これは、〈星河原《ほしのかわら》〉星系あたりを巡業していたハインケル曲馬団が突然、タンポポ村の北側、鳥ノ木村に訓練合宿をやりたいと申し入れてきて、一座がのりこんできたのですが、その日、気球が貨車からとび出してタンポポ村の例の掩いの上に着陸を試みました。これは撃墜しましたが、彼らは狼を放して警備の連中を宿舎内に釘づけにし、バカヂカラ大トカゲと飛行機を使って掩いをはがし、それと合わせて〈アフラ・マズダ〉衛星に照射させました」

「〈アフラ・マズダ〉？　いったい、照射要請は――」

「はァ、それが……」ひどく言いにくそうに口ごもったのは総務長官である。「救難庁に緊急要請してきたのが誰なのか、調査しましたが……」

「どうなっとるのかねェ……いったい！」世にも苦々しげに言ったのは知事。「こんなことで、この計画が成功すると考えとるのかね……！」

「それで、そのサーカスの連中もとり逃がしたんだろう、星系警察は――」と参謀総長は食いさがる。

「……」警察本部長官が唇を嚙《か》んだ。

「どうなのかね？」と知事が言った。

「サーカスのほうは、契約がどうかしたというのをたてに、その夜のうちに引き揚げました」

「なんで逮捕せん？」

「あの連中は〈星河原《ほしのかわら》〉星系国民演芸家集団として、星系政府の公式保護を受けていますので、強制捜査を行なうわけにはいかず――」

「糸をひいていた二人組がいるそうじゃないか――」

参謀総長は、なんでも知っているんだぞと言いたげに追い打ちをかける。

「その二人はどうなった？」と知事。

「すぐ緊急配備のうえ、宇宙船から脱出するのは食いとめましたが」

「これにも逃げられ……」と参謀総長。

「とくに怪しいところも見られなかったために……」

「逃げられたのは事実だろう！　え？」

「それでは言わせていただきますが」もう我慢ならぬと言いたげに、星系警察本部長官が参謀総長に向かってひらきなおった。「星系警察本部としては――」

「星系警察本部としては――何かね」参謀総長がせせらわらった。

「星系警察本部としては、この種の非合法かつ隠密の捜査活動には限界があります」

「非合法とはなんだ――？」参謀総長が気色ばんだ。

しかし、警察本部長官はその言葉を無視してつづけた。

「われわれは許される範囲内において最善をつくしております。これを失態だと指摘されるのはご自由ですが、隠元岩礁《いんげんがんしょう》の事件にくらべれば――」

「！……！」

「！……！」

顔色を変えたのは、もちろん参謀総長と〈星涯重工《ほしのはて》〉社長のカーペンター。

「き……きさま、いったい、どこからそれを……」

「星系警察本部の情報網を甘く見ないでいただきたい」本部長はここぞとやりこめた。

「……」参謀総長は唇を噛んだ。

「それはいったいなんのことだ？」知事が不審な表情を浮かべた。

「は、いずれご説明します」ひどく気まずい空気が流れた。

「しかし、長官」将軍が参謀総長をかばうように反論した。「非合法の捜査活動という表現は、不穏当ではないか？」

「そうでしょうか？」すっかり攻撃に転じた警察本部長官は切りかえした。「タンポポ村の警備が星系軍へ移管されて以来、立入禁止区域へ誤って足を踏み入れたというだけで、十数人の人間が秘密裡に軍の手で処刑されています」

「ええッ？」

「……」

財界人や政府高官とおぼしい男たちの中から、おどろきと恐怖の声が洩れた。

「それも、昨日のごときは若い母親と娘です。薬草をとりに山中へ迷いこんだ二人が警戒線にかかり、その場で――」

「やめたまえ！」将軍がさえぎった。「例の掩《おお》いを外す――などという積極的な妨害工作が行なわれはじめた以上、機密保持のためにはやむを得まい。

この計画の遂行が、〈星涯《ほしのはて》〉星系全体の利益につながることであってみれば、多少の犠牲は眼をつぶらざるを得ない。きみが責任を感じることはない」

政治家二人がむっつりとうなずいた。

「……」警察本部長官は苦い沈黙を守る……。

軍服と政治家以外は、かなりショックを受けた表情をかくそうとはしない。

「……将軍……」そんな民間人の気持ちを代表するように、〈星涯重工《ほしのはて》〉社長が切りだした。

「何かね？」国防長官は言った。

「お耳に入れておいたほうがよいと思うので申しあげますが――」

「なんだね、言ってみたまえ」

「タンポポ村の住民のことですが……一〇日ほど前に妙な女が訪ねてきまして、自分はタンポポという名前だとひらきなおるのです……。あとで考えてみると、どうも、タンポポ村住民に関する機密が洩れているのではないか、それで、わたしの反応をたしかめに来たのではないかと……」

「どんな女かね？　子供ではないか？」

「いいえ、二〇《はたち》すぎでしょうか……身なりもちゃんとした娘でしたか……。その女は、べつに怨恨《えんこん》を抱いて来たようにも思えませんでしたが、しかし……あの時……助けようと思えば助けられたものを――」

「やめたまえ！」参謀総長がたしなめた。「あれは不幸な事故だ。しかたがなかったのだ……。だから、生き残りには充分なことをしているではないか」

「べつにきみが責任を感じることはない――と言っとるじゃないか」

「軍の機動警察部隊では、パム・ヘンシェルとモクについて処刑の命令が出ているというではありませんか。それに」

「やめんか！」ついに将軍が大声をあげた。「この期に及んで何を言うつもりなのか！　この計画はもう動き出したのだ。諸君も賛成し、参加したことではないか。今になって迷い出すようなら、消えてもらうしかないぞ。邪魔になるものは断固排除する！　いいな？」

将軍はぐるりとあたりを見まわした。むっつりとした沈黙。

「よし、先」将軍は参謀総長をうながした。

「現状はそういうことだ」参謀総長は言った。「まだまだ、やっと計画は発動したばかりだというのに、こんな妨害が入ってくるとなれば、これはもう徹底的につぶすしかない。すでに、星系警察が頼むとするに足りんので、やむなく、タンポポ村一帯を軍用地として接収の手続きをとった……」

「それは……しかし……まずいのではないか？」口をはさんだのは政治家のひとりである。「かえって、ことを表沙汰に！」

「やむを得ません！」参謀総長がぴしゃりと言った。「次善の策です」

議員は不快そうに黙りこんだ。

「工事計画に関しては！」参謀総長はじろりと民間人のひとりへ眼をやった。

「はあ……」その中年の男は口ごもった。「なにしろ、前代未聞の計画ですので……来年には実験場を――」

「装置は――？」

「はあ……」言ったのは〈星涯重工《ほしのはて》〉の社長。気まずそうな表情である。「現在、当社の研究所で秘密裡に開発作業をすすめており、いま、〈電子実業〉の社長が言われた実験場が完成するまでには――」

そのとき、部屋の隅に搬入されている専用通信機が低い呼び出し音を立てた。

すぐに受話器をとりあげた副官は話を聞いていたが、はッ！　と表情を変え、あわてて将軍のところへ歩み寄ると耳許になにかささやいた。そのとたん同じように表情を変えた将軍はみんなに向かって言った。

「タンポポ村に正体不明の宇宙船が着地した」

「えぇッ――!?」

全員が息を呑《の》んだ。

「空域管制はどうなッとるのか！」参謀総長は副官をどやしつけた。「上空の進入禁止通達は？　なぜ、撃墜せん!?」

星系警察本部長官は、冷笑をこらえてそんな参謀総長のあわてぶりをじっと見守っている。

たまりかねた参謀総長は、立ち上がって通信機のところへ歩み寄った。

「航空管制本部長を出せ！」

やがて出てきた相手と激しいやりとりののち、彼の通話先はなんどか変わった。そしてやっと通話機を置いた彼は、深刻な表情で将軍のところへやってきた。

「なにかわかったのか？」

「は」

「かまわん、そこで言え」

「は……」参謀総長は言いよどんだ。「……」

「どうしたんだ？」

「司令長官、宇宙船は上空から降下してきたのではないようであります」

「なに？」将軍はけげんな表情を浮かべた。「降下してきたのではない？」

「どういうことだ。いったい？」知事が言った。

「宇宙船はあそこから現われたようです」

「えッ？」居合わす全員が息を呑んだ。

「あそこから……」

「どこの宇宙船だ？」

「まさか……あの――」

「いや」参謀総長は言った。「船は〈星涯《ほしのはて》〉星系のものです」

「いったい、どこから……」

「どんな宇宙船《ふね》だ？」

「貨物船だそうです……船名は〈クロパン大王〉、乗員二名を逮捕しました」

そのとたんであった。

部屋のすぐ外の、夕闇の中で、ガサッ！　と大きな音がした。

「誰か!?」警備兵の声。

「待て！　止まれ！　射つぞ！」たちまち部屋の外が騒がしくなった。

小さい黒い人影が毬《マリ》のように屋根の上からころげ落ち、そのまま料亭の庭を猫みたいに突っ切って塀を越え、隣の家の屋根へと駆け登ったのだ。

「射て！　射たんか！」

指揮官らしい男が叫んだ。しかし、すでに構えている警備兵のレーザー・ライフルからビームがとび出す気配はない。必死で彼らはもういちどトリガーを引きなおしたり、ロック解除を反復したり、あせるばかり。

「ばか、なにをやっとるのか！」

指揮官が、腰のレーザー・ピストルを引き抜きざまトリガーを引いた。しかし、これもビームは出ない。

「くそッ！　いそげ！」

やっと表から駆けつけた警備兵のレーザー・ライフルが火を噴いたとき、その黒い人影はもう姿をくらませたあと……。

秘密会議の行なわれた部屋の外を警備していた一個小隊のレーザー火器は、すべてエネ・パックが何者かの手によって抜き去られていたのだった……。

15

〈クロパン大王〉の四人は、たしかに幽霊を見た。

それは、たしかに幽霊としか言いようのないものであった……。

惑星・冥土河原《めいどのかわら》の谷間から離昇した〈クロパン大王〉は、なんとなく漠然とつかんだ手がかりをとにかく頼りにして、ほぼ同じ軌道上を三つの惑星が周回する三重惑星の外側にひろがる小惑星帯へ進入したのだった。

今から考えればその頃になって、たしかに前兆はあった。

コンが船橋に置いているお大事のペット、インコのパロの羽が、だしぬけに美しい菫色《すみれ》から白に変わった。航法スコープ面には不思議なブランクがいくつも現われた。

しかし、突然起こったその異変は、そんなものを前兆だなどとはとうてい考えられぬほど異様なものだったのである。

まず、だしぬけになんとも形容しようのない感覚が彼らを襲った。それと同時に、窓外にひろがる星がいっせいにメラメラと揺らぎはじめ、無数の白い焔のように見えはじめた。それは、これまで彼らの体験したどんな高次空間航行とも似つかぬ奇怪なものだった。

そして次の瞬間――

その、メラメラと揺れ動く白い焔がだしぬけにぼんやりとした巨大な人間の顔となって沖天《ちゅうてん》いっぱいにひろがったのである。それは、たとえば、穴の縁からこちらをのぞきこむような、そう、こちらが巨大な井戸の底にいるような――そんな感じなのである。のぞきこんでいるその顔は、ひどく球状に歪み、それが船橋のすぐ前にひろがっているのか、それとも何千光年の彼方なのか、どっちにしろ、距離というものの意味がまったく欠落した、そんな感じなのである。

そのとたんに、パムが叫んだ。

「母ァちゃん！　か、母ァちゃん！」

ところが、そのパムの声と同時に、窓外に広がる顔の表情があきらかに変化したのだ。あきらかにパムの声が向こうに聞こえるらしい……。

「母ァちゃん！　か、母ァちゃん！」パムは半狂乱となった。

　なるほど眼をこらしてみれば、沖天いっぱいを占めてひろがるその顔は、なんとなく女の顔らしい。そして、パムの叫びに応え、彼女に向かって微笑みかけているような感じがしないでもない。パムは必死でその顔に向かって叫び続けた。

　いったいそれは、どのくらい続いたのだろうか？　時間というものが意味を失ったようなそんななかで、だしぬけにその顔は、一点に向かって吸いこまれるように小さくなっていき、ついに小さな黒点と化してすぐ消失した。

　あとは——無。

　気がついてみると、窓外は、白でもない、灰色でもない、強いて言えば青灰色のような色で満たされている。

　もちろん〈クロパン大王〉は通常空間を航行中だった。それがだしぬけにこの、なんとも異様な状態である。

　ロケ松はわれに返った思いで航宙計算儀のディスプレイに眼をやった。通常なら、軌道諸元を示すきれいな立体図形と色とりどりの数値が浮かぶスコープ面には、奇怪な虹とも雲ともつかぬものがめまぐるしく流れるだけ……。

　さて、どう対処すべきか……。ロケ松は考えこんだ。へたに動くとあぶない。

　突然、主操縦席のピーターがロケ松をゆさぶった。

「？」

　眼をあげるとピーターが窓外を指さしている。

　一面をおおう青灰色のなかに、細い金色のようなビームが一本、まるで向こうから射しこむように伸びている。いや、そのビームによって、眼前の青灰色が膜ではなく奥行きのある存在であることがわかるのだ。

「？」

　あまりのことに言葉も忘れたといった感じで、ピーターはロケ松の顔を見た。〝行ってみるか？〟

「！」ロケ松はそううなずいてからあわててつけ加えた。

「用心しろ！」

　ピーターはうなずいて、慎重に転針噴射をくりかえしながら、〈クロパン大王〉の軸線を、その、なんともしれぬ白い光のビームとおぼしきものへともっていった。

　ピーターは、ちらりとロケ松のほうへ眼をやった。

「よし、微速前進をかけてみろ」

　ピーターは、主機の蒸気圧力計をにらみ据えたまま、氷圧送レバーをすこしすすめた。圧力がすーっと上昇しはじめる。核融合炉の炉心近いところにある熱交換機へ氷の微粒子が送りこまれ、高圧の蒸気に変化したのだ。圧力を見計らってピーターは噴射管制レバーをすこしすすめた。高温高圧の蒸気が噴射エンジン部のレーザーを浴びてガス化され、ノズルから噴出しはじめる。ぐっと体が重くなった。

　ロケ松は食いつきそうな眼で加速度計をにらみつづける。

「よし……そのまま……」

　なんとも知れぬ状況のなかだが、噴射航進に支障はないらしい。どこからともなく伸びてくるその白いビームに沿って、〈クロパン大王〉は航進をつづけていく。

「太陽の光みたいだよ」コンがだしぬけにつぶやいた。

　言われてみればたしかにそんな感じだった。

　しかし、いったいそれはどこから射しこんでくるのか……。

「すこし加速をあげろ」

　ピーターがレバーをすすめた。船橋全体が鳴動し、いちだんと体が重くなる。船体がきしむ。

「もっと」なにか突然不安に捉われたようにロケ松が言った。「早くビームのもとまでたどりつかねえと……」

　だが、まるでそんなロケ松の不安を裏づけるかのように、その太陽光を思わすビームは、だしぬけに消滅した。

「あッ！」ピーターが息を呑《の》んだ。

「そのまま！」猛烈な主機の噴射音のなかでロケ松が叫んだ。「コースを外すな！　そのままもっていけ！」

　わけがわからぬまま、ピーターは必死で針路をホールドした。なぜか船体が無気味に揺れはじめた。

「コースを外すな！」あたりを包む青灰色がまるで雲かなにかのように揺れ、流れ、やがて渦巻きはじめている。

「だ、大丈夫か!?　と、とッつァん！」顔をこわばらせたピーターが叫んだ。

「とにかく行け！」ロケ松が轟音《ごうおん》のなかでどなりかえす。

「そ、そのまま行け！　ピ、ピーちゃん！」コンが背後から叫んだ。「パロの色が戻ってきた！　まっすぐ行け！」

　もう、窓の外は凄まじく湧きかえる青灰色の渦。凄まじい噴射音と、いまにも船体がねじ切れるのではないかと思うような震動のなかで彼らはなすすべもない。

「そのまま！　コースを外すな！」

　猛烈な加速をはねかえさんばかりに、座席に沈みこんだロケ松がわめきつづける。

「パ、パロの色が……も……戻った！」

　コンがそうわめいたのとほとんど同時であった。

　ガーンッ！

　船体がまっぷたつになりそうなものすごい衝撃が襲い、それと同時に、まるではじき出されたような勢いで、だしぬけに船外は、眼のさめるような青に変わったのだ。

　青空である。

　その衝撃と共に、船は突然、推力を失い、ぐーっと大きくかしいだ。そのとたん、緑の山なみと地上がぐーっととんでもない角度で窓外にひろがった。

　とっさに、ロケ松が姿勢制御レバーへとびついた。姿勢制御系は大丈夫らしい。みるみる〈クロパン大王〉は船首を立てなおした。

ちょうど、地中の井戸からいっきに青空めがけてとび出しでもしたような船体はそこで推力をなくし、徐々にスピードをおとしながらやがていったん静止すると、こんどは逆に降下しはじめた。

「ど、どこだ？　ここは？」ピーターがやっと叫んだ。

「くそ！」ロケ松はレバーをいっぱいにぶちこみ、なんとか沈下をおさえるだけの推力を絞り出した。

「あァッ！」

息を呑《の》んだのはパムである。

幽霊を見て以来、放心状態だった彼女はいきなり大声をあげた。「タンポポ村！」

「えぇッ？」ピーターが仰天した。「そ、そんな、ばかな……」

パムはあまりのおどろきにそれ以上、声も出ない。

「ありゃ白沙《しろきすな》だ！」

だしぬけにつぶやいたのはコンである。

なるほど、青い空に白々と浮かんでいるのは、まぎれもなく惑星・星涯《ほしのはて》から見なれた白沙《しろきすな》──である。

だが……。

金平糖錨地《こんぺいとうびょうち》から出港して〈冥土河原《めいどのかわら》〉星系にたどりつくまで、小刻みに跳躍をくりかえしたせいだとはいえ、一カ月近くの時間が必要だった。

ところが──

〈冥土河原《めいどのかわら》〉星系の小惑星帯で幽霊と出くわしてから、いったい、どれくらいの時間が経過しているだろうか……。

ほんの一〇分……？　それも通常空間航行でのことである。コンソールへ眼をやるまでもなく、〈クロパン大王〉の消去エンジンもタイム・エーテル推進システムもスイッチは切られたまま。

しかし、だとすれば、これは……いったい……。

その結論を出すよりも前に、やっとのことでロケ松は〈クロパン大王〉を接地《タッチダウン》させた。

全員が、口をきく余裕もなしに座席へへたりこんだまま。ただ、頭の中だけがめまぐるしく渦をまいている感じ……。

だしぬけにロケ松が叫んだ。

「コン！　逃げろ！」

「へエ？」

コンはやせこけた骸骨みたいな顔に不思議そうな表情を浮かべた。

「今すぐパムを連れて逃げろ！」ロケ松は言った。「ここが星涯《ほしのはて》となりゃ、パムはお訊《たず》ね者だ。星系警察が追っかけまわしとる。なにかわからんが、星系政府はここでとンでもねェことを企ててるらしい。おれたちゃ、もろにその中心へとびこんじまった」

「このまま離昇《あがれ》できねェか、とッつァん？」ピーターが言った。

「だめだ」ロケ松はおちつき払っている。「どこかノズルをひっかけたらしい。今のがやっとだ。コン！　早くパムを連れて逃げろ。すぐに警備のやつらがくるぞ。ここはおれたちがなんとか切り抜ける」

「みんな一緒に逃げよう！」とコン。

「早く行け！　みんなで逃げれば会社がまずい。船籍ナンバーからすぐ足がつく。ここはおれたちがけりをつける」

「わかりました！」コンはパムを促して立ち上がった。

「とッつぁん！　とッつぁんも逃げるんだ！」ピーターが叫んだ。「ここはおれひとりでやる。おれひとりで〈冥土河原《めいどのかわら》〉へ行ったことにすればいいだろ」

「だめだ！」ロケ松はきっぱりと言った。「この船を一人で飛ばした──と言ったってとおりゃしねェ」

「それじゃ」コンがパムの手をひいて言った。「とにかく、パムを逃がしますから」

「頼むぞ！」ロケ松が言った。「いよいよ切羽《せっぱ》つまったら、仕方がねェから、〈星海企業〉の星涯《ほしのはて》出張所へ逃げこめ。このあたりの地理はパムのほうがくわしい。はやく行け！」

「地表艇《ホバ・ヴィ》おろすか？」とピーター。

「いや、足のほうがいいよ」コンが言った。「それじゃ──おッと！　パロを忘れるところだよ」

彼は管制卓の上にとまらせた菫色のパロを自分の肩にのせた。

「それじゃ、気をつけて。基地で会おうよ」奇妙に呑気《のんき》な口調でコンはそう言いながら、まだ呆然としているパムの手をひいて船橋を出ていった。

「おれたちも下に行くんだ。ここにいたんじゃ怪しまれる」

ロケ松とピーターも二人のあとに続いて下部エアロックへ降りた。

どッ！　と開きはじめた外扉のすき間から外部の空気が吹きこんできた。まぎれもなく吸い馴れた山と野の大気である……。着地したのは村道の一角らしい。住む人もないだけに、雑草が生い茂っている。

パムとコンが姿を消して五分とはたたぬうちに、峠のほうから武装地表艇が急行してきた。

かつて畠だったあたりには、背丈ほどの雑草が生い茂っていた。あたりの地形を知り抜いているパムは、まるで猫みたいに茂みの中を突ッ走った。コンはあとをつけるのがやっとである。二人は、星涯《ほしのはて》市へ通じるタンポポ峠と反対の方角へ向かってつッ走った。

「この奥に、鳥ノ木村へ出る間道があるのよ」息をきらせながらパムは説明した。

やぶが切れかけたとき、コンが後から声をかけた。

「お嬢《じょう》ちゃん、ちょッと止まんな」

「なぜ？」走りながらパムが言った。

「何か仕掛けがしてあるよ」

「どこによ？」彼女は立ちどまった。

「あそこ、ほれ」

　コンは、もうそこに迫った山の斜面を指さした。タンポポ村を囲む尾根筋である。あれを越えれば、あとはなんとかなる……。

　ところが、そのなだらかな斜面の真上を一〇羽ほどの鳥がゆっくりと旋回しているのだ。

「？」

「なんか、仕掛けがあるよ。用心して進みな」

　すなおにパムは走るのをやめ、あたりに気を配りながら歩きはじめた。

「ねェ」

「？」

「ロヶ松さんとピーターは大丈夫かしら？」

「大丈夫。あの二人なら」

「……」

　五分ほど進んだとき、はッとコンが立ちどまった。

「ほれ！　な」

「え？」

「もう近いよ。おれが先に行く。匂うだろ？」

　パムがそれとなくあたりを嗅ぐともなしに鼻をピクつかせてみると、刺すような腐臭が伝わってくる。

「なに、これ？　なんの匂い？」

　しかし、コンはそのまま一歩一歩、慎重に気を配りながら前へ進んだ。

　ちょっとした木立ちを抜けたところまで来ると、コンは立ちどまってあとからやってくるパムを待った。

「見な」

　やぶをへだてたすぐ向こうには、パムも記憶のある鳥ノ木村へ通じる間道が白く見えている。

「あの道よ」パムが言った。「あれが鳥ノ木村に通じてるの」

「ちょいと待った」コンは歩き出そうとしたパムを押しとどめた。

「え？」

「あれをご覧よ」

　その手前に眼をおとしたとたん、パムは息を呑《の》んだ。

　すぐそこの茂みの中に灼け焦げた跡がいくつもあり、なかば白骨化した鹿とおぼしき死体が何体か……。そして、すこし離れたところにころがっているのは猪《いのしし》らしい。五、六羽の鳥がそんな死体の腐肉をついばんでいる。

「……」

「な、用心しねェと……」言いながらコンは小石をひとつ拾いあげると、その鳥をめがけて投げつけた。

　驚いたカラスはいっせいに、ばッ！　とけたたましく羽音を立てて飛び上がった。

　そのとたんである。

　ビビビッ！

　あたり一面が一瞬、ものすごい閃光《せんこう》に包まれた。

　一本や二本ではない。何十本というレーザー・ビームが縦横につッ走ったのだ。

　それにひッかかった一羽が空中で四散して地上に墜落した。そいつをめがけて上空からまた鳥が舞いおりてきたが、これがまた一羽、どこかにあるセンサーにひッかかり、ふたたび凄まじい閃光と共に吹ッとんだ。しかし、他の鳥は無事に降り立ち、たったいまバラバラになった仲間の肉をさっそくついばみはじめている。

「ふうッ……」コンは冷汗をぬぐった。

　慎重にあたりをさぐると、いたるところにセンサーつきのレーザー・ガンが無気味な銃口をのぞかせている。

　どこかのセンサーにひッかかると、あたりのレーザー・ガンがいっせいに火を噴くらしい……。

「一挺や二挺ならなんとかなるが……」コンは息を呑んだ。この厚さでは、とても突破できるものではない。

　道はもうすぐそこに見えているのだが、とうていたどりつけない。

　しかしそれから三時間。

　陽がそろそろ傾きはじめた頃になって、二人はあらためてこの警戒網の想像を絶する厳重さを思い知らされていた。

　タンポポ村をぐるりと囲んで、一分のすきもなしにこのレーザー・ガンの火網がびッしりととり囲んでいるのだ。これにひッかかったのは動物だけではなく、人間の白骨もいくつかまじっていた。

　二人は監視カメラを避け、この火網すれすれを巡回するパトロールをやりすごしながら、なんとか出口はないものかとさがしまわった。しかし、だめ。蟻《アリ》の這い出るすきまもないというのはまさにこれだ……。

　ついにコンは肚《はら》をきめた。

　彼は地上を這いながら前進してレーザー・ガンの位置をたしかめると、ふたたびじりじりと後退してきた。それから彼は、あたりにころがっている手頃なひと抱えほどの岩を捜し出すと、それを両手で持ちあげ、慎重に前進した。そして用心深く狙いをさだめると、その岩をぽんとレーザー・ガンの前に放り出した。

　ビビビビビッ――！

　あたりは凄まじい閃光に包まれた。

　しかしこんどは一瞬ではない。あたりに据えられた一〇基以上のレーザー・ガンは、眼のくらむような閃光を放ちつづける。

　いま放り出した岩にぶつかる白熱のビームが、眼のくらむような火花を散らしている。

　動物などの体と違い、出力がおとしてあるレーザー・ビームが岩を貫通するまで発射がつづくのだ。

　まぶしさに馴れると、一面が閃光に包まれているように見えていたあたりは、実は、十数本のレーザー・ビームが地上三〇センチほどのところを縦横に走っているのが見えてきた。

「走れ！」コンが叫んだ。「ひッかかるなよ、向こうまで飛び越えて走れ！」

一瞬で覚ったパムは身をひるがえして走りだした。無気味に走る白熱のビームの上を彼女は、ぱッ！　と跳び越えた。つづいてもうひとつ！　またひとつ！　コンも後を追って走り出した。ひとつ！　ふたつ！……。ひっかかったらおしまいだ。あと半分ばかり……。二人は閃光のただなかを死にものぐるいでつッ走った。

と、そのときである。だしぬけにビームがすべて、ぴたりと止まった。眼がくらんであたりは真っ暗！

「止まれ！　動くな！」凍りつくような思いでコンが叫んだ。「動くなよ！」

レーザー・ビームが岩を貫通してしまったのだ……。

面倒なことになった……。

あの岩をすこしずらせば、また同じ時間だけビームの発射はつづくのだが、岩を動かす手段がない。さきほどのビームのおよその位置はわかるが、まかり間違ってでもひとつにひッかかればそれでおしまいだ。五〇メートルほど離れて二人は、目に見えぬ危険きわまりないビームの網に包囲されてしまった……。

と、コンはぎょッとなった。

すぐそこの樹上にとりつけられた監視カメラが、ゆっくりと首を振ってこちらへまわってくるのだ。とっさにコンは、腰のレーザー・ガンをひっこ抜きざま、こちらに向きかけている監視カメラのレンズ部めがけて引金をひいた。防弾ケーシングにおさめられてはいるが、近距離からレーザー・ビームの連射でやられればひとたまりもない。ビシッ！　と音を立ててレンズにひびが入り、カメラはおかしな方向を向いたまま止まってしまった。

とりあえずなんとかみつかるのは食いとめたものの、警備兵はすぐにやってくるだろう……。

「パム、樹に登れ！」

それしかない。五〇メートルほど離れて二人は樹によじ登った。しかし、樹はまばらにしか生えていないから、枝伝いに危険地域を越えるわけにはいかない。

くそ！　追いつめられてしまった……。

間もなく、道のほうから兵隊を五人ほど乗せたエアカーが接近してきた。二人は樹上に身をひそめるだけ……。

エアカーが着地すると、警備兵は地上に降り立った。ひとりがすこし離れた岩蔭に歩みより、なにか凹みに手をさし入れた。

そのとたん、今までまったく気づかずにいたのだが、肩にしがみついているインコのパロの立てていた低い唸りみたいな声がぴたりとやんだ。警備兵がレーザー・ガンの電源をきったのだ。

しかし、二人は樹の上にじっと身をひそめる以外どうにもならない。

やがて彼らはずかずかとやってきた。たしか、たったさっきまでビームが走っていた場所を越えてもなんの異常もない。なによりも彼らの乱暴な足取りが、そのあたりに危険などないことを裏づけている。警備兵たちは指揮官の指示でさっと散開し、あたりの繁みを捜索しはじめた。そして、一人がこわれた監視カメラに気がついた。

とっさにコンは樹の上から叫んだ。

「助けてくださいな！　こ、殺さないでください！」

警備兵たちは反射的にライフルを構えたが、コンの素ッ頓狂な声にいささか調子を外され、樹の下にあつまってきた。

「こ、殺さないでくださいよ！」コンがあらんかぎりの哀れッぽい声をはりあげた。

ビッ！

一人がおもしろ半分に、コンがしがみついている樹の枝にビームを浴びせた。

「このままやりますか？」べつの一人が指揮官らしい下士官に向かって聞いた。

「た、助けて！　こ、殺さないで！」

「おりてこい」下士官は冷酷な薄笑いを浮かべながら言った。

「こ、殺さないで！　殺さないで！」

コンはあらんかぎりの声をはりあげ、みっともなく騒ぎ立てて彼らの注意をひきながら、向こうの樹からこっそりとパムが地上へ降りるのを見てとった。

「降りてこんと殺すぞ」

下士官は横でレーザー・ライフルを構えている兵隊に向かってちょっとあごをしゃくった。

ビビッ！　メリメリメリメリ！　コンがしがみついていた枝はあっさりと根元から灼き切られ、まるで鞠《まり》のように彼の体は地上へ放り出された。パロはぱッと飛び上がったが、立ち上がるコンの肩へすぐ戻った。

「た、助けてェ！」とっさにコンは今まで登っていた樹の幹へしがみついた。ここから動くとあぶない……。

「よし」薄笑いを浮かべながら下士官が言った。「どうする？」

「ヘッ？」

「首を灼き切られてェか、眼ン玉を射ち抜かれてェか、それとも、両手両足を一本ずつ吹きとばしてやろうか……？」

「そんなことされたら、死んでしまいます」

阿呆なコンの言葉に、彼らはいっせいに嘲笑を浴びせた。ずっと向こうで、地上を這うようにしてエアカーの脇へ忍びよるパムに気づくわけもない。

タイミングを狙ってコンは言った。

「だんながた、こっちへ、こっちへおいでなさい」

「？　？」

コンのだしぬけの言葉に、彼らは一瞬、毒気を抜かれてしまった。

「なんだと？」

「こっちへいらッしゃい。そこは危険です」

「気でも狂いやがったか？」一人が吐き出すように言った。

「よし」指揮官がつめたい声を出した。「立入禁止区域の無断侵入のかどにより処刑する。おい!」指揮官はおもしろげに部下へ向かって命令した。「たっぷりあそんでやれ」

四人がレーザー・ライフルを構えなおしたとたんだった。肩にとまっているパロが、また、あの低い唸り声を立てはじめたのだ。パムがスイッチを入れたな。

「よし、行くぞ」一人が叫んだ。「まず、その鳥からだ」

その兵隊が狙いやすいように一歩、左へ動いた。そのとたん――

ビビッ! まばゆいビームがそいつを貫いた。その瞬間そいつは足を灼き切られた形でもろにビームの中へ倒れこんだ。ジュッ! といやな音と共に水蒸気が立ち昇り、つづいてボコッ! と臓器のはじける音がしてそいつは半焦げの肉塊と化していた。

ややあってから起きたもうひとつの閃光はライフルのエネルギー・セルの爆発である。

警備兵四人はそこへ釘づけになってしまった。

自分たちの置かれた状況に気づいたとき、彼らはコンの0・01ミリをつきつけられていた。

「こっちはだんながたを殺したくないんです」コンが言った。「だから、飛び道具をこっちへくださいよ」

進退きわまった四人は仕方なくレーザー・ライフルをさし出した。

コンは一挺をのこし、あとをまとめてころがっている黒焦げ死体のほうへ投げ出した。ばッ! とものすごい閃光がふたたびあたりを包み、ライフルは一瞬で爆発してしまった。

「ピストルも出してくださいな」おちつき払っているのはコンだけである。同じようにそれを始末してしまうと彼は言った。

「ちょっと向こうを向いてください」

いまいましげにコンをにらみ据えながらも、ラインメタルを構えている相手ではいかんともし難く、彼らはしぶしぶと向こうをむいた。とっさにコンは、例の岩の傍にいるパムへ手をあげて合図を送った。

それと同時に、耳許で低い唸りを立てていたパロがぴたりとおとなしくなった。今だ。

彼はピストルを構えたまま、じりじりとパムのほうへ向かって後退した。あと五メートル、四メートル……。

そのとき、ひとりがそっとコンのほうへ振りかえった。

「おッ!」

四人がいっせいにふりかえった。

「野郎ッ!」ひとりが隠し持っていたピストルをとり出した。そのとたん、コンのビームがその男の手許をかすめた。

「だんながた、おねがいだから、動かないでくださいよ。こっちは手荒なことをしたくないんですから……」

言いながら身をひるがえしてコンはパムのほうへ突ッ走った。

それと同時に、肩へしがみついているパロがまた低い唸りを立てはじめた。

「いそげ!」コンが叫ぶと、パムはころげるように突ッ走ってエアカーへとびのった。つづいてコン。

そのとき、彼らの背後で閃光が起こった。

浮き上がったエアカーの中から、さらに追いすがろうとした三人目がビームにやられる閃光がちらりと見えた。

16

〈星涯《ほしのはて》〉星系軍参謀総長が官邸へ帰ったのは、その日もかなり更けてからのことである。

面倒なことになった……。

彼は、がッくりとした思いで、また、心の中でつぶやいた。

まったく予期しなかった事態だ。

しかも、それに対処できる態勢はまだ整っていない。

星系警察本部がわけのわからぬ妨害工作ひとつ制圧できずにいるという時に、こんどはこの事態だ……。

しかも、タンポポ村の警備を星系軍の任務に切り換えただけで、もう軍と政財界の間にはきしみが生じはじめている始末だ。この事態を星系軍流の腕ずくで処理しようとすれば、あの連中はたちまち反対するだろう。

星系警察本部長官までが、非合法の捜査には限界がある――などと抜かす始末だ……。

さりとて……。

現地の警備司令部からの続報によれば、あの船の乗組員たちは〈冥土河原《めいどのかわら》〉星系でまきこまれたと言っているというのだ……。

これはもう、消すしかない。乗組員は今夜のうちにも処刑、船体は破壊してしまい、何が何でも情報が洩れるのを防がねばならん……。

おれの一存でやるか……。

食前に軽く一杯やりながらそこまで考えたとき、さらに現場から入ってきた報告が彼を激怒させることになった。

〝乗組員たちの申告をもとに調べたところ、あの、〈クロパン大王〉という船は間違いなく〈星海企業〉の船で、白沙《しろきすな》の同社に照会したところ――〟

いったい、あのバカどもは何を考えているのか!

〈星海企業〉に照会などすれば、本件を闇から闇へ葬り去ることがますます困難になるばかりではないか……まったく、なんというバカばかりそろっているのだ……。

しかしこれも考えてみれば、星系軍内部でさえ本件は軍機扱いで、それも、そんな機密が存在しないようにとりつくろいながら作業をすすめなければならない点にある……。この計画をなんとか星系軍だけで進めるわけにはいかぬものだろうか……？　そうすれば……。

　しかしそれはそれとして、やはりあの乗組員たちは処刑するしかないな……。

　ただ、万が一、表沙汰になったとき、星系軍に――つまりおれに――集中する非難をどうかわすか……だが。

「なにを考えこんでいらっしゃいますの？」食卓の向こうで夫人が眉をひそめている。

「う、うむ……」

　参謀総長はあわてて朱実《アケミ》エビのビスクを口へはこんだ。

　第二衛星の赤道地帯にほんのわずか棲息する甲殻類である。そのミソといい肉といい、これはもう星系最高の珍味のひとつとされ、もちろん禁猟である。とにかく、この味にひかれて密猟を試み、投獄されるものが毎年五人や一〇人出るのも、それが、どれほどのものであるか裏づけているといってよいだろう。旬は一年に二〇日ほど、この間に研究・養殖用として水産省で採集するものが、政府・軍・財界などの首脳にだけ供給される仕組みになっている。

　ねっとりと口の中にひろがるその風味は、生クリームと一体になってなんともたまらぬすばらしさなのだが、今はそれどころではない。

「このごろどうなさったんですの？」

　まだ三〇なかばの夫人は、きれいな眉をひそめながらもういちどくりかえした。

「い、いや、なんでもない……」

　ビスクを残したまま皿は下げられ、次に出てきたのは内湾産・天然ヒラメのソテー……。

　やはり、早く処刑にすべきだな……。

　真っ白な身にブラウン・ソースをかけながら、参謀総長はまた考えた。これが外部に洩れるとすべてがおしまいになる危険がある……。国防長官への報告は事後として、乗組員は今晩じゅうに処刑しよう。〈星海企業〉とやらには、抵抗を企てたので射殺したと報告するしかあるまい。

　逃走した者もあるらしいが、これは、すでに警戒線にひっかかっているらしい。心配はない。ただ、女がまじっている――というのが気にかかる。ひょっとしてそれは、白沙《しろきすな》で事故死したとされるタンポポ村の娘、パム・ヘンシェルではないか……？　白沙《しろきすな》の事故で彼女の死体は出ていないし、〈星海企業〉の基地は白沙《しろきすな》……。符合しすぎる。もしもそうだとすれば、彼らは、われわれも未知の領域に関して……。

「本当にあなたはどうかしていらっしゃる……」

　夫人はもう答を期待する風もなしにつぶやいた。

　星涯《ほしのはて》市の郊外で、富裕階級のためだけに特別に飼育されているアミルスタン羊のローストも、結局、彼はペパーミント・ソースをかけただけで、手をつけなかった。

　天宝萵苣《てんのたからチシャ》と、同じく〈天宝《てんのたから》〉星系のさる小惑星の洞窟に自生するマッシュルームのサラダをすこしばかり食べただけで、デザートのプディングも見送り、コーヒーになったとき、いつものように夫人は小さな容器をさし出した。

「お飲みあそばせ」

「うむ」参謀総長はその容器のふたをあけて、大き目のカプセルをひとつ口へ運んだ。

「二つ」

「え？」

「疲れていらっしゃる。二錠お飲みあそばせ」

　長官は黙ってもう一錠のみくだした。

　二人が無言のままコーヒーを飲みおわり、これはやはり国防長官の耳に入れておこうかと彼が立ち上がったとき、一人のメイドが入ってきた。新顔の、きれいな娘である。

「だんな様、お電話でございます」

「なに？　どこからだ？」

「それが――」

「お食事の間、電話はとりつぐなと言ってあるでしょ！」夫人が叱りつけた。

「はい、それが――」と、メイドは言いにくそうに口ごもった。

「それがどうした？」

「はい、なにか〝タンポポからお話し申しあげたいことがあると伝えて欲しい……〟とかで――」

「タンポポ！」「タンポポ！」

　二人が同時に叫んだ。

「ヴィズか？　ＶＯＩか？」

「ヴォイスでございます」

「こっちへつなげ」

　サイドボードに置いてある音声通話機を彼はとりあげた。

〝もしもし〟相手は若い女の声である。〝参謀総長さん？〟

「そうだ。用件はなんだ？」

　テーブルの向こうで、夫人の表情がみるみるけわしくなっていくのにちらりと眼をやりながら、彼は向こうの返事を待った。

〝殺しちゃいやよ〟

「なに!?」思わず彼は大声をあげた。「なんのことだ」

〝〈クロパン大王〉の乗組員よ〟

「きさま、いったい何者だ？」

〝誰だっていいでしょ〟相手のケロリとした声はひどくおもしろそうである。〝ところであなた、お薬お飲みになって？〟

「なに、薬？　薬がどうした!?」

〝お飲みになりましたか――ってうかがってますの〟

「薬は飲んだが、それがどうした？」

〝ねェ、ちょっとそのお薬のカプセルをひとつ、お庭に投げてみて〟

「なに？　いったい、なんのことだ？　え？　はっきり言え!」

〝いいからさァ、そのカプセルをひとつ、お庭に投げてみてちょうだい。人間のいないところによ。五分したら、もういっぺんお電話します〟

電話はプツリと切れた。

「どうなさいましたの?」夫人の眼には嘲笑の光が浮かんでいる。

「どうもせん!」

「あなたもタンポポさんと浮気なさっていらッしゃるのね!」

「ばかなことを言うな!」

「なにがばかなことですか!」夫人はひらきなおった。「カーペンターさんの奥様から全部うかがっております! この、色気違いの……助平の……うそつき!

あなたもやっぱりただの男なのね!」

豪華なオデッタ・ブルーのドレスをまとった夫人の美しい顔が、激しい怒りに歪んだ。

「ちょっとその薬をこっちへよこせ」

「あら? そんなにお飲みになってどうなさいますの?」夫人はせせら笑った。「タンポポさんとお約束?」

「貸さんか!」あまりのばかばかしさに彼は声を荒立てた。「貸せ!」

「貸すもんですか!」売り言葉に買い言葉。

「やめんか! さあ、こっちへよこすんだ!」

「それじゃお拾いなさいませ」

怒りにわなわなと身を震わせながら、夫人は、その薬が入った磁器の容器を食堂の暖炉めがけてたたきつけた。

ドドーンッ!

シーズンではないので火の入っていない暖炉のなかで小規模な爆発が起こった。

二人は爆風にはじきとばされ、夫人は失神してしまった。

駈けつけた給仕、メイド、コックなどに助けられて、〈星涯《ほしのはて》〉星系軍参謀総長は呆然と立ち上がった。いったい、これは……?

そこへさっきのメイドがまた入ってきた。

「お電話でございます」

彼は、はッ! とわれにかえり、そのとたん、腹を押さえて椅子にへたりこんでしまった。

おれが飲んだあのカプセルは……爆弾だ!

「あの……だんな様」

「え?」彼は眼をあげた。

「お電話でございます。さきほどのタンポポさんから……」

全身から抜けてしまった力をふり絞るように、参謀総長はやっとのことで立ち上がって通話機をとりあげた。

〝用心なさらなきゃだめよ、参謀総長さま。外へ――と申しあげたでしょ?〟

「き……きさま、いったい――」

〝よくお聞きよ、おッさん!〟相手はガラリと態度を変えた。〝あンたのお腹の中に入ってるのはただの爆薬じゃないのよ。無線信管がついてるんだから! いい?

あたしが送信機のスイッチ入れれば、今でもあンたのお腹ン中の信管が働いてすぐドカン! といくのよ。お腹が裂けてしまうわよ〟

「……ウッ……」

眼の前がかすみそうになるのを参謀総長は必死でこらえた。

〝返事しなさいよ、聞いてるの?〟

「ウ、ウ、ウ」

〝今すぐ、乗組員を釈放してちょうだい。いいわね。第二宇宙港の16番ハンガーの前まで連れてきて。一時間以内に連れてこなけりゃ、あなたのお腹はハジけるわよ〟

「……ウ……ウ……」

〝わかった?〟

「わ、わかった」

〝すぐ手配なさいよ。あたし、時限スイッチ入れるからね〟

受話器の向こうでカチカチとクロノが時を刻む音が伝わってきた。

プツンと電話は切れた。

否も応もない。あわてて彼は自分の腹を押さえた。

やっとの思いで、参謀総長は副官を呼び出し、〈クロパン大王〉乗組員の釈放を命じた。

そして、はッと思いついてつけ加えた。

「軍医総監を呼べ」

しかし、通信機を置いたとたんにまたブザーが鳴った。

〝おじさん?〟また例の女である。〝言うの忘れてたけど、医者なんかに相談しないほうがいいわよ〟

「……」もう、彼は返事をする気力もない。

〝X線透視だのマイクロ・ウェーブの電磁波でも信管は働くわよ。このあいだ、どっかのバカが胃を切開してとり出そうとしたら、レーザー・メスが誘爆して医者のほうも死んじゃったくらいだから、ウンチと一緒に出るまで、静かにしてなさいね、いいこと?〟

17

ロケ松とピーターが、星涯《ほしのはて》第二宇宙港の16番ハンガー前で釈放されたのは、それから一時間とはたたぬうちのことである。

惑星・白沙《しろきすな》は、巨大な白い鎌のように西の空にかかっていた。

銀河乞食軍団

3 銀河の謀略トンネル

伊藤典夫へ。

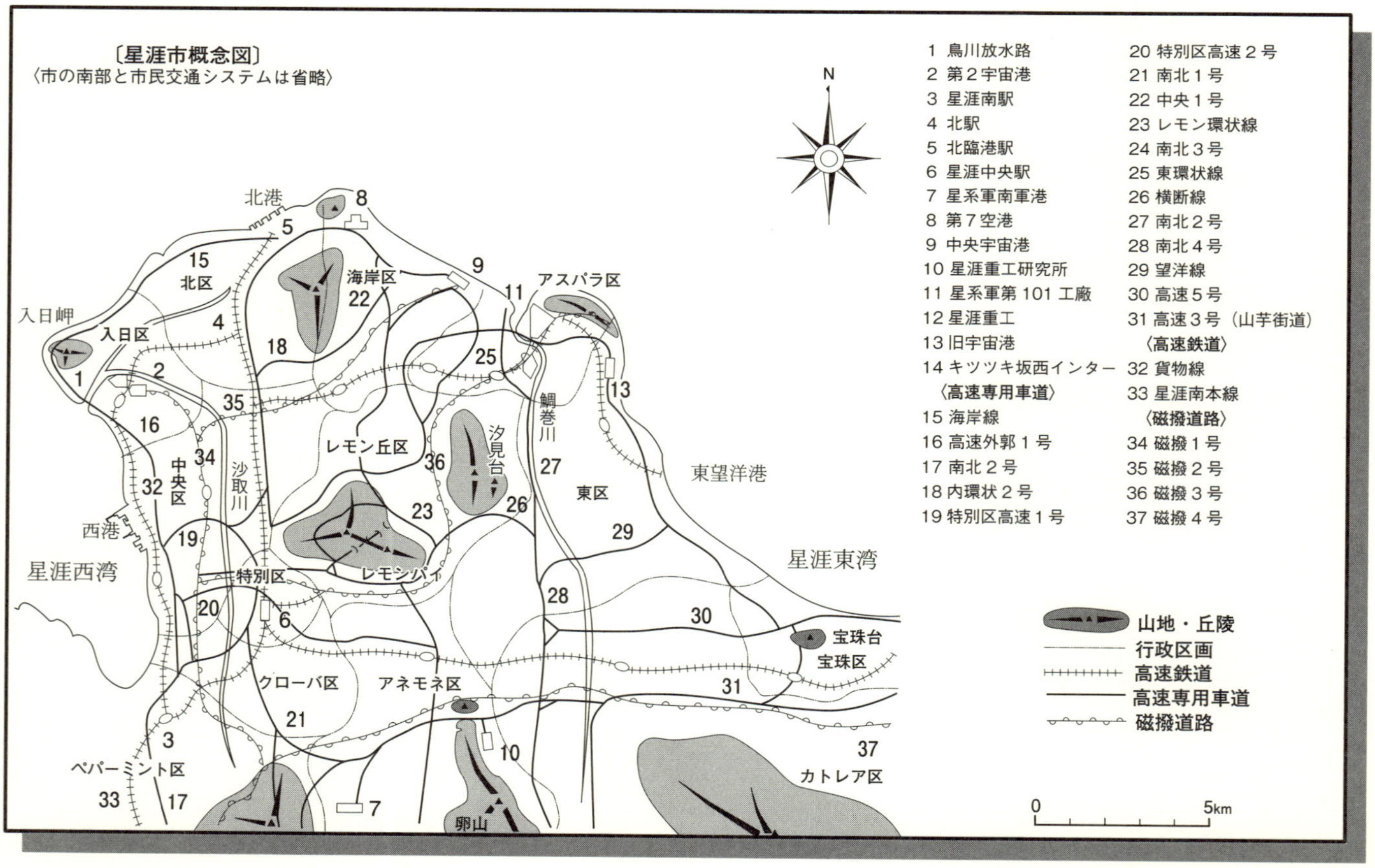
〔星涯市概念図〕
〈市の南部と市民交通システムは省略〉
N
1 鳥川放水路
2 第２宇宙港
3 星涯南駅
4 北駅
5 北臨港駅
6 星涯中央駅
7 星系軍南軍港
8 第７空港
9 中央宇宙港
10 星涯重工研究所
11 星系軍第 101 工廠
12 星涯重工
13 旧宇宙港
14 キツツキ坂西インター
〈高速専用車道〉
15 海岸線
16 高速外郭１号
17 南北２号
18 内環状２号
19 特別区高速１号
20 特別区高速２号
21 南北１号
22 中央１号
23 レモン環状線
24 南北３号
25 東環状線
26 横断線
27 南北２号
28 南北４号
29 望洋線
30 高速５号
31 高速３号（山芋街道）
〈高速鉄道〉
32 貨物線
33 星涯南本線
〈磁撥道路〉
34 磁撥１号
35 磁撥２号
36 磁撥３号
37 磁撥４号
北港
入日岬
入日区
北区
海岸区
アスパラ区
レモン丘区
汐見台
鯛巻川
汐取川
中央区
東区
東望洋港
西港
星涯西湾
星涯東湾
特別区
レモンパイ
クローバ区
アネモネ区
宝珠台
宝珠区
ペパーミント区
カトレア区
卵山
山地・丘陵
行政区画
高速鉄道
高速専用車道
磁撥道路
0
5km

1

東銀河系の西北部。

辺境自治星系のひとつ、〈星涯《ほしのはて》〉。

首惑星・星涯《ほしのはて》の首都、星涯《ほしのはて》市。

宝石をちりばめたような市街地の夜景を見下ろす丘の斜面にある高級住宅地レモンパイ区……。

星系警察本部長官官邸……。

〈星海企業〉。またの名〈銀河乞食軍団〉きってのシャレ男として知られる又八が、星系機動警察に追われる謎の老人モクと共にこの官邸へ押し入り、書斎へ入ってきた長官を人質にきわどい脱出をやってのけたのは二カ月ほど前のことである……。

今、その、長官の書斎……。

長官は電話を受けていた。

もともと星系政府の行政畑をあるいてきたエリート官僚である服部竜之進《はっとりりゅうのしん》長官は、たたきあげの警察官僚にありがちなあの野卑さとは縁遠い、端整で知的な顔立ち、五〇歳そこそこである。

いま、電話機の向こうから報告してくる特捜局長の声はかなり張り切っている。

〝星系軍第5局（司法検察）が釈放した被疑者二名をただいま逮捕しました！〟

「ご苦労。本庁に連行してすぐ取り調べを開始しろ。それから、タンポポ村周辺を徹底的に洗え。他にも、タンポポ村一帯から脱出を試みるものがあるかもしれん。乗員は二人以外にもいる可能性がある。とくに、あの、パムというタンポポ村生まれの娘だ。なにかわかったらすぐに連絡しろ」

星系警察本部長官は、特捜局長からの報告に大きくうなずきながら、専用回線の送受話機を置くと、誰へともなくつぶやいた。

「それにしても……いったい、星系軍は、逮捕したばかりの乗組員をなんでこうもあっさり釈放したのかなあ……さっぱりわからん」

「なにごとです？」

部屋の一角のソファでくつろいでいた男が声をかけてきた。三〇歳前後、一分のすきもない身のこなし。鋭い眼つきだが、捜査員でないことは明らかである。

長官はゆっくりとデスクをまわり、向かいのアーム・チェアへ深々と腰を下ろすと細巻きのシガーに火を点けた。

極上のニコチナ葉のいい香りがあたりに流れはじめた。

「実はな、まだ、長官かぎりの扱いになっているが、タンポポ村の例の場所から宇宙船が現われた」

「現われた――って？　それは、つまり、その宇宙船《ふね》が上から墜落したというわけではないんですね？」

長官は黙ってうなずいた。

「あそこから、出てきたんですか？」

長官はもういちどうなずいた。

「いつのことです？」

「今日の午後だ」

「どこの宇宙船《ふね》ですか？」

「〈星涯《ほしのはて》〉船籍の宇宙船《ふね》だ」

「いったいどういうことです？　それは……」

「星系軍の警備隊に逮捕された乗員は、〈冥土河原《めいどのかわら》〉星系にいた――と言っている」

「〈冥土河原《めいどのかわら》〉星系!?　一〇〇光年もありますよ。なにか、タイム・エーテル推進機の事故とか――？」

紫煙をくゆらせながら長官は首を振った。

「通常空間を航行中だったと言っとるそうだ……」

「通常空間を――ふうむ」

若いほうの男は考えこんだ。

長官は、そんな男をじっと見守ったまま、何も言わない。

男が口を開いたのは一分もしてからのことだったろうか……。

「つまり……これは考えられんことですが……つまり、その、タンポポ村の例の場所は〈冥土河原《めいどのかわら》〉星系とつながっているわけだ……。穴――ができたんですな……」

「かもな」

「そうとしか考えられないでしょう」

「うむ、まあな」

長官は、ちょっとおもしろそうな薄笑いを浮かべた。

「だとすれば、タンポポ村の住民も――」

「あり得るな」

長官は、この若い男が自分と同じ推理を展開していくのをたのしんでいるようだった。

「それで、いったい、どこの宇宙船なんです？」

長官はふたたびニヤリと笑った。

「惑星・白沙《しろきすな》を母港とするⅡB級（ペイロード一〇〇トン級中距離星間貨物宇宙船）貨物船だ」

「大きいな。それで所属は？」

「〈星海企業〉。〈クロパン大王〉という船だ」

「やっぱり！」男は叫んだ。「いよいよ、臭くなってきましたな！　やつらの船だとすれば、逆に、〈冥土河原《めいどのかわら》〉で――という申し立ての信憑性を裏づけとるようなものですよ！

これは、できすぎだ！　まったく……」

「うむ」長官はうなずいた。

「長官。タンポポ村であの一件が発生したあとで、たまたま星涯《ほしのはて》市にメイド見習いに出ていて生き残ったパム・ヘンシェルという小娘がいたのをおぼえていますか？」

「うむ」

「それでこっちは市庁から福祉奉行所へ手をまわしてパーミント居住区に家を世話してやりました。ところが、そこにモクという爺《じい》さんが現われました。

あの老人が、例の事態が発生したときタンポポ村にいたことは確認されています。馬車屋（地表艇修理屋）をやっていたんですが……。それがどこをどうまわったのか、パムのところへ姿を現わし、これは未確認ですが、〈冥土河原《めいどのかわら》〉星系へ行けば親の幽霊に会える——と言ったらしい。

われわれは真相解明と機密保持のために二人を逮捕しようとしたのですが、パムには逃げられ、モク爺さんは奪還され——」

「もうよせ！」長官はいやな顔をした。「思い出したくもない！」

「失礼、この書斎でしたな。あなたが人質になるはめとなったのは」

男は、〈星涯《ほしのはて》〉全星系に睨みをきかす星系警察本部長官を前にして悪びれる風もない。

「しかし」と彼は話を続けた。「あの、パムという娘は惑星・白沙《しろきすな》へ逃げ、星系航空軍から奪ったＴ３３０で〈星海企業〉の白沙《しろきすな》基地へ逃げこんだ……」

「そして、機動警察隊は娘を逮捕したが、パトロール艇の墜落事故で死亡した——」

「ということになっています。たしかに、機動警察隊のパトロール艇は空中爆発を起こし、乗員は全員が死亡しましたが、死体はバラバラとなり、パムの死体も確認されてはいません」

「……」服部竜之進長官は大きくうなずいた。

「その〈星海企業〉の宇宙船が、よりにもよって近づくのもむつかしいとされている〈冥土河原《めいどのかわら》〉星系などへ行ったのか——。

これだけだって臭い。

なにしろ、〝乞食軍団〟——なんぞと呼ばれている手合いですからな。何をしでかすかわかったものじゃない」

「……」長官は薄笑いを浮かべたまま。

「それで——」男は思い出したように聞いた。「その乗員を星系軍が逮捕したんですか？　５局が？」

「それだよ」長官も、われにかえったように言った。

「今、言おうとしていたんだが、星系軍の警備隊は、乗っていた二名を逮捕して、〝置いてけ堀〟（星系軍監獄や憲兵司令部、死刑場などがあって、市民の恐怖の的となっている区域）に連行したのだが、さっき、釈放した」

「釈放した？　なんでまた!?」

「わからん。当然、訊問のうえ、内々に処刑してしまうのだろうと考えていたんだが……」

「ふうむ……」男は考えこんだが、はっと眼を上げた。

「釈放したのは替え玉かな——？」

「なんのために？」

「いや、それはわかりませんが……」

「替え玉ならすぐにはっきりする。そのあとすぐうちの特捜に逮捕させたから——」

「乗員は——男ですか？」

「二人とも男らしい」

「よもや、あのパムという小娘と、モクとかいう老いぼれが——」

「山中に逃げたのではないかと網を張らせた」

「ふうむ……。おもしろい展開を見せてきやがったなあ」

「それより、オスカー」長官は、相変わらず葉巻をくゆらせながら静かに言った。

「え？」オスカーと呼ばれた相手の男はちょっと眼をあげた。「なんです？」

「もしも、一〇〇光年離れた地点との間にトンネルがあるとすれば、それには、どんな意味が含まれると思うかね？」

星系警察本部長官服部竜之進は、相手をじっと見つめた。

窓外は、もう夜半近いというのに、まばゆい市街が光の海となって眼下にひろがっている。

官邸の塀とそんな夜景の間を横切っている道を一台の貨物トラックが走ってきて、ちょうど門のあたりでスピードをおとした。


話はかわって——

それよりすこし前……。

市の東寄りにあるもうひとつの高級住宅街、桃李台の一角……。

こちらは、〈星涯《ほしのはて》〉星系軍参謀総長官邸の執務室。

参謀総長・北畠《きたばたけ》弾正《だんじょう》中将は、電話機を耳に当てたまま、向こうの声に顔をこわばらせていた。

〝おッさん、あんた、死にたいの？〟

相手もあろうに星系全軍を叱咤《しった》する参謀総長閣下をつかまえて〝おッさん〟もないものだが、その、電話の向こうから伝わってくる無気味に落ちついた若い娘のその声には、なにか、こぼれるような色気が感じられるのだ。

だが、参謀総長としては今、それどころではなかった。

「な、なんのことだ!?」彼は思わず腹を押さえながら言った。「おまえの要求をいれて、〈クロパン大王〉の乗組員二名は無条件で釈放した——という報告は、たったいま、おれのところにも届いているぞ！」

〝まァ、いやだ。とぼけないでよ〟

「ど、どういうことだ？」

〝釈放したと見せて、一〇〇メートルも行かないうちに、こんどは星系警察の特捜に逮捕させたじゃないの〟

「な！　なんだと？　星系警察が!?」

……なんという……出すぎた真似を……！

「し、知らん、おれは知らんぞ。それは、星系警察が勝手にやったことで、星系軍としては——」

〝お黙り！〟相手はぴしゃりときめつけた。〝シラを切るんなら、あたし、今、ここで送信機の点火スイッチを入れるわよ！　どうなるか、わかってるの？

さっき、あんたがお薬だと思って呑《の》んだカプセル爆弾の無線信管がお腹ん中ではじけたら、おならぐらいじゃすまなくってよ〟

「ま、待ってくれ！　お、おれは知らん！」

もう六〇歳近い参謀総長は、いかめしいその風貌にも似合わぬ取り乱しっぷりである。

〝こっちはね、おッさん、とにかくあの二人が欲しいだけなのよ。

あんたが、釈放した、釈放した、おれは知らん——なんて突ッ張るんならいいわ。

もう、あんたには用がないから、今、お腹をハジけさせて殺しちゃう。

あんた、二錠も飲んだんですって、あの爆弾を？　バカねェ……。

ひどいわよォ……！　二発が一緒にお腹の中で破裂したら……〟

「ま、待ってくれイ！」参謀総長の声は絶叫に近かった。「な、なんとかするから」

〝なんとかする……って？　どんな風にやってくれるの〟娘の声は落ち着き払っている。なにか、たのしそうな調子さえ感じられる。〝ねェ？〟

「せ、星系警察本部に話をする！」

〝早くしないと、あたしがスイッチを入れなくても、時限スイッチが入るわよ。もう、時計は発動しちゃったんだから〟

「ウッ、ウッ」

ふと気がつくと、デスクの向こうの副官が手で合図をしている。話をひき延ばせ……。

〝返事しなさいよ〟

そのとき、電話のノイズがかすかに変化した。

〝逆探知かけたわね？〟すかさず娘の声。〝そんなことしなくても、知りたきゃ教えてあげるわよ。ここは、第二宇宙港の貨物区画よ。でも、この期に及んで逆探知かけるなんて、あんた、ほンとに死にたいと見えるね？　スイッチ押すよ！〟

「や、やめろ！　やめてくれ！　なんとかする！」

参謀総長は、副官と電話機の両方に向かって叫んだ。

〝もういっぺん言うけどさ〟娘はつづけた。〝あんたのお腹の中に入ってるカプセル爆弾のね、無線信管を爆発させる指令電波の送信機は、もう、時限スイッチが入ってるのよ。ストップは一回しか、かからないの。

二人が釈放されたんでストップしようとしてたんだけど、早まらなくてよかったわ〟

「ストップをかけてくれ！　ちゃんと釈放させるから……」

〝そうはいくもんか！　もう、あんたは一回裏切ってるんだもの……〟

「ち、違う！」

「あら、まァ、いやだ！　時限スイッチはあと二〇分で入ってしまうわ〟ケロリとした娘の声である。

「お、おい……！」参謀総長は送受話機を手にしたまま、椅子にへたりこんでしまった。

〝とにかく、逆探知かけられたからにはいったん切るわ。時限スイッチにホールドがかかるかどうか、マニュアルを調べてみるわね〟

電話は切れた。

「……」

「さっきの娘ですか!?」副官がせきこんだ。いかにも能《のう》吏《り》らしい四〇前の少佐である。「なにか、また要求してきましたか!?」

「……星系警察の特捜が釈放した二人を逮捕した……」

「特捜が……!?　閣下が指示されたのですか？」

「おれが星系警察ごときにそんな指示を出すか……！　出すぎた真似をしくさって、特捜のバカどもが——！」

「それで——？」

「……？……」

「先方の要求は？」

「二人の無条件釈放だ……！」

そのときデスクの電話機が呼び出し音を立てた。

二人はぎょっとなった。

一瞬早く副官がとりあげた。

軍専用回線の赤電話《ホットライン》である。

副官はしばらくうなずいていたが、やがて通話機を戻した。

「軍7局（対敵課報）の特殊工作班からであります、閣下」副官が言った。「飲まされたカプセル爆弾を胃の中から摘出しようとして、レーザー・メスの誘爆で数名が爆死した事故は実際に発生しております。信管の種類にもよりますが、X線や超音波にも反応するタイプもあるそうで、医学的検査はいっさい控えられたほうがいいとのことであります」

「なにか対策はないのか！　え！」いらだちを抑えかねて参謀総長はどなった。「なにをやっとるのか、いったい！」

「はッ。電磁波遮蔽室《しゃへいしつ》へお入りになり、自然のお通じを待ちになるのが最上だそうでありますが、いちばん近い空軍第5技研の遮蔽室へお連れするのでも小一時間はかかります……」

「……」

「工作班はこちらに急行しておりますが、もしもその間に指令電波が発射されると……」

「ウッ……！」

「もちろん、指令電波が胃の中のカプセル爆弾の無線信管へ到達するのを阻止する妨害電波を発射することはできますが、信管の反応帯域が不明ですので、逆に妨害波が誘爆を引き起こす危険もあり――」

「だから、どうすればいいんだ!? はっきりせんか!」

「はッ」副官は眼をパチつかせた。「つまり……その……第7局は、とりあえずは先方の言い分を聞かれて、要求に応じられたほうがいいのではないかと……。その間に、捜査員を配置して……。とにかく、爆弾がお体のなかにあるうちは――」

「まったく、なんという情けないやつらだ……!」弱々しく参謀総長は言った。

「それから……」

「なんだ!?」

「第7局が言うには、カプセル爆弾を飲ませたと言われて大騒ぎとなった場合、あとになって、まったくのダミーだったという例もあるそうで、ひょっとして――」

「あの、食堂の爆発の跡が見えんのか!?」ついに参謀総長がどなりつけた。「おれが薬だと思って二錠飲んだあと、女房が他のことで腹を立てて、薬入れごと壁にたたきつけたらあのとおりだ。爆発力は小さいが、人間の一人ぐらいは一発で軽く死ぬぞ。それに、あの中に入っていたカプセルは全部破裂している……そうでなければ、おれがこんなに慌てるか!」

「はァ……」

「しかし、そうとなれば、なんとしても星系警察本部と二人の釈放を交渉するしかない……」参謀総長は言った。

「しかし……」副官は言いよどんだ。

タンポポ村をめぐり、星系軍参謀総長が星系警察本部長官を会議の席上で痛烈にやりこめたのは、ついさっきのことなのである……。

交渉の余地など……。

「なんとかしろ!」

「はァ……」

机上のブザーが鳴った。

一般加入電話である。

はじかれたように、北畠弾正参謀総長は送受話機をとりあげた。

〃おッさん? あたしよ〃例の娘である。〃それで、どうしてくれるの?〃

「おれが星系警察本部の長官へじかに会いにいく。それしかない」

〃いいわ。こっちもそれを考えてたのよ。

ところで、あんたのお腹の中の爆弾ねェ、今、マニュアルを繰ってみたけど、動き出した時限装置にホールドはかからないのよ、やっぱり。あと一〇分で、爆発の指令電波は出しッぱなしになるわ〃

「……」参謀総長は、血の気が退いていくのに必死で耐えた。

〃だから、とにかくあたしの言うことを聞いて。いいわね?〃

「ウ、ウ」

〃そのまま一人で外に出るの、一人でよ。門から出たら、道を海のほうへおりていくの。誰も連れて来ちゃだめよ、いいわね?〃

「ウ、ウ」

〃そしたら、あとはあたしがちゃンと安全にやってあげるから。でも、ヘンな仕掛けをしたら、一発でドン! よ。わかって? いいわね? ちゃンと真面目にやんなさいね……〃

電話は切れた。

参謀総長は立ち上がった。

つられて副官も立ち上がった。

「おまえはここで待っておれ」

〈星涯《ほしのはて》〉星系軍参謀総長・北畠弾正中将は一人でよろめくように執務室を出ていった。

話は、先ほどの星系警察本部長官邸に戻る。

例の人質事件以来、いちだんと警備が厳重になった官邸正門に配置されている機動警察隊員は、ちょうど向こうから走ってくる貨物トラックをなんとはなしに見守っていた。

トラックは、いったん停止するのかと思うほどスピードをおとしたが、ふたたび加速しながら走っていってしまった。

そして、正門前の路上へ注意を戻したとき、立哨の機動警察隊員はハッと眼をこらした。

道の真ん中に、なにやらひと抱えもありそうな円筒が立っている。

トラックが減速したとき、後部の荷台からすばやく路上へおろしたのか……?

彼は小走りでその円筒へ近づいた。

街灯の光でよく見ると、生ゴミの自動分解処理システムが入っていない貧民居住区などで使われている生ゴミ罐である。

それが伏せた形になっていて、まだ汚物がこびりつき、ひどい臭気を放っている。

何か仕掛けでもあるのかと、機動警察隊員は銃を構えながら用心深く歩み寄った。

そのとたん、ガサリ! とその罐が動いた。

ぎょッ! として隊員はとび退《すさ》った。

ふたたび、ガサリ!

まるで、歩きでもするように罐が前進した。

おっかなびッくりでよく見ると、逆さになったその生ゴミ罐の下から黒い靴先がのぞいている!

人間が中に入っているのだ!

ゴソゴソ!

罐はひどく覚束《おぼつか》なげに数歩あるいた。

「誰だ!」隊員は誰何《すいか》した。「出て来い! 撃つぞ!」

「ま、待て!」

罐の中からいとも情けない声がした。

「出て来い!」

「出られんのだ！」切羽《せっぱ》つまったその声は、情けないくせにひどく傲岸な調子である。「長官のところへ連れていってくれ」

「なんだとォ!? 長官のところへ——だと!? 何を抜かすか！」警察隊員は罐へ手をかけた。「出てこい！」

「や、やめろ！ やめてくれ！」

罐は、ヨタヨタと体を揺すった。

「何者だ、きさまは？ いったいこれはなんの真似だ!?」

「わけはあとで話す。おれは星系軍参謀総長だ」

「！ ！ ？ ？」

機動警察隊員は、いったんあまりの馬鹿馬鹿しさに度胆を抜かれてしまったが、すぐに気をとりなおし大声でどなりつけた。

「気でも狂ったのか！ バカも大概《たいがい》にせい！」

ガン！

警察隊員は、罐の横ッ腹を力いっぱい蹴ッ飛ばした。

罐はもろにひっくりかえったが、中から転がり出てきたのは、なんと！ 本当に星系軍中将の軍服姿。参謀肩章がいかめしい。

ところがである。

はッ！ となった警察隊員を尻目に、いったいなにがどうなっているんだか、路上におッぽり出された参謀総長閣下はドタバタとそこに素ッころがっている罐のところへ走り寄り、そいつを引き起こすとふたたびその中へ頭をつッこみ、都合、そっくり頭から罐をひっかぶる形になり、じっと身をひそめているのである。

「わけはあとで話す！ 長官のところへこのまま連れていってくれ」

罐の中からくぐもったかぼそい声。

なんともわけのわからぬあまりの馬鹿馬鹿しさに、いったいどう処理していいのか、呆然となった隊員の頭上に、突然、さッと白い光が射しかけてきた。

なにごとかと見上げると、緊急行動中を示す赤の標識灯を点滅させながら、一機のエアカーが急降下してくる。

涯工《はてこう》製の連絡機。

星系軍統合参謀本部の標識がついている。

どッ！ と砂埃をまきあげ、路上に荒ッぽく着地したそのエアカーから、星系軍の少佐がひとり降り立ち、つかつかとこちらへやってきた。

「星系軍のものだ。ちょっと聞くが——」

「ここだ！」罐の中からかぼそい声がした。

「は！」

「来るなと言ったのを忘れたのか!?」

「は！ いえ、それが、あれから間もなく、例の女からまた電話がありまして、星系警察本部長官官邸前へくるようにと——」

「すぐ長官へ連絡しろ！」

かぼそいながら、罐の中の声には有無を言わせぬ迫力がある。

「は！ しかし、それにしてもこの罐はいったい……？」

「電波遮蔽罐だ！ すでにやつらの送信機の時限スイッチは入った時分だ。二人の釈放を確認して向こうが送信機を止めるまでは罐から出るな——と言っとる」

「はァ……わかりました」副官は憮然とした表情でつぶやくように言った。「すると……このまま……」

「わからんのか！ その意味が！」

罐はいらだたしげに地団駄を踏んだ。

これで星系軍は、星系警察に対して巨大な借りをつくるはめになってしまった……。

おそらく、返しようもない借りを……。

副官は暗い思いを抑えるように、玄関のほうへ向かって歩き出し、それからあわてて言った。

「しばらく、そのままお待ちください、閣下」

機動警察隊員はぼんやりとそのやりとりを見守るだけ……。

書斎では、服部竜之進長官と、オスカーと呼ばれる若者との会話がつづいていた。

「……なるほど。さすがに先を読んでますな」

感心したようにつぶやいたのはオスカーである。

「……」長官は満足げにうなずいた。

「東銀河系の各星系の経済関係は一変しますね」

「そうとも……」

「東銀河連邦を牛耳《ぎゅうじ》ってる大星系との関係だって今のまましゃすまなくなる……。

所詮《しょせん》、辺境のささやかな自治星系だなんぞとわれわれはイジけなくともよくなるかもしれない。

それどころか——」

「〈星涯《ほしのはて》〉星系が、この秘密を完全に掌握できればのことだがな……」

そのとき、ドアがノックされた。

「星系軍のほうは、当然、もっと手荒なことを——」

星系警察本部長官は、ゴソゴソと書斎に入ってきた生ゴミ罐に思わず眉をひそめた。

ひどい臭気である。

2

星系警察本部長官邸と谷ひとつ隔てた丘の斜面、豪華な集合住宅の階上近い一室。

二つの月の光が射しこむほの暗い室内に男が二人。窓越しに大型の暗視望遠鏡《ノクト》がぴたりと官邸のほうへ向けられている。

「ふうむ……」

アイピースから眼をあげたのは見るからに鋭そうな若

い男。乞食軍団の又八である。

「なにか動きはないかの？」

暗がりからこたえたのは白髭の老人、やはり乞食軍団の一人、通称〝和尚〟である。

「うむ……」

又八は、手にしている小さな通信機を口許へ持っていった。

「虎、動きはないか？」

〝いえ、まだありません〟

ノイズの中から答えてきた少年のような声は、〈星海企業〉で働いている見習い職工の虎造らしい。

「よく見張っていろよ」

〝ハイ……〟

又八は、ふたたび暗視望遠鏡《ノクト》をのぞきこんだ。

と、かすかな足音がして、黒い人影がひとつ、さっと入ってきた。若い娘である。夜目にもきれいな顔立ち。

「どうした？」

息をはずませ、ささやくようなその声には、もうおもしろくってたまらないという気分があふれている。

又八はアイピースから眼を離さぬまま首を振った。

「おい、ありゃ本物の電波遮蔽罐なのか？　まるでゴミ罐みたいなものをひっかぶったまま、官邸の中へ入っていったぞ、参謀総長は……」

「本物のゴミ罐さ」エラはけろりと言った。「爆破指令電波の送信機の時限スイッチは起動しちゃったからって、外へ呼び出してゴミ罐ひッかぶせてあそこまで運んだわけ。それも、いちばん汚い罐みつけてね」

「やれやれ……」

闇の中で和尚がおもしろそうにつぶやいた。「北畠《きたばたけ》中将閣下も形なしじゃのう……」

「しかし、きわどいところだったなあ」暗視望遠鏡《ノクト》から眼を離さぬまま、又八がしみじみとつぶやいた。「向こうが〈クロパン大王〉の船籍照会をしてきたりするからそれとわかったようなものの、もし、星系軍がもうすこし利口で、この一件を闇から闇に始末していたら、とてもこうは手際よく救出作戦が進んじゃいないぜ」

「まったく……」と暗がりで深くうなずいたのは和尚である。「まかり間違わなくとも、機密保持上から死刑は確実だろうからなあ」

「それとも記憶消去を食ってるな」

「あれをやられたら、もう、死んだのと同じだからのう……」

「おれたちが星涯《ほしのはて》に来ててよかったぜ。アニタを参謀総長の邸《やしき》にもぐりこませたとたんだもの……」

「それに、星系軍がピーターとロケ松さんを釈放したとたん、すぐこんどは星系警察が逮捕してくれたからよかったのよ」エラが、冷蔵庫から冷えたマイタイの罐をとり出して二人に配りながら言った。「もうすこし警察が利口で、たっぷり尾行してからばっさりやられてたら、また、別の手を考えなけりゃならなかったわ。かなり苦労したわね、きっと……」

「うむ……まったくだ」

和尚は、うまそうにマイタイを飲みながら言った。

「それにしても、いったい、どういうことなの？」エラが言った。

「？」

「〈冥土河原《めいどのかわら》〉星系へ行ってた〈クロパン大王〉が、よりにもよって、タンポポ村に降りたってのは……？　あの人たちが航法ミスをやらかすわけもないし……。偶然にしてはできすぎてるじゃないの……」

「偶然じゃねえ、ひとつ手がかりがある」

暗視望遠鏡《ノクト》にとりついたままの又八へ和尚がちらりと眼をやった。

「偶然じゃない――って？　どういうことなのよ」

「いずれくわしく話す。まだ断定はできねェが、たぶん間違いない」

「どんな風によ？」エラがくいさがる。

「タンポポ村と〈冥土河原《めいどのかわら》〉星系はつながっとるらしいんだよ」和尚が言葉を添えた。

「え？」暗がりの中で、エラの眉をひそめる気配がはっきりとわかった。「なんだって？　つながってる――？　それ、いったい、どういう――」

エラがそこまで言ったとき、床の上に放り出してある通信機の呼び出しランプが明滅した。

手馴れた手つきで送受話機をとりあげたエラが、今夜の識別符号ですばやく応答した。

「ハイ。こちら、月夜の狸、どうぞ」

〝又八さん、いますか？〟こんどは、タンポポ村の隣村、鳥ノ木村にやってある椋十《ムクジュウ》の声である。

「言いなさい。あたしが伝えるから」姉さんッぽくエラが言った。

〝パムちゃんとコンさんの手がかりがつかめました！〟

ひどくせきこんだ椋十の声に、三人はほッと安堵《あんど》の溜息を洩らした。

「大丈夫なの、二人は!?」

〝パムちゃんとコンさんは、星系軍のエアカーで警戒線を越えました〟

とたんに、室内はさっと緊張した。

「つかまったの!?」

〝いや、それはわからないけど、東側の――〟

「トロロ村のほうね」

〝そう、トロロ峠に張ってたキチとタケが聞きこんだんだけど、なんでも、警戒機を二個所ブチこわして飛んでッたっていうから、たぶん、つかまっちゃいないと思います〟

「よく、わかった。すぐ行く」

いつの間にかやってきた又八がエラの手からとりあげたマイクに向かって言った。「ご苦労」

〝用心してくださいよ、星系軍がかなり出ていますから〟

「わかった。おまえたちは、雲取市へ撤退しろ。あそこから白沙《しろきすな》へ戻れ。へたにウロウロするな」

〝わかりました。お気をつけて〟

通話がきれた。

「よし、それじゃここはまかせた」又八は二人に向かって言った。

「わしも行く」と和尚。

「よしなよ、おれ一人でなんとかならあ」又八が押しとどめた。

「いや、こっちこそ、もう、エラひとりで大丈夫じゃ」と、暗視望遠鏡《ノクト》のよこに置いてある小型通信機から虎造のはずんだ声がとび出してきた。

〝又八さん、松五郎さんとピーターが釈放されました〟

「よし」又八が通信機をとりあげて言った。「へたに接触するな。尾行がついてるかもしれねえからな。いま、エラの姐御《あねご》がいくから、姐御にひきついだら、すぐに撤退しろ」

〝わかりました〟

「それじゃ、みんなで、出かけるとしようかな?」

和尚が立ち上がった。

おもしろくてたまらぬ――という表情である。

又八はちょっと苦々しげに眉をひそめ、賛成を求めるようにエラを見ると、彼女も眼を輝かせて身づくろいをしている最中である。

「忙しいわね」

彼女は妖婦みたいな笑いをちらりと見せた。

そしてちょうど同じ頃、ロケ松とピーターも同じようなことを考えていた。

まったく、なんという目まぐるしさ……。

標準時間でほんの半日前まで、二人は――パムとコンを加えて四人は――まぎれもなく一〇〇光年離れた〈冥土河原《めいどのかわら》〉星系にいた……。

パムの両親の幽霊とやらに会うために……。

それが、なにやらわけもわからぬ霧の中へ包みこまれ、そのなかで、たしかに、なんとも正体はつかめぬながらパムの両親とおぼしき、幽霊みたいなものに出会《でくわ》したのもつかのま、霧の中に射してくる一条《ひとすじ》の光を頼りに〈クロパン大王〉を航進させるうち、さっと視界がひらけてとび出したのは、なんと、一〇〇光年離れたこの、〈星《ほし》涯《のはて》〉星系のど真ん中、首惑星・星涯《ほしのはて》。

それも、かつてパムが住んでいた、そして、この騒ぎのもととなったタンポポ村……!

彼らが基地を置く惑星・白沙《しろきすな》が抜けるような青空にその名のとおり、白々と浮かんでいた。

なにがなにやらわけはわからぬまま、そこはそれ、東銀河系でも指折りの技量だといわれるロケ松のことである。それでもやっとのことで〈クロパン大王〉を着地させると、すぐにコンを付き添わせてパムを逃がした。

もとはといえば、星系軍が彼女を血眼で追っかけはじめたことがこの騒ぎの発端である。

なにがなんでも逃がさねばならぬ……。

そして、勝手知った山中の抜け道に、パムが先に立って姿を消して間もなく、予想どおり急行してきた星系軍警備隊に二人は逮捕されてしまった。

そして訊問……。

といっても、本当にまったくなにがなんだかわけがわからないのだから、ろくな答ができるわけもない。

そして夜も更けたころ、星涯《ほしのはて》市内、〝置いてけ堀〟の星系軍5局(司法検察)の庁舎から連れ出されたときは、さすがのロケ松、ピーターも、これはこのまま処刑されるな――と肚《はら》をきめたのだが、走り出した護送車が止まってドアが開くと星涯《ほしのはて》市の第二宇宙港のハンガー区画。

どこか他の惑星へ連行されるのかと思ったら、指揮していた士官が、本件に関していっさい口外せぬことを条件に釈放する――と通告。そして警備兵が素っ気なく二人の手錠を外して、護送車は行ってしまった。

よく考えてみれば、もともと逮捕されるわけもないのだが、こうもあっさり釈放されたのでは面喰らわぬわけにもいかない。

しかし、とにかく釈放されたからには、夜空に浮かんでいる惑星・白沙《しろきすな》の、彼らの基地に連絡しようと歩き出したとたん、こんどは星系警察の特捜が現われ、またもや逮捕される始末。

そしてまたもや連行された星系警察本部で型どおりの訊問が始まり、要するに星系軍に対して何をしゃべったのかしつこく聞かれるうちに、なにやら直通電話でどこやらとのやりとりがあり、それを境に向こうの空気が変わり、間もなく玄関から押し出されるように釈放された……。

まったく、なんという目まぐるしさ……。

さっぱりわけがわからねェ……。

同じ思いのピーターがなにか言いかけたとたん、ロケ松はきびしい眼つきで制止した。

そして、何くわぬ顔で歩きながらポケットに手を突ッこんだロケ松は、釈放されるとき還付された身分カード《ID》の裏にめざすものをすぐさぐりあてた。超薄型の発振機である。

ひとつだけのはずァねェ。

さらにさぐってみると、いつの間にくっつけやがったのか、手首の時計《クロノ》のベルトの縁に小さなやつがくっついている。

ひとつを見つければ安心してしゃべり出すだろうという狙いだろう。

待てよ、こいつは星系軍と星系警察のどっちがくっつけたものなのか……。

だとすれば……。

むっつりと押し黙って静まりかえった街路を駅のほう

へ歩きつづける二人は、五分とたたぬうちに、描針のキャップの奥や作業衣の貼りどめの裏など、都合一〇個もの盗聴器をくっつけられているのを発見していた。バカめが……！

どこかに位置信号発振機《ポジショナー》も貼りつけられているのかもしれない……。

「しかし、わからねェなア！」

ピーターがちらと眼くばせをしてから大きく溜息をついてみせた。「おれたちゃ、いったい――」

「やめな！」ロケ松も、わざと大声でたしなめた。「この件についちゃ、いっさい口にするな――って約束させられたろ。向こうとの約束は守らなけりゃ」

「うん」ピーターは、やけにおとなしく答えた。

ロケ松は、磁道車駅へと、歩いていく自分たちを見えかくれにつけてくるちんぴら風の二人に気づいていた。

整備工の虎造とマサである。

知らんぷりをして歩くうちに、二人の動きが変わった。と思う間もなく、小型の地表艇《ホバ・ヴィ》が一台、すーっとロケ松とピーターのところへ接近してきた。

オープン・モデルである。

「ねェ、ねェ、お兄さんたちさァ！　宇宙船《ふな》のりでしょ？」

身をのり出したきれいな娘は乞食軍団のひとり、エラである。

「どう、飲まない？　あたいのお店で？」

当節、宇宙船乗りを相手に出没するポン引きの手口……。

「いい女じゃねェか、なあ」ピーターは盗聴機へ言い聞かせるかのように、わざとささやいた。

こうしてみると、エラという娘もなかなかのもんだな――などとロケ松は心の中でつぶやいた。

「いこうぜ、おッさん！」ピーターは叫ぶように言った。

「よし！」

二人は地表艇《ホバ・ヴィ》の前席に乗りこみ、エラと並んだ。

「きゃア！　いい男ッぷり！　あたいのお店ねェ、かわいい子が何人もいるのよ！」

大きくUターンしてスピードをあげる地表艇《ホバ・ヴィ》から外を見ると、虎造とマサの姿はないが、べつの男がひとり、街路からちらりとこちらへ鋭い眼を向けた。尾行だ……！

しかし、べつに追ってくる気配はない。

だとすれば、やっぱり位置信号発振機《ポジショナー》をくっつけられているな……。

すぐ、さがし出すぞ……。バカめが……！

「あァ、つかれたなァ！」ピーターが大きく両手を差し上げて伸びをした。「どこだよ、ねえちゃんとこは？」

「アスパラ河岸よ」エラが操縦桿を軽く握ったまま言った。

「アスパラ河岸？　あんなところから客を拾いにくるのか？」

「だって、あの界隈は整備工だの兵隊だの、イモばっかりじゃん」エラは巧みに調子を合わせてくる。「みんな、ササヤくってさ、商売になんないのよ。第二宇宙港に降りる宇宙船《ふね》に乗ってる連中なんて、ロクなのはいないしさァ」

「こっちはロクなのかよ？」ロケ松はおもしろそうに言った。

「おれたちが宇宙船乗りだってよくわかったなあ」とピーター。

「だって、足つきを見りゃすぐわかるわ。かなり長いこと宇宙空間《うえ》に出てたんじゃない？」

「わかるかね？」

「だって、かかとを引きずってたよ」

「ははァ」二人は感心してみせた。

「あたいね、自分好みの男を捜してお店につれてくのが趣味なの」

どすッ！　と、乱暴にエラが地表艇《ホバ・ヴィ》を接地させたのは、星系軍工廠や民間工場がひしめく工業区域に隣接した安ッぽい飲食街の一角である。

軍も民間も、工場は原則として二四時間操業だから、もう夜明けが近い刻限だというのに、あたりは宵のうちと変わらぬ明るさ、にぎやかさ……。

夜食をとりに出てきた男女色とりどりの作業服姿は、自給スタンドにひしめいて、好みの〈チョコレート・ソバ〉や〈ケンタウロス・フライド・チキン〉、〈ジャム丼〉などをパクついている。帰りしなに一杯という私服組はさすがに男が多く、これも大部分はオープンの自給システムの凍結酒をかじったり、こごりワインを啜ったりしながら景気よく酔っ払っている。

当節、生ま身の女の子が応対してくれる店はもうそれだけで敷居が高く、よほど歩合給を稼いでるやつか、女の子めあてでガッついてるやつでないと、そう毎晩は通えない……。

言い寄ってくる品の悪い酔っ払いどもをこともなげにやりすごしながら、エラは先に立って一軒の店に二人を連れていった。

安手だが小綺麗な飲み屋である。

たしか、エラの友達の千鳥という娘がやっている店である。全反射虚像《イメージ・サイン》で〝千鳥〟という店名が浮かんでいる。

その下を潜るように中へ入ると、だしぬけにあたりは眼のくらむような美しい花園のただなか。客はいない。

装飾電像《ホログラフ》のけばけばしい光の中で、ロケ松とピーターは赤い水玉模様の茸形《キノコ》のへんなスツールに腰をおろした。ひどく落ちつかない。

傍に腰をおろしたエラは、甲斐甲斐しく〈渇綿〉を二人にさし出し、サイド・コンソールから露のおりたクリスタルのタンブラーをとり出して、〈ケンタウロス〉の白馬を注いだ。

ロケ松とピーターは、何気ないおしゃべりを続けながら、ひとつひとつとり外した盗聴機を全部まとめてエラに手渡した。

彼女は黙ってそれをカウンターの向こうへもっていった。

窓の外へふと眼をやると、道端《みちばた》に男がひとり、ぽつんと不自然に立っている。張りこみだな。

位置信号発振機《ポジショナー》だ！

とっさに思い出したロケ松はテーブルの上のナプキンをとりあげるとその上に描針で書いた。

〝チェッカー〟

エラは黙ってうなずくと、奥から小さな箱をもってきた。

広帯域の微弱な指向性電波の発振源をつきとめる装置である。

エラは手馴れた仕草でそのセンサー部分をロケ松の頭からゆっくりと下へと移動させていった。

そして、そのセンサーが靴に近づいたとき、箱の上についている計器の針が大きく振れた。

あわてて靴を脱いでみると、いつの間に貼りついたのか、靴底の土踏まずに小さな錠剤ほどの薄い円板……。

ここから発射される方位電波を追尾して、星系軍だか特捜だかはもう店外に張りこんだらしい……。

同じようにピーターのほうは、着ている作業衣のえりの折りかえしに同じような発振源をつきとめた。

〝巧妙に仕掛けやがった〟

〝いつやられたのかなあ？〟

二人は目顔でそんな会話をかわした。

エラはさらに感度をあげて、センサーを体へこすりつけるようにくわしく調べてみたが、もう反応はない。

あと、放射能トレーサーをつけられている危険もあるが、ここに探知機はない。

たしかコンの飼っている蛙かなにかに人工放射能を感知して体色の変化するやつがいたが、こんな時にいると役立つんだが……。

そういえば、あの二人はうまく脱出しただろうか……

…？

急にロケ松は心配になってきた。

まあ、それはそれとして、こっちのほうは、街なかにもいろいろな放射能源があることだし……できるだけ早く着替えるとしよう。

全部片づけ終わるのを待っていたかのようにいきなりドアが開き、エラと同じ年頃の娘がけたたましい歓声をあげながら入ってきた。これが千鳥らしい。

「ンまァ！　クウさん！　おひさしぶり！」

エラがかん高い声をあげ、千鳥につづいて入ってきた男たちへ手を振った。

なんと、星系軍の兵隊三人連れである。かなり酔ッ払っている。

エラと千鳥はロケ松とピーターをほっぽらかして、その三人と景気よく騒ぎはじめた。

いったいどんな方法で合図を出したのか、それをきっかけにして店の娘たちは次々と客をくわえて店へ戻ってきた。

もう、あたりは飲めや歌えのドンちゃん騒ぎ。

そして、いつになく娘にひしと抱きつかれたり、ほッぺにキスをされたりして大よろこびの客が、目立たぬところへ盗聴機や位置信号発振機をひとつずつこっそりくっつけられたあげく、もう店仕舞だから——と追い出されたのは一時間ほどあとのこと。

窓から見ると、さっきから張りこんでいた例の男がそそくさと二人連れの客を追っていくところ。たぶん、めざす男が星系軍兵士の二人連れに変装した——と思いこんだのだろう。ちゃんと二人が位置信号を発振しているんだから無理もない……。

星系軍第5局の特殊追跡班と星系警察本部特捜局は、本来二個所から入ってくるはずの電波が一二個所にもわかれ、それぞれがバラバラの情報を送ってくるのにもう乱されっぱなしであった。

なにかのはずみで盗聴機が分散してしまったとはいえ、そのわけのわからぬ無茶苦茶な電波のなかのどれかに目指す被疑者のものが入っていることを信じて疑わぬ当局は、そのひとつひとつの電波を丹念に聴取しつづけたのであった。

二個所の通信室の高性能スピーカーからは、終日、あたりはばからぬ放屁・放尿・脱糞の音が室内狭しとけたたましく響き渡り、上官や上役への悪口雑言、公然としゃべり立てられる軍機事項、密輸・横流しや賄賂《わいろ》の奸計……。

それらが、いつの間にやらすべて、まったく関係のない別人に一個ずつ渡っていた盗聴機から伝わってくるものだと判明したのは、三日もたってからのことであった。

ロケ松とピーターは、ちょうど星涯《ほしのはて》に来ていた〈星海企業〉の宇宙艇で白沙《しろきすな》へと向かったのだった。

3

さて、タンポポ村にかろうじて着地した宇宙船〈クロパン大王〉から、ロケ松の指示に従ってひと足先に脱出したコンとパムはどうしたか……。

ここで生まれ育ったパムが先に立ち、間道を抜けて凄まじいビーム銃の警戒線をなんとか越え、きわどいところで警備兵のエアカーを頂戴《ちょうだい》に及んでタンポポ村のある盆地から脱出し、東にあたるトロロ村の外れにたどりついたのは、もう夕闇があたりにたちこめる頃であった。

しばらくあたりの気配をうかがってみたが、べつにおかしな様子もない。

二人は、星涯市《ほしのはて》へと通じる磁撥鉄道の山芋谷駅《やまいもだに》までの便をつかまえようと村道を歩いていくうちに、ひどく腹が減ってきた。

考えてみると、最後に食事をとったのは一、〇、〇、光年彼方でのことなのだ。もう一二時間以上なにも食べていない計算となる。

二人は、村外れにぽつんと建っている飯屋をみつけて中に入った。

ところが入ったとたんにケチがついた……。

「まァ！ あんた、パムちゃんじゃないのかい⁉」

だしぬけに大声をあげたのは、店の奥から顔を出した老婆である。

「生きてたのかい⁉ タンポポ村で死んじまったとばかり思っていたのに」

そのとたん、飯屋に居合わせた五、六人の客は顔色を変えた。

「しっ！ 黙らねェか、おッ母ァ！」

カウンターの中の親爺《おやじ》は血相を変えて母親らしいその老婆をたしなめたが、彼女はかなり呆《ぼ》けているらしく、動ずる気配もない。

「なにを言ってるんだよ、おまえ。タンポポ村の、ヘンシェルの家のパムだよ、忘れたのかい？」と、あたりはばからぬ大声。

「しッ！ わかってるッたら！」親爺は大あわてで、老婆を店の奥へと無理やり連れていった。

「なにをするのさ、親に向かって。タンポポ村のパムが――」

遠ざかる声と入れ替るように、店の隅にすわっていた陰気な眼つきの男が、すーっと店を出ていった。

「おい」

呆然となったコンとパムの近くで飲んでいた中年の男が小声で言った。

「早く逃げな！ あいつは密偵だ。すぐに星系軍がくるぞ」

「すまねェ」店の奥から小走りで戻ってきた親爺も言った。「うちの婆《ばば》ァは頭がおかしくなってやがるんだ。さあ、早く逃げないと、助からねェぞ。おまえが本当に、タンポポ村のヘンシェルの娘ならなおのことだ」

「来な！」入口に近いテーブルにすわり、天然肉の厚焼で澄米酒をやっていたべつの男が立ち上がった。「逃げようたって逃げきれるものじゃねェ。鳥ノ木村までキャベツを運んでいくから、コンテナの中に入んな」

「おお、そりゃ、いい考えだ。頼むぞ、七右衛門」店の親爺が言った。

居合わす客たちもほっとした表情を浮かべた。

感謝の挨拶もそこそこに、コンとパムは飯屋から真ッ暗な街道へ出る。このあたりの農家が農産物積み出しによく使っている無骨なシャネルの中型コンテナ車が一台、道端に止まっている。

七右衛門と呼ばれたその男はつかつかと歩いていって、コンテナの後部ドアを開いた。

中はキャベツがぎッしり。

「できるだけ奥へ潜ってな。検問はないと思うが、もしもやられたら、そんときゃあきらめてくれ」

さっき七右衛門と呼ばれたその初老の男は二人をコンテナの中へ押しこんだ。

「ロックは掛けねェから、万一の時はおれに構わねェで逃げてくれ」

ドアは閉ざされ、トラックは走り出した。

暗がりの中で、コンとパムはほッと溜息を洩らした。

なんとかうまくいけばいいが……。

トロロ村から谷を越えて約一〇キロ先に星涯市《ほしのはて》へ通じる磁撥鉄道が通っており、たしか、山芋谷駅がいちばん近いはずだが、それから二、三駅星涯《ほしのはて》寄りの鳥ノ木駅で青果の積みこみが行なわれるらしい。

トラックは快適に走り続ける。

この分なら……。

ほっとしたとたんに睡魔がおそい、この一日のめまぐるしさを回想しはじめる間もなく二人は眠りこんでしまった。

どれくらいたったのだろうか、
肩にとまっているおうむのパロにつつかれてはっと気がつくと、トラックは止まっており、なにやら声高で争う七右衛門の声……！

あわててコンは眠りこけているパムを揺すりおこした。

「なんど言やわかるんだ！ おらァ知らねェって言ってるんだぞ」

七右衛門の声である。

「とにかくコンテナの中を見せてもらいたい」

冷たい口調は星系軍か……？

「いやだ――と言ってるだろ！ 今、キャベツが外気に触れると味がおちて値段が下がるんだ！」

「いやに抵抗するなあ」相手の声は無気味な口調に変わった。「え？」

「あたり前だろ」ちょっと気圧されながら七右衛門がやりかえす。「丹精して作ったキャベツだ、おかしな真似をされてたまるか」

「もういちど言うぞ。積荷を見せろ」

「おれを殺してからにしてもらいてェな」

「よし、それじゃそうしてやる」相手がぞっとするような口調で言った。「降りろ。星系軍に逆らったからには思い知らせてくれる」

「わかったよ、今、おりるから待ってな」

「……本当に死にたいと見えるな。いい度胸だ。よし、降りて来い、すぐ殺してやる」

これはうかうかしていられない。

コンは眼顔でパムに合図してからそっと立ち上がった。

星涯市《ほしのはて》の連中は芋気質などとバカにしているが、およそトロロ芋とは裏腹のように、このあたりの住民は、こうとなったら本当に自分が殺されても約束を守る頑固さで有名なのである。

パムはまだしも、自分までがこの七右衛門の命がけの誠意へすがるわけにはいかない。

こっそり地面に降り立ったコンは後部ドアをロックしてから、道端のやぶを大きくまわりこんでコンテナ車の前方へ出た。

星系軍の兵隊が二人。

小型地表艇《ホバ・ヴィ》が一輌止まっている。

コンはトラックと向き合っている兵隊の背後からヒョロヒョロと近づいた。

「アノ、すみませんが――」

ぎょっとして兵隊は振り返った。

本気でトラックから降りようとしていた七右衛門の顔に怪訝《けげん》な表情が浮かんだ。

「なんだ！　きさまは？」

兵隊がⅣ型短レーザー銃をコンの胸元につきつけた。

「ええ、あの……」コンはケロリと言った。「タンポポ村からきたんですけど……連れとはぐれて……」

タンポポ村と聞いたとたんに兵隊は、はッと緊張した。

「なに!?」

「連れとはぐれちゃったんです。女の子と……」

「女の子！」

兵隊はいちだんと緊張した。

「どっちから来た？」

「あっちから――」

コンはとんでもない方向を指差してみせた。

「二人でか」

「ええ、二人です」ケロリとしたコンの声。

兵隊は、操縦席でどうなることやらと見守っている七右衛門に向かって、行け！　と手で合図した。

動き出した一瞬、こわばった表情の七右衛門は、コンに向かってかすかにうなずいてみせた。


ところで――

星涯《ほしのはて》市からやってきた又八と和尚の二人が、トロロ村の入口にあたる山芋谷駅で磁撥鉄道から降り立ったのはそれよりすこし前のことであった。

コンとパムがその後どっちへ向かったか消息はまだつかめぬが、とにかくトロロ村まで行ってみようと、二人はタクシー屋か運送屋の看板を捜しながら寝しずまった淋しい駅前通りを歩きはじめた。

道端に止まっている大型コンテナ車の横を通りすぎたときである。だしぬけに背後で鋭い声がした。

「やい！　きさまたちはあのときのサーカス芸人だな!?」

ゆっくりと近づいてきたのはがっちりした体つき、いかにも農民らしい面構《つらがま》えの中年男である。

「二人してこんなところで、何をしていやがる！」

おそらく鳥ノ木村の男なのだろうが、こうもずばりとやられたのではグウの音《ね》も出ない。

「……」

「……」

「なんの目的だか知らねェが、立入禁止のタンポポ村へ押し入りやがっておかしな真似をするからこの始末だ！」

男は、ちょうど走りすぎた軍用トラックをあごで示した。

「いったいきさまたちは、なんのためにサーカスなんぞを連れてきて、次の日に姿をくらませやがった？　え？」

「……」

「正直に答えねェか！　星系軍なんぞが入ってきやがったのも、きさまたちがおかしな真似をして以来のことだ！」

気がつくと、四、五人の男がもう二人をとり囲んでいる。

「あれ以来、山に迷いこんだ村の衆は射ち殺されるわ、村の中にはスパイがうろつくわ、もう、めちゃくちゃだ！」

「すまん、これには深いわけが――」やっとのことで又八が答えた。

「深いわけだと――？」後ろに立ちはだかっている一人が言った。「村じゅうをひっかきまわしやがって」

「おもしれェじゃないか。ひとつ、村の衆の前でその深いわけとかを洗いざらい話してもらおうじゃねェか！」

「どんなわけだかを、よ」

「そうそう」

「鳥ノ木村まで来てもらうとすべェ」

「場合によっちゃあ、駅前広場で絞り首だ」

「よし、話はきまった！　さあ、この車へ乗れ！　二人とも！」

又八はそっと和尚の顔をぬすみ見た。

やるか？

やめろ！

いつになく厳しい表情で和尚が制止した。

村人たちの怒りは当然のことなのだ……。これに力ずくで対抗するわけにはいかぬ。

なんとか、理解してもらうしかない……。

「よろしい」和尚が静かに言った。「鳥ノ木村に連れていってくれ。お話しできるところまでお話ししよう」

「いい度胸だ、ひらきなおりやがって……」

「さあ、乗れ！」

有無を言わさず二人は両腕をとられ、止まっているコンテナ車の中へ放りこまれた。

そして、見覚えのある鳥ノ木村の駅前に降ろされたのはもう夜半すぎのことである。

すべては夜が明けてからだということになって、そのまま二人は村役場わきの小屋へぶちこまれ、外に若者が二人、張り番に立った。中に入った二人の足許からだしぬけにぱっと鳥が飛び立ち、すぐまた降りてきた。

　そして、小屋の中で眠りこけていたのはコン……。

　すっかり逆上した村人たちは、又八と和尚の熱線ピストル《ブラスター》をとり上げるのさえ忘れている。

　これを使っていつ、どんな風にここを脱出するかと小屋で相談をはじめた折も折、かすかな足音がして小屋の戸がすっと開いた。

　月光が射しこんできた。

　入ってきたのは鳥ノ木村の村長。そしてうしろに続くのは鳥ノ木駅の駅長である。

「さあ！」村長が声をひそめた。

「逃げなさい！」

「？」「？」「？」

「さあ、早く！」駅長は和尚に向かって言った。

「わたしには何が何だか、さっぱりわかりません。あのサーカスにどんな意味があるのかも理解できません。

　しかし、あなたがたが悪いことを企らんでいるとは思えんのです。

　あれ以来、乗りこんできた星系軍の有無を言わさぬ残酷なやりくちからして、タンポポ村ではなにか、よほど大変なことが起きているのでしょう。

　わたしはそれが何なのか、今、知ろうとも思いません。ただ、あなたがたがあの連中の味方だとは思えんのですよ……」

「村長、早くしないと……」駅長がせきたてた。

「そう」村長はうなずいた。「いつか、わたしたちにも納得できるように話しにきてください。待っていますよ。とにかく今は、早く逃げなさい。さもないと、これまでのやり口からして、あなたがたは明日、星系軍に処刑されるでしょう。

　あと一五分で一番列車が来ます。それに忍びこんでください。それ以上のことはわたしたちにもできません」

「最後尾の貨物台車に、生鮮野菜のコンテナを積みこみます。その作業が完了してから三分だけ出発進行をおくらせます。その間に乗りこむのです」

「次のスミレ坂駅に入る大きなカーブのところで列車は減速しますから、そこでとびおりなさい。道端に、グッチの農業トラックが一台止まっています。センター・ベアリングが抜いてあるので、誰も動かせないはずです。はい、これがプラグインのベアリングです」

　村長が暗がりの中でずしりと重いベアリングを差し出した。

「ご恩は忘れません！」和尚は声をつまらせ、村長の手を固く握りしめた。「いつの日か、必ず――」

「さあ、早く！」駅長も和尚の手を握りながらせき立てた。

「くれぐれも用心してください。では」

　二人は足音をしのばせて出ていった。

　残った三人もこっそりと小屋を出た。

　一服盛られたのか、張り番の二人は死んだように眠りこけている。

　和尚は、その二人のポケットにクレジット紙幣をまとめてつっこんだ。「せめてもの埋め合わせじゃわ」

　磁撥鉄道のレールは、夜目にも白々と闇の中へのびていた。

　タンポポ村の盆地を囲む山地の東側を大きくまわりこみ、山芋谷《やまいもだに》駅……そしてこの鳥ノ木駅、スミレ坂駅をへて星涯《ほしのはて》南本線に合流して約一〇〇キロ、星涯《ほしのはて》市へとつづく線路である。

　駅の外れで軽々と柵を乗り越え路床へ入りこんだ彼らは、レールを支持している非磁性体フレームの蔭に沿ってホームのほうへと進んだ。

　星涯《ほしのはて》行の最後尾車輌だというからには、ホームの山芋谷側の外れだろう。彼らは足音をしのばせて進んでいった。

　やがて、ホームの端近くにコンテナ車が一台止まっているのが見えてきた。

「あそこだな」和尚がささやいた。

「うむ」先頭に立つ又八が大きくうなずいてまた進みはじめた。

　間もなく彼らは、ホームと磁撥レールをはさんで向かい合う形で暗がりにひそんだ。

「０８２列車到着五分前！」遠くで駅員の声。

「あいよォ！」と答える声がして、ホームの縁へコンテナが前進してきたとたん、コンがはッ！　と身を固くした。

「七右衛門のコンテナ車だよ！」

「なに!?」「なんじゃ!?」

　和尚と又八がささやいた。

「パムが乗ってるのはあのコンテナだよ」

「でかした！」

「結構、結構」和尚がうれしそうな声を洩らした。

　暗がりから見守るうちに定位置へ進入したコンテナ車はぴたりと止まり、やがて操縦席のドアがカチャリと開く気配がして、一人の男がホームの端へと顔を出した。

　まぎれもなくあの七右衛門である。

　彼は山芋谷のほうへ眼をやり、まだ列車が進入してこないのをたしかめると太い煙管《キセル》をとり出し、刻みをつめるとマッチで火を点けた。

　彼はうまそうに一服吸いこむと、手にした燃えさしのマッチを投げすてた。

　そのマッチは小さな光の尾をひいて暗がりに吸いこまれたのだが、そこがちょうどコンのひそむあたり。肩にとまったオウムのパロがクウ！　と小さな鳴き声をたてた。

「おッ！」

七右衛門は暗がりに眼を向けたとたん、コンの視線とぶつかった。

「おめェ、無事だったか！　よかった！」ささやきかける七右衛門の顔に深い安堵の表情があらわれた。「あの娘は――」

　彼がそこまで言ったとき、泡を喰ったようにとび出してきた男がいる。駅長である。

　暗がりに潜む和尚たちの姿を七右衛門が発見したのではあるまいかと、いきさつを知らぬ駅長が大あわてでとび出してきたのだ。

「よォ、よォ、七右衛門！　ご苦労、ご苦労！」

　駅長は場違いな声をあげながら七右衛門の肩をとらえ、有無を言わせず向こうへ連れていこうとする。

　ところが七右衛門は七右衛門でそっちのいきさつを知らないから、コンの姿を駅長に見つかったらえらいことになると逆に駅長の体にしがみつき、彼の視線がホーム向こうの暗がりに向かぬよう必死の大芝居をはじめた。

「これはこれは駅長さん！」七右衛門は素ッ頓狂な声をあげた。「まあ、まあ、暗いうちからご苦労さん！」

「なあに、なあに、これもつとめのうちでねェ！」

　もつれ合いながら七右衛門はちら！　と暗がりのコンへ眼をやると、だしぬけに調子ッぱずれの胴間声をはりあげて歌をうたいだした。

「幼なじみのパムちゃんと、ホレ！
　幼なじみのパムちゃんと、ソレ！
　二人でこっそり会ったのは、
　隣の茂作のコンテナー。
　キャベツを運ぶコンテナー。
　ドアをばっちりしめきって
　二人はそこで××××××
　ところがあんまり××××で、
　ドアのロックを閉め忘れ、ホレ
　ドアのロックを閉め忘れ、ソレ……」

　とっさに酔っ払ったふりをして《鳥ノ木小唄》の替え唄をわめきはじめた七右衛門は、〝幼なじみのパムちゃん……〟と〝ドアのロックを閉め忘れ……〟をくりかえし、コンに向かってその事実を伝えようとしているのだ。

　暗がりに潜む三人の眼にうっすらと涙が浮かんだ。

　一方、とにかくホームの縁へ七右衛門を近づかせまいとする駅長は、〝幼なじみの花ちゃん〟だろうとか、〝隣の茂作の納屋の中〟じゃなかったっけ……ドアのロックじゃなくてズボンのボタンをだろうとか、必死で調子を合わせている。

　やがてレールが呑《の》みこまれている遠い闇の中に、ポツンと青白い光がひとつ現われた。

　ズーン……。かすかな振動が起こり、だんだんと高まってくる。

「082列車接近！」拡声機の硬い声がした。

　やがて、白銀色をした円筒型の電磁浮揚車輌が一〇輛ほど連結された磁撥列車が進入してきた。その後部に貨物コンテナがつづく貨客混成である。もちろん無人運転だ。

　減速しながら通りすぎる明るい窓の中に、客はまばらである。

　彼らがひそむ正面に空《から》のコンテナ台車がぴたりと停まった。

　それと同時に、今までの騒ぎッぷりもどこへやら、操縦席へとびこんだ七右衛門はエンジンを起動し、手馴れた様子でぐーッとコンテナを台車の上に押し出した。ガチャリ！　台床の電磁フックが作動して、コンテナは台車に固定された。

　暗がりにひそむ三人とホームの上が、コンテナで完全に遮られた。

　三人はすばやく台車の枠へよじのぼった。

　コンテナのドアは両端だから、列車が走り出すまではホームと反対側の狭い点検路へしがみついているしかない。

「ご苦労さん！」

　早く七右衛門を追っ払いたい駅長が大声をあげている。

「やあ、どうも！」答えながらも立ち去りがたい七右衛門の気配がここまで伝わってくる。

「さあ、トラックを出して！」駅長がせき立てる。「発車できないよ……」

「それじゃ！」七右衛門がとんでもない声をあげた。

「くれぐれもお気をつけて！」

「？　？」駅長が不思議そうな表情を浮かべているさまがここまで、感じとれる。

　トラックのエンジン音が未練げに遠ざかっていった。

「間もなく発車！」あきらかにこちらへ向けられた駅長の声である。

　と、そのとき、ひどく急きこんだ足音がばたばたと近づいてきた。〝なに？〟〝え？〟などという駅長の声がしてすぐ足音は遠ざかった。

　やがて電話機をとりあげる音がして、駅長の不自然なほど大きな声が聞こえてきた。

「ええ！　もしもし、こちら、鳥ノ木駅の駅長です、聞こえますか！　聞こえますか！　調子わるいか……！　聞こえたら、ちょっとたたいてみてくださいな」

　駅長はそこで黙りこんだ。

　薄暗がりの中で三人は顔を見合わせた。

　和尚がうなずいた。

　又八が、コンテナの縁をコツ！　コツ！　とたたいた。

　そのとたん、駅長はふたたびしゃべりはじめた。

「たった今、連絡が入ったんですがね、スミレ坂駅手前のカーブの近くにですね、グッチの農業トラックが故障していますがね、いま、星系軍が取り調べ中だそうです」

　三人は顔を見合わせた。

「あれは、当村のもので、メイン・ベアリングを外してあります。誰も近づかぬように伝えてください。いいですね、いいですね、もしもし」

　又八がまたコツ、コツとコンテナの縁をたたいた。

「はい、わかりました。ベアリングはこっちで持っていきますから」

　又八はこっそりと路床におりて、さっき村長から受けとったプラグイン式のベアリングをそっと地上に置いた。すき間から又八がホームをのぞいてみると、送受話機を持った駅長の姿がちらりと見えた。

　片手が通話中断キイを押さえたまま……。

　一瞬、二人の眼が合った。

「発車！」

　自動運転の磁撥列車は音もなく走り出した。ホームの端で心配そうに見送っているのは村長らしい。駅長が路床へひらりと跳びおりて、ベアリングを拾いあげるのが小さく見えた。

「スミレ坂のカーブにかかる前にコンテナへもぐりこまねえと、星系軍にみつかるぞ！」

　すでにコンはコンテナの端へとりついてドアを開けようとしていた。


　それから五分後、パムともども、四人は暗闇の中でキャベツの上に腰をおろしていた。

「どうする、これから？」

「うむ」和尚が立ち上がる気配。

「？」みんなは不思議そうにそちらの闇へ眼を向けた。

「わしは客席へ移る。このコンテナは、たぶん南星涯《みなみほしのはて》駅で切り離して青果市場へ行くはずだから、その前に、わしがコンテナごと買いとって第二宇宙港へはこばせよう」

「それより和尚さん」闇の中の声はコンである。

「なんだね？」

「どうも、パロの様子からみると、この隣のコンテナには鳥がたくさんのってるようだよ」

「とり？」

「それも、このパロの騒ぎぐあいじゃ、軍鶏《シャモ》だよ。それのほうが万一のとき、おれがケシかけて……」

　なにかおもしろいことを思いついたときに浮かべる、あの、福々しい微笑が、いま、和尚の顔に現われている気配が闇の中でもはっきりとわかった。

「間違いないよ」和尚がたのしそうに言った。「トサカッ原は野生の軍鶏《シャモ》の名所だもの。あそこから積み出したものじゃろう。あれは気が荒いからのう……。

　そっちへ引っ越そう。そっちをそっくり買い取るから」

「封印破りなら和尚の縄張りだぜ」又八も立ち上がった。


　その日の朝早く、星涯《ほしのはて》市周辺に張られた非常線で、検問のため星系軍が貨物コンテナを開いたとたん、凶暴をもって知られる軍鶏《シャモ》の大群が信じられぬような勢いで暴れ出し、周辺一キロが大混乱におち入ったことはニュースでも報じられたが、もちろんそのすきに小娘もまじるへんな四人組が現場から姿をくらませたことに気づいたものは誰もいなかった。

　次の日、彼らは、惑星・白沙《しろきすな》へと星涯《ほしのはて》市第二宇宙港を離れたのだった。

4

　抜けるほどよく澄んだ、星涯《ほしのはて》ならではの青空の下を四〇フィートの噴進高速艇は快適に進みつづけた。

　星涯《ほしのはて》市の東郊、海洋レジャーの基地になっている黒海老岬から出て小一時間。すでに、星涯《ほしのはて》東湾を横断して外洋に出た艇の航法コンソールのレーダー・ディスプレイからは星涯《ほしのはて》半島が消えかけており、三次元ソナーにはもう目指す烏帽子《えぼし》岩礁《がんしょう》へつづく海底のせり上がりが現われはじめている。

〈星涯《ほしのはて》重工〉社長のジョン・カーペンターは青々とした空を見上げてまた深々と汐風を吸いこんだ……。

　ぐるりと4R方向がすべて水平線……。艇首からすこし外れたあたり、かすかに浮かんでいるのはトマト群島の端だろうか……。

　平日だから他に釣り船はいない。

　ちょうど烏帽子《えぼし》岩礁の上あたりにスポーツタイプのヘリが一機、ゆっくり旋回しているだけである。

　完全にひとりきり……。

　この前、釣りに出たのはいったい、いつだったのだろう……。

　重苦しく、いつも胸を締め続けるあの重圧に捉えられ始めてから、もう一年近くになるわけだ……。

　まったくの偶然から発生したあの事件が思わぬ展開を呼び、眠れぬ夜が、悪夢にうなされる夜が続き、それに加えて、わけのわからぬことが私生活にまで及びはじめている。

　これからいったいどういうことになっていくのだろう……。

　それにしても、いま、こうして趣味の釣りへ出かける気になったのも、数日前、このどうにも重苦しく恐ろしい状況のなかに、ふと一縷《いちる》の光が射しこんだような、なにか、救いに似たかすかな気配を、自分が嗅ぎとったせいなのにはじめて彼は気づいたりした。

　だが、それも甘すぎる考えなのかもしれぬ……。

　あの捕えられた乗組員たちにしても、今ごろはすでに星系軍の手で処刑されたあとかもしれない……。

ああ、やめよう！

彼は心の中で叫んだ。

一時《ひととき》でもそのすべてを忘れるためにこうしてやってきたのではないか……。

カーペンターは、烏帽子《えぼし》岩礁のクロハタを狙ってやってきたのだ。

低緯度地帯にある星涯《ほしのはて》市の周辺は温暖な気候に恵まれ、外洋のほど遠くないあたりを黒河と呼ばれる大きな潮流が流れているので海洋資源は豊富であり、漁業はもちろん、アマチュアの釣りもポピュラーな趣味のひとつになっている。

しかし、そのほとんどは湾内の赤海老、彗星ボラ、オーロラ鯛《タイ》、キスキス、沿岸のヌンチャク鰻《ウナギ》や青鯖《アオサバ》などで、沖釣り、それも岩礁の根魚を狙ってくるものはあまりいない。

そして、これはこの星系の一般に言えることとなのだが、〈星涯《ほしのはて》〉星系の主要産業が電子工業であることとも関連して、住民たちは趣味の分野の中にこの技術を徹底して持ちこもうとする傾向がある。

釣りも同じである。

たとえばボニータ・カツオみたいな回遊魚を狙うのに、テレビ・カメラと送信機内蔵のカツオそっくりに造られたトレーサーを放ち、何週間もかかってよい群をさがさせ、ルールで定められた寸法の電撃網のひと掛けで文字どおり一網打尽にした魚の量を誇り合う——など、もはや趣味とは言えぬ真似を試みる手合いがいる。

大量養殖システムが稼動しているから、いくら獲っても絶滅する危険こそないものの、趣味のなんたるかをわきまえぬ乱暴なやりくちであることに変わりはない。

今、カーペンターがやろうとしている岩礁周辺の根魚にしても、〈トム小父さん〉とか〈CAPT・エイハブ〉とかいう商標の、要するに機械腕《メカニカル・アーム》とテレビ・カメラのついたロボット魚みたいなものを海中へ放し、人間は船上からモニターを見ながら、4hzのコマセ波発振《オッシレ》機《ーター》でおびき出した根魚を遠隔操作の機械腕で手づかみにする——などという方法が流行しているし、〈山葉マリーナ〉が開発してブームを呼んだ〈ネモ・カプセル〉は、要するに俯伏《うつぶ》せの人間ひとりがすっぽり入る円筒潜水艇で、電撃ビームや機械腕を使って根魚を捕えようというわけだ。

なにしろこのあたりに棲息する根魚は、ハタでもアラでもタイでも一メートル級のやつは珍しくないし、一〇〇〇メートルを超える超深場のキンメダイなんかを相手にするとなれば、そのやり方も豪快そのもののスポーツには違いないが、それでもカーペンターたち、つまりエリートぞろいの星涯《ほしのはて》釣人倶楽部会員はみんなこの種のやりかたを邪道だと確信していた。

船位確認のためのレーダーや、海底の状況をたしかめる三次元ソナーまでは使っても、いまやほとんど常識化しているコマセ波発振機による魚寄せや、針先を中心に自動追尾するテレビ魚、通称ディープアイを使って魚の寄りぐあいをさぐる——などというやり口は、よほどのことでもないかぎり使わぬことを主義としている。

汐や季節や海況のすべてを考慮に入れて仕掛けを考える、いわば、魚との素朴な知恵くらべこそが釣りの妙味ではないか……。

艇はクリスクラフトの四〇フィート、アクリ・スチール製のダブルデッキに三〇〇馬力の噴進水流エンジン付き、星涯《ほしのはて》市に住む金持ちの釣り仲間でもうらやましがられている新鋭艇である。

カーペンターはキャビンに降りて、コールドエリアから、〝過冷気味〟のサーモ表示が浮き出るほどよく冷えたビールの〇・五lコンテナを持ってくると、もう一度深々と汐風を吸いこんでから、艇尾ジェットの立てる白波を見ながらいっきに飲み干した。

うまい！

航法コンソールのソナー・ディスプレイに眼をやると、めざす烏帽子《えぼし》岩礁が黒々と迫ってくる。水深七〇〇メートル、その海底から水面下一〇〇メートル足らずにまで盛り上がる、さしわたし二キロほどの岩礁である。

はるか艇首方向の海面がざわついているのがそのあたりらしい。

さっきのスポーツ・ヘリコプターはずっと遠くにまだ見えている。海況調査でもやっているのか……。

カーペンターはソナーの出力要素を艇の自動操縦系へフィードして、艇がポイントから外れぬようにした。

仕掛けはフカセである。

ミチイトもサキイトも、〈星涯重工《ほしのはて》〉で最近やっと試作に成功した軽量透明鋼線の28番と32番である。

まあ、一〇〇キロやそこらは大丈夫でしょうと試作工場の職工が保証してくれた。

針のネムリムツも、チタン・バナジウム合金をその職工に鍛造させて作った特製の18号。

オモリは大き目の100号にした。

このあたりは星涯《ほしのはて》半島にぶつかって大きくまわってくる流れがあって二枚潮になっているので慎重に潮のぐあいを見定めると、彼はシコイワシを鼻がけにしてゆっくりと糸をくり出していった。

〈カピ〉星系産の純正竹で造った竿は〈権助《ごんすけ》〉の銘が入った逸品として知られるものだが、腰の強いその手許についているリールの水深ディスプレイがぐんぐん変化していく。

根がかりを恐れていてはハタは釣れない。

当節の若僧なら、レーダー深度計のレスポンスを利用して根がかりを防ぐところだが、カーペンターはただ、じっと〈権助〉の手許に伝わってくる感触を待った。やがて、底に届いたらしいコツン！という反応が伝わってきた。

すぐに数メートルほどひきあげる。

ここでまた、技術かぶれの手合いならばさっそくディープアイをおろし、底の状況や仕掛けの深さをモニターしはじめるところだが、そんなことをしてどこがおもしろいのか……。

　まして、なぜか魚が寄ってくるという4Hzの方形波の音《コマセ》をわざわざ発振してハタを呼び寄せてなんになる。

　それでは釣れてあたり前ではないか……。

　クロハタというやつは根すれすれのところをゆっくりと泳いでいる。だから、仕掛けが根に触れるか触れぬよう、カーペンターはこまかく竿を上げ下げした。

　オモリが根に触れるコツン！　という手触りをたしかめながら、彼はじっと待った。

　太陽はさんさんと降り注ぐ。

　水平線から、ちょっとした皿ほどもある惑星・白沙《しろきすな》がゆっくりと頭を出すところである。この星涯《ほしのはて》とは二連惑星といってもよい関係にあるので、その相対位置はめまぐるしく変化する。二つの月と違って、とても暦や時計の代わりには使えない……。

　底にあたったカブラの感触に応じて竿をちょっと持ち上げたとたん、とつぜん、ぐッ！　とあたりが来た。ぐいぐい引きこんでいく。

　凄《すご》い強さだ。

　カーペンターも経験したことがないほど……。

　反射的に彼は竿の手許の張力《テンション》ディスプレイに眼をやった。一五キロ！　大物だ！

　彼は竿を持ちなおして強く合わせると、慎重にたぐりはじめた。

　そのとたん、またもやぐぐっと強いあたりが来た。

　信じられぬほどの力でぐぐーっと引きこまれる。そのまま竿を抜かれそうになって、彼はあわてて舷側にロックした。

　張力《テンション》がかかりすぎてリールが空転している。

　見ると、ディスプレイが三五キロを示している。

　もう一匹かかったのか！

　そんなはずはない。フカセだから針は一本しかつけていないのだ……。

　そのとたん、またもやぐぐーっと来て、張力は四五キロを超えた！　特殊鋼線だからもっているものの、なみのミチイトならとっくに切れているところである。

　潜水艇かなにかをひっかけたな！

　とっさにカーペンターは心の中でそう叫びながらディープアイの作動レバーを引いた。この手の道具は使わぬことをモットーにしているとはいえ、こうとなったらそんなことを言ってはいられない。

　船底を離れたビール罐ほどのディープアイは、ミチイトの反射波で制御されながらいっきに沈下をはじめ、先端のカメラから送られてくるモニターの映像は、ただ、海面下の青々としたひろがりが深まっていくだけ。画面の中央部を上下に走る白い線がミチイトである。

　ヨリモドシがすーっと下から上に通過した。

　やがて――

　カーペンターは信じられぬ思いでその画面をただじっと見守った。

　いったいどういうことなのか、照明灯の白い光の中で、二メートルもありそうなクロハタが、なんと！　三匹も仕掛けにかかっているのだ。

　針は一本しかないはずなのに……。

　よく見ると、エダスを出すサルカンのところからべつのハリスが、付けたおぼえのない胴つきの糸が何本も伸びていて、それにべつの二匹がかかっていて、そいつらが猛烈に暴れているのだ……。

　と、そこにすーッと、また一匹のクロハタが大きくモニターの中に現われた。

　誰かがそのクロハタを抱えている！

　黄色のウェット・スーツ！

　深潜度リグをつけた人間が、激しく揺れる胴つきの針に、抱えてきたその巨大なクロハタをひっかけた。そのとたん、これまでおとなしく抱かれていた魚は、他の三匹と一緒になってものすごく暴れはじめた。

　さすがの四〇フッターも激しく傾きはじめ、張力過大を示す警報ランプが点滅している。

　リールがもたないのだ。

　はッとわれにかえったカーペンターはディープアイをマニュアルに切り換え、遠隔操作レバーでディープアイをいったん後退させて位置をたしかめると、その黄色いウェット・スーツへと突進させた。

　これしか連絡のしようがない……。

　深潜度リグをつけているそいつのヘルメットのフェース・プレートがモニターいっぱいに迫った。

　そこで彼は、ディープアイの先端についている深海底用の強力な補助ライトをいきなり点滅させた。これは相当の光度だから、相手はかなりびッくりしたようだった。

　黄色のウェット・スーツは、はじかれたように後退し、カーペンターがさらにディープアイを接近させようとすると、いったんすーッと浮上しはじめたが、思い返したようにまた降りてきた。

　そして、いきなり画面いっぱいにさっとウェット・スーツのフィンが伸びてきたと思ったとたん、ものすごい勢いで画面が揺れたのは、そいつがディープアイのレンズ部を蹴っとばしたのに違いない。

　もちろんディープアイには精巧なジャイロユニットが組みこまれているから、画面はすぐに安定したが、そのとき、もはやウェット・スーツの姿は見えない。浮上したのだろう。

　カーペンターは、すぐさまディープアイを浮上させていった。

　いるいる……。

　すばらしい泳ぎっぷりである。深潜度リグを着《つ》けているのでかなり動きは制約されているらしいが、それでも今の蹴ッ飛ばしぶりといい、そいつが抜群の潜り手であるのは明らかである。

やがてそいつはスポリと海面に首を出した。

「何するのさ！　このじじい！　まぶしいじゃないか！」

深潜度ヘルメットのフェース・プレートの奥から現われたのは、なんと！　若い娘である。

「きさまこそいったい、なんの真似だ！」

いきなりじじい呼ばわりされたカーペンターは、四匹の巨大なクロハタでかしぐ船べりからどなり返した。

「よけいなお節介はよさんか！」

「ケッ！　お節介ときたわ！」

よく陽灼けした娘は、巧みに立ち泳ぎを続けながらやりかえしてきた。

「せっかくよろこばせてあげようと思ったのに……。あと一〇匹もくっつけて、そのクルーザー、ひっくり返してやろうか！」

「ナ、何を抜かすか！　さっさとあっちへ行け！」

「だからあたしは老いぼれッてきらいなのよね」

「老いぼれだと！」カーペンターはどなり返した。「釣りの邪魔をせんで、さっさとあっちへ行け！」

「それよりさっさと上げたらどうなのさ？　烏帽子《えぼし》岩礁の主《ぬし》を四匹もくっつけてやったのよ！」

「こんなに暴れていて、あがると思うか！　第一、ワイヤが切れかけているんだ」

「いいわ！　待ってな！」

娘はさっとフェース・プレートをロックすると、まるでイルカのように美しく身をひるがえして潜っていった……。

それから三〇分後、
やっとのことで引き揚げた二メートルもありそうなクロハタの四匹を胴の間に並べて、カーペンターはその黄色いウェット・スーツの娘と向かい合っていた。

彼女が水中レーザー銃で一匹ずつ、眼をきれいに抜いてとどめを刺してくれたからなんとか揚がったようなものの、あのままだったら進退きわまってワイヤを切断するしかなかっただろう……。

「あァ、暑い！」

だしぬけに娘はジッパーをぐっと引き下げ、黄色のウェット・スーツをあっさりと脱ぎ捨てた。

よく灼けたきれいな体は、胸と腰をおおう小さな黒い布片だけ。

さすがにまぶしげなカーペンターを、娘は、大きな黒い眼でじーっと見つめた。

小麦色というより鉄――色と言いたい灼けかたをしたその顔は、野性的だがきれいな顔立ち、年の頃は二二、三。肉づきのよい肌がはちきれそうである。

「深潜度リグって、上がったとき暑いからいやさ」

娘は甲板にならぶ巨大な魚の一匹に近づいた。

カーペンターも、ずらりと並べられたその獲物に眼をやった。

「どう、これでもよけいなお節介と言うつもり？」

娘は手早くナイフを使って一匹ずつ血を抜きながら、精悍な眼で下から彼の顔を見上げた。

まるで山猫みたいだな……カーペンターはとっさにそう思ったが、あわててわけのわからぬ答えかたをした。

「まあ、その……つまり、わしは魚と一対一の勝負をするつもりだったもんでな」

「キャハハハハ！」

娘は、コールド・エリアに魚をおさめながら明るい笑い声をたてた。

「一対一の勝負が聞いてあきれるわ。あたいが最初のクロハタをだっこしてきて針にくわせたときの合わせかたったらなにさ!?　しろうとだよ、あれは！」

「シ、しろうとだと!?」カーペンターは不快さをこめて言った。「おまえはいったい――」

「あたいはね、這い這いするより前からこのあたりで泳いでたんだから！」

さっと立ち上がった娘はいきなり胸と腰の布切れをぱッ！　と脱ぎ捨てると、身をおどらせて海中へ跳びこんだ。

胸のすくような泳ぎっぷりである。

ひとしきり艇のまわりを泳いでいた彼女は、やがてまたあがってきて、甲板に長々と身を伸ばした。

鋼《はがね》を思わせる青黒いプラクリル甲板の上で、キラキラ陽光を反射する娘の裸身がみずみずしい。

カーペンターは、そんな彼女から眼をそらすように、すこし離れて船べりへ腰をかけた。

「おじさん」寝そべったまま娘が言った。「のどかわいた。ビールちょうだいな」

「ああ、ちょっと待て。いま持ってくる」

「ねえ」彼女は立ち上がったカーペンターの背に向かって言った。「おじさん、金持ちだろ？　ラム積んでない？　天然のラムよ、合成じゃなくって」

「あるぞ、生《き》でやるか？」

「ううん」娘は子供ッぽく首を振った。「星の渦か、ピナコで」

「うむ、ココナッツ・クリームものっとるはずだ。トロピカの輸入ものだぞ」

「ステキ！」娘はうれしそうな声をあげた。「天然のココナッツなんて、あたいたち、めったにありつけないもの」

「よし、待っていろ。どっちにする？　星の渦か？」

「あたい、ピナコがいいな」

「よしよし」

カーペンターは、いつの間にか、ひどく浮々とした気分になっている自分に気づいた。どんな手を使ったにしろ、あれだけのクロハタをあげれば、倶楽部の年間最高賞はおれのものだ……。

そしてこの奇妙な娘との出会い……。

よく冷えてびッしり露のおりたグラスを二つ持ってカーペンターが甲板にもどると、娘は寝そべったまま、水平線のほうにポツンと浮いているスポーツ・ヘリをけだるげに見つめていた。

「わァォ！」振り向いた娘がうれしそうな声をあげて身を起こすと、カーペンターは、あわてて娘のきれいな裸身から眼をそらせた。

「遠慮しなくてもいいのよ、おじさん」

彼女は大きな黒い眼でいたずらっぽく見上げながら言った。「べつに減るもんじゃないしさ」

身を起こした彼女はピナコラーダのグラスをうけとった。

「まァ、つめたい」

彼女は露のおりたグラスを陽灼けしたふくよかな頬へ押しつけた。ひどくあどけない仕草である。

「いただきまァす！」

娘はいっきにグラスを飲み干すと、また甲板に身を投げ出した。

「あァ、おいしい！」彼女の胸が息づいている。

「もう一杯いくか？」

「あとでね。いっぺんにあんまりやるとぶッ倒れてしまうわ」

ぶッ倒れてもいいぞ、わしが――と、カーペンターはあやうく言いかけて言葉を呑《の》んだ。

こんな気分になったのは、いったい、何年ぶりのことだろうか……。

彼は、マイタイを口に含みながら青々とした海面に眼をやった。すこし、風が出てくる気配だな……。

それにしてもこの娘はいったい……？

「ねェ、おじさん」

まるで、彼の心中を読みとったかのように娘の声がした。

振りかえると、娘は上半身を起こしてこちらをじっと見つめている。大きな黒い眼である。形のよい乳房が、天頂にかかった陽を受けて輝いている。

「うむ？」

「あんた、水晶鯛《すいしょうダイ》って知ってる？」

「ああ、知っとるとも」

「釣りたくない？」

「それは釣りたいが……。あれは、こんなところに――」

「それがいるんだな、烏帽子《えぼし》岩礁の外れの根にいるんだ」

「ほう？　本当かね？」

「あたい、見てるんだもの」

「釣れるのか？」

「やってみる？」

「やってみる」

思わずカーペンターは子供みたいにうなずいていた。

水晶鯛を星涯《ほしのはて》沖で釣り上げたとなれば、市の釣人仲間で大変な話題になることは間違いない。クロハタよりももうひとつ上だ……。

「もう潜るのは飽きたから、ディープアイを使おうよ。仕掛けはフカセのまんまでいいわ。待てよ、カブラにしたほうがいいかな？　まァ、そのまんまでやってみようよ」

ディープアイと言われて気がつき、海面へ眼をやると、ビール罐みたいなそいつは、馬鹿正直にまだ船の周囲をゆっくりとまわりつづけている。

「そのディープアイさ、赤外感度は？」

「もちろんあるよ、暗視《ノクト》が別についてる」

「よしよし。白光は消してノクトだけにして」娘は、若い獣のような精悍さで航法コンソールへ歩み寄った。

「ほら」彼女はソナーのディスプレイを指さしながら言った。「南の端の根に船をもっていくのよ」

「わかった」

カーペンターは、ついぞ感じたことのない胸のときめきにひたっていた。

それが、水晶鯛を狙うというとんでもない計画のせいか、それともこの見事な裸身の娘との不思議な出会いのせいなのかは自分でもわからなかったが、とにかく、もう長い間わすれていたあの深い充実感が全身を包んでいるのをひしひしと嚙《か》みしめていた。

大きく回頭した船は、やがて、その娘が言うあたりへぴたりと針路を定めた。

娘の指示は的確そのものであった。

カーペンターは、白っぽく塩の浮いた彼女の肌や若さそのものといった呼吸を生々しく身近に感じながら、ディープアイに眼をこらした。

仕掛けはすでに根すれすれまで入っている。

「もっとおろして」

「根がかりするぞ」

「大丈夫よ、なんのためのディープアイなのさ」

「……」

彼は言われたとおりに糸をくり出した。

典型的な二枚潮で、ハリスはほとんど水平に流れている。

しかし、魚の気配はない。

「いないじゃないか」

カーペンターはつぶやいた。

「コマセを使うか？」

「一対一の勝負じゃなかったの？」

大きな眼がじーっとこっちを見つめている。

あわてて視線をおとすとそこにきれいな乳房があって、なおさらあわてて眼を上げると、相手の黒い眼がひどくいたずらっぽい輝きを浮かべている。

「しかし……相手が水晶鯛となれば――」

「だめだよ」娘は男みたいな口のききかたをした。「あんたのコマセって、４Hzの発振機だろ？　水晶鯛はそんな音にはひっかからないんだよ」

「……」

一、二分すぎた……。

「ほんとにいるのか？」思わずカーペンターは言ってしまった。

「もしいなかったら――」娘は挑むような笑いを浮かべた。「あたい、あんたのお妾《めかけ》さんになってあげてもいいな」

「ほほう！　それじゃ、水晶鯛なんか出てこんほうがいいなあ！」

カーペンターはそう言ってから、こんな冗談を言うのも何年ぶりのことだろうと思った。

「ところがそうはいかないんだな、ほら！」

いくら高品位の暗視カラー・ユニットとはいえ、水深が五〇メートルを超えればあたりはかなり暗く、赤外センサーの感色特性はずっと偏移するから、本当の色はわからないが、とにかく、なにかはッ！　とするほど美しい光の塊がディープアイのモニターに現われた。

「きた！」

「いい？　あいつは神経質だからね、へたにあおッちゃだめよ」

カーペンターは竿を握りしめたまま、無言でうなずいた。

美しい光の塊としか形容しようのないその魚は、ゆっくりとこちらへ向かって泳いでくる。

「ディープアイに気づかないといいんだけど……」娘はつぶやいた。「でも、さすがにこの赤外センサー、凄《すご》いわね。あたい、はじめて見たわ、こんなの。さすが金持……！」

「むふぅ」

水晶鯛はゆっくりと近づいてきて、ちょン掛けのイワシの切り身に口を寄せた。

「まだよ」娘は、海底の魚に聞こえると困るかのように声をひそめた。

モニターの中の魚は、その口尖《くちさき》で餌をつつきはじめた。

カーペンターは、頬に迫るような娘のほうへ眼をやった。

「まだ！　呑むから！」

魚は、彼女の声が聞こえたかのように餌をパクリと呑んだ。

「よし――！」

「まだ！」彼女はカーペンターの腕を押さえた。「吐き出すわ」

魚は、ぽッと餌を吐き出した。

そして、ふたたびぐッと餌を呑みこんだ。

そのとたん、ぐーっ！　とカーペンターも驚くような力で娘の手が彼の腕を捉え、針を合わせた。

それと同時に、ディープアイのモニターの中は乱れ動く光の渦と化した。

ワインダーが捲き揚げを開始した。

「釣れた！」カーペンターは、竿に伝わってくる激しい動きを感じながら言った。

しかし娘は鋭い眼つきで海面をじっとのぞきこんでいる。

「きた！」

青黒い海の奥から、光の塊が激しく揺れながら上がってくる。上がってくるにつれて、つまり、太陽光を受ける量が大きくなるにつれて、その光はますます鮮やかさを加え、まるで渦巻く虹の塊と化した。

「きれいだ！」カーペンターは叫んだ。

「おッさん！　バケット！」

「バケット？」

「死んだら色が消えるのよ、生かしておかなけりゃ！」

カーペンターは竿を娘に渡し、あわててバケットに海水を汲み上げた。

「さあ、用心してよ」

海面で激しく水しぶきをあげる水晶鯛は、虹色をした巨大な宝石を思わせた。

さすがに釣りのキャリアが長いカーペンターは、慣れた手つきでタモを使い、さっと魚をすくいあげた。一瞬、陽光を受けて宙に躍った水晶鯛は、眼のくらむ閃光《せんこう》を放ったかのよう……。

カーペンターはそのままタモをバケットのところへ持って行き、そっと針を外そうとしはじめた。

娘は傍にしゃがみ、手伝うように手を伸ばして魚をカーペンターのほうへ押しやった。

そのとたん、バシッ！　三〇センチほどの水晶鯛は跳ね上がり、はずみでそのガラスのような尾びれがカーペンターの右手を打った。

「あッ！」

彼は、異様な声と共に右手を押さえて棒立ちとなった。

娘は、そんなカーペンターの様子をじーっと見守るだけである。

カーペンターの全身を襲ったのは、痛み――というわけではなかった。

異様な……。体じゅうにどッと冷たいものが逆流するような、それでいて、体に残るラムの酔いと結び合う、不思議な感覚である。

気がつくと、カーペンターは床に長々と伸びており、上半身を娘に抱きかかえられていた。

「さあ、おじさん」

娘の顔が大きく迫ってきた。皿のように見開かれた大きな眼が、心の中を見透すようにのぞきこんでいる。

とつぜん彼女は唇をぐいと押しつけてきた。

口移しに入ってきたのは生《き》のラムである……。

それと同時に、その、宙に浮くような感覚がぐっと深まった。

快い……。

もうなにもかも、そのままでいいような……。

一人きりでやってきた釣り場で出会った不思議な娘……。

冷えきったマイタイのうまさ……。

広い海のただなかで、こんな謎めいたきれいな娘と二人であんなスリルを味わっただけで……もう、何も言うことはないじゃないか。

おれの人生もまんざら捨てたものではないんだなァ……。

「おじさん」

耳許で、ささやくようなやさしい娘の声がした。

「うん？」たまらなく安らかな思いでカーペンターは答えた。

「ぜんぶ話してしまいなさいね、らくになるわよ」

娘の声が心の中へしみこんでくる。

「うむ、そうしよう……」

カーペンターは本当にそう思った。

ふと眼をあげると、娘の大きな眼がじいっと見つめている。それが、たまらなくやさしいのだ。彼は、母親にでも訴えるように言った。

「わしは、ほんとにあんなことをやる気はなかったんだよ。それに、みんながその気になればあの時だって助けてやれたんだ」

「タンポポ村の人たちのことね……」

「そうだよ」

軍機扱いになっているタンポポ村のことをこの娘が知っているのも、なぜか、とても自然なことに感じられるのだ。

「わしは、助けてやろうと思ったんだ」

「わかるわ」耳許でささやく娘の声は、すっぽり自分を包みこんでくれるようにひびく。「おじさんって、やさしい人だもんね」

「ありがとう」

「それでね、おじさん」娘は静かな口調でつづけた。「タンポポ村の事件はどんな風に起こったの？」

「うちの会社でね」

「〈星涯《ほしのはて》重工〉ね？　カーペンター社長さん！」

なんでおれの会社やおれの名前を知っているんだろう……。

そんな思いがほんの一瞬、心のすみを走ったが、彼はもう答えていた。

「うん、そうだよ」

「それで？」

「うちの会社の開発研究部で、超大型のバニシング・エンジンの開発テストを進めていたんだよ」

「バニシング・エンジンって、星間宇宙船に使うやつね？」

「そう」

「それで――？」

「開発研究部長のヴィトゲンシュタイン博士は、そのエンジンの単体でのテストに大反対だったんだ。彼にはわかっていたんだねェ」

「どうして？」

「つまりね、その超大型バニシング・エンジンは、X200型といって星系宇宙軍が建造計画をもっている二万トン級新鋭宇宙戦艦のために開発されたんだ。

ところが、この艦に搭載されたうえでエンジンのテストをするのなら、艦自体の質量が四次元的な相対負荷としてきいてくるからいいんだが、エンジンだけを惑星表面に置いて運転することは、惑星質量がマイナス負荷としてきいてくるから相対的にものすごい暴走《スタンピード》をひき起こすことになるんだ」

「ああ、わかるわ」

「そしてだよ、われわれは、自分たちが住んでいるこの空間の高次元的な構造についてまだなんにも知らないんだよ。

だから、相対的に二万トン級宇宙艦に積んで運転するのとは桁違いの、たぶん、数兆倍も強いフィールドを発生させることになって、四次元的になにが起きるかわからない――というんだ。

とにかく、四次元的にわれわれの空間がどういう構造をしているのか、それがまだ全然わかっていないんだからね」

「ああ、星間航法システムってテンソル系に影響するから、惑星に大きなフィールドをつくると惑星質量で加速されて次元対称点に歪《ひず》みが出るわけね？」

娘は顔を寄せてきた。

「そうだよ、よくわかるねェ」

気がつくとカーペンターは上半身をおこして背を舷側にもたせており、娘は彼の腿を枕にすらりとよく灼けた裸身を伸ばしている。

彼は、子供でも抱くようにやさしく頬ずりをしてやった。

次元対称点のひずみ――などと、ベテランの宇宙船乗りでも、高次空間系機関士でなければ知らぬ高度の知識だが、それをこの娘が知っていることも、なぜかとても素直にわかるのだ。

「ああ、わかったわ」娘は明るい声をあげた。「つまり、〈星涯《ほしのはて》重工〉の工場でバニシング・エンジンをテスト運転したら、次元対称点がタンポポ村に出てしまったわけね？」

「そうだよ」

「あたしって、かしこいでしょ？」

「かしこいねェ」

たまらなくいとしい思いで、カーペンターは娘に頬ずりをした。

娘を持ったことのない彼は、この娘《こ》を養女にして邸《やしき》へ連れて帰りたいと思った。

水晶鯛がみつからなければお妾さんになってあげる——

——などと可愛いことを言いおったが……。

そのとたん、女房の不快そうな表情が一瞬、脳裏をかすめた。

なあに、あんなやつはいつでもたたき出してやる……。

そうだ、妾といえば、つい先日、おれの妾だと称してのりこんできたタンポポと名乗るきれいな娘がいたっけ。美人という意味ではあの娘のほうが上だろうが、まるで牝狼みたいなこの娘の野性味はいとしくて、なにものにもかえがたく思われる……。

気がつくと、彼はしゃべり続けていた。

「だから、……うちの研究開発部長のヴィトゲンシュタイン博士は、そんな超大型のバニシング・エンジンをこの惑星の上で全開運転させるなんてとんでもないと主張したんだよ。

この空間の四次元的な位相《トポロジー》はまだわからないが、アネモネ（星涯市南東部で〈星涯重工〉の研究所がある）でそれをやったら次元対称点が市を中心に二〇〇キロ以内に発生する確率は七五パーセントだと主張して、やるんなら、せめて、宇宙空間で——

——」

「隠元岩礁《いんげんがんしょう》でしょ？」

「そう」

答えながら、この娘がこんな機密事項をちゃんと知っていることがちっとも不自然に感じられない……。

「ところが、隠元《いんげん》岩礁でテストをやるには、すくなくとも六カ月の準備期間を必要とする。しかし、星系宇宙軍はもちろんだが、国防省も統合参謀本部もそんなに待ってはいられないと強硬なんだ。

もちろん、わたしはヴィトゲンシュタイン博士と共に抵抗したんだが、ついに、国防法違反と軍機保護法違反で逮捕するぞ——とまで脅迫された」

「かわいそうにねェ。こわかったでしょ？」

「ありがとう」カーペンターはもういちど娘に頬ずりをした。

「それで仕方なく実験にゴーを出したのね」

「そうなんだ」彼は言った。「本当に心配だった。まかり間違えば、この惑星ひとつが粉々になることだってないとはいえないんだからねえ……。

しかし、テストはなにごともなく進行した。

やがてバニシング・エンジンの一〇〇時間全開運転テストが始まり、出力を三日がかりで徐々に上げていった。

ところが、そこに緊急電話が入ってきた。

たしか第一報は、念のために星系全域の観測を依頼していた地象庁からだったと思う。測地衛星からのデータによれば、工場から一〇〇キロほど離れた盆地のあたりが妙にゆらぎ始めたというんだ。

やっぱり起きてしまったんだ。

わたしはすぐにテストをやめさせようとした。

ところが、テスト開始以来わたしとは口をきこうともしなかったヴィトゲンシュタイン博士が、バニシング・エンジンをいま止めるのはもっと危険だというんだ。時定数が大きくとってあるから、いま、だしぬけにフィールドを消去すると、猛烈な歪みモーメントがかかって惑星の運動に影響が出るというんだ。

それでは、とにかく住民を退避させなければと、わたしは星系軍の統合参謀本部へ軍の緊急出動を要請した。

ところが、参謀総長はわたしの頼みを一蹴《いっしゅう》した。

機密が洩れるからだ……。

おそろしいよ、軍は。

それから三〇分とたたぬうちに、タンポポ村のある盆地の周囲は私服の機動部隊でびっしりと囲まれていたからねえ……。

もちろんわたしはすぐエアカーで急行した。

もう、工場の上空にあがると、夕方だったが、タンポポ村のあたりがぼーッと白い光を放っているんだ」

「シンクロトロン放射が起きてるのね？」

「そう」

「あたし、かしこいでしょ？」

「かしこいねェ」カーペンターは娘に頬ずりをした。

「それで？」

「わしが、タンポポ村を見下ろす峠に到着したとき、もう、村全体が消えかけていた」

「消えかけていたって？」

「ボーッと、村全体がぼやけてみえるんだよ。逃げ出そうとする住民たちを、星系軍の兵隊が村へ追い帰す。見ているうちに、抵抗した何人かが射殺された。

そのうちに、タンポポ村全体が、まるでガラスのドームに包まれたように見えてきた。

その、ガラスの壁みたいなものに、タンポポ村の住民の顔が幽霊みたいに大きくなったり、小さくなったり、遠くなったり、近くなったり……みんな、恐ろしさに顔をひきつらせていた。空間歪曲で大気中に含まれている水の粒子がレンズになるんだね……。

もう村人は外に出てこれなくなっていた。

そして、だんだんとその顔が苦しそうに歪みはじめた。まるで、酸欠の水槽に入れられたフェアリ・フィッシュみたいだった……」

カーペンターの声が震えた。

「わたしは……助けてやりたかったんだ……。本当だ……見殺しになんか……あんな残虐な死なせかたを……」

「わかってるわよ、おじさん。わかってるわ。でもあなたがわるいんじゃないのよ」

「わかってくれるかい？」

「わかるわよ。でも、それで、タンポポ村はどうなったの？」

「だんだんと消えていったんだ。二〇キロもある盆地を包んでいたそのガラスみたいなバリアがだんだんとしぼんでいって、夜中にはなんにも見えなくなった。

そして、後には、穴ともなんともつかぬものが残った。空間の割れ目——だね」

「そう……わかったわ。ね、おじさん。全部話してしまったら、らくになったでしょ？」

「うん、すこしね……。

でも、もっとおそろしいことがあるんだよ」

「じゃあ、みんな話してしまいなさいな」

「聞いてくれるかい？」

「聞いてあげるわよ」娘は頬を寄せた。

「ありがとう——？　なまえ、なんていったっけ？」

「あたし？」娘はちょっと言いよどみ、思いきったように言った。「リズよ」

「リズか？」

「そうよ、いい名前でしょ？」

「いい名前だねェ、リズ」カーペンターはもういちど頬ずりをした。

「さあ、こわいことをみんな話してしまいなさいね。らくになるから……」

「うん」カーペンターはすなおに言った。「あの事故が起きて三日目のことだ。わたしは統合参謀本部から呼び出しを受けた。行ってみると、政界・官界・軍の超大物ばかりがずらりと並んでいる。

当然わたしは、住民救出の対策会議だとおもっていた。

ところが、参謀総長の北畠《きたばたけ》弾正《だんじょう》の話を聞いてわたしはふるえ上がった。

軍は、もちろん政界・官界の一部と組んでのことだが、あの、恐ろしい事故をただ重大な発見だとみなしていて、その軍事利用を推進することに決定したというんだ。タンポポ村の住民のことなど、誰ひとり口にするものはいない。

それは、重大な発見であることはたしかだよ。

おそらく、人類史上に残る大発見だろう。

だが、それを戦争の手段として使うとは……。

敵の基地や首都へ次元対称点をもっていけば……。何が起きると思う？

もちろん、わたしの会社は兵器を生産してここまで成長してきたよ。しかし、これとはまったく別のことではないか……。

でも、有無を言わせず、わたしはその場で誓約させられた。

もし、この計画からおりれば、わたしは、即座に消されてしまうだろう……。

おそろしいことになってしまったものだよ……」

「かわいそうなおじさん……」

「でもね、リズ」

「うん」

「ひとつだけ、わたしはほッとしていることがあるんだ。さっき気がついたんだが、何カ月ぶりにこうして釣りへ出る気分になったのもそのせいなんだがね……」

「そう、よかったわねェ、なァに？　聞かせて」

「ヴィトゲンシュタイン博士は、タンポポ村のあとに四次元的な穴が残っているはずだと主張したが、星系軍はそんなことをいっさい無視して、とにかく、バニシング・エンジンの兵器化計画だけを推進させようと圧力をかけ続けた。

ところがね、リズ、これは誰にも言っちゃいけないよ」

「うん。あたい、言わない」リズはこっくりをした。

「あの、タンポポ村のあった場所から、二、三日前、だしぬけに宇宙船が現われたんだよ」

「まァ！」ちょっと白々しい声がリズの口許から洩れた。

「びっくりしたろ？」

「びッくりしたわァ」

「でも、ほんとなんだよ」

「そう、ほんとなの？」

「ほんとなんだ。それも一〇〇光年も離れた〈冥土河《めいどのかわ》原《ら》〉という星系にいた宇宙船が、だしぬけにへんな霧にまきこまれて、気がついたら、タンポポ村に出ていたんだ……」

「……そう……？」

「だからね、リズ、タンポポ村の住民も、ひょっとしたら死んでいないのかもしれない……」

「そうよ、きっとそうよ」

「そう思うかい、リズ」

「そう思うわ。きっとそうよ」

「そうだといいんだがねェ……。

でも、わたしはもう、この計画に加えられていること自体がたまらないんだよ。決していいことはない。恐ろしいことが起きるのは間違いない。わたしにはわかるんだよ。

でも、抜けられないんだよ」

いつの間にか、まるで幼児のように腕に抱かれているカーペンターは、リズのきれいな乳房の間に顔を埋めていた。

「かわいそうなおじさん」リズはしばらく考えていたが、やがて静かに言った。「でも、いよいよとなったら、あたしがちゃんとやってあげるから、心配しなくていいわよ」

「心配しなくていいんだね」

「そうよ、心配しなくてもいいのよ。さ、おやすみなさいね」

リズは、まるで赤ん坊を寝かしつけるようにそっと背をなでてやった。

「ウン、おやすみ」

カーペンターはたちまち深い眠りへとおちていった。

ほっとしたリズが眼をあげると、もう、スポーツ・ヘリはすぐ真上に来ている。

彼女が手を上げるのと同時に、ヘリコプターはぐんぐん高度を下げてきた。

下着を着けおわると、リズはポロシャツ姿のカーペンターにそっと毛布をかけ、キャビンの中を片づけ、それから盗聴マイクと送信機の入った黄色いウェット・スーツを小脇にかかえた。

ヘリは舷側すれすれまで降りてきた。

「ずっと聞いてたよ！　なんか、手のこんだことやってたわねェ」

操縦桿片手に、エラが半身《はんみ》を乗り出して叫んだ。

リズはそれに答えず、手にしたウェット・スーツを後席へ放りこみながら大声で言った。

「あんたも水晶鯛なんて見たことないんじゃない？」

うんざりしたように苦笑するエラに向かって、彼女は水晶鯛のバケットを傾けて見せた。

「わかったよ！　きれいね！　きれいね！　さあ、行こう！」

ひっくり返らぬようバケットを甲板に固定しようとしたとたん、バシッ！　と跳ねた水晶鯛の尾びれがリズの肘を打った。

「あッ！」リズはよろめいた。

それでも彼女は甲板をきちんと片づけ終わり、それから舷側すれすれで待っているエラのヘリコプターに乗り移ろうとした。

ところが、フラリとそこで足をよろめかせたかと思うと、リズはまた、カーペンターのほうへ戻りはじめた。

「どうしたのさ？」

「ちょっと待って」

リズは、言いながら胸をおおう布片をまたとり外した。

ヘリは上昇を開始した。

「どうしたのよ」

エラは、となりにすわるリズの胸をあごで示しながら言った。

「ううん、いいの」

「どうでもいいけど、ほんとに手がこんでたわねェ。たりなくなって、途中でディスク替えたんだよ」

彼女は、後席のレコ・ユニットへちらりと眼をやった。

「うん」リズはぽつんと言った。「ほんとはね、素ッ裸になってみせて、向こうが迫ってきたらすぐにこれを噛ますつもりだったのよ」

「あァ、グロン酸ナトリウムね」

「あれなら、いちころだからさ」とリズ。「そしたら、あのカーペンターっておッさん、意外といじらしいのよ」

「そうなんだ！　あたしが、あいつのお妾だっていう触れこみで邸《やしき》へのりこんだときもほんとにあせってるんだよ。いじらしくて。令夫人ってやつァ、イケ好かないやつだけどさ」

「それでね、ひょいと思いついたわけ。なぜか知らないけど、ラムを飲んでるとき水晶鯛の尻ッぽにはたかれるとああなるのよねェ……。あれで、あたし、せんに男にくどかれたことあるんだ。

あれならおッさん、あとでなんにもおぼえてないはずだし……。だって、秘密をしゃべっちまったってんでまた悩むんじゃ、可哀相だものねェ」

「あんたもまめねェ……」

「あァ……あたし、あのおッさんがい、い、いとしくなりそう……」リズはぼんやりとつぶやいた。

「ちょいと！　リズ」エラは操縦桿を握ったまま言った。「あんた、大丈夫？」

「うん、大丈夫」うっとりとしたリズの大きな眼が西陽を受けてキラキラしている。左の肘が、なんかにひッかかれたように赤くなっている。

「ねェ！　ラムの飲みすぎじゃないの？　あんた」

エラは心配そうに彼女の顔をのぞきこんだ。

カーペンターは、さわやかな微風にふと眼をさました。

陽は西に傾いている……。

なにが起きたのか……。

やさしい……しあわせな……。

記憶がゆっくりと戻ってきた。

はッと立ち上がった彼は、あわてて甲板のコールド・エリアの蓋を開いてみた。

ある。

あの、信じられぬようなクロハタの超大物が四匹、コールド・エリアの中でスウェード鋼みたいな青黒い輝きを放っている。

そして、バケットの中には虹の塊のような水晶鯛……。

しかし、キャビンのギャレーには、マイタイを飲んだ自分のグラスがひとつだけ……。黄色のウェット・スーツはもちろん、娘がこの船にのっていた痕跡などかけらもない……。

あれは夢だったのだろうか……？

あの、めくるめくような裸身は、あれは幻覚だったのだろうか……。

港へ向かって快適に走りはじめた船の上でカーペンターは考えつづけた。

だとすれば、この、信じられぬような釣果は……？

船宿のポンドに船が入り、店の若い衆がコールド・エリアをのぞきこんだとたん、あたりはもう大変な騒ぎになってしまった。

そのピアにいた連中どころか、もう、マリーナに居合わせた人々全部——といってもよいほどの弥次馬が押しよせてきて、口々にその釣果をほめそやす。

まんざらでもない気分で応対していたカーペンター氏は、何気なくポケットの中から黒い布切れをひき出して汗を拭いたが、ふとそれがハンカチではないことに気づいたとたん、なぜかひどく取り乱し、大あわてでそれをポケットに押しこんだ。しかし、べつに気づいたものはいなかった。

そしてやっとのことで弥次馬を振り切り、星涯《ほしのはて》市の邸《やしき》へ向かってエアカーを上昇させたと同時に、彼はすぐさま自動操縦系に切り換え、もどかしげにさっきの黒い布きれをとり出した。

たしかにそれはハンカチではなかった……。

これは、さっき、あの娘のきれいな胸をおおっていた布片ではあるまいか……。

たしかにそうだ！

だとすれば……。

暮れなずむひんやりとした大気をついて、まるで渦状星団のような星涯《ほしのはて》市の夜景がぐんぐん迫ってくるなかで、カーペンター氏は眼をこらした。布になにか書いてある。航法図灯《チャート・ランプ》の中に字が浮き上がった。

オジさん、元気でね。ピナコ、おいしかったわ。

リズ

蛍光性の口紅で書いたらしい。

リズ……。

やはりあの娘はいたのだ！　あの信じられぬ釣果は彼女が……。

烏帽子《えぼし》岩礁に行けば、あの娘《こ》とまた、会えるのだろうか？

そうだ！　邸《いえ》へ帰ったら、すぐにマイタイを飲んでみよう。ひょっとしたら、あの娘のことをもっと生々しく思い出せるかもしれない……。

カーペンター氏はそんなことを考えたりしていた。

リズ……。

5

惑星・白沙《しろきすな》。

星涯《ほしのはて》のすぐ内側に軌道をもち、星涯《ほしのはて》とは二連星的な動きを示しているが、星涯《ほしのはて》にくらべるとやや小さく、鉱物資源や森林資源には恵まれているのだが、赤道地方の気温が高すぎることや、住み心地のよいあたりに陸地がすくないこともあって、人口はごく少なく、どうしても僻地のイメージが強い。

その西半球。

雪をいただく二〇〇〇メートル級の山岳地帯がせまるあたりの荒野をひらいて造ったささやかな離着床と格納庫《ハンガー》群。

〈星海企業〉の白沙《しろきすな》基地。

〈銀河乞食軍団〉の根拠地である。

もうひとつ、彼らは惑星・白沙《しろきすな》の軌道よりすこし外側にある金平糖《こんぺいとう》小惑星群にも錨地《びょうち》をもっており、宇宙船の整備や星系間の不定期運航などの商売はそちらのほうが忙しい。

だからこの白沙《しろきすな》基地のほうは、地表発進型の中・小型宇宙船の整備・運航を除けば、もっぱら大気圏航空機や弾道艇関係の仕事が多い。

いまも駐機場には、大型輸送機のC470とC540が一機ずつ、エンジン調整中なのか、物憂《ものう》い午後の陽ざしのなかで低いうなりを立てている。売れ先が決まったらしい。

そんな区画を見下ろす一角。

〈星海企業〉のメイン・オフィスである。

「……しかし、なによりも無事でよかった。本当にご苦労だった。〈クロパン大王〉の還付請求はいずれ考えてみよう」

質素な社長室で語りかけているのは浅黒くたくましい初老の男。乞食軍団一党をひきいる頭目のジェリコ・ムックホッファ。もと、東銀河連邦宇宙軍中将。改体修理屋の親方、ささやかな運送屋のおやじとは縁遠い風格があたりを払う。

うなずき合うのは、やっと星涯《ほしのはて》から帰りついたロケ松、ピーター、又八、和尚、コン、そしてパム。

「しかし」とムックホッファは続けた。「パムが助けを求めてきたことから偶然嚙《か》みこむことになった一件だが、大変な展開になったものだ。

今も聞いたように、リズとエラが〈星涯重工《ほしのはて》〉のカーペンターから聞き出したディスクで、タンポポ村の謎の全容はほぼ明らかになった……」

みんなは無言でうなずいた。

「これは〈星涯《ほしのはて》〉星系どころか、東銀河全体に大きな影響を及ぼすことにもなりかねん、大変な事態だ。

そして心ならずもわれわれは、この〈星涯《ほしのはて》〉星系の権力側と正面から対決することになってしまった。彼らは、われわれを見過しはすまい。彼らも必死だからな。

しかも、われわれの、とりあえずの目的であるパムの両親やタンポポ村の住民の救出はまだ見通しもつかない。〈冥土河原《めいどのかわら》〉星系の周辺に、なんらかの形で彼らが生存しているらしいことがわかっただけだ。

それと、はっきりしたのは、星涯《ほしのはて》のタンポポ村と一〇〇光年離れた〈冥土河原《めいどのかわら》〉星系のどこかとが四次元的につながっていることだ。

星涯《ほしのはて》の体制側も、すでにこの事実の持つ意味に気づいているだろう……」

ムックホッファはあたりを見まわした。

「頭目《かしら》」口をきったのは又八である。

「なんだ、又八」

「もうひとつ、つけ加えることがあります」

「？」

「この白沙《しろきすな》も〈冥土河原《めいどのかわら》〉星系とどこかでつながっています」

「なんだって？」ロケ松が言った。

「あんたたちが〈クロパン大王〉で冥土河原《めいどのかわら》に出かけて

る間のことよ、見習い工に虎造とキチってのがいるだろ」

「おう、白沙《しろきすな》市の鋼材屋の親爺《おやじ》から預かったやつだろう」

「それそれ、あいつらがな、このあたりで大きな白い鳥をつかまえた。これが、〈冥土河原《めいどのかわら》〉からの渡り鳥らしい」

「ふうむ……」

又八は一件を説明しはじめた。


整備区画は、宇宙船用と大気圏内航空機用とに大きくわけられているが、いま、航空機用のいちばん大きな格納庫《ハンガー》には、星系軍から払い下げを受けたC540が一機入ったばかりで、二、三日前から整備作業がはじまっていた。

四基載っている噴射エンジンはカバーが外され、タービン・ブレードが丸出しになるまで分解が進んでいる。

「こいつはAチェック（運航の間に行なわれるいちばん簡単な検査）の必要もないくらいですぜ」言いながらポッドの中から這い出てきたのは、酒が好きなくせにすぐへどを吐くのでゲロ政と呼ばれている整備士の親方のひとり。「ポンプなんざ、ピッカピカだ。交換したばかりらしいなあ」

「ふむ」手にした星系軍のマーク入り運用履歴簿に眼をおとしたのは甚七老人。〈星海企業〉全体の商売をとりしきる宿老である。「主機を二基換装してから五〇時間しか飛んでおらん……」

「2番と3番でしょ、そいつは？　換装してない4番だってこれだもの……」

「ふむ……」

「しかし、こんな機体をあっさり払い下げるなんて、星系航空軍ってのはまったく無駄な真似をしやがるもんだ……新機も同然ですぜ」

Dチェック（一定時間飛んだあとに行なわれる大がかりな分解整備）はいっぺんもやってないでしょう」

「うむ」老人は、手にした機体備えつけの帳簿にまた眼をおとした。「一回はやっとる」

「星系航空軍は700系へ機種更改を進めてやがるから、あせってるんですな」

「まあ、こんなことがあるからわしらも商売ができるというもんよ」

「まあ、そんなとこですな、引き合いはあるんですか？」

「ああ、GALカーゴが打診してきとる」

「大手のくせしやがって、こんなもん、なんに使うんだろう？」

「あちらさんも経営はらくじゃないしのう……」

「あの、主任さん」

そこへ小走りにやってきたのは、虎造と呼ばれる見習い工である。まだ一八、九。悪餓鬼《わるがき》そのものの面構《つらがま》えをしている。

「？」

「電子整備部から電話ですけど、いま、なんか波を出してるか――って聞いてます」

「波――？」

ゲロ政はぐるりと格納庫内を見まわした。他にはC460が二機、これはもうDチェックのためエンジンも下ろされており、電源は入っていない。他にはUX30と小型連絡機が二、三機。いずれも電波を出すような状態ではない。

「やってないと言え。どうしたんだって？」

「なんか誘導システムの較正値がなんどやっても狂うんで、ひょっとしてここで波を出してるんじゃないかって……？」

「出してないと言え」

「ヘイ」虎造は走っていってしまった。

「それで――？」

「GALとの話は二、三日中に決まるだろう。うちの星《ほし》涯《のはて》市出張所が話をすすめとる」

「コンテナ機にするつもりでしょうな？」

「たぶんそうじゃろう」

「だとすりゃ、レールとフックのピッチをつめなけりゃ……」

「通信系はどうなっとる？」

「払い下げ前に全部おろしてありました。ここまで回航するのに管制が文句つけやがって、仕方ないからうちの97式をわざわざひとそろい持ってったんです」

「GAL仕様となりゃ、通信系はダイエー・RCAか？」

「たぶん、そうなりますね」

「出物を星涯《ほしのはて》でさがさせよう」

「機体の製造番号を言ってやってください。

C540でも、こいつは後期のSP仕様Cモデルですからね、民間仕様とはラックの寸法だの電源の分配が違いますよ。今、UHF系だけ民間仕様に配線をなおさせてます」

「マニュアルは星涯《ほしのはて》出張所にもあるじゃろ？」

「あったかな？　ちょっと星涯《ほしのはて》へ聞いてみましょう。他にも、連絡することがあるんです。あっちの〈鷺《さぎ》〉の耐航証明を送ってもらわなけりゃ……」

二人はC540を離れ、事務所のほうへと歩いていってしまった。

あたりに人がいなくなったのを待っていたように、足音をしのばせてやってきたのはさっきの虎造である。

彼は、そびえるようなC540の機尾に組まれている整備用ヤグラを身軽に伝って、胴体のなかにもぐりこんだ。

機体のいちばん後部に載っている補助電源用発電機の配線工事をやりなおしているのは、キチと呼ばれるやはり見習いの整備工である。

「よォ」

虎造の声に眼をあげたキチは、手にしていたワイヤ・ハーネスをさし出した。

「ちょっと、こいつを引ッ張ってくれ。軍用機は規格がきついから、ばらすとなると大仕事でかなわねェや！」

「それより、おい」虎造は声をひそめた。

「？」

「ちょいと話があるんだ」

「なんだよ？　あとにしてくれ、早くこいつを外さねェと、段取りが狂っちまうんだよ」

「いいから、聞きなよ」

「？」

「おまえ、明日の午前は非番だろ。予定は？」

「べつに――。泳ぎにでもいこうってのか！　パムも帰ってきたし」

「いや、そうじゃねェ、あの鳥よ」彼は声をひそめた。

「鳥？」

「そうよ、おれたちがほれ、つかまえてきたあの白鳥よ」

「モク爺《じい》さんが大事にしてるあれだろ？　それがどうした？」

「どうもおいらは腑におちねェんだ。この惑星にあんな鳥が住んでるなんて聞いたこともねェ。それに、あいつをわざわざ星涯《ほしのはて》にもっていって、天象儀館でおッ放したとき、だしぬけにあの鳥は飛び上がって星像にぶっかったろ？」

「うん」

「なんか、わけがあるような気がしてしょうがねェ。又八ッつァんは教えてくれねェが、ありゃなんか、あるぜ」

「それで？」

「それでよ、明日、あの鳥を放ってよ、エアカーで追ってみねェか？」

「いいのか、そんなことして？」キチは心配そうに聞いた。

「いいも悪いもあるけェ。おれたちがとらまえてきた鳥じゃねェか」

「でも、あの鳥はモク爺さんから離れねェぞ」

「だから、朝早く、爺さんが陽なたぼッこに出てくる前に出発するんだよ。昼前にゃ帰ってこれるよ」

「ふうん」

「あの鳥をエアカーにのっけて二〇〇メートルぐらい上がってから放せば、きっと、もとの巣へ飛んでいくと思うんだ。なんかあるぜ、その巣には……」

「おもしれェな」キチがのった。

「ひばりも行くって言ってる。それから、パムがどうしても行きてエッて言うんだよ」

「よし、行くか。でも、甚七ッつァンにみつかると怒られるぞ」

「だから、みつからねェようにやるよ、こっそりとな」

「よし、きまった！　それでな、眼で追うだけじゃ逃がすおそれがあるからよ、トレーサーをくっつけようぜ」

「あるのか？」

「鳥の足につける117メガの豆発振機と機上搭載用の探知機《スコープ》をおれがガメとく。あとでこっそり返しときゃいい」

「よし！」

虎造ははりきって胴体を這い出していった。

次の朝早く、四人が乗ったエアカーはほぼ真東に向かって飛び続けていた。

「どうだ？」虎造は、スコープを抱えて後席にすわっているキチのほうへ振りかえった。

「まっすぐ行け」キチはスコープ面をのぞきこんだまま言った。「まっすぐ東に飛んでる」

「やっぱり山の中だな、巣は」

もう、荒野の起伏の彼方に山岳地帯が見えはじめている。

「もう二〇キロも来たわよ」副操縦席のひばりが言った。なにか小狸《こだぬき》を思わせる浅黒い小柄な娘である。

「いっきに飛びやがるなあ」虎造が感心したように言った。「一直線だぜ」

「なんか、あるなあ……」

三人とあまりつき合いのないパムは、後席からじっと窓外に眼をやった。

機首の風防ガラスを通して、はるか、二、三キロ先にポツンと黒点のように見えているのが、さっき、エアカーから放した例の鳥である。

「ねェ、すこし距離をつめたら？」前席のひばりが言った。

「そうよ、もうすこしつめなよ。スコープが読みにくくって仕方ねェよ」

「バカ」虎造がもったいらしく言った。「これ以上つめて、白鳥が気づいたらそれっきりじゃねェか」

「おッ！」そのとき、後席のキチが叫んだ。「鳥が消えた！」

「なに？　そのポイントをホールドしろ！」

「機首方向、三・五キロ」キチがスコープに顔をくっつけるようにして言った。

ぐーっとエアカーがスピードをあげた。

あたりはまばらに灌木の茂る荒地である。

やがて、機体は高度を下げて大きく旋回に入った。

「このあたりだぞ！」

「あの森の中じゃない？」

「よし、あそこへ行ってみよう」

しかし、梢《こずえ》すれすれにいくら旋回してみても、鳥の巣はおろか、とにかく、鳥などただの一羽も見当らない。

「おかしいなあ、電波が止まったもんなあ……」

虎造はさらに旋回半径を大きくして丹念に下を捜すが

まったく気配はない。

こうなってくると、みんなは急に心配になってきた。

「ねェ、あの鳥逃がしちゃって大丈夫？」全員の気持を代表して口を開いたのはひばりである。

「又八ッつァん、怒らねェかなあ……」

「いまさら言ったってはじまらねェだろ！」虎造が言った。

あの鳥になにか秘密があって、それをある程度、又八が見抜いているのはたしかなのだ。

「わざわざ星涯《ほしのはて》まで持っていって、天象儀館からまた、ここへ連れ戻ってきたくらいだもんなァ……」

「モク爺さんだって……」とひばり。「あの鳥をすごく大事にしてたし……」

「よし、降りてみよう」虎造はエアカーをちょっとした平地へ降ろした。「おれとキチは地上を捜す。おまえはパムと二人で上に上がっていろ。鳥が他へ飛んじまったらおしまいだからな」

それから一時間、

虎造とキチは森の中を歩きまわったが、手がかりはまったくない……。

平地へ出て、エアカーを呼ぶか——と、仕方なく森の外れへ向かって歩きはじめたときである。

だしぬけに背後で人の気配がした。

はっと振り向くと、そこに一人の男が立っている。

右手に小ぶりの小銃、そして左手には——あの白い鳥！ すでに死んでいるらしく、ぐッたりと首を垂れている……。

「やっ！」

「てめェ！ 射ちおとしやがったな！」

虎造とキチが同時に叫んだ。

相手はじっとこちらを見守るだけ。無気味な眼つきだが、貧相な老人である。

「やい！ なんとか返事しやがれ！」

相手はしばらく考えていたようだが、やがてぼそりと言った。

「きさまたち、この鳥にどんな用がある？」

「なにイッ⁉ なんでェ、その言い草は！ この爺《じじ》いめ！」

もとを正せば、町のチンピラ上がりの二人である。

悪行・乱行のかぎりにほとほと手を焼いた親の頼みでロケ松にひきとられ、イヤというほど性根をたたきなおされたとはいえ、こうして二時間近くも捜しまわった大切な鳥をこんな野郎にあっさり射ち落とされたとあっては、このままひき退るわけにいかない。自然と地金が出てしまう。

「やい！ 爺い！」虎造が啖呵《たんか》をきった。「てめェ、その鳥をどこで射ちやがった！」

「そいつを捜してこっちは二時間もここらをウロついてたんだ。よくもやってくれたな！」

しかし、相手は落ち着き払っている。

かなりしてから、そいつはまた無表情に言った。

「この鳥になんの用がある？」

「てめェの知ったことか！」

「ただじゃおかねェから覚悟しやがれ！」

「ほう」相手は相変わらず陰気な眼つきである。「どうすればいいんだ？」

「死んだからにゃ仕方がねェ、とにかくその鳥をこっちに引き渡してもらいてェ」

「そのうえでちょっくら痛めさせてもらうぜ、てめェの口のききかたが気に食わねェんだよ！」

虎造はギラリ！ とチェーンをしごいた。

地上車のハードタイム整備（一定の使用時間をすぎると、異常がなくとも部品を交換する作業）で廃棄になった二連のタイミング・チェーンである。チタン合金の鈍い反射が凄《すご》い。

しかし、相手の貧相な老人はびくともしなかった。

ただ、陰気な眼つきでじっと見守るだけである。

「野郎！ 老いぼれのくせにつっぱりやがって！」

「痛い目に遭いてェとみえるな、覚悟しやがれ！」

キチも、バナジウムのアース線で作ったヌンチャクを構え、その老人をはさむように両側からじりじりと迫った。

ところが……。

ぱッ！ と身を躍らせて二人が飛びかかったとたん、

「ゲッ！」

「ギャッ！」

絶叫したのは虎造とキチのほうであった。

鳥を片手にぶらさげたその老人の素速さは、まさに眼にもとまらぬものであった。

手を使ったのか足を使ったのか、おそらくその両方であろうが、かなりの敏捷さで躍りかかった二人が、次の瞬間にはあっさりと地面にたたきつけられていたのである。

ゲボボッ！ 虎造が血ヘドを吐いた。

老人は白鳥をブラ下げたままゆっくりと近寄り、俯伏《うつぶ》せになっているキチのあごの下へブーツの先端をさし入れると、力いっぱい！ 蹴り上げた。

「クエッ！」

おかしな声を喉の奥で立てながら、キチの体は二尺ほど宙にとび、一回転して地上へ仰向けに落下した。

だしぬけにその老人の顔に残忍な笑いが浮かび、ブーツのかかとをぐーっとキチの顔へこすりつけた。

たちまち、キチの顔は血みどろになった。かかとに鋭い鉄が植えてある。

「チンピラのくせしおって」

老人は相変わらず陰気な口調でつぶやいた。

「ついこの間まで、町で鼻つまみだった小僧どもです」

いつの間にやら立っているのは町の保安官。いつぞや、パムにコッぴどく痛めつけられたあいつである。

「しかし」老人は、手許の鳥へちょっと眼をやった。

「見馴れぬ鳥だが、なんでこの餓鬼どもはこいつを追っかけとったのか……」

「痛めつけて吐かせましょう」

二人はぶッ倒れて身動きもならぬ虎造とキチの足を軽々とひっつかみ、やぶの中を小川の岸まで引きずっていくと、そのまま頭から水の中へ突ッこんだ。

たちまち溺れそうになって七転八倒する二人の体をそのままたっぷり水中へ押さえこんでから、男たちは岸へひきずりあげてそこにすッころがした。

「この鳥になんの用があるんだ……？　え？　この鳥になんの用がある？」

「ウ……ウ……」地面へ仰向けにころがされたズブ濡れのキチはうめき声をたてた。

ガンッ！

近くの岩に腰をおろしたまま、保安官はキチのあごを蹴り上げた。

「言わねェか……こら？」

「ウ……ウ」

ガンッ！

「言わねェか？」

「シ……知らねェ……」

ガン！

「知らねェですむか！」

ガンッ！

「……ワ……わからねェから……ア……あとをつけて——」

「後をつけて、そして、どうするつもりだったんだ？」

相変わらず白鳥を片手にブラ下げたまま、老人は陰気に聞いた。

「え？　何？」老人はたたみこむ。

「言わねェのかァ！」と保安官。

「そして……」

がくりとあごをおとしてキチは失神してしまった。

ガンッ！

こんどは虎造の顔を保安官が蹴り上げた。

「クッ！」

「鳥の足に手紙をつけたのはなんのためだ？　パムというのはきさまのことか？」

「テ……手紙……パム？」俯伏せになったまま、虎造はやっと言った。「なんのことだ？」

「とぼけおって……」老人が顔を歪めた。

「言わねェか！」

ガンッ！　わきから保安官が蹴りつけた。

「ウウッ……！」

「おとなしく白状しねェと蹴殺すぞ。この虫ケラめが！」

「シ……知らねェ……ホ……本当に知らねェ……」

ガンッ！

「嘘をつけ！　知らねェわけがあるか！」

「ホ、ほんとです。ほんとに……シ……知らねェンです」口から血へどをあふれさせながら、虎造はかぼそい声で言った。

ガッ！

「まだ、とぼけやがって！」

「ほ、ほんとに……シ、知らねンだ……」

「よし、知らなければ読んで聞かせてやろう」

老人は相変わらず陰気な口調でそう言いながら、小さな紙をひろげた。

「〝父ちゃん、母ァちゃん、パムは元気です。このあいだ、たしかに幽霊を見ました。生きてるのね。必ず助けにいきますから待っててくださいね〟

どうだ？」

全身が灼かれるような痛みに包まれ、今にも奈落の底へ陥落しそうな意識のなかで、虎造は、パムがいつ鳥の足に手紙をくっつけたんだろうと考えたりした。

どっちにしろ、死んでも黙ってなけりゃならねェ……。

それにしても、こいつらはどうして待ち伏せがかけられたんだろう……スパイでもいるのかなァ……？

そこまで考えて、虎造は失神してしまった。

「困るよ！　ゲロさん！」

ちょうど同じ頃、〈星海企業〉の格納庫では、電子整備部の職長で雲助と呼ばれるヒョロ長い男がゲロ政に噛みついていた。

「波を出してやしねェかと昨日も今朝もたしかめたじゃないか！」

「だから、出してないって——」

「出てるよ！」雲助はゲロ政をとっちめた。「見なよ、これを！」

彼は手にした小さな計器をかざして見せた。

小さな箱の上についている傘みたいな枠の回転につれて、計器の針が大きく振れている。

「ほれ、この機体から波が出てる」

雲助は、そびえるようなC540を指さした。

「どのへんから出てる？　ちょっと貸してみな、波長は……二〇メガ……か」

ゲロ政は受けとった計器を手にしてその輸送機の周囲をまわりはじめた。

そして、機尾の真下までやってきたとき、彼は計器の表示に、はッ！　と体を固くした。そしてすばやく組んである整備ヤグラを駈け登ると胴内へ這いこんだ。昨日、キチに配線替えを命じておいた区画である。彼はもういちど手にした計器を使ってから、手早く補助電源用発電機の点検カバーを開き、中へ首をつっこんだ。

「こんなものが——」

中から小さな箱をとり出したとたん、誰かがグイ！とゲロ政の腕を押しとどめた。はッと見上げると、立っているのは甚七老人。

「な、なにを——！」

″声を出すな！″甚七の鋭い眼がそう言っている。″もとに戻しておけ……！″

「よし！　異常ないな!?　ロックするぞ！」

甚七が、その箱をめがけるようにそう叫んだとき、ゲロ政はすべてをさとった。

「ヘイ！　ロックしてくださいな！」彼も調子を合わせながら自分でカバーを閉じて、機外へと降りた。

「どうした!?」

呼びかけてきた雲助に目顔で合図して、三人は格納庫の外に出た。

「なんです、いったい？」

「盗聴機が載ってる」

「と、盗聴機？　いったい、誰が？　あんなところへ……？」

「星系軍よ。こっちをさぐるためにな」甚七が言った。

「こッ外しましょうよ！」憤然として二人が同時に言った。

「そのまんまにしとくんだ」甚七が言った。

「？　？」

「いいか、政、雲」甚七が鋭い眼を二人に向けた。「この件は誰にも言うな。それからあの機体には、しばらく誰も近づかせるな。雲、おまえはあのC540を徹底的に調べてみろ。盗聴機があれひとつとは思えん。時限発振機構つきのやつがくっついとるのかもしれん。発見しても、そのままにしておくんだぞ」

「へい」

「どうも払い下げ価格が安すぎると思いましたぜ」

「ふむ……」

「どうして外さねェんです？」雲助が不満げに言った。

「利用価値は大きいわい」

「？　？」

そこへ椋十《ムクジュウ》がやってきた。

「あのバカどもが！」

「なんじゃい!?」と甚七。

「虎造とキチが今朝早くエアカーで出ていったきりなんです」

「非番だろ？」

「午後、C540のいらないワイヤハーネスひっぱがすのを手伝ってくれ――なんて言やがって」

「C540？」甚七の眼がキラリと光った。「これか？」

「え、ええ」

″あの二人は？″甚七の眼がゲロ政に聞いた。

″え、ええ″ゲロ政はうなずいた。

「どこのワイヤハーネスじゃ？」

「なんか、補助電源発電機の分配を民間仕様になおすとか――」椋十が答えた。

三人は眼を合わせた。

そのとき、ほっとしたように椋十が言った。

「あッ、帰ってきた！」

狂ったような勢いで事務棟わきの駐機場へ着地するエアカーに、三人はほっと安堵の眼をかわした。

6

ぎらぎら照りつける強い陽射しの下で、二人は荒地へ打ちこまれた杭に大の字に縛りつけられていた。

横に立っているのは保安官と例の老人。

「よくよくしぶとい野郎だ」

ペッ！

保安官は、もう西瓜《スイカ》ほどにも腫れ上がった虎造の血みどろの顔へ唾を吐きかけた。

「こうとなりゃ、嬲《なぶ》り殺しにされたって文句はあるめェ」

もう服がボロボロになってむき出しとなった二人の手・足・首許には細い革紐が巻きつけられており、それが強い陽射しですでに乾きかけている。

革紐が水分を失えば短くちぢんでいく。ちぢめばちぢむほど紐は肉体へ食いこんでいく……。

この保安官お得意の処刑の手口である。

彼は白沙《しろきすな》の街角でさえ、よく、これをやった。

紐の締めぐあいを微妙に変えることによって、革紐はゆっくりと一本ずつ、手や足の骨を折っていく。そして苦しみに苦しみ抜いたあげく、なかば気の狂った夕暮れどきに、もしもお情けがあれば最後の紐がボキリ！　と首の骨を折ってくれて、哀れな犠牲者はやっとのことでこの凄まじい苦痛から解放されるのだが、その寸前に夕立ちでもくれば、無残にも翌日の午後まで死期が延びたりすることになる。もし、翌日が雨だったら……。

それはいいとして、今、保安官はまず二人の手首から折るつもりらしい。

虎造もキチも手首の紐がいちばん深く肉に食いこみ、もう掌《てのひら》は真ッ白になっている……。

「さあ、これでも言わねェか……？　この鳥とパムとはどんな関係がある？」

「クッ……」

「グウ……」

ギラギラ照りつける太陽に干上がった血液が黒くこびりついた二人の顔は、ときたま口を歪めたりかすかに眼を開いたりするので、まだ生きていることがやっとわかるだけである。

「無理だな」老人はつぶやいた「こいつらは本当に知らんようだ。後腐れがないよう、早く始末してしまえ」

「そうしますか？」

「べつの手を考えよう。盗聴は続けさせてある」

「では、とりあえず引きあげますか」

「早く始末しろ」

「いや、放っておけば、ほれ」

保安官は二人の首許に巻かれている革紐を指さした。

「かなりきつくしてありますから、二時間はもたんでしょう」

「お情けだ、何も知らなかったらしいし」

「そうしますか?」保安官が惜しそうに言った。

「万が一ということもある」

「それでは」

保安官が熱線ピストル《ブラスター》を抜いた。あのときパムにまきあげられたのよりひとつ新しいモデルになっている。

「ビームを甘くすると、この距離なら上半身が吹ッとびますよ」保安官は〇・〇二ミリの安全ロックを外した。とたんに銃口のあたりからメラメラと熱対流が起きる。

「見ててください」

彼はこともなげに熱線ピストル《ブラスター》を――

ところがその瞬間であった。

グエッ! という絶叫が終わらぬうちにぱッと血煙が上がり、保安官の首は皮一重でつながったままぶらさがった。

そして次の瞬間には、逆に、老人の抜いた熱線ピストル《ブラスター》のビームがぴッ! と、たったいま保安官めがけてビームが発射されたあたりへ伸びていた。

しかし、それと同時にばッ! と眼のくらむような閃《せん》光《こう》が老人を包み、一瞬後に彼の体はカサカサの炭と化していた。

いっきに伸びた太いビームは、はるか一キロも離れた繁みの中に三つほど大きな火柱を立てた。

やぶの中から、熱線ピストル《ブラスター》片手にひばりがとび出してきた。つづくパムのほうは、なんと、一ミリの機上搭載用レーザー機銃の銃身をひきずっている。

たちまち手・足・首の革紐は解かれたが、虎造とキチはもう瀕死も同然のていたらくで身動きひとつできる状態ではない。

ひばりがかついできた救急箱を使って、てんでだらしのない二人に、応急処置を施し、なんとか隠してあるエアカーのところまで、娘たちはひきずるように運びはじめた。

「どうする?」とパム。

「とにかく、こっそりあたしの部屋にはこぼうよ」

「そうね、それのほうがバレないわ」

そのとたん――

「もう、バレとるんだ!」

はっと気がつくと、そこに立っているのはレーザー・ガン片手の甚七老人。

二人は傷の手当てに一生懸命で、すぐ近くに大型エアカーが降りたのにも気づかなかったのだ。整備工の四、五人が、あきらかに大あわてで後を追ってきたらしく、熱線ピストル《ブラスター》を手にこちらの様子を見守っている。

「小娘二人が熊蜂《くまんばち》みたいな勢いでエアカー飛ばして帰ってきて、血相変えてレーザー機銃を持ち出してまた飛んでいった――というから、なにごとかと追ってきたんじゃ」

言いながら甚七老人は、すこしはなれたところにころがっている保安官と謎めいた老人の死骸に眼をやって顔をしかめた。

「殺生《せっしょう》をなんとも思わんとは……。まったく今どきの娘はおそろしいわい」

「……」

「……」

二人の娘はもうそこへ立ちつくすだけ……。

「はこんでやれ」

甚七老人の合図で、走ってきた整備工たちが地上へすッころがったままの虎造とキチをエアカーへと運びはじめた。

「町の保安官と、こいつは特捜だな」

甚七老人は、機銃にやられたほうの死体を指さした。

「ほれ、身分識別板《ID》だ」

真っ黒に炭化した死体のなかに黄金色の金属板のかけらがキラリと輝いた。

「くわしいことは基地で聞く」甚七老はひばりとパムに向かって厳しく言った。「向こうのエアカーで帰れ」

「ハイ」

「ハイ」

しおらしく、二人は大型エアカーのほうへと歩いていった。

それと入れ替りにやってきたのは作業衣姿の又八。手にしているのは、虎造たちのエアカーから外してきた、例のトレーサーの記録紙である。

「御隠居、ちょいとあのエアカーを借りるぜ」

「なんじゃ」

「連中がやりかけてたことを引きついでみるんだよ」

「鳥か?」

「行こうよ」又八がおもしろそうに言った。

「あいつらの始末をつけんと――」

「いそぐことじゃねェだろ。行こうよ、一緒に。おもしろいぜ、きっと」

甚七老がくすぐったそうな笑いを洩らした。

「そうさの」

そして彼は、大型エアカーに乗ってきたゲロ政に指示を与えると、すこし離れた繁みの中に置いてある虎造たちのエアカーへと歩いていきた。

「やんなよ」

副席にすわっている又八が、あごで操縦席を示した。

「むふう」

ちょっと照れ臭そうな表情だが、それでも馴れた様子で老人は機内にのりこみ、てきぱきと離昇操作をはじめた。

「たまにはやらねェと勘が鈍るぜ」

それには答えず、かなり荒ッぽくエアカーを離昇させながら、甚七はとなりの又八へ眼をやった。

「ひさしぶりだのう、二人で飛ぶのは」

「まったく。ここんとこ、忙しかったからなぁ」又八は、記録紙を読みながら言った。「当分はますます忙しくなりそうだぜ」

「望むところじゃろう？」ニコリともせずに老人は言った。

「まあ、ね」

「ところで、どっちに飛ぶんじゃ？」

「Eからプラス7」記録紙を読み終わった又八が言った。「基地からまっすぐ飛んでる」

「こうか？」

老人はぐい！　と機首を振った。

「そのへんだね」

又八は地表に眼をやりながら言った。

「さあ、いっきに飛んでくれ」

眼下にひろがる荒野はすぐに切れ、山地にかかるゆるい起伏の原生林に変わった。

エアカーはぐんぐん飛び続ける。

「どうも、重力異常がひとつ手がかりのようだが、重力計は載ってないし……」

「舵のかいえりでわかるじゃろ？」

「そうかね？」

「わしならわかる」甚七老は前方を見すえたまま言った。

「昔、それで探鉱をやっとったんだから」

「質量の大きな鉱石があれば――だろ？」

「うむ」

「これは逆だからなぁ、わかるかな？　ハインケルのサーカスの反重力《アングラ》玉の踊り子が、あのとき、だしぬけに重力がなくなってタンポポ村の天幕の上にころげ落ちたからなぁ」

聞いているんだかいないんだか、甚七老は的確な手つきでエアカーを飛ばしていく。

又八は和尚と組んで動くことが多いのだが、にこやかな和尚とは正反対の、この、棺桶に片足つっこんだ歳《とし》のくせに鋼のような鋭さをみなぎらせている老人にも、ひどくひかれるものを感じていた。なにか、自分が歳をとったらこんな老人になりたいような、黙っていてもそうなりそうな、そんな気になるのである。

そして、何も言わずにこうして一緒に飛んでいるだけで、なぜか、ひどくたのしい気分になるのだった。それは、相手にもたしかに通じていた。

「ないぞ、なにも」

かなり飛んでから甚七は言った。

「うむ」地表から眼をはなさぬまま又八は答えた。「おれの勘が外れたかなぁ……」

「あの尾根で転針して、すこしどっちかに振って引き返すか？」

「そうしよう」

やがてエアカーは大きく旋回を開始した。

眼下を流れる原生林にじっと眼をこらしている又八の背に向かって、いきなり甚七老が声をかけた。

「又八、あれはなんじゃ？」

「？」又八は振りかえった。

甚七は左の窓外を指さした。

「待ってろ、そっちからよく見えるようにするから」

エアカーはふたたび反対に大きく旋回した。

原生林の合間にいくつかの沼が西陽を受けてキラキラしている。

「どれだよ？」

「いちばん左じゃ」

「いちばん左？」

「いちばん左の沼だけ、波が立っとる。おかしくないか？」

しかし、いくら又八が眼をこらしてもよくわからない。

「そうかい？　おれにはよく見えねェ」

「待っとれ、もっと接近するから」

なるほど、甚七の言う沼の表面の異様な泡立ちが又八にも見えてきたのは、それからたっぷり三分も飛んでからのことである。

「すげえ眼だなぁ、御隠居」

「だから、わしにつき合わせたんじゃないのかい？」甚七老はちょっと得意気な微笑を洩らした。

「あそこだけ風が吹いてるのか？」

「違うよ、ありゃ風じゃない」老人はまた鋭い表情に戻っている。

「？」

「魚だ」

「さかな？」

「うむ」

エアカーが降下していくにつれて、沼の表面が又八にもはっきりと見えてきた。

たしかに魚である。

おびただしい数の魚が、狂ったように水面すれすれを泳ぎまわっているのだ。

淡水性の沼鯛が異常繁殖したのだろう……。

ふうむ……又八は心の中でつぶやいた。

「おい、あれを見ろ」

「？」

甚七老人がその沼の縁を指さした。

「あッ！」

水面の沼鯛のすごさに気をとられていた又八は、言われたほうを見たとたんにぎょッとなった。

沼の東の一角に、まるでナイフで切りとられたように垂直の水の崖ができているのである。

そして、その崖の下はなんにもない。まさに、無としか言いようのないものが、半径一キロほどにわたってひろがっているのだ……。

「あれだ！」又八は叫んだ。「タンポポ村とおんなじ気配だ！」

「ふうむ……なるほど……」

それから一時間後、急行してきた大型エアカーから岸に降り立ったムックホッファは、唸るように言った。

「間違いない」和尚がつぶやいた。「まさに、あのタンポポ村の天幕をむしったあとと同じ気配だわい」

「あッ！」だしぬけにピーターが大声をあげた。「鳥だ！」

ピーターが指さす、その、なんとも形容のしようもない虚無のなかから、だしぬけに鳥が――あの白い鳥が――まるでいま生まれでもしたように現われたのである。

しばらくの間、みんなは、ただ、呆然とその鳥を見つめるだけだった……。

「もしもあそこが〈冥土河原《めいどのかわら》〉につながっとるのなら、タンポポ村にも行けるはずだな」

低いが、しっかりとした声でそうつぶやいたのはロケ松である。

「頭目《かしら》」しばらく考えていたロケ松がニヤリとムックホッファに笑いかけた。

「うむ？」われにかえったように、ムックホッファは振り向いた。

「どうでしょう？　あそこからタンポポ村に侵入して〈クロパン大王〉をとり戻すというのは――？」

「おもしれェ！」「それだ！」

又八とピーターが同時に叫んだ。

「……」

しばらくムックホッファは、その奇怪な虚無の淵に眼をやったままじッと考えていた。

そして、静かに言った。

「まだ早いな」彼はゆっくりとつづけた。「あの中が、どんなぐあいにつながっているのか、まだ、われわれには全然わかっていないのだ。それを試みるのは危険が多すぎる。いま無謀なことはせんほうがよい」

「しかし……」ロケ松が言った。

「〈クロパン大王〉は、どうやって――」

「それについてはわたしに考えがある」

珍しくも、もと東銀河連邦宇宙軍中将・ジェリコ・ムックホッファは、みんなにむかってニヤリと笑いかけたのである。

そして、甚七に向かって言った。

「御隠居……あそこが人目につかんよう、なにか小屋でも建てられんものかな？

あれの確保が、将来、われわれの死命を制することになるかもしれない」

甚七と和尚は大きくうなずいた。

7

惑星・星涯《ほしのはて》……。

「閣下……」

〈星涯《ほしのはて》〉星系軍参謀総長・北畠弾正《きたばたけだんじょう》中将の執務室に、副官が足早に入ってきた。

「？」参謀総長はデスクの上の書類から眼をあげた。

「〈星海企業〉の社長がのりこんできます」

「なに？」

「惑星・白沙《しろきすな》の工作員からの報告です。アスパラ河岸（宇宙軍工廠の別名）に命じて盗聴用送信機を組みこんだC540輸送機を一機、〈星海企業〉へ送りこんだのですが、これを白沙《しろきすな》の分遣隊基地で受信している工作員から知らせてまいりました。これです」

副官はデスクの上の再生機に、事務規格の録音シートをセットした。

信じられぬと言いたげな表情で北畠弾正は音が出てくるのを待った。

やがてノイズまじりの音が再生機から洩れてきた。

〝……とにかく、〈クロパン大王〉をとり返さなけりゃ……〟

太い男の声である。

〝しかし……〟

〝……むつかしいな……〟

何人かの声がかぶる。

〝なんにしろ、星系軍が厳重に警備してるど真ん中に出ちまったんだからなあ……〟

〝そりゃそうだけど、べつにおれたちゃ、悪いことをやったわけじゃなし……。言ってみりゃ、事故に出会《でくわ》したようなもんじゃねェか……〟と若い声。

〝そりゃそうだけど――〟

〝還付請求をする権利はあるはずだぜ〟

〝うむ……まぁ……なあ……〟

惑星・白沙《しろきすな》の〈星海企業〉基地に、払い下げのC540と共に送りこまれた盗聴機が、乞食軍団の幹部とおぼしき連中の会話を的確に捉えている。

〝わたしが行く〟

だしぬけに、まったくあたらしい声が割って入った。

〝わたしがじかに現場へ乗りこんで話をつけてくる〟

あたりがしーんとなった気配である。

参謀総長はちらりと眼をあげた。

「これが〈星海企業〉の社長か？」

「はあ、ジェリコ・ムックホッファだと思います」

二人はじっと耳を澄ませた。

〝しかし、それは危険です！〟

〝あそこは星系軍が厳重に警備していますから、足を踏み入れたら、すぐ逮捕されます〟

〝いや、わたしが行く〟

さっきの太い声である。

〝わたしがじかにあそこへのりこんで交渉してくる。わたしには考えがある〟

〝そんな無茶な！〟

まわりがいっせいに反対している。

〝いや、まかせておいてくれ、ぶつかってみる〟

〝ぶつかってみる……？〟


カチリ！

参謀総長は再生機を止めた。

「すぐに7局を呼べ、かためるんだ！」

彼は副官に言った。


対敵諜報を担務する星系軍最高司令部第7局を通して、緊急命令は星涯《ほしのはて》市とその周辺に駐屯する星系軍各部隊にとんだ。

すでにタンポポ村区域は厳重な警備が行なわれているが、これを二重、三重に強化すると共に、もし、〈星海企業〉の社長をなのるものが宇宙船の還付交渉のためタンポポ村へ行きたい――といって現われたら、ただちに警備司令部へ通報すると共に、〝置いてけ堀〟へ連行するよう指示が出された。

上空からタンポポ村へ強行着地してくることも考えられ、この場合も攻撃は控え、強制着陸させたうえ、前記の措置をとるよう空域警戒部隊と首都防空を担務する星系航空軍部隊に指示が出た。


こんどこそ生け捕ってくれるぞ……。

窓外にひろがる星涯《ほしのはて》市を見下ろしながら、執務室の北畠弾正は心の中でそうつぶやいた。

この星系の将来を大きく左右する最高機密にわけのわからぬ茶々を入れてくる一味の親玉だ……。

この、想像を絶する重大な一件についてなにかを知っている少女や老人を奪い去り、実験場下見のため隠元岩《いんげんがん》礁《しょう》に向かう途中で妨害を加え、そして、ひと足先に〈冥《めい》土河原《どのかわら》〉星系に侵入したあげく、タンポポ村に現われて逮捕された宇宙船の乗組員奪還については、おれ自身に散々な恥をかかせた……。

あの、たのしそうな小娘の声を思い出しただけで、全身が燃えるような激しい怒りに駆り立てられてしまう……。


その一味の頭目だ。

そいつが今、なんのつもりか十重《とえ》二十重《はたえ》に星系軍が包囲しているタンポポ村へのりこんでくるという……。

飛んで火に入る夏の虫だ。

この機会を逃《のが》してなるものか……！

星系軍は、タンポポ村区域を正式に軍用地として接収し〝第一種立入禁止区域指定〟を公示してある。

そこへのこのこ入ってくるというのだ。

逮捕の要件はそろっている。

もちろんこれまでの巧妙な手口からして、なにか奥の手は考えているのだろう。

だからこそ、こっちはこの部屋を空っぽにして、参謀から副官から全員を現地へ派遣して抜け穴をふさいでいるのだ。

どう工夫してもまず逃げる途《みち》はない。

当人を痛めつけるもよし、当人の身柄《みがら》を取引きの材料として、タンポポ村の住人であった小娘パムや、冥土河原《めいどのかわら》に手がかりをもつ老人のモク、それに、思い出すのもいまいましいあのカプセル爆弾で、星系警察本部にまで頭を下げさせられて釈放するはめとなった〈クロパン大王〉の乗組員の引き渡しを求めることも可能だ……。

そして、必要とあらばいっきに〈星海企業〉をつぶしてしまうのだ……。

この、途方もない可能性を秘めた計画を遂行するためには、手段を選んでいるひまなどない。

政府首脳や政治家への連絡はすこし待とう。

これを切札として、主導権をおれが握るのだ。

星系警察本部への大きな借りもこれで返してくれるぞ……。

白沙《しろきすな》に潜入している工作員からは、すでに、〈星海企業〉の首脳部らしい人物が自社の宇宙艇で出発した――と通報してきている。

あとは、網に入るのを待つまでだ。

星系軍参謀総長・北畠弾正は、ガラス壁を通して、午後の陽を浴びながら広々と展開する星涯《ほしのはて》市の市街をもういちど見下ろした。

地平によどむ薄いもやの中から、名前のとおりに惑星・白沙《しろきすな》が白々とした利鎌《とがま》のような姿をあらわし始めている……。

相対位置からして、白沙《しろきすな》から星涯《ほしのはて》まで三日、もうそろそろ現場からなにか入ってくる頃である……。

一杯ひっかけるか……。

なんの気なしにワイン棚のほうへ振りかえったとたん、北畠弾正はぎょッ！ となった。

こともあろうに、執務用デスクの前に男がひとり――連邦宇宙軍将官の軍服を着《つ》けた男がひとり――端然と腰をおろしてじっとこちらを見守っているのである……。

参謀総長が気づいたとたん、相手はさっと威儀を正して立ち上がった。

〈星海企業〉社長のジェリコ・ムックホッファだ！

彼は心の中で叫んだ。

裏をかかれた……！

鷹のように鋭い眼をしたその初老の男は、じっとこっちを見守っている。

ものすごい迫力である。

〈星涯《ほしのはて》〉星系軍の参謀総長だ、宇宙軍の中将だ、などと言ってみたところで、東銀河連邦軍の前に出れば、所詮《しょせん》は名のごとく、場末の星系の真似事にすぎない。東銀河系全域を押さえ、戦力の単純比較で優に二〇〇倍を超すという連邦宇宙軍の将官ともなれば、たとえ退役とはいえ、雀と戦爆機一機ぐらいの差は歴然なのである……。

まったく意表をついた〈星海企業〉の出方に呆然となっている北畠弾正に対して、相手は、さっと敬礼した。上級者に対する敬礼である。

ムックホッファは退役とはいえ中将。北畠弾正は現役の中将。軍隊儀礼としてはとくにきまりもないのだが、〈星涯《ほしのはて》〉星系軍中将としては、あわててぎごちない敬礼をかえすしかない。完全に呑《の》まれている。

「大変に失礼いたしました。無断で執務室に侵入しまして……」

〈星海企業〉の社長はちょっと顔をやわらげ、軽く頭を下げながら言った。まるで、部屋全体が共鳴するような低く太い声である。

「東銀河連邦宇宙軍退役中将・〈星海企業〉社長のジェリコ・ムックホッファであります。

このたびはわたしどもの宇宙船《ふね》が偶然とはいえ、星系軍の警戒区域へ侵入する結果となり、大変なご迷惑をおかけしました。どうぞ、ご勘弁願いたい」

有無を言わさぬ正面きっての挨拶に、参謀総長・北畠弾正中将は、ただ、もぞもぞとわけのわからぬ言葉をかえすのがやっとである。

この意外な展開に、彼は必死で対応を考えていた。

もはや、当初の計画などどこかにふっとんでいた。完全に裏をかかれてしまった……。

とんでもない相手だ。予想もせぬ手を使ってきた。

だが、それならどう対応すればよいのか？

あせる参謀総長を、ムックホッファは、ただ、じっと鷹のような鋭い眼で見守っている。

それから一時間後——

気がついたとき〈星涯《ほしのはて》〉星系軍参謀総長・北畠弾正は、〈星海企業〉社長・ジェリコ・ムックホッファの申し入れをそっくり受け入れる形になっており、星系軍は、偶然のことからタンポポ村に不時着陸して小破した〈星海企業〉の持船〈クロパン大王〉の引き取りを認め、現場での修理作業に従事する同社要員の現地立入りを許可し、必要とするすべての支援を行なう——という協定書にサインしていたのであった。

そして……。

ジェリコ・ムックホッファは深々と頭を下げて礼を言い、執務室から出ていった。

〈星海企業〉星涯《ほしのはて》市出張所と市内のアスパラ河岸にある星系軍第１０１工廠との数度にわたる細部打ち合わせにもとづき、〈星海企業〉金平糖錨地《こんぺいとうびょうち》の修理要員二〇名が専用宇宙船で星涯《ほしのはて》市第二宇宙港へ到着したのは、それから半月ほどあとのことである。

軍機保持の必要上、要員の居住区確保をはじめそのいっさいを星系軍が担務するという協定書のとりきめにもとづき、大型兵員輸送艇一輛を待機させてスポットで待ち受けていた１０１工廠総務部の少尉は、スポットに進入してきた軍払い下げの１００型宇宙艇のタラップから工員たちが降りてきたとたん、腰が抜けるほど仰天した。

なんと、工員はひとり残らず若い娘なのである……！

しかもとびきりの美女ばかり……。

肌もあらわな色とりどりのブラウス、短いスカートの長い足……。まるでＧＡＬパックの見合《おとこあさり》ツアーにでかける花嫁大学のようなはなやかさである。

なにかの間違いではないかと、少尉はもういちどそのボロ宇宙艇を見上げてみたが、たしかに〈星海企業〉の社名標示も入っており、指定スポットにも間違いはない。

と、主操縦席のあるフライト・デッキ下部のドアがぱたんと開き、もう一人、スーツ姿の女性がひらりと降り立ち、つかつかとこちらへやってきた。

年齢不詳。

おちつきぐあいからいくと他の娘よりもすこし上である。

「〈星海企業〉金平糖《こんぺいとう》錨地のお富と申します。じきじきのお出迎え、ありがとさんでございます」そう言って彼女はにっこり笑いながら頭を下げた。

「はッ！」少尉はあわてて答礼した。

そのとたん——

「まァ！　かァわいい！」という黄色い声がおこった。

それをきっかけにして、いつの間にか彼をとり囲んでいる娘たちがいっせいにけたたましい声をあげはじめた。

「すてきな兵隊さんねェ！」

「バカ！　少尉さんよ！」

「わァオ、わァオ！　こっち向いてちょうだいな、おにイさん！」

「まァ！　こッち向いたわよッ！」

「あたい、愛人になりたいわッ！」

「キャハハハハ！」

「ねェ、赤くなってるよ！」

「ほんとだ！」

「ウイウイしッたらないわッ！」

「あたし、誘惑しちゃおかなッ！」

「ねェ！　ひョッとしてまだかもよ！」

「おいッそうねェ！　なンとなくさァ！」

「せまってみようか？」

「軍服脱がすか？」

「なら、あたいも脱いじゃうッ！」

「キャハハハハ……」

蜂の巣をつついたような騒ぎの中に、お富の声が響いた。

「いけません！　静かになさいッ！」

お富の一喝でとりあえず娘たちはおとなしくなったが、「しつけが悪くてすみません」とあやまるお富に面喰らっている少尉の一挙一動を、娘たちは眼を輝かせて見守っている。

「隊長さァん、ご挨拶、ご挨拶！」娘の一人が叫んだ。

パチパチパチパチ！

色とりどりのスーツケースを離着床の上に放り出して、娘たちがいっせいに拍手した。

どぎまぎした少尉が、救いを求めるようにお富となのるそのリーダー株のきれいな女へ眼をやると、彼女も拍手しながら、どうぞ——とでも言いたげににっこりとうなずいた。

仕方なく少尉は、崖からとび下りる思いでみんなのほうへと向きなおった。

「自分は、星系軍第１０１工廠《こうしょう》総務部の石部金太郎少尉である！」

パチパチパチパチ、

「よろしくゥ！」

娘たちは眼を輝かせながら少尉の次の言葉を待った。

「星系軍特別指定区域24号において作業を行なう諸君に対し、簡単に説明をしておく。諸君の身辺いっさいは、ここにいる橋田玄五郎機関兵曹長が見る」

少尉から一歩はなれて控えていた、いかにもたたき上げの下士官という面構《つらがま》えの男が敬礼した。

「いやン！」

「ゲェ！」

「コエタゴ！」

「ガマ！」

「へ、へコキもぐらが一匹登場！」

娘たちの間からそんなつぶやきが起こる。

玄五郎兵曹長はぐい！　と娘たちをねめ返した。

「ムクれてるよ、おッさん！」

「ゴツそうねェ！」

「ゴーカン的だわ」と、ひとしきり意味不明のつぶやきが続く。

「いいか！」

そんな中でひととおりの説明を終わった少尉は、そこでいちだんと声を高めた。

「ここで最後に重要な注意をしておく。

心してよく聞いてもらいたい。

諸君がこれから作業を行なう地域は第一種軍用地。すなわちその内部状況その他いっさいは軍機扱いとされ、正当な事由の有無を問わず、警備司令部の許可なく立入ったものはその場で射殺されることが法にさだめられている」

「こわァイッ」とたんに一人。

「しッ！」お富がたしなめた。

「従って、同区域内における諸君の行動は厳しく制限されるので、われわれの指揮監督にくれぐれも従ってもらいたい。指定された行動区域外で星系軍憲兵に逮捕された場合、われわれの手が及ばぬことも充分にあり得る。

また、この区域内で眼にしたことは、なんであろうといっさい口外してはならない。万一、口外した場合は軍機漏洩《ろうえい》のかどで処刑されることになるので、この点をくれぐれも注意し、いやが上にも慎重に行動してもらいたい。いいな」

「はァイ！」

つられて一人が頓狂な声をあげ、みんながどッと笑った。

「バァか！」

「ジュウサツだよ、おまえ」

「あたいのクビを絞めてちょうだい！」

「静かになさい！」

「諸君の宿舎はァ！」それにかまわず少尉が声をはりあげた。「市内のアスパラ河岸にある星系軍第１０１工廠内の独身婦人下士官居住区として、毎朝、軍の兵員輸送艇で現場へ輸送する。わかったな？」

「あノぅ……質問」一人がおもしろそうな表情で手をあげた。

「は、なにか？」

「あノオ、少尉さんの居住区に夜這《よば》ってもいいですかァ？」

「キャハハハ」みんながいっせいに笑い声をあげた。

「バカ」

「あたいも一緒に行くゥ！」

「つれてって！」

「いけませんッ」お富がさすがに血相をかえてどなった。

「いいかげんになさい！」

「では、ただいまより居住区へ諸君を案内する。全員、乗艇！」

汗みずくで石部金太郎少尉は言った。

次の朝——

この季節の星涯《ほしのはて》市周辺はすばらしい晴天がつづく。

陽の出前から空は研ぎ澄ましたような青さをたたえて、まだ東の地平線すれすれにあるころから陽射しはクラクラするほどの強さだが、からりとした風がいつも吹いているのでなんの苦にもならない。

そんな朝、指定の午前五時。

迎えの兵員輸送艇が彼女たちの宿舎へやってきたとき、娘たちはもう外に整列しており、降りてきた少尉と兵曹長に向かって、

「おはようございます！」と声をそろえて挨拶した。

色とりどりの作業服に好み好みのバナナやリンゴの大きなアップリケをくっつけたりした娘たちは、これまた色とりどりのヘルメットをかぶってきびきびと輸送艇に乗りこんだ。

〈星海企業〉の星涯《ほしのはて》市出張所員との再三にわたる下見と打ち合わせによって、要修理個所はすべてリストアップ

されており、その工事に必要な工具や小部品を積んだ101工廠の3号工作艇が二輌ついてきている。

交換を要する大型部品は三日後に惑星・白沙《しろきすな》から送りこまれることになっている。

やがて走り出した三輌の軍用地表艇はアスパラ河岸の外れから専用走路に入って南へ向かい、冴えきった朝の大気を衝《つ》いて田園地帯をぐんぐんスピードをあげていった。

やがて一時間とたたぬうちに前方には鳥ノ木山地が大きく迫ってきた。そしてスミレ坂を越えたあたりから厳重な検問所をいくつも通り、鳥ノ木村を抜けて磁撥鉄道のレールを越えると道はすぐ登りにかかる。

ここにも検問所があり、五分ほどなんやかんやとやりとりがあったあとで走り出した道は急な九十九折《つづらおり》となり、そこを登りきったところがタンポポ峠である。

登り坂が終わってさっと前方の視野がひらけたとたん、これまでにぎやかなおしゃべりが渦巻いていた艇内はシーンとなった。

娘たちは食い入るように窓外を見つめている。

眼下には盆地がひろがっており、その中央がタンポポ村であるが、なぜかそのあたり三キロ四方ほどにわたって、なんとも奇妙なテント状のものがぴったりと地表をおおっている。

しかしそれよりも、娘たちの視線を捉えているのは、そのテントの端をひっかけるように、ひどくかしぎながらなんとか垂直に立っている一隻の宇宙船である。

〈星海企業〉を代表する主力船《フラグ・シップ》、ⅡB級貨客宇宙船〈クロパン大王〉……。

全長一一五メートル、全備離陸重量三〇九八トン、いってみれば彼女たちの持船であるその宇宙船の目下の状況をめぐって、娘たちは口々に小声でしゃべりはじめた。

「臨界かしぎ角超えてンじゃない？」

「あら、それは眼の錯覚よ、あれじゃ4°ってとこよ」

「cosで・998ってとこかしら」

「ねェ、サリー、あんた、ボアスコープ持ってきた？」

「あるわよ」

「ノズルのあのやられぐあいじゃ、なかを徹底的にチェックしなけりゃねェ」

「アイソトープじゃ無理かしら？」

「炉の下だからねェ……」

「噴推系まわりはスカートを全部脱がさなきゃ、仕事にならないわねェ」

「鈑金班よろしくウ」

「そっくり、新品交換ですって」

「慣性駆動で上がらないってンだから、そっちも損傷は大きいのかもね」

「そっちは錨地まで持ってかなきゃ修理は無理だわよ」

「マルゲリータ、あんた離昇推力計算してみた？」

「あの船、ドライで一〇五六トンなんだよね。だから、ペイロード・ゼロで、金平糖《こんぺいとう》まで飛ぶとして――」

「星涯《ほしのはて》の衛星軌道に乗りゃいいのよ、ぎりぎり」

「あとはタグを呼ぶの？」

「ブースターでもいいし」

「ノズルがねェ……」

「霞《かすみ》でしょ？」

「霞の2型改よ」

「四速のクラスターだからねェ、噴射進角がsinで・25でギリなのよ」

「ってことはcotで3・73か……？」

「あらン、いやン、あたし、重水素《H3》手配したかしら？」

「いやァねェ！ あなた！ 炉が起きなかったら大変よォ、どうするウ？」

「工作艇からケーブル引くの？」

「たぶん発電機《ジエネ》小さいわよ」

「やだァ……うちといたしましてはきっちり500KVAいただくわよォ」

「いやァン！」

「電機班しっかりしてよ」

「ねェ、お母ァさん」一人が前席にのってるお富へ呼びかけた。「H_3パックは手配してありますウ？」

「船のタンクに7m^3残っています」振り返りもせずにお富。

「あァ、よかったわァ！」

「そうすると、うちは、電源待ちね」

「炉《パイル》が起きて、発電機《ジエネ》まわるのに一時間、その間に鈑金班がスカート脱がせて……」

「いやァだ、霞2型の治具組み立てるの大変よォ！」

操縦席のとなりの石部金太郎少尉は、そんなやりとりを聞きながら心の中でひそかに舌を巻いていた。

これがあの、ズベ公みたいな昨日の連中なのか……。

もう、おれのことなど見向きもしない……。

やがてタンポポ峠をおりた輸送艇が荒れ放題の畠を抜けてそびえるような〈クロパン大王〉の傍へ停止すると、地上へ降りた全員に向かって、少尉は、もういちど、テントの近くには絶対に行ってはならんと注意したうえで作業開始を命令した。

全長一一五メートルの船体のうち、ほぼ上の半分が一六層にわかれて船橋・居住区・食料庫・軽貨物艙などとなっており、ちょうど下半分が転移系（バニシング・エンジン）と球形の核融合炉、そしてその下四分の一が主船艙、そしてその部分を反動推進《ロケット》エンジン六基（主機四、副機二）と、高次空間用タイム・エーテル推進機四基が包みこむ形になっている。

損傷は主としてその船殻下四分の一にはり出ている機関部であるが、とにかく、ここを離昇して白沙《しろきすな》へ向かう途中の小惑星帯にある〈星海企業〉の金平糖《こんぺいとう》錨地へ帰りつけるだけの応急修理を行なうことになっており、そのために正・副つごう六基ある噴射推進エンジンの、大破した三基のノズル交換を含む修理作業がその主な工事として予定されていた。

命令一下、さっそく作業を開始した娘たちの姿に、石部少尉はふたたび舌をまくはめとなった。

烏合《うごう》の衆かとおもっていた二〇人の娘たちは、じつは三、四名ずつ年長の娘をキャップにした電機班・電子班・機関班……などにわかれていて、眼もさめるようなテンポで無駄のない作業をてきぱきとすすめていくのだ。

協定によって、直接の作業いっさいは〈星海企業〉が行なうことになっており、工廠側は工具類の提供などに限定されているが、船体にとりついた娘たちは、提供されたその小型クレーンを巧みに使ってたちまち大きく凹んだ外鈑《がいはん》をとり外していき、間もなく、霞2型改と呼ばれる四速のクラスター型ノズルがあらわれた。ほとんど原形をとどめぬほどにひしゃげてしまっている……。

「しかし、よく爆発を起こさなかったものですな」

すこし離れたところでそんな作業ぶりを見守っている少尉は、並んで立っているお富に言うともなくつぶやいた。

「それは大丈夫ですわ」お富がすぐに答えた。「この事故のときに操縦していた松五郎はうちの先任機関士ですもの。残った三基で降ろしたんです」

「ほォ」少尉は気のない返事をした。

「だって、連邦宇宙軍のオデッセウス級巡航宇宙艦の機関長をつとめた人なんですもの」

少尉はいやな顔をした。

〈星涯《ほしのはて》〉のようなさいはての星系軍に属する軍人にとっては、参謀総長だろうと少尉さんだろうと、東銀河連邦宇宙軍——という言葉はタブーなのである。それを知らぬ小娘でもあるまいに、お富はケロリとした顔でつづけた。

「うちの社長も連邦宇宙軍の……」

「……」

「あら!」お富はちょっとあわてた声を出した。「ごめんあそばせ、わたくしとしたことが気づかずに……」

「……」少尉はますます渋い顔をした。

「ところで少尉さん」気まずい沈黙を破るようにお富が言った。「少尉さん、独身でいらっしゃいまして?」

「は? どうしてですか?」

「いえ、もしおひとりなら、うちの娘《こ》たちを一人お世話しようかと思って……」

冗談じゃない、あんなズベ公ども……。

そんな気持を露骨にこめて少尉は答えた。

「わたしには妻も子供もいます」

それも大佐の一人娘だぞ——と、彼は心の中でつけ加えた。

「あら、それは残念ですわね」

しれッとしてお富は答えた。

「船内を見まわりに行きますか?」

「あ、それより」とお富が言った。「順調に工事がスタートしたことを連絡したいんですけど」

「白沙《しろきすな》に——ですか?」

「惑星間通信回線が来てましたら、そうしたいんですけど。船には1ギガの通信機が載ってますけど全部封印されているはずですし、非常電源もたぶん……」

「このあたりは無線封止区域ですからね」

「いえ、一般加入電話でもいいんですの。星涯《ほしのはて》市の出張所から連絡させますから」

「あ、では、警備隊の分駐所へ行ってみましょう」

「おねがいいたしますわ」

少尉は、止まっている警備隊の地表艇《ホバ・ヴィ》のほうへ歩きだし、お富もそのあとにつづいた。

走り出した地表艇《ホバ・ヴィ》が峠のほうへ行ってしまうと、まるでそれを待っていたように一人の娘が主エンジンの下から姿を現わした。

彼女はあたりに気を配りながら、止まっている工作艇のほうへやってきた。

工廠から派遣されてきた工員は、時折、やってくる〈星海企業〉の整備員たちに工具類を渡す以外なにもやることはないので、ひどくだれていた。

娘は、操縦席にひとりぽつんとすわっている工員に向かって下から声をかけた。

「ねェ、ちょいと、お願いがあるのよ、お兄ィさん!」

娘はそう言いながらノコノコ上がってきて、狭苦しい座席で呆ッ気にとられている工員のとなりへ、ぺたりと腰をおろした。

「ねェ、ちょっとやってくれない……?」

工員のほうはまんざらでもない表情だが、協定のことはきびしく言われているので気のない返事をした。

「なんだよ、おれたちゃ工具の引渡し以外いっさいやれねェんだ」

「ちょッとさァ、メイン・パイプのストラットが重くて困ってるのよ」

「そんなことを言われてもこっちは困るぜ、おれたちゃきびしく命令されてるんだから」

「でもさァ……ねェ、クマさん!」

娘は、大きな眼をいたずらッぽく輝かせた。

どこで聞きこんできやがったのか、こうも馴々しくいきなり名前で呼ばれたんじゃ本人も悪い気はしない。

リンゴのアップリケを付けた作業服の胸がふくらんでいる大柄な娘である。

クマさんはごくりと唾をのんだ。

娘はいちだんと体を押しつけてきた。

「あたしたち、小惑星帯で仕事してるじゃない。やっぱし、一gの惑星上だと調子狂っちゃうのよね。

ついつい、ナットを外して、そこに浮かばせとこうと手を離したら下に落っこちたりして……。

サリーなンて、さっき、あなた、シムを抜こうと思ってついつい持ってたレンチの手を離しちゃったのよね。そしたらストン! と下におっこちて、それがまたすぐ下でバッファを外してたお七の頭に命中してさァ。だいたい、男のコのことで張り合ってる二人じゃない？　もう、わざとやったンだろうって、つかみ合いの大喧嘩よ。作業服ひッちゃぶくやらブラむしるやら、もう、たァいへん」

工員はごくりと喉を鳴らした。

「ねッ、だから助けて！　ストラットが、外したとたんにおっこちそうなのよ。

なにしろ省型のこのシリーズの船は、Dチェックや解体整備は無重力下でやれっていうリコメンデーション通報があとで出てるくらいなのよね。

だから、ここでストラット外すのは女の細腕じゃ無理なのよ。なにしろ狭いでしょ、すぐ傍を管制信号電路と操舵系のパイピングの帰りが通ってて、やっと二人しか這いこめないのよ。○《ゼロ》gなら上へ浮かせて抜けるけど。ね！　いっしょに這いこも！　ねッ！　クマさん！」

「わ、わかった。ちょいと待ちな」とうとうクマさんは声を上ずらせて立ち上がった。「やってやッからよ」

彼は外の様子をうかがった。

「あの少尉がなァ、融通のきかねェやつでよォ……とこで、おまえ、なんていう名だ？」

「あたし？　ローズよ」

「ローズか……」言いながら彼はまだ外の様子をうかがっている。「はて、どこに行きやがったのか……」

「なあに？　あの少尉？　うちの姐御《アネゴ》と地表艇《ホバ・ヴィ》で電話かけにいったわ」

「なあンだ。それじゃ行こうぜ、ローズ」

「ウン」

二人は手をつないで、そびえ立つ〈クロパン大王〉の基部に歩いていき、むき出しになった船尾の噴射エンジン点検用ラッタルを登って船内へ入りこんだ。

狭い内部は、もう娘たちのオーデコロンの香りでむせかえりそうである。

「ねェ！　このひと、クマさんよ！」ローズが大声で呼びかけた。「仕事を助けてくれるってさァ！」

「まァすてき！　まァすてき！」

「うれしいなッ！」

「ありがと、クマさん！　とってもすてきよ」

いっせいに娘たちに騒がれて、クマさんはもうドギマギしながら、てれかくしに威勢よく言った。

「どうでもいいけどよォ！　ひでェ船だなァ！　宇宙軍ならとっくにジャンクだぜ！　こんな船……。

それで——。どこだ、そのストラットは？」

ローズはいそいそと、クマさんを問題の部分へと連れていった。

電話をかけ終わったお富と共に〈クロパン大王〉のところまで帰ってきた石部金太郎少尉は、おや？　と思った。

二輛の工作艇に乗ってきた工廠の工員六人がそろって姿をくらましているのだ。作業は〈星海企業〉がいっさいやる——という取りきめを知っているから昼寝でもしているんだろうが、工具や小部品の受け渡しはどうするつもりなのだ？

見ているうちにも、娘たちは次から次へとやってきてはこともなげに工作艇に乗りこんで動力工具や部品類をホイホイ持ち出していく……。

いったいどうなってるんだ——！　とカッカしながら〈クロパン大王〉のとり外し作業が進む噴射ノズルの傍から船内へ入ってみた。

狭い機関部の中では若い娘が五、六人あつまって、主機の下で行なわれている作業を見ながら口々に騒いでいる。

「お上手ねェ！」

「男らしいわ！　手つきが。なンともいえない」

「さすがねェ、手ぎわのよさったら！」

「あたしたちも見習いましょうよッ！」

「そうよ、そうよ」

「ほれ、シジミ。もッとぴったりくっついて、トラさんの体を支えてあげないと、ソケット・レンチがまわしにくいわよ！」

なにごとかとのぞいてみた少尉は仰天した。

娘たちにかこまれて、主機の二次熱交換機のパイプを汗みどろになって外しているのは、他ならぬ第101工廠の工員、娘がひとり、ひたと体をくっつけてその作業を介助している。

「なにをやッとるのか！　きさまァ！」石部少尉はどなりつけた。「誰が修理作業を手伝えと命じた！　出てこい！」

あたりはシーンとなった。

工員はひどくバツの悪そうな表情で這い出してきた。

「かわいそう……」娘の一人がつぶやく声がした。

あたりを見まわした少尉は、他の五人も身動きならぬ狭苦しい主機の間で仕事の最中で、なんとか見つかるまいと小さくなっている。

「きさまたち、なんのザマだ！　全員出てこい！　いったい、きさまたちは——」

かんかんになった石部金太郎少尉がそこまでどなったとき、あれェッ！　とどこか頭の上で魂消《たまぎ》るような悲鳴がして、なにか、大きなものがどさり！　と落下してきた。

少尉は、とっさにその、ピンクで生温かくて大きな重いものを両手で抱きとめた。

なンと！　おっこちてきたのは下着一枚、肌もあらわな若い娘……。

少尉の腕の中で肉づきのよいその娘は、消え入りそうな声を出した。

「ごめんなさい！……作業服が帯電して火花が飛ぶと精密計器が狂うもので、こんな格好で……」

少尉は呆然とその裸も同然の娘を両手で抱いたまま……。

「つい、金平糖錨地《こんぺいとう》のつもりで手を離してしまったの……すみません……」娘は蚊の鳴くような声で言った。

「しっかりせい！」

はっと気づいた少尉はあわててその娘をキャットウォークの上におろして、もう一度、どなりなおした。

「出てこんか！　きさまら！　まったくぶったるみおって！」

ところが、まだ手に残る生々しいぬくもりに気づいたとたん、度を失った少尉の声はたちまちボロボロになってしまった。

「き、きさまら、み、みたいな、や、やつは、しょ、廠長《しょうちょう》の――」

「少尉さん、そんなにおッしゃらないで」

まるで彼の心中を読んだみたいに、誰かがそっと腕をとらえた。

お富である。

「みなさん、見かねて助けてくださってるンですの。だから――」

「だから――ですむことではない！」

「お願い！」お富が迫った。「わたしたち、ひとつ、大きな誤算をしておりました」

「？　？」

「わたしたち、小惑星工場で仕事をしてきてますでしょ。つい、無重力《○g》のつもりになってしまって……」

「なってしまって？　それで――!?　ごまかさんでください！」

気がつくと、周囲を娘たちがぐるりととり巻いていて、成り行き如何《いかん》と見守っている。

「いえ、ごまかすわけじゃ――」

お富がそこまで言いかけたとき、

「あれェ！　キャアッ！」

どこか、上のほうでけたたましい悲鳴がおこり、なにかがガシャン！　と少尉のすぐ傍に落ちてきて、冷却パイプに命中して粉々になった。手持ちのオッシロである。「つい、○g《ゼロ》のつもりで手を離してしまうもので……」お富が言った。

「こういうわけなんですの……」

少尉は苦々しげに考えていたが、ついに言った。

「仕方ない、今日にかぎって認める。手伝ってやれ！」

「キャアッ！　うれしいッ！」

「ばンざい！」

「少尉さん、ありがと！　愛してるわッ！」

娘たちはいっせいによろこびの声をあげた。

8

作業は五時に終わり、みんなを乗せた兵員輸送艇がアスパラ河岸の居住区へ到着したのは六時すぎだったが、お富は、指揮官席へつかつかと歩いていった。

「石部少尉」と彼女は言った。

「？」

「これからしばらくお世話になりますし、わたくしどものお礼の気持をこめて、今日、お近づきのパーティを開きたいと思いますの」

「いや、しかし、それは……」石部少尉が口の中でなにやらモソモソつぶやいた。

「みんなこれからお風呂に入って磨きあげて、九時にお待ちいたしますわ」

「いや、それは、星系軍として、その――」

「野暮なことおっしゃらないで」

お富は少尉の手をそっととった。

「しかし、お世話しとるのは自分ひとりではなく……」

「工作艇のみなさんと、現地の警備本部の主だったかたがたもお招きしてございますわ」

自分ひとりと勘違いしたバツの悪さをあわてて隠しながら、少尉は、またもやわけのわからぬことをつぶやいた。

「みなさん、とてもたのしみにしてらっしゃいますわ。ね、男と女のつき合いでまいりましょ！」

「……ハア……」

「カトレア通りの〈クウカニー〉で九時に」

「〈クウカニー〉？」少尉は仰天した。〈クウカニー〉といえば、星涯市《ほしのはて》でもとびきりのナイトクラブなのである……。

「ええ、身分不相応とお思いでしょうけれど、せっかくおまねきするからには――と考えまして……」お富は言った。

星涯市《ほしのはて》の中心部――

宝石をぶちまけたような美しい夜景を見下ろす高級住宅地、レモンパイと呼ばれる小高い丘のふもと近くに、その、ナイトクラブ〈クウカニー〉はある。

いかにも天然風につくられた一〇メートルほどの滝の上につくられた発光性グラスウォールの四角な建物は、まるで巨大な宝石箱のよう。

まあ、星系軍の上級士官以上は別として、いつもアスパラ河岸界隈であそんでる工廠の兄《あ》ンちゃんたちゃ、ぴっかぴかに磨きあげた一張羅《いっちょうら》でやってきた非番の警備兵たちにはどうも、敷居が高すぎておいそれとは寄りつけぬあたり。

意を決しておッかなびッくりで玄関から入った彼らは、〈星海企業〉の娘たちの拍手に迎えられてまたドギマギしてしまった。

これが昼間、汗まみれでロケット・エンジンと取ッ組ンでいたあのズベ公どもだとはとても思えぬ見事ないでたち……。

ヴィジスターのアーシュラ・K・アニャンが来ている

のかと一瞬思うようなゲド・ブルウのイヴニングドレスがいるかと思えば、まるで巨大なヒマワリがおッ立っているのかと錯覚するサンフラワードレスもいる。ケイ&ユリみたいなメタリック・ビキニの二人組がいるのは〈レスボス〉星系出身なのだろうか？

昼間から、きれいな娘が多いとは思っていたがここまでイカしているとは……。

金持ち娘がウヨウヨしているレモンパイ区域にも、これだけの上玉がいったい何人いるかなぁ……。

中央に据えられたムクの木造りの巨大なテーブルの上に載っている肉も魚も、もちろんすべて本物《オリジ》。ひときわ大きい純銀の盆に並んでいるのはアミルスタン羊のローストとブクツギ魚の冷製である……。

いつも工廠や兵舎の食堂で食わされてるチキン風味やビタ平衡マッシュなんぞは、調理場の奥まで捜したってお眼にかかれる場所ではない。

そして、びッしり露がおりるほど冷えているのはシャトー・アルカディアの赤をはじめとして、星系きっての銘酒ばかり……。

キラキラした石英系クリスタルのグラスはやっぱり高分子系のものとは輝きが違うし、ディスポーザブル《くいすて》の皿やコップばかり使ってる身には、シリカ系統のずしりとくる手応えは近寄りがたい風格があり、それだけで食い物の味が違いそう……。

「本来は社長が……」と、メーテル・ドレスのお富のつつましやかな挨拶が終わり、乾杯がすむと、あとはもう生のバンドが静かな音楽を演奏しはじめた。

ひとしきりご馳走と酒が入ると、あたりははなやかなさんざめきに満たされる。

プレキシグラスに色とりどりのレーザーパターンが浮かぶフロアでは、さっそくダンスがはじまった。

すでに工廠の六人と〈星海企業〉の娘たちとの間にはカップルができあがっていた。

反動推進機関部のリーダーをつとめるローズのお相手はもちろんクマさんである。

ぴったりとピンクのシャレード麻のドレスに包まれた体を押しつけるようにして踊りながらローズは言った。

「ほンとに助かったわ、あたし」

「なァに、あんなこと、めじゃねェよ」

クマさんはこともなげに言った。

「明日はもうやってもらえないのね？

少尉さんは、今日にかぎって——って言ったわよ。姐《アネ》御《ゴ》が頼んでみるとは言ってるけど……」

ローズはしおらしくクマさんを見上げた。昼のリンゴのアップリケ付きの作業服姿とは似ても似つかぬいでたち。ラプソディ・ブルーの髪がキラリと光る。

「あの少尉のやつがなァ……」

「ねぇ、明日、休みとってよ！」

「しかし、おまえ……そう言ったって……」

「そして、明日の朝迎えの兵員輸送艇にもぐりこむのよ。女の子に化けて——」

「ばァか！」クマさんは一蹴《いっしゅう》した。

「下着からなにからあたしのをみんな貸してあげるわ、ね、クマさん」

「やめてくれよ、いくら好き者のおれだって……」

「でもさ、あたし、あなたが必要なのよ。ね、お願い、そうして。そして、あたしに教えて」

「なにを？」

「すべてをよ。あたし、あなたからすべてを学びたいの」

「すべてを——かよ」クマさんはいやらしい笑いかたをした。

「それより……」ローズはいちだんと身をよせるようにちらりとクマさんを見上げた。「あたし……あなたにお願いがあるの……」

「なんだよ、いったい？」

「はずかしいわ、やっぱり。あんまり厚かましくて……今日、お友達になったばかりなんですもの……」ローズは眼を伏せた。

「てれるこたァないじゃないか。おれとおまえの間でよ」と、クマさんはもうイロ男気取り。「言いなよ」

「それより」娘はちらりと眼をあげた。「あなた、独身？」

来た！

おもわず顔のしまりがなくなりそうになるのを必死でおさえて、クマさんはつとめてさり気なく言った。

「そうだよ」

「あァ、よかった！」娘は眼を輝かす。

「それで——？」何喰わぬ顔で、イロ男はとぼける。

「お願いってなんだよ」

「でもさあ」ローズは恥しくてたまらぬという表情で相手の胸にほっぺを押しつける。「やっぱり……あたし……よすわ。ずうずうしいやつだって言われそうだから」

「いいから、言えよ。大丈夫だから」

「でも、あたしのお願い、聞いてくれる？」

「あァ、おめェの頼みならなんでも聞いてやるぜ」

「ほンと？」

「ほんとだとも」

「ほンとかなァ？」

「本当だってば——」

「約束してくれる？」

「おう、約束してやるとも」

「どんな約束でも？」

「もちろんよ、まかしときねェ」

「ほンとね？　信じられないのよ、あたし」

「くどいなぁ、男に二言はねェんだよ、ローズ」

「じゃ、あたし、思いきって言っちゃう、いい？」

「いいよ、言いなよ」

「それじゃ、ちょっとお耳を貸してちょうだい」

「ウン」クマさんはもうニヤニヤしながらその大きな耳をローズの口許へともっていった。

「ねェ！」ローズは甘い口調でクマさんの耳にささやいた。「あたしのお願い、聞いて！　〈クロパン大王〉の反動推進系エンジンの主機って誉《ほまれ》の31型でしょ。あれを、サ、火星の22型に換装したいの」

「？　？」

クマさんは、鳩が豆鉄砲を喰らったような顔をした。

「工廠にはたくさん、あるでしョ？」

「な、なんだって……？」

「そうよ、火星の22型にすれば、〈クロパン大王〉の推力は八〇パーセント増しになるもの……」

「そ……それを……こ……工廠から――？」

「ウン」

クマさんは青くなった。

「なんて、おそろしい……」

「やっぱりだめでしょうねェ……」ローズは眼を伏せた。「いいわ……ごめんなさい……あたしがいけないのよ……欲張りで。忘れてね――」

ローズはクマさんから離れようとした。

「オ、おい、待ちなよ……」あわてて彼は娘をひきとめた。「そんなに早まるなよ」

「でも、いいの」ローズは鼻をつまらせた気配、「忘れて」

「まぁ、そう言うなよ。おれはまた、独身かなんておまえが聞くからよ――」

「聞くから――？」ローズは、ケロリと眼をあげた。

「い、いや、その……」

「だって、一緒にダンスなんかして……、もし奥さんがいたらブタれるとこわいと思って……聞いたんだもの……」

「なあんだ……！」

「だって、あたしがあンたみたいなすてきな人の奥さんで、あンたとダンスをする小娘がいたら、あたしそいつをブッたたくわ！」

「かわゆいこと言っちゃって！」

クマさんは、軽くローズの肩を抱いた。

「うふン！　いやン！」

ローズは、可愛い拳骨でクマさんの背中を軽くたたいた。

「よし、ローズ、まかしときねェ」クマさんが言った。「エンジンの件はおいらがひきうけた」

「ほンと？」

「おうともよ！　まかしときねぇ」

「うれしいッ！」

ローズは、周囲がびっくりするような声をあげてクマさんの首ッ玉にかじりついた。

「よ、よしなよ！」彼はあわてて言った。そしてささやくようにつけ加えた。「目立つとまずいじゃねェか」

「ごめん」

ふたたび音楽がはじまり、二人は何喰わぬ様子でまた踊り出した。

「いいか、金平糖《こんぺいとう》錨地のおまえんとこの工場から、交換部品のコンテナがくるだろ。すぐ手配して、噴射推進エンジン用のコンテナを空のまま四個送らせな。主機は四基だろ？」

「うん」

「そいつを工廠のほうへ、間違えて届けさせるんだ」

「わかったわ、そうする」ローズはすなおに言った。

「ありがとう、クマさん！」

彼女は相手の頬ッぺにちょっと唇をくっつけた。

しかし、さすがにクマさんは浮かぬ表情である。

「しかしなあ……」踊りをつづけながら彼は小声で言った。「おれ一人じゃとてもやりきれねェ、他のやつらをどうまきこむか――だが……明日から……」

「あら、それは大丈夫よ」ローズがあッけらかんと言った。「もうまきこんじゃったわ。ほら！」

見ると、それぞれ工員と踊ってる五人の娘たちが、にっこり笑いながらいっせいにOKのサインをこっちへ送ってきた。

「少尉さんも――よ。ほら！　明日も手伝っていい許可が出たわ」

なンと！　メーテル・ドレスのお富と踊っている少尉が、ローズのほうへ、安心しろというサインを送ってきたのだ。

「あたし、ずーっとクマさんと仕事がしたいって、姐御《アネゴ》から少尉におねだりしてもらったの」

「？　？」

クマさんはすっかりどぎまぎしてしまった。

次の日から、修理作業はめだってスムースに進みはじめた。

女子工員が惑星上の野外作業に不慣れなため、完工遅延が発生するおそれがあるので――という名目で、石部金太郎少尉は工廠の六人に全面的協力を命じてくれたし、なにかと小うるさかった警備兵の態度もがらりと変わった。

〈星海企業〉の星涯《ほしのはて》市出張所が市内で調達したり、惑星・白沙《しろきすな》からじかに送りこまれる、大型交換部品をおさめたコンテナの数は、なぜか当初よりも大幅に増えてしまったが、べつに問題もなくアスパラ河岸の101工廠を経由して続々と搬入されてきた。

〈クロパン大王〉のあたりでは、娘たちの陽気な笑い声が絶えなかった。

正午になると工作艇が警笛を吹鳴して昼休みとなる。

食事は味も素ッ気もない一汁一菜の星系軍K糧食(平時野外作業用配食献立)だが、そこはそれ、半分が娘たち、味噌汁のボウルには娘たちがそこらで摘んだ野生のシソの葉が浮かび、通常なら電子加熱するだけの冷凍ハンバーグステーキも、不要になったチタン外鈑《がいはん》をよく拭いてその上に並べ、低温熔接ツールを使い、娘たち持参の天然バターでこんガリといためなおされるし、やはり娘たちが冷凍コンテナで持ちこんだ天然クリームのたっぷり入った特製のアイスクリームのデザート付きときている。

なにはともあれ、娘たちがむくつけき野郎どもひとりひとりに甲斐甲斐しくお給仕してくれるとなれば、さんさんと降り注ぐ日ざしの下でグループごとに別れての食事はたのしいピクニック気分、三、四日とたたぬうちに、しんみりと差し向かいでおかずを別け合うカップルもできてきた。もちろん、クマさんとローズなどそのはしりである。

「ねェ、あっちへお昼寝に行かない？」

警備隊から派遣されてきている星系軍伍長に声をかけたのは、ネンネと呼ばれている小肥りの大柄な娘である。

「？　？」

「まだ四〇分あるわ」

胸にぶら下げたクロノへちらりと眼をやりながら彼女は言った。

「そりゃわるくないけどよ」

まんざらでもない表情ながらも、そこは警備という職務上、そうあッさりのるわけにはいかない。

「宇宙船の周囲五〇メートル外には絶対に出るなと言われているだろうが」

「だからさァ」

大柄な体に似合わぬ子供みたいな調子で彼女は言った。

「五〇メートルより外に出れば誰も来ないじゃない？」

「ウ、うン」

「ねッ！　行こ！　こっそり……」

もともと嫌いじゃない伍長である。

ケロリとして、〈クロパン大王〉の裏側へまわりこむネンネの後を追って、「おい、おい、待てよ、そっちに行っちゃ……」とかなんとか、他には聞こえぬよう、さりとて職務上——という微妙な口調で言いながらやぶの中へとさりげなく入っていく。

「ラン、ラン、ラ、ラ、ラ、ラ、ラン、ラン、ラン………」と、ネンネは鼻唄を歌いながら上はもちろん、側面もべったりと巨大なプラシートでおおわれている区域のほうへと歩いていく。

「おい！　そっちには行くな！　そっちは絶対立入禁止区域だ！」

これは本音である。

あのテントの中がどうなっているのか、仲間うちでいろいろ噂になってはいるが真相は何もわからぬし、周囲に配置されている鋭敏な侵入感知機《センサー》とそれに連動する強力な火網の解除法は彼らもいっさい教えられていないのだ。

本当に危ない。

「おい、待て！」

「ラン・ラン・ラン……」

ネンネは踊るような足取りでそっちへ進んでいく。

「おい、止まれ、そこには侵入感知機が仕掛けてあるんだ！　そこを越えるとレーザー銃でやられるぞ！」

その声が聞こえたのかどうか、五〇メートルほど先の囲いへ歩いていった娘は、ひょいと向きを変え、ちょっと小高くなったやぶのほうへと進み、その頂上に一本ひょろりと立っている樹の下までくるとそこへ腰をおろして長々と脚を伸ばした。

とりあえずほッとした伍長も、彼女に追いついてとなりに腰をおろした。

「ああ！　いい気持！」

ネンネは両手をさしあげて大きく伸びをした。黄色の作業衣の上半身が豊かである。

「金平糖《こんぺいとう》錨地にいると青空なんてないから、ほんとに気持いいわア、あァ、草いきれって、いい匂いねェ！」

伍長は意味をこめて彼女へにじり寄った。

それを計算したように、ネンネはさっと体を退ける。

伍長はさらに迫る。

退きながらネンネはつづけた。

「やっぱり、住むとしたら星涯《ほしのはて》ねェ……。あたし、白沙《しろきすな》の生まれだけど、星涯《ほしのはて》ってほんとにすてき……。あたし、結婚するんなら、星涯《ほしのはて》の人にするわァ……」

「おい！」

農村の出らしい朴訥《ぼくとつ》な若い伍長は、もう、矢も盾もたまらぬという感じでネンネにせまった。

そのとたん、のんびりした口調とは打って変わった身軽さでネンネは、ぱッ！　と立ち上がりざま二、三歩とび退いた。そしていたずらっぽい笑いを浮かべて言った。

「おにさん、こちら、ここまでおいで！」

「ようし！　とッつかまえてやるぞォ！」得たりとばかりに、伍長も素ッ頓狂な声をあげてネンネと鬼ごっこをはじめた。

小高いちょッとした茂みを中心に、キャッキャと笑い声を立ててネンネは逃げまわり、伍長はせッせと追ッかける。

しかし、いくら身が軽いとはいっても所詮《しょせん》は女の子、なんどかスルリと伍長の腕をスリ抜けて逃げまわっていたが、ついに足をからませ、草の上にひッくりかえってしまった。やった！　とばかりに伍長がおいかぶさる。

「キャッ！　いやッ！　こわいッ！」

びッくりするような声をあげて、ネンネは伍長の腕の中で暴れまわった。

「おい！　おれの女房になってくれ！　おれは星涯《ほしのはて》生まれだ！」

「いやッ！　いやッ！」ネンネは必死で抵抗する。

そのとたんであった。

なにか、大きなネズミほどもあるものがネンネのポケットからとび出したかと思うと、そいつはそのちょっとした茂みの中をすばらしいスピードで走りはじめた。

一瞬どぎもを抜かれたすきをついて、ネンネは伍長の腕の中からとび出した。

その、まるでネズミのような物体はやぶを抜け、いっきにテントのほうへと走っていく。

「なんだ、あれは？」立ち上がった伍長が言った。

「メカイタチよ、あたしのマスコットなの、おもしろいでしょ？」ネンネはそう答えてから、はっと気がついたように言った。「つかまえなけりゃ！」

「やめろ！　あぶない！」

そのメカイタチとやらの後を追って走り出そうとしたネンネの腕を、伍長が捉えた。

「警戒ビームが走ってる！　ひっかかったらレーザー銃が四方八方から発射されて真ッ黒けだ！」

「でも――」

「待て、おれがいってやる！」

伍長がやぶをかきわけ、そのメカイタチとやらの後を追った。

しかし、二、三〇メートルをいかぬうちに伍長は急ブレーキでもかけるみたいな止まりかたをした。

「だめだ！　これ以上近づいたらおれたちがビームにひっかかる！」

「それじゃ、メカイタチはどうなるのよ？」

「ビームの最低地上高は二〇センチだから、あれなら、なんとか抜けるだろう……しかし……」

その先は例のプラシート・テントの囲いである……。

伍長は顔をこわばらせた。

そして、いったんは腰につけた非常電話機のスイッチを入れようとしたが、立っているネンネに気づいてあわててやめた。

こんなところに二人でいたことが知れたら……！

メカイタチそのものの姿はもう見えないが、テントのほうへ向かってザワザワと草の動きが延びていくのでその位置はわかる。テントまであと一〇メートル、九メートル……。

いまにも警戒ビームにひっかかってレーザー銃の一斉射撃がはじまるかと、伍長は蒼白に顔をひきつらせて見守るがべつにその気配もなく、ざわざわした草の動きはついにテントの中へと入っていった。地面すれすれにすき間があるらしい……。

「あァ……！」伍長が情けない声をあげた。「もうだめだ！」

一瞬後、
パッ！

そのメカイタチがとびこんだあたり、プラシート囲いの向こうで、なんだかわからないが眼のくらむような凄まじい閃光《せんこう》が起こった。

とっさに伍長は地に伏せた。

しかし……べつに爆発が起きる気配はない。

かなりたってから、冷汗でぐっしょりとなった体を起こすと、ネンネがそこに立っていて、つめたい表情でじっと見下ろしている。

「あんたのせいよ！」

「なんだ、なんだ、あれは？」

「知るもんですか！」

「じゃ、その、メカイタチというのは？」

「あたしのペットよ。機械動物よ、性能がよかったのに……」

「そんなものを……」

「だって、あんたがいけないのよ！　あんたがあたしを押さえつけたりするもんで、ポケットからおッこちたんだもの……」

「むむ」

「いいわ！」ネンネはぴしゃりと言った。「隊長さんに言いつけてやるから！」

「オ、おい、よせ！　よしてくれ！」伍長は真ッ青になった。「そ、そんなことされたら、おれは軍法会議で銃殺だ……！」

「知らないわよ！　いけないのはあんたじゃないの！　乱暴未遂よ！」

プーカ・プーカ・プウー……。

作業開始の警笛である。

「さァ、一時よ！　行きましょ。

あたし、隊長さんのところへ報告しに行こうッと！

ラン、ラン、ラ、ラ、ラ、ラ……」

ネンネはスキップしながら行ってしまった。

伍長は答える気力もなく、ヘタヘタとそこへすわりこんだ。

えらいことになってしまった……。

あのプラシート囲いの中がいったいどうなっているかは軍機に付されていっさい知らされていないが、その重大さがちょっとやそっとのものでないことは、この呆れるばかりの警備体制ひとつでよくわかる。

そして、プラシート囲いのすき間からメカイタチとやらがとびこんだとたんに起きたあの閃光のものすごさからして、なにかわからぬが、とんでもない事態をひきおこしたことに間違いはない……。

あぁ……おれの人生はおしまいだ……。もう銃殺だ……。

彼は顔をおおって体を震わせた。

なんということを……。

そのとたんである。

「さァ、行きましょ」

ネンネのあッけらかんとした声に、伍長は思わず顔をあげた。

「？　？　？」

ネンネがニヤニヤ笑っている。

「大丈夫よ、ちょっと、おどかしてみただけ」

「？　？　？」伍長はまだ口をきく気力もない。

「あのメカイタチ、今夜、居住区に帰ってからやろうと思って花火をくっつけてあったのよ。それがピカッ！と光っただけ。メカイタチは高温で熔けてしまったと思うわ」

深い安堵に全身から力が抜け果てた思いで、伍長はやっとつぶやいた。

「おまえ……おどかすなよ……わるさじゃすまないぜ……ああ……」

「いい？」ネンネはおかまいなしに言った。「ここのことは、二人だけの秘めごとにしとこうね、ネ！」

「う……うン」

「お富姐御《アネゴ》がうるさいのよ。男の子と二人でお昼寝しにいったなんてわかったら、田舎の母アさんが呼び出しくらっちゃうわ……。

さァ、行こ、ね！

あなた、そっちから行って。

あたし、こっちから遠まわりするから」

ひょろ、ひょろと、それでも深い安堵感にひたりながら遠ざかっていく伍長を見送ると、ネンネはおもむろにポケットの中から通信機をとり出し、西の尾根のすぐ上に白々とかかっている惑星・白沙《しろきすな》へとアンテナを向けた。

無理に出力を上げるつもりか、ケースの背に余分のエネパックが四個も張りつけてある。

「ピーター、ピーター、聞こえますか？　予定どおり、閃光弾は穴のなかで発光しました。いかがでしょうか？　あッ、チッチ！」

ネンネはあわてて通信機を放り出しかけた。

出力を四倍もあげているから、最終段はたちまち過熱してしまうのである……。

9

こちらは惑星・白沙《しろきすな》——

〈星海企業〉の基地から東へ一〇〇キロ。

深い樹林に囲まれたちょっとした平地だが、上空からよくよく眼をこらすと、巧妙に迷彩をほどこされた奇妙な小屋が建っている。それもおかしなことに、池の上に半分ばかり、その小屋がかかっているのだ。

その、かなり大きな小屋よりすこし離れたところを囲んでぐるりと柵がつくられ、さりげなく警戒機が配置されているらしい。

エアカーが数台止まっている。

言うまでもなく、以前に又八と甚七老が発見した例の穴である……。

乞食軍団が、タンポポ村みたいに穴をおおってこんな小屋を建て、人目を塞ぐことにしたのだ……。

小屋の中に床はなく、薄暗いむき出しの荒地。すでに陽の当らぬ雑草が褐色に変色している。

しかし、そんなことはどうでもよい。

奇怪なのは、その小屋の一角を占めている池である。

いや、それが池であった——ことを知っているのは乞食軍団の一味だけ。はじめて見た者にはそれが池だとはとうてい考えられないだろう。ただ、すっぱりと奇妙に切れ立つ水の壁の向こうは確かに池である。

そして、その壁のこちらには、奇怪な青白いものが半円形に地面を占めているのだ。

だが、それは、たとえば地面の穴に青白いものが満ちているというのではない。

とにかく、そこにはなんにもなく、その、なんにもなさが、青白いというか青灰色というか、なんとも形容のしようもない色というか、なんというか、とにかくそんなものとなってそこをふさいでいるだけなのである……。

その穴の縁近くに乞食軍団の男たちが立ち、搬入してきたらしい機器から伸びるケーブルの先をじっと見守っていた。

そのケーブルは、青灰色の、その、なんにもない虚無そのものの中にぶつりと切れているのだ……。

「……ふウむ……」

考えこんでいるのはロケ松である。

「……まあ、そりゃ、そうかもしれねェが……」彼はどうにも納得いかぬという表情である。

「しかし、とっつぁん」ピーターが脇から口をはさんだ。「そうとしか考えられないよ」

「……」ロケ松はまだ穴を見つめて考えこんでいる。

「〈冥土河原《めいどのかわら》〉で、〈クロパン大王〉ぐるみ、あの得体のしれねェ霧ん中へまきこまれた時に射しこんできたあの光は、それだね」

「……」

「それを頼りに船を持っていったらタンポポ村に出たんだろ？」と又八。「それは、おれと和尚がハインケルのサーカスを使ってタンポポ村の例の穴をおおってたプラシートをめくったとき、〈アフラ・マズダ〉衛星のミラーがあそこを照射した光よ、間違いねェ」

「しかし……」ロケ松はまだ納得しない。「しかし、日数が合わねェよ。おまえたちがプラシートをめくったのは、一カ月半も前だろうが」

「いや、だからのう」和尚が言った。「さっきから言っとるとおり、穴の中は別の時空。この世界の時間は、意味をまったく失っとるわけだよ、ロケ松」

「ふうむ……」

「だから、ネンネがタンポポ村の例の穴に、首尾よくメカイタチを追いこんで閃光弾《せんこうだん》の点火に成功したにしても、今すぐ、ここで見えるとはかぎらんわけだ。こことタンポポ村とがどんな関係になっているかもわからんのだから。いや、まったく見えんのかもしれん。あの白い鳥からして〈冥土河原《めいどのかわら》〉とここがつながっている可能性はあるとしても、こことタンポポ村とがつながっている手がかりはなにもない。タンポポ村と〈冥土河原《めいどのかわら》〉がつながっているにしても——な。

しかし、なにか、われわれの概念でははっきり言いにくいが、四次元的にいってこの空間には、無数の穴があちこちをつないどるような気がするわけだ」

「……ふむ……」

「この穴の向こうでは、われわれのいう因果関係そのものさえ意味をなさんのかもしれん。原因と結果が逆に起きることだってあるかもしれんのだ。だから、ネンネがメカイタチを送りこむ一週間も前から椋十《ムクジュウ》たちをこうして張りこませて、カメラを穴の中へおろしているわけだよ、その、霧とやらの中へ、な」

「ここへネンネのメカイタチがそっくり出てきたらおもしろいねェ」コンが言った。

「まぁ、そこまではうまくいくかどうか……」

「しかし、ここから冥土河原《めいどのかわら》へじかに乗りこめればおもしろいなぁ」ピーターがつぶやいた。「タンポポ村の連中がまだ生きているんなら、そっくりここへ救出できるのに……」

「まだまだ」なにかじっと考えこんでいたムックホッファが言った。「とてもそこまではいかん。われわれはこの穴に関して何も知らんのだ。星系政府側もまだ知らん。ただ、彼らも、この穴を制御することが何を意味するかについてはすでに気がついている。

彼らは必死だ。

いってみれば、タンポポ村の住民が救出されることなく次元のはざまに呑《の》みこまれるまま放置されたのも、彼らが、この穴に関するすべてを握ることの重要さをどれほど認識しているかのあらわれだ。

残念ながら、これが〈星涯《ほしのはて》〉星系の住民に幸福をもたらすとは考えにくい。

しかし、とにかく向こうも本気でかかってくるぞ。

たぶん、彼らはタンポポ村の穴の探査を始めるだろう。

それに、隠元岩礁《いんげんがんしょう》でのバニシング・エンジンの実験も、な。これが、穴の制御につながることは言うまでもない……。

今のところ、星系軍のそんな動きに対抗できるのはわれわれだけだ。

ことここに至った以上、われわれは、この二つの動きに独力で立ち向かうしかない。

それが、タンポポ村の住民救出にもつながるのだ。

もし、彼らがまだ生きていれば——のことだが……」

そのとき、又八のポケットの中で、通信機の呼び出しブザーが低い音を立てた。基地からの連絡である。

又八がスイッチを入れると、すぐに昂奮した声がとび出してきた。

〝タンポポ村のネンネの波を受けました！　予定どおりにメカイタチを放って、閃光弾は正常に作動したそうです！〟

「椋十！」ピーターは、すこし離れて機器の近くに集まっている若い連中に向かって声をかけた。

「来るぞ！　センサーから眼を離すなよ！」

椋十が手をあげて答えた。

男たちはそんな彼らへちらりと眼をやった。

常識ではとうてい考えられぬことが間もなく起きるのではないかと、彼らは今それに備えているのだが、それでも、なにかとんでもない勘違いをしているのではないか——という思いがふと、心をよぎるのだ。

あまりにも……。

まったく、あまりにもそれは常識を逸している……。

この奇妙な青灰色をたたえた穴の奥が、いまも小屋の外に出れば澄んだ沖天《ちゅうてん》に大きくかかる惑星・星涯《ほしのはて》の一点とつながっている——などということが、本当にあっていいのだろうか……。

あまりにも気違いじみている……。

あまりにも気違いじみているのだが、それでも、彼らの理性のかなりの部分は、すでにこの一見して気違いじみているとしか思えぬことが、決して気違いじみてはいないと断言できるだけの自信みたいなものに支えられているのだ……。

しかし、それにしても……。

そんなみんなの思いを振り切るように、ムックホッファがつぶやくように言った。

「パムはどうしている？」

「ジミーに見張らせています」甚七老が言った。

「……」ムックホッファがうなずいた。「両親が恋しいのはわかるが、無謀な真似をされると取り返しのつかぬことにもなりかねんからな……。あの白鳥につけた手紙のおかげで、虎造とキチはあやうく殺されるところだった……」

「……」みんながうなずいた。

「しかし」甚七が言った。「星系軍の密偵が他にも送りこまれとる可能性は充分にありますな」

みんながうなずいた。

「用心しなけりゃならねェ」ロケ松がつぶやいた。「仲間うちに送りこんでくることだって、将来は覚悟しなけりゃなるめェ」

「うむ」ムックホッファが低くつぶやいた。「その可能性も考えておかなければなるまい……」

その日の夜中——
交替でその小屋につめている椋十が、穴の中へおろしてあるセンサーが強い閃光を感知したと知らせてきた。

そして次の日の朝——
縛りあげられ、さるぐつわを嚙《か》まされてすッころがされているジミーの傍に、一通の手紙が落ちていた。

おかしらさま
ごめンなさい。

でも、あたしはあの穴から母ちゃんと父ちゃんを捜しに行きます。
あたしのために、みんなを、ほんとにおそろしい目にあわせてしまいました。
とくに虎ちゃんとキッちゃんは殺されるところでした。
もう、これ以上、めいわくはかけられません。
なんとか、あたしひとりで穴に入ってみます。
たぶん冥土河原《めいどのかわら》に行けるんじゃないかと思います。
ほんとにいろいろとありがとう。
ピーちゃんとコンさんにもよろしく。
ロケ松おじさんにはもちろんです。
ご恩は一生忘れません、
いずれお礼をします。

パム

10

「この盗ッ人めが！」

１０１工廠の執務室へしょッぴかれたお富に向かって、石部金太郎少尉はどなりつけた。

彼はもう、すッからかんに激怒している。

「エンジンはそっくり星系軍の新品とすり替える！　航法システムも通信システムもいつの間にか改修されている！　おまけに、融合炉のオーバーホールなどいったい、誰が許可した！　工廠の機材を使って……！」

しかし、お富のほうは落ち着き払っている。

「本当にお世話様になりました。娘たちもみなさまのご好意に心から感謝いたしております」

「な！　なにを言うか！　なにをとぼけとるのか！　この盗ッ人めが！」

「べつに」

「べ！　べつに——だと！」少尉はもう怒髪天《どはってん》を衝く形相である。

「よし！　すぐ憲兵隊へ引き渡してくれるぞ！　ズベ公ども全員も一緒だ！」

「それはご自由ですけど、かえってお困りになるのはそちら様じゃございませんこと？」

「な！　なんだと⁉」

「お困りになるのはそちら様じゃございませんか——と申しあげておりますの」

お富は、じっとその若い少尉の顔を正面から見すえた。

「困る——」彼は、落ち着き払った相手のペースにまきこまれて、ちょっとクールになった。

「工事は予定より三日も早く完成いたしました。工廠のみなさまのご協力で……。

なにしろ、大修理は衛星軌道工場みたいな〇《ゼロ》gでやるように設計されている船ですもの。地表でやるときは、そっくりユニットで交換するしかありませんわ。それで工廠のみなさんにご相談したら、こんなぼろエンジンの交換ユニットやアッセンブリーなんかありゃしないとおっしゃって、工廠の員数外品を融通してやろうと……」

「工廠のやつらもグルか！」あまりの怒りに少尉は椅子を蹴って立ち上がった。

「グルなんておっしゃらないでくださいましな」お富はそんな相手に嬌然《きょうぜん》と笑いかけた。「みなさんが、可哀相な女の気持を汲んでくださっただけのことなんですもの……」

「お、おんなの気持だと⁉　何を抜かすか！　この、こ、この……」石部金太郎少尉はもう拳をわなわなと震わせている。

「やつらも逮捕させる！」

彼は机上の電話機をとりあげた。

「まったく、なんというやつらだ！」

しかし、憲兵司令部のコードをアクセスしながら何気なくお富のほうへ眼をやった彼は、思わず途中でその手を止めた。

お富の落ちつきかたが無気味なのである。

「……？……」

「……え？……」

どうかなさって……？

お富の眼がそう言っている。

べつに……！

そんな彼の心を読み取ったように彼女は言った。

「お困りになるのはそちらじゃございませんこと？」

「どういう意味だ⁉」

「だって、あなたも責任者でいらっしゃるんでしょ。もしも——」

「黙れ！」少尉は一喝《いっかつ》した。

そんなことは大した問題ではない。

たしかに自分はこの作業の指揮官だが、今の段階で関係者を憲兵隊に検挙させれば未然に不祥事を食い止めたわけで、まあ、監督不行届のかどで始末書を一通出すことにはなるんだろうが、とにかくそのあたりで一件落着だ。もしもこれがきっかけでその〈星海企業〉とやらの背後関係がいもづる式に明らかにでもなれば、逆に褒賞ものになる可能性だってないわけではない。

しかし、どうも、この、年齢不詳の美女の落ちつきぐあいが、へんに薄気味悪いのである。

そんな彼の心のうちを読みとったように、彼女はつぶやくように言った。

「本当に感謝しております」

また場違いなことを……。

「？　？」

「あやういところを助けていただいて……」

「なんのことだ？」

「わたくし、星系軍憲兵のお縄をちょうだいすることになるのなら、その前に、ちゃんとしておきたいと思いますの」

「なんのことだ！　いったい？」いらだたしい思いで少尉は言った。

「無重力状態での作業しか経験のない娘が、この惑星での修理作業で足を踏み外して転落死するところを抱きとめてくださいまして……」

お富は一枚の小さな写真《ヴィジ・シート》を差し出した。

「あッ！」

少尉は思わず大声をあげてしまった。

タンポポ村における〈クロパン大王〉修理作業の第一日。司令部の命令に違反して、機関部で〈星海企業〉の女子工員を手伝ってやっていた工廠員を痛めつけていた折も折、上部構造物から足を踏み外して落ちてきた下着一枚の娘をあやうく抱きとめた。あのとき、誰かが写真を撮ったのだ。

事情はまさにそのとおりなのだが、なにしろ狭苦しい主機の熱交換機のすき間である。ひどく条件のわるいなかで撮られたそのヴィジ・シートだけを見れば、機関部の狭間で、星系軍少尉石部金太郎が、下着一枚の娘を手ごめにしている現場をとっておさえられた――としか思えない……。

はかられた！

いくら説明しようとしてみたところで、静電気の帯電が危ないから下着姿で作業するなどというバカなことは、すくなくとも星系軍工廠における作業手順にはあり得ないのである……。

おそらく、この〈星海企業〉なるどこか得体の知れぬ会社の整備工場でもこんなことはあり得ないのに違いない……。

見事にハメおって……。

度胆を抜かれた思いで呆然としている石部金太郎少尉に向かって、おもむろにお富はとどめを刺しにかかった。

「わたくし、人命救助で表彰を司令部に申請いたします。せめてものわたくしどもの感謝の気持でございます」

「よ、よせ！」

「いえ、大丈夫ですわ。わたくしが事情を説明いたしますから。奥様にも――」

「ば、馬鹿な！」

「だって、このヴィジ・シートだけをご覧になったら、これはもう――」

「わ、わかった！　もう黙れ！」

「わたくし、現場に居合わせたわけじゃございませんから、どこまで納得いく説明をしてさし上げられるかわかりませんけど――」

「で、出ていけ！　もう、よい！　そのヴィジ・シートは破棄しろ！」

「ほんとに謙虚なかたでいらっしゃること……。それじゃ、そうさせていただきますわ」

お富はにっこりと笑いかけた。

「それで、わたくし、憲兵隊へつき出されますの？」

星涯《ほしのはて》の抜けるような青空へ向かって垂直に定位された宇宙船〈クロパン大王〉は、すでに損傷部分の修理を完了して、まるで新造船のようにピカピカに輝いていた。

全長一一五メートル、その下から三分の一ほどの側面に張り出している反動推進系は、旧式の誉《ほまれ》31型改から火星の22型、それもまッさらの新品に換装されており、霞《かすみ》2型の四速クラスター・ノズルも、いつの間にやらそっくり無段変速の最新型に替っている。

予定より早く完工して余った三日間は、転移システムやタイム・エーテル推進機の整備に費やされた。そして、ずっと前になくなったまま、補充をめぐってつねにお富と甚七の喧嘩の種であった救命システム・パックも、いつの間にやら、星系軍のマークを消したごついやつが二〇基、堂々と舷側に固着されている……。

「本当にお世話様になりました。お礼の申しようもございません」

関係筋への挨拶まわりをすませて星涯《ほしのはて》市から戻ってきたお富は、〈クロパン大王〉のラッタルの下で憮然《ぶぜん》としている石部金太郎少尉に向かって深々と頭をさげると、次の瞬間、さっと少尉の体を固く抱き締めた。そして熱いキスをおくった。

それをきっかけに居合わす娘たちは整然と進み出て、それぞれ見送りの工員や警備兵一人一人をひしとかき抱き、唇を相手に押しつけたのだった。

まるでGALパックの花嫁修業《おとこあさり》ツアーにでも出かけるような華やかさで娘たちが乗りこみ、間もなく宇宙船〈クロパン大王〉は轟然《ごうぜん》と離昇した。

峠まで避退して見送る男たち全員の耳には、まだ、娘たちの熱いささやきが生々しくこびりついていた。

〝ヤバくなったら、すぐ白沙《しろきすな》にでも金平糖《こんぺいとう》錨地にでも逃げてくるのよ！　いい？　あたいたち、ちゃんと面倒みるからねッ！〟

ずっと後になっての話だが、彼らの何人かは本当に〈星海企業〉へ移り、このときの娘と夫婦《めおと》になったのもいるという。他ならぬ石部金太郎少尉もその一人なのだが、それはまだずっと先のことである……。

11

「ねェ！　ちょいとはアさん！　ゲンゴロさん！」

「ウン？」

星系軍の橋田玄五郎兵曹長は、いつになく甘いママの声におもわず顔の締まりをなくしながら身をのり出した。

ここは星涯《ほしのはて》市の北東部。鯛巻川に沿った工場区にひしめく飲み屋のひとつ。〈千鳥〉。星系軍の第101工廠、通称アスパラ河岸に勤務する橋田兵曹長なじみの店である。

つい半年ほど前に開いたそんな大きな店ではないが、場末には似合わぬ垢抜けのした娘が多く、三〇前後と思われるママを目当てに通う客も多いらしい。

その、小柄だがなかなかの器量であるママに、いきなり、はアさん、ゲンゴロさんと声をかけられて、兵曹長はもうすっかりいい気分になってしまった。どうやらおれの渋い男ッぷりに惚れやがったな、無理もねェ……。〈星海企業〉の小娘どももといいなんといい、ここんとこおれのもてようもいよいよ本格的だ。どうも忙しくって仕方がねェ。これがイロ男の辛さってやつか……。

「なんだよ、え？」兵曹長はニヤつきながら言った。

ママはカウンター越しにじッとこっちを見つめていたが、突然、あッけらかんとした大きな声で言った。

「あんた、工廠の大型ロケット・エンジンを四基もかすめたんだって？」

「ゲッ！」

兵曹長は跳び上がった。

「オ、おい！　静かにしねェか！　なんてことを！　大きな声で――」

彼はあわてて周囲を見まわした。

さいわい、店の中はがらんとしている。

「イ、いったい、ど、どこからそんなことを……」

「来たわよ」ママはニヤリと笑った。

「ナ、なにが!?」

「憲兵がさ！」

「ケ！　憲兵！」もう兵曹長は腰を抜かさんばかり……。

「そうよ」ママは落ち着き払っている。「それもあんた、"置いてけ堀"（星涯市の"置いてけ堀"に検察関係の役所があつまっている）よ。軍5局よ！」

「ゴ、5局！」兵曹長は真っ蒼になった。

「そうよ、地区憲兵隊なんかじゃなくって司法検察局よ……」

「……」

「なにをやったのさ、はアさん？」

「ム……ムウ……」橋田玄五郎兵曹長はもう脂汗をダラダラ流している。

「え？　憲兵はもう証拠固めを終わった口ぶりだったわよ」

「ママ、おれちょっと――」兵曹長は腰を浮かせた。

「およしったら！」

ママはあわてて立ち上がった橋田兵曹長の腕を捉えた。

「もう何人も張りこんでるわよ。へたに動くとすぐパクられるわよ」

「ド、どうしよう……？」

兵曹長はもう膝をガクガクさせている。

ママは、そんな彼の様子をしばらくじっと見つめていたが、やがて言った。

「はアさん、あんた、ほんとにやったの？」

「……」はアさんはもう口をきく気力もなくしている。

「すなおになりなさいよ、え？　はアさん。力になったげるからさ……」

「……」

「逃げ道もないじゃなし……」

兵曹長はうつろな眼をあげた。

「なんか手があるのか、ママ？」ひどく弱々しい声である。

「それよりもさア」軽く受け流したママは落ち着き払っている。「そのあわてかたじゃ本当なんだろうけど、どうしたのよ、いったい？　ロケット・エンジンといや、大きなもんじゃない？　それを」

「た、頼まれたンだ……」

「誰に――？」

「〈星海企業〉に――」

「〈星海企業〉って、ジャンク屋？」

「まあ、そんなもんだ」

「お金が欲しかったの？」

「い、いいや、頼まれたもんで」

「あア、そうか。あそこから来てた女の整備員たちね」

「……」兵曹長はうなずいた。

「なアんだ、色仕掛けにひっかかったのか」ママは、急に関心をなくしたような声をあげた。「あたし、つまんないや……」

「お、おい！　聞けよ！　あんまり向こうに頼まれたもんで仕方なくやったんだ。タンポポ村の宇宙船を――」

兵曹長はあわてて口をつぐんだ。

「知ってるわよ。あそこに墜落した宇宙船《ふね》でしょ？」

「……」

「あそこにエンジンを四基も融通したってわけかァ！」

「おい！　声が大きい！」

「司令部がおこるわけさね」おかまいなしにママが言った。「無理もないわ」

「お、おい！」

「略式裁判で閉廷後すぐ銃殺だって。もう判決ははじめからわかってるんだって――さ。言ってたわよ」

「ママ！　頼む！」兵曹長はほんとに手を合わせた。

「なんとかしてくれ！」

「今となッちゃ、逃げきれるかどうか……」ソッポを向いたママは溜息を洩らした。

「な、なんとか頼む！　白沙《しろきすな》に逃げこみゃ、〈星海企業〉が――」

「だめよ、いずれはあそこもやられるわ……」

兵曹長は、うめき声をあげてカウンターに顔を伏せた。

「でも、はアさんにできるかなァ？」ママはひとりごとのようにつぶやいた。

「え!?」兵曹長は、はッ！　と顔をあげた。「なにが

「?」

「なにが——はないでしょ？　助かる方法よ」

「お、教えてくれ！　このとおりだ！」彼は手を合わせた。

「じゃ、教えてあげるわ。決死隊に志願するのよ」

「け——決死隊？」

「うちの兄貴から聞いたんだけど、星系軍じゃ、どんない、わるでも逮捕される前に決死隊に志願すると、憲兵もその間は手出しできないんですって」

「……」

「外に出たらすぐにパクられるから、ここから電話で志願するのよ」

「……しかし……決死隊と言っても……」兵曹長は覚束《おぼつか》なそうに言った。「戦時じゃなし……そんなに……」

「ちょっと耳に入ったんだけど、タンポポ村の洞穴——とかを探険する計画があるっていうじゃないの」

「洞穴——？　あ！」橋田兵曹長は蒼くなった。「あれか……」

「それに志願するのよ」

「……」

「どうしたの？」

「……あそこに入るんじゃ」兵曹長は泣きそうな声を出した。「死ぬも同じだ……。タンポポ村の住民だって……みんな——」

「あたしはなんにも知らないわよ」ママは言った。「でも、いまここへ憲兵が踏みこんできたら、明日の今ごろあんたはもう土の下よ。さもなきゃもう焼却が終わって白い骨になってる頃だわ。あんたがどっちをえらぶかだけど……」

「お、おい！」兵曹長はママの腕を捉えた。「お、おしえて、く、くれ！　どうすればいい？　どうすればいいんだ!?」

「どうすれば——って？　なによ？」

「け、決死隊に志願する方法だ！」

「あんた志願する？」

「す、する」しかし、兵曹長は反射的にそう言ってから、ふたたび顔をこわばらせた。「だけどなあ……」

彼は深い溜息を洩らした。

「どうしたの？」

「おまえは知らねェからそんなことを言うけど、あの穴に入ります——なんぞと志願するのは死ぬも同然で——」

「バカねェ、はアさんたら！」ママはけろりと言った。

「え？」兵曹長は眼をあげた。「な、なんだって？」

「バカねェ——って言ったの」ママは落ち着き払っている。「穴だかなんだか知らないけど大丈夫なのよ、ちょっと耳をお貸し」

ママはそのきれいな口許を兵曹長の大きな耳へ近づけてなにごとかささやいた。

そのとたん、兵曹長の顔には深い安堵《あんど》の表情が浮かんだ。

そして物も言わずにカウンターの電話機をとりあげると、彼は軍回線の交換をアクセスした。

そして、さすがにひどく緊張した表情を浮かべながらどこやらと堅苦しい態度でなにか話していた兵曹長がやっと送受話機を置き、どっと全身の力が抜けたようにカウンターへ両ひじをついたとたん、店のドアがぱッ！と開いた。

男が一人、ぬっと入ってきた。

「橋田玄五郎！　窃盗容疑で逮捕する！」

鋭い眼つきをした私服の若い男は、内懐から星系軍5局（司法検察）のバッジをちらりと示した。

そのとたん、兵曹長はカウンターにしがみつきながらしゃがれ声をあげた。

「ま、待て！　逮捕しねェでくれ！　おれは特別任務を志願した！　逮捕はできねェはずだぞ！　特別任務だ！　決死隊だぞ！」

「なに？」相手はちょっと拍子抜けした表情を浮かべた。「特別任務？　いつ志願した？」

「今だ、今だ、たった今だ！」

「……」鋭い眼つきの男はちょっとママのほうへ眼をやったが、すぐ橋田兵曹長へ戻した。「どこへ志願した？」

「さ、参謀本部だ！」

男は黙って電話機をとりあげて何人かの相手と次々に話していたが、やがて送受話機を戻して兵曹長のほうへ向きなおった。

「きわどいところで命を拾いおったな、橋田玄五郎……」

「ム、ム、そりゃ……」兵曹長は必死でおちつこうとつとめている。

「うまく法の抜け穴をみつけおった」男は言った。「となれば、あとはその特別任務達成後のことだ。その間、身柄は拘束しないが脱走などは企てんほうがいいぞ。星系軍5局の監視下にあることを忘れるなよ」

それだけ言い捨てると、振り向きもしないで男は出ていった。

全身の力が抜け果てたように、橋田玄五郎兵曹長はカウンターの椅子にへたりこんだ。

かなりたってから彼は弱々しい声で聞いた。

「おい、本当に大丈夫なのか？」

ママは、冷凍パックのマイタイ原液を急速減圧しながら眼をあげた。

「それはやってみなけりゃわからないわよ」

彼女は、キラキラした氷塊まじりに変化した酒を手早くグラスに移しながら言った。

「でも、あたしの言うことを聞いてなけりゃ、今ごろあんたは、もう遺書作成を命じられてるわよ、きっと」

「……」

「とにかく、ちゃんとやってあげるから安心してなさいよ、ね、はアさん……」

「……」

それにしてもいったい――

弱々しくうなずきながら、橋田玄五郎兵曹長は思った。

ただの酒場のママが、なんでそんな手を――？

しかし、このさいそんなことはどうでもよかった。ただ、ママが耳打ちしてくれたその企らみがうまくいくことを祈る以外なにも考えられなかったのだ。


それから一〇日目……。

タンポポ村……。

早朝、タンポポ峠を越えて大型エアカーが三輛、いっきに盆地へ進入してきた。

そして、例の場所に近い警備兵詰所前に停止した。

兵員輸送車の前部緩衝枠につけられている所属標示は〝統参7〟。星系軍統合参謀本部第7局〈対敵諜報〉である。工作車と通信車のほうは、いずれもダークブルーの星系航空軍A種塗装だがその所属標示はさり気なく塗りつぶされていて、よく眼をこらすと〝1航技〟の字が読みとれるところを見ると、星涯《ほしのはて》市にある星系航空軍・第一航空技術廠のものらしい。

車から降り立った七、八人の要員は、事前に連絡を受けて待機していたらしい警備兵にそれぞれＩＤを示し、身許確認を受けると機材を持って警戒線のほうへと近づいていった。

雑草の茂るなかに高さ一メートルほどの支柱を介して、プラシート・カバーが約五キロ四方にわたって例の穴をびっしりとおおいかくしている。

かつて和尚や又八、それにハインケル曲馬団のバカヂカラオトカゲによってひきはがされ、その後〈クロパン大王〉につき破られたりするたびに、このおおいはいちだんと厳重なものに強化されてきたらしく、いまやそれはプラシート囲いの巨大な小屋を思わせるほどになっている。

警備隊も接近することは禁止されているらしく、いま、先頭に立って案内する警備兵もおっかなびっくりである。

なぜか軍装ではない民間用作業服姿なので階級はわからぬが、指揮をとっているのはあきらかに佐官級の年格好である。

彼は、プラシートの側面に一枚だけとりつけられている軽金属製の簡易ドアへと近づき、厳重に施されている封印を外し、錠を開けると、腕の時計《クロノ》へちらりと眼をやった。

一方、止まっている兵員輸送車の中では、橋田玄五郎兵曹長が命令どおり、座席についたままじっと待機していた。今朝、出発前に知って仰天したのだが、この特別任務に志願した者はもうひとりいた。

例の〈クロパン大王〉の修理作業の際、このあたりを警備していた星系軍の兵長である。言葉をかわしたことはないが、顔には見おぼえがある。おたがいに口をきくことは厳禁されているので聞きようもないが、おそらく、彼と同じような顛末なのだろう。なにかが露見しかかって、あわてて志願したに違いない。

つまり、二人で穴に入ることになるわけか……？

だが――

本当にママが耳打ちしてくれたとおりことは運ぶのだろうか……？　大丈夫だろうか……？

もし……？

うまくいかなかったら……？

もしも、あのプラシート囲いの中にぱっくり口を開いているという穴の中へ、本当に入らなければならなくなったら……。

そう考えたとたん、橋田玄五郎兵曹長はふるえ上がった。

その穴とやらがいったいなんなのか、いったいどこに通じているのか、とにかくなんにも彼は知らないのである。

彼だけではない。

101工廠の内務班で知っているものは一人もいない。兵隊仲間というものは、どんな国家機密だろうが司令官の女出入りだろうが、とにかくそれだけの値打ちのニュースがあるとなれば、即座に、司令部放送系の一般状況日報など比較にならぬ素速さであッという間に伝わってしまうものである。

タンポポ村でなにか起きた――ことも、彼はその日のうちに知った。

ただ、それがいったいなんなのか、普通なら次の日にもすべてが明らかになるのに、これがとにかく今に至るまで全然わからないのである。あれからもう一年もたつわけだが、漠然と伝わってきたのは、要するにタンポポ村に大地すべりかなにかが発生して大穴が開き、大変な数の死者が出たらしいことぐらいのもので、その存在を、軍・政府関係機関すべてがひた隠しにしているその隠しぐあいのただならぬ厳重さは、この一件の重大さ・異常さがちょっとやそっとのものではないことを裏づけるものであった。疫病が発生した……という噂もあったが、これが関係筋から意図的に流されたものであることはすぐにわかった。

それに、工員や出入り商人などで、タンポポ村――という言葉を口走っただけで憲兵にひっぱられる事態がここ一カ月ほど続発しているのも、ますます機密保持が厳重になりつつある証拠だろう。

そして一〇日前、あの〈千鳥〉という飲み屋から、ママの言うとおり、星系軍参謀総長の副官に対して、それこそ決死の思いで特別任務に志願したときも、相手がおどろいたのは彼のそんな意志よりも、彼自身が穴の存在を知っているという事実だったらしく、指示どおり次の日に統合参謀本部へ出頭した時も、その点について厳しく取り調べられ、彼は、ただ、工廠内で噂を耳にして——ということで押しとおしたのだった。

　彼は、そのまま厳重な監視つきで他との接触をいっさい絶たれ、その間に向こうは志願のきっかけとなった例のロケット・エンジンの件なども徹底的に調べ上げたのかもしれないが、これについては何も言われず、軍5局の捜査員もいっさい接触してはこなかった。

　あのとき、ママが安心していろと耳打ちしてくれたのを頼りに、彼はそれほど心配もせぬままこの一〇日間をすごしたのだが、いよいよここまでくるとさすがに気が気ではなくなってきた。

　〈クロパン大王〉修理作業のさいに、何回か現場に行ってはじめて垣間見たあのプラシート囲いの中にはいったい何があるのか……？

　厳重にブラインドがおろされているので今は何も見えないが、あの中にある穴とは……？

　志願の翌日に行なわれた訊問の端々から、とにかく穴が存在することはたしかなようだった。

　しかし、それ以上のことはわからない。

　もし、わかったことが他にあるとすれば、それは、その穴の中へ入る——という行為が彼の想像をはるかに超えた恐ろしい、危険なものらしいという事実くらいのものである……。

　そのことが、今になって急に橋田玄五郎兵曹長の心を締めつけはじめた。

　たとえ何千人を呑《の》みこもうと、地滑りの大穴くらいで星系軍があわてるわけはない。

　本当に……いったい……あそこには……。

　大丈夫だろうか？

　本当に、そこへ入らなければならなくなったら……。

　彼は、離れたところにじっとすわっているその星系地上軍の兵長へちょっと眼をやった。まだ若い男だが、無表情にじっと黙りこくっている。

　思い切って聞いてみようか？

　なにか知っているのかもしれない……。

　彼がそう決意して腰を浮かしたとたん、エアカーのドアがぱッと開き、まぶしい外光が射しこんできた。

「橋田兵曹長」作業服姿のその男は、階級章をわざと外しているが、たしか航技廠の少尉である。「装具をつけよ」

「はッ」彼は立ち上がった。

「工作車のなかに宇宙服が用意してある」

　宇宙服……？　いったい、なぜ……。

「その前にもういちど確認しておく」

　出入口のほうへ歩き出したとたん、少尉が言った。

「この任務が志願であることはわかっているな？　貴官の意志に変わりはないな？」

「は！」

「志願をとり下げるとすれば、これが最後の機会だぞ」

「……は……！」

「いいのか？」

「……」

　とたんに橋田兵曹長は、あの鋭い眼をした軍5局の捜査員の顔を思い出した。

　なにがなんだろうとあいつに逮捕されるよりはましだ。どんな拷問を加えられるかわかったものではない。

　ママを信じよう……。それしかない。

「は！　意志には変わりありません！」

「よし！　かかれ！」

「は！」

　くらくらするような陽射しのなかに降り立って工作車のほうへ歩きはじめたとき、同じように、少尉があの星系地上軍の兵長の意志をたしかめる声が聞こえてきた。

　それから一〇分後、工作車のなかから宇宙服姿の橋田兵曹長があらわれた。防眩用フェースプレートがおろされて顔は見えないが、〝航技廠・３４７号〟のナンバーが入った旧6号式宇宙服で、大きなショルダーパッケージにはなにやら測定機械がつまっており、電送カメラを持たされている。

「よし、用意はいいな？」少尉は手にした命綱に撚《よ》りこんである通話ケーブルのコネクターを宇宙服の腰に接続してから送話機に向かって言った。

　宇宙服がうなずく。

「返事をしろ！　聞こえるか？」

〝はい。聞こえます〟

　ひどく歪《ひず》んだ音で返事がかえってきた。

「よし、ついてこい」

　プラシート囲いのほうへ歩きはじめた少尉のあとから工作兵に助けられながら、橋田兵曹長は雑草の間の小道を歩きにくそうに進んだ。

「よし、頼むぞ！」

　佐官級とおぼしき指揮官が、簡易ドアのところで兵曹長の肩を大きくたたいた。

　宇宙服がちょっとうなずいた。

　プラシートを透して射しこむ淡い光の中に、なにやら、まるで巨大な湖のように大きな凹みがひろがっている……。

　穴である。

　ただし、空《から》——というわけではない。

　なにかがつまっている。

　もちろん水ではない。

　青灰色をしている——という以外、なんとも形容のしようがない。それが物体なのかどうか、たとえばそこに大空がひろがっているだけなのかどうか、いや、そのどちらでもないことだけはたしかなのだ……。

　その、穴の縁からすこし離れたところに立つ宇宙服姿の橋田兵曹長に向かって、少尉は電話で指示した。

「いいな、命綱の端はここで固定する。そのまま入っていけ。状況を逐一、口頭で報告せよ。なにか異状があったら自分の判断で行動せよ。必要とあればただちに引き返す。いいな」

　宇宙服はうなずいた。

「装具に異常はないな？」

　宇宙服はもういちどうなずいた。

「よし、かかれ！」

　もういちどうなずいた兵曹長は、ゆっくりと穴の縁に向かって歩き出した。すっかりおびえたのか、工作兵はそこに立ちどまって命綱を繰り出すだけ……。

　青灰色をたたえたその穴の縁まで近づくと、さすがに宇宙服の橋田兵曹長はたじろぐ様子だった。

「こちらターゲットQ、どうぞ」作業員の一人が地上にすえられた通信機のマイクに呼びかけた。

〝ターゲットQ、どうぞ〟どこからなのか、待ち構えたように声が返ってきた。

　作業員のマイクを指揮官がとりあげた。

「ただいまから入ります」

〝よし、ご苦労〟向こうも別の声に替っている。〝くれぐれも用心するように〟

「はッ、伝えます」

　指揮官は手持ち電話機を持っている少尉のほうへ眼くばせした。

「橋田兵曹長」少尉は電話機に向かって言った。「北畠《きたばたけ》閣下からのお言葉を伝える。〝くれぐれも用心するように〟以上だ。かかれ」

　思い切ったようにうなずき、宇宙服の兵曹長は行動を起こした。彼は穴の縁いっぱいまで歩み寄り丹念に足許をたしかめると、ゆっくりと後ろ向きになり、そこに打ちこまれている一本の杭につかまったまま静かに右足をおろした。

　青灰色をしたそのなにかの中に差しこまれたとたん、兵曹長の右足は見えなくなった。

　水のなかに突っこむのと違って、足は、その縁を越えたとたんまるで切り離しでもしたように見えなくなる。つまり、そのなにかは完全な不透明なにかなのである。つづいて左足が差しこまれ、ずぶずぶと見えなくなっていく……。

　居合わすみんなは、水に入るのとはまったく異質な、なんとも気味のわるいその光景をただ、じっと見守るだけである。

「大丈夫か？」少尉はかすれたような声で呼びかけた。すでに腰のあたりまで消えはじめている宇宙服のヘルメットがうなずいた。

　繰り出される命綱に従って、兵曹長の宇宙服は胸……肩……首許……そして、ヘルメットが半分……全部……、ふッ！　と消えた。あとには波紋もなにも残らない。ただ、命綱だけがゆっくりと伸びていく。

「大丈夫か？　なにか見えるか？」少尉がせきこんだ。

〝なにも見えません〟地上に置かれたスピーカーに歪んだ声がかえってきた。

　命綱が伸びていく。

「どうだ、様子は？」

〝なにも見えません〟

「なにも見えないのか？」

〝なにも見えません〟

「命綱はもう三〇メートル繰り出しています」綱を持つ作業員が心配そうに言った。

　少尉もこわばった表情でうなずいた。

　命綱が六〇メールを超えるまで、交信は同じようにつづけられた。

「なにも見えんか？」

〝なにも見えません〟

「よし、いったん引きあげるか」少尉が不安そうにそうつぶやいたとたんであった。

　宇宙服との交信を増幅して居合わす全員へ伝えている小型スピーカーから、だしぬけに凄まじい絶叫が伝わってきたのである。

「どうした！　おい！　橋田！　どうした」少尉は顔をひきつらせて叫んだ。「聞こえるか！　しっかりしろ！」

　しかし、その絶叫は五秒ほども続いたあとでぴたりと止まり、しーんと静まりかえった。

「おい！　橋田！　返事をしろ！」

「命綱を――！」綱を持った作業員が叫んだ。彼も蒼白である。

「よし！　ひけ！」

　作業員は必死で命綱を引きあげはじめた。

　綱はするするとあがってくる。

　ところが一〇メートルもあがったところで、命綱はぷッつりと切れている！

「おおッ！」

　居合わす一同は蒼くなった。

「橋田！　橋田！」少尉はなおも叫び続けたが、命綱と一緒に通話ケーブルも切断されていることに気がついて言葉を呑んだ……。

「……」一同は暗然となった。

「無線は！　宇宙服のヘルメット無線は！」指揮官が叫んだ。

「だめです！」少尉が答えた。「穴の中に電波は届きません！」

「……」あたりはしーんとなった。

　だしぬけに口を開いたのは指揮官である。

「予備要員を入れろ！」

「しかし――」少尉がたじろいだ。

「かまわん！」指揮官が叫んだ。「すぐに入れて様子をさぐらせろ！」

　すぐ、兵員輸送車に待機していたもう一人が宇宙服姿で現われた。

「用心しろ！　なにか見えたら細大洩らさず報告するん

だぞ」

〝はい〟

そして結果は同じであった。

何も見えない……という報告が続いて命綱が六〇メートルほど伸びたところで、またもや人間とは思えないようなものすごい絶叫があがって連絡はとだえ、命綱は一〇メートルほどもあがったところでぶっつり……！

さすがに指揮官も蒼くなり、少尉とあと数名をそこに残して監視を続行するよう指示すると、全員を撤収させ、急遽、峠から呼び寄せた警備用ヘリコプターで星涯市《ほしのはて》へ戻っていった。

そのすこし前。

宇宙服の着用を命じられて工作車に入ったとたん、そこに潜んでいた若い男の指示どおり、後部発電機区画の整流器ラックの陰にひそんだ橋田玄五郎兵曹長は、すぐつづいて忍びこんできた例の警備兵と共に息を殺すようにして次の指示がくるのを待った。車外ではそれから間もなくなにやらあわただしい動きがおこり、作業は中止されて撤収が開始されたらしく、工作車はそのまま峠を越えて星涯市《ほしのはて》へと引き返した気配である。

車庫とおぼしきところにいったんはおさまった車がふたたび動き出し、またもやどこかにおさまったのは、あれから何時間あとのことなのか、やっとのことで来た合図で外に出てみれば、そこはアスパラ河岸に近い民間の整備工場の中。

ちんぴらみたいな若い男二人に渡された私服を着こみ、暗がりを抜けていくうちに一人の男と警備兵はいなくなり、彼が連れていかれた先は、もちろん例の飲み屋の〈千鳥〉。本日休業の札がブラ下がったドアを押し開くと、ママが待っていていてにッこりと笑いかけた。

「おめでと」

「すまねェ……」

あれからあんまり色々なことが続いたのでまだ実感が湧いてこないが、これで、憲兵に逮捕されて銃殺になるのをまぬがれたわけだ……。本当にきわどいところだった……。

「ありがてェ……お礼のしようもねェ」

橋田兵曹長は深々と頭を下げた。

「なにさ、そんなにかしこまって……。ほら、ちゃんと用意しといたわよ」

出されたのはパスポートと身分証明書、それにクレジット札の束……。

「なにからなにまで……ほんとに……」

「いいから、早くしまいなさい」

「しかし、ママ」橋田兵曹長はちょっとあらたまった口調で言った。

「え？」

「いったい、こんなすれッからしのおれにどうしてここまで——？」

「なによ？ バカねェ！」ママは笑い声をあげた。

「いや、教えてもらいてェ」橋田兵曹長は真剣な表情で迫った。「ひとつ間違やママだってただじゃすまねェ……それをなぜ……」

「いいから、そんなことは気にしないで早く逃げなさい、さァ。これがキップよ」

「星河原市《ほしのかわら》!?」渡された連邦運輸公社のチケットを見た兵曹長は仰天した。「あんな遠くまで……。たしか、こんなときは〈星海企業〉が面倒みるとか、惑星・白沙《しろきすな》に——」

「だめよ、あそこもすぐに手がまわるわ。この星系にいちゃだめよ。さあ、しばらく、向こうでほとぼりをさますのよ」

「教えてくれ、ママ」兵曹長は真剣な表情で迫った。

「いったい、なぜ？」

「さァ、ねェ」ママはちょっといたずらっぽい笑いを浮かべた。「ひょっとしたら、あんたに惚れたせいかもしれなくってよ、ゲンゴロさん！」

「ママ！」とたんに橋田玄五郎兵曹長はママの手を捉えた。「おれと一緒に逃げてくれ！ おれは以前からおまえを！ さァ、星河原《ほしのかわら》で一緒に暮らそう！」

面倒なことになった——という表情をママは浮かべた。

「なに言ってるのよ、バカねェ」

「いや、本気だ！ 頼む！」

「ほら、ほら、早く行かないと」

「な！ ママ！」

真剣な表情で迫ってくる兵曹長ともみ合いになったとたん、だしぬけに店のドアが開いた。

ぬッと入ってきたのは、あの、眼の鋭い憲兵……。

「見事にやりおったな」相手はぼそりと言った。「あやうくこっちも一杯喰わされるところだった」

二人は凍りついた。

「しかし、もう逃げられんぞ」憲兵はゆっくりと近づいてきた。

おしまいだ！ 兵曹長は観念した。

もう銃殺だ……！

「この店もぐるらしいな……」憲兵はあたりを見まわした。「よし、逮捕する。おとなしくしろ」

ところが、そのとたん——

いつの間に現われたのか、巧みに背後へまわりこんだ店の女の子が、花びんを振りあげるなりいっきに憲兵の後頭部をなぐりつけたのである。

憲兵はそのまま床へくず折れた。

「早く！」ママは顔をひきつらせてささやいた。「逃げて！ こっちから！」

はじかれたように、兵曹長は店の奥から外へ逃げ出した。

それから五分後、又八は店の中でボヤいていた。

「おまえ、すこしは手加減してやれよ！　本気でやることァねェだろ？　コツンとやりゃこっちがぶッ倒れる筋書きになってるんだからよ……」

「ごめんね、又八さん」濡れタオルで一生懸命、又八の頭をひやしているのはもちろんさっきの女の子。〈星海企業〉のひとりである。

「むこうの警備兵もうまくいったの？」千鳥が聞いた。

「大まわりしてやってきたら、店の前に張りこんでる又八さんがちらりと見える――っていう寸法さ」椋十《ムクジュウ》が言った。「もう、パスポートと金ひったくって、ころげるように逃げていったぜ」

「それより、あっちの二人はうまくやったのかしら……？」と千鳥。

「宇宙服にすり替って、穴の中におりたら縁の壁にへばりついて、できるだけ凄《すご》い悲鳴をあげてから命綱をぶった切る寸法だ。

　あとは穴の縁沿いにできるだけ離れたところに潜んで夜になって穴から這い出す」

　又八が説明した。

「プラシート囲いの外まで出て待っていれば、ピーターがヘリで救出する。

　今日の一〇時に原因不明の停電が起こって、上空の警戒管制網がしばらくアウトになる。ピーターはそのすきに突入するんだよ」

「原因不明の停電ね」千鳥がおもしろそうな声で言った。

「それよりさ」

「？」

「それより、この作戦はいったいなんなの？　あたし、あの二人とすり替って穴ん中に入った、その、誰だっけ……」

「虎造とキチ」椋十が言った。

「ああ、そう、虎ちゃんとキッちゃんは、穴を伝って白《しろ》沙《きすな》まで行くのかと思ってたわ」

「いや、違うんだ」又八が説明した。「おれたちはそれをやってみようと主張したんだが、お頭目《かしら》が反対した。まだ危険だというんだ。つまり、まだ、穴の性質やなにかがまったくわかってないんだから――」

「それじゃ、なぜ、そんな――」と千鳥。

「うむ」又八がうなずいた。「そこだ。今の時点で穴に入るのは、何が発生するかわからねェし、非常に危険なことだが、なにしろ星系軍のことだ。おそかれ早かれ、無茶を承知で強行することは目に見えてる。その結果、ひょっとして、穴の正体を星系軍がつきとめてしまうかもしれん。これは、われわれとして何が何でも食い止めなけりゃならねェ……」

「なるほど……」

「だから、あの二人をけしかけて決死隊を志願させる。軍の上層部は渡りに船とばかりに調査をする気になる。ところが、穴に入った二人は――」

「悲鳴と共に消息を絶つ」

「これでしばらくは、星系軍も穴に手は出すまい――というわけよ」

「うまくしかけたものねェ……」

「しかし問題はこれからよ」

「？」

「星系軍はもうひとつ、タンポポ村に大穴をつくるもとになったＸ２００バニシング・エンジンより桁違いに巨大なＸ７００というやつを隠元岩礁《いんげんがんしょう》まで運んで、大穴を人工的に造る実験をやろうとしてるんだ。

　こっちを食い止めるのが大変だぜ」

「おもしろそうねェ」千鳥が言った。

「バカ」又八が苦笑しながら立ち上がった。「ちょっと行ってくるぜ。ピーターが二人を拾って帰ってくる頃だ」

　ピーターはもちろん無事に帰ってきた。

　ただし、タンポポ村の穴の縁から収容してきたのはキチひとり……。

　あの二人は無事にいったんプラシート囲いの外に出て、宇宙服を脱いだのだが、突然、虎造はふたたび宇宙服を着こみ、キチの脱ぎ捨てた宇宙服を背中にくくりつけて穴の中へ入っていったというのである……。

　仰天したキチに向かって、虎造は、パムを救けに行く
――とだけ言い残したという……。

12

〈星涯《ほしのはて》重工〉の工場は星涯《ほしのはて》市内の数個所に散在しているが、その開発研究関連部門は市内の東部、卵山と呼ばれている丘陵地帯のふもとのアネモネ区にまとまっている。

　広大な敷地には、基礎研究部、開発部、実用化試験部などの各区画が整然と並んでいるが、その一角、かなり広い部分にはとくに厳重な警備がほどこされている。特工と呼ばれる軍関連の委託研究と兵器の開発研究を担務している部門で、軍の機密区画に指定されているのだ。

　さんさんと陽を浴びて、青々した芝生に散在する巨大な白い箱のような建物群。

　なかでいったいなにが行なわれているのか、知る者はすくない。〈星涯《ほしのはて》重工〉の役員でさえ、星系軍発行の門鑑を提示しないかぎり立入ることができないのである。

　今、その白々とそびえるような中央棟の玄関には軍の乗用地上車が一輌止まっていた。統合参謀本部の車籍ナンバーをつけピカピカに磨き上げられたＧＭ製のその地上車には、将官の座乗を示す金色の標識がノーズ部分に輝いている。

「いったい、博士はどこへ行ったのか？」

　星系軍参謀総長・北畠《きたばたけ》弾正《だんじょう》中将は、連絡将校の玉坂《たまさか》精巧《せいこう》技術大佐に向かっていらだたしげに言った。

「副官が連絡したろう!?　え!?」

「はあ、すぐ呼びにやりました。昼すぎに外出されたそうで……。もう、おっつけ戻られると思います……」

「まったく、何をやっとるのか……!」参謀総長はつぶやいた。

「なにか緊急の――?」

「聞いとらんのか?」

「は?」

「タンポポ村の件だ」

「はァ、何か?」

「穴の中へおろした決死隊二名が消息を絶った」

「!」玉坂大佐は顔をこわばらせた。

「あれからずっと穴の縁で救急隊を待機させているが、なんの消息もない」

「命綱はつけていなかったのですか?」

「五、六〇メートルほど入ったときに悲鳴が上がって、いそいで引きあげたら綱がぶっつり切断されていた……」

「ということは――!」

「こっちが聞きたいよ?」

「たしかあの穴は〈冥土河原《めいどのかわら》〉につづいているとか……」

「すくなくとも、あの宇宙船《ふね》があそこから出てきたからにはつづいているんだろうが……」

「……」大佐はじっと考えこんだ。

「とにかく、戦略を変更せんわけにはいかん。タンポポ村の穴の探索はしばらく中止だ。これ以上、犠牲を出すわけにもいかん。あの穴には、なにか、われわれの想像もつかぬことがひそんでいるらしい」

「博士が言われたとおりになりましたな」

「とにかく、こうとなったら、穴の性質を解明するためにも、何が何でもあの超大型バニシング・エンジンの実験を強行せねばならん」

「しかし、それは博士を説得するのがむつかしいと思いますが……」

軍人というより学者――といった風貌の玉坂大佐は、ふと澄んだ青空を見上げた。

「それを説得するのだ!」参謀総長はぴしゃりと言った。

「はァ……」

「あの男抜きで実験は無理か?　きみもたしか学位は持っとったろう?」

「はぁ、無理ではありませんが、やはり基礎理論の側面となりますと、どうも」

「そんなことはあとだ!　とにかく、何が何でも、一刻も早く実験を強行する!　Ｘ７００エンジンのほうはどうなんだ?」

「はァ、隠元岩礁《いんげんがんしょう》への移送の段取りは進めておりますが、なにしろ――」

「なにしろ――?」

「なにしろ博士があの調子ですから……」

「……」北畠中将は考えこんだ。

「それに、ここであの初期モデルの試運転を開始する前から、いわば、あのタンポポ村の事態を博士は予想しておられたわけで、ことをあせるとこんどはどんな――」

「かまわん!」参謀総長はきめつけた。「おれがじかにここへ乗りこんできたのもそのためだ。きみも軍人だ。この事態の戦略的価値がどれほどのものかわかっているだろう?　〈天宝《てんのたから》〉星系の惑星へ奇襲路が開けると考えてみろ。それどころか、〈星京《ほしのみやこ》〉、〈星河原《ほしのかわら》〉、〈星沙《ほしのすな》〉など、東銀河列強諸星系でさえ、わが〈星涯《ほしのはて》〉星系の敵ではなくなる!　わかるか?　われわれは、星の涯《はて》――などという群小のローカル星系の端くれなんかではなくなるのだぞ!」

両刃の剣ですな……。

玉坂大佐は心の中でそっとつぶやいた。

「それに――」

参謀総長がさらになにか言いかけたとき、少尉がひとり小走りにやってきた。

「大佐殿、ヴィトゲンシュタイン博士のおいでになる場所がわかりました!」

「早く連れてこんか!」

「はぁ、それが――」

「なんだ、いったいどこにいるんだ!?」参謀総長がいらだたしげに脇からどなった。

「はッ!」少尉はカチリと踵を合わせた。「ヴィトゲンシュタイン博士は、活動映像小屋《ヴィジ・ホール》においででありますッ!」

「なにをやっとるのだ、そんなところで?」

「は、活動映像《ヴィズ》を見ておられるそうであります!」

「ヴィズを?　なんで連れてこん?」

「て、てこでもお動きにならない――とのことで……」

「行こう!」参謀総長は地上車へのりこみながら言った。

「小屋《ホール》はわかっとるのか?」大佐は前席へのりこみながら少尉に聞いた。

「は、有楽小屋であります。すぐわかります。《星海の姫君》を上映しております!」

「《星海の姫君》だと!?」北畠中将は吐き出すように言った。「気でも狂ったのか、この忙しいときに!?　それもあんな低俗きわまる外題を!」

「おい、やれ」大佐は操縦席で指示を待っている従兵に向かって言った。

ゴミゴミした場末の映像小屋《ヴィジ・ホール》だが、設備はわるくないし、像の立体感もリアルだった。さすがにすこしノイズが走るけれど大して気にもならない。

カルル・ヴィトゲンシュタイン博士は、入口で買ったポークパイを紙パックのマッシュルーム・スープで流しこみながら、かぶりつきで映像《ヴィズ》に見入っていた。

《星海の姫君》は昨年大当りをとった外題で、アーシュラ・K・アニャンと青空錦兵衛が主演している。

博士はもうこの外題を一〇回以上も見ていた。

ローベルト・フォン・ヘンライン家のマリネラ姫が、秋深いクライネ・ウンテルシュタイン城を舞台に、身の危機を救ってくれた宇宙海賊と許婚《いいなずけ》のプリンス・ハームレスの愛の板ばさみに悩むストーリーが好きで、とくに、二連惑星の美しい光の渦をついてマリネラ姫が泣きじゃくりながら宇宙船で海賊を追うシーンでは、ヴィトゲンシュタイン博士も一緒にさめざめと涙を流すのが常であった。

彼は、ポークパイをぱくつきながらこうしてこの映像小屋の闇の中にくつろぎ、めくるめくホログラフィ像にとり囲まれた時だけ、本当の安らぎに包まれるのだった……。

時間・空間という、この、永遠の謎ともされてきた不可解きわまる深遠な問題へのいと口がつきはじめたこの時点に、自分がこうして深くかかわっているのは、まったく幸せなことではあるが……。それにしても……。どうして役人や軍人という手合いは、こうもせっかちに騒ぎ立てるのだろう……。

そしてついに村ひとつを……。

村人ごとそっくり……。

だがそれさえなんの反省もなく、彼らはさらに大がかりな実験を強行しようという……。いったい、どんな恐ろしいことが起きるかもわからんというのに……。

彼の精神は、もう、そんなドロドロとした俗事のしがらみがどうにも耐えきれぬところにまで来ていたのである。

すでにヴィトゲンシュタイン博士は《星海の姫君》のシーンをひとつひとつ脳裏にやきつかせていた。

ポークパイをゆっくりとかじりながら、彼は、シャリラ3の夕陽を逆光に受けた看護婦姿のマリネラ姫の横顔が金色のシルエットに彩られるのを本当にきれいだなぁと思った。

わき起こる女声コーラスのハミングも、博士はちゃんとメロディをおぼえていた。

マリネラ姫は重傷を負った海賊を世話するため、看護婦に身をやつしてこの惑星に潜入したのだ……。

そういえば、このアニャンという女優の横顔はメイドのマリアに似ているなぁ……。いま気がついた。そうだ、こんどはマリアを連れて見に来よう。あの娘はきっとよろこぶに違いないぞ。それに、アーシュラ・K・アニャンに似ていると言ったら、あの娘はきっとよろこぶぞ……。

そこまで考えたとき、闇の中で誰かが肩をつついた。はずみでマッシュルーム・スープがこぼれそうになった。

「ヴィトゲンシュタイン博士！」

顔を上げると、暗がりに立っているのは玉坂精巧大佐である。

「なにかね、玉坂くん！」不機嫌な思いをむき出しにして博士は見上げた。「邪魔をせんでもらいたいな」

「北畠弾正閣下がお出でになっております」

「誰だったっけね、それは？」

「星系軍参謀総長です」

「ふむ」博士はうなずいた。「いま、いいところだ。一時間したら終わるから待っていてもらってくれ」

「それどころではありません。緊急事態です」

「なんだか知らんが、わしはいま、《星海の姫君》を見ている最中なんだよ！」博士はわざと大声をあげた。

「邪魔をせんでくれ！」

「とにかくおいでください」

もはや問答無用とばかり、大佐は博士のやせこけた肩をとらえた。

「やめんか！　きみ！　やめろ！」

場内の客たちはもう映像劇観賞どころではないのだが、薄暗がりの中でも星系軍大佐のいかめしい軍服ははっきりわかるので、誰も文句をつけたりする者はいない。

博士はとうとう小屋《ホール》の外へ連れ出されてしまった。

けばけばしい看板の並ぶ小屋の正面には星系軍の高官専用車が止まっており、なんどか会って顔は知っている参謀総長の北畠中将が窓からこちらをのぞいている。

「なにかね、いったい!?」大佐に片肘をとられたままヴィトゲンシュタイン博士は叫んだ。「これはいったいなんの真似かね？　無礼な！」

参謀総長は車へ乗れ――と手で示した。

「わかっとるよ！　きみの言いたいことは！」博士は立ったまま大声でどなった。「隠元岩礁《いんげんがんしょう》で例の実験を強行しろと言うんだろう!?」

「シッ！」肘を捉えている大佐の腕に力が加わり、参謀総長の顔がこわばった。

「わしは御免蒙《ごめんこうむ》るよ！」

せっかくたのしんでいた《星海の姫君》観賞の邪魔をされた怒りがなければ、いくらヴィトゲンシュタインでもここまでは言わなかったに違いない。しかし、もう歯止めはきかなかった。彼は大声でつづけた。

「きみたち、星系軍は何千人ものタンポポ村住民を皆殺しにした。それでもまだ満足しないのかね！　え？　まだ、大量殺人を――」

とっさに大佐はヴィトゲンシュタイン博士を羽交い締めにして口を押さえた。

「は、はなせ！　な、なにをする！　この人殺しどもめが！　無智蒙昧《むちもうまい》の――」

人だかりがしはじめた。

参謀総長が指示したのか、操縦席の従兵が地上車をとび降りてきて大佐に力を貸した。

「離せ！　あの大穴を――もうひとつ、つくりたいのか！」

押さえられた手の下でまだわめき立てるヴィトゲンシ

ュタイン博士は、地上車のなかに押しこまれてしまった。

人々はなにごとかと見守るばかり。

地上車は走り出した。

人々は呆然と見送った。

北畠中将と玉坂大佐に挟まれた形で座席にすわらされたヴィトゲンシュタイン博士はむっつりと黙りこんだ。

やがて、なにか決断を下したように参謀総長は言った。

「博士」なんの感情もない声である。

「……」ヴィトゲンシュタイン博士は正面を見すえたままその呼びかけを無視した。

「ヴィトゲンシュタイン博士」参謀総長はいちだんと声を強めた。

「なにかね？」相手に気圧《けお》され、それでもつっかかるように博士は答えた。

「あなたは軍機を洩らされましたな」

「……」

「それも一般公衆に対して――」

「きみらが無礼な真似をするからだ」

「委託研究に関する星系軍と〈星涯重工《ほしのはて》〉の基本業務契約締結時に、あなたには誓約書を入れていただきましたな」

「……」

「え？」参謀総長は陰気な声で問いつめた。有無を言わさぬ調子である。

「……うむ……」

「ただいまをもって、あなたにはいっさいの軍委託研究から手をひいていただく。カーペンター社長にはわたしのほうから通告します。これからお宅へお送りしますから、外部とはいっさいの連絡を断って当方からの指示をお待ち願いたい」

ヴィトゲンシュタイン博士は寒々と肩をすくめた。

やがて〈星涯重工《ほしのはて》〉の正門前でヴィトゲンシュタイン博士が乗用車から降ろされたとき、そこにはもう汎用地上車が一輛待っていて、待機していた憲兵が有無を言わせずその地上車に彼を乗せた。

気がつくと星涯《ほしのはて》地区憲兵隊のパトロール車である。

参謀総長と大佐を乗せた車は構内に入っていった。二人は振り向きもしなかった。

「ちょっとわたしの部屋から私物を――」

「ここにあります」

にべもなく憲兵が言った。

前席には彼のコートと帽子が載っている。

「いや……わたしの研究ノートや――」

「構内への立入りは今後いっさい厳禁です」

「……」

地上車は走り出した。

ぴたりと横についている憲兵は無表情に前を見つめるだけ。腰に触れるガンがつめたい。

傾きはじめた陽を浴びて街なかを進み、レモンパイ公園下の、市街が一望に見下ろせる高級住宅街の一角にかかると、もうすでにそれとおぼしき私服姿の男が何人かはりこんでいる。

「電話を封印します」

車が邸《やしき》の前に止まると、そう言いながら憲兵は家の中まで入ってきた。そして通信システムのコントロール部を封印すると、外出その他外部との連絡いっさいを禁止する旨《むね》通告してから外へ出ていった。

「どうなさいましたの、先生？」

呆ッ気にとられて見守っていたメイドのマリアが聞いた。

「うむ……」それだけ答えて憮然《ぶぜん》とした表情のまま、ヴィトゲンシュタイン博士は庭に面した居間のソファへ腰をおろした。

西陽を受けてセイタカタンポポ草が揺れている。

ついにおしまいか……。

軍需工場の開発部門に一〇年以上も勤務している身には、もう、この先に何が待っているのかよくわかっていた。

これまでにも、不注意な発言がもとで憲兵司令部に連行され、そのまま帰って来なかった研究員や工員が何人もあるのを彼はもちろん知っている。

あれが、単純な怒りに駆られた軽率な暴言であったことはよくわかっている。

しかし……。

ひょっとして、もう、自分にはこれが最上の選択だったのかもしれぬ……。

あとに心を残す身内がいるわけでもなし……。

ふっと人の気配に気づくと、マリアがお茶の盆をテーブルの上におろすところである。

二カ月ほど前にやとい入れた、きれいな顔立ちのおとなしい娘である。

すでになにごとかを察知していながらべつに深追いしようともせず、ただ、いつものようにお茶を入れている。

研究所から帰ってきたときはいつも生クリーム入り、スプーン二杯の未精結晶糖《ザラメ》……。

長いこと働いていた飯たきの婆《ばあ》さんが捜してきた、遠縁の知り合いの娘だとかいう……。

二〇代のなかばというところか、物静かだが気のきくしっかり者である。

実を言うとヴィトゲンシュタインは、なにかこの一、二カ月、自分のとしの三分の一ほどしかないこの娘に、生まれてはじめて味わう不思議な心のときめきみたいなものを感じていたのだった。

家事をてきぱきと片づける彼女のきれいな横顔をそっと見守ったり、上背のあるすらりとした後ろ姿を見送ることがこの上もないよろこびに思われてしかたないのである……。

しかし……。

それももう終わりか……。

儚《はかな》いな……。

ああ、《星海の姫君》を一緒に見に行こうなどと考えていたのはついさっきのことだったのに……。

なにか心残り――があるとすれば、それはそのことだった……。

気がつくと、床に膝をついたマリアの大きな眼がじーっとこちらを見詰めていた。

ヴィトゲンシュタインはあわててカップをとりあげた。ねっとりと甘いお茶をゆっくり二口、三口すすってから、彼はカップを受皿に戻した。

「世話になったね、マリア」彼は娘のほうへ向きなおってから静かに言った。

「え?」彼女はちょっと眉をあげた。

「たぶん、今日、明日にもわたしは逮捕されるだろう」

「逮捕――!」彼女は息を呑《の》んだ。

「形ばかりの裁判にかけられて、たぶん、死刑だろう……」

「死刑――!」

「いいんだよ、いつかはこうなるはずだったんだ。たのしかったよ、マリア。おまえに面倒を見てもらってほんとに幸せだった。あとのことは弁護士に言っておくから――」

「なにがあったんですの!」静かな声である。

「聞かんほうがいい」

つぶやくようにヴィトゲンシュタインは答えた。

「おまえまでがまきぞえになる」

夕陽のなかで二人は長いこと黙りこくっていた。空が茜色《あかねいろ》に染まってきた。

「お風呂の用意はできております」

沈黙を破ったのはマリアだった。

「ありがとう」

台所のほうへ退っていく彼女のすらりとした後ろ姿を、ヴィトゲンシュタインは美しいなと思い、それも、これが最後なんだなと心の中でつぶやいた。

ほとんど一睡もできぬ一夜が明けて、憲兵がのりこんできたのはその日の午後であった。

魚のようなつめたい眼つきをした憲兵中尉は逮捕状をひろげた。

「カルル・ヴィトゲンシュタイン」昨日まで将官待遇であった彼も、今や呼び捨てである。「軍機漏洩《ろうえい》のかどにより逮捕する」

ヴィトゲンシュタインはうなずいた。

「あの、身のまわりのものを――」

いつの間に来ていたのか、マリアが控え目に言葉をはさんだ。

「最小限のものにかぎって認める」

「先生、寝室に用意してございます」

なぜマリアが下に持ってこないのか、などと考える間もなく、ヴィトゲンシュタインは立ち上がった。憲兵中尉も立ち上がった。

彼は、階段をとことこ昇っていくヴィトゲンシュタインの後に続いた。

小柄《こがら》な後ろ姿がわびしい。

この老人はいったい、何をしでかしたのか……?

どっちにしろ、例のタンポポ村周辺の騒ぎに関与しているのだろうが……。

二階へあがった博士は寝室のドアを押し開いた。

ところがそのとたんであった。

ガチャン!

いったん、戸口の脇へ隠れたヴィトゲンシュタインは、次の瞬間身をひるがえして頭から窓ガラスを突き破り、いっきに庭へとび降りたのである。

「待て!」思わず憲兵中尉は叫んだ。

あの小柄な老人とはとうてい信じられぬ敏捷さであった。

破られた窓のところへ駈け寄ったとき、ヴィトゲンシュタインはもう庭を横切って裏山のほうへ姿をくらますところである。

「追え! 山側だ!」

とっさに彼は指令機に向かって叫び、そのまま破れた窓から庭にとびおりた。玄関に待機していた部下が二人すっ飛んできて、そのまま老人の後を追いはじめた。

無駄な悪あがきだ……。

彼も走りながら心の中でそうつぶやいた。

それにしても、なんという身軽な老人なのだろう……。

黒い影のような博士の小柄な姿は邸の石塀をあっさりとび越して、毬《まり》のようなスピードで丘の斜面を駈け上がっていく。

追いすがる部下の二人は、みるみるひきはなされていくようである。

ヴィトゲンシュタイン博士は闇の中でじっと息をこらしていた……。

身のまわりのものをとりに階段を昇って寝室に入ったとたん、だしぬけに強い力でドアの陰にある洋服簞笥のなかへひきずりこまれ、そのときはひどく驚いたのだが、すぐにぴしゃりと扉が閉ざされ、つづいてガラスの割れる音や今の憲兵中尉の叫び声が伝わってきたときには、この老人にも、なんであろうとへたに動かぬほうが身のためなのだという才覚が浮かんできたのだった。

彼は身動きならぬ暗がりの中にじっと息をひそめていた。

それからどれくらいたったのだろうか。

ぱッ! とだしぬけに簞笥の扉が引きあけられたとき、彼は、捕まった! と思った。

機動警察隊員が一人立っているのだ。

しかし、よく見るとそれはマリアだった。

「いそいで! 先生!」

いつもの物静かな彼女からは想像もつかぬ男ッぽいいでたちである。

彼女は抱きかかえるように小柄なヴィトゲンシュタインの体を箪笥の中からひき出した。

「着替えてください、早く！」

彼女は、自分が着ているのと同じような制服をさし出した。そして、まるで子供の着替えでも手伝うようにてきぱきと博士に手を貸した。

それから二分とはたたぬうちに、ひどく無恰好ながら老人の機動警察隊員がひとりできあがった。

その頃になって博士は、いったい、誰が、なんのためにこんなことをやろうとしているのか、自分が全然知らないことに気づいた。マリアひとりの企てでないことは明白である……。

それを見越したように、マリアは床に膝をついて彼のベルトをなおしながら手短に言った。

「くわしいことはあとでお話しします。とにかくいそいで脱出しないと……」

着替えがおわると、彼女は手早く脱ぎ捨てた服をまとめ、大きなスーツケースをとりあげた。

「とりあえず入用なものはここに入れました」

「書斎の研究ノートを――」

「早くしてください！　下で待ってます！」

書斎へとびこみ、とりあえず研究ノートをまとめたとき、西陽の射す書斎がひどくなつかしくて、なぜだかわからぬが、もう、二度とここに戻ることはないだろう――という思いが彼をおそった。

これからどうなるのか――

「先生！　はやく！」

ドアから半身を出してマリアがせきたてた。

彼をひきずるように階段を駆け降りて玄関からとび出すと、マリアは無人のまま停っている憲兵隊の地上車へと駈け寄った。彼のスーツケースはもう載っており、その隣にあるピンクのヴァニティケースはマリアのものだろう。

副操縦席へヴィトゲンシュタインを押し上げた彼女は車の前をまわって主操縦席へとびのった。

そして次の瞬間、地上車はまるで蹴飛ばされるような加速で走り出した。

丘の斜面にひしめいている屋敷の石塀を縫うような道は、そのまま市街へ向かってゆるやかな下りにかかる。あの静かなマリアからは想像もつかぬ荒ッぽい、しかしおどろくほど的確な操縦ぶりである。ヴィトゲンシュタインは眼を見張る思いだった。

と、すぐ前方の横丁から黒づくめの男がぬッと姿を現わした。

そのとたんマリアは、はッ！　となったが、次の瞬間、彼女はいちだんと加速しながらその男めがけて地上車を突進させた。

相手は地上車を停止させようとして出てきたらしいが、いきなり加速して突ッこんできた地上車にあやうくひッかけられそうになり、ぱッ！　ととび退《すさ》った。

地上車はいっきに男の前を走りすぎた。見事な操縦ぶりだ……。

マリアはそのままつッ走りながら、後部監視ミラーにちらちらと眼をやった。

そして何を発見したのか、大きなカーブの先でとつぜん彼女はぐーっと制動をかけて車を止めた。

そのまま彼女はじっとミラーに見入っていたが、やがて、はじかれでもしたように立ち上がり、後席へ手を伸ばした。

次の瞬間、マリアはもうオープン座席の上に4型レーザー・ライフルを構え、後ろ向きに立っていた。

思わずヴィトゲンシュタインもそのほうへ振り返ると、カーブの向こうから追ってくる一輛の軍用地上車。

とたんに彼女は眼のくらむようなビームの連射を浴びせた。あきらかに狙いを外してはいる。しかし、だしぬけにやられた追っ手はひどくあわてたらしく、車線が左右に大きく振れたと思う間もなく、道の側溝に片側の車輪をつっこんで車体は横転してしまった。

彼女はさっとライフルを後席へ放りこむと、ふたたび地上車を急発進させた。

どこをどう走ったのか横丁から横丁へと暮れなずむ街の中を、マリアは信じられぬほどの巧みさで地上車を走らせ続けた。

ヴィトゲンシュタインがこれまで想像したこともなかったそんなマリアの姿を、美しいなと、なにかスリルに満ちた思いで見守る余裕ができた頃、地上車は、市の西北部とおぼしいごみごみした工場区の一角、ひどくうらさびれた屑鉄置場とおぼしき広場へいっきに進入してぴたりと停止した。

それと同時に、ひどく古ぼけた大型貨物地表艇が待ち受けていたように接近してきた。

それが停止せぬうちに中から二、三人の少年がとびおりてきて、スーツケースを受けとり　二人が降りるのを手伝った。

「いそごう！　第二宇宙港に〈ディオゲネスの樽〉が待ってるぜ、メーテル！」

宇宙港……？

〈ディオゲネスの樽〉……？

そして……メーテル……？

メーテルと呼ばれたとたん、マリアは呆然としているヴィトゲンシュタイン博士に向かって、ちょっと、悪女みたいな笑いを投げかけた。

そのとたん、なぜだかわからないが、ヴィトゲンシュタイン博士はまるで母親にでも出会ったような深い安堵感に包まれたのであった……。

銀河乞食軍団

4 宇宙コンテナ救出作戦

伊藤典夫へ。

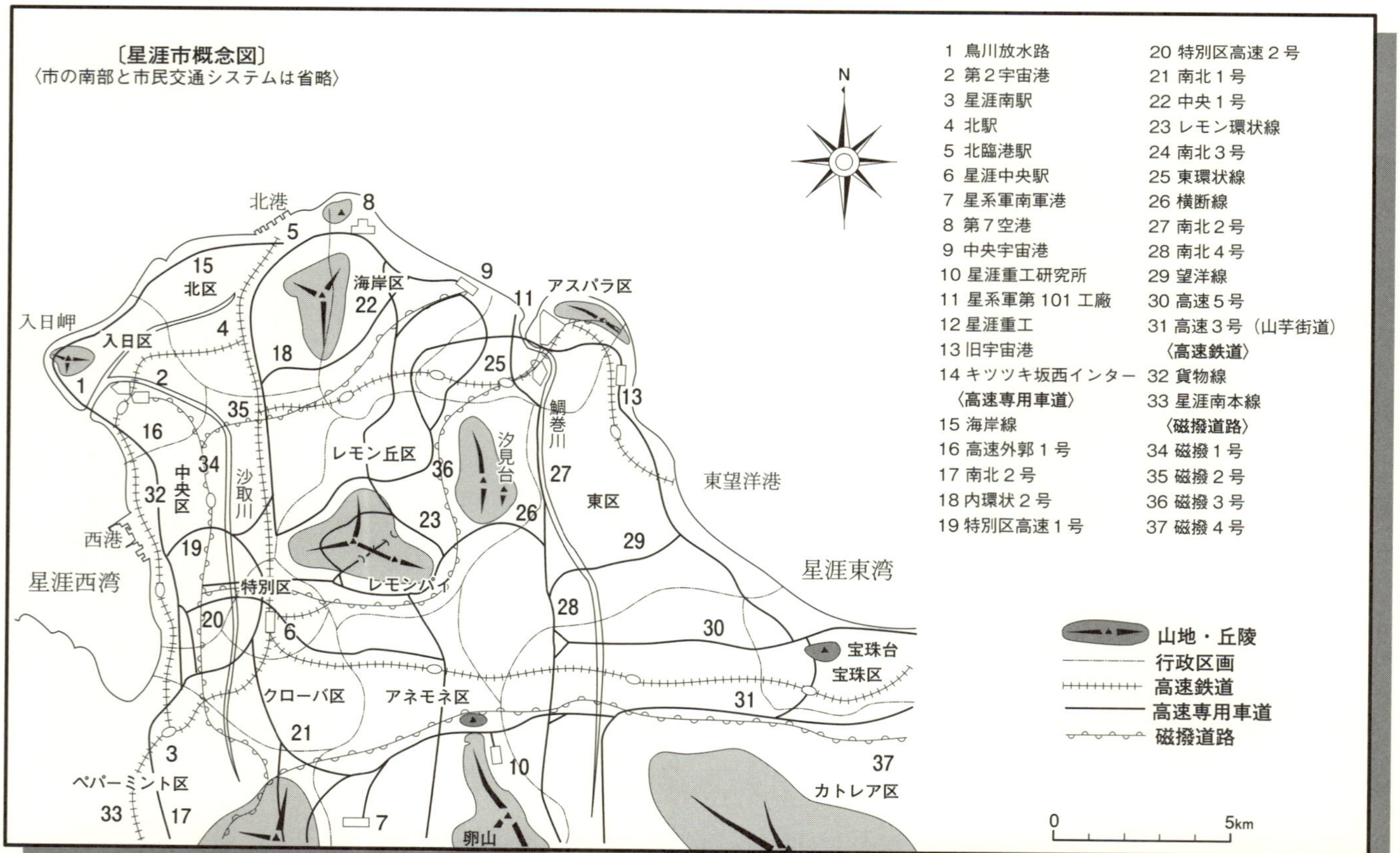
〔星涯市概念図〕
〈市の南部と市民交通システムは省略〉
1 鳥川放水路
2 第2宇宙港
3 星涯南駅
4 北駅
5 北臨港駅
6 星涯中央駅
7 星系軍南軍港
8 第7空港
9 中央宇宙港
10 星涯重工研究所
11 星系軍第101工廠
12 星涯重工
13 旧宇宙港
14 キツツキ坂西インター
〈高速専用車道〉
15 海岸線
16 高速外郭1号
17 南北2号
18 内環状2号
19 特別区高速1号
20 特別区高速2号
21 南北1号
22 中央1号
23 レモン環状線
24 南北3号
25 東環状線
26 横断線
27 南北2号
28 南北4号
29 望洋線
30 高速5号
31 高速3号（山芋街道）
〈高速鉄道〉
32 貨物線
33 星涯南本線
〈磁撥道路〉
34 磁撥1号
35 磁撥2号
36 磁撥3号
37 磁撥4号
山地・丘陵
行政区画
高速鉄道
高速専用車道
磁撥道路
N
北港
入日岬
入日区
北区
海岸区
アスパラ区
レモン丘区
汐見台
鯛巻川
東区
東望洋港
中央区
沙取川
西港
星涯西湾
星涯東湾
特別区
レモンパイ
宝珠台
宝珠区
クローバ区
アネモネ区
ペパーミント区
カトレア区
卵山
0
5km

1

東銀河系の西北部、それも辺境星区にかなり寄った星域に散在する自治星系のひとつ。〈星涯《ほしのはて》〉——

東銀河系中心部の強大な星系群によって形成される東銀河連邦とつかず離れず、小ぢんまりとあつまっているそのさいはての自治星系十いくつかに対して工業製品の生産、輸出で圧倒的な強味をもっているこの星系の首惑星・星涯《ほしのはて》の首都・星涯《ほしのはて》市。

市街は北に向かって星涯《ほしのはて》湾へ突き出た半島いっぱいにひろがっているが、その広大な都市を南東から見下ろす丘陵一帯が超高級住宅地区〈宝珠台〉である。

この地域は、あたりに居をさだめる上流人士たちにやとわれた私設の武装警備隊によって厳重に護られており、お出入りの商人たちさえ厳しくチェックされる。

そして専用ヘリポート、専用飛行場はもちろん、星涯《ほしのはて》市へ通じる高速車道3号、通称〝山芋《やまいも》街道〟からも専用取り付け路が延びていて、もちろんこの住宅地の関係者以外は検問所でにべもなく追い返される仕組みになっている。

深い緑の中に点在する宏壮な邸宅は、いずれもこの星系の政治・経済社会を牛耳《ぎゅうじ》るトップばかりであるが、そんな一角、まるでちょっとした砦をおもわせるひときわ豪華な邸《やしき》はロペス邸。

当主のミゲル・ド・ロペスは、この星系の第二惑星・炎陽《ほのおのひ》からの鉱石輸出を手がけ一代で財を築き、星系屈指の〈ロペス〉財閥の総帥《そうすい》として知られる人物である。

青々とした公園のような庭を見下ろす豪壮な客間で来客をもてなしていたエヴィータ・ド・ロペス夫人は、エアカー着地の気配とそれにつづく廊下の足音にふと振り向いて、廊下のほうへ呼びかけた。

「ドロレス！　ドロレスじゃないの？」

「はァイ、お母ァ様」

浮き浮きとした明るい声がして客間に顔をのぞかせたのは、まだ二〇《はたち》前の、美しいが気の強そうな娘である。

「なんですね！」顔いっぱいに満足げな笑いをこぼれさせながら、エヴィータ夫人はその娘をたしなめた。「お客様にご挨拶なさい！　ほんとにいくつになっても子供で——」

「ご機嫌よう」ドロレスはぴょこりと頭をさげた。

「まァ！　すっかりお美しくおなり遊ばして」と、向かい合っていたこれも大金持ちらしい婦人は大仰《おおぎょう》に感心してみせる。「ご結婚がおきまり遊ばしたそうで、おめでとうございます！」

「おそれいります」

「さァ、早く支度しないと間に合いませんよ」

「はァイ」

娘はぴょこりと頭を下げてすぐに姿を消した。

「本当にいいお嬢様ざンすこと……」

「なンですか……ホホホホホ……まだ、ほんとにねンねで困るンざンすよ……」

「でもお父様に似て、慈善のお仕事にも力を入れてらっしゃるとか、本当に感心でいらっしゃること……！」

「はァ、もう、汚い貧乏人たちのお世話なんか大概《たいがい》になさいと申すンでございますけど、まあ、これも主人の血でございましょうか……」

「ほんとに慈悲深いかたで……」

「月に一回は好きなゴルフも半日でやめて、貧乏人のためによごれたドレスや古くなったお菓子なんかをお友達とあつめたり、慈善パーティを開いたりしておりましてねェ……」

「まァ、まァ」とお客はおベンちゃらいっぱいである。

「今晩もお友達と慈善音楽会を開くと申しましてねェ。主人のほうがもう夢中になって手を貸すような始末で……」

「まァ、まァ……」

「趣味といたしましては、もっと高尚なものをいろいろとやらせておりますが、なにせここのところ、お若い嬢さんがたの中で慈善があたらしい流行になっておりましょ？　まあ、貧乏人の面倒みてやるのもあながちわいことでもございませんし、あまり強くも申せませんでねェ……」

「ほんとに……」客の婦人は大きくうなずいた。

「スザンヌ！　スザンヌ！」

離れにある彼女の部屋は、GAUDIコンセプトで統一されたすばらしく優雅で娘らしいピンクの空間である。足早やに入ってきた令嬢ドロレス・ド・ロペスは、カン高い声でメイドを呼んだ。「なにしているのかしら！　いったい……」

そこへぱたぱたと足音がして、若いメイドが駈けこんできた。「はィ、ただいま！」

彼女はピンク蛍光ウールのカーペットに膝をついた。

「なにをしていたの⁉」ドロレスは剣突《けんつく》を食わせた。

「申しわけございません」

「これじゃないのよ。オディール・ブラックのドレスよ！」彼女は、メタリックな輝きを放っているユニット化粧台の前にきちんと用意してある豪華なブルーのドレスをあごで示した。

「はい、でも、お嬢様は、今晩の慈善音楽会とパーティには、ミンガ・ブルーの新しいドレスで行くから、〈シャレード〉さんに早く届けさせるようにと——」

「気が変わったのよ！」ちょっとつまったドロレスは、いかにも高慢な眉をぐイと吊り上げて、いらだたしげにやりかえした。「早くお出し！」

「は？」おずおずとメイドは言った。

「わからないわね！　オディール・ブラックのドレスをお出しと言ってるのよ！」

「あの……あの……」メイドはひどくおびえたように声をつまらせた。

「なによ!?」

「あの、オディール・ブラックのドレスはえりのぐあいが気に入らないから、〈シャレード〉に届けてなおさせろとおっしゃいましたので、わたくし……」

とたんにドロレスはむッと押し黙った。

危険な徴候である。

メイドはおびえて小さくなった。

バシッ！

メイドの頬桁《ほおげた》が鳴った。

ひッ！　と小さな叫び声と共に、膝をついた娘はぶッ倒れそうになった。

「なぜそれを最初に言わないの！」

「……」メイドは悲しそうに眼を伏せた。

「えッ!?」噛《か》みつくようにドロレスはまだ子供のようなメイドを痛めつけた。「はじめからそう言えばいいじゃないの！」

「……」

「え!?　なぜ返事をしないの!?」

「はい……」床を見つめたまま、ぽつりとメイドは言った。

「はい——だって!?」ドロレスはぐい！　と眉を吊り上げた。「なに!?　その返事は!?　え!?　あたしをバカにするつもりかい!?」

「……」メイドは眼に涙をいっぱいためたまま、かすかに首を振った。

「ふーン……返事をしないつもりなのね」

「……」

「おまえ、今日があたしにとって大事な夜なのを、焼餅《やきもち》やいて邪魔するつもりなのね！」

「そんな……お嬢様……」メイドはボロボロ涙をこぼしながら言った。

「いやァ、そうよ！　そうにきまってるわ！」ドロレスは憎々しげにメイドをにらみつけた。「おまえはあたしを恨んでるんだわ……」

「そんな、お嬢様、あんまりでございます……！」

まだ一五、六。ひよわな小娘は、顔をおおってしくしく泣き出した。

そんな彼女を、ドロレスはつめたく見おろした。

「嘘泣きをすればいいと思ってる……。なんて性悪な女なンだろう……！　お父様にお願いして追い出してやるから！」

「そんな……そんな……」

「いいから、おさがり！」令嬢はきめつけた。「サラに来るように言いなさい！」

「……」メイドは貧相な肩をふるわせて泣いている。

「うるさいわねェ！」ドロレスは声を荒立てた。「おさがりと言ってるのがわからないのかい!?　ひッぱたくわよ！」

「……はい……申しわけございません……」

メイドは泣きながら逃げるように部屋から出ていった。

「ああ！　まったく、なんて女だろう！　腹が立つ！」

どすン！　と化粧台の前に腰をおろしながら、ドロレスはいらだたしげにつぶやいた。

「あンな貧乏人を——」

と、なにか言いかけた彼女は、そこで、はッ！　と言葉を呑《の》んだ。

目の前の3Dミラーのフレームに、ふッと人影が入ってきたのだ。はじかれたように彼女は立ち上がった。

歳《とし》の頃は、彼女よりすこし上か……。

若い娘が一人立っている。

粗末な身なりだが凄《すご》いほどきれいな顔立ちである。窓から入ってきたらしい。

「誰!?」ドロレスは鋭く言った。「なにしに来たの!?　人を呼ぶわよ！」

「呼んでごらん」相手は低い声でつぶやくように言った。「呼べるんなら」

娘の手には小ぶりのレーザー・ピストルが鈍く光っている。

ぎょッとなったドロレスは、まじまじと相手の顔を見つめた。「いったい……あんたは……」

「何者だ？——って聞きたいの？」

「……」

「言ってやろうか？」

「……」

「おまえの姉さんのエラだよ」

「エラ……！」ドロレスは言葉を呑んだ。

なんと〈星海企業〉、つまり銀河乞食軍団の金平糖錨《こんぺいとうびょう》地《ち》きっての整備工として知られるあの、エラである。

彼女は、化粧台の前の令嬢をじっと見守っている。

「びっくりすることたァないじゃないの、え？」かなりたってからエラは言った。「聞いているんだろ、親父《おやじ》から？　あたしのことを？」

「……ずっと昔に死んだって言ってたわ」ぽつりとドロレスは言った。

「なるほど」彼女は、ゆっくりとピンクのスツールに腰をおろした。「だいぶ、メイドをいたぶってたわね」

「……」

「かわいそうに……」

「なんでなの？」ドロレスは虚勢をはった。「たかがメイドじゃないの……」

「たかが、メイド……ねェ」エラはなにか考えながらつぶやいた。「それじゃ、あんたは何者なのさ……」

「……」

「……え？」

「あたしはロペス家の長女よ！　ミゲル・ド・ロペスの娘だわ！」気の強そうな娘は精一杯つっぱっている。

「だからどうだって？」エラはあッさりと相手を外した。「だから……だから……」

「親父が金持ちだから自分も偉い、とでも言うつもりかい？」

「……」

「貧乏人を野良犬扱いしておいて、慈善事業が聞いてあきれるわねェ」

「……」

「親が金持ちだと娘もそんなに偉いのかい？」

「……」

「なんとか言いなよ」

「だってそうじゃないの」ドロレスがむきになってやりかえした。「お父様は、一生懸命お働きになったからお金持ちにおなりになったのよ！　貧乏人なんてなまけ者ばかりじゃないの。みんな、働かないからいつまでも貧乏なのよ！」

「お父様は一生懸命お働きになった——か……」エラは、なにか回想するようにつぶやいた。

「そうよ！」相手が凹《へこ》んだと勘違いしたのか、ドロレスは追い討ちをかけるようにつけ加えた。

「そして今は、そのお金を使って貧乏人たちのために福祉事業を熱心にやってらっしゃるのよ」

「はッ！　福祉事業が笑わせるよ」

「なによ！　その言いかたは!?」ドロレスはおどろきからすっかり立ちなおり、いつもの威丈高で高慢な金持ち娘に戻っていた。「お父様をバカにしないでちょうだい！」

「おまえの親父はとんでもない食わせ者だよ。先妻の娘のエラがそう言ってたとお言い」エラは、なぜかちょっとけだるげにつぶやいた。

「……なんて、ひどい……！」

「おまえの親父はね、自分が金持ちになったとたん、病気だったあたしの母親をボロ屑みたいに捨てたんだ。あたしと一緒にね！　星系政府のお偉がたの一人娘と結婚するために——だよ」

「……」

「おまえの親父がどんな悪党か教えてやろうか？　今だって、陰にまわってどんなことをやってるのか知れたもんじゃないわ、なにか、おかしな密輸にからんで——」

そのとき、廊下でドアをノックする音がした。「お嬢様、サラでございます」

「一〇分後にくるようにお言い」エラが低い声で言った。

「……！」ドロレスは昂然となにかやりかえそうとしたが、エラの手許のレーザー・ガンにはッとした。

ふたたびノックの音。

「早くお言いよ」エラは低い声でくりかえした。

令嬢は思いきったように声をかけた。

「あと一〇分してから来てちょうだい」

「はい、かしこまりました。お嬢様」

足音が遠くなっていった。

「さて……と」

「いったいなんの用なのよ！」いらだたしげにドロレスは言った。「こっちは忙しいんだから！」

「慈善事業に——かい！」

「そうよ！」

当り前じゃないの——と言いたげである。

「……まァ、いいや、それじゃ用事を言うわ。今日あんたは遊び仲間と慈善音楽会とやらを開くんだね？」

「そうよ」

「星系軍第442機動航空宇宙師団男声合唱団。あんたの席は、ロイヤルボックス。AA20」

ちょっと不安げにドロレスはうなずいた。

「第二部は《月光とピエロ》だね？」

「……」

「いい？　一部と二部の間に、お手洗いへお行き。いいわね？　そして、《月光とピエロ》が終わるまで席に戻ってこないで」

「……」

「いい？　わかった？」

「……いったい、なにをするつもりなの？　へんなことをしないでよ、三郎さんが……」

「岩井財閥の息子かい？　指揮者だろ？　今晩、コンサートのあとで婚約発表パーティだって？」

とたんにドロレスは恐怖の表情を浮かべ、エラはそんな相手の変わりようにかすかな苦笑を洩らした。

「あんなイロ男とは全然関係ないよ、心配しなくていいわよ」エラはきっぱりと言った。

「……」

「ただ、ちゃんとおやりよ……いいわね」

「……」彼女はこくりとうなずいた。

「おかしな真似をするとただじゃおかないよ」エラはレーザー・ピストルをポケットに戻しながら言った。

星涯《ほしのはて》市を中心とする上流社会の令嬢の間に、慈善が一種の趣味として流行しはじめたのはここ数年のことであった。

貧乏人のためになにかしてあげましょうよ——というわけで、ありきたりの遊びにいいかげん飽きた娘たちが、いわば、これも遊びのひとつとして組織した社会福祉グループ〈白バラ会〉は、ただでも娘たちに眼のない親たちの威光と金力に加え、各界のこれら特権階級に対するおべんちゃらに支えられ、その精神をべつとすればなかなかの活動ぶりを見せていた。

一カ月に一回か二回、一時間か二時間を割いて貧民街や施療院や孤児院へ豪華な車で出かけていって、親にねだってはみたもののぜんぜん気に入らぬ高価なドレスや、昨夜のパーティ料理の残りカスなんかを配ってやって、見るもおぞましい貧民たちに涙を流して感謝されれば、彼女たちの自尊心と虚栄心は十二分に満たされるし、わが身にひきくらべれば滑稽なほどである彼らの貧しさ、みじめさは、いつもは退屈なサロンのおしゃべりに絶好の話題を提供してくれるのである。そして、なにかの折にふと出会った物乞いの少年の若い獣を思わす眼の光には、菜ッ葉みたいな金持ち息子ではとうてい味わえぬ野性的なスリルがあったりして、ふと、その乞食の少年に迫られる自分の姿をこっそり想像してみたりするのも、誰にも言えぬが、彼女らのひそやかな楽しみにもなっていたのである。

そしてなにやかやと理由をつけて開かれる慈善の催しは、そんなもっともらしい理由がつくだけでなにかまったくあたらしい新鮮な企てのように感じられ、その社会性を背にして計画を進める娘たちの毎日も適当に忙しくて、その忙しさがまたあたらしいたのしみを提供してくれるのだった。

ドロレス・ド・ロペスたちが組織している〈白バラ会〉は、ここのところ、市の東郊にさる道士が経営している孤児院〈光の家〉の援助にはりきっていた。

この孤児院の中心人物、ゴンザレスと呼ばれる老道士は、ある日、だしぬけにドロレスの父親、ミゲルのところへ現われて援助を求めた。彼は、この惑星・星涯《ほしのはて》はもとより、星系内のすべての惑星世界に哀れな子供たちのための施設をつくりたいという願いを打ちあけ、そのための基金あつめとして、いらなくなった衣類・生活用品の回収などを行ないたいと説明したのだった。

そのとき、ロペスと老道士の間にどんな話し合いが行なわれたのかわからぬが、ロペスは全面的な協力を約し、傘下の〈ロペス〉関連企業全社をあげての基金あつめ、生活用品回収のキャンペーンが大がかりに展開され、もちろん娘のドロレスを中心とする〈白バラ会〉もこの線に沿っての慈善パーティ、慈善バザーと、本人たちも気づかぬ本末転倒のおたのしみにせっせとはげみ、今宵はそのひとつとして、星涯《ほしのはて》星系トップの社交人士を一堂にあつめての慈善音楽会、〈星系軍第442機動航空宇宙師団男声合唱団〉のコンサートが開かれることになっていたのである。

しかしこの催しだって、星系きっての技倆を誇るこの合唱団の指揮者・岩井財閥の御曹子《おんぞうし》、岩井三郎中尉とドロレスは熱い仲、今日のコンサートのあとも岩井邸で婚約発表パーティが盛大に開かれる予定になっており、いってみればこの慈善と銘打つ豪華なコンサートは単なるその前座興行、ドロレスの許婚《いいなずけ》のお披露目にすぎない。

慈善と偽善が同義語なのは世の常とは言え、星涯《ほしのはて》社交界の実情を如実に物語っている例であろう……。

2

下町を越えて港の沖に陽が沈むと、星涯《ほしのはて》市はたちまちきれいな光の渦と変わる。

市のほぼ中央にそびえるレモンパイ丘陵の斜面にひしめく高級住宅の灯火はまるで星の破片をぶちまけたように美しく輝きはじめ、振りかえると、この惑星と二連星に近い軌道をもつとなりの惑星・白沙《しろきすな》や、二つある月のどちらかなどが、暮れなずむ西空に巨大な利鎌《とがま》を思わす姿を白々と浮かべていたりする。

巨大なパンケーキ二つを合わせたような形をした市最大のコンサート・ホールは、そのレモンパイ丘陵のふもとにあって、卵色のやわらかな蛍光に包まれたフロントには、早くも豪華なリムジンが次々とのりつけてくる。このあたりが乗り入れ規制区域なのにもかかわらず、続々と豪華モデルのエアカーが降りてくるのも、おつき合いで高価なキップを買わされた紳士淑女で占められる今日の客種を物語っていた。

グロン酸系の発光液体を巧みに組み合わせた七色の噴水をぐるぐるように自動階段をあがると、そこは、季節に合わせて微妙に周囲の色調を変え四季の快適さを演出しているロビーである。いま季節は秋。そろそろ冷えはじめた外気に合わせてロビー一帯はもう朽葉色の暖かい光にすっぽりと包みこまれている。

ケルメット合金と静電発光プラスチックスを巧妙に組み合わせたロビーの受付では、華やかに着飾った今日の主催者である令嬢たちが顔を紅潮させ、ばたばたといかにも忙しげに、その実ひどく段取り悪く、それでもひどくたのしげに派手な動きを見せている。

車寄せにも、ドロレス・ド・ロペスをはじめ別の令嬢たちが控えていて、次々と到着するいかにも金持ちらしい賓客たちをにこやかにさばいていく。上流人士たちが静かに開演前の会話をかわす、そんな、いやが上にも華やかで上品な雰囲気の中に、ごく少数だが、これまたひどく不似合いなみすぼらしい身なりの男女がおどおどといかにも身を小さくして入ってくるのは、今日、とくに招待された福祉施設や貧民街の関係者。いってみれば慈悲深いお金持ちのお情けにあずかる貧乏人の右総代である。

そんな、はなやかなさんざめきに満たされたホールの側面、大道具通路に通じる区画に一台の汎用地表艇がひっそりと進入してきてぴたりと止まった。

降り立ったのはブルーのドレスに身を包んだ若い娘。関係者なのか、身をひそめるようにその姿が楽屋口に消えると、地表艇《ホバ・ヴィ》はゆっくりと後退してすこし離れた暗がりに停止した。

開演時間が間近に迫った頃、にぎやかにさんざめくホールのロビーが、だしぬけにしーんと静まりかえった。

車寄せに入ってきたのは超高級リムジン、RRのシルバー・ユウレイの特註モデル。ドアが開くと七〇を超したと見える黒い粗末な法衣姿の老人が、すばやく駆け寄ったドロレスの手に助けられて降り立った。

「道士様よ!」

「お見えになったわ!」

令嬢たちは口々にそうつぶやきながら入口のほうへと急ぎ、入ってくるその老道士に向かってつつましやかに深々と頭を下げた。ロビーでしゃべっていた客たちも威儀を正す。

いかにも温厚な眼をした道士は、うやうやしく頭を下げる貴顕紳士《きけんしんし》へ向かってにこやかに祝福を与えながら、バタバタとひしめく令嬢たちに囲まれるように案内されホールのロイヤルボックスAAに入っていった。

そんな、一瞬おとずれた、この人士たちの本性とはおよそ縁遠い敬虔な雰囲気のなかで、ベルまでがひそやかに開演五分前を告げた。

人々がぞろぞろと定員二〇〇〇人のホールの指定席へつき終わるのと合わせたかのように開演のベルが鳴り、あたりはさっと暗くなった。

一瞬の闇をはさんで、中央の緞帳《どんちょう》がスタティックス繊維独得のやわらかなブルーに輝きはじめ、ホールを揺るがすような力強い男声コーラスがおこる。そのテーマソングのハーモニーが頂点に達したとき、ぱッ! と緞帳が透明化して、まばゆい光を放つヒナ段の上に、ブルーの小粋な第六種軍装(夜会用正装)に身を包んだ星系軍第442機動航空宇宙師団男声合唱団員二〇〇名の姿が浮かび上がった。

星系きってのレベルといわれる抜群の歌唱能力もさることながら、星系軍中とびきりの美男ばかりをあつめたようなその団員編成や、指揮者の岩井三郎中尉が星系屈指の財閥・岩井家の当主であることも大きなポイントとなり、その華やかさに打たれた会場は、ハーモニーを上まわるような拍手がわきおこった。

いかにも男っぽい、そのオープニングの短いテーマ曲が終わり、割れるような拍手がおさまると、舞台はふたたび薄暗くなると共に一本のピンスポットがすーッとロイヤルボックスの中央を押さえた。

その、やや暖色系の光を計算したように、ミンガ・ブルーのドレスに包まれた令嬢がすっと立ち上がる。ロペス家の長女、今日の慈善コンサートの主催〈白バラ会〉の会長、ドロレス・ド・ロペスである。

その磨きあげられたような美しさに、客席からはひそやかな嘆息とささやきがいっせいに起こった。

彼女は優雅に一礼すると、手にした白いカードに時どき眼をおとしながらしゃべりはじめた。

「本日は、みなさまお忙しいにもかかわりませず、わたくしどものささやかな催しにお力添えをたまわりまして本当におそれ入ります……。今日の慈善コンサートの収益はすべてゴンザレス道士様が計画していらっしゃいます孤児院〈光の家〉へ寄付させていただくことになっております。

みなさまのご協力によってあつまりました古着・不用品もすでに五〇〇トンを超えておりまして、これについてもわたくしども、心よりお礼申しあげます。

ではみなさま、どうぞごゆっくりおたのしみくださいませ」

ドロレスは優雅に頭を下げた。拍手。

〝きれいねェ〟〝ねェ……〟とざわめきが起こる。

ピンスポットの位置がちょっと動いた。

ドロレスに支えられて立ち上がったのは老道士。

「ありがとう、みなさん」訥々《とつとつ》とした口調で老人は言った。「ほんとに、ほんとにありがとう」

朴訥《ぼくとつ》な、いかにも善人らしいその老道士の言葉に、客席からは好感にみちあふれたさざめきが起こる。

「みなさんの上に神のお恵みがありますように」

老人が右手をさしあげて祝福を送ると、信心深そうな客のなかには深々と頭を下げて手を合わすものもいた。

コンサートの第一部・組曲《恋のパンパネラねずみ》が終わって長い拍手が消えると、客席はすーッと明るくなった。

ロイヤルボックスAA20の席についているドロレス・ド・ロペスはちょっとあたりを見まわしていたが、決心したようにすっと立ち上がり、ロビーのほうへ出ていった。

やがてホール内は暗くなった。

しーんと静まりかえったなかに、プロセニアムの一角から青白い光が射しこんできたかと思うと、それがたちまち月を象徴する3D(立体)パターンに変化した。

静かな男声のハーモニーが湧きおこり、その強弱に合わせて月のパターンが見事に変化していく。

〝月の光の照る辻に……
ピエロ……ピエロ……
ピエロ淋しく立ちにけり……
ピエロの姿、白ければ
月の光に濡れにけり……〟

〝あたりしみじみ見まわせど〟

大地の底から盛り上がるようなバスのパートに、立体パターンはあざやかな色彩を散らしながら客席を包み、ホールいっぱいへふくれ上がり、それをテナーが受ける。

悲痛に高まる高音部をバリトンが受ける。

〝コロンビーヌの〟

テナーがかえす。

〝コロンビーヌの……影……も〟

いったん静まった高音部が思いつめたようにくりかえす。

〝コロンビーヌの影もなし〟

大波のようにハーモニーが高まって、パターンは揺れながら曲想をふくらます。

〝あまりにことのさびしさに
ピエロ……ピエロ……

ピエロは涙流しけり……

涙……流し……けり……〟

深い余韻とともにあたりは完全な闇に閉ざされた。

数瞬後、客席全体はめくるめくような朽葉色に包まれた。

あまりにも鮮烈なその色彩に、客席が無言のまま揺れ動く。

歯切れのよいハーモニーがおこった。

映像作家ボブ・ヘイズの音楽環境デザインは、一瞬にしてそれが秋の午後であることを聴衆にさとらせる。

〝泣き笑いしてわがピエロ
泣き笑いしてわがピエロ
秋じゃ
秋じゃ
秋じゃ秋じゃと歌うなり
歌うなり――〟

大波がひくように消えていくハーモニーに合わせて、秋の陽射しが退いていく。

〝O《オー》の形の口をして
Oの形の口をして
秋じゃ秋じゃと歌うなり……〟

小刻みに起こる抑制されたハーモニーに、秋の落葉は客席からホールいっぱいに舞い踊り、ふたたびすーっと消えていく。

〝月のようなるおしろいの……

顔が涙を流すなり……〟

一転して暗い色調の中で重苦しいハーモニーが刻まれはじめたときだった。ロイヤルボックスＡ20のあたりでなにやらただならぬ動きがおこった。

周囲の二、三人が腰を浮かし、身をのり出した。

「シッ！」

そんな動きを制止したのは、いつの間に戻ってきたのかドロレスらしい。

「みなさま、おしずかに！　演奏効果がこわれます！」

押し殺してはいるが有無を言わさぬ威厳にみちた彼女の言葉にあたりはふたたび静かになった。

〝身すぎ世すぎの別もなく、
おどけたれどもわがピエロ……〟

さっと盛り上がった木の間洩れのような明るい輝きのなかに、意識をなくしたらしい老道士を抱きかかえるドロレスのシルエットが浮かび上がった。

おどろいた客が二、三人手を貸そうとしたとたん、ドアの近くにいたらしい正装の若い男女が進み出て、外へと道士をはこぼうとするドロレスに手を貸し、他の客の動きを押しとどめた。それと同時にパターンのほうも暗くうすれていき、客たちもなんとなくそのまま席へ戻った。

舞台の上ではコーラスがふたたび大きくうねりはじめた。

〝秋はしみじみ身にしみて
秋はしみじみ身にしみて、
真実、涙を――流すなり、
流すなり、
真実、涙を――〟

ハーモニーは頂上へといっきに盛り上がり、ホールいっぱいに秋の輝きが乱れ、〝流す……なり〟で大波のようにぴたりとときまった。

がらんとしたロビーへ第三曲に入った舞台のコーラスがスピーカーから流れる。

〝悲しからずや、身はピエロ……

月のやもめのてなし児……〟

意識をなくした老道士の枯木を思わせる体を両手で抱きかかえた正装の若い紳士は、ロビーを横切って車寄せのほうへと歩いていく。

おどろいた事務員が駈けよってきたが、後から付き添う若い娘に一言二言なにか言われると、そのまま後を見送るだけ。

車寄せには、すでにドロレスらしいブルーのドレスの女性が先へ行っており、そこへさっと汎用地表艇が接近してきた。

彼らは老道士を地表艇《ホバ・ヴィ》へと運びこんだ。

つづいてドロレスが乗りこみ、ドアが閉まり、地表艇《ホバ・ヴィ》は闇の中へ姿を消した。

正装の男女は、やがて手をとってホールのほうへと戻っていった。

〝ピエロ、ピエレット、ピエレット、ピエロ
歌いけり
踊りけり
月の光に照らされて
ピエロ、ピエレット……〟

すでに終曲の大詰めにさしかかって、ホールの中はもうめくるめく光点と渦巻く光の帯の洪水である。

〝ピエロ、ピエレット〟

高音を打ってかえすように低音部が

〝ピエロ、ピエレット〟

それに合わせて光の動きもめまぐるしく変化し、ついに――

〝ピ・エ・ロ〟（堀口大学作詞、清水脩作曲組曲《月光とピエロ》）

ハーモニーの炸裂とともに、眼のくらむような色彩の塊がすーっと退いていくほんの一瞬、聴衆はそこにピエロとピエレット、コロンビイヌとアルルカンの悲しい表情を垣間見たような気になる。

そして、まだ残る*fff*のハーモニーの余韻にひたっていた彼らは、はっとわれに返ったように熱い拍手を送りはじめるのだった。

何回ものアンコールのあとでやっと明るくなった客席に、ドロレス・ド・ロペスが戻ってきた。

「どう遊ばして？　道士様は」

すこし離れたところにすわっていたエヴィータ夫人が娘にそっと声をかけた。

「？」

一瞬、彼女は不思議そうな表情を浮かべてから言った。

「いえ、ちょっと気分がわるくなって……」

「？　？」こんどは、母親がちょっと不審げに眉をひそめた。「それで――？」

「もう大丈夫」彼女はちょっと不安げに、ぽつんと空《あ》いている席へと眼をやった。

「道士様は――？」

「ええッ？」母親がおどろきの声をあげた。そして、なにか言おうとしたとき、第三部の開演をつげるブザーと共にあたりはふたたび暗くなっていき、舞台に整列した合唱団はやがてゾルタン・コダイの《兵士の歌》という古曲を歌いはじめた。

"Ach meine kameraden……"

3

「いったい、あなたがたは、わたしを――」温厚な道士も、さすがにいきり立っていた。「それに、あなたがたはいったい、どなたですか！」

「申しわけございません、道士様」

ドロレスそっくり、ブルーのドレスに身を包んだエラが、深々と頭をさげた。横にいるほっそりした体つきの若者は、やはり乞食軍団のピーターである。

ここは星涯《ほしのはて》市の東の外れ、鯛岬《たいみさき》。海に面して別荘が散在する漁師町の一角。質素なコーヒー・ショップの中。店は閉められて、あたりは二灯を残して薄暗い。

「こんな方法でお連れしたくはなかったんです」ピーターも真剣な表情で言った。「ただ、どうしても内々でうかがいたいことがあって……すぐにお送りしますから」

「いったい、どういうことですか!?　とつぜん眼の前が真ッ暗になって、気がつくとこんなところに……。ここはいったいどこですか!?　そして――」

当然のことながら、ソファに上半身をおこした道士はかなり憤慨していた。

しかし、それにはかまわず、エラはおっかぶせるように言った。

「道士様は、たしか、南瓜郡《かぼちゃぐん》のほうで修道院を開いておいでだとか……」

「そのとおりじゃが」

つられて、老人はあっさりと答えた。

「その修道院に、ほんのしばらくだと思いますが、モク――という名の老人がお世話になっていたことはございませんか？」

「モク……」道士の表情がかすかに動いたように見えたが、すぐに彼は打ち消した。「知りませぬ」

「いや！　たしかにご存知のはずです」ピーターがたたみこんだ。「ひょんなことでわたしどものところへ来ることになったモク爺《じい》さんは、すっかり頭がおかしくなっていますが、一人でぶつぶつぶやいている言葉の内容を分析してみたんです。すると――」

「知りませぬ！」老道士はかたくなに否定した。「そんな、モクなどという老人が、わたしの修道院にいた事実はありませぬ」

「ひょっとして、モク爺さんは修道院の裏山かどこかで収容されたのでは――」

「知りませぬ」老人の答はにべもない。

「われわれは、ある事情があって、モクという名の老人がどこからやってきたのか、その手がかりをつかみたいのです」

「知りませぬ。そんな老人は知りませぬ」

「そうですか？」ピーターはひらきなおるように口調を変えた。「それでは、もうひとつうかがいます」

「なんですか？」憮然《ぶぜん》として老人は言った。

「道士様は、その数珠をお持ちでいながら、まだ、モク爺さんを知らぬと言われるのですか？」

はッと老人は身を固くして思わず法衣の腰にさげた数珠へと手をやった。骨ばった細い指先が無意識に珠をつまぐった。

ピカリ！　磨きあげられた硝子《ガラス》のような珠がひとつ、ほの暗い天井のクリプトン灯の光を、びっくりするほど鋭く反射した……。

「その珠は、どこから手にお入れになったのですか？」

老人は石のように体をこわばらせた。

ピーターは落ち着き払って続けた。

「それは、モク爺さんからうけとったものでしょう？」

「……」

「違いますか？」

「……」老人はかたくなに押し黙ったまま。

「違いますか？　道士様」ピーターはたたみかけた。

「われわれは、何日もかけてあなたがその石を身につけておられるのをたしかめたのですよ」

「道士様、あなたはモク爺さんをご存知でしょう？」エラが脇から言った。「わたしどもは決して悪事をたくらむ者ではございません。ある事情のために身分をかくしておりますし、こんな無法な方法でここへお連れいたしましたが、いつか、かならずわけをお話しいたします」

「道士様」ピーターが迫った。「あなたは、モク爺さんをご存知のはずです」

老人はおもむろに口を開きながら立ち上がった。

「よくつきとめたな」道士の手には、小ぶりのレーザー・ピストルが鈍い光を放っていた……。

4

もう夜はかなり更けたのに、まるで宝石をまいたような星涯《ほしのはて》市の夜景を見下ろすレモンパイ丘陵の一角。

とある高級集合住宅の玄関に、ぴたりと一台のリムジンが止まった。渋い黒塗りのGM製、特誂らしい。

降り立ったのはぴたりと夜会服を着こなした若い男。彼に助けられて降りたのは、これもグレーテル・ピンクの夜会服姿の若い娘。

先刻、コンサート・ホールで老道士をはこび出すのに手を貸した二人である。

二人は廊下に並ぶドアのひとつの前に立つと、小声で声紋ロックを解除して中に入った。

一面がガラス戸になっている広い居間では白髪・白ひげの老人と浅黒い小柄《こがら》な少女が彼らを迎えた。

「あれェ……きれい！」

「よく似合うのう、二人とも」たのしそうに声をかけた老人は、もちろん乞食軍団の重鎮である和尚である。

「リズもなかなかのもんじゃ……」

「あたし、こういうの苦手なのよね。苦しくって！」

彼女は、かかとの高いピンクのナイト・シューズを乱暴に脱ぎ捨てながら蓮ッ葉な調子で言った。「ちょっと手伝ってェ、はるみィ」

まだあどけなさの抜けない一六、七か、はるみは、いそいそとその豪華なピンクのドレスを脱ぎはじめたリズを手伝った。

「あたい、こんなすてきな服をいっぺんでいいから着てみたいなァ」彼女は眼を輝かせている。

「着せてあげるわよ」姉さんっぽくリズが言った。「そのうち、あんたにも役がまわってくるから」

リズは、桜色に紅潮したきれいな肩をむき出しにしながら、胸許のマグネフックをこともなげに外していく。

「向こうでやらねェか」苦々しげにタキシードが言った。

「はしたねェ娘だ」

とたんにリズは素ッ頓狂な声をあげた。

「お許しくださいませ、又八様！　わたくしとしたことが、はしたない真似をお見せして恥ずかしゅうございます。これではとてもアシュリ様にかないませぬ！」

和尚とはるみが笑い声をあげた。

リズはまだへらず口をたたきながら、ピンクのすそをたくし上げ、胸許を押さえて隣の部屋へと姿を消した。

「バカ……！」

又八はそんな姿を見送りながらつぶやいた。

まだ笑いを浮かべたまま、和尚が言った。

「うまくいったかな？」

「うむ」又八は答えた。「こっちが一服盛って、エラと三人でかつぎ出した。エラとピーターが例の店に連れていって、今ごろはもう、なにか聞き出してる頃だ。あのあと、エラの妹とやらをずっと観察してたが、べつになにか手を打った気配もない」

「婚約発表パーティで頭ん中はいっぱいだろうしなぁ……」

「たぶんな」

「ご苦労、ご苦労……。しかし、あのモク爺《じい》さんが、いったいどんな経緯で〈冥土河原《めいどのかわら》〉から星涯《ここ》に帰ってきたのかがわかれば、これはタンポポ村の連中を救出する上に大きな手がかりだからのう……」

「うむ……」正装のままソファに腰をおろした又八は、はるみの持ってきたパックのマイタイをゆっくりとほんものの石英系グラスに移した。過冷却マークが出るほど冷えているそのオレンジ色の飲みものは、たちまちグラスの周囲に露をつくった。

「なにかつかめるとおもうぜ」又八は言った。「なにしろ、ゴンザレス道士という名前は、モク爺さんの口から出てきたもんだし……」

「それに、乞食に化けて近づいたコンの背中にとまらせてたオウムの色も、たしかに変わったからのう……。あの道士が例の石を持っとるのは間違いない」

「あんたも出かけたのかい、和尚？」

「そうとも、乞食坊主よ」

又八がおかしそうな笑い声をあげた。

「見せたかったよ」和尚が苦笑した。「はるみも変装させて、コンと夫婦《めおと》にしようとしたのだが、〝お嫁に行けなくなるからイヤ！〟と抵抗しおってなぁ……！」

二人は大声で笑った。

「〝お嫁に行けなくなる〟か……」

「娘じゃよ」

二人はしばらく黙って飲んでいたが、和尚がふと真顔になった。

「おう、大事なことを忘れとった」

「？」

「〈星涯重工《ほしのはて》〉と星系軍がな、例の実験のスケジュールを早めたぞ」

「早めた？」又八も真剣な表情を浮かべた。「X700がそんなに早く完成したのか？　一年はかかると――」

「いや、星系軍はとてもそれまで待ちきれんのよ。X200のほうをそっくり隠元岩礁《いんげんがんしよう》へ運んで実験する気だ」

「X200を――？　例の、タンポポ村の事故をひきおこした張本人のシステムだろ？」

「そう、この大騒ぎのもとをつくった、超大型宇宙艦用バニシング・エンジンの試作モデルだよ」

「ふうむ……」又八は考えこんだ。「いま、やつらに実験を強行されちゃ、まずいなぁ……」

「そうとも」と和尚。

「しかし、あのバニシング・エンジンの試運転を〈星涯《ほしのはて》重工〉の工場でやったから、この惑星の質量がマイナス負荷として働いてものすごい暴走《スタンピード》を起こしたんだろ？　それで、歪んだ空間のほころびにタンポポ村が住民ごと呑《の》みこまれてしまった……。それを隠元《いんげん》岩礁に持っていっても――」

「いや、それがのう、わしもそう考えたんだが、たしかに隠元《いんげん》岩礁まで持っていけば、あの小惑星は小さいから質量もずっと小さくなるが、逆に、爆発寸前まで磁束の集束密度をあげていけば、定格の二〇〇どころか、五〇〇ギガディラック以上にまで上がるらしい……」

「X200が、X500ぐらいにはなるわけか……」

「そういうこと」

「しかし、こんどはどこに穴ができるかわからんじゃないか、なぁ……乱暴な話だ」

「そこが星系軍のやりくちよ。他人の迷惑など考えちゃいないさ」

「そりゃ、人工的に穴が作れりゃ軍事価値が大きいこともわかるが、なんでまた、星系軍は急にあせり出したんだろうなぁ？」

「やっぱりな、タンポポ村の決死隊の一件よ。〈冥土河原《めいどのかわら》〉にいたうちの〈クロパン大王〉が、だしぬけに星涯《ここ》のタンポポ村に現われたろ？　つまり、タンポポ村には、一〇〇光年を隔てたトンネルの口が開いていることがあきらかになった。

星系軍としちゃ、そのトンネルの実地踏査から穴の正体を解明して、その、ばけものみたいなX700とやらの開発に役立てようと考えたわけだ」

「両面作戦を考えたわけだ……」

「そう、ところがわれわれ〈乞食軍団〉としてはな、先に星系軍がタンポポ村の穴に探査隊を送りこんで、穴の正体を解明されちゃ大いに困る」

「うむ……白沙《しろきすな》にも、穴があるわけだしなぁ……」

「そうとも。タンポポ村の住民を救出するためにも、穴はこっちが押さえたい」

「そこで、こっちが千鳥やエラをけしかけて、わざと探査隊を送りこんで事故を起こさせた……」

「そう、事故を、な」和尚は苦笑した。

「あれはきいたのか？」

「きいたもなにも……」と和尚。「星系軍にもぐりこませとるやつからの話じゃ、穴の探索はいっさい中止だそうだよ」

「なるほど」又八はグラスを飲み干した。「それじゃ、星系軍もあせるわけだ」

「のう……」

「しかし」又八はぐっと眼をあげた。「こいつは食い止めなけりゃならんなぁ……。隠元《いんげん》岩礁への積み出しはいつだ？」

「〈星涯重工《ほしのはて》〉から洩れたところじゃ、来週だと――」

「来週……な」

又八はしばらく考えこんだ。

「破壊するか？」又八は思い切ったように言った。「やりたくはねェが……」

「いや」和尚は白ひげの口許でニヤリと笑った。

「？」

「こわしちゃいかん。テスト寸前でそっくりいただくのさ」

「……？……」又八はきょとんとなった。「そっくり手に入れて――？」

「おお、おまえにしばらく会わなかったので忘れとったよ。ヴィトゲンシュタインをこっちへ引きとった」

「ヴィトゲンシュタイン!?」又八はおどろきの声をあげた。「高次空間物理学者のカルル・ヴィトゲンシュタインか？　〈星涯重工《ほしのはて》〉の開発研究部長の……？　いったいなんで――？」

和尚はうれしそうな笑いを洩らした。

「もともと、あのX200の試運転を星涯《ここ》でやることに反対したのは、当の設計者でもあるヴィトゲンシュタインよ」

「それは、リズから聞いた」

「ところが星系軍はそれを押し切って実験を強行して、ヴィトゲンシュタインの警告どおりの事態をひきおこし、そのうえ助けようとすれば助けられたのに、何千人ものタンポポ村住民を見殺しにした。

　それだけでもヴィトゲンシュタインは怒っているのに、星系軍は懲《こ》りもせず、こんどはX700という桁違いの規模で実験を強行しようという……。

　それでとうとう頭にきた爺さん、街の真ん中で星系軍の参謀総長を相手に機密事項をわめき散らしたんだよ」

「……ふうむ……！」

「当然、軍機の漏洩《ろうえい》で銃殺刑じゃ。ところがたまたま、二カ月前から、ほれ——」

「メーテルか？」

「そう、メーテルをマリアと名乗らせてメイドとして住みこませておいたのがよかった。メーテルからの連絡で、きわどいところで、憲兵の鼻先からヴィトゲンシュタインをかっさらった」

「お見事」

「いや、頓治《とんじ》や熊五郎がよくやったよ。なかなか育っとるよ、うちの若い衆は……」

「そうか……！　ヴィトゲンシュタインをかっさらったか！」又八はもういちどくりかえした。眼を輝かせている。「わかったぜ、和尚の肚《はら》は！」

「わかったろ」

「それじゃ、さっそくそのX200をいただこうじゃねェか」

「いや……」

「？　？」

「いただくのはいただく。しかし、二、三カ月後にかえしてやる」

「かえしてやる？」又八は不思議そうな顔をした。「なんで？」

「いいかの、又八」和尚は子供でもさとすように言った。

「X200をいただいても、星系軍と〈星涯重工《ほしのはて》〉は、すぐにX200の二番機、三番機を完成する。これは始末にわるい。だから——」

「だから？」

「だからこっちが仕掛けをして、タンポポ村の穴と同じく、X200だか700だか、とにかくそんな剣呑《けんのん》な実験に手を出すのはきっぱりあきらめさせるのよ」

「……」

「いま、甚七の御隠居の指揮で、ロケ松やゲロ政たちが隠元岩礁《いんげん》に仕掛けをしとる、これが完成するのに三カ月かかる。それまで、星系軍を引き延ばさなきゃならん……。なんせ、もっと先だと考えとったんだてなぁ」

「それで……」

「それで、とにかくX200の心臓部だけは来週いただいてしまう。そして、仕掛けのぐあいと星系軍の出方を見て、いいタイミングで返してやる。そして……。

　そしてな、又八——」

　ニヤリと笑った和尚がなにか言いかけたとき、テーブルの上の通信機が小さな呼び出し音をたてた。

5

　まったく予想もしなかっただしぬけの展開に、ピーターとエラは度胆を抜かれたままそこに立ちつくしていた。

「出すぎた真似をしおって……」

　レーザー・ガンをつきつけながら立ち上がった道士の眼はけわしく、ついさっきまでの、あの温厚で信心深い老人のおもかげはかけらほども感じられない。

「そんなことよりも、あの老いぼれは今どこにいる？」

　とても老人とは思えぬ、精悍《せいかん》としか言いようのない声である。二人は気圧《けお》された思いでつっ立ったまま……。

「……」

「どこにいるかと聞いているのだ」老人はくりかえした。

「え？　あの老いぼれ——って、あの、モク爺《じい》さんのことか？」ピーターがやっと言った。

　事態がこう展開してきて、いまさら、〝道士様〟でもあるまい……。

「そうでなければ誰だというのだ!?」兇暴——とでもいいたいとげとげしさで道士は言った。

　年齢からいえばモク爺さんよりひとまわりも上なのだろうが、彼を〝老いぼれ〟呼ばわりしても不自然ではない凄味《すごみ》が全身にみなぎっている。いったい、コンサート・ホールではどこに隠していたのだろう……。

「どこにいるのだ!?」道士はくりかえした。

「……」

「言わぬつもりか!?」嚙《か》みつきそうな剣幕である。

「つまり、モク爺さんは、あんたのところにいたんだな……やっぱり……」

「そんなことはどうでもよい！」とっさに道士はおっかぶせた。「あの老いぼれはどこにいる？　きさまたちは殺されたいのか？」

　老道士の瞳はいつの間にか皿のように大きく見開かれており、まるで兇暴な食肉魚を思わせる無表情な冷たさをたたえている……。

〝こいつは並たいていの悪党ではないぞ……〟

〝この陰にはとんでもない一件が……〟

　二人は心の中でそんなことをつぶやいていた。

「しゃべらぬのなら、すぐに殺してしまうぞ」

　老人は二人を見くらべながら言った。人間らしさなどかけらも感じられぬ声である。

「殺すんなら殺しな」エラが挑むように口を開いた。

「モク爺さんの居場所がわからなくなるだけのことさ」

　相手の表情がかすかに動いた。

「こっちだって大事な人間だからね。誰にもめっからぬようにしてあるわよ。おいそれと教えてたまるもんか」

「……」

「それより、なんであんたはそんなにもモク爺さんの行方が気になるんだよ」ピーターが脇から言った。

「……」相手の表情が、また、かすかに動いた。

「どうやら」ピーターはゆっくりとたたみこんだ。「よほどなんか深いわけがあると見えるな……」

「キ、きさまたちこそ、いったい——」

相手の壁が崩れた。

「おれたちか？」

ピーターが、落ちつき払って道士の表情をうかがった。

「おれたちが、なんでモク爺さんのことを持ち出したのか、そのわけを知りたいのか……？……え……？」

「……」道士は抵抗の気配で押し黙った。

「言ってやろうか？」

「……」道士は必死で表情を崩すまいとしている。

「え？」ピーターが迫った。

「……」老道士は、なにか必死で考えている。

「知りたいのか！　知りたくねぇのか！」ピーターが大声をあげた。「どっちだ!?　はっきりしろ！」

道士は気圧《けお》されたようにたじたじとなった。

「言ってやろうか」

ピーターはちょっと声の調子をおとした。そして、いきなり大声でどなった。

「冥士河原《めいどのかわら》だ！」

そのとたん、道士はぎょッ！　と身をすくませた。

「シ、知っているのか！」

その瞬間を狙ってピーターが老人のレーザー・ピストルをはたき落とした。

ところが次の瞬間、道士の体ははじかれたように宙をとんでいた。

枯木のような体のどこにあんな弾力がひそんでいたのか、さほど低くもない天井めがけて跳ねた老人は、床におちたピストルを拾おうとするピーターめがけて、とっさにつかんだ棚の酒びんをたたきつけた。

きわどく跳び退《すさ》ったピーターをかすめて、酒びんはセラミック特有の固い音を立てて床にぶつかった。

一瞬おくれてひらりと床へ降り立った老人めがけて、エラはとっさに椅子を投げつけたが、ドレスのすそに足をとられて狙いを外した。

ひょいと体をすくめて軽くそれをやりすごした老人は、その魚みたいな眼でちょっと間合いを計るなり、ばッ！　と、とんぼを切った。たて続けに二回、三回、戸口に向かって軽業師のような空中転回をくりかえした道士が体当りでドアを突き放して外へとび出すのと同時に、出力をおとしたエラのレーザー・ピストルが火を噴いた。

ピーターが追いすがるように外へとび出した。

いない。どこへ逃げたか……？

二つの月の下で寝静まった漁師町の通りには、ぽつりぽつりとアルゴン管の暗い街灯が並んでいるだけで人ッ子一人通る気配はない。彼らの乗ってきた汎用地表艇がひっそりと止まっている。

浜のほうから、波が打ちよせる音が伝わってくる。

路地へひそんだか……？

彼は、浜のほうへ通じる店の横の狭い路地へ足を踏み入れた。

そのとたん、ピーターの背中をめがけて上からなにかが落ちてきた。はっ！　とする間もなく、細い腕が首許にからみつく。老人だ！　軒にひそんでいたのだ。

虚をつかれてよろめいたピーターの首筋にからみついた腕と、胴に巻きついた細い脚とが、信じられぬような力で締めあげてくる。

とっさにピーターは身をかがめ、背中にしがみついている老人を前に投げ出そうとした。

ところがだめなのだ。そんなことで振り切れるような相手ではない。まるで蜘蛛のように体にへばりついたまま。はずみをくらって、ピーターはそのまま地面へつんのめった。

しかし、その動きを逆手にとって、背中に食らいついている老人の頭を路地のチタン壁へ力いっぱいたたきつける——という作戦は功を奏した。

ゴツン！　という鈍い響きと共に、首と胴を締めつける細い四肢の力がちょっと弱まったのは、その衝撃が道士にとってかなりのものだったことを裏づけている。

とっさにピーターは力いっぱい体を左へひねった。はずみで脚が胴から離れ、両腕で首にしがみついたまま振りまわされた老人の体は、耐えきれずに地上へはたき落とされた。

すかさずピーターは上から襲いかかり、貧弱な老人の体を組み敷こうとした。

そのとたん、道士はまたもやあの、信じられぬような跳躍をやってのけたのである。

はずみを食らってピーターは尻餅《しりもち》をついた。

老人の体は狭い路地の真上に三メートルも跳ねた。

だが、そこで老人は決定的なミスをしでかしたのだった。

ここが漁村であることを見落とした——といえば酷かもしれないが、とにかく、さすがの道士もとっさに頭上を見る余裕がなかったのだろう。

浜にすぐ近いその路地には、塀の向こうに干してある大きなタフロン漁網がつき出ていたのだ。そして、いっきに跳ね上がった道士の枯木みたいな体は、はからずもその網へ向かっていっきに跳びこむ形となった。

寸前に気がついた道士は、とっさに体をひねってその網を避けようとした。

しかし、それが裏目に出た。

ひねる動きでバランスをくずした体は、力いっぱいエラが突き出した漁網の枠をひっかけ、とっさに老人は太い軽合金の支柱へ両手でしがみついた。

これが命取り……。

ずるずるとすべる両手が、支柱の途中にある突起へひっかかった。

そのとたん、パッ！ と青い閃光《せんこう》が走って道士の体ははじかれたように動きを失い、そのまま、ずでンどう！ と地上へころげ落ちた。

よく感電死しなかったものである……。

当節の漁師はしつけがわるく、網を陸にあげても真水で洗わず、電撃漁網のパワーを切らずに低電圧のイオン放電で腐蝕《ふしょく》を防止するというずぼらを働くやつが多いといわれるが、道士は、まさにそいつへひッかかったのだ。彼は、支柱の途中についている高圧の安全スイッチを開放してしまったのである。

浅深度の小魚用漁網で、電圧が低かったから助かったのだろう。

毎シーズン、感電死事故の五件や一〇件は珍しくもない高圧電撃漁網である……。さもなければ即死しているところである。

しかし、死ななかったとはいえ、この電撃はかなりのダメージを道士に与えたようだった。

みッともなく地上へ激突した道士は、本来ならぱッと立ち上がるところが、ひどくのろのろと上半身をおこしはじめた。

そこへ、エラが棒でひっぱった漁網がどさり！ と落ちてきた。先ほどの閃光でヒューズが飛んだのか、こんどは老人もべつに電撃を食らった様子はない。むしろ、それが彼を正気へひき戻したようだった。

だしぬけに老人は、あの信じられぬようなすばやさでまた行動を起こし、網の下から外へ這い出そうとしはじめた。

とっさに、エラが網の上から道士の体をイヤというほど蹴ッ飛ばした。

もろにひっくりかえった老人の体へ網はさらにからみつく。

それからはもう、暴れれば暴れるほど網は道士へからみつくばかり。

網にかかった枯木マグロみたいにじたばた騒ぐやつを、網の上からピーターが二、三回棍棒でぶッたたくと、さすがの道士も動かなくなった。

「ほッ！」

「ああ……！」

ピーターとエラは暗がりの中で息をはずませながら、しばらくは口をきく余裕もない……。

「ものすごいやつだ……」かなりしてからピーターがつぶやいた。「あやうくやられるところだ……」

「なにか、とんでもない秘密にからんでるわね」エラが小声で言った。「道士に化けてなにをたくらんでやがるのかしら……？」

二人は、網の中でピクリとも動かぬ道士の黒い姿をじっと見守った。

「冥土河原《めいどのかわら》――と聞いたとたんにこの爺《じじ》いはあわてたからなぁ……」

「どうする？」月明りのなかでエラが聞いた。

「狸縛りにして、あのコンサート・ホールの玄関にぶら下げるか？」

「うふふ！」エラが笑った。「あわてるだろうねェ、あの金持ちたち……」

ピーターも一緒に笑った。

「とりあえず巣にはこぼうか？」

「うむ」ピーターは、地面にころがったままの道士へ眼をやった。「手加減してぶン殴ったからすぐ回復するだろうが……」

「しかし、こいつは口を割らないわね、あの調子じゃ」

「うむ……」ピーターはちょっと考えていた。「それより、トレーサーをつけておッ放そうじゃないか。こうなったら、あの南瓜郡《かぼちゃぐん》の修道院へ帰るかどうか、こんなとんでもないやつだから、どこかに秘密のアジトを持ってるに違いない。そいつをつきとめよう」

言いながらピーターは道士のところへ歩み寄り、ポケットの中からとり出した小さなカプセルを、網の中へ手を伸ばして粗末な道士の靴の土踏まずに貼りつけた。

「よし、エラ」ピーターは立ち上がった。「いま、電源栓を抜いた。巣に電話して、トレーサーの電波を受けてみてくれるように言ってくれ」

「わかったわ」

エラは店の中へ戻り、和尚や又八が待っている市内の集合住宅へと電話をかけて、道士の靴に貼りつけたトレーサーの電波がそちらで受信できているかどうか確認してくれるように頼んだ。待つ間もなく、鯛岬《たいみさき》の方位からの電波が入っているとリズが答えてきた。

電話機を置き、エラは外に出た。

そのとたん、彼女はぎょっとなった。

路地に人がころがっている。

駈けよってみるとピーター。気絶している。

はッと見れば漁網の中に道士の姿はない。

いけない！ と身構える寸前、後ろからガーンッと強烈なやつを頭にくらったエラも、そこにぶッ倒れてしまったのだった……。


「なに！ やられた!?」

電話の向こうから伝わってくるピーターの声に、又八は思わず立ち上がった。

和尚も真剣な表情……。

トレーサー受信機の前のリズとはるみもなにごとかと眼をあげた。

回線がつながっている間はピンクに発光する送受話機を握ったまま、じっと聞いていた又八は、やがて大きな声で言った。

「よし、わかった！ そこで待っていろ！」

ピンクの発光が消えて、ブルーに戻ったルミネプラスの電話機を置いた又八は和尚に言った。

「とんでもねェ玉らしいぞ、あの道士は」

「どうした？」

「逃げられた。ピーターとエラはあやうくやられるところだったらしい。

おい！　はるみ、おまえは鯛岬に行ってピーターとエラを拾え！　南瓜郡だ、例の修道院の前で会おう！」

「地表艇《ホバ・ヴィ》もやられたのか？」

「行こう！　途中で話す」

「どこへ？」

「南瓜郡よ、〈光の家〉だ……。道士が帰ってくるのを待ち伏せるのよ。ここから急行すれば先まわりできる。

リズ、トレーサーの動きは？」

「全然、方位も距離も変化ないわよ」

「ふむ……とにかく、受信を続けろ。ちょっと着替えてくる」

夜会服の又八はあわてて隣室へ消えた。


しかし、彼らの待ち伏せは無駄に終わった。

時間から逆算して、彼らのほうが間違いなく先に到着したはずなのだが、南瓜郡の谷間にある〈光の家〉はひっそりと寝静まったまま、そんな道士が帰ってくる気配はまったく感じられない。

はるみに拾われて駆けつけてきたピーター、エラと共に、道端のやぶでじっと三時間も待ち構えてみたものの、都心から五〇キロ以上も離れた山中には、通る車もほとんどない。

そしておかしなことに、トレーサーの動きをリズに無線で問い合わせてみても、例の現場から動いていないという……。

あきらかに勘づかれて、取り外されてしまったのに違いない。

空が白みはじめた頃、彼らは市内へと引き揚げたのだった。

6

ひと寝入りした彼らが、居間でふたたび顔を合わせたのはその日の昼下りである。

レモンパイ公園につづく丘の斜面に建つかなり高級な集合住宅の一角で、高さは三階しかないが、壁一面のガラス戸と狭いベランダの向こうに、星涯《ほしのはて》市の都心部と港湾区画、その彼方に星涯《ほしのはて》西湾が、白々とした午後の陽を浴びてひろがっている。

「しかし……こうとなったら……」又八は、自分で古道具屋から捜してきた隕石焼きのカップをとりあげ、うまそうにコーヒーをひと口飲んでからつづけた。「あの道士は、今ごろすっかりあわててるんじゃねェのか？」

「うん、おれもそう思う」ピーターも大きくうなずいた。「あいつが何者なんだか、まださっぱりわからねェが、とにかく慈善とか上流階級とかに縁のある手合いじゃないこたぁたしかだ」

又八はうなずいた。歳《とし》は又八のほうがすこし上だが、まだ少年ッぽさの抜けぬピーターと一緒にいると、ずっと分別臭くみえる。

「なにかよからぬことをたくらんで、星涯《ほしのはて》の善男善女をだまくらかしてたわけだ」ピーターはつづけた。「それが、昨夜、おれたちにちょっかい出されてやむなく正体をさらけだしてしまった……。

もしもおれとエラが、昨夜のコンサートになんらかの関係があるとすりゃ、こりゃもう、あちこちでしゃべりまくる——と向こうは読むわな。今ごろはもう逃げ支度にかかってるんじゃねェか……」

「いや、それと同時に、やつは必ず——」

そこへ、はるみがオムレツの皿を持って台所からやってきた。

「なんだ、このオムレツは？　不細工な」

又八は自分の前に置かれた皿を見ながら言った。

「そんなこと言いなさんなよ！」すかさずエラがたしなめた。「冷凍合成《シンセ》じゃないんだから。はるみがわざわざ田舎の家からもらってきた天然ものの殻つき卵なんだから……ねェ！」

「どこだ、この近くか？」

「ウン、蛤浜《はまぐりはま》」

「それじゃ、漁師村じゃねェか」

「だから、はるみはたっぷり魚を持ってきたわよ、あとで出てくるから」

又八はフォークでひと口オムレツを食べてからつぶやいた。「うまい」

「だけど……」エラもコーヒーカップをとりあげながら言った。「ほんとに昨夜、よくあいつはあたしたちを殺さなかったものねェ……。なにがなんでもこっちの口を封じておかないと、大変なことになるのにねェ……」

「外まで逃げたあとは、もう、散々っぱらやられて、こっちの口封じまでは頭がまわらなかったのかもしれねェが……」

ピーターはそっと頭に手をやった。道士にぶン殴られたあとが、まだすこし痛む。

「これも蛤浜か？」

又八は燻製鮭の大きな切身をとりあげながら言った。

「そうよ！」ピーターにコーヒーを注ぎながら、憤然とはるみが言った。「母ァちゃんが本当に木の煙でいぶしたんだから！　煙風味じゃないんだよ！」

「うまい、うまい」なだめるように又八が言った。

はるみの手で浅い円形の皿にコーヒーが注がれると、熱によってみるみるそれがカップの形に変化していく。

形状記憶合金である。

又八だけがかたくなに昔風の重いカップを使っている。

「となれば、あの道士はもういっぺん、こっちに接触してくるな。殺しにくるぞ、たぶん」とピーター。

「むう」鮭の燻製をぱくつきながら又八がうなずいた。

「網でもかける？」エラがおもしろそうにつぶやいた。

「うん、絶対にひっかかるぞ」

「まさか――とは思うけど、あの道士はまだ星涯《ほしのはて》の金持ち連中とつき合いをつづけるつもりかしら……？　それだったら……」

「いやァ、いくらなんでも……」

「その前に、こっちの出方をさぐってくるわね……」

ちょっとの間、みんなは黙々と食事をつづけた。

その静けさを破ったのは、陽を浴びてガラス戸のわきでうつらうつらと船をこいでいた和尚である。

「もう、さぐっとるよ」

「？」

みんなはいっせいに和尚のほうを見た。

いつの間に立ち上がったのか、和尚は壁いっぱいの大きなガラス戸越しに外をじっと見守っている。

「？」

「あいつじゃろ、道士は？」

思わず彼らは和尚のところへ駈け寄った。

南西に面したその斜面には、木立ちをはさんで大小の集合住宅がひしめいているのだが、和尚が指さす先はすぐ隣、道をへだてて建つかなり大きな建物の瓦ぶきの屋根である。高さはこちらと同じくらいあるのだが、向こうが斜面の低いほうに立っているので、屋根の棟がほぼこちらと同じ高さである。

その棟の上に、ぽつんと黒い人影……。

それに気づいたとたん、彼らはぎょっとなった。

間違いない！　あの道士である。

粗末な黒い布でつくられたあの衣は、真昼の強い陽射しの下で見誤りようもない。

巧妙に他からの死角にひそんでいる老人は身動きもしないが、あの、昨夜だしぬけに温厚な仮面をかなぐり捨てたあとに見せた、まるで食肉魚のようなあの冷たい眼で、じっとこちらを見守っているのははっきりと見てとれる。

彼らはしばらくの間、言葉もなしにじっとその奇怪な老道士の姿を見守った。

「こっちが跡《あと》をつけられてたのか……」ピーターが息を呑《の》んだ。

「しかし、あそこでなにをしてやがるんだろう……」又八がつぶやいた。「追ッ払うか？」

「手荒な真似はしなさんなよ」内懐のレーザー・ガンをたしかめるようにそっと手をやった又八に向かって、和尚があわててたしなめた。「あれは地区幼児寮の屋根だ。へたな真似をすると近所がうるさい」

「……」

みんなは、じっと屋根の上にうずくまる老人を見守るばかり。

と、そこへ、「おはよう……！　なァに、なに見てるの？」と素ッ頓狂な声がして、思わずみんなは振りかえった。

やっと眼がさめて起きてきたリズである。

エラと同じ年格好だが真ッ黒に陽灼けしている。

「どうしたの？」

「あれだよ」とピーター。

「あれ？」

「昨夜の道士よ」

「ああ……」彼女は指さされるほうに眼をやった。そして不思議そうな声をだした。「あれが――？　うッそォ！　昨夜、ホールで見たけど、あんなこわい眼つきをしたやつじゃなかったわよ！」

「だからよ！」ピーターが不満げに言った。「おれとエラが追い詰めたとたんに本性をあらわしたんだ」

「あらァ……」リズはまた場違いな声をだした。「そういや、あの人、あそこに夜明け頃からいたわよ」

「ええッ？」みんなは、またリズのほうを見た。

「夜明けから？」

「うん、何時ごろだったかなぁ、あたし、おしっこに起きたのよねェ。そのとき、なんの気なしに外を見たら、あそこにああしてたわ。エラ、あんた、気がつかなかった？　ああ、あんた、グウグウ寝てたわねェ」

「……」

みんなは、いちだんと無気味な思いに捉われながら、屋根のほうへと注意を戻した。

「こわい眼してるわねェ……ピラニ鯛みたいじゃない？」

「しかし、なんのつもりなんだろうなぁ」ピーターがつぶやいた。

「モク爺《じい》さんよ」和尚が低い声でつぶやいた。

「モク爺さん？　モク爺さんがどうしたって？」

「あの道士は、ここにモク爺さんがいると思っているんだ」と和尚。

「そうか……」

まるで、和尚のその声が向こうへ届きでもしたかのように、三〇メートルも離れた屋根の上にうずくまっていた老道士はゆっくりと行動を起こした。

みんなはかたずをのんでじっと見守った。

老人はゆっくりと足許に置いてある頭陀《ずだ》袋へ手を突っこみ、なにか細長い筒状のものをとり出し、のろのろとそれを口にくわえたかと思うと、はじかれたように、ぱッ！　と立ち上がってこちらへ向きなおった。

「あぶない！」

「伏せろ！」

又八とピーターが叫んだのと同時に、ビシッ！　とガラス戸になにかがぶつかった。

みんなは思わず床に伏せた。

「吹き矢だ！」

ピーターがガラス戸を見上げながらおびえたような声をあげた。

いったいどんな仕掛けなのか、鋭い吹き矢の先端は厚い強化ガラス板を見事に貫通してこちら側につき出している。

「じっとしていろよ」言いながら、又八がそっと立ち上がった。「二次発射筒つきらしい」

しかし、それは、火薬によってさらに先端がとび出す兇器ではなかった。

突然、室内に無気味な声が響きわたったのだ。

〝モクはどこにいる？〟

あきらかにそれは道士の口から出た言葉だが、室内を共振させるようなこの無気味な低い声に、おもわずみんなはぞっとあたりを見まわした。

〝モクはどこにいるかと聞いておるのじゃ〟

ふたたび響いたその声が、打ちこまれてきた吹き矢の先端から伝わってくるのはすぐにわかった。

〝モクを出せ〟無表情な声がまた伝わってきた。

屋根の上の道士は、ふたたびうずくまってじっとこちらをうかがっている。口許がかすかに動いた。

〝モクを出せ〟無表情な声がくりかえす。

「ここにモクはおらんぞ！」

和尚が、ガラス戸を貫通してこちらへ突き出た吹き矢に向かって叫んだ。

しかし、どうやらこの吹き矢は、向こうの声を送りこんでくるいっぽうらしい。

〝モクを出せ〟

ふたたびくりかえす道士の声には、和尚の返事へ反応する気配はまったく感じられない。

〝モクを連れてこい〟

「モクはいねェといったら！」ピーターが、ガラス戸越しに大きく手で打ち消しながら叫んだ。

〝いないのか？〟

はじめて向こうは反応した。

「いない！　いない！」ピーターがふたたび大きく手で打ち消した。

〝連れてこい〟

「すぐに連れてこれるところじゃないんだ！」ピーターが大きく身振りを示しながら答えた。

〝連れてこないのか？〟

「じれッてェなぁ！」ピーターがベランダへ出ようとガラス戸へ手をかけた。

「よせ！」和尚が押しとどめた。「どんな手を使ってくるかもわからん、しばらく出方を見ろ！」

〝連れてこないというのだな？〟無表情な声がくりかえす。

「違うんだったら！」ピーターがいらだたしげに手を振りつづける。

〝連れてこないというのだな？〟

「違う！　違う！」

〝外に出て、こちらに向かって大声で答えるのだ〟

ピーターは和尚のほうへちらりと眼をやった。

「用心しろよ」和尚は言った。

ピーターは、慎重にガラス戸を開いて外に出ると、向こうの屋根の上の道士に向かって叫んだ。

「ここにはいないんだ！」

「それよりも、話が聞きたい！」

ピーターの背後から、おどろくほどよく通る声で和尚が叫んだ。

〝おまえたちと話し合う気はない〟うしろから、道士の無表情な声がかえってくる。〝モクを連れてこい〟

「モクにどんな用があるんだ!?」ピーターが屋根に向かって叫んだ。

〝おまえたちの知ったことではない〟道士の声はにべもない。〝モクをすぐ連れてこい〟

「すぐには無理だ！」とピーター。

「理由もわからねェのに、かよわいとしよりを渡せるか！」又八が叫んだ。「このくそ爺いめが……」

〝殺すぞ〟と吹き矢の声。

「ころ――」してみやがれ！　と叫びそうになって、ピーターはあわてて口をつぐんだ。

幼児寮の屋根に向かってなにやらわめき立てる若者たちの姿に、寮の庭の育師たちがけげんな表情で見上げている。

「中に入れ」和尚の声に、居間のほうへ振りかえった彼らは、又八がラインメタルの0・01レーザー・ガンを構えて背後から掩護していたのに気がついた。

又八は居間に入る和尚とピーターにちょっと道をあけながらも、その眼はじっと向こうの屋根へ釘づけになっている。

〝おまえたちみんなを殺す〟無気味な声がまたくりかえした。〝やりたくはないが、そちらから仕掛けてきたことだ。みんな殺す〟

感情のかけらもないその冷たい声に、彼らはあらためて冷水を浴びたような恐怖におそわれた。

「くそ！」又八はレーザー・ガンを構えたまま、吐き捨てるようにつぶやいた。「射ちおとすか？」

「それができんことを向こうはちゃんと読んどるんだよ」和尚も屋根から眼を離さぬままで言った。「ここでレーザー・ガンをぶッ放せば、いくら間抜けな市警のパトロールでもここに踏みこんでくる」

「……」

「どんな手でくるつもりだろう」

ピーターも、すぐにレーザー・ピストルが抜ける姿勢のままでつぶやいた。

彼らがひそむこの秘密のアジト以外からはまったく見えぬ、巧みな死角に囲まれた屋根の上で、道士は、あの兇暴な魚を思わす眼でじっとこちらを見つめたまま……。

「おッ！」ピーターが言った。

老人がゆっくりと行動を起こしたのだ……。

みんなは息を殺して見守った。

足許の頭陀袋《ずだ》につっこまれた道士の腕が、なにか黒いものをつかみ出した。

「なんだ、あれは……！」

老人は、つかみ出したその黒い塊を、ぱッ！　と力いっぱいこちらに向けて投げつけた。

はっと彼らが息を呑む間もなく、その黒い塊は小さな翼をひろげた。

「おッ！」

「弾丸雀《だんがんスズメ》だわ！」リズが叫ぶのと、翼をひろげたその黒い塊がこちらに向かって突進しはじめるのとほぼ同時であった。

投げつけられると、その方向へ狂ったように突進する習性をもった小鳥である。

「女ども！　台所へ逃げろ」レーザー・ガンを構えながら又八が叫んだ。

「射つな！」和尚が叫んだ。「爆弾を背負っとる！　伏せろ！」

反射的に彼らが身を伏せた次の瞬間、コツン！　という固い音と共に、ぱッ！　と閃光《せんこう》が炸裂し、弾丸雀の体が飛び散るのと同時に、鈍い音を立ててガラス戸が割れて大穴ができた。

破片は粉々になるのでさほどの危険はない。

「？」

「？」

みんなは顔を見合わせた。

老道士の意図を計りかねて、そっと首をあげて向こうの様子をうかがおうとした又八が、だしぬけに叫んだ。

「来た！」

老人の手許から、こんどはもっと大きな黒い塊が、ぱッ！　と舞い上がったのだ。

「山姥《ヤマンバ》だ！」

ピーターが恐怖の声をあげた。

山姥蝙蝠《ヤマンバコウモリ》は赤道地帯のジャングルに棲む兇悪なやつで、牙にある猛毒にやられて死なずにすむ生き物はないとされている……。

「いかん！　でっかい爆弾を抱えてやがる！」大きく旋回しながらこちらへと狙いをさだめてくる山姥蝙蝠を見ながら、又八が叫んだ。「逃げろ！　台所へ逃げこむんだ！」

台所の戸口からこちらの様子を見ていた娘たちが和尚をひっぱりこみ、つづいて又八とピーターがとびこんでドアを閉じたとたん、バタバタとけたたましいはばたきが、ドアの向こうから伝わってきた。

「あっ！　また放した！」

小窓から屋根の様子をのぞいているリズが叫んだ。

〝さあ、これでもモクをわたさぬのか？〟

ガラスが割れて、居間の床にころがっている例の吹き矢が、無気味な道士の声をドア越しに伝えてくる。

〝爆弾はいつでも破裂できるぞ。もうおまえたちは逃げられはせぬ。さあ、モクを出せ〟

〝モクを出せ。モクを出さぬか！〟

モク爺さんがここに潜むと信じてうたがわぬ道士は、執拗にくりかえす。

屋根の上にうずくまった老人は、呪文のようにつぶやき続ける。

〝その蝙蝠《コウモリ》は、扉ぐらいはすぐに食い破るぞ！　もう逃げられはせぬ〟

ガリガリ、ガリガリ……まさしく兇悪な山姥蝙蝠は鋭い嘴《くちばし》でプラクリル板の扉をつつきはじめたのだ。

「射てねェか？　ピーター」又八は、小窓から向こうの様子をうかがいながらピーターに言った。

ドアと壁の間のかすかなすきまから外をのぞいているピーターは首を振った。

「でっかい爆弾だ。03番だ（炸薬三〇〇グラム）。ビームを甘くしても誘爆する……くそ……」

「よし、こうなったら、ひといきにあの爺いを射ち殺すしかねェ！」

和尚の意見を聞こうと台所のなかへ振り返った又八はぎょっとなった。

「なんだ！　この臭いは？　おい！　はるみ！　なにをしているんだ!?」

はるみがヒートプレートの上で、なにかもくもく煙を立てながら焼いている。刺すような臭いである。

「くさや鯛よ！」はるみは振り返りもせずに答えた。

「又八！　窓をあけて！」とっさに事情をさとったエラが換気扇のスイッチを切りながら言った。

「？」「？」

ピーターと又八はきょとンとしている。

「煙を外へ出すのよ！」リズも叫んだ。「あの蝙蝠はくさや鯛の臭いが大好きなんだよ！」

「わかった！」

たちまちひどい臭いが、窓とドアのすき間から外へ流れ出した。

ガリガリ、ガリガリ、蝙蝠が扉を食い破ろうとする音がいちだんとはげしくなる。

〝モクを出せ！　モクを出さぬか！〟道士の声は執拗に続く。

と、だしぬけに扉をかじる蝙蝠の鋭い歯音が止まった。山姥蝙蝠は、くさや鯛の焼ける臭いに気づいたのだ。

「魚を貸せ！」

はるみのさし出す、まだ煙を立てている三〇センチほどのくさや鯛を、エラが中継ぎして又八が受けとった。

彼はその鯛を片手に、窓外の様子を慎重にうかがった。

突然、バタバタという大きな音がベランダのほうでおこり、黒い影がぱッと窓をおおうようにせまったタイミングを狙って、又八は手にした黒焦げのくさや鯛を窓外へ放り出した。

キキキキーッ！

二匹の山姥蝙蝠はけたたましい鳴き声をあげながら、弧を描いて落ちていく鯛のあとを追い、一匹がさっと鋭い嘴《くちばし》でくわえるといっきに急上昇を開始した。獲物をさらわれたもう一匹も負けてはいない。こいつも急旋回して、まるでブースターを全開したF410みたいな勢いで追跡にかかる。

みるみる二匹の姿は小さくなっていった。

はじかれたように、又八とピーターは居間へとび出し、レーザー・ガンを構えながら屋根の上の様子をうかがった。

さすがの道士も、これは予想外のことらしかった。

道士はこちらのことを忘れたかのように、組んずほぐれつで遠ざかっていく山姥蝙蝠の姿をじっと見送っている。

そのときだった。

屋根のほうを見守る彼らは息を呑んだ。

いつの間に台所を抜けたのか、向こうの建物の屋根の端からじりじりと道士のほうへと迫っていくのは、なんと！　和尚。

ドアをかじる蝙蝠に気をとられているうち、和尚は台所の反対側の小窓から抜け出したらしい。

彼らは声を出すのも忘れて、ただ、じっと見守るばかり……。

上空の蝙蝠にまだ気をとられている道士の背後から、長い棟に股越しの形で、和尚はじりじりと距離をつめていく。あと一〇メートル、九メートル。白いあごひげが陽射しを受けてまばゆいほど……。

「又八、ここはたのむぞ！」ピーターが、やっとしゃがれ声で言った。「おれも向こうへいく」

又八がうなずき、ピーターが出ていった。

はるみとエラが続く。

「用心しろ！」又八がささやくような声で言った。

和尚はあと五メートルまで迫った。

そのとき――

道士は、黒点のようになってまだもつれ合う山姥蝙蝠のほうから眼を戻した。又八は、はッ！　とレーザー・ガンのトリガーに指をかけた。

こんな昼ひなか、町なかの住宅地でレーザー・ガンを射ったり、まして道士を射殺したりすることになれば、これは乞食軍団命取りの大騒動になるのはわかっているが、和尚の生命には替えがたい。

だが、又八はそのままの姿勢で釘づけされたように屋根の上をじっと見守った。

道士は、迫ってくる和尚に気づいたとたんぎょっとなったが、次の瞬間、棟を両足ではさむ形でゆっくりと立ち上がり、迫ってくる和尚のほうへと正面から向きなおった。

ところがそのとたん、棟を這い進んでいた和尚も、同じようにひどくゆっくりと立ち上がった。

二人の老人は、三メートルほどをへだてて真正面から向かい合った。

黒い衣に包まれた道士のほうがひとまわり小さく、年齢もかなり上のように思われる。

しかし、その全身からは、まさに妖気とでも言いたい奇ッ怪なにかが発散しているのがはっきりと感じられ、そのことは和尚も充分にわきまえているようだった。

和尚のほうもまた、全身から凄まじいばかりの殺気を放っているのがよくわかる。

いつもどことなくすッとぼけた雰囲気の和尚にあんな迫力が秘められていたのかと、もう長年のつき合いである又八も心の中で舌を巻く思いである……。

屋根の上では双方の発するものすごい殺気が宙空でぶつかり合い、火花を散らす気配。あたりの時間が凍結したかのようにさえ感じられる。

と、だしぬけに一枚の瓦が道士をめがけて横から飛んできた。先に屋根へ這い上がったエラが投げつけたのだ。

はッと一瞬、道士は身をそらしてその瓦をやりすごすと、そのままなにごともなかったように和尚と向かい合う。

しかし、一瞬みせた道士のすきを和尚は見逃さなかった。

相手がふたたび向かい合ったその瞬間、和尚は、ずッ！　と一歩踏みこんだ。

ほんの一瞬、身をすくませた道士は思わず一歩退《さが》った。

そこをついて和尚がもう一歩踏み出し、道士はまた一歩退る。

道士はじりじりと屋根の縁へと追いつめられていった。

もうあとはない。

和尚もこれ以上踏みこむ危険はわかっているから、そこでまた、にらみ合いの形となった。

と、道士の体から、いままでにも増して凄まじい殺気がほとばしりはじめたのが感じられた。

和尚は、一瞬、押し戻されそうになった。

又八は、思わず0・01レーザー・ガンのトリガーに指をかけた。

二人はもう地上からの死角をはみ出しかけている。気がつくと地上では庭であそび騒ぐ子供たちの声……。早くけりをつけないと……。

ずッ！　と道士が逆襲に出た。

耐えきれずに、和尚が一瞬、足許をふらつかせた。

じりじりと、道士は頭陀袋《ずだ》を左に構え、ゆっくりと右手をつッこんでいく。

もうのっぴきならない。

いったい、道士はなにをつかみ出すのか……。

和尚はぎりぎりのところで相手の視線をはねかえしている。

そのときであった。

だしぬけに和尚は、なにか黒いものを道士めがけて投げつけた。

ぱッ！　道士は頭陀《ずだ》袋でそれを横に払った。

しかしそれがまずかった。

いつの間につかんでいたのか。和尚が道士めがけてたたきつけたのは蜂の巣。

道士に払われたとたん、親指ほどもありそうな蜂がぱッと二、三匹とび出した。

道士は、横に払ったはずみでちょっと足をよろめかせたが、それでも必死で持ちこたえた。

耳ざわりな音を立てて飛びまわる蜂の中で、二人はふたたびにらみ合った。

しかし、もう勝負はついていた。

ふたたび道士はじりじりと和尚に追いつめられていった。

あとがない。

ぱッ！　と屋根を蹴って道士が二メートルほども跳ね上がった。

はッとした瞬間、向かい合う和尚の口から人間とは思えぬ鋭い気合いがとび出した。

そのとたん、跳ね上がって上から和尚めがけて襲いかかろうとしていた老道士の動きが、がくり！　と力を失った。

まるで和尚の声にはじかれたみたいに、道士の体は石ころみたいに墜落し、そのまま屋根の上を道のほうへといっきにころげ落ちた。

道士の体は、途中で二階の手摺りや樹の枝にぶつかり、かなり緩衝されながらも最後に塀へひっかかり、ずでンどう！　と路上におッぽり出されてしまった。

最初に駈けつけたのはリズである。

道士は上半身を起こして跳ぼうと身構えたようだが、いかに奇ッ怪な能力を持つ道士といえど、三階の屋根からころげ落ちた直後では、そうそう怪力も発揮できない。

追ってきたリズをめがけて跳びかかろうとしたとたん、腰でも打ったのかちょっと動きを狂わし、そこを狙ってリズがイヤというほど道士を蹴ッ飛ばした。道士はもろに路上へすッころがった。

そのとたんであった。

駈けつけたエラがぶッ倒れた道士の上にかがみこむなり、とンでもない声をはりあげたのである。

「道士様！　どうなさいました！」

そして、びっくりしてつッ立っているリズに向かって小声で言った。

「走って逃げな！」

「？」

「逃げなッてば！」そしてエラはまた大声をあげた。

「道士様！」

とっさにあたりを見まわしたリズは、いったいなにごとかと人々があたりの窓から顔を出しはじめているのに気がついた。

「お待ち！　なにするの⁉　道士様へ」

わけを覚って逃げにかかったリズの背に向かってエラが叫んだ。

「ヘン！　よけいなやつが出てきやがった！」

リズはわざと振りかえってエラのお芝居を受ける。

「殺されたいのかよ、え、ねえちゃん！」

リズはポケットからレーザー・ガンをひッこ抜いた。

「あぶない！　道士様」エラは道士の体の上に覆いかぶさった。

「射つならお射ち！」

「ケッ！」リズはあたりを見まわしてから投げやりに言った。「面倒臭くなりやがった」

リズは逃げにかかった。

道に顔を出した住人たちがぱッと逃げた。

「道士様！　道士様！　大丈夫ですか？」エラが哀れッぽい声をはりあげた。「誰か、道士様を！」

「よし」すかさず駈け寄って老人を抱えおこしたのはもちろんピーターである。

「しっかりしなさい、道士さん！　あぶないところでした！」打ってかわったやさしい口調である。

そして、彼は老人の耳許でささやいた。

「野郎、じたばたしてみやがれ！　ここで今すぐ化けの皮をひン剝いてやるからな！」

二人に左右から抱きおこされた道士は、そっとうなずいて見せた。

「病院へ！」

「はやく手当てを！」近寄ってきた住人が口々に言った。

「大丈夫ですわ」エラが言った。「わたくしたちのところへはこびます。上から見てたもんで助けにきたんです」

「いや病院のほうがいい！」「パトロールを！」

住人たちが騒ぎ出した。

「さあ、わたしたちのところへはこぼう」さっと割って入ってきたのは又八。呆れたことにもうぴしッとスーツに身を固めている。

「さあ、道士様、わたくしたちのお家へお連れしますわね」エラは、わざと大声で言った。

しかし、老道士もさるもの。

あの吹き矢から伝わってきたのとは似ても似つかぬ弱々しい声で道士は答えた。

「どなた様かは存じませぬが、あやういところを助けていただいてすみません」

エラは思わず吹き出しそうになった。

役者がそろいすぎている……！

「もう大丈夫ですわい」老人はいかにも弱々しくつづけた。「なにごとも天上の神のおひき合わせ。みなさん、そっとしておいてくださいまし。パトロールもいりませぬ。すこし腰を打っただけのこと。これも神のくだしたもうた試練です。あの娘追い剝ぎの改心を祈りましょう

「……」

「いえいえ、とにかくわたくしどもの部屋でお休みくださいませ。あとで庵《いおり》までお送りいたします。このままでお帰しはできません」

ピーターとエラは、ひたむきな表情をつくったまま、捉えた老人の腕だけはテコでも離さない。

老人はなんとか逃れようと体をモゾつかせながら弱々しくつづける。

「いえいえ、もう離してください、もう大丈夫です」

自分たちの巣へと有無を言わせずやさしく引きずっていこうとする二人の動きに、老人はもう必死で抵抗を試みる。

人々はそんなやりとりをじっと見守っている。

「おお！　お顔の傷が――」

言いながら又八は路上に膝をつき、傷の手当てをするみたいに顔を老人に近づかせてささやいた。

「やい！　爺い！　ここでこのまま殺されてえのか？　それともおれたちの部屋でおとなしくモク爺さんとの因縁をしゃべるか？　どっちでもいい、早くきめやがれ！　さもなけりゃ、パトロールへ引き渡してやろうか？」

そのとたんであった。

老人はつぶやくように言った。

「きさまたちも困るのではないか、パトロールとかかり合うのは？」

やっと聞きとれるかとれないかの声だが、その口調にはあの、氷のような無気味さをたたえている。

「こっちはてめぇみたいなインチキ道士じゃねぇ！」やさしく傷の手当てをするふりをしながら又八がささやき返した。「こっちはパトロールなんざこわかねぇ。さぁ！　どうする？　おれたちの家へ引きずりこんでからパトロールを呼ぶか？」

「……」老人は必死でなにか考えている。

「あれ！　こっちにも傷が！」わざと大きな声で言いながら、ピーターが脇から顔を近づけてささやいた。

「おい！　いまきさまの首筋を針でつつけばな、イチコロなんだぞ。延髄を刺せばな。強盗に襲われてショック死だ」

そのとたん、道士が、はじかれたように体をこわばらせた。

老人の体をやさしく支えているエラが、左手に持ったピンで目立たぬようブスリ！　と脇腹を突き刺したのだ。

「ほんとにありがとうございます」それでも老人はすなおに手当てを受けるふりを続けて、弱々しい声をあげる。

「ご恩は決して忘れませぬ。いずれあらためてお礼にうかがいます。必ず、お礼にうかがいます」

老人は強調した。

「いえいえ、道士様、そんなご心配はいりません」

「あらためてまた蝙蝠《コウモリ》なんか仕掛けられてたまるか」ピーターが道士の耳許でささやいた。

エラが道士の足をぐい！　と踏んづけた。

「ヒッ！」思わず老人が悲鳴をあげる。

「ほらほら、まだ傷が痛むでしょうが」又八がもっともらしく老人を説得する。「ご無理をなさってはいけませんよ」

しかし、当然のことながら老人はテコでも動かない。

「さあ！」業を煮やしたエラとピーターが腕ずくで道士を引きずっていこうと行動を起こしたとき、固い足音がして、横柄な声がした。

「どうしたんだ」

眼をあげるといつの間にやってきたのか、星涯《ほしのはて》市警の警官、すぐそこにパトロール艇が止まっている。誰かが急報したらしい。

「いや、この道士さんが女の強盗に襲われたもので……」

「どこで――？」

「犯人を目撃したのか――？」と警官二人はたたみかけてくる。

「あっちへ逃げたわ？」

「どんなやつだった？」

「前にも見かけた若い女性だったわよ」遠巻きにしている住人の一人が言った。

「もう大丈夫ですわい！」思わずピーターとエラの手がゆるんだのに乗じて道士は立ち上がった。「本当にお世話になりました。ご恩は忘れませぬ」

「ちょっと待て」

すばやく逃げようとする道士の手を警官が捉えた。そして、ピーターとエラに向かって言った。

「おまえたちはそこの集合住宅の住人だな？」

知っていやがる……又八はぎょっとなった。

「きさまたちにはちょっと聞きたいことがある。署まで来てくれ！」

「そんな、バカな！　いったいなにを根拠に――」ピーターが抗議した。

「いえ、いえ」道士が警官に向かって言った。「このおかたたちはべつに怪しいかたではありませぬ」

「おまえは黙っていろ」にべもなく警官が道士をやりこめた。「こいつらには、前から眼をつけていたんだ」

又八が割って入ろうとタイミングを狙った。

そのときである。

「道士様！」はじけるような声とともに駆けつけたのは若い娘である。「ゴンザレス道士様！　おさがしいたしておりました。いったい、どこにいらしたんですの」

彼女は道士の腕をとろうとして警官に気がついた。

「なんです、おまえたちは！」

娘は昂然と二人の警官たちに向かって言い放った。

「なにイッ！」兇暴そうな警官が血相を変えた。「もういちどぬかしてみやがれ！」

しかし、娘は平然としている。

「おまえたちは、ミゲル・ド・ロペス家の娘、ドロレスと知ってそんな口をおききかえ？」

ドロレスの啖呵《たんか》がきまった。

とたんに警官はたじろいだ。

ミゲル・ド・ロペスが星涯《ほしのはて》市の公安委員長であることを知らぬお巡りはいない……。

ひッこみがつかなくなった警官のタイミングを捉えて又八が割って入った。

「まあまあ、ここはひとつ、これで」警官の腕をとった又八の手には折りたたんだクレジット紙幣が……。

「さっさと行っておしまい！」ドロレスは警官に向かって捨台詞《すてぜりふ》をぶつけると、道士のほうへ身をかがめた。

「さあ、道士様、まいりましょう」

老人の手をとろうとして、彼女は、そこに立っているエラと顔を合わせた。

二人は無言のまま、じっと相手の眼を見つめた。

先に眼を逸したのはエラである。

彼女は道士のほうへ眼をおとした。

そのときエラは、あの、魚のような眼をしていたあの道士が、例の、弱々しい顔つきへ戻っているのに気がついた。

それだけではない。

老人の顔には、哀願の表情が浮かんでいた。

言わないでくれ……。

頼むからこのまま見逃してくれ……。

老道士は必死でそう頼んでいる……。

「連れていきな」

エラはドロレスに向かって言った。「用心しなよ」

「わかってるわ」美しい娘は高慢な肩をそびやかした。そして彼女は老道士の手をとった。「さあ、まいりましょ、道士様」

道士は、ピーターとエラ、又八のほうに深々と頭を下げた。

「あやういところを助けてくださって、お礼の申しようもありませぬ」老人は、そこで三人をじっと見つめた。一瞬、ひやりとするような冷たい光が眼の奥を走った。そして、強調するようにつづけた。「もうお目にかかることはありますまいが、ご恩は忘れませぬ」

老人は深々と頭を下げてから、ドロレスに抱きかかえられるように、そこへ止まっているRRの豪華なリムジン艇へのりこんだ。

音もなく地表艇《ホバ・ヴィ》は行ってしまった。

下で起きたこの騒ぎで、降りようにも降りられなくなった和尚とはるみがまだ屋根の上にのこっているのに気づいたのは、彼らが巣に戻ってからのことである。

暗くなってからエアカーで二人を救出し、その日のうちに彼らは巣をひき払った。

7

「これで大型構造物の積み出しは、ほぼ完了というところです」部長室へ入ってきた吊柿《つりがき》技術中尉が報告した。

「おう、ご苦労」

答えたのは玉坂精巧《たまさかせいこう》技術大佐である。

星涯《ほしのはて》市の東南部。〈星涯《ほしのはて》重工〉の開発関連部門をあつめた卵山工場。

その一角、いちだんと厳重な警備が行なわれ、同社の役員でさえ、星系軍発行の門鑑なしには入れないのが〈特工〉と呼ばれ、星系軍関連の開発を行なっている区画である。

この部門の最高責任者として星系軍の機密プロジェクトを推進していたのは、〈星涯《ほしのはて》〉星系でも屈指の物理学者として知られるカルル・ヴィトゲンシュタイン博士であるが、その突然の退任はごく内輪にされ、その後、レモンパイ公園に近い高級住宅地にあった邸《やしき》から博士がメイドのマリアともども謎の失踪をとげたことを知るものは、同社と軍のトップを除けば一人もいないと言ってよかった。

そしてその後任として、このＸ２００関連極秘プロジェクトの指揮いっさいを引き継いだのが、当時、星系軍から主席連絡・監督官として同社に駐在していた玉坂技術大佐なのである。

「軍機貨物とはいえ、輸送軍団も淡雪《あわいゆき》工廠（淡雪小惑星群にある宇宙軍の工廠、星涯と白沙の間にある）もカンカンですよ」

「だろうなぁ。こんな乱暴な割りこみはおれもやったことがない」

「いきなりペイロード一〇〇トンの定期輸送便を二〇便そっくりでしょう。搬入される淡雪《あわいゆき》工廠にしても、二〇〇トンの組み立てドックひとつをそっくり今すぐあけろったって、これは無茶な話でねェ……」

「うむ、わかっとる」

「しかし、これからがまたひともめ、ふたもめですよ。淡雪《あわいゆき》で組み立ての終わったＸ２００を隠元岩礁《いんげんがんしょう》まで輸送するほうの手配はまだついておらんのです」

「統合参謀本部から艦隊司令部経由で連絡がいっとるはずだぞ」

「これが大佐、艦隊司令部と戦略輸送軍団は犬と猿です。まとまるものもまとまりません。なんの貨物だか知らないが、淡雪《あわいゆき》まであとは御免蒙《ごめんこうむ》りたいと言ってきています」

「まずいな、それは……」軍人というよりも学者といった風貌の大佐は心配そうな表情を浮かべた。「どうするつもりだ」

「こんどは大出力の曳船《ひきぶね》ですからねェ。いま、４０１機動宇宙軍団からチャーターを打診させています。なにしろ淡雪《あわいゆき》小惑星群での組み立てに一カ月はかかります。そのうちになんとかなるでしょう。最悪の場合は三つくらいに分けて、隠元《いんげん》岩礁で最終組み立てをやることもできますし……」

「ふむ……。４０１の参謀長はおれの同期だ。裏工作が必要なときは言ってくれ」

「はぁ」

「すると、積み出しの残りは――？」

「はァ、ジンバルと制御部、電源系統の積み出しは明日です。全部でC24貨物函五個です」

「心臓部だな……」

もともと超大型宇宙艦の高次空間転移エンジンとして試作された〈X２００バニシング・エンジン〉の心臓部は、磁気単極子を封入した扁平な球状の、ひと抱えほどの容器である。

これを電磁石の中心に置き、コイルに通電すると、容器の中の磁気単極子はそれぞれNS両極へと引き寄せられる。そこで、この電磁石を交流で励起すると単極子は振動をはじめ、周波数をあげていくと磁場の中心に定常状態をつくる。これをX・Y・Z三軸の磁石によって無限小の一点へと収斂《しゅうれん》させていくと、これによって生ずる高密度粒子の放出するエネルギーが最終的に空間を歪曲させる――というのがその作動原理である。

従ってシステムとしては、巨大な三軸のジンバルに支えられた三組の電磁石と単極子コンテナ、その制御部、電源部などからできている。

この電磁石部分の積み出しが終わり、単極子容器とその保持機構、それに制御部・電源部がいよいよ明日、組み立てのため、淡雪《あわいゆき》小惑星群にある工廠へ積み出されるはこびになったわけである。

「警備のほうは大丈夫だな？」

「はぁ、今のところおかしな動きはまったくありません」

「いや、妨害分子が動くとすれば明日だぞ。心臓部中の心臓部だからな」

「はぁ、それで軍7局（対敵課報担当）や輸送軍団と相談の結果、逆手をいって明日は民間の借り上げ車輛を使い、道路の占用《せんよう》走行も行なわないことにしました。それのほうが、仮によからぬことを企図する輩《やから》があったとしても、その裏をかくことになろうか――というわけでして。

トレーラー五輛です。前後に警備車をつけ、自分が先頭車輛で指揮をとります。

まぁ、明日は愛国の日ですので道路も比較的空《す》いていますし、うまくいくと思います」

次の日の午後。

〈星涯《ほしのはて》重工〉卵山工場の裏手から専用取付路をへて、車列は市の西部へと続く高速車道3号、通称〝山芋《やまいも》街道〟へと入り、メープル東インターから市道1号にわかれて南軍港へ向かう予定になっていた。

〈星涯《ほしのはて》重工〉側は、万一の事故をおもんばかって、深夜か早朝に道路を占用しての輸送を強く主張したが、かえって目立つと星系軍側に押し切られてしまったのだった。

さいわい、片道四車線の専用車道は比較的空《す》いており、赤スポットを点滅させて先頭を走る警備車のあとにつづく五輛の大型トレーラー貨物車は快適なスピードで走った。

しかしそれもつかのま、たちまち面倒な騒ぎが発生した。

背後から追越し車線に入ってきた大型トラックが、先頭の警備車と平行して走りはじめたのだ。

荷台は山芋の山……。

〝山芋街道〟とはよくつけたものである。市の南部にひろがる農村で生産された農産物は、磁撥鉄道と共にこの専用車道を通ってトラックで星涯《ほしのはて》市内の青果市場へ搬入されるのである。

平行して走るトラックの、山のようなバラ積みの山芋の上に陣取っている四、五人の若い男女が、酒びん片手にこちらへ手を振りながらわけのわからぬ歌をわめき散らしはじめた。

〝星の海征《ゆ》く兵隊さンの
腰の短剣にすがりつき
連れていきャンせ、星涯《ほしのはて》
連れていくのはやすけれど
ホモは乗せない宇宙船
レズは乗っける宇宙船
アラ、そンなのないわよ、ねェ！
マァ、ホンとにひどいわ、ねェ！
だってサァ
ほンとにさァ
少尉さンは――〟

「なんというくだらん歌だ！」

先頭を走る小型汎用兵員車《JEEP》でX２００の輸送指揮をとる中尉は吐き出すように言った。

「真ッ昼間から酒など飲みくさって……あの歌詞の愚劣さはいったい……！」

「はァ」操縦席の兵曹長が言った。「今日は愛国の日ですから……。みんな浮かれておるのです」

「飲む理由などなにもないというのに……」苦々しげに中尉は言った。

星涯《ほしのはて》市当局は星系軍の情宣局と共同してこの日を〝愛国の日〟にさだめ、〝兵隊さんに感謝しましょう〟というお手盛りのキャンペーンをはっているのだ。しかし、所詮《しょせん》、お手盛りの企画はお手盛りどまり。学校が休みになって大はしゃぎのワル餓鬼《がき》は言うに及ばず、兵隊さんも愛国心も、そんなものは最初からなくって、要するに、なんかにかこつけてひと騒ぎするのが好きな手合いの格好な口実に使われているだけ。早い話がいつもの日なら、いくら飲ンベェの若い衆だって都心の市場へ向かう山芋の上乗りで白リカーをやるほどの真似はしないはずである……。

　いってみればいま、トラックの上でいい気分になってる兄ちゃん、姉ちゃんたちも、専用車路を走る軍用車輌と並んだとたんに、今日、こうして真ッ昼間から酒を食らっていられる理由をはじめて思い出したのに違いない。

　車体をすりつけんばかりに寄ってくるトラックの上の男女は、酒パック片手にけたたましく呼びかけてくる。

「へいたいさァーン！　ありがとォー！」

「星系軍はいさましい！　兵隊さンは大好きだ！」

　どこまでが本気なのやら、若い男女は、どこでひッこ抜いてきたのか、村祭なんかに使う大きな笹の枝をけたたましく振りながらわめきつづけた。運転手もコックピットから調子を合わせている。

　中尉は、いまにも接触事故を起こさんばかりに車体を寄せてくるトラックをめがけて、近寄るな！　と手でサインを送った。

　最初のうち、向こうはそのサインの意味をとり違えて、兵隊さんが返事してくれたのかと大よろこび、ますます激しく浮かれはじめた。

「近寄るな！　どけ！」やむなく中尉はハンドスピーカーを使ってトラックに向かって命令した。「兵器運搬中だ！　近寄るな！」

「なにィ？……」

　頭ごなしにやられたとたん、運転している男はハンドル片手に身をのり出してどなりかえしてきた。

「なにコいてけつかる！　この税金虫めが！　せっかくこちとらがやさしくしてやりゃつけあがりやがって！」

　かなり酔っ払っているらしいその男は、今にも接触せんばかりにいちだんとトラックを幅寄せしてきた。

　指揮官車は鋭くステアリングを切って接触を避けた。

「ざまを見やがれ！　このカカシ人形めが！　それ！　いくぞ！　もういっちょう受けてみやがれ――あッ！　そのテッポウは！」

　やむなく後席のラックから中尉がⅣ型短レーザー銃をとりあげたとたん、運転手は相手が本気であることにはじめて気がついた。

「ヒ、ヒ、人殺し！」なさけない声と共に、コックピットからはみ出ていた男の姿は消え、それと同時にトラックはまるで蹴ッ飛ばされでもしたような勢いで加速しはじめた。

　はずみでトラックは反対側の側壁へ衝突しそうになり、あわてて切りかえしたとたん、車体はあやうくひッくりかえりそうなほど激しくかしいだ。バラ積みの山芋の上にのっかっていた男女は、酒パックもなにもおッぽり出して荷枠へしがみついている。

　車体は、本当にあわや！　というところまでかしいだが、なんとか転覆はまぬがれた。まぬがれたのはいいのだが、はずみを食らったのは山積みの山芋。どッとなだれを打ってこぼれ落ち、路面へ散乱した。

　あッと思う間もなく、指揮官車はいっきにその中へ突っこんだ。パリパリと車輪が山芋を踏んづけたとたん、車体はズルリと猛烈にスリップして車体の側面が走行路の側壁へ激突し、車輪がロックしたまま路面を斜めに横切り、そこへ同じようにスリップした後続車が小山のように迫ってきたが、大衝突寸前でなんとか双方とも停止した。

　つづく車輌も、まかり間違えば連続玉つき事故が発生するところをきわどいところで切り抜け、ジグザグに停車した。

　山芋をおッことした件《くだん》のトラックはそんな事態に気づかばこそ、荷台にしがみついてる兄ちゃん、姉ちゃんをのっけたまま、雲を霞《かすみ》とばかりにたちまち見えなくなってしまった。

　すばやく操縦員が路面にとびおりて車体の損傷をチェックしはじめる。

　裏目に出た……と中尉は思った。

　磁撥艇も走行可能な専用車路だが、磁力浮揚走行中に鉄屑などを撒かれると面倒なことになるというわけで、あえて車輪車輌《コロガシ》を選んだのだが。

　しかし、すぐに操縦員は戻ってきて、全車輌とも走行にさしつかえはないという。そこでなんとか態勢をたてなおし、たちまち長蛇の列をつくりはじめた車列の先頭になる形でゆっくりと走り出し、ふたたび徐々に加速しはじめた。だが、たちまち彼らの行く手は四車線ともびッしり車でつまってしまった。先のほうで何か起きたらしい。

　走路に平行したケーブルから放送されている道路情報をアクセスしてみると、約五キロ先の、キツツキ坂の下りカーブで、農産物を満載したトラックが横転事故を起こしたという。おそらく、中尉にレーザー・ライフルでおどかされ、命からがらで遁走にかかった例の山芋のトラックに違いない。

　空を見上げると、道路庁の重量物懸吊用ヘリコプターが急行していく。

　中尉はあせりはじめた。

　市の南部にある星系軍の南軍港には、第2輸送軍団の輸送宇宙艦が二隻、彼らが運んでいく貨物の到着を待っているはずなのだ。参謀本部から艦隊司令部へと、お役所仕事もきわまれりという軍の組織の間隙をぬって、正面玄関からいけば軽く半年は待たされるところを、泣きにおどしに袖の下とあらゆる手を使いまくってなんとかスケジュールに割りこんで確保した二〇便の最終である。

　これを逃《のが》したら、こんどはいつつかまるか知れたものではない……。

　しかも、海上輸送や航空輸送と違って、淡雪《あわいゆき》小惑星群の工廠向けという宇宙輸送の場合、衛星軌道への進入時期がトランスファ軌道とのからみでおそろしく厳密に規制されており、今回の場合、その幅、つまり〝窓の開いてる時間〟は、わずか二時間、予定時刻の前後各一時間しか離昇をずらすことはできないのだ。

とても道路の復旧を待ってはいられない。

とっさに決断をくだした中尉は、兵をひきいてひしめく車列の間に入るとレーザー・ライフルに物を言わせて地上車を強引に左右へ押しやり、なんとか一車線のすき間を確保しながら、運よく一キロほど先にあるキッツキ坂西インター・チェンジまで強行前進し、やっとのことで一般道へ降りると、非常サイレンを鳴らしながら軍港に向かって前進を再開した。

ところが、このインターがあるアネモネ区というのはあまり柄《がら》のよくない貧民住宅がひしめくあたり、ろくすっぽ整備されていない道路には、これまたここらにふさわしいおんぼろ車輌がひしめいており、非常サイレンなど聞こえぬふりで道をあけたりするどころの話ではない。

あせりながらもやむなくのろのろと進むわけありげな大型貨物車の行列に、たちまちあたりにたむろする悪餓鬼どもがワイワイくっついてきた。

車上に棒立ちとなった中尉は声をからしてあっちへ行けと叫ぶのだが、とンと反応する気配はない。だが、さりとてここで手荒な真似をするわけにもいかないのは、数年前、やはりこのとなりのペパーミント区のはずれでこんな軍用車輌の車列が立往生し、邪魔した悪餓鬼を露《つゆ》払《はら》いの兵士がぶン殴ったとか、ぶン殴らないとかが発端で住民ともめはじめ、ついに怒り狂った群衆が兵隊たちへおそいかかり、とうとう威嚇発砲した兵士二人が撲殺《ぼくさつ》され、全員が半殺しの目にあう——という騒動が起きているのだ……。

おまけに今日は日も悪い……。

心にもない〝愛国の日〟ときている。

嫌われ者の星系軍だが、今日ばッかしは〝兵隊さんに感謝しましょう〟なンぞと散々吹きこまれ、わけもわからず「兵隊さンよ、ありがとう！」などと、ヤケみたいにさえずってる洟垂《はなた》れ小僧どもをへたに扱ったひには、できそこなった料理用水素オーブンみたいに、一瞬で大爆発をひきおこすことにもなりかねない……。

とはいえ、かなりの余裕をとっておいたスケジュールも刻々とつまっていく。いよいよとなれば——などと覚悟のほぞを固めはじめた吊柿中尉の心中を読んだかのように、のろのろと進む車列の前方で、またもやなにかべつの騒ぎが起こった。兵隊みこし……。

わッしょい！　わッしょい！　と五〇人ほどの子供たちがかついでいるみこしのハリボテは、星系軍の最新鋭機としてつい最近公表された4型震天艇《しんてん》をかたどったつもりか、星系宇宙軍の大気圏フェーズ塗装のつもりらしく、青灰色のまるで河馬を思わす不細工なかたまりがドタドタと揺れている。

とっさに兵隊のひとりがとび降りてみこしをわきへどかそうとしたが、たちまち子供たちの間にまきこまれてしまって身動きもならなくなった。

ところがそこへ、またもやへんなのが現われた。

ノロノロ進む車列の正面へうやうやしくぬッと進み出たのは、神官の装束もいかめしい白ひげの老人である。近くに神殿でもあるのだろうか。

なにごとかと見守る指揮官車の乗員たちに向かって老人は深々と一礼した。

「武運長久をお祈り申して祝詞《しゅくし》をひとつ」

もったいらしくそれだけ言った老人は内懐から巻紙をとり出すと長々とひろげ、ふたたび一礼してから朗々と読みはじめた。

「へウェーイッ！

夫《そ》れ戦陣は、大命に基づき、星涯《ほしのはて》軍の神髄を発揮し、攻むれば必ずとり、戦えば必ず勝ち、遍《あまね》く敵陣を宣布し、敵をして御稜威《ごりょうい》の尊厳を感銘せしむるところなり……」

吊柿中尉は溜息を洩らした。

だらしのない星系軍兵士に業を煮やし星系政府国防長官が全軍へ発布した戦陣之諭《せんじんのゆ》、これを民間にも読ませて国防思想の普及につとめようなどとバカなことをくわだてたのはもともと星系軍なんだからここで文句も言えないんだが、こっちはそろそろ余裕の時間もなくなりはじめている。

思いきって彼は車を降り、朗々と長ッたらしい戦陣之諭を朗読する神官へ近よると、小声で事情を説明した。朗唱を続けながら聞きおわった神官はひとつ大きくうなずくとさらに声をはりあげたが、序二段であっさりと切りあげてしまい、巻紙をもっともらしく巻きとって内懐におさめると威儀を正した。

そして、びッくりするような大声で、

「皇軍ばンざァイ！」と叫びながら両手を高々とさしあげた。

そのとたん、

「ばンざァイ！」というなまめかしい娘たちの大合唱がだしぬけにおこり、はッとあたりを見まわすといつの間にやってきたのか一〇〇人近いお祭り装束の娘たちが、車列と平行にずらりとひしめいていて、いっせいに花束を各車の操縦席へ向かって投げはじめたのだ……。

「勇軍ばんざい！　花ほうれ！」

「花を召しませ！　御国《みくに》の勇士！」

口ぐちにわめきながらありッたけの花束を操縦席めがけて投げ終わると、娘たちはさっと群衆の中へ戻った。

あたりはオーサママタタビ草の花で真ッ白……。

神官は深々と頭を下げ、中尉はあわてて挙手をかえしてから前席の操縦員へ発進を命じた。

その時である。

突然、異様なことが起こった。

あたりにひしめく群衆の中からだしぬけにいくつもの悲鳴がおこり、なにやら右往左往しはじめた人々の間を縫うように、なにか小さな動物の群が狂ったように車列をめがけて殺到してきたのだ。

ニャオウ！

ゴロニャア！

フーッ！

いったい街なかのどこにこれだけひそんでいたのか、あきれるほどの野良猫の大群である。

ニャアゴ！　ニャアゴ！

半狂乱の鳴き声をあげながら、野良猫どもはオーサマタタビ草で埋まった各車輛の操縦席へ暴れこんだ。

「走れ！　発進させろ！」

狂暴な牙をむいてとびかかってくる二、三匹をはたきおとしながら中尉が叫んだとき、操縦席の兵曹長はもう命からがら車外へ脱出したあと……。

とっさに振り返ってみると、全車が同じような大混乱におちいっており、操縦員や作業員は逃げまどい、かろうじて五、六人の警備兵が、襲いかかってくる野良猫を銃の台尻で追い払おうと必死になっている。

「射て！　射ち殺せ！」中尉は腰のレーザー・ガンを抜きながら立往生している後続車輛へ向かって叫んだ。

ところがそのとき、「やめろ！」とどなりながら指揮官車へとびのってきた男がいる。

なにごとかと見れば、頭から靴先まで真ッ黒な防疫服に身を包んだ救急隊員である。

「逃げろ！」その男はマスク越しに叫んだ。「この地区に狂猫炎が発生している！　嚙《か》まれると危険だ！　いそげ！」

狂猫炎！

聞いたとたんにさしもの吊柿中尉もぎょッとなった。

狂猫炎ヴィールスに脳をやられた人間は、ランタンの油を舐《な》めたり、生魚の頭をかじったり、はては床のマットを爪でかきムシりながら狂い死にするばかりか、その症状は七代にまで遺伝するとさえ言われているのだ……。

「はやく逃げろ！」防疫服の男はもういちど叫んだ。

「車はおれたちが側道へ入れる！」

ギャオウッ！

マタタビ草の匂いに狂ったのか、凄《すご》い勢いで跳びかかってきた一匹に中尉がピストルを構える間も与えず、防疫服の男はごつい手袋であっさりと追い払った。

「はやく！」

有無を言わせぬ相手の口調に吊柿中尉は車外へとび降り、喉を鳴らしてあたりにひしめく野良猫を蹴散らし、あッという間に誰もいなくなった道を横切って、難を逃れた人々がひしめいている近くの店へ駈けこんだのだった。

背後で、防疫班員がトラックを移動させる音が起こった……。

いったいこの連中がどんな手を使ったのかはさっぱりわからぬが、あれだけ狂いまわっていた猫が一匹もいなくなったのは、それから五分とはたたぬうちのことである……。

車輛は、大通りからほど遠からぬ広場へ整然と移動されていた。

防疫班員はいつの間にかいなくなっている。

中尉をはじめ、駈け戻った操縦員たちはすぐさまエンジンを起動し、その場で司令部へ無線連絡して軍用緊急車輛走行第Ⅰ種コンディションの発動を要請しながら、星系軍の南軍港に向かって走り出した。

いらいらしながら待っていた第2輸送軍団の中型輸送艦二隻は、星系軍の宇宙航行運用細則242条のC項にさだめられている遅延許容範囲ぎりぎりの五分おくれで貨物の積みこみを終わり、離昇したのだった。

8

〈星海企業〉、つまり、通称〝銀河乞食軍団〟は、この星系の首惑星・星涯《ほしのはて》と二連惑星を形成している惑星・白沙《しろきすな》の基地がいちおう本社ということになっていて、ここが大気圏内航空機類や地表発進型宇宙艇の整備と運行を主として行なっており、他に金平糖《こんぺいとう》小惑星群にある金平《こんぺい》糖錨地《とうびょうち》の基地が、衛星発進型宇宙船舶の整備や不定期航路を運用している。

しかし、ここ、星涯《ほしのはて》市が〈星涯《ほしのはて》〉星系の首都ともなれば、いくらおんぼろ宇宙船を使ってほそぼそとやっている〈星海企業〉といえども出張所を置いてさばかねばならない仕事もけっこう多いし、事実、中古船舶の売買や不定期貨物の運送など営業部門の窓口は、ここを中心に運営されているといってもよかった。

星涯《ほしのはて》市は海に張り出した南北三〇キロ、東西二〇キロほどの半島で、そのほぼ中央あたりにレモンパイと呼ばれている小高い丘陵があって高級住宅地や公園になっているが、その西から南へとひろがる一帯が、間に商業・官庁街をはさんでいわゆるダウンタウンを形成し、その西の縁が港湾区域となっている。

この星涯《ほしのはて》市には、宇宙港が軍用や小さなものを入れれば一〇個所近くもあるが、乗客専用の星涯《ほしのはて》中央宇宙港に次ぐ規模をもつのは、第二宇宙港と呼ばれているものでレモンパイから北西の方角にあたる。

鳥川放水路の河口近く、中小工場やスラム街のただなかにあるこの第二宇宙港は貨物が中心なので貨物取扱区画が大きくとってあり、その縁に中小の運輸会社・整備工場などがひしめいていて、〈星海企業〉の星涯《ほしのはて》市出張所はそんなあたり、中・小型貨物宇宙船専用繋留《けいりゅう》床を控えたところにずらりと並ぶメタル・キャビン（掘っ立て長屋）の一角を借りていた。

両開きの防音ドアを開くとそこがカウンターで、四、五人の男女事務員が執務しており、壁面は粗末なものだが電子ディスプレイになっていて、所属船舶の運行状況やリアルタイムで入ってくる港湾情報《ノータム》、天象情報などがディスプレイされている。

そしてその奥が出張所長室……。

ディスプレイやコム、ファイルなどのシステムが組みこまれた所長のビジネス・デスクとイームズ・スタイルの応接セットだけでいっぱいという感じである。

「冗談おっしゃッちゃいけませンよ、旦那《ダン》様《さま》！　作業艇のほうは、淡雪《あわいゆき》（惑星・星涯、白沙の軌道に近い小惑星群のひとつ、泊地として利用されている）で五隻だけとりあえず手配できました。しかし大きな船となりますとやっぱりそっちで考えていただかないと……。なにしろ急な話ですから」

公社の惑星間専用回線の送受話機を手にしぶい顔をしているのは、出張所長の貞吉《さだきち》である。のッぺりと白いやさ男。

向こうを旦那様、それも、ナを省略してダンさまと呼んでるところをみると、相手は惑星・白沙《しろきすな》にある〈星海企業〉の白沙《しろきすな》基地をとりしきっている甚七老人らしい。なにしろ昔むかし間甚七《はざまじんしち》が乞食軍団へ加わる前にやっていた骨董商の時代から、丁稚《でっち》、番頭《ばんとう》とつとめあげてきたという実直一筋、堅物で真面目を絵に描いたような人柄。〈星海企業〉の表看板をひとりで背負うにふさわしい人物である。

「ほンとに、旦那《ダン》様《さま》と来たら困ッちまう！」

デスクの上の、タイマーの光電標示がゆっくりゼロへ向かっていくのを見つめながら、出張所長はいらだたしげにつぶやいた。いま、白沙《しろきすな》は比較的近くてタイムラグは往復三〇秒だが、それでもわずらわしいことに変わりはない。

緑に浮かぶ赤い針がゼロに戻ったとたん、向こうの声がかえってきた。明瞭だがいかにも遠い声である。

〃そんなこと言ったたって、貞吉、あたしが困ッちまいますよ〃と、こわもての甚七老も貞吉相手だと品がよい。

〃いくら大きな仕事がとびこんだッたって、いますぐそんな大きな船の手配はつきゃしませんよ。〈星海企業《うち》〉の船は〈雲竜《うんりゅう》〉が淡雪《あわいゆき》から熱河《あついかわ》（第三惑星）に向かってるし、〈火竜《ひりゅう》〉は〈朱実《あけみ》運輸〉にチャーターされてるし、〈雷《いかずち》〉は定期整備、〈霞《かすみ》〉は改装中だし……。〈ディオゲネスの樽〉も整備中、〈クロパン大王〉が空《あ》いてりゃいちばんいいんだが、いま、例のX200の件でロケ松たちが隠元岩礁《いんげんがんしょう》へ持っていってるし、100型なら手配できるけれど、あれじゃ小さいだろ？〃

「冗談じゃございませンよ、旦那《ダン》様《さま》！　貨物はそんな量じゃないんですから……。せんだって公社から払い下げを受けて回航しましたⅢB（中距離星間航行用ペイロード最大一〇〇トン）はどうなりました？　星系内で使うのなら、ペイロードは定格の倍はまいりましょう？」

ふたたび光電針がまわりはじめる。

「まったくこんな良《い》い仕事だっていうのに、旦那《ダン》様《さま》はちッともわかってくださらないんだから……」

針がゼロに戻ると甚七の声がかえってくる。

〃あれは〈風竜《ふうりゅう》〉と命名することになってるンだが、金《こん》平糖《ぺいとう》錨地で試運転中にまたトラブルが出てね、修理にかかってます〃

「それじゃ——いったい、旦那《ダン》様《さま》はあたくしのお願いを聞いてくださらないんですか!?」

もう、出張所長は中ッ腹になっている。

光電針がふたたびゼロに戻って、

〃なンとか、そっちでチャーター船を手配してみておくれ。それしかありません。それじゃ貞吉、お願いしましたよ〃

通話終了を示す赤のランプ。

「ほんとにこれなンだから！」

貞吉はカンカンになって送受話機を置いた。

そのとたん、

「ハッハッハッハッ！」

だしぬけにはじけるような笑い声が起こった。

ぎょっとして貞吉が声のほうへ振り向くと、応接ソファに腰を沈めて長い脚をテーブルに伸ばしているのは又八。

「だいぶ頭に来てますな！　番頭さん？」

番頭さんと呼ばれて出張所長はいやな顔をした。

「やめてくださいよ、又八ッつァん！　番頭——だなンて！」

「どうしたんです、いったい？」相手の口調が口調なだけに、又八のほうもいちおうは丁寧《ていねい》な口をきく。

「どうしたもこうしたもありゃしませンよ、又八さん。先方がひどく焦ってましてね、指定の日時までに回航してくれれば相場の三倍は出すッてンですよ」

「いったいなんなの？」

「いったい？　あァ、炎陽《ほのおのひ》（第二惑星）に向かってたコンテ《きしゃ》ナ船《ポッポ》がね、漂遊隕石流に突ッこんじまって立往生してるんですよ。牽引船はかなりやられて、乗組員だけはなんとか脱出したらしいんですが……」

「荷主は？」

「それが——」出張所長はちょっと言いよどんだ。「代理店は〈星通堂《ほしのとおりどう》〉ですが、荷主は言えないってンです。その分、料金を上載せするからって」

「軍貨物かな？」

「でもないらしい」

「密輪とか——？」

「おかしなことおッしゃッちゃ困りますよ」出張所長がボヤいた。「堅いんで通ってる〈星海企業〉の貞吉ですよ！　密輪かどうか、そんな臭い話かどうかの見分けがつかなきゃ、あたくしはとッくにお暇《ひま》をいただいてます！」

「ふうん……」又八はなにかべつのことを考えているらしい。「しかし、いったいなんでそんなに荷主が隠れなきゃならないんだろう……？」

「そりゃそうでしょ」出張所長は言った。「天象警報を無視して起こった事故ですよ。航路統制局もちゃんとノータムを出してたんですから……。表沙汰になれば大問題です。運航免許どころか、営業免許だってめしあげられちまうかもしれません」

「なぁるほどなァ……。でも、なんでうちに来たわけ？　その話が」

「そりゃそうですよ。そんな隕石流のど真ン中へ小さな宇宙艇で入っていって遭難船の貨物を積み取って、流れの外で待ってる大型船へ積み替える——なんて乱暴で危険な仕事は、うちみたいな命知らずがそろってるところじゃないと引き受けッこありませんよ」

「ふうむ」又八はまだ何か考えている。「どれくらいになる？」

「五二万クレジット」

「ほう、そいつァ、おいしいねェ」

「それも特約保険料は先方持ちなんですよ。こんな話はありゃしませんよ。だッてェのに旦那《ダン》——いや、所長ときたら——」

「貨物パレットに損傷は？」また始まりそうな貞吉のボヤキを無視して又八が聞いた。

「牽引船は大破したって話ですが、くわしいことはわかりません。ただ、緊急回頭して、隕石流に併航した形で流れにまきこまれたんで損傷は比較的小さいようですよ」

「隕石流の大きさは？」

出張所長は大判のノートぐらいの電子ディスプレイに隕石流の航路情報をアクセスしてから又八へ手渡した。

「ふウン……」彼は表面の電光文字を読みながら言った。「又八ッつァン、船の手配になにか成算でもあるんですか？」

「ふうむ……ありそうだね、これなら」又八は航路情報を読みながらつぶやいた。

「ほんとですか!?」貞吉はたたみかけた。

又八はニヤリと笑った。

「ありそうだぜ、所長さん」又八は続けた。「言い出しッ屁というやつだ。本音を吐くと、X２００にもちょっと足どめをかけたんで、ここいらでひと息入れてェところだが、貞吉ッつァンが困ってるンじゃ仕方がねェ、おれがその大仕事ひきうけるとするか、ちょいとおもしろそうだ」

「きまッた！」

出張所長はとびつくように電話機をとりあげて市内電話のナンバーをアクセスすると、にこやかに話しはじめた。

「あァ、〈星通堂〉さン？　はィはィ、〈星海企業〉の柳家《やなぎや》です。はィはィ、そうそう、例の隕石流のコンテナ船の件、お引き受けしましたよ。まかしてくださいな。はィはィ、それでポジションと状況を大急ぎで電送してくださいな。こちらのプランは」

柳家貞吉《やなぎやさだきち》出張所長はちらりと又八に眼をやった。

「？」

又八は指を三本あげてみせた。

「え、えェ、三時間以内に電送します。はィはィ、出《オ》港地《リジン》は白沙《しろきすな》か金平糖《こんぺいとう》になると思いますよ。はィはィ、船名ですか？　いえ、まだわかりません。でも、うちのピカ一の船長を出しますから……。ロケ松？　いェいェ、あンなとしよりじゃありませン。山本。ご存知でしョ、山本又八？　ピカ一ですよ、なにおッしゃいます？　あれが運よく空《あ》いてましてね。はィはィ、え？　なンですッて？」柳家出張所長はちょっとおどろいた様子。「そンな！　あなた……。それじゃあと四〇〇時間しかないじゃありませンか。そうですよ！　なんでまた、えェ？　Vc(速光)の〇・〇〇一%加速なら——？」

又八はすばやく頭の中で計算している様子だが、まあ仕方ないさといった表情でうなずいて見せた。

「よござンす」柳家貞吉はちらりと又八のほうへ眼をやりながらつづけた。「山本又八が命懸けでやってみるッて、ここで言ってます。しかし、都家《みやこや》さン、こいつはすこしばかり仕事がきつうござンすよ、え？　ヘッヘッヘッヘッ、そうそう、当然、手前どもといたしましては第一種重加速度運航加算の……と、そう五〇パーセントをのっけさせていただきますよ。なにしろ、うちのエースの船長を出すンですから。なンですッて？　いやですよ、都家さん、冗談おっしゃっちゃ困りますよ！　もしもめっかったら、天象警報無視の無謀運航で航路統制局だの保安部だのに絞られるのはこっちなンですから……。え……そう、そう……よござンす、それじゃ四八パーセントで手を打ちましょう。すみませンねェ……。契約のほうはのちほどあたくしがうかがいますので……。前渡し金のほうはいつものとおり……さいです。アスパラ河岸信用組合の口座のほうへ、はィはィ。それから、応急機材の実費請求分は……いやですよ、都家さン……」

延々とやり合っている柳家貞吉のほうを見ながら、又八は必死で笑いをこらえていた。

〝番頭め……チャンスとばかりにムシってやがる……〟

やっとのことで交渉を終わり、電話機を置いた出張所長は、ほッとした表情で又八に向かって言った。

「すぐ、状況通報を電送してくるそうですよ」彼はデスクの中から大きな煙管《キセル》をとり出しながらつづける。「向こうはよッぽど困ってるらしい」

「あんたにムシられッぱなしじゃないか。弱味につけこまれちまって、〈星通堂〉も形なしだねェ」

「ヘンなことおッしゃっちゃ困りますよ！　又八さん」貞吉はむきになって抗議した。「うちの経営状態はご存知でしょ!?　あたくしはもう、〈クロパン大王〉がこともあろうにタンポポ村へ突ッこんだと聞いたときには蒼くなっちまいましたよ。あれが星系軍に没収されようものなら……あなた……。いくらボロ船でも大事にしてくださらなくッちゃ……ほんとに……」

「そのボロ船を新品同様にして返してもらったぜ。よろこんでくれよ……。しかし、金平糖《こんぺいとう》錨地の娘どももよくやるぜ。星系軍工廠のガツガツした連中にあそこまでスレスレに迫ッといて、とッて食われたやつァ一人もいないッてンだからねェ」

「そりゃそうですよ」貞吉は煙管《キセル》に火を点《つ》けながら言った。「なにせお富さンの眼が光ってますから……。あの娘《こ》たちの貞操観念の堅さッたら……これはもう……ヘッヘッヘッヘッ」

番頭はちょッといやらしい笑いかたをした。

「手でも出してみたのかね、そのとしで？　貞吉さん？」

「ヨ、よしてくださいな！　ゴホゴホゴホ！」あわてた貞吉は煙にむせながら言った。「うちのかみさんの耳に入ったら、あたくしは殺されちまいますよ！」

「いい煙管《キセル》じゃないか」脈絡もなしに又八が言った。

「え？　あァ、これ？　さすが又八ッつァん、お目が高い！」出張所長はすぐにのってきた。「昔のナタマメ煙管《キセル》ッてのを模造させたンですよ」

彼はその大きな鉈豆煙管《なたまめキセル》を又八のほうへ差し出した。

「インコネル・J（耐熱合金）ですよ、材料は。だからネオ・コクブでも大丈夫です。高温性の葉を詰めたって色は変わりません。火壺はあァた、超ジルカロイ（原子炉の炉心材）ですよ。凝ってるでしょ？　ジャンクの炉からさがさせたんです」

「よくそんなものがあったねェ……。今どき、ジルカロイの炉なんて……」

「だからかなり古いものですよ、あげましょうか？」

「いいの、貞吉さん？　もらっちゃって？」

「まァ、とンでもない大仕事を引き受けてくだすッたンだから、よろしきゃお持ちくださいな。

それよりも、又八ッつァん」

貞吉所長は、ちょっと不安そうな表情を浮かべた。

「ほンとに大丈夫なんでしょうね？」

「うん、たぶんな」

「たぶん？」

「うん」又八はケロリとしている。

「船の手配に見通しはあるんでしょうね。隕石流に入ってコンテナの貨物を積みとる作業艇はとりあえず五隻押さえました。くわしいスペックはわからないんで、ひょっとすれば二往復になりましょう。

それはいいとして、隕石流の外でそれを受けとって炎《ほのお》陽《のひ》まで持ってく貨物宇宙船《ふね》は——？

旦那《ダン》様《さま》——あ、いえ、甚七所長は、うちの船は一隻も空《あ》いてないって言ってるンですよ。

ペイロードは最小限一〇〇トンです。あと四〇〇時間しかないンですよ、間に合いますか？」

「貨物船は無理だよ」

「え、ええッ!?」柳家所長はとびあがった。

「だって貞吉さんが手配つかねェってのをおれにやれるわきゃァない」

「マ、又八ッつァん！　あァた、コ、このサ、貞吉をおからかいになるつもりですか？」貞吉はもう青くなったり赤くなったり……。「ソ、そんな……それじゃ……イ……いったい……」

「まァ、まァ、番頭さん、番頭さん」

又八は、先ほどの甚七老人の口調を真似していった。

「そんなにあわてるもンじゃありませンよ。世の中にはおまえ、抜け穴ッてェものがあるんですよ、落ち着かなきゃいけません」

「ジョ、冗談はやめてくださいな！」

貞吉は嚙《か》みつきそうな表情を浮かべている。

しかし、又八はケロリとして甚七の口調を続けた。

「つまり番頭さん、要は、四〇〇時間以内にその一〇〇トンの貨物を炎陽《ほのおのひ》まで届けりゃいいんでしょ？」

「……ソ……そうですよ」

「だから、それをやろうッて言ってるんじゃありませんか」

「だから、船は——」

「船は１００型なら空《あ》いてるンでしょ」

「ヒ、ヒャク！　１００型！」またもや番頭は青くなった。「ソ、そんな！　あんなものに一〇〇トンも貨物が積めますか!?」

１００型宇宙艇といえばいちばんポピュラーな船で、いろいろなバージョンがひろく使われているが、乞食軍団が持っている数隻の１００型艇のうち、貨物仕様のストレッチ・モデルでもペイロードは三〇トンを切っているはずだ。

「べつに、そんなことを言ってやしませんよ、番頭さん」と又八はおもしろそうである。

「？……？……それじゃ……」

「だってコンテナ船《きしゃポッポ》なんだろ、向こうは？　一〇〇トンと言うからにゃ、五トンコンテナを二〇個、パレットでつないでるんだろ」

「ええ」貞吉はひらきなおった。「それを１００型で押す——なンて言いっこなしですよ。コンテナ船の牽引船は公社のVA（惑星間・ペイロード一〇〇トン級）なみの力持ってるんですからね」

「だからさ、１００型でブースターを持っていくんだよ。六基ばかり」

「又八さん」貞吉はきッとなった。「あたくしは宇宙船船長の免状なんか持っちゃおりません。

ですが、この商売に入って二〇年です。できることとできないことのけじめぐらいはつきます。

隕石流ンなかを、舵もろくにきかないブースターでどうやって動かそうっていうンです？」

「だって、隕石にぶつからなけりゃいいんだろ？」

「ソ、そりゃそうです。そのとおりです。ただ——」

「まかしときなッて！」又八は笑いながら立ち上がった。

「もしもしくじったら、この鉈豆煙管《なたまめキセル》をそっくりお返しするぜ」

「そんなもの……」貞吉はメゲかけている。

いきなり又八は壁越しに向こうのオフィスにいる娘へ声をかけた。

「おォい！　美沙子！」

「はァい！」

きれいな娘が顔を出した。昼食の最中だったらしく、大きなイモパン片手に口をモグつかせている。

「白沙《しろきすな》まで便乗できる船をさがしてくれないか？　高速船がいいな。こっちは惑星警察ともめてるんで、定期便はまずいんだよ」

ぐいと食ってたものをのみくだしてから、娘は言った。

「わかりました。あの、お昼は、所長サン？」

又八が言った。

「なんかこの近くに朱実《アケミ》エビ（衛星・朱実特産のエビ）のフライを食わす店があるんだって？　ありゃ、輸入禁制だろ？　うまいそうだねェ……」

「しッ、大きな声でそんなこと言わないでください！」

娘は眉をひそめて又八をたしなめた。

「とったげなさい」

所長が憮然《ぶぜん》とした表情で言った。

「所長さんは？」

「あたくしは結構。食欲がありません」

娘は出ていった。

「はッはッはッ！」又八が笑い声をあげた。「まかせておきなって、番頭さん！　この又八が引き受けた——と言ってるんだぜ」

「……」番頭はすっかり考えこんでいたが、ふッと安心したように顔を上げ、デスクのボタンを押した。

「美沙子サン、あたくしも同じもの」

又八はふたたびはじけるような笑い声をあげた。

9

惑星・白沙《しろきすな》。

星涯《ほしのはて》と二連惑星の関係にあり、大きさこそすこし小さいとはいえ天然資源にも恵まれているのに、赤道地方の気温が高すぎることや地形がけわしすぎるためか、星涯《ほしのはて》にくらべると、どうしても僻地のイメージがつきまとう……。

いま、そんな白沙《しろきすな》の荒野の上を、一機のエアカーが飛んでいた……。

「どうだ、基地の塩梅《あんばい》は？」

星涯《ほしのはて》市の出張所が手配してくれた貨物船に便乗して惑星・白沙《しろきすな》の衛星軌道に入り、そこからフェリー便で白沙《しろきすな》市の宇宙港へ帰ってきた又八は、迎えにきた椋十《ムクジュウ》のエアカーで乞食軍団の白沙《しろきすな》基地へ向かうところである……。

「ロケ松さんとゲロ政さんとあと三人ばかりが、金平糖《こんぺいとう》錨地《びょうち》にあがってます。〈クロパン大王〉で、どっかに行くとか言ってました」

「うん、それは知ってる。基地の仕事のほうは忙しいのか？」

「忙しいですよ！　Ｃ－４９０が二機も修理に入ってるんですよ」

「どこの？」

「〈日の丸運輸〉と、あとは……」

「宇宙船のほうは（地表発進型宇宙船の小型・中型の整備もやっている）？」

「明日、ⅥＣ（ペイロード五〇トン惑星間専用）が一隻入るはずです。それより又八ッつァン」操縦桿をとる椋十は聞いた。「おもしろかったンでしょ、和尚さンだのピーターと……？」

「うむ」又八は地表に眼をやりながらなにか考えている。

「なにが起きたんですか」椋十は、まだ子供ッぽさの残る口調で食い下がる。

「いずれゆっくり話してやるぜ」又八は言った。「それより椋、１００型でひと仕事やるからつき合うか？」

「ほンとですか！」椋十は眼を輝かせた。

宇宙港のある白沙《しろきすな》市から二〇〇キロほど離れたあたり、雪をいただく山岳地帯をひかえた荒野のただなかに、乞食軍団、つまり〈星海企業〉の白沙《しろきすな》基地、事実上の根拠地がある。

荒地を削りとってつくられたささやかな離着床と滑走路、その一角に粗末な格納庫《ハンガー》が数棟、その前の繋留床《けいりゅうしょう》には中型・小型の大気圏内航空機や弾道艇などが、スクラップ寸前のていたらくとはいえ、それでも合わせて二〇機ほど……。

掘ッ立て小屋も同然の管理事務所の前にエアカーが着地して又八が降り立つと、小柄な老人が一人、ぬッと顔を出した。

「ただいま」又八が挨拶した。

「ご苦労」老人はにこりともせずに言った。「和尚たちはまだ、その道士とやらをさがしとるのか。やっぱり、モク爺《じい》さんと関係あるらしいな？」

「うん、とにかくこっちはひと足先にひきあげてきた。Ｘ２００のほうもうまくすり替えたし」

「そりゃいいが、おまえたちは星涯《ほしのはて》市の出張所に顔を出すなと言ってあるだろ」老人は又八に剣突《けんつく》をくわせた。

「あそこに星系軍や星系警察が眼をつけると面倒なことになる。わかッとるだろうが……！」

「だからあたくしは客として行ったんじゃありませンか、旦那《ダン》様《さま》」又八は柳家貞吉《やなぎやさだきち》出張所長の口調を真似して言った。

「……」

だしぬけにやられた甚七老は、苦笑しながら先に立って管理棟の中へ入った。

「なにしろ、あたくしは星系警察に追われておりますから、定期便には乗れません。貨物船にでもこっそり便乗しないことには……」

背後から浴びせかける又八に、もうよせ！ と言いたげな表情で、老人は手を振りながら自分のデスクの前に腰をおろした。

「それより御隠居」又八はソファに腰を沈めながら言った。「例のコンテナ船《きしやポッポ》の一件よ、あれ、逃《のが》す手はねェよ」

「そんなこたァわかっとる」老人はにべもない。「だから、貞にチャーター船を手配するように言いつけた」

「無理だよ、ＥＴＡ（到着予定時刻）まで四○○h（時間）しかないんだ」

「なに？ 四○○h、炎陽《ほのおのひ》へのＥＴＡがか？」

「ああ」

「それじゃ無理だわ。ペイロードの一○○トンをコンテナから作業艇でべつの船に積み替えるまで——」

「だからよ」

「だから？」

「だからおれがひきうけてきた。番頭は今ごろ、星通《ほしのとおり》と契約してると思うぜ」

「おい、又八」甚七老人はしぶい表情である。

「？」

「おまえ、どうやってやるつもりだ？ 船は？」

「１００型を使うんだよ。空《あ》いてるんだろ？」

「１００型を？ まあ、１００型は〈パンパネラ・３号〉が空いとるが……」

「貨物仕様のストレッチ型だな？」

「そう、ペイロードは三二トンだ」

「それからブースターはあるかね？」

「Ｊ７（固体燃料）か？ ３００Ｂ（氷Ⅰと核融合炉による出力可変式）か？」つられて甚七老は聞いた。

「３００Ｂよ、炉もいっしょにだぜ。八基ばかり欲しい。集中管制ユニットもな」

「ここに四基ある。あとは金平糖錨地《うえ》にあるだろう。ユニットも」

「それからレーザー砲とミサイル」

「レーザー砲？」

「たしか、星系軍の砲艦からおろしたのがあったろ？」

「３ミリしかない。７ミリは、万一に備えて錨地《うえ》にあげてある。ミサイルは……。しかし、いったい、おまえは——？」

それに答えず又八はおッかぶせる。

「それから、土木工事用の爆薬も持っていったがいいな」

「火薬《ケミ》か？ 核爆薬《アト》か？」

「アト」

「何発？」

「さあて……と、４号か６号を（破壊する岩石一○○○トンを１号とする）……念のために一○○発」

「一○○発？」甚七老は眼を丸くした。「そいつは万寿《まんじゅ》からとり寄せねば」

「それに……と、進入誘導用の航法ビームの発信機と航路警戒レーダー——。これはあるよな？」

「コンに聞いてみなけりゃわからん」

「おッと！ そのコンも借りてェンだ」

「又八、おまえ……」甚七老人はまじまじと又八の顔を見つめた。「まさか……」

「そうよ、わかったろ？」

「つまり、コンテナ船のパレットへじかにブースターをつけて——」

「そう、そう、そのとおり」

「隕石をどう避けるつもりじゃ？ いくら警戒レーダーを積んでも、ブースターでは舵のききが話にならんほど鈍いぞ」

「わかってるよ。だから隕石流ンなかじゃずっとスピードを殺してさ。状況通報によりゃ、ざっと三○○○キロをつッ走れば、隕石流の外へ出られそうだ」

「いくらスピードを殺しても——」

「いや、だからコンテナ船《きしやポッポ》の軸線に合わせてビームを出すんだ。そして航路警戒レーダーでそのまわりをスキャンする。１００型は、そのビームに乗ってすこし先を進むわけだ」

老人はかすかにうなずいた。

「そして、航法ビーム上の隕石を露払《つゆはら》いの１００型がレーザー砲とミサイルで片づけようというわけか？」

「レーザー砲じゃ無理な大きいやつは、こっちが乗り移って爆薬で片づける。隕石流から出たらブースターを全開して、おれの計算じゃ○・○○一Vcまで加速すりゃなんとかなりそうだ」

「まったくなンという……。よくもそんな途方もないことを考えつくもんだわい……」

「しかし、それしか方法は——」又八は不満げに抗議をはじめた。

しかし甚七のほうはそれに答えようともせず、デスクの上の電話機をとりあげた。星系軍払い下げの隊内連絡システムの古いやつである。グリーンの塗装がかなり剝げている。

「コン」老人は言った。「進入誘導用の航法ビーム発信機はあるか？ 可搬式だぞ、宇宙船《ふね》に積めるやつだ……。そう、なに……一ギガ？」

そこで老人はちらりと又八へ眼をやった。彼はニヤリと笑ってうなずいた。

「それと航路警戒レーダーじゃ。なに？ 精度のいいやつがよいぞ。おまえの命にかかわるからな」

電話機の向こうでびッくりしたコンがなにやらさけんでいる気配である。おッかぶせるように甚七老人は言った。

「すぐ来い」彼は電話機を戻すと又八のほうへ向きなおった。「あとはブースターを取りつける作業員だが、これは今、ここでは手配がつかん。ロケ松が例のＸ２００

の一件でな、ここの腕ッこきを連れて隠元岩礁《いんげんがんしょう》に向かっとる」

「うむ」又八はうなずいた。「おれと椋十じゃ無理かな？」

「おまえはまだしも、椋《ムク》みたいな小僧につとまる仕事じゃない」老人はにべもない。「コンテナ船《きしゃポッポ》にブースターを取りつけるとすれば、コンテナやパレットが損傷せんよう、軸線と直角に桁材《ブーム》を張り出して——。おッ、そうだ、その桁材《ブーム》も必要だな」

甚七老はまた電話機をとりあげて機材庫に桁材《ブーム》の手配を命じた。

「それで、その桁材《ブーム》のな」老人はつづけた。「両端にブースターを一基ずつ固定しなけりゃならんが、張り出した分だけモーメントがきいてくるから、ブースターの軸線をよほど正確に設定せんと、ねじれモーメントの問題もあるし、効率はわるくなるし、直進はしないし……。まかり間違えば桁材《ブーム》がもげて大事《おおごと》にもなりかねん。腕のいいやつが必要だな……」

甚七老人は宙をにらんでなにか考えている。

「100型じゃあなァ……」又八は溜息をついた。「ここか金平糖錨地《うえ》でブースターを桁材《ブーム》に組みこんで持っていくわけにもいかねェし……」

「うむ……おい、金平糖錨地《うえ》にな、ネンネという整備工がいる」

「知ってるよ、あの、小太りの娘だろ、あいつか？」

「うむ、それに、お七」

「知ってるよ。まッ黒な、小狸《こだぬき》みたいなチョコまかした娘《こ》だろ。でも、大丈夫か？　あんなズベ公どもで……？」

「この仕事をきっちりやれるのは、お富の配下でもあの二人しかいないね」

「あの二人が……？　ふうむ……。でも、姐御《アネゴ》が貸してくれるかな？」

「さあて……と」甚七老人はニヤリと笑った。「これにはちょっとばかし仕掛けが必要だわ。わしがやる」

老人は、金平糖《こんぺいとう》小惑星群にある〈星海企業〉基地との交信に使われている送信機の予熱系統にスイッチを入れた。これまた軍余剰品らしい、ごついばかりが取り柄の時代ものである。

「皿（アンテナ）は錨地《うえ》に向いとるのかな？」

老人は、研ぎ澄ましたような青空を窓越しに見上げながらつぶやいた。

10

話は星涯《ほしのはて》市に戻って……。

〈星涯重工《ほしのはて》〉の開発関連部門をあつめた卵山工場の一角。

星系軍主席駐在官室。

「機密電報を配達いたします！」

玉坂精巧《たまさかせいこう》技術大佐のデスクの前で、若い士官は不動の姿勢をとった。彼の左手首は、持っている黒い金属製の機密文書ケースと手錠でつながれている。

「ご苦労」

大佐は言いながら内ポケットから磁性証鑑をとり出すと、手錠の手が差し出すケースの端にあるスリットへ差し入れた。士官も自分の認識票と配達命令書のコード板とをべつのスリットに入れた。そしていくつかの解錠操作がおこなわれたあと、ケースの蓋はパチン！　と固い音を立てて開いた。

それによって手錠からも解放された士官は、ケースの底部から一枚の赤い金属封筒をとり出すと、玉坂大佐へと差し出した。

「たしかに受領した。退出してよし。ご苦労」

「はッ！　退出します！」

任官ほやほやらしいその若い少尉は、堅苦しい敬礼をすると機械人形みたいな足取りで部屋を出ていった。

大佐はその赤い封筒の厳重な封印を解き、中からやはり赤い一枚のシートをとり出すと、デスクの端に組みこまれている文書ユニットへ挿入した。ここでもいくつかの機密保持のための手続きがくりかえされ、やっと小さなスコープに現われた文字を読んでいくうちに、彼の顔はみるみるこわばっていった。

軍機緊急電報・第200318号
発信地・淡雪《あわいゆき》小惑星群／303工廠
発信者・艦政本部派遣第200特殊任務部隊隊長

本文
先般送付サレタX200実験機材中、心臓部トナル磁気単極子容器、及び、ソノ保持機構部分ガ未着。電送サレタ貨物積付図ニヨル該貨物函（星系軍C24規格）ハ、函番号《シリアル》ノミ符合スルモ内部ニハ鉄屑類ガ入ッテオリ、積ミ出シ以前ニ於《オイ》テナンラカノ手違イガ発生セルモノトオモワレル。大至急調査ノ上、回答アリ度《タシ》。
以後、本件ニ関スル電報ハ〈A電〉トスルノデ御承知アリ度《タシ》。

追伸
ナヲ……

「吊柿《つりがき》中尉を呼べ！」

大佐はデスクのインタフォンに向かって言った。声が上ずっている。

えらいことになった……！

大佐は眼の前が暗くなる思いで、やっと椅子にへたりこんだ。

大変なことが起きてしまった……。

こともあろうに、X200の心臓部中の心臓部が行方不明になってしまったのだ……。

来週は〈星涯《ほしのはて》重工〉の関係者たちと共に、組立作業監督のため淡雪《あわいゆき》小惑星群へ向かう手はずになっていたのに……。

これで、隠元岩礁《いんげんがんしょう》での実験は――〈星涯《ほしのはて》〉星系はじまって以来の、いや、東銀河系開闢《かいびゃく》以来の重大な実験は――延期するしかない。

そのとたん、この機密計画を狂ったような執念で押しすすめてきた星系軍統合参謀総長・北畠《きたばたけ》 弾正《だんじょう》中将のいかつい顔を思い浮かべて、玉坂大佐は本当に蒼白となった。

この空間にあッさりトンネルを作ってしまうというその恐るべきX200計画のスタート以来、機密漏洩《ろうえい》の嫌疑だけでいずこへともなく消えた人間はいったい、何人……。強硬に反対はしていたものの、つい先日までこの計画の総責任者であり、事実上、このX200の発明者とされているカルル・ヴィトゲンシュタイン博士でさえ、その例外ではない。きわどいところで脱走には成功したらしいが、すでに処刑は決定も同然であった……。

そのX200の心臓部がなくなった……！

大佐の頭の中は、もう破《わ》れ鐘のようにガンガンと鳴り続けていた。

おれも死刑だ……。

形ばかりの軍法会議の末に……。

逃げるか……？　ヴィトゲンシュタインのように……。

しかし、どこへ……？

だめだ……！

星系軍――という巨大な組織の後楯《うしろだて》が失われたあと、裸の自分にのこされたものは……？

なにもない……。なにもできない……。

「大佐殿、どうされたのですか!?」

はッと気がつくと、デスクの前に吊柿中尉が立っていて、けげんな表情でこっちをのぞきこんでいる。

「どうされました!?　大丈夫ですか!?」

「おお……」大佐は弱々しく言った。「大変なことになった、大変なことに……。もう、だめだ」

「!?」

「これを見ろ」

軍の秘密電報のなかでも、極秘電報の上に位置する軍機(軍事機密)電報はいっさいのプリントアウトができない構造になっている。大佐は弱々しくその小さなディスプレイを中尉のほうへとまわしてやった。

血色のよい吊柿中尉の顔は、たちまち死人のように蒼ざめていった。

彼はがくり！　と膝を床についてしまった。

眼がうつろである。

「……猫だ……やっぱり……」彼はかぼそい声でつぶやいた。「あの猫だ……」

「なに!?　なんと言った？」大佐も弱々しく聞いた。

「なんだって？」

「……猫です……」やっと聞きとれるような声である。

「猫？　猫が……どうかしたのか？」とこっちもささやくような声。

「デ……電報の……猫です」

「？　？」

大佐は思わずディスプレイに眼をやり、機密電報の追伸を読んでいなかったのに気づいた。

追伸

ナヲ、最終便デ搬入サレタ貨物函五個ロノウチ、該貨物函ヲ除ク四個ニハオビタダシイ猫ノ毛ガ付着シテオリ、鋭イ爪デ引ッ掻イタ痕跡ヤ放尿ノ跡ガ見ラレル。該貨物函ノミ、ソレラノ痕跡ガナク、調査上ナンラカノ手掛リニナルトオモワレルノデ為念《ネンノタメ》。

追追伸

該・X200装置ノ小惑星・隠元岩礁《インゲンガンショウ》ニオケル実験ニ関シテハ、参謀総長・北畠弾正閣下ガ絶大ナル関心ヲ寄セテオラレ、ソノ実施ニ関シテハ一日タリトモ遅滞ヲ許サズトノ厳命ヲ再三ニワタッテ受ケテオリ、コノコトモ御含《オフク》ミ置カレ度《タシ》。

そこまで読んだ大佐は、妖怪に出会《でくわ》した子供みたいにスコープから眼をそらせた……。

「おい……おい……おれにはまだ、なんのことかわからんぞ」

大佐がかぼそい声でそう言ったのはかなりたってからのことである。

しかし吊柿中尉は床に膝をつき、顔をデスクに伏せたまま身動きもしない……。

事態は間もなく明らかになってきた……。

まず、

ここ三、四年間、星涯《ほしのはて》市及びその周辺で狂猫炎はいっさい発生していないこと。もちろん、その日に、保健奉行所の防疫班が出動した事実もいっさいない。

そして、あのとき、トラックが一台、そっくり入れ替っていた。妨害工作をおそれ、目立たぬようにわざと民間のトラックを借りあげたのが裏目に出てしまったのだ。ありふれたインター・ヒノの汎用車だったから、なおさらすり替えはやりやすかったのだ。

しかも、トラックがすり替っていることに民間業者の操縦員はすぐ気がつきながら、これが新車も同然の車体だったもので彼は知らぬ顔の半兵衛をきめこみ、呆れたことには、三日後にアネモネ区の現場からほど遠からぬあたりに空車で乗り捨てられていたもとの車もちゃッかりと回収して使っていたという……。

「すべて自分の責任です」吊柿中尉は顔をこわばらせて言った。「すぐ、北畠閣下のところへ出頭して処分を受けます」

「ばかな！」はじかれたように大佐は言った。

「……は……？」

「きさま一人ですむような問題だと思うか？」

「……」

「もしも、これが反政府組織の仕業だと考えてみろ……。目下、〈星涯《ほしのはて》〉星系軍首脳部が東銀河系最大の秘密兵器として期待しているX２００が――だぞ」

「……」

「おそらく、艦政本部Ⅲ部長以下全員が軍法会議だ。下《へ》手《た》をすれば、本部長官だってあぶない」

「……」吊柿中尉はまた蒼ざめた。

「おれとおまえは、さしずめ銃殺だな。これははっきりしている」

「覚悟しています」

「おい！」玉坂精巧大佐は言った。「めったなことは言わんでくれ。おれには妻子があるんだぞ……」

「……」

　長い沈黙がつづいたあとで、大佐が言った。

「よし」その声はいつもの張りをとり戻していた。「いいか、この件は絶対に口外するな、いいな？　そして、おれときさまとでX２００をとり戻す。なんとしてでもとり戻す。それしかない。あんな大きなものだ。そうあちこちに動かせるものではない。

　淡雪《あわゆき》工廠のほうにはおれが手を打つ」

「……は……」

「元気を出せ！」大佐は言った。「生きるか死ぬかだぞ。おれの勘では、アネモネ区の難民どもの仕業だ。あそこには、軍用地の強制収用で追い出された連中が巣くっとるが、やつらは星系軍に深い恨みをもっとるからな」

「鳴子《なるこ》山地《さんち》事件ですか……？」すっかり肚《はら》をくくって元気をとり戻した大佐の、太々《ふてぶて》しいばかりの声に中尉のほうもすこし明るくなってきた。

「地上軍が住民どもを手荒く扱ったからなぁ。表には出とらんが、住民で殺されたやつは一〇〇〇人を超えとるはずだ」

「……！……」

「さぁ、その生き残りどもが巣くってるところへのりこむんだ。覚悟しろよ」

「しかし……まだ……」

「アネモネ区の難民が犯人だとはわからないのに――と言いたいのか？　おれの勘を信じろ。おまえはさっき、何者だか知らんが、そいつらが野良猫をけしかけてきたとき、オーサママタタビ草の花束を投げつけたと言ったな」

「はあ……」

「鳴子山地にはオーサママタタビ草の大群落があるんだ。自然標本地域にも指定されている」

「……！……」

「まずおれの狙いに狂いはないな」

「それでは……５局（司法検察部）に手配しますか？　それとも地区憲兵隊か……」

「バカを言うなよ！」大佐は言下に言った。「この一件が外に洩れたらどうなると思う？」

「あッ！　そうでした……」吊柿中尉は頭をかいた。


　二人がアネモネ区に姿をあらわしたのはその日の夕方近い刻限であった……。

　同じ貧民居住区でも、隣接するペパーミント区のほうは都市計画にもとづいて建設された百数十階クラスの超大規模集合住宅がひしめいてちょっとした住宅の丘陵を形成しており、そこを縦横に走る深い谷間には無数の連絡路がかかり、自走路や自走車のレールが連絡しているという、いわば豪勢な貧民街だが、アネモネ区のほうは市の外れということもあって都市再開発は進んでおらず、まだペンペン草の生い茂る空き地をまばらに残してひしめいているのは廃材や古いフェロアロイ板を組み立てただけのお粗末な小屋ばかり。店のたぐいも屑鉄屋、廃材屋、バタ屋、古道具屋など、いってみれば星涯《ほしのはて》市のゴミ掃除を一手にひき受けている形だが、住民たちのいとなみは貧しいながらも活気にあふれているのがはっきり感じ取ることができる……。

　玉坂大佐と吊柿中尉は、キッツキ坂西インターで専用車道をおり、いわば例の騒動を追認する形で野良猫の大群が現われた地点にまでやってきた。二人は目立たぬ横丁に車を止めると、何食わぬ表情であたりをぶらつきはじめた。

　工場で借りてきた紺の菜ッ葉服に作業帽。万一のため、内ポケットにラインメタル０・０１のレーザー・ピストルをしのばせてはいるが、まあ、そこいらの町工場の親方と若い職長の二人連れというところか。

　両側には古道具屋や廃材商の倉庫の間に凍乾食包店や生鮮食品店などがひしめき、あたりを駈けずりまわる悪《わる》餓鬼《がき》や買い物に出てきたおかみさん連など騒がしいなかに生活の匂いがぷんぷんしている。

　二人はそんななかをしばらく歩きまわってから、とある自給レストランへ入ろうとした。

ところがそのとたんにケチがついた……。

　自給レストランにはいくつか種類があるのだが、自分で希望する食べものや飲みものを選んでからそれをテーブルへ運ぶタイプと、テーブルについてから注文してそれがテーブル中央のサービス・ピットから出てくるタイプの二つに大別される。もちろん後者のほうが店の格は上で、こんな貧民街にあるのはもちろん前者ばかりである。

　二人は客たちの様子をさぐってそこから何か手がかりをつかみたいと思って中に入ったのだが、コーヒー・サーバーの前でキリマンジャロ・モードⅢのボタンを押そうとしたとたんに声がかかった。

「おッとッと！　お客さん！　お控えなすって！」

　横に眼つきのわるい男が立っている。店の者らしい。

「?」「?」

「おとぼけなすっちゃァいけませんねェ。飛び道具の持ちこみはお断りですぜ」

　とっさにどう反応しようかと二人は顔を見合わせた。

「おとぼけになっちゃ困ります。店の入口にゃちゃんと看板がブラ下がってたでしょうが……」

「……」「……」

「わかンない人だな、内懐にラインメタルが一挺ずつピカピカしてるでしょうが、え」

「ア、ウウ」「う、わかった」

「ラインメタルたァ豪勢な……ダンナがた、ひょッとしてその筋のおかたで?」

　店内で飲んだり食ったりしている客たちへ向けて、聞こえよがしにはりあげるその声にはすでに悪意がこめられかけている。

　完全に立ち往生してしまった菜ッ葉服姿の玉坂大佐と吊柿中尉に向かって、男はさらに大声で追い討ちをかけてきた。

「手前どもはおだやかな商売をやりたいだけでしてね、兇器探知機だけはがッちり据えてあるんでさ。ラインメタルの0・01を内懐にブチこんで、キリマンジャロのモードⅢたァしゃれがきついや。モードⅢを三杯もやりゃ眼ン玉がキンキラしちまって、三〇〇メートル先の鳥の眼玉にレーザー・ビームをどンぴしゃり――ッてね」

　出るか――大佐が吊柿中尉に眼で言った。

「さァ、帰った、帰った」

　男に背を向けて歩き出した二人は、自動ドアのガラス戸へぶつかりそうになった。

「おッとッと……出口はあっちですぜ」あきらかに男はこうなるのを待っていたらしい。「食い逃げ、飲み逃げ防止に、そっからは出られねェンだよ。そっちそっち」

　大声で浴びせかけるその声に、もう店じゅうの客の嘲笑が二人へ向けられている。

　そそくさと外へ出て、出口のドアが閉まる寸前、「ざまを見やがれ」という男の声にどッと笑い声がおこるのが伝わってきた。

　二人はまた黙りこくって横丁を歩き出した。

　そろそろ、住人たちの不審の眼がこちらへ向けられはじめている。〝お巡りかい?〟などという声もした。

　二人は足を早め、ひと区画のはずれの空き地のほうへと歩いていった。

　そのときである。

「あッ!」

　だしぬけに吊柿中尉が立ちどまり、とんでもない声をあげたのである。

「なんだ!?」

「ア、あれ！　あれです!」

　吊柿中尉は、ちょうどすぐそこの屑鉄置場から出てきた中型トラックを指さした。

「あれです！　あの軍用貨物函！　2023705！　X200を積み出したのはあのC24貨物函です!」

　二人は棒立ちになった。

「吊柿!」とっさに判断したのは大佐である。「車をここへ持ってこい。おれはあのトラックがどっちへ行くかここで見張ってる。左へ行けばキツツキ西インター、右へ行けばトンボ沼街道、まっすぐなら3号線だ!」

　大佐が言い終わったとき、吊柿中尉は横丁をころげるようにつッ走りはじめたあと。彼は遠ざかっていくトラックの後ろ姿をじっと見守った……。

　何か起きたのかと浮浪者が寄ってきてしつこく聞きはじめたが大佐は返事もせず、豆粒のようになっていくトラックを見送った。トラックは右へ曲がった。トンボ沼街道のほうへと向かっている!

「いそげ！　トンボ沼街道だ!」

　狂ったような勢いでつッ走ってきた小型汎用車が眼の前で急停止すると、大佐はそう叫びながらつきまとう浮浪者をつきのけて車へ乗りこんだ。

　車は蹴ッ飛ばされたように走り出した。

「上《のぼ》りか、下りか……」

　めざすトラックはトンボ沼街道を雲取へ向かうか、それとも雷山へ向かうつもりか……。インターチェンジの手前でうまくトラックへ追いつけばよいのだが……。

「あッ！　あれだ!」

　灰色に塗られ、かなりくたびれたそのトラックは他の車にもまれながら、大きなC24規格の軍用貨物函を背負うようにして、ちょうどトンボ沼街道のインターを雷山方面へ向かって入っていくところである。

　車はいちだんとスピードをあげた。

　それから間もなく、彼らは、そのトラックの後ろにぴたりとくっつくことに成功した。

「間違いないな、あのシリアルは?」玉坂大佐が言った。

「軍の払い下げ品もたくさん出まわってるぞ」

「間違いありません！　2023705！　上に空技廠のマークが薄く残っているでしょう」

　星系航空軍の制式塗色3号と呼ばれる濃紺である。それに星系輸送軍団の文字が赤、そしてそのシリアルナンバーが黄色……。

「前へまわれ」大佐が言った。「どんなやつが運転しているのか……」

　ぐっと左へ出た車は、混みはじめた車線を縫って前に出た。

　操縦しているのはごついひげ面《づら》の大男、そしてとなりにすわっているのは色眼鏡《サングラス》とスカーフでよくわからぬがどうも若い女らしい。

「女だぞ……」大佐は言った。「あのとき見覚えはないか？」

「いやァ……どうも……」吊柿中尉は後部看視ミラーを見ながら言った。「あのときはそれどころではありませんでしたから……」

トンボ沼街道は雷山山地の山ふところに向かっていっきに近づいていく。すでに星涯《ほしのはて》市から一時間、陽は西に沈みかけている。

「いったいどこに行くつもりなのか……」

ふたたびトラックの後ろについて走る車のなかで大佐はつぶやいた。吊柿中尉は前を見つめたまま返事もしない。

さらに小一時間。

道が雷山山地にかかり、両側が深い森林地帯にかかった頃、トラックは突然、車線を変えた。出るつもりなのだ。

木材搬出のために作られているランプウェイをへて林道に入ったトラックはぐんぐん登りにかかる。道はひどく狭くなってきた。

「山中にアジトがあるのか……」大佐は暗くなりかけた車内でつぶやいた。「すこし距離をとったがいい。前照灯を点けると尾行に気づかれる」

他には車一台走っていない林道である。

それから一時間ほどたった頃、とっぷり暮れた夕闇の中で、二人は、よじ登った山の斜面からちょっとした平地を見下ろしていた。

そこにトラックが止まっている。

ちょうど月が二つともかかっていて、それに白沙《しろきすな》もぐあいのよい位置にあるので、かなり明るい。

前照灯を点けたまま停まっているトラックの背後で、運転してきた二人の男女は積んである例の貨物函の蓋をあけて何かやっている。

「X200を下ろすつもりでしょうか？」

「……わからんな。しかし……あれは重いからなぁ……」

「あッ、函を下ろした！」

トラックに組みこまれている昇降リグを使って、二人はいとも簡単にその荷台いっぱいの貨物函を地上へ降ろした。

そして、トラックは荒ッぽく方向を変えると林道を下っていってしまった。

あとはシーンとした月夜。

聞こえてくるのは虫の声、せせらぎの音……。

射しかけてくる月光や白沙《しろきすな》の光のなかに貨物函はひっそり置かれたまま、側面の蓋が上にはね上がっており、黒々と口を開いてはいるのだがもちろん中は見えない。

「X200のジンバル部は、あの函の半分ぐらいでしたから……」吊柿中尉がささやいた。「蓋のあたりには緩衝材がつまっていたはずです」

「……」

大佐は答えず、なにか鼻をピクつかせている。

「？」

「おい、なにか天婦羅の匂いがしないか？」

「テンプラ――ですか？」中尉は不思議そうに言った。

そしてくんくんと鼻を鳴らした。「そう言われれば……。ふもとの民家から風にのってくるのでしょう……」

「人の気配はないようだ」月光のなかで、大佐はもういちどあたりの様子をうかがった。さすがに鋭い眼つきである。

「よし、行くぞ！」

玉坂大佐は先に立って、慎重に斜面を降りはじめた。吊柿中尉があとにつづく。

やがて二人は、草っ原にひっそり置かれている貨物函へ近づいた。

大人が立って入れるほどの蓋は、バネでパッくりと上に開いている。

中は真ッ暗。

「車から探見灯を持ってくればよかった……」

「取ってきましょうか？」

「いや」大佐は中をのぞきこみながら言った。「光を使うのはまずい。奥に何かある。入ってみよう……」

二人は小型バスほどもあるその貨物函のなかへ足を踏み入れた。

そのとたん――

バタンッ！

びッくりするような音がして、あたりは真ッ暗になった。

貨物函の蓋が閉じてしまったのだ。

あわてて二人は押し開けようと必死で試みたが、蓋はびくとも動かない。

閉じこめられてしまった……！

山の中だ……。このままだと窒息してしまう……。面倒なことになってしまった。

外に車が止まる気配がしたのは、どれくらいしてからだったのだろうか。なんとか外へ出ようという試みがすべて失敗して、疲れきった二人が床の上にへたりこんでからのことである。

「もうかかったのかしら？」若い娘の声。

車のドアが開く音がして地上へ降りた気配である。

「だって蓋が閉じてますぜ」と太い声は、さっきトラックを運転していたあの男か……？

「ばかに早いわね」

「天婦羅が好きだからね、白天狗イタチは」

そのとたん、二人は、闇のなかに天婦羅の強い匂いが充満しているのにはじめて気づいた。

わなだ！　この貨物函は白天狗イタチを捕えるためのわなだったのだ……！

反射的に吊柿中尉は立ち上がった。

　ガン！　ガン！　ガン！　ガン！

彼は函の内壁をあらんかぎりの力で殴りまくった。その音と同時に外の気配が変わった。

「かかってる！」娘のはずんだ声。「人だわよ！」

「やった！　密猟のやつらですぜ！」

「違う！　違う！」中尉は大声で函の中から叫んだ。

「星系軍のものだ！　蓋を開けろ！」大佐もわめいた。

「なにィッ？」

　星系軍——と聞いたとたん、外の男の声はとんがった。

「ワナ泥棒のくせしやがって太ェ野郎だ！　星系軍だなどととぼけやがって！　じっくりと燻《いぶ》り殺してやるから覚悟しやがれ！」

　ねェ、姐御《あねご》！　こちとらの計算は当ったでしょ。ただのワナしかけるだけじゃ、ワナ盗ッ人にやられるだけだけど、この大箱使えばイタチもろともやつらも生け捕れる——って。そしたらほんとにかかりやがった！」

「二人いるようだね」娘の声は落ちついている。「飛道具くらい持ってるかもしれない……」

　ガンガンガンガン！

「開けろ！　開けんか！」

「おれたちはワナ泥棒じゃない！　星系軍のものだ！　早く出してくれ！」

「まったく往生際のわるいやつらだ。おとなしくしねェと青酸ガス送りこんで今すぐ始末してしまうぞ。こんな山ン中だ、てめェらみてェなコソ泥の二人や三人、ここでブチ殺したって構やしねェんだ！」

「切り刻んで天婦羅にしてしまうよ。ワナの餌に……」

娘はおそろしいことを言う。

「おい！　聞いてくれ！」大佐が絶叫した。

「なにィ？」

「聞いてくれ、これは間違いだ！」

「なにィ、なんだとォ？　よく聞こえねぇぞ！」

「これは、間違いだ！」

「間違いだとォ？　なにこいてけつかる！　言いてェことがあるんなら、天井のすみに穴があるだろ、そこに口をつけて言ってみろ」

　言われて上の隅をみると、今まで気づかなかったが、通風用か、指ほどの太さの穴が天井にあけられていて、かすかに月光が射しこんでくる。

「用心しろよ、穴の反対側の隅にゃイタチワナが仕掛けてあるからな、そいつに首はさまれたらイチコロだぞ」

　ゴソゴソと天井の上を這う足音がして、そんな声がその穴の向こうから伝わってきた。

「ワ……わかった」大佐は危なッかしい足取りで穴の下へ歩み寄った。長身の大佐だが天井に顔は届かない。吊柿中尉が下半身を抱えるように押し上げた。

「おい！　聞こえるか？」

「なにィ？　何が言いてェんだ？」

「おれは星系宇宙軍艦政本部の玉坂大佐だ。この機材函について調べたくてやってきた」

「キザイバコ？」

「この箱だ、この貨物函だ！」

「この箱がどうしたって——？」

「この箱はどこで手に入れた？」

「てめェの知ったことか！」

「おしえてくれ！　頼む！　礼はたっぷりはずむ！　この箱の中に入っていた装置をおれたちは捜しているんだ」

「面倒臭ェ言いわけをこきやがって……」

「頼む！　教えてくれ！　本当に星系軍のものだ」

「よし、ほんとに星系軍だとすりゃこっちにも話がある。おい、てめェ、大佐だとか言ったな」

「そうだ！　星系宇宙軍の玉坂技術大佐だ！」

「よし！　大佐殿、穴にもっと顔を近づけろ」

「こうか？」吊柿中尉は、抱えている玉坂大佐の体をぐっと、その、かすかに月光が洩れてくる穴に向けて押し上げた、首実検でもするつもりなのか……。

　そのとたん、シャーッ！　という音と共に生あたたかい液体が勢いよく上から注ぎこまれてきた。

「あッ！　パフッ！　ゲッ！」

　口の中まで入ってきたその液体の正体に気づいた大佐は、その直撃を避けようと体をひねり、はずみで中尉もろとも床の上にひっくりかえってしまった。

　尿はまだ送りこまれてくる。月の光が屈折して、それはキラキラした白い一本の棒状に見えている。

　外では吠えるような笑い声。

「さあどうだ！　この税金虫の人殺しどもめが！　ざまァ見やがれ！　もういっちょう来い！　こんどはクソを食わせてくれるぞ！」

「用心おしよ、陣内」と娘の声はよく透る。「中から○○ポコかじられたら、月尼が泣くよ」

「大丈夫だよ、姐御」陣内と呼ばれた男は真面目な調子で答えている。

「おい！　聞いてくれ！」とばッちりを食らって中尉もぐしょぐしょになりながら、穴に向かって絶望的に叫んだ。「頼むから外へ出してくれ！　金はいくらでも出す！　おれたちはこの箱がどんないきさつでここにあるのか、中に入っていたものがどこにあるのか聞きたいんだ！　頼む！　嘘じゃない！　助けてくれ！」

　吊柿中尉の絶叫に、相手はすこし態度を変えた。

「てめェ、だいぶあせってやがるな？」

「そうなんだ！　頼む！　頼むから教えてくれ、そして、ここから出してくれ！」

　そのとたん、若い娘の声がした。

「おまえたちが捜してるのは、Ｘ２００とかってものかい？」

「それだッ！」

「ソ、それだッ！　イ、いったい、あれは——」

「ドジな星系軍のやることなんかにいちいちかまっちゃ

いられないよ。さァ、行こうか、陣内」

「始末しないんで――?」

「殺すこともないわよ。あの穴ふさいどきゃ、朝までには窒息さ。それとも、箱の下で焚火をして帰ろうか。中味は蒸し焼きだよ。箱は金物《かなもの》だから」娘はきれいな声でおそろしいことを言う。

「それもおもしれェなァ……」と、陣内と呼ばれるあの大男は考えている様子。

「まぁ、いいや」と娘は言った。

「お聞き!」娘の声は、りん! と響いた。「いいかい。あたいたちは町に帰って星系軍に電話しといてあげるよ。雷山林道からすこし外れたとこにある大箱のなかに星系軍の偉いさンが二人、おしッこ浸けになってるってね!」

「ヤ! やめてくれ!」恐怖の叫びをあげたのは玉坂大佐である。「星系軍には通報しないでくれ!」

「ほォれごらん!」娘は玉をころがすような笑い声を立てた。「尻ッ尾を出しやがった。星系軍の偉いさんが、なんで星系軍に知られちゃこまるのさ?」

「……これには……わけが……」

「なに!? 聞こえないよ! それじゃ、お巡りに言っといてやるよ! 助けておやり――ッてね」

「タ、頼む! 星系警察にも、シ、知られると――」

「バカ!」娘はたのしそうな笑い声をあげた。

11

必要な機材を満載して、又八、コン、椋十《ムクジュウ》が乗りこんだ貨物仕様の100型宇宙艇は、その日のうちに惑星・白沙《しろきすな》から金平糖《こんぺいとう》小惑星群へと向かったのだった。

「でも、又八さンって、とんでもないことを考えつくもんだねェ……」

名のとおり、窓外に白々と輝く白沙《しろきすな》が球形に見えはじめた頃、副操縦席についている、まるで骸骨みたいにやせこけた若者は感心したように言った。

「むふう」又八は苦笑した。「しかし、これが成功するかどうかは、おまえの腕次第だぜ、コン」

「うン」若者は奇妙なほど素直にうなずいた。「問題は、コンテナ船《きしゃポッポ》の軸線と航法ビームのエラー角をどこまで抑えきれるかだね。エラー角を一度に抑えたとして、一〇キロ先じゃtan10°で〇・〇一七だから一七〇メートルだもンね。隕石の密度が低けりゃいいけど……。

それに、ブースターの推力のエラー角も大きくなると危険だしねェ……。

推力のばらつきは、300Bのブースターだから集中管制ユニットで補正できるけど、エラー角は大きくなると、きっとブームがねじれるよ……」

さほどの時間もたたぬうち、艇首方向はるか彼方に、ピカ!……ピカ!……と周期的に強い閃光《せんこう》が見えてきた。そしてよく眼をこらすと、白っぽい、そう、まさに金平糖《こんぺいとう》のカケラみたいな感じの岩塊が見えはじめて、キラ、金平糖《こんぺいとう》小惑星群へ進入寸前である。

ここはラグランジュ点ではないのだが、星系内諸天体の引力が微妙にからんで形成されるよどみ点にあり、事実上、白沙《しろきすな》、星涯《ほしのはて》双方の惑星との位置関係が変わらないので、〝淡雪《あわいゆき》〟、〝小倉〟と名づけられている同じような小惑星群と共に、大型外洋(星系外)船を中心とする錨地として大いに利用されている。

いま彼らの接近していく金平糖錨地《こんぺいとうびょうち》は、そんな小惑星群の端近く、二〇〇メートル前後の細長い小惑星塊を一〇個ほどU字形に並べ、移動気密路や電力・通信ケーブル、空気・水蒸気パイプなどをまとめて通した共同管、さらに貨物車輛用チューブ等々でつなぎ合わせた、ごくささやかなものである。

錨地の内湾、さしわたし五〇キロほどあるU字の内側には、五つほど小さな小惑星塊がたてに一列、ちょうどその湾を二分する形で並んでおり、これを境標として錨地内における船舶の航進を時計まわりに規制している。

〈星海企業〉の専用埠頭は左2番と呼ばれる二二〇メートルの細長い小惑星を割当てられていた。

埠頭――とは言っても、その巨大な細長い岩塊の中には快適な気密構造区画がつくられ、事務所・整備工場・倉庫・ポンド・居住区などとして機能しており、もちろん中・大型船はじかに横づけ、小型艇はエアロックを介して与圧されたブンカー内での作業ができる。

湾内へ進入した100型宇宙艇は、〈星海企業〉の出す進入方位信号にのって、小山のようなその左2番埠頭へと接近していった。

埠頭の側面に並ぶエアロックのひとつがぱックりと口を開いており、つき出た誘導フレームの先端に標識灯が点滅している。椋十は、微速でもっていった艇をいったん埠頭と平行して停止させ、それから、ゆっくりと大きく艇尾を直角に振った。

やがてかすかなショックと共に、エアロックから伸びてきた誘導フレームが艇体の底部を捉え、そのまま艇体を、細長いエアロックの中に艇首からひきこんでいった。中はほの暗い照明灯。

艇尾のほうでエアロックの外扉が閉ざされ、間もなく艇首正面の壁についている標識灯が与圧完了を示すグリーンに変わり、それと同時に、グーン! という低い唸りが底部から伝わってくると共に、ちょうど刀の鞘《さや》でも抜くみたいに100型艇の入っている円筒状のエアロック・チャンバーが後退していき、昼光色の照明が射しこむと共に、いつしか彼らは〈星海企業〉の金平糖《こんぺいとう》錨地のブンカー内にいる……。

忙しげに立ち働く整備工たちは大部分が若い娘。色とりどりの派手な作業服が、無骨な大小の宇宙艇の間にいちだんとはなやかである。

インターコム・ケーブルを片手にヘッドセットをつけたピンクの作業服の娘がつかつかと近づいてきて艇首の下へ消えた。

コックピット内のスピーカーから、地上のインターコムが接続されるプツン！ という音につづいて元気な娘の声がとび出してきた。

〝ンちゃ！ 地上は異常ありません。機内エアロック開放オーケイです！〟

「了解、エアロック開放」椋十《ムクジュウ》が応答してレバーを引いた。三人は立ち上がり、三層になっている甲板の最下層へとラッタルを下りた。

すでにぱックりとドアが口を開き、床へ伸びているはしごを伝って宇宙艇から降りるとそこにお富が立っていた。

〈星海企業〉の金平糖《こんぺいとう》錨地いっさいをとりしきっている年齢不詳の美女である。

銀河乞食軍団の古狸《ふるだぬき》。

一党とのつき合いの古さや、核融合エンジンをはじめとする宇宙船整備の腕前からいけば、ほんとに五〇をすぎていてもおかしくはないのだが、その、肌のなめらかさ、おッぱいの膨らみぐあいからいくと、これはもう、とても二五以上には見えねェというのが錨地《うえ》でも白沙《した》でも一致した見解である。

「大丈夫なの、又さん？」

彼女は挨拶抜きで言った。「かなりきわどいじゃない？」

「やるしかねェよ、おいしい話だぜ」又八は答えた。

「それより、御隠居から話はあったかね？」

「あったわ。機材は手配ずみよ」

「その……ネンネとお七は貸してくれるんだろうな？」

「……」ちょっと彼女は口ごもり、立っている椋十とコンへちらりと眼をやった。「エ……えェ……まァ、こっちも忙しくて手が足りないンだけど——」

「だけど——？」

「だけどまァ、ずッと前からやいやい言ってた電力室の容量増し工事もやっとオーケイしてくれたし……爺様《じいさま》に頼まれたンじゃねェ」

又八は思わずニヤリと笑ったが、それでも相手の歯切れの悪さが気にかかる。

「まァ、とにかくやってみるわよ、こっちも」お富は決心したように言った。「それからブースターは、ここにストックがないんで〈アルファ宇宙機〉に手配してあるわ」

「わかった」

「それじゃ」彼女はちょっと又八の表情をうかがうように見つめてから言った。「二人を呼ぶわね。ちょいと！」

100型宇宙艇に外部電源ケーブルを接続している娘の一人が答えた。

「はァイ！」

「ネンネとお七へ、事務所のほうへくるように言ッてちょうだいな」

やがて二人は事務所へやってきた。

二人とも二〇《はたち》そこそこ。

ネンネは大柄で色白。お七のほうは対照的に浅黒くて小柄で、ネンネが太った兎なら、こっちは小狸《こだぬき》というところ……。

二人はひどく不満そうな表情で入ってきたが、お富の前にくるとさっと身構えた。

「お母ァさん！」二人は声をそろえて言った。（この金《こん》平糖《ぺいとう》錨地に働く娘たちは、お富を〝お母ァさん〟と呼ぶならわしになっていた）

「え？」お富は〝来たな！〟という表情である。

「あたしたち、嫌なンです！」二人はまた一緒に言った。

「なにを言ってるの？ いったい、なんのこと？」

二人は椋十とコンをもろに見つめてから言った。

「だって……」お七はネンネをちらりと見た。

「えェ……」ネンネが大きくうなずいた。

「なんなのよ⁉」お富がちょっとムキになっている。

「言いなさい、なんかあるんなら——」

「椋《ムク》なンて！」お七が言い放った。「椋なンて、チンピラじゃないの」

「なにィ⁉」たちまち椋十が血相を変えた。

「ほォら！ これだもン！」とネンネ。

「柄《がら》がわるくてつき合ってられないわよ」とお七。

二人は声を合わす。

「ねェ！」「ねェ！」

「お嫁に行けなくなるわ！」

「それにコンちゃンだって……」

「えっ？ おれがどうかしたって？」

「いやらしいンだもン」とお七。

「なにが？」

「だって、ヘンな虫だの鳥だのをいつも持ってるんだもの」と、彼女はネンネに賛成を求める。

「そうよ！」待ってましたとばかりにネンネが相槌《あいづち》を打つ。

「ちょっと、あんたたち」あわててお富が割って入った。「あんたたち、何を言ってるの？ コンが飼ってる虫だの鳥だのはちゃんと仕事に役立ってるのよ」

「だって……」

「ねェ……」

二人は顔を見合わせる。

「はっきり言いなさい、なんなのよ？」お富がちょっと開きなおってみせた。

「あンた言いなよ」お七がネンネをつッついた。

「あたい？ いやだァ！ クックックッ」ネンネがなぜか顔を赤らめた。

「ねェ……クックックッ……」お七も眼を伏せて笑い

出した。

「いいかげんにしなさい！」中ッ腹になったお富がとッちめた。「いったい、コンの虫がなンだというの？　言いたいことがあるンならちゃんと言いなさい！」

「だッて！」お七が憤然と言った。「だって……コンちゃンの飼ってるハサミアオゴキブリは……ロケ松さンの――に噛《か》みついたって……」

　とたんにお富と又八が噴き出した。コンと椋十はきょとんとしている。

「笑わないでください！」

「あたしたち、真剣なンです！」

　ここぞとばかりに二人がひらきなおった。

「もし、その、ハサミアオゴキブリがあたしたちのおッぱいに噛みついたら――」

　お七が身をふるわせた。

「あたしたち、そう考えただけでもう、ガタガタしちゃうンです！」

　ひらきなおられて、笑いを必死でこらえているお富と又八のとなりに座っているコンが、だしぬけに場違いな声をあげた。

「それは大丈夫だと思うよ、お七さン」

　え？　というようにお七がコンのほうへ眼をやった。

「あれはね、あのハサミアオゴキブリはね、あンたみたいなちッちゃなおッぱいには食いつかないと思うよ」

　どッ！　とみんなが耐えきれずに笑い声をあげた。

「なんですッて！」お七が血相を変えた。

「いやらしいッ！」ネンネが吐き出すように言う。

「まァ、ネンネくらいの大きさなら――さァて……」

　コンは、あたりの険悪な空気も気づかぬ様子で、まじまじとネンネの作業衣の大きな胸許を見つめてからつづけた。

「はさむかなァ……。でも、やらせてみないとわからないよ。ハサミアオゴキブリのほうが嫌がるかもしれないしねェ……」

「まァッ！」ネンネは眉を吊りあげた。「なンてことを！」

　みんなは声を出すまいと身をよじりながら笑いつづけている。

「いや、ね」コンは真面目な表情でつづけた。「あの虫は好き嫌いがはげしくてねェ……。ただ、おッぱいが大きいだけじゃ……向こうだって相手を選ぶよ」

「いやらしいッ！」「バカにしないで！」

　二人は叫んだ。

　そして、お富のほうへ向きなおると声をそろえた。

「お母ァさん！　あたしたち、やめさせていただきます！」

「まァ！　まァ！　まァ！　そう言わねェで！　ここはおれにまかせて――」

　又八が大あわてで割って入った。

12

　それから一時間後――

　一隻の豆宇宙艇《はしけ》が〈星海企業〉の埠頭から離れ、内湾を横切るようにぐんぐん進みはじめた。

　はしけの先端にある狭い操縦室で慣性駆動システムの操縦輪をとっているのはお七。当然のようにとなりへすわっているのはネンネ。そしてその座席の背と壁の間の狭いスペースに身をかがめてやっと立っているのはコンと椋十《ムクジュウ》。彼女らは後ろの二人に口をきこうともしない。

　ブースターを引き取りに行く彼らは、U字形に並ぶ小惑星塊の、いってみればU字の付け根にあたる0番に向かうのだが、湾内の航行は、湾を二分して並ぶ大化・朱《す》雀《ざく》・大宝の小惑星塊を中心に右まわりに規制されているので、〈星海企業〉の左2番から0番へ向かうには、いったん湾を半分ほど横断してから大きく時計まわりに接近していかなければならないのである。

　操縦室の窓外はもちろん星の海だが、そこに黒々といくつも水平に浮いているのが小惑星塊で、灯火がチカチカしているのは、海上から見た島か陸地の感じそのまま。

　すぐ眼の前にぐーっと迫ってくる巨大な岩礁がその小惑星・大化。標識灯がまばゆく点滅している。あれを大きく右にまわりこんで0番へ向かうのだ……。

　操縦室の中は気まずく静まりかえっている。

　つい一時間前の騒ぎにつづく話し合いの結果、椋十はいっさいの乱暴な口きき・行動を禁じられ、紳士的な態度をとることを約束させられ、片や、コンのほうは、飼っている虫や鳥をカゴに入れたままロッカーから出さぬことを約束させられたのだった。

「ちょッと！」

　ネンネが振りかえりながらつッけんどんに言った。

「どきなさいよ！　電話をするんだからさ！」

　彼女が背中の壁についている無線電話機をとろうと手を伸ばすと、脇に立っているコンがすばやく送受話機を外そうとした。

「やめてちょうだいな！　いやらしい！」

　ネンネはコンの手を振り払い、わざわざ自分で無理に送受話機をとった。

「〈星海企業〉から〈アルファ宇宙機〉どうぞ」

〝はい、こちら〈アルファ宇宙機〉〟ちょっとの間を置いて、スピーカーからすこし歪《ひず》んだ声が応答してくる。

「発注ずみの300Bブースター、いま、引き取りに向かってます」手馴れた調子でネンネが連絡した。

〝了解。一八三〇に接岸してください〟

「あらァ！」操縦輪をとるお七が言った。「一八〇〇前に着けるわ」

「あのねェ」ネンネが送受話機に向かって言った。「はしけは一八〇〇には着岸できるんですけど」

〝手が足りなくてねェ。一八三〇まで待っておくれよ〟

ぷつりと交信はとぎれた。

「手を抜きやがって……」お七が前を向いたまま、男みたいな口調でつぶやいた。「親父《おやじ》だろ、あの声は？」

「らしいね。あいつ、サリーを口説こうとしたンだッて」

送受話機をハンガーに戻そうとして、思わず受けとろうとした椋十の手を、ネンネはわざと無視した。

「バカねェ！」とお七。「それで、どうしたの？」

「どうしたもこうしたも、肘鉄一発さ」

「当然だよ」

「あの親父はいやらしいンだよ。すぐに手を——」

「あのォ、お七さン」

だしぬけにコンが、わがもの顔でしゃべり合ってる二人の会話に割って入った。

「？」「？」

あンまり突然なもので、剣突《けんつく》を食わすのも忘れて振りかえった二人の娘は、コンの顔をまじまじと見つめた。

「あのね……もし、一八三〇まで時間があるんだったら、先にRCAの代理店に行っておくれよ。右1番の小惑星だからそんなに離れていないし……。予備の送信管と較正パックを受けとるだけだ。すぐすむよ」

「いやよ！」お七がにべもなく一蹴《いっしゅう》した。

「三〇分あるンなら、コーヒー・ショップでお茶飲もうよ、ねェ、お七」とネンネがわざと意地悪く提案する。

「うン、そうしょ、そうしょ」と、お七もオーバーにのッかった。「あたしたち、先に0番でおりるから、あんたたちだけで行ったらいいじゃないの！」

「う、うン」コンはおとなしい。「それじゃそうするよ」

お七は、左右の慣性駆動ユニットの出力を制御する舵輪を巧みにまわしながら、正面に灯火のまぶしい平らな小惑星塊へと接近していった。〝0番〟の巨大な電光標示を中心に通信タワー、港湾事務所、出入港管制所などの細部がはっきりと見えてくる。すこし離れてびっしりと三列に規則的な灯火の列は、この錨地にひとつだけ置かれているホテル——というのがおこがましければ、仮泊所だろう……。この、0番という小惑星塊は錨地の中枢部を形成しているのである。

「大きな船が入ってるなァ」椋十が埠頭に眼をやりながら言った。「ほら」

しかし娘二人は見向きもしない。

「埠頭だもン、船はいるわよ。あたり前じゃン、ねェ」とお七。

「そうよ！　バカみたい」

椋十はなにかやりかえそうとしたが、コンはそっと手を伸ばして押しとどめた。

小型のはしけがずらりともやってある埠頭へ、お七は巧みにこっちのはしけを持っていった。

エアロック・チューブが自動的に伸びてきて、ぴたりとはしけのエアロックに密着し、やがて操縦コンソールの標示ランプがグリーンに変わる。

「さぁ、行きましょ、ネンネ」お七が立ち上がった。

「うン、行こ！」

「それじゃ、一八三〇にはここにつけてよ」お七がコンに向かってきびしく言った。

「うん、わかった」コンは手馴れた様子で操縦席のお七と交替する。

「おくれたら承知しないから」とネンネが釘を刺した。

そして娘二人は振りかえりもせずに、埠頭からつながれたチューブを通って0番泊地へと上陸していった。

椋十は、どうしようか——とコンのほうへ眼をやった。操縦席のシートのぐあいをなおしていた彼は、ついていけと言うようにうなずいた。

「コーヒー・ショップのあたりは柄《がら》がわるいから目を離すンじゃないよ」

椋十はあわてて二人のあとを追った。

〈星海企業〉に割り当てられている左2番と同じく、この0番もやはり小惑星塊の内部をくり抜いていろいろな施設がつくられている。ただ、こちらはずっと大きな小惑星塊なのでトンネル状の通路も長軸に沿って三本ずつ上下に三段、短軸方向にいたっては各段とも数十本が通っていて、いわば立体の碁盤目を形成していて、行政・港湾関係の事務所や施設はもちろん、日用品を売る店舗や娯楽設備、レストランなどもあり、人口は一〇〇〇人に近く、それに寄港した定期船の乗組員や船客、そしてネンネたちのように他の泊地からやってくる住人などでちょっとした街の機能をはたしている。

娘たちはよくこのあたりへやってくるとみえて、港務事務所や船舶代理店、船会社、メーカーなどのカウンターがひしめく通りを抜けて、コーヒー・ショップや日用品店などがあつまっている、いわば、さかり場のほうへと歩いていく。

もちろん完全与圧、空調区域だし、照明も充分。ただ、歩く人々はみんな磁石靴なのでなんとなくぎごちなく、これは厳しく規制されているにもかかわらず、通行人の投げ捨てた紙屑やフード・パックの殻なんかが、左右二階建ての店が並ぶ通廊の天井近いところをフラフラと漂っていたりする。

時間は星系宇宙空間標準時で一八〇〇すこし前、一日の仕事が終わってそろそろあたりが混みはじめる刻限である。

ネンネとお七は連れだって、三〇卓ほどのコーヒー・ショップへとスタスタ入っていった。

職工や船乗り風の男たちばかりで、テーブルの半分近くが埋まっている。

入口の自販ラックで、〈あんみつパック〉の大と〈いちご水ボトル〉をそれぞれ買った二人は、大きな紫外線遮断ガラスの窓外に白沙《しろきすな》がひろがっているテーブルへと歩いていった。そしてパックを卓上の凹みにつっこみ、フックで体を固定したとき、二人ははじめて、後ろからつけてきた椋十に気がついた。

　彼は〈汁粉パック〉の大を手にしている。

「あら、いやだ！　あんた、ついてきたの？」お七が正面から剣突《けんつく》をくわせた。

「なんでよ――？」と不愉快さむき出しのネンネ。

「いや、コンさんが、このあたりは柄がわるいからついていけって――」

「キャハハハハ！」お七が笑い声をあげた。

「用心棒ってわけだ……」とネンネが鼻であしらう。

「ご親切様」

　なにやらモソモソ言いわけしながら椋十が二人のテーブルに〈汁粉パック〉を固定しようとすると、とたんにこんどはお七が意地のわるそうな声をあげた。

「なによ、あんた!?　ここにすわる気なの!?」

「やめといてくンないかな？　あたいたちは女同士で話があるんだからさ！」とネンネが追い討ち。

　どぎまぎしながらやむなく椋十はその〈汁粉パック〉をとりあげ、すこし離れた空卓へと移動した。

　テーブルの上の凹《くぼ》みにパックの底部を合わせてグイとひねると、手を離してもパックは浮き上がらない。そうしておいて、椋十は卓と椅子の間に腰をすべりこませ、足先を床のフックにひっかけた。

　そして憮然《ぶぜん》とした思いを押し殺しながら、彼は〈汁粉パック〉にとりかかった。

　まず、パッケージの側面に固定されているプラ・チューブをおこし、口にくわえてから途中のバンドを外すとそれがバルブになっていて、すーッとパックの中味の汁粉が口の中へとあがってくる。

「熱ッちっちッ！」

　とたんに椋十は入ってきた汁粉を吐き出してしまった。パックの縁が赤いのは、内容物が高温であることを示すワーニングで、それは椋十もよく知っているのだが、とにかく今日はいけない。小娘たちに剣突《けんつく》を食わされッぱなしに食わされて、いささかおかしくなってるものでついついヘマをやってしまった。

　吐き出した汁粉は赤黒い小さな球となり、床のほうへと伸縮しながら落ちていく。こんなケースのために、衛生上の観点から床に小さなダクトがあって、陰圧で浮遊物を吸いとってしまうのだ。

「くそ！」小さな声でつぶやき、どうやらみッともねェ態《ざま》を小娘どもに気づかれなかったのが拾いものと、用心しながらもういちどパックのチューブをくわえようとして椋十はハッとなった。

　すぐ向かいのテーブルにすわっている職工らしい中年男がずっと見ていたらしく、さもおかしそうに笑っている。

「！」椋十は反射的にがんをとばしたが、向こうはべつに動じる風もない。

「あンちゃんよ、だいぶあわててるようじゃねェか」

「……！……」

「無理もねェ、〈星海企業〉じゃ女の天下だからな」

「……！……」

　椋十は鋭い視線で自分の意志を相手にぶッつけてるつもりだが、相手はそんなことにはお構いなしに、まるで泳ぐようにこちらのテーブルへやってきた。

「おい」その男は馴れ馴れしく手を肩へ伸ばしてきた。椋十は軽くその手を振り払ったが、相手は耳許に口を近づけるようにして言った。

「おまえ、白沙《しろきすな》から上がってきたのか、え？　100型だろ？」

「……」椋十は無視して、慎重に汁粉を吸い上げた。甘く、ねっとりとした風味が口いっぱいにひろがる。

「え、おい？　山本又八も一緒だろ？」

「だからどうだってンだよ!?」あまりのしつこさに椋十はやりかえした。地上ならとっくにぶッ飛ばしているところだが、どうも今日は調子がでない。「又八ッつァんと友達かよ？　え？」

「と……いうわけでもねェんだが……」相手はいったん逃げてから、また言った。「どこへ行くんだ？　仕事か？　なにか大きな仕事じゃねぇのか……え？」

「……」

「え……？」

「おッさんよ！」ついにたまりかねた椋十は、ドスのきいた小声で相手の正面に浴びせかけた。「すまねェが、一人にしといてくンねェか！　オラァ、いまとンがりたくねェンだよ、ここじゃあな！」

　だしぬけにやられて相手はちょッとの間、まじまじと椋十の顔を見つめていたが、とつぜん興味をなくしたように身をひき、そのまま、ぎごちない足取りで店を出ていった。その足つきからして、あまりここに長くいるやつではない。椋十もそうだが、磁石靴を踏み出すたびに上半身が前へつンのめりそうになるのだ。

「くそ！」

　小さくつぶやいて、椋十は汁粉のチューブをくわえながら娘たちのほうへ眼をやった。

　二人とも〈あんみつパック〉やらなにやらを太吸でやりながら、話しこんでいる。

　一八〇〇の時報音がして、あたりはたてこんできた。店内を何気なく見まわすと、客は、粗野な感じの男ばかりで、女といえばいかにも商売女風の三人連れが他にいるだけで、若い娘はお七とネンネだけ。しかし、べつにどうというわけでもなさそうだ……。

　ところが、折も折……。

　入口から、下級船員とおぼしき兇悪な面構《つらがま》えの中年男が二人入ってきた。無重力には馴れている足取りだが、あきらかにおかしい。

　椋十には、こいつらが酔っ払っているのがすぐにわかった。この錨地の公共区画での飲酒は厳禁だが、船内でひっかけてから出てくれば、よほどの泥酔状態でもないかぎり文句は言えない。

かつては街のちんぴらとして鳴らした椋十。蛇の道《じゃ》は蛇《へび》というやつで、これはまずいととっさに直感した。そして、その二人の動きをじっと見守った。

案の定であった。その二人連れは、テーブルで何やらしきりと話しこんでいるお七とネンネに眼をつけた。そして、ふらつく足で彼女たちのほうへ近づいていった。

「おゥ！　ねえちゃんよ！」

背の高いほうが見下ろすように大声をあげた。なまりからして、星涯《ほしのはて》や白沙《しろきすな》の住人ではないらしい。

真上からだしぬけにどなられて仰天したお七が思わず上を見上げるのと、その、いかにも癖のわるそうな男の丸太ン棒みたいな腕が彼女の首許に伸びるのはほぼ同時だった。

「キャッ！」

「あれェッ！」

「騒ぐンじゃねェよ……ねえちゃん。ちょっくらおれたちにつき合ってもらいてェ」ずんぐりしたほうが呂律《ろれつ》のまわらぬ口調でそんなことをつぶやきながらネンネのほうを抱きすくめにかかった。

まわりの男たちも似たりよったり、なかには眉をひそめて腰を浮かしたり、誰か止める者はいないかとあたりを見まわすのもいないではないが、なにしろ、相手は見るからに桁違いの手合いである……。

反射的に立ち上がった椋十は二人のテーブルへ歩み寄ると、お七の首許を捉え、脂でギタギタした顔をこすりつけている背の高いほうの腕をぐい！　とつかんだ。

「やめなよ、おッさん」椋十は低いがドスのきいた声でそう言いながら、頭ひとつ分ほども高い相手をにらみあげた。「年甲斐もねェ」

男は、無言のままだしぬけに行動を起こし、椋十の顔を張りとばそうとした。凄まじいスピードである。

しかし、そのとき椋十はもう行動を起こしていた。男のものすごい腕は宙を泳いだ。

だが、椋十は決定的なミスを犯していた。

地上でこそ、ぱッ！　と地を蹴って宙を跳び、相手の攻撃をかわしておいて、はずみで泳いだ相手のすきを狙って両足の強烈な一発を顔面に炸裂させる——という椋十得意の業も、無重力では勝手が違う。

無重力での喧嘩の場合、絶対に磁石靴を脱ぎ捨ててはいけないのだ。もちろん、彼とてその原則はわきまえているが、なにしろ、たっての親の願いでつてを頼って〈星海企業〉に押しこまれ、又八やロケ松の子分として抑えに抑えられていた乱暴者の血が、身内の小娘二人の危機にぶつかったとたん、一瞬にして沸き上がってしまったのである。

先のことは考えず、とにかく磁石靴では跳べねェと、気がついたときにはワンタッチの脱着フックを外してその体は宙に跳んでいたのだ。

とにかく、彼のその行動は中型爆雷ほどもありそうな相手の鉄拳を見事にかわし、相手のごつい体をツツッと泳がせることには成功した。

しかし次の瞬間、彼の両足は相手の顔を蹴ッ飛ばすどころではなかった。彼の体はそのまま三メートルも真上に飛び、イヤというほどの勢いで天井に頭をぶッつけるはめとなった。とっさに首をすくめて打撃をやわらげたとはいえ、天井に手がかりはないし、作用と反作用の原則は遠慮なしにはたらいて、もろにはじき返された椋十の体は同じ勢いで床に衝突した。彼の手はテーブルの縁をとらえたのだが、これがまた裏目に出て、手首を支点とした彼の体は逆立ちの形となり、そのまま動きは鈍くなったが無重力下でも体に質量というやつは厳然としてあるわけで、縁をつかんだ彼の手ははがされるようにテーブルから離れ、体は宙に浮き上がった。

相手はしたたかに酔ッ払っているとはいえ、喧嘩の場数は踏んでいる手合いである。喧嘩相手の磁石靴や固定フックを奪うのが定石という無重力下での喧嘩のイロハに、見事自分のほうからはまってしまったちんぴらあがりを見逃すわけがない。

おかしな方向へ浮き上がった椋十の体を、ネンネにかかっていたずんぐりむッくりが、まるで大きな魚でも抱きとるみたいにひッ捉えたとみるや、頭を先に相棒めがけていっきに横へつきとばした。

魚雷みたいに横へ飛んだ椋十の頭に、待ち構えた背の高いほうの鉄拳が炸裂した。相手はテーブルに腰を支えてショックを吸収させるあたり、馴れたものである。

はじき返されるように逆進してきた椋十の体を、こんどはずんぐりむッくりのほうがいつの間に外したのか、椅子の背板ではたき飛ばした。

あたりはもう総立ち。

ずんぐりむッくりは、いったん椋十の体を側壁へたたきつけてはじかれてくるところをもう一発と考えたらしいが、やっぱり酔ッ払っているせいで第一撃の方向が狂い、彼の体は天井のほうへすッ飛んだかと思うと大きな音を立てて照明用ルーバーに衝突し、そのまま落ちてくるかと思ったらすでに意識をなくしているらしい椋十の足が、ライトのブラケットにひっかかった。ブラケットのアームは今にもちぎれるかと思うほどしなったがなんとかもち、彼の体は足で支えられた形で逆さ吊りとなり、そのまま動きは止まった。

あたりは一瞬シーンとなり、ブラリと逆さにぶら下がってるみッともない椋十の姿にどッと笑い声がおこった。

勝ちほこった酔ッ払い二人は、逃げるのも忘れて身をすくませている娘二人に向かってわけのわからぬわめき声をあげながら襲いかかった。

いくらなんでもここで素ッ裸に剝かれてしまうこともあるまいが、それでも成り行きというやつ。猛り狂った野獣みたいな手合いがいったい何をはじめるのかわかったものではない。

さすがにあたりの客たちが不安げな表情を浮かべはじめた。

ところがそんななかで、背の高いほうがついに暴れるお七の羽交い絞めに成功し、ゲタゲタ笑いながらそのひげ面を彼女の顔へすりつけようとしたとたんである。

だしぬけに真上から突ッこんできた椋十の頭が、もろにその酔ッ払いの顔面に衝突した。

天井を力いっぱい蹴ってすッ飛んできた椋十の頭突きをもろに食らったその大男は、お七を抱いたまま尻餅《しりもち》をつきかけ、思わずその手を放した。はじかれたようにお七は立ち上がり、体勢をたてなおしかけてまだおたおたしている大男の股間をイヤというほど踏ンづけた。

「ギェェッ！」

反射的に伸びた丸太ン棒みたいな両腕を、お七はきわどいところで、ぱッ！　とかわした。

ふたたび天井を蹴った椋十の体は、ネンネを放してもう椅子の背を両手に待ち受けるずんぐりむッくりめがけて突進した。いっきに突入するとみせた椋十はその寸前でさっと体をひねり、相手をやりすごすと見せてその椅子の背をひッつかんだ。ひきずられる形でつンのめるずんぐりむッくりの手から、その四〇センチ角ほどのプラスチック板をむしりとった彼は、そのまま側壁を蹴って反転し、磁石靴のためにちょっと動きのおくれた相手の顔をめがけて水平打ちを噛《か》ませ、うめき声をあげてぶっ倒れかけたそいつの首許に足をからませて制動をかけた。

はずみであやうく浮き上がりかけたずんぐりむッくりの体は、それでも磁石靴に押さえられてそのまま床へゆっくりと伸びてしまった。

すばやく立ち上がってまた体が浮きかけ、あやうくテーブルに腰を支えたとたん、すばやくネンネが磁石靴をさし出した。

「くそ！」

手早くはきおえた磁石靴の片方を慎重にもちあげ、椋十はまだ立ち上がれずにいるずんぐりむッくりの顔をイヤというほど蹴飛ばした。相手はギャッ！　とうめいてふたたびぶッ倒れた。もうひとりの大男のほうは、股間を押さえながらやっと立ち上がろうとしたところを椋十に椅子の背で水平打ちを食わされ、そのまま伸びてしまった。

一瞬あたりはシーンとなり、つづいて、桁違いの相手をまとめてあっさり片づけたちんぴら風の若者に爆発するような歓声が起こった。

椋十はすばやく身づくろいをなおし、まだ呆然としているお七とネンネに向かって言った。

「行くぞ！」

はッとなった二人に向かって椋十は追い討ちを噛ませた。

「なにをモタついてやがるんだ！　このバカ娘どもが！」

騒ぎの前とは打って変わった凄《すご》い迫力！

「え、ええ」

「ハ、ハイ」

これまた打って変わった素直さ……！

「ごめン」

先に立って昂然と歩き出した椋十の背中にお七が小さな声で言った。

「なにがごめんだ、このズベ公どもが！」椋十はふりかえりもせずにとっちめる。「おれがいなけりゃどうなってたと思う？　え？」

「……」

「……」

一言もなく、おとなしくついてくる二人。

しかし、そんな椋十の威勢もコーヒー・ショップを出て五〇メートルほどの間だけであった……。

次の角を曲がったとたん、椋十ははじき返されるように立ちどまった。

そこにはさっきの酔ッ払いに輪をかけたような凄い連中が五人ほども待ち構えていたのである。仲間に違いない。

こいつはかなわねェ……。

とっさに椋十は思った。

とにかく小娘どもを逃がさねェと……。

しかしそのときには、三人の背後にもぬッと三、四人……。

親分らしいやつを中心にぐるりととり囲んだ男たちは、薄笑いを浮かべてじっと三人の出方を見守っている。

椋十は必死で落ち着こうとするが、こいつらは格が違う。本格的なわるだ……。

「やってくれたな、おい」親分とおぼしい男が低い声で言った。「……え……？」

「向こうが女の子にじゃれたからだよ」椋十はやり返すが、どうも相手がわるい。

「なに？」相手はいかつい顔をにこりともしない。「じゃれた──と？」

「……」

「こんな風にか？」背後でそんな声と共にバチッ！　と固い音がして、ヒッ！　と娘が小さな悲鳴をあげた。

子分が二人、ナイフを抜いてネンネとお七の首許に刃先をつきつけている……。

この錨地ではいっさいの武器携帯は厳禁なのだが、船に逃げこめば治外法権の星系外船舶だからまかり通る無法ぶりである……。

保安官はいるが、とてもこんな手合いを取り締まれる連中ではない。

大変なことになった……。

椋十は肚《はら》をきめた。

「娘ははなしてもらいてェ。おれはどうなっても構わねェから……」

「……」相手はじっと椋十の表情をうかがっている。

「殺してェンなら、さっさとやんな」椋十はひらきなおった。

「いい度胸だな」男は陰気な声を出した。「それじゃ、始末させてもらうぜ」

ギラリ！

親分らしい男の手にナイフが光った。

いつの間にかできている人だかりがシーンとなった。

ビーム銃ならいざ知らず、ナイフで人を殺す——などという行為は、話でこそあっても現実にはまずあり得ないこととされているのだ……。

「恨むなよ、これもなりゆきでな」

男はぴくりとも表情を変えぬまま、前にいる椋十をめがけてナイフをゆっくりとかまえた。

こいつはやられるな……。

椋十は覚悟した。

ところがそのとたんである。

ぬっと男が一人、椋十とその親分らしいやつの間に入ってきたのである。

「やめてください」コンはおよそ場違いな声を出した。「ナイフで刺したりすると死んでしまいます」

「なに？」ナイフを構えた男は毒気を抜かれてきょとンとなった。「なんだ、てめェは？」

「身内なンです」コンはけろりと言った。

「身内……？」相手は言った。「てめェも乞食軍団の一味か？」

「ええ、そうなンです」コンの声はあくまでおちついている。「すみませんけど、女の子をはなしてくださいな」

「なにイ？」どう対応していいのか面食らった様子で親分らしいやつは言った。

「女の子をはなしてくださいな」相手に通じなかったのか？という表情でコンがくりかえした。

「……」

「お願いですから」

ギラリ！

ナイフをかまえた親分の右手が、電光のようにコンをめがけて突き出された。

はッ！とする一瞬、男はバランスを外してあやうくつンのめりそうになった。

コンはじっと立ったまま……。わずかに体を開いただけである。

「野郎！」

見事に外されたことに気づいた親分は凄まじい形相を浮かべた。そして、ナイフを振り上げるとコンをめがけて襲いかか……ろうとして、そのまま凍りついたように動かなくなった……。

「ウッ！」

親分はおかしなうめき声を洩らした。

コンはじっとそんな相手を見つめている。

そしていきなり言った。

「それ、首を絞めますよ」

言われて気がつくと、太い猪首に巻きついているのは一メートルほどの蛇！

アカダマ・シメコミヘビ……。

よく人に馴れ、ペットにも飼われている蛇なのだが、首に巻きついているそいつはなぜか赤い眼をギラギラさせて、じわじわと絞めこんでいく。

「ウ、ウッ！」たちまちナイフを放り出した親分は、両手でなんとか蛇をひきはがそうとするのだが、まったくきき目はない。

「逃げろ！」椋十が娘たちに向かって叫んだ。

気がつくと、娘たちにナイフをつきつけていた二人も首にまきついた蛇と格闘している。

「はやく行け！」椋十がせきたてた。

「はしけで待っていておくれ」コンは、あたりの騒ぎとは関係ない声で言った。「椋《ムク》ちゃん、行ってやんな、こいらは柄がわるいから……」

「だって——」いまさら〝柄がわるい〟も何もあったもんじゃない——という表情で椋十が抗議した。

「いいから」コンは落ちついている。「ブースターを早く積みこまねェと……」

その間にも、蛇は男たちの首を絞めあげていく。

コンはそんな様子をじっと見守っていた。

眼玉もとび出さんばかりの表情で、親分はやっとのことで言った。

「タ、たすけて、ク、くれ……！」

「もう手出しをしませんか？」依然としておよそ場違いなコンの声。

「シ……しねェ……」

「それでは」

コンはそれだけ言って、唇をとがらせたかと思うと、かすかに口笛を吹いた。震えるような奇妙な音である。

そのとたん、蛇はぎョッとしたようにその、首を絞めつける動きを止めたかと思うと、たちまちズルズルと力を抜きはじめた。

どさり！

兇暴な面構えの三人はいっせいにだらしなく地上へぶッ倒れて失神してしまった。

あたりはシーンと凍りついたまま……。

男たちの首から離れた三匹のアカダマ・シメコミヘビは、サラサラとかすかな音を立てながら戻ってきて、さし出すコンの手先へとからみついてきた。

「ペット屋へかえしてこなくっちゃ」

つぶやくように言いながら、蛇を肩にからませたコンがケロリと背を向けて歩き出すと、呆然と見守っていた群衆がとび退《すさ》るように道をあけた。

トコトコ遠ざかっていくコンの背後で、蛇にやられなかった一味の一人がさっと行動をおこした。
そのとたん、ぱッ！　と振り返ったコンは、レーザー・ガンを抜こうとした男めがけて蛇を一匹投げつけた。蛇は黒い棒のように宙をとび、レーザー・ガンの手許へからみついた。あッという間の出来事である……。

バッ！

凄まじい閃光《せんこう》と共にレーザー・ガンが暴発した。

「ぎェ——！」

絶叫を半分のこして、その男は右肩から顔の半分が吹きちぎれたが、コンはその凄惨な結果を見たのやら見なかったのやら、みんなが気づいたときそのヒョロ長い背中はトコトコと遠ざかっていくところ。

「よかったよ、ペット屋が近くにあって……」

はしけの舵輪をとる椋十のとなりで、コンがほッとしたようにつぶやいた。

「いつもなら、ペットのひとつやふたつはポケットに入れてるんだけどね」と、まるで骸骨みたいな若者はつづけた。「みんなロッカーの中へ入れとけ——って約束させられたもんで……ほんとに危ないところだった……」

飄《ひょう》々《ひょう》としたその口調に、勝ち誇ったような感じはみじんも感じられない。

しかし、椋十のほうはそうもいかない。

「まったく小娘どもときやがったら！」彼は振り返って、ぐいと二人をにらみつけた。「わかったか!?」

「はイ……」

「ごめンなさい……」

操縦席のうしろに小さくなって立っている二人は消え入るような声で言った。

「しかし……」コンが言った。「しかけてきたやつらは、みんなこっちが乞食軍団なのを知っていたね……」

13

それは、ひと抱えほどもある扁平にひしゃげた銀色の球体であった。タンポポ村ひとつをそっくりどこかへ持っていってしまったあのX２００の心臓部中の心臓部である。磁気単極子を封入したその容器は、そんな、なんの変哲もないものだが、これが三軸のジンバルに吊られ、それがさらに巨大な三軸方向の永久磁石の中心に固定されていて、全体としてはちょっとした小型地上車ほどもある。

X２００として運転されるときはこのジンバル部を交流磁界のなかに置いて磁気単極子を発振させるわけだが、運搬の途中で道端のトランスなど不用意に交流磁界の中を通ってトラブルが発生する危険を避けるため、こうして巨大な永久磁石の磁界内に置いて単極子を固定しているのだ。

ガチン！

大きな音を立てて、バナジン・スチール製の裁ちバサミがその永久磁石の側面にはりついた。

「すげェの……！」

思わず叫んだのは八歳ぐらいの男の子。

弟妹らしい小さな二人も目を丸くして立っている。

「近寄るんじゃないって言ってるのがわからないの、パキ!?」歯切れのよい声と共に、若い娘が居間のほうからやってきた。後から真ッ黒な猫がついてくる。「しまいにゃブツよ！　これは乞食軍団のエラに頼まれた大事な預りものなんだから——って言ったろ！」

ここは星涯《ほしのはて》市の南西部、アネモネ区。

貧民がひしめくこのあたりにふさわしい粗末な住宅である。窓の外には屑鉄が野積みにされた狭い空き地、その向こうにはこの区域の象徴みたいな高層貧民住宅がいくつも夕空にそびえている。

「ほれ！　プチもポキも、ごはんだよ！　きなさい！」

娘は子供たちに向かって言った。

いままで外の空き地で働いていたのか、着ているのは粗末な作業衣だし、陽灼けしたその顔には化粧ッ気などかけらもないが、大きな眼をしたその顔立ちは充分に美しい。歳《とし》の頃は一五、六。真ッ黒な猫を飼っているので、人呼んで〈黒猫のブチ〉……。

数年前星涯《ほしのはて》市から五〇〇キロも離れた鳴子《なるこ》山地《さんち》を星系軍が大規模な演習地として接収したときに追い立てられ、難民同様のていたらくで星涯《ほしのはて》市へ流れついた。風の噂によれば、このときの騒ぎで抵抗した村民が一〇〇〇人以上も殺され、いくつもの村がばらばらになってしまってブチの両親も消息不明、昔、父親が使っていた男たちと屑鉄屋をやりながら幼い弟妹をやしなっている……。

子供たちはがやがやと食卓についた。

ブチは壁面に組みこまれたロッカーの扉を開いた。中には真空パックがつまっている。

「さぁ、なんにするの、パキ？　鳥のクリーム煮？　それとも魚のフライ？」

「鳥も魚もみんな風味ものじゃねェかよォ」

パキと呼ばれたいちばん上の子が口をとンがらせた。

「お黙り！　ぜいたく言うンじゃないよ！」

鋭い口調だがそれは持って生まれたものらしく、その眼はべつに怒ってはいない。

「だってさァ！」いかにも腕白ざかりといった面構《つらがま》えをしたその子は、若い姉に向かって甘えるように言った。

「鳥だって魚だって、山にいたときゃさ、父ちゃンが本物を獲ってくれたじゃないか。うまかったよな、あれは」

「うまかったよな」妹が口真似をした。

「うま、かった、よ、な」いちばん小さいのが一生懸命で尻馬にのる。

「生意気言うンじゃないよ」と、ブチはそんな言い草を相手にもしない。「食うのかい、食わないのかい!?　はっきりおし！」

「おれ、魚のフライ」

「あたいも」

「ぼくも」

　ブチは黙ってロッカーからきれいに包まれたパックを四個とり出し、フード・プロセサーのなかに並べて蓋をすると、フライのボタンを押した。

　それからスープ・サーバーのレバーを四回引くと、湯気の立つコンソメのカップが四個出てくる。

　彼女は一個ずつ弟妹の前に並べた。

「いただきます！」三人はいっせいにそう叫び、カップをとりあげた。

　ブチもゆっくりとカップをとりあげた。

　まだ一五、六だというのに、黒い髪をひっつめに結ったその横顔を、ふと、世帯やつれが走る。

「ぼく、きらいだ、このスープ」いちばん小さいのがまわらぬ口で言った。「塩ッからいもン」

　ふッと苦笑しながらブチがやりこめた。

「いやならやめな。そのかわり、父ちゃんが帰ってきたときブタれても知らないから」

「ねェ、父ちゃんはいつ帰ってくるの？」いちばん上のパキが、スープのカップの湯気越しに聞いた。

「わからないよ。おぼえてるだろ、鳴滝の山ん中で星系軍に追ッ払われたとき、はなればなれになったのをさ……」

「それじゃ――」

「必ず帰ってくるわよ……」

「あたい、はやく母ァちゃんに会いたい」真ン中の女の子が言った。

「姉ちゃんだってそうさ」

　そのとき、パチン！　と音がしてフード・プロセサーの赤ランプがグリーンに替った。

　プロセサーの扉を開くと、掌《てのひら》ほどの大きさに素材を包んでいた形状記憶合金のパックが、加熱によって開いて大きな四角の皿となり、その上にフライ、野菜、ライス、それにデザートまでがたっぷりのっかって湯気をたてている。

　小さな子供たちが猛烈な食欲でその皿にとりかかったとき、外からドサドサと足音が近づいてきて、バッと荒ッぽく玄関の扉が開いた。

「ゲェッ！　ほんとにこの磁界の強さッたらありゃしねェ！」

　挨拶もしないで入ってきたのは五〇がらみの荒削りな大男がひとり。

「外のクレーンまで磁化しかけてますぜ！　あと一〇日も置いといたら、星涯《ほしのはて》市じゅうの鉄屑を全部吸い寄せちまうに違ェねェや……」

「食べるかい？」相手には答えずブチは言った。「雲呼《ウンコ》？」

「う、う、なにがありますィ？　どうもあたしゃ、パック食品ッてェやつが苦手でねェ」

「ぜいたくお言いじゃないよ、おまえまで。魚風味かと、、り風味」

「鳥風味ってなァ……いったい何で……？」

「クリーム煮」

〝雲呼《ウンコ》〟と呼ばれた浅黒い大男が、のどの奥でゲェッとへんな音を立てた。

「魚は――？」

「いいとしをしてふンぎりのわるい男だねェ」と、ブチは三倍も年上の大男に向かってにべもない。「ちびたちの食ってるやつだよ」

「フライ……か？」彼はパキの皿をのぞきこみながら言った。

「そうよ、フライだよ、どうかしたの？」

「いや、ねェ、昔、鳴滝のよ、やなにかかったバタヤマメのこんなやつを塩焼きにして、白い飯と――」そこで雲呼はごくりとまたのどを鳴らした。「あれが魚ってやつで……」

「食べるの？　食べないの？」ブチは相手にもしない。

「へ、ヘイ、いただきやす。その、揚げすぎねェやつを、ひとつ」と男はすまなそう……。

「手間のかかる男だこと」

　投げやりな言いかただが、プロセサーを操作する娘の表情には親しみがこめられていたし、雲呼《ウンコ》と呼ばれるそのきこりみたいなごつい五十男のほうも、そんな言いかたを全然気にした風もない。

「おじさん」フライを口いっぱいに頬張ったまま、パキが言った。

「うん？」雲呼は男の子のほうへ眼をやった。

「釣りに連れてってよ」

「雲呼おじさんは忙しいんだから、そんな無理言うんじゃないよ」とブチ。

「釣りなァ……」雲呼は遠い眼をした。「鳴滝の下でよく釣ったっけなぁ……」

「またどっかに釣りへ行こうよォ、でっかいやつを釣ろうよォ」

「それで？」パックをプロセサーの中に入れたブチは、そんなやりとりはお構いなしに五十男へ言った。「なんなの？」

「へ？」だしぬけに聞かれて雲呼は眼をパチつかせた。

「へ？　じゃないわよ！　なんかあたいに用事があって来たンだろ？」

「あ、そうだ！」雲呼は言った。「忘れてた」

「ねェ、おじさン、釣りに行こうよォ」

「黙ンなさい！」〈黒猫のブチ〉が頭ごなしに弟をどやしつけた。「姉ちゃんたちは用事があるんだから！」

「つまりねェ……今夜あたりやって来ますぜ」

「鉄泥棒かい？」

「あんな強い磁界をもう出しッぱなしでしょ。盗ッ人どもの磁探にひッかからねェわきゃァねェ。いま、これだけのムクの永久磁石だったら五〇〇クレジットにゃ売れますからねェ、どうかすりゃ一〇〇〇クレジットになるかもしれねェ……。

　盗ッ人は幾組もやって来そうな気がする……」

「それとさ」ブチも言った。「あたいもおまえに知らせようと思ってたの。あれが入ってた大きな箱さ、あれはエラがどっかに始末してくれって言ってたからさ、チィ姉ちゃんがイタチ罠にするからって、陣内と二人で持ってったろ」

「へェ、密猟のやつらもまとめてとッつかまえるんだとか、陣内の野郎がはりきってたけど――」

「そしたらさ、さっそくかかったんだって」

「イタチが？」

「バカ、人間がだよ」

「へェ？　密猟のやつらですな。ひとの仕掛けた罠の獲物をあさって歩くやつらだ。ほんとに星涯《ほしのはて》って町にゃロクなやつがいねェンだから……」

「ところが違うの」

「？」

「星系軍の偉いさンなンだって、罠にひッかかったのが」

「星系軍？」

「陣内はもう、星系軍と聞いただけで、箱ン中に閉じこめられた大佐とか大将とかにおしッこひッかけるやらもう散々な目にあわせたらしいよ」

「無理もねェ、陣内のやつァ、身内を何人も星系軍の兵隊に殺されてるからなァ……。

　それでも、その大将とかってやつをたたッ殺したわけじゃないんで？」

「殺すほどのこたァないじゃないのさ。身内を殺した当人たちじゃないんだし」

「それにしたって……」

「それよりさ、その星系軍の二人は、あれを捜しまわってるんだって」

「あれ――って？」

「鈍いねェ、おまえも。あれだよ、あれ」ブチは、狭い土間に置いてある巨大な磁石の塊をあごで示した。

「あァ、あれか……」

「あァ、あれか――ってこたァないだろ？　その二人連れは、姉ちゃんたちが雷山にあの箱を運んでくところを偶然めっけて、跡をつけて、それで罠にかかっちまったんだって」

「へェ……なるほど……」

「姉ちゃんたちはなんにも言わなかったらしいけど、あの山出しの鳴子弁《なるこべん》でガンガンやったらしいから、向こうがバカでなけりゃ、そのＸ２００とかッていう仕掛けがなくなった騒ぎに、鳴子の連中が一丁嚙《か》んでることを気づくと思うんだよ。

　星系軍のやつらも磁探を使うと思うよ。だって向こうはあんなお化けみたいな永久磁石使ってることをいちばんよく知ってるわけだからね」

「なるほど」

「星系軍も今夜あたりくるね。朝ッぱらからヘンなものブラ下げたヘリが上をウロウロしてるもの」

「そりゃ磁探のヘッドだ。地雷だの地下砲台なんかを探すやつですぜ。鉄盗ッ人どもが使ってるやつの親玉だ」

「うン」

「ガサかけてくるかな？」

「かもね」

「かもね――って、姐御《あねご》、おちついていてちゃ困るよ」雲呼が苦笑ともなンともつかぬ表情を浮かべた。「万が一にもガサくらって、星系軍にあれ持ってかれたら、エラはもちろん、乞食軍団に顔向けができませんぜ」

「わかってるよ」

「屑鉄盗ッ人のほうは、生捕《いけど》ってやろうと思ってうちの若い衆に召集かけてあるけど、星系軍の手荒さは姐御《あねご》だって――」

「ありゃ、あんな山ン中だったからよ。いくらワルぞろいのあいつらでも、市内《ここ》じゃやれないわよ。

　それになんか事情があって、星系軍の中にも知られたくないらしいのさ。だからたぶん二人でくるよ」

「今夜は忙しくなりそうだね」雲呼はうれしそうな笑いを浮かべた。

「さァ、寝な！」〈黒猫のブチ〉は、じっと聞き入っている三人に向かって言った。「大人の話に首つッこむンじゃないの！」


　ちょうどその頃……。

　玉坂《たまさか》大佐の執務室……。

　もうみんな退出して静まりかえった廊下を足音が近づいてきて、誰かがドアをノックした。

「入れ」待ち構えたように大佐は言った。

　ドアが開いて入ってきたのは吊柿《つりがき》中尉。小脇に大きな発光図板を抱えている。

「どうだ？」と大佐はせきたてた。

「はァ、あります」

「ある!?」大佐は身をのり出した。

　中尉はデスクの上に、抱えてきた一メートル角ほどの発光図板を置いた。ちょっと見ると、様々な色のパターンが狂ったようにのたくっているとしか思えないが、よく眼をこらすと、それが星涯《ほしのはて》市南西部の地図を基盤にしたものであることがよくわかる。

「ふむ……これか？」

　大佐は、眼の前に置かれたその磁気分布マップの一点を指さした。そこだけが異様な赤い輝きを放っている。

「それです。磁界が強すぎて、センサーが飽和しています」

「ふむ」

「これを見てください」中尉は発光図板のあちこちに現われている赤い部分を次々と指さした。「これは磁撥鉄道のレール、これもそうです。それから、この丸いスポットは変電所と――」

「間違いないな！」大佐はきっぱりと言った。「よし！　場所はどのあたりだ!?」

「例の貨物函と出会《でくわ》したあたりからさほど離れていません」

「うむ！」大佐は一瞬顔を歪ませた。「こんどはライフルを忘れるな！　手投げ爆雷もだ」

昨夜の、世にもみじめな体験がよほど骨身にしみたと見える。あれから二人はさらに一時間もいたぶられたあげく、内懐におさめていたラインメタルの０・０１ピストル二挺をめしあげられ、乗ってきた地上車を身代金代わりにとりあげられて、やっとのことで釈放されたのだ……。

「こんどはもう容赦せんぞ」大佐は昨夜の怒りをもういちど反芻《はんすう》しているらしい。「なにがなんでもX２００の所在をつきとめてくれるぞ。特機班は待機させてあるな？」

「は、大型《W》重量物牽《H》上用ヘリ《H》も手配してあります」

「よし、死体の山をつくってでもX２００の所在をつきとめたら、特機班を呼ぶ。これで一件落着だ！」

大佐は立ち上がった。

そしてそれから一時間後……。

彼らはエアカーで例の地点へと向かっていた。

もう真夜中近い刻限だが、上空から見下ろした星涯市《ほしのはて》はとても眠っているようには見えない。

高層住宅の灯火こそまばらでも、大小無数の街路灯やレーザー標識灯はそれぞれに微妙な色合いの輝きを放って道そのものをくっきり浮かび上がらせ、その上を行き交う車輌の灯火と共に、なにか巨大な生き物の胎内を思わせる。

沈んだばかりの白沙《しろきすな》が、地平線の向こうをぼーっと輝かせている。

「そろそろです」

「磁探はおろさんのか？」

「場所はあたりがつけてあります。夜間、この高度ですとよくよくの場合以外はおろさないほうが安全です」

「……」

「間もなく見えてきますが、屑鉄が野積みになっている空き地がありますのでそこに降ります。そのすぐ近くの小屋の中です」

「住んどるのは何者だ？」

「昼間調べたところでは、鳴子山地の難民です」

「やっぱり、な。あいつらのなまりからして間違いないと思っていた。くそ！」

大佐はふたたび怒りを燃やしているらしい……。

「あそこです」操縦桿を片手に、吊柿中尉は機首前方のすこし下を指さした。「見えてきました。高度下げます」

「すこし旋回して様子を見てからにしろ」

「わかりました」

エアカーは大きく旋回を開始した。

大佐がキャノピーを開けたとたんにどっと風が吹きこみ、機体が揺れた。彼は上半身をのり出すようにして地上の様子をうかがった。

「おい、トラックが止まっているぞ」

「？　？」

「空き地の隅だ。なにか積みこんでいるぞ！」大佐はさらに下をのぞいている。

「あ、動き出しました！」

「磁探をおろせ！」

とっさに吊柿中尉は磁探ヘッドのワイヤを繰り出しながら荒っぽく高度をとった。

「トラックを追え！」大佐が磁探のスイッチを入れながら叫んだ。「トラックの上に持っていけ。こっちの意図に気づいて、X２００をどこかへ持っていくつもりかもしれん！」

すぐにエアカーは、狭い道を走り出したトラックの真上にかかった。

「これだ！」大佐は絶叫した。「見ろ！　間違いない！」

磁探のスコープ面は、いまにもはじけそうな勢いで奇怪なパターンが揺れ動いている。

〝過入力〟の赤い標識ランプが激しく点滅している。あわてて大佐が入力を絞るとパターンはすーっとおとなしくなった。先の尖った楕円形のパターンが激しく揺れる。ものすごく強力な磁界をもつターゲットが移動しているのだ。

「間違いないぞ！　そのトラックだ！　X２００をどこかへ移動しようとしている。逃がしてたまるか！」大佐はわめきつづける。「すこし高度をあげろ、気づかれる」

ぐーっとエアカーは高度をとった。

「よし、そのまま追うんだ！」

トラックは専用車道に入り、市内を抜けて星涯《ほしのはて》東湾に面した海岸のほうへと向かっている。

「どこに行くつもりか……！　逃がしてたまるか……！」大佐は暗いコックピットの中でつぶやいた。

やがて海岸に出たトラックは、静まりかえった国道をすこし走って、倉庫がまばらに立ち並ぶ埋立地のなかへ入っていった。

それから三〇分もたったろうか……。

めざすトラックは、埋立地の一角にぽつんと建っている倉庫の中に入り、乗ってきた何人かの男たちが出てきて、扉が閉じられ、間もなくあたりはしーんとなった。

エアカーはゆっくりと降下に入った。

磁探のスコープ面は、その倉庫の中からまだ強い磁束が出ていることを示している。

二人は着地したエアカーから降りると、こっそり倉庫のほうへ歩み寄った。扉には厳重な錠前がかかっているが、ビームで破壊すればなんとかなりそうだ。

大佐はレーザー・ピストルをとり出そうとした。

そのとたんであった。

「おッと待ったり！」

だしぬけにそんな声が闇の中にひびいた。

「へたな真似をすると爆発するぜ。蝶番《ちょうつがい》のとこをよく見ねェ、やつらは防犯爆雷をしかけていきやがった」

「何者だ!?」大佐は闇に向かって叫んだ。

「お仲間よ！　こちとらもその永久磁石狙ってやってきた」

「……」

「こんなすげェムクの永久磁石ってなぁ、おいそれとはお目にかかれねェ代物だ。四組ばかり狙ってるやつがいてよ、そこで山分けの話をつけて交替で張ってたら、向こうも気がついたらしくてここへ運びこみやがった。そこでゆっくり仕事にかかろうとしたらてめェらが現われたってェわけだ。どうだ、組まねェか?」

「よかろう……」大佐が言った。

「話が早いねェ」

とたんに二人の前には、十数人の見るからに兇悪そうな男たちが現われた。

「蝶番の爆雷を外すにゃ、これがまたプロがいてな……。おい、かかれ。ところでおまえたちゃ、いったい――」

周囲の緊張がほぐれた一瞬――

だしぬけに大佐の手許から閃光《せんこう》がほとばしった！

いつの間にか腰だめにした、大佐のⅣ型レーザー・ライフルの連射ビームが、眼の前の男たちに向かって狂ったように襲いかかったのだ。

はッと気がついたときは、吊柿中尉もレーザー・ライフルのトリガーを引き続けていた。

何秒間の出来事だったのか……。

ビームが止まったとき、あたりは見るも無惨な状態と化していた。

なかば炭化し、湯気をあげる死体がごろごろしている。もちろん大部分が即死である。

「ク……ク……ソ……。盗ッ人の……ジ……仁義……ワ、わすれて……レーザー、ラ、ライフル、なんぞ――」

ふたたび大佐の手許から一瞬だけ閃光が走り、あたりはしーんとなった。

「よし！　扉を開けるぞ！　すこし離れろ！　爆雷が仕掛けてあるのを教えてくれた」

ばッ！　レーザー・ライフルの閃光と共に扉が吹きとんだ。

二人は、まだいやな臭気を立ててくすぶっている盗賊たちの死骸を踏んづけて倉庫の中へと入った。

吊柿中尉が持ってきた中型探見灯のスイッチを入れた。白い光の中にトラックが一台浮かび上がった。

なぜかエンジンがかかったまま……。

荷台に大きな箱がのっている。

「あれだ！」中尉が叫んだ。

「用心しろ、なにか仕掛けがしてあるかもしれん！」

言いながら、大佐もトラックのほうへと慎重に歩きはじめた。

しかしそれから一時間とはたたぬうち、玉坂大佐と吊柿中尉は絶望の思いでそこにへたりこんでいた。

箱の中には、たしかに磁石が載っていた。

しかし、それはあのＸ２００を固定していた恐ろしく高価な、三軸に組み合わさったあの巨大な永久磁石ではなく、ただのありふれた大きな電磁石。ただ、おそろしく大型の磁気レンズで真上に向かって磁束を絞りこんでいるので、磁探がひっかかったのだ……。

もちろんエンジンがまわりッ放しになっているのは電磁石に電力を供給するためだろう……。

もうだめだ……玉坂大佐は心のなかでつぶやいた。Ｘ２００は、何者かに見事奪われてしまった……。おそろしく巧妙な仕掛けがはりめぐらされている。

おまけに、ひょっとしてやつらは屑鉄泥棒とわれわれを衝突させて、一石二鳥を狙ったのではあるまいか……。

そう考えたとたん、大佐ははじかれたように立ち上がった。

「行くぞ、吊柿！」

のろのろと立ち上がる吊柿中尉に向かって、大佐はせき立てた。

「はやく現場から脱出するんだ！　こんなところを誰かに見られてみろ、それこそ死刑だぞ」

二人は、黒々ところがっている死体へ探見灯を向けぬようつとめながら倉庫を出て、エアカーのほうへ小走りに急いだ。なにしろ埋立地の真ん中である。まだ、気づかれた気配はない。

先にエアカーにとびのった吊柿中尉が副操縦席側のドアを開いた。

玉坂大佐はステップに足をかけた。

そのとき、闇のなかでなにかがキラリと光った。

「ニャア！」

猫か！

真ッ黒な猫が一匹、じっとこちらを見上げている。

無視して一度はのりこもうとした大佐だが、あわてて猫のところへ駆け寄った。猫の首に封筒がついているのだ。

それも宛名が書かれている――〝星系宇宙軍・玉坂大佐殿まいる〟

急上昇したエアカーの航法灯の下で、大佐はその手紙をなんども読み返していた。

“X200、二カ月後に必ずお返しいたします”

署名はない。

14

金平糖錨地《こんぺいとうびょうち》0番埠頭の騒ぎから三日目――

又八、コン、椋十《ムクジュウ》、それにお七とネンネが乗り組んだ〈星海企業〉の貨物仕様の100型宇宙艇〈パンパネラ・3号〉の航路警戒スクリーンには、めざす隕石流のブリップが現われはじめていた。

航路統制局の発行した航路情報によれば、その隕石流は長さが約五万七〇〇〇キロ、径はいちばん太いところで五三〇〇キロ。ほぼ円筒状をしている。隕石の密度はCⅢ、かなりばらつきがあり、約一〇〇個所に島と呼ばれる高密度の部分がある。この星系の第二惑星・炎陽《ほのおのひ》と第三惑星・熱河《あつきかわ》の軌道の中間にあり、天象庁は当然のことながら天象警戒報を発令しており、航路統制局も航行規制を行なっていたのだが、その謎の荷主はよほど急いでいたらしく、隕石流すれすれをかすめるつもりだったのだろう。

五メートル角、長さ二〇メートルという標準貨物コンテナ二〇連からなる、その、通称“汽車ポッポ”は、星系の首星である第五惑星・星涯《ほしのはて》から中心部へと向かう途中で航法ミスをやったらしく、その隕石流へ突入してしまったらしい。

〈星海企業〉の星涯《ほしのはて》市出張所、番頭こと柳家貞吉《やなぎやさだきち》所長のところへ代理店から入ってきた状況通報によれば、そのコンテナ船は、真ッ正面から迫ってくる隕石流との衝突が不可避となったとき、その被害を最小限に食い止めるため緊急回頭を行ない、隕石流に追いつかれる形にした上で牽引船だけ切り離して乗組員は脱出したらしい。従っていま、その二〇連のコンテナ船は無人のまま、隕石流の縁に近いところをほぼ相対速度ゼロの状態で漂流しているという。

操縦席正面のスコープ面には、濃淡さまざまに砂をまいたような隕石群が刻々と大きくひろがってくる。

金平糖《こんぺいとう》錨地からやってきた彼らは、その長軸方向、流れのあとから隕石流を追いかける形で接近していく。

間もなく〈パンパネラ・3号〉は隕石流のなかに進入した。

レンジを上げた艇首方向警戒レーダーには無数の隕石が現われているが、彼らの目視《もくし》範囲にはまだ入ってこない。

減速をかけながら航進していく彼らが、窓外に細長く伸びる弱い光の尾を発見したのは、進入してから三〇分もしてからのことであった。黒ずんだ局所的な小隕石群が太陽の光を鈍く反射しているのだ。

船殻温度がかなり上昇しはじめているのは、このあたりに浮かぶ微小な宇宙塵との摩擦によるものである。すでにいくつかの小隕石が船殻には衝突したようだが、風防ガラスにでもぶつかれば別として、よほど大きなやつでなければ船内まで衝撃は伝わってこない。

その風防ガラスも外面はかなり温度が上昇しているらしく、縁の部分はうっすらと赤味を帯びていたが、減速がかかるにつれて温度は下がりはじめた。

と、操縦席のすぐうしろ、航法席にいるコンが右舷の窓外を指さした。

「ほれ、あれ!」

言われた方向に鋭く切り立った黒っぽい岩塊がゆっくりと後ろへ流れていく。

表面の凹凸《おうとつ》が太陽の光を受けて鋭い影をつくっている。

宇宙空間では遠近感がほとんど失われるので、その隕石塊がすぐそこを通過するボール大のものなのか、数百キロの彼方に浮かんでいる山ほどのやつなのか、とっさには判断しにくい。

「でかいよ、あれは」コンが近レンジ・スコープへ眼をやりながら陰気な声を出した。「一〇〇キロ先であれだもん、直径五〇キロはあるね」

「あんなのが正面に出てきたら、片吹かしで避けるのもむつかしいわね」ネンネが小声で言った。

「ありゃ特大だよ」と、コンは航法ディスプレイに眼をやりながら言う。「ほれ、30525。漂遊天体ナンバーがついてるくらいだもの」

「あんなやつは、見えただけでもこっちの運がいいみたいなものよ」

副操縦席の又八がこともなげに言った。

「まだずッと先なのかしら、コンテナ船は?」と、お七の声も気のせいかひどくおとなしい。

金平糖《こんぺいとう》錨地の騒動以来、二人はもうすッかりおとなしくなっていて、コンテナ船へ到達するまでは自分たちの出番がないことも手伝ってぐッと控え目である。又八は、そんな二人の姿に心の中で苦笑していた。

左右に遠く近く、いくつかの隕石群が通過していく。チャートにも載っていないほどのやつである……。

「あれだ!」

椋十が航路警戒スコープを指さしたのは、それからさらに三〇分もたった頃である。

レンジが上げてあるのでかなりまばらに見える隕石群の一角から、かなりひしゃげた赤い同心円がゆっくりと大きくひろがっては次々と消えていく。

「コンテナ船の位置通報信号だ」又八が言った。

どこの星系でも、各惑星や衛星間の物的流通がはじまると、当然のことながら貨物専用、貨物混載、大小さまざまな宇宙船が就航したわけだが、雑貨・機械・鉱石などの積荷は、荷造りや積載の手間を省くためにそれぞれの特性とメーカー・運送会社の使い勝手に合わせた、実に多様な通い箱を使って送られたものであった。

しかし、東銀河連邦が形成され、星系間交易が大規模になっていくに従って、宇宙船のペイロード区画の形状・寸法が統一され、そこに組み合わせてぴたりとおさまるパレット・コンテナが現われたが、さらに大量貨物輸送の需要が増大するにつれて、これは衛星軌道相互にかぎってのことであるが、コンテナを宇宙船の船殻まわりにぐるりと取り付ける方式も開発され、さらに、大型コンテナを一列に連結してこれを曳航するという、大型無人コンテナ船《SLUC》、通称〝汽車ポッポ〟が運用されるようになったのだった。

これはきわめて原始的、かつ無骨なものであるが、衛星軌道港など、大気圏外宇宙港相互にかぎれば空力的な配慮はいっさい不要だし、スピードはおそいが運航経費は大幅に低減できる。さらに、港外で加速されるとそのまま無人で仕向け地近くまで航行し、そこで待ち受けたタグボートが減速をかけるという自動方式も使われはじめて、さらに経費は下がることになった。

もちろん東銀河連邦標準化機構《EGSO》の規格がさだめられ、用途別に気密式、タンク式、オープンフレーム、バルクなどさまざまな形式が利用されている。

いま彼らが接近しつつあるのがまさにそのコンテナ船なのであった。

なにかの事情で荷主も知らされておらず、貨物の内容も鉱石のバラ積み――としかわからない。

スコープ面に繰り返し現われる赤のひしゃげた同心円は、正面へとまわりこみながら接近していくにつれてゆっくりと真円になっていく。

と、艇首方向の一点でなにかがピカリ！　と光った。

数秒後にまたピカリ！……。コンテナ船の位置を示すレーザー灯標が見えてきたのだ。

やがてその灯標のあたりに、むき出しの太陽光を浴びて白っぽく浮かぶ棒のようなものが現われ、みるみる大きくなってきた。

椋十は巧みにスピードを調整しながら接近していくと〈パンパネラ・3号〉をそのコンテナ船に併航させていった。

「005……汎用鉱石コンテナか……」お七が双眼鏡でコンテナ船を観察しながら言った。相対速度がほぼ同期したので向こうは静止してみえる。

ネンネは投光器のスイッチを入れ、さっと伸びる強力なビームをぴたりコンテナの側面に当てた。

そこには東銀河連邦標準化機構規格《EGSO》で記入されているマーキングがはっきりと浮かび上がった。

「星系コード・6362」双眼鏡をのぞいたまま、お七が言った。「星涯《ほしのはて》星系……と」

「コンテナ所有者コード……ないね」

「消してあるの？」とネンネ。

「よくわからない……。貨物内容コード……A002……って、なんだっけ？」

「バラ積み鉱石だよ」

「ふーン、やっぱり……」

「よし、かかるぞ」又八が立ち上がった。

椋十ひとりを艇にのこし、四人がコンテナ船上での作業を完了したのはそれから数時間後のことだった。

比較的隕石のまばらな部分とはいえ、宇宙服姿で作業をすすめる彼らの周囲には指先ほどから拳ほど、そしてたまにはひと抱えほどもある隕石がゆっくりと流れすぎた。

四〇〇メートルにも及ぶ二〇個のコンテナをつなぐパレットには、加減速の際のねじれを防ぐため、軸線方向の四隅に、先端から後尾まで頑丈な縦貫材が通っているのだが、彼らはその中央より後寄りに桁材《ブーム》を直角に四本固定し、その先端にそれぞれ300Bブースターを一基ずつ、計八基を取り付けた。

このブースターは、超小型の炉や、推進剤となる氷Iのプラグイン・タンク、レーザー・ガス化システム、噴射ノズルまでが一体化して組みこまれており、ケーブル一本で遠隔操作が可能なのである。

白沙《しろきすな》基地の甚七老が太鼓判を押すだけあって、お七とネンネの仕事ぶりはまさに水ぎわだったものであった。無重力下、それもむき出しの宇宙空間で桁材を熔接し、さらにそこへ300Bブースターの推力線をコンテナ船の軸線にぴたり合わせて固定するという作業は、簡単なようでいて実は並たいていのことではない。それを、この、やっと二〇《はたち》を超えたか超えぬ小娘二人は見事な呼吸で手を貸し合いながらやってのけるのである。

ブースターの固定が完了すると、それぞれの制御ケーブルをコンテナ船の船首近くにまでひっぱり、コンテナの屋根上にくくりつけた遠隔コンソールへ接続した。

一方、コンのほうは、小さなレーザー発振機のビームを使って厳密に出したコンテナ船の軸線上の船首部に、マイクロ波ビームのアンテナと送信機を取り付け終わると、椋十に命じて〈パンパネラ・3号〉を船首方向へ移動させ、ビームとの方位較正をはじめた。しかし操縦席からでは椋十も充分にやれず、やむなくコンはひと足先に船へ戻った。

お七とネンネがブースターと遠隔操作コンソールのチェックをひとまず終わったところで、これまで一方的に手伝いへまわっていた又八が言った。

〝よし、ご苦労！　あとはおれがやる。二人とも艇に戻ってくれ〟

〝戻る？〟〝戻る？〟

お七とネンネが同時に言った。

〝どういうことよ？〟とお七は宇宙服のフェースプレー

トで又八を見上げた。

〝ここでむき出しのロケット・ブースターを吹かすような危ない真似を、おまえたちにやらせるわけにはいかねェ。あとはおれがやる〟

二人のヘルメットのイヤホンに伝わってくる又八の声には有無を言わさぬ強い調子がこめられている。

〝冗談じゃないわよ！〟

〝なんのためにあたしたちをここへ連れてきたのさ！〟

二人はやりかえした。

〝いいか、よく聞けよ〟又八はぴしゃりと言った。〝これから、このむき出しのコンテナに体を縛りつけて、ブースターを吹かして隕石の中を突ッ走るんだ。何が起きるかわかったもんじゃねェ〟

〝だからあたしたちが来たんじゃないの！〟

〝そうよ！　何を考えてンの？〟

〝いいから船へ戻れ〟フェースプレートの奥の表情はわからないが、又八はてこでも動かぬ気配である。

〝第一、あんた、このブースターを扱ったことあるの？〟

〝見当はついてる〟

〝そんな生やさしいもんじゃないのよ、あんた！〟

〝なめないほうがいいわよ、又八ッつァン！〟

いわば自分たちの力量を十二分に発揮して段落ついた折も折、お七とネンネはすッかり迫力をとり戻している……！

しかし、又八のほうも退く気配はまったくなかった。

〝いいから、ここはおれがやる〟

〝呆れた！〟

〝まったく……！〟

〝おれが艇長だ。おれの指揮に従え〟

〝……〟〝……〟

切札をつきつけられて、それでも二人は不満そうにコンテナの屋根へつッ立ったままである。


〝お七とネンネ、帰っておいで〟先に艇へ戻っているコンの声が割りこんできた。〝艇長の指示どおりにしな……〟

〝……〟〝……〟

二人はそれでも黙りこくっていたが、やがてネンネが言った。

〝わかったわよ！　行こ！　お七！〟

〝ウン、やってみるがいいさ！〟

娘たちは、一〇〇メートルほど向こうの〈パンパネラ・3号〉の間に張ってある命綱に手をかけた。

〝あとで吠え面《づら》かくなよ〟

お七が捨て台詞《ぜりふ》をのこして、二人は移動をはじめた。

艇に戻ったプンむくれの二人が宇宙服を脱いでエアロックから出ていくと、主操縦席の椋十は〈パンパネラ・3号〉を微速で航進させて、コンテナ船の真正面に出るところである。

副操縦席のコンはスコープをのぞきこみ、コンテナ船の正面から軸線に合わせて発射されているマイクロウェーヴのビームにこの100型艇の軸線を合わせようと必死になっている。

うまくこのビームに乗ったら、二隻の宇宙船はそのまま一〇キロほどの間隔を置いて航進を開始する。つまり、この100型宇宙艇は、ぴったりとコンテナ船の予定航路上を航進して露払《つゆはら》いの役を果たすのである。そして進路警戒スコープに障害となりそうな隕石が現われたら、積んできたレーザー砲かミサイルで破壊する。もし、その手段で手に余るときはブースターの推力を加減してコンテナ船を回頭させるか、最悪の場合はこっちが急航して又八か椋十がその隕石にとりついて爆薬を仕掛けることになる……。

「よ……し！」スコープに顔をくっつけているコンが言った。「ビームにのった！」

彼はマイクに向かって言った。

「又八ッつァン、こっちはいいよ」

〝了解、前進してくれ〟コンテナ船上の又八が答えてきた。

「よし、行くか」椋十が言いながらスロットルへ手をかけた。

「待ってよ！」

そのとたんにお七が鋭く言った。

「？」

「その前に旋回して、コンテナに併航してよ！」

椋十が不思議そうに二人を見上げた。

「艇長サンがちゃンとブースターを吹かせられるのかどうか、チェックしてからじゃないと、危なくて先航できないわよ！」

椋十は意見を求めるようにコンのほうへ眼をやった。

彼はちょっと考えてから、骸骨みたいな頭でうなずいた。

〝どうしたんだ？〟

〈パンパネラ・3号〉が転針しはじめると又八がコンテナ船の上から聞いてきた。

「どうしたもこうしたもないわよ！」無線のマイクをとりあげたお七がとっちめた。「ちゃンとあんたがブースターを吹かせるのかどうか、たしかめたうえのことよ」

〝……〟

むッ！　とした又八の気配が艦内にまで伝わってくる。

やがて100型艇は五〇メートルほど間隔をとってコンテナ船に併航した。

「もっと離して」ネンネが言った。

「……大丈夫だろ、これくらいありゃ……」と椋十。

「いいから！　もっと離しなって言ってるんだよ！　万一ブースターが暴走はじめたら、これじゃ避けきれないわよ！」

自信にあふれたお七の言葉に、椋十は言われたとおりコンテナ船との距離を一〇〇メートルほどにとった。

「又八ッつァン！」お七が切り口上でマイクに向かって言った。「炉温は上がってますね？」

右舷に浮かぶコンテナ船の中ほどよりすこし前、屋根の上の遠隔制御函の前に即席の座席が荒ッぽくくくりつけられていて、宇宙服姿の又八がうずくまるように体を固縛している。

〝グリーンだ〟又八のさすがに緊迫した声である。

「それじゃ時間読むわよ」

〝了解〟

「一〇、九、八……」ネンネが時間読みを開始した。

又八は制御函のレバーを手に身構えている。「……三、二、一、ゼロ！」

レバーをつかんでいる又八の手許がほんのわずか動いた。

レバー頂部のボタンを押すと、取り付けた八基のブースターそれぞれに組みこまれている超小型炉の熱交換機に対して、氷Iの微粒子がほんのわずかだけ送りこまれる。

ぐん！　全長約四〇〇メートルの、まるで一本の白い角材のようなコンテナ船全体が荒々しく震えはじめたのがよくわかった。

計器をにらむ又八は、蒸気圧が危険域を越えそうになるところを見はからって噴射レバーをほんのわずかすすめた。それと同時にノズルのほうへ送りこまれた高圧の蒸気は、さらにレーザーによって高温化し、ほとんど眼には見えないが八基のノズルから猛烈な噴射がはじまった。

それと同時に、コンテナ船はまるで蹴飛ばされでもしたような勢いで航進を開始した。

「あッ！」

「危ないッ！」

あきらかに異常なその動きに、彼らが息を呑《の》む間もなく、コンテナ船は、ぐーっと首を振って、もろにこちらへ突ッこんできた。

椋十がとっさに緊急回頭するよりも前に、コンテナ船は〈パンパネラ・3号〉の艇首すれすれを横切ってとンでもない方向へ狂ったように進んでいく。

堅牢な縦貫材で補強されているとはいえ、いってみれば長さ二〇メートルの積み木が二〇個、縦につながっているだけのことである。

それがだしぬけに加わった乱暴な加速のために、まるで波のようにうねりはじめたのがよくわかる。

艇内の四人は声を出すのも忘れてじっとコンテナ船を見守るばかり。

「リバース！　リバース！」やっとわれにかえった椋十はマイクに向かって叫んだ。

「バカ！」とたんにお七が叫んで椋十を押しとどめた。

こんな即席にとりつけたむき出しのブースターで逆《リ》噴射《バース》をかけるのはきわめて危険なのである。ブースター本体が吹ッとぶおそれがある。それも、すぐ近くに人間がへばりついているとなればなおのこと……。

「こっちが追っかけてスピードを合わすんだよ！」

椋十は、はっとしてレバーに手をかけた。

すでに又八はブースターの噴射を切っており、100型艇のほうは加速して追いかけていくので、相対速度はみるみる落ちていく。幸運だったのは、二隻の向かう方向が隕石のほとんどないあたりだったことである。

「なにやってンだい、バカ！」

「そんな加速かけてコンテナ船こわす気⁉」

併航するコンテナ船上の又八は身動きひとつしないが、ほッとした気配だけがスピーカーから伝わってきた。

〝……〟

「待ってな！　あたいたちが行くから！」

エアロックに入ろうとしたネンネがまた戻ってきて、マイクに向かってつけ加えた。

「間抜け！」

エアロック扉が閉まると、コンと椋十は無言で顔を見合わせた。

〝こんなバカな加速かけたらブームがずれてしまうのがわからないの⁉　へたくそ！〟

命綱を片手に背負推進機でコンテナ船へたどりついた宇宙服姿のお七は、まだ、呆然としている又八をとっちめた。

〝ブースターがこッぱずれたらどうするつもりなのさ！　え⁉〟と追い打ちをかけるネンネ。

〝う、うむ……〟まだ遠隔制御函の前にうずくまったたま、又八が口ごもった。〝まさか……こんなにくるとは……。微速のつもりが……〟

〝こんなにもあんなにもないわよ！　言ったでしょ！　おッと！〟

ネンネの近くを、拳ほどの隕石がひとつ、ゆっくりと通りすぎる。

〝どきな！　あたいたちがやるから！〟

〝むう……〟さすがの又八も形なしだが、まだ、立ち上がる気配はない。

〝どきなッたら！　またドジを踏むつもりかい⁉　せっかくの仕事がおじゃンになるじゃないの！〟

〝……〟

又八は憮《ぶ》然《ぜん》としてベルトを外し、間にあわせの座席から立ち上がった。フラリと体が浮きかけた。

入れ替りに、お七とネンネがぴったり肩を合わせるようになんとかその座席に並んで体を固定する。

〝なにしてるのよ！　あンた？〟

まだそこへ突ッ立ったままの又八を見上げながらお七が剣突《けんつく》を食わす。

〝早く戻ンなさいよ、艇《ふね》に！　なにつッ立ってるの？〟

〝邪魔なンだよ、そんなとこへぶッ立ってられると！〟

〝コンちゃん！〟ネンネが艇内のコンに呼びかけた。

〝このバカが、アホみたいな加速かけたからビームの軸線が狂ったんじゃないの？〟

すぐにコンが答えてきた。

〝又八ッつァンが戻ってきたら、前に出てスコープで確認するよ〟

〝ほれ〟お七がきめつけた。〝コンちゃんも待ってるじゃないの……。早く行きな〟

とうとう又八は、無言のままコンテナ船をはなれはじめた。

〝ちょいと！　命綱を撤収するのも忘れないでよ！〟

又八が命綱をまとめながら〈パンパネラ・3号〉のほうへと遠ざかっていくと、お七は胸許にぶら下がっている字板をとりあげた。

〔推力計算マチガエタ？〕

宇宙服の指先の書く軌跡が、字板の上に青く浮かび上がる。

ネンネは大仰《おおぎよう》に首を振って打ち消した。

〔ダケド、又八ハ微速デ一〇％シカカケテナイ〕

二人は筆談をつづけた。

〔ナノニ、アンナニトビ出シタノハ、コンテナノ質量ガ小サイ？〕

ネンネが字板をひき寄せた。

〔カモシレナイ。コンテナノ質量標示ミス、ヨクアル〕

お七が聞く。〔ドウスル？〕

ネンネが答えた。〔炉ノ出力オトソウ。コッソリ〕

お七――〔ＯＫ〕

ネンネ――〔又八ニナイショ〕

お七――〔モチロン、ソレト推力ハ左ニカナリオフセットシテル〕

ネンネ――〔右左ヲワケテ吹カソウ〕

お七は大きくうなずいた。

それから一時間後――

隕石流のまばらな部分を縫うように二〇個の大型コンテナをつないだ〝汽車ポッポ〟は、徐々に速度をあげていった。

すこし遠くから見ると、白っぽく塗装された細長い棒のように見えるコンテナ船には、その後半部から都合八本の桁材が直角に張り出しており、それぞれに固定された300Bブースターが噴射をつづけている。推進材は高圧・高温の水蒸気なので、噴流そのものはほとんど見えないが、スカートが鈍く赤い光を放ち、その奥のノズルが白く輝いており、かなりのレベルで加速をつづけているのが見てとれた。

コンテナの屋根の中ほどには妙な板囲いができていた。隕石のシェルターである。

コンテナ船が加速していくにつれて、ごくまばらとはいえあたりに浮かんでいる隕石との相対速度は大きく変わっていく。個々の隕石が流れている方向はさまざまだから、追っかけてくる形の隕石は引き離していくことになるが、正面からすれ違う隕石の場合はきわめて危険が大きくなってくる。堅牢なコンテナの外鈑《がいはん》はまず大丈夫として、宇宙服姿のむき出しでブースターを操作しているお七とネンネにしてみれば危険この上もない。

そこでブースターの荷造り枠を使った即席のシェルターを縛りつけたのだが、その正面には、すでにいくつもの小さな隕石が衝突している。

音も立てずに、がくりとその金属板が揺さぶられ、スピードのあるやつや大きいやつだとぼこりと凹《へこ》みができるのは気味のわるいものである……。

そのシェルターの陰に、宇宙服の肩をくっつけるようにして、お七とネンネはブースターの出力をこまめに修正し、ぼんやりと内照灯がともるジャイロの指針に軸線を合わせていく。

さっきから二人の頭の中には、ブースターの推力のことがこびりついて離れない。

又八がはじめに加速したとき、まるで暴れ馬のようにつッ走り、あやうく大事故になるところだったから、二人はこっそりとブースターの出力を下げてはいるが、それにしてもいったい、なんであんなことになったのか……？

又八は正規の推力しかかけていなかった。

ブースターの推力に間違いがないとすれば、あとは、コンテナのほうの質量が大きく違っているとしか考えられない。

コンテナの積荷が表示より桁違いに軽いのだろうか……？

どうにもそのことがひッかかる……。

長く伸びるコンテナのはるか前方でピカリ！　ピカリ！　と閃光《せんこう》を発しているのは、数十キロ先を、コンテナ船の軸線に合わせて航進する〈パンパネラ・3号〉である。

「隕石のぐあいはどうだ？　大丈夫か？」

操縦席すぐうしろに縛りつけた、火器管制システムの前にすわった又八が無線で問いかけた。

〝だいぶぶつかった〟お七の声。

「疲れたか？」

〝いいや〟ネンネが答えた。

「よし、がんばれ！」

又八はマイクを戻した。

「又八ッつァン」副操縦席のコンがスコープをのぞきこみながら言った。「来たよ」

「来たか？」

又八は緊張した表情で火器管制システムの照準スコープをのぞきこんだ。

かなり大きな隕石が真ッ正面から向かってくる。

いよいよ来た。

いままでひとつも来なかったのが不思議なくらいだ。

「ビーム砲でいけると思うよ」コンがぼそりと言う。

又八は照準をさだめてトリガーを押した。

艇首からさっとまばゆいビームがいっきに伸び、しばらくして眼のくらむような火の玉が音もなく現われ、ぐんぐん大きくなってくる。

大きくなってくるのはこっちが接近していくからだが、すぐにガスは拡散してしまい、いっきにその中をつき抜けてしまう。

つづいてもう一発！

さらにもう一発！

それからは、たてつづけにビーム砲の発射がつづいた。

隕石の密度が高いところを抜けているらしい。

「お七、ネンネ、用心しろよ。かなり隕石が多くなってきたからな」

〃了解〃

それからさらに二〇発も撃ったあとである。

「又八ッァン」コンが副操縦席からふりかえった。「かなり大きなやつがくるよ。こいつァビームじゃ無理だ」

コンの指さすコンソールのスコープ面には、大きなブリップが点滅している。

「小さなビルぐらいはあるよ」

又八は手早く諸元をインプットすると、ミサイルの発進レバーを引いた。自動保針機構をもつ固体飛翔弾は、艇の下部にある吊下架を外れ、赤い炎の尾を引きながらぐんぐん進んでいった。

その炎が見えなくなってからしばらくして、はるか艇首方向で眼のくらむような閃光が起こった。

レーダー・スコープは、砕け散る破片でいっぱいになった。

ミサイルはその巨大な隕石に命中すると、スピンのかかった弾頭部が内部へと侵入していき、センサーによって検知される中心点へ達したところで小規模な核爆発が起きるのだ。

艇がその位置へ達するのはすこし後だし、爆発の方向は前方と左右上下にだけ調定されているので、まず、その破片にやられる危険はない。

それでも又八は、念のために二人へ伝えた。

〃もう半分来たぞ〃又八はつけ加えた。〃隕石流を抜けたら、あとは無人で吹かしてもなんとかなる。疲れたか？〃

〃うん、疲れたけど……〃

だが、いまひといき入れるわけにはいかない。

あと数時間、彼女たちは宇宙服のヘルメット内にセットしてある強化飲料と補強キャンデーでがんばるしかないのだ……。

シェルターの後ろで、お七とネンネはジャイロの表示を看視しながら、まださっきの推力のことを考えていた。

どうにもすっきりしない……。

そのとき、どすン！　といやな衝撃が尻の下から伝わってきた。

はッとして二人は後ろを振りかえった。

かなり大きな隕石がななめ前からコンテナのひとつの側面をかすめた！

いや、かすめた——と言うのは正しくない。隕石が、ひとつのコンテナの側面をむしり取っていったのだ！

お七とネンネは、振りかえったとき、そこに白い花が散乱したのかと一瞬思った。

そして次の瞬間、思わず眼をこすりたくなって厚い手袋の指先をヘルメットのフェースへ持っていってしまった。

信じられぬことだが、あッという間にコンテナからあふれ出てきたのは、こともあろうに女用の下着類！　それもおびただしい数である！

下着類だけではなかった。イブニング・ドレス、靴、ハンドバッグ……。

〃高級品だわよ、みんな……ほら〃ネンネが女の子らしくつぶやいた。

〃新品じゃないね……〃と、お七。

二人は思わず一緒に叫んだ。

〃わかった！〃〃わかった！〃

コンテナの中が表示の鉱石ではなくこんなものだったのでは、推力過大になるのはわかりきったことだ……。

それにしても……いったい……。

〃おい、お七、ネンネ！〃又八が呼んできた。

お七とネンネが事態を報告するよりも前に又八が言ってきた。

〃がんばれよ！　隕石流の外に積み取りの船が待ってるそうだ！　いま、金平糖《こんぺいとう》から知らせてきた。あと一時間だ！〃

15

船名を消したその貨物宇宙船は、ひっそりと会合点《ランデヴー・ポイント》に浮かんでいた。

「〈星海企業〉はなかなかやるのう……え？」ひと癖ふた癖ありげな船長が、船橋のレーダー・スコープをのぞきこみながらつぶやいた。「せっかくてめェがかき集めた獲物も、約束の時間までにたどりつかなけりゃ、穴ン中へ送りこむわけにもいかねェわけか……」

「……」

「あの、タンポポ村に住んでたとかいう爺《じじ》いの、モク……か、あいつがいなくなっても、そっちのほうはなんとかなるのか？」

道士は不快そうに船長へ眼をやった。


〔堀口大学作詞、清水脩作曲　組曲《月光とピエロ》より「月夜」「秋のピエロ」「ピエロの嘆き」「月光とピエロとピエレットの唐草模様」　＊日本音楽著作権協会（出）許諾　第0907187-901〕

銀河乞食軍団

5

怪僧ゴンザレスの逆襲

伊藤典夫へ。

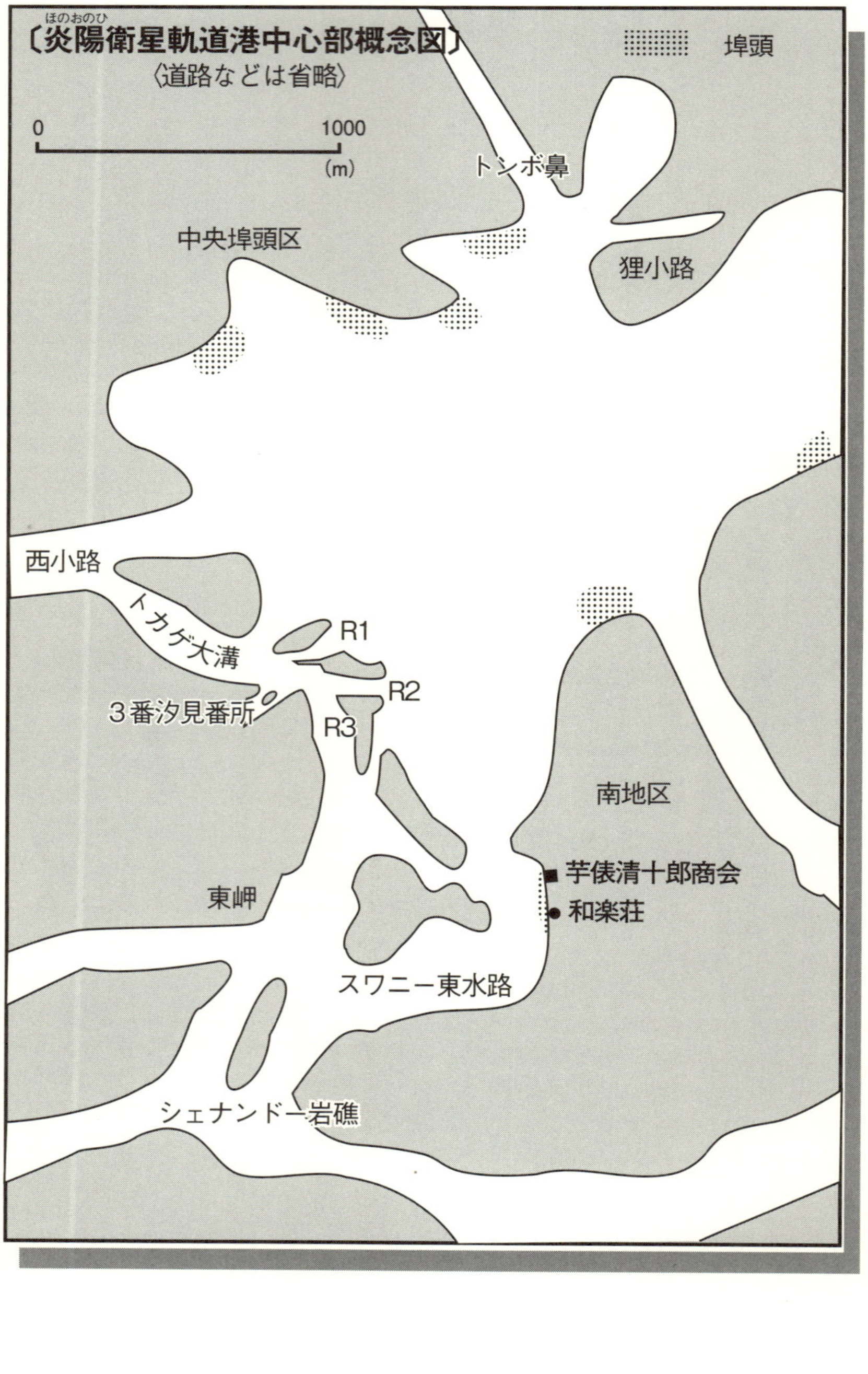
〔炎陽《ほのおのひ》衛星軌道港中心部概念図〕
〈道路などは省略〉
0
1000
(m)
埠頭
トシボ鼻
中央埠頭区
狸小路
西小路
トカゲ大溝
R1
R2
R3
3番汐見番所
南地区
■ 芋俵清十郎商会
● 和楽荘
東岬
スワニー東水路
シェナンドー岩礁

1

東銀河系の西北部……。辺境自治星系のひとつ、〈星涯《ほしのはて》〉星系。

星系首府がある惑星・星涯《ほしのはて》の首都、星涯《ほしのはて》市。

星涯《ほしのはて》湾につき出た半島全部がその市街部だが、半島の基部にあたる市の東南部のカトレア区は貧民居住区で、屑鉄商や廃品回収業者、零細な工場などが、収容世帯数ばかりやたらと大きい貧民アパートの谷間にひしめいていて、昼間は他の地区に見られぬへんに荒っぽい活気があふれているが、それでも夜になれば、ちょっとはずれの原っぱや廃品置き場の路地など、壊れっぱなしの街灯がとくに多いこのあたりは暗がりが不気味で、通る人もまばらな場所がたくさんある。この惑星・星涯《ほしのはて》と二連惑星の関係にある惑星・白沙《しろきすな》や二つの衛星が沖天《ちゅうてん》に複雑な相対軌道を描いていくので、たいていはそのどれかの明りがあるのだが、今晩にかぎってみんな地平の向こうに沈んでいて、星涯《ほしのはて》市としてはめずらしい闇夜がさっきからもう数時間も続いている……。

夜空は銀砂を撒いたような星々……。

両側はフェロアロイの粗末な塀がつづく工場跡……。

鼻をつままれてもわからぬ暗がりのなかを、すたすたと軽い足音が近づいてきた。

はるか、中央区方向の空に照り返す繁華街のぼんやりしたかすかな明りだけの暗がりを、平気で歩いてくるのは、よほどあたりの事情に通じているのだろう……。

ニャォウ……。

かすかに猫の鳴き声がした。

足音は近づいてきた。

と、そのとき、闇の中でべつの気配がおこった。

「その娘！　待てっ！」

だしぬけに鋭い声がして、ぱっ！　とまばゆい前照灯のビームが点灯された。

暗がりにひっそり駐車していた軍の小型汎用車の白いクリプトン・ライトに浮かび上がったのは、ひとりの少女。

肩に真っ黒な猫を載せている。

一方、前照灯を背にして黒々と立ちふさがったのは大きな男である。星系軍の第4種野戦軍装……。

しかし、娘のほうはべつにおどろいた風もない。粗末な菜ッ葉服は近くの工場の下働きでもやっているのか、小柄《こがら》でまだ子供ッぽさの抜けぬ浅黒い顔立ち。

目が大きい。

「〈黒猫のブチ〉だな？　ちょっと聞きたいことがある！」

男のほうは五〇がらみ、鋭い眼つき、横柄だが、その口調に警察や軍警の捜査員とは違う独特の貫禄――といったものが感じられるのは、着ているものこそ下ッぱ兵士の4種軍装だが、ひょっとして星系軍の将校か……？

もろにあたってくる前照灯のギラギラしたビームの中で、娘は、立ちふさがるその黒い人影をじッと見上げた。

おびえるどころか、その浅黒い顔にはおもしろげな表情さえ浮かんでいる。

「……」調子を外された感じで、男はちょっと黙りこんだ。

「……そろそろ来るころだと思っていたわ」

娘はそう言ってニヤリとわらった。

「なにー？」相手はまた外された。

「シュルシュルにトレーサーくっつけたろ？　この猫にさ」

娘はケロリとした口調で続ける。

「きのう、あんたたちが磁石泥棒をまとめて片づけたときに……」

「……」

「さすがに兵隊だね。あたいたちは、相討ちになるのを待ってたんだけど……」

「どこにある？」それには答えず、相手はおっかぶせた。

「X200のことかい？」

「……！……」

前照灯を背にたちふさがる男は、娘の口からX200と言う言葉がケロリととび出したとたんにたじろいだのがはっきりわかった。

「そうだ！」気をひきたてるように男が言った。

「だから、言ったろ？　二カ月したら返すって……」

「なんの目的で盗んだ？」

「知らないわよ！」

「なに!?　知らないだと？」

「知るもんか！」

「なぜだ!?　なぜ知らん！」

「だって、預りものだもン」

「誰から！」

「さアね……」娘は相手にもしない。

「何!!」男は気色ばんだ。「誰から預った！　素直に言わんか！」

「いやだって言ってるだろ？」

「星系軍をなめるつもりか？　この乞食娘が！」

「乞食娘でわるかったわね、この人殺し野郎が！」

「何ィっ！」ついに男は血相を変えた。

「ちょいと通しておくれよ、お腹へらしたチビたちがあたいを待ってるんだからさ……」

娘は歩きだそうとした。男はぬっとその前に立ちふさがる。

いくら威勢のいい娘だって娘は娘、相手は大の男である。

　しばらく沈黙が続いた。

　にゃおぅ……。猫が低く鳴いた。

　バシッ！

　猛烈な勢いで、娘は路上に張り倒された。

　反射的に、ぱっ！　と顔をめがけて飛びかかってきた黒猫を、男はきわどくかわした。

「この乞食娘！」相手はもう完全に頭に来ていて、その声には狂暴な調子を帯びている。「星系軍をなめるとどんな目にあうか思い知らせてくれるぞ！」

　路上へもろにぶっ倒れた娘をさらに痛めつけようと、男は一歩二歩、前にのりだした。

　ぎゃォッ!!

「あっ！」

　ふたたび顔を狙って飛びかかってきた黒猫を、男はあやうく横になぎ払った。

　フーっ！

　主人を守ろうと、毛を逆だてた黒猫は路上に身構えた。

　パッ！

　とたんに、眼のくらむような閃光《せんこう》！

　さらに頭にきた相手は、猫をめがけてレーザー・ピストルを発射した。

　町なかで猫をねらってレーザー・ピストルをぶっ放すなどと、いくら柄の悪いカトレア区でも、これはもう気違い沙汰である。

　しかし、猫は軽く宙を跳んで二メートルほどもあるフェロアロイの波板塀のてっぺんに跳び移ると、ふたたび男に向かって歯を剝いた。

　ふーっ！

　ぱっ！

　ぱっ！

　もう完全に血迷った男は、塀の上をめがけて、狂ったようにレーザー・ピストルを乱射するが、猫は巧みに点射のビームをやり過ごし、逃げる気配はない。下めを狙ってはずれたビームが古ぼけた塀にぶつかるたびに、凄まじい火花を散らす。澄んだその白い閃光のぐあいからして、星系軍の制式火器である将校用ラインメタルの０・０２か……？

「おいで！　シュルシュル！」

　いつの間に立ち上がったのか、娘は、平気な顔で塀の上の黒猫に向かって声をかけた。

　猫はヒラり！　と娘の肩に跳びうつった。

　パッ！

　こともあろうに、男はそこをめがけて一発発射した。もう、完全におかしくなっている。

　猫はふたたび宙にとび、娘は横っとびに射線を避けた。

「あぶないじゃないか！　殺す気かい!?」

　さすがに、娘の声も上ずっている。

「言わねば殺す」男はレーザー・ピストルを娘に突きつけたまま、低い声で言った。

　おどかしではない凄味《すごみ》にあふれた口調……。

「あたいをころしゃX２００が返ってこないだけのはなしさ！」

　娘はすぐにやり返しはしたものの、相手が本気でかかってきていることは充分に感じている。

「どこへ移動した？　磁探で確認してたしかにあったのに、昨夜のうちにどこかへ運んだな？」

「さぁね……」と娘は必死でつっぱる。

「しぶといやつだ。星系軍に逆らっていつまでふて腐れていられるか、やってみろ！　来いっ！」

「……」娘はじっと男の顔をうかがいながら、なにか考えている。

「来いっ！」男の声はもう絶叫に近かった。

「……」

「逆らうと本当に今ここで殺すぞ！　こっちはもう自棄《やけ》なんだ。X２００が見つからなければ……ええぃっ！　猪口才《ちょこざい》な！　さぁ！　来るのか来んのか！　はっきりしろ！」

　男の声が暗がりにがんがん響く。

　と、塀の向こうで犬の遠吠えが三度おこった。

「……いいわ……」なぜかその遠吠えと呼応するように、娘はぽつりと言った。「どこへ連れてこうって言うの？」

　男はそれに答えず、ポケットから手錠をとり出したかとおもうと、すばやく娘の細い手にかけ、返す手で、肩に載ったまま歯を剝いている黒猫をはたき落とした。猫は反撃に出ようとしたが、娘の一声でおとなしくなった。

「乗れ！」

　男は手にしたレーザー・ピストルの先で前照灯を点《つ》けっぱなしで駐車しているその軍用小型汎用野戦車を指示した。

「なにがなんでもX２００の行方をしゃべらせる。覚悟しろ」

「……」

「さあ！」

　娘は無言のまま車のほうへ歩きだした。

「乗れ！」

　押しこまれるように、娘は車の副操縦席へ乗りこんだ。

　猫もひらり！　と跳び乗った。一瞬、男は鋭い眼を向けたが、無言で娘の手錠の端を車内のフックに繋いだ。

　ガスタービンの起動する低い音が起こる。

「鳴子山地《なるこさんち》の村を追い立てられてここへ流れて来た手合いは性悪がそろっていると聞いとったが、星系軍にいつまでつっぱっていられるか、やってみろ！　嬲《なぶ》り殺しにしてくれるからな！　この難民風情が！」

「……」娘は何を考えているのか、じっと押し黙ったままである。

　車は動き出した。

　ところが、動き出してものの一〇メートルも進まぬうちに、突然ガクン！　と大きなショックが起こり、車の背後で破鐘《われがね》でもブっ叩くようなけたたましい音が立て続けに起こった。

ぎょっとなって、男は慌てて車を止めた。

「そこを動くな！」

男は副操縦席の娘へ向かって鋭く声をかけて車から降りると、レーザー・ピストル片手に車の後ろへまわった。

いったいいつの間にひっかけたのか、車体の後ろには太いロープがからまっていて、その先に、なにか、大型車両用タービン・ハウジングの廃品とおぼしきやつを、一〇個ほども束にして引きずっているのだ。

大きな音もするわけである。

「くそっ！」

まばゆい閃光と共にロープは一瞬で灼け切れた。

操縦席に戻った男は、荒々しく車を発進させた。

車の前照灯に浮かび上がるのは、両側を粗末なフェロアロイ塀や崩れかけた古い煉瓦塀に挟まれた狭い路地である。

抜けるつもりの路地がだんだん狭くなっていき、男が引き返そうかというように後ろを振り向いたりし始めたとき、突然、道のド真ン中に一台の廃車が行く手をふさぐようにえんこしているのがライトの中に浮かび上がった。

舌打ちしながら、男は荒々しくトランスファ・レバーを切り換え、車をすこしバックさせると、やむなくもっと狭い路地のほうへ左折した。強引に突っ切れば大通りに出られると判断したのだろう。ところが、曲がったとたん、こんどは、車の真ン前にバリケードとおぼしき頑丈な木組みが現われ、あやうく車は衝突しそうになった。

「くそっ！　まったく、なんというやつらだ！　このあたりの住民どもは道をごみ捨て場だと考えていやがる……」

男は、荒々しく車をちょっと後退させると、トランスファ・レシオを最高までいっきにぶち上げ、ふたたび車を前進させ始めた。

まるで戦車みたいにじりじりと、車はその道をふさいでいる木組みに迫っていった。

メリ！　メリ！　メリ！

頑丈な丸太を組んだバリケードも、毎分八〇〇〇回転でまわっているタービンの主軸を駆動軸側でただの五回転へまでいっきに落とせるという、川中島重工製・無段流体変速機に物を言わせて、こんなあらっぽい軍用車ならではの真似をされたのではひとたまりもない。

メリ！　メリ！　メリ！

かなりごつい作りのバリケードはたちまち潰れ始めた。ところでそれはいいのだが、その潰れ始めたバリケードから、数本のロープがなぜか両側の煉瓦塀に伸びていて、有無を言わせぬ車の前進で引っぱられた結果、塀全体がユサユサと不気味に揺れ始めたのだ。とっさに気づいた男は制動をかけて、戦車みたいな前進を止めたのだがおそかった……。

ぺしゃんこになったバリケードに引っぱられて、煉瓦塀は地響きを立てて二〇メートルほども倒壊した。あっという間もなしに、地上車の車体は、半分ほどが煉瓦の中に埋もれてしまった。

しかし、軍用車が物を言うのはこんな時なのだ。

男は舌打ちしながら、それでも手慣れた様子でトランスファ・レバーを後退に入れて、煉瓦の中からバックで抜けだそうと試みた。この程度のことならなんの問題もないはずである。たしか先月も、酔っぱらって女にふられた星系軍第8工兵師団の兵隊どもが、腹いせに、その飲み屋の周囲にぐるりとロープをかけて車で引っぱり、かなり大きな二階建ての店をまとめて三軒ぺしゃんこにして大問題になったのも、たしか、この3型汎用野戦車の仕業だった。それに比べれば、こんな古ぼけた煉瓦塀のごときは……。

ところが、たしかにタービンは全開でまわっているのに、煉瓦に半分ほど埋もれた車体はびくともしない。レシオはいっぱいまで上げてあるからその力たるや強大なはずだが、それがどうにもならないのだ。

これは、いったい……。

そこまで考えて何気なしに振り返った男は、腰が抜けるほどおどろいた。

後部監視窓のすぐ後ろには、いつの間にやって来たのか、こともあろうに大型クレーン車がすぐそこに迫っていて、車体の後部緩衝枠をひっつかんだ巨大なフックの押してくる気配が手許までつたわって来るのだ。

煉瓦の山から助けだそうとしてくれているらしいが、これでは力の方向が逆だ！

男はすばやくトランスファ・レバーを切り換え、クレーンの押してくる力に合わせて車を前進させようとした。

案の定、車は前進を始めたのだが、それもほんの一瞬のことで、ガツン！　と凄《すご》いショックと共にこんどはクレーンの動きが逆になって、車体を後ろへと引っぱり始めたのである。向こうも同じことを考えたらしい……。

ところが、そうではなかった。

男が、クレーンの加えてくる力に合わせようと車の進行方向をなんども切り換えるたびに、向こうはあきれるほどの敏速さで逆の力を加えてくるのである。

ちょっとの間、男は、向こうが車を前後に揺すって煉瓦のすきまを作ってくれようとしているのかとも思ったのだが、どうやらそうでもないらしいのだ……。さらに何回かやってみたとき、男は、つたわってくるそのクレーンの動きのなかに、こっちをはなから嘲笑している運転者の、おもしろそうな気配をはっきりと感じとったのである。

「くそっ！」

思わず腰に手をやった男は、そのとたんにぎょっとなった。

レーザー・ピストルがなくなっている！

反射的に副操縦席へ目をやると、娘の姿がない！

副操縦席側の鉄板でできた無骨なドアが、外から棒かなにかで乱暴に大きくこじあけられていて、小柄なあの娘なら抜け出せそうな空き間ができている。

「おのれ！」とっさに、男は副操縦席側へ移ろうとした。

ガタン！

そのとたんに何者かが外からドアを閉めた！

「野郎！」

とっさに主操縦席のノブに手をかけてみたが、煉瓦のせいなのか、それとも何か外から仕掛けられたのか、ドアはびくともしない……。

計られた……！

〈星涯《ほしのはて》〉星系宇宙軍の玉坂精巧《たまさかせいこう》技術大佐は、またもや、完全に罠にひッかかってしまったことを初めて悟ったのであった……。

やがて、3型汎用野戦車の後部緩衝枠をひっつかんだクレーンは、まるで尻尾をつかんで鼠でもブラ下げるみたいに軽々と車体を逆さ吊りにすると、塀を越えてぐーっと大きくブームを横に振り始めた。

水平になった主操縦席の計器板と風防ガラスの上にしがみついた形で、玉坂大佐は真下を移動していくうす暗い地上へ目をやった。

路地から塀を越えたその内側は工場跡の原っぱだった。

と、だしぬけに、あたりが目もくらむような明りに包まれた。地上から野外工事用のライトが差しかけられている。

それと同時に、地上から、わアっ！　とにぎやかな歓声が湧き起こった。

なんと、こともあろうに目の下の原っぱには、あたりの住民とおぼしい一〇〇人ほどの男女が集まっていて、こっちを見上げ、指差し、世にも楽しげに笑ったり喚いたりしているではないか！　子供もたくさんまじっている……。地上から見れば、強力なライトを浴びて、逆さ吊りになった地上車の中に必死でしがみついている玉坂大佐のみッともない姿は、まるで底がガラス張りの檻に入れられた野良猫という風情に違いない。

野原に乗り入れたクレーンのブームは、そんな、上を見上げて熱狂している住民たちの頭上二〇メートルほどをゆっくりと横切り、さらにブームを振っていく。

玉坂大佐は、目の下にあらわれたものに気づいたとたん、ぎょッとなった。

ソーラー・ポンドだ！

熱核ユニットなどが使えぬ貧民居住区で、給湯・暖房の熱源として太陽熱を蓄える溶質を満たした大きなプールである。

あれに落とすつもりだ！

住み慣れた鳴子山地《なるこさんち》を軍用地として強制収用され、有無を言わさず村を追い立てられ、流れ流れてこんなところで細々と暮らすことになった難民たちの星系軍に対する深い怨恨を、玉坂大佐は目の前に突きつけられる思いがしたのだった。

彼らひとりひとりの表情がまるでお祭みたいに明るいから、なおのこと凄《すご》いのである。

うォーッー！

キャハハハハ！

それぃッ！　行けぃッ！

落とせぇ！　行水させてやれェッ！

お風呂のお時間ですよォ！

大喜びでわめきたてる住民どもの楽しそうな声がわんわん伝わってくる。

このタイプの地上車は、固体弾の至近弾を食っても大丈夫なように、コックピットは完全な油圧緩衝システムに包まれているから、仮に今フックをおッぱずされ硬い地面めがけていっきに落ッことされても、この高さなら乗員の体は平気なようにできているし、脱出も楽にできる。もちろん、住民どもは、そんなことを百も承知でやっているのだろう。しかし、それでも、気持のいいわけはない。

まして、落ちていく先が、こともあろうに貧民居住区のソーラー・ポンドだとなればなおのこと……。

プウプウプウプウー！

なんのつもりか、調子ッぱずれのラッパを狂ったように吹きまくっているやつがいると思う間もなく、どうやらそれがファンファーレのつもりだったらしく、がつン！　というショックと共に水平移動していたクレーンのブームはいったん停止すると、こんどはいっきに二〇メートル下のソーラー・ポンドをめがけてすーっと降下しはじめた。

サーカスの演《だ》しものがクライマックスに達しでもしたみたいに、その、世にも楽しげな住民の喚声はいちだんと高まった。

大佐は思わず目をつぶった。

地上車は、ソーラー・ポンドのどろりとした褐色の表面を割ってズブズブと突入した。

粘度の高い飛沫が、どぼっ！　と派手に上がる。

車体が完全に沈みきらぬうちに自動脱出システムが作動して、ドアは瞬時に開き、玉坂精巧技術大佐の体は座席ごと車外へと、ドロドロした褐色の液体の上へと押し出された。

嬉しさに狂ったような住民たちの喚声が、嵐のように彼を襲った。

それと同時に、目もくらみそうな凄まじい臭気！

ソーラー・ポンドに太陽熱を蓄える溶質は、カトレア区みたいな貧民居住区の場合、蓄熱効率とコストの関係から人間の排泄物がもっとも広く使われているのである。もちろん、いちおうの防臭処理はされているのだが、こんな数トンもある地上車で中を掻きまわされたのではかなわない。星系軍バンザイ！　などとわめいていた住民も、その、鼻も曲がりそうなものすごい臭気がつたわっていくにつれ、急に威勢がなくなり、みんなハンカチで顔を押さえ始めた……。

こんな場合を想定して浮力がつけてある座席は、人糞と尿の交じりあったひどい液体の上を、まるでボートみたいにポンドの縁へと漂いはじめた。

頭から糞の中につっこまぬようバランスをとりながら、なんとか糞の上に浮かぶ座席をポンドの縁へと近づけようと必死になっている玉坂精巧技術大佐は、ふと、あたりがシーンと静まり返ったのに気がついた。

思わず彼は、ポンドの岸をまじまじと見つめた。

たった今まで喚声をあげていた群衆が、まるで水でも打ったように静まりかえり、じっとひとつの方向を見つめているのだ。

思わずそのほうへ目をやったとたん、大佐はほっと胸をなでおろした。

たった今、彼の汎用野戦車を糞溜めの中へ放りこんだクレーンの運転席から、一人の男が出てくるところ。

両手を頭のてっぺんに当てている。

脇にラインメタルの0・02をつきつけている星系軍の軍服姿の男は吊柿《つりがき》中尉、いま糞溜めの上に浮かんでいる玉坂精巧技術大佐直属の部下である。

吊柿が助けに来てくれた……。

今晩二人は別行動をとっていたのである。

クレーンを運転していたのもかなりごっつい面構《つらがま》えの男だが、こうして星系軍の将校からもろにレーザー・ピストルをつきつけられたのでは、とりあえずグウの音も出すわけにいかず、背中につきつけられた銃口の指示するままに草の上をゆっくりとこっちへ歩き出した。

吊柿中尉が、あたりの暗がりに向かってちょっと首を振ると、バラバラと数人の男がとび出してきた。いかにも腕ッ節のつよそうなゴツい体つきの連中である。

他でもないX200という最高機密兵器の部品が紛失するという、ことがことだけに星系軍憲兵司令部はもちろん、指揮下の兵隊を動員するわけにもいかず、吊柿中尉と二人だけで捜索にかかっていたのだが、ついに吊柿中尉が独自の判断で工廠の工員をかきあつめてきたらしい……。

「申しわけありません、大佐！」

クレーンの男をその一人にまかせてポンドの縁へ駆けつけた吊柿中尉は、玉坂大佐が救命座席から岸へ上がるのに手を貸しながら言った。「もう五分早ければ……」

そして、大佐の革長靴や軍服にはねた小さな糞塊を手早くハンカチで拭きとった。

「黒猫を肩にのせた娘だ！」

大佐は、まだ呆然となっている群衆のほうへ目をやった。「ひッ捕えろ！」

ばらばらッと工員たちが群衆のほうへ駆けていった。

吊柿中尉がこっそりどこかで調達してきたのだろう……、みんなⅣ式短レーザー銃を手にしている……。

しかし、群衆はちょっとたじろいだ様子を見せただけで、べつに逃げようとする気配はない。

思いもかけぬ事態の進展にちょっと毒気をぬかれていただけで、我にかえった彼らは、冷たい敵意をこめてやってくる工員たちを見返すだけ……。

「あいつだ！」

Ⅳ式銃を手にした工員の一人がかきわけるように群衆の中へ踏みこんだ。

さっきの娘が、黒猫を肩にのっけたまま、すぐそこにじっとつっ立っているのだ。

ところが、血相変えて迫った彼がその娘を捉えようと手を伸ばしたとたん、だしぬけにぬッと一人の男がその前に立ちふさがった。

「どけ！」興奮した若い工員が4式銃を突きつけながら言った。

「……」

黙りこくってジイッと相手を見つめているのはきこりみたいな大男である。

「きさま！　星系軍に逆らうつもりか！」

ひょっとすると、生まれてはじめて星系軍制式兵器を持たせてもらったのかもしれない。精一杯で張り上げる若い工員の声はかン高くあたりに響き渡った。

しかし、ヌっとつッ立つ男はちょっとおもしろそうな表情をうかべただけで、べつに動ずる様子もない。

「ウ、射つぞ！」

兄《あ》ンちゃんとも呼びたい年格好の工員は相手に気圧《けお》され、たちまちどうしてよいのかわからなくなって、必死でかンだかい声を張りあげた。

「セ、セ、星系軍をバ、バ、馬鹿にすると……」

そこへ、そんな若者を突きのけて玉坂精巧技術大佐が前に出てきた。

「わたしは星系軍の者だ」彼はつッ立っている男に向かって言った。「重大な事件で捜査中だ、その娘をこちらへ引き渡してもらいたい」

そのとたんであった。

「X200がなくなったッていう件かね！」

だしぬけに、相手の大男はびっくりするような大声をあげた。

「シッ！　大きな声を出すな！」

玉坂大佐はあわててその大男を押しとどめながら、あの男だ……と心のなかで叫んだ。

つい数日前、X200の格納函の後を追って雷山山地でイタチ罠にかかり、散々な目にあわされた、あの時の男の声である。

この騒ぎは、やはり鳴子山地の難民どもの仕組んだものなのだ……！

大男はひどくおもしろそうにじっと大佐の表情を見守っている。

「陣内といったな?」大佐は低い声で言った。たしかあの時、一緒にいた娘がそう呼んでいた。

相手はちょっとびっくりした様子だったがすぐにニヤリと笑った。

「よくぞ覚えていてくれた。礼を言うぜ」

陣内は低い声でそこまで言うと、またもやとんでもない胴間声をはりあげた。

「おい！　大佐殿！」

そして彼は、ちょっとあたりに目を走らせた。

群衆はもちろん、銃を手にした工員たちも、いったいなにごとかとこちらを見守っている。

そこで陣内はあらンかぎりの大声で叫んだ。

「どうだった!?　おいらの小便の味は!?　うまかったか?」

「！」

そのとたん、あたりを支配していた緊張がほぐれた。人々の顔にさまざまな表情が浮かび、ところどころで笑い声が起こった。

「どうも今晩は……」と陣内は大声でつづけた。「惜しいところでクソを食わせそこねた！」

どっ！　と群衆が沸いた。女たちは身をよじらせて笑いころげている。

「黙れ！」

たまりかねた吊柿中尉が、わきからⅣ式短レーザー銃をつきつけた。

「図に乗るとただではおかんぞ！」

「射てるものなら射ってみねェ」陣内はびくともしない。「星系警察は、埋立て地で起きた磁石泥棒皆殺しの一件で必死になってるぜ……。だから、いまここで」と陣内はまた大声をはり上げた。「こちとらが、おそれながらと……」

「よせ！」大佐はあわてて制止した。「よけいなことは言わんでもよい……」

「なに？　よけいなことだとォ？」陣内はますますおもしろそうな顔をした。「抜かしやがったな、よし！　それじゃもうひとこと、よけいなことをわめかせてもらうぜ。おい！　皆の衆！　いいか？」

「はァぃよ！」

「いいとも！」

いつの間にか彼らをびっしりととり囲んでしまっている群衆がいっせいに叫んだ。

「よし！　いくぞ！」陣内が音頭をとった。

「星系軍のォ失せものはァ……！」

そのとたん、びっくりするような大声で群衆が唱和した。

「星系軍のォ失せものはァ！」

「玉坂大佐の失せものはァ！」と陣内。いつの間にか、大佐の名前までちゃんと知っている。

「玉坂大佐の失せものはァ！」群衆があらンかぎりの声を張りあげる。

「それは！」と陣内。

「それは！」と群衆が返す。

「それは！」陣内が繰り返す。

「それは！」群衆が受ける。

なんどかくりかえされるそんなやりとりのうちに、群衆の声は異様なほどの熱気がこもりはじめ、声量はいやが上にも大きくなっていく。

そして、ついに、爆発するような勢いで群衆の声が轟いた。

「それはァ――えっくすの、にひゃぁくぅぅ!!　ウワァーッ！」

人々は目をかがやかせている。

「この声なら〝置いてけ堀〟(検察関係の役所が集まっている地域)までつたわったぜ、きっと」と、満足げに陣内が言った。

「おい！　吊柿！」そんな陣内には構わず、玉坂大佐が顔をこわばらせて吊柿中尉に小声で言った。「工廠の連中をつれて帰れ。厳重に口どめするんだ」

Ｘ２００が何のことやら全然知らない工員たちは、きョとンとした表情でつっ立ったまま……。

「しかし……」吊柿中尉は口ごもった。

「おれのほうはなんとかする！　これ以上、Ｘの件がひろまったら取り返しのつかんことになる……」

「わかりました。おい！　あつまれ！」

吊柿中尉は、なにがなにやらさっぱり分らぬと言いたげな工員たちへ向かって声をかけた。

「引き揚げだ」

「ちょいと待ったり！」

そのとたんに陣内が言った。

「引き揚げたァどういう意味だ？」

陣内はヌっと吊柿中尉の前に立ちはだかった。

「もとはと言ゃあ、そこの大佐殿が横丁に待ち伏せをかけて、いたいけな小娘ひとりをしょっぴこうとしたことから起きた騒ぎだぜ……」

「……」

「射ちたきゃ射ってみやがれ！」工員のひとりの銃の動きに陣内は鋭く言った。「ここに居合わす村の衆の半分も殺さねぇうちに星系警察がすッとンでくらァ……」

「……」吊柿中尉は唇を嚙んだ。

「Ｘ２００といいなんと言い、表沙汰になって困るのはてめぇたちじゃねぇのか、え、中尉さン？」

「……」

「しぶとい連中だねぇ、え？　なんとか答えたらどうだ！」

「……どうしろと言うんだ？」ついに、吊柿中尉が低い声で言った。

「まず、飛び道具をそっくり置きな」と、すかさず陣内。

「……！……」

「嫌なら嫌でいいんだぜ」相手の表情に、すかさず陣内が言った。「腕ずくで帰るがいいや。Ⅳ式銃をぶッぱなされたンじゃ、そりゃァ、こちとらひとたまりもねェ。そのかわり!」

陣内が声を高めた。

「明日の朝にゃ、X200がなくなった話が星涯市《ほしのはて》じゅうにひろがってらァ」

「よし」中尉が憮然《ぶぜん》として工員たちに命令した。「銃を地面に置け」

五人の工員たちは、しぶしぶ手にしたⅣ式短レーザー銃を地上に置き始めた。

そして四人が置き終わり、五人目のごッついのが置こうとしたとき、素直に置くと見せたその男は、一瞬のすきを狙い、だしぬけに銃の台尻で陣内の向こうずねを払った。はずみで尻餅《しりもち》をついた陣内の脳天に、銃の台尻の返す一撃が炸裂した。いや、もろに炸裂したように見えた。みんながそう思った。しかし、陣内の脳天めがけて打ちおろされた銃がてこになってケシ飛ンだのは、襲いかかった工員のほう。

とっさに逆襲成功と錯覚していっせいに襲いかかった他の四人が一人残らず陣内にたたき伏せられるまでには三分とかからなかった。

二人は血ヘドを吐きながら地面へ四つん這いとなり、あとの二人はポンドの中へ放りこまれて息も絶え絶えの糞まみれでやっと地面へ這い上がってきたところ。最初にことを起こしたいちばんごついやつは、陣内の足許に白眼を出してのびている。群衆は喚声を上げるのも忘れて見守るばかり……。

「手間のかかるやつらだ……」

息を切らした風もなく、陣内は粗末な菜ッ葉服の泥を払いながら、呆ッ気にとられている吊柿中尉に向かって言った。「どうする? 救急車を呼ぶか?」

「あ、いや……」中尉は反射的に玉坂大佐のほうへ目をやった。

「車はあるのか?」

「はァ、中型兵器運搬車を……」

吊柿中尉がそこまで答えた時である。

バチッ!

だしぬけに、中尉の背後でとンでもない大きなビンタの音がしたかと思うと、誰かが派手に地面へはたき倒された。中尉は思わず振りかえった。

なンと、……地面に腰を抜かしているのは、陣内……!

張り倒したのは、いったい、どこから現われたのか、身長が陣内の半分ほどもない小さな老婆である。目が鋭い。

「バカ!」その老婆はびッくりするような厳しい声を放った。「なんど言ったらわかるんだ! この乱暴者めが!」

カンカンになっている老婆は、砂埃まき上げて地面に腰を抜かした陣内に襲いかかった。まるで、貧弱な軍鶏《シャモ》が牡牛に向かってとびかかるみたいな風情である。

ところが、あろうことかあるまいことか、たったいま、ごッつい工員をまとめて五人もかたづけた五〇がらみの乱暴者が、枯木みたいな老婆にひッぱたかれて抵抗もせず、泣き声を上げ始めたのだ。「ごめんなさい! ごめんなさい! おッかァ! ごめんなさい! ごめんなさい!」

「なにが〝ごめんなさい〟だ!」老婆はもう一発、陣内の横ッ面にけたたましくビンタを食らわせた。「あれだけ星系軍の野良犬たちへちょっかいを出すなと言って聞かせたのを忘れたのか!」

「ちょっかいを出したンじゃねェよぉ!」陣内は子供みたいに泣きじゃくる。「向こうがブチをしょっぴこうとしたから、取り戻したまでのことだい……アァーン!」

「おンなじことだ!」と老婆はにべもない。「おまけに……チョッ!」

老婆はソーラー・ポンドのほうへちらと目をやりながら舌打ちをした。

「あの糞溜めの表面にできるフンコロリン酸ナトリウムの結晶をあたしが占いに使うのを忘れたのか?」

「……」陣内は泣きじゃくるだけ……。

「忘れたのか!」老婆の声が鋭さを加える。「えッ?」

陣内は首を振った。「おぼえてる……」と情けない声……。

「おぼえてるなら、なんで人間なんかを放りこんだ! せっかくできかけてた結晶がこわれるのがわからないのか? バカ! おまえの親父《おやじ》も祖父《じい》さんも曾祖父《ひいじい》さんも、みんな頭が弱くて乱暴者で村じゅうの困り者だったが、おまえはきわめつけだ!」老婆は吐き出すように言った。

「だから、だから……」陣内が鼻をクスン、クスンいわせながら弁解した。「だから糞溜めの向こうッ側には手をつけてないじゃないか……」

「向こうッ側は風通しがいいからオルト重合体ができにくい……ッて言ったのを忘れたのか、間抜け! オルト・フンコロリン酸とメタ・フンコロリン酸のけじめもつかないくせに……! 干渉輪のできかたが違うンだ! この星涯市《ほしのはて》で、二つの月も白沙《しろきすな》も出ない闇夜が一年のうち何時間あるか知ってるのか? フンコロ占いはその時じゃないとできないんだ!」

老婆が際限もなく陣内を痛めつけているところへ、吊柿中尉の運転する中型兵器運搬車が空き地へと乗り入れて来た。

それをしおに、老婆の怖さをよく知ってる群衆はそそくさと退散しはじめ、やられた工員たちも、まだ足腰のしゃンと立たない二人を助けて車輌のほうへと歩きはじめた。

「ちょっとそこの兵隊さン」老婆は、工員たちと共に車のほうへと歩きだした玉坂大佐に向かって声をかけた。

兵隊さンと呼ばれた大佐は憮然とした表情で声のほうへと向きなおった。

「?」

「ひょっとして、星系軍の北畠ッていう男をご存知あるまいか？　北畠、北畠 弾正《きたばたけだんじょう》」

「キ、北畠弾正！」玉坂大佐は仰天した。

「知っているのかェ？」

「知っているもなにも、星涯《ほしのはて》星系軍統合参謀総長だ」

「それは偉いのかェ？」

「エ、偉い？」玉坂大佐はすっかり取り乱してしまった。「星系軍で一番偉いと言ってもよい。しかし、おまえは……その、北畠閣下を知っているのか？」

「それじゃ、北畠の倅《せがれ》に伝えておくれ」老婆は大佐の質問を無視して言った。「鳴子《なるこ》山《やま》のお熊婆《くまばば》ァが達者で暮せ、と。人の道に外れるような真似をしたら、このお熊がただはおかないと」

それから一時間。

広場はシーんと静まりかえり、二つの月と惑星・白沙《しろきすな》がすべて地平の向こうに沈んで、星涯《ほしのはて》市にはめったにない闇夜が続いている……。

太陽熱を蓄えるソーラー・ポンドいっぱいの人糞の表面に析出した、オルト・フンコロリン酸ナトリウムの薄いガラスみたいな結晶をとり上げたお熊婆ァさんは、闇夜に輝く星々の投げかける光の干渉が作る微妙なモアレのパターンを使って占いをすすめていた。

真夜中を過ぎた頃……。

結晶表面のパターンがかすかにユラリ！　と揺れた。お熊婆ァは闇の中で、はッ！　と目を沖天に向けた。第2惑星・炎陽《ほのおのひ》がひときわ赤い輝きを放っていた。

2

そのゆらぎは……。

第2惑星・炎陽《ほのおのひ》の北半球のかなり北部、荒野の一角に置き忘れたようなささやかな僧院の中でも、小さな結晶の球の表面にかすかな光の縞をつくった。

じっと見つめていた老師は、手許からふッと目をあげてつぶやいた。

「まもなくゴンザレスが戻ってくるようだ……」

「？」

質素な老師の居間の片隅で花を活けていた白衣の若い娘が、ベッドの上に半身を起こした老師へ目を向けた。名前はシャーリラ。老衰の進む老師の身のまわりの世話をしている看護婦である。ほそおもての整った顔立ち。

「ゴンザレス道士様が帰っておいでになるのですか？」

老師は開け放した大きなガラス窓のかなたにひろがる荒野へ遠い目をやりながら静かにうなずいた。

「ゴンザレス道士様はどこにいっていらっしゃったのですか？」

「わからぬ」老祖《そ》師《し》は窓外を見つめたままつぶやいた。「たぶん、星涯《ほしのはて》じゃろう……」

「星涯《ほしのはて》？」娘が不思議そうに言った。「そんな遠いところまで、ゴンザレス道士様はいったい……なぜ……」

「わからぬ、ただ……モクが無事だといいのだが……」

「モク……？　あの、おととしの夏、祠《ほこら》の近くに倒れていた、あのお爺《じい》さんのことですの？」

老師はうなずいた。

「あのお爺さんとゴンザレス道士様とどんな関係が……？」

「おぼえているかな？　シャーリラ。あのモクというとしよりは、古塚の祠の近くに倒れているところを、通りがかったゴンザレス道士に見つけられ、この庵《いおり》に連れてこられた。彼は頭がおかしくなっており、ただ、第5惑星の星涯《ほしのはて》に戻りたいとだけ言い続けた……。パムとかいう娘に会わなければ……とか口ばしるだけで……」

「おぼえていますわ」看護婦姿の娘は静かにうなずいた。「わたくしがお世話しましたもの」

「わたしは、ヨモ道士に付き添わせて、モクを星涯《ほしのはて》に送り届けることにした。ところが、炎陽《ほのおのひ》市の宇宙港へ着く前に、ヨモは何者かの手によって殺されてしまった……。しかし、後で聞くと、星涯《ほしのはて》に向かった公社の旅客宇宙船に乗ったモクは二人連れだったという……。ゴンザレスがこの庵から姿を消したのは、そのすこし前のことだ……」

「……」シャーリラは美しい眉をひそめた。「でも……いったい……なぜ……」

「わしにはわからぬ」老祖師はつぶやくように言った。「よくわからぬが、シャーリラ、あの古塚の一帯にはなにかある。なにかあるから、あの古塚の一帯に立ち入ることは大昔から禁忌とされているのだ。禁を破って足をあそこに踏み入れた者は二度と戻ってこないと言われている……」

「子供の頃、よく母に言われたものですわ」麓《ふもと》の村でそだったシャーリラは言った。「でも……」

「古塚を中心に、あのあたりには誰ともわからぬ人を葬ったあとがたくさんある。いつ頃のものか、誰が作ったともわからぬ土盛りや、朽ちた墓標があるのはましなほう、行き倒れたまま枯れ果てて砂に埋もれた亡骸《なきがら》もたくさんあるようだ……」

「わたしも一度みたことがありますわ。庭の砂をとりに行ったとき、シャベルでちょっと表面を掘ったら、黄色い骨が出てきて……」シャーリラは静かに言った。「それに、古塚の西側の谷で大雨のあとに地滑りが起きたことがあるんです。やはり、わたしが小さい頃のことですわ。そのあとで木を切りに行った木樵《きこり》のハポが、崖の斜面にたくさんの枯骨が地面に出ているのを見つけて……」

「わたしが供養に行ったよ……あの時も……」老師がつぶやいた。「大変な数だった……」

「でも……」シャーリラはまだ不審気に言った。「それがゴンザレス道士様と、いったい……？」

「あのモク爺さんが古塚の祠《ほこら》のところに倒れているのをゴンザレス道士に発見されるよりも前に、モクが麓の村に来た形跡はまったくない。おまえも知っているように、村を通らずに古塚へ行くことはできない……」

「……」

「だとすれば、モクはいったいどこからやって来たのか？

もしゴンザレスに発見されていなければ、彼もまた、枯骨のひとつになっていたのだろうが……」

ベッドの上に半身を起こした老祖師はちょっと言葉を切った。

「それで……」シャーリラがうながした。

「わしにはわからぬ」老祖師は首を振りながらつぶやいた。「わしにはなにもわからぬ。ただ、ゴンザレスは、モクや古塚とのからみでなにかたくらんでいる。それが何なのかはわからぬが、よからぬことであるのはまず間違いのないところだ……。ゴンザレスは道を踏み外した……」

「それで、お祖師さまは、そのゴンザレス道士様が間もなくここへお帰りになるとおっしゃいましたね？ どうしてそうお考えになりますの？」

「おぼえているかな、シャーリラ？ モクが発見されるすこし前、古塚のあたりにぼんやりと光の柱が立ったのを」

「おぼえていますわ。何年に一度か、夜になると古塚の上空がぼーっと光ることがあって……。小さい頃もそんなことがあって、学校の先生に聞いてもわからないってことでした……。あのモクお爺さんの時もそうでしたっけ……」

「今夜、古塚のほうを見てごらん。また、光の柱が立っているはずだよ」

「だから、ゴンザレス道士さまが？」

「……ただ、そんな気がしただけだよ……」

老祖師は遠い目をした。

そして、その頃……。

道士のゴンザレスはたしかに炎陽《ほのおのひ》へ向かう途中であった……。

第5惑星である星涯《ほしのはて》から太陽に向かって第4惑星の白《しろき》沙《すな》、第3惑星の熱河《あつきかわ》……。それよりも内側、第2惑星・炎陽《ほのおのひ》との間の宇宙空間に浮かぶ一隻の貨物宇宙船。船名や識別ナンバー、船籍記号などがすべて巧妙に隠されているが、〈仙海丸〉という字がかすかに読みとれる。

その船は、なにか異様さを漂わせて、ひっそりとなにものかを待ち受けていた……。すこし離れたところにコンテナ牽引船が一隻……。

道士のゴンザレスは、その貨物宇宙船の船橋でレーダー・スコープをのぞきこんでいた。

遠距離レンジになっているスコープ面、その一角に白く流れている紡錘状のほそ長い塊は隕石流である。

星涯《ほしのはて》から炎陽《ほのおのひ》に向かっていたコンテナ貨物宇宙船が、航法ミスからその隕石流のど真ン中に突入してしまった。五メートル角・長さ二〇メートルというコンテナを二〇個一列に引っぱる牽引船は隕石に衝突してかなりの損傷を受けたが、乗員はなんとか緊急脱出に成功した。

そして今、星涯《ほしのはて》市で手配した〈星海企業〉の作業船が、金平糖《こんぺいとう》小惑星群にある錨地《びょうち》から出動してきて、隕石流へ強行突入し、コンテナへブースターを取りつけ、隕石流の中から脱出させる作業をすすめているところなのである。

「しかし、見事なものだのう、え、坊主？」

船長席で自分の前のスコープ面へ目をやりながら、男が感に堪えぬようにつぶやいた。海千山千、ひと癖ふた癖ありげな大男である……。

「乞食軍団だかなんだか知らねぇが、あれだけの時間で出動してきて、見ねェ、コンテナ船はもう隕石流を完全に抜けたぞ。こっちの牽引船もそこまできているし、なんとか間に合いそうだな……。炎陽《ほのおのひ》の衛星港から地表におろす手配がどうついているかだが……」

「……」

道士はむっつりとスコープ面を見つめたまま口をきこうともしない。

船橋はかなりの広さだが、集中操船モードを持っている省型の宇宙船なので、どうやらこの二人だけで持って来たらしい。

「なんとか間に合ったとして、坊主！ モクとかいう爺《じじ》いには逃げられても大丈夫なのか？ その、何かとんでもねぇ儲け仕事とかってやつは……」

「……！……」

七〇は軽く超えていると思われる、粗末な法衣に身を包んだ道士は不快そうに暗い目を上げた。

「わかっている」吐き出すようにゴンザレス道士はつぶやいた。「考えはある。それより、時間までにあの古塚へコンテナを運べるのか？」

「炎陽《ほのおのひ》の衛星軌道に入ってから考えなきゃならねぇ。船荷代理店に手配はしてあるがな……。はて、どんな手でいくつもりか……」

「金はある」道士は船橋の窓越しにひろがる星の海を見つめたまままつぶやいた。

「そんなこたァ、わかってら」船長が嘲笑した。「ロペスの大財閥がうしろについてなけりゃ、てめぇみたいな乞食坊主風情にこんな大それた真似がやれるわきゃぁねェ。鉱石と称して星涯《ほしのはて》を積み出して、慈善貨物として炎《ほのお》陽《のひ》の税関をスリ抜けようたァなァ、大変な道士様だぜ」

「……」

ゴンザレスの目が一瞬、狂暴な光を帯びた。

「しかし……」船長は、それに気づかずに言った。「それにしても、あの金に汚ねェロペスのやつがここまでいれこむんだからよほどの儲け仕事なんだろうが……。おい！　いったい、あんな物を炎陽《ほのおのひ》くんだりまではるばる持ちこんでどうしようというんだ？　どう金になるんだ？」

「……」道士は不快気に窓外を見つめたまま……。

「なんとか返事をしたらどうだよ、え？」船長はからむ。「ロペスの一人娘の、ドロレス——と言ったっけか、あの生意気な小娘を抱きこんでロペスの豚野郎を食いこむたァ見事なもんだが、あの野郎の乗りぐあいもただごとじゃねェ……。

娘もだまくらかしたのか？

それとも、なんだか知らねェが、あの娘もこの悪だくみに、はなからいっちょう噛《か》んでるのか？」

言いながら船長は、座席の脇のコンソールに固定してあったビールのコンテナ球をとり上げ、吸い口のチューブをくわえて一口飲んだ。

「なンせ、あのドラ娘は——」

「よけいなことを言わずに、さっさと作業の手配にかかれ！」

「!?」

つぶやくような道士の声に含まれている鋭い調子に、船長は思わず道士のほうへ目をやった。

窓を背にして、道士はもろにこちらへ向きなおっていた。

そのとたん、船長は氷水を浴びたような恐怖に襲われた。

魚のようなけわしい目……。

「よけいなことは言わずに、さっさと作業の手配にかかれ！」道士はもういちど、つぶやくように言った。なんの表情もない不気味な声である。

「ワ、わかったよ」

思わず、船長はそう答えていた。

連絡電話機で、こちらへ向かってくる〈星海企業〉の100型宇宙艇と連絡をとりながら、彼はぐっしょりと冷汗をかいている自分に気がついた。

それから間もなく、白い積木を一列につないだようなコンテナ貨物宇宙船が視界にはいってきた。

100型宇宙艇がすこし距離をとって先航してくる。

船長が巧みな手つきでレバーを進めると、船は微速航進を開始し、間もなくコンテナ貨物宇宙船と軸線を合わせて速度に同期がかかり、相対的に二隻の宇宙船は静止した状態になった。

船長は船間通信システムで呼びかけた。

「〈星海企業〉作業船どうぞ」

100型宇宙艇はすぐに応答してきた。

〝こちら、〈星海企業〉の〈パンパネラ・3号〉〟

若い声である。

「ご苦労さん、いろいろ入り組んだ事情があってくわしいことが言えなくて申しわけない。一杯さしあげてェところだが……」

〝いや、お構いなく。こちらも早く帰りたい〟と向こうも事務的である。〝漂遊隕石との衝突でコンテナ一個が一部小破しましたが、他は異常なし……〟

船長は、道士のはッとする気配を背後で感じた。

「了解しました」

遭難貨物の回収作業だからその程度はなんでもない……。

〝業務完了書にサインが欲しい。通信筒で送ります〟

「わかりました、どうぞ」

数百メートル離れたところに浮いている100型艇のコックピット下から赤の閃光《せんこう》が点滅しはじめ、やがてこちらへ向かって接近してきた。

道士は船橋の窓際に歩み寄って双眼の望遠スコープで100型艇の様子をさぐっていたが、だしぬけにぎょッ！　と身をすくませた。

その動きはあまりにも唐突だったので、操縦席の船長はなにごとかとけげんな眼を向けた。

「どうかしたのか？」

「……」

道士は凍りついたように望遠スコープをのぞきこんだまま……。

「？　？」

船長は不思議そうに首をかしげながら、彼も倍率をあげながら望遠スコープを100型艇のコックピットへ向けた。

船橋窓の向こうに男がひとり、やはり双眼の望遠スコープをじっとこちらへ向けている。

「……殺さねばならぬ……」

道士の低い声がした。

「……え……？」

自分の耳を疑うように、船長は道士のほうへ眼をやった。

道士はまだスコープをのぞきこんだまま……。

「……殺す……」

「……コンテナの中味を見られたおそれがあるからか？」

「……殺す……」質問を無視して、道士は低い声でくりかえした。

「……殺生《せっしょう》な坊主だぜ、てめェは……」船長は呆れたように言った。

「よけいなことを言うとおまえも殺すぞ」船長を見下ろす道士の眼が兇暴な光を帯びた。「これを、あの通信筒の中へ入れて送り返せ」

道士は、枯木のような手をさし出した。掌《てのひら》には、なにか、小さなオレンジ色の木の実みたいなものがのっている。

「これを筒の底へ貼りつけろ」

「……なんだ、これは」不思議そうな表情で、船長はそれを相手の掌《てのひら》から拾い上げた。「……爆弾か……？」

「……」道士はぐいと船長をにらみつけた。船長はちょっとたじろいだが、そのくらいであわてる玉でもない。

「おそろしい男だなァ、おまえは……」

「さからうつもりか……？」

「そりゃおれだってあぶねェ橋は渡ってるし、人を殺したこともないじゃないが……」

「殺されたことはあるまい。殺されてみるか……？」

「……！……」船長は、その、人間とは思えぬ道士の兇暴な眼にあわてて視線をそらせた。

「さあ――！」道士はせきたてた。「それからこの船には……」

その時、通信筒をキャッチしたブザーがけたたましい音をたてた。

「やれやれ……これで一段落か……」

１００型宇宙艇〈パンパネラ・3号〉の船橋。

操縦席の椋十《ムクジュウ》がほッとしたようにつぶやいた。

副操縦席の又八は、右舷に遠くなっていく宇宙船を見送りながら、なぜか、むっつりと黙りこくっている。ブースターをくっつけて引ッ張っていったコンテナ船の先端には、もう待っていた牽引船の連結作業がはじまっている。

「どういうことなのかしら、あの船は……」ネンネがみんなの気持を代表するように言った。「なんで船名を隠さなけりゃならないのかしら……」

「それに、なンだろ、あの貨物は……？」お七が言った。

「隕石がぶつかってコンテナがこわれてさ、中から女ものの下着だの靴だのがフカフカ浮き出したのにはほンとにびッくらこいたわよ、ねェ」

「それも、すッごい高級品ばかり……。見たこともないようなやつ……」

「ピンクのきれいなレースのついたシミーズあったね……あれ、欲しかったなァ……」

「おまえの着る柄《がら》じゃねェなァ……」すかさず椋十がまぜ返した。

「なに言ってやンだい、この問題児が！」お七がやりかえした。「おまえの猿股じゃないんだから……」

「そうよ、なにさ、この――」

ネンネが言いかけたとき、だしぬけに又八が言った。

「いいか、椋十、向こうがレーダーから消えたらコースを隕石流のほうへとれ」

「？」

「？」

みんなが呆然として又八を見つめた。

「なんで……また……」

「隕石流をつッ切れば、炎陽《ほのおのひ》までかなり近道になるな」

又八はお構いなしに言った。

「炎陽《ほのおのひ》になにしに行くのよ？」とネンネ。

「あの船の正体をつきとめる。先に炎陽《ほのおのひ》へ行って待ち伏せる。乗ってるやつが気になるんだ……」

「あの船の正体……？」お七が言った。「なんでまた、わざわざ――」

「又八ッつァン」いままで黙りこくっていたコンが口をはさんだ。「おかしいよ、又八ッつァン」

「？」

本当はまだ若いのに、さっぱり年齢の見当がつかぬヒョロ長い骸骨みたいな感じのコンは、又八のほうへ骨ばった指をつき出した。「ほら」

「なんだ、いったい？」

コンの指先にはきれいな緑色のカマキリがとまっている。

「……？……」又八はけげんな表情を浮かべた。「これがどうしたって？」

「ほら……」

「……！……」

鮮やかな緑の尻尾が、ピクッ、ピクッと規則的にふるえている……。又八はコンをじっと見上げた。

「パルスだよ」

「パルス……？」

「どこかでバイオ・パルスが出てるよ。こいつが感じてる」

「クロックじゃねェのか？」

「時計じゃないよ、生体波だもの」

「……」又八はあたりをゆっくりと見まわしながらなにか考えている。

「この船のクロック系は全部セシウム変換だから、パルス信号なんか出ていないよ」コンが言った。

「……」又八が立ち上がった。「お七、操縦を替れ。椋十、ついてこい」

彼はふりかえりもせずに、エアロック脇にかかっている宇宙服を着《つ》けはじめた。椋十もすぐそのあとにつづく。

「ちょっと待った！」コンが言った。「波は近くから出てる！」

「！」

「！」

口には出さぬが、みんなは緊張した。時限爆弾が仕掛けられている……。

みんなの見守るなかで、コンはつき出した指先のミドリオオキナカマキリをじっと見つめながら、コックピットの中を這うように歩きまわった。

「これだ！」コンが息を呑《の》むようにつぶやいた。

「やっぱり……」又八がつぶやいた。

コンが、片方の手で指さしたのは、さっき、あの宇宙船との間を往復した通信筒のブラケットのあたり……。

「どけ、おれがやる！」又八が言った。「みんな伏せろ！　防爆シートは――」

椋十が立ち上がると同時にお七が操縦を交替した。

彼は船橋裏の物入れから厚い防爆シートを持ってきた。

「又八ッつァン、おれがやるって」椋十が言った。「信管抜きならおれのほうが――」

「おれがやる」又八が一言ではねつけた。「早く伏せろ！　おれがやる」

「椋ちゃん」コンが、まだ抗議しようとする椋十に向かって静かに言った。「ここで破裂したら、防爆シートぐらいじゃだめだ、みんな死ぬ。又八ッつァン、椋ちゃんに手伝わせな、しくじったらどうせ、みんな一緒だよ」

　息のつまるような、永遠とも思われる数分間が過ぎた。

「あ！」

「おッ！」

「こりゃ、脈打ちクルミだ！」通信筒の底からとり出したオレンジ色の木の実をコンはじっと見つめた。「生体《バイオ》パルスを出すんだ！」

「……」又八はなにかじっと考えこんでいる。

　そのときだった、なんの気なしにレーダー・スコープへ眼をやったネンネが叫んだ。

「なにか来る！　あの宇宙船から！」

　全員がはッと身を固くした。

「お七、首を振ってみろ！」と又八。

　ぐン！

　加速度がかかり、みんなが体を確保するうちに100型艇は大きく転針を始めた。窓外を星が流れる。

「どうだ！」

「まだ……遠いから、お七、そのまま……」レーダー・スコープをのぞきこんでいるネンネが言った。窓外の星の流れがおそくなり、また静止した。約九〇度艇首を振った見当である。

「あッ！　向こうも変えた！　ついてくる！」ネンネが息をのんだ。「距離は!?　向こうのスピードは？　あと、どれくらいある？」

「三〇分！」

「飛行弾《ミサイル》か？」

「おそいわ……それに……」ネンネは解像度をあげた。

「長くない……」

「なんで追ってるかわからねェか？　レーダーか、それとも熱放射か……」

「……」

　そのとき、コンがぽつンと言った。

「そのクルミだよ」

「これか……？」

「生体パルスだよ……」

「そんな仕掛けが――？」椋十は信じられぬと言いたげにつぶやいた。「そんなシステムは――」

「わかった！　間違いない！　やっぱり坊主だ！」

「ボ、坊主？」

「あとで話す」又八は宇宙船へとりついた。「椋十、ついてこい！　ネンネ、スコープから眼をはなすな！」

　宇宙服を着終わった又八に、コンが例の木の実をわたした。

「又八ッつァン、あと五分だよ」不安げにスコープをのぞきこんだコンがマイクに言った。

〝わかった！　あとすこし〟

「又八ッつァン」お七が言った。「すこし加速して引き離そうか？」

〝スタンバイだけしていてくれ〟

〝又八ッつァン〟椋十の声が割って入ってきた。〝こっちは完了〟

〝よし、いくぞ、椋十、気をつけろよ〟

〝了解〟

「なにをしてるのかしら……？」ネンネが不安げにつぶやいた。

　お七がなにか言いかけたとき、艇の後部でなにか、ぱッ！　と青白い光がおこり、ゆっくりと暗くなっていった。

　艇とはすかいに、のろしのような光が遠ざかっていく……。

〝ネンネ！〟又八の声。〝どうだ、スコープは？〟

「……あッ……向こうがコースを振った！　あっちへ向かった！」

〝よし〟

「ブースターにあのクルミくっつけたのね？」

〝いいか、お七、追っかけてくるそいつを後からつけろ〟

「転針噴射かけて大丈夫？　体を確保して！」とお七。

〝いま、エアロックへ戻った〟

　コンテナ船を移動させるために持ってきたブースター……。

　あの宇宙船から追尾してくる謎の物体は、100型艇からはすかいにおッ放したその即席のミサイルのほうへと転針し、どんどん接近していく。

「ネンネ！　なにが追っかけてるのかわからないか？」

　宇宙服を脱ぎ捨てると同時に言った。

「長さ二メートルぐらい……なにか……アームが前に――あッ、わかった！」ネンネが叫んだ。「自動荷役機だ！」

　宇宙空間で貨物を扱う遠隔操縦式の自動宇宙機で、貨物宇宙船には数基積みこまれている。

「あの船から追ってるの!?」お七が信じられぬ――という表情である。「三〇〇〇キロも――」

「人間《マニュアル》も乗れるけど……あれは――」

「違う」又八は言った。「お七、もっと加速して距離をつめるんだ。命中する前に」

　又八はレーダー・スコープをのぞきこんだ。

「アームが爆弾を抱えてやがるな……」

「でも、生体波の追尾システムなんて……」宇宙服を片づけ終わった椋十がつぶやいた。

間もなく、その自動荷役機はポッンと視界に入ってきた。お七が巧みに修正噴射をくりかえして距離をつめていく……。

　又八が双眼の望遠スコープをとりあげた。

「お七、もっと距離をつめろ」

「前に出るな」椋十が言った。「爆弾に接触するぞ」

　お七は答える余裕もなしにこまかく修正噴射をくりかえしては距離をつめていった。

　やがて、肉眼でもその、爆弾を抱える機械腕《メカニカル・アーム》が前につき出た、箱のような自動荷役機がはっきりと見えてきた。

「なにか載ってる！」お七が操縦しながら言った。

　無格好なその箱の上に、なにか、透明なガラス箱のようなものが……。

　望遠スコープに眼をあてている又八が、はッ！　と息をのんだ。

「又八ッつァン」コンが場違いにクールな口調で言った。

「犬かい？」

　ネンネとお七がぎょッとなった。

「いや……」又八がスコープから眼を離さぬままでつぶやいた。「猿だ。縛りつけられてる……」

「！」

「！」

　お七とネンネが顔をこわばらせた。

「アカゲクモザルだね」コンが言った。「あいつは脈打ちクルミが好きだからね……助けてやれないかね……？」

　ネンネと椋十が同時にスコープへ眼をやり、飛んでいくブースターとの相対位置をたしかめた。宇宙服を着こむ余裕はない……。

　それから間もなく……。

第2惑星・炎陽《ほのおのひ》に向かって、コンテナ船とともに航進を開始した謎の宇宙船〈仙海丸〉の船橋では、レンジを上げたスコープ面に爆発を示す輝点が大きくふくらみ、一瞬で四散した……。

「口どめ料をたっぷりといただきてェな、道士様よ」船長がつぶやいた。

3

第2惑星・炎陽《ほのおのひ》。

　軌道が星涯《ほしのはて》や白沙《しろきすな》よりも内側にあるので、当然、輻射熱は高く住みにくいが、豊富な鉱物資源のせいもあって、比較的高緯度地帯の海岸にはいくつかの都市がある。月はひとつだが、大小無数の岩塊からなる衛星塊帯が地表から三〇〇キロ前後のところに厚さ五〇キロ、数百キロ四方にひろがっており、この中に衛星軌道港もつくられ、採鉱施設などとともに人口数千人規模の衛星都市が形成されている。大は直径数キロ、なかには数十キロ級もまじる岩塊の上には倉庫、工場、事務所、船溜りなどがつくられ、岩塊相互が動力・通信ケーブルや水・ガス・油パイプ、貨・客移動車レール、連絡通路などで複雑につながってひとつの衛星港湾施設になっており、そんな岩塊の間を縫って形成される複雑な水路を、鉱石運搬船やはしけ、定期シャトル船などがゆっくりと通り抜けていったりする。

　そんな岩塊群の間にぽっかり開いた、さしわたし数キロの池みたいな部分が炎陽《ほのおのひ》衛星宇宙港の中心部。この池に向かって周囲の岩塊から各社の大小さまざまな埠頭がつき出し、何隻かの惑星間をつなぐ豪華船などをはじめとする外洋船、炎陽《ほのおのひ》の地表から上がってくるシャトル隕石帯鉱山からの鉱石船、その間を小さな曳き船やはしけが走りまわっている……。

　そんな池の端のほう、いかにも場末風に小さな船溜りと小口貨物施設や小さな個人経営の造船所、整備工場などがゴチャゴチャと入り組んだあたり……。

　コンテナ埠頭一本の奥に、ありふれた古いミサワK4の気密小屋を半分隕石へ埋めこんだ事務所、屋根には〈運送代理店・芋俵清十郎《いもだわらせいじゅうろう》商会〉の発光看板……。

　そして、その事務所とぴったりくっつくようにこれまたミサワのK4だが、こっちはめっきりと古ぼけたわびしいやつの上に、隣よりもほんのちょっと大きな看板は〈船宿・和楽荘　井上《いのうえ》喜樹郎《きじゅろう》〉と、ひときわまばゆい発光文字が輝いている。

　大きいほう、〈芋俵清十郎商会〉のオフィスでは、主人の通称・芋清《いもきよ》がどこかの船主と無線でやりあっていた。

「何を言うんだい、いまさら。料金は契約できめてあるでしょ！　そんな上載せなんかできるわけがないよ」

　小心のくせにいかにも小うるささそうな、四〇がらみの小男、あまり趣味がいいとは言えぬ派手な柄《がら》のジャケットに珍しくも水玉模様の蝶ネクタイ。

「なんだって!?」芋清《いもきよ》はカン高い声をはりあげた。「あ、いいとも、貨物船《シャトル》はおまえンとこだけじゃないンだ！　こっちもつきあいかたを考えさせてもらうよ！」

　芋清は荒っぽくスイッチを切った。

「まったく、ゴロツキみたいな船長だ……」彼は吐き出すように言いながら、ポケットから黄色のハンカチをとり出して額の汗をぬぐった。

「でも、社長さん」地表と同じ保守的なレイアウトになっているオフィスの一角、デスクで端末を操作している若い娘が声をかけた。「標準コンテナ二〇個を地表《した》へおろすのにあの料金じゃ——」

「なにを言うンです！　あんたまで！」芋清は嚙《か》みつきそうな権幕で娘をどなりつけた。「生意気を言うンじゃないよ！　こっちはあんなゴロツキに仕事をやる気なんかないんだから！」

　娘は肩をすくめて黙りこんだ。あと二人いる娘も苦笑している。

「それより、〈仙海丸〉とコンテナ船の位置通報はどうなってるんだい！　え？　ちゃんとヤンなさいよ！」

「そこに出てます！」すかさず娘は、ケロリとした表情でやり返した。

「！　！」

思わず壁に眼をやった芋清は、ちゃんとめざす船の位置が船況ディスプレイに出ているのに気がつき、ちょッとどり乱した。

「エヘン！」あわてて彼は咳払いをしながらデスクの上の磁石シートを片づけた。

「〈仙海丸〉が二日先に入るんですね」社長の八ツあたりには馴れッこらしい娘は、事務的に言った。「コンテナ船と一緒かと思ったら……」

「なんか、急ぎなンだろ」芋清は書類から眼をあげもしないでブスリと言った。

「それより社長さん」べつの娘が言った。「あのコンテナ船は宝石がザクザクなんですッて？」

「なんだって!?」芋清がけわしい眼をあげた。「誰がそんなバカなことを！」

「だって、町じゃみんな言っていますよ」

「このバカ！」芋清が荒っぽく立ち上がった。磁石靴でなければ天井に頭をぶッつけてるところである。書類が舞い上がりかけ、磁気コート裏打ちのためすぐにデスクの上に戻った。「いいかい！　こんどそんな根も葉もない話を口にしたら、すぐクビにしてやるから覚悟しなさいよ！」

芋清は本気でカンカンになってるのだが、娘たちはいつものことと首をすくめ、苦笑しながら顔を見合わせるばかり。

「そんな下らない噂がどこから出たのか知らないが、不用心じゃないか！　どんなやつらが本気にしてやってくるか知れたもんじゃない！　あんたたちのお給金から警備員をやとう費用をさッ引きますよ！　いいねッ！」

「……だだッ子みたい……」芋清へ聞こえぬ小声で娘の一人がつぶやいた。

「まったく……いまどきの……」

そのとき、だしぬけに隕石内を走っているトンネル側のドアが荒っぽく開いた。

「やい！　腐れ芋！」

つむじ風みたいな勢いで入ってきたのは枯木みたいなひョロ長い老人。払い下げだろう、軍のつなぎの搭乗服をぴたりときめてブーツを乱暴につッかけ、七〇はとッくにすぎてるとおもわれるのに、眼ばかりがやたらに鋭い。

そのとたんに芋清がひどく嫌な顔をした。また来やがった――という表情である。

「なんの用だい!?」それでも芋清は虚勢をはってやり返した。「あたしにゃ、ちゃんと親からもらった芋俵清十郎っていう名前があるんだからね、そんな呼びかたをして欲しくないね！」

「なにおォ……？」老人はおもしろそうな表情を浮かべた。「ちゃンと親からもらっただとォ……？　もとを正しゃァてめェのおふくろは――」

「なんの用だい!?」まずいと見た芋清はおッかぶせた。

「こっちは忙しいんだ……！」

「はッ！　ケチな密輸貨物扱って忙しいが聞いて呆れる……」

「人聞きの悪いことを言うのはやめておくれ！　それよりもなんだい！　用件は？」芋清が目を三角にして言った。「まったく、いいとしをして……」

「てめェの倍もとしを喰ってるから、てめェのやってることたァお見通しだ！」

「なんだい、いったい？　なんの用できたんだい！」芋清がいらだたしげに言った。

「こら！　小僧、てめェ、うちとの境界のマーカー・ブイをまたずらしたな!?」

「なにを言いにきたのかと思や……。あれは登記書どおりのポイントにマーカーを戻しただけのことじゃないか！」

「なにこいてけッかる！　じわじわ、じわじわ、マーカーずらして既成事実で対抗するのは、てめェのくそ親父《おやじ》どころか、腐れ祖父《じじ》いの代からの手口だ。この盗ッ人一族めが……！」

「馬鹿馬鹿しい……」

まるでルーティン作業みたいにくり返されるいつもの騒ぎに、娘たちはべつにおどろきもせず、一人が番茶キューブを二つフックダウンした盆を持ってきて、ひとつを芋清のデスクへフックし、もうひとつを老人へさし出した。

「よしなさい！」芋清が口をとんがらせてたしなめた。

「お茶代がもったいないじゃないか！　お客様じゃないんだ！」

「ありがとよ、ねえちゃん！」老人も言った。「こっちゃ、玉露パックしか口をつけねェことにしてるんだ。そのうちこの腐れ芋が毒入り茶を出せなんて言い出すから、そンときゃ、知らせてもらいてェ……」

「……！」

芋清は、世にも不快な表情を浮かべながら、番茶キューブの吸い口のシールを外しはじめた。

「おまえはおれの抗議を拒否するつもりか、こら？」

「……」

芋清は、そんな老人をいっさい無視して番茶キューブの吸い口をくわえた。

「ほほォ、結構じゃねェか」老人はおもしろそうに言った。「と、なりゃ、てめェが、こっそり囲ッてる狸小路のおキクに漂遊隕石ひとつを内緒で融通したことを――」

「あッ！　パフッ！　ゲッ！　ペッペッペッ！」

むせかえった芋清の吐き出した番茶が、揺れ動く無数の球となって娘たちのデスクのほうへ漂っていく。あわてて立ち上がった娘の一人が壁に手を伸ばし、こんな場合に備えて床についている陰圧吸塵口の圧力を上げると、たちまち水滴の群は方向を変え、床のほうへといっきに向かっていく。

「ざまァ見やがれ！」

「あッ！　あたしは、べ、べつに狸小路のおキクちゃンを――」芋清はあわてて娘たちのデスクへ眼をやった。三人とも笑いを噛み殺して仕事するふりをしている……。

「ヒョ、漂遊隕石なンか……そんな違法行為を――」

「やったこたァねェとは言わさねェぞ！」老人がおッかぶせた。「なんせこッちゃ狸小路の――」

「マーカー・ブイのポイントを修正しろ――ッてンなら」あわてて芋清が言った。

「修正しろ――ッてンなら……なんだって？」

「……考慮……しますから……」

「とうとう白状しやがったな……」

「誰が白状した――なんて言ってますか！」芋清がまたもや目を三角にして言い返した。「ただ、考慮する……と言っただけだ……」

「おう、それで結構、とにかくおれと一緒に来てもらいてェ」

「どこに来いッてンです!?　あたしゃ忙しいンだ……！」

「マーカー・ブイの位置確認につき合わねェッてンなら、ひとつ――」おもしろそうにつぶやいた。「狸小路にでもおつきあい願って考慮してもらうとするかな……」

「帰ってくれ！」芋清はどなった。「マーカー・ブイをもとに戻しゃ――」

そこまで言って、芋清はあわてて口をつぐんだ。

「よしよし」老人はニヤニヤ笑いながらうなずいた。「もとに戻しゃ、てめェなンぞに用はない」

「なンだい！　先々代からのつき合いだからっておとなしくしてやりゃ……」いかにも恨めしげな下目遣いで芋清がぼやいた。

「先代の清助《きよすけ》、先々代の清右衛門《せいえもん》と、小悪党たァ言いながら、ちッたァ見所のあるやつらだったが、この三代目ときたら女にゃだらしない、金にゃ汚ねェ、おまけにちンぽこが――」

老人がそこまで言ったとき、天井のほうから小さなオルゴールの音がした。

〝和楽荘さん、和楽荘さん、炎陽《ほのおのひ》通信公社から緊急電話です。おいでてしたらアクセス願います。こちら通信サービス〟

老人は、とっさに胸のポケットをさぐり、通話中継ボックス持ってくるのを忘れてるのに気がつき、思わずデスクの通話機へ手を伸ばしかけて芋清の視線とぶつかった。

「お使いなさい、よござんすよ」ほンとの気持は顔にまかせて芋清は言った。「どうぞどうぞ」

「伸介！」

ドアを蹴破るみたいな勢いで、隣の芋清のオフィスから戻ってきた船宿〈和楽荘〉主人の井上喜樹郎は、大声で奥のほうへどなった。

「伸介！」老人はくりかえした。「いねェのか？」

「おう!?」

ぬっと現われたのは二〇《はたち》そこそこの若者、頑丈な体つきだがまだ子供っぽさのぬけない童顔である。

「なんだい、祖父《じい》ちゃん？」

「仕事だ！　公社の運用局から電話を受けなかったのか！」

「寝てたんだよ。また回線障害かよ？」

「101の北3にノイズだ、また隕石がアンテナにでもひっかかったんだろう……上がって見てこい」

「なんで公社が自分で――」

「四の五の言うンじゃねェ！　やつらは光回線の保守で手いっぱいだ！　すぐ行け！」

「はいよォ」

101回線というのは、高温多湿である炎陽《ほのおのひ》の赤道地方を避けて南北高緯度地帯に発達したいくつかの都市を結ぶ衛星通信網の幹線で、三個の通信衛星が静止軌道にのっている。すでにかなり旧式化しており、トラブルのたびに安上がりな民間業者である〈和楽荘〉に作業を頼んでくるのである。

港を見渡す事務所――といえば聞こえがいいが、手頃な隕石塊の上の掘ッ立て小屋、その脇から伸びるチューブ型エアロックの先がささやかな船溜り《ボンド》と埠頭になっており、そこに何隻かの古ぼけた宇宙艇がもやってある。

宇宙服姿の伸介は小屋のエアロックからじかに外へ出てきて、だらだら下りの隕石表面に張られたワイヤを伝って埠頭へとおりていった。

ブルーの宇宙服のヘルメットから背中や腕には、当節の若者らしく色とりどりのワッペン類がベタベタ貼りつけられていて、まるで派手な広告柱が歩いていくみたいな感じである。

そして、埠頭にもやってある中でもひときわ華やかなブルーと黄色に塗りたくられた宇宙艇《はしけ》は、よほどよく見ないとそれが〈クラウス〉のC53をベースにしたものであるとはわからぬほどの改造ぶりである。もともとの仕様は与圧キャビンに簡易エアロックつきの七人乗りなのだが、これが、二列三席のシートは天井ごとそっくりとり外されてむき出しとなり、ジャンクあがりの通信システムやナビオニクスの低いラックが荒っぽく取りつけられてその間には応急機材のたぐいが乱雑に放りこまれている。先端にひとつ残る操縦席だけをおおうキャノピーもスライド式の大気圏用航空機用のジャンクで、これは隕石との衝突防止を目的とする保安基準をクリアするだけの代物にすぎず、原則的には腰のあたりまでがむき出しというおッそろしくワイルドなセッティングである。

天井そっくりに、座席六つ、それにエアロックから生命維持システム全部をとり外しての軽量化はかなりのものだし、ボディにここまで手を加えて推進システムがオリジナルであるわけもなく、ひどく不格好だが出力は仕様の倍もありそうな軍の放出品がハミ出すように取りつけられており、その上にまた、ノズル端へ水を噴射して余分の推力を三割かたひき出すというマニア好みの仕掛けが素人細工でくッついているとなれば、この外見こそ見る影もないはしけのパフォーマンスはまさにとてつもないものに違いなかった。

宇宙服姿の伸介は手早くもやい綱を解いてそのはしけのコックピットへ乗りこむと、ハーネスを固定してから無造作に慣性駆動系を起動した。計器盤にはメーターやスイッチをとり外した穴がぽッかりといくつも開いたまま、その一角にまた荒っぽく取りつけられているのはこんなはしけにおよそ不似合いな戦闘航法システムの古いやつ、軍の余剰品なのだろうが乱暴な飛ばせかたをする時は役立たぬこともない……。船体が小刻みに震え出すまでもなく、はしけは埠頭をはなれて船溜りを横断しはじめた。

〝伸介！〟ヘルメットに声がとびこんできた。喜樹郎老人の声である。〝港内保安週間なのを忘れやがって！ 取締りがうるさいから用心しろ！〟

「はいよ」

伸介は両手をあげて後ろにやってあるキャノピーを前へスライドさせた。航空機用のやつだからべつに気密になるわけでもなく、単に低速航行時の隕石防護に役立つか役立たないか、要するに気休めである。

はしけは船溜りの端にある境界標堤を大きくまわって狭い水路に出た。

住居をはじめいろいろな施設のある隕石塊を相互につなぐ気密連絡路、パイプ類、レールなどの下をもぐったり乗り越えたりして水路はひどく入り組んでおり、そこを、ひとり乗りのボートや連絡艇、バスや貨物艇などがめまぐるしく行き交い、やがて幹線水路に入ると、長々とつづくコンテナ船やそびえるような外洋船がゆっくりと通りすぎる。

そんななかを、伸介はひどく手馴れた様子でぐんぐんはしけを走らせる。パネルへ無理にはめこんだ航行計算儀のディスプレイには色とりどりの輝線やマークであたりの状況が表示されているが伸介はそんなものに眼もくれない。

やがてスワニー東水路の端に小山のようなシェナンドー岩礁《がんしょう》と東岬があらわれ、その二つをつないでゆっくりと電車が走る鉄橋の下を抜けると、その向こうにはちょっと湾曲した炎陽《ほのおのひ》の地平が青々と、まるで本当の外洋のようにひろがっているだけ……。

パネルの標示灯が点滅した。

炎陽《ほのおのひ》衛星軌道港の航行規制空域から出たことを示すランプである。

さッ！ と伸介はキャノピーを後ろへ押しやると、おもむろに推進システムのレバーをいっきにすすめた。

ぐぐーン！ と快適な加速が彼の体をシートへ押さえつけ（気がついてみるとこれも戦闘宇宙艇のシートである）、はしけはいっきに噴射航進を開始した。

伸介はちょっとディスプレイへ眼をおとしてから、ぐんぐん高度をとっていくはしけの針路をちょっと修正して赤道のほうへもっていった。

空はどんよりと灰色、星は見えない。炎陽《ほのおのひ》の反射光が衛星群をかこむ微粒隕石に散乱してかすみをつくり視野を妨げているのだ……。

ヘルメットの中で伸介の顔がほころぶ。

この痛烈な加速、まだまだ二五パーセントしかかけていないのにこんなにきいてくる加速度の快さ……。ヘルメットをおッ外したいような気分だ。衛星軌道港周辺のダチの中で、ここまでチューンしているやつが何人いるか……。

思い出したように、彼はシートのアジャスト・レバーを引いた。加速度がかかっているのですこしガタついたが、座席はそっくり一尺ほどせり上がって、宇宙服の伸介は肘のあたりまでコックピットからつき出る形になる。当節の若者たちのはやりで、保安局にみつかったら面倒なことになる危険な改造だが、やってみるとこんな快適なものはない……。小隕石にやられる確率は万にひとつもないだろう。

座席へ押さえつけられたままだが、それでも伸介は大声で歌いたいような気分だった。空がいちだんと深みを加え、星が見えはじめたのは微粒隕石層を抜けつつあるからだろう……。

ちらりとディスプレイに眼をやると、炎陽《ほのおのひ》の自転方向に軌道傾斜角33・04度、高度はすでに四五〇キロを超え、上昇率は毎分38・08キロ……。

高くなるのは構わないが、あまり加速しすぎると赤道軌道へのるときのロスが面倒だ。一瞬、伸介は傾斜角を甘くもっていってこのまま赤道軌道へのろうかとも考えたがやめにした。あとでトランスファ軌道から静止軌道へキック・インしたあとで軌道を半周も衛星を追ッかけることになる。高度四万キロまで上がっての半周は面倒だ……。

伸介はもういちどディスプレイに眼をやってから噴射管制レバーをもどした。とたんに体が浮き上がりそうになる。こんなシート・ポジションでもらくに扱えるように、レバー類はみんな長くしてある。こんなシートの仕掛けを知らぬ祖父《じい》ちゃんはそんなコントロールを見て、いまどきの小僧ッ子のやるこたァわからねェとつぶやいたものだ……。

加速度がなくなって、本当に全身が解放された……という気分である。

伸介は軽くなった宇宙服の体をひねるようにして右舷後方をふりかえってみた。さっき出てきた衛星宇宙港ははるか後ろ、ピンク色した炎陽《ほのおひ》の夜明けあたりの地表に貼りつくみたいに小さくなっている。

伸介の改造〈クラウス〉が炎陽《ほのおひ》の赤道上から加速してトランスファ軌道をいっきに高度四万キロへ達し、そこで再噴射して静止軌道にのったのはそれから半日後のことであった。

彼は航法計算儀のレーダーをドップラー・モードに切り換えた。スコープ面にはひしゃげた赤い同心円が、まるで生き物のようにくり返し現われては消えていく……。

めざす１０１幹線の通信衛星北３号は、こっちより一〇〇キロほど低いところを、約三〇〇キロ後ろから追いついてくる形で接近しつつある……。

他に小型宇宙船が一隻、ランデヴー待ちなのか、その衛星のすこし後ろに滞留して一緒に接近してくるのがスコープに見える。

オートにまかせず、伸介はマニュアル・モードでタイミングを待った。こっちの高度がすこし高いので、衛星は追いついてくる形でどんどん距離をつめてくる。スコープに現われるひしゃげた同心円がだんだんと真円に近くなっていく……。それにつれて、制動噴射をかけては高度をすこしずつおとす……。

伸介は操縦席の上に立ち上がり、うしろを見る姿勢をとった。

これがたまらないのだ。

膝から上は宇宙空間……。

眼の下には惑星・炎陽《ほのおひ》がもう巨大な球形となって浮いており、ギラギラ照りつける太陽光を防ぐバイザー越しでも、大きな星がまばゆく見えている……。

さすがにこの姿勢では、レバーをじかに操作するわけにもいかず、遠隔管制函を手にして伸介は艇尾へ眼をこらした。

ピカリ！　赤い標識灯が右舷後部の下方、おどろくほど近いところで輝いた。

めざす通信衛星はもうすぐそこまで迫っていた。

オート・モードなら、放っておいてもそのままぴたりとランデヴーしてくれるのだが、伸介がタイミングを狙って手動で減速をかけると、はしけはぐーッと沈下しながら小山のように迫る通信衛星へはすかいに接近していった。

頂部にパラボラ集光型太陽熱発電炉をのせた長さ二〇メートルほどの円筒、その基部に地上へ向けられた送受信パラボラが数基ついているという大時代な代物である。

１０１幹線北３号通信衛星

炎陽《ほのおひ》通信公社

強電界危険・近ヅクナ

などの大きな発光文字が浮き上がる。

伸介はその側面にドアくらいの大きさの黄色い縁取りの下に小さな手すりのついた張り出しがあるあたりへとはしけを持っていった。

ハッチの横には、

内部ハ与圧区画

の標示が読みとれる。

伸介はその張り出しにはしけをもやって張り出しへ乗り移ると、壁面の管制函のスリットに通信公社発行の作業用IDカードをさしこみ暗証ナンバーをアクセスした。

やがてハッチのロックが解除され標識灯が点灯する。

伸介はドアを開いて中に入った。

エアロックを抜けて、ヘルメットを外した伸介はほっとひといきついた。とりあえず、持ってきた工具箱を開いて握り飯と番茶パックをとり出し、送信機のタンクコイルのすこし離れたところに用心深く並べる。

それから円筒状の内壁にずらりと並ぶ機器ラックを見まわした。ノイズが発生したというが、そんな場合、地上局から遠隔操作で検出できない部分というのはさほど多くない。彼はラックについている電話機をとりあげ、炎陽《ほのおひ》市にある、公社の衛星通信統制所の整備卓を呼び出そうとスイッチを押した。ノイズはまだ出ているのか……。

そのとたんに彼は、はッとした。

円筒状であるこの衛星のいちばん底に送信機があって、出力はそのまま底面の外側についているアンテナまで導波管でつながっているのだが、その、アンテナの様子をのぞくために、底面に一メートルほどの丸窓が下へ張り出ている。

そこから炎陽《ほのおひ》の一部が見えているのだが、ボタンを押しながらなんの気なしに伸介がそこへ眼をやったとたん、なにかがすッと窓の端を横切ったのだ……！

伸介はいそいで送受話機を戻し、その凹み窓の縁に身をかがめて外をのぞいてみた。

……はしけが一隻。通信衛星の底面にワイヤでつながれている。宇宙船に積まれているピンエースらしい。

人は乗っていない……。

ということは――。

はッとして身を起こすと、握り飯が煙を立てている。

「あッチッチッチ……」

伸介はあわてて沸騰《ふっとう》した番茶パックと握り飯を電界からわきへどけるなり、いそいでヘルメットをかぶり、エアロックを通って外に出た。

用心深くあたりをうかがうがべつになんの気配もない……。

上か……？

彼は樽みたいな衛星の側面についている手すりを頼りに上へと移動していった。衛星の上部には太陽を自動追尾する機構を介して、まるで巨大な雨傘を逆さにしたような太陽熱発電炉があって、いま炎陽《ほのおのひ》市は真昼なのでほとんど真上を向いている。

伸介は用心しながらその放物鏡の縁に頭を出した。いた……！

宇宙服姿がひとり、なにか長い筒みたいなものを小脇にかかえてゆっくりと凹面鏡の中心に立つ集光部のやぐらへと接近していく。

「……！」

伸介が息をのんだのは、男だか女だか、その宇宙服が抱えているものの正体に気づいたときである。

人間だ！

死体か——？

もちろん生きているわけはない。その人間は素ッ裸なのだ……。

衝突防止用の閃光《せんこう》標識灯が周期的に放つ強い光の中にその、宇宙服の抱えている死体が凄まじい形相を浮かべているのに伸介はすくみあがった。

肌が白いところを見ると瞬間減圧などで死んだわけではないらしい。もし、事故などで空気抜けが起きて死んだのなら、毛細血管が破裂するから肌は真ッ黒となり、脳圧で眼もとび出しているはずである……。なんだかわからないが、宇宙服のそいつは、宇宙船内で死んでしばらくたったものを船外へもち出したのだろう……。

いったい、なにをしようとしているのか……。

全身が凍りつきそうな思いで伸介が見守るうちに、その宇宙服姿はゆっくりと凹面鏡の上を横切って中心にある一〇メートルほどのやぐらに向かっていく。そのやぐらの先端部は鏡の焦点になっており、数千度に加熱されてまばゆいほど白く輝いている。おそろしく危険な部分である……。

そのとたん、伸介はそいつの意図をさとった！

何者だかしらないが、そいつは抱えている死体をあそこで焼こうとしているのだ！

信じられぬほど巧みに接近していった宇宙服姿のそいつは、集光部のやぐらに足をかけて体を確保すると、頭上で白熱している集光部に向かって、小脇にかかえてきた死体を頭のほうからゆっくりとさし出した。

ぱッ！　とあがった煙は一瞬で拡散し、炭化した上半身からカサリ！　と頭部の残骸が外れて黒い破片と共に漂いはじめた……。

口の中がカラカラに干上がったままそのものすごい光景に気をとられていた伸介は、だしぬけに心臓を冷たい手でつかまれたような恐怖にとらわれた。

宇宙服のそいつが、死体を焼きながらこっちをじっと見つめている！

逃げなければ——！

しかし、もう伸介の体は凍りついたように動けなくなっていた。

宇宙服のヘルメットの奥は、紫外線遮断ガラスのために遠くからは何も見えない。

しかし、その黒いガラスの奥の眼がぴたりとこちらを見つめて微動もしていないことがなぜかよくわかるのだ……。

男は——なぜか、それが男であることはよくわかった——ほとんど腹部までを焼き終わって脚二本だけになりかけている死体から手を離した。そしてすーッと鏡面を横切ってこちらへ向かってきた……！

伸介はなんとか逃げようとするのだが、どうにも力が入らない。やっとのことで彼は鏡の縁から手を離すことに成功すると、背中につけている移動パックのガスをやみくもに噴射した。恐怖に駆られてコントロールを失った彼の体は、はじかれたように真上へ向かって噴き上がった。

そのとたん、相手は信じられないような行動をおこしたのである。

ちょうど三角形の斜辺を滑り上がるように、その体は鏡の上をななめ上に向かっていっきに跳んだのだ。

宇宙空間での運動について、伸介はかなりの場数を踏んでいるのだが、こんな動きを見たのは生まれてはじめてのことだった。前傾姿勢でガスを噴いてもああはならない……。

とっさに身をひねってやりすごそうとする間もなしに、弾丸のように突進してきた相手はいっきに伸介の両肩をぐいと捉えながらぴたりと減速して行き足をとめた。

伸介はふたたび恐怖に凍りついた。

ぴたりとくっつけてきたフェース・プレートの奥から、まるで魚のように無気味な大きい眼がじっとこちらをにらみつけていた……。

そして、くっつけたヘルメットを通して、相手の声が伝わってきた。

「見たな……」

それは、地獄の底のつぶやきを思わせた……。

ヘルメットの奥で魚のような眼を光らせていたのは、七〇歳をとうに超えていると思われる老人であった……。

凄まじい恐怖にすっかり体がこわばっている伸介は、老人とはとても思えぬ力で両肩を捉えられ、そのまますーっと鏡の中心部へ向かって移動しはじめた。

〝焼き殺される！〟

全身を凍りつかせたまま、伸介は心の中で叫んだ。あの死体と同じに焼き捨ててしまおうとしている……。

宇宙服の被覆は強力だから、焼くにはかなりの時間がかかるはずだ……。そうか……！　だからあいつは死体を裸で運んできたのだ……。どこから……？　そうだ、さっき、レーダーにはこの衛星の後ろに宇宙船が一隻……。

それにしても、宇宙服のままでおれを焼くつもりだろうか……。たぶん……。

しかし、ヘルメットのフェース・プレートはもつか……？

二〇〇〇度を超える熱にはたして何分間……？

そのとたん、だしぬけに起こったあたらしい恐怖に伸介は狂ったように手足をばたつかせ、浮き上がったはずみでその足が相手の胴を蹴っとばした。

それがテコとなって、伸介の体は相手の手からむしりとられるように逃れ出た。

伸介は反転してそのまま逃げようとした。

相手はその背中へ襲いかかってきた。

まるで猿のように伸介の宇宙服についている背部パックへとりついた老人は、生命維持システムのエアホースを保護フレームの中からひきずり出した。

だしぬけにエアが止まった！

老人がエアホースをひきちぎったのを伸介はさとった。

ホースが外れると瞬間的に保安バルブが作動するのですぐに窒息することはないが、新鮮な空気の供給は止まるからもう時間の問題である……。

なんとか背中にへばりつかれた老人を振りきろうと、伸介は手足をばたつかせながら、ふと、まばゆく磨かれた鏡面の縁にひとつ、宇宙服があらわれたのに気がついた。

いや、もうひとつ。

つづいてもうひとつ……。

幻覚か……？

もう息が苦しくなり、眼がかすみかけている。

幻覚だ……。

意識が薄れはじめるなかで、その宇宙服姿の一人がなにか棒みたいなものを構えたようだった。

そして伸介は、その棒がこちらへ向かって飛んでくるのを見たような気がした。

とっさにコンは、宇宙服の足をミラーの縁《ふち》に確保すると、はしけをもやうときに使う軽金属の棒を、青い派手な宇宙服の背中にはりついているゴンザレスのヘルメットめがけて投げつけた。

棒は槍のように直進し、ものの見事に道士の宇宙服のフェース・プレートへ命中した。

直撃を喰らったゴンザレスはもろにはじき飛ばされた。

エアホースをむしり取られたワッペンだらけの青い宇宙服は、はずみをくらってゆっくりと浮かび上がった。

すぐ上は白熱した集光部……！

とっさに飛び出したのは椋十《ムクジュウ》である。ガスを全開して鏡面を斜断するように突進した彼は、きわどいところでその宇宙服を抱き止めることに成功した。

棒の直撃をくらったゴンザレスは意識をなくしたのか、頭を先にスピンを起こしたままミラーの縁に漂っている。

又八がそれをめがけて突進した。そして、ゴンザレスの動きに合わせてスピンをかけながらその宇宙服をひッ捉えると、巧みに逆噴射をかけて動きをとめた。

〝椋《ムク》！　はやくそいつをはしけへ——うッ！〟

又八が息を吞《の》んだ。

意識をなくしたとみせかけたゴンザレスが、巧みに体をミラーの縁に確保したまま又八のヘルメットを蹴ッ飛ばしたのである。信じられぬような巧みさ……。

はずみですッ飛んだ又八の体が、スピンを起こしたまま遠ざかっていく。

又八はスピンを止めようとしてガスを噴かすがうまくいかない。下手《へた》をすれば回転を加速しかねない。

ミラーの縁に体を確保しなおした道士はひと息いれる感じで、スピンしながら遠ざかっていく又八を見送った。

そこへ、ぱッ！　と鏡面をはすかいに横切って、なにか白い縄のようなものが宙へ伸びた。やはりミラーの縁にとりついているコンが、船外作業用の命綱を投げたのだ。とっさに気づいたゴンザレスは身をすくませたが、これがかえって裏目に出て、先端につくられた丸い輪は、すッぽりと見事に道士の背部パックとヘルメットの首許にからみついた。

すばやく足場を確かめてから、コンは両手でぐイッ！と綱を手許へ引き寄せてたるみをとった。

ぐぐッ！　さすがの道士も縁《ふち》の手がかりに両手でしがみつき、コンの手許へたぐり寄せられまいと必死である。

ずるずる！　と、宇宙服姿の道士はミラーの縁からひきはがされかけた。

しかしそこまで。

縁にしがみついた道士はてこでも動かない。

コンはとっさに周囲を見まわした。

椋十は、宇宙服のエアホースを外された男を抱えて、乗ってきたはしけのエアロックへたどりついたところ、吹ッ飛んだ又八のほうはやっとスピンを止めるのに成功してこちらへと戻ってくる……。

決心したように、コンは手にした命綱をもう一度、あらんかぎりの力で引ッぱッた。しかし、蟬みたいに縁へしがみついたゴンザレスの体はびくともしない。

そこへ戻ってきた又八がいっぱいにはった綱にとりつき、そのままコンのところへたどりつくと、足許をかためてから両手を綱にかけた。

そのとたんであった。

ピンと張った白い綱を、ゴンザレスの宇宙服の右手が手刀のように、発止《はっし》！　と打った。

スチールワイヤの撚《よ》りこまれている命綱がはじけるように切断した。

あらんかぎりの力を綱にかけていたコンと又八の体は、はずみで尻餅をつく形で足がかりを外し、スピンを起こしながら毬《まり》のように素ッ飛んだ。

やっと二人が体勢をたてなおしたときは、一隻のはしけがもういっきに遠去かっていくところである。

〝追いましょう！　又八ッつァン！〟椋十のせッぱつまった声が二人のヘルメットへとびこんできた。

4

話は惑星・星涯《ほしのはて》に戻って……。

星涯《ほしのはて》市の西北部。

貨物や不定期便がおもに発着している星涯《ほしのはて》第二宇宙港の隣接区域にずらりとつくられた業者用掘立長屋《メタル・キャビン》。〈星海企業〉の星涯《ほしのはて》市出張所はそのひとつに入っている。

両開きのガラスドアを押して中へ入ると、すぐそこがカウンターをへだてて事務員が五、六人働いているオフィス。壁は、持船の運航状況や天象通報、港湾情報など、リアルタイムで入ってくる情報のグラフィック・ディスプレイになっており、その奥が出張所長室である。

ディスプレイやコム、ファイルなどの組みこまれたビジネス・デスクと応接セットでいっぱいという小ぢんまりとした部屋。

「旦那様《ダンさま》」

まるでそこに相手が立ってるみたいに、出張所長は電話機を片手に壁にむかって頭を下げた。のッぺりと白い古典役者みたいなやさ男。向こうを旦那様、それもナを省略してダンさまと呼んでるところを見ると、電話の相手は第4惑星・白沙《しろきすな》、〈星海企業〉本社基地をとりしきる宿老《しゅくろう》の間甚七《はざまじんしち》老人に違いない。なにしろこの柳家貞吉《やなぎやさだきち》出張所長は、昔々、甚七老人が骨董商をやっていた時分から丁稚《でっち》、番頭《ばんとう》とつとめ上げてきた実直を絵に描いたような人物なのである。当然ながら、〝番頭〟というニックネームを奉《たてまつ》られている。しかし、ダン様――というその呼びかけはいつものようにいたについているが、なぜか、今日はひどく深刻な表情である……。

「旦那様《ダンさま》」

貞吉は、もういちど電話機に向かってくりかえすと、心をきめたようにつづけた。

「長い間お世話様になりました……。この貞吉は、今日をもちましてお暇《ひま》をちょうだいいたします……」

送受話機のボタンを押すと、惑星間通話のタイムラグを示す光電標示の赤い針がゆっくりとゼロに向かっていく。

その間も、貞吉は神妙に眼を伏せたまま。

まるで電視回線でもつながってるみたいな感じである。

やがて光電針が0に達すると同時に標示はブルーに変わった。

〝なにを言うンです、いったい……？　やぶから棒に――ってのはこのことだよ。いったい、なにがどうしたというンだい、貞吉。びッくりするじゃありませんか！〟

白沙《しろきすな》基地ではこわもての爺《じじ》いとして若い連中にこわがられている甚七老人も、貞吉が相手となるとたちまち品のよいお店《たな》の御隠居になってしまう……。

針は、向こうが待機に入ったことを示すグリーンに変わった。

「旦那様《ダンさま》、お詫びの申し上げようもございません……」

〝番頭〟は深々と壁に向かって頭を下げた。「すべてはあたくしのせいでございます。死んでお詫びいたさなければならぬところでございますが……その……女房も若いことでございます。あのとしでお花を後家にしてしまうのはなんとももったいのうございます。尼寺にでも入りますのでは、なんとも……ひとつ……その……お暇をいただくことでなにとぞ……なにとぞ……ひとつ……」

番頭は、床に土下座せんばかり……。

〝いったいなんのことだかさッぱりわからないよ、あたしには……〟

三〇秒後に、かえってきた向こうの声は、すこしいらだっている。〝筋道をたててちゃンと話しておくれ！〟

「お聞き及びとは存じますが……」蚊の鳴くような声でそこまで言った貞吉は、堪えきれぬように叫んだ。

「お許しくださいまし！　あたくしは、旦那様《ダンさま》の大切な部下を五人ともあやめてしまいました……。会社のためと思ってやったこととはいえ……こんな結果になってしまって……」

三〇秒後に戻ってきた返事は、甚七老人のショックを生々しく伝えていた……。

〝サ！　貞吉！　回線を切るンです！　人をあやめた――あ！　い、いや、ソ、そんなことを、そんなことを一般加入回線でベラベラしゃべるンじゃない！　ひとに聞かれたらどうするんです！　船間通信用のシステムが、たしか一台そっちにも置いてあるはずだ。それで呼ぶんです〟

光電針が消え、あわてた甚七老は電話を切ったらしい。

涙をこぼしながら、柳家貞吉はもう一度同じ電話で白《しろき》沙《すな》基地を呼び出した。

「旦那様《ダンさま》」彼は思いつめたように言った。「そのご心配はございません。これ以上、あたくしは――」

光電針のいらだたしげな点滅。向こうがしゃべりたがっている。やむなく貞吉はボタンを押した。

三〇秒後……。

〝貞吉。それで、死体――イ、いや、ショ、商品のほうはもう……その……ちゃンとさばいてしまったんだろうね？〟

貞吉は眼をぱちくりさせた。

〃いいかい〃甚七の必死でおちつこうとしている気配が伝わってくる。〃いいかい、貞吉、おかしな気をおこしちゃいけませんよ、いいね。どんな事情があってのことか知らないが、おまえさんのことだ、なんかやむにやまれぬわけがあってのことだろう……。しかし、五人とも殺《や》っちまッたンじゃ、出張所の仕事もとどこおるだろう……〃

貞吉はもういちど眼をパチクリさせた。

〃すぐに人をやりますから。あ、わたしも行きますから。それまで、そこを離れちゃいけませんよ。それより……現場のほうは……大丈夫なんだろうね。ちゃンと、その、五人とも……始末したんだろうね？〃

「シ……始末……？　現場……でございますか？」貞吉は、ますますわからぬという表情である。「ハ、はい……そっちのほうは……その、別に……現場のほうは……なにしろ遠いところでございますので……たぶん……隕石流の中だと……あたくしもいずれはお線香をあげに……」

三〇秒後。

〃隕石流……!?〃甚七老人がはッとした気配が伝わってきた。〃隕石流って……よもや……。貞吉、よもや又八たちがからんでるわけじゃないだろうね！〃

「いえ、あたくしの申し上げたいのはそのことで」

三〇秒。

〃つまり、又八たちが始末をしたんだね……。さっき、炎陽《ほのおのひ》まで尾行する必要ができて帰るのがおそくなるという連絡が入ったが……〃

「エエッ！」こんどは貞吉がとび上がる番である。「さっき、連絡が——？」

「所長さん！」誰かが肩をたたいた。眼をあげると事務員の美沙子である。「だから、炎陽《ほのおのひ》の又八さんからなんども連絡がこっちにも——」

「しずかにしなさい！　又八ッつァンたちは生きてたんだ！」

「だから、さっきからそれを知らせようと思うのに、絶対に部屋には入ってくるな——ってこわい顔を……」

三〇秒後。

〃サ、貞吉！〃向こうもひどくおどろいている。〃イ、いまの声は誰だい!!　え、美沙子だね？　おまえ、美沙子は殺さなかったんだね……。あァよかった……。事務所の五人をあやめちまったッていうから……あの美沙子ッて娘は〈丸八商会〉の主人から頼まれた子で……あたしは、どうしようかと……あァ……ほんとによかった……するると、……殺したのは……あとの……〃

「ダ、旦那《ダン》様《さま》はいったい、なにをおっしゃっているんですか……！」

貞吉は呆ッ気にとられて叫んだ……。

美沙子もぼんやりとつっ立ったまま……。

それから三〇秒後……。事務室……。

「白沙《しろきすな》の御隠居はボケちゃッたンじゃないんですか？　所長さん？」美沙子が大声で言った。

他の事務員も苦笑しながら仕事をしている。

「早とちりもいいとこじゃないの！」

「いやいや……」所長室から出てきてくつろいでいるのは、さっきとは打って変わってほッとした表情の貞吉所長である。「実はね、ここンとこ四、五年、早とちりがなくて、逆に老けこんじまったのかとあたしは心配してたくらいですよ。昔は、そりゃァひどかったンだから……。なにしろ、あなた、星系軍のお偉いさンを——」

「それより、所長さん」美沙子が言った。「ここんところずッとふさぎこんでたけど、又八さンたちも無事だったことだし、ここらですこし気晴らしをなさいよ」

「いやいや、これでもう肩の重荷がおりて、息抜きなんて必要ありませんよ。ほンとによかった……。あたしは死ぬ覚悟だったんだから……」といいながらも、貞吉所長はまだ、なんとなく浮かぬ表情である。

「うちの船の消息がとぎれるたんびに、そんなじゃ命がいくらあっても足りないわ」

「でも、〈星通堂《ほしのとおりどう》〉から、あの星域で同じ頃に大きな爆発が起きたからたぶん——と言ってきたときはほんとにあたしは……。なにしろ、〈星海企業〉としてもはじめての遭難だから……。つかれましたよ」

「やっぱり息抜きが必要だわ、所長さんは」美沙子が主張する。「このままじゃ体によくありませんよ……」

「でも、息抜きッて……」

「今日はあたしの母校の学園祭なんです！　あそこに行きましょう。たのしいわよ」

「どこだったっけ、美沙子さンは——」

「カトレア学園」

「あァ、そうだった。美沙子さンはカトレアだったね」

「あたしの後輩たちが学園祭でおもしろいことやるんだって。なにか知らないけど、ぜひいらっしゃいって電話してきたんです」

「ふむ……」

貞吉所長は美沙子のペースに乗っけられた気配だが、それでもなんとなくきまりわるげである。

それを汲みとるように、美沙子は、デスクで仕事をしている貞吉と同じ年格好の男に声をかけた。

「ねェ、息抜きが必要よ、ねェ仁兵衛《じんべえ》さん！」

相手は大きくうなずいた。

「え、えェ、行ってらッしゃいまし」銀行を勤めあげたあと、気晴らしに経理の仕事をひきうけているこれまた貞吉の上をいく実直者……。「今日はもう、別にありませンですから……」

この一言で、やっと決心したように貞吉は立ち上がった。

「それじゃ、お願いしましたよ、二、三時間、くつろがせてもらいます」

「行ってらッしゃい」事務所の四人が軽く頭をさげた。

「あたしので行きましょう、所長さん」美沙子は、長屋の裏に止めてある〈エースコック〉のスポーツ・クーペのほうへ歩いていった。

走り出した二座の地表艇《ホバ・ヴィ》がごみごみしたジャンク屋や群小の船宿が立ち並ぶ宇宙港周辺地域を抜け、高速外郭7号から東環状線へ入ると、道は急に混みはじめた。

当節の若い娘らしく、美沙子の操縦ッぷりは荒ッぽく、迫ってくる小山のような貨物艇やトレーラー艇にはさまれかけて、貞吉はなんどもひやりとさせられた。

「大丈夫かい、美沙子さン、お願いしますよ」

美沙子は蒼くなっている貞吉のほうへいたずらッぽく眼を走らせると、ぐい！　と横振《ヨウ》れをかけながら左へ滑らせた。

「おっとっと……！」貞吉は舷側へしがみついた。

とたんに美沙子はひねり《ロール》を返しながら右へ滑らす。

「おッとッとッとッ！」

右の舷側へしがみついてた貞吉は、尻をもち上げられてあやうく外へ放り出されそうになった。

当節、個別教育システムや在宅遠隔通信教育がひろく採用されているから、昔ながらの登校集団教育システムをとっている学校はさほど多くないが、なかでも〈カトレア学園〉は良妻賢母教育で知られるエリート校のひとつである。

考えてみれば、美沙子は第二宇宙港近くの大きな船舶用品店の箱入娘だから、べつに不思議はない、まぁ、言われてみるとそのとおりだが、貞吉は、この荒ッぽい操縦ぶりに散々揺さぶられながら、いったい、あの学校の良妻賢母教育ッてのはどうなってるンだろう……などという思いが、ちらりと脳裏をかすめたりした。

レモン環状線を東レモンパイ・インターで降り、いかにも高級住宅地らしく整備された広い坂を登っていくうちに、やはりカトレア学園へ向かうらしい華やかな車や地表艇《ホバ・ヴィ》が増えてきて、美沙子は同級生らしい娘の車と手を振りあったりしている。

流れは、そのまま学園の正門へ続く並木道へと入った。

校内はもう、忙しげにはしゃぎまわっている生徒、はなやかに着飾った同窓生や父兄で身動きならぬにぎやかさ……。校内のあらゆる建物、あらゆる部屋は生徒たちがさまざまに工夫をこらした趣向がいっぱい……。美沙子は卒業生らしくあちこちと挨拶をかわしながら、華やかな人混みの中をずンずン歩いていく。貞吉はそんな彼女にはぐれまいとするので精一杯である。二、三回、きれいな娘や奥さんともろに衝突して、汗かきながらあやまって彼女のあとを追う……。

ところがそのときだった。

すーッと一人の大柄な生徒が貞吉のところへすり寄ってきた。オーデコロンの香りが鼻をくすぐる。彼女は何食わぬ様子でぴったり貞吉にくっついて歩きながらそーッと耳許でささやいた。

「ねェ、おじさまァ……！　ゲームをなさらない……？」

「え？　え？　あたくしですか？　イ、いえ、ア、あたくしは……ただ……」

貞吉はすっかり取り乱してしまった。〈星海企業〉のオフィスには同じ年頃の女の子が三人もいるし、ここにも美沙子に連れられてやってきたとはいうものの、もともと恋女房に首ッたけ——というか、尻に敷かれッぱなしというべきか、若い娘に対する免疫など皆無の貞吉ときている。それが、耳許で〝おじさまァ……〟などとささやかれたのではもうだめ、血がかァーッと頭にのぼって貞吉はなにがなにやらわからなくなりかけている。

「ウフ、おじさまッて、ウブねェ……！」

はっと気がつけば、いつの間にやら反対側にももうひとり娘がいて、がッちりと腕をとられてしまっている。

「ねェーン！　行きましョ！　あたしたちのゲーム・コーナー、お金がもうかるかもよ！」

「チョ、ちょッと！　ミ、美沙子さン！」

あわてた貞吉は、人混みの中を見えかくれに先を行く美沙子へ声をかけたが、距離はひらいていくばかり……。

「ご、ごめンなさい！　あ、あたくしは連れがありますから……ね……お願いです。放してください」

「あらァ！　おじさまッてほンとにシャイなかたねェ……！」

「素敵だわァ……！　あたし、もう逃がさないわよッ！」

貞吉は、両耳に若い娘の熱い息を吹きこまれてもう眼がくらみそうになった。

美沙子の姿はもうごッタがえす人波の彼方へ呑《の》みこまれている……。

そして貞吉は両方から若い娘にムンズと腕をつかまれたまま、どこをどう歩いたのやら、気がつくと人通りもまばらになった廊下を曲がって、教室らしい部屋のドアの前に立っていた。

確率投資研究会のお部屋
予約会員制につき、勝手ながら一般のお客様の入室はご遠慮くださいませ……

「お客様、おひとり御案内ァイ！」

貞吉の腕をとらえてここまでひっぱってきた生徒がドアの奥に向かって明るい声をかけた。

「はァイ！」

「いらっしゃいませェ！」

現われたのは、白のブラウスに蝶ネクタイ、黒のチョッキ、それに、くるぶしまでのやはり黒いロングスカートに身を包んだ少女が二人。お化粧が濃いせいか、これが本当に生徒なんだろうかといいたいお色気を漂わせている……。

「まァ、すてきなおじさまだこと!」

「ホントォ! よォこそォ!」

「ではよろしくゥ!」

「かしこまりましたァ!」

最初の二人は次のカモを捜しに行ったらしい。

「さァ、さァ、こちらへ!」

口はやさしいが、有無を言わさぬ力でぐイ! となかへひッぱりこまれた貞吉は、とたんに眼をぱちくりさせてしまった。

中は真ッ暗……。

いや、眼が慣れるにつれて、あたりの様子ははっきりと見えてきた。

窓は厚いカーテンですッぽりとふさがれ、室内全体がやわらかなほの暗いピンクの光に包まれ、ブルーの点照明の中に浮かび上がっているのは、なんと! 部屋の中央へ据えられたルーレット。その向こうには、やっぱり白のブラウスに黒のチョッキといういでたちのきれいな娘が立っている。

貞吉は腰が抜けそうになった。

あろうことかあるまいことか……。

いくらはめを外しッ放しの学園祭とはいえ、良妻賢母の育成を校是とする〈カトレア学園〉の教室で、こともあろうにご禁制の賭場の開帳とは……!

「さァ! 校舎増築資金募集キャンペーンなのよ! でッかく張ってちょうだいな!」ディーラーの娘が言った。

ルーレットの卓を囲んでいるのは、いかにも金のありそうな恰幅のよい初老の紳士ばかり。ちょッときまりわるげに、それでも校舎増築なんだから――と自分へ言い聞かすように、彼らは次々とチップを張りはじめた。

「一枚が一クレジットよ」

脇にいる娘がそっと貞吉にささやいた。

「ソ、そんな……!」

実直一筋が定評の貞吉である……。

「いいのよ、そんなにあせらなくたって……」意外と娘は素直に言った。「しばらく見ていらッしゃいな」

「ウ、ウン」彼は、人形みたいにコクリ! とうなずいた。

「さあ、行くわよッ! スイッチ、オン!」

娘は威勢のよいかけ声とともにボタンを押した。

超電導磁石に支えられて宙に浮かぶ玉が、赤・黒のセクターの間をランダムにめまぐるしく振動しはじめた。

「勝負!」

玉はぽとりと盤面に落ち、赤のセクター、4倍の凹みにはまった。

赤のセクターに張った三人が四倍の払い戻し、あとは取られてトンとトンというところか。

次は赤の10! 五人が一〇倍の払い戻し!

つづいて赤の8。七人が八倍の払い戻し。

全員が赤のセクターにチップを積んだ。

それだけで軽く三〇〇クレジットはある。もしもこれで赤の20でも出ようものなら……。

しかし、赤の2。全員が二倍の払い戻しを受けた。つづいてまた赤の2……。赤にツキがまわっている!

全員が、赤のセクターに手持ちのチップをどッと張った。

いつか貞吉は、ポケットの中で小銭《ミリ・クレ》を数えていた……。札と合わせて五クレジット半……。もし、最初から赤に張っていれば、もう五〇〇〇クレジットになっている……!

それだけあれば……。

ここ一〇日間、心の中におしかぶさってくる悩みも……。

あわてて貞吉は三クレジットをチップに替え、すでに二〇〇〇クレジットほども張られている盤面へ手を伸ばそうとした。

ところがそのとたんである。

「やめなさい」

彼の耳許で誰かがささやいた。

はっと横を見ると、美沙子が立っており、眼をあらぬほうへ向けている……。

わけはわからぬが、やむなく彼は三クレジットをひッこめた。

客の一人が嘲笑の視線を向けた。

「さァ、勝負!」

黒の2! 全員がそっくりとられた。

「校舎増築へのご協力、ありがとうございまァす!」

「ヤァ、ヤァ、むしられた! むしられた! もう、すッてンてンだ!」テレ臭げにそんなことを言いながら三人がおりて、新しく連れこまれた三人が加わった。

赤、黒が二、三回つづいて、またもや赤にツキがまわってきた。思わず貞吉は美沙子へ眼をやった。彼女は、ほンのかすかにうなずいて見せた。

それから一〇分後――。

貞吉の三クレジットは、五〇〇〇クレジットになりかけていた……。

べつになにをやったわけでもない。

ただ、美沙子のかすかなイエス・ノーを見わけ、そのとおりにしたまでのこと……。

いったい、なんでこんなことになったのか、どうして美沙子にわかるのか、第一、はぐれてしまった美沙子がここにいること自体不思議なのだが、それはまたあとで聞くとして……。

場は、また、赤が続きはじめている。

彼は、なかば機械的に赤へ張ろうとした。

そのとたんに、ぐい! と美沙子が彼の腕を捉えた。

おどろいて貞吉は彼女の顔へ眼をやった。

「もういいでしょ、所長さん」

ほんのかすかな唇の動きがそう言っている。

そして彼女はこうつけ加えたのだ。

「これで借金はきれいに返せるはずよ……」

貞吉はぎょッ！　となってまじまじと彼女を見つめた。

どうして彼女は借金のことを知っているのか……。

「行きましょうか？」

彼女がそう言った時である……。

ぬっと一人の客が入ってきた。背の高い、鋭い眼をした初老の男である。

彼はつかつかと卓へ歩み寄ると居合わす客たちへ向かって慇懃《いんぎん》に頭をさげた。

「申しわけないがみなさん、五分ばかり、一対一の勝負をやらせてはいただけないだろうか？」

軍人なのか、有無を言わさぬ迫力に富んだ低い声。

客たちはうなずきながらちょっと身を退いた。

暗がりの中で、胴元をやってる娘の大きな眼がキラリと輝いた。

一対一の勝負がはじまった。

男は一〇〇クレジットずつ、ひたすら黒に張りつづけるが、盤のほうは最初から赤ばかり、たちまち彼は五、六〇〇クレジットやられてしまった。

それでも彼は、さらに一〇〇クレジットを黒に張った。

娘はかすかに不敵な微笑を洩らした。

「勝負！」

赤・黒にわけられたセクターの上を振動していた球が、またもや赤へ落ち——たとたん、ポロリ！　ところげて、黒の５へはいった。不思議な動きだった。

男は鋭い眼でじっと娘の表情をうかがう。

しかし、彼女はまったく無表情に五〇〇クレジットを払い戻した。

男はまた一〇〇クレジットを黒にはった。

「勝負！」

またもや玉は、赤か黒か、まるで両側から引ッ張られるようにひどくおかしな動きを見せ、やっと振り切るように赤へ落ちた。

娘の表情に、かすかな安堵《あんど》の色が浮かんで消えた。

男はまた一〇〇クレジットを黒に張った。

「勝負！」

またも玉はおかしな動きを見せた。

眼に見えない手が、赤と黒の両側から、猛烈な玉の引ッ張り合いを始めたのである……。

そしてその力が双方とも加わっていく……。

ビビビビビビ！

双方の力がこれで限界という感じに達したとき、宙に浮かんで赤・黒双方に引かれる球がおかしな音を立てはじめた。

気がつくと、男も娘も、額から汗をタラタラ流している……。

パッ！　閃光《せんこう》と共に、鉄のボウルは一瞬で熔けてぽたり！　と盤面に落下した。

「さァ、どうだ、小娘ども！」

男ははじめてニヤリと笑った。

「……」娘は唇を噛《か》んだ。

「大人をカモにしようといっても、そうはさせんぞ」低く、ドスのきいた声である。

娘はちょっと考えていたが、やがて、かすかにうなずいた。

どこかでガサガサとへんな音がしたと思うと、

「あッ！」

妙な声をあげて顔をこわばらせたのは、たった今まで勝ち誇っていた男のほうであった。

棒立ちになったまま……。

なにかに足を捉えられたらしく、足が動かなくなってしまったらしい……。

男は必死の形相でなんとか片足をもち上げるのに成功したとみえたが、次の瞬間、ガチン！　とまたもや床に足を吸いつけられてしまった……。

「く……く……くそッ！　ジ……磁石を……シ……仕掛け……仕掛けおった……な！」

身をもだえながら、男はやっとのことで言った。

「はッはッはッ！」

だしぬけに、娘は男みたいな芝居がかった笑い声とともにひらきなおった。「バカめが！」

「う……う……うーン……くそッ！」

「乙女の賭場をなめるなよ！」キラキラした大きな眼が美しい。「もうひとついくぞ、それ！」

ばさばさッ！

男の内懐からなにかがとび出し、ガチッ！　と固い音を立てて床の上に貼りついたのだ。

なんと！　星系軍制式のラインメタル、０・０１レーザー・ピストル……！

「花の乙女のカトレア学園に、飛び道具など持ちこむなどと……！」娘は、古典少女劇に出てくる若武者みたいな口調で言った。「この、不届き者めが！」

「ク、ク、ク、くそ……」

「それ、もうひとついくぞ」娘はいたずらッぽく大きな眼を輝かせた。「よいか？」

そのとたん、バシッ！　という音と共に棒立ちになっている男のベルトが飛び、ストン！　とズボンが足許へずりおちた。

「キャハハハハ！」娘たちが華やかな笑い声をあげた。

「腹がけやってらァ！　キンタロさんみたい！　ダセェ！」

「ほウれ、見ろ！　この腐れ兵隊めが！」娘は、世にもみっともない姿で身動きならなくなった男の、そのキンタロさんの腹がけを指さした。「ケチな電磁石など持ちこみおって……」

「く……く……くそ！　キ、きさまたちのホ、ほうだって……」

「なに、なんだと？」娘はリン！　と声をはった。「よく聞こえぬぞ、もういちど言うがよい」

「お……おのれ……覚えて……いろ……。いまに……」

男はズリ落ちたズボンをひきあげようとするが、それもままならない……。

「無駄だ、無駄だ」娘は可愛い声でいなした。「しかし……反省する気もないとすれば、もうすこし思い知らせてくれるぞ」

天井でなにかガサリ！　と重苦しい音がすると同時に、なんと！　男の体は宙をとび、靴底を上にして天井へ逆さ吊りになってしまったのである……。

もう身動きならぬ。必死で身をよじるがなんの効果もない……。

「どうじゃ？」

娘は、ひどく可愛ッぽい声で言いながらそこへしゃがみ、なんともなさけない姿でブラ下がっている男の顔をのぞきこんだ。「兵隊か、おまえは？　返事をするがよいぞ。それともおまえはお巡りか？」

「ク、ククク、くそ！」

「よいか？」娘は、逆さ吊りになってる男に向かって、言い聞かせるように続けた。「いまシールドをかけて磁束《フラックス》を切ると、おまえは頭から真下へ落ちる。すると下には……ホレ！　これが置いてある」

いつの間にとり出したのか、娘は大きな三角定規を男の眼の前でチラチラ振ってみせた。それはたしかに直角三角形には違いないのだが、その角度ときたら5°と85°くらいか！　まるで槍の穂先みたいな凄《すご》いやつなのだ……！

「よいか？　いま磁束を遮断すれば、これが頭にささるぞ。わかるな？　え？　それとも、こっちにするか？　これはきくぞ。きっと脳天からアゴに抜けるぞ。こっちにするか、え？」

言いながらとり出したのはなンと！　黒板などに使う大きなコンパス。先端がこわいほど尖んがっている……。

「欲の皮をつッぱらせおって……。私服で乙女の賭場を荒そうとは太いやつじゃ、たっぷりと仕置きしてくれるから覚悟するがよいぞ……」

「ワ……わかった。わかったから、オ、おろせ」

「わかったからおろせとはまた、異《い》なお言葉……」娘はおちつき払っている。「あり金のこらず、カトレア学園の校舎増築資金としてご寄付願うとしようか？」

「カ、勝手にしろ！」

「ではピイ子」娘はもっともらしく言った。「お客様のおつむの下へクッションを」

いくらクッションがあっても、まかり間違えば首をひねるところだが、男は、床へ放り出されたとたんに、ぱッ！　体をひねり、さっと機敏に立ち上がるなり叫んだ。

「おのれ！　警察へつき出してくれるぞ、この不良少女どもめが！　イカサマ賭博など仕掛けおって！」

そのとたん、これまで呆ッ気にとられて見守っていた客たちは、自分たちもさっきからカモにされていたことにはじめて気がついた……。そして、なにやら、金を返せ……とかなんとかブツクサ言いはじめた。

「さあ、来い！」力を得たように、男は娘のほうへ迫った。「こ、これが教育機関の中で行なわれることか！」

「やかましいッ！」

娘はきめつけた。そしてグイ！　と見まわした。凄い迫力……。あたりはシーンとなった。

「欲の皮をつっぱらせおって……どいつもこいつも……。イカサマ賭博とはまた大仰な……。

校舎の増築資金をあつめるために、金があり余ってる金持ちどもからお小遣いをちょッくらいただくたのしい仕掛けだ。一〇〇や二〇〇のはした金で四の五の抜かす柄《がら》かえ？　うちの娘《こ》たちに両腕とられてヤニ下がり、ノコノコやって来やがったのはどこのどいつだ!?　学園祭は明日までだ。くやしければ明日もういちど出なおして来い！」

威勢のよい啖呵《たんか》がぴたりと決った。

「あァ、びッくりした……」

美沙子の〈エースコック〉で西陽の射す坂道を下りながら、貞吉は晴れ晴れした表情で言った。

美沙子は操縦しながら笑い声をあげた。

「しかし、それにしても……」貞吉は言った。「美沙子サン、あなたはあたしの借金のことを知ってたのかい？」

「知ってたわよ、所長さん」美沙子は言った。「所長さんは、又八さんたちが遭難したのは自分の責任だと思って、自分で借金して他の会社へ捜索を頼んだでしょう……」

「……」

「又八さんたちが無事とわかっても、お金は返ってこないから……。でも、そんな責任をとる必要なんか全然ないのよ……」

「そりゃ、そうだけど、あたしとしちゃ……」

「でも、そういう所長さんのクソまじめでダサいところが、あたし、好きなのよねェ」美沙子は地表艇《ホバ・ヴィ》を大きくカーブへ突ッこみながら言った。

「からかっちゃいけませんよ」貞吉は入日岬のほうへ傾きはじめた夕陽へ眼をやった。

「ほンとよ！」美沙子が言った。

「でも、美沙子サン、あんたはどうしてあのルーレットの仕掛けがわかったんだい」

「フフフフ」娘は大型トレーラーをいっきに追い抜いた。

「どうしてかしらね……！」

「でも、世の中ってよくできてるもんだ」貞吉はしみじみと言った。「だって、あそこで美沙子サンとはぐれて、あの娘二人につかまっていなければ、今ごろは夜逃げの計画をしている頃ですよ。あそこであの二人につかまったから……」

「キャハハハハ！」娘は、はじけるような笑い声をあげた。「所長さんって……ほンとにお人好しねェ……」

「……？……」

地表艇《ホバ・ヴィ》は、ひンやりと陽のかげった切り通しをいっきに抜けた。

「あの、ルーレットの胴元やってた娘《こ》ね、あれ、わたしの妹なのよ」

5

星系軍の玉坂精巧《たまさかせいこう》技術大佐は、応接室で不安な思いを抑えながら、じっと主人の帰りを待っていた。

星系軍統合参謀総長北畠 弾正《きたばたけだんじょう》中将の官邸……。

はたして、あの仕掛けはうまくいっただろうか……。

実は昨日の夕方、彼は参謀総長に呼び出しを受けたのだった……。

そのとたんに、玉坂大佐は覚悟をきめた。

X２００の件だ……！

とうとう来た……。もう、おしまいだ……。

星系軍最大――どころか、東銀河系中枢の大星系や、東銀河連邦軍を相手にすることさえ夢ではない、恐るべき、まさに人類誕生以来の兵器となる可能性を秘めた実験装置X２００……。三次元空間にトンネルをあけるという、その実験装置が完成し、実験を行なうために隠元岩《いんげんがん》礁《しょう》へ運ぶ途中、その心臓部を何者かにすり替えられてしまった……。

機密中の機密とて、憲兵や警察の協力を求めるわけにはいかず、部下の吊柿《つりがき》中尉とともに、どうやらアネモネ区の鳴子《なるこ》山《やま》難民がからんでいることまではつきとめたが、それ以上にはいかず、手荒な真似をしては返り討ちをくらい、実験の期日だけが刻々とせまる……。

そして、当然のことながら、その北畠参謀総長がこのX２００の実験をなによりも待ちわび、一日たりとも遅滞を許さず――との厳命がくだされているのだ……。

もうおしまいだ。

いま、彼が参謀総長に呼び出されるとすれば、このX２００の件しかない。どこからかX２００行方不明事件のことが北畠中将の耳に入ってしまったのだろう……。

形ばかりの軍法会議にかけられて閉廷後ただちに銃殺――ということになるのだ。

玉坂大佐は肚《はら》をきめ、身辺を整理し後事を部下の吊柿中尉に託して参謀総長のところへ出頭したのだった……。

ところが、参謀総長は決して上機嫌ではなかったが、なにか、彼に打ち明けたいことがある気配なのだ。

そして、これはあくまで私的なことだが――と前置きして、中将は、小型で強力な電磁石をひとつ工面してくれと彼に頼みこんだ。

磁石――と聞いたとたんに玉坂大佐はギクリとして、やっぱり、例の件だったのかと思った。行方不明となったX２００の心臓部、磁性単極子をおさめたケーシングは、ものすごく強力な永久磁石の中に吊られているのである……。

ところがそうではなかった。

けげんな表情の大佐に向かって北畠参謀総長がきまり悪げに打ちあけたところによれば、さる秘密の賭博場ですッてンてンにやられてしまったという。磁石を利用したイカサマを仕掛けていることは明白だ。こっちがノコノコひッぱりこまれた上のことだから金は惜しくない。ただ、生意気な胴元どもにひと泡吹かせてやりたいのだ……。

そんなわけで、彼は、最近野戦用に開発された懐中型液体窒素タンクと組み合わせた超電導磁石〈ニトロ・マグ〉マーク２を工廠からとりよせ、腹がけみたいに体へとりつけるベルトと共に今朝、官邸に届けたばかりなのである。

結果やいかに……？

彼は、官邸の応接間でじっと北畠中将の帰りを待っていた。

北畠中将が官邸に帰ってきたのはそれから間もなくのことである。目立たぬ地味な私服でGMの〈ジムキャット〉を自分で操縦してきた彼が、玄関へ降り立ったとたんに玉坂大佐はひやりとした。

失敗だ……。

あの表情は間違いなく失敗だ。

中将はなぜかズボンのベルトを片手で押さえながら苦虫を嚙みつぶしたような表情で彼のところへやってきた……。

「ダ、だめで、ありましたか……？」玉坂大佐は思わず口ごもった。

中将は迎えに出た使用人たちへちょっと目を遣りながら、大佐へついてこいと身振りで示し、書斎へと入っていった。

「おい、永久磁石であんなに強力なやつがあるのか？」ソファへ落ちついたとたんに中将は言った。

「永久磁石で――ありますか？」

「うむ……」不快げに中将はうなずいた。「……やつらは永久磁石を使っとる。電磁石じゃない。天井だか床下だかに仕掛けとる……」

北畠参謀総長は、苦笑しながら今日の顚末をあらいざらいブチまけた。

「……向こうは小娘だ。考えてみればなかなかのやつだ。あそこまでひらきなおられるとこっちは腹も立たン……。イカサマ賭博の、警察へつき出すのとわめいたおれのほうが大人気《おとなげ》なかった……。とはいえ、なぁ、玉坂、このままひきさがるのも肚《はら》の虫がおさまらん……」

X200だ……！

玉坂大佐は心の中で叫んでいた。

あの電磁石と勝負できる永久磁石があるとすれば、X200の心臓部を吊ってある〈ウルニコK〉しかない……。

アネモネ区の屑鉄屋から姿を消したX200は、〈カトレア学園〉に持ちこまれている……！

もはや、手段はひとつしかない……。

玉坂大佐はなんとか手を考えますと答え、いそいで官邸から退出した。


カトレア区、難民居住区、真夜中……。

「そんなわけで……頼む……！　このとおりだ！」

玉坂大佐は深々と頭を下げた。

「あいつらったら……」

話を聞きおえた〈黒猫のブチ〉は呆れたようにつぶやいた。

「やっぱりそうか……？」

「学園祭で物理の公開実験に使うから貸してくれ――って頼みに来たんだよ……」

「頼む……もし条件があるのなら呑《の》む。なんとかしてくれ！」

「わるかったわよ」〈黒猫のブチ〉はけろりと答えた。「明日、〈カトレア学園〉から返ってきたらあんたに返すことになってたのさ」

「!?」

「なんだか知らないけど、もう返してもいいっていう連絡がさっききたところだったの」

「どこから――！」

「それは聞きっこなしだよ」

「……」

「とにかくおッさん、あたいもあいつらはやりすぎと思うよ。こっちでちゃンとやるから安心してなさい。すこし思い知らせてやろう……」

「……大丈夫か……？」

「まかしときなって。あたいは星系軍が大嫌いだけど、ここンとこ、おッさんがすこし可哀相になりかけてたのよ。やりかたがあンまりドジだもの……」

「……」玉坂大佐は苦笑した。

「宮仕えのつらさってやつなのかねェ……」

〈黒猫のブチ〉は苦労性の婆《ばば》ァみたいに溜息を洩らした。

「とにかく」と彼女はつづけた。「X200は返すわ。でも、そのまえに、あンたの上役の顔を立ててあげるわ。明日、その偉いさンに賭場へ行かせな」

「頼む――！」玉坂大佐は深々と頭を下げた。「……しかし、な……。中将はあまり手荒なことは望んでおられない。そのことも含んで――」

「まったく、なンて人たちだろ……」呆れたようにブチが言った。「それでなきゃ、出世できないンだろうねェ……」

彼女はまた溜息を洩らした。


〈カトレア学園〉の学園祭最終日……。

昨日、おとといにもましてごッた返す構内で、例のごとくポン引きの少女たちにとッつかまった招待客の父兄や関係者の紳士たちは次々とすッてンてンにむしられていた……。

昨日、イカサマが露見した騒動も、あとで考えてみれば、いいとしをして若い娘の甘言にひッかかり、欲の皮をつッぱらせた当然の報い、胴元の娘にひらきなおられグウの音も出なかったとなればこれはもう黙っているしかない――と、哀れな紳士たちは固く口をとざしているから、当然のことながら今日やってきた招待客たちはなにも知らない。

これまでの客とおなじく、うまく勝たせてこっちをのせてからバサッ！　とやる手口が臭いといえば臭いと思うのだが、なにせ相手が女生徒だとなれば文句をつけるのもみっともなく、〝やァ、やァ、やられた〟とテレかくしにわざと陽気な声をあげながら出ていく客の背中には〝学園増築資金にご寄付をありがとうございます！〟と華やかな声がかかる……！

星系軍統合参謀総長北畠弾正中将は例のごとく平服でぬッと賭場へ足を踏み入れた。

これで三日目……。

いいとしをしてまったく大人気《おとなげ》ないとは思いながらこれも意地である。

なンとしてもあの生意気な小娘にひと泡吹かせてやらねば……。

あんな少女に逆さ吊りをくらった屈辱は深い。

「いらッしゃいませ！　ア！」娘たちはちょっと緊張したようだった。

胴元は昨日と同じ小娘である……。

彼女は客の姿に気づいたとたん、来たな！　という表情を浮かべたが、そのままゲームをつづけた。

つきまくっていた客たちが総ざらいにやられ、一段落ついたところで、娘のほうから彼に声をかけてきた。

「おじさま、いかが、一対一で……？」

「よかろう」北畠中将はうなずいた。

「ごめん遊ばせ！」彼女はまわりの客たちへ向かって言った。「五分ばかり、こちらと一対一で……」

勝負が始まった。

北畠中将は相変わらず黒に一〇〇クレジットの一点張り。勝負は勝ったり負けたり……。

娘のほうも相手の出方を計りかねている気配である。

やがて黒につきがまわった。

たちまち彼は三〇〇〇クレジットほど勝った。

そして、娘の大きな眼が暗がりでいたずらっぽくキラリと輝いた。

「勝負！」娘の声がぴしッ！　ときまった。

ところが――

そのとたんであった……。

「あッ！」

娘が悲鳴をあげた。

バサ！　娘の着ているブラウスが、黒いチョッキもろとも強い力で上にめくれあがったのである。あまりに強い力だもので、娘は思わず両手をさしあげた。

バタバタバタ！　ブラウスとチョッキはむしり取られるように脱げたかと思うと宙をとんで天井へぴたりと貼りつき、少女のきれいな上半身がむき出しになった……。

そして、またもや、バタ！　という大きな音と共に、こんどはくるぶしまである黒のロングスカートがめくれ上がり、頭の上でパチン！　と音を立てて縁が二つ折りにくっついてしまったのだ。いってみれば、娘の上半身はめくれ上がったスカートで、玉ネギみたいに、あるいは星涯市《ほしのはて》の下町で売っている茶巾鮨《ちゃきんずし》みたいに、すッぽりと包みこまれてしまったのである……。

娘は、花柄のパンティから伸びた若々しい足をバタつかせながら、なんとか、頭上でぴったり合わさってしまったスカートの縁を押しひろげようとするが、縁はぴったりとくっついたままビクともしない……。

「くそ！　誰だ！　スカートの縁にマグネットフックをくっつけたのは！」上半身をスカートに包みこまれたまま、娘は必死でもがきながらわめいている。

気がつくと、居わ合す娘たちがみんな同じていたらく……。

中将は、はじかれたような笑い声をあげた。

玉坂はうまくやってくれた……！

「馬鹿者めが！　さア来い！　校長のところへ突き出してくれるぞ！　みんな放校処分にしてくれる、覚悟しろ！」

北畠弾正は昨日散々な目にあわされた娘のほうへ身をのりだそうとした。

そのとたん、誰かが彼の手を捉えた。

「およしになってよ、お父様」

オ、お父様!?

腕を捉えているのは、なンと！　長女の親子《チカコ》ではないか……！

「三年A組の北畠親子《きたばたけちかこ》の親父《おやじ》が欲の皮つッぱらせて乙女の賭場を荒らしたとなっちゃ、あたし、はずかしくってこの学校にいられなくなるわ……」

「……」

「まァ、昨日のあれはやりすぎだけど、もとはといえば、お父様があンまりお突ッ張りになったせいよ。でも、これで父の仇もとって差しあげたし……」

めくれ上がったスカートに包まれて、まだもがいている娘たちの白い脚が、薄暗がりの中でひどくなまめいて見えた……。

「さア、まいりましょ、お父様」

そのとき北畠中将は、娘の親子《チカコ》も黒のチョッキに白のブラウス、長いスカートといういでたちなのにはじめて気づいたのである……！

その日のうちに何者かの手によって〈星涯重工《ほしのはて》〉の卵山工場へ戻ったX200の心臓部は、点検もそこそこに軍機貨物として淡雪《あわゆき》小惑星群にある宇宙軍工廠へ向かったのだった。

6

第2惑星・炎陽《ほのおのひ》にもどって……。

赤道地帯は高温多湿でとても住めたものではないのだが、南北の高緯度地帯は陽射しこそきついが比較的温和な気候で、山岳地方に産出する良質の鉱石の精錬と積み出しを中心とした工業地帯が発達し、惑星首都の炎陽市《ほのおのひ》も北半球のそんなあたりのなかにある。

その炎陽市《ほのおのひ》から鉱山の専用鉄道に便乗して荒野の中を数時間、行く手にやっと山岳地帯が迫ってくるあたりで降りて、さらに荒野のただなかを一日に何便か往復している貨客混載の大型地表艇で一時間、白茶けた丘の起伏がつづくあたりに、それこそ、置き忘れられたようにポツンとひとつの小さな村がある。

いったいいつの頃から、いったい、なんのために彼らがここへ住みついたのか誰も知らない。ただ、この一帯が古い遺跡で、城跡とおぼしき広場から今も滾々《こんこん》と湧き出る清冽な水が彼らの生活を支えており、朽ちかけている砦とおぼしい石組の間に黒々と口を開いた洞穴を、今も村人たちは物置きや家畜小屋に使ったりしている。

よく注意してみると、粗末な木造の小屋がひしめく村の白々とした大通りは、かつての都大路の跡らしく、突きあたりには今も石造りの城門が、倒壊寸前ながらもなんとかそびえている。

しかし、かつては赤や緑に美しく飾り立てられていたに違いないその城門も、いまや見る影もなく、木造の粗末な小屋が城門の下にまでびっしりとひしめいていて、村人たちはそんな遺跡をただの石塊としか考えていないのは明らかである……。

粗末な日用品をまばらに並べた店。

野菜を満載して今にも腹をこすりそうな地表艇《ホバ・ヴィ》……。

近くの川でとれた魚を売り歩く老人。

駈けずりまわる裸同然の子供たち。

家と家のすき間に不自然なほど天に伸びた大樹が白々とした地上に大きな陽蔭をつくっていたりしてそこでひと息いれている行商らしい若い女がふと顔を上げると、それが、粗野ながらもはッとするほど美しい顔立ちだったりする……。

そんな村を抜けると、またもや荒野がひろがり、数キロ先には黄色い岩とも土ともつかぬ崖が切り立っていて、ここをくり抜くように作られた洞穴に古くからの僧院があり、強い陽射しを受けて白々とつづく小道はそっちのほうへと向かっている。

　村を避けるように大きくまわり、身を隠すように小さくなって歩いていく一人の老人。

　言うまでもなくあの、謎の道士ゴンザレスである。

　まばらに雑草が茂る小道は、行き交う人ひとりいない……。

　彼は、黄色い崖のかなり高いところに点々と窓のように黒い洞穴が並ぶその僧院のほうへと歩いていったが、なにか目印でもあるのか、突然、その小道から外れると、白々とした土にわずかばかりの雑草や、灌木がまばらに生える道もないところを進みはじめた。

　一時間も歩き続けたろうか……。

　やがて、ゴンザレスの行く手にぽつンと小高い丘があらわれた。かなり大きい。頂上にはびッしりと樹が茂っている。

　老人はあきらかにその丘へと向かっているようだ。

　荒涼とした白ッぽい光景のなかに、異様なほどその木立ちだけがみずみずしい。

　あと一キロほどのところまで近づいた頃、雑草の間にこんもりと小さな土盛りがひとつ現われた。

　このあたりの住民たちの作る墓である。

　ゴンザレスは見向きもしない。

　土盛りは次々とあらわれた……。

　なかには木の墓標らしいものが朽ち果てているものもある。べつに供養などされた痕跡もない古い塚ばかりである。

　どうやら、正面に近づいてくるその木立ちがある丘の周囲に無数の古塚が散在しているらしい。

　やがてゴンザレスの行手をはばむようにその丘はせまってきた。

　彼はふと立ちどまり、汗を拭きながらひといき入れた。真昼の太陽が照りつける荒野はシーンと静まりかえり、なにひとつ動く気配はない。

　そしてまた老人が歩きはじめた時である。

　だしぬけに声がした。

「ゴンザレスよ」

「帰ってきたのか？」

　ゴンザレスは電撃でも受けたように身を固くした。前へ踏み出した右足が、凍りついたようにそこで止まった。

　彼には、その声の主が誰なのかよくわかっているらしく、観念したようにゆっくりと振りかえった。

　そこには、ゴンザレスよりもひとまわりもとしをとった老僧が、杖にすがって立っていた。

「……お……お祖師様《そっさま》……」彼はやっとそれだけ言った。

「……」老祖師《そし》はゴンザレスを無言のままじっと見つめた。

　ゴンザレスはこの降って湧いたような事態にどう対処すべきなのか、すばやく考えをめぐらせているようだった。

　しばらく沈黙が続いた。

「そこで何をしておる……？」やがて老祖師が静かに言った。

　ゴンザレスは無言。枯木のように立つその老祖師と眼を合わせようとしてはあわててそらす……。

「モクはどうした……？」

　そのとたんに、ゴンザレスはぎょッ！　と身をすくませた。老祖師は追い討ちをかけた。

「ヨモ道士を殺して、モクと共に星涯《ほしのはて》へ行って、おまえはなにをしておった」

　静かな口調である。

「……」ゴンザレスは眼を伏せたまま、じっと唇を噛《か》んだ。すべてを読まれているというあせりが見える……。

「あの古塚の丘へなにしに行く……？」

「……」

「あの古塚へなんの用があるのだ……？」

「……」

「大昔から、あそこには何人《なにびと》も立ち入ってはならぬというおきてが伝わっている。おまえもよく知ってのとおりだ……」

「……」

　老祖師は、じっとゴンザレスを見つめた。

　彼はなにか必死で考えている様子だったが、やっとのことで言った。眼を伏せたまま……。

「お祖師様は……いったい……なぜ……わたしがここに……いるのを――」

　老祖師はふたたびそんなゴンザレスをじっと見つめた。そして、答えるように静かに言った。

「塚から光が立ち昇っておる」

「！」

　ゴンザレスがピクリ！　と体を震わせた。

　やはり……という思いを噛《か》みしめている気配である。

　老祖師はつづけた。

「おまえが、モクを救った時と同じだ……」

「！」ふたたび彼は身を震わせた。

　やむなく――といった感じで、ゴンザレスは行動を起こした。

　そんな惑星・炎陽《ほのおのひ》の上空数百キロ――。

　コンテナ船は、西水路から炎陽《ほのおのひ》衛星軌道港へと接近していった。

　厚さ五〇キロ、さしわたしが数百キロという大小無数の隕石の集まり……。比較的大きな隕石の間を気密路やレールやケーブルやパイプでつなぎ合わせ、その間を無数の水路が走るひとつの巨大な塊……。

　しかしそれも、直径が一万キロを超える惑星の上空三〇〇キロでは、すこし離れたところから見れば、黒ずんだ雲のような宇宙塵に包まれた小さな岩塊のようにしか見えず、進入ビームにのって接近していくにつれて、まず、大小無数の灯火がかすかにチカチカしているのが見えはじめ、隕石塊上にある大小無数の構造物が見えはじめるのはかなり接近してからのことである……。

「星　通《ほしのとおり》・貨物コンテナ船〈星の数珠《じゅず》106〉より、炎陽《ほのおのひ》衛星港西進入管制所どうぞ」

二〇個のコンテナをひっぱっているエンジンの塊みたいな先頭の牽引船の船橋で、航海士がマイクに向かって言った。

〝おッと！　待ってましたぜ、宝船！〟

打てばひびくように、管制所が調子よく応答してきた。

「タカラブネ……？」

航法士はつぶやきながら不思議そうに隣の船長へ眼をやった。いかにもいわくありげな二人である。

「宝船ってなんのことだ？」航法士が管制所へ聞き返した。

〝またまたァ！〟向こうは浮かれたように答えてきた。

〝こっちじゃァもう噂が熱いぜ、ロペスのお妾《めかけ》どもへのプレゼントが満載だってさ？〟

その言葉に、二人は不快げに眉をひそめた。

「バカなことを言うのは抜きにして進入経路を指示しねェか！」航海士が嚙ませた。

相手はちょっとたじろいだ気配だった。

〝……！……リョ、了解。西水路からトカゲ大溝経由、3番汐見番所からR3で進入してください。汐筋は——〟

「宝船の妾のと、わけもわからねェことを言い散らすと生かしちゃおかねェから覚悟しやがれ！」船長が横からマイクをとり上げて言った。

〝……！……〟

相手の息を呑《の》む気配がここまで伝わってくる。

「わかったのか!?」船長が追い討ちをかけた。

〝……〟

「わかったのかと聞いてるんだ、こっちは！」

〝……リョ……了解……〟向こうの喉のつまりかけたような声が伝わってきた。

パチン！　船長は波長を切り換えた。

「こちら鴉《カラス》！」彼はそれだけ言った。

そのとたん、

〝鴉どうぞ！〟どことも知れぬ遠い声が待ち構えたように入ってきた。

〝聞いてたぜ。本当に、おかしな噂が流れてるんだ〟

「西水路へ進入中」船長はそれには答えずに言った。

「接岸は一八〇〇頃」

〝了解。手配は完了〟

「〈仙海丸〉はもう着いたろうな？」

〝鴉、秘話回線で入れ〟

航法士はコンソールのスイッチ類をいくつか操作した。

「こちら鴉《カラス》」

〝鴉、どうぞ〟

他局の傍受を防ぐ秘話回路を通って、向こうの声のピッチがランダムに変化しはじめた。

「なんだ、いったい？　坊主はそこにいるのか？」

〝坊主は先へ降りた〟

「降りた？　炎陽《ほのおのひ》にか？」

〝そうだ〟

「金はどうした？」

〝預ってる〟

「助かった。金さえ受けとりゃもうあんな坊主にゃ、二度と会いたかねェ」

〝金はすぐ渡せる〟

「それより」船長がつづけた。「〈仙海丸〉の船長のホセはどこにいる？　船か？　帰りにおれを拾ってくれることになってるんだ」

〝……〟相手の、はッと言いよどむ気配が伝わってきた。

「どうした？」

〝……ホセは……死んだ……〟相手は思い切るように言った。

「死んだ？」「死んだ？」

船長と航法士が同時に言った。

〝……〟

「坊主が殺したな！」ひやりとした表情で船長が言った。

〝……う……うン……〟

「ゴンザレスが殺したな!?」

〝……うむ……〟相手はひどく気のすすまぬ口調である。

「いったい、なんで……？」

〝隕石流からそのコンテナを引っぱり出した〈星海企業〉の100型艇よ、あれを口封じに爆破しちまったろうが。よしゃアいいのに、やつァ、それをネタにして坊主をゆすりにかかったらしい……〟

「——」

〝それで、あの坊主はホセの死体の始末をしくじってよ、あやうくみつかるところだったらしい。ロケットのノズルん中へフックしてから軽く吹かしゃ一発なのに、なんのつもりか、通信衛星の太陽炉で火葬しかけて——〟

「それでやつァ炎陽《した》へ逃げたわけか……」

〝そういうこと〟

「宝船のなんのってなァいったいなんだ？」

〝わからねェ、とにかく、二、三日前から波止場界隈でそんな噂が流れてる……〟

「まァ、こっちの知ったこッちゃねェ。それより、〈仙海丸〉はこっちで飛ばせるんだな？　港湾警察のほうは——」

〝港警は動いちゃいねェ〟

「あんな気味の悪い道士とこれ以上つきあうのはまッぴらだ、すぐに出港だ」

〝こっちもそう願いてェや〟

「埠頭は——」

”あ、南地区の12番”
「芋清《いもきよ》だな？」
”そう、はしけをまわしとくぜ”
「頼む」
交信は終了した。

間もなく、衛星軌道港はコンテナ船の正面に迫ってきた。

頭上の半分に、まるで白い空みたいにひろがっている炎陽《ほのおのひ》をバックにして、巨大な隕石と隕石の間をつなぐ線路の上をゆっくりと電車が走っていく。このあたりが、港のいちばん外縁である。

コンテナ船〈星の数珠106〉は、その下をくぐってトカゲ大溝の中へと進入していった。

7

三時間ごとにめまぐるしく昼と夜のやってくる衛星軌道だし、日を夜についで、つまり何十時間もぶッ通しの作業が行なわれることもないわけではないが、とりあえずこの衛星軌道港に働く人々の生活時間は、地表の、それもここといちばん接触の多い炎陽《ほのおのひ》市のローカル時に合わせた時間制をとっている。

夜といっても、三時間おきには軌道港の上空数百キロに浮遊する微細な宇宙塵に陽光が散乱してぼんやりと白っぽく見える沖天《ちゅうてん》に太陽がギラギラする夜だが、今は本当の夜、それもさすがに真夜中ともなれば港内はひっそりと静まりかえって、往き来する船もほとんど見当らない……。

この衛星軌道港を基地にしてローカルの貨物を仕切っている〈芋俵清十郎《いもだわらせいじゅうろう》商会〉の主人、通称・芋清《いもきよ》は、真夜中だというのに埠頭に面した自分の事務所の中で小さくなっていた……。

彼は、惑星・星涯《ほしのはて》からのコンテナ二〇個分の貨物をこの衛星軌道港から、眼下にひろがる惑星・炎陽《ほのおのひ》の首都、炎陽《ほのおのひ》市宇宙港までおろす仕事を非常によい条件で請負ったのだが、今や、この仕事をひどく後悔していた。

どうにも無気味なのである……。

仕事を振ってきたのは〈星通堂《ほしのとおりどう》〉という星系内でも大手の代理店だが、船も乗組員も同社のチャーターではないらしく正体不明、積荷も、炎陽《ほのおのひ》市からずっと離れた寒村にある僧院向けの慈善貨物ということになっているが、どうもなにかあるらしくて、通関のほうは炎陽《ほのおのひ》きっての鉱山会社である〈ロペス〉がすべて面倒を見る——という……。

言うまでもないことだが、この場合、面倒を見るというのは税関をフリーパスさせるためによからぬ手を打つことで、つまりは手を打たねばならぬ事情がなにかからんでいるらしい……。

もちろん、こんなことは他にもないわけではなく、この種の裏の商売に手を出す肝ッ玉のない芋清としては、ただ、見て見ぬふりをしていればそれですむ。

それから、コンテナ船の入るすこし前から、”芋清のところに宝石を満載した船が入港する……”という噂がしつこく流れたのも、おかしいといえばおかしいが、とくにどうということもない。

だが、ことはそんな話ではないのである。

コンテナ船はこちらへ向かう途中で隕石流へ突入して事故を起こし入港は大幅におくれたのだが、とにかくそのコンテナ船と回航してくるはずだった〈仙海丸〉という宇宙船が、予定より三日も早くだしぬけに連絡してきて、すでに船は炎陽《ほのおのひ》を周回中で、大至急、回航要員をよこせというのだ。どこにいるのかと思えば、地表から四万キロもある静止軌道……。そこまで来れたのなら、回航要員をやるより自力でここまで降りてくるほうがはるかに早いと言ったのだが、向こうはかたくなに、”早く回航要員を派遣しろ”をくりかえすばかり。やむなく手《て》空《す》きのパイロットをさがし、挨拶をかねて芋清も一緒にはしけで〈仙海丸〉まで上がってみると、乗っているのは無気味な老道士がひとり。船内には、あきらかに二人乗っていた形跡がのこっていて、書類もそうなっているのだが、なぜか乗っているのはその老人ひとり……。そして彼は、自分は宇宙船の操船ができない——としか言わないのである。

しかし芋清は、それ以上くわしい事情を聞き出すことはできずに終わった……。

こんなところまで呼び出しをくらってムカついたせいもあって、”そんならここまでどうやって来たンです？——ひとつ、納得のいく説明をしてもらいましょうか”とひらきなおったとたん、彼は、それこそ心臓が止まりそうな恐怖におそわれたのだった。

芋清の顔を見つめているその道士の眼が、まるで兇暴な食肉魚そっくりの光りかたをしていることに気づいたのである。

なにか目的があって相手を食い殺す——などという、意志とか感情に関わる部分はいっさい欠落していて、なにかがそこにいるという事実にだけ反応し、反射的に鋼みたいな歯をガブリ！　と相手につき立てる、あの、兇悪な牙鯉《キバコイ》を思わすその眼……。

しかしそれも一瞬のことで、彼が全身をすくませたとたん、道士の表情はすぐにもとへ戻ったが、もうそれで充分だった。連れてきたパイロットに回航を指示し、道士の言うとおりはしけに彼をのせて衛星軌道港まで降りて、いちばん早い地表向けフェリー降下便に送りこむまで、芋清は、その道士と視線を合わさぬようにつとめるのがやっとであった……。

だが、フェリーにつながれたエアロック・チューブの入口で、道士はいきなり芋清のほうへ振り返り、低い声でつぶやくように言ったのだ。

「貨物は約束の時間までに間違いなくおろしてください。もし、予定より遅れたら……あなたも……」

――殺してしまいますよ。

一瞬、またもやギラリと光った道士の眼はそう言っていた……。

エアロックが密閉され、フェリー埠頭から離れていく炎陽《ほのおのひ》市向け乗り合い艇を呆然と見送っていた芋清は、はッとわれにかえると、そのまま公衆通信ボックスに駆けこみ、〈星通堂〉をアクセスして仕事を断わろうとしかけて、ぎょッ！ と身をすくませた。

今、仕事をおりる――などと言えば……。

あわてて彼は通話をキャンセルし、こんどは港湾警察をアクセスしかけ、またもやゾッと身を震わせてキャンセル・ボタンを押したのだった……。

おかしな動きを見せればすぐに殺されてしまう……。

こうなれば、とにかくちゃんと仕事を片づけるしかない……。

そして、そのわけもわからぬ〝宝石〟の噂が高まるなかに後続のコンテナ船は連絡どおりにさっき入港し、牽引船を操縦してきた二人は、空船《からぶね》のまま沖のブイへ繋留《けいりゅう》してあった〈仙海丸〉へそそくさと乗りこみ、逃げるように星涯《ほしのはて》へと帰っていった。

〝今晩ひと晩だ……〟

夕方から、芋清はもう何十回も自分にそう言い聞かせていた。

なろうことなら、今すぐにでも貨物を炎陽《ほのおのひ》の地表へ下ろしてしまいたかったのだが、港湾作業員の作業時間や降下軌道の関係でどうしても仕事は明日の朝になる。

とにかく今晩だけ無事にのりきれば……。

チャーターしてあるシャトルの貨物宇宙船の船長とは、向こうが〝うるさい！〟とどなり出すほどしつこく確認をくりかえしてある……。

となれば、あとは、万が一にも例の下らん噂を信じてやって来ぬともかぎらぬコソ泥を警戒しさえすればそれでよい……。

中央埠頭区にある警備会社に依頼すればすぐにでも警備艇をよこしてくれるのだが、ここがしみッたれの芋清らしいところで、彼は、古ぼけた短筒みたいな熱線ピストル《ブラスター》一挺を頼りに自分が不寝番をつとめて人件費を節約することにしたのである……。

最初の闇は宵のうちだったから、まだあちこちに灯火もまばゆく船の往来もあってさほどのことはなかったのだが、それでも、そこいらの闇のなかにあの道士がひそんでいるような気がしてどうにもおちつかず、やっと訪れた三時間の陽射し時にも、ひときわ真ッ暗な陽陰の中からあの魚みたいな眼がこっちをうかがっているような気がして夜食も喉に通らず、そのままふたたび訪れた闇がすッぽりあたりを包んでしまうともうだめ……。いくら、埠頭の常夜灯の輝度をあげてみたところで、陰の部分の闇がますます深くなるばかりのこと。

彼にしてみれば、思いとどまったとはいえ、とにかく一度は警察に通報しようとしかけたのは事実だし、それだけで殺されたってしかたのない裏切りを働いているわけだから、もう、道士はそこまで迫っていてもおかしくはないのだ……。

もうだめだ！

芋清は、家へ逃げて帰ろうと心にきめた。

こんな恐怖にさいなまれたのでは、本当に道士がやってこなくても朝までには気が狂ってしまうだろう……。仕事なんか、もう、どうなったって――。

そのとたんである。

だしぬけにガサリ！ と音がした……。

事務所の入口の与圧区画の通路らしい……。

とうとう来た……。

芋清は全身が凍りついてしまった。

地表じゃあるまいし、野良猫なんかがいるわけもない。

置き場がなくて通路へ放りッぱなしになっている応急機材も、浮いたりしないようにちゃんと固縛してある衛星軌道である。

なにかが倒れたり、なにかが倒れて音を立てたりするような場所ではないのである。

誰かが外にいる……！

芋清は手にした古ぼけた熱線ピストル《ブラスター》をぶッ放そうかとやっと両手で構えたのだが、あわてて思いとどまった。

へたにこっちから動いて相手を刺激すると危ない。

レーザー機銃でもぶッ放されたらこの気密壁が吹ッとびかねない……。

彼は全身を凍りつかせたまま、そこに立ちつくした……。

手足は凍りついているのに全身はカーッと熱く、なにか一瞬のショックだけでヘタヘタと力が抜けてしまいそうである。

地上なら、とっくに腰を抜かしているに違いない……。

しかし、音はそれっきりで、あたりはシーンと静まりかえっている……。

どれくらい、芋清はそこへつッ立っていたのだろうか……？

彼はふと窓の外へ眼をやった。

埠頭にもやってあるコンテナ船のほうは大丈夫か――ない！

コンテナ船がいなくなっている！

「ド、泥棒！」彼は悲鳴をあげた。

呪縛《じゅばく》が解けたように芋清はとび上がった。磁石靴でなければ天井に頭をぶっつけているところである。

そのまま彼は埠頭に出るエアロックへとびこみかけ、あわててとび出してきて、デスクの電話機へとびついた。

「ケ、ケ、警察――」

回線を切られている。

グラウンド・ノイズひとつ聞こえない……。

やられた！

ころげるように芋清は、もやってあるはしけへのりこんだ。飛びこんだ――といいたいところだが、衛星軌道ではそんなわけにもいかず、あせればあせるほどあッちへひッかかり、こっちへ頭をぶッつけ、狭苦しいはしけの中で半ベソかきながらやっとこさ座席に体をおちつけてハーネスを固定する余裕もなく、芋清は慣性駆動系の起動レバーをひッぱッた。

ところがそのとたん、ポンという音と共にどこかでパッ！　と閃光《せんこう》が一瞬走ってあたりは真ッ暗……！

非常電源が作動していくつかの計器灯やスイッチ類がぼんやりと光っているだけ。

乱暴に起動をかけたので過電流が流れたせいかと、あせる思いで暗い非常灯を頼りに回路遮断器をやっとさがしあて、再投入しようとレバーをつかんだとたん、ビリビリ！　猛烈な電撃を喰らった芋清の体はハーネスをかけていないので跳ね上がり、イヤというほどはしけの天井へブチ当った……。

いったい誰が整備したのかと泣きベソをかきながら、それでも芋清は炎陽《ほのおのひ》市の壱番館別誂えの上衣をやっとのことで脱ぎ捨てるなり、浮き上がったそいつをひっつかみ、回路遮断器を包みこみながら、もういちどレバーをひッつかんで再投入してみた。

パッと船内灯はともった。

まるでおしっこが我慢できぬ子供みたいにそのまま起動レバーをつかもうとして、その寸前にまたビリッ！　とくるかもしれないと気がついてはッと手をひッこめ、あわててまた上衣をひッかぶせてその上からレバーをひッぱッた。

ゴットン！

はしけはひと揺れしたが、それッきりで、慣性駆動系エンジンが起動する気配はない。

泣きベソをかきながら芋清はあたりを見まわした。

警察だ！　港湾警察に非常通報だ！

彼は、通信機のパネルへ手を伸ばしながら窓外へ眼をやった。

はしけが一隻、となりの埠頭へ接岸しようとしている。はじかれたように芋清は舷外探照灯のスイッチを入れた。

一瞬、またも回路遮断器がとぶのではないかと思ったが、強力なビームはいっきに伸び、数百メートル先の湾内へはり出す隕石塊の岬の鼻をぼーッと浮かび上がらせた。

彼はあわててビームの向きを変えた。となりの埠頭は不倶戴天《ふぐたいてん》の船宿〈和楽荘〉だが、このさいそんなことを言ってはいられない。

案の定、ビームが捉えたのは〈和楽荘〉の孫にあたる伸介のはしけである。当節の若者のはやりで、ゴタゴタとなにやらわけもわからぬ改装を施しているのですぐわかる。芋清は必死でビームを点滅させた。

向こうはすぐに気づいたようだった。

〝なにやってるンだよ、芋清さン！〟

責めるような調子の若い声が、船間通話システムのスピーカーからとび出してきた。

〈和楽荘〉の孫の伸介に間違いない。

「ノ、のせて、ク、くれ！」

芋清は、喉がカラカラに干上がっているのにはじめて気がついた。

「コ、コンテナ船を、ぬ、ぬすまれた！」

〝しッかりしなよ、芋清さン〟

伸介の声はおもしろげである……。

「？　？」

〝コンテナ船だろ？〟

「！」

向こうの落ち着き払った声に、芋清はまたもや取り乱してしまった。

「ソ、そうだ！　ミ、見たのか？」芋清はせきこんだ。

「ミ、見たのか？　どっちへ行った？　ダ、誰の仕業だ？」

〝誰の仕業もあッたもンじゃねェや〟相手はうんざりしたように言った。〝芋清さン、あンた、牽引船の駆動系の出力ピンを抜かなかったろ〟

「――」芋清はぐッとつまった。

そう言えば……。うちの船頭のクロピンはおッちょこちょいだから……。ひょっとして昨夜、帰るときに……。彼は、泊りましょうと言ってきたのだが、宿泊手当がもったいないので断わったのだ……。

〝出力ピンが入れッぱなしで圧力が上がりゃ、暴走もすらァ……〟

「ソ、それで」われにかえって芋清は言った。「コ、コンテナ船は――」

〝うちの祖父《じい》ちゃンがとッつかまえて止めたよ〟

「ア、ありがとう！　ありがとう！　助かりました！」口をききたくもない〈和楽荘〉の爺《じじ》いだが、この際それどころではない。口調までていねいになってしまっている。「ツ、連れてってください！　このはしけは故障で――」

彼がそういった時、すでに向こうのはしけはがちゃンと接舷してきたところ。

派手な宇宙服を着たまま操縦していた伸介は軽々と乗り移ってくると、簡易エアロックを通ってコックピットに入ってきた。

「まったく手を焼かせるよ、いくら呼んでも応答しねェンだから……」ヘルメットを外すと同時に伸介は言った。

「誰かが電話回線を切っちまったンだよ……」芋清は弱々しく答えた。

「事務員が帰るときに電源おとしたンじゃないの？」

「！」

「電気代がもったいないっていつも文句つけてるそうじゃないか」

「……」そうか……。

「それより、行こうぜ、早く。おれの船だとあんたも宇宙服つけなきゃならねェ」

「それが……この船も……」

「ロックかけたまんま起動しようたって無理だぜ、そりゃァ」

伸介はちょっとセンター・コンソールの下をのぞいてみてから言った。

駆動系はすぐに起動した。

港外へ出るいくつかの水路のうちいちばん狭い隕石の狭間《はざま》にコンテナ船は浮かんでおり、その脇につけた〈和楽荘〉のはしけで爺さんはカンカンになっていた。

「なにをやってけッかる、この腐れ芋めが！　きさまがちゃンともやっておかねェからこんなことになっちまうんだ！」

芋清が、つながれたチューブを通って向こうのはしけに乗り移ったとたん、老人は嚙《か》ませてきた。

「ス、すまない……」

「ス、すまないですむと思うのか！」

七〇をとっくに過ぎている〈和楽荘〉の老爺《ろうや》はすごい眼でにらみつけた。「おれが見まわりに出てなけりゃ、とっくに大事故だ……」

「……」

「まったく、てめェの親父《おやじ》も業つく張りの小悪党だったが、てめェのほうはもっと悪い。ろくすっぽ船も扱えねンだから……」

「ソ、そんな言いかたをしなくったっていいじゃないか……」芋清だって言いたいことはある。「あたしだって――」

「なにィ!?」老人がひらきなおった。「それが危ないところを助けてもらったやつの言うせりふか？　よし！　てめェがその了見なら――」

〈和楽荘〉の老爺がそこまで言ったときだった。

ぱッ！　とあたりが眼のくらむような閃光に包まれたのである。

芋清は、悲鳴をあげる余裕もなしに頭をかかえてしゃがみこみ、爆発の衝撃波が襲ってくるのに備えた。

しかし、べつにそれ以上なんの気配もなく、おそるおそる芋清が顔をあげてあたりを見まわすと、〈和楽荘〉の二人が白けきった表情で見下ろしている。

「いったい、なんだろ、あれは……？」芋清はあわてて立ち上がった。

「知らねェ、なんかの暴発だろ」老人はけろりと言った。

「なんかの――ったって……。あの光はかなり大きな――」

「いいから！」〈和楽荘〉の老爺はうるさげにおッかぶせた。「そんなこたァどうでもいいから、さっさと持ってきやがれ。難船回収料はたっぷり請求するからな！」

「手伝っておくれよ、あたしひとりじゃ操船できないよ。カテゴリー4の免許は――」

「これが船荷代理店の主人だから聞いて呆れる。おい！」老人は孫の若者に向かって言った。「もってってやれ、伸介！」

それから一時間後、やっとのことでコンテナ船の接岸を終わった芋清は、オフィスの椅子にがっくりと沈みこんでいた。ひどくつかれた時などは、シートベルトで椅子に体を固定すると安定感があってぐあいがよい。

なにかある……。

芋清は心の中でつぶやいた。

たしかにコンテナ船をひッぱる牽引船の出力ピンは抜いてなかった。しかし、それは炉の安定を保つための手順であって、それだけで牽引船が勝手に動き出すことは絶対にない――とは言えぬが、まず、ざらにあることではない。これはなにかある。

さっき、ガサリと音がして、こっちの注意が通路のほうへひきつけられている間に何者かが――。

そう思ったとたん芋清はとび上がりそうになり、シートベルトで押し戻された。

これは早く貨物をおろしにかかったほうがいい……。

軌道要素の関係から、炎陽《ほのおのひ》の地表への降下軌道へのる時間をはやめるのは困難だが、とにかく、すぐにシャトルの貨物船を呼んで、積み替え作業を今すぐ開始することはできる。割り増し料金……をとられることになるが……まあ、この際しかたがない。それはあとで値切るとして、このまま、おれひとりで朝まで番をしているんじゃ、また、何が起きるかわかったもんじゃない……。

なによりも、あの道士のからんでいることがおそろしい……。

芋清は電話機をとりあげてから回線が切れていることを思い出し、部屋の隅の制御箱へ眼をやると、案の定、スイッチは切られている。

夜間料金がかさむンだからといつも退社時に事務員たちへうるさく言ってきた当人としては文句も言えず、とにかく、スイッチを入れてから、明日の仕事を契約してある船長のところへアクセスするが、いっこうに応答してくる気配はない……。

がっくりした思いでふと窓外に眼をやった芋清はおや！　と思った。数隻のはしけが全速で港口へ向けて突ッ走っていく。

いったい、なにごとだろう……？　真夜中だというのに。

そういえば、さっきの閃光は……。

だしぬけに、電話機の呼び出しブザーがカン高い音を立てた。

ぎょっとして芋清は送受話機をとりあげた。

〝芋清さンかい？〟威勢のよい男の声である。

「え、えェ……そうですが――」

〝コンテナ船が暴走したッてなァほンとかい？〟酒場かなにかからかけている気配……。

「ウ、ウム、もう、埠頭に戻したが――。あなたはいったい――」

〝やっぱり本当か、ありがとよ〟

ブツリと回線は切れた。

ノイズのぐあいは、あきらかに港内からの通話である。なんの気なしにまた窓外へ眼をやると、さらに五、六隻のはしけがものすごいスピードで内湾を横切っていく……。

また電話が鳴った。

〝芋清か？〟こんどは知り合いの船頭である。〝コンテナ船がどうとかしたッてなァ本当か？〟

「ダ、誰がそんなことを――？」

〝港中の話題になッてるぜ……〟

電話は切れた。ひどく急きこんでいる気配である。

そのすこし前――

中央埠頭群に近い歓楽街・トンボ鼻。

幅一〇〇メートルほどの狭い水路をはさんで向かい合う高さ三、四〇〇メートルの隕石塊、その壁一面に掘った穴が一軒一軒の酒場や飯屋の簡易エアロックになっていて、工夫をこらした様々なけばけばしい発光看板は、すこし遠くから見ると壁一面を色鮮やかな宝石のように見せており、屋台船が浮かび、出前艇がめまぐるしく走るのを縫うように、客は自分のはしけや賃船でやってくる。

そこで店のほうは、そのカモをどうやってウチへひッぱりこもうかとさまざまな工夫をこらす……。

ポン引き船や通せんぼのたぐいは序の口で、客の船にマグネット・アンカーぶちこんで店に連れこむ曳き船、ミニ・ブースターつきのスチールネットを客の船にブチかけるという乱暴きわまる手口も現われ、現にせんだっても、数ギガワットという強烈なビームを浴びせかけ、積まれている通信機のスピーカーどころか、客の乗ってる船の船体そのものを電磁波で振動させて〝寄ッてらッしゃいな、お兄ィさン！〟とじかに呼びかける手荒なやり口に、とうとう振動に耐えきれなかった可哀そうなオンボロはしけが一隻、水路のど真ん中でバラバラになってしまって、人死にが出て、港湾局が規制にのり出してはいるが、神経をすりへらす苛酷な宇宙空間から息抜きを求めてやってくる荒くれ男どもは、むしろそんなあの手この手をたのしんでいる風もないではない……。

ここばかりは真夜中もなにも、朝まで客足がとだえることはないのだが、その外れのあたり、入口のエアロック・ドアが恐ろしげな赤い唇の形になっているいかにも品の悪そうな店が〈お鹿おばさンの居酒屋〉、この衛星軌道宇宙港の作業員や船頭の溜り場のひとつとして知られ、柄《がら》の悪さは定評のあるところだが、主人であるお鹿おばさンのきッぷの良さと肝っ玉でもっており、この連中相手の金貸しでも結構稼いでいるというもっぱらの噂である……。

球状ドームの店内は中心部にカウンターが浮かび、壁からつき出た鳥の巣みたいなボックス・シートとの間を、女の子たちが天使みたいにグラスをもって行き来する。

もう夜中過ぎ、エアロックを通って新しい客が入ってきた。

なンと、子供みたいな若い娘が二人！

粗末な作業服といい、身のこなしといい、宇宙船に乗り馴れていることはひと目でわかるが、なんとなく垢抜けのしたその雰囲気は、おいそれとこのあたりではお目にかかれぬたぐい、星涯《ほしのはて》通いの船にでも乗っているのだろうか……。

ムンムンした店内にひしめく荒くれ男たちが眼をギラつかすなかで、その娘二人はひらりと体を浮かせてカウンターの椅子に体を固定すると、もの馴れした調子で〈星の渦〉を注文した。ひとりは浅黒く小柄、もう一人は対称的に大柄で色白である。まだ二〇前《はたち》だろう……。

このおよそ不似合いな客にはお鹿おばさンもいささか面喰らい、へんなのがからまぬうちにと、よく冷えて露のおりたボウルを二つ自分で持って彼女たちの前にやってきた。

「どうもありがとォ！」

よく透る二人の声に、これまで気がついていなかった男たちまでがカウンターに眼を向け、店の女たちがいっせいに不快げな表情を浮かべた。

二人はボウルからつき出たチューブを口にくわえ、半分ほどもいっきに吸い飲みすると、

「ああ、おいしい！」と、また声を合わせて言った。

と、みんなの視線が二人にあつまった折も折、小柄なほうの娘の胸ポケットから、なにか、キラリ！と光るものが二つ、三つ浮かび上がった。

「おッとッと……！」

「あらァ、大変！」

大柄なほうも手を伸ばし、なにごとかと呆ッ気にとられているお鹿おばさンの鼻の先で、その、キラキラした小さな粒を捉えることに成功した。

「……？……」

「しっかりしまッときなさいよ」

「ウン、ごめン」

二人は、ちらりとお鹿おばさンのほうへ眼をやった。

「なんなの、いったい？」おばさンは思わずそう聞いた。

「うふン」

「うふふふ……！」

二人は顔を見合わせた。

「見られちゃッた」

「ネ！」

「なんなのさ、それは」

「いえ、べつに、ちょっと、そのダイヤモンド」

「ダイヤモンド？」

　金貸しを業とするお鹿おばさンとしては、いやでも声が大きくなってしまう。そのとたんに店内はシーンと静まりかえってしまった。

　お鹿おばさンはそれにも気づかぬ様子でたたみこんだ。

「どうしたのよ、そのダイヤモンド……」

「おばさンもひろいにいらしたら？」

「まだあると思うわ」

「ひろいに――？」おばさンの声はいやでもカン高くなっていく……。「どこによ!?」

「あら、ご存知ないの」大柄なほうの娘は、おばさンに負けじとばかりに大きな声で答える。「さっき、トカゲ大溝でダイヤモンド積んだコンテナ船が爆発したのよ」

「あァ……さッきの……ピカッ！　と光ったのは……あれが……」

　あたりはシーンとなったまま、全員が聞き耳を立てている……。

「それで、たまたまあたいたちがはしけで通りかかったら、あたりにたくさん浮いてて……」

「まだあると思うわ……」

　もう、何人かがエアロックのほうへと移動をはじめていた。

「行ってらッしゃいな、おばさンも」

「そうよ、あたいたちがお店の番をしててあげるから……」

　一〇分後、
　あッという間に空《から》ッぽとなった店の中で、お七とネンネはよく冷えたマイタイのボウルをのンびりと吸っていた。

「ばァか……！」お七が言った。

「乗りッぽいわねェ……炎陽《ほのおのひ》の連中って……」

「発展途上惑星だからねェ、なンしろ」お七はもうひとつ、こんどはピナコのボウルを冷却コンテナからとり出しながら言った。「白沙《しろきすな》よりもっとひどいや、男なンかイモばッかしじゃないの」

「あンた、混ぜ飲みすると頭にくるわよ」と姉さンッぽくネンネ……。

「わかってる」お七は吸い口を外しながらつづけた。「椋《ムク》たちはちゃンとやってるかしら……」

　その頃、トンボ鼻の対岸にあるもうひとつの盛り場、狸小路の大衆酒場では、いかにもチンピラ風の若者が大声をあげていた。

「おう、親爺《おやじ》、たッぷり飲ませてくンねェ！　どッか、このあたりにダイヤを換金してくれる店はねェか？　さっき、トカゲ大溝でよ、コンテナ船がピカッ！　とやったろう。あそこへ行き合わせたところがおめえェ、あろうことかあるまいことか――」

　そして、
　すこしはなれた別の店では、盲の小猿を肩にのせた骸骨みたいにやせこけたひとりの若い男が入ってきて、

〝あの、お酒を飲みたいンですが、ダイヤモンドをお勘定にうけとっていただけますか？〟とおずおず聞いて、店じゅうを仰天させていた……。

　間もなく夜が明けた――。

　炎陽《ほのおのひ》衛星軌道港はからッぽになっていた。惑星通いの巨船は別として、港内にいた船は、それこそ、はしけからタグからシャトル、はては消防艇から警察艇に至るまであらゆる船が、一隻のこらず、港口をすこし外れたトカゲ大溝周辺に殺到し、ありとあらゆる手を使って漂遊物捜しを始めていた……。

　なにしろ数日前から、宝石を満載したコンテナ船が入るという噂はあちこちに流れていたし、芋清のオフィスに電話をしたやつがいてたしかに昨夜コンテナの暴走事故が起きていることを確認したとなれば、なまなかなことであきらめるやつはいない。

　港内では当の芋清ひとりが自分の店で、泣きベソをかきながら無線機にとりついていた。

　やっとのことで船舶無線を使ってシャトル貨物船の船長をとっつかまえたところである。

「なにをしてるんです！　契約の時間じゃありませんか！　早くしてくれないと、積み替えの時間がなくなッちまう！」

〝契約は流すぜ〟向こうはダイヤで精一杯、仕事どころじゃないという口調である。

「ソ、そンな！」芋清は気絶しそうな顔をした。「前渡し金だってたッぷり渡してあるのに！　冗談じゃありませんよ。大切な貨物なンです！」

〝金は返すぜ〟と相手は素ッ気ない。

「ソ、そンな！」芋清はもう泣かンばかりである。「ソ、そンなばかな話がありますか！　わたしがなにをしたというンです……！」

〝うるせえな……〟

「ウ、うるせえ……？　わたしが悪かったらあやまります。ごめンなさい、ごめんなさい。わたしに悪いところがあるンならあやまりますから、ネ、契約どおりに早く貨物を地表《した》へ――」

　相手が通話を切っているのに気がついて、芋清は絶望的な溜息を洩らした。

　もし、予定どおりに貨物を送り届けることができなかったら……。

　殺されてしまう……！

　芋清はあらためて震え上がった。

　そうだ！　〈仙海丸〉に乗っていたもうひとりもきっと道士に殺されたのだ！

コンテナが契約どおりに地表《した》へ降りなければ、道士はきっと、ここまでおれを殺しにくる……。

はじかれたように芋清は電話機をとりあげ、片端から船頭や運送屋に電話をかけるのだがほとんど応答はなく、たまに出てもそれは留守番の子供かなンかで、シャトルの手配がつくどころの話ではない……。

「困ったなァ……!」芋清は泣き声をあげた。

「あァ、どうしよう……!」

そのとたん、

「はッはッはッはッ……」

だしぬけに背後で笑い声が起こった。

ぎょッ! として振りかえったとたんに、芋清の体はあやうく浮きそうになった。

いつの間に入ってきたのか、〈和楽荘〉の爺いがニヤニヤしながらそこにつッ立っている……。

「だいぶお困りのようじゃねェか、え、芋清」

「……」芋清はやり返す気力もない。「びッくりするじゃないか……」

老人は、そんな芋清の姿をおもしろげに見守っている……。

「ねェ! 〈和楽荘〉さン」急に思いついたように芋清が老人のほうへ向きなおった。なンと、〝さン〟がついている。「どッかに炎陽《した》までのシャトルが――」

「あるわきゃねェだよ」

老人はにべもない。

「はしけから伝馬《てんま》まで、動く船はみんなダイヤ捜しに行っちまッてら……。今日いっぱいは仕事どこじゃねェ……」

「約束の時間までに降ろさないと、あたしは――」芋清がそこまで言った時、ツー! と通信機の呼び出しブザーが鳴った。

炎陽市《ほのおのひ》からの回線である。

受話機をとった芋清の表情は、もともとかなり情けない状態だったのだが、相手の話を聞いているうちにますますひどいことになっていった。そして、空《うつ》ろな眼をして回線を切った。

「どうした、え、芋清?」

「もうだめ……だ」彼はぼンやりとつぶやいた。

「なんだって……?」

「炎陽市《ほのおのひ》宇宙港の税関が……」芋清はやっとのことでつぶやいた。「今日から一〇日間、衛《こ》星軌道港《こ》からの貨物は特別検査するって言ってきた……。慈善貨物でフリー通関のはずだったのに……」

「ひとつ手はあるぜ、芋清」

老人は相手の反応をうかがいながら言った。

「もうだめだよ」芋清の眼はうつろである。「地上におろしたって、通関で三日はかかる。鼻薬使ってる税関吏からの電話だからどうにもならない、もう、おしまいだ……」

「はッはッは、めげてるな、芋清」

「ええ! そうでしょうとも!」やけになって芋清は泣き声をあげた。「あなたはうれしいでしょうよ、わたしが絶体絶命になッちまッたら!」

〈和楽荘〉はそれに答えず、煙管《キセル》をくわえて火を点《つ》けるとゆっくり煙を吐き出した。

それから、シクシク泣き出した芋清に向かって言った。

「手はあるぜ、芋清」

しかし、芋清はもう聞こうともしない。

「からかうのはやめてください……」

「からかってやしないよ、芋清」老人は、自分の息子ほどの相手に向かって言った。「本当だぜ」

「でも……税関が……」

「つまるところは、芋清、地表時であすの夕刻までにコンテナ二〇個がその僧院へ届きゃいいンだろ?」

「そ、そりゃそうですが」今の芋清には、なんで〈和楽荘〉が僧院のことを知ってるのか、そんなことを不思議がる余裕もない……。「そ、そりゃそうだけど」

「そうだけど――なんだって言うんだ?」

「でも、そんなことが」

「おれにまかせるか?」

「マ、まかせますよ! まかせますとも!」芋清は老人の手をとろうと身をのり出した拍子につンのめり、あやうく鼻の先で床をこすりそうになった。「オ、お願いしますよ! 〈和楽荘〉さン!」

「料金はたッぷりといただくぜ」老人はニヤリと笑った。

「え……ええ……」芋清はちょっとたじろいだが、あわててつけ加えた。「かまいませンとも……。殺されることにくらべりゃ……」

「よし、話はきまった」老人は言った。「コンテナを届ける場所の正確な緯度と経度を出しな。それから、地上《した》と連絡はつくか?」

「つく――と思います……」

「よし、それじゃ地上《した》へ言ってな、そのポイントに、星系軍の空挺師団が物量投下作戦で使うマーカーがあるだろう、〈神兵5号〉ってやつだ。〈パレンバン2号〉の改でもいい。あれをセットさせるんだ。軍余剰品でたくさん出てる。炎陽《ほのおのひ》の市内なららくに手に入る。それから――」

「ソ、そンな……! コンテナ船をそのまま地表におろしたりしたら、大気圏で燃えてしまって――」手口に気づいた芋清が反論した。

「話にのるのか、のらねェのか?」老人はおッかぶせた。

「え?」

「……」

「え?」

「ノ、乗ります! ノ、乗りますよ!」芋清は決心したように言った。「でも……大丈夫なンでしょうね……」

「未練がましい野郎だ。しくじったらこっちが首をやらァ!」

「そンな首をもらったって……」芋清はつぶやいたが、それでも老人の手をとって言った。「お、お願いしますよ、〈和楽荘〉さン！」

8

「本当にくるのだろうな」

抜けるほど晴れ上がった夜明けの空を見上げながら道士のゴンザレスがつぶやいた。

「わからねェ」

となりで同じように空を見上げている、いかにも兇暴そうな面構《つらがま》えの大男が憮然《ぶぜん》と答える。

「待つしかねェや」

惑星・炎陽《ほのおのひ》。炎陽《ほのおのひ》市からずっと離れた荒野のただなか、例の僧院が遠く見える高みに二人は立っていた。

そこから数百メートル向こうの平地には一台の中型地表艇が止まっていて、十数人の男たちが忙しげに立ち働いているのは物量投下用のマーカー・システムのセッティング作業らしい。

「たしかめなかったのか？」道士は不快げにくいさがった。

「昨日の今日じゃ、たしかめようもあるめェが」男は空を見上げたまま言った。「電話で時間を打ち合わせるのがやッとのことよ……」

道士はちょっとその頑丈な背中を見つめていたが、やがてぼそりとつぶやいた。

「もし、予定どおりに着かなければ……」

「着かなければ——どうだってンだよ？」男はぐいと振り返るなり、挑むように言った。

「……」

「着かなけりゃ、どうだってンだ、え!?」男はくりかえした。

「……〈仙海丸〉の船長がどうなったか聞いたか……？」

空を見上げたまま道士が他人事《ひとごと》のように言った。

「……!……」

男は顔をこわばらせ、あわてて空を見上げた。

「聞いたか……？」道士は無表情にくりかえした。

「……」背中が焦っている。

「聞いたか……？」

男はおそるおそる道士のほうへ眼をやり、道士がじっとこちらを見つめているのに気づくなりぞッ！　と身をすくませてまた空を見上げた。

「聞いたか——と言っているのだ」

「……キ……聞いた」

男は背中を向けたままでやっと答えた。

「もし、予定どおりに着かなければおまえを殺す」

ギクリ！　と、男の肩のこわばるのがよく見てとれた。

「……」

枯木のように貧相な道士は、ゴリラみたいな相手の背中へ眼をやりながら追い討ちをかけた。

「僧院の祖師《そし》と一緒に埋めてしまう……」

「ウ……埋める……!?」さすがに、男は道士のほうへ向きなおった。「オ、おまえはあの僧院のお祖《そっ》師様を——」

「おまえの知ったことではない」ゴンザレスはまったく感情のない声で言った。「とにかく貨物が間に合わなかったら、おまえを殺す……」

「……」

男は顔をこわばらせたまま、ふたたび空へ眼を向けた。

荒野に朝風が立ち、まばらな雑草が波のように揺れ動いた。

「いったい、そのコンテナとやらには何が入っているんだ？」

「おまえの知ったことではない」ゴンザレスは空を見上げたままつぶやいた。「ロペスとおれしか知らぬ」

「……」

「到着したら、コンテナをすぐあの丘の下へはこべ」

道士は荒野の一角を眼で示した。

褐色の大地の一角がむっくりと盛り上がり、そこだけが不自然なほど濃い緑におおわれている。

「……」

「あとでおまえには教えてやる——」

「……」

どうでもいいやと言いたげに男は肩をすくめた。

「おれの仕事を手伝うのだ」命令ではなく、既定の事実を再認するみたいな調子である。

「……」

男は黙りこんだ。

それから間もなく、かすかに風を切るような気配があたりの空気を揺さぶった。

「来た！」はじかれたように男が言った。

彼は手にした指令機に向かってもういちど言った。

「おい！　来たぞ！」

向こうで男のひとりが手を上げて答えた。

「マーカーを確認しろ！」

男は両手で頭の上にOKの丸をつくってみせた。

やがて風を切るようなその気配ははっきりと音になり、間もなく西の地平の彼方にポツリと現われた黒い点がみるみる大きくなってきた。

「100型じゃねェか……！」男はつぶやいた。

黒点はぐんぐん接近してくる。

「低い！　速すぎる！」

向こうの意図はわかっているが、あんな速度で、しかもあの高度でパラシュート投下をやったのでは、いかに堅牢なコンテナといえども地面に激突して木ッ端みじんだ。

第一、あの速度では貨物区画の扉が開かないだろう…

…。いや、そんなことより、宇宙空間でしか開閉することのない１００型宇宙艇の貨物扉は天井だ……。いったい、どうするつもりなのか……？

　宇宙艇は副噴進系を吹かしながら西から地表すれすれで進入してくると、そのまま彼らの頭上を航過《フライパス》した。凄まじい爆音が後を追いあたりを揺さぶるなかで、１００型艇はふたたび高度をとりながら転針に入った。

　地表宇宙港からの離着が可能な宇宙艇だから、もちろん大気圏内での操縦性もある程度確保されているとはいえ、地表すれすれでこれだけの離れ業をやってのけるのはただ者ではない……。

　しかし、そんなことは序の口であった。

　はるか遠い山のほうで転針した１００型艇は、ふたたびこちらへ向けて進入してきたが、だしぬけに艇尾から、ぱッ！　と赤い炎が噴き出したかと思うと、そのままいっきに垂直上昇を開始したのである。ブースターの噴射炎がまばゆい。

　ドッカーンッ！

　ブースターを点火した時の衝撃波がここまで伝わってきたとき、１００型艇はすでに一〇〇〇メートルほどにも達しており、そのまま上昇をつづけていく。

　やがて高度が三、四〇〇〇メートルにも達したかなと思う頃、ブースターの赤い炎が、ぱッ！　と消えると同時に１００型艇は引き起こし角を緩めて放物軌道に入った……。

　そのとき、じっと見守っていた男たちははじめて１００型艇の意図を覚《さと》ったのである……。

　惑星の重力圏内でも、こうして放物軌道の頂点に達した数秒間、１００型艇は無重力状態となる。

　案の定だった。

　放物軌道の頂点に向かってスピードが落ちていき、ほとんど静止した一瞬、１００型艇の上部に黒い点が二つ、浮き出るように現われた。

　浮き出るように見えたのは、その瞬間に１００型艇のほうがZ軸噴射をかけて、機体をそのまま真下へ沈ませたせいである。

　やがて放物軌道の頂点を通過して降下をはじめた１００型艇は、ふたたび艇首を引き起こすと共にブースターを全開した。

　落下してくる二つのコンテナのパラシュートが開いた頃、大気を引き裂くようにブースターの衝撃波が伝わってきた。

　そして、パラシュートについている操向システムによって、地表に設置されているマーカーのほうへコンテナが降下コースを設定し終わった頃、１００型艇の姿はもう見えなくなっていた。

　それにしても……。

　信じられぬような操縦伎倆だ……。

　それも、パイロットひとりではない。

　放物軌道の頂点で無重力状態となった一瞬に貨物扉を開き、コンテナを固定しているラッチを解放し、それを確認してタイミングをあやまらずにZ軸噴射をかけるのは、最小限三人の人間の呼吸がよほど合っていなければできることではない……。

　理屈としてはべつになんの不思議もないが、それをこうしてやってのける連中が現実に存在することを、男は、はじめて眼のあたりにしたのだった……。

「見事なもんだなあ……ええ？　どこの連中だろう……」

　思わず感嘆の吐息を洩らしながら道士へ眼をやった男は、おや？　と思った。

　１００型艇が消えていったほうを見送る道士の眼がひどく不安げなのだ……。

「!?」

「あれは――」

「え？　なんだって？」

「いや……」なぜかゴンザレスはあわてて口をつぐんだ。

　惑星・炎陽《ほのおのひ》の衛星軌道。

　コンテナ船は衛星軌道港より二〇キロほど低い軌道で炎陽《ほのおのひ》を周回していた。

　牽引船を操縦しているのは〈和楽荘〉の伸介。すでに半分ほどになっているコンテナの最後尾二つの上にそれぞれ宇宙服姿のお七とネンネが乗っている。

〝来たぞ！〟

　牽引船のレーダーを看視している伸介がコンテナの上の二人に向かって言った。

〝了解！〟言いながらお七とネンネは身構えた。

　事実上、宇宙船が一定の衛星軌道に滞留できる速度の幅は数十キロである。その幅を超えれば宇宙船は高度が上がり――軌道半径が大きくなり――逆に速度がおちれば降下してしまう……。

　船尾のはるか低いあたりから、高度をとりながら追いついてきた１００型艇〈パンパネラ・３号〉はみるみる距離をつめてくる。

　眼下には大きくひろがる炎陽《ほのおのひ》の地表……。

　頭上には灼きつくような太陽……。

　巧みに修正噴射をくりかえしながら接近してくる〈パンパネラ・３号〉が貨物区画の天井にあたる扉をぱっくりと開いた。

　そのタイミングを待っていたように、お七とネンネが側面についている小さなロケットを点火すると同時に、パレットにコンテナを固定していたラッチを伸介が解放した。

　二つのコンテナは横にすーっと押し出された。

〝出たよ！〟お七が鋭い声をかけた。

　伸介が減速噴射をかけた。二〇〇メートル近いコンテナ・パレットの数個所で、ぱッ！　と噴射がおこり、全体が一瞬波打つように揺らぎながらぐーっと後退するように沈下していく。

　100型艇は巧みに三軸噴射をくりかえしながらネンネとお七の乗っかっているコンテナの下へ接近していくと、下から貨物区画へはめこむようにまずひとつのコンテナを収容した。つづいてもうひとつ。

　お七とネンネは、コンテナがパレットへ固定されていることを確認すると、背中につけているバック・パックのガスを噴射しながら100型艇から浮上した。

　手をあげて合図する二人を確認すると、100型艇は尾根の扉を閉じて、ぐン！　と減速しながらみるみる降下を開始した。

　お七とネンネはそのままコンテナ船の上へと戻る……。

　まだ、先は長い……。

　およそ一時間ごとに降りてくる100型艇は、まさに胸のすくような操縦ぶりでコンテナを投下していった。

「これで最後だな!?」

　衛星軌道でコンテナを収容した又八が言った。

〝積み替え終了！〟ネンネの声がとびこんできた。

「ご苦労！　〈和楽荘〉で待っていろ！」

〝了解、気をつけて！〟お七が応答した。

　ぐン！　と100型宇宙艇は降下を開始した。このまま惑星の周囲を三分の一ほどまわって、三〇分足らずで例の荒野の上空へと進入する。

　操縦を椋十《ムクジュウ》にまかせ、又八はほッとひと息ついた。さすがに疲れた……。

　例の隕石流を突ッ切って先に炎陽《ほのおのひ》の衛星軌道港へ到着し、待ち構えるうちにやってきた〈仙海丸〉のあとをつけ、道士が船長とおぼしき死体を焼却する現場をとって押さえたのはもう遠い過去のことにしか思えない……。

　そして偶然のことから船宿〈和楽荘〉の孫、伸介の危機を救い、それが縁となって二人の協力を求め、コンテナ船の暴走事件を仕組んでイヤでもコンテナを降ろす作業がこっちへ入ってくるように仕掛けたはいいが、さすがに疲れた。

　ブースター全開の垂直上昇を一日に一〇回もくりかえすのは体によくない……。

　しかし……。又八は心の中でつぶやいた。

　仕事はこれからだ……。

「椋《ムク》、できるだけ低く一航過しろ」眼前に荒野がぐんぐん迫ってきた時、又八が指示した。「ちょいと調べたいことがある」

　椋十は無言のまま大きくうなずいた。

　又八はいったん望遠スコープを構えたがすぐにやめた。倍率をいっぱいに下げても早すぎて捉えきれない。

「木が生えてるあの丘のわきをかすめろ！」又八がどなった。

　もういちど椋十が前をにらんだままうなずいた。

　又八は窓外に眼をこらした。

　高度数十メートル……。椋十が馴れた手つきで補助噴射をかけて高度をホールドする。

　眼のくらむようなスピードで窓外を丘や樹々が通りすぎる。

　山の中腹につくられた僧院らしい建物があッという間に通過した。

「あれですね！　又八ッつァん！」

　右手をスロットルにかけ、左手で操縦桿をとる椋十が、正面から眼をはなさぬまま叫んだ。

「このまま行け！」

　みるみる小高い丘が正面に迫ってきた。

　ぐン！　軽く艇首をもちあげて、100型艇は丘の一帯に密生している樹々のてッペンをかすめるように、いっきに航過した。

　丘の上には、樹々に囲まれて小さな空き地……。

　いや、それは空き地ではなかった。

　一瞬で通りすぎたが、又八はすべてを覚った。

　やはりそうだった……。

　それはただの空き地ではなかった。

　タンポポ村で、そして白沙《しろきすな》の池の一角で見た、あの、何もない、次元を超えた穴がそこにも口を開いているのである……。

「椋！　おれが言うまで旋回していろ！」

　又八はそれだけ指示してエアロック区画に入った。

　なんのことやらわからぬまま、椋十はそのままますこし高度をとると大きく旋回を開始した。

　例のターゲットのところで、コンテナの回収要員たちがなにごとかとこちらを見上げている。

〝椋！〟

　又八の声がスピーカーからとび出してきた。

「!?」

　椋十はぎょッとなった。

　又八は宇宙服を着ているらしい……。

「は、はい！」椋十はあわてて答えた。

〝よし、いいぞ、進入コースへ向かえ！〟又八が言った。

「又八ッつァン、イ、いったい――」

〝いいか、椋十〟又八がおッかぶせた。〝コンテナを投下し終わったら、お七とネンネを拾ってまっすぐ白沙《しろきすな》へ帰れよ〟

「ええッ!?」

　又八の口調に椋十は仰天した。

「マ、又八ッつァン！　今、ド、どこにいるんです!?」

〝貨物区画だ〟

「カ、貨物区画!?　何をしてるんです!?」

〝コンテナと一緒におりる……〟

「オ、降りる……？」

「椋ちゃン！」小猿を肩にのせたまま、貨物操作席についているコンが冷静に言った。「コースを外しなさんなよ」

　又八のやることを全面的に信じているコンは、ひとことも異論をさしはさまない。

〝コン、頼んだぜ〟そんなコンの誠実さを好ましく受けとめている又八の気配がスピーカーから伝わってくる。

「わかってる」

小猿を通して貨物区画を見下ろせる操作席からコンが手を振った。

〝これで謎が解けたぞ〟又八がコンに向かって言った。

〝わかったろ？〟

「わかったよ、又八ッツァン」コンは静かに言った。

「さっき、おれも気がついて言おうと思ったんだ。あそこに穴があるよ。タンポポ村の事故で〈冥土河原《めいどのかわら》〉に持ってかれたモク爺《じい》さんは、あそこから出てきたんだね」

〝うむ、そうだろう〟と又八。〝そしてあの坊主に救われて星涯《ほしのはて》へ戻ってきたんだ〟

「だけどいったい、あの坊主はコンテナで何を送りこむつもりなんだか――椋ちゃん！　引き起こしのタイミングを外すなよ」

「了解！」

「又八ッツァン、つかまってなよ。間もなくブースター吹かすよ！」

〝わかった〟

ゴーッ！

ブースターが全開されると共に凄まじい加速度が加わり、機首が引き起こされ、100型艇はいっきに垂直上昇を開始した。

貨物区画の又八は宇宙服のままコンテナの側壁にいやというほど押さえつけられた。

実際は三〇秒かそこらなのだろうが、永遠とも思われる苦しい時間が過ぎ、だしぬけに体がフーッと浮き上がると同時に機体が水平となり、さッ！　と眼のくらむような太陽の光と青空が頭上にひろがった。コンが貨物区画の外扉を開いたのだ。又八はすばやくコンテナのひとつに体を固定した。

〝いくよ！〟

ガチャッ！　足許で、コンテナをパレットに固定しているフックの外れる気配がして、コンテナがすっと浮き上がった。

〝よし！〟

コンの声と共に、行き足がほとんど止まった100型艇に椋十がZ軸方向の噴射をかけた。

あッという間に、又八はコンテナのひとつに体を固定したまま惑星・炎陽《ほのおのひ》の上空四〇〇〇メートルに浮かんでいた。

いったん真下へ沈んだ100型艇は、そのままコンテナの下を抜けるように離脱していく。

ちょっとの間宙に浮かんでいたコンテナが落下をはじめると同時に、ものすごい気流が又八の体をコンテナからひきはがそうとするようにおそいかかってきた。

みるみる落下していくコンテナのスピードを見計らって、又八はパラシュートの開傘索を引いた。

ぱッ！　と補助傘が白く伸び、つづいて主傘が開き、ずずーン！　と落下速度がおちた。又八は手を伸ばして着地制御索を切り離した。

人間がのっていないもうひとつのコンテナはかなりの勢いで落下してから、かなり下のほうで傘が開き、自動操向システムが地上で三角形に点滅しているターゲットのほうへともっていく。

又八は傘の操向索を操作してコンテナをもっと北のほうへ――例の丘のほうへともっていった。

「椋！」

又八は、ふと思いついてマイクへ呼びかけた。

〝ハ、はい、又八ッツァン！〟向こうの波は意外なほど強い。

「〈冥土河原《めいどのかわら》〉まで迎えに来てくれよ」

又八は、頭上で旋回を続けている〈パンパネラ・3号〉に向かって呼びかけた。

そして次の瞬間……。

パラシュートは、樹にひっかかってしまった。

9

さて、話は惑星・星涯《ほしのはて》に戻って……。

首都・星涯《ほしのはて》市。

半島になっている市街の中心にそびえるレモンパイと呼ばれる丘陵、その西側のなだらかな斜面はもっとも格の高い地域である。

こんもりとよく手入れのされた深い緑、西湾を遠く見下ろすまるで公園を思わせる街区には、たっぷりとった緑の敷地に特権階級専用の高級店舗やレストランがそれぞれ品のよい趣向を凝らして点在――といった感じで並んでおり、よく手入れされた樹の間がくれの道路には華麗な塗装の超高級地表艇や車輌が滑るように走り、いかにも恵まれた感じの老若男女が子供と共に遊歩道を行きかう……。

そんな一角にふさわしい高級レストラン〈クウカニー〉の前である。

天然風につくられた一〇メートルほどの滝の上に建つ平らな箱のような白い建物、星涯《ほしのはて》市の上流階級のなかでもとびきりの人々が利用することで知られている。そういえば、かつて、タンポポ村にとび出した貨物宇宙船〈クロパン大王〉回収作業の際、〈星海企業〉の女子整備員たちが星系軍工廠関係者たちを招待して仰天させ、一挙に状況を好転させたのもこの〈クウカニー〉だった……。

今日は、なにかよほど大切なパーティでも開かれるらしく、車の出入り、ボディガードの動きなど、傾きはじめた西陽をうけていかにもうきうきとした気配が感じられる……。

そんな、〈クウカニー〉名物とされる滝の、いわば滝壺にあたる部分はすぐ遊歩道に面していてベンチなども置かれ、あたりを散策する人々の憩いの場になっているが、そこにつッ立った一人のみすぼらしい老人。

　肩に小猿を一匹のっけている。

　テケテンテン、テケテン。

　男が、胸に構えた太鼓をたたきはじめたとたん、猿はひらりと肩から地上へとびおり、巧みに踊りはじめた。

　まず、母親の手にひかれた幼児がひとり立ちどまって熱心に見守るうちに、つられるように次々と道行く人たちが立ちどまり、たちまちあたりにはちょっとした人だかりができてしまった。

　このあたりが、星涯市《ほしのはて》という町のひとつの美点——とでもいうところか？　貧富の差は極端に大きく、体制として富裕な階級は、貧乏人たちに画然と一線をひいているが、それでも下層階級が身分不相応にさからいでもせぬかぎり、身なりがみすぼらしいなどというだけで言いがかりをつけられ、街なかでいじめられるようなことはまずないと言ってもよく、現にこうして市内でも高級地として知られるレモンパイの一角で貧しげな猿遣いが芸を披露すれば、それが楽しいかぎり散策する金持ちたちもよろこんでそれを観賞するだけのゆとりを持ち合わせている。

　やがて老人は渋い喉を聞かせはじめた。

〽星のすきまを制動噴射炎《ほのお》が降下する《おりる》
あなたに縁ないⅡB（大型宇宙船）だと
わかっていながらのれん越し
見上げるあたしの眼が曇る
宇宙港《みなと》はずれのさンざめき
　船は渦流に
　渦流はρ《ロー》に
あたしゃあなたの両腕に
暗い夜空に逢瀬を祈る
そんなこの身の切なさを
そんなあたしのこの悲しみを
なにも知らないあの100型（宇宙船）は
今日も北やら南やら

哀調をおびた《ボロ船小唄》に合わせ、巧みな身振りで猿がぴたり踊りおさめると、客はやんやの喝采を送る。ヨチヨチ歩み出た幼児がパチパチと手をたたき、おどけた様子で猿がそれに応え、ふたたび客の中から歓声と笑いが起きた。

　人だかりは大きくなるばかり。

〽ひとつあェ——
ひとも知ったる逆鉾村《さかほこ》の
ドック外れの吾作の親爺《おやじ》ィ
田ンぼ売ッ払ってロケット買《こ》うた
　オエオエ——
〽ふたつあェ——
二基の吹かし（噴射推進系）に一基のドロン（バニシング・エンジン）
ピカリ輝くその船体に
赤で描《か》かれたその船名は
〈かわゆいおいらのおコンちゃん〉
　オエオエ——
〽三つあェ——
三つエンジン（のスロットルを）おッ開き
かわゆいおコンと逃げる気か
怒った嬶《かか》ァはまさかりふりあげ
道のしるべ（航法システム）をまッぷたつ
　オエオエ——
〽四つあェ——
世にも手荒なこのやり口に——

　老人が《正調・逆鉾《さかほこ》ロケット節》をそこまで歌ったとき、レストランのほうから急ぎ足でやって来た四、五人の男たちが人だかりへ割って入った。

「こら！　あっちへ行け！」

　寸分のすきもない盛装なのだが生まれは争えぬ、いかにもボディガード風の粗野な連中は、それでもあたりに気遣いながら小声でその猿遣いの老人をゆさぶった。

「あっちへ行かねェか、この乞食爺《じじ》いめ！」

「パーティの邪魔をするンじゃねェ！」

　いきなり自慢の喉に横槍が入って、老人はぽかンと暗い眼で男たちを見上げた。

「さっさとあっちへ行けと言ってるんだ。聞こえねェのか！」

「あの……」老人はゆっくりと言った。「あの……どちら様のパーティで……？」

「なにィ！　てめェの知ったことか！」リーダー株の男がにべもなく言った。

「どこのパーティだっていいだろ！」チンピラ風の若者が横から口をはさんだ。「とにかくこんなとこで、薄ぎたねェ乞食に歌を歌われたンじゃさまにならねんだよ」

「さっさとあっちへ行きな」

「あっちへ……ッたって……どっちへ行けば——」老人はもそもそと口ごもる。

「やい、てめェ！」とうとうリーダー風の男がひらきなおった。

　いやな雰囲気に、観客はたちまち散りはじめ、一〇人あまりの野次馬が遠まきに見守るばかり。

「てめェ、天下の〈ロペス〉に楯つくつもりか！」

「あァ、〈ロペス鉱業〉で？」老人は大きくうなずいた。

「〈ロペス〉だったらどうなんだ!?」

言い草によっちゃ生かしておかないぞと言いたげなこわい雰囲気……。

「え、え、わかりました。〈ロペス〉さンに楯つく気はありゃせん」

意外なほどすなおな老人の口調に、男たちもちょっと態度をやわらげた。

「悪いこたァ言わねェから爺《じい》さン、さっさと行っちまってくれ」

「今日は〈ロペス鉱業〉の創立二〇周年のパーティよ。間もなく社長が到着なさるんだ。さあ！ 早く」

「ほォ、〈ロペス〉さんももう二〇年になりますか」老人はふと遠い眼をしてつぶやいた。「早いもんだ……」

老人はなにか思いへひたるように溜息をついた。

「さあ！ 早く行かねェか！」

「へいへい」

老人はちょっと腰を伸ばし、足許で主人をじっと見上げている小猿へ向かって、肩へのれというような合図を送った。

ところが、その猿は何を勘違いしたのか、主人の肩へとびのるかわりに、ぱッ！ と身をひるがえしてその、立ちふさがるリーダー株の男めがけてとびかかったのである。

「おッ！ 何をしやがる！」

相手は小猿をはたき落とそうとしたが、ひらりとその手をかわしたとみるや、猿はそのまままいっきにレストランの正面、滝の落ちる岩壁をよじ登りはじめた。ひッ捉えようとした子分の一人が足を踏み外して水中へおっこちた。

不快げに遠くからなりゆきを見守っていた人々のなかから苦笑とも嘲笑ともつかぬどよめきが上がったのも一瞬、ぱッ！ と閃光《せんこう》が走ってあたりはシーンとなった。

こともあろうに頭にきたべつの一人が、猿をめがけてレーザー・ピストルを発射したのだ。

「バカ！」さすがにリーダー株の男はあたりを気にしてその下ッ端のチンピラをどやしつけた。「街なかでなんて真似をしやがる！」

彼はあわてて周囲へ気を配りながらその男を追いやった。

もちろんそんな三下がぶッ放したビームが命中するはずもなく、あッというまに滝の上に達した猿の姿はたちまち見えなくなった。

べつの二人が滝をまわってレストランのほうへとつッ走った。

人だかりの中から非難のつぶやきが上がる。

ロペスの用心棒ども……。

ごろつき……。

やっぱりねェ……。

これが盛り場なら、ドスのきいたひとにらみで片がつくところだが、レモンパイのど真ン中となれば、どこにどんな大物が居合わすかもわからない。

〈星涯《ほしのはて》〉星系屈指の大企業とされ、当主のロペスが利益の社会還元を派手にキャンペーンしているにもかかわらず、なんとはなしに胡散《うさん》臭い会社、なにか暗い蔭のある企業としてのイメージが定着している〈ロペス〉らしい一幕……。

リーダー株の男は、あわてて事態をおさめにかかった。

「爺い、はやく猿を」彼は小声で老人をせきたてた。

「はやく猿をとっつかまえるんだ」

「へ、へイ、どうも申しわけありやせん」

あっという間に起きた騒ぎに、老人はもうおどおどしている……。

「す、すぐ、あたしが……」そして老人は相手の表情をうかがいながら小声で言った。「ほれ、社長のお着きですぜ」

「！」

思わず老人の指さすほうへ眼をやると、公園の遊歩道みたいに伸びる道路を滑るようにこちらへ向かってくる大型リムジン。

男ははじかれたようにレストランへ通じる道のきわまで駈けつけ、進入してくるRRのシルバー・ユウレイへ深々と頭を下げた。

リムジンはぴたりと男の前で止まり、スモークの後席窓が開いて初老の男がいかつい顔を出した。

眼が鋭い。

「なにごとだ！」男は人だかりのほうへちらりと眼をやりながら不快げに言った。

「は、いえ、なんでもありません。ちょっと……」

男の顔は返事もせずにひっこみ、リムジンは滑るように〈クウカニー〉の玄関のほうへと走りこんだ。

用心棒のリーダー株が深々と下げていた頭をあげてみると、老人はじっとリムジンのほうを見送っている。思いなしか、その眼が燃えている。

「おい」

「……へ……？」老人は、はッとしたように男のほうを見上げた。「へ……へい？」

「へい、じゃねェ、猿を早くとっつかまえろ！」

「へ、へイ」老人はふたたびおどおどと頭を下げた。

「申しわけありません、あッしとしたことが……。すぐに——」

老人は猿を呼ぶつもりか、太鼓をとりあげテケテンテンと鳴らしながらレストランのほうへと歩きはじめた。

「馬鹿野郎！」男はすっかり地金を出して言った。「おかしな音を立ててパーティの邪魔をするンじゃねェ！」

「へ、へイ」老人はもういちど顔を上げ、いかにも凄《すご》みのあるその男をちらりと見上げた。

星系軍将官の座乗を示す、ブルーに金星《きんぼし》の小旗を立てたパッカード・マーリンが滑るように到着した。ダークブルーの星系軍塗装のパッカードなど街なかではおいそれとお目にかかれぬ代物である。もちろん第6種軍装（夜会用正装）に身を包んだ星系軍高官と令夫人の到着である。

流れるように通過するロングボディのリムジンに向かって例の用心棒たちが平グモのように頭を下げるのを見やりながら、道の向こうに立っていた中年の男がふとつぶやくように言った。

「弾正《だんじょう》閣下のおでましか」

やはり、すこし離れていたところにつッ立っている派手な身なりの若者がこたえるように言った。

「星系軍統合参謀総長閣下としちゃ、カトレア学園でひと騒ぎあったそうじゃねェか」ぞんざいな口調である。

「必死でもみ消したらしいがよ」

「むきになるくせがあってな、北畠《きたばたけ》ッて男は」中年の男は気がなさそうに言った。「小娘にコケにされて逆上したまでさ。これがはじめてじゃない。要するに兵隊さんなんだよ。北畠上等兵なんぞというニックネームがつくわけさ」

「ところで、〈ロペス〉嫌いの〈日報〉さんも取材かね」いかにも駈け出しのレポーター風の若い男は言った。

「うん、まァ、取材というわけでもないんだが……」

〈日報〉と呼ばれた中年のほうのレポーターはあいまいな答えかたをした。

「馬鹿にしてやがらァ」若いほうが吐き出すように言った「今日にかぎって取材はいっさいお断わりだとよ。上品な雰囲気がこわれます――と抜かしやがる。上品が聞いて呆れらァ！」

珍しくもないと言いたげに〈日報〉の中年男は苦笑した。

「入ってみたところでなんのネタもないだろうぜ。相も変わらぬ〈世なおしキャンペーン〉でな……」

「だけどよ！」若いほうはいきり立った。「あんたとこみたいに、ロペス攻撃に精出してるンならいざ知らず、うちの〈エレポート〉の社長は、ロペスの野郎にペコペコしてやがるんだぜ。今日だって、招待された上流階級五〇人の一人に入ってるってすっかりケロケロして、チョーチン記事をでっかく流せ――ってンで出てきたのに門前払いくわせやがって……。まったく馬鹿にしてやがる！」

チョーチン記事なら別に取材しなくたって流せるだろうぜ――苦笑しながら若僧の言い分を聞き流す中年男の顔はそう言っている。おれにも昔、この坊やみたいな時代があったっけ……。

「それよりよ」若僧は、相変わらず背伸びした口調で言った「なんでまた〈日報〉さんがおでましなんだ？」

「まァ……な」と〈日報〉は軽くかわす。

「なんかネタを拾ったのかい？」と〈エレポート〉は喰い下がる。

「と、いうわけでもないんだが……」

「抜けがけなしだぜ、〈日報〉サンよォ」

「あんたンとこじゃ、拾ってもレポートできないんじゃないかな……」

中年男はあくまであいまいな態度を崩さない。

「かまやしねェよ」生意気な口調で若者は言った。「他へまわしゃいいンだ」

この小僧め、もうスレッからしてやがる……。

中年男の顔にほんの一瞬、不快そうな表情が浮かんだが若者はまったく気づかない。

「他へ……なァ……」

「そうよ！　ねェ、あんたが前からロペスを追っかけてるのは知ってるんだぜ」

「まあ……な」

若者は、相手にされていないのに気づいてるのかいないのか、相変わらずの調子でつづけた。

「ところでよォ、前から気になってるンだけど、あの男はどうしてああも評判がわるいンだい？　星涯《ほしのはて》にゃとびきりのワルがウヨウヨしてるッてのにだぜ。なんであいつだけがあァも蔭口をたたかれるンだろ？」

「まァ、な、言ってみりゃ……」中年男は本気で相手にする風もなく、シガレに火をつけた。「言ってみりゃ、自分はワルじゃないって顔をしすぎるせいだろうぜ。いや、ワルじゃないどころか、ヌケヌケとあたしは善人でございます――ッて顔をしすぎるからだなァ……きっと」

〈日報〉はうまそうにシガレの煙を吐き出してからつづけた。

「見ろよ」

「？」

中年男は、続々到着する豪華なリムジンにペコペコしているボディガードたちを眼で示した。

「善人が、なんであんなゴミみたいな手合いをやとわなきゃならない……？　あんなことをすりゃ、わざわざ、あたしはワルでござい――と宣伝してるのも同然なのに、それに気づかんあたりが成り上がり者なんだよ……」

「なるほどなァ……」

若者はまじに感心している。

「ところでロペスのやつは、〈世なおしキャンペーン〉の他に、こんどは炎陽《ほのおのひ》でもってなにか慈善事業をはじめるンだってよ。お世話になった炎陽《ほのおのひ》市民への恩返し――ときやがった」

「それも、炎陽《ほのおのひ》でケチがついたらしいぜ」

中年男はにべもない。

「ケチ!?　どんな？」若僧は眼を丸くした。「しかし、早いねェ……〈日報〉サンは……」

本気で感服している若僧に苦笑しながら、続々と到着するリムジンのほうへ中年男は眼をやった。

「どんなケチなンだよ？　教えてくれよ！」

「まだわからんよ……。どっちにしろ、あんたンとこでレポできるネタじゃないこたァたしかだね」

「だから……」

他へも流せるから……という表情で若僧はくい下がるが、中年男はニヤニヤするばかり。

「あれは……」と若いレポーターは、ちょうど〈クウカニー〉へ滑りこむ真ッ赤なペガソ・パーソナルへ眼をやった。「ロペスの娘だろ……。しかし、娘は岩井財閥の御曹子《おんぞうし》と結婚するし、なんでも水素吸蔵鉱の大鉱脈をめっけたとかいうし、ロペスとしちゃ言うこたァねェはずだぜ。どうケチがついたンだろ？」

「……さァ……」〈日報〉の中年男はのってこない。

「それに、やっこさん、どうやら来年は政界進出だっていうぜ。こっちゃ、そのチョーチン持たなきゃならねェんだ、やれやれ……」

「……」

「とぼけッこなしにしようぜ、〈日報〉サンよ。なんのネタつかんだンだよ、教えてくれよ」

レポーターの仁義もわきまえぬ失敬な小僧だと思いながらも、そのあけッぴろげな素直さに中年男は苦笑した。

「まあ、おれにくっついてみな。ちょいと小耳にはさんだ話だが、あいつが本当に現われたとなりゃ、どうやらガセでもないらしい……」

「あいつ——ッて？」若者は言ったが、相手はそれにかまわずつづけた。

「ただの鉱山師《やまし》が二〇年であそこまで成り上がるとなりゃ、手も血みどろになろうってもんだぜ……」

眼をパチつかせる若者を見やりながら、〈日報〉のレポーターはシガレをくゆらせている。

とかくの風評があるとはいえ、手始めに開いた惑星・炎陽《ほのおのひ》のささやかな鉱山がこの二〇年の間に星系屈指の〈ロペス〉財閥に成長したのはまぎれもない事実——政・財・官、さらに表にはあらわれぬ無気味な組織とのつながりまで噂されながらも、このロペスという人物がただならぬ力倆の持ち主であるのはまぎれもない事実である。その実力のほどは、こうして創立二〇周年を記念する一連の行事の手始めであるこの小規模なパーティに招待された顔ぶれの凄さを見ただけでよくわかる。

それぞれが多少とも胡散臭さや後ろめたさを感じたりするものの、とにかくこの人物を敵にまわすことのおそろしさ、無気味さだけは全員がわきまえている。

折しも、プレキシグラスの床にレーザー・パターンの揺れる〈クウカニー〉の宴会場には、そんな〈星涯《ほしのはて》〉星系トップ中トップの貴顕紳士が豪華な装いに身を包み、すでにテーブルについて小声で談笑していたが、やがてフロアの華麗なパターンがぴたりと止まり、すーッと落ち着いた枯葉色の唐草模様に変化すると共にあたりは水を打ったように静かになった。

当節の流行だと、ここでホログラフや派手な音楽の演出で客をよろこばすのが通例なのだが、こんなとびきりのレベルになるとなんの趣向も凝らさぬ、きわめてオーソドックスな進行がそのパーティの格を示し、さしずめ星涯《ほしのはて》市でもこのレストラン〈クウカニー〉あたりが、かたくなにその形式を守る代表だと言えよう……。

聞こえるか聞こえぬか、低い、それもとびきり洗練された音楽がちょっと高まり、すーッと小さくなると共にホール内も薄暗くなり、今日のパーティの主役である〈ロペス〉の総帥、ミゲル・ド・ロペスだけがEL（エレクトロニック・ライト）の中に浮かび上がった。

わき起こる拍手の中で彼はにこやかに一礼した。一分のすきもない洗練されたいでたち。たくましい体に精悍《せいかん》な顔つきだが、やはり氏素姓はあらそえない。いくらにこやかに笑いかけてみてもその眼が笑っていない。豪華な身なりをすればするほどそれが浮いてしまい、殺し屋的な風貌だけが強調されてしまう……。かたわらに立つ令夫人は政府高官の一人娘、なかなかの美人で結婚当時は大いに話題をふりまいたものだが、その釣り合いの悪さはとしと共にますますはっきりとしてくる。

〈ロペス〉のマーク入りの演壇に立ったミゲル・ド・ロペスは、一礼してからおもむろにスピーチへとりかかった。

たぶんに美辞麗句をつらねた創業時以来の苦労話につづいて、社会に対する利益の還元というロペスおきまりの話から、この二〇周年を記念して〈ロペス慈善財団〉を創設し、娘のドロレスをその理事長に据える——という、今日の目玉である親馬鹿ちゃンリンにまでさしかかった時である。

小さな動物がチョコチョコと舞台の上に姿をあらわした。

猿。

さっき、門前で猿まわしがとり逃がしたあの猿である。

そいつはいい気持で演説をつづけるロペスの近くへやってくると、その熱弁ぶりをオーバーに真似しはじめた……。

テーブルを囲んで腰をおろしている五〇人あまりの紳士淑女は必死で笑いをおさえてはいるが、その、あまりにもぴたりとはまった痛烈な皮肉に、男たちの間から無作法な失笑が洩れはじめた。

あわてたのはレストランのマネージャーと〈ロペス〉の関係者である。

猿をおびえさせないように大演説の邪魔をせぬように、こっそりとボーイの一人が接近していった。当のロペスはちらりとそちらへ眼をやっただけで演説をつづける。

気持がわるいほど上手にロペスの身振りを真似している猿に向かって、ボーイがそっと手を伸ばしてそのまま抱きとろうとした。

しかし、そのとたんに猿は、キーッ！　と牙をむいて跳び上がり、高い天井に二階からぐるりとつき出た張り出しにとりついた。

猿はその一角におちつき、宴席はいったんおちついた。

しかし、ロペスの娘がゴンザレスという道士を助けて慈善音楽会を開き——という、演説も佳境へさしかかったとき、なにか褐色のものが飛んできて、ベチョッ！　とロペスの白いタキシードの胸に命中した。

糞……。もちろん猿の仕業である。

さすがに客席からは笑い声も起きず、大演説を中断されたロペスのほうは席が席だけにどなるわけにもいかず、青くなっている秘書に向かって「つかまえなさい」と、怒りを押し殺した表情で命じた。

そこへ、宴会場の端のドアからつきとばされるように入ってきたのは例の猿まわし、豪華な調度と客たちの雰囲気に圧倒されたかのように、彼はそこへ立ちすくんだ。

そして、奥を見すかすように眼をこらした。

そのとたん、はこばれた替りの上着にすばやく着替えて一件が片づくのを待つミゲル・ド・ロペスの表情がかすかにこわばったが、それに気づいたものは一人もいなかった。

ボディガードたちにどつかれるようにうながされて、老人は猿がいる張り出しの下まで歩いてきた。ロペスの立つ位置から一〇メートルほどのところである。

彼はじっとロペスの顔を見つめてから深々と頭を下げ、それから張り出しにうずくまっている猿のほうへと向きなおった。そして、低く口笛を吹いた。

猿はすぐに主人に気づいたが降りてくる気配は見せず、とつぜん、かぼそい声をはりあげたのである。

はじめ、客たちは誰か他の人間が歌いだしたのかと思った。しかし、そうではなかった。

その猿が歌い出したのだ……！

〜鋸《のこぎり》の三枚刃に仲間残して
頼りの命綱ちょン切って
ロペスが一人で山下りたので
おいてけぼりくって枯骨になった
哀れな男たちの恨みの歌は
今日も無情な風にのっかり
ひもじいよ、つめたいよ
くるしいよ、助けてと
夕陽のバットレスにこだまする……

あたりはシーンと静まりかえった。

炎陽《ほのおのひ》独得の哀調をみごとにただよわせた猿の歌声もさることながら、その歌を耳にしたとたんのロペスの慌てようがあまりにも異様だったからである……。

彼は演壇の縁を両手でひッつかんでやっと体を支え、足をガクガクと震わせている。

「ダ……誰だ！　歌っているのは誰だ?」やっとのことでロペスは言った。

彼は、すぐそこへうずくまるように老人が、じっとこっちを見つめているのに気がついたとたん、またもやショックを受けたらしく身を震わせた。そして、静かに上へと向かう老人の視線につられて例の猿の姿に気がつくと、そのままぼんやりと見つめつづけた。

老人はまた、低く口笛を吹いた。

猿がふたたび歌い出した。

〜一家だまして権利書奪い
うまくさそった坑《あな》の底
子供だけはと泣き叫ぶ
哀れな女の金むしり取り
鬼のロペスはニッコリ笑い
短筒《たんづつ》かまえてつるべ射ち

「ツ……連れていけ！　サ、猿を連れていけ！」喉の奥から絞り出すような声で、ロペスはやっと言った。「ハ、早く……！」

「へい」老人は深々と頭を下げた。「わたしとしたことが猿をとり逃がしちまい、とんだお騒がせをいたしやした。お詫びのしるしにエテ公の歌をお聞かせした次第で——」

「ツ、連れて、イ、いけ！」

「へい」

老人はじーッとロペスの顔を見つめてからおもむろに猿のほうへ向きなおり、内懐からとり出したのは、なんと、古ぼけた大きな短筒《たんづつ》！　はッとした用心棒がレーザー・ピストルを抜く間も見せず、老人は筒先を猿に向けるなり引金をひいた。

ズドン！

炎陽《ほのおのひ》の猟師だって使いそうにない、時代物のその短筒からとんでもない音と共に爆煙が噴き出し、一瞬後、ドサリ！　と鈍い音を立てて猿は床の上に落ちてきた。

老人は、足許でピクリとも動かぬ猿の死体を片足つかんでぶらさげると、まだ煙の立ち昇る短筒を胸に当てるような仕草をしながら、ミゲル・ド・ロペスのほうへ向きなおった。

皿のように見開かれた彼の目はその短筒へ釘づけとなり、口許はなにか声が洩れそうにピクピクと震えたがやっとのことで抑えたようだった。

老人は猿の死体をブラ下げたままふりかえりもせずに宴会場を出ていった。

一時間後、
老人が自走軌道車《CVS》を降りたのは市の南東部、アネモネ区の外れであった。もう陽が暮れかけている。
再開発のおくれた貧民街区、掘ッ立て小屋や草ッ原、屑鉄置場の間を縫うようにつづく街灯もまばらな小道をしばらく歩いてから老人はふと立ちどまり、人通りがないのをたしかめると、道端にころがしてある廃材に腰をおろし、持っていた包みを開いた。中からぱッととび出したのは、あの猿……。

老人はご苦労と言いたげにその猿をやさしく撫でてやり、ポケットから堅パンをとり出して口へ入れてやった。

猿はすぐに小さな手でその堅パンをつかみ、うまそうにポリポリと音を立てて食べはじめた。

老人は暮れなずむ空を見上げながら、ふと、深い溜息を洩らした。

たて続けに堅パンを五個ばかり食った猿はやっと満足したらしく、そんな気配に老人は立ち上がり、猿はひらりとそのやせた肩にとび乗った。

その時である。

暗がりで声がした。

「爺さん、テレコ猿は生き返ったらしいな」

はッと身を固くした老人の顔に、つけられていた！という表情の浮かんだのが夕闇の中でもはっきりとわかった。

男が一人、二人、三人……。先ほどのロペスのボディガードたちである。

「……」

彼らは薄ら笑いを洩らしながら、立ちすくむ老人の様子をしばらく見守っていた。

「よくおぼえこませたな……」リーダー株の男が言った。「筋のいいエテ公だ。テレコ猿でも歌を歌うやつァ珍しい……」

「……」

「なんだか知らねェが、猿も一緒に目立たねェよう始末してしまえという指図だ。爺さん、恨まねェでくれ」

「……」夕闇の中で老人は黙りこくっている。

「え……？」

「……」老人は身動きもしない。

「それでな」相手はちょっと口調を変えた。「上からは問答無用で始末しろってことだが、おれとしちゃちょいと聞いておきてェ気もするわけよ。どうせ死ぬンなら爺さん、あらいざらい話してみる気はねェかい？　ことと次第によっちゃ、命のほうも相談にのらねェこともない……」

「……」猿がおびえたように体をもぞつかせている。

「かなり手がこんでるじゃねェか」男は低い声でつづける。「テレコ猿といや、熱河《あつきかわ》（第3惑星）のジャングルに行かなきゃつかまりッこねェ。それに生態保護動物だから持ち出しは厳禁だ。そいつを、わざわざなみの猿みてェに毛を染めてまで持ち出したたァ、よほどのご執心と見える。ただのわるさじゃなさそうだ……」

「……」

老人は石になったように身動きもしないが、相手の言うことをじっと聞いているのは間違いない。

「ひょっとして爺さん、おまえ、炎陽《ほのおおのひ》の鉱夫上がりじゃねェか？」

「……」

「返事をしなよ、ええ？　それとも、このまンま死ぬつもりかい、なンにも言い残さずに——よ」

「……」

「ふうン……」皮肉ッぽく相手は言った。「それじゃ、望みどおりそのまま死んでもらうとして、そのエテ公だけはこっちへいただくとしようか」

リーダー株があごをしゃくって指示すると、若いのがいきなり老人の肩にのっている猿の首根っこをひっつかもうとした。

キーッ！　猿が歯をむいた。

「おッ！」あやうくひッかかれそうになったチンピラ風のその男はあわてて跳び退《すさ》った。「くそ！」

頭にきたその若者は、老人の肩から猿をはたき落とそうとしたのだが、そのとたん、老人はおどろくほど強い力で逆にその手を振り払った。

「てめェ！」若いのがレーザー・ピストルをひッこ抜いた。

「やめな、ここはまずい」リーダー株が言った。「向こうの広場だ」

「……」老人はまた黙りこくったまま。

「爺さんよ」その男は老人に向かって言った。「出方によッちゃ命を助けてやろうと考えてたんだが、その気もねェらしいな」

「あッ！　人が来た！」若いのが小声で言った。

「惜しいなァ……」すこし離れた野ッ原の掘ッ立て小屋の蔭で若いレポーターが言った。「このまンま殺されたんじゃ、ネタもクソもなくなるぜ」

「殺すもんか」〈日報〉のレポーターは落ち着いている。「もとも子もなくなるのはあいつらだ……」

「なにがなんだか、おれにゃさッぱりわからねェが、とにかく、ロペスの用心棒があんなに慌てたのはおれもはじめて見たぜ。よッぽどなにかあったんだろうなぁ、あの猿まわしとよォ……」

「……」中年男は無言で向こうの様子をうかがっている。

「ロペスのやつはあの爺《じじ》いになにか握られてるのかね？」

「おたくの会社の偉いさンはとっくに知ってると思うがね……」

「……？」

「下ッ端のボディガードがそいつを嗅ぎつけて、逆になにかの種にしようとたくらんでるわけだ……」

「なるほど……」若いほうは向こうをうかがいながら言った。「おい、連れてかれるとまずいぜ……」と中年男。

「パトロールを呼ぶかな……」

「くるかね？　こんな貧民街によ」

「〈ロペス〉の名を出しゃとんでくるさ」夕闇の奥を見すかすように〈日報〉が言った。「まァ、パトロールのほうが〈ロペス〉と聞いたらすぐにひき退るだろうがね。なんせ、星涯《ほしのはて》市公安委員長が社長の会社じゃ仕方がない……。だけど、とりあえずはおかしな真似もできまい……」

「よし！　おれが――」

「待ちな」

公衆電話を捜しに行こうとした若者を中年がひきとめた。

「あせるなよ、ほんとにパトロールがやってきたぜ」

道路の向こうからパトロール艇の赤い標識灯がこちらへと接近してくる。

「何をやっているのか？」

強い投光器の光を向けながらパトロールの主操が声をかけてきた。

副操がもうⅣ式レーザー銃を構えている。

「いや、ちょっと聞きたいことがあって……」リーダー株の男が釈明しようとした。

ところがそのとたん、老人の肩にのっかっている猿が、けたたましい声でしゃべりはじめたのである……。

「〝なんだか知らねェが、猿も一緒に目立たねェよう始末してしまえという指図だ。爺さん、恨まねェでくれ〟」

口調までがそのリーダーにそっくりである。

「おッ！」男たちは仰天した。予想もしていなかった展開である。

「なに？」仰天したパトロールが身をのり出してきた。

「なんだって？」

ぱッ！　猿をめがけて閃光が走り、きわどいところで外れた。

「なにをする!?」パトロールがⅣ式銃を構えて降りてきた。

意を決したリーダー株は、やってくるパトロールのほうへつかつかと歩み寄った。パトロールはぐいと銃口をつきつけた。

「いったいなんの真似だ、今の一発は？」

男は小声で〈ロペス〉のボディガードであることを説明した。パトロールは〈ロペス〉と聞いたとたんにたじろいだが、こともあろうに鼻先でレーザー・ピストルをぶッ放されたとなれば、おいそれと引ッこむわけにもいかない。もろに顔をつぶされたも同然である。

とにかく市警本部まで来い――。まァまァ――とやり合ううちに、たちまち応援のパトロールが急行してきた。

「おい、いまだぜ」

〈日報〉の中年男が〈エレポート〉の若僧をつッついた。

「いいか、向こうをまわって道へ出て、通りがかりの風ですれ違ってあの爺さんをつれていくのだ」

「わかった！」

しかし、薄暗がりを大きくまわりこんで、何喰わぬ様子で近づいてみると、めざす老人の姿はかき消すようにいなくなっていたのである……。

「あぶないところを助けていただいてお礼の申しようもありゃせん」

老人は古風な口調で言いながら深々と頭を下げた。

さっきの路地からさほど遠くない廃材店の事務所。もう事務員たちは帰ったあとでなかはガランとしていた。

猿はおびえきったように老人の膝にうずくまっている。

「なぁに、なぁに」相手はたくましい初老の男。この店の主人――にしてはあまりにもみすぼらしい身なりだが、いかにも生活力にあふれた男である。

「実はな」彼は茶箔《ちゃはく》を二枚、虎ジャーに差しながら言った。「おッさんがあの豪勢な飯屋の前で歌ってた時からずーっと見てたんだよ……」

「へ？」老人はちょっと度胆をぬかれた表情を浮かべた。

男はちょっとおもしろそうな笑いを洩らした。

形状記憶合金の箔《はく》は、湯が注がれると共に、自動的に茶の入ったカップの形にみるみる変化し、ピン！　と軽い音を立てた。男はひとつを老人の前に差し出し、もうひとつをとりあげ、自分の口へもっていった。

「いや、こっちの素姓をはっきりさせなけりゃわるいな、すまねェ、すまねェ」茶をちょっとすすってから男は言った。「おらァな、鳴子山地《なるこさんち》の星系軍演習場接収で追ッ払われて星涯《ここ》へ来た〈イタチ罠の陣内〉ってンだ。きこりをやってたが、いまは屑鉄屋をやってるんだ」

「なるほど……それで……」老人はうまそうに茶をひと口飲んだ。明るいところで見ると年齢こそ六〇を過ぎているが、浅黒く精悍《せいかん》な面構《つらがま》えの残光が感じられる。

老人はじーっと陣内の顔を正面から見つめた。

「つまりな」陣内は茶を置いてから言った。「ちょいとそのテレコ猿に力を貸してもらいてェンだよ……。礼はちゃんとする」

「ヘェ、そりゃまァ、危ういところを助けていただいたし、お役に立つことなら……。お礼なンざ、まァ、しばらくこっちがめしを食えるだけいただけりゃ……まァ――」

「おッさん、あんた、ロペスの昔の仲間だね？」

「……！……」老人はちょっと緊張した。

「いいんだよ」陣内はすぐに言った。「べつに詮索する気はねェよ。ロペスがたった二〇年であんな身上をつくった蔭にゃキナ臭ェ話がいっぱいあるらしいが、こちとら、くわしいこたァなにも知らねェ。

まァ、テレコ猿肩にのっけてあそこへのりこんだからにゃ、なにかきついやつを一発嚙《か》ませたらしいな。ロペスの用心棒があんなに慌てたんだからただごとじゃあるめェ。

まァ、そりゃどうでもいい。

力になってくれるかね？」

「ええ、よござんすよ。やれることなら」

「それじゃぜひともお願いしてェ、〈棺桶の源五郎〉爺さん」

「おう、もう名前もご存知たァ、よほどのご執心とみえる……」

「まァ、そういうわけだ」

「やっぱり〈ロペス〉のからみで?」

「いや、こっちは星系軍よ」

「あァ」老人はうなずいた。

「こちとらも星系軍にゃひどい目にあわされてるんだが、ただ、今日は他から頼まれてね……」

「なるほど」

「そのテレコ猿、どれくらい入る?」陣内は老人の膝の上の猿に眼をやった。

「こいつァ長《なご》うござんすよ」老人はちょっと得意げに言った。「五分や一〇分じゃござンせん。筋のいいやつでねェ……。一時間は確実にいきますよ」

「そいつはすげェ。ぜひお願いしたい」陣内はうれしそうに言った。

「それで――?」老人は茶を飲み干してから言った。

「仕事ってのは?」

「うン、レモンパイの外れにな、〈氷〉っていう料亭がある。そこで星系軍の偉いさんと財界や政界の大物どもが密談を重ねてやがってな、うちの仲間筋がそれにからんで盗聴機を仕掛けたり、身内を仲居として住みこませたりしたんだが、とうとうめっけられてあやうくやられるところよ。それでなんとかいい手はないもンかと相談もちかけられたわけだ。テレコ猿を操れるやつァ向こうにも一人いるんだそうだが、いま、炎陽《ほのおのひ》に行ってるとかでね。それでひょいと爺さんのことを思い出したってわけよ」

「するッてェと、仕事ってのは〈乞食軍団〉ですね?」

老人はぼそりと言った。

「!」陣内が仰天した。「ど、どうしてわかった!?」

「そりゃあなた、あたしの他にテレコ猿扱えるといや、あそこのコンちゃんしかいやしませンよ」

10

「コ、コンちゃンッ!」100型宇宙艇〈パンパネラ・3号〉の操縦席で椋十《ムクジュウ》が絶叫した。「パ、パラシュートが、又八ッつァンがキ、樹にひっかかった!」

〝おちつきな〟後ろにある貨物操作席からコンの冷静な声が伝わってきた。〝そっちに気をとられて失速させなさンなよ〟

「キ、強行着地だ!」

うまく、穴のある丘の真上に又八がコンテナを持っていくのを確認してホッと安心したのもつかのま、着地寸前、風にあおられたらしくパラシュートが横に流れたと思う間もなく、黒々とそびえる木立ちのてっぺんにひっかかったのを見た瞬間、椋十は、もう100型艇を大きく旋回させはじめていた。

「マ、又八ッつァン!」

椋十は、宇宙服姿でコンテナにしがみついているはずの又八へ向かって無線で呼びかけた。

「又八ッつァン!」

〝……大丈夫だ……〟かすかに又八が応答してきた。

「いま行きます!」

〝……くるな!……〟

「!」

〝すぐ帰れよ!〟

「やめな」操縦席へ戻ってきたコンが椋十の手をとった。

「問題がこんがらかるだけだよ。ここへ100型を着地させるのは無理だ。垂直進入でも無理だ。早くもとのコースへ戻さねェとあの坊主に勘づかせるだけだ」

「勘づいたぞ!」椋十が叫んだ。「車が丘のほうへ……あッ、引き返した」

「又八ッつァン!」椋十がマイクに向かって叫んだ。「そっちへ向かってた車はひきかえしました」

〝わかった……早く……引き揚げろ〟

椋十はコンへちらりと眼をやってから艇首をもとへ戻した。

「又八ッつァン! 気をつけて!」

〝……った〟

「ちくしょうめ!」

パラシュートごと宙吊りになったコンテナから体を外し、フックを外して三メートルほど下の地上へコンテナだけを落下させるのに小一時間は経過した。

例の穴から五〇メートルほど、丘の頂上にすぐ近い斜面である。又八はちょっと考えてから手早く宇宙服を脱ぎ、くくりつけてきた応急機材や食料パックと一緒に繁みの中へかくした。

このまま穴の中へ入る前に、すこし、調べておいたほうがよい。

椋十によると、さっき、こちらへ向かいかけていた車は途中でひきかえしたとか……。

どんな意図があるのか知らないが、いずれにしろ、あの坊主は必ずやってくる。

はるばる星涯《ほしのはて》から持ってきたコンテナ貨物である。

お七やネンネによると、入っているのは女の着物だのなンだのらしいが、とにかくそいつが一個、風に流されたからとて、そのままにしとくわけはない。

あの坊主は、コンテナを穴の向こうへと送り出そうとしている……。

なんの証拠もないが、又八にはある種の確信があった。

考えてみれば、そもそもこの騒ぎの発端は、タンポポ村の事故で次元の断層へ呑《の》みこまれた住民の一人、モクというあの老人が、ひょっこりと、やはりタンポポ村で両親を失った少女パムのところへ現われたこと――なのだが、あの爺さんはこの穴から〈星涯《ほしのはて》〉星系へ戻ってきたのだ……。

それにあの坊主がからみ……。

又八の頭の中には徐々にひとつの推理が形づくられつつあった。

絶対に坊主はここへやってくる……。

子分をあつめているのか……。

それとも陽が暮れるのを待っているのか……。

又八は慎重にあたりへ注意をくばった。

用心しなければ……。

どんな手でくるかわかったものではない。

星涯《ほしのはて》市のかくれ家であの坊主にいやというほどてこずらされてから……まだ二週間もたっていないのか……。

何年も昔のことのようにしか思えない。

彼は、穴のほうが見通せるやぶの中へひそんだ。

コンテナのところに又八がいないとなれば、坊主はすぐ穴のほうへ行くに違いない……。

陽が沈みかけている。

又八はじっと待った。

カサリ！

かすかに枯葉を踏む音。

来たな！　やぶにひそんだまま、彼はすばやく周囲を見まわした。

だしぬけにレーザー・ピストルで射たれでもしないかぎりはなんとかなる……。

彼はあたりに眼をくばりながら、つぎの気配を待った……。

五分……一〇分……。

いや、三〇秒しかたっていなかったのかもしれない。

だしぬけに、ぐッ！　固いものが背中につきつけられた。

はッ！　と立ち上がる間もなく、

「動くな！」

氷のように冷たい声である。間違いなくあの声……。

「よくもつけてきたな……！」

「……」

反撃のすきをうかがうまもなく、ぐいと骨ばった手が伸びてきてレーザー・ピストルを奪いとった。おどろくほどすきのない動きである。

「立て！」

「……」

ぐい！　と銃口が背中をつつく。

やむなく又八は立ち上がった。

「歩け！」

有無を言わさぬ背中の銃口に又八は歩き出した。

暗くなりかけている木立ちの間を穴のあるあたりと反対に一〇〇メートルも進んだだろうか、行く手に奇妙な形をした番小屋ほどの石造りの祠《ほこら》があらわれた。

「行け！」背中の銃口がいやというほどその方向を示す。

「中に入れ！」

黒く口を開いた正面から、薄暗がりをすかしてみると床に人が通れるほどの穴が開いており、眼をこらすと石段が下へ続いているのが見える。

「入れ！」

「？」

「振り返るな！」ちょっと気配をみせたとたんにぐい！　と銃口が小突く。

「下へ降りろ！」

又八は黙って穴の縁へ歩み寄った。

「降りろ！」

階段をおりるためにちょっと体をひねる、その動きにつづいて振り返った又八は、力いっぱい道士に足払いをかけた！

はずみで道士が尻餅《しりもち》をついた時、背中につきつけられていたレーザー・ピストルは又八の手中にあった。

「おれのピストルを出せ！」

ちょうど祠の入口のところへ尻餅をついた道士のゴンザレスは、レーザー・ピストルをつきつけられたまま、じーっと又八の表情をうかがっていたが、そのまま、黒い衣の中からレーザー・ピストルをさし出した。

「立て！」又八は二挺をかまえて道士に命じた。

「立たんか！」

しかし、薄暗がりの中でゴンザレスは身動きもしない。

だが、道士はなんの反応も示さない。

又八は右手の銃口をちょっとそらせて引金をひいた。

「あッ！」

眼もくらむ閃光がほとばしるはずなのに、レーザー・ピストルは何の反応も示さない。エネルギー・セルが抜いてある！　とっさに彼は左手のピストルのほうを――。

そのとたん、又八がおぼえているのは、祠の天井に吊ってある、古ぼけた鐘みたいなものがもろに頭上へ落ちてきたことである。

避けるひまもない。

ガーンッ！　と頭をやられて一瞬よろめいたとき、ぱッ！　と跳ね上がったゴンザレスの足がほとんど水平に又八の胸を襲った。

おもわずつッつッと泳いだ又八は、道士の計算どおり、穴の中へ、ずぼッ！　と踏みこみ、そのまま四、五段滑り落ち、姿勢をたてなおそうとしたとたん、ぐらり！　と足許がゆらいだ。

そして、その下にはなにもなかった。

闇のなかへ踏み出した形で、又八の体は数メートル転落し、イヤというほど岩にぶつかったと思う間もなく、そのままいっきに斜面を滑落しはじめた。とっさに伸ばした手の先が岩の上を滑る。又八は必死で手がかりをさぐった。なんどか指先がひっかかりかけ、やっとのことで滑落をくいとめた。あたりは真ッ暗。幅は一メートルあるかないか……。

上を見上げると、はるか彼方からかすかに弱い光が射しこんでいる。あそこから転落したらしい。

その弱い光の中に人影らしいものがかすかに動いたとたん、又八は反射的に側壁へはりついた。そこに、人間ひとり入れるほどの凹みがあったのは、まさに又八が幸運だったとしか言いようがない。

彼がそこへ身をひそめた次の瞬間、凄まじい勢いでたてつづけに岩塊がころげ落ちていった。とっさに又八は絶叫し、その最後をすーっと小さく伸ばした。岩はかなり下まで転げおちていき、やがてあたりはシーンとなった。

こっそりと上をのぞいてみると、弱々しい光の向こうでゴンザレスが穴の中の気配をうかがっている感じがここまで伝わってくる……。

念のために——というように、もうひとつ岩塊がころげ落ちていった。

ふたたびあたりはシーンと静まりかえった。

岩塊はそれきりで、もう、落ちてくる気配はない。

それでも、上から射しこんでくるかすかな光がすっかり夜闇にのみこまれるまでじっとしていたのだからたっぷり一時間はたったろう。

又八は行動を起こした。

彼は側壁の凹みからそっと這い出した。

暗がりの中を、崩れた急傾斜の石段を一、二段這い登ったとき、又八の靴先が浮いていた石ころをひとつ蹴落としてしまった。

コツン！　カラカラカラ……！

はッとして身をすくめるのと同時に、凄まじい音を立てて何かが上から落ちてきた。あの鐘だ！　道士はまだ上に潜んでいた！　と思う間もなく猛烈な衝撃が襲い、又八は自分の体が転落していくのを感じ、ふたたびなにかにたたきつけられて意識をなくしてしまった。


どれくらいたったのだろうか……。

又八は、鼻先につきつけられている強い光に眼を開いた。

古ぼけたカンテラをかざすように、のぞきこんでいるのは若い女……。きれいな顔立ちである。

「ウウッ！」

「シッ！」

身をおこそうとしたとたん、猛烈な肩の痛みにおそわれた又八を彼女は押しとどめた。あたりを見まわすとさきほどの穴の中らしい……。

「どこだ、ここは？」又八はできるだけ低い声で聞いた。

「僧院の地下蔵につづく洞穴です」相手の声はしっかりとしている。

「おれはここにぶっ倒れていたのか？」

「ええ」娘はうなずいた。よく見ると白い服を着ている。

「石段のほうで大きな音がしたからきてみたら、あなたが倒れていたの……」

「誰だ、きみはいったい？」

「シャーリラ、僧院のお祖《そっ》師様のお世話をしている看護婦です」

「それが、なんでこんなところに——」

「あなたもあいつにやられたんだろうと思うけど、ゴンザレスという道士がお祖師様をこの地下蔵へとじこめてしまったんです。それをお助けしようと思って……」

「きみは穴についてなにか知っているのか？」

「穴——って？」

「知らんのか？」

「知りませんわ」

「この石段の上だ、丘の頂上につづいている……」

「あァ……」シャーリラとなのる若い看護婦は言った。「あの丘になにかあるのは子供の頃から知ってたけど……」

「穴のことは何も知らんのか？」


「だって、この地下蔵に入ったのもはじめてですもの。ずいぶん昔、僧院の外の林で地すべりが起きて、大きな穴が口を開いてるのをおぼえていたんで、たぶんそうだろうと思って……それより」

シャーリラはカンテラをちょっとさしあげて又八の表情をうかがった。

「あなたはこんなところでどうしたの？」

「ゴンザレスを——」又八は肩の痛みをかばいながらやっと身を起こした。腕は動くし、大した打ち身でもないらしい。「星涯《ほしのはて》から追ッかけてきた。山本又八、宇宙船《ふな》乗《の》りだ」

「あの人は何をしようとしているの？」

「こっちが知りてェ……」

「……」

「それより、その、お祖師様とやらは——」又八は言った。「救助したのか？」

「ええ、弟たちに頼んで、家へ」

シャーリラはカンテラでもういちど又八の顔をのぞきこんだ。

「どうします？　わたしの家に来ますか？」

「いや」又八は言った。「助けてくれてありがとう。怪我もないようだし、すぐにあの丘へ戻りたい。その地すべりの場所から丘へは行けないのか？」

「行けるわ。丘からは今、光が出ているから、すぐわかると思うわ」

「光——？　光ってのはなんだ」

「さァ……。とにかく、何年に一回か、丘のほうからポーッと光が立ち昇るの」

「……」

「それより、丘の上に穴——があるの？」

「うむ、いずれくわしく話してやる機会があると思う。正直いっておれにもまだわからないことだらけだ」

シャーリラが立ち上がり、先に立って歩き出した。又八はすぐあとにつづいた。打ち身だらけで体じゅうが痛むがべつに支障はなさそうである。

どれくらい歩いたろうか。

「足許に気をつけて」ささやきながらシャーリラがカンテラを消した。「もうすぐだから……。左へまわりこむわよ」

彼女はそう言ったままそこへじっと立ったまま。闇の眼を馴らしているのだ……。

「なんのためにゴンザレスを追ッかけてるの……?」ふと彼女がささやくように聞いた。

「うむ……その……な、そんな風に聞かれると、なぜかなァ……」又八は口ごもった。「つまり——」

「言えないのね?」べつに気分を害した様子もない。

「イ、いや」あわてて又八は言った。「つまり、発端はパムという女の子の村がその……なくなって……。モクという爺さんが——」

「モク!」闇の中でシャーリラの息を呑《の》む気配がした。「知ってるのか」

「この僧院にいたことがあるわ」

「やっぱり!」

「……」

「ゴンザレスもからんでるんだな……」

「ええ……」

「だいぶわかってきた……」

「行くわよ」それ以上聞こうとはせずに、シャーリラはぐっと熱い手で又八の手を捉え、慎重に前へ進みはじめた。

闇に馴れた眼に、横からかすかな星明りの射しこんでくるのが見えてきた。

「ほら」

地滑りでできた斜面の大穴からやっと這い出ると、シャーリラが指さした。

浅い谷をへだてて、一面の星空をバックに黒々ともり上がる丘は一キロあるかないか……。

その中央、真ッ黒な頂上の木立ちの間から、ぼーッと白い光が柱のように立ち昇っている……。

「わかった。助けてくれてありがとう」

又八は闇の中でシャーリラの手を握りしめた。さっき、カンテラのほのかな明りに浮かび上がったきれいな顔を、又八はもういちど思い浮かべた。

「いずれまた会うことになると思うぜ。気をつけろよ、あのゴンザレスという坊主はとんでもないやつだ」

「わかってるわ」闇の中でシャーリラの白い顔がうなずいた。「他にしてあげることは」

「ない、ありがとう……あァそうだ!」又八はあわててつけ加えた。「炎陽衛《ほのおのひ》星軌道港にな〈和楽荘〉という船宿がある。そこの爺さんにおれが穴へ向かったと電話しておいてくれ」

「わかったわ。これ持ってきなさい」シャーリラはなにかずしりと重くて固いものを又八の手に渡した。「固体弾用だけど……」

又八は手でちょっとさぐってみてから言った。「ありがとう。なにか、いわくつきのようだな、いいのか?」

古ぼけた短筒《たんづつ》であることはさわっただけでわかる。

「お父さんの形見」

「よせよ! そんな大事なもの」又八はピストルを押し返そうとした。

「大事なものだから持っていって」シャーリラが言った。かすかな星明りのなかにふと、きれいな横顔の輪廓が浮かぶ。「そして返しに来て」

闇の中をシャーリラのはじらいが伝わってきた。

「わかった」とっさに又八はシャーリラのすらりとした肩を抱き、額に唇をちょっと押しつけた。

「ありがとう! 必ず返しにくる」

「気をつけて!」

「用心して家に帰れよ!」

予想していたとおり、ぼーッとした光は穴の中から立ち昇っていた……。

用心に用心を重ね、一寸刻みに地面を這い進んで、又八はやっとのことで丘の頂上へたどりついたのだった。

穴の大きさは三〇メートルほどか……。

そこから、白い光の柱が垂直に立ち昇っているのである。

しかし、だからといって、その穴が白く照らされているわけではない。そこは闇。いや、闇とも違うあの虚無がそこに口を開いている……。なぜか、星明りの中でそれがはっきりとわかるのだ……。

又八は、その穴からすこし離れたやぶの中に身を伏せたまま、そのあたりの様子をうかがった。

べつに人の気配はない……。やはり道士は僧院へ戻ったのか……?

と、だしぬけに、穴の中からなんにもないその表面から、なにか、西瓜《スイカ》ほどの丸いものが下から徐々に現われた。

又八は、はッ! と身を固くした。

みるみるそれは球状となり……いや、その下に——。

人間だ!

人間がひとり、穴の中から現われたのである!

しかし、それに驚いているひまもなかった。

だしぬけに穴の縁《ふち》でぱッと灯りがともり、さっと立ち上がったのは道士のゴンザレス!

又八は冷水を浴びたような恐怖に襲われた。

あれだけ慎重に闇の中をさぐっていたというのに、まったく、これッぱかしの気配も感じとれなかった……。

おそろしいやつだ……。

危ないところだった。

しかし、向こうも又八に気づいてはいないらしい。彼は、もう冷汗をぐッしょりとかいていた。

穴から這い上がったのは小柄な男。

ゴンザレスのリチウム灯に浮かび上がったその顔は粗野なつくりで、かなりの年輩である。

猟師か……？

「どうなったのだ！」その男は責めるように言った。

ひどいなまりはあるが、まぎれもない東銀河標準語であることは聞きとれる。

「どうなったのだ！」その男はもういちど言った。「約束を破るつもりか、え？　おい！」

「ア、あとすこしだ」道士の声はひどくおびえている。

「あとひといきだ！　もう、そこまで着いている」

「それなら、なぜよこさぬ！」

「秘密を守らねばならぬから、その……」ゴンザレスは言いわけをつづける。「もし、一個でよければ明日にも――」

「いったい、なにがどうなったというのだ」男の口調はきびしい。「太陽の南中が合うのは――」

「わ、わかっている！」

「もう時間はないぞ」男はたたみこむ。「あと何日あるか……」

「わかっている。とりあえず、明日にはなんとかする」

リチウム灯の光が反映するゴンザレスの表情はこわばっている。「明日には、ひとつを、とにかく――」

「もし、これにおくれたら覚悟するがよいぞ」男の口調がいちだんと無気味な調子をおびた。「おれはもう、あそこでは生きてはおれぬ。掟を破ったのだからな。おまえもただではおかんぞ。これはおまえのほうからもちかけてきたことなのだからな」

「わかっている」

「死ぬに死ねない目に遭わせてくれるぞ。え、ちょっと行ってみるか、あそこへ、え？」

「や、やめてくれ！」道士の顔は恐怖にひきつっている。「タ、助けてくれ。こちらも一生懸命なのだ。ちょっと邪魔が――」

「そんなことはおれの知ったことではない」男はにべもない。「つべこべ抜かすと幽霊にしてしまうぞ」

「ダ、だから、とりあえず、明日の南中時に――」

「しかと約束したぞ」

男は穴の中へ沈むように姿を消した。

リチウム灯をつけたまま、道士は呆然とそこへつッ立っていたが、やがて、はっ！　とわれにかえり、追われるように丘を下りていった。

念のために、やつはもう一度戻ってくるぞ……。

又八は自分へそう言い聞かせながら、じりじりと地面を這ったまま音を立てぬよう後退していき、一時間もかかって宇宙服をかくしたところへたどりついた。彼は非常食を口に入れ、小ビンの強いやつをひっかけるとそのまま寝てしまった。


次の日の昼前――。

灰色の虚無をたたえる穴の縁へひそむ又八の耳に、丘のほうからかすかな気配が伝わってきた。

木の間隠れに、土木用の重量物懸吊用エアカーが接近してきたかと思うと、昨日、又八が接地にしくじったコンテナを回収しはじめた。彼は上から気づかれぬよう、やぶの中へ深く身をひそめた。

エアカーは樹の間へ突っこんだ形になっているコンテナを巧みに吊りあげ、穴をへだてて又八の正面あたりへ運んでくるとフックを外し、そのまま、すこしはなれた空き地ぎりぎりに着地した。

降りてきたのはゴンザレスといかつい鉱夫頭風の男。

「なんとか間に合った」

道士はほっとしたような口調だが、穴をちらりと見やったその眼はおびえている。

「ひとつでいいのか？」いかつい男は聞いた。「あとはどうするんだ」

「とにかくひとつでも送りこまなければ……」ゴンザレスは言った。「あとのことはあとのこととして――」

「なんだかしらねェが、始末するんだろ？」男は小声で言った。

「うむ」

「おい！」男は、エアカーのほうへ声をかけた。「金を払うからこっちへ来い」

木立ちのあたりでおびえたようにその、灰色ともなんともつかぬ無をたたえている穴を見ていた作業員二人は、ほッとした表情でこちらへやってきた。

パッ！　と二条《ふたすじ》の閃光《せんこう》が走り、一瞬、苦悶の声をのこして胸に大きな灼け穴をつくった二人はそこへぶっ倒れた。

ゴンザレスはちょっと天頂へ眼をやってから言った。

「あとすこし時間がある。死体を片づけてしまおう」

「どこだ？」

「あの木立ちの向こうに古い祠があって、その中に穴がある。あそこへ投げこめばよい。昨日のやつもあそこで片づけた」

「たしかに片づけたんだな」男は言った。「何者だ？」

「知らん」道士はぶすりと答えた。

二人は死体をひきずって、昨日の祠のほうへと行ってしまった。

又八は応急パックをかかえ、エアカーめがけてつッ走った。

とっさの思いつきだが、又八はこれだと思った。

エアカーにたどりついた又八がステップへ足をかけたとき、祠のほうで閃光が走り、あの、鉱夫頭とおぼしき男の絶叫が起こってすぐに途絶えた。

又八は手早くエアカーを起動した。

かなりひどい機体だが慣性駆動系の素姓はよく、エアカーは軽く浮き上がった。彼はそのままコンテナの上へもっていき、懸吊フックをかけるとそのまま上昇をかけた。

　コンテナは軽く浮き上がった。

　しかし、次の瞬間、機体はぐらり！　と横にかしいだ。道士が身をひるがえしてコンテナにとりついたのが、底面ののぞき窓からちらりと見えた。

　とっさに又八は乱暴に機体を穴の上にもっていった。こうすれば、おかしな真似はできまい……。

「やい！」又八は半身を窓からのり出して、眼下のコンテナの縁へしがみついているゴンザレスに向かって叫んだ。

　相手は、おびえた眼でこちらを見上げている。

「このままフックを外してやろうか！」又八はどなった。「〈冥土河原《めいどのかわら》〉へ行ってきやがれ！」

　道士はあわてて懸吊ワイヤへしがみついた。これなら落ちるのはコンテナだけである。

「よし、よし！　覚悟しろよ！」又八はそう叫ぶなり、エアカーに左バンクをかけた。頃合いを狙って右バンク、つづいてまた左バンク。

　やがてコンテナを吊り下げたワイヤは振子みたいに左右へ大きく振れはじめた。

　振幅は、みるみる危険なほどになってきた。

　ゴンザレスは必死でしがみついている。

　ゴンザレスを残し、コンテナもろともエアカーで穴の中へ突入するつもりだったが、こうとなれば、ゴンザレスだけを穴の中へつきおとし、こっちは僧院のほうを調べるか……？

　一瞬、又八は迷った。

　しかし、事態は異様な方向へ展開した。

　おそろしい勢いで左右に振れるワイヤへしがみついていたゴンザレスは、その振幅を利用してパッ！　とむささびのように宙をとび、穴の縁近い樹の梢にとりついたのである。

　そして次の瞬間、ゴンザレスが片手でレーザー銃をかまえたと思う間もなく、パッ！　とエアカーのコックピットが閃光に包まれた。

　猛烈に揺れるコンテナが裏目に出て、エアカーはバランスを崩した。

　決定的なダメージはまぬがれたものの、エアカーはあきらかに不調となり、そのまま、かわす間もなく穴をめがけていっきに降下していった。

11

　陣内が言った。

「それじゃ、はじめてもらうとするかな」

「うむ」ロケ松がうなずいた。

　隠元岩礁《いんげんがんしょう》でひと仕事終え、仲間と共に惑星・白沙《しろきすな》の基地へひきあげひといき入れる間もなく、陣内からの知らせを受けて星涯《ほしのはて》にやってきたのである。

　何十代も昔から住んでいた村を星系軍に接収されて、星涯《ほしのはて》市の場末に強制移住させられた鳴子山地《なるこさんち》の住民たちにとって、体制側に対する恨みは深い。ひょんなことから乞食軍団と出会って以来、助け、助けられる関係が続いている。

　今も、こうしてロケ松がアネモネ区にあてがわれた彼らの貧民用集合住宅の一室にくつろいでいるのも、乞食軍団からのある頼みに応じた陣内から、成功したという知らせを受けたからなのだ。

　粗末な食堂兼居間には、あと、例の猿まわし、〈棺桶の源五郎〉老人。テレコ猿はテーブルの上にちょこんとうずくまっている。

「それじゃ爺《じい》さん、やってみてくれ」陣内が老人に向かって言った。

「へい」老人はちょっとうなずいてから、テレコ猿の頭をかるくつッついた。「おい、しゃべるんだ」

　テレコ猿はふッと頭をあげ、だしぬけに異様な声でしゃべりはじめた。

〝しかし、その後、タンポポ村のほうでもまたなにかあったようだね〟

〝うむ、わたしもちょっと噂を聞いた〟

　テレコ猿は、声をひそめて語り合う財界首脳らしい男たちの品のよい調子を、気味が悪いほど巧みに再現していく。

〝例のＸ２００のほうもあまり進んでいないらしい……〟とべつの声。

〝例のヴィトゲンシュタインが消されたとか……〟

「テレコ猿たァ、うまい名をくっつけたもんだなァ！」

　ロケ松が感嘆の声を洩らした。

「シッ！」老人が小声で制止した。「気が散ると忘れちまうことがあるんだ」

　猿はしゃべり続ける。

〝たしかにこの計画が実現すれば、星系にもたらす恩恵は計り知れないのはわかるんですが……〟

〝軍部というのはせっかちですからねェ……〟

　テレコ猿は、溜息まで洩らしてみせる。

「会議が始まる前らしいな」陣内が小声で言った。

「うむ」

「たぶん、そうだよ」老人が言った。「こいつをしのびこませたあとで、軍やなんかの高級車が何台も到着したからね」

「〈氷〉だね」とロケ松。

「そう、あの高級料理屋だよ。警戒がきびしくて、とてもじゃないが近寄れねェ、かなり離れたところから送りこんだんで心配してたんだが……」

　テレコ猿はちょっと口調をあらためた。別の人物である。

〝いや、どうもお待たせを――。顔もそろっているのだろう、北畠《きたばたけ》君、はじめてくれたまえ〟

「北畠君——ときた。参謀総長のことだな」

「国防長官だろう、この声は——」

猿はまた別の男の口調でしゃべりはじめた。

〝それでは始めさせていただきます。本日、〈ロペス鉱業〉のミゲル・ロペス氏は急病のため欠席される旨《むね》の連絡がありました〟

テレコ猿は、会場に流れた失笑の気配までを忠実に伝えてくれる。〈棺桶の源五郎〉爺さんがなにか考えにふけりながらニヤリ！　と笑った。

〝……では、討議へ入る前に、新しく参加されたかたもあり、整理をかねてこれまでのいきさつを簡単に説明させていただきます〟

〝簡単でよい〟国防長官の声か？

〝ハッ。では——。

えェ、まず本件の発端でありますが、軍機事項ですので詳細は控えますが、第八次建艦計画による主力宇宙艦建造に関連し、軍は、主機となる超大型バニシング・エンジンX200型の開発作業を〈星涯《ほしのはて》重工〉と協同ですすめてまいりましたが、この試運転中、事故のために、星涯《ほしのはて》市南東一〇〇キロ、タンポポ村に次元断層が発生し、若干名の住民が消息不明となりました。軍はただちにこの一帯を第一種区域に指定し、星系警察に協力を求めて機密保持につとめたのでありますが、偶然にも、当星系《ほし》から一〇〇光年の距離にある〈冥土河原《めいどのかわら》〉星系にいた星涯《のはて》船籍の宇宙船がこのタンポポ村の断層からとび出し、X200によって両星系間にトンネルが形成されたことが判明いたしました。

この現象のもたらす戦術・戦略的意義に加えて民間レベルの通商・運輸の分野におよぼす影響の重大さに鑑《かんが》み、この実用化、とくに当星系絶対独占下における実用化を目的として当組織が招集されたわけであります〟

テレコ猿はよどみなくしゃべり続ける。

〝次に本件の現況でありますが、以上のような状況に鑑み、この目的のために軍ではX200よりも桁違いに大きな出力の、仮称X700装置の開発に着手する一方、タンポポ村にできた次元断層、即ち、〈冥土河原《めいどのかわら》〉星系に通ずるトンネルの調査にかかり、その結果……〟

猿は、北畠参謀総長がそこで言いよどむ感じを見事に伝えた。

〝その……〟

〝かまわん〟国防長官の声。〝全部話してさしつかえない〟

〝は！　つまりそのトンネルに関してでありますが、軍では調査のために決死隊二名をトンネル内へおろしましたが二名とも行方不明となり、安全が確認されるまでトンネルの探索は中止しております〟

〝X200のほうは、その後——？〟民間人のひとりらしい。

〝X200に関しては、今後の事故防止のために該装置を小惑星・隠元《いんげん》岩礁へ運び、本格的な実験を実施すべく、目下、準備中であります〟

〝タンポポ村のような事故が発生する危険はないのですか？〟別の声。

「この連中は何者だね？　民間人のようだが……」陣内が聞いた。

「星涯《ほしのはて》の大物実業家に政治家どもよ……」とロケ松が答える。

「早いもンだのう……」陣内は、しゃべり続ける猿から眼をはなさぬままつぶやいた。「一〇〇光年向こうにトンネルが掘れりゃ、すげェ商売になるからのう」

「戦略兵器としても大変なもんだ……」

猿は、星系軍統合参謀総長・北畠《きたばたけ》弾正《だんじょう》の報告をしゃべりつづけている。

〝……そんなわけで、機密保持に関しては十全の措置をとっておりますが、この、タンポポ村にとび出した貨物宇宙船の船主〈星海企業〉については——〟

「！」「!?」ロケ松と陣内が眼を合わせた。

〝タンポポ村に関してなんらかの情報を持っているとみられる人物が逃げこむなど不審な動きを見せており、軍7局（対敵諜報）は星系警察・特捜局と緊密なる連繫のもとに盗聴をつづけておりますが、今のところ、決定的な証拠をつかむには至っておりません……〟

「なるほど」陣内はニヤリとロケ松へ笑いかけた。「乞食軍団はおもしれェ一件に首突ッこンでるわけだ……。あの磁石が、そんなとンでもねェ代物たァ知らなかったぜ」

〝……しかし……〟猿は声の調子を変えた。他の参加者のひそひそ話である。〝いったい、どうしたんだろう？あの警察嫌いの北畠上等兵が、今日は喧嘩どころか、せっせと星系警察を持ち上げてるじゃないか〟

〝いろいろあるンですよ〟とわけ知りの声。

〝なにが？〟

〝おたがいに〈星海企業〉相手にドジを踏んでね、その助け合いなンですよ〟

〝まァ、いい傾向じゃありませんか〟と別の声。〝あそこが仲良くするのは〟

〝いやァ……どうかなァ、いつまで続くか……。参謀総長の北畠弾正も警察本部長官の服部竜之進《はっとりりゅうのしん》も陰険な野心家だからなァ……〟

本当に相手がそこにいるような迫真力にみちたテレコ猿の語り口……。

「しかし、星系軍と星系警察に仲良くされちゃ、こっちは困るんだ……」ロケ松は言ってニヤリとおもしろそうな笑いを洩らした。「ひとつ、動いてみるかな……」

ロケ松は、まだしゃべり続けるテレコ猿のほうへ眼を戻した。

それから一〇日後——

遠く西湾を見通す星涯市《ほしのはて》第二宇宙港。
三〇ほどの離着床をぐるりととり巻く繋留床《けいりゆうしよう》はいくつあるか……。とにかく、大小の尖塔みたいな地上垂直発進型宇宙船が合わせて五〇隻……か。轟音《ごうおん》を立てて宇宙船が一隻離昇した。

その繋留床をぐるりと取り巻いて上屋、保税倉庫、港務ビル、整備工場……。そしてその外側に、大手の定期運送会社からボロ船一隻で商売する群小の会社まで、それぞれの格と規模に合ったおびただしい建物がひしめいている。

乞食軍団、つまり〈星海企業〉の星涯《ほしのはて》市出張所は〝ボロ船一隻〟というわけでもないが、まァ、群小の上に属する会社ばかりの掘っ立て長屋《メタルキャビン》のひとつに入っている。

そこからさらに外側に林立するのは各会社《カンパニー》用無線のアンテナ群。宇宙港域だから高さ制限はあるけれど、ここまでくれば離着床からは数キロも離れており、アンテナ・タワーはかなりの高さである。

今も、その一本、一〇〇メートルもある頑丈なタワーを作業員風の男が二人、せッせとよじ登っていく。

「あッ！　危ない！　ソ、そンなに押さないでくださいよッ！」

屁ッピリ腰で鉄ばしごを登っていくのは〈星海企業〉星涯《ほしのはて》出張所長こと柳家貞吉《やなぎやさだきち》。もう四〇なかば、ひたすらデスクワークを実直にこなしてきたやさ男がなんの因果か、着たこともないつなぎの作業服姿で鉄塔にへばりついている。

「なんでこンなとこによじ登らなけりゃならないんです？　アンテナの調整工事なンて業者か、うちにも若いのがいるじゃありませンか」

「いいから、いいから、さァ、登った、登った！」有無を言わせず下から追いあげるのはロケ松。

「ほンとに、あたくしは高所恐怖症で低血圧なんだから……」もう、柳家所長は泣かンばかりである。「イ！　いけませんッたら！……おねがいしますよ！　あたくしは――」

「さあ、さあ、あとひと息！」と、ロケ松はお構いなく下からあおる。

かわいそうに、その鉄塔のてッぺンについている張り出しへやっと押し上げられた柳家貞吉は、ほっと腰をおちつけ、下を見下ろしたとたんまたもや真ッ蒼になって鉄の手すりへしがみついた。

「いい景色じゃねェか……。第二宇宙港が丸見えだ……」

ロケ松はポケットからシガレをとり出して一服つけた。

小型艇が一隻、水平に進入してくる。

「ときに、又八の野郎がなにか、インコネルJ（耐熱合金）造りの結構な煙管《キセル》をあんたからもらったとかって話だが、ついでン時、おれにもいっちょう手に入れてくれよ……」

「よござンすよ、煙管《キセル》の五本や一〇本、いくらでも作らせますが、それよりも、こりゃいったい、なんの真似なンです？」貞吉は中ッ腹になってロケ松にくいさがった。「こンなつめたい吹きッさらしで、あたくしはおしっこが近いンですから……」

「そっちはこいつで用を足してもらうとして……」ロケ松はケロリと空き罐をひとつとり出した。

「つまりな、いいかい？　あんたなら、ここに出入りする宇宙船《ふね》の素姓や離着床のナンバーはひと目でわかるだろ？」

ロケ松は、はるか数キロ先に立ち並ぶ宇宙船群を手で示した。

「えェ、まァ、そりゃ」と貞吉所長。

「それでな」

ロケ松は小脇にかかえてきたディスプレイ板をとりあげ、縁に並ぶいくつかのポイントへ指を触れた。

「な、番頭さん、おッと、所長さん」

番頭と呼ばれたとたん、露骨にいやな顔をした貞吉に気がついて、ロケ松はあわてて言いなおした。

「現在時は一四五〇、そして、これが第二宇宙港の今日の一五〇〇からの入港スケジュールだ」

大判のノートほどのディスプレイ板には、色とりどりの文字で入港予定の宇宙船に関するさまざまな数値がくッきりと浮かんでいる。

「それで？」貞吉は弱々しく言った。

「それでな、その入港予定の船のうち、白沙《しろきすな》発、白沙《しろきすな》経由の船がちゃんと入るかどうかをたしかめてェんだよ」

「たしかめるもなにも」貞吉は言った。「ここひと月、入港時間の直前変更率はたしか一パーセント以下ですよ。一日に一便あるかないか……」

「そのあとなんだよ、問題は……。まァ、堅気の衆は聞きッこなし」

「堅気の衆とおッしゃってくださるンなら、こんなこわい思いをさせないでくださいよ。あたくしは白沙《しろきすな》の旦《ダン》那様《さま》、あ、いや甚七所長へ抗議しますからね――！」

「爺《じじ》いのＯＫはとってあるぜ」ロケ松はニヤニヤ笑って、ポケットから望遠スコープをとり出しながら言った。

「ただし、爺いめ、条件をつけやがった」

「……条件……？」

「塔からコロゲ落ちねェように、貞吉の体をロープで縛りつけるのを忘れるな――とよ」

「まったく、冗談じゃありませンよ！」所長は泣きそうな顔をした。「他に人はいるでしょうに――」

「いやいや、この距離からひと目でどこの会社のなんて名の船かをちゃんと見分けられる御仁は、星涯《ここ》の業者仲間でもすくないって話だぜ……」と、ロケ松はおもしろそうな表情である。

「よろこンでいいのやら……」貞吉所長はぼやきつづける。「そんなことは宇宙港の立入りパスで展望塔にいければいいンですよ。いや、定刻に入ったかどうかくらい、あたくしの部屋で港内放送系の8系統を聞きさえすりゃ……」

「まァ、まァ」とロケ松はディスプレイに眼をこらしている。「……と、どうも眼が悪くなっていけねェ……と……一五一〇に〈みなと運送〉の061便、白沙《しろきすな》より。第34番離着床——と。どれだい？」

「あれです」こともなげに貞吉所長は、遠く空《あ》いている離着床のひとつを指さした。「定刻に入りますよ」

「どうして」

「ほら、もう進入標識が点滅してるでしょ」ちょっと小高くなったその34番離着床の周囲には、なるほど、巨大な三角形に配置された閃光《せんこう》信号が点滅している。「あッ、来た来た」

貞吉所長が青い空を見上げるのとほとんど同時に、あの、慣性駆動独得の轟音《ごうおん》が脳天をつくように伝わってきた。

「おい、ずいぶん振れてるなァ」ぽツンと現われた黒点がみるみる大きくなってくる。

「こんなもんですよ、星涯市《ここ》の上はこの季節、偏西風が強うござンすからねェ」貞吉はこともなげに言った。「なんどもおりてるじゃありませんか、ここに。おわかりでしょ？」

「そりゃ何百回も降りてるが……」ロケ松は降下してくる宇宙船をじっと見上げている。「下からこんな風に見上げたのは初めてだぜ」

「ありゃ、たぶん星系宇宙軍上がりですよ、船長が。ほれ、あの吹かせ舵の乱暴さったら……。おッとッとッと……。しかし、ぴたりとおろしますからねェ……。見事なもんだ」

やがてその〈みなと運送〉061便はぴたりと34番離着床に着地した。

「いいか、よく見ててくれよ！」

「？」

ロケ松の緊張した口調に、貞吉所長は思わず振りかえった。彼は鋭い眼でじっと離着床を見守っている。

「貨物の降ろしぐあいを見ててくれ。おかしなこたァねェか……？」

噴射推進系ではないから、着地した貨物宇宙船がエンジンを切ると同時に、待機していた出入管理事務所や検疫、税関の車輛がいっせいに接近していく。

「おかしな気配はねェか？」ロケ松はもういちど聞いた。

「いえ、べつに」

「係官の数は——？」

「定員です」

「貨物の降ろしもべつに変わった様子はねェな……」

「ええ」貞吉が不思議そうにロケ松を見つめた。

つづいて二隻が入ってきたが、これは淡雪《あわいゆき》小惑星群よりの直行便と、惑星・炎陽《ほのおのひ》からのチャーター船で、ロケ松はなんの関心も示さない。

つづいて、惑星・白沙《しろきすな》から〈韋駄天社《いだてん》〉の快速貨物便が入ってきた。

「おい！」

ちょっと長い砲弾みたいな小ぶりの船体がぴたりと離着床に着くと同時に、走っていく関係車輛とは別に、他の離着床の間を縫うように一台の小型汎用車が走ってきた。赤い大きな旗。

「間違いなくあれが〈韋駄天〉の02便だな？」

「そうです。緊急車輛が走っていきますよ、なんだろ、いったい？」

「警察か軍警かわからねェか……？」

「いやァ、ありゃ、臨港警察じゃありません……。あの赤旗をかかげてるのは……。あ、ありゃ星系警察だ！」

「おでましだ！」ロケ松がうれしそうな声をあげた。

「貨物区画に横づけしました。あ、私服が乗りこんでいきます……。あれれ！　ありゃ、爆発物処理車だ……。爆発物処理班がついてきてます……！」

貞吉がふと振りかえると、ロケ松は小型通信機に向かって語りかけていた。

「ピー公！　〈韋駄天〉だ！　リズとカウンターに行け」

〝了解〟

「ピーターも来てるんですか？」びっくりして貞吉は言った。

「みんな来てるぜ……」

貞吉は目をパチつかせた。

「ずいぶん、白沙《しろきすな》からの便がたてこんでますねェ……。こんな時間帯があったのか……？」

つづいて降りた〈プリンセス海運〉の白沙《しろきすな》便、これはなにごともなく、貞吉はディスプレイ板へ眼をやった。

「ちょうど星涯《ほしのはて》と対になるんだよ」ロケ松が一服つけながら言った。

「考えてみりゃ大対ですよ。何年にいっぺんだ。運行経費は三分の一ですみますよ。たてこむはずだ……」と貞吉。

「だから狙ったンだよ」

「え？」

「いいから、いいから」ロケ松は言った。「ほれ、次の……と、〈日の丸海運〉……か」

「ロケ松ッつァン、ほれ、あそこにもう待機してますよ。赤旗が……。あッ、あれは星系軍だ……」

「和尚……！」

思わず貞吉が振りかえってみると、ロケ松がもう通話機に向かってしゃべっている。

「日の丸がひっかかったようだぜ」

〝むッふう！〟陽気な和尚の声。〝となれば、星系通信公社の回線を星系警察、光ケーブル回線を星系軍が盗聴しとるわけじゃのう……！〟

「みなととプリンセスがなんともないということは、EHF電話は手を出しとらんようだな」

〝あとは……運輸公社の臨時貨物便じゃな？〟

「そう、あれがひっかかったら、ＥＨＦの秘話信号も解読されとるわけだ」

案の定、着地した〈日の丸海運〉の貨物宇宙船に向かって赤旗をたてた車輛が急行していく。つづいて武装兵員車。

「オーバーなやつらだなァ……」ロケ松がつぶやいた。

つづく白沙《しろきすな》からの公社の臨時貨物便にはなんの異状もなく、その後〈丸正〉の不定期貨物便が星系軍にひっかかった。

「エラ、〈丸正〉のカウンターへ行け！」

〝了解！〟若々しい娘の声がかえってきた。

「さて――と」ロケ松は通信機をポケットに戻してから腰を伸ばした。「助かったぜ、おれひとりじゃ、どれがどこの船だかわかったもンじゃねェ……」

「どういうことなんです？」貞吉はぽつンと言った。

「ゆっくり話すよ。さァ降りようぜ」

陽は宇宙港の向こうに傾きはじめ、いちだんと冷たい風が立ちはじめている。

「おしッこは大丈夫かい？」ロケ松は空き罐をさしあげてみせた。

「なにが風邪ひいちまいますよ。こんなとこで用を足したンじゃ！」

二人は声をあげて笑った。

「あの、アノ、すみませンけど……」

それから一時間後、第二宇宙港の貨物ビルのすみっこ。〈日の丸海運〉の貨物引き渡しカウンターに、一人の若い娘が現われた。貧しい身なり。おどおどしている。

「はい？」事務員が応対した。

「あの……白沙《しろきすな》からの貨物便、つきました？」消えいるような声で言いながら、娘はおびえたようにあたりを見まわしている。

「はい、先ほど到着しました。運送状番号《ビル・ナンバー》とお名前をどうぞ」

「ア、あの、３５１８１３１、受取人は――」娘はどぎまぎと答えた。「山野花子」

応対の事務員は何喰わぬ表情だが、カウンター内がさッと緊張した。

娘はその気配に気がつき、逃げようとした。

そのとたん、すッと両側から男が彼女をはさむ形になった。

「星系軍７局（対敵諜報）の者だ。ちょっと聞きたいことがある」

娘は皿のような眼で喘《あえ》ぐだけ。あッという間に、彼女は奥の一室へ連れこまれた。

「何を受けとりに来た？」

机の向こうにすわらされた少女に向かって、星系軍７局の持捜員は訊問した。

「イ、言えません……とっても」娘は蚊の鳴くような声。

「何が入っているんだ？」

「ゴ、ごめンなさい、ごめンなさい。みつかると殺されてしまいます」

「殺される――？」

「え、ええ」がくンと娘はうなずいた。

「貨物の中はなんだ!?」男は氷のような冷酷な眼できめつけた。

「言えませン……死ンでも言えませン……」娘は絶えいりそうな声。

「しぶとい小娘だ……。いいか！　もう、証拠は上がっているんだ。おい、聞かせてやれ！」

部下のひとりが、机の上の小さな箱のスイッチを入れた。

〝例のものな、〈日の丸海運〉の貨物便にこっそりのっけたからな〟若い男の声。

〝ウン、ありがと〟答えているのは、まぎれもなくこの娘の声である。電話の盗聴らしい。

〝こっそり受けとれよ。めっかると爆発するぜ〟

〝わかってる。めっからないように受けとるわ〟パチリ！

「さあ、これでも言えないのか？」捜査員は問いつめた。

「例のものとはなんだ？」

「……」

「なんだ、爆発物は？　クロピクか？　ＰＮＴではあるまい……星涯《ほしのはて》市で破壊工作をくわだてるつもりだな！」

「……」

「よし、それでは開けてもらおう！」

捜査員に両腕を捉えられ、宇宙港に待機している汎用《ジー》車《プ》へのせられた娘は、さっき到着した〈日の丸海運〉の貨物宇宙船へ連れていかれた。

あたりには爆発物処理班がものものしく防爆バリケードを築いている。

娘は、その異様な雰囲気にのまれて立ちすくんだ。

「さあ！　乞食軍団からの貨物がなんだか、自分であけて見せてもらおう……！」

乞食軍団と聞いたとたん、娘はピクリ！　と大きく身をふるわせたが、そのまま、決心したように防爆バリケードのほうへ歩き出した。

「おかしな動きをしたらすぐに射殺しろ！　自爆するつもりかもしれんぞ！」

Ⅳ式短レーザー銃を構える警備兵たちがうなずいた。

しかし、娘はべつにおびえる風もなく、混載貨物トレイの中の小箱をとりあげ、そのままこちらへ戻ろうとした。

「止まれ！」捜査員は鋭い声をかけた。「動くな。そこで包みを開け！」

娘は、いったい、なんでそんなに警戒しなけりゃならないのかしら——という表情を浮かべたが、そのまま、思いきって包みを開きはじめた。

「抜かるな！　包みの中の爆薬でこっちを攻撃してくるかもしれん。容赦なく射殺しろ」

しかし、娘はあっさりと箱を開いた。

「開きました」彼女はこっちに向かって言った。

「よし、その箱はそこに置いて、両手をあげてこっちへ来い……！」

両手をあげてこちらへ歩いてくる娘と入れ替りにヘルメットと防爆服で身を固めた爆発物処理班が慎重に接近していった。

それから三〇分後——

「……ううむ……」

さっきの部屋へ戻った捜査員は頭を抱えていた。

テーブルの上にはなまめかしい女物の下着類がどッさり……。

「あたしがなにか、いけないことをしたんですか!?」

捜査員のあわてッぷりに、さっきまで絶え入りそうにオドオドしていた娘はひらきなおった。

「白沙《しろきすな》のボーイ・フレンドがあたしにこッそり大人ッぽい下着を送っちゃいけないって法律があるんですか？」

貧しい身なり、一五、六の小柄な娘だが、気は強いらしい。

「電話を盗み聞きしたりして……イヤらしいッたらないわ……！　公安委員会と〈エレポート〉にタレこんでやるから！」

「ウ……ううむ……」

「あたし、未成年ですからね！」娘は大声できめつけた。

「未成年の娘の下着が欲しけりゃ持ってきな！　このスケベエお巡り！」

「……ま、待て！」突然、捜査員は思い出したように叫んだ。「いいか！　女の下着で、おまえのボーイ・フレンドは、なんで、爆発するぞ——などと言わなけりゃならん！　おまえはさっき、中味を知られると殺される——と言ったな！　どういうことだ、これは！　さァ、答えてみろ！」

勝ち誇った捜査員がそう叫んだ折も折、蹴飛ばされるような勢いでドアが開いたかとおもうと、白ひげの老人がつむじ風みたいに暴れこみ、いわば、身をもってその答を示してくれることになったのであった。

「花子！」仁王立ちとなった老人は絶叫した。「やっぱり、こんなところに！　この浮気女めが！」

「ヒッ！」娘は、またもやあのおどおどした少女へ戻った。「ゴ、ごめンなさい！　ゴ、ごめンなさい！　お祖《じ》父《い》ちゃン！」

「昨日は白沙《しろきすな》から電話があるし、今日はソワソワ出ていくから——」

バチッ！

止める間もなく老人は娘の横ッ面《つら》をひッぱたくと、返す勢いで捜査員へつかみかかった。

「キ！　きさまが乞食軍団のゴロツキか！」

「チ、違う！　違う！」捜査員があわてて叫んだ。「軍7局の捜査員だ！」

「なにを抜かすか、この色気違いめが！」老人はわめき立てた。「軍7局がこんなみだらな下着となんの関係がある！」

それから間もなく——

第二宇宙港からアネモネ区へ向かう古ぼけた地表艇《ホバ・ヴィ》の二人連れ。操縦しているのは乞食軍団のはるみ、となりにすわっているのはもちろん和尚……。

「お祖《じ》父《い》ちゃン、ごめんなさい……」しおらしい声で言いながら、いたずらッぽい笑いと共に、彼女は靴の裏をちょいと上げて見せた。

いつの間にやら小さな薄い板が貼りつけられている。盗聴発信カード……。ちょっと眼をやった和尚も、ニヤリと笑ってうなずいた。

「……」

「ねッ、お返事してちょうだい」はるみはしおらしくつづける。「おこらないで……」

「あの捜査員はけしからんやつだ！」和尚はわざと不機嫌に言った。「市会議員の山糸さんに頼んで北畠にネジこんでもらう」

「そんなにしなくっても……」とはるみ。「ドジなだけなのよ、お巡りって——」

「おまえもおまえだ！」和尚はこわい声を出した。「乞食軍団のゴロツキ風情に首ッたけになりおって……。家に帰ったら、お尻をひッぱたいてやる！」

二人はあやうく吹き出しそうになるのを必死で抑えていた。

同じような騒ぎは、ほぼ同時刻ごろ第二宇宙港の貨物ビル内、〈韋駄天社〉のカウンターでも起きていた……。

〝決行するぞ、計画書は〈韋駄天〉の快速便にのせた。尾行に用心しろ〟

〝わかったわ〟——という、惑星・白沙《しろきすな》の〈星海企業〉から発信されたそんな男女の電話盗聴にもとづいて、星系警察の捜査員が張りこんでいるところへ現われたのは若奥様風の女。

連行して事情聴取を行ない内容をきくが、〝開ければ破裂する〟のくりかえし。

そこへ現われたのは女の亭主と称する若い男。たちまち始まった〝この浮気女！〟〝このやきもち亭主〟のつかみ合いが昂じて問題の貨物の奪い合いに発展し、捜査員が止める間もなく、むしりとられた包みを亭主から奪いとった女房はそいつを床へたたきつけ、そのとたんに爆発が起こって包みは木ッ端みじん……！

すわ！　と色めき立った捜査員だが、調べてみれば爆発物はささやかな鼠花火。万一、他人の手に渡ったとき中の手紙を抹消しようと計ったものらしいが、その甲斐もなくそっくり回収された問題の手紙を調べてみれば、駈け落ちの手順をこまかく記したなんの変哲もないラブレター……。

〝信書の秘密侵害で市民人権委員会へ提訴する〟といきまく夫婦へひたすら泣きを入れなんとかおひきとり願うというお粗末。

ところが〈丸正〉の宇宙船で到着した乞食軍団発の貨物はちょっと事情が違っていた。

〝国防長官の野郎に一発喰わせてやれ！〟という盗聴をもとに張りこんだ星系軍5局（司法検察）の前に現われたのが、なんと、爆薬類を安全に運搬するためのコンテナ。すわ！　とばかりに爆発物処理班は色めき立ち、周囲の人間を退避させ、温度が上昇して自然発火するのを防ぐため低温CO_2ガスを吹きつけているところに受取人が現われた。

これがまた渋皮のむけたいかにもわけあり風のいい女と来たから話はややこしくなった。

貨物のところへ連行された彼女は、「冷やしちゃだめ！　爆弾が破裂する！」と叫んだ。

しかし、マイナス30度まで冷却されて爆発する爆薬はない――と、爆発物処理に馴れている隊員たちは、わめき立てる娘を尻目にその冷凍コンテナを慎重に開いた。

そのとたん、なにか丸いものが現われ、プーッと、みるみるひと抱えほどにまでふくれ上がったかと思うと、呆ッ気にとられている隊員の間からゆッくりと浮き上がった。

「つかまえて！」娘は叫んだ。

言われて隊員のひとりが、その、得体の知れぬ桜色したボウルをひッつかもうとしたとたん、あろうことか、ボウルの割れ目から現われた巨大なハサミが、ちょきン！　とばかり、近くにいた隊員の首をはさんでしまったのである。防爆ヘルメットをつけていなければ、そっくり首をちょん切られているところである。たちまちあたりは大騒ぎとなった。

とっさにべつのひとりの構えたⅣ式レーザー銃を押さえて、その桜色したボウルのところへ駈け寄った娘は、手に持ったヘアピンで、ちょン！　とその表面を突ッつき、ぱッ！　と床に伏せた。

パーン！

とんでもない音を立ててボウルははじけ、あやうく宙にブラ下げられかけていた大きなバクダン蟹の本体がむき出しとなり、ドサリ！　と床の上に落下した。首をハサまれていた隊員は伸びてしまった。

「さァ！　これをどうしてくれるの？」

娘はひらきなおった。

「このバクダン蟹は、国防長官の今晩のお食事にさしあげるんだよ！　温度差で気嚢がふくれるから――って言ったのに……。格好つかないじゃないか！」

いったい……おまえは……という指揮官の問いに、

「あたしかい？」

娘は昂然と胸を張った。

「あたしはね、言いたかないけど、恐れ多くも国防長官のお妾《めかけ》さ！」

この一発できまった……。

隊員は大あわてで蟹の本体をコンテナにおさめて平あやまりにおひきとり願う始末。

とはいえ……ただでひきさがる軍5局ではない。

嫌味たらたらで出ていく女を念のために尾行してみると、真ッ赤なペガソの400はそのまままいっきに国防長官官邸に向かい、そこで、こッそりと裏門からコンテナが搬入されたとなればそれ以上文句をつける余地もない。念には念を入れひそかに調べてみても、その日の夜、たしかに長官はバクダン蟹を賞味したという……。白沙生《しろきすな》まれのメイドの姉さんからの進物……という説明も、話が話であってみれば、その嘘ッぽさがなおのことももっともらしい……。

もちろんこれら被疑者にはそれぞれ盗聴器がひそかにくっつけられたが、怪しい気配もなく逆にその日のうちにすべて発見され、破棄されてしまった。

星系軍7局の特捜室のスピーカーからは〝まァ！　お祖父《じい》ちゃん！　あのお巡りッたら嫌らしいわッ！　ほら、盗聴カードよ！　きっと、あたしのおしっこする音を聞くつもりだわ！〟という声と共に、紙電池が引き裂かれたらしく、すーっと波が弱まるなかでボチャン！　とかすかな水音がしたのは、トイレットの中に放りこまれたのか……。

星系警察本部特捜局が追ッかけた夫婦の場合は〝まァ、あんたはあたしに盗聴ボタンをくっつけたのね、この焼《やき》餅《もち》やき！〟〝馬鹿野郎！　なんでおれがおまえみたいな尻軽女に盗聴ボタンなぞ！〟〝ガチャン！〟〝キーッ！〟〝殺してやる！〟〝タ、助けてくれ！〟〝ブッリ！〟でおしまい……。

そして5局のほうは、〝ねェ、あなた、バクダン蟹おいしかった……？〟という例の女が国防長官へこッそり電話をかけている甘ッたるい気配にはじまり、喋々《ちょうちょう》喃々《なんなん》のやりとりのあとで今日の騒動へと話が及び、軍5局のやりかたを告げ口をしたとたんに先方が怒り出し、あわてた女は〝許してあげて！〟となだめにまわる始末。

そんなやりとりの最中に、〝ガサガサ！　バリッ！〟という音と共に波が途絶えたのは、女のハンドバッグの裏に貼りつけた盗聴テープをペットのシャム猫がかじりでもしたのだろう……。それッきり。

こんなわけで、〈星海企業〉、通称乞食軍団に対する盗聴計画は空振りにおわった。

タンポポ村の一件に関して星系軍・星系警察のトップが協調関係をとり戻していた時期である。もしもその意を呈して、彼らが協同でこの計画を遂行し、その失敗結果を慎重につき合わせてみれば、あるいは、別の手がかりをつかんだかもしれない。しかしトップの政治的かけ引きと違って、お役所の縄張り根性がおいそれと解消するわけもなく、まして犬と猿の仲である星系軍5局と7局、さらに星系軍対星系警察となればそんな協同作戦など絶対にあり得ぬ——と読んだ乞食軍団側の勝利であろう……。

しかし、意地になって公社の電話回線の盗聴をつづける星系警察と、VHF系、光ケーブル系の盗聴を続ける星系軍5局、7局との間に決定的な破局を招くような騒ぎがもち上がったのはそれから一ヵ月ほどあとのことである。

12

「よし！　乞食軍団め！　ついに尻尾を出しおったな！」

星系軍統合参謀総長北畠《きたばたけ》弾正《だんじょう》中将はデスクをドン！とたたいた。

「こんどは間違いないな!?」

「はッ！　大丈夫であります」タンポポ村の一件を担務している副官が威勢よく答えた。

中将は、もう一度、届けられた紙に眼をやって唸った。

「ふうむ……」

白沙《しろきすな》・光通信回線2０8８2系・〇八一二より〇八一五の間に傍受せる内容。

〝土曜の夜中、おむすびのてッペンにあつまるんだ。タンポポに攻めこむぞ！　間に合わなけりゃヘリでこい！〟

〝いよいよだな、まかせとけ！〟

〝ぬかるなよ〟

〝天婦羅には気をつけたがいいぜ〟

「ふうむ……」参謀総長は副官のひろげた地図へ眼を移した。

「ここがタンポポ村であります。その東方五〇キロがおむすび山。この頂上からタンポポ村のある盆地へ攻めこもうというのだと考えられます」

「天婦羅——とはなんのことだ?」

「はッ」得たりとばかりに副官は地図の一点を指さした。「これであります！　おむすび山の東斜面でありますが、ここが古くから天婦羅沢と呼ばれております」

「間違いないな、これは……」北畠中将は眼を上げた。

「はッ、そう考えます！」

「よし、かかれ！　5局と7局に命じてヘリで集結するやつを一網打尽にしてしまえ」

「はッ！」

「待て」退出しようとする副官に向かって中将は言った。「201（首都防衛機動戦闘師団）を一個中隊出動させろ。上空警戒を怠るな。やつらのことだ。航空機も使うかもしれん……」

ただちに出動命令は発せられた。

土曜日の午後から、おむすび山の登山道にはなんとなく人目を避ける風に重装備の登山者たちがあつまりはじめ、なにごとかと不審がる村人にはナイト・オリエンテーリング大会が開かれると答えた。

そして夜になると、おむすび山の七合目から上に、時折、キャンプファイアの焚火が木の間がくれにちらちらするのをふもとからも見ることができた。

「ふうむ……」そんな焚火をふもとの谷間からナイトスコープでのぞいていた男が唸った。「間違いない。オリエンテーリングなどととぼけくさって……。ちゃんと銃器を携帯している……」

「連絡しますか、隊長？」背後で、やはり登山スタイルの男が聞いた。

「よし、本部長に報告。〝盗聴報告の内容に相違なし、乞食軍団は登山者に化けて集結中。本隊の出動を乞う。敵は重装備〟」

「わかりました！」男は、すこし離れたところにとめてある地表艇《ホバ・ヴィ》のほうへ走っていった。

「よし！」隊長は決然としてナイトスコープにもういちど眼をあてた。「しかし……乞食軍団というのは、こんなに人数がいたのか……！」

完全装備の星系警察・機動部隊が砲艦までつれておむすび山ふもと全域をひしひしと包囲したのはそれから一時間後のことである。

しかし、いってみれば、配置完了を星涯市《ほしのはて》の〝置いてけ堀〟に報告した隊長が、念のため、上空から偵察したい、ヘリコプターを一個小隊出動させてくれと依頼したのが騒ぎの発端になったわけだが、それがなくとも、おそかれ早かれ、この衝突は発生していただろう。なにしろ双方とも血迷っている。

夜半、無灯火で飛来したヘリの編隊が頂上すれすれにさしかかったとき、だしぬけにおむすび山の九合目から猛烈な対空砲火がおそいかかり、あッという間にヘリの一個小隊、計五機が火達磨となって墜落した。

仰天した星系警察は、対空砲火の上がったあたりに向かって猛烈な集中砲火を浴びせかけた。

しかし、奇襲を受けて驚いたのは、むしろ登山家に変装して山中に潜んでいた星系軍である……。盗聴どおり、夜半に飛来したヘリを全機撃墜したとたん、あろうことかあるまいことか、猛烈な砲火がふもとから襲ってきた……！　乞食軍団に包囲された！　あわてた指揮官が増援を求めたので騒ぎはさらに大きくなった。間もなく飛来した攻撃ヘリの大編隊は、おむすび山のふもと一帯に嵐のようなナパーム砲の炎を降らせ、これに警察側が悲鳴をあげて本部に救援を求め、警察本部がこれは警察の手にあまると判断し、面子《メンツ》を捨てて星系軍に協力を要請してやっと真相が判明した時には、もう、双方に数百人の死傷者を出していた。

これが星系軍相互、機動警察隊相互に起こった同士射ちなら、司令・連絡の通信系統ひとつ考えてみても事態がもっと早く収拾されていたのは言うまでもない。

もちろん、〝犯罪捜査に関する星系軍・星系警察の担務協定〟などという古めかしいとりきめがあって、連絡用チャンネルが設定されてはいるのだが、そんなものがあることさえおぼえているものはいやしない……。

まぁ、それはそれとして……。

星涯《ほしのはて》市郊外でそんな事件が発生した土曜日の真夜中、惑星・白沙《しろきすな》の山猫街道に面した小さな町で、〈星海企業〉の若い整備工たちがちょっとした騒動をひきおこしたことを知る人はすくない。

彼らは、休暇で帰省していた仲間と電話で連絡をとり、町の一膳飯屋〈おむすび山〉にあつまり、屋根に登って筋向かいのスナック〈タンポポ〉のベランダめがけて大石を放りこんだのである。五郎八という整備工がその店のナンバーワンにふられた意趣返しだという……。

それを小うるさい隣の天婦羅屋の親爺《おやじ》が発見して通報し、保安官がやってきて全員がとッ捕まり、あわてて〈星海企業〉の基地からすッとんできたゲロ政という職長が散々ッぱら絞られたというが、この騒動とて、もし、軍・警どちらかが本気で捜査する気になっていれば、なにかの発見があったかもしれない。

たとえば、〈おむすび山〉、スナック〈タンポポ〉、ともについ数日前に店名を変更していることなどもたぶん、そのひとつだろうが……!

それはさておき、この事件とその収拾にまつわるいざこざによって、星系軍・星系警察の仲が決定的な敵対関係となったことは言うまでもない。

ロケ松はニヤリと笑いかけた。

「これで仕事がやりやすくなったぜ、和尚!」

「ありがたいのう」

和尚はうれしそうにうなずいたのだった。

銀河乞食軍団

6 炎石の秘密

伊藤典夫へ。
東銀河系あるかぎり……、
感謝をこめて。

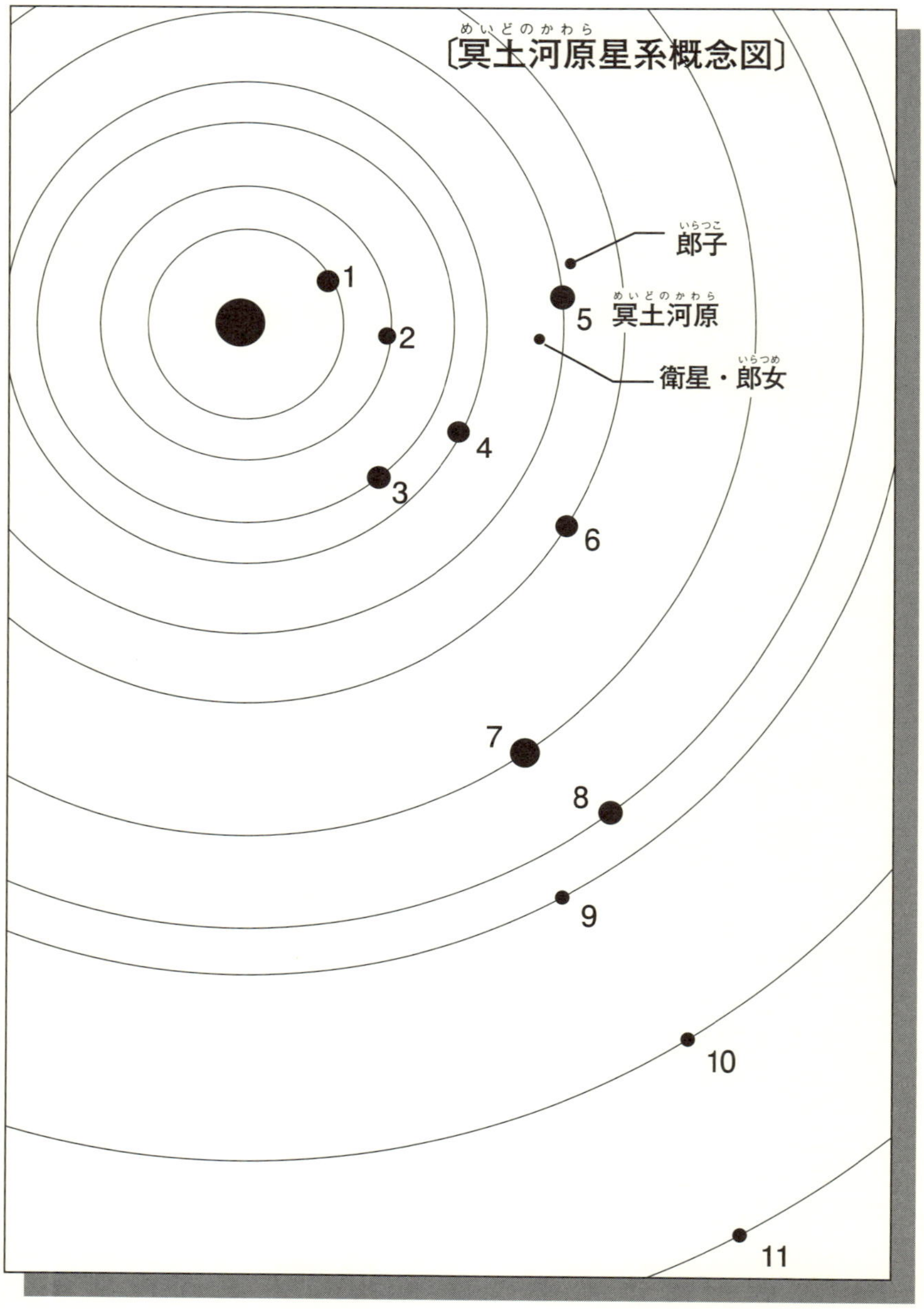

0

東銀河系のはずれ、〈星涯《ほしのはて》〉星系……。

この物語の主な舞台である第5惑星の星涯《ほしのはて》から第2惑星・炎陽《ほのおのひ》に向かった、とあるコンテナ船団が隕石流に突入して遭難し、ひょんなことからその回収作業を引き受けたのは、第4惑星・白沙《しろきすな》に基地を置く〈星海企業株式会社〉、通称〈銀河乞食軍団〉の山本又八を中心とするクルーであった……。

彼らならではの剛胆にして巧妙なオペレーションが成功し、無事にこのコンテナ船団を隕石流から引きだし、先方の指定する第2惑星・炎陽《ほのおのひ》の荒野へ送り届けるうちに、その荷主こそ星涯《ほしのはて》市の上流階級にとり入って金をあつめている奇怪な老人、自分たちも命を狙われたことのあるゴンザレス道士であることが判明したのだった。

そしてどうやら、この荒野の一角にはあの、星涯《ほしのはて》市郊外のタンポポ村をそっくり呑《の》みこんだものと同じような謎の次元穴、一〇〇光年も離れた〈冥土河原《めいどのかわら》〉星系に通じていると思われる次元トンネルが開いているらしいのである……。

あの坊主は、その次元穴を利用して〈冥土河原《めいどのかわら》〉星系へコンテナを送りこもうとしている！

だが、不思議なことにそのコンテナには、ゴンザレス道士が星涯《ほしのはて》市の金持ち令嬢たちから集めたとおぼしい豪華な衣類、装身具などがぎっしりと詰っているだけなのである……。

なんのためにこんなものを……？

なんとかその真相を突きとめようと、そんなコンテナと共に100型艇からパラシュート降下した又八は、きわどいところで道士の死の手をのがれて穴の縁へ潜み、次の朝、昨日のコンテナを一個だけ運んできた相手のすきを狙ってエアカーを奪うと、とっさにそのまま上昇をかけた。

コンテナを懸吊《けんちょう》したエアカーは軽く浮き上がった。

しかし、次の瞬間、機体はぐらり！ と横にかしいだ。道士が身をひるがえしてコンテナにとりついたのが、操縦席の床面にある監視窓からちらりと見えた。

又八は、奇怪な灰色の虚無を湛《たた》える池の上に機体を持っていった。

こうすれば道士もおかしな真似はできまい……。

「やい！」

又八は半身を操縦席から乗り出して、眼下のコンテナにしがみついている道士に向かって叫んだ。

相手はおびえた眼でこちらを見上げている。

「このままフックをはずしてくれるぞ！」又八は怒鳴った。「〈冥土河原《めいどのかわら》〉に行きやがれ！」

気がついたように、道士はあわてて懸吊ワイヤへしがみついた。これなら又八がフックを外しても落ちるのはコンテナだけである。

「よし、よし！ そうはさせてたまるか！ 覚悟しやがれ！」

又八はそう叫ぶなり、エアカーに荒っぽく左バンクをかけた。頃合いを狙って逆に右バンク、つづいてまた左バンクにもどす……。

コンテナを吊り下げたワイヤは振り子みたいに左右へ大きく振れ始めた。

振幅はみるみる危険なほど大きくなってくる。

道士は必死でワイヤにしがみついたまま……。

ゴンザレスにおいてけぼりを食わし、エアカーで穴の中へ入るつもりだったのだが、こうとなれば、道士を穴の中へ突き落とし、こっちは僧院のほうを調べるか……？

一瞬、又八は迷った。

しかし、事態は異様な方向へ展開した。

おそろしい勢いで左右に振れるワイヤへしがみついていたゴンザレスが、その振幅を利用して、パッ！ とむささびのように宙を飛んだかと思うと、見事、穴の縁から張り出している樹の枝にとりついたのである。

そして次の瞬間、道士が片手でレーザー銃を構えたと思う間もなく、エアカーのコックピットは、パッ！ と閃光《せんこう》に包まれた。

猛烈に揺れるコンテナが裏目に出て、エアカーはバランスを崩した。

決定的なダメージはなんとかまぬがれたものの、慣性駆動系はあきらかに不調となり、そのまま、躱《かわ》す間もなくエアカーの機体は穴をめがけていっきに降下していった。

ずぶり……！

まさにそんな感じだった。

さし渡しが五〇メートルもあるかないか、あえて色をつけるとすれば青灰色と言うべきか、透明とも見え、不透明とも思え、液体とも固体とも感じられるが、それでいてなんにもない……としか思えぬ、なんとも不気味なその淵をめがけて降下していった又八のエアカーは、そのまま いっきにずぶり！ とその内部へ沈みこんだのだ。

なにも……ない。

なにも……。

あたりは、虚無そのものに包まれた。

そのとたん、又八の脳裏にはかつて〈クロパン大王〉で同じような体験をしたロケ松、ピーター、コン、パムたちの話が生き生きとよみがえってきた……。

彼らの話によれば、タンポポ村で消息を絶ったパムの両親を求め、謎の老人モクの言葉を頼りに〈冥土河原《めいどのかわら》〉星系の宇宙空間で幽霊と出会った直後、乗っていた〈クロパン大王〉はわけのわからぬ青灰色の空間に突入してしまい、差しこんでくる一条《ひとすじ》の光を頼りに船を進めたという……。

あれだな！　一条の光というやつは！

前方に目をこらした又八は心のなかで叫んだ。

エアカーを包む透明とも不透明とも、それでいてなんにもない……としか思えぬ空間のただなかに、黄色い一条の光が棒のように伸びているのがはっきりと見えるのである。

いや、一条ではない。

その光は、頭上からの一条と、かなたから伸びてくるべつの一条とが微妙な角度で交差している……。

と……。

エアカーの懸吊フックが外れたのか、機体の下に吊られていたコンテナが、はずみでもついたようにすーっとその光条にのって遠ざかりはじめた。

そのとたんである。

又八は、とんでもない手がかりをつかんだと思った。

頭上の穴から差しこんでくるのは太陽の光……。そして、彼方から差しこんでくる光条は……、もちろん、向こうの太陽の光なのだ……！

つまるところ、あの時、〈冥土河原《めいどのかわら》〉星系で穴のなかに入ってしまったロケ松たちは、信じられぬことながら一〇〇光年もの彼方から差しこんでくる〈星涯《ほしのはて》〉星系の太陽の光へ偶然にも導かれて〈クロパン大王〉を進め、タンポポ村をまるごと呑《の》みこんでしまったあの大穴から惑星・星涯《ほしのはて》のど真ん中に出てしまったのだ……！

だとすれば……。

とっさに、又八がエアカーの操舵系統をチェックした。べつに異常はないらしい。

彼はコンテナの後を追うように、エアカーを彼方から差しこんでくるその黄色い光条の方向へと持っていき、微速航進をかけた。

先を行くコンテナは見る見る遠ざかっていく……。

遠近感が奇妙に狂っている……。

なにしろ距離は一〇〇光年だからな……と、又八はわけのわからぬことをつぶやいた。

コンテナは間もなく見えなくなった。

もう、穴を抜けて〈冥土河原《めいどのかわら》〉星系に出てしまったのだろうか……。

1

その、惑星・冥土河原《めいどのかわら》……。

東銀河系の縁……。

おびただしい数の死に絶えた太陽によって形成される複雑な重力波干渉のために宇宙航行が難しく、いちおう東銀河系連邦に加盟してはいるが、東銀河系中心部の諸星系はおろか、〈星涯《ほしのはて》〉星系ともろくに接触はない辺境星系〈冥土河原《めいどのかわら》〉の主惑星……冥土河原《めいどのかわら》。

たまに稀《き》有《ゆう》金属鉱を積みだすささやかな宇宙港のある冥土河原《めいどのかわら》……市とは名ばかりのささやかな町を中心に、山地と荒野を走るまばらな鉄道と道路によってかろうじてつながれている鉱山町のいくつかをのぞけば、ただ、はてしもなく広がる平原や山地に人の住む気配はまったくないといってもよい……。

そんな山岳地帯の一角、深い原生林から突き抜けるようにそそり立つ大小のけわしい岩峰群、全部で二〇もあるだろうか……。

いちばん高いものは比高差で軽く一〇〇〇メートル……。とても人間の近寄れるようなものではない。

しかし、よく目をこらすと、そんな垂直にそそり立つ岩峰の側面に、わずかな岩の凹凸《おうとつ》や割れ目を利用してささやかな木の桟道《さんどう》やはしごが、基部の森のなかから細々と一本、上のほうへ続いているのが見てとれる……。

あたりは夜が明けたばかり。

人影がひとつ、ささやかな、いまにも頽《くずお》れそうなその狭い桟道を登っていく。

たしかな足取りはまぎれもなく男だが、なにかひどくあたりをはばかっている気配が感じられる。

巨大な岩壁へやっと貼りつくようにつづく桟道は、間にあわせの木の枝や荒削りの板切れを使った粗末なもので、人ひとりがやっと通れるか通れないかの狭さ。岩峰と岩峰の間のくらくらするような底無しの深淵をつなぐ吊り橋の危なっかしさに至っては、とてもまともな人間の神経に耐えられるものではない……。

だが、その男はべつにおびえる様子もなく、確実な足取りでその桟道をぐんぐん登っていく。毛皮の上下に身を包み、背中に背負った長刀、野武士の身なりである。

二〇代のなかば、森のなかを縦横に走りまわってきたえられた野武士特有のたくましい体つきだが、陽灼けした端整なその顔立ちに、どこか育ちのよい知的なひ弱さ……とでもいったものが感じられるのは、昔、部族同士の争いからこの天然の砦《とりで》にたてこもり、飛《ひ》天《てん》族を名乗った一族直系の血筋を受けてでもいるのか……。

あたりの気配をひどく気にしている様子が、いちだんとその神経質な感じを強めてみせる。

森のなかからそびえ立つそんな岩峰を三分の二も登ったあたり、桟道が岩峰と岩峰の間に入りこむと、地上からは見えないが、岩峰群に包みこまれるように比較的低いべつの岩峰群がいくつか現われ、それらの岩峰群を桟道やはしごでつなぎあわせて、ちょっとした村落が形成されているのが見えてきた。

家は二〇〇軒もあるだろうか、まだひっそりと寝しずまっているが、男はそんな村が見え始めたとたんにいちだんと緊張するのがありありと感じられた。

村の入口には四六時中見張りが配置されているのだ……。

ふと立ちどまった男は、慣れた様子で桟道の手すりを軽く乗り越えると、岩の間の狭い隙間にひらりと飛び渡った。どうやら、間道ができているらしい。男は狭い岩棚をたどるようにして、村を大きくまわりこむように進んでいった。

男がひとつの大きな岩角をまわったときである。

「若様！　高嶺《たかね》丸《まる》様！」

いきなり、目の前に姿を現わしたのは若い娘である。砦に仕える腰元の衣《ころも》は、危険な間道を抜けてきたためか、いたるところが乱れ、かぎ裂きができている。

「どうしたのだ！　夕顔！」

一瞬ギョッとなった、その、若様、高嶺丸様と呼ばれた男は、狭い岩棚の上でぶつかりそうになったその娘の肩をやっと抱きとめた。

「あぶないじゃないか……。こんなところまで出て来るなんて……」と、さもいとしそうにその若い腰元の顔を覗《のぞ》きこみながらの言葉は、まさに育ちのよい若殿様のそれである……。「どうしたんだい？　待ちきれなかったのかい？　え？　ホラ！　お土産《みやげ》だよ！」

思い詰めた娘のただならぬ表情に気がついているのかいないのか、男はそそくさと腰につけた包みをほどいて娘の前にさしだした。

中から現われたのは、およそこんな砦とは場違いなピンクのドレス、なまめかしい下着一揃《ひとそろ》い、靴、化粧品……。それも、とびきり高価な品物ばかりであることは一目でわかる。

「さ、ごらん、え？　夕顔。綺麗だろう？　こんなすばらしいものは見たことがないだろう？」若者はもう、その腰元がいとしくてならぬように頬を寄せた。「さぁ邸《やしき》に帰ったら身につけて見せておくれ……。おまえはいちだんと綺麗になるよ、きっと」

だが、娘はそんなものに目もくれずに言った。

「それどころではありません！　大変です！　若様のお出かけが知られてしまいました！」

「……！……」とたんに男の表情がこわばった。「どうしてだ……？　だれに、だれに知られたのだ……？」

「クハチが呼びに来ました。お頭《かしら》様のお呼びだそうです！」

「なに、叔父御が……？」若者はギョッとなり唇を噛《か》んだ。

「クハチは若様のお留守を知っておりました。お帰りになり次第、お頭《かしら》様のところへお越しになりますように……とのことでした」

「……」

若者はなにか必死で考えている。

「今すぐ、わたくしと逃げてください！」決心したように腰元は言った。「なにが起きたのか、わたくしはなにも存じませんが、とにかく、このまま砦にお帰りになると大変なことが起きそうな気がいたします。このまま逃げてください！　麓の、わたくしの生まれたキノコ村にたどりつければ、なんとか匿《かくま》ってもらえます！」

歳《とし》の頃はまだ一七か一八、腰元として磨かれてはいるが、野性的な土臭さを残しているきれいなその顔は、もう、ただならぬ気配に硬くひきつっている。

「……」男はなおもしばらく考えていたが、やがて言った。「心配しなくてもいいのだよ、夕顔。叔父御は、おれには手が出せないのだよ。おれは大丈夫なのだ、たったひとりの身内なんだから……」

「いいえ」娘は、きっぱりと首を振った。「呼びに来たクハチの様子はただごとではありませんでした」

「どんな風に……？」

男はちょっと不安げに聞いた。

「クハチがつぶやいておりました。〝いくら若殿でも、〈禁忌の森〉に入られたとなれば、お頭《かしら》様もお許しにはなれない……〟と」

「〈禁忌の森〉！」

とたんに男は息を呑《の》んだ。

「知られたのか……！　いったいなぜ……」

「本当にお入りになったのですか、若様！　あそこに……」厳しい調子である。

「に、逃げよう……！」若者はもう腰も抜かさんばかりの狼狽ぶりで、オロオロと口走った。

「い、いや、そのまえに、ちょっと、夕顔、おまえは先に行っておくれ。おれはすぐ後を追うから」

「いえ！　当座の身のまわりの物は持ってまいりました！　このまま、逃げましょう！」

気がつくと娘の足許には包みがひとつ置かれている。

「さきに行っておくれ、離れにこっそりもどって、すぐにもどってくるから、さぁ！」

「だめです！　もう見張りがついているに違いありません！　おもどりになれば必ず捕えられます」

「すぐに後を追う！　桟道の下で待っていておくれ！　あのあたりにハチキが待っているから」

「ハチキはもう殺されている頃です」娘がきっぱりとした口調で言った。

「エエッ！」

若者は本当に震え上がった。

「ホ、本当か……！　ダ、誰が言った？　ド、どうして……？　どうして……」

「わけは知りません。ただ、クハチがそう言っていました」

「……ト、とにかく……」

若者はひどく迷っていたが、やっと言った。「すぐに、後を追うから……とにかく、あれを持ってこなければ……」

　若い腰元の必死の口説きを振り切って高嶺丸は身をひるがえし、狭い岩棚の向こうへすぐ見えなくなった。


　それから一〇分後……。

　天までそそり立つ岩峰群の内懐のような谷間、そこここに頂上を見せる比較的小さな岩峰群に貼りついた粗末な小屋の群を見下ろす小高い砦の本丸。

　さすがにここは屋根つきの渡り廊下で結ばれた寝殿造りである。

　それを囲む狭いスペースを巧みに利用してつくられた庭園の一角、こっそりと物蔭から姿を現わした高嶺丸は慎重な足取りで五葉松の植えこみへと近づいていった。

　そしてもう一度あたりを見まわして誰にも見られていないことを確かめると、とある五葉松の根かたへ手を伸ばした。

　ところがそのときである。

「若殿！」

　背後で低い声がした。

　そのとたん、高嶺丸の体は凍りついた。そしてややあってから、彼はゆっくりと振り返った。

　そこに下男らしい無骨な大男がひとり立っている。

「なんだ！　クハチ！　びっくりするじゃないか！」高嶺丸は必死で平静を装いながら、高飛車にきめつけた。「誰の許しでこんなところへやってきた、無礼者！」

　だが、クハチと呼ばれた大男は、そんな若者の高慢な叱責になんの表情も示さず、ただ、無表情に言った。

「お頭《かしら》様のお呼びにございます」

「すぐ行く！」

　相手の言葉を待っていたように高嶺丸は答えた。

　しかし、下男は無表情に続ける。「ただちに……との仰せにございます」

「行くと言ったら！」若者はいらだたしげに、それでも他に聞こえないよう声をひそめながらきめつけた。「先に行って、高嶺丸すぐにまいりますと、叔父御に伝えるのだ！」

　だが、下男は無表情に言った。

「わたくしがじかにお連れするようにとの仰せでございます」

「ええい！　うるさいやつだ！」吐きだすように高嶺丸は言ったが、てこでも動かぬ相手の様子にとうとう彼も肚《はら》をくくったようだった。「あとで覚えておれ！」

　やけになってすたすた歩き出した若者の後に、クハチはぴたりとついてくる。

　歩きながら彼は、こっそり背後の様子をなんどもうかがったが、すでにその下男は彼の意図をちゃんと察しているらしく、依然として粗野な顔にはなんの表情も浮かべていないが、その動きには寸分の隙もない……。

　ここに至って高嶺丸は、完全にあきらめたように歩調を早め、渡り廊下を伝って一族の頭・飛天王《ひてんおう》の居室の前に立った。

「叔父御！　高嶺丸です……。なにかご用だとか……」

「入れ」

　襖《ふすま》の向こうからくぐもった男の声がした。

「御免！……」なにげなく襖を開けたとたんに、「ウウっ！」

　高嶺丸は驚きと恐怖のあまり、そこへ腰を抜かしそうになった。

　彼を待っているのは飛天王ひとりだと思いきや、正面の床柱を背にした飛天王を中心に一族の主要な腹心たちが全員居並んでおり、いっせいに鋭い視線を彼に向けてきたのである。

　反射的に身をひるがえそうとしたとたん、ぐっ！　と、背後からクハチの両手が彼の肩を捉えた。否応もなく床に彼を座らせるその力の容赦なさは、もはや事態がただならぬところまで来ていることを彼に思い知らせてくれた。

　もう、とぼけ通せるものではなかった。

「オ、叔父御！　コ、コ、これには深いわけが……」

　高嶺丸は、わなわなと身を震わせながらやっと言った。

　飛天王は、そんな見苦しい身内の姿をひどく不快気にじっと見守っていたが、やがて言った。

「高嶺丸！　掟を破ったのだな……やはり」その声は有無を言わさぬ凄味にあふれていた。

「デ、デ、ですから、コ、コ、これには深いわけが……」

「〈禁忌の森〉に入ったのだな？」相手は高嶺丸の弁解をいっさい無視して繰り返した。

「デ、ですから、そ、その、深いわけが……」

「内緒で森に入ったのだな？」相手は繰り返すだけ。

「そ、その……」

「かくれて森へ入ったのだな！」ぴしり！　と決めつける声……。

「ハ、はい……」高嶺丸はうなだれた。

「一族の首領たるわしの、たったひとりの身内として、その報いはわきまえておるな？」

「シ、しかし、ワ、ワ、わたしはやむを得ぬわけがあって……一族繁栄のため……」

「黙れ！」天井も破れそうなその声に高嶺丸は心底震え上がった。

　飛天王は静かにつづけた。

「掟を破った報いはわきまえておるな？」

「ハ、はい……」

　もはや、それしか答えようはなかった。

「観天司《ほしみのつかさ》！」飛天王は、脇に控えている老人のひとりに声をかけた。「天象は……？」

　老人は深く頭を下げてから言った。

「斉天大星が今日の宵に月2を犯し、客星が明日の正午に太陽面を通過いたします。従いまして……」

「明日の正午だな？」

「はい」

「とすれば……？」

「明日の早朝、鯀星《こんせぃ》の出を待ちましてから一行を出立させれば、昼前には〈仕置きの岩〉の頂上にたどりつけましょう」

「マ、マ、待ってくれェ！」

〈仕置きの岩〉の頂上と聞いたとたんに高嶺丸は、はじかれたように絶叫した。「オ、おれがわるかった！　おれがわるかった！　あやまる！　あやまる！　許してクれい！」

しかし、飛天王はもう、そこで泣きわめく自分の身内になんの関心も示さなかった。

「木につないでおけ！　どこか、声の伝わって来ぬところに……」

やがて、なさけない高嶺丸の絶叫は遠ざかっていった。

ひと癖ふた癖ありげなたくましい腹心の居流れる居室の窓からは、いま、ひときわ高い岩峰の頂上に陽が射し始めて、しみるような夜明けの青い空に山頂だけが赤く染められている。

「今日もよい天気になりそうだの……」

飛天王はなにごともなかったようにつぶやいた。

惑星・冥士河原《めぃどのかわら》の北半球大半を覆う山岳地帯、鬱蒼と繁る人跡未踏の森と苛酷な歳月にさらされた岩峰の間を縫うように、いくつかの野武士や豪族がそのテリトリーを分けあい、ささやかな集落や砦を構え、小競り合いを繰り返している……。

そのなかで、ひときわ険しく天にも届きそうな岩峰群、通称〈天狗の舞台〉とその周囲に砦を構える一族の首領・飛天王は豪勇無類であるとともに情も深く、その誠実な人柄は、一族はもちろん、覇を競う海千山千、他の豪族たちのなかにも信望あつく、なにかの時のまとめ役としても頼られていたが、べつにそれを鼻にかけるふうもなく、誰とでもわけへだてなく言葉を交わす公平なその態度には、敵対する部族のなかにも深い信奉者がすくなくなかった。

砦からさほど離れていないあたり、〈禁忌の森〉と称して外部の者にはもちろん、一族にもなぜか絶対に近づかせぬ謎の場所をかたくなに守っていることに対して、あえて誰も異を唱える者がいないのも一にかかって彼の人柄《ひとがら》によるものであった。

歳《とし》は五〇なかばか……。

こんな飛天王にひとつ欠けたものがあるとすれば、それは家族であった。

なぜか、彼は一家を構えようとはしなかった。

他の豪族の首領や長老たちから、もちろんそれは政略的な意味もなくはないのだろうが、とにかくそんなことより彼の誠実な人柄を見こんでの嫁の話は、それこそ無数にあった。

しかし、飛天王はいつも苦笑しながらつぶやくのだった。「おれはもうとしをとってしまって、老いぼれも同然、来てくれる嫁がかわいそうじゃ」そして、ニヤリといたずらっぽく笑いながらつぶやくのだった。「どうせ、他にもらい手もないぞとお主《ぬし》らにおどかされ、泣く泣くわしのところへ嫁入りする決心をした〝行かず後家〟じゃろうがな……」

とんでもない！　と相手が慌てると、

「さもなくば、お主らに言い含められ、毎夜枕許では〝精のつく薬〟と称してイワミギン酸ナトリウムを1グラム……あァ、おそろしや！」

そして、なにやら相手が取り乱しでもすれば、世にも楽しげな笑い声を上げるのだった。

飛天王が物心ついた頃から共に育てられ、すべての艱《かん》難《なん》辛苦をともにしてきた、文字どおり彼の片腕である豪傑の咬龍《こうりゅう》は、もちろん、なにか入り組んだそのあたりの事情を知っているのだろうが、戯れに誰かがなにか質問しても、まるで岩に目鼻という醜男《ぶおとこ》の顔にはなんの表情も浮かばない……。

そんな咬龍が飛天王の許にやってきたのは、高嶺丸の処刑が宣告された日の午後のことである。

「お頭《かしら》」

同じ乳母にそだてられ、五〇年以上を共にすごし、数えきれぬほど一緒に修羅場をくぐってきていながら、咬龍は飛天王に対するそんな態度を決して崩さない。

「？」

さんさんと輝く陽射しを浴び、縁側でなにか物思いにふけっていた飛天王は聞きなれた自分の分身の声にふと親しげな笑いを浮かべた。

「お頭《かしら》、申しわけねぇ！」咬龍は深々と頭を下げた。

「おれとしたことが……。もっとよく見張っていればよかったものを……！」

「気にすることではない、咬龍よ、お主《ぬし》がなんども必死でやつを諫《いさ》めてくれたことはおれも知っておる」

「……！……」

咬龍は、はっ！　と顔をこわばらせた。「知っていたのか……？」

「知っていたとも……」

飛天王は遠い目をした。「おまえのことだ、あの、できそこないの若造のやることなすことに、どれだけ心を痛めてくれたことか……」

「……」

咬龍は目を伏せた。

「しかし、もう最後じゃ。誰にのせられたからとて、あの〈禁忌の森〉に足を踏みこんだからには……もう、おれにもしてやれることはない……。これを見逃したのでは、一族の衆にしめしがつかぬ」

そして飛天王は深い溜息をついた。

「〈禁忌の森〉の穴のことだが……」咬龍が言った。「若は、ハチキにそそのかされて、穴の向こうにあるという村のやつらと取引きをしたらしい。穴の奥にある村は、ここと比べものにならぬほど進んだところだとか……。そこのことが知りたかったと若はまだ叫びつづけているそうだ……。ハチキのほうが持ちかけて、穴のことを聞きだしたらしいが……。やつは抵抗したので、麓で斬った」

「……」

飛天王は想念を振り払おうとするように、天にも届きそうな岩峰に目をやった。

「思い出すのう……お頭《かしら》」

そう言って咬龍は溜息をついた。

「……」

飛天王はなにも言わない。

「お頭《かしら》は、もう、千草に未練はないのか？」

咬龍はまともに飛天王の顔を見つめながら言った。

「ふ、ふ」飛天王はふと苦笑を漏らした。そして言った。「あの一族が穴の奥でいまも暮しているにしても、千草はもう五〇だわ……」

「としなぞどうでもよかろう……」

「……」

「それにしても、あの穴には悩まされるばかりじゃのう……」

そんな飛天王の表情を咬龍はじっと見つめていたが、やがてなにか思いついたように言った。「穴のことだが、なんでも穴の奥の村では、向こうから別にあたらしい穴を開けたとか開けようとしている手合いがあるとか……」

「……」

「そのために、河原の筋がひどく乱れているらしい……。幽霊も……」

「……」

飛天王は遠い眼をして岩峰を見上げた。

そして、次の日……。

昼すこし前……。

岩峰群のなかでもとびきり高くて険しい〈天狗1〉とよばれている岩峰……。

飛天族の砦からでも比高差は五〇〇メートル近いのではあるまいか……？

もちろん、桟道は砦のレベルからほんのわずか上までしかついておらず、こうして一族の掟を破った者を処刑するために罪人を頂上まで運ぶには、罪人を竹籠に入れ、切り立つ岩壁に沿って走る岩棚を中継点に上へ上へと巧みに吊り上げていくのである。

もちろん砦には、この仕事を生業にしている猿よりもすばしこい何人もの男たちがいて、彼らはいとも手軽にその作業を進めていく。

罪人を入れた竹籠につく何人かと、ずっと上を進む何人かとは巧みに縄をさばいて連携をとりながら、ものすごいオーバーハングを回避し、ツルリと手がかりなどなにもないスラブをずり上げ、岩峰の頂上へとじりじり迫っていく……。

竹籠のなかの高嶺丸は、目もくらむような宙吊りに助けをこう気力も失せはて、ただ、虚《うつ》ろな目をして抜けるような青い空を見上げるばかりである……。

いったい、〈禁忌の森〉へ入ったことがどうして知られてしまったのだろうか……？

高嶺丸の目は、そんなことを考えてでもいるように思われた。

2

「ケエッ！ ケエッ！ ケエッ！ 穴の場所と商売の相手さえわかりゃぁ、もう、あんな小僧ッ子どもに用なんぞあるわけねぇ……」

遙か地平線の彼方、真昼の燃え上がるような青い空に向かって原生林からポツンと小さくそそり立つ飛天砦《ひてんとりで》の黒い岩峰群を遠く見やりながら、子分にかこまれた山賊の禿烏《はげからす》は嬉しそうにけたたましい笑い声を立てた。

「ハチキはあっさりたァ斬られ、イロ男の高嶺《たかね》丸《まる》も間もなくお陀仏よ……。あの小僧めが！ そろそろお仕置きも始まる刻限だて……」

両側に山なみがせまる見通しのよい峠の茶屋、鉱山鉄道の単線レールが走る切り通しを見下ろす崖縁へ粗末な床几《しょうぎ》を持ち出し、茶碗の地酒をうまそうにひと口ガブリ！とやった禿烏は、手首の豪勢なクロノ《シチズン》へちょっと眼をやった。環境情報付きの金張りはいいとして、衛星による自動補正システムなんか、このへんぴな惑星ではクソの役にも立たないはずだが……。とすればこれも略奪品か……。

禿烏はまたひと口地酒を呷《あお》ってから続けた。

「こっちのタレこみにも気がつかず、よしゃァいいのに惚れた腰元恋しさに、ピンクの猿股大事に抱えてコソコソ砦に帰り着きゃ、スッカラカンに腹を立てとる飛天王《ひてんおう》が取って押さえて、さっさと仕置きにしてくれるッてぇ段取りだわえ……。ケエッ！ ケエッ！ ケエッ！

世間知らずの餓鬼《がき》のくせして、相手もあろうに悪知恵じゃちょっくら知られたこの禿烏様のところにわざわざ取引きを申しこんでくるたぁ、まったく身のほど知らねぇにもほどがあらい、ケエッ！ ケエッ！ ケエッ！

言うことがいいわ、子分のハチキと一緒にやってきて、〝オイ！ 禿烏、儲けは五分五分でどうだ〟ときたもんだ……。ケエッ！ ケエッ！ ケエッ！」

しかし、〝禿烏《はげからす》〟とはまた付けも付けたり、ササラみたいにわずかばかりの髪の毛がこびりついてる小さな頭、痩せこけて眼ばかりギョロギョロしている陽灼けした五〇がらみの真ッ黒な顔……。尖ンがった口許から飛びだすけたたましく奇ッ怪な笑い声が、これまた烏そっくりとはできすぎの感さえある。

「だがなぁ、大して信用もしてなかった高嶺丸の言いぶんが本当で、こっそり案内された飛天《ひてん》族の〈禁忌の森〉の奥には本当に穴があってよ、待ってるうちに、見たこともねぇ豪勢な女の着物やら下着やら靴やらのいっぱいつまったコンテナがひとつ、本当に浮いて出て来たときにゃあ、さすがのおれもびっくらこいたぜ……。あの穴の奥の世界ってなぁいったいどうなってるんだか……」

　禿烏は、馴染みらしい茶店の親爺《おやじ》に聞かせるつもりなのか、陽気に話を続けた。

「炎石と引き換えで、あんな結構な女の着物やなんかがコンテナ二〇個分も手に入るとなりゃぁ、もうぉ、河原銀座の女どもは禿烏様が総なめだわえ……ケエッ！　ケエッ！」

　しかし、頑固者らしい茶店の親爺はそんな禿烏の話を聞いているのかいないのか、にこりともしないで竈《かまど》の面倒を見ている。

　禿烏は続けた。

「しかしのぉ。こうとなって、こちとらもひとつ本気で仕事をしなけりゃならねえッてことになりゃあがったで、ケエッ！　ケエッ！　ケエッ！　他ならぬ〝ブチ猫〟の汽車ポッポが、炎石を満載して今日通過するッてぇンだからこの世のなか禿烏様のものだわえ……！　よくできてる。炎石をそっくりいただいて、あいつの妾《めかけ》どもには極上の人工絹《ナイロン》の猿股二、三枚もくれてやるとするか……！　眼もさめるようなピンクのやつをなぁ！　ケエッ！　ケエッ！　ケエッ！」

　快晴の峠を吹きすぎる風が快い。

　一〇人ほどの子分たちは、そこらの木陰でのんびり昼寝をしたりしている。

「おっ！」

　子分のひとりが、茶屋の粗末なテーブルに据えられた野戦用無線機にとりついた。古ぼけた時代もののR382である。

「来たか、案山子《かかし》？」禿烏が目を輝かせた。

　パネルの呼び出しランプが点滅している。

「……機関車は……51D……の三重連……」

　ヘッドセットを耳にした若者は、どこかに配置してあるらしい一味の送ってくる暗号電報を解読しはじめた。

「ケッ！　51Dの三重連と来やがった！」禿烏は吐き出すように言った。「あのバカ猫も遊びがすぎるッてもんだ……！」

　しかし、案山子と呼ばれたそのヒョロ長い男はそんな親玉の言葉になんの感情も見せず、ヘッドセットを耳に当てたまましゃべりつづける。「機関車三輛の直後に……0・3ミリレーザー機銃二挺を搭載……エネルギーは抜いた……。鉱石は……後半の……二〇輛……。すべて自走コンテナ……」

「なに？　二〇輛とな？　ケエッ！　ケエッ！　ケエッ！」

　すっかりはしゃいで騒ぎ立てる禿烏の側で、男は、送りこまれてくる暗号電報を解読していく。

「……警備の兵隊は1号車に潜んでいるので要注意……」

「警備の兵隊だと？　かまわんかまわん！」と禿烏。「黒チンコがちゃんとやっとるはずだわえ」

「え……なに？……」

　突然、案山子は無線機のパネルについているモード・スイッチを暗号電報受信から平文電話交信モードへ切り換えると、両手でヘッドセットを耳へ押し当てるようにしばらくなにか聞いていたが、やがてそれを外して禿烏に差し出した。「親分、チンコの兄貴が呼んでます」

「??」

　禿烏は、差し出されたそのヘッドセットを耳に当ててしばらくなにか聞いていたが、やがて嬉しそうに、にやりと笑った。そして口許のマイクに向かって言った。

「フム！　フム！　ご苦労、ご苦労……。わかった、それでやれ。なに？　高嶺丸か？　もう始末した。今ごろは飛天王の仕置きがすんだ頃だんべ。なに？　いや、まぁ、あのデブ猫は利用価値がありそうだしの、幽霊についても、なにかつかんどるらしいと言うし……」

　無線機に向かって陽気に何やらしゃべり続ける禿烏の背後で、茶店の親爺は〝幽霊〟という言葉を聞いたとたんにふっと目を上げた。

　そしてなにやら考えていたが、無言で店の奥へ目をやった。そこは親爺の居間になっていて、なにか若い娘でもいるらしく華やいだ気配もあるのだが、なにしろ客が山賊の一味とて、警戒して店には出てこないのか……。

　しばらくなにか考えていた親爺は、また黙々と仕事に戻った。

　遠く岩峰群が夏空に青黒くそそり立っている……。

　もう、正午近い……。

3

　昼近く……。

　飛天王《ひてんおう》と咬龍《こうりゅう》は、岩峰に囲まれた砦の庭先に立っていた。

「まだ見えんなぁ……」

　飛天王はまるで真上を見上げるように頭を反らせ、濃紺の空へ天頂近くまでそそり立つ巨大な岩峰の頂上付近を遠眼鏡で覗《のぞ》きながらちょっと暗くつぶやいた。

　遠く冥土河原《めいどのかわら》市の市場ででも手にいれたものか、さる豪族からの進物である。〈星　京《ほしのみやこ》〉星系からどんな運命をたどってここまでめぐってきたのか、旧式だがツァイスニコン製の望遠スコープ。連邦軍の制式である。

咬龍も、これはずっとありふれた遠眼鏡だが、やはり、真昼の強い陽射しを浴びて黒々と輝く岩峰の壁面をさぐっている。

「糅《なめし》のほうはもう嗅ぎつけている」咬龍はつぶやくように言った。

「どこだ?」

「あの、大岩裂のすこし上、五葉松の繁みのところじゃ」

「おお、登っていくな」

咬龍の示すあたりをよく見ると、なにやら畳《たたみ》一枚ほどの大きさの、褐色の斑点みたいなものが、張りついた岩壁をじわじわと頂上めがけて移動していく。

「みんなはあの尾根筋の北側を登りつめてくるはずじゃから……」

「間もなくだな……」

「うむ……」

咬龍は、雲ひとつない濃紺の空に鳥でも飛んでいるのか、あらぬ方向に遠眼鏡を走らせている。

飛天王は、そんな咬龍をふと不思議そうに見やった。


やっと痩尾根の頂上にとりついた一行の長《おさ》らしい老人が、ふと空を見上げてつぶやいた。

「もう昼も近いの……。あと、蟻《アリ》の戸渡りを越えれば頂上はもうすぐそこじゃ。なんとか間に合ったわ」

竹籠を吊り上げる縄をたぐりながら、若いのが言った。

「それよりも親方、心配なのは糅《なめし》がでてくるかねぇ……。なにしろ、掟を破ったやつの仕置きは半年前にあったばかりだろ……?」

「もう来てるよ」

老人はこともなげに言った。

「エエッ!」若者は顔をこわばらせた。「ド、どこに……?」

「のぞいて見ねぇ……」老人はとりついている痩尾根の南側を体で示した。

おっかなびっくりで若者は陽の当る尾根の反対側をのぞきこんだ。

「イ! いる!」若者は恐怖の声を上げた。「オ、親方! ナ、糅《なめし》はもう、ソ、そこまで登って……。ハ、早くしねぇと……」

「心配することねぇ……」老人は平気である。「糅《なめし》というやつは絶対陽陰には入ってこねぇ……。だから、砦からの登りはずっと北側を使うわけよ……」

「でも……!」若者の顔はもう恐怖にひきつっている。

「ここまで臭ってくるな……」老人は、若者と無関係に鼻をぴくつかせてつぶやいた。「なんせ、半年前だからのう……、モモジの仕置きは。その前が……と、そうか……あの、モクとかっていう爺《じい》さんが逃げたんだ……」

老人は遠い目ではてしもなく続く山なみを見やった。

「あの穴ン中へとびこむのと、ここで仕置きにされるのと、モク爺さんにとっちゃどっちが幸せだったやら……」

老人は溜息をついた。

先を登る二人が、五〇畳敷《じょうじ》きとはない岩峰の頂上にたどりついたのはそれから間もなくのことである。

竹籠を頂上まで引きずり上げる最後の仕事をひどく不安気な若者にまかせ、老人はぐるりと周囲へ目をやった。

強い陽射しに荒れ切った岩肌のあちこちには、拳《こぶし》ほどもある褐色にひからびた塩辛みたいな塊がべっとりとこびりつき、それが凄まじい臭気を放っている。

老人はふと、そんな岩の一角にころがっている黒ずんだものをとりあげた。まだ腐敗が進む髑髏《しゃれこうべ》のかけらである。老人は突き上げてくるようなものすごい屍臭《ししゅう》も気にならぬらしく、なにか感無量の面持ちでそのぽっかりと開いた虚《うつ》ろな眼窩《がんか》をじーっと見つめた。

「化けて出るぞ、恨むぞと泣きを入れてのう……あの時」老人は低くつぶやいた。「モモジのやつは……」

「?」

よじ登ってきた男のひとりが不審気にそんな老人へ眼をやった。

「モモジよ。このされこうべは……」老人は髑髏から顔を上げながらつぶやいた。「この頬の張りぐあいは死んだあいつの祖父《じい》さんにそっくりじゃ……なぜか糅《なめし》は頭の脳味噌をあまり食べないからのう……」

老人がとことこ歩みよった岩陰には、長い歳月に晒《さら》されつくした白い髑髏がいくつか、それに朽ち欠けた肋骨《ろっこつ》やなにかのかけらがまるで供養でもするように積み上げられ骨塚になっている。彼は、手にしたそのモモジとやらの髑髏をそっと一番上に置いた。

「そのうち、若殿の髑髏もこのわしがかたづけることになるのやら……」老人は、なにか祈るような口調でつぶやいた。

やっと竹籠が上がってきた。

男たちは、なにかに追いたてられるような様子でそそくさと最後の作業にとりかかった。

竹籠のなかから放心状態でまったく無抵抗の高嶺《たかね》丸《まる》を引きずりだすと、中央に突きでた一メートルばかりの岩の上に据え、後ろ手に縛った縄の先を岩角に打ちこまれた鉄杭につなぐ。

「来てるか?」老人は男のひとりに聞いた。

男は無言で崖の下をのぞいた。

「もうそこだ。急いだほうがいい」

「さきへ降りな」老人は男たちに命じると、杭につながれ虚ろな眼をしている高嶺丸に向かって深く一礼した。

「若殿、お別れでございます」

そして杭の根元の縄のぐあいをなにかちょっと確かめてからくるりと背を向けると、もう二度と振り返ろうともせず、みんなの後を追うように老人は断崖の下へと姿を消した。

高嶺丸はぼんやりとなんの感情も示さない。

あたりはしーんとなった。

濃紺の空には雲ひとつなく、太陽がぎらぎら照りつける。

どれくらいたったのだろうか……。

断崖の一角、岩の縁でなにかが動いた。

なにかが、山頂へと断崖を這《は》い上がってくる……。

「！」

そのとたんだった。

砦を出発したときから痴呆状態のまま、なんの反応も示さなかった高嶺丸の眼がだしぬけに正気を取り戻し、まるで皿のように大きく見開かれた。

すぐそこに迫る凄まじい恐怖に高嶺丸はなにか叫ぼうとするのだが、今にも心臓が飛び出しそうなほどガクガクと大きく口が開くばかり……。

崖縁から、なにか褐色のぬめぬめした畳一枚ほどもある平らなものが這い上がって来た。沼鰈《ぬまかれい》か川鱏《かわえい》の化けものを思わせる……。

ヌルリとした白い腹部にうごめく不気味な無数の繊毛によって、その褐色の化けものはじわじわと高嶺丸の据えられた岩のほうへまっすぐ迫ってくる……。すこし先が尖ったその頭部には、なんの感情も見せぬ冷たい眼がぽつんと二つ光っている。

「ア、アワ……アワワ……」

高嶺丸は狂ったように身もだえた。

そのとたん、後ろ手に縛り上げられた縄の先端が、固定されていた杭からなぜかすっぽりと簡単に抜けた！

はじかれたように高嶺丸は立ち上がろうとした。しかし、不自然な姿勢のまま数時間も竹籠に詰めこまれっぱなしだった足腰はすっかり痺れて感覚をなくしており、おまけに両手は後ろにくくられたままだから、その体は据えられていた高さ一メートルほどの高みから不様に岩陰へころげ落ちた。

「ア、アワ……アワワ……」

身もだえながら高嶺丸は迫ってくるその怪物のほうへやっと顔をねじ向けた。

もう、一〇メートルとはない。

褐色の縁をぴらぴらと不気味にうねらせて接近してくるそいつの腹部の凶悪な口吻《こうふん》が、地面すれすれである彼の視界に入ってきた。

「ア、アワ……アワワ……」高嶺丸は、なんとか逃れようと身をよじるのだが、空《むな》しく同じ場所をのたうつばかり……。

あと、五メートル……。

獲物に迫る化けものの動きはいちだんと早さを増したように感じられる……。

あと二メートル……。もうだめだ！

高嶺丸は恐怖に耐えきれず眼をつぶった。

鞣《なめし》は、あのままいっきに獲物へかぶさってくるのだと聞いた……。そして、獲物の体をくるみこむように締めあげ、丹念に全身の骨を細かく砕きに砕いてから、おもむろに肉を貪《むさぼ》りにかかるのだという……。

仰向けになってかぶさってくる鞣《なめし》を待つか、それともうつぶせでいたほうが死の恐怖は軽いだろうか……？ 一瞬、そんな空しい想念が高嶺丸の脳裏を走った。どっちにしても同じことだ……。

あぁ、夕顔……。

しかし、なぜ、あの穴へ近づいたことが叔父御に知られたのだろう……。

永遠とも思われる時間が過ぎた。

鞣《なめし》は……？

高嶺丸は恐る恐る眼を開いた。

鞣《なめし》の冷酷な眼がそこにいた！

思わず彼は眼をつぶった。もうおしまいだ！

しかし、さらに永遠とも思われる時間がなにごともなく過ぎた。

ふたたび高嶺丸はそっと眼を開いた。

依然として鞣《なめし》はそこにいる……。

しかし、それ以上迫ってくる気配はない……。ただ、不気味なその眼だけがじーっと高嶺丸に注がれたまま……。

そのとたん高嶺丸は思いだした。

鞣《なめし》というやつは絶対に陽陰にはいってこない習性があるのだ……！

まさに生きかえった思いで、高嶺丸はやっと身を起こした。いつの間にか手足の痺れが消えている……。

しかし、とりあえず彼の命を救ってくれた陽陰はほんの直径一メートルもなく、早い太陽の動きにその移動がはっきりとわかる。思わず彼はその中心へと体を移動させた。しかし、その陽陰の動きは崖縁へ向かっていて、あと幾許《いくばく》もなく彼は否応なしに陽なたへと追い出されてしまう……。

鞣《なめし》はちゃんとそれを読んでいて、ただじっと待ち構えているのだ……。

こっちを見つめるそんな鞣《なめし》の眼に、ぞっとするような邪智の光があるのに高嶺丸は初めて気がついた。

彼は必死で後ろ手の縄を解こうとつとめた。

手さえ自由になればなんとかなる……！

陽陰はじわじわと崖縁へと動いていく……。それにつれて、鞣《なめし》のほうもじわり！ と体を移動してくる……。

縄は解けた！

しかし……。あとは崖から飛びおりるしかない……。

情け容赦なく太陽は沖天《ちゅうてん》を移動していく……。

絶望の思いでそんな空を見上げたとたん、高嶺丸は、はっ！ と眼を凝らした。

巨大なコーモリみたいな翼が、いっきにこちらへ向かって降下してくる……！

みるみる迫ってくる翼の下の、フレームにとりついている人間が腰元の夕顔であることはすぐにわかった。

滑空翼は乱気流にあおられ、きわどいところで針路を外し、岩峰から数十メートル離れたところを水平にかすめた。

まぎれもなく夕顔である。必死でバランスをとる彼女には高嶺丸へ眼をやる余裕はない。

巧みに横滑りを利用して彼女は新しい上昇気流を捉えると、そのままいっきに高度を上げていった。

「よし！ もっと余裕をとれ！ 滑らすなよ！」遠眼鏡から眼を外さぬまま、咬龍は思わず叫んだ。「よし、もう一度たっぷり高度をとれ！ そうじゃ……！ 急げよ、鞣《なめし》をだし抜けよ！」

夕顔のあやつる滑空翼が、岩峰を大きく向こうにまわりこんで姿を消すと、ほっとした表情で、思わず咬龍は眼を遠眼鏡から離した。

「さすがじゃ！ 見事なもんだわ……。あれなら大丈夫だわえ」

そして彼は、ぎょっ！ と顔をこわばらせた。

じっとこっちを見つめている飛天王の鋭い視線ともろにぶつかったからである……。

「……」咬龍は眼をそらせた。

「……」

砦の庭園に沈黙が流れた……。

「すまぬ……。咬龍……」

つぶやいたのは飛天王である。

「……」

咬龍は照れ臭げに眼を岩峰へ戻しながらつぶやいた。

「なんの……。おれとしたことが……とんだドジを……」

「すまぬ……。咬龍……」飛天王はもう一度つぶやいた。

「わかっていてくれたのか……？」

飛天王の眼には深い感動があふれている。

「来るぞ、来るぞ！」

照れ臭さを押し隠すように、咬龍はふたたび遠眼鏡を眼にあてた。「そこだ！ よし！ うまい！ キノコ村のやつらは器用だからのう……」彼がそこまでつぶやいたときである。

咬龍が顔をこわばらせた。

夕顔のあやつる滑空翼は狙い外さずぴたりと進入してきて、吊り下げた縄ばしごの端が岩峰の頂上をかすり、高嶺丸が、ぱっ！ ととびつくのに成功した次の瞬間である、追いすがるように鞣《なめし》が滑空翼の端へ跳びついたのだ！

ぐらり！ と翼が大きく傾いた！

なんとか岩峰には引っかからずクリアしたものの、一〇〇キロはある鞣《なめし》の体が翼の片方にぶらさがったのでは、いくら夕顔が全身で当て舵をくれてもバランスは戻せない。

滑空翼はそのまま、彼らの視界から消えた……。

夕顔は、滑空翼が横滑りに入るのをなんとか食い止めながら、絶望の思いであたりを見まわした。

下にぶらさがった高嶺丸の縄ばしごが不安定な錘《おもり》となるばかりか、鞣《なめし》にバランスを外されてオンパイロンの旋回にでも入る形で、滑空翼の高度はみるみる下がっていく。

このまま機体が滑ったらおしまいだ。次の瞬間には失速して、滑空翼は石ころのように墜落してしまうだろう。

といって眼下は大小の岩峰が突きでた起伏の激しい原生林、無事に接地しようもない。そして、こんな不安定な状態だというのに、翼端にべったりとりついた鞣《なめし》はじわじわとこちらに迫ってくる……。

陽陰に入ろう、そうすれば鞣《なめし》は怯《ひる》むかもしれないわ……！

とっさに夕顔はそう思ったが、このあたりで岩峰の北側にまわりこめば、危険な乱気流が渦を巻いているのはわかりきっている。いっきに岩峰の側壁へ叩きつけられるか、錐揉《きりも》みに入ってそのまま地表の岩の露頭に激突するか……。

もうだめ！

原生林はもうすぐ下にぐんぐん迫ってくる。夕顔は眼をつぶりながら、祈る思いで滑空翼の姿勢をなんとか支え、せめて進入角を浅くして接地の衝撃を和らげようとつとめた。

でもだめ、奇跡が起こって無事に接地できてもすぐ鞣《なめし》に食べられてしまうだけのことだわ……。

恋しい人をなんとか助けたいという願いも空《むな》しかったのか……。

なぜか、あの厳しい咬龍までが、それとなく力を貸してくれたというのに……。

でももうだめ……。

もう、ぶつかってしまう……。

死んでしまう……。

せめて、高嶺丸様とご一緒に死ねるだけでも……。

夕顔は覚悟を決めた。

ところが、その時である。

鞣《なめし》がとりついている翼端のあたりで、パッ！ と閃光《せんこう》みたいなものの走る気配がして、思わず眼を開くと、迫ってくるその鞣《なめし》の奇怪な褐色の肌から煙が四散していて、一瞬、鞣《なめし》はダラリ！ と翼端からぶら下がり、そのままいっきに下へと落ちていった。

すかさずそれを狙うように、閃光がもう一発、地上から追いすがってきた。

パッ！ と火花を散らして、落ちていく鞣《なめし》の体が空中でまっぷたつにとび散ると同時に、その死体は暗い原生林のなかへ吸いこまれてしまった。

きわどいところだった……。

たちまち安定を取り戻して上昇気流に乗った滑空翼の

吊り帯の下で、夕顔は初めて下の縄ばしごに眼をやる余裕ができた。

　なんとかしがみついている高嶺丸は、こわばった笑いをやっとのことで返してきた。

　それにしても、あの閃光はいったい何者の仕業だったのか……。

　夕顔は大きく滑空翼を旋回に入れ、さっき閃光が打ち上がってきた方向へと戻した。

　眼下に拡がる深い原生林……。

　大小の岩峰が不規則に突き出すけわしい地形の一角に夕顔はふと眼を凝らした。

〈禁忌の森〉として、近づくことを堅く禁じられているあたり……。

　池がある……。

　いや、池ではない。

　そこに満たされているのは水ではない。なにか青灰色のもの……。

　そしてその〝池〟の縁には、なにやら見なれぬ、このあたりではほとんど見かけることもないエアカーと、その側に、やはりこのとんと見なれぬ身なりの男がひとり、じっとこちらを見上げたまま立ちつくしている。

　とっさに夕顔は、そこをめがけて滑空翼に急降下をかけた。

　猫の額ほどの平地、まかり間違えば滑空翼はその青灰色の池……に突入してしまうだろう。

　でも、なにがなんでもそこに着地しなければならないんだわと、なぜか夕顔は心に決めてしまっていたのだった。

4

　原生林の向こうから、蒸気機関車の、ただでも重苦しいブラストが三重連となればいちだんと重々しく近づいてきて、間もなくカーブした切り通しの向こうにモクモク立ち昇る黒い煙が見えてきた。

「来ましたぜ！」と案山子《かかし》が言った。

　子分たちは藪の中にでも散っているのか、線路ぎわに立っているのは禿烏《はげからす》と二人だけである。

「わざわざ積んだボイラも水素だってぇのに、煙が立たなけりゃ蒸機らしくねぇなんぞとぬかしくさって、わざわざ煙突に黒の煙幕を仕こんどるとは、バカか！　あのブチ猫というやつは……！」

　禿烏は吐き出すように言った。

「車専用道使ってコンテナ・トラックで運べばすむものを、採算もくそも、トチ狂いかたもあろうに廃線同様のレールを借りて蒸気機関車なんぞ走らせおって。GMのA《アトミック・ロコモティブ》Lなら安い出物が腐るほどあるってぇのに、わざわざ〈豊葦原《とよあしはら》〉星系で昔つかってた貨物専用の51Dとかをそっくり真似して自分で仕上げたなンぞと得意になってぬかしやがる……。

　それも、ただ走らせるなぁつまらねぇから無料で貨物輸送も引き受けますと来たもんだ……。お客さンも乗せますと金ピカの葬式馬車みてぇな展望客車まで引っぱりやがって……。

　いくら資源がたっぷりあるったって、他からこの冥土《めいど》の河原《かわら》にノコノコやってきて、こんな道楽やるやつぁただじゃおかねぇ！　たっぷり毟《むし》ってくれるから覚悟しやがれ！」

　禿烏は、林の向こうに近づいてくる黒煙を見やりながら、世にもいまいましげにそんなことをつぶやいた。

　やがてカーブの彼方に、三重連の蒸気機関車の引ッぱる貨物列車が小さく姿を現わした。

　シリンダから勢いよく噴きでる蒸気が白い……。

　パパーン！

　レールの上に禿烏の仕掛けた信号雷管が、機関車の動輪にひかれて破裂する鋭い音がここまで伝わってきた。

　そのとたん、機関車の運転席から、なにごとかと身を乗りだす機関士の人影がちらりと見えた。

　そして彼は、レールの行く手に大きな赤い髑髏《どくろ》の絵と300という文字の入った看板が置かれているのを見たはずである。〝300メートル先に高性能爆薬あり〟という危険標識である。

　普通ならその標識が眼に入ったとたん、機関士はあわてて非常制動をかけるはずが、なぜかその51D蒸気機関車ははずみでもついたように、いちだんと加速したように思えた。

　あっというまに危険標識は、機関車前部の排障器にひっかけられて粉々にとび散った。

　蒸気機関車はけたたましく汽笛を咆哮《ほうこう》させながらスピードを上げ、のしかかるように接近してくる。

「ア！　ア！　危ねぇ」

　案山子が悲鳴を上げて飛び退《すさ》った。

　このまま機関車がレールの上の信管を踏んづければ大爆発だ……。

　列車は転覆する……！

　案山子は頭を抱えて地上に伏せた。

　釣られて思わず退った禿烏の鼻先めがけて、三重連の蒸気機関車が恐ろしい音を立てて迫ってきた。

　しかし、そこで貨物列車ははじめて非常制動をかけた。

　ギギギギーッ！

　列車全体がきしみを立てて急減速し、信じられぬような短い制動距離でぴたりと停止した。禿烏の鼻先を掠《かす》めて通過した先頭の51Dの運転席が、道床《どうしょう》につッ立っている彼のぴたり真ン前である。そして機関車先端の排障器は、仕掛けられた爆薬のわずか三メートル前というきわどさ……！

　シューッ！

　安堵の吐息みたいに噴きだす白い蒸気のなかに、機関車の運転席からムクムク太った男が一人、それでもひらり！　と、いとも身軽に線路ぎわへ降り立った。

丸坊主、歳《とし》の頃は禿鳥と同じ五〇がらみ、古ぼけた鉄道用防塵眼鏡を額に押し上げた、その大きな真ン丸い顔が黒く煤《すす》けて目の縁がブチになっており、誰に言われずともそれがその〝ブチ猫〟本人であることはひと眼でわかる。

そしてそれがブチ〝狸《たぬき》〟ではなく、ブチ〝猫〟と呼ばれているいわれは、なるほどそのニャアとした顔、とくにその口許、そしてピン！　ととンがった大きな両耳……。全身を包むなんともすッとぼけたその風貌はたしかに狸ではなく猫、それも煤けに煤けた、ばかに大きなサイズの三毛猫……を連想させるのだ……。

足許まで引きずるような暗緑色の士官用野戦コートにぶッ違いのベルトは、左が時代ものの短銃をブチこんだ火器ケース、右が水筒つきのお弁当かばん、その上にまたごたいそうに首から前にブラ下げているのは、大きなガマロみたいな車掌さん鞄……。冥土河原《めいどのかわら》市には市電などないから、いったいどこから手に入れたのか、銀色のパンチものぞいている。

機関車から降りてきたブチ猫は、禿鳥の正面へ立ちふさがるなり、いきなりがなりたてた。

「いったいなんの真似だ！　この乞食鳥風情が！　定時運行の邪魔をしくさって！」

「ケエッ！　ケエッ！　ケエッ！」

禿鳥は待ち構えたように、まさにその鳥そっくりの笑い声を正面から浴びせかけて応えた。

「ム・ふぅ……？」

ブチ猫はちょっと気勢を殺《そ》がれたように口ごもった。

「ケエッ！　ケエッ！　ケエッ！」禿鳥はもう一度くりかえした。

「うるさい！」ブチ猫が怒鳴りつけた。「なんの用事だ！　さっさと返事をせんか！」

そのとたん、禿鳥はケロリと答えた。

「この列車が積んでいる炎石をそっくりもらい受けてぇ！」

「ホ、炎石を……？」いきなり外されて面喰らったようなブチ猫。「どうしようと言うんだ、炎石なんぞを？　ケチな山賊風情が金にしようと言ってもそりゃ無理というものだぞ。この無学者が！　水素吸蔵鉱石というものは非常に面倒なプロセスを通さんと──」

「ケエッ！──」

「黙れ！」

「ケ・ケ……」

またもやけたたましい笑い声をたてかけた禿鳥は、ブチ猫にどなられて笑い声を途中で呑《の》んだ。

「さっさと返事をせんか！」

「金になろうがなるめぇが、デブ猫風情の知ったこっちゃねぇ……」

「ヌ！　ぬかしおったな！」ブチ猫がいきり立った。「もし、いやだと言ったら、どうするつもりだ？」

「いやだと言ったら、そこでこのレールに仕掛けた爆薬をこっちで破裂させるまでよ！　てめェもしばらくは立ち往生ってわけだ。列車後退させて逃げるわけにもいくめぇしの！　炎石は有無を言わさずこっちでいただく」

禿鳥の言葉を受けたブチ猫は、ニヤリと笑いながら腰にブチこんだ古めかしい固体弾用ピストルをいきなりひッこ抜いたかと思うと、レールの前方に銃口を向けて引き金を引いた。

ドッカァーン！

機関車のすぐ前で大爆発が起こり、土煙が立ち昇った。レールが二本とも飴のようにヘシ曲がった。

「ホウ、ホウ、ホウ……こんな風に……か？」

ブチ猫はへんな笑い声を上げた。

「……！」

まだ硝煙の立ち昇るピストルをケースへ収め、ふたたびニヤリと笑ったブチ猫は、まだ眼をパチクリさせている禿鳥に向かって言った。

「きさまが峠の切り通しに張りこんどるという情報が入ったから、たまにはこんなこともなけりゃおもしろくないわいと、応急工作隊をちゃんと連れてきとるわい」

ピリピリピリ！

ブチ猫は、そのとンがった口に銀色の鉄道用ホイッスルをくわえると力いっぱい吹いた。

「？」

なんの反応もない……。

ブチ猫はもう一度吹いた。

ピリピリピリ！

「おんや？」

ブチ猫は怪訝そうに牽引している列車のほうへ眼をやり、もう一度吹いた。

ピリ、ピリ、ピ……。

「ケエッ！　ケエッ！　ケエッ！」

禿鳥のけたたましい笑い声に、こんどはブチ猫のホイッスルが立ち消えになってしまった。

「ケエッ！　ケエッ！　ケエッ！」

「??」

ブチ猫は、けたたましく笑い続ける禿鳥の顔をまじまじと見つめた。

「なんだ？」

「ケエッ！　ケエッ！　ケエッ！」禿鳥はもう一度けたたましく笑ってから言った。「1号車に行ってみねぇ！」

「おっ!?」

こんどはブチ猫が慌てる番である。

野戦コートのすそをバタつかせて車輌のほうへすっとんでいくブチ猫の背中へ、禿鳥はもうひとつけたたましい笑いを浴びせかけた。

ガン！　ガン！　ガン！　ガン！

駆けつけたブチ猫は、先頭の貨車のドアを外からひっぱたいた。

「オ、おい！　どうした!?　早く出てこんか？　おい！　早く出てこい！」

しかし貨車の中からは、なにやらわめき立てるくぐもった声が伝わってくるばかり。

内部からもドアをたたいているらしい……。

「ケエッ！　ケエッ！　ケエッ！」

ゆっくりと後ろからやってきた禿鳥が、またもやその奇ッ怪な笑い声を浴びせかけた。

「無理だって！　無理だって！　ほれ！　よく見ねぇ！　ドアのロックは、溶接弾でばっちりよ！　開くわきゃァねェ……」

「ム、ム、むぅう！」

なるほど禿鳥の言うとおり、頑丈な貨車のドアロック部は何者かによってべったりと溶接されており、これではドアが開くわけもない……。

「黒チンコのやつァ、相変わらずいい仕事をしてくれるぜ……」

「……！……」

ブチ猫は、噛《か》みつきそうな眼つきで禿鳥をにらみつけた。

「おぉい！　案山子ィ！」

ケロリとして禿鳥は、まだ道床に伏せたまま、ぼんやりこっちを見守っているひョろ長い若者に声をかけた。

「開けてやれ！」

「ダ、大丈夫ですかい？」

案山子はおびえたように言った。

「大丈夫だって！　デブ猫のだんなは話がわかるおかたよ！」

「……！……」

藪のなかにかくしてあった工具箱をとり出し、こっちへやってきた案山子が手早くテルミット・ガンを使って溶接されていた部分を溶かし、貨車のドアロックをたちまち開放すると、乗っていた連中は熱射病寸前の状態でつぎつぎと貨車から降りてきた。

「さぁ、さぁ、兄さンたち、さっそく修理にかかってくンねぇ」禿鳥は、そんな彼らに向かって陽気に言った。「おれがやったわけじゃねぇ、このデブ猫のだんなの飛び道具の仕業でな……」

「……！……」ブチ猫はなにか抗議しようと口をとンがらせたが、そのまま言葉を呑《の》んだ。

「ケエッ！　ケエッ！　ケエッ！」

なにがなにやら、さっぱり判らぬまま、とにかく貨車から応急機材を下ろし、レールの修復作業にとりかかった男たちを見やりながら、禿鳥はまた奇怪な笑い声をあげた。

「くそ……！」

「そんなツラをすることたぁあるめぇ！　え？　ブチ猫！」禿鳥はニヤニヤしながら言った。「こちとら、べつに、ただで炎石をいただこうってわけじゃねぇんだぜ……」

「??」ブチ猫は怪訝そうな表情を浮かべた。

「そうだ！」禿鳥はふと思いついたように言った。「どうだ、助平猫、いっそおまえも話に乗るか？」

「話……だと……？」ブチ猫は疑わしげに言った。

「ホレ！」

禿鳥は、案山子の持ってきた工具箱のなかから、なにか綺麗な布切れを取りだしたかと思うと、ブチ猫の鼻先に、さっ！　と拡げて見せた。

派手な模様のワンピースである。

とびきりの生地であることは一目でわかる。

「お！」ブチ猫が目を剥《む》いた。

「ホレ！」

それに構わず禿鳥は、またべつの布切れをつかみ出した。こんどはレース飾りのついたなまめかしい女ものの下着……。

「おおっ！」ブチ猫が息を呑んだ。

「まだまだ……ホレ！」

つづいて禿鳥がつかみ出したのは豪華なハイヒール、つづいてハンドバッグ、帽子……。

「どうだ？　エロ猫！」

禿鳥は、その艶ッぽい下着を手にとって呆然と見つめているブチ猫へ声をかけた。「どれひとつとってみたって、こんなド田舎の惑星じゃとうていお目にかかれる代物じゃねぇ……そうだろう、え？」

「む、むう……」

「なぁ、これなら、炎石とそっくり引き換えでも惜しきゃァあるめぇ……ええ？　ケエッ！　ケエッ！　ケエッ！」

「……」

「とにかく、あの茶屋へ行こうじゃねぇか」禿鳥は、切り通しの上の小屋を指した。「レールの修理が終わるにゃ、まだ、すこし時間がかかりそうだぜ……」

「……」

ブチ猫は、ぼんやりとそこへつっ立ったまま……。

「どうした、え？　この助平猫……。その猿股を置き忘れるなよ、値打ち物だぞ」

禿鳥は先に立って茶屋への急な登りを歩き始めた。

「ム、むう……」

茶屋の粗末なテーブルへ向かい合うと、ブチ猫はあらためてその豪華な衣類を見つめながら唸った。

「それにしても、きさま、こんな物をいったいどこから……」

「もっと欲しいか？　え？」

禿鳥は相手の心中を読み取ったように言った。「コンテナで都合二〇個分入る予定だわ」

「コンテナ二〇個分だと！」ブチ猫は息を呑んだ。

「そうよ！」禿鳥は昂然と言った。「乗るか、ブチ猫？」

「しかし、いったいどこから……」

「こんなものを、密輪船なんかではるばるよその星系からこっそり持ちこんだって、採算とれっこねぇこたぁわかるべぇ？」

「……」

「え？」

「ウ、ウム……」

「教えてやろうか……」

「……」

「え？」禿鳥はブチ猫の顔をのぞきこんだ。

「ウ、ウム……」

「穴の中よ……！」

「穴の中……？」

「そうよ、飛天《ひてん》族が守っとる〈禁忌の森〉のなかに、大穴があってな……」

　そのとたん、店の奥でなにか人の動く気配がして、禿鳥はめざとくそのほうへ目をやったが、どうやら気のせいらしい……。

「飛天王《ひてんおう》の跡取りにな、高嶺《たかね》丸《まる》という馬鹿殿がいてな、そいつが話を持ちこんできた」

「飛天族の……その、〈禁忌の森〉のなかに、なにか穴があるとかいう話は聞いていたが……これが、その、穴の中から出てきたのか……？　ふうむ……！」

　ブチ猫は、手にした下着の縁についているラベルにふと目をやり、そのとたん、はっ！　と表情を変えた。

　そして、低い声でつぶやくようにそのラベルの文字を読み取った。

「……レモンパイ区……高級婦人下着専門店〈ティンカーベル〉謹製……。星涯《ほしのはて》市……星涯《ほしのはて》市……！」

　ブチ猫のすぐ背中にあたる店の奥で、また、なにか人の動くような気配がした……。

　しかし、それにかぶせるように禿鳥が言った。

「なに？　なんと言った？」

「イ、いいや！」なぜかブチ猫は、あわてて口をつぐんだ。「ナ、なんでも、ない。しかし……」

「しかし、なんだよ……？　こんな結構なもんがコンテナで二〇個よ！　とり分についちゃ相談よ。悪いようにはしねぇ……。まかしときねぇ。着物もそれだけありゃ、妾《めかけ》を一〇〇人作ったって、つかみ合いがおっ始まる心配はあるめぇ……え？」

「ム？　むう……」

　まだ信じられぬらしく、ブチ猫の眼はそのピンクの下着の縁につけられたラベルへ釘づけになっている……。

　やっとのことで彼は言った。

「しかし、本当に、その穴の中から……これが……出てきたのか？　おれも、噂は聞いていたが……」

「くどいやつだのう、きさまも……。そうよ、ありゃ本当の話だ、おらァこの目で確かに見てきた……。この女の着物や靴は、みんなあの穴から、たしかに浮いて出てきた……」

「……」

「穴の底にゃ、立派な町があるらしくてな……。そこから出てきた坊主とかいうやつが、こんな女物の着物と交換で炎石を欲しいといって来たらしい……」

「誰に……」

「高嶺《たかね》丸《まる》よ。最初は高嶺丸の子分らしいがな……。とにかく、その高嶺丸という小僧は飛天族の首領のたったひとりの跡とりだが、こいつがとんだできそこないでな……。なんでももとをただすと、すこし前に、なンか乞食みてぇな老いぼれがひとり〈禁忌の森〉に忍びこんで飛天族の連中にとっ捕まったんだとよ。

　その穴に入りてぇとぬかしてな……。

　たぶん、ボケてたんだろう……。

　なんでも、幽霊に逢ったとか、逢うとか言っとったそうでな……」

　何気なくそう言いながら、禿鳥は、なぜかちらりとブチ猫の表情をうかがった。

「それで……？」

　ブチ猫は何食わぬ様子で先を催促したが、幽霊という言葉にその表情がかすかに動いたのを禿鳥は眼ざとく捉えたか、あるいは見落としたか……。

「それで、その爺《じい》さんがどうしたんだ……？」

「ところが、飛天族の掟じゃぁな」禿鳥は続けた。「誰だろうと〈禁忌の森〉に踏みこんだやつは言いわけ抜きでお仕置きってことになっていてな……。それで危うく仕置きにされかかったところを、高嶺丸だか子分のハチキだかが逃がしてやって、その、モクとかいう爺《じじ》いはほんとに穴へとびこんだらしい……」

　〝モク〟という言葉が禿鳥の口からとび出したとたん、ふたたび店の奥で誰かの息を呑む気配がしたのだが、二人は話に熱中していて、もはやそんなことに気づくどころではない。

「それで……」とブチ猫。「それがその坊主なのか……？」

「いや、そうじゃねぇ……。別人らしい。それからしばらくして、その〈禁忌の森〉のあたりをウロついてたハチキの前に、穴の中からへんな坊主がひとり出てきて、炎石との取引きを申しこんで来たんだと……。

　もともと高嶺丸のほうは穴に興味があるだけで、取引きなんかする気はなかったらしいが、悪《ワル》のハチキに口説き落とされたってわけよ。あいつは飛天族の風上にもおけねぇ札つきの野郎だッたからのう……。

　まぁ、それでやつもハチキに乗ッけられて、その坊主と取引きをする気にゃなったもののよ、あんな小僧に取引きの才覚なんざあるわきゃァねぇ。炎石と交換と言ったって、どこで手に入るかも判りゃしねぇ……。それで、相手もあろうにおれんとこへ、二人して話を持ちこんで来やがったってぇわけだ……。

しかしそれにしてもなぁ……」

禿鳥はそこでちょっと言葉を切った。

「それにしてもよ……。昨日の朝、ほんとに坊主の約束どおり、あの穴からコンテナが浮いて出てきたときぁ、当の高嶺丸もハチキのやつもほんとにびっくらこいてたぜ。おれだって、この眼ン玉が信じられなかったくらいよ！

しかし、こうして、ほんとにそのコンテナが取引きどおりに出て来るとなりゃ、もうやつらに用なンざあるわきゃァねぇ。すぐにこっちで手を打ったから、ハチキはすぐに斬り殺される、高嶺丸も仕置きにされて、そろそろ死んでる頃よ……」

「酷いやつだなぁ……きさまは」ブチ猫が眉をひそめた。

しかし禿鳥はケロリとした表情で続けた。

「な、よく見ねぇ……！　これだけのハンドバッグはいくら金を積んだって冥土河原《めいどのかわら》で手に入るもんでねぇぞ……。よほど進んだ町らしいな、穴の奥は……。そう思わねぇか？」

そのとたんだった。

ほんの一瞬だがブチ猫は、禿鳥に勘づかれぬよう凄《すご》い笑いをニヤリと洩らしたのである。

そして彼は低い声でこうつぶやいた。

「穴の底に……よほど進んだ町がとな……！　このバカ鳥が！」

「なに？」

とたんに禿鳥が聞きとがめた。「なにか言ったか？」

「イ、いや……」

禿鳥は、そのハンドバッグをじーっと見つめながらなにか考えている。

「それで、ブチ猫、おまえもいっちょう乗るか？」禿鳥は言った。

「ノ、乗るとも！」反射的にブチ猫は答えた。「乗るとも……」

「ケエッ！　ケエッ！　ケエッ！」禿鳥は勝ち誇った笑い声を上げた。「よしよし、乗せてくれるわ、ありがたく思え。くわしいことはあとで相談するとすべえ」

「……」ブチ猫は何か考えている。

「それで、当たりめぇのことだが、炎石はそっくりもらったぞ……いいな？」と禿鳥。

「え？　あ？　いいとも……盗難保険は、たっぷりかけてある……。鉱山も文句はあるまい……」

「話はきまった！　この先を一〇キロほど行った茶園谷のな、六本松のトンネルを出たところだ、あそこが飛天族の〈禁忌の森〉へは一番近い。あそこにこっちの人足を待たせてある……」

「わかった……」ブチ猫は言った。「レールの修理が完了したらすぐ発車だ！」

「昨夜、ハチキが穴の向こうに行って取引き相手の坊主と会った話じゃ、あとのコンテナは到着がすこし遅れるとかいう話だが、来るこたぁ間違いねぇ……」

「……」

ブチ猫は、なにかしきりに考えている。

禿鳥も、そんなブチ猫の表情からなにかを探り出そうとするように、じーっとその顔を見つめた。

5

飛天砦《ひてんとりで》に仕える腰元の夕顔が、生まれ故郷キノコ村に伝わる滑空翼〈ハンググライダー〉を使って処刑寸前の岩頂から恋する主人・高嶺丸《たかねまる》の救出に成功した次の瞬間、獲物を奪われた怪物・鞣《なめし》に跳びつかれて滑空翼のバランスを奪われ、もはや地上に激突するしかない絶体絶命の危機に陥った時、とっさに地上から鞣《なめし》を射ち落としてそのピンチを救ったのはもちろん又八であるが、これは、まったくの偶然といってよかった……。

又八が、やっと穴の中から出たのは、その日も昼をやや過ぎた刻限である……。

早朝とおぼしい頃、コンテナに続いてすぐ穴の外へ出ようとしたのだが、穴の縁でコンテナを待ち受けていたらしい男が二人その周囲でなにかやっているので、慌ててまた穴の中へと戻ったのだ。

星涯《ほしのはて》に比べてなにかひどく赤味の強い太陽が天頂にかかったころ、又八はエアカーでこっそり穴から外に出た。

もう人ッ子ひとりいない……。

深い原生林のただなかである。

彼は穴の縁にエアカーを止めて外へ出た。

あたりはシーンと静まり返っている。

すぐ眼の前にはものすごい岩峰群が天頂すれすれまで、首が痛いくらい仰向かねばならぬほど、いっきにそそり立っている。

ここは冥土河原《めいどのかわら》だ……！

星涯《ほしのはて》から一〇〇光年の彼方だ……！

又八は心のなかでつぶやいた。

べつになんの証拠もないわけだが、又八はそれに間違いないと思った。

昨夜、炎陽《ほのおのひ》の森のなかにひそんでいた時、穴から出てきた男が道士を脅かしていた話の内容からしても、ここが惑星・冥土河原《めいどのかわら》の上だと断定してよいだろう……。

とうてい信じられないことなのだが、〈星涯《ほしのはて》〉星系から一〇〇光年離れたここまで、次元を越えたトンネルができている……。

そして今、おれはなんの手段も講ずることなく、その穴を抜けてあっさりと一〇〇光年の旅をやったわけだ……。

なんの変哲もない空間にこんな穴が開いているなどと

……。

しかし、これは紛れもない事実なのだ……。

となれば……。

今のところ、おれたち、乞食軍団は次元を越える穴を三つつきとめたわけだな……と又八は思った。

まず……。

例のタンポポ村だ。

〈星涯《ほしのはて》〉星系の主惑星（第5惑星）・星涯《ほしのはて》……。その首都・星涯《ほしのはて》市の郊外の平和な農村……。

星系宇宙軍が〈星涯《ほしのはて》重工〉と共同で新造宇宙艦用エンジンX200のテスト中に空間を歪曲《わいきょく》させてしまい、タンポポ村ひとつを住民ごとそっくり呑《の》みこんでしまった問題の大穴……。

次に……。

惑星・星涯《ほしのはて》のとなり、第4惑星・白沙《しろきすな》……。

〈星海企業〉の基地があるあたりの裏山にも、ひとつ穴がある。

この穴は偶然のことから又八たちが発見したものだが、〈冥土河原《めいどのかわら》〉星系特有とおぼしき渡り鳥が出入りしているし、タンポポ村の穴でひそかにネンネの放りこんだメカイタチの光があの穴の縁で観測されているから、どうやら穴は内部で三方に通じているらしい……。

そして……。

同じく〈星涯《ほしのはて》〉星系の第2惑星・炎陽《ほのおのひ》の荒野の一角、僧院の裏山にある祠《ほこら》からここに通じる穴……。

つまりおれが抜けてきた穴だ……。

そしてこれはまだ確認したわけではないが、あの時、タンポポ村ごと穴に呑みこまれてしまった住民の一人、モク爺《じい》さんは、どうやらこの穴を伝って〈星涯《ほしのはて》〉星系へ戻り、パムになにやらことの真相を伝えようとしたらしい……。

あの時、タンポポ村もろとも穴に呑まれたパムの両親は、今、冥土河原《めいどのかわら》で幽霊になっている……と。

そうだ……。

又八はハッと思いだした……。

いいかげん頭のおかしくなったモク爺さんにその事実を聞かされ、わけもわからぬままロケ松たちと冥土河原《めいどのかわら》に乗りこみ本当に幽霊を目撃し、さらにその真相を確かめようとしてひとり白沙《しろきすな》の穴から入っていったパム……。

それに……。

そんな彼女へ手を貸そうと、宇宙服を持ってタンポポ村の穴から入っていった虎造……。

あの二人も、無事こんなふうに穴を抜けただろうか……？

たぶん、そうだろう……と彼は思った。

べつになんの理由もなかったが、又八は、間もなく彼らと会えるだろうと思った。

そこで……、おれはこれからどうする？

考えてみれば、べつにはっきり計画があってのことではないのだ。依頼されたコンテナを投下する100型縦のコックピットから、祠のほとりにこの穴を発見したとたん、謎を突きとめるにはこれしかないと、反射的に考えただけなのだ。

そして結果的に、ここへコンテナを送りこもうとしていた道士のたくらみを妨害した形になったわけだが、こうとなればあの坊主は、あとのコンテナと共にここへやってくるだろうか……？

いや、たぶん来ないな……。

又八は思った。

あの坊主の取引き相手が何者なのかまだ判らないが、こうして先に穴へ入ってしまったおれがこっち側でうまく網を張れば、あとで入ってきた坊主はあっさり生け捕りになってしまうくらいのことは、あいつだって充分にわきまえているだろう……。

しかしあいつは、コンテナだけは送りこんでくる……。

昨夜の、あのおどかされかたからして、坊主が約束を破ることはあり得ない……。

ただ、投下された時のあの状況からして、コンテナを全部穴の縁まで持ってくるにはすこし時間がかかる。そのことは昨夜、坊主も、何者だか知らないがその取引き相手に向かって通告していた。

だとすれば……。

ここで待つ……ということだな。

いずれ、あとのコンテナを受けとりに何者かがここへ姿を現わすはずだ。

あとはそいつを相手に出たとこ勝負ということだ……。

又八は、エアカーの前に腰を下ろして体を伸ばすと、非常食料をとり出した。

澄んだ山の空気が快い。

そして……。

どれくらいしてからだろうか。

なんの気なしに眼をあげた彼は、いっきにそそり立つ岩峰群のなかでもひときわ高い岩の頂上をめがけて、なんと、粗末なハンググライダーが一機、めいっぱいの角度で突っこんでいくのを目にしたのだった。

なにやら翼端にブラ下がっていた奇怪な動物を又八がとっさに射ち落としたので、なんとか姿勢を立てなおしたハンググライダーは大きくまわりこみ、そのままいっきに又八の立つわずかな平地へ大胆に着地した。

操縦していたのは野性的な若い娘、そして吊り下げていた縄ばしごにしがみついていた男は……どうやら、昨夜の炎陽《ほのおのひ》の穴の縁で道士をおどかしていたあの男ではないようだ……。

いったい何があったのか、その男は激しいショックから回復していない様子で呆然とそこに立ちつくしているだけだが、いかにも気丈なその娘は感謝の思いをこめたまなざしを又八に向けていた。

6

「それにしても……いったい……どうしやがったんだか……。おかしいなぁ……。出てこねぇなぁ……」

虚無そのものが澱《よど》んでいるとしか思えぬ奇怪な穴からすこし離れた岩の上で、渋面を浮かべた禿烏《はげからす》は昨日から何百回目かのつぶやきをまた繰り返した。

「どうもわからねぇ……。確かにあのあたりだったんだ、コンテナがぽっかり浮いて出てきたのは……」

「……」

ブチ猫は、そんな禿烏の姿を無言のまま皮肉っぽく見守っている。

あれから丸一日、子分たちを追い払った穴の側で二人きり、禿烏とブチ猫はコンテナが浮いて出てくるのをただじっと待ち続けていた……。

もう昼も過ぎた刻限である……。

昨日、貨物列車からおろした炎石を山越えで子分に運ばせ、もともとこの話に高嶺丸《たかねまる》をひきずりこんだ飛天《ひてん》族の下ッ端のハチキとやらが昨夜、先方から指示されてきたというやりかたどおり、コンテナごと穴のなかへ落としたのだが、なぜかそれも穴の底へ吸いこまれていく感じがなくて、無色不透明としか言いようのない穴の表面近くを漂流している気配だし、あの朝、禿烏が高嶺丸やハチキと目撃したように、豪華な衣類の詰ったコンテナが浮いて出てくる気配などまったくないのである。

「おかしいなぁ……！」禿烏はまたつぶやいた。

「フッ、フッ、フッ……」突然、ブチ猫が変な笑いかたをした。「まったくおかしいなぁ……。え、禿烏？　まったくおかしい……」彼は意味ありげな笑いとともに言った。

「……なにィ……？」禿烏はそんなブチ猫の嘲笑にすぐ気がついた。「なんだ！　その言い草ぁ……てめぇ……たたッ殺されてぇのか！」

とンがらかった声を上げながら、禿烏は、ブチ猫のほうへ一歩踏み出した。凶悪な表情である。

ところが、そのとたんだった。

いったい何がどうなったんだか、凄《すご》い表情でブチ猫のほうへ向きなおった禿烏の体が、まるで念力にでもやられたみたいに空中へ跳ね上げられたかと思うと、そのまま頭から先に、イヤ！　という勢いで地面へ激突したのである……。

「グゥ・うッ……！」

硬い岩の上にしたたか叩きつけられた禿烏は、ひと声うめいて気絶してしまった。

「バカめが……」

ブチ猫は、そのずんぐりした体つきからはとても信じられぬ敏捷さで、禿烏の体をあたりの立木へあっさり逆さに吊り下げた。

「ケエッ！　ケエッ！　ケエッ！」

不気味なほど巧みに禿烏の笑い声を真似しながら、ブチ猫はそこへしゃがみこみ、細い高張度鋼線でブラ下げられた禿烏の逆さの顔をのぞきこんだ。ブチ猫の顔には、いつの間にか猫とは縁遠い、まるで虎みたいなけわしい表情が浮かんでいる。

「バカめ……！」

彼はポケットから小ぶりのレーザー・ガンをとり出すと、出力環をゆっくりと最低いっぱいまで絞りこんだ。そして、しごく日常的な仕草で銃口を禿烏の耳たぶに当てたかと思うと、そのままあっさりトリガーを引いた。

「ヒッ！　ヒーッ！」

逆さ吊りになっている禿烏の耳たぶから小さく煙が上がり、苦悶の悲鳴とともにその体は振り子のように激しく揺れた。

「ケエッ！　ケエッ！　ケエッ！」

ブチ猫はひどく楽しげな調子で、禿烏得意の笑いを真似して見せた。

「この乞食烏めが！　女ものの猿股使っておれをおびき寄せ、炎石をまき上げようなんぞと手のこんだ真似をしくさって……」

「ク、クッ……」逆さ吊りの禿烏が喉の奥からやっと声を絞り出した。「キ、キ、きさま……」

「なになに？　よく聞こえんぞ……」

ブチ猫はひどくおもしろそうな表情で顔を近づけた。

「なんだと？　え、なになに？　ホウ、ホウ、もう一発熱いのを喰いたいとな？　ホウホウ。よしよし、ホゥレ！　これでどうだ？　ホウホウ」

またもやこともなげにトリガーが引かれ、小さな煙とともに禿烏の体が苦痛によじれ上がった。

「ヒッ！　ヒーッ！」

「どうかね？　え？　ホウホウ、もうこっちの耳たぶはなくなりかけとるよ。こんどは反対側にするかね？　それとも、こんどは……そう……チ×ポ×にしようかね……？」

「キ、キ、聞いてク、くれぇ……」禿烏が喉の奥からしゃがれ声を絞り出した。「ウ、ウ、嘘じゃねえ……。コ、コ、これは、ウ、嘘じゃねぇ……」

「きさま、どこのグループとつながっとるんだ？」

ブチ猫は禿烏の哀願など相手にもせず、しごく事務的な口調で尋問を始めた。

「〈赤栗鼠《あかりす》組〉か？　きさまみたいなケチな小悪党が〈天狗松《てんぐまつ》〉でもあるまいしな……」

「……」

「素直に返事をせんか！　きさまごとき山賊風情が星涯《ほしのはて》

製の装身具なんぞをいったいどこから手に入れた？　え？　星涯《ほしのはて》の着物なんぞを？」

「ホ、ホ、ホシの……ハ、ハテ……？」禿鳥は不思議そうな声を洩らした。「ナ、なんだ……それは？」

「字も読めん無学者のきさまだから言って聞かせてやるが、あの女物の着物や靴にはな、みんな、こともあろうに星涯《ほしのはて》市の超一流店のラベルがついとるんだ！　一〇〇光年彼方だぞ！　さあ、おとなしく白状しろ、どの筋の品だ？　どこから手に入れた……？　誰から買った？　どこの偽造品だ？」

「ホ、本当だ！　ソ、ソ、その……」逆さ吊りになった禿鳥の体が揺れる。「その穴のなかから……デ、出てきた……」

「まだそんな見え透いたことをぬかしくさって！」

「ギャッ……」

ブラ下がっている禿鳥の顔を、ブチ猫がいやと言うほど蹴ッ飛ばした。

ぶらぶら揺れながら、それでも禿鳥は必死でかぼそい声を絞り出す。

「ソ、それなら……、その、ア、穴からデ、出てきた入れものを、見、見てくれりゃ、ワ、わかる、と、思う。ソ、その藪のなかに……！　コ、コンテナに、なにか字が……それを読みゃ……タ、たぶん、ど、どこから……キ、来たか……」

「ふぅむ……」ちょっとなにか考えていたブチ猫は言った。「よし、待っておれ。確かめてみるとしよう。どこにある？　そのコンテナは」

「あ、あっち……」

ブチ猫が禿鳥の指さす方向の藪へ眼をやると、なるほど宇宙輸送用の標準コンテナがひとつ、雑草へ埋まるように置かれているのがちらりと見える。

「よし！」ブチ猫は言った。「ちょっと行って確かめてくる」

そして彼は藪のなかへと入っていった。

陽が傾きかけている。風が起きたのか、藪がざわざわと鳴った。

「間違いない……」ほどなく戻って来たブチ猫は言った。「あのコンテナは確かに星涯《ほしのはて》のものだ。すると、誰がここへあれを持って来たかだ？　え？」

「……」

禿鳥の体は逆さのまま揺れている。

「きさま、おれの炎石と交換にこんなものを手にいれて、誰に差し上げるつもりだったんだ？　え？　〈冥土河原《めいどのかわら》鉱山〉の社長だろう？　なんでも、あの野郎はおかしな稀有《きゆう》元素鉱石を……」

そのとき禿鳥が、ひどく弱々しい声でなにかつぶやいた。

「なに？　なんだと……？」ブチ猫は言った。

「ハ、話が……」とかぼそい禿鳥の声……。

「なに？　話だと？」

禿鳥はがくりとひとつうなずいた。

「言ってみろ！」

「ハ、話が……あ、ある」禿鳥は繰り返した。

「なに？　なんだと？」

釣られてブチ猫は禿鳥のほうへ顔を近づけた。

ところがその時だった。

キラリ！

ブラ下がっている禿鳥の真下の雑草のなかで、なにか小さな物がひとつ、異様なほど鋭い光を放っているのにブチ猫は気づいたのである。

「おおッ！」

そのとたんにブチ猫の示した反応は、本当に異様なものであった。彼は飛びつくように、その、ギラリ！　と凄いほどの輝きを放っている小さな宝石みたいなものを地上から拾いあげた。

「コ、これはきさまのものか？　キ、きさま……！　いったい、これを、どこから……。間違いない！　これはたしかにあの石だ……！」

ブチ猫は眼を皿のように見開いて、その石を調べ続けている。

「ふぅむ……。よし！　これがこの惑星にあるとすれば……。やっぱり……幽——」なぜか、ブチ猫はそこであわてて口をつぐみ、そして言いなおした「やっぱりあの話は……本当なのだな！　ふぅむ……」

勝ち誇った表情のブチ猫が、なに気なく吊り下げてある禿鳥のほうへ眼をやったそのとたんだった。

「!!」

だしぬけにブチ猫の顔が恐怖に凍りつき、とっさになにかを避けようとする姿勢をとった。

しかし次の瞬間、先端へ小石をつけた細いファイバー・ケーブルが一本、唸りを上げて藪の奥から飛んできたと思う間もなく、ブチ猫の太い首許へ見事にからみついたのである！

「ゲ！　ゲ！　ゲェッ……！」

たちまち呼吸困難となって眼も飛び出さんばかりのブチ猫は、とっさに首許へもっていった手でなんとかそのファイバー・ケーブルを外そうともがいたがとてもだめ、輪になって首にからみついたその細いファイバー・ケーブルは、暴れれば暴れるほど、きつく締まっていくばかり……。

「ゲ！　ゲェ——っ！」

みるみる彼の顔は赤い風船みたいに脹《ふく》れ上がり、苦悶に歪む顔に眼だけが皿のように見開かれている。

腰を抜かして窒息寸前となったブチ猫の前に、なぜかあっさりと体の自由をとり戻した禿鳥がゆっくり立ちふさがった。

「ケエッ！　ケエッ！　ケエッ！」

彼の手にはファイバー・ケーブルの端が握られている。

「やってくれるなぁ……え？」

それから禿鳥は、たった今、あんなにこッぴどく痛めつけられていたのが嘘みたいな表情で、その鳥なみの身軽さを発揮してあたりを飛びまわり、あっという間にブチ猫の首にまきついたファイバー・ケーブルの端を四方の木の幹につないでしまった。

「これでよしと……」

戻って来た禿鳥は、地面に上半身を起こした姿勢で後ろ手に縛られているブチ猫の首を、グイ！ と一方へ荒っぽく押してみた。

「ゲッ！ ゲェッ！」

一方のケーブルが締まって、身動きもならぬブチ猫は今にも窒息しそうな苦悶の声を洩らした。

「こっちはどうかな？」

「ゲッ！ ゲェッ！」

禿鳥は、相手の首をしごく無造作に四方八方へ捻ってみて、そのたびに悶死《もんし》寸前の苦しみにもがくブチ猫の姿をいとも楽しげに観察していたが、やがて立ち上がると、藪の奥に向かって声をかけた。

「おい！ もう大丈夫だ、出てこい！」

それと同時に、ザワザワ雑草を掻きわける音がして、藪の奥から出てきたのは……。

なんと！ 小柄《こがら》な若い娘！

パム！

生まれ故郷のタンポポ村もろとも両親を奪われ、〈星《ほし》涯《のはて》〉の星系警察と星系軍に追われて〈銀河乞食軍団〉へ助けを求めてきたあの娘……！

そして、ロケ松たちとともに〈冥土河原《めいどのかわら》〉星系へのりこみ両親の幽霊と出会ったあと、わけもわからぬまま気がつくとタンポポ村の大穴から〈星涯《ほしのはて》〉星系に戻っていた……。そしてその後、偶然にも白沙《しろきすな》の山中で発見されたべつの穴から、両親の幽霊を求めてふたたび冥土河原《めいどのかわら》へ向かったあの少女パム……！

すたすた歩いてきた彼女はちょっと立ちどまり、地面にブチ猫が放り出したその石を無造作に拾い上げた。キラリ！ 彼女の 掌《てのひら》 のうえでその石がふたたび鋭い光を放った。

「ありがとよ」禿鳥はそんな彼女に向かって言った。「このバカ猫野郎がコンテナを見に行ったすきに、おまえがノコノコ出てきたときゃ、ほんとにびっくらこいたぞ！ おまえがその石をそこへ落っことして、ワイヤをゆるめてくれなけりゃ、さすがのおれもあれでおしまいになるとこだったぜ！」

禿鳥はほっとした表情で相手を見つめた。

「……」

しかし、パムはなんの反応も示さない。

「おまえ、峠の茶店からずっとおれたちの後をつけてきたな……？」禿鳥が言った。

「どうして？」

はじめてパムが口をきいた。低く落ち着いた口調である。

「その香り水の匂いよ」禿鳥は小さな黒い鼻をピクつかせた。「あンときゃ、茶店の親爺《おやじ》め、新しい女を囲いやがったなと思ったんだが……」

「……」パムは黙りこくっている。

「なんでおれたちの後をつけてきた？」

しかしそれには答えず、彼女は地上に縛られているブチ猫のほうへちょっと顎をしゃくると、無表情につぶやいた。「そいつに幽霊のことを聞いてみてくれない……？」

「幽霊？」禿鳥は眼を丸くした。「……おまえも幽霊のことを知りてぇのか？」

「うん」パムは、こっくりをした。

「なんで……？」

「あたい、幽霊ともういっぺん、逢いたいの……」

「幽霊と逢いてぇ……？ もういっぺん……？」禿鳥は呆れたような声を出した。

「うん……。この石を見てあんなにびっくりしたんだから、この石もなにか幽霊に関係あると思うわ……」

「……」

禿鳥は、そんなパムの落ち着きはらった表情をしばらく見守っていたが、やがて言った。

「よかろう。こっちも命を助けてもらったとなりゃ、いやたァ言えめェよ……」

禿鳥は、地面に上半身を起こした姿勢でやっと息をしているブチ猫のほうへ歩み寄った。

「おい！」

いきなり禿鳥は、ブチ猫の大きな頭を両手で捉え、ぐい！ と揺さぶった。

「ゲ！ ゲ！ ゲェッ……！」

木の幹から伸びる細いケーブルの一本が張って首を締め上げられる苦悶に顔を歪めながら、ブチ猫は、世にも恨めしげな眼で禿鳥をにらみ上げた。

「そんな眼を、す、る、も、ん、じゃ、ねぇんだよ……え？」言いながら禿鳥は、いちだんと強くその頭を左右へと揺さぶった。「おれの大事な耳たぶに、灼け穴開けてくれたお礼は、まだ、してねぇんだから、よ……え!?」

「ウぅ！ ウぅ！ うーっ！」ブチ猫はもう窒息死寸前の状態である。

「おまえにいろいろと聞かせてもらいてぇことがあってな……」禿鳥は言った。「まず、きさまがはるばるこんな場末の惑星にやってきて、汽車ポッポごっこをやって見せてる裏のその裏はとっくにお見通しだ……」

「……」

「このスパイ猫めが！ 金の使い途に困った〝鉄道マニア〟の触れこみで蒸気機関車なんぞ走らせやがって……。それでおれの眼をごまかしたつもりでいやがるたぁ、この禿鳥様も甘く見られたもンだわえ！」

「……」

「しかし、目的は密輸の捜査ばかりじゃあるめぇ、てめぇ！　この惑星にやってきて何をたくらんでやがる⁉」

「……」

「ホウ、ホウ、ホウ！」こんどは禿鳥がブチ猫の笑い声を真似した。「しらっぱくれるつもりか？　ホウ、ホウ、ホウ、それじゃ聞くが、ブチ猫本線のな、下りの貨物はなんだ？　冥土河原《めいどのかわら》宇宙港から犬鳴谷《いぬなきだに》へせっせと運んでる物をいったいなんだと言い抜けるつもりだ？

セメント、鉄材、アンテナ、通信器材どころか、なんで小型宇宙艇をわざわざバラして運ばなけりゃならねぇ？　え……？

それに、鰯堀《いわしぼり》漁港で古物のトロール網をせっせと買い集めてるたぁ、またなんのつもりだ？」

「……」

眼も開けていられぬ様子のブチ猫は、肩でやっと息をしている。

「ひょっとして、それが幽霊とやらに関係あるんじゃねぇのか……？　え？　ホウホウ？」禿鳥はおもしろそうに続けた。「それとも、あの網は、衛星軌道で猫の好物の金魚をトローリングするんだとでも言い抜けるつもりか？　え？　ホウホウ？」

「………！………」

苦しげなブチ猫の表情がかすかに変化した。もうだめだ！　という感じである。

「そこまで知られてるたぁ思ってなかったってか？　え！」禿鳥は言った。「ケエッ！　ケエッ！　ケエッ！」

「……」

「返事をしねぇのか、こぉら！　え？　ホウホウ？」

薄ら笑いを浮かべた禿鳥がブチ猫の頭を荒っぽくつついた。

「ウぅ！　ウぅ！　うーっ！」

「こぉら！」

「ウぅ！　ウぅ！　うーっ！」

「絞め殺されてぇとみえるな、てめぇは？　こぉら！」

「コ、殺してミ、みやがれ……」ブチ猫がやっとのことでかぼそい声を絞り出した。「オ、おれを、コ、殺せば、ユ、幽霊のコ、ことが、ワ、わからなくなるだけだ……！」

「なるほど、なるほど」と禿鳥。「それもそうだのう……ホウホウ！」

禿鳥は素直にうなずき、ほとんど意識をなくす寸前のブチ猫の、首を捉えているケーブルをすこし緩めてやった。

「しかしのう……ブチ猫よ」彼は言った。「おまえもおもしろいことを教えてくれたもんだのう……。その穴が、こともあろうに〈星涯《ほしのはて》〉星系とじかにつながっとるとはのう……」

「……」

「これはまた、とンでもねぇ儲け口になりそうだわえ……。あの穴から浮いてくるのが正真正銘、星涯《ほしのはて》製のハンドバッグとなりゃあ……。こりゃあ、どうあっても、もうすこしコンテナが出てくるのを待つしかないのう……」

7

そんな騒ぎからすこし離れた藪の中である……。

「いくらあの二人が待ってもだめだ。コンテナは出てこない。こんどの取引きはもう時間切れです……」

藪の中にひそむ高嶺《たかね》丸《まる》が、彼らを見守りながら、又八の耳許でそっとささやいた。

「……」

又八は無言のまま、かすかにうなずいた。

「つぎの南中が合うのはすこし先です……」

高嶺丸へ寄りそうように身を屈めているのは、男みたいないでたちの夕顔。彼女の白い手には、観天司《ほしみのつかさ》の暦本と、どこから手に入れたのか、星涯《ほしのはて》星系天象庁が発行している『天象暦表』が固く握りしめられている。

「双方の太陽の南中時が合わぬかぎり、穴はつながらぬ……」高嶺丸が続けた。

又八は無言のまま、ブチ猫を責めたてる禿鳥《はげからす》の後ろにじっと立っているパムの姿を見守っている。

彼女が〝両親の幽霊に会うため冥土河原《めいどのかわら》へ行く〟と書き置きを残し、白沙《しろすな》基地の裏山で偶然発見された穴から姿を消して以来、まだいくらも月日はたっていないのだが、本当に見違えるほど成長した感じである。

きっとひどい苦労をしたのだろう……と、又八は思った。

もともと肝ッ玉のすわった娘ではあったが、すきを狙って藪の中から、小石をつけたファイバー・ケーブルをブチ猫の首めがけて投げつけた手並は見事なものだった。

藪の向こうで、禿鳥がパムに声をかけた……。

「おい、ねえちゃん」禿鳥はパムの手許へ眼をやった。「その、キラキラした石はいったいなんだ？」

「え？」パムは、なんのことかという表情を浮かべた。

「イ！　言うな！」

「？」

パムがなにか言う前に、いきなりしゃがれ声を絞りだしたのは、地面に縛られているブチ猫である。

「ソ、それは！　言うンじゃないぞ！」

「なにぃ？」

「言うな……だと？」

禿鳥はけげんな顔でパムとブチ猫を見比べた。

「……」

パムもパムとて、なんのことやら呆ッ気にとられて、そんなブチ猫と禿鳥をじっと見返すばかり……。

「言うな……たぁ、どういうことだ?」禿鳥は不思議そうな表情でパムに向かって言った。「え?」

「……」どういうことだと聞かれても、パムとしては答えようもない……。

「イ、言うんじゃないぞ!」

こっちの計略にはまったとばかり、ブチ猫は弱々しいが、ひどくもっともらしい絶叫をつづける。「言うんじゃ……ない!」

「黙れ!」

禿鳥はブチ猫を怒鳴りつけてから、おもむろにパムのほうへ向きなおった。

「……?……」

パムはまだ不思議そうな表情でそんな禿鳥を見返すばかり。

「おい! ねえちゃん……」

もう禿鳥の顔には、猜疑《さいぎ》に溢れた薄ら笑いが浮かんでいる。「てめぇ……。よもやおれになにか隠しだてするつもりじゃあるめぇな……」

「何を……?」パムは呆然と言った。

「その石よ……」

「この石……?」パムは手許を見下した。「この石……が?」

「そうよ! その石はいったいなんだ……!?」

「それがわからないから、聞いてくれ……って……」とパム。

「その石は幽霊とどんな関係がある……?」禿鳥がパムに向かって畳みこんだ。

「それがわからないから……」とパム。

「オ、おい……ハ、禿鳥」地面に縛られて喘《あえ》ぐブチ猫の眼は、しめたとばかり狡猾な光に輝いている。「ハ、禿鳥、きさまは知るまいが、ソ、その石はな、ソ、そんな、星涯《ほしのはて》なんかとの、ト、取引きとは桁違いのカ、カ、金になるんだぞ……」

「……」

禿鳥は、しゃがれ声をはり上げるそんなブチ猫と、呆ッ気にとられて立ちつくすパムを交互に見比べた。「……」

しばらくして禿鳥はパムに言った。

「言わねぇのか……ねえちゃん?」

「なにを……?」

「意外としぶとい小娘だな……」禿鳥の顔に、不気味な笑いが浮かんだ。「言わねぇつもりか、その石の素性を……?」

「知らない……って言ってるのがわからないの?」

「お、おい! 禿鳥」ブチ猫が、ここぞとばかりに必死で口説きをかける。「ケ、ケーブルを解いて、くれ! オ、おれが、ワ、わけをハ、話してやる。いいか! 禿鳥、ソ、その石を絶対に、とり、ニ、逃がすなよ!」

「……」

禿鳥は、ブチ猫とパムの表情を交互にうかがいながら何か考えていたが、突然、決心したようにパムのほうへ一歩踏み出した。

「おとなしくその石をこっちへ寄越しな!」

「いやだい!」

反射的にパムが言った。

「寄越せと言っているのがわからねぇのか!」

禿鳥はさらに一歩踏み出した。

「おかしな真似をすると射つよ!」

彼女の手には、もう小ぶりのレーザー・ガンが鈍い輝きを放っている……。

「心配するな、禿鳥!」縛られたままのブチ猫が、パムに聞かせでもするように叫ぶ。「その小娘も、幽霊についちゃきさまの手を借りなきゃならねぇわけがある……。だから、きさまを射ちゃ、幽霊のことはなにもわからずじまいになっちまう……。射ちゃしねぇ……。この小娘はバカじゃねぇ……!」

なにがなにやらわからぬまま、パムは一瞬銃口をブチ猫へ向けたが、ひどく混乱した様子ですぐ禿鳥のほうへ戻した。

「……」

禿鳥は薄ら笑いを浮かべながら、そんなパムの出方をうかがっていたが、やがてちょっと体を横へ移動させた。

パムの銃が、すばやくそんな動きを追う。

山賊は腰を低くして、じわじわとパムの脇へとまわりこんでいった。

パムのレーザー・ガンがそれを追う……。

禿鳥は、もう生き生きとした表情を浮かべていた。

相手はかなり手強《てごわ》い小娘だ。まかり間違えば平気でレーザー・ガンのトリガーを引きかねないやつだ……。そんな小娘と命を張って、なんだかわからねぇが、とンでもない儲け仕事へ首をつっこみかけてるらしい自分……。ひさしぶりじゃねぇか……! こんな熱い気分は……!

禿鳥はもう完全に主導権をとっていた。

そしてじわじわ脇へまわりこんでいきながら、ぱっ! と拾った土くれをそのまま娘めがけて投げつけた。一瞬相手がひるんだすきに、後ろへまわした手がブチ猫の首のワイヤを一本、すばやくとり外す。気づいた娘が手許すれすれに威嚇の一発を発射する。

パッ! 閃光《せんこう》が走り、あたりにはオゾンの臭気……。

射線を避けて、山賊は鳥みたいに跳ね上がった。

「ケエッ! ケエッ! ケエッ!」

禿鳥は顔じゅうを口にして笑いながら、すばしっこく前後左右に動いて相手にフェイントをかけはじめた。娘が手強ければ手強いほど、禿鳥はなにかもう、嬉しくって嬉しくって仕方がなくなってくるのである……。

パムはもう息がきれ始めていた。

やっとのことで捉えた幽霊の手がかりである。

この手がかりが欲しいばかりにあの穴へひとりで入り、

〈星涯《ほしのはて》〉星系から苦労してここまでやって来たのだ……。めったなことでいま、相手を殺すわけにはいかない。

でも、だからと言ってこの悪党に、なんだか知らないがモク爺《じい》さんがあの時届けてくれたこの不思議な石を奪われたんでは、なんのためにここへやって来たのかわからなくなってしまう……。

相手は痩せこけたやつだけどとにかく男、それもすごくすばしっこいやつ……。

こいつだけは殺すしかないのかしら……？　彼女はそう思いはじめていた。

バサッ！

その時、まるで大きな鳥でも飛びたつみたいに、山賊が跳ね上がった。

パッ！

反射的に、パムのレーザー・ガンから閃光がほとばしる。狙いを外してはいるが、ぎょっとした表情で禿鳥はそのビームをかわした。

「ケエッ！　ケエッ！　ケエッ！」

すばやく体勢を立てなおした禿鳥は、パムの動きを見守りながらとっさにぐーっと大きくまわりこんだ。

つられてさっとまわりこんだパムが、思わずブチ猫へ背を向ける形となった瞬間である。

いつの間にケーブルを解いたのか、レーザー・ガンを構えて禿鳥と向き合うパムの背中をめがけ、まさに山猫みたいな敏捷さでブチ猫がとびかかった。

はずみで宙にとんだレーザー・ガンが一発暴発しただけで、勝負はいっきについた。

「ケエッ！　ケエッ！　ケエッ！」

ブチ猫の大きな体に組み敷かれてひどく小さく見えるパムを見下ろす禿鳥は、息も乱れていない。

「手間を焼かせやがって……」

パムの小さな手からあっさり石をむしり取ったブチ猫は、そこへ伸びてきた禿鳥の手に気がつき、はっ！　と身を固くした。そんな相手の反応に、禿鳥のほうもあらためてブチ猫の表情をうかがう……。

午後も遅い陽を受けて、石が無心にキラリ！　と光る……。

「始末しちまいな」ややあってから禿鳥が言った。「石さえもらえりゃ、用はねぇんだろ？」

「そうはいかん」とブチ猫。「知ってることを吐かせてからだ……。幽霊の件についちゃ、わからんことばかりよ……」

「さっきおまえは、こいつに、何もしゃべるな、と言ったな？」禿鳥は思い出したように言った。

「なに、こいつを混乱させてみただけだ」とブチ猫はケロリとしている。「とにかく知ってることを吐かせなけりゃならねぇ」

「そうあっさりとは吐くめぇよ……」

ブチ猫にハメられて本人を解放してしまったことに気づいているのか、いないのか……。禿鳥はそんなことをブチ猫に向かって言った。

「たぶんな……」地面に組み敷かれたまま、不敵な眼でにらみ返すパムを見ながら、ブチ猫がつぶやいた。

「剝《む》くか？」と禿鳥。「素っ裸に剝いてよ、出力絞ったレーザー・ガンで、乳でもゆっくり灼いてやりゃ、いくらこいつでも吐くべえ……」

「きさまだって吐いたしなぁ……」皮肉ッぽく笑いながら、ブチ猫が禿鳥を見上げた。

「……くそ……！」禿鳥が、思わず自分の片耳へ手をやりながら、べっ！　と唾を吐いた。

「きさまみたいな山賊風情と違って、若い娘をいたぶるのは、おれの好みじゃないんでなぁ……」ブチ猫はなにか考えている。

「どきな！　そんならおれがやってやる！」禿鳥が言った。「この小娘にゃ、こっちもあやうくやられるところよ。お礼のひとつもしてやらねぇと気がすまねぇ！」

「好きらしいなぁ……きさま」ブチ猫は嘲笑しながら、決心したように組み敷いたパムの上から体を退いた。

「え？」

「うるせぇ！」言いながら禿鳥は、ブチ猫と入れ代わるようにパムの上着の首許をひっつかむと、「ケエッ！　ケエ……アッ！」

あげかけた例の奇ッ怪な笑い声を、禿鳥は途中で呑《の》みこんだ。

組み敷かれているパムが、禿鳥の顔めがけて下からべっ！　と唾を吐きかけたのだ。

「おのれ！」禿鳥は絶叫した。「素っ裸にひン剝いて、なぶり殺しにしてくれるぞ！　覚悟しやがれ！」

ついに激怒した禿鳥が、狂ったようにパムの上着の襟をひっ捉えて引きむしりかけた。

「助けに行かないのですか！」

行かないのなら自分が行く……と言いたげな高嶺丸のささやきを待つまでもなく、又八は体を起こした。

そして、藪の中からとびだそうとした、その一瞬前……。

だしぬけに、つむじ風でも吹くような騒ぎが起きたと思う間もなく、ブチ猫と禿鳥はそのままもろに地上へ這いつくばっていた……。

そして、なにごともなかったような表情でそこにひとりつッ立っているのは、長刀片手のたくましい初老の男。

飛天《ひてん》族腹心のひとり、咬龍《こうりゅう》……。

又八の背で、はっ！　と激しい恐怖に身を凍りつかせる高嶺丸と夕顔の気配がはっきりと感じられた。

これがたったさっき、二人から聞かされた飛天族の咬龍という男だな……と又八は思った。

咬龍は、峰打ちを喰らって地面に伸びている二人をちょっと見ていたが、すぐ、禿鳥に上半身をひきずり起こされたまま呆然となっているパムに手を伸ばして彼女を助け起こした。

「怪我はないか？」

　低い声である。

　着ているものの乱れをなおしながら、パムが首を振った。

「おまえは……その穴から出て来たのか……？」咬龍は身振りで穴のほうを示した。

「……うん……」

　パムは、ちょっと間を置いてから答えた。穴は穴だが、べつの穴からやって来たことを言いたかったのだろう……。

「あぶないところだった……」

　咬龍はじっとそんなパムの表情を見つめた。

　その時である。

「あっ！」

　だしぬけにパムが言葉を呑んだ。

　咬龍の肩越しに向こうを見る彼女の眼が、恐怖に凍りついている。

　完全にたたきのめされたと見えたブチ猫が、咬龍の背中に向けてもろにレーザー・ガンを構えているのが眼に入ったのだ……！

　しかし次の瞬間、藪のなかから又八のビームが伸び、ブチ猫の手許で、パッ！　と凄まじい火花を散らした。レーザー・ガンはふっとび、ブチ猫は両手を抱えるように呻《うめ》き声を上げながら地上へうずくまった。

　又八は藪のなかから静かに歩み出た。

　あまりの驚きと喜びに、パムは声にもならぬ声を上げた。

「あぶないところを助けてもらってかたじけない……」

　後を追ってやってきた子分に、ブチ猫と禿鳥を縛りあげさせ、領地の外へ追放するように指示したあと、咬龍は又八に向かって言った。

「こっちこそ、身内を助けてもらって感謝している」

「おまえの身内なのか？」

「ゆっくり話をしたいし、力を貸して欲しいこともある」

「わかった、話は聞こう。おまえも穴の奥の住人だな？」

「どうしてわかった？」

「身なりでわかる」

　そして咬龍は、ふと、高嶺丸と夕顔が潜む藪のあたりへ目をやると、いきなり声を高めて言った。

「ときに……」

「？」

　相手の大声に、又八はちょっと眼を見張った。

「おまえは、このあたりで若い男と女の二人連れを見かけなかったか？　高嶺丸と夕顔という名前だ」

　相手は大声のまま続けた。

「……」

　又八としては答えようがない……。

　相手が、藪に潜む高嶺丸と夕顔の存在に気づいているのは明白なのだ……。

「もし、出会ったらな！」咬龍は、又八の反応を待たずに相変わらず大声で続けた。「もしも、そんな二人連れに出会ったら、伝えてもらいたい。掟を破ったからには、もうこの世界に二人の居場所はない。死ぬしかない。だから、穴の奥へ逃げろ……とな」

　そして、咬龍はちらり！　と藪のほうへ目をやり、すぐにその視線を又八へ戻した。

　又八はほんのかすかにうなずいた。

「それにつけても、ひとつ、頼みがある」咬龍は言った。

「どこのどなたとも知れぬおまえだが、悪《わる》ではないとおれは見た。どうだろう？　二人があの穴に入るについては、ひとつおまえが面倒を見てはくれまいか？　穴のことにはおれよりもくわしいとみたが……？」

「わかった。くわしいというわけでもないが、とにかくおれが面倒をみよう。まかせてくれ」

「頼む！」咬龍は頭を深く下げた。

「……」又八は黙ってうなずきを返した。

「ときに……」咬龍はふと、不安気に言った。「穴の中の町というのは住みやすいのだろうか……？」

　ふと、なにか感慨を噛《か》みしめるような口調である。穴の向こうへ旅立てとすすめながら、二人のことがひどく気がかりな様子がありありと感じられる。

「まぁな……。似たようなものだろう……。しかし、向こうにはおれたちの仲間もいることだし、できるだけのことはするから安心してくれてよい」

「よろしく頼む……。このとおりだ！」

　咬龍はもう一度、又八に向かって深々と頭を下げた。

「おれにとって、本当に大切な二人なのだ！　なんとか幸せになってもらいてぇ……。ほんとに幸せに暮してもらいてぇ！」

　藪のなかへ訴えかけるように咬龍は声を高めた。

「……」

　と、それに応えるように藪のなかから、覚悟に顔をこわばらせた高嶺丸と夕顔が決然と姿を現わした。

　二人とも、咬龍の無骨な情の表現に深く感動しているのが見てとれる。

　しかし、そんな彼の情に衝き動かされ、死をも決意して出てきた二人の姿が眼に入っていながら、咬龍はそれをいっさい無視して続けた。

「おれが二人に出会えば、殺すしかねぇ……。殺すしかないのだ！　それが一族の掟だ！　だから、おまえを見こんで、頼む！」

「わかった！」又八は言った。「この穴については判らないことばかりだ。しかし、どっちにしろ、あんたも、いずれまたその二人と会う日があると思うぜ。おれはそんな気がする」

「そうなればいいと思う……！　本当にそう思う……！」

　無骨な五十男のひたむきな姿に、高嶺丸と夕顔は感きわまった様子で涙を流しながらそこに立ちつくすばかり……。

「あの二人に会ったら、これを渡してくれ！　路銀だ！　それから……これはお護りだ」

　咬龍の手のなかで、なにかがキラリ！　と鋭い光を放った。

「!!」さすがの又八も眼を見張った。

「この石についちゃ、また、くわしく話してやろう」

　咬龍は、掌《てのひら》で輝く数個の石を又八へさしだした。

「わかった！」つられた又八も、そこにいる二人が眼に入らぬような口調で言った。「二人を送りだしたら、飛天砦に咬龍を尋ねて来てくれ。なんなりと力になろう」

「おい！」

　又八は、そこに立ちつくす二人へ向かって一世一代の芝居がかった声をはりあげた。

「おまえたちは、飛天砦に住む咬龍という男を知っているな？」

　二人は一瞬、とまどいの表情を浮かべた。

「知っているだろう？」又八はおッかぶせた。「咬龍はおまえたちのことを本当に心配していた。そして路銀をおれにことづけた。ほれ！　受けとれ、それからお護りだ」

　又八は、たったいま咬龍から受けとった路銀と、その、まるで清水を固めたような小さな石のいくつかを高嶺丸に手渡した。

「……」感きわまった二人は、ただ、身を震わせているだけ……。

「なにか言伝《ことづて》があればおれが伝えてやるぞ」と又八。

「……ア……ありがとう！」高嶺丸が声を詰らせた。

「……ご、ご恩は決して忘れません！」

　又八は黙って咬龍に眼をやった。

　咬龍は無限の思いをこめた一瞥をちょっと二人へ与えると、くるりと背を向け、そのまま立ち去ろうと数歩行ってからまた立ちどまった。

「……そうだ。穴の向こうで千草という女の一族に会ったら、飛《ひ》天王《てんおう》は元気で暮していると伝えてくれ……」

　そして咬龍は、すたすたと足早に行ってしまった。

「ところでその石だが……。穴の向こうに行ったら、その石についてちょっと頼みたいことがあるんだ……」

　又八は話し始めた。

8

　さて……。

　そんな〈冥土河原《めいどのかわら》〉星系から一〇〇光年の彼方。

　舞台は、銀河乞食軍団の根拠地がある東銀河系の西北部。

　おなじみの〈星涯《ほしのはて》〉星系へと戻る……。

　星系首府がある第5惑星・星涯《ほしのはて》の中緯度地帯にある星《ほし》涯《のはて》市……。

「お父《と》ッつぁん！　お粥《かゆ》ができたわよ……」

　キッチンへと続く粗末なドアを開けて、妹娘のエミが食事の盆を持って入って来た。

　歳《とし》の頃、一四、五歳か……。

　母亡きあと、一家を支える健気《けなげ》さが年齢よりも彼女を大人びて見せ、額の乱れ毛をなおすその手つきに、ふと世帯やつれが走る……。

　星涯《ほしのはて》湾に突きでた半島全体が市街部を形成していて、その根元の部分、ペパーミント区は場末の貧民居住区とされているのだが、なんせ辺境自治星系のなかでも有数の豊かさを誇る〈星涯《ほしのはて》〉星系の首都である。

　当然、社会保障もかなりのレベルに達していて、星系政府と市の福祉奉行による貧民アパートも他所目《よそめ》にはとても快適な超高層の立体居住空間を形成している……。

　現にいま、伊東肇《はじめ》父娘《おやこ》の住むそんなアパートの一室からはるか見下ろす西陽の星涯《ほしのはて》西湾は、まさに絶景とも言いたいすばらしい眺めなのである……。

「すまないねぇ……苦労をかけて」

　ごほ！　ごほ！　ごほ！……。

　ベッドの上にやっと半身を起こした父親は、咳さえひどく弱々しい……。

「ほんとに母《か》ァさんさえ生きていてくれたら、おまえたちにこんな苦労はかけないですむのになぁ……。わたしの体もままならず……」

「それは言わない約束でしょ」

　エミはてきぱきとあたりを片づけて父親の食事の用意を整える。

「もうすこし養生すれば、お父《と》ッつぁんも元気になるわよ」

「そうなるといいんだがねぇ……。まったく、あの事故さえなけりゃぁと思うと、本当に鉱山の連中が恨めしいよ……」

　ベッドの上に身仕舞いを正した伊東肇は、娘が支度した質素な食事の箸《はし》を取り上げた。

　あまり食欲はないのだが、娘が心をこめて作ってくれた食事なのだ。

　温めればそのまま食べられる救貧配給の合成糧食パックなどではない。双子の娘二人が交替でピーナッツを売りに出て稼いだ、ささやかな収入を割《さ》いて買ってくれる白米の粥だとなれば、あだやおろそかに扱えるものではない。

「今日はユミが町に行ってくれてるのかい？」父親は聞いた。

「えェ、もうそろそろ帰ってくるころよ」

「すまないねぇ……」父親は本当にすまなそうに繰り返した。「わたしの足腰がちゃんとしてさえいりゃぁ……」

「それは、言、わ、な、い、や、く、そ、く！　そうでしょ？　お父ッつぁん！　ウ、フフフ……！」

娘のエミは、いたずらっぽく父親のこけた両頬を包むように白い両腕を伸ばした。

「ウ、うン……」

父親は、幸せに潤んだ眼を脇へそらす。

「まぁ、きれいな夕陽だこと！」

父親の肩越しに窓の外へ眼をやった彼女は、眼を輝かせながらはずんだ声を上げた。

「ホラ！　お父ッつぁん、覚えてる？」

つと立ち上がったエミは、海のほうへと開く大きなサッシ窓へと歩み寄った。

「昔、炎陽《ほのおのひ》でサ！　おッ母さんが元気だったころよ！　四人で雁の巣浜へドライブに行ったことあったじゃない……？　あのときもすばらしい夕陽だったわねぇ……」

昔の楽しい日々を回想するそんな娘の声には、なんの屈託もない……。

第2惑星・炎陽《ほのおのひ》の、鉱山技師として貧しくも親子水入らずの満ち足りた日々……。

そのささやかな幸せも突然の事故によって微塵に吹きとんでしまい、追い討ちをかけられるように妻を亡くし、流れ流れてこの第5惑星・星涯《ほしのはて》まで、第二の人生をもとめてやって来てはみたものの、病苦と苛酷な現実に今にも押しひしがれそうな毎日……。

でも、こうして夕陽を見つめながら胸はずませている娘のきれいな横顔を見ていると、つかのまのこととはいえ、なにか深い深いしあわせが心の底から熱く湧いてくるのを、父親はしみじみと噛《か》みしめている様子である。

「母ァさんに似てきたねぇ……」

父親は思わずつぶやいた。

「え？」

夕陽の窓ぎわから、怪訝そうにエミはちょっと振り返った。

暮れなずむ空を背にシルエット気味の上半身、きれいな横顔から首許をへて胸のふくらみがすっきりといかにもみずみずしく、そこにいるのは、もう若々しく成熟したまぎれもないひとりの女……。

「母ァさんの若いころにそっくりだ……」

つぶやくように父親は繰り返した。

「フ！　フ！　フ！　おかしなお父ッつぁん！」エミが明るい笑い声をたてた。「あたしたち、おッ母さんの娘なんだもの……！　あたりまえじゃないの……！」

「そうだねぇ……、そう言やぁそのとおりだねぇ……アッハッハッ」父親も弱々しい笑い声をあげた。

「それに、お父ッつぁんにもどこか似てるはずよ、だってあたしたち、お父ッつぁんの子なんだから……！」

父親はそんな娘の言葉に、なにか深い感慨を噛みしめている様子である。

暮れなずむ星涯《ほしのはて》西湾の海と空は、刻一刻とその色合いを変化させていく。

空を彩る青と、海面を染めている金色とが徐々に紺と赤へ向かって収斂《しゅうれん》されていき、やがて細い細い一本のかすかな白い線となった残照が濃紺の夜空に呑《の》みこまれた一瞬後、星涯《ほしのはて》市には突然、夜がやってくる……。

そして、宝石を撒き散らしたような西港や入陽区の灯火の輝きに初めて気がついて、見る者はふたたび嘆息とともにその光景へ目を奪われることになる……。

降るような星空の水平線近く、大きな白い皿をおもわせる第4惑星の白沙《しろきすな》がいまゆっくりと昇ってくるところである……。

姉のユミが帰ってきたのは、もう外がとっぷりと暮れたそんな刻限だった。

やがて父親のベッドの側で、にぎやかに夕食を食べ始める娘二人。

粗末な食膳などなんの気にもならぬその若さ、陽気さ……。

今日はピーナッツの売れ行きもよかったとかでお土産《みやげ》に買ってきたアイスクリームもあって、父娘三人、水入らずの団欒《だんらん》はいちだんとはずんだが、おしゃべりに熱中しながら娘らしい食欲でみるみる食事をすませた二人が、デザートのアイスクリームをペロリと平らげ終わり、ふと気づいてみれば、たった今まで世にも幸せそうな表情で二人の賑やかな会話を楽しんでいたベッドの父親は、もう、すやすやと安らかな寝息を立てている。

双生児の娘二人は、ちら！　と目を交わした。

姉がちょっとうなずいた。

妹がうなずきを返し、手早く食卓の上を片づけると、二人はそーっと立ち上がった。

「お父ッつぁん！　お休みなさい！」

「ぐっすり眠るのよ！」

二人は父親の布団のぐあいをなおし耳許でやさしくそうささやくと、枕許の冷光板をミニマムに落とし、食器類の盆を手に足音を忍ばせて寝室から出ていった。

キッチンで食器を手早く始末すると、二人は無言のまま反対側にある自分たちの部屋に入った。

粗末ながらいかにも娘らしい華やぎに満ちた狭い部屋……。

「オイ！　どうした？」

部屋に入ったとたん、妹のエミが悪戯《いたずら》ッぽく眼を輝かせながら小声で聞いた。

これまでとは打って変わった、まるで男みたいな口調である。

「今日の夜中だ、101航技廠のトレーラー・トラックだとさ!」

姉も大きな黒い眼を野性的に輝かせながら、男ッぽく声をひそめた。

「菊之助が頼んできたのか?」とエミ。

「うん!」と姉。

「小便小僧、なかなかやるじゃないか」

妹はニヤリと不敵な笑いをもらしながら乱暴な口をきく。

姉は無言のままカーペットを押しのけ、床の隠し戸を引き開けると、中から現われたのは、なんと! こともあろうに星系軍の旧88式陸戦レーザー銃二挺、それに第4種野戦軍装が二揃い……。

「エネルギーは満杯だぜ! 昼間チェックしといた」とエミ。

「昼間はここを開けるなって言ってるだろ!」ユミが軽く剣突《けんつく》を食わす。

二人は着ているものを大胆に脱ぎ捨て、下着一枚のきれいな裸身になると、てきぱきとその軍装を身につけ始めた。

さきに着替えを終わった妹は、娘らしいピンクのメタセコイア製デスクの蔭から野戦用無線機をとりだしてスイッチを入れる。

「月夜の小栗鼠《こりす》!」

エミはマイクに向かってそれだけ言った。

〝月夜の小栗鼠!〟

待ち構えていたように、何者とも知らぬ若い男の声が応答してきた。

「こちら、今から行動を開始する」きびきびとした口調。

「抜かるな」

〝了解、トックリで待つ〟

それから一時間後……。

星涯《ほしのはて》半島のつけ根というか、星涯《ほしのはて》市の南の外れ……。遠く雲取市へつづく街道筋が、雷山山地の迫る板屋峠へかかるあたりである。

水平線にかかっていた白沙《しろきすな》が沈んで満天の星月夜……。真夜中近くともなれば、通る車もほとんどなく、虫の声だけがやたらと高い。

と、星涯《ほしのはて》市のほうから大型の軍用トレーラー・トラックが一台やってきたかと思うと、カーブをまわり切ったところでぐーっとスピードを落とした。

昔、徒歩で峠にかかる旅人が一息入れたという地蔵堂前のちょっとした広場では、そんなトレーラー・トラックの動きと呼応するようにひそかな動きが起こった。

ライトを全部消してひっそり駐車していた汎用小型作業艇が一台、無灯火のまま街道側へすーっと前進したかと思うと、操縦席から赤のライトがかすかに点滅した。

それと同時にトレーラー・トラックはちょっと加速し、そのまま広場へといっきに進入してきて地蔵堂の正面にぴたりと停止するとエンジンを切り、灯火を全部消した。

あたりは真っ暗闇、しーんとしずまり返ったなかに虫の声だけがやけに高い……。

トレーラー・トラックの操縦席から黒い人影がふたつ、ひらり! と地上に降り立つと、暗闇にひそむその作業艇の気配をうかがっている。

ニャオゥ!

作業艇のほうから待っていたように猫の鳴き声……。

黒い人影は手持ちのライトを二度点滅させた。赤の対空管制灯である。

小型作業艇からも小柄《こがら》な人影がふたつ、そーっと現われた。

「おい!」

トレーラー・トラックのひとりがその人影に向かって声をかけた。

「そこだ!」

闇のなかで若い声が応える。

「?」

「親分は、その沢のところで金を持って待ってる」

「なんでここにやって来ねぇ?」

「偉いから」と相手はけろりと答える。

「ケッ!」

なにやらボヤきながら、兵隊姿の二人は沢のほうへと狭い踏み跡を降りていった。

そしてその二人が、手足を縛り上げられてころがってる闇商人の姿をそこに発見したのは、上のほうでトレーラー・トラックのエンジンの起動する轟音《ごうおん》が起きたのとほとんど同時であった……。

「よし、よし! うまくいったぜ!」

闇のなかを全速で走り出したトレーラー・トラックを巧みに操縦しているのは、姉のユミである。

「作業艇はエネルギーを抜いてきたから、追っかけようたってそうはいかねぇ…………」隣席で窓から身を乗りだし、妹のエミが後ろの気配を探りながら荒ッぽく叫ぶ。

「あの兵隊たち、地団駄踏んでやがらァ!」

「おい! 小便小僧!」

ユミが、背中の仕切り板についている通話機のマイクへ陽気に声をかけた。後ろへ牽《ひ》いているトレーラーの内部へ通じているらしい。

〝小便小僧はやめておくれよ!〟

不服そうな少年の声が、はじけるようにスピーカーから飛び出してきた。

〝ぼくには菊之助という名前があるんだからさ!〟

「わかった! わかった!」と苦笑するユミ。「でも、これで成功だろ?」

〝成功もいいとこさ、お姉さン!〟と、菊之助の声もはずんでいる。〝軍の横流しでもなんでも、離乳食と粉ミルクがこれだけありゃ、難民キャンプで死にかけてる赤ン坊はみんな助かるぜ!〟

「困るのは星系軍だけか……!」とエミ。

「菊之助? 中味を確認しておき! 向こうについたらコンテナごとすぐに下ろして、このトラックは急いで始末しなけりゃならないから……!」

〝わかった!〟

見事闇商人の鼻先から娘たちがかっさらった、軍の横流し物資満載のトレーラー・トラックは、星涯《ほしのはて》半島を横断する形で市の外縁、アネモネ区へと全速で入っていった。

真夜中とはいえ、ここまで来れば街灯もあかるく、なにかと街並はにぎやかになってきた。

ところが、ちょうどその時である。

〝オ、お姉さンッ!〟

菊之助のひどく慌てた声が、操縦席の通話機から飛び出してきた。

〝ヒ! 人が乗ってる!〟

「エエッ!」

「!!」

さすがの二人もぎょっとなった。

「ダ、誰なの!」

〝女だ!〟

「オ、女!?」

ユミは思わず車輌を停止させようとして減速をかけた。

「だめ! そのまま!」エミが鋭く声をかける。「あそこに検問所! ここでおかしな動きをすると怪しまれる!」

思いなおしたようにユミはふたたび加速して、そのまま何食わぬ様子で臨時検問所へと接近していく。

「検問所だよ! しずかに!」

なにかしかるべき手を指示する余裕もなしに、エミはそれだけ後ろに伝えながら、顔をこわばらせた。「まずいぜ!」

後部のトレーラーには何者とも知れぬ女が乗っているという……。

こっちは軍用車輌だし、二人とも兵隊姿、偽造だかなんだか貨物の移送命令書、それに二人の身分証明書もととのっているから、さすがの交易警察だって積荷検査に手を出す肝ッ玉はないだろうが、もしも検問中その女が騒ぎでもしたら……。

なにしろ、後ろに乗っている小便小僧・菊之助はまだ一〇歳……。小柄だし、相手が本気で騒ぎだしたら手におえるわけはない……。

娘二人は、口の中がかーッと渇いてくるのを止めようもなかった。

副操縦席のエミは、いつでも行動を起こせるように床の機銃へそっと手を伸ばした。

星涯《ほしのはて》市への流通全般を取り締まる交易警察の横暴さは悪名高く、通行料代わりのピンはねによる真面目な商人泣かせは有名なのだが、臨時検問所へ接近してくる大型トレーラー・トラックが星系軍のものだとわかると、警官はあきらかに興味をなくしたらしく、ひどくお座なりな様子で発光指示棒を振りながら停車を命じた。

車は、立っている警官の前にぴたりと停止した。

地上から、中年の警官がじろり! と二人を見上げる。

「ヤ! 深夜、ご苦労さンす! 101航技廠輸送部です!」

つとめて陽気に兵隊言葉で言いながら、ユミが書類をまとめて地上の警官へと差し出す。

警官は、ちょっと虚をつかれたように胡散《うさん》臭げな目を上げながら、返事もしないで書類を調べ始めた。

二人は祈るような思いでそれを見守る……。

と、警官は無言のまま、車体番号を確認するつもりか、トレーラーの後部へと歩いていった。

降りていくか?

エミが目顔で聞く……。

むつかしいところだ……。

へたにちょろちょろすると、かえって怪しまれる……。

といって、もしも……警官がドアを……。

行ってくる!

決心したようにエミが副操縦席のドアを開き、地上へ降りていった。

正面を見据えたまま、そっとユミが機銃を自分のほうへと引きよせた。

「おーい!」

だしぬけに駆けもどってきたエミが、何思ったのか操縦席に向かって大声で叫んだ。

「いっぱいに吹かしてみな! どうもエンジンの吹き上がりが悪い気配だぞ!」

キュゥォゥーン!

とたんにGMC・X24/650Hpのタービン・エンジンは、途方もなくカン高い音を立て始めた。

そこへ車の横へともどって来た警官とエミが、うるさいぞ! とか、ごめんなさい、とかやりあいをはじめ、それが轟音に消されて操縦席にはパントマイムとして見てとれる。

やっと書類を返してもらったエミが略式の敬礼をひとつして、車のほうへと駆け戻ってきた。

ふたたび車は、ごみごみした街並のなかへと走りだした。

「あぶない! あぶない!」

遠ざかっていく検問所に聞かれまいとでもするように、エミは小声で言った。「コンテナのなかでガサガサ言ってるんだもの……ちょっと、菊之助!」

彼女はマイクに向かって言った。

「菊之助! 聞こえるの?」

〝ちょっと……お姉ぇさン! どっちかここに来て!〟

菊之助の声がひどく緊張している。

「どうしたの？　菊之助！」

〝この人、死にかけてるらしい……〟

「!!」

やむなく途中でエミが後部トレーラーへ乗り移ってコンテナのなかへと潜りこみ、粉ミルクの大罐と離乳食パックの間へはさまるようにしていた、その、まるでボロ布みたいな娘に応急手当を施し、無線で呼んだ仲間に運転を交替してもらった姉妹が彼女をひそかに自分たちの家へ運びこんだのは、もう、早い星涯《ほしのはて》の朝が明け始めた頃だった。

とりあえず風呂に入れ、着替えさせ、間に合わせの食事もろくにとらぬままエミのベッドにへたりこんだその娘が、きれぎれにやっとつぶやいたところによれば、彼女は、軍貨物にまぎれてどこかの惑星からひそかに密航してきたらしい。

「……恋人は鉱山で捕まり……石を奪われ……助けを求めて……星涯《ほしのはて》市の……〈星海企業〉という会社に……山本又八という人からの伝言を……」

そして、名前を聞かれた娘はやっと答えた。

「わたくしの名は……夕顔……と申します……」

それで安心したのか、娘はまるで奈落へ落ちこんでいくような深い眠りに入っていったのだった。

9

ひょっとすると、これは、学者としてのわたしの人生を完全に変えてしまうことになる発見なのかもしれないんだわ……。

星涯《ほしのはて》市南東部……カトレア区の海岸。

〈星系・未定位物象基礎研究学群〉第5部のキャンパス……。

窓の外には、星涯《ほしのはて》東湾を隔てて、遠く市の中心部がひろがる快晴の青々とした昼下がりである……。

赤星隆子《あかぼしたかこ》教授は、星系内でも最高の精度を誇る多元位相スペクトルスコープのディスプレイを見つめたまま、心のなかで昨夜から何十回目かのつぶやきをまた繰り返していた……。

独身、もう若いという歳《とし》でもないのだが、この研究学群きってのチャーミングな美人研究者として知られているが、そんなことより、星涯《ほしのはて》星系屈指の未定位物象学者として学界でその名前を知らぬものはいない……。

この、不思議な〝石〟がここへ持ちこまれ、この、なんとも不可解な現象にぶつかって以来の五日間、彼女はほとんど眠っていなかった。眠るどころではなかった。

未定位物象という学問が、研究者の心へ戦慄的なまでのスリルを呼び起こすことがあるとすれば、これこそがまさにそれなんだと彼女は思った。

そして彼女は今、自分の、女としての感性の深部へじかに触れてくるような、まさに官能的とも言いたい、ひどく生々しい戦慄を全身で感じていたのである。

〈産学共同研究学群〉の第12部（金属原鉱分野）から正式に持ちこまれた、この、一見して透明度が一〇〇パーセントにかぎりなく近いと思われる奇怪な〝石〟の定位を追跡するためとった手順を、彼女はもう一度心のなかで反芻《はんすう》してみた。

信じられぬ現象にぶつかり、なんとか納得のいく説明を求めて推理していくうちに、突然、それこそもう立ってはいられないようなショックとともにあの仮説につき当った瞬間の感動をもう一度追体験するために……。

作業の手続きとして、彼女は最初、なんの気なしに白色光のビームをその〝石〟へ当ててみたのだった。

ところがどういうわけか、一見して〝石〟の透明度は一〇〇パーセントにかぎりなく近いというのに、その白色光のビームは、〝石〟をまったく透過しないのだ……！

いや、最初はそう見えた……。

ところが光源のスイッチを入れてからしばらくして、突然、その〝石〟は光を透過しはじめたのである。

光を当てることによって、〝石〟のなかに含まれる未知の、〝完全に透明と見えるが実は不透明な〟物質が、なんらかの変化を起こして光を透過しはじめるらしい……。

だとすれば、その物質の正体は……？

彼女はもう一度やってみた。

ところが、いったんスイッチを切ったあと、しばらくしてまた光を当ててみると、〝石〟はまたもや光を透過しなくなっている。

しかしちょっと間を置いて、ふたたび〝石〟はまた光を透過しはじめた。

いったんスイッチを切るとなにか別の変化が起きて、ふたたび光を透過しない状態へ遷移《せんい》するらしい……。

だが、彼女がそれこそ心臓も止まるような驚きにとび上がったのは、もう一度光源のスイッチを切ってみたときのことだった。

光源のスイッチを切ったというのに、なんと！　その〝石〟の反対側からは光が、透過光が、まだ出てくるではないか……！

しかし、呆然と見守る彼女の目の前で、突然、その光は消えた。

そのとき彼女は気がついたのであった……！

スイッチを入れてから〝石〟が光を透過しはじめるま

での時間と、スイッチを切ったあとも〝石〟が光を透過しつづける時間とは、どうやら完全に等しいらしい……！

精密なタイマーを光源のスイッチと連動させることによって、その事実はすぐに裏づけられた。

そこで次に、彼女は厳密に一定間隔で紫外域から赤外域まで段階的に波長を変化させながら一定時間だけ、光をその〝石〟へ照射してみた。

光は、これまでとまったく同じタイムラグをとって、厳密に入射時と同じ間隔で段階的に波長を変化させながら〝石〟を透過して外に出てきた……。

ということは……。

この〝石〟が、光をシーケンシャルにいったん内部へ蓄積し、一定のタイムラグをもって外へ放出していく性質を持った物質だということなのだろうか……？

光・光変換物質……？

だが、もし、そうではないとすれば……。

そのとたんであった。

赤星隆子教授は、全身をたくましい手に深く包みこまれるような、生々しくも瑞々《みずみず》しい衝撃にしばらくは呆然となったのだった……。

送りこんだ光が一定のタイムラグをとってシーケンシャルに外へ出てくるという事実は、光が、この〝石〟のなかに一定期間蓄積されるというよりも、光が、この〝石〟の内部を通過するのにそれだけの時間がかかる……と考えたほうがずっと妥当ではないか……！

つまり、入射光と透過光とのタイムラグは、光がこの〝石〟を通り抜けるのに必要とする時間なのだ！

となればこの〝石〟はずいぶん大きいんだわ……と、彼女は思った。

どれくらいの大きさかって？

光の照射を開始してから透過光が反対側から出てくるまでのタイムラグが12・375897秒ということは、つまり、厚さ二二ミリある〝石〟の、端から端まで光が渡るのに秒速三〇万キロメートルで12・375897秒かかるわけだから……。

つまり、〝石〟の端から端までは、ざっと三七一万キロメートル……。

だからこの石は、いま外見上が直径二二ミリに見えているだけで、実は直径三七一万キロメートル……！

この〝石〟は、いま直径わずか二二ミリメートルの大きさであるが、本当はさし渡し三七一万キロメートルあったものが、なんらかの原因でここまで縮圧されているのだ……。

ものと考えたとたん、彼女はふたたびはっ！ となった。

さし渡し三七一万キロメートルの物体？

そんなものが……。

そうだ！ これは空間そのものなんだわ！

この〝石〟は、未知の原因で縮圧され、閉ざされてしまった、べつの三次空間なのだ……！

光速から割り出したこの空間の軸圧縮率は一六八六億三六三六万三六三六・三六分の一、つまり、〇・〇〇〇〇〇〇五九二九九二パーセント。

信じられないことだけど、この〝石〟の正体に関して、もっとも理屈に合う解答があるとすれば、これしかない！

まぁ、空間のサイズとしては小さいほうかもしれないけれど……。

あぁ、こんな時、ヴィトゲンシュタイン先生がいらしてくださったら……！

彼女は本当にそう思わずにはいられなかった。

カルル・ヴィトゲンシュタイン……。

高次空間物象学という未知の領域に果敢な挑戦を試み、それがきっかけで軍の機密兵器開発計画に参加を求められ、〈星涯《ほしのはて》重工〉の開発部門の中核スタッフに招聘《しょうへい》されたが、間もなく持ち前の学者気質が衝突してその発言が軍規に触れたとか、そのため、軍警の手によってひそかに消されてしまった……とも、いや、さる秘密地下組織に属する若い娘の手であやういところを救出された……とも伝えられているが、その真相は藪のなか、とにかくその後、博士の消息は杳《よう》として知れない……。

でも……。ほんとに、今、ヴィトゲンシュタイン先生がいらしたら……。

この不思議な物象をどう解けばいいのか、いつものように、なにかキラリ！ とした指針を与えてくださるに違いないのに……！

思わず彼女は深い溜息を洩らさずにはいられなかった……。

そして、その日の夕暮れ近く……。

最初に〈産学共同研究学群〉第12部（金属原鉱分野）へこの〝石〟を持ちこんできた、社名は明かさぬが政府・軍筋や財界との強い結びつきをプンプン匂わす、某大手鉱山の幹部だと名乗る三人連れの依頼人が彼女の研究室へ鑑定結果を聞きに姿を現わした。

星涯《ほしのはて》湾全体を、海から空からまるで絵のように美しく染め上げている夕焼けの窓を背にして、きれいなその横顔をシルエット風にキラリ！ と眼鏡を光らせながら、赤星教授はその、なんとなく胡散《うさん》臭い、どこかに暴力と犯罪の匂いを漂わせている中年の男たちと向かい合った。

「それで……先生」右端にすわっている鋭い眼つきの逞しい男が、テーブルの向こうから口を切った。「お願いしました例の石についての鑑定結果は出ましたでしょうか？」

「えぇ……、出たと申しましょうか、まだだと申しましょうか……」

「と、おっしゃいますと……」

「その前にわたしのほうがうかがいたいのでございますが、この石はいったいどこから入手なさいましてか……? つまり、どんな状態で、その……」

「それは申し上げられません」中央に座っているどこか狐に似た小男が、待ち構えたようにぴしゃりと言った。「事情があって、それは絶対申し上げるわけにいきません」

「……そうですか」彼女はすなおに言った。「わかりましたわ。それで、結果を率直に申し上げますと、この石は未定位物象学の分野でもまったく未知の物質なのです」

「まったく未知の物質……?　と、おっしゃいますと……?」

「つまりこれは、学界でもまったく知られていないもので、これを、物質と呼ぶのが妥当かどうかさえわたしにはわからないんですの」

「??」

　三人はなんと答えていいのか、ひどくとまどっている様子である……。

「すると……」

「つまりこれは、物質というよりも、縮圧された〝空間〟だと考えるのが妥当だと思います」

「縮圧された〝空間〟……ですか?」

　中央に座っている狐みたいな感じの男が、それでも一番学があると見えて、三人の疑問を代表して言った。

「それは、どういう意味なのですか?　もっとわかりやすく説明していただきたいのですが……」

「つまり、これは並の物質ではなく、なんらかの理由で閉ざされてしまい、縮圧されてしまったひとつの空間……なんです。わたしも信じられない思いなんですけれど、そうとしか考えられません。光が、この石の端から端まで到達するのに……」

　彼女は、自分の推論を説明しはじめた。

「ほら!」

〝石〟の拡大断面像の端から端へ向かって、ビームがゆっくりと進んでいく状況を見せながら彼女は言った。

「しかし……この石は……」鉱山の研究部門にでもいるのか、すこしばかり専門的知識のあるらしい中央に座る〝狐〟が言った。「たとえば、単に、光の透過速度が遅くなる物質だ……とは、考えられんのですか?　われわれ素人《しろうと》としては、そのほうがまだ理解しやすいような気がするのですが……」

「でも、それにしても大変なことでしょう?　光の透過速度が遅くなる物質だなんて……。しかし、考えかたとしては同じことなのです」赤星教授は言った。「光と空間は相対的な関係にありますから、まったく同じ意味だと言ってよいでしょう。わたしが、光の速度のほうを一定不変……という前提で考えを進めているだけで……。もし、空間のほうを不変と考えれば、そういうことに……」

「すると……この石は、なにかの理由で縮圧されてこの大きさの塊になってしまった空間だ……と、そうおっしゃるわけですな……?」

「そういうことになりましょうか……」

「つまり……エーテルの塊……」

「そう、うまいことをおっしゃいますわ。エーテルというのは仮想の存在ですけれど、これを理解するには手頃なものかもしれませんわね」

「すると……、この石、いや、この煮詰った空間の持つエネルギーは、どういうことになりましょうかな?」

「それは、とってもいいご質問ですわ。乱暴に言えば、想像を超える巨大なエネルギーを潜在的に持っていると申してさしつかえないと思います。ざっと計算しても、空間の圧縮率は一六八六億分の一ですから……」

「すると、一六八六億倍のエネルギーが……と?」

「乱暴に言えばそういうことになりますわね。ただ、それがいっきに放出されるとなれば、これは大変なことになるとは思いますが……」

「……」

　ぎょっとなった三人の男たちは、ちらりと眼を合わせた。

　右端にすわっている、ごついのがかすかにうなずいた。

　そのとたんだった。

「赤星先生!」〝狐〟が突然態度を変えて、ドスのきいた声を出した。「これはご相談ですが……、ひとつ、この件については、いっさいをお忘れいただくわけにはまいりませんかな?」

「忘れる……って、どういう意味なんですの?」赤星教授は思わず言った。

「お礼のほうは充分にさせていただきますから……」

〝狐〟が狡《ずる》そうに笑った。

「お礼ですって……?」赤星教授は言った。「なんのために……?」

「つまり、忘れてもらいたいからですよ!」

　今まで一言も口をきかなかった左端の、こわい眼つきをしたいちばん若い男が言った。「なにからなにまでを、ね!　全部!」

　いちおうは丁寧《ていねい》な口調だが、そのムードのものすごいこと……。

　真ん中が〝狐〟なら、こいつは〝狼〟だわ……と彼女は思った。

　すると……右の端は……山出しの〝ゴリラ〟っていうところかしら……?

「いいですか!

　おれたちはここへ来なかった!

　こんな石は見たこともない!

とにかく、なんにもなかった、ってことにしてもらいたいというわけですよ！

　わかりましたか！」

〝狐〟はそうしめくくった。

「……」

いったいなにを言っているのかしら、この連中は……？　という表情で、赤星教授は三人の男たちの顔をかわるがわる見比べた。

「いいですな！」彼女が黙っているのを納得したと判断したのか、右端の、つまり〝ゴリラ〟が、だめ押しをする口調で言った。「わかりましたね！」

「……でも、どうしてなんですの？」彼女としてはそう聞かぬわけにはいかない。「ずいぶん、乱暴な話じゃありませんか……」

「乱暴で悪かったですな……」

「悪いわ……」彼女は言った。

「なんですと！」

「ほんとに乱暴で悪いわ……」

「悪かったらどうだと言うんです！」

〝狐〟は言いながら立ち上がり、スペクトロスコープの対物面から載っているその〝石〟をとり上げようとした。

「およしになってちょうだい！　へんなさわりかたすると感電なさってよ！」

「けっけっ！　幸い、〈縦河ヒューレット〉のこのモデルは使い慣れてましてな！」

〝狐〟は慣れた手つきで電源を落とした。

「あらァ……！」赤星教授は眼を輝かせながら、突然大声を上げた。「ははぁ！　それでわかったわ！」

「……？」

「わかったわ！　あなたがたは〈ロペス鉱業〉のひとだわ。すると、この石は……炎陽《ほのおのひ》で発見されたというわけね！」

「おっ！」「おっ！」「おっ！」

〝ロペス鉱業〟、〝炎陽《ほのおのひ》〟という言葉が彼女の口から出たとたん、三人の男は弾《はじ》かれたような反応を示した。

一瞬、どう対応していいのかとまどっている気配である……。

かなりの間をおいてから、〝ゴリラ〟がちょっと感心した表情で言った。しかし、口調はがらりと変わっている。

「なんでそうとわかった……？」

「だって……」彼女はすなおに言った。「〈縦河ヒューレット〉製のスペクトロスコープは〈星涯《ほしのはて》〉星系にそうたくさんは輸入されていないし、このモデルはたしか、うちの他に惑星・炎陽《ほのおのひ》の〈ロペス記念鉱石研究所〉に一台だけ……まぁ！」

彼女はちょっと言葉を呑《の》んだ。

テーブルの向こうから、レーザー・ガンが一挺、いつのまにか〝狼〟の手でグイ！　と彼女へつきつけられている……。

「それ以上、よけいなことをさえずるンじゃねぇ！」ととうとう本性を現わした〝狼〟が言った。「きれいな女だと思って手かげんしてやりゃ、つけ上がりやがって……」

「でも、どうしてそんなことを秘密にしておきたいんですの？」

彼女はすなおに聞いた。

「きさまの知ったことか！」

〝狼〟が吐きだすように言った。

室内はちょっとの間、しーんとしずまり返った。

「ねッ！」突然、彼女のひどく色ッぽい声が室内に響いた。「お願いがあるんです！　わたし、この石をもっと研究したいの！　ツベコベ言わずに、今日はおとなしくここへ石を置いていってくださいな！　あとで必ずお返ししますから。このまんまマキ上げるようなことはしませんから……。ね！　しばらく貸してくださいな！」

「何をぬかしやがる！」

「ね、お願い！　ぜひ置いていってちょうだい！」

「きさま……どうやら本気で殺されてぇとみえるな……？」〝狼〟が、ついに不気味な殺し屋の本性をむき出しにした。「ここまで知られたんじゃ仕方がない……。もともと生かしとくわけにいかねぇ事情もあったんだ。先生！　覚悟してくれ！」

ものすごい眼つきでレーザー・ガンを構えなおしながら、それでも〝狼〟はちょっと言いわけがましく続けた。

「なぁ先生よ！　悪く思わないでもらいてぇ……。これも仕事のうちでな。世のなかには、知られちゃ困ることってのが山ほどあって、よ。気の毒だが、あんたにゃ死んでもらうしかないんだ、諦めてくれ！」

〝狼〟はぞっとするような冷酷な眼で彼女を見据え、射殺したあと、彼女の死体がどのあたりに倒れるか、その後始末がしやすい位置を計算するようにちょっと体を開きながら、レーザー・ガンのトリガーへ指を伸ばし……、そして……。

〝狼〟は凄まじい恐怖に全身を凍らせたまま、そこにじっと立ちすくんだ。

いつの間にやら、本当にいつの間にやら、赤星隆子教授の白い綺麗な手には、あろうことかあるまいことか一挺の飛び道具が、いや、それは飛び道具などというものではない、星系航空軍制式の〝7号機上搭載レーザー機銃〟（0・7ミリ）の銃身が、ひどく重そうだがとにかくピタリと支えられていて、当然、狙いはもろに男たちへ向けられているではないか……！

すでに安全装置が解除されていて、無骨なその銃口からラフマニノフ放射が薄赤く、不気味に洩れているのが見てとれる……！

相手は本気だ……！

「ウ、ウ、ウ……」

〝狼〟は、言葉にもならぬ言葉をやっとのことで漏らした。

これが、なみの0・05ミリ級の手持ちレーザー・ガンだと言うのなら話は別である……。

しかし、こんなところで、こともあろうに0・7ミリもの空戦用レーザー機銃をもろにブッ放されたら、かるぅい点射の一発であたりがどんなおそろしいことになるか、これまで修羅場をいくつも潜ってきた男たちであればあるだけ、その凄惨《せいさん》な結果は充分にわきまえている……。

最大射程は、軽く一万メートルはあるのだ……。

〝狐〟も〝ゴリラ〟も、冷汗でぐっしょりになっていた。

「ねッ！ いいでしょ！」

もともと手持ち用には作られていない機上搭載レーザー機銃、照準部や駆動部はべつになっているから、軽金属製の銃身そのものは、どちらかと言えば華奢《きやしや》な彼女でも持てぬほど重いわけではない。しかし、なにしろ戦闘機の翼に装架するものなんだから、とにかく大きいし長い。

だが、太い光ケーブルをブラさげたまま、一メートルは軽く超えるその巨大な銃身をかろうじて両手で構え、目を輝かせている赤星教授のきれいな顔は、そんな剣呑《けんのん》きわまる実戦兵器とはおよそ場違いな、ひどくおもしろげでいきいきとした表情にあふれている。

「お願いよ！ 小うるさいことをおっしゃらずに、この石をしばらく貸してくださいな！ わたし、人のものを腕ずくでマキ上げたりはしません……！ 研究が終わったらちゃんとお返しします……！ あらァ、あなた！ まァ！」突然、彼女は嬉しそうな声を上げた。「あなた、石をまだ持ってらっしゃるのね！ それじゃぁ、全部お出し遊ばせ！」

だしぬけに言われた〝狐〟は、ぎょっとなって思わず胸のポケットを押さえた。

どうしてわかったのか……？

〝狐〟は信じられぬ面持ちである。

「わたくし、qφの位相変移を比較してみたいんです！ フーラー・マッコールの第三公理が導き出せるかもしれませんもの！」

「……」

「ア、そうでした、言い忘れてました。あのネ」呆然となっている男たちに向かって彼女は説明を始めた。「申し上げるのを忘れておりましたけれど、この〝石〟には、本当に信じられない現象がもうひとつあるんですの。ホラ！」

赤星教授の指さす、〝狐〟の背広の胸元……。

〈星涯《ほしのはて》歳末助け合い運動〉の〝赤い羽〟が、なんと！ まるで脱色したように真っ白く変色しているではないか……。

「おおっ！」〝狐〟は仰天した。

「なにか未知の放射でもあるんでしょうか、ある特定の物質を〝石〟の周囲に置くと、本来の色が変化するんです。今のところ、なぜか、鳥の羽がよく反応することがわかっているだけなんですけれど、ほら！」

実験卓の上には何種類かの鳥の羽、それがみんな真っ白である……。

「でも……わたしって、これだからだめなんです。たった今まで、あなたの襟の羽に気がつかなかったんですものねぇ……」

「……」

「それとも」赤星隆子教授は、眼鏡の奥で大きな目をいきいきと輝かせながら言った。「ここ、星涯《ほしのはて》市と違って、惑星・炎陽《ほのおのひ》の歳末助け合い運動は、赤い羽じゃなくって〝白い羽〟なんだッておっしゃるおつもりかしら……？ レーザー・ガンを使う〝助け合い運動〟は……」

彼女は、男たちに向かって悪戯《いたずら》っぽく笑いかけた。

「さぁ、あんまり手をお焼かせにならないで！ すなおに石をお出しになって！ お願いよ！」

10

「ねっ！ いいでしょ！ 所長さん！ せっかく星涯《ほしのはて》にやって来たんですもの。ひと晩くらい……」と、お七が食い下がる。

「弱りましたねぇ……」

デスクの向こうで、貞吉《さだきち》所長は本当に渋い顔で二人を見比べていた。「そりゃ、他ならぬ金平糖錨地《こんぺいとうびょうち》のきれいどころ二人の頼みなんだから、あたくしもぜひ聞いて差し上げたいとは思いますよ……」

「だから、聞いてくださいな！」

ネンネの色っぽい目に、ぐい！ と正面から見据えられた貞吉所長は、あわてて目を窓のほうへ逸《そ》らせた……。

ゴーッ……。

遠く、ブースターのけだるい轟音《ごうおん》……。

離昇していくのは、一四一五発の〈日の丸運輸〉の白《しろ》沙《きす》貨《な》物便か……。五分遅れだな……。

窓外の陽射しがまぶしい……。

星涯《ほしのはて》市第二宇宙港……。

広大な敷地内の一角、中小の不定期宇宙運輸会社の事務所や倉庫がひしめいているあたり……。

そこからじかに離昇するわけではないが、小さな専用ハンガーや野ざらしの繫留《けいりゆう》床《しよう》もあって、素性も知れぬ連絡艇や小型宇宙艇の、カラフルな社名表示や登録ナンバーの端が見てとれる大きな安定板やなんかの一部が、ひしめき合うそんな建物の隙間や屋根越し、とんでもないところで陽射しを浴びながらメタリックな輝きを放っていたりする白い昼下がり……。

各社が入っている、そんな実用本位の〝メタルキャビン〟事務棟のひとつ。

　ドアには〈星海企業株式会社〉の洒落《しゃれ》たロゴ。

　数人の事務員が執務するオフィス突きあたりの壁、星海企業所属の船それぞれの運航状況がカラフルに表示されているリアルタイム発光板の奥が所長室である。

　柳家貞吉《やなぎやさだきち》所長は、新しく購入した100型艇の回航員として会社の金平糖錨地《こんぺいとう》から子分を引きつれて乗りこんで来ている整備部花組の班長・青井お七、副班長・花野ネンネの二人とやり合っていた。

　所長は五〇がらみの端整なやさ男……。

　ニックネームが〝番頭さん〟とはまた付けもつけたり……。実直そのものを地でいく堅物である。

　海千山千ぞろいだが、世間的にいえば手のつけられぬズボラ者ばかりの〈星海企業〉、俗称〈銀河乞食軍団〉を、破産もさせずに会社としてなんとか仕切っているのも彼ならではのこと、言ってみればこの会社の表の顔である……。

　そんな彼に向かって、なにやらネンネが抗議しているところである。

「あたしたちは、しょっちゅう星涯《ほしのはて》に来てますから、どうってこともありませんけど」

「やっぱり、おネジッ子たちにとっては、めったにない機会なんですもの、やはり、その一般、イッパン……」

　お七がつまずいた。

「一般教養」とネンネの助け船。

「そう、一帆《いっぱん》教養、おネジッ子たちにも、その一帆教養を身につける機会は与えてやらないと……。ひと晩くらいは、カッコいい星涯《ほしのはて》の兄《あ》ンちゃんたちと乱痴気ディスコで、どおっ！　と踊り狂って……アッ！　イ、痛い！」

　ネンネに力いっぱいお尻をつねられたお七が、顔をしかめた。

「え？　どうかしましたか？」

「イ、いえ、すみません」

「そりゃ、よぉくわかってるんですよ、お七さン、それは……。ただ、こんど購入した100型艇はとにかく耐航点検が完了次第、緊急に回航してくれという白沙《しろきすな》基地から矢のような催促……。しかも白沙《しろきすな》との相対位置は今が合で明日になれば、それだけでENT所要時間は倍近くになるんです……」

「だいたい、沙《スナ》のボケかすどもァ手抜きこきゃがって、ア、いえ、白沙《しろきすな》基地整備部の人たちは自分たちでやらずに、なぜ、わざわざ金平糖《こんぺいとう》錨地に回航を依頼してきたんですか？」

　ムカッ腹が立ってきた気配のお七……。

「自分たちでやればいいのに……！」とネンネもふくれている。

「そりゃあ、あなた……！　わかってるじゃありませんか！」と所長。

「わかりませんわ！」　ちょっとすねたネンネ。「教えてください」

「あぁた！　こんな急ぎの作業の場合、金平糖《こんぺいとう》錨地の美人二人組、お七・ネンネの率いる花組にかなう連中が〈星海企業〉のどこにいます？」

「あらン！　マぁン！」

「ウふン！　いやン！　そんな……あたい困っちゃう！」

「そんな……じゃありませんよ！」たちまちぐンにゃりなった二人に向かって、ここぞとばかり貞吉所長は追い討ちをかける。「白沙《しろきすな》基地の旦那様《ダンさま》、ア、いや、甚七所長はあなたがたを名指しで回航員に要請したんですよ、お富姐《アネ》さんはそう言いませんでしたか？」

「いいえ……」

「姐《アネ》さんにも困っちまうなぁ……！

　言っといてくンなきゃねぇ……！

　どこの馬の骨が使ったかもわからぬ船をですよ、とりあえずチェックをしただけの、これまた素性もわからぬ航法通信システム頼りに大急ぎで白沙《しろきすな》まで回航するなんて離れ技ができるのは、うちでも、そりゃぁ、ロケ松にんいますよ、女でも、そう、エラなんかだと……。それから五郎八、椋十《ムクジュウ》クラスでもその気になればなんとかやれるのはやれましょう。でも、緊急整備の腕前を加えりゃ、花組にかなうやつが何人いるか……」

　所長の大よいしょ大会に、二人はすっかりテレている。

〝所長さん！〟

　そのとき、隣室で仕事をしている所長秘書をつとめる美沙子の声が、スピーカーからとび出してきた。

「はい？」

〝夕顔さんとかいうかたの件でお電話です……。折り入ってお話があるとか……〟

「ユ、夕顔さん……ですって？」

　なぜか貞吉所長は、とたんに不安そうな表情を浮かべた。

「ヨ、用件は、ナ、なんですって？」

〝夕顔さんについて、所長さんと直接お話ししたいことがあるそうです〟と、話が女となると美沙子もひどく素っ気ない。

「ハテ……夕顔……と？　身に覚えがないんだが……」

　何食わぬ調子で言いながら、その癖、どうしよう……という表情であたりを見まわした所長は、ひどくおもしろそうにこっちをじィっと見守る二人の視線とモロにぶつかってしまい、いちだんと取り乱してしまった。

　それでやむなく、決然と、まるでなにかおっかない物でもとりあげるように電話機をとりあげた彼は、つとめて冷たい口調で言った。

「はいはい、てまえ、所長の柳家でございます……。ご用件は？」事務的な表情……。「……はいはい、ええっ！」

　だしぬけに、彼はとび上がった。

「ナ、なんですって！　ヤ、山本又八からの言伝《ことづて》……！」

「！」「！」

娘二人も顔をこわばらせた。

隕石流に突入したコンテナ船を炎陽《ほのおのひ》まで回航するのに同行し、１００型艇で命懸けの物量投下をやってのけたあと、彼は、あの僧院の裏手の奇怪な穴へ……。

「はい、はい……」貞吉所長はつづけた。「あぁ、あなたは夕顔さんじゃなくて……。はい、伊東ユミさん……。それで夕顔さんは炎陽《ほのおのひ》から密航してきて……、ひどい疲労で寝こんでいる……？　はい、はい、ペパーミント区の８区画K層……といいますと、ハイ、南北２号高速道路を薄荷谷《ハッカたに》インターを出て……いや、この時間じゃ、自走軌道で行ったほうが早いな……。ハイ、それで自走軌道だと最寄りの駅はどうなります……」

「所長さん、あたしが行きます！」お七がとっさに言った。「ペパーミント区なら、〝薄荷《ハッカ》のお七〟にまかせてください！　あたしはペパーミント区の５８区画生まれです！」

貞吉所長は、そうだった！　と言いたげにあわてて横目でうなずいた……。

宇宙港では、また船が一隻離昇したらしく、突然起こった遠雷のような轟音《ごうおん》が徐々に遠ざかっていく。

さて……。

星涯《ほしのはて》市の南西端に位置する、そのペパーミント区……。

この星涯《ほしのはて》市という辺境星系随一の都市で、地面にべったり住居やオフィスを構えていられるのは、権力者やかなりの金持ちだけである。

もし地面でなければ、高密度大規模集合住宅などの屋上面、いわゆるペントハウス区画が高級住宅地区ということになるのだが、それでもこっちのほうは小金をためたケチな成金レベルの連中ばかりで、やはり、ナマの地面をベッたり占拠できないことには本当の支配階級とは言えないことになる。

まぁ、そんなわけだから、なみの庶民は言うにおよばず、いわゆる貧民階級が住んでいるペパーミント区ともなれば、それはもう区全域が何百階という規模の集合住宅区画、それも、おびただしい数の巨大な建物群がひしめきあい、複雑にからみ、組み合い、その全体が人工的な丘陵と言いたい状況を呈しているのだが、それでも、この、辺境星系随一の繁栄を誇る都市ともなれば、それなりにそこそこ快適な環境が設定されてはいる……。

そんな、ひどく入り組んだ大小さまざまな丘と丘とを結ぶ無数の自走軌道システムのひとつ、谷と谷をつなぐかなり高い位置にある薄荷谷《ハッカたに》駅前ほど近く、ペパーミント区第８区K層に続く幅広い自走階段《エスカレーター》がいっきに青空へ突き上がるような角度で頂上へと向かっており、両側は日用品、食料品などを商うしごく庶民的な店舗などがひしめいている。

振り返ると、目の下に住宅の屋根がびっしりひしめく急な斜面の彼方に、市のダウンタウンと星涯《ほしのはて》西湾がいっきにひろがっている……。

そんな自走階段を数層上がったあたり。

市の中心部から延びてくる南北２号高速道路の薄荷谷《ハッカたに》インターから下りてきた、なんの変哲もない汎用車が一台、そこに止まったかと思うと、なにかいわくありげな男たちが二人下りてきた。

そこに、待っていた仲間らしい男が一人足早に近づき、なにか言葉を交わしたかと思うと、先に立って一行をその横丁へ案内していった。

彼らが入っていったのは、ショッピングセンターである。

斜面を巧みに利用した建物の内部がさらに多層に仕切られていて、個人経営の専門店が並んでいる。あたりは完全に近い人工環境制御が施されているので、しばらく歩いているうちにそこが屋内だとは感じられなくなるほど……。

午後も早い刻限なのでまだ人もまばらな通路を足早に、三人は一軒の店に入った。

ペットの小鳥専門店、古ぼけた〈鳥八商会〉の看板がかかっている……。

あらかじめ話がしてあったのか、六〇を過ぎた感じの主人は、入って来た彼らにすぐ椅子をすすめた。

「それで……」と、腰を下ろした五〇がらみの男はさっそく切り出した。「実は、星涯《ほしのはて》市に鳥の羽が脱色する病気が流行していましてね……。われわれはその……つまり、実情調査をしているんですが……。なんでも噂によると、お宅のお店でも……」

「そうなんですよ……」親爺《おやじ》が憮然《ぶぜん》とした表情で答えた。「しかし、ありゃぁ病気じゃありませんな！」

「と言いますと……？」

男たちはそっと目を合わせた。

「つまり……。そもそもことの始まりはですよ。うちの店で買ったピンク縞阿呆鳥《シマアホカラス》の羽が真っ白になっちまったって、苦情を持ちこんで来たお客さんがいたんですよ。いい年こいたおっさんですが、ね。

ところがあァた！

持ってきた鳥籠を開けてみると、なぁンともありゃしない……。とびきりのピンク縞阿呆鳥《シマアホカラス》ですもの、そんじょそこらに売ってる鳥たぁ品が違いまさぁ！

そいで、〝あなた寝呆けてたんでしょ、いいかげんにしてくださいな〟ッて逆捻じ食わせて追い返したんですが、すぐにこんどは電話がかかってきて、〝家に帰ったらまた真っ白になっちまった……〟ッてんです。

〝そォんな馬鹿な！　ラッカースプレーかなんかでわるさしてるんでしょ！〟ってやり返したら、先方はすッからかんに腹を立てて、〝そんなこと言うんならここへ見に来い！〟ってわけですよ。

あたしゃ腹の虫が治まらないから、〝すぐ見に行きます〟って返事しましたよ。こっちは正直者で、五〇年昔、ここがただの丘だった時分から商いをやってるんですからね！

　そいで、あたしはそのお客さんの家に行こうと店を出たんですよ、ところがあァた、そこンとこでこんどは、ワンワン泣いてる子供とおッ母《か》さンにとっつかまったんですよ。〝うちの子供にインチキ商品の鳥をつかませた！　市民消費センターに持ちこんでやる！〟って、もう、あァた、カンカンなんですよ。

　なにかと思ったら、あァた！　おんなじなんです。〝昨日買ったチェッカー雀《スズメ》の羽が真っ白になった、ほら！　見なさい〟って、そのおッ母さンが鳥籠をとり上げたら、その雀はなぁんともありゃしない。ブルーと黄色の綺麗なチェックでね、いい品なんです。

　あたしゃ怒りましたよ、〝あんた色弱か！　おかしな言いがかりつけて商売の邪魔すると、こっちが商工会議所へ持ちこむからそのつもりでいてくれ！〟ってね。

　なにがなンやら、とにかく、これじゃ喧嘩にはなりゃしない、おッ母さンはよたよたになって逃げてきました……。

　それで、ほんとにへんな日だと思いながら、そのお客さんの家へ行ってみて、あァた、あたしはほんとにびっくりしましたね。

　お客さんの言うとおりなんですよ。ほんとに、うちの店で売ったとびきりいい色だったピンク縞阿《シマア》呆烏《ホカラス》の羽が、真っ白になっちまってるじゃありませんか！

　もちろん、脱色剤や染色剤なんか使ゃすぐにわかりますよ。こっちは本職なんですから！

　〝さあ、どうしてくれる！〟ってことになっちまって、仕方がありませんや、平謝りに謝った上に迷惑料上乗せした金で引きとりましたよ。そして店に持って帰ってきて、籠を開けたところが……」

「それで」男が遮るように言った。「そのお客の家は、どのあたりなのですか？　教えてください」

「お聞きなさいよ！」頑固者らしい親爺《おやじ》はちょっと不快そうに言った。「まだ話はおわっちゃいないんだから……」

　そのとたん……。

「もう、わかってるよ！」いままで黙って聞いていた鋭い眼つきのやや若いほうの男が、苛立たしげにおっかぶせた。「鳥の羽はまた、もとの色に戻ってたってわけだろ！」

「……！……」

　いきなり話の腰を折られたあげく、横柄な相手の態度に親爺はたちまち真ッ赤になった。

「出てってくれ！」親爺はどなった。「人が一生懸命話をしてやりゃ、なんだ！　その言い草は！　てめぇら、ははァ！　さてはきさまたち、お巡りだな！」

「やぁ、これは申しわけない」最初の男がとりなすように一クレジット紙幣を差し出しながら言った。「これでひとつ機嫌をなおして……」

「馬鹿野郎！」親爺は本格的に腹を立ててしまった。「人をなめるんじゃねぇ！　相手を誰だと思ってやがる！　それが〈鳥八〉の親爺に向かっての言葉か！　さぁ！　とっとと出て失せやがれ！　このイヌ野郎めが！　こっちゃわけもわからねぇ騒ぎにいいかげん頭にきてるんだ！」

　とりつくしまもない親爺の剣幕に三人はそこに立ちつくすだけ……。

「ははぁ……！」そんな相手の態度を見ていた親爺はいちだんと険悪な表情を浮かべた。「さては……てめぇらだな！　おかしな仕掛けをしてやがるのは……！　よぉし！　覚悟しやがれ！　こうとなったらただじゃすまさねぇぞ……。おぉい！　千恵蔵《ちえぞう》はいないのか！　なに？　鳥を引き取りに行った？　またか？　あの親不孝者めが！　こんな時しか役にゃ立たねぇ乱暴者の癖しやがって……、どこに行きやがった……！」

　カンカンになった鳥屋の親爺が、店の奥に向かってちょうどそこまで叫んだときである。

　通りから、大きなバスケットを持った娘がひとり店のなかへ入ってきた。

「ひどいわ！　おじさん……見てよ、この鳥を！」

　ひどくとんがらかった娘の声を聞いたとたん、三人はちょっと目くばせを交わすと、黙って店を出ていった。

　そして彼らは、そのまま目立たぬ物蔭にひそんだ。

　やがて、案の定、狐につままれた表情の娘がちょっとしょぼくれた様子で店から出てくると、男たちは、何食わぬ様子で自走階段の下りに乗ったその娘の跡をつけ始めた。

　午後の陽射しがまぶしい……。

「あぁ！　なつかしいわぁ！」

　お七は、そそり立つような住宅群を見上げながら深々と息を吸いこんだ……。

　第二宇宙港《CVS》からやってきたお七とネンネが、薄荷《ハッカ》谷《たに》駅で自走軌道車を降りたのはそれよりすこし後のことである……。

　車よりも早いし、なにしろ懐かしいからという理由で自走軌道車に乗って来たのである。

「ここいらは、あたいの縄張りだからね！」

　お七はいきいきとした表情である。

「いいから早く行きましょうよ、お七」とネンネが急《せ》き立てる。「あんまり柄《がら》がよくないわよ。このあたりは……」

　そのとたん、

「よおっ！　ちょいと！　そこのねえちゃん！」

「ヒッ！」

だしぬけに背中から浴びせられた荒っぽい大声に、ネンネがあやうく腰を抜かしそうになった。

「！」

さっそく地まわりにアヤをつけられたかと、お七は反射的に身構えながら、さっ！　と振り返った。

しかし、そのとたん、

「ンまぁ！」お七は目を輝かせながら素ッ頓狂な声を上げた。「千恵蔵じゃないか！　まぁ！　この人殺し！　強姦魔！　いつ監獄から出てきた？　なッつかしいなぁ！」

あたり構わず大声で叫びだした彼女は、目をキラキラさせている。

そこに立っているのは、いかにも乱暴者らしい面構《つらがま》え、図体だけがやたらと大きな同じ年頃の若者である……。

だが、そいつはお七に声をかけられたとたん、これまたひどく懐かしそうな大声を上げた。

「やっぱしお七かぁ！　そうじゃねぇかと思って声をかけてはみたもんのよぉ、まぁ！　どこで宝石泥棒やってた？　その羽振りの良さ！」

「なつかしいなぁ！」お七はもう胸を弾《はず》ませている。「ペパ中を卒業して何年になる……？　そうだ！　涯警《はてけい》の少年係りのお巡り袋叩きにしたのはあの冬だっけ……？」

「ムッふぅ！　そうそう！　それにしても、まぁ、ビジンになったもんだなぁ、おまえ！」

「アラん！　それほどでもないけどよ！」柄《がら》にもなくお七が照れている。「だけど……まぁ……」

「お七さん！」

その時、ネンネがひどく気取った声で呼びかけた。

「？」

「まいりましょ！」

彼女はツン！　とした表情である。

「ああ？　わすれてたぜ」お七は、ムクれているネンネに気がついた。「こいつはよぉ、千恵蔵、おれの相棒でよ！　ネンネって言う名前なんだ」

「おまえのダチってきれいだなぁ！」千恵蔵は、目を輝かせてネンネを見つめた。「ほんとに、コールガールみたい！」

「まあっ！」ネンネが血相を変えた。「ナ！　なんて失礼な……！　行きましょ！　お七さん！　あなた、こんな不良少年とおつき合いがおありになるの？　ほんとに星海企業社員の恥ですわ！」と、ネンネはもう、めいっぱい気取った口調である。

「そう言わないでよ、ネンネ」お七は星海企業社員にちょっと戻って彼女をいなす……。

「おぅ、それより、千恵蔵」お七はふたたび旧友に向かって言った。「いいことを思い出した！　おまえ、このあたりの住人だったな？　8区のK層201ってのはどのへんだ？」

「なに？　K層の201？」ネンネの剣幕にちょっと呆ッ気にとられていた千恵蔵が言った。

「あの上だが……」と彼は山上を指さした。

「案内してくれよ、千恵蔵、暇なんだろ」

「いや、それがよ！」千恵蔵が困ったような表情を浮かべた。「いつもなら、暇じゃなくてもおめぇのことだ、親爺《おやじ》だまくらかして、どこへでも送ってってやるんだけどよ、今日はおめぇ、実はな……」

「なにさ、もったいつけやがって……」

「いやぁ、このあたりにな」と、千恵蔵は浮かぬ表情である。「このあたりによ、鳥の羽の色が変わる病気……って言うか、なんッつうか……。へんなもんが流行してよ……。それもな、起きる場所が集中しているんだ……。山の下のほうのB層の1000番あたりの原っぱ近くの家ばかりなんだよ……それが」

「なに？　飼ってる鳥の羽の色が変わるッてのか……？」

「そうなんだ、それが、このあたりで鳥といや、みんな家で商《あきな》った鳥ばかりだろ、だからお客からのクレームがわンわン来てよ！　親爺はもうぉ、かンかンよ！　いまに、店のなかでバクハツ起こして死ぬね……ありゃ」

「あぁ、おまえンち、鳥屋だっけな！　思いだした！　おまえに手乗り火星雀もらったっけな」

「三日目に逃がしやがってよ……」

「そうそう……。鳥籠買う金がないから、ご飯のザル被せといたら兄貴が開けちまってよお、ブッ叩いてやったっけ！　よく覚えてるなぁ！」

「お七さン！」とネンネの渋い声。

「おっ！　そうだ！　いいことがあらぁ！」千恵蔵は険悪なネンネの表情に気づいて言った。「おれな、今からその色の変わった鳥を引き取りに行かなくちゃならねぇんだ。ちょっと待ってろ！　家から豆艇を持ってくらぁ……。あんなとこまで豆艇で行くなんて言ったら、また、親爺とひと騒ぎだけどよ！」

千恵蔵は一散に走って横丁に姿を消した。

「そうだわ……。あいつンちは鳥屋だったんだ……」

「……！……」

お七は、ネンネが凄《すご》い剣幕でお七をにらみつけているのに気がついた……。

「なにさ！　その顔は」とお七。

「あなた！　ひどいお友達がいるのね！　あの人、人を殺して、女性に乱暴して、懲役になってたんですって!?」

「誰が？」

「とぼけないでちょうだい！　さっき自分で言ったじゃない！」

「なんて？」

「まぁ！　さっきあンたがそう言ったじゃないの！　なにとぼけてるのかしら！　おかしな人だわ！」

「そうだっけ……」と、お七は相変わらずケロリとしている。「でも、あいつ、学級委員だったんだよ。とっても親孝行でさ」

「!?」

ネンネは呆ッ気にとられている。

「そりゃぁ、サディスティックなお巡りを一緒に袋叩きにしたりはしたけど、人殺しはしてないと思うよ……。それに、ゴーカンなんて、とてもとても、そんな甲斐性のあるやつじゃないわよ、くそ真面目でさ！　乱暴者だったけど、懲役を食ったことはないと思うよ……。でも、どうしてそんなこと言うの？」

「だって……あの人！」と呆れ顔のネンネ。「あなたのことも、宝石泥棒やってたとか……」

「最高じゃん！」あっさりとお七。

「??」

「こっちが、人殺しに強姦魔に、いつ監獄から出てきた……って最高のお世辞を並べてやったから、向こうも、女の子を誉める最高の表現できたわけじゃン……」

ネンネは呆然となってしまった。

「あぁ！　もう、とてもやってられないわ！」彼女は大きな溜息をついた。

「でも」お七はふと気がついた。「あいつ、あたいには〝コールガールみたい〟と言わなかったなぁ。ようし、これは文句をつけてやんなきゃ！　あたい、うつくしい乙女の誇りを傷つけられたわ！」

「およしなさいったら！」ネンネがあわてて言った。

「ほんとにペパーミント区って、凄《すご》いところねぇ……！」

「そりゃあ、お嬢《じょう》様みたいなカトレア区じゃございませんもの！」

そこへ、千恵蔵が古ぼけた地表艇《ホバ・ヴィ》を乱暴に噴かせながらやってきた。

大きな鳥籠が後ろへ積んである。

11

ぎょっ！　となって、夕顔はエミのベッドに身を起こした。

長い間の苦労にやつれたきれいな顔が、硬くこわばっている。

まる二日眠りに眠って、やっとすこし元気になったところである……。

ちょうどそこへ、エミがお茶を持って部屋に入ってきた。

「電話で連絡がついたわよ。すぐ、〈星海企業〉の人がここに来てくれるって……。アラ、どうしたの？」

エミは異様な夕顔の様子にびっくりして聞いた。

なぜか彼女は、首許に白い手を当てたまま呆然となっている。

「……い、石が……！」彼女は喉をつまらせた。「ナ、なくなって……」

「石？」エミが怪訝な表情で聞き返した。

「ここに……」

ぼんやりとつぶやきながら、彼女は白い首許にかけた細い鎖の先をつまみ上げた。そこには、小さな黒い袋がついており、明らかにその口が開かれた状態になっている……。

「ここに……？」

「お護り袋のなかへ……石を……入れておいたんです」夕顔は言った。「……又八さんから石を三個預って、ふたつは鉱山の男たちに取り上げられて……残ったひとつは、なにがなんでも届けなければ……と」

彼女はもう顔をこわばらせている。

「どれ？」

ちょっと姉さんらしい手つきで、エミは鎖の先のお護り袋を取り上げてみた。

「……あぁ！　口が開いてるわ……。でも……落ちたとすれば」エミはちょっと考えてから言った。「落ちたとすれば、たぶん、あのときあなたを坂の下で車から下ろして、ここまで運んでくる間だと思うわ、そのお護り袋から石が落ちたとすれば……。いいわ、あとで捜しにいってみるわ……」

「あの……」夕顔はちょっと言いにくそうに言った。

「え？」

「あの……、鳥の、羽が……」

「鳥の羽？　鳥の羽がどうかしたの？」

「どこかに……あのお護りの石があれば、そのまわりでは、鳥の羽の色がみんな白くなってるはずなんです……。だからすぐに判ると思います……」

「……？……」

「とっても不思議な石なんです……。大事なものなんです。山本又八さんは、あれを〈星海企業〉に届けて、調べてもらってくれって……。お願いです！　あれがなくなると……もう……わたしは……なんのために……。高《たか》嶺《ね》丸《まる》様を助けだすことも……」

そこまでいって、耐えきれぬように夕顔はベッドにワッと泣き伏した……。

それから一時間後……。

鳥の羽の変色する手がかりがつかめたからすぐに来てと、店に帰ったところをすぐまた呼びだされた千恵蔵《ちえぞう》の地表艇《ホバ・ヴィ》で、お七とネンネは曲がりくねった坂道をゆっくりとB層に向かって走っていた。

人道は急な自動走路が山のような集合住宅群の斜面をまっすぐ上下に延びているが、車輛・艇の通路となればそうもいかない……。かなりの大まわりとなる。

千恵蔵に伊東家まで送ってもらい、エミと夕顔から石の話を聞いたお七とネンネは、すぐ千恵蔵の話に思いあたったのである……。

つまり、石は、鳥の羽の脱色騒ぎが発生している地域のどこかにあるということになる……。

なにはともあれ、その〝石〟を回収しないことには……ということになって、又八の消息を聞くのもそこそこに、伊東家を出て来たのである。

〝奇病〟が続発しているというB層といえば、あの夜、ユミとエミが夕顔をひそかに仲間のトラックから下ろしたという場所にも近い……。


「ねぇ、千恵蔵」

後席に目をやりながら、お七が言った。

そこには、彼女の指示でわざわざ千恵蔵が持ってきた鳥籠が乗っており、一羽の鳥が綺麗な色を放っている。

「ほんとにその七色虹燕《ナナイロニジツバメ》の羽が、白くなってたの？」

「そうよ、おめぇ！　今に見てな、そこがもうB層の1500番だろ、すぐに変わると思うぜ。お顧客《とくい》さンちで白くなってたこいつを引きとって、そこまで来たときにゃ、もう、もとの色にもどってたからな……」

間もなく……。

「あっ！　ほんとだ！　白くなった！」ネンネが大声を上げた。

「な！」

千恵蔵は、鳥籠のなかで本当にまっ白になってしまった七色虹燕《ナナイロニジツバメ》へ振り返った。

当の燕《ツバメ》はキョトンと止まり木に載っている……。

「千恵蔵さん、そのまままっすぐ走って！」ネンネが言った。

なにごとか理由はわからぬまま、千恵蔵が地表艇《ホバ・ヴィ》を一〇〇メートルとは走らせぬうちに、「あッ！」

鳥はまた、名前どおり、虹のような七色の輝きを放ち始めている。


「あの標識のところまで戻って」

千恵蔵は苦労してUターンして言われた地点までもどった。

燕の羽が脱色しはじめた地点からちょうど半分ほどのところである。

「右に入って！」とネンネ。

地表艇《ホバ・ヴィ》は山のようにそそり立つ集合住宅の間に乗り入れた。

「だめだ！　こっちじゃない！　もとに戻って！」一見お嬢様風で、いつもはお七のほうが先に立つ二人組だが、こんなシーンになると俄然《がぜん》ネンネが迫力を発揮しはじめる。「こっちじゃない！　もう、羽の色がもとに戻りかけてる……。さっきの道まで引き返して！」

地表艇《ホバ・ヴィ》はふたたび車道へ戻った。

「となると……。この野原のどこかだな……」とお七がつぶやいた。

車道の反対側はちょっとした崖で、その下は、大規模集合住宅群に挟まれて形成された狭い谷になっている。

斜面を切り取った崖下はちょっとした平地、両側を垂直にそそり立つ壁のような住宅群に切りとられた空は、大小の自走軌道や連絡道、自走階段などがいくつもメカニカルに横断していちだんと狭いけれど、本当に染みるような青さである……。

そこは、なにかの事情でわずかばかりの灌木と草ッ原が建設前の状態でそっくり残されていて、格好の子供のあそび場になっているらしい……。

谷間へ射しこんでくる夕陽はもう西に傾き始めており、原ッぱの真ん中では、身なりは貧しげだがいかにも健康そうな子供たちが一〇人ほど、わぁわぁ兵隊ごっこかなんかやっている。

三人は地表艇《ホバ・ヴィ》のなかから、そんな光景を見下ろしながら、しばらく見守っていた。

とりわけお七にはなつかしい景色である。


「石が落ちているとすれば、この野原のどこかだな……」と千恵蔵がつぶやいた。

「……」

折も折……。

「あっ！　おもしろいもの見ぃつけた！」

子供のひとりが、大声を上げながら、雑草の中からなにか小さな物を拾いあげた。

小石のようなそれは、夕陽を受けて、キラリ！　と異様な輝きを放った。

地表艇《ホバ・ヴィ》の三人は思わず目を凝らした。

お七とネンネも似たような石の話をパムから聞いてはいるが、実物を見たわけではない。

しかし、なにしろその輝きがただごとではないのである……。

野原では、たちまち他の子供たちがあつまって来た。

「なぁに……？」

「おれにも見せて……！」

「わぁ！　きれいだわぁ！　風鈴玉《ふうりんだま》みたい！」

「石英……ベアリングって……いうんじゃねぇのか、それ」

「違わい！　これはビイドロップだよ」

「予言球体ってこンなものだったぜ！」

「未来予測透視珠ってやつだろ？　〈カピ〉星系じゃ、年寄りが占いに使うんだよ」

子供は口ぐちに騒ぎ立てる。

そしてわぁわぁと散々やり合ったあげく、結局、公安奉行の箱番へ届けようよと子供たちの話がまとまりかけた時だった……。

草ッ原の向こうに、ぬっ！　と男が一人、まるで湧きでもしたように突然姿を現わしたのである。

鋭い眼つきをしたその男は、しばらくそんな草ッ原の様子を見ていたが、突然、子供たちに向かって震え上がるような声で怒鳴った。

「おいッ！……そこの餓鬼《がき》！」

楽しげにわぁわぁ騒いでいた子供たちは、呆ッ気にとられてそこへ立ちつくした。

そして、姿を現わしたその男のいかにも恐ろしげな様子に気がつくと、彼らはにわかに慌て始めた。

そして、

「ボ、ボ、ぼく、モ、もう遅いから、オ、お家に帰ろ……ッと」と、一人が何食わぬ様子を必死で装いながらやっと言うと、

「ぼくも……」

「あたいも……」と、みんな恐怖に顔をこわばらせながらいっせいにコソコソと逃げ支度にかかった。

そのとたん、

「待てッ！」その男はもう一度ものすごい声で怒鳴った。

「きさまだっ！」

男は、たったいま石を雑草のなかから拾い上げた子供のほうへ近づいてきた。

まるで獲物へ近づく狼のような感じである。

怖い顔をしている……。

「ボ……ボク？」

七歳ほどのその子は、もう蛇ににらまれた蛙も同然、そこへ全身を凍りつかせて小さくなっている。

「いま拾ったものを、そこへ捨てろ！」

その子の前に立ちふさがった男は凄《すご》い声で命じた。

まるで催眠術にかかったように、子供はそこへつっ立ったまま、無意識に掌《てのひら》を開いた。

ポトリ！

石は夕陽を受けて、キラリ！　と光りながらまた叢《くさむら》へと落ちてしまった。

「行け！」

男はもう一度、怖ろしい声で言った。

「いいか！　親になにかしゃべると、すぐに、家までおまえを殺しに行くからな！　覚悟しておけ！」

文字どおりお化けに追っかけられる思いで蜘蛛《クモ》の子を散らすように逃げていく子供たちを見送りながら、男はふと、安堵の表情をかすかに浮かべながら叢へと手を伸ばした。

「千恵蔵！」

お七が緊迫した声で言った。

「!?」

われに返った千恵蔵が彼女のほうへ振り返った。

「お願い！　すぐにネンネとあの家へ行って！　ネンネ、あの、夕顔とか言う人を連れ出して、急いでうちの出張所へ連れていくの！　見つからないように！　そうしないと、大変なことになるわ！　あいつただ者じゃない！」

とっさにその意味を悟ったネンネは小声で答えた。

「わかったわ！……それで……」

あんたは……どうするの？　と聞きかけた彼女をさえぎり、お七は千恵蔵へ向かって言った。

「あたいはあいつの後をつけてるから、千恵蔵、すぐに戻って来て！　もし、連絡がつかなくなったら、薄荷谷《ハッカたに》駅の前で落ち会おう！」

「わかった！」

「とにかくあいつから、石を取り戻すのはちょっと骨だわ」

言いながらお七は目立たぬよう地上へ降り立ち、千恵蔵もさりげなく地表艇《ホバ・ヴィ》を発進させた……。

とにかく〝石〟を一個手に入れることはできた……！

惑星・炎陽からはるばるやってきたロペス鉱山の男たち三人のひとり、〝狼〟としては、他を捜しまわっている仲間へ一刻も早く知らせて引き揚げなければと思いはあせる。

惑星・炎陽《ほのおのひ》の鉱山で、あたりを彷徨《さまよ》っていた駆け落ちとおぼしき不可思議な男女の二人連れから有無を言わさず無理矢理手に入れた不思議な〝石〟。

〈ロペス記念鉱石研究所〉が誇る星系最大級のスペクトロスコープを使ってもその正体は解明できず、こんな場合、つねに動物的嗅覚を発揮するロペス社長じきじきの指示で惑星・星涯《ほしのはて》に持ちこまれ、鑑定を依頼した〈星系産学共同研究学群〉でもさっぱり正体がつかめずに、〈未定位物象基礎研究学群〉にまわされたその〝石〟は、学者の説明を聞けば聞くほど奇怪な謎を深めていくばかり……。

そこで、知りすぎてしまった相手を早いところ消してしまおうと発揮した〝狼〟のちょっとしたロペス流のやり口が相手の美人学者に逆手をとられるはめとなり、こともあろうにレーザー機銃を突きつけられて有無を言わさず、ひとつどころか、もうひとつ持っていたほうの〝石〟まで無理矢理〝借り〟られてしまったとなれば、部下の失敗を絶対に容赦しないロペス社長にどう報告すればよいのか、さすがの悪党たちも途方にくれていた矢先、ふと耳にしたのがひとつの奇怪な噂である。

「星涯《ほしのはて》市南西部のペパーミント区で、鳥の羽が脱色する奇病が発生している……」

そのとたん、彼らは、はっ！　となった。

惑星・炎陽《ほのおのひ》で〝石〟を持っていた男女二人連れのうち、男のほうは鉱山に幽閉してあるが、きわどいところでとり逃がしてしまった娘がもうひとつ〝石〟を持っていた形跡は濃厚だし、もしその彼女が星涯《ほしのはて》市の貧民居住区に潜入しているとすれば……。

流行している奇病と称するものは、あの美人学者が説明してくれた、〝石〟の周囲で鳥の羽が変色する……という、その奇現象が起きているのではあるまいか……！

悪党としてはまこと明晰な推理、あっぱれとしか言うほかはなく、やっと突きとめた鳥屋の親爺《おやじ》の証言をもとに、手分けをして手がかりを捜しまわるうち、偶然に

も、その〝石〟を発見して子供たちの騒いでいる現場に〝狼〟がぶつかるという幸運に恵まれた……。

まったくツイていたとしか言いようがない……。

しかしこうなれば、とにかく車のところで仲間と落ち合い、一刻も早くロペス社長に報告をと、夕暮れの大規模集合住宅群下の専用車道を歩く〝狼〟の足は早まるばかりである……。

なにしろ、子供以外はあまり寄りつかぬ、置き忘れられたようなへんぴなあたり、早く自走道路へ出ようと車道をいそぐ彼は、ふと、道路脇のとある小道に気がついてそこに立ちどまった。

この小道を行けば正面にはだかる山の尾根みたいな集合住宅群のすそを道なりにまわらず、じかに突き抜けられるトンネルでもありそうな、まさにそんな気にさせてくれる小道なのである。

小道のとりつきには、勝手に人が入れぬよう〈立入禁止〉の標識とともに低い柵とも戸ともつかぬものがついているのだが、なぜか、それが開きっ放しになっていて、どうぞ！　と言わんばかり、どうやらとんでもなくツイてた今日の締めくくりにもうひとつ、おまけの幸運が、という感じなのだ。

ちょっと考えた彼は、思いきったようにその小道へと入っていった。

案の定、彼の正面に迫る岩壁みたいな集合住宅群の基部に、〈高圧送電線・立入禁止〉の表示のついた鉄扉が現われた。

この人工の丘の地下全域を網の目のように走っている配電線分配路の点検トンネルらしい。

誰かが閉め忘れたのか、なぜか錠前もついていない。

〝狼〟はちょっとあたりの気配をうかがってから、その扉の取ッ手に手をかけた。

扉はあっさりと開き、自動的に照明灯が点灯すると、内部は人ひとりがやっと通れるひんやりとした狭いトンネルである。

彼は急ぎ足で中へ踏みこんだ。

ところが……。

彼が五メートルも進んだときである。

ガチャァン！

彼の背後で突然大きな音がして、今入ってきた点検トンネルの鉄扉がぴったりと閉ざされてしまったのだ。

それと同時に自動スイッチが作動して、低い天井に並んでいた照明灯が全部消灯した。

「おっ！」

鼻をつままれてもわからぬ暗闇のなかで、彼は反射的にレーザー・ガンを引ッこぬいて身構えた。鉄扉は偶然に閉まったのではなく、それが、あきらかに何者かの意図的な行動であることを彼は本能的に感じとったからである。

しかし、あたりはシーンとしずまり返っている。

かすかに伝わってくる轟音《ごうおん》は自走階段のモーターか、それとも、自走軌道の交流ブーミングか？……。

突然……。

コツン！

誰かが小石でも投げるような、固い音がひとつ、トンネルのなかに響いた。

「誰だ！」

わぁーン！　と、ドスのきいた彼の声がトンネルいっぱいに谺《こだま》しながら消えていき、あたりはシーンとしずまり返った。

〝狼〟は暗闇に目を凝らしながら、あたりの様子をうかがった。

昼間なら、換気孔あたりから洩れるかすかな明りぐらいはあるのだろうが、なにしろ時間が悪い……。

コツン！

ふたたび、固い音がトンネルの入口のほうで起こった。

パッ！

〝狼〟の手許から、音がしたほうに向かって鋭い閃光《せんこう》が走った。

しかし、彼は決定的なミスをしでかしたのである……。

ここは配電線の点検路。

桁違いに強い交流磁界の真ん中で、ウィンチェスター型のレーザー・ガンを発射する……などという無謀な真似は、いくら無教養な彼でも普通ならやらぬはずである。

やはり、いきなり何者かに鉄扉を閉められて焦っていたのだろう。

ビ！　ビ！　ビ！　ビ！

レーザー・ガンのビームが走った次の瞬間、不気味な唸りとともにトンネル内部は目もくらむような青い光に満たされた……。

強烈な電撃を喰らってイヤというほどはたき倒された彼が、そのまま感電死しなかったのはめっけもの……。あたりの磁界密度が異常に低かったせいか……。それともレーザー・ガンの形成したプロコフィエフ場の極性が逆だったためか……。

どっちにしろ、彼にとって幸運だったというべきか、あるいは悪運が強かったというべきか、とにかくそれしかない。

猛烈な磁界変動をすぐに検知したペパーミント区の給電司令所からは応急班が駆けつけ、床にブッ倒れていた彼は救急医療センターに収容されたのだが、意識を取り戻したのは次の日の午後……。

そして彼が、ポケットに入れてあった〝石〟がなくなっているのに気づいたのは、もちろん、その後のことである。

案外早く片づいたわ……。

トンネルから忍び出たお七は、石がポケットに入っているのをもう一度確認してからちょっとあたりを見まわした。

もう陽も暮れて、あたりは暗くなりかけているが、千恵蔵の地表艇《ホバ・ヴィ》のやってくる気配はない。もうとっくにやって来る頃なのに……。

どっかで行き違ったのかしら……。

ずっとあいつを尾行してきたのは一本道だったのに……。

行き違ったとすれば、彼女がトンネル上部の換気孔から中へ忍びこみ、暗闇のなかへ小石を落っことしたほんの短い間のことだ……。

こうとなったら千恵蔵との打ち合わせどおり、とにかく薄荷谷《ハッカたに》駅へ行ってみよう……。

彼女は、通りもまばらな薄暗い車道を歩き始めた。ひどく淋しいあたりである。

しかしここは勝手知ったるペパーミント区。

今も親兄弟が住んでいるのはすこし離れた区域だが、卒業したペパ5中（ペパーミント区立第5中等学校）はこの近く、さんざ遊びまわったあたりとて抜け道や近道のたぐいは知り抜いている。

もう長いこと来ていないが、薄暗いなかでも記憶は次々に戻って来た。

ペパーミント区運輸奉行所の車輛格納処の脇にある狭い道へと曲がりこみ、〈ロリポップ倉庫会社〉の裏手に昔からそっくり残っているらしいおそろしく急な狭い石段を登ると、そこがバッタ坂区民情報端末所の裏、そのまま横丁をまっすぐ登って〈711番〉ショッピングセンターの横を抜け、やっとにぎやかな薄荷谷《ハッカたに》駅前広場に出ようとしたお七は、思わずそこへ立ちすくんだ。

暗い横丁の角近く、明るい駅前広場の様子をうかがうようにひとりの大男が立っているのだ。男はその広い背中をこっちへ向けているので、お七には気がつかない。

彼女がぎょっ！　となったのは、その大男の肩である。

そこには一羽の肩乗りカラフルインコが乗っかっているのだが、そのけばけばしい羽の色が、見ているうちに白く変化していくではないか……！

男は駅のほうへ気をとられて鳥の変化には気がつかない……。

こいつは見張りだ！

とっさに彼女は考えた。

千恵蔵の店にやって来たのは三人連れだったという……。こいつは仲間の一人に違いない。

そのうちの一人はトンネルのなかにブッ倒れていて、一人はここに張りこんでいる。

とすれば、あとの一人は……？

あとの一人は、夕顔を追ってあの家を捜しまわっているのではあるまいか……？

もし、ネンネと千恵蔵がそいつと鉢合わせをしたら……。

そうでなくとも、何も知らぬネンネと夕顔が今ここへやってきたら……！

ゴリラみたいなその男の後ろ姿を見守りながら、お七は急に心配になって来た。

ところがその時……。

またもや彼女は腰も抜けそうな驚きにおそわれたのである……。

男が見張っている駅前広場の一角……。

露天でピーナッツを売っているのは、なんと！　さっき、夕顔を匿《かくま》っているあの家で会ったエミという娘ではないか……！

となれば……。

ネンネと夕顔は無事脱出に成功したということか……。

彼女は、見張っている大男に勘づかれぬよう静かに後退しはじめた。

それから五分後……。

お七は、ユミに替わって駅前広場でピーナッツを売っていた……。

大きく迂回してそのピーナッツ売りに接近し、なに食わぬ顔をして声をかけてみて、相手が自分を全然知らないのにまたもや仰天はしたものの、そこにいるのは姉のユミで、家で夕顔の面倒を見ているのは妹のエミであることを知ったお七は、手短に事情を説明して家の様子を見にいってもらったのだ。

彼女の肩には真ッ黒な烏が乗っている。

ここへまわりこんでくる途中、通りかかった鎮守コーナーの白沙杉《シロキスナスギ》には烏が住んでいるのを思いついて、一羽とっつかまえてきたのだ。

ピーナッツは結構よく売れた。

これなら、銀河乞食軍団を首になったら、あたいもピーナッツ売りをやろうかしらなどと彼女は考えたりした。

広場を挟んで向こう側の目立たぬ横丁で、男は駅へ入っていく人の流れからじっと目をはなさない……。

もうそろそろ、ユミも家に着いた頃だわ……。

それよりすこし前……。

伊東肇《はじめ》家、父親の部屋……。

お七の心配どおり、〝狐〟はベッドに半身を起こしている伊東肇と対決していた。

「もう一度だけ聞くが、穏便にその娘をこっちへ渡してくれるわけにはいかないのかね……？　わたしはその娘にぜひとも聞きたいことがあるんだよ」

「娘さんが嫌だと言っているのを渡すわけにはいかないと、わたしは言っているのです」父親はかたくなに繰り返す。

「わたしは手荒な手段に訴えたくないので、こうしてあんたに言ってるんだよ……」

「お断わりしますよ」父親はにべもなく言った。「あなたがたの手荒さは、よく知っていますとも。しかし、ここは惑星・炎陽《ほのおのひ》じゃない。そう乱暴な真似はしないほうがいい。いくら貧民でも、公安奉行はそんなに不公平じやない……」

「星涯《ほしのはて》市公安委員長・ミゲル・ド・ロペスの命令でやってきたわたしに対しても……かな?」〝狐〟の声がちょっと凄味を帯びる。「場合によっては、あの娘を密航者として星涯《ほしのはて》市警察へ告発することもできるんだよ。あんたたち一家は密航者秘匿《ひとく》のかどでね……」

「……」父親は押し黙った。

「しかし……」〝狐〟は、ちょっと調子を変えて感慨深げに言った。「これもなにかの縁かねぇ……。昔、炎陽《ほのおのひ》のロペス鉱山で働いていたあんたのところにだよ、炎陽《ほのおのひ》から密航して逃げてきた娘が転げこんできて、それをまた、炎陽《ほのおのひ》であんたの同僚だったわたしが追っている……とはねぇ」

「同僚……ですか」

一瞬だが、病いにやつれた父親の顔にけわしいものが走った。

「まったく世のなかはおもしろいと思うよ……ここであんたに出会うとはなぁ……」

「……なにかまた、ロペス社長はよからぬことをたくらんでいるというわけで……?」父親は、相手の感慨にはなんの関心もなさそうに言った。

「それは聞かんほうがよかろう……」〝狐〟はちょっと表情を変えながら言った。「そのほうが身のためだよ……」

「わかっていますとも……」索漠とした表情で父親は答えた。「あの、ゴンザレスでしたっけ……。怪しげな道士との取引きに反対した連中がどんな目に遭ったか……」

「!」〝狐〟はさっと顔をこわばらせた。

「さぁ! 帰ってください」父親は言った。「炎陽《ほのおのひ》のロペス鉱山の事故で重傷を負って、あっさりお払い箱になって以来、流れ流れてこの星涯《ほしのはて》にやってきて、今は娘に養われる身の上ですが、世間の義理は忘れちゃいません。なんだか知らないが、あなたがたの手から逃げてきた娘さんがわたしの娘たちと出会ったのも、きっとなにかの因縁でしょう……」

「鳥を飼っているかね?」

〝狐〟は、相手の話と全然無関係な調子でいきなり言った。

「トリ?」

「そうだ。鳥だ……」

「鳥がどうしたというんですか?」父親は怪訝そうな表情である。

「……いや……」〝狐〟はちょっとなにか考えてから言葉を濁した。「なんでもない」

気まずい沈黙が流れる……。

父親はちょっと娘たちの部屋のほうへと目をやった。

「いまのうちにすきを狙って、あの娘を逃がそうったって無駄だよ」

〝狐〟は、そんな父親の心を読みとったようにつめたく言った。

「家のまわりにぐるりと警報センサーを張ってきたし、そのことは、さっき向こうの二人にも言って来た。逃げれば殺す」こともなげに〝狐〟は言った。

「……」

「さぁ! 早く話をつけようじゃないか!」

「……」

「警察に突き出されてもいいのかね?」

「……」

「まったく強情な……」

ピーッ!

〝狐〟のポケットの中で、警報ブザーが鳴った。

「おっ!」

立ち上がった〝狐〟は内懐のレーザー・ガンに手を伸ばしながら、玄関につづくドアを開けた。

そこで彼は、伊東家の娘と鉢合わせしそうになった。

ここに娘がいるとなれば、いまあの部屋にいるのは夕顔ひとりだけということになる!

チャンスだ!

レーザー・ガンを抜いておく配慮も抜きに、〝狐〟は反射的に夕顔のいる娘の部屋のドアに突進した。

ところがドアが開いたとたん、ぐい! と胸許に突きつけられたのは88式野戦小銃……。

「出ていけ!」

瞬間、レーザー・ガンを抜く余裕などもちろんないまま、〝狐〟はそこに呆然となった。

いつの間に先まわりしたのか……。たった今、玄関で鉢合わせした娘が……。

「出ていけ!」娘はもう一度くり返した。

その後ろにはおびえきった夕顔……。

そうか、双子か……。また一人現われたとなればことはますます面倒だ……。

「よし!」決心したように〝狐〟は言った。「わたしは出ていこう。そしてそこの公衆通報システムから警察に連絡しよう。密航者、そして、密航者を秘匿しているばかりかご法度《はっと》の火器を所持している双子の姉妹が住んでいると……な! 密航者の身柄《みがら》は手をまわして後で手に入れればよいのだから……」

あたりはシーンとなった。

だしぬけに沈黙を破ったのは夕顔である。

「おやめください! わたくしはまいりますから、このお家に迷惑をかけるのはおやめくださいまし!」

そして彼女は、呆ッ気にとられている姉妹に、無限の思いをこめた視線を向けた。

〝石〟をお願いします……。高嶺丸様を救出してください!

「よし! 身のまわりの物をまとめてこっちへ来い!」ほっとしたように〝狐〟は言った。「それから、おい!

その銃をこっちへ寄越せ！」

悔しそうにエミが８８式野戦小銃を差し出した。

「よし！」

しかし、〝狐〟はそこでおとなしく引き揚げるべきだったのだ……。

相手は半病人と小娘だけなのだという安心感が、彼についよけいな真似をする気を起こさせ、それが彼の命取りになったのである。

勝ち誇った表情を浮かべた〝狐〟は、病床から出てきてやっとそこに立っている父親へ向かって言った。

「ところでな、どうだ、伊東肇」彼は、ついでにひと遊び……という調子でその病人に嘲笑を向けた。「ついでだから、ここでおまえには死んでもらうとするか……。え？　また改めてここまで始末にやってくるのも手間がかかるしなぁ……。え」

〝狐〟は残忍な笑いを浮かべながらレーザー・ガンをとりだし、射殺された相手の死体が倒れかかってくるのを避けるように後退してすこし距離をとった。

「どうもおまえはよけいなことを知りたがる気性らしいな……。病人のくせに、おとなしくしていればいいものを、この馬鹿が！」

嘲笑しながら、〝狐〟はレーザー・ガンをさし上げた。

「ヤ！　やめて！」「ヤ！　やめて！」

さすがに息を呑《の》んだ娘二人が声をそろえてやっと言った……。

ところがその時である。

父親が、信じられぬような素早さでなにかを内懐からつかみ出したと思った次の瞬間、そいつを〝狐〟の顔めがけていっきにたたきつけたのである。

ぱっ！

〝狐〟の顔の周辺に埃のような煙が立つのと、〝狐〟の手許から閃光が走るのとほとんど同時だった。

そして次の瞬間、レーザー・ガンがその埃に誘爆をひきおこし、〝狐〟の体はバッ！　と赤い火の玉に包まれた。

火達磨《ひだるま》になった彼は凄まじい絶叫とともに家の外へ転げだした。

射線の狙いは外れたが、肩を軽くやられたらしく、父親は弱々しくやっとつぶやいた。

「……おれはな、保安を無視したロペス鉱山の坑道で、無責任にレーザー・ガンをぶっぱなした労役監督の引き起こした粉塵爆発にやられたのだ……。きさまも体験するがよい……」

父親の手に握られているのは、〝キナコ印健康食品〈ピーナッツ・マイクロパウダー〉〟の袋……。

外ではやっと到着したネンネと千恵蔵《ちえぞう》が、ちょうど家のなかから転がり出てきた火達磨を、なにがなにやら判らぬまま地表艇《ホバ・ヴィ》の消火器で必死の消火にかかっていた。

12

薄荷谷《ハッカたに》駅前広場でピーナッツを売っているお七のところにユミがさりげなく戻って来て、父親、エミとともに、夕顔とネンネが千恵蔵《ちえぞう》の地表艇《ホバ・ヴィ》で〈星海企業〉の出張所に向かった……という知らせが届くと、二人はさっそく撤退を開始した。

いくら粉塵爆発でも、ひとつかみのピーナッツ微粉が爆発したくらいでは低温脂肪のためもあって、凄まじい火達磨と大袈裟な悲鳴のわりに〝狐〟の火傷は頭が丸坊主になる程度、ユミの呼んだ救急車は都心のロペス病院にでも彼を運んでいったらしい。

しかしこうとなったら、一家もあのままペパーミント区に住むわけにもいかない……。

８８式野戦小銃の一件を〝狐〟がしゃべっただけでもうおしまいである……。

気がつくと、あの〝ゴリラ〟はまだ横丁で張りこみを続けている。ひょっとしてあいつは、誰か他の人間を見張っているのかしら……？

ごっつい肩にとまっている烏の羽が白くなっているのにも、まだ気づいていない様子なのである……。

とは言うものの、男は身動きひとつしないまま、なぜかじっとこっちを見つめている。

撤退とはいっても、片づけた商売道具をそこいらに捨てていくわけにもいかず、とりあえずお七は肩に縛りつけていた黒い烏だけ空に放してやった。

男が飛んでいくその烏を見送っている気配がなんとなく気になったが、とにかく二人はそのまま商品や台を肩にかついで薄荷谷《ハッカたに》駅に入り、やって来た自走軌道車《CVS》に乗りこんだ。

箱は四人乗りだが、市の南西部一帯を中心に網の目のように張りめぐらされている路線の特定駅に行きたい赤の他人が一緒になることなんぞないに等しいから、事実上、この自走軌道車はそれぞれが貸し切りという形になってしまう……。

二人が座った座席前面の制御パネルには精緻《せいち》な光電表示で市街全域の路線図が示されている。

その図に、〈第二宇宙港南周回線／東バンカラ沼駅〉と行く先を指定し、特急と表示されているスリットへ二〇ミリクレジット入れると音もなくドアが閉まり、静かに走りだした車輌は次々と退避線に入って道を譲る他の車輌を抜きながらみるみるスピードをあげていく。

カラフルなその路線図には、星涯《ほしのはて》市西部をダウンタウン沿いに北上していくこの箱の位置を示す光点がゆっくりと移動していく……。

なんとかこれで今日も一段落かしら……。

お七はポケットに入っている石をもう一度確認してから、思わずほっと安堵の溜息を洩らした。

あとはペットの鳥だの、羽飾りの帽子をかぶったやつなんかと出会《でくわ》さないことを祈るだけ……。

今日も忙しい一日だった……。

そう言や、回航予定だった１００型艇はどうしたかな……？

もう番頭さんは白沙《しろきすな》基地に回航要員を手配したかしら……。

ふととなりのユミに目をやると、全面ガラス壁に近い窓の外を流れるペパーミント区の夜景にじっと見入りながら、彼女は深い感慨に耽っているらしい……。

彼女にとっていったいなんどめの引っ越しなのだろうか……。

やがて車輌が星涯《ほしのはて》西湾沿いの路線を中央区にさしかかったころだった……。

ほんのちょっとの間、うとうとしていたお七はなんの気なしにふと後ろを振り返って、思わずぎょっ！　となった。

すぐ後ろにぴったり次の車輌が後続してくるのだが、その正面の大きな窓から凄まじい剣幕でこっちの車輌をのぞきこんでいるのは……なンと！

薄荷《ハッカ》谷《たに》駅前広場で見張っていた、あの、〝ゴリラ〟！

そいつの大きな手許を見たとたん、彼女はそれこそ震え上がってしまった。

彼女の倍は軽くありそうなその手に握られているのはさっき逃がしてやった鳥……！

彼女が表面に塗りつけておいた煤《すす》が剝げかけていて、その下に、あきらかに白く脱色した鳥の羽がのぞいている……！

バレた！

〝きさまはあの石をもっているな！〟というそいつの声が、ガラス窓を破ってじかにつたわってきそうなものすごい剣幕……。

彼女は氷水を浴びた思いで、その剝げちょろけて白黒のブチになった鳥をガラス越しにまじまじと見つめるばかり……。

さっき駅前広場をまわりこむとき通りかかった鎮守の森で、ひょいと思いついてあの鳥をとッ捕まえ、たちまち白くなってしまったその羽に、飯屋の裏口でちょっと搔ッ払った炭化水素ストーブの煤をなすりつけてから肩へ縛りつけ、張りこんでいる〝ゴリラ〟に、ホラ！　あたいは羽が脱色する〝石〟なんか持っていませン！　という振りをしてみせていたつもりだったのだが……。

やっぱり相手は一枚上手《うわて》だ……。

あいつは最初から気づいていたんだわ……。

目を上げると、〝今ごろ気がついたか！〟と言いたげな凄まじい目つきで、男はお七をにらみ続けている。

そいつの肩に乗っているインコはもちろん真っ白……。

どうしよう……？

行く先を変更して逃げる……？

だめだ、路線図さえ見れば向こうもすぐに同じ分岐線へ入ってこれる……。

第一、向こうはまだこっちの下車駅はわからず、ただ、ひたすらあとを尾けてくるだけなのだ。すぐに対応してくるだろう……。

飛び降りて逃げようか……？

だめ……。

走っている車輌から、高架線路の上に飛び降りるのは、いくらお転婆を誇るお七でもぶるってしまう……。それも夜だし……。

あぁ、なんで無線を持って来なかったのかしら……。

夕方からなんど繰り返したか知れないボヤキを、彼女はもう一度心の中で繰り返した。

気がつくと、となりにユミが立っていた。

彼女もすでに事態を読んでいる……。

彼女は車内を見まわした。

車輌のドアは頑丈だし、向こうが強引に入ってくる危険はない。

この車輌が止まったり、ドアの開く危険があるとすれば、彼女たちと同じ東バンカラ沼駅に行く客が途中で乗ってくることだが、これまでの経験からしてそれはまずない……。

どっちにしろ、東バンカラ沼駅へ到着する前になんとかしなければ……。

そうしないと、あの〝ゴリラ〟に追っかけられて命からがら出張所へ逃げこむはめになって、この一件に銀河乞食軍団がかかわっているのを、何者だか知らないが、そいつに知られることにもなりかねない……。

なにかうまい手は……。

そのとき、彼女は、はッ！　と気がついた。

これだ！

床についている駆動システム点検用揚蓋《ハッチ》！

都合よく、ちょうど向こうから死角になっているあたりである。

〈星涯《ほしのはて》車輌会社〉の工場見学ツアーがこんなところで役に立つとはおもわなかったわ……。

何食わぬ表情を装って上半身はまっすぐ伸ばしたまま、手の先だけで揚蓋《ハッチ》の取っ手をつかむ。

お七の蔭に隠れるようにユミが手伝う。

開いた！

グーンッ！

ぽっかり口を開いた点検孔の奥に駆動モーターの一部があらわれ、フライホイルがすぐそこでゆっくり回転している。

そしてその下には、一本の太いレールが鉛色の帯になって道床を流れていく。

「ピーナッツのパック！」お七は言った。

わけはわからないが、ユミは車内に担ぎこんだ包みから、商品のピーナッツ・パックをすばやくとりだした。

ピーナッツの入っているパックは、ここのところ地金価格が暴落して乱売が始まっているチタン箔のはずだ……。昨日、出張所にやってきた〈アスキー金属〉のセールスマンが話していたばかり……。

お七は手早くパックを破り、平らに延ばしたチタン箔を片手に点検孔の中へ首をつっこんだ。

頬ッぺたのすぐ横でフライホイルがゆっくり回転しているのが凄《すご》く気味悪い。

お七はできるだけ体を伸ばし、鉛色に流れるレールの上に狙いをつけ、手にしたチタン箔を放した。

だめだ！　風にあおられて横に流れてしまう。

手を後ろへ伸ばすとユミが新しいチタン箔を手渡す。

だめ！　反対側にあっさり落ちてしまった。

もう一枚……。だめ。

もう一枚……。これもだめ。

もう一枚……。うまく乗った！

あっという間にチタン箔は後ろへ流れ去り、後続車輛の下あたりでパッ！　と火花が散った。

集電部でショートが起きたのだ！

しかし、だめだった……。

後続の車輛では回路遮断器が作動して、一瞬灯火が消え、モーターも停止するらしいのだが、すぐに自動復旧してしまい、逆に遅れを取り戻すべく速度を上げてすぐに追いついてきてしまう……。

男はニヤリ！　と凄《すご》い笑いを浮かべながら、こっちの手口を見守っている。

なんどやってみても、たかがピーナッツ・パック程度のチタン箔では一瞬火花が散るだけで、あっさり蹴散らされてしまうだけ……。

駆動システムのカバーやなんかを落とせば、集電部にからむか、シューそのものをブチ壊してくれるかもしれないが、工具ひとつないのだからそれは不可能だ。

カリッ！

そのとき、一瞬軽い音とともにフライホイルでなにかが飛び散った。

そのとたん、お七は叫んだ。

「ユミ！　行く先を変更して！　急な坂のある路線！　あれだ！　ロリポップ団地線に入って！」

そして彼女はピーナッツ・パックの皮をせっせと剝き始めた。すぐにユミが手伝い始める。

しばらくして、かすかなショックとともに車輛は分岐線に入った。

二股に分かれる形で離れていく後続の車内で、男はちょっと慌てたようだったが、すぐ路線図へ目をやり、そうはさせるかとすばやく路線変更を指示したらしい。

向こうの車輛はいったん後退し、そのままこっちの路線に入ってくるとたちまちまた距離をつめてくる。

お七とユミは、持っているだけのピーナッツ・パックをひらいて、中身を点検孔の周囲に集めた。

車輛は暗い高架線路の上を走り続けている。

いま走っているロリポップ団地線は、山の手のかなり高いところに最近開発された大規模住宅群と都心をつなぐもので、線路はみるみる高度をあげていく。

星涯《ほしのはて》市の夜景がとてもきれいだ……。

トンネルを二つ抜けたところで、線路はいよいよ急勾配にかかった。

お七は、点検孔のすぐ下でゆっくり回転しているフライホイルとそれをささえるハウジングの間にできた狭いすきまへ、両手でつかんだピーナッツを慎重に落とし始めた。

カリ！　カリ！

みるみるフライホイルは砕かれていくピーナッツの油で光り始め、間もなくレールの上にドロドロのピーナッツ油が滴り始めると、後続の車輛のスピードは目立って落ちてきた。

動輪がスリップしはじめたのがよく判る。

そしてすぐ、男がどんな表情を浮かべているのか判らぬまでに距離が開いてしまった。

念のため、なんどもまわり道をしてから自走軌道車を降り、街頭通話システムで連絡をとって、迎えに来てもらった出張所の地表艇《ホバ・ヴィ》で二人が第二宇宙港へ帰り着いたのは、もう夜中にちかい刻限だった。

13

「お父様！　わたしうかがいたいんですけど、お父様はゴンザレス道士様をどこへおやりになったの！」

娘のドロレス・ド・ロペスは、美しいその顔に激しい怒りをむきだしにして父親へ食ってかかった。

「……」

星涯《ほしのはて》市の南東、宝珠台にある豪邸の奥まった書斎……。〈ロペス財閥〉の総帥《そうすい》・鉱山王のミゲル・ド・ロペス社長はそんな娘の言葉が耳に入っているのかいないのか、ちろちろ燃え続ける暖炉の炎を見つめながら、じっと考えこんだままである……。

「なんとかおっしゃってちょうだいよ！」気の強い娘は食い下がる。「貧乏人のために一生懸命働いていらっしゃる道士様のために、いらなくなった着物なんかを友達と一緒に集めてくれないかとおっしゃったのはお父様のほうなのよ！」

「……」

「本当にすばらしいかたですわ、あの道士様って！」娘はうっとりとした表情を浮かべた。「あんなにやさしくて誠実で信心深いかたがこの世の中にいらっしゃることを教えてくださったお父様に、わたしはとっても感謝しているんです。お友達もみんな道士様を尊敬しています。

それが、わたしたちの集めた物を炎陽《ほのおのひ》の貧乏人たちに届けに行く……と星涯《ほしのはて》をお発ちになったきり、なんの音沙汰もないというのはいったいどういうことなんですの……？」

聞きたいのはおれのほうなのだ……。

ミゲル・ド・ロペスは心のなかでつぶやいた。

娘は単純に〝道士様！　道士様！〟と、まるで聖者のようにあの老人を尊敬しているが、あいつはそんな、聖者などという単純な人物ではない。もっと奇怪なやつなのだ。

もともと、あいつはそんな立派な目的でおれに接近してきたわけではない。

ゴンザレス道士と名乗るあの老人は、慈善の名目で高級な衣類や装身具を星涯《ほしのはて》の上流社会から集めてくれれば、それを免税の慈善貨物として惑星・炎陽《ほのおのひ》に輸出し、その見返りとして桁違いに高密度の水素吸蔵鉱石をどこからか大量に持ってくるというビジネスだった……。

退屈しきっていた娘たちは、貧乏人のために働いている老道士を応援してくれと言う彼の話にすっかり張り切ってしまい、星涯《ほしのはて》の上流人士の間からとびきり高級な衣類や装身具を山ほど集めたばかりか、婚約者である岩井財閥の息子までまきこんで、彼が指揮している星系軍442機動航空宇宙師団男声合唱団のチャリティー・コンサートまで盛大に開いて金を集め、貧乏人のためにお働きになってらっしゃる道士様のためにとそっくり寄附するほどの、のめりこみようである……。

ところが、このゴンザレスという老人がまた天才的な演技力の持ち主で、涙を流しながら娘たちの努力に感謝し、神のお恵みを……と祝福を与える始末……。

さすがにしらけた父親のロペスだが、とにかく老人は、いずれ高密度の水素吸蔵鉱石を惑星・炎陽《ほのおのひ》のロペス鉱山へ搬入するとひそかに告げ、慈善貨物のコンテナ船団とともに星涯《ほしのはて》をあとにした……。

途中、隕石流に突入する事故もあったらしいが、慈善貨物のコンテナ船団が炎陽《ほのおのひ》に到着したことは確認ずみである。

そしてそれきり消息はない……。

あの老人には奇怪な謎がなにかある。

世間知らずの娘たちは簡単に欺けても、このロペスの目をごまかすわけにはいかない。

いったいあいつは……？

「……聞いていらっしゃるの！　お父様！」気がつくと、娘が凄《すご》い眼つきでにらみつけていた。

「う、うム、わたしも実はゴンザレス道士の行方を知りたいと思っているところなんだ……」

「あのかたはわたしたちの精神的な支えなんですから、お願いしますわ、お父様」

「わかっているとも……」

あの乞食坊主が〝わたしたちの精神的な支え〟とはまたおおげさな……。なんと純真な娘たちよ……。

「いずれ、連絡があるよ……。道士はきっと仕事で忙しいんだよ」ロペスは言った。

「お父様……本当にそう考えてらっしゃいますの……？」娘は冷たい表情である。

「??」

「あの道士様について、何か隠してらっしゃるんじゃありません？」

「何を……？」

「何か……」

やれやれ、母親に似てきたものだ……。彼は心の中で溜息をついた。

そのとき、まるで気まずいその場を救うように机の上のブザーが鳴って来客を告げた。

「わたし、お父様についてちょっと気になってることがあるんです……」娘は立ち上がりながら言った。「いずれ、ゆっくりうかがいますわ……」

言い捨てるようにそれだけ言うと、娘は書斎から出ていった。

入れ変わりに、ゴリラに似た体つきの男がひとりひどく申しわけなさそうに入って来た。

惑星・炎陽《ほのおのひ》の鉱業所から〝石〟とともにやって来た三人のうちの一人、そのゴリラによく似た男の世にも苦しげな報告の一部始終を聞き終わると、ロペスはまた暖炉の炎にじっと見いった。

すでに一人がペパーミント区の配電システム点検トンネルのなかで感電、もうひとりが民家で火傷したが、命に別条ないという報告は入っている。

これは、なにかある……。

実は、あの〝石〟をひと目見たとたん、彼はそう思った。

単なる勘だが、あの奇怪な道士ゴンザレスの話となにか関連がある……と思った。

どう関連があるのかはまだわからないが、なにかある……。

あの奇怪な老人とどこかでつながっているとしか思えない……。

本人はなにも言わないが、ゴンザレス道士がいつも腰に下げている数珠に、キラリ！　と凄いような輝きを放つ〝石〟がひとつついていたのを、彼は見逃していない……。

あの小癪《こしゃく》な美人学者の話によれば、その〝石〟は空間そのものらしいと言う……。

どういう意味なのだかにわかには理解できないが、とにかくこれまでの常識を超える現象であることだけはわかる。

おれの勘は正しかった。

これは、なにがなんでもおれの手の内にしておかなければならぬと彼は決心したのだ。

しかし……。

それがこんな展開をしてくるとなれば……。

これはべつの何者かが介入しているらしい……。

「赤星教授からは目を放すな。まき上げられた〝石〟二個はそのままにしておけ。向こうに渡して正体を解明させるのだ」

しばらく考えていたロペスは判断を下した。

「しかるべき時点でわしが乗り出す。〝石〟が移動せぬようにだけ見張っておけ。いいな！」

「はっ！」

どんな苛酷な処分を受けるかと覚悟していた〝ゴリラ〟は、どこか、ほっ！ とした表情で答えた。

「そこで……おまえが奪い損ねたもうひとつの〝石〟だ」

ギョッ！ と、〝ゴリラ〟はふたたび顔をこわばらせた。

「時間からして、まだ、星涯《ほしのはて》市から外には出ていないだろう……。他の惑星に出るのが一番困る。涯警《はてけい》本部と話をして宇宙港をふさぐとしよう。おまえは〝石〟を持って逃げたその娘を捜し出せ！

なにがなんでも、行方を突きとめろ。それから……」

ロペス社長はつめたい笑いを浮かべた。「あの二人は、始末してしまうからそのつもりでいろ。こんどしくじったら、おまえも……だぞ」

その目はまるでガラス球のように感情がまったく欠落している。

あまりの恐ろしさに〝ゴリラ〟はすくみ上がった。

14

「またどうぞ、お越しくださいませ……！」

「まいどありがとう存じます！」

店の女たちの挨拶を背に、密談を終えた星涯《ほしのはて》星系軍統合参謀総長・北畠 弾正《きたばたけだんじょう》中将は、高級料亭〈氷〉の玄関を出た。

副官が、待たせてある車のほうへと急ぎ足で先に立つ。

あとから考えれば、たしかに靴をはいたときからなんとなく違和感がないでもなかったのだが、とにかく異変は、彼が料亭の門から通りに出たとたんに起こった。

突然、足の裏、つまり靴の底の部分でかすかな唸りとも振動ともつかぬ音がしはじめ、おや！ と思って立ちどまったとたん、いきなり、歩きもしないのに彼の体は前に向かって進み始めたのである。はずみで彼は尻餅《しりもち》をつきそうになった。

ローラースケートをはいて、後ろからぐい！ と押される……、あの感じだ！

両足の靴底に動力つきの車がつけられているらしく、彼の体は滑るように夜の横丁を走り出したのだ！

ローラースケートなど子供のときにしかやったことないが、とっさに彼は爪先立ちになる形で制動をかけようとした。

ところがその靴は、まるで地面に貼りつきでもしたようにいくら踵《かかと》を上げようとしても上がらず、よほど高品質のベアリングが入っているらしく、スピードを上げながら、ほとんど音も立てずに夜の舗道を滑りつづけ、すこし先を、待たせてある車へと急ぐ副官をあっという間に追い抜いた。

「ア！ 閣下！」

仰天したのは副官である。

こともあろうに、参謀総長が棒立ちとなったまま、滑るように夜の横丁を遠ざかっていく……という、わが目を疑う光景に、彼は呆然と立ちどまってしまった。

「ト！ と！ 止めてくれッ！」

北畠中将の切羽《せっぱ》詰った声が聞こえてきた。

「閣下！ どうされました！」

われに返った副官は、大声で叫びながら参謀総長の後を追って走り出した。

暗い街灯の点《とも》る人気《ひとけ》のない石畳みの上を、参謀総長の黒いシルエットが滑るようにぐんぐん走っていく。

北畠中将が、なんとか止めようと必死になっているのはその後ろ姿からもよく判った。

副官はころがるような勢いでつっ走って後を追うが、距離は離れていくばかり……。

なにがどうなってるのかさっぱりわけはわからぬが、数十メートル先を音もなく滑っていく参謀総長の正面は間もなく丁字路の行きどまりだ！

大丈夫か？ あそこで止まるのか？

しかし、棒立ちのままその塀に向かってみるみる接近していく中将の体が減速しはじめる気配はない！

ぶつかってしまう！

必死に両手でバランスを取ろうとしているその後ろ姿は、彼自身がその塀へもろに激突することを予測しているのが感じられた。

「あぶない！」

走りながら、副官は思わずそう叫んだ。

ところが……。

北畠中将の体は、まるで地上車みたいに丁字路をスーッと滑らかに右折して見えなくなった。

それが、本人も予想していなかった事態であることは、角を曲がる一瞬前、彼が頭を抱えて激突の衝撃を回避しようとする姿勢をとったことでもよくわかった。

その先は星涯《ほしのはて》市きっての繁華街、星涯《ほしのはて》赤坂の大通りである。

もう夜も更けてはいるが、場所も場所とてけっこう人通りは多いはずだ……。

通行人と衝突する……！

早く、車で追うのだ！

そう思ったとたん、待たせてあった参謀総長公用車が後ろからすーっと彼の横に接近してきた。そして、これも仰天している運転の従兵が窓から首を出して叫んだ。

「ド、どうされたのでありますか！」

「わからん！　後を追え！」車に飛び乗りながら副官は叫んだ。

車も丁字路の角を曲がって明るい大通りに出た。

すでに参謀総長はかなり先を走っていく。

金モールの参謀肩章もいかめしい星系軍高官の軍服に身を包んだ長身の男が、こともあろうにさんざめく盛り場の大通りをローラースケートでいっきにつッ走っていく……という世にも珍なる風景なんだから、道行く酔っぱらいたちは喜ぶまいことか、口々に歓声を上げて見送っていたが、やがて彼らも、なにか異様なその様子に気がつき始めた。

そして、その男の世にも情けない声が伝わって来たのである。

「ト！　ト！　ト！　止めて、ク、くれぇ……！」

ローラースケートの走りかたがなんとも異常なのだ……。

本人は手を振り、腰を捻《ひね》ってなんとか制動をかけようとしているらしいのだが、それとは関係なしに、ローラースケートだけが実に見事な走りかたをしているのである。

いったいなにごとかと呆ッ気にとられて立ちつくす酔っぱらいたちと正面からなんどもモロに衝突しそうになりながら、信じられぬようなきわどさで次々と相手を回避し、彼はひたすら夜の星涯《ほしのはて》赤坂の大通りをつっ走っていくのである。

そして、動きを止めようとしたのだろう、軍服姿の彼は両手を伸ばして、正面に迫ってきた街路樹の幹へもろに抱きついた。

いや、抱きつこうとした。

ところがである。

そのとたんローラースケートは、まるで〝そうはさせるもンか！〟とでもいう勢いでぐーっと大きく反対にまわりこみ、またもや彼が、そこにせまったべつの街路樹へ抱きつこうとすると、こんどはくるり！　と反対側へまわりこむ。そのたびに彼の体は、ひどく不安定な横傾姿勢になるから、もしも幹へしがみつきそこなえば、当然バランスを外してもろに転倒するはずなのに、これがまた、そのたびにローラースケートは反対へと巧みに動いてカウンターをかけ、彼の体勢を立てなおすのである……。

まるで、生き物を思わすようなローラースケートの賢い動きである……。

副官は、けたたましく警笛を鳴らして通行人を追い散らしながら公用車でそんな参謀総長の後を追うのだが、なにしろ夜の盛り場の大通り、いくら星系軍高官専用車でもそんなに走れるわけはない。やっと人の歩み程度……。

人ごみの中から突きだすように、長身の軍服の背中が右に左に目まぐるしく通行人を回避しながら遠ざかっていくのがやっと見える……。

ついに業を煮やした副官が車を捨て、北畠中将の後を追って走り出したときである。

「おっ！」

彼は思わず息を呑《の》んだ。

なんと！　はるか先を行く北畠中将を乗せたそのローラースケートが、人混みのなかでくるり！　と方向を転換したかと思うと、こんどは、いっきにこちらへ向かって引き返してくるではないか！

副官は、体あたりで中将の体を引きとめようと正面で身構えた。

ローラースケートはみるみる迫ってきた。

恐怖に顔をこわばらせている北畠中将は、そこに身構えている副官に気がつき、一瞬、すがるような表情を浮かべて叫んだ。

「タ、タ、タ、頼む！」

ところが……。

両手を拡げて飛びだした副官をからかうように、ローラースケートはきわどいところで転針し、くるり！　くるり！　とご丁寧《ていねい》にも彼の周囲を二周した。そして、はずみを喰らって路上につンのめった副官を尻目に、こんどはかなりうしろを追ってくる公用車のまわりをまたもや二周したのである。

だが、その時だった。

道路脇の目立たぬ暗いあたり……。

そんな北畠中将の後を追う形で人影がひとつ、ひどく控え目な感じだがやはり滑るように路面を移動していくのを副官は発見したのである。

大柄《おおがら》な若い娘！

あの動きはローラースケートだ！

「待て！」

反射的に副官は叫んでいた。

そして、先を走る参謀総長の体を捉えてくれ！　止めてくれ！　と続けようとして、彼は、ハッ！　と気がついたのである。

あの若い娘が、参謀総長のわけのわからぬローラースケートを遠隔操作している！

「おいっ！　その娘！　待て！」

別の意味をこめて彼はもう一度叫んだ。

娘は、その声にちょっと振り返った。

そして彼女が、見破られた！　という反応を示した次の瞬間、先を走る北畠中将の体はまるでハンドルでも切るような感じで方向を変え、たちまち車も入れぬ狭い横丁へと曲がりこみ、つづいてその娘も後を追い、アッという間に二人とも副官の視界から姿を消してしまったのである……。

たちまち市内は大騒動になった。

あろうことか、あるまいことか、泣く子も黙る星系軍統合参謀総長の北畠弾正中将が、若い娘の遠隔操縦するなんともわけの判らぬ妙なローラースケートに乗っけられ、止めてくれ！　助けてくれ！　と叫びながら夜の盛り場を高速で走りまわっている……というのだから、にわかには信じがたい珍事件である……。

もちろん、まず市警の非常手配が飛び、警戒線が張られた。

すぐにあちこちから、ローラースケートで走っていく二人の男女を目撃した、という連絡が入り始めた。

しかし、とにかく信じられぬほど巧みな転針をくりかえし、パトロール艇はおろか、一人乗りのホバーバイクさえ入りこめぬような路地、横丁を高速で目まぐるしく走りまわるのだから、警察としても捕捉のしようがないのだ……。

その当人……。

星涯《ほしのはて》星系軍統合参謀総長・北畠弾正中将は、なにがなにやらわけもわからず、クラクラするようなスピードで夜の路上を滑走しながらも、徐々に落ち着きを取り戻しはじめてはいた……。

とりあえず、生命の危険はないらしいことがはっきりして来たからである。

もちろん、それがわかるまでに、彼は血も凍るような恐怖をなんども味わわされた。まず、正面からもろに迫ってきた丁字路の塀、もうだめだ！　激突する！　と思った瞬間、信じられぬようなスムースさで足許はすーっとまわり、星涯《ほしのはて》赤坂の大通りへいっきに走り出た。

そして彼は、道行く酔っぱらいと、こんどこそ真ッ正面から激突する！　となんど目をつぶったことか……。

しかしそのたびに、まるで、多元レーダー連動の自動操縦システムを装備した無人艇みたいな巧みさで、彼の体はくるり！　くるり！　と転針しては障害物を回避していくのである……。

そして、女が意地悪でもするみたいなやりかたで街路樹に抱きつくのを妨害され、助けようとした副官があっさりコケにされたあたりで、彼は、これがレーダーの自動連動なんかではなく、どこかで人間が糸を引いている気配を感じとったのだった。

そして、副官の叫び声に一瞬びっくりしたような動きを見せると、自分の体はそのまま横丁へと走りこみ、どこをどうまわったのやら、気がついた時、彼は、高速自動車道路のランプウェイに向かっていた。

都心の星涯《ほしのはて》特別区からクローバー区、アネモネ区をへて市の東出口へ向かうキントン坂インターの入口である。

ひょっとして……。

一瞬、彼の脳裏にひらめいたことがある。

このローラースケートに、エネルギー源はわからぬがモーターの類いがついているのは明白だ……。今まで比較的平坦な道を走ってきたが、あの急勾配のランプウェイは登りきれないのではないか……？

うまくいけば、途中で力が足りなくなって止まるかもしれぬ！

そうすれば助かる！

しかし、だめだった……！

まるで自動変速機でもついているみたいにローラースケートは、勾配にかかると同時にグン！　とむしろ加速しながらいっきに坂を登っていくのだ。

出口車線を……！

そして、そのまま彼の体はいっきに走行車線へ進入すると、いちだんと加速しながら滑るように走りだした。

走行車線を逆方向に……である！

「タ！　助けてク、くれぇ！」思わず彼は絶叫した。

もう、だめだ！

凄まじいスピードで次から次へもろに迫ってくる目もくらむ強烈な前照灯と引き裂かれるような急ブレーキの悲鳴に彼はふたたび死を覚悟したが、仰天したのはむしろ運転者のほうだったろう……。

夜の高速自動車道路で、真ッ正面からローラースケートをはいた軍服姿の男がいきなり現われ、アッ！　という間にこっちを巧みに回避しながらすれちがった……となれば、まずは自分の目を疑わぬわけにいかない。

そしてその報告は、次々と涯警《はけい》本部の通信司令室に入って来たが、なにしろ走行車線を逆方向に走っているというのである。すぐさまパトロール艇で追跡させるわけにもいかない……。

とにかく、特別区高速2号線へ一般車の進入を禁止してから追跡にかかるしかない……。

奇ッ怪なローラースケートに乗っけられた参謀総長の体は、高速自動車道路を市内から郊外へと向かって走り続けた。次から次へともろに迫って来てはすれちがう強烈な前照灯も、目立ってその数が減りはじめた……。

いったい、何者が……、なんの目的で……？

自動なのか遠隔なのか、とにかく対向車を次から次へと回避していくその見事さにわずかながら心の余裕ができて、ふと彼はそんなことを考えた。

そして、そのとたんである。

ふと思いつき、彼は初めて自分の背後を振り返ってみたのだ。

いた！

なんと！　彼の一〇メートルほど後ろを、やはりローラースケートに乗ったやつがひとり、ぴったりくッついてくるではないか！

しかも、そいつは若い娘！

楽しそうな表情が夜目にもはっきりと見てとれた…

……！


「ハァい！　おじさァン！　こんにちはぁ！」

娘はひどく陽気な声で呼びかけてきた。

そしてすーっと彼の前にまわりこんでくると、後ろ向きの形で北畠中将と向き合い、彼の表情を探るように見上げた。

「どうぉ？　お元気ィ？　お妾《めかけ》さンたちにもお変わりなくってェ……？」

大柄な体つき、きれいな顔立ち、二五、六というところか……？

「キ、キ、きさま！　コ、コ、これはいったいなんの真似だ！」

彼はやっと叫んだ。

「キャハハハハ！」

娘の声は、深夜の高速自動車道路の騒音のなかによく通る。

「ト、ト、止めろ！　すぐに止めんか！」

「オッと……とッとッとぉ！」

彼女は、後ろ向きに走り続ける自分の背後へ迫った強烈な車の灯火をひとつ、ひらり！　と軽く回避しながら明るく叫んだ。

どうやら二台のローラースケートは連動操向で走っているらしい……。

「おい！」

北畠中将はすこし冷静な口調で叫んだ。

「うン？」娘はひどく素直に応える。

「これはいったいなんの真似だ！　何が目的なんだ！」

「おねだり……！」

娘はそれだけ言ってくるり！　と反転したかと思うと、もろに背中を見せて彼のすぐ前をぐんぐん走り続ける。

「おねだり？」北畠中将はおうむ返しに言った。「なんだと？　いまなんと言った？」

「お・ね・だ・り、サぁ！」

すぐ前を走る娘は、振り返りもしないでもう一度言った。

「なんのことだ？　さっぱりわからんぞ！」

「わからなきゃ、わかるまでそのまま走り続けるだけのことさ！」

「きさま！」むらむらと腹の立ってきた彼は、娘の背中へ向かって怒鳴った。「なんだ！　この真似は、きさま！　おれを誰だか知ってのことか！」

「さぁね……！」と娘は動ずる気配はない。

「覚悟しておけ！　相手もあろうに星涯《ほしのはて》星系統合参謀総長に対して、こんなわるさを……あァッ！」

だしぬけに彼の足許が軽く唸ったかと思うと、彼の体はまるで蹴飛ばされたような勢いで加速をはじめ、あっと言う間に娘を追い抜くとそのまま、本当に弾丸みたいな勢いで高速自動車道路のド真ン中を走り出したのだ……。

「タ、タ、タ、助けて……！」

もう恥も外聞もなかった。

北畠中将は悲鳴を上げた。

「オ、オ、おれが悪かった！　ト、ト、止めて！　止めて！　止めてくれぇ！」

彼はもう目を開けていられない思いで叫び続けた。

いくら叫んでも、このスピードではもう届かない距離だろう……。

絶望の思いで、それでも彼は叫び続けた。

ところが、そのとき……。

ふぅっ……！

目のくらむような速度で滑走を続ける彼は、突然、耳許にふぅっと吹きかけてくる娘の熱い吐息を感じたのだ。

「なに大声でさえずってやがンだよ、この兵隊風情が！　ふぅふぅ……」

はっと気がつくと、背後から娘がのしかかるように迫る気配、乱暴なその言葉とは裏腹にひどく色ッぽい声が甘ァくささやきかけてくるのだ……。

ぴったりと背中に張りつくような娘の体の量感がひどく生々しい……。

「この馬ァ鹿！　ふぅっ……！　もうすこし、スピード上げてやろうかァ？　いいかぁ？　このローラーはなァ、300kphまでいくんだぞォ！」と娘の声はひどく悪戯ッぽい……。「こわいぞォ……！」

「ワ、わかった！　わかったから、もう止めろ！」参謀総長は震え上がった。

「わかってないねぇ……！　ふぅ、ふぅ……！」

「ワ、わかった！　わかったから止めてくれ！」彼としてはもう哀願するしかない。

「ほンとにわかったのかなァ、ふぅ？」

「ワ、わかった！　本当にわかったから、止めろ、止めろ！」

「このまンま、ドライブしようよ！　ねェ！　おじさァん！　あたい、おじさんが愛《いと》しくなりそうよッ！　ふぅ、ふぅ」

耳許に吹きかけてくる娘の吐息が熱い……。

「ト、とにかく、止めてくれ！　話は聞く……」

北畠中将はそれどころではない……。

「それじゃ、あたいのおねだり、聞いてくれるぅ？」

「キ、聞くから……！」

気がつくと、いつの間にか自動車道路を滑走するスピードがぐっと落ちている……。

「あのねぇ！　あたい、星系軍の公務出張命令書が一〇〇枚欲しいの」

「コ、コ、公務、シ、出張、命令書……だと？　そんな物を何にする？」

「みぃんなで、星京《ホシノミヤコ》までピクニックに行くのさぁ！　キャハ・ハ・ハ・ハ！」

上気した娘の声はあくまであかるい……。

「……」

星涯《ほしのはて》星系軍統合参謀総長としては、なんと答えていいかわからないが、とにかく、この際、先方の要求を受け入れるしかあるまい……。

「持って来てあるわよッ！」彼の心を読みとったように娘が言った。「ほら！　白紙の磁気カード一〇〇枚！　ネ！」

彼のとなりを平行する娘は、たしかに星系軍の公用カードとおぼしき束を手にしている。

「さァ！　おじさんの軍機暗証ナンバーをこの白紙カードへ打ちこんでちょうだいな！　ほら！　磁気パンチャーも持って来てあるのよ、用意周到でしょ！」

「……」参謀総長は取引きを試みた。「とにかく止めてくれ！　さもなければ嫌だ！」

とたんに、「アァッ！」

彼の体はまたもや蹴飛ばされたような加速を始め、狂ったようにスピードを上げ始めた……！

「ワ、わかった！」

彼は泣き声を上げた。

スピードはすぐに落ちて、娘はまた平行してきた。

「偉いさンって、どうしてこうもふン切りが悪いのかしらねぇ……！」娘は呆れたように言った。「いい？　おジさん！　先は長いんだよ！　あんたが公務出張命令書を一〇〇枚作っても、おジさんがなにか悪い仕掛けをしてないかどうか確認して、それから足がつかないようにプレミアムつきで星系軍の兵隊たちの公務出張命令書と全部交換してしまうまで、おジさんはこうして走り続けるのよ！　まだ、先は長いのよ！」

泣きたい思いで高速自動車道路を反対に走りながら、星涯《ほしのはて》星系軍統合参謀総長・北畠弾正中将が白紙の磁気カード一〇〇枚に公務出張命令書の必要事項をインプットし終わると、それを待っていたように、さっとすれちがった対向車の一台から手が伸びて、そのカードを娘の手からピックアップしていった。

もう、真夜中をかなり過ぎている。

いくら間抜けの星系警察本部でも、もう手配はまわる頃だ、もうパトロール艇がやってくるだろう。それに、星系軍司令部のほうも早く手配しないと、あの本物のカードは回収不能になってしまう……。

そんなことを彼が考え始めたときである。

「ハァい！　おじさァン！　こんにちはぁ！　お元気ィ？」

突然、背後から娘の声がした。

べつの娘の声である。

はっと後ろを振り返ってみると、いつの間にやらべつの娘が背後に、ぴたり！　とついている。

「はじめましてぇ！　あたし、交替しましたぁ！　よろしくぅ！」

陽気に娘は呼びかけてきた。

「そろそろ警察の手配もまわるころだから、ゲンゴロー州道に入りましょう！　あそこならパトロールは手薄だから！　夜が明ける前にお弁当が届くから、それまでお腹は我慢しましょうねッ！　エネパックの交換もその時にするわ！　おじさンさえよけりゃ、『星涯《ほしのはて》ギネスファイル』に申しこみましょうかァ？　ローラースケート長乗り記録よォ！　たぶんいけると思うわよ！　先はまだまだ長いんだからぁ！　キャハハハハ！」

相変わらず高速自動車道路を走りながら、北畠弾正中将は、本当に大声で泣きたくなってしまったのである。

それは、大人になって以来初めての経験だった……。

15

その翌日……。

爽快《そうかい》な星涯《ほしのはて》市の朝である。

下町と星涯《ほしのはて》西湾を一望に見下ろす高級住宅地、レモンパイ丘陵の一角……。

したたるような緑の間に宏壮な邸宅や高級店舗、学校、コンサート・ホールなどがまばらに点在するこのあたりは、全域がそのまま公園といってもよい豊かさに満ちている。

そんなとある木陰に置かれた白いベンチの上に……。

「まぁ！　お姉さん！　大きなコーモリ！」

そんな声をあげたのは、歳《とし》の頃一四、五歳の小柄《こがら》な娘。浅黒く健康な顔立ちはちょっと小狸《こだぬき》を思わせる。

それに応えたのは、対照的に白い肌の大柄な娘、年子なのだろう、似たような年頃である。妹が狸なら、こっちは大きな白兎《しろうさぎ》というところか……。

「あらあら、ほンと！　でも危険よ、これは。たしか〈バット〉星系のコーモリ人間よ、近づかないほうがいいわ！　お尻に噛《か》みつかれるわよ！」

「それじゃお姉さん！　すぐ警察に電話しましょう！」

それは、木陰のとあるベンチを指さしながらの声高な姉妹の会話というよりも、朝の散歩を楽しむあたりの人々に、その事実を早く知らせようとする意図が感じられないわけでもなかったのだが……。

なるほど……。

姉妹が指差すその白いベンチの上には、暗褐色の巨大な翼を細長くたたみこんだコーモリ人間が、一人というのか一匹というのか、とにかくひとつ、本当にグウグウ眠りこけているのである……。

やがて、姉妹の声で初めて気づいた人々が集まって来て、あたりはたちまち黒山の人だかり……。

「ウーム……！」

〈バット〉星系とやらのコーモリ人間は、びっくりするほど人間そっくりの声を上げながらとつぜん寝返りを打った。そして、ベンチの上からあっさりとコロゲ落ちてしまった。

はずみで、股倉をイヤというほど地面の石にでもブッつけたらしい、「ギャッ！」と情けないひと声をあげたかと思うと、両手で脚のつけ根を押さえながらそいつはヨロヨロ立ち上がろうとした。

人々は、ぱっ！　と跳んで逃げた。

しかし、そのコーモリ人間は酔ッ払ってでもいるのか、なんとか立ち上がろうとはしたものの、そのままベンチに倒れこみ、ふたたびグウグウ眠りこんでしまった。

そこへ警察が駆けつけて来た。

電話でもかけに行ったのだろう、いつの間にか姉妹の姿はない……。


星涯《ほしのはて》星系警察本部の服部竜之進《はっとりりゅうのしん》長官は、ベンチの上で、鉛のような眠りから徐々に覚めていく自分を感じていた。

昨夜……。

クローバー区に新しく開設された防犯通信センターの開所式に招待され、そのあとに開かれた祝賀パーティで若い娘からこっそり耳打ちされたのだっけ……。

今晩、クローバー区の学生町で楽しいパーティがあるんだけど……。

ネー　おじさん！　行きましょうよっ！　連れてってあげるわッ！

仮装の乱交パーティよ！

とっても楽しいわよッ！

〈星涯《ほしのはて》・女性心理研究学群〉の学生だというその娘は、本当にピチピチした可愛い顔をしていたっけ……。

それで……と。

そうだ！

仮装の衣裳は貸してあげるわよ、おじさん！

でもね……、とその娘は声をひそめた。

あたしって好みが強いの！

お連れの警察署長みたいな威張りくさったいけ好かないやつは連れてこないでちょうだい……と言って、娘は耳許にふぅっ！　と熱い息を吹きかけたっけ……。

まったく痛烈なことを言うやつだ……。

うつらうつらしながら彼は苦笑した。

連れの秘書は、この間まで本当にカトレア区の警察署長だったのを彼が引き抜いたのだから……。

あたし！　おじさんが好みのタイプなのッ！

ほんとよ！

あの娘はたしかにそう言った……。

そこで秘書には因果を含め、官邸には、緊急会議のために今晩は帰宅しないからと連絡させて……。

それから……。

そんなわけでおれは娘のアパートに連れていかれて……。

そうだ、あいつはさっそく妖精のティンカーベルに変装を始めた……。

これは色ッぽかったなぁ……。

肌が全部透けて見えて、おれがうっとり見とれていると、「そんなに見ちゃイヤン！」とか言って尻をつねられた……。

そして……。

そうだ、それじゃおれはピーターパンにでも変装するのかと思っていたら、そこにコーモリ人間の衣裳が用意されていて、娘はそいつに化けろと言ったんだっけ……。

グロテスクであんまりぞっとしないから、そう言ったら、おじさんがそんな無教養な男とは知らなかったと娘は突然頬ッぺたをふくらませた。

シュトラウスを知らないの！　今、ムジーク・アーケオロジークが流行なのよ！　と凄《すご》い剣幕でおれをにらみつけたっけ……。

それがあんまり可愛いもので……。

おれは思わずその娘とニャンニャンしてしまった……。

それから出かけたパーティは実にバカバカしくて、本当に楽しかった。

いろいろなやつがいた。

壮烈に飲んだ。

いろンな娘とチュッチュッもやった。

食い物もうまかった。

お開きになって……。

そして……。

なにか車に乗せられて、そうだ、そのとき、またなにか無理矢理飲まされたっけ……。

そしてベンチの上に……。

娘と……。

「おい！」

だしぬけに、声がして誰かが邪険に体をゆさぶった。

あの娘か……？　それにしては……。

「おい！　起きろ！　起きんか！　この酔っぱらいめが！」

ひょっとして、あの娘には確定くンでもいたのか……。

さては、ニャンニャンがバレたか……。

それにしても乱暴な……。

四の五の言うなら、逮捕させてすこし痛い目に遭わせてくれようか……。

激しく体をゆさぶられて、星涯《ほしのはて》星系警察本部・服部竜之進長官はぼんやり目を覚した。

朝陽がまぶしい。

ベンチの上で眠っていたらしい……。

そう言えばさっき、なにか、地面へ落ちたような記憶もあるが……。

ふと気がつくと、上から若い巡査がのぞきこんでいる……。

「きさま！」相手は横柄な口調で言った。「銀河標準語はわかるのか……？」

銀河標準語がわかるか……だと？

　いったいこの巡査はなにを考えているのだろう……。

　彼はやっとベンチの上に身を起こした。

　まだ頭がくらくらする。最後のひと騒ぎが……。

「他星系人登録証は！」

　気がつくと、相手の巡査が不機嫌に手を差し出している。

「……登録証……？　なんのことだ？」

「とぼけるなよ！」

「とぼけるなだと……？　何を言っているんだ、きさまは？」

　彼は眠りから完全に覚めていた。

「〝きさま〟だと！」巡査は目を吊りあげた。「なんだ！　その言い草は！　権力に対して……」

「きさまだからきさまと言ったのだ……。いいか、よく聞け！」

　つぎの一言で、この若造は震え上がるはずである。

　彼はちょっと間をとってからゆっくりと言った。

「星系警察本部長官・服部竜之進に対してなにか用事か？」

　ところが……。

　相手の巡査は、まるでその言葉を予想していたかのようにニヤニヤしはじめたのである……。

「ははぁ！　やっぱり本当か……！　この気違い《マッド》コーモリ」

　本当？　マッド……コーモリ？

　そのとき服部竜之進長官は初めて自分がまだコーモリの仮装をつけたままでいることに気がついた。

「ああ……これか。ちょっと待ってくれ」

　彼は、気がついてみるとひどく重たいその合成高分子繊維の変装を外そうとするのだが、これが意外と堅く体にへばりついていて、どうしてもとれない。

「なにをやっとるんだ？　きさま……」巡査は嘲笑した。

「自分の皮でも剝ぐつもりか……？」

　あとでこいつを首にしてやろうと思いながら、長官はなんとか仮装をとろうとするのだが、よほど強力な接着剤でも使ったみたいに、どうしてもうまくいかない……。

　娘のアパートで、そんな特殊なものを使った記憶はないのだが……。

　眠っている間に誰かがやってくれたのか、おそろしく頑丈に張りついている……。

「よしよし、芝居はそのくらいにして、本署へ来い。なにをやっても無駄だぞ！」

「なんだと！　きさま！　星系警察本部長官・服部竜之進に向かっての科白《せりふ》か！」

「やっぱり本物だぜ……これは」相手は驚きもせず、逆に不可解なことをつぶやいた。

「なに？　なんだと？　何が本物だと言うのだ？」

　そのとたん、相手の巡査が吐いた言葉に服部竜之進は自分の耳を疑った。

「わざわざ言わすまでもあるまいッて！　手を焼かせやがって……。いいか！　よく聞きな、頭のおかしくなったコーモリ人間が一匹市内に紛れこみやがって、こともあろうに〝おれは星涯《ほしのはて》星系警察本部長官の服部竜之進だ〟とわめきまわっているから保護しろという緊急手配は、もう全市にまわっているんだぞ……」

「ナ、なんだとぉ……？」長官は仰天した。「イ、いったい、これはなんの茶番だ！」

「茶番はきさまだ。いいから来い！」巡査はにべもない……。

「これはなにかの誤解だ！　たのむから長官秘書を呼んでくれ！」服部竜之進長官は必死で言った。「そうすれば疑問はすべて氷解する」

「いいから、本署へ来な」巡査は全然相手にもしない。

「逮捕の手配じゃねえから大人しく言ってるんだぜ、コーモリおじさんよ！」

「……」

　しかし、これはいったい……。

　まだ昨夜の乱痴気騒ぎが続いているわけでもなさそうだし……。

　まさか、この巡査が仮装だというわけでもないなぁ……。

　彼はあたりを見まわした。

　もう大変な人だかりである。

　しかし、そのなかに昨夜の学生たちがまぎれこんでいる気配もない……。

「さぁ！　おとなしく来い！」

　いいかげんいらだってきた巡査は、彼の手を捉えようとした。

　そのとたんである……。

　背中でウーンという微かな唸りを感じたかと思うと、
　バサリ！

　長官は仰天した。

　動かす気もないのに、彼の両腕が突然大きく上にあがり始め、それにつれてベッタリ腕に張りついていた褐色の膜状になった翼が大きく開き、つまり、鷲などがはばたく形になっていくのである……。

　いっぱいにひろげれば、軽く幅が三メートルはあろうかという巨大なやつである。

　わあっ！

　度胆を抜かれた野次馬が蜘蛛の子を散らすように逃げだした。

　バサリ！

　その翼は大きくはばたいた。

　バサリ！

　もうひとつ。

　バサリ！　バサリ！

　バサリ！　バサリ！　バサリ！　バサリ！

　とても抵抗できないような力によって、彼の両腕についているその高分子繊維製の翼は、勢いよくはばたきはじめた！

　このコーモリ人間の仮装衣裳には、はばたきモーターがついている！

「ト、止めてク、くれえ……！」

　思わず絶叫した長官の体は、まるで褐色の怪鳥が飛びたつように砂埃をまき上げながらゆっくりと地面を離れ始めた。

「タ！　助けて、ク、くれぇ……！　ト、止めてくれぇ！」

　呆ッ気にとられていた巡査は、悲鳴を上げながら上昇しはじめたコーモリ人間の足にあやうく頭をひっかけられそうになり、慌てて地面に伏せた。

　星涯《ほしのはて》星系警察本部長官・服部竜之進の体はみるみる高度をとり、なだらかな丘陵の斜面沿いに下町のほうへと飛んでいってしまった……。

　コーモリ人間がいると最初に騒ぎ出したあの姉妹は、公衆報道システムにネタ売りでもやっているのか、木陰の一般通話舎に入りっきりである。


　なんとかしなければ……！

　なんの手違いなのだろう……。

　空中の長官は激しく風にあおられながら、必死で考えた。

　昨夜の乱痴気パーティの趣向でトチ狂ったのか……？

　パーティの参加者には〈気中浮揚工学研究学群〉の群習生もいたし……。ひょっとしてそいつらが、なにか余興のつもりで……？

　安定性は悪くないが、方向転換もままならず、有無を言わさず下町のほうへと向かうこの翼が高層建物にでもひっかかったら……！

　そう考えたとたん、激しい恐怖に長官は震え上がってしまった。

　助けてくれ……。

　冗談にもほどがある……！

　どこかにパトロールのエアカーは……？

　しかし、星涯《ほしのはて》星系警察本部長官・服部竜之進が、これはそんな生やさしい群習生の遊びなんかではなく、とンでもない仕掛けにひっかかってしまったことに気づいたのは、それから間もなくのことである。

〝おじさん！　おじさん！〟

　だしぬけに耳許で声がした。

　若い娘である。

〝どう、景色は？　悪くないでしょ〟

　ぎょっ！　として、彼は声のほうに目を向けた。

　頭上いっぱいにゆっくりはばたきを続けている褐色の翼の根元あたり……。

　小さなスピーカーがついている。

〝おじさん！　あたしの声聞こえて……？〟

「う、う、う……」

〝聞こえるの？　返事しなさい！〟

「こ、こ、これは……イ、いったい……」

　彼はやっとそれだけ言った。

〝キャハハハハハ！〟

　スピーカーから飛び出してくるはじけるような娘の笑い声に、彼は、ハッ！　となった。あの娘だ……！

「オ、オ、おろせ！　下におろさンか！」

　どこにマイクがついているのか確認する余裕もなく、彼は絶叫した。

〝キャハハハハハ！〟娘はもう一度若々しい笑い声をたてた。〝このバカ……〟

「ナ！　なんだと！」なにが何やらわからぬまま、彼は反射的に怒鳴った。「バカとはなんだ！　失敬な！」

〝だってそうじゃないか！〟向こうの口調はえらく威勢がよい。〝あたいに軽ゥくニャンニャンされたくらいでもう夢中になりやがって……。このスケベお巡り！〟

「ナ、ナ、何を抜かす！」

〝お巡り〟と言う先方の言葉にちょっと不安を感じながらも、服部竜之進長官はやり返した。

〝おぉい！〟とたんに相手の口調が男っぽくなって来た。〝ばかに景気がいいなぁ……え？〟

「おろせ！　今すぐおろさんか！　さもないと」

〝ちょっと道草して、宇宙港でも見ていくかい？〟相手は、服部長官の怒りなどは関係なさそうに、ふと、けだるげに言った。

　そのとたんである……。

　まるで操縦桿でも引いたみたいに、翼がぐい！　と大きく右にバンクしたかと思うと、星涯《ほしのはて》西湾のほうに向かっていた彼の体はそのまま降下旋回に入って北に転針しはじめた。

「わぁーっ！」服部長官は思わず悲鳴を上げた。「ヤ、ヤ、やめてくれぇ……」

　もうレモンパイ丘陵は眼の下を通りすぎ、北にコースをとった彼の正面には、すこし右寄りに広大な星涯《ほしのはて》中央宇宙港、そして左寄りの星涯《ほしのはて》半島の突端近く、ゴタゴタした工場地帯のど真ん中に星涯《ほしのはて》第二宇宙港が見えてきた。

〝さぁて……どっちへ行くかな……！〟

　いったいどこから遠隔操作しているのか、娘の声は実にいきいきとしている。

〝よぉし！　ちょうど第二宇宙港からボロ船が離昇するぞ！　あの、ブラストの下ですこしあったまろうか、あんたもトシだし、冷え性なんだってねぇ？　オジさん！〟

　つられて第二宇宙港のほうへ眼を凝らした服部竜之進長官は、とたんに絶叫した。

「ヤ、ヤ、ヤ、やめてくれぇ！　助けてくれ！　かんべんしてくれ！」

　ゴタゴタ工場の建てこむど真ん中、星涯《ほしのはて》第二宇宙港から、折しも一隻の宇宙船が今まさに離昇したところで、彼の体はその、船尾に長く引いている白い炎めがけて接近していくのである……。

〝あったかいぜ、あそこは！〟

男っぽい娘の声がひどくなまめかしい……。

その頃、星涯《ほしのはて》星系警察本部長官官邸では……。

「いったい主人はどこにいるんですか！」

長官夫人は専用通話システムに向かって嚙《か》みついていた。

相手は長官秘書らしい……。

「緊急会議ですって！　嘘おっしゃい！　いいえ！　全部わかっております！　コーモリ人間なんかに化けて……、若い娘と……エエ！　そうですとも、昨夜の記録ディスクがちゃあんと届いてるんですから！　なんですって！　あれはマッドコーモリ人間で、保護手配中……？

あなた！

この期に及んで、まァだ嘘をおつきになるつもり！

あれが、本物の夫か、コーモリ人間かのけじめぐらいはつきます！

まだそんなことおっしゃるんなら、ここへ見にいらっしゃい！

今朝、記録ディスクが届いたんですから……！

え？　どこからですって……？

ちょっとお待ちになってちょうだい……。見ますから……。

ええと……。ンまァ！

差出人・〈星涯《ほしのはて》不道徳男性天誅団《てんちゆうだん》〉……ですって！

なぁんて！　みっともない……！」

ちょうどその時である……。

庭先のほうがにわかに騒がしくなった。

なにごとかといったん通話を切った長官夫人が外に出てみると、官邸の上空には即時取材のエアカーがワンワン飛んでいて、折しもそのなかをいっきにこちらへ向かってくる一羽の巨大なコーモリ……。

褐色をした巨大なそいつは、ヒラリ！　と庭先の池に無事着水した……。

そのあとはもうお決まり、阿鼻叫喚《あびきようかん》の大騒動……。

泣く子もだまる星系警察本部長官は、怒り狂った夫人にヒっかかれるやらツネられるやらもう散々のていたらく……。

そいつをまた、上空からばっちり即時取材されるわ、〈星涯《ほしのはて》不道徳男性天誅団〉なる団体の手によってニャンニャン、チュッチュッの記録ディスクは流されるわ……。

ほんとにこれが星系警察本部の長官だから、常づね弱味をつかまれている取材社の首脳陣が取引きに応じたようなもので、さもなければどんな騒動になったか知れたものではない。

これに比べれば、ちょうど郊外の練兵場で実施中だった星系軍戦勝記念日閲兵式のリハーサルのド真ン中に、なにか、星系軍高官そっくりの男がローラースケートで悲鳴をあげながら滑りこんできて大混乱を引き起こした……などという騒動は些細なことなのかもしれない……。

まぁ、それはそれとして……。

その、星系警察本部長官官邸における大騒動のことだが、古代から伝わる説話の主人公・般若《はんにや》というのはかくもあらんという凄まじい形相で長官夫人が荒れ狂い、滅っ茶苦茶になった長官の書斎で、昨日の深夜ひそかに届けられた厳封の機密書簡が未開封のままどこかにいってしまった。

しかし、そんな機密書簡が存在していたことさえ判明したのは数ヵ月あとのこと……。

差出人であるミゲル財閥の総帥《そうすい》・ミゲル・ド・ロペス社長から、その件に関する以後の進捗《しんちよく》状況の問い合わせがあったからである。

そんなわけだから、この騒動のあった日の星涯《ほしのはて》市の宇宙港で、病身らしい父親と双子の娘に星系警察が緊急逮捕令状を執行するはずもなかった。

なぜか星系軍の公務出張証を示し、関門をすべてフリーでパスした三人は、〈星海企業株式会社〉の駐在員として希望に胸ふくらませながら、某星系へと向かったのだった。

またその日、〈ロペス〉財閥の豪勢な封筒に入ったミゲル・ド・ロペス社長直筆と思われる書簡の依頼を断わりきれず、星涯《ほしのはて》戸籍管理局長官がまったく架空の夫婦戸籍を作ったことを知るものはいない。

いま星涯《ほしのはて》市にいるのは妻だけで、夫は近く炎陽《ほのおのひ》から転勤してくる……とか言う話だったが……。

☆

銀河乞食軍団の金平糖錨地《こんぺいとうびようち》から、ピーター、コンの乗り組んだ100型宇宙艇が惑星・炎陽《ほのおのひ》へ向かったのはそれから間もなくのことである。

炎陽《ほのおのひ》衛星軌道港では船宿〈和楽荘〉の伸介が待機する手はずになっている……。

そして……。

星涯《ほしのはて》市の上空に幽霊が出現したのは、それから間もなくのことだが、それはまた第七巻でお話しすることにしよう。

著者のご挨拶——〈銀河乞食軍団〉シリーズ

野田昌宏

のっけからへんなことを書くけれども、私は子供の頃からアンデルセン童話というやつが大嫌いだった。いらだたしくて我慢ならないのだ。これは今でもそうだ。

雪の中で飢えに泣きながら悲しい声をはりあげてマッチを売っている少女がいるのなら、街角でそっとその痛ましい姿を見守る乞食諜報員がいて、その通報一下、おいしい食べものと暖かな服を満載したロケット艇を操縦して、通称サンタクロースと呼ばれる正義の殺し屋がメイドをやといになぜすッ飛んでこないのか？

人魚のお姫様が王子様（だっけか？　船乗りだったか？）に惚れたのなら、あんな悲しい筋道を追って人魚姫が海の泡となってしまう前に、なんでそのイロ男をひっ捉え、「ヤイ！　人魚のお姫様はてめェを愛してるんだ。四の五の言わず、今すぐ彼女を愛さなけりゃ、生かしちゃおかねェ！　さァ、今すぐ愛せ！」とたんかを切る海賊が現われてもいいではないか。

鉛の兵隊が散々みじめな目に遭った揚句、とうとうストーブに投げこまれたとき、風に吹きとばされて、バレーリーナもとびこんでくる――ここまではいいのだ。ここまでは……。しかし、なんでそのまま二人は燃え尽きてしまわなければならないのだ？　そこですかさずパッ！　と防熱バリアを張って二人を助けてやるマッド・サイエンティストはどうしていないのか？　そんな甲斐性のある科学者が世の中に一人くらいいてもいいじゃないか……。

わたしはほンとにそう思うのである。

この思いは、としを取るに従ってますます強くなってきた。現実の世の中がこんなに悲しく、みじめさに充ちているというのに、その上わざわざ本を読んでまで涙を流そうとする人は、よほど現実の人生がしあわせな人なのだろうか……。もしも私がみにくいアヒルの仔だったなら、白鳥に育って地上からテーク・オフすると同時に、自分をイビリ抜いたアヒルどもの頭上へ舞い戻り、もう大便やら小便やらなんやらかんやらを散々ッぱら上からひっかけ、逃げまどうやつらの見苦しい姿に心ゆくまで呵呵《かか》大笑《たいしょう》してから、おもむろに悠然と大空の彼方へ飛び去るであろうに……！

童話界のボス達が聞いたら気絶しそうなこの単細胞の私が、スペース・オペラを五十冊以上も訳していて、どうにもならぬ苛立ちを感じ、考えたのは、俺ならもう少しは面白く書けるのになァ――というアンデルセン童話の読後感につながる傲慢不遜《ごうまんふそん》なる了見であった。そしてコツコツとノートやカードを作りはじめたのは、もう十年も前のことだろうか？

べつにいつオリジナルを書きおろすというあてもなく、折にふれてこんな話、あんな仕掛けと、思いつく限りのことを私はメモしていた。

これがひょンなことで一冊にする必要が生じたのは昭和五三年のことである。

《宇宙からのメッセージ》という映画をご存知だろうか？　あれの原作には私が名を連ねている。

言い訳をする気は毛頭ないが、私が勤務先の関係であのプロジェクトに参画した時、もう台本はできていた。見た途端にこいつはいけないと思った。とにかく二個所だけ修正した。宇宙戦闘のシーンでビーム砲だかなんだかが故障するシーンで、〝ハンダが外れた〟という台詞を、〝ユニットを交換しろ〟かなにかに直した。サイレン鳴らしてパトロール艇が宇宙暴走族を追っ駈けてくるシーンは、操縦パネルのアップのスピーカーからサイレンが聞こえてくるカットに直した。よもや、素手に素顔、鼻先に小さな酸素マスクをくっつけただけで宇宙遊泳をやってのける――などという怖ろしいシーンが出てくるかどうかは、台本段階でチェックのしようもないから致し方ない……。

当然のことながら、私は袋だたきである。

今考えれば、ああもすれば、こうもすれば……と、折角私を参加させて下さったT社のR・W部長やHプロデューサーの期待にもっとこたえるみちもあったのに……と、無念さや申し訳なさの連続なのだが、それは今でこそ言えること。

攻撃の急先鋒は高千穂遙である。私はもうコテンコテンにやられた。

言っとくが、高千穂を恨んでいるわけではない。〝他ならぬあんたが噛んでいながら、一体あれは何だ？〟というかれの怒りは当然すぎることなのである……。ただ、ツライのだよ、キミ。なにしろあの野郎は手加減してくれないンだから……。（今年の新春特番でテレビ放映されたときも私は薄氷を踏む思いでソワソワしていた。そこへリーン！　と電話のベル。思い切ってとりあげたら、いきなり先方は言った。「ヤイ！　SF作家クラブを除名するぞ！　なんだこれは……？」小松左京である……）

さて、そんな具合ですっかりメゲていた私のところに、今度は、この《宇宙からのメッセージ》をノベライズしてくれという話が入ってきた。もうこれは勘弁して欲しいと思った。俺では書きようがないと思ったのだ。いっそSFとして捉えず、いってみれば冒険活劇もののジャンルとして書き込めば、これはべつの意味で面白くなり得ると考えたし、それならもっと達者な作家はたくさんいる……。

しかし、面倒な話は省略するが、この時点で私がこのノベライズを引き受けないと、T社をはじめ関係者たちにひどく迷惑をかけてしまうことになってしまうのだ。そこで私は、〝映画と違う筋でもいいですね〟という条件でノベライズをひきうけた。登場人物名だけ同じでいくことにした。

だが、その頃すでにノートやカードはかなりの量になっていたが、書きもしないうちから、私はもうどうにもならぬ壁にぶつかって七転八倒している最中だったのだ。

いつの間にやら、宇宙――というものが、なにかひどく手垢のついたありふれた感じになってしまっていて、五光年も五万光年も同じこと、あの、はじめてペーパーバックのSF本を手にした一九五〇年代の、しびれるような期待感、ワクワクするような興奮がどうにも湧いてこないのである。

この《宇宙からのメッセージ》の映画も星間侵略もので、ロクセイア何世とやらいうどこぞの星系の王様が、《宇宙水爆戦》風のスコープで太陽系を見ると、さンさンと降り注ぐ日本の田園に〝ハナマルキのお母ァさァン〟の光景が展開して、それで侵略を決意するのだが、これとて同じことである……。

そこで、すでになんとなくまとまりかけていた〈銀河乞食軍団〉の漠然とした構成をもってくることにした。

異次元侵略――である。

それでとにかく私は書いた。

なにしろ処女作である。悪口を言う時の、面白そうな意地の悪そうな高千穂の眼や、ひどい作品をけなす時の伊藤典夫の口調に私はおびえ続けた……。

後半をかなり端折《はしょ》る形でとにかく書きあげ、本が出た。

それから数日後、伊藤典夫から電話がかかってきた。彼と電話で三十分も一時間もしゃべるのは大体夜中か明け方である。ところがこの時は真ッ昼間、会社に、フジテレビのスタジオにかかってきたのだ。

私は一生、あの電話のことを忘れないだろうと思う。作家のはしくれとして、あんなにもうれしい経験をすることは、私の一生のなかでもう二度とないかもしれない。「今読み終わった。面白い……」にはじまるかれの電話の内容を一々ここに書くのはいくら図々しい私でも気がひける。ただ、私の苦労した部分、工夫した部分のすべてをぴたりと彼は読みとってくれて、それを高く評価してくれたとだけ書いておこう。

もちろん、だからと言って、かれがこの〈銀河乞食軍団〉シリーズを褒めてくれるなどと期待している訳ではない。

ただ、これから私がなにかの壁にぶつかるたびに、私はきっと自分に言い聞かせることだろうと思う。〝あの時、俺の書いたものを、あの伊藤典夫がたしかに評価してくれたのだ〟〝あのとき、俺が面白いと考えたことを面白い――と、そして、俺がこれは新らしいぞと思って工夫したことを新らしい――と、見事に読みとってくれた男が、すくなくともひとり、たしかにこの世の中に存在したのだ……〟と。

あの電話は、一生涯、折にふれて私を力付け、はげましてくれることだろうと思う。

そして、こんな事を書いたからには、彼の顔をつぶさない様、頑張らなくては……と思っている。

さて、このシリーズはすでに第一部、第二部がSFマガジンに載っているのでぶちまけてしまうが、タンポポ村は、住民もろともどこかべつの空間へ持っていかれてしまった。

これはこのシリーズのほンのとッかかりの出来事にすぎないのだが、とにかくこの異次元空間というものを思いついたとたん、前に書いた、その、宇宙ものでぶつかっていた壁みたいなものが見事に消えて、このところ私は、本当にあの、宇宙ものにはじめて触れた時の、あのワクワクするような気分に包まれている。

ちょうどチーズの虫喰い穴みたいに、この三次空間に四次元的な穴ができたら一体どういうことになるか。それが人工・天然、巨大・微小、固定・移動……と考えただけで東銀河系の様相は一変してしまうではないか……。穴を持ち歩く妖術使いが現われる。穴をめぐってOPECみたいなものができる……。穴をめぐって西部開拓みたいな騒動が起きる……。そして場末の星系〈星涯《ほしのはて》〉の政府は……?

SFマガジンに載って以来、おどろくほど多数の方々からはげましのお手紙をいただきました。藤田久生、西岡英生、中村元彦、中山仁美……などの皆さんをはじめ、先着順にずらりと並べてお礼を申し上げたいのですが、とてもスペースがありません、本当にありがとうございました。

それから宇宙軍の青井、井上、武田、武井、錦織君をはじめ、皆さん、本当にお世話になりました。どうぞ今後ともよろしく。

このシリーズの宇宙船をはじめとするメカデザインは、スタジオ・ぬえの宮武一貴氏におねがいしている。いずれまとめてシステム図などもろもろをご紹介することになるが、イラストの加藤直之氏ともども、いろいろとご迷惑をかけることになると思います。

お二人さん、どうぞよろしく。

一九八二年六月刊『銀河乞食軍団〔1〕―謎の故郷消失事件―』より再録。

解説

評論家 高橋良平

う～ん、懐かしいですナ。

いや、懐かしいといっても、ノスタルジー気分とは、ちょっと違う。本稿を書くため、この合本版のゲラで読み直し、〝銀河乞食軍団〟の連中に、久し振りに再会したのは確かだけれど、初めて読んだときも、なんだか懐かしい気持ちで、胸がいっぱいになったものだった。

それはちょうど、ジョージ・ルーカス脚本・監督の《スター・ウォーズ》（現在の「エピソード4／新たな希望」）を初めて観たとき、斬新な視覚効果に目を奪われながらも、どこか懐かしさを覚えたのに似ている。

なぜ《スター・ウォーズ》が懐かしかったのか。その理由は、いくつもの解説・研究で、すでに書き尽くされている観がある。映像的快楽記憶を喚起させる、黒澤明監督の《隠し砦の三悪人》をはじめとする、数々の娯楽作品からのイメージの引用、ルーカスが無数のSFを読みまくってエッセンス化させた脚本などなど……。

だがしかし、〝スペース・オペラ〟の神髄に、かつてなく迫ったSF映画として、SFファンが惜しみない拍手をおくった理由は、やや違っていたのではないか。

そのわけとは――イラストのあるなしにかかわらず、宇宙冒険小説を読んでいると、活字を目で追いながら、読者の脳裏に、おのずと沸きあがるイメージ。あれやこれやと空想、あるいは妄想をたくましくして、SFファンは、いろいろな〝絵〟を描いてきたはずだ。

そこに〝センス・オブ・ワンダー〟を感じると、頭の中に浮かんだ〝絵〟が動きはじめる……こんなSF映像を観てきたはずである。そんなSFファンの集合無意識的な脳内映画の、最大公約数なイメージを数多く引きだしてくれたのが《スター・ウォーズ》だったから、懐かしく心地好い気分にひたったのではないだろうか。おッ、ルーカス、よくわかってるね、てなモンである。（ちなみに、角川書店から出版されたノヴェライゼーション『スター・ウォーズ』『帝国の逆襲』『ジェダイの復讐』の三部作を翻訳したのも、野田さんである）

そんなSFファンの心のヒダに触れる懐かしさが、この〈銀河乞食軍団〉シリーズにはある。

かつて、〈SFマガジン〉でSF時評を担当していたとき、このシリーズについて、以下のようにふれた。

「日本人作家では野田昌宏の『銀河乞食軍団5 怪僧ゴンザレスの逆襲』が快調。押さえるべきところをきちんと押さえた考証とディテール（例えば一巻目の〝初夏の強い陽射しのなかで、さすがに銃口の後光は見えないが、そのあたりにメラメラと対流がもう起きはじめているのははっきりと見てとれる〟という描写から、野田さん流に言うなら〝シビれっぱなし〟である）に加えて、錦ちゃん、千代之介の東映時代劇的雰囲気とテンポで、大娯楽長篇として楽しませてもらっている。願わくば刊行ペースをもう少しあげてほしい」

と、日本的〝スペース・オペラ〟を堪能していた。

そもそも――

よく知られているように、〝スペース・オペラ〟という造語の生みの親は、ウィルスン・タッカー。SF作家としてデビューする前から、熱心にファンジンを発行していた彼が、四〇年近くつづけたファンジン〈ル・ゾンビー〉の一九四一年一月発行号に載せた文章が、その出典である。その年の十二月八日（日本時間）、大日本帝国海軍の真珠湾攻撃により太平洋戦争が勃発する、そんな時代に生まれた言葉だ。

ラジオが家庭の娯楽だった時代、主婦向けの昼の連続メロドラマの多くが洗剤会社の提供だったため、そうした番組を〝ソープ・オペラ〟と呼ぶ新語が誕生し、やがて通俗的なホームドラマ一般まで拡がった。そこからさらに、型どおりの西部劇が〝ホース（馬）・オペラ〟と呼ばれるほどトレンドになる。それを受けて、タッカーがSF用語を作った次第。そんなわけで、命名者による〝スペース・オペラ〟の定義は、陳腐で荒唐無稽、鼻もちならぬほど時代遅れで退屈な宇宙活劇小説を指し、〝スペース・オペラ〟は蔑称ですらあったのだ。

なぜなら――

ここで、ちょっと煩雑だが、アメリカのSF雑誌の系譜をひもといてみよう。ヒューゴー・ガーンズバック編集によるアメリカ初のSF専門誌〈アメージング・ストーリーズ〉が創刊されたのが一九二六年の四月。

一九二九年春、乗っ取り騒動によって〈アメージング〉はテック出版に移り、発明王エジソンの娘婿T・オコナー・スローン編集によって発行がつづく一方、ガーンズバックはステラー出版を起こし、六月に〈サイエンス・ワンダー・ストーリーズ〉、七月に〈エアー・ワンダー・ストーリーズ〉を創刊、一年後には両誌を合併して〈ワンダー・ストーリーズ〉となる。三〇年一月に、ハリイ・ベイツ（映画《地球の静止する日》の原作者）編集で〈アスタウンディング・ストーリーズ〉がクレイトン社から創刊される。そして、三六年四月に終刊した〈ワンダー・ストーリーズ〉をスタンダード・マガジン社が買収し、モート・ワイジンガー編集のもと、〈スリリング・ワンダー・ストーリーズ〉と改名して発行がつづく。こうして三誌と季刊の姉妹誌の系列が主要SF雑誌である状態がつづいたが、三九年、その状況は一変する。

一月に〈スタートリング・ストーリーズ〉（モート・ワイジンガー編集／スタンダード・マガジン社）、二月には前年八月創刊の〈マーヴェル・サイエンス・ストーリーズ〉の姉妹誌〈ダイナミック・サイエンス・ストーリーズ〉（ともにロバート・エリスマン編集／ウェスタン・フィクション出版）、三月に〈サイエンス・フィクション〉（チャールズ・D・ホーニグ編集／コロムビア出版）と〈アンノウン〉（ジョン・W・キャンベル編集／ストリート&スミス社）、五月に〈ファンタスティック・アドベンチャーズ〉（レイモンド・パーマー編集／ジフ＝デイヴィス社）、九月に〈フェイマス・ファンタスティック・ミステリーズ〉（マリイ・ナーディンガー編集／フランク・マンシイ社）、十一月に〈フューチャー・フィクション〉（チャールズ・D・ホーニグ編集／コロムビア出版）、十二月に〈プラネット・ストーリーズ〉（マルコム・ライス編集／ラヴ・ロマンス社）と、SF雑誌の創刊ラッシュ。四〇年になっても、一月にスタンダード・マガジン社からモート・ワイジンガー編集で〈キャプテン・フューチャー〉が、ポピュラー出版社からフレデリック・ポール編集で、二月に〈アストニッシング・ストーリーズ〉、三月に〈スーパー・サイエンス・ストーリーズ〉が創刊されるといった具合で、まさに雨後の筍のごとき、SF雑誌ブームだった。

こうしたブームの渦中、〝スペース・オペラ〟作家だったジョン・W・キャンベルが、一九三七年十二月号の〈アスタウンディング〉誌から編集長に就任すると、ハインライン、アシモフ、ヴァン・ヴォクト、スタージョン、レスター・デル・レイらの新人作家を発掘し、SFを改革して〝黄金時代〟を築き、〝五〇年代SF〟へとつづく現代SFへの新たな潮流を生み出してゆく……。

だから、キャンベルのSF観を支持する熱烈ファンのウィルスン・タッカーにしてみれば、パルプSF雑誌に大量に掲載された旧弊な宇宙冒険小説が色褪せて見え、〝スペース・オペラ〟と揶揄《やゆ》したのも、無理はない。

そんな〝スペース・オペラ〟の低い位置付けを百も承知のうえ、ハイ・カルチャーに通暁しつつ、ロウ・カルチャーを愛してやまない野田さんは、〝スペース・オペラ〟をヒーロー列伝として紹介する形で、〈SFマガジン〉に「SF英雄群像」を連載し、血沸き肉躍る軽妙洒脱な野田節で、そのロマンチックな魅力をあますところなく日本の読者に伝え、かくして、〝スペース・オペラの伝道師（©高千穂遙）〟野田昌宏が誕生した。

その野田さんが、映画《宇宙からのメッセージ》のノベライズ（傑作です）をスプリングボードに、《スター・ウォーズ》日本公開から一年後、〈SFマガジン〉一九七九年十月臨時増刊号「SF冒険の世界」特集に、満を持して放った三百枚のオリジナル長篇、それが後に「謎の故郷消失事件」の副題が付けられる『銀河乞食軍団（第一部）』だった。「読者の皆様へ」の題で、野田さんのこんな挨拶が添えられている。

「私はもうずいぶん前から――よく考えてみると小学生の頃から――こんな話をぜひ書いてみたいものだと思って、主人公はこんな人物にしよう、脇役にはこんなことをやらせようと、いろいろメモをつくったりなんかしてきたのですが、いざ、書き出してみたらもう苦しいのなんの……。／予定の枚数は登場人物の紹介と状況設定だけで終ってしまい、あとどれ位つづくのか、およそ見当もつきません。／あまりにも書きたいことがたくさんあって、なにしろキャプテン・フューチャー、オットー、グラッグ、サイモン・ライトを、〈スターウルフ〉のケインやディルロと共に銀河辺境星区で暴れさせ、そのうちにジェイムスン教授やシャンブロウやミンガの処女も嚙みこんでくる――みたいな話なのですから、苦労もひとしおです。／なんとか……どうぞ……よろしく……おねがいします」

そして、第二部が〈SFマガジン〉に掲載されたのは、二年後の一九八一年十二月臨時増刊号。八二年六月からハヤカワ文庫JAでのシリーズ刊行がスタートする……。

さて――

このシリーズに感じる懐かしさに話を戻そう。名作「レモン月夜の宇宙船」の登場人物、加寿羅勘三郎のモデルとなった今日泊亜蘭さんが、アメリカの借り物でも無国籍でもない、日本人による日本語のSFの創作を常々提唱していた姿勢を、私淑していた野田さんも、このシリーズで守っているのが、ひとつ。それは用語や地名などのディテールに生かされている。

そして、懐かしさの最も大きな要因は、時評で「東映時代劇的雰囲気とテンポ」と書いたが、物語の結構に、歌舞伎から浪曲、講談、映画、大衆文芸へと綿々と受継がれてきた、奇々怪々の伝奇性と活劇性を供え、正邪入り乱れる波瀾万丈にして明朗快活な〝ちゃんばら藝術（©大井廣介）〟を下敷きにしているからだ。日本人のDNAに受け継がれてきた物語群を、SFへとリメイクし、SF的なアイデアや科学技術的なディテールの意匠をまとわせ、《シャボン玉ホリデー》の名物コントを紛れこませるお遊びまでしちゃうのだから、懐かしさを感じないはずがないではないか！

そのうえで、野田さんは『スペース・オペラの読み方』の中で、こう書いている。

「そもそも、〝俺も体験したい、私も仲間に入りたいわ……〟という反応を読者に誘発させる事こそ、スペース・オペラの本質とも言うべき大切な要件なのである」

二〇〇九年六月

初出一覧

銀河乞食軍団［1］—謎の故郷《ふるさと》消失事件— 初版一九八二年六月 ハヤカワ文庫JA153
銀河乞食軍団［2］—宇宙《あま》翔《か》ける鳥を追え！— 初版一九八二年八月 ハヤカワ文庫JA157
銀河乞食軍団［3］—銀河の謀略トンネル— 初版一九八二年十二月 ハヤカワ文庫JA163
銀河乞食軍団［4］—宇宙コンテナ救出作戦— 初版一九八三年五月 ハヤカワ文庫JA171
銀河乞食軍団［5］—怪僧ゴンザレスの逆襲— 初版一九八四年三月 ハヤカワ文庫JA184
銀河乞食軍団［6］—炎石の秘密— 初版一九八六年一月 ハヤカワ文庫JA212

〈銀河乞食軍団　合本版1〉
発動《はつどう》！ タンポポ村救出作戦《むらきゅうしゅつさくせん》

2009年6月20日　初版印刷
2009年6月25日　初版発行

著　者　野田昌宏《のだまさひろ》
発行者　早川　浩

印刷所　三松堂印刷株式会社
製本所　大口製本印刷株式会社

発行所　株式会社　早川書房
〒101-0046
東京都千代田区神田多町2-2
電話　03-3252-3111（大代表）
振替　00160-3-47799
http://www.hayakawa-online.co.jp

定価はカバーに表示してあります。

ISBN978-4-15-209045-4 C0093